Fjodor M. Dostojewski
Der Idiot

# SERIE PIPER
Band 400

*Zu diesem Buch*

In seinem Roman »Der Idiot« will Dostojewski den »vollkommen schönen«, den reinen und selbstlosen Menschen darstellen. Fürst Myschkin, der »Idiot«, so genannt wegen seiner Epilepsie, ist die zarteste und anrührendste Gestalt, die der russische Dichter geschaffen hat, ein Heiliger in einer heillosen Welt, der an ihr zugrunde geht. In seiner Umgebung finden sich Konservative und Nihilisten, Aristokraten und Kleinbürger, aus der Gesellschaft Ausgestoßene und Verbrecher. In dramatischen Szenen entfaltet sich eine Fülle menschlichen Lebens, das schonungslos analysiert wird.

»Myschkin ..., nie lächerlich, ist schön durch seine Unschuld. Er ist anziehend und zugleich befremdlich für die, die in ihm den reinen Toren sehen und sich plötzlich durchschaut fühlen, die ihn verachten und durch seine Demut und Großmut aus der Fassung geraten, die ihn lieben und durch seine höhere Liebe überfordert sind. Myschkin ist der stillste von Dostojewskis Revolutionären. Doch ein Revolutionär ist dieser Mensch ohne überlieferte Werturteile allemal, auch wenn er vordergründig scheitert. Ausgerechnet Myschkin, der für Harmonie plädiert, bringt alles in Aufruhr. Kaum tritt er auf den Plan, überstürzen sich die Ereignisse, scheiden sich die Geister, häufen sich die Skandale.« (aus dem Nachwort von Ilma Rakusa)

Fjodor M. Dostojewski

# Der Idiot

Roman

Piper
München Zürich

Aus dem Russischen übertragen von E. K. Rahsin

Originaltitel »Idiot«
Mit einem Nachwort von Ilma Rakusa, Namenverzeichnis,
Anmerkungen, biographische Daten
und Auswahlbiographie

Von Fjodor M. Dostojewski liegen in der Serie Piper
bereits vor:

Einzelausgaben
Sämtliche Erzählungen (338)
Gesammelte Briefe 1833–1881 (461)
Der Spieler (507)
Aufzeichnungen aus einem Totenhaus (688)

Dünndruck-Ausgabe der Werke
Rodion Raskolnikoff (401)
Die Brüder Karamasoff (402)
Die Dämonen (403)
Der Jüngling (404)
Onkelchens Traum (405)

Weitere Werke sind in Vorbereitung


Die Werke Dostojewskis erschienen in der Übertragung von E. K. Rahsin im
R. Piper & Co. Verlag erstmals in den Jahren 1906–1919.
Der Text dieser Ausgabe folgt – mit Ausnahme des Anhangs –
seitengleich der 1954 von
E. K. Rahsin neu durchgesehenen Ausgabe.

ISBN 3-492-10400-2
Neuausgabe 1983
21. Auflage, 121.–125. Tausend Mai 1990
(5. Auflage, 21.–25. Tausend dieser Ausgabe)
© R. Piper & Co. Verlag, München 1909
© Nachwort: R. Piper GmbH & Co. KG, München 1983
Umschlag: Federico Luci
Satz: Jos. C. Huber, Dießen
Druck und Bindung: Clausen & Bosse, Leck
Printed in Germany

# Erster Teil

I

Es war Ende November, bei Tauwetter, als gegen neun Uhr morgens ein Zug der Petersburg-Warschauer Bahn sich mit Volldampf Petersburg näherte. Das Wetter war so feucht und neblig, daß es kaum richtig hell werden wollte; aus den Wagenfenstern konnte man zehn Schritte rechts und links vom Bahndamm nur mit Mühe etwas erkennen. Unter den Reisenden gab es auch einige, die aus dem Ausland zurückkehrten; am stärksten aber waren die Abteile der dritten Klasse besetzt, und zwar fast nur von geringeren Leuten, die Geschäfte halber reisten und nicht sehr weit herkamen. Alle waren müde von der Reise, wie das immer so ist, allen waren über Nacht die Augenlider schwer geworden, alle schienen durchfroren zu sein, und die Gesichter waren gelblich blaß, fast von derselben Farbe wie der Nebel.

In einem der Wagen dritter Klasse saßen schon seit dem Morgengrauen zwei Reisende einander gegenüber, unmittelbar am Fenster, — beides junge Leute, beide fast ohne Gepäck und nicht elegant gekleidet, beide mit recht interessanten Gesichtern, die schließlich beide gern in ein Gespräch mit einander gekommen wären. Wenn sie einer vom andern gewußt hätten, wodurch sie besonders in diesem Augenblick bemerkenswert waren, so würden sie sich gewiß darüber gewundert haben, daß der Zufall sie so seltsamerweise in einem Wagen dritter Klasse der Petersburg-Warschauer Bahn gegenüber gesetzt hatte. Der eine von ihnen war nicht groß von Wuchs, etwa siebenundzwanzig Jahre alt, hatte krauses, fast schwarzes Haar und kleine graue, aber feurige Augen. Seine Nase war breit und flach, die Kiefer- und Backenknochen stark entwickelt; die schmalen Lippen verzogen sich fortwährend zu einem halb frechen, halb spöttischen und sogar boshaften Lächeln. Seine Stirn aber war hoch und wohlgeformt und verschönte die unedel entwickelte untere Hälfte seines Gesichts. Am auffallendsten war an diesem Gesicht die Leichenblässe, die der ganzen Physiognomie des jungen Mannes trotz seines festen Körperbaues das Aussehen eines Erschöpften verlieh und gleichzeitig etwas von einer peinvollen Leidenschaft, das mit dem unverschämten, rohen Lächeln und seinem durchdringend scharfen, selbstzufriedenen Blick eigentlich gar nicht übereinstimmen wollte. Er war warm gekleidet, in einen weiten tuchüberzogenen Pelz aus schwarzem Lammfell, und hatte es in der Nacht nicht kalt gehabt, während sein Reisegefährte gezwungen war, seinen Rücken von einer feuchtkalten russischen Novembernacht, auf die er sich offenbar nicht vorbereitet hatte, durchfrieren zu lassen. Er saß in einem weiten ärmellosen, zwar von dickem Stoff gefertigten, aber immerhin unwattierten Mantel mit einer sehr großen Kapuze, wie ihn Reisende im Winter dort irgendwo fern im Ausland, in der Schweiz oder in Oberitalien, zu tragen pflegen, natürlich ohne dabei auch mit solchen Abstechern rechnen zu müssen wie von Eydtkuhnen bis Petersburg. Denn was in Italien vollkommen genügte, erwies sich natürlich in Rußland als wenig zweckmäßig. Der Besitzer dieses Kapuzenmantels war gleichfalls ein noch junger Mann von etwa sechs- oder siebenundzwanzig Jahren, etwas über mittelgroß, mit auffallend hellblondem, dichtem Haar, hohlen Wangen und einem kleinen, spitzen, fast weißblonden Bärtchen. Seine Augen waren groß, blau und hatten einen ruhig und denkend schauenden Blick. Es lag etwas eigentümlich Stilles, gleichzeitig aber auch Bedrücktes in diesem Blick, etwas von jenem eigenartigen Ausdruck, an dem manche Leute sofort den Fallsüchtigen erkennen. Übrigens war das Gesicht des jungen Mannes sehr angenehm, feingeschnitten und hager, aber farblos, und im Augenblick sogar ziemlich blaugefro-

ren. An seiner Hand baumelte in einem alten verblichenen Seidentuch ein armseliges Reisebündel, das wahrscheinlich seine ganze Habe enthielt. Seine Füße staken in dicksohligen Schuhen, über die Gamaschen geknöpft waren — alles nicht nach russischer Art. Der Brünette im tuchüberzogenen Pelz hatte mittlerweile schon im dämmernden Morgenlicht alle diese Einzelheiten seines Gegenübers wahrgenommen und kritisch betrachtet — zum Teil auch, weil er sonst nichts zu tun hatte —, bis er dann schließlich mit jenem unzarten, gewissermaßen nachlässigen Spottlächeln, in dem sich mitunter so ungeniert das eigene Wohlbehagen beim Betrachten des Unglücks anderer ausdrückt, halb fragend bemerkte:
»Ist's nicht kalt?«
Und er bewegte dabei die Schultern, als wenn ihn selber fröre.
»Sogar sehr«, antwortete der andere mit auffallender Bereitwilligkeit. »Und dabei ist Tauwetter. Wenn wir noch Frost hätten! Ich dachte gar nicht, daß es bei uns so kalt sein würde. Jetzt bin ich daran nicht mehr gewöhnt.«
»Ihr kommt wohl aus dem Ausland?«
»Ja, aus der Schweiz.«
»Teufel! Seht mal an!...«
Er pfiff einmal und lachte dann vor sich hin.
Die Fortsetzung des Gesprächs machte sich ganz von selbst, denn die Bereitwilligkeit des blonden jungen Mannes im Schweizermantel, auf alle Fragen seines schwarzhaarigen Reisegefährten zu antworten, war wirklich erstaunlich. Er schien auch nicht den geringsten Anstoß an der Unbekümmertheit zu nehmen, mit der der andere manch eine müßige Frage stellte. Unter anderem erzählte er auch, als Antwort auf eine dieser Fragen, daß er allerdings schon längere Zeit, über vier Jahre, nicht in Rußland gewesen sei, und daß man ihn krankheitshalber — er sprach von einer sonderbaren Nervenkrankheit, ähnlich der Epilepsie oder dem Veitstanz, die in Krämpfen und Zitteranfällen auftrat — ins Ausland gebracht habe. Der Schwarzhaarige lächelte mehr-

mals auffallend spöttisch, während der andere erzählte, und er lachte laut auf, als jener auf seine Frage, ob er denn dort auch geheilt worden sei, ganz offen antwortete: »Nein, ich bin nicht geheilt worden.«

»Haha! Das konnt' ich mir denken, daß Ihr Euer Geld umsonst fortgeworfen habt! Und wir hier trauen denen immer noch!« bemerkte der Schwarzhaarige gehässig.

„Da haben Sie ein wahres Wort gesagt!« mischte sich ein schlecht gekleideter Herr ein, der neben ihm saß. Er mochte etwas von der Art eines im Amts- oder Gerichtsschreibertum erfahrenen und gerissenen Beamten sein, vierzig Jahre zählen, war von kräftiger Statur, hatte eine rote Nase und ein finniges Gesicht. »Ein wahres Wort! Sie ziehen nur das ganze russische Geld zu sich hinüber, und wir haben das Nachsehen!«

»Oh, was meinen Fall betrifft, so irren Sie sich sehr!« versetzte der in der Schweiz nicht geheilte Kranke in ruhigem und versöhnlichem Ton. »Natürlich kann ich Ihnen nicht grundsätzlich widersprechen; denn so genau kenne ich die Verhältnisse nicht. Mein Arzt jedoch hat mir von seinen geringen Mitteln noch das Geld zur Reise gegeben, und außerdem hat er mich dort fast zwei Jahre lang auf seine Rechnung unterhalten.«

»Hattet Ihr denn sonst keinen, der für Euch bezahlt hätte?« fragte der Schwarzhaarige.

»Nein. Herr Pawlíschtscheff, der dort für mich bezahlte, starb vor zwei Jahren. Ich schrieb darauf hierher, an die Generalin Jepántschin, eine entfernte Verwandte von mir, erhielt aber keine Antwort. So bin ich denn hergereist.«

»Das heißt, zu wem seid Ihr denn hergereist?«

»Sie meinen, wo ich absteigen werde? ... Ja, das weiß ich noch nicht, wirklich ... ich ...«

»Ihr habt sonach die Wahl noch nicht getroffen?«

Und beide Zuhörer brachen von neuem in Lachen aus.

»Und dieses Bündel enthält wohl Euer ganzes Hab und Gut?« fragte der Brünette.

»Ich möchte wetten, daß es so ist!« griff sofort mit äußerst zufriedenem Schmunzeln der rotnasige Beamte die Bemerkung auf. »Und auch darauf, daß keine weiteren Koffer im Gepäckwagen sind, obgleich Armut kein Laster ist, was man immer wieder bemerken muß!«

Es stellte sich heraus, daß es sich auch tatsächlich so verhielt, wie jener annahm: der blonde junge Mann gestand es ohne weiteres mit auffallender Offenherzigkeit ein.

»Ihr Bündel hat aber trotzdem einen gewissen Wert«, fuhr der Beamte fort, nachdem sie sich satt gelacht hatten. (Merkwürdigerweise stimmte auch der Besitzer des Bündels beim Anblick der beiden Lachenden schließlich in das Gelächter ein, was deren Heiterkeit natürlich noch erhöhte.) »Und wenn man auch darauf wetten könnte, daß sich in demselben keine ausländischen Geldrollen mit Napoléondors und Friedrichsdors oder mit holländischen Goldgulden befinden, was man allein schon aus Ihren Gamaschen ersehen kann, so erhält doch Ihr Reisebündel, wenn man zu diesem Bündel eine solche angebliche Verwandte wie zum Beispiel die Generalin Jepántschin hinzufügt, eine ganz andere Bedeutung. Versteht sich, nur in dem Fall, wenn die Generalin Jepántschin auch wirklich Ihre Verwandte ist und Sie sich nicht etwa irren... aus Zerstreutheit vielleicht... was einem Menschen sehr wohl passieren kann, und wenn auch nur — nun, sagen wir, infolge übermäßig entwickelter Phantasie.«

»Oh, da haben Sie wieder die Wahrheit erraten«, versetzte schnell der blonde junge Mann; »denn ich irre mich ja auch in der Tat: sie ist eigentlich so gut wie gar nicht verwandt mit mir, so daß es mich damals auch durchaus nicht wunderte, von ihr keine Antwort zu erhalten. Ich hatte das auch im Grunde nicht einmal erwartet.«

»Da haben Sie nur das Geld für das Briefporto unnütz ausgegeben. Hm!... Sie sind wenigstens gutmütig und aufrichtig, das ist lobenswert! Hm! den General Jepantschin kennen wir, vornehmlich, weil er allbekannt ist. Aber auch den seligen Herrn Pawlíschtscheff, der für Sie in der Schweiz bezahlt hat, haben wir einstmals gekannt, wenn es Nikolái Andréjewitsch Pawlíschtscheff war; denn es gab ihrer zwei Vettern. Der eine lebt heute noch in der Krim. Nikolái Andrejewitsch aber, der Verstorbene, war ein angesehener Mann, der gute Verbindungen hatte und seinerzeit viertausend Leibeigene besaß, jawohl ...«

»Ganz recht, er hieß Nikolái Andréjewitsch Pawlíschtscheff«, und der junge Mann blickte, nachdem er das geantwortet hatte, unverwandt und forschend den allwissenden Herrn an.

Solche Leute, die alle Welt kennen und alles wissen, findet man zuweilen, oder eigentlich sogar recht häufig, in einer ganz bestimmten Gesellschaftsschicht. Sie wissen buchstäblich alles, die ganze unruhige Wißbegier ihres Geistes ist unablenkbar nach dieser einen Seite gerichtet, selbstverständlich „in Ermangelung ernsterer Lebensinteressen und Anschauungen", wie sich ein zeitgenössischer Denker ausdrücken würde. Übrigens beschränkt sich diese Allwissenheit nur auf ein ziemlich eng begrenztes Gebiet: welche Anstellung der und der hat, mit wem er bekannt, wie groß sein Vermögen, wo er Gouverneur gewesen, mit wem er verheiratet ist, wieviel er blank und bar mitgeheiratet hat, wer seine Verwandten, Tanten, Nichten, Neffen und Vettern im zweiten und dritten Grade sind usw., usw., in dieser Art. Größtenteils gehen diese Leute mit durchgewetzten Ellenbogen umher und beziehen ein Monatsgehalt von etwa siebzehn Rubeln. Die Betreffenden, von denen sie alle diese Einzelheiten wissen, könnten es sich natürlich nie erklären, aus welchen Gründen sie sich für diese Dinge interessieren; indes kann ich versichern, daß viele von ihnen mit diesen Kenntnissen, die einer ganzen Wissenschaft gleichkommen, sich vollkommen zufrieden geben, in ihrer Selbstachtung bedeutend steigen und mit der Zeit sogar eine höhere geistige Genugtuung darin finden. Und sie ist ja auch wirklich verführerisch, diese Wissenschaft! Ich habe

Gelehrte, Literaten, Dichter und Staatsmänner gekannt, die in dieser Wissenschaft ihre größte Befriedigung und ihren höchsten Lebenszweck fanden und einzig durch sie Karriere machten.

Während dieser ganzen Unterhaltung hatte der brünette junge Mann gegähnt, ziellos zum Fenster hinausgeschaut und voll Ungeduld das Ende der Reise erwartet. Er war sichtlich zerstreut — geradezu seltsam zerstreut, fast aufgeregt, und sein ganzes Gebaren war etwas sonderbar: er hörte zu und hörte doch nicht zu, sah und sah doch nicht recht, oder er lachte und wußte selbst nicht, worüber er lachte.

»Aber erlauben Sie, mit wem habe ich die Ehre?« wandte sich plötzlich der Herr mit dem finnigen Gesicht an den blonden jungen Mann mit dem Bündel.

»Fürst Lew Nikolájewitsch Mýschkin«, antwortete jener ohne zu zögern und mit aller Bereitwilligkeit.

»Fürst Mýschkin? Lew Nikolájewitsch? Kenn' ich nicht. Nicht mal vom Hörensagen«, meinte der Beamte nachdenklich. »Das heißt, ich rede nicht vom Namen — der Name ist historisch, in Karamsíns „Russischer Geschichte" kann und muß man ihn finden. Ich rede vielmehr von Ihrer Person. Man hat lange nichts mehr von irgendwelchen Fürsten dieses Namens gehört, und es ist einem auch keiner mehr zu Gesicht gekommen.«

»Oh, wie sollten sie auch! Außer mir gibt es jetzt überhaupt keine Fürsten Myschkin mehr; ich bin, glaube ich, der letzte. Meine Vorfahren aber sind zum Teil auch Einhöfer gewesen. Mein Vater war übrigens Leutnant in einem Linienregiment; einer von den Junkern. Nur weiß ich nicht, wie die Generalin Jepantschin von den Fürsten Myschkin abstammt; jedenfalls ist auch sie die Letzte ihres ganzen Geschlechts[1]...«

»Hahaha! Die Letzte ihres ganzen Geschlechts! Haha! Nicht schlecht gesagt«, lachte der Beamte.

Auch der Brünette lächelte. Der Blonde aber wunderte

sich, daß es ihm gelungen war, einen — übrigens recht schwachen — Witz zu machen.

»Ach so ... Ich habe es ganz gedankenlos gesagt«, erklärte er schließlich noch immer etwas verwundert.

»I, versteht sich, versteht sich!« beruhigte ihn der Beamte oder richtiger der Herr mit der Physiognomie eines Beamten.

»Aber sagt doch, Fürst, habt Ihr dort auch Wissenschaften betrieben, dort bei Eurem Professor?« erkundigte sich plötzlich der Brünette.

»Ja... ich habe manches gelernt...«

»Ich aber habe nie was gelernt.«

»Auch ich habe ja nur so einiges...«, fügte der Fürst fast entschuldigend hinzu. »Infolge meiner Krankheit war es nicht möglich, mich systematisch zu unterrichten.«

»Kennt Ihr die Rogóshins?« fragte plötzlich der Brünette.

»Nein, ich kenne sie nicht; die sind mir ganz unbekannt. Ich kenne ja nur sehr wenige Menschen in Rußland. So sind Sie ein Rogóshin?«

Ja, ich bin ein Rogoshin. Parfjónn...«

»Parfjónn?« Der Beamte stutzte. »Aber doch nicht etwa von jenen selben Rogoshin...«, begann er langsam.

»Na ja, gewiß von jenen selben, jenen selben«, unterbrach ihn mit unhöflicher Gereiztheit der Brünette, der sich, nebenbei bemerkt, kein einziges Mal an den finnigen Beamten wandte, sondern von Anfang an nur zum Fürsten sprach.

»Ja... wie denn das?« wunderte sich maßlos und die Augen aufreißend der Beamte, dessen ganzes Gesicht sich sofort in einen andächtigen und unterwürfigen, ja sogar aufrichtig erschrockenen Ausdruck zu verwandeln begann. »Doch nicht etwa der Sohn desselben Ssemjón Parfjónowitsch Rogóshin, des erblichen Ehrenbürgers, der vor einem Monat gestorben ist und ein bares Kapital von zwei Millionen fünfmalhunderttausend Rubeln hinterlassen hat?«

»So, woher weißt denn du, daß er ein bares Kapital von zwei Millionen fünfmalhunderttausend Rubeln hinterlassen hat?« unterbrach ihn der Brünette, auch diesmal ohne ihn eines Blickes zu würdigen. »Seht doch den Kerl!« fuhr er mit einer Kopfbewegung nach dessen Seite hin fort, sich an den Fürsten wendend, »was sie nur davon haben, daß sie sich einem sofort wie ein Schweif anhängen? Aber das stimmt, daß mein Vater gestorben ist und ich erst nach einem Monat aus Pskow beinah ohne Stiebel nach Hause fahre. Weder mein Bruder, der Schuft, noch meine Mutter, weder Geld noch Nachricht — nichts haben sie mir geschickt! Wie einem Hunde! Hab' dortselbig in Pskow den ganzen Monat im Fieber gelegen!«

»Und jetzt heißt es mehr als ein Milliönchen auf einen Ruck in Empfang nehmen! — zum allermindesten! Du lieber Gott!« Der Beamte hob ganz überwältigt die Hände empor.

»Sagt doch, bitte, was geht das *ihn* an?« fragte Rogoshin gereizt und ärgerlich mit demselben kurzen Kopfnicken nach dessen Seite hin. »Ich werde dir ja doch keine Kopeke davon geben, und wenn du dich auch auf den Kopf stellst und auf den Händen vor mir gehen und bitten solltest.«

»Und ich werde, und ich werde es tun!«

»Seht doch! Aber ich werde dir ja doch nichts geben, werde dir keine Kopeke geben, tanze meinetwegen eine ganze Woche auf den Händen vor mir herum!«

»Und gib auch nicht! Geschieht mir recht: gib nicht! Ich aber werde tanzen! Werde mein Weib und meine Kinderchen verlassen und vor dir tanzen! — jawohl! — und vor dir tanzen!«

»Pfui Teufel!« Der Brünette spie aus. »Vor fünf Wochen fuhr ich ganz wie Ihr da«, wandte er sich an den Fürsten, »nur mit einem Bündel nach Pskow, um mich vor meinem Vater in Sicherheit zu bringen. Fuhr zur Tante. Dort warf mich das Fieber nieder. Er aber starb in meiner Abwesenheit. Am Schlage. Ewiges Angedenken dem Seligen, nur hätte er mich damals sicherlich totgeschlagen. Werdet Ihr's mir glauben, Fürst: bei Gott! — wär' ich nicht geflohen, er hätte mich ohne weiteres erschlagen.«

»Sie haben ihn wohl irgendwie erzürnt?« fragte der Fürst, der mit eigentümlichem Interesse den Millionär im Schafpelz betrachtete.

Aber wenn auch eine Million und deren Erbschaft immer beachtenswert zu sein pflegen, so war es doch etwas ganz anderes, das den Fürsten wunderte und interessierte. Aber auch Rogóshin hatte aus irgendeinem Grunde ersichtlich gern mit dem Fürsten das Gespräch angeknüpft, obschon er eine Unterhaltung offenbar mehr mechanisch als aus innerem Bedürfnis suchte — gewissermaßen mehr aus Zerstreutheit als aus Offenherzigkeit, mehr infolge seiner Erregung und Unruhe... vielleicht nur, um die Zunge bewegen zu können. Auch schienen seine Reden noch halbe Fieberphantasien zu sein, wenigstens sah man ihm an, daß er innerlich noch immer fieberte. Der Beamte aber wandte keinen Blick von ihm und wagte kaum noch zu atmen. Er hing förmlich an seinen Lippen, von denen er jedes Wort gierig auffing und dann wägte, ganz als hätte er unter ihnen nach einem kostbaren Edelstein gesucht.

»Ja, erzürnt — das war er schon ... und es war vielleicht auch der Mühe wert«, brummte Rogoshin. »Mich aber hat am meisten mein Bruder geärgert. Von meiner Mutter red' ich nicht, ist eine alte Frau, liest die Heiligenlegenden, sitzt mit alten Weibern zusammen, und wie's mein Bruder Ssénjka bestimmt, so muß alles geschehen. Warum aber hat er mich nicht zur rechten Zeit benachrichtigt? Na, wir verstehen schon! Es ist ja wahr, ich lag bewußtlos im Fieber, und ein Telegramm haben sie ja wohl abgesandt. Aber meine Tante ist grad die Richtige für Telegramme! Sie verbringt schon seit dreißig Jahren ihre Witwenschaft mit Trübsalspinnen und hockt vom Morgen bis zum Abend mit Kirchenbettlern und Stadtverrückten zusammen. Nonne ist sie grad nicht, jedenfalls aber so was von der Art, nur noch schlimmer. Das Telegramm erschreckte sie natürlich fürchterlich, und da lief sie mit ihm, ohne es zu entsiegeln, geradewegs aufs Polizeiamt, wo es heute noch liegt. Nur Kónjeff, Wassílij Wassíljitsch, rettete mich: schrieb mir alles ganz genau. Von der brokatenen Sargdecke des Vaters hat mein Bruder nachts heimlich die massiv goldenen Quasten abgeschnitten − ,sie kosteten doch ein Heidengeld'! Schon allein dafür kann er nach Sibirien wandern, wenn ich nur will, denn das ist doch Beraubung von Heiligtümern, also so gut wie Kirchenschändung. He, du da, alte Vogelscheuche!« wandte er sich plötzlich an den Beamten. »Wie ist's nach dem Gesetz: ist's Kirchenschändung oder nicht?«

»Jawohl, Kirchenschändung! Gewiß Kirchenschändung!« bestätigte dieser sofort mit großem Eifer.

»Und dafür geht's nach Sibirien?«

»Ohne weiteres nach Sibirien! Sofort nach Sibirien!«

»Die glauben, daß ich noch todkrank dort liege«, fuhr Rogoshin, zum Fürsten gewandt, fort, »ich aber bin heimlich, ohne ein Wort zu sagen, und allerdings noch halb krank, in den Zug gestiegen. Fuhr einfach los! Mach mal auf das Tor, mein bester Ssemjón Ssemjónytsch! Er hat mich bei meinem verstorbenen Vater angeschwärzt, das weiß ich. Daß ich aber mit Nastássja Filíppowna damals meinen Vater aufgebracht habe, das läßt sich nicht leugnen. Hier war es nun freilich ganz allein meine Schuld. Die Sünde hat's so gewollt.«

»Mit Nastássja Filíppowna? ...«, flüsterte der Beamte ehrfurchtsvoll, als überlege er irgend etwas.

»Kennst sie ja doch nicht!« schnitt ihm Rogoshin gereizt und ärgerlich das Wort ab.

»Doch! ich kenne sie!« triumphierte der Beamte.

»Das fehlte noch! Als ob nur eine in der ganzen Welt Nastássja Filíppowna hieße! Was du übrigens für ein unverschämtes Geschmeiß bist! Merk dir das. Wußt' ich's doch, daß sich mir sogleich irgend so'n Geschmeiß anhängen würde!« Er sprach wieder nur zum Fürsten.

»Wer weiß, vielleicht kenne ich aber doch die Richtige!«
Der Beamte ließ sich nicht abschütteln. »Lébedeff soll sie nicht kennen! Sie, Hochwohlgeborenster, geruhen mich zu tadeln, wie aber, wenn ich beweise, was ich sage? Das ist doch dieselbe Nastassja Filippowna, deretwegen Ihr Vater mittels eines Stockes Ihnen die Leviten zu lesen gedachte, und ihr Familienname ist Baráschkoff, also sozusagen der Herkunft nach sogar eine vornehme Dame und in ihrer Art auch eine Fürstin. Sie hat mit einem gewissen Tózkij, Afanássij Iwánowitsch, ein Verhältnis, aber nur mit ihm allein, einem Gutsbesitzer und Großkapitalisten, Mitglied verschiedener Handelsgesellschaften, der dieserhalb mit dem General Jepántschin enge Freundschaft pflegt ...«

»Ah! Also solch ein Vogel bist du!« Rogoshin wunderte sich denn doch. Er war aufrichtig überrascht. »Pfui Teufel, er scheint sie ja tatsächlich zu kennen!«

»Wen kennt er nicht? Lébedeff kennt alle und alles! Ich, müßt Ihr wissen, Hochwohlgeborenster, habe einmal mit Alexáschka Lichatschóff zwei Monate lang juchheit, gleichfalls nach dem Tode des Vaters, kenne daher alle Winkel und Gassen; denn schließlich ging er ohne Lébedeff keinen Schritt! Jetzt sitzt er im Schuldturm, damals aber hatte er Gelegenheit, sowohl die Armance und Coralie wie die Fürstin Pázkij und Nastassja Filippowna kennenzulernen ... und noch so manches andere hatte er Gelegenheit kennenzulernen!«

»Nastassja Filippowna? Ja, hat sie mit Lichatschóff ...?« Rogoshin blickte ihn wütend an. Selbst seine Lippen wurden blaß und bebten.

»Nein-nein-nein — nichts! Absolut nichts!« beeilte sich der Beamte zu versichern. »Er konnte mit allem Geld *n-n-nichts* bei ihr erreichen, *n-nicht das geringste!* Nein, die war keine Armance! Nur Tózkij allein, wie gesagt. Und abends sitzt sie in der großen Oper oder im Französischen Theater in ihrer eigenen Loge. Vieles, was die Offiziere so unter sich reden — na, aber auch sie können ihr nichts nachsagen. Nur so: ‚Sieh dort, das ist Nastassja Filippowna' — das ist alles, was sie sagen können; in betreff des Weiteren aber n-nichts! Denn es ist ja auch nichts zu sagen.«

»Das stimmt alles ganz genau«, bestätigte Rogoshin düster und stirnrunzelnd. »Das hat mir auch Saljósheff, gesagt ... Ich lief damals«, fuhr er, zum Fürsten gewandt, fort, »in einem alten Pelzüberrock meines Vaters, den dieser schon vor drei Jahren abgelegt hatte, über den Néwskij-Prospekt, da tritt sie aus einem Laden und setzt sich in ihren Wagen. Ich war auf der Stelle wie von Feuer durchbrannt. Darauf begegne ich Saljósheff — der paßt nicht zu mir, kleidet sich wie ein Friseurgehilfe, Glas vor'm Auge, wir aber durften beim Seligen nur Schaftstiefel tragen und aßen nichts als Fastenkost. ‚Nichts für dich', sagte er, ‚die ist so gut wie eine Fürstin, Nastássja Filíppowna heißt sie, eine Baráschkowa. Sie lebt mit einem gewissen Tozkij, der nicht weiß, wie er von ihr loskommen soll; denn da er jetzt reif zum Heiraten ist — fünfundfünfzig geworden — so will er eine der ersten Schönheiten Petersburgs ehelichen.' Gleichzeitig teilte er mir mit, daß ich sie noch am selben Abend in der Großen Oper sehen könnte, sie würde in ihrer Parterreloge sitzen. Bei uns aber, zu Lebzeiten des Seligen, sollte jemand versuchen, ins Theater oder gar ins Ballett zu gehen! Kurzen Prozeß hätte er gemacht: glatt erschlagen! Ich aber machte mich dennoch ganz heimlich auf und davon — und es gelang mir auch wirklich, Nastassja Filippowna zu sehen. Die ganze Nacht schlief ich nicht. Am nächsten Morgen gibt mir der Selige zwei fünfprozentige Wertpapiere, zu fünftausend Rubel jedes. ‚Geh', sagte er, ‚verkauf sie: siebentausendfünfhundert bring zu Andréjeffs ins Kontor, bezahle dort, und den Rest von den zehntausend bring mir, ohne dich irgendwo aufzuhalten, unverzüglich zurück. Werde dich hier erwarten.' Die Papiere verkaufte ich, nahm das Geld, zu Andréjeffs aber ins Kontor ging ich nicht, sondern begab mich schnurstracks zum englischen Juwelier und kaufte dort fürs ganze Geld ein Paar

Ohrringe, in jedem ein Brillant so ungefähr von der Größe einer Haselnuß, blieb noch vierhundert Rubel schuldig – nannte meinen Namen, da trauten sie mir. Mit den Ohrringen ging ich zu Saljósheff, sagte: Soundso, gehen wir, Freund, zu Nastassja Filippowna. Wir gingen. Was damals unter meinen Füßen war, was vor mir, was neben mir – davon weiß ich nichts mehr, keine Ahnung. Wir traten ein, in ihren Salon, und sie erschien selbst. Ich, das heißt ... ich sagte damals nicht, wie ich heiße, sondern Saljosheff sagte einfach: ‚Von Parfjónn Rogóshin, zum Andenken an die gestrige Begegnung, wenn Sie es annehmen wollten.‘ Sie öffnete, sah den Schmuck, lächelte. ‚Überbringen Sie‘, sagte sie, ‚Ihrem Freunde, Herrn Rogoshin, meinen Dank für seine liebenswürdige Aufmerksamkeit.‘ Nickte und ging. Warum bin ich damals nicht auf der Stelle gestorben! Aber wenn ich auch fortging, so ging ich doch nur, weil ich dachte: ‚Einerlei, lebendig kommst du doch nie wieder her!‘ Am kränkendsten aber schien mir, daß dieses Biest Saljosheff alles wie von sich aus gemacht hatte. Ich bin nicht groß von Wuchs, und gekleidet war ich wie 'n Knecht. Ich stehe, schweige, starre sie nur an – denn ich schämte mich doch –, er aber ist nach neuester Mode gekleidet, ist pomadisiert und frisiert, rotwangig, mit 'ner karierten Krawatte – dienert nur so, Kratzfuß hier und Bückling dort. Sicher hat sie ihn für den Parfjonn Rogoshin gehalten, während ich wie 'n Esel dabeistehe! ‚Nun‘, sagte ich, als wir hinaustraten, ‚daß du mir jetzt nicht hier irgend etwas auch nur zu denken wagst, verstanden!‘ Er lachte. ‚Wie aber wirst du denn jetzt Ssemjón Parfjónowitsch‘ – also meinem Vater – ‚Rechenschaft ablegen?‘ Ich muß gestehen, daß ich damals einfach ins Wasser wollte, ohne nach Hause zurückzukehren, dachte aber: ‚Jetzt ist doch alles gleich‘, und ging wie ein Verdammter heim.«

Der Beamte stöhnte überwältigt »Ach!« und »Oh!«, verrenkte sein Gesicht und schüttelte sich, als wenn ihn Frostschauer durchrieselten. »Und dabei müssen Sie bedenken, daß der Selige imstande war, einen schon wegen gewöhnlicher zehn Rubel — von zehntausend ganz zu schweigen — ins Jenseits zu befördern!« teilte er dem Fürsten wichtigtuend unter mehrfachem Kopfnicken mit.

Interessiert betrachtete der Fürst Rogóshin, der in diesem Augenblick noch bleicher erschien.

»Ins Jenseits zu befördern!« äffte Rogoshin ärgerlich nach. »Was weißt du denn davon? ... Im Augenblick hatte er alles erfahren«, erzählte er dann dem Fürsten weiter; »denn Saljosheff hatte natürlich nichts Besseres zu tun, als die ganze Geschichte jedem ersten besten auf die Nase zu binden. Mein Vater führte mich ins Obergeschoß und schloß mich in ein Zimmer ein, wo er mir sodann eine Stunde lang Vernunft einbleute. ,Jetzt bereite ich dich nur vor', sagte er, ,am Abend aber werde ich wiederkommen und in noch ganz anderer Weise mit dir reden.' Was glauben Sie wohl? — Der Alte fährt zu Nastassja Filippowna, verneigt sich vor ihr bis zur Erde, fleht und weint, bis sie ihm den Schmuck bringt und hinwirft: ,Da hast du deine Ohrringe, alter Graubart', sagt sie, ,ich schätze sie jetzt zehnmal teurer ein, wenn er sie sich trotz solcher Gefahr verschafft hat. Grüß mir', sagt sie, ,grüß mir Parfjónn Ssemjónytsch und sag ihm meinen Dank.' Nun, ich aber hatte inzwischen mit meiner Mutter Segen von Sserjósha Protuschin zwanzig Rubel geborgt und begab mich sofort per Bahn nach Pskow, kam aber schon im Fieber dort an. Die alten Weiber langweilten mich tot mit dem Vorlesen ihrer Heiligengeschichten, während ich halb betrunken dasaß. So ging ich denn und suchte für mein Letztes die Schenken heim und lag dann bewußtlos die ganze Nacht auf der Straße, und am Morgen war dann das hohe Fieber da, und nachts hatten mich noch die Hunde angenagt. Ein Wunder, daß ich überhaupt noch zu mir kam.«

»Na! Na! Jetzt wird Nastassja Filippowna ein anderes Liedchen singen!« kicherte händereibend der Beamte. »Jetzt werden wir sie für diese Ohrringe schon entschädigen...«

»Höre, wenn du noch ein einziges Mal, gleichviel mit welchem Wort, Nastassja Filippowna erwähnst, so werde ich dich, bei Gott, einfach verbleuen, und wenn du auch hundertmal mit Lichatschóff juchheit hast!« rief knirschend Rogoshin, der plötzlich mit eisernem Griff des anderen Arm gepackt hatte.

»Nun zu, schlägst du mich, so wirst du mich nicht fortjagen. Schlag nur! Gerade damit erwirbst du dir meine Freundschaft. Hast du mich erst einmal verbleut, so hast du damit die Freundschaft besiegelt ... Ah, da sind wir ja schon angekommen!«

Der Zug fuhr gerade in diesem Augenblick in den Bahnhof ein. Obgleich Rogoshin sich nach seinen Worten ganz heimlich aufgemacht hatte, wurde er doch von einer ganzen Schar Bekannter erwartet. Sobald sie ihn erblickt hatten, schrien sie ihm zu und schwenkten die Mützen.

»Sieh mal, auch Saljosheff ist hier!« brummte Rogoshin, indem er sie mit triumphierendem und gleichwohl boshaftem Lächeln musterte, und plötzlich wandte er sich an den Fürsten. »Ich weiß nicht, weshalb ich dich liebgewonnen hab', Fürst. Vielleicht, weil ich dich in einer solchen Stunde kennengelernt habe; aber ich habe ja auch diesen da kennengelernt« (er wies auf Lebedeff), »ohne ihn dabei liebzugewinnen. Komm zu mir, Fürst. Diese Stiebletten wollen wir dir schon abziehen, werde dir einen, den schönsten Marderpelz kaufen, werde dir den teuersten Frack machen lassen, dazu eine weiße Weste oder was für eine du willst, die Taschen stopfe ich dir voll mit Geld und — fahren wir dann zu Nastassja Filippowna! Wirst du kommen?«

»So hören Sie doch, Fürst Lew Nikolajewitsch!« mischte sich Lebedeff eifrig dazwischen. »Greifen Sie zu, oh, greifen Sie zu! ...«

Fürst Myschkin erhob sich, bot Rogoshin höflich die Hand und sagte herzlich:

»Ich werde mit dem größten Vergnügen zu Ihnen kommen, und ich danke Ihnen dafür, daß Sie mich liebgewonnen haben. Vielleicht werde ich sogar heute schon kommen, wenn ich Zeit finde. Denn, ich sage es Ihnen aufrichtig, auch Sie haben mir sehr gefallen — namentlich, als Sie das von den Ohrringen erzählten. Ja, sogar vor den Ohrringen gefielen Sie mir bereits, obschon Sie ein düsteres Gesicht machten. Auch danke ich Ihnen für die Kleider und den Pelz, die Sie mir schenken wollen, ich werde bald beides nötig haben. Geld jedoch habe ich im gegenwärtigen Augenblick fast keine Kopeke mehr, doch ...«

»Oh, Geld wirst du von mir bekommen, soviel du nur willst, zum Abend wird es schon da sein, komm nur zu mir!«

»Oh, Geld wird schon da sein«, griff der Beamte sofort auf, »zum Abend, noch vor dem Abend wird es da sein!«

»Aber wie steht es mit den Frauen, Fürst? Seid Ihr ein großer Liebhaber des weiblichen Geschlechts? — das müßt Ihr mir im voraus sagen.«

»Ich? N-n-nein. Ich bin ja ... Sie wissen vielleicht nicht, daß ich ... daß ich infolge meiner Krankheit die Frauen überhaupt noch nicht kenne.«

„Nun, wenn's so ist ...«, rief Rogoshin aus, »dann bist du ja, Fürst, ein ganz armer Heiliger! Solche, wie du, hat Gott lieb.«

»Gewiß! Gerade solche hat Gott der Herr lieb!« echote der Beamte.

»Und du, Schmeißfliege, kannst jetzt gleich mitkommen!« wandte sich Rogoshin an Lebedeff, und sie verließen alle den Waggon.

Lebedeff hatte nun doch erreicht, was er wollte. Die lärmende Schar entfernte sich bald in der Richtung nach dem Wosnessénskij-Prospekt. Der Fürst dagegen mußte den Weg zur Litéinaja einschlagen. Der Morgen war feucht und naßkalt. Fürst Myschkin erkundigte sich bei Vorübergehenden nach den Entfernungen: bis zu seinem Ziel waren es noch etwa drei Werst, und so entschloß er sich, eine Droschke zu nehmen.

## II

General Jepantschin wohnte in seinem eigenen Hause, etwas abseits von der Liteínaja, in der Richtung zur Heiligen Verklärungskirche. Außer diesem äußerst stattlichen Hause, von dem fünf Sechstel vermietet waren, besaß der General noch ein riesiges Haus an der Ssadówaja Straße, das ihm gleichfalls sehr viel eintrug. Ferner besaß er in der nächsten Nähe Petersburgs ein überaus rentables und durchaus nicht so kleines Gut und dann noch, gleichfalls im Petersburger Kreis, irgendeine Fabrik. In früheren Zeiten hatte sich der General, wie alle Welt wußte, an der Branntweinpacht beteiligt, jetzt jedoch war er Mitglied einiger solider Aktiengesellschaften, in deren Aufsichtsrat er eine einflußreiche Stimme besaß. Jedenfalls galt er als schwerreicher Mann mit Unternehmungsgeist und guten Verbindungen. An manchen Stellen, unter anderem auch in seinem Dienst, hatte er es verstanden, sich fast unentbehrlich zu machen. Indes wußte alle Welt, daß Iwán Fjódorowitsch Jepántschin ein Mann ohne besondere Bildung und ein einfaches Soldatenkind war. Letzteres konnte ihm zweifellos nur zur Ehre gereichen. Doch hatte der General, obgleich sonst gerade kein Dummer, auch seine kleinen, sehr verzeihlichen Schwächen, denen es zuzuschreiben war, daß er gewisse Anspielungen auf seine Herkunft nichts weniger als gern hörte. Im übrigen war er ein kluger und gewandter Mensch, der wußte, was sich gehörte, und der seine Prinzipien hatte. So zum Beispiel hatte er es sich zum Grundsatz gemacht, sich nie dort vorzudrängen, wo zurückzustehen ratsamer war. Im allgemeinen wurde er wegen seiner einfachen Natürlichkeit geschätzt, weil er sich nichts anmaßte, was ihm nicht zukam, und weil er immer seinen Platz kannte. Währenddessen aber — wenn diese Leute nur geahnt hätten, was bisweilen in der Seele Iwán Fjódorowitschs, der so gut seinen Platz kannte, vorging! Doch wieviel

Lebenserfahrung er auch besaß — und sogar einige recht bemerkenswerte Fähigkeiten ließen sich ihm nicht absprechen —: er zog es im allgemeinen durchaus vor, sich mehr als Vollstrecker fremder Ideen, denn als ein aus eigener Initiative Handelnder hinzustellen. Er war ein »treuer Untertan ohne zu kriechen« und — was erlebt man nicht alles in unserem Jahrhundert! — gab sich sogar als echter und herzlicher Russe. In dieser Beziehung sollen ihm sogar ein paar amüsante Geschichtchen passiert sein, doch der General verzagte nie, nicht einmal in den komischsten Situationen. Zudem hatte er Glück, selbst im Kartenspiel. Ja, er spielte sogar sehr hoch und bemühte sich auch keineswegs, diese seine scheinbare kleine Schwäche — die ihm mitunter nicht wenig eintrug — zu verbergen, sondern kehrte sie noch absichtlich hervor. Sein Bekanntenkreis war ein etwas gemischter, doch selbstverständlich gehörten zu ihm immerhin nur reiche Leute. Aber es lag ja alles noch vor ihm, jedes Ding hat seine Zeit, und so mußte einmal doch alles an die Reihe kommen. Auch was das Alter anbelangt, war der General sozusagen noch in den besten Jahren, nämlich genau sechsundfünfzig Jahre alt, nicht weniger und beileibe nicht mehr, was ja doch unter solchen Verhältnissen ein blühendes Alter zu nennen ist, ein Alter, in dem das wirkliche Leben so recht eigentlich erst beginnt. Gesundheit, frische Gesichtsfarbe, gute, wenn auch schon etwas dunkel angelaufene Zähne, eine breitschultrige, robuste Gestalt, morgens im Dienst der ebenso besorgte und strenge wie abends am Kartentisch Seiner Durchlaucht heitere Gesichtsausdruck — alles das trug zu den schon erreichten und noch bevorstehenden Erfolgen des Generals in nicht geringem Maße bei und bestreute den Lebenspfad Seiner Exzellenz mit Rosen.

Der General besaß auch eine entsprechend blühende Familie. Freilich waren die Rosen, die ihm hier erblühten, nicht immer ganz ohne Dornen, doch dafür gab es wieder manches andere, auf Grund dessen sich die größten und liebsten Hoffnungen Seiner Exzellenz gerade auf seinen Nachwuchs konzentrierten. Welche Hoffnungen und Pläne könnten auch wichtiger und heiliger sein als diejenigen liebender Eltern? An was soll man sich schließlich anklammern, wenn nicht an die Familie? Die Familie des Generals bestand aus seiner Gattin und drei erwachsenen Töchtern. Geheiratet hatte er schon vor sehr langer Zeit, als er noch Leutnant war; seine Braut war fast in gleichem Alter mit ihm, zeichnete sich weder durch besondere Schönheit noch durch Bildung aus, und als Mitgift bekam sie auch nur fünfzig Seelen — die allerdings zur Grundlage seines späteren Reichtums wurden. Der General jedoch äußerte in der Folge nie etwas, woraus man hätte schließen können, daß er seine frühe Heirat bereue. Er behandelte sie nie als übereilte Handlung der unüberlegten Jugend. Und seine Gemahlin achtete er so hoch und fürchtete sie bisweilen so sehr, daß er sie offenbar sogar liebte. Sie nun, die Generalin Jepantschin, stammte aus dem Hause der Fürsten Myschkin, einem nicht gerade sehr glänzenden, doch dafür sehr alten Geschlecht, und tat sich auf diese ihre Abkunft nicht wenig zugute. Eine zu jener Zeit einflußreiche Persönlichkeit (einer jener Protektoren, die das Protegieren kein Geld kostet) hatte sich bereit gefunden, der jungen Fürstin einen Gatten zu verschaffen. Er öffnete dem jungen Offizier das Pförtchen zur Karriere und gab ihm den ersten Stoß, der ihn auf dieser Bahn in Gang brachte. Der junge Mann aber bedurfte nicht einmal einer so großen Hilfeleistung, es genügte ihm zunächst, wenn er nur mit einem Blick bemerkt und nicht ganz übersehen wurde. Die Ehegatten lebten, abgesehen von einzelnen wenigen Ausnahmen, bis zu ihrer Silberhochzeit in bester Eintracht. Bereits in jungen Jahren hatte die Generalin es verstanden — dank ihrer fürstlichen Abstammung und als Letzte ihres Stammes, vielleicht aber auch dank persönlicher Vorzüge —, einzelne hochgestellte Gönnerinnen zu finden, und mit der Zeit war sie, dank ihrem Reichtum und der dienstlichen Stellung ihres Gemahls, in diesem hohen Kreise sogar einigermaßen heimisch geworden.

In den letzten Jahren waren die drei Töchter des Generals, Alexandra, Adelaïda und Aglaja, herangewachsen und lieblich erblüht. Freilich hießen sie alle drei nur Jepantschin, doch waren sie mütterlicherseits immerhin fürstlicher Abstammung, hatten keine geringe Mitgift zu erwarten und besaßen einen Vater, der für die Zukunft noch Aussicht auf einen vielleicht sogar sehr hohen Posten hatte. Außerdem waren sie alle drei — was gleichfalls von nicht geringer Bedeutung ist — auffallend hübsche Mädchen, selbst die Älteste, Alexandra, die bereits das fünfundzwanzigste Jahr überschritten hatte, nicht ausgenommen. Die zweite war dreiundzwanzig Jahre alt und die Jüngste, Aglaja, kaum zwanzig. Diese Jüngste war sogar eine ausgesprochene Schönheit und lenkte denn auch in der Gesellschaft die allgemeine Aufmerksamkeit auf sich. Aber das war noch längst nicht alles Gute, was sich von ihnen sagen ließ: alle drei zeichneten sich nämlich auch durch Bildung, Verstand und Talente aus. Auch wußte man zu erzählen, daß sie einander sehr zugetan seien und in gutem Einvernehmen zusammenhielten. Ja, man sprach sogar von gewissen Opfern, die die beiden älteren Schwestern der Jüngsten, dem Abgott des ganzen Hauses, zu bringen beabsichtigten. Niemand konnte ihnen Hochmut oder gar Dünkel vorwerfen, obschon ein jeder wußte, daß sie stolz waren und ihren eigenen Wert kannten. Die Älteste war musikalisch, die Mittlere besaß ein auffallendes Zeichentalent, doch davon hatte viele Jahre kein Mensch etwas geahnt: erst in der letzten Zeit hatte man es plötzlich entdeckt, und auch da nur ganz zufällig. Mit einem Wort, es wurde sehr viel Lobenswertes von ihnen erzählt. Nichtsdestoweniger gab es auch solche, die ihnen nicht gerade wohlwollten. So sprach man z. B. mit wahrem Entsetzen davon, wieviel Bücher sie schon gelesen hätten. Mit dem Heiraten hatten sie es nicht eilig. Vornehme Gesellschaft zogen sie natürlich vor, doch machten sie sich schließlich auch nicht viel aus ihr, was um so bemerkenswerter war, als jedermann den Charakter, die Wünsche und Hoffnungen ihres Vaters kannte.

Es war bereits elf Uhr, als der Fürst an der Wohnung des Generals die Klingel zog. Jepantschins wohnten im zweiten Stock, zwar möglichst wenig protzig, doch ihrer gesellschaftlichen Stellung durchaus entsprechend. Der Fürst, dem ein Diener in voller Livree öffnete, mußte ziemlich lange mit diesem Menschen reden, der ihn und sein Bündel zuerst recht kritisch musterte. Erst nach wiederholter und bestimmter Versicherung, daß der Besucher tatsächlich Fürst Myschkin sei und den General in einer wichtigen Angelegenheit zu sprechen wünsche, führte ihn der ungläubige Bediente in ein kleines Vorzimmer vor dem Empfangskabinett Seiner Exzellenz und übergab ihn dort gewissermaßen der Obhut eines anderen Dieners, der des Morgens in diesem Zimmer Dienst hatte und die zum Besuch erscheinenden Herren anmelden mußte. Dieser zweite Diener trug einen schwarzen Frack, mochte etwa vierzig Jahre zählen, zeigte eine sorgenvolle Miene und besaß in seinen eigenen Augen als spezieller Anmeldediener des Generals Jepantschin ganz zweifellos höheren Wert.

»Warten Sie gefälligst im Empfangszimmer, das Bündel lassen Sie aber hier«, sagte er jetzt, ohne sich zu beeilen, setzte sich darauf wichtig auf seinen Stuhl und betrachtete mit strenger Verwunderung den Fürsten, der, als wäre es ganz selbstverständlich, neben ihm auf einem anderen Stuhl Platz nahm, während er das Bündel immer noch an der Hand trug.

»Wenn Sie erlauben«, sagte der Fürst, »werde ich lieber hier bei Ihnen warten, was soll ich dort allein sitzen?«

»Im Vorzimmer ist nicht der richtige Platz für Sie; denn Sie sind ein Besucher, also sozusagen ein Gast. Wollen Sie den General persönlich sprechen?«

Der Diener konnte sich offenbar nicht so schnell an den

Gedanken, diesen Menschen anmelden zu müssen, gewöhnen und entschloß sich daher, vorsichtshalber nochmal zu fragen.

»Ja, ich habe die Absicht ...«, sagte der Fürst.

»Ich frage Sie nicht nach Ihren Absichten — ich habe Sie nur anzumelden. Aber ohne den Sekretär werde ich Sie doch nicht anmelden können.«

Das Mißtrauen dieses Menschen schien noch zu wachsen: der Fürst glich aber auch gar zu wenig den täglichen Besuchern, und wenn der General auch recht oft zu einer festgesetzten Stunde sogar sehr verschiedenartige Leute empfing — vornehmlich in geschäftlichen Angelegenheiten —, so war der Kammerdiener trotz aller Anweisungen diesmal doch sehr im Zweifel darüber, was er tun sollte. Jedenfalls erschien ihm die Mittlerschaft des Sekretärs mit jeder Minute notwendiger.

»Ja, aber sind Sie auch wirklich ... aus dem Auslande gekommen?« fragte er schließlich ganz unwillkürlich und verstummte sogleich etwas betreten.

Er hatte wahrscheinlich fragen wollen: ‚Sind Sie auch wirklich ein Fürst Myschkin?'

»Ja, ich komme direkt von der Bahn. Ich glaube jedoch, daß Sie mich fragen wollten, ob ich wirklich Fürst Myschkin bin. Sie sprachen das aber aus Höflichkeit nicht aus.«

»Hm!« brummte der verwunderte Lakai.

»Nun, ich versichere Sie, daß ich Ihnen nichts vorgelogen habe. Übrigens werden Sie für mich nicht einzustehen brauchen. Und daß ich in diesem Aufzug und mit diesem Reisebündel erscheine, ist weiter nicht verwunderlich, da meine Verhältnisse im Augenblick nicht glänzend sind.«

»Hm! Sehen Sie, das ist es eigentlich nicht, was ich befürchte. Sie anzumelden, bin ich ja verpflichtet, und der Sekretär wird Sie empfangen, außer wenn ... das ist es eben, dieses außer wenn ... Sie wollen doch nicht, hm ... den General, wenn ich fragen darf, um eine Unterstützung bitten? — verzeihen Sie ...«

»O nein, in der Beziehung können Sie vollkommen beruhigt sein. Ich habe ein anderes Anliegen.«

»Sie müssen mich entschuldigen, ich fragte nur so ... aus Ihrem Auftreten zu schließen ... Warten Sie, bis der Sekretär kommt. Der General selbst arbeitet jetzt mit dem Obersten, dann aber kommt auch der Sekretär.«

»Wenn ich lange warten muß, so möchte ich Sie um etwas bitten: könnte ich hier nicht irgendwo ein wenig rauchen? Tabak und eine Pfeife habe ich bei mir.«

»Ra-au-chen?« Der Diener blickte ihn mit verächtlicher Verwunderung an, als traue er seinen Ohren nicht ganz. »Ra-au-chen? Nein, hier dürfen Sie nicht rauchen. Schämen Sie sich denn gar nicht, an so etwas auch nur zu denken? He! — das ist mal nett!«

»Oh, ich fragte ja nicht, ob ich hier in diesem Zimmer rauchen könnte. Ich weiß, daß das nicht geht. Ich wäre irgendwohin hinausgegangen, in ein Vorhaus oder einen Korridor, den Sie mir gezeigt hätten; denn ich bin sehr ans Rauchen gewöhnt, und heute habe ich seit ganzen drei Stunden nicht geraucht. Übrigens, wie Sie meinen. Es gibt ja auch ein Sprichwort: „In ein fremdes Kloster soll man nicht mit eigenen Sitten einziehen" ...«

»Wie soll ich Sie denn nun eigentlich anmelden?« brummte der Kammerdiener fast unwillkürlich. »Erstens schon, daß dies hier doch nicht der rechte Platz zum Warten für Sie ist! Sie müßten im Empfangszimmer sitzen; denn Sie sind doch sozusagen ein Besucher, also ebensogut wie ein Gast, und mich wird man dann verantwortlich machen ... oder haben Sie ... haben Sie die Absicht, ganz bei uns zu bleiben?« fragte er plötzlich mit einem neuen Seitenblick nach dem Bündel des Fürsten, das ihm offenbar keine Ruhe ließ.

»Nein, die Absicht habe ich nicht. Selbst wenn man mich hier dazu aufforderte, würde ich nicht hier bleiben. Ich bin einfach gekommen, um die Familie kennenzulernen, weiter nichts.«

»Was? Kennzulernen?« fragte der Kammerdiener verwundert mit doppeltem Mißtrauen. »Aber Sie sagten doch, Sie hätten ein Anliegen?«

»Oh, eigentlich habe ich kein Anliegen. Das heißt, wenn Sie wollen, habe ich allerdings ein Anliegen — ich wollte um einen Rat bitten —, aber hauptsächlich bin ich doch gekommen, um mich vorzustellen; denn ich bin ein Fürst Myschkin, und auch die Generalin Jepantschin ist eine geborene Fürstin Myschkin — und außer uns beiden gibt es keine Myschkins mehr.«

»Was, so sind Sie auch noch ein Verwandter?« Der Kammerdiener stutzte erschrocken.

»Auch das eigentlich nicht. Oder wenn man durchaus will, sind wir zwar verwandt, aber immerhin in so entferntem Grade, daß man es im Grunde wohl kaum noch Verwandtschaft nennen kann. Ich habe bereits einmal aus der Schweiz an die Generalin geschrieben, aber sie hat mir nicht geantwortet. Dennoch halte ich es jetzt, nach meiner Rückkehr, für nötig, wenigstens den Versuch zu machen, Beziehungen anzuknüpfen. Und Ihnen erkläre ich das alles jetzt nur, damit Sie an meiner Identität nicht zweifeln; denn, wie ich sehe, beunruhige ich Sie immer noch. Also melden Sie getrost den Fürsten Myschkin an, der Grund meines Besuches wird schon aus dieser Anmeldung zu ersehen sein. Empfängt man mich — ist's gut. Empfängt man mich nicht — ist's vielleicht ebenso gut, vielleicht sogar besser. Nur können sie, glaube ich, keinen Grund haben, mich nicht zu empfangen. Die Generalin wird doch sicherlich den einzigen noch lebenden Träger ihres Namens kennenlernen wollen, um so mehr, als sie, wie ich gehört habe, auf ihre fürstliche Herkunft etwas geben soll.«

Die Unterhaltung des Fürsten war scheinbar die allergewöhnlichste, doch je selbstverständlicher sie wurde, desto unverständlicher erschien sie dem erfahrenen Kammerdiener. Jedenfalls konnte er nicht umhin herauszufühlen, daß doch manches, was sonst zwischen zwei Menschen sehr wohl möglich ist, zwischen einem Gast und einem Diener dagegen ganz unmöglich ist. Da nun die Dienstboten in der Regel viel klüger zu sein pflegen, als ihre Herrschaft es im allgemeinen von ihnen voraussetzt, so dachte auch der Diener Seiner Exzellenz, daß es sich hier nur um zwei Möglichkeiten handeln könne: entweder war der Fürst irgend so ein leichtsinniger Herumtreiber, der unfehlbar Seine Exzellenz anbetteln wollte, oder er war einfach ein Dummkopf, der kein Standesbewußtsein hatte, denn: ein kluger Fürst mit Standesbewußtsein würde doch nicht im Vorzimmer sitzen und mit einem Lakaien von seinen Privatverhältnissen reden!? Wenn dem nun aber so war — fiel dann nicht ihm als erfahrenem Kammerdiener die ganze Verantwortung zu?

»Aber Sie werden sich nun doch ins Empfangszimmer bemühen müssen«, bemerkte er schließlich in möglichst bestimmtem Ton.

»Wenn ich dort gesessen hätte, würde ich Ihnen nichts erzählt haben«, meinte halb lachend der Fürst, »und folglich würde Sie der Anblick meines Mantels und Reisebündels immer noch ängstigen. So aber brauchen Sie den Sekretär jetzt vielleicht nicht mehr zu erwarten und können mich ohne fremde Vermittlung selbst anmelden?«

»Nein, einen Besuch wie Sie kann ich ohne den Sekretär nicht anmelden, und überdies hat Seine Exzellenz vorhin noch ausdrücklich befohlen, daß ich sie nicht stören soll, gleichviel wer da käme, solange der Oberst bei ihm ist. Nur Gawríla Ardaliónytsch kann unangemeldet eintreten.«

»Wer ist das — ein Beamter?«

»Gawríla Ardaliónytsch? Nein. Er ist bei der Aktiengesellschaft angestellt. Ihr Bündel könnten Sie doch wenigstens dorthin stellen.«

»Daran habe ich auch schon gedacht; wenn Sie erlauben. Und wissen Sie, ich lege lieber auch den Mantel ab.«

»Natürlich, Sie können doch nicht im Mantel eintreten.«

»Gewiß nicht.«

Der Fürst erhob sich, zog eilig seinen Mantel aus und

stand nun in einem zwar schon getragenen, jedenfalls aber noch sehr anständigen, kurzen Rock von gut sitzendem, elegantem Schnitt vor dem ihn kritisch musternden Diener. Über der Weste hing eine schlichte Stahlkette, an der er eine silberne Genfer Uhr trug.

Wenn nun der Fürst auch ein Dummkopf war — das hatte der Lakai bereits festgestellt —, so schien es dem Kammerdiener Seiner Exzellenz doch unzulässig, daß er von sich aus das Gespräch mit dem Gast fortsetzte, obschon ihm der Fürst aus irgendeinem Grunde gefiel — in seiner Art, versteht sich. Trotzdem aber erregte er immer noch seinen aufrichtigen Unwillen.

„Wann empfängt die Generalin?" fragte der Fürst, nachdem er sich wieder auf denselben Platz gesetzt hatte.

»Das ist nicht mehr meine Sache. Sehr verschieden übrigens, je nach Wunsch. Die Modistin wird sogar schon um elf empfangen. Gawrila Ardalionytsch gleichfalls früher als die anderen, sogar schon zum ersten Frühstück.«

»Hier ist es in den Zimmern an kalten Wintertagen bedeutend wärmer als im Ausland«, bemerkte der Fürst, »dafür aber ist es dort in den Straßen wärmer als bei uns. Die Häuser sind dort im Winter dermaßen kalt, daß ein echter Russe anfangs gar nicht in ihnen wohnen kann.«

»Heizt man denn dort nicht?«

»Das wohl, aber die Häuser sind anders gebaut, die Öfen und Fenster...«

»Hm! Und wie lange beliebten Sie dort herumzureisen?«

»Ja so — vier Jahre. Übrigens habe ich die ganze Zeit fast nur an einem Ort gelebt, auf dem Lande.«

»Sind wohl unser Leben nicht mehr gewöhnt?«

»Auch das ist wahr. Glauben Sie mir, es wundert mich wirklich, daß ich die russische Sprache nicht verlernt habe. Da spreche ich nun mit Ihnen und denke dabei doch die ganze Zeit: ‚Aber ich spreche ja wirklich gutes Russisch!' Vielleicht ist das auch der Grund, weshalb ich so viel rede. Tatsächlich würde ich am liebsten nur reden und reden.«

»Hm! Hm! Haben Sie früher schon in Petersburg gelebt?« — Wie sehr sich der Diener auch beherrschen wollte, so weit konnte er sich doch nicht bezwingen, daß er ein so freundlich und fast sogar zuvorkommend mit ihm geführtes Gespräch einfach einschlafen ließ.

»In Petersburg? So gut wie überhaupt nicht. Nur auf der Durchreise bin ich hier gewesen. Ich habe die Stadt auch früher nicht gekannt, und jetzt soll es ja hier, wie man hört, so viel Neues geben, daß selbst diejenigen, die die Stadt früher gekannt haben, sie schwerlich wiedererkennen könnten. Augenblicklich wird hier viel von der Reform unserer Gerichte gesprochen.«

»Hm! . . . Unsere Gerichte. Ja . . . Wie ist es dort: sind dort die Gerichte gerechter als bei uns?«

»Das weiß ich nicht. Ich habe aber gerade von unseren Gerichten viel Gutes gehört. Da hat man jetzt auch die Todesstrafe bei uns abgeschafft.«

»Wird man denn dort zum Tode verurteilt?«

»Ja. Ich habe einmal in Frankreich eine Hinrichtung gesehen. In Lyon. Mein Arzt, Professor Schneider, hatte mich dorthin mitgenommen.«

»Wird dort gehängt?«

»Nein, in Frankreich wird nur enthauptet.«

»Was, schreit der Mensch dabei sehr?«

»Wo denken Sie hin! Es geschieht ja in einem Augenblick. Der Mensch wird hingelegt, und dann fällt plötzlich von oben ein breites Messer auf seinen Hals, mittels einer Maschine — die Guillotine wird sie genannt — schwer, scharf, in einer Sekunde . . . Der Kopf springt vom Rumpf ab, ehe man mit dem Auge einmal blinken kann. Die Vorbereitungen aber nehmen viel Zeit in Anspruch. Zuerst wird dem Verbrecher das Todesurteil vorgelesen, dann wird er hergerichtet, gebunden und aufs Schafott geführt — das alles muß schrecklich sein! Das Volk läuft von allen Seiten herzu, sogar Frauen, obschon man es dort sehr ungern sieht, daß Frauen der Hinrichtung beiwohnen.«

»Ist auch nicht ihre Sache.«
»Natürlich nicht! Diese Qual!... Der Verbrecher war ein kluger, furchtloser, starker Mann, nicht mehr jung, Legros hieß er. Nun, glauben Sie es mir oder glauben Sie es nicht: als er das Schafott bestieg — weinte er, und sein Gesicht war so bleich, war so weiß wie Papier. Wie ist so etwas nur möglich? Ist das nicht grauenvoll? Welcher Mensch weint denn vor Angst? Ich hätte nie gedacht, daß — nicht ein Kind, — aber ein erwachsener Mensch vor Angst weinen könnte, ein Mann von fünfundvierzig Jahren, der noch nie geweint hat! Was muß mit der Seele in diesem Augenblick geschehen, bis zu welchen Krämpfen wird sie gemartert? Eine Beschimpfung der Seele ist es, weiter nichts! Es heißt: „Du sollst nicht töten" — und nun soll man dafür, daß er getötet hat, wiederum ihn töten? Nein, das darf man nicht. Jetzt ist es schon über einen Monat her, daß ich es gesehen habe, und immer noch glaube ich, es lebendig vor mir zu sehen. Fünfmal hat mir davon geträumt.«
Der Fürst hatte sich geradezu in Eifer geredet: auf seinem blassen Gesicht erschien ein leises Rot, wenn auch seine Rede ruhig blieb, wie vorher. Der Kammerdiener hatte ihm mit großer Teilnahme und noch größerem Interesse zugehört und hing mit den Blicken an ihm, als könne er sich nicht von ihm losreißen. Vielleicht war dieser Bediente als Mensch nicht ohne Phantasie und Denkvermögen.
»Gut wenigstens, daß die Schmerzen nicht groß sind«, meinte er, »hm, so... wenn der Kopf abgehackt wird.«
»Wissen Sie was», griff der Fürst angeregt diesen Gedanken auf, »was Sie da soeben bemerkt haben, wird fast von allen ganz genau so hervorgehoben. Auch wird die Maschine, die Guillotine, heutzutage hauptsächlich deshalb benutzt. Mir aber kam damals etwas anderes in den Sinn: wie, wenn das sogar noch schlimmer ist? Ihnen erscheint meine Annahme vielleicht lächerlich, unmöglich; wenn man sich jedoch ein wenig in die Stimmung des Verurteilten

zu versetzen sucht, so kommt einem ganz unwillkürlich der Gedanke an diese Möglichkeit. Denken Sie mal nach — nun, nehmen Sie zum Beispiel die Folter: da gibt es Schmerzen und Wunden und körperliche Qual, die aber lenkt einen doch von den seelischen Qualen ab, so daß einen bis zum Augenblick des Todes nur die Wunden quälen. Den größten, den quälendsten Schmerz aber verursachen vielleicht doch nicht die Wunden, sondern das Bewußtsein, daß, wie man *genau weiß*, in einer Stunde, dann in nur zehn Minuten, dann in einer halben Minute, sogleich, noch in diesem Augenblick — die Seele den Körper verlassen wird, und daß du dann kein Mensch mehr sein wirst, und daß das doch unfehlbar geschehen wird. Das Entsetzlichste ist ja gerade dieses ‚*Unfehlbar*‘. Gerade wenn man den Kopf unter das Messer beugt und dann hört, wie es von oben klirrend herabglitscht — gerade diese Viertelsekunden müssen die furchtbarsten sein! Dies ist nicht nur meine Ansicht, müssen Sie wissen, sondern sehr viele haben das Gleiche geäußert. Ich bin aber so fest von der Richtigkeit meiner Annahme überzeugt, daß ich Ihnen offen sagen will, wie ich darüber denke: Für einen Mord getötet zu werden, ist eine unvergleichlich schwerere Strafe, als das begangene Verbrechen schwer ist. Laut Urteil getötet zu werden, ist unvergleichlich schrecklicher, als durch Räuberhand umzukommen. Wer von Räubern ermordet wird, nachts, im Walde oder sonstwo, hat zweifellos noch bis zum letzten Augenblick die Hoffnung auf Rettung. Hat man doch Beispiele erlebt, daß dem Betreffenden schon die Kehle durchgeschnitten ist, er aber doch noch zu fliehen oder zu entlaufen sucht. Hier aber wird einem auch diese letzte unwillkürliche Hoffnung, mit der zu sterben zehnmal leichter ist, unwiderruflich genommen; hier ist es das Todesurteil, dem man auf keine Weise entrinnen kann, hier ist es das Bewußtsein der unfehlbaren Vollstreckung desselben, was die größte Qual verursacht — eine größere Qual kann es in der Welt gar nicht geben. Führen Sie einen Soldaten in der Schlacht geradeswegs vor die Kanonen und lassen Sie auf ihn feuern, er wird doch immer noch hoffen, mit dem Leben davonzukommen; aber lesen Sie demselben Soldaten sein Todesurteil vor, das *unfehlbar* an ihm vollstreckt werden wird, so wird er entweder irrsinnig werden oder in Tränen ausbrechen. Wer hat es denn gesagt, daß die menschliche Natur fähig sei, diesen Tod ohne die geringste Geistesverwirrung zu ertragen? Und wozu diese überflüssige, unnütze, so unglaublich überflüssige Beschimpfung des Menschen? Vielleicht gibt es irgendwo einen Menschen, dem das Todesurteil verlesen worden ist, der diese Qualen bis zum letzten Augenblick durchmacht, und dem man dann gesagt hat: ‚Geh hin, dir ist die Strafe erlassen.‘ Ja, solch einer könnte dann vielleicht erzählen. Von dieser Qual und diesem Entsetzen hat auch Christus gesprochen. Nein, so etwas darf man einem Menschen nicht antun!«

Der Diener hätte diesen Gedanken zwar nicht so auszudrücken vermocht wie der Fürst, verstand aber dennoch die Hauptsache sehr wohl, was man allein schon aus seiner gerührten Miene ersehen konnte.

»Wenn Sie nun einmal so gern rauchen«, brummte er, »so können Sie es schließlich auch tun, bloß dann etwas schnell. Denn wenn ich plötzlich gefragt werde und Sie nicht da sind —? Hier, sehen Sie, unter der Treppe ist eine kleine Tür. Da gehen Sie nur durch und dann rechts in die Kammer. Dort können Sie rauchen, nur müssen Sie das Klappfenster aufmachen, denn es ist doch immerhin nicht in der Ordnung...«

Doch noch bevor der Fürst sich erheben konnte, trat ein junger Mann mit Papieren unterm Arm ganz plötzlich ins Vorzimmer. Der Diener half ihm sofort, sich des Pelzes zu entledigen. Währenddessen musterte der Eingetretene den Fürsten möglichst unauffällig.

»Dieser Herr, Gawríla Ardaliónytsch, bittet, ihn als Fürst Myschkin und Verwandten bei der gnädigen Frau anzumelden. Er ist soeben mit der Bahn aus dem Ausland gekommen, auch sein Reisebündel hat er bei sich, nur ...«

Das Weitere vernahm der Fürst nicht, denn der Diener begann zu flüstern. Der mit Gawrila Ardalionytsch angeredete junge Mann hörte ihm aufmerksam zu und blickte dann mit unverhohlener Neugier den Fürsten an, bis er schließlich den Diener stehen ließ und sich ihm näherte.

»Sie sind Fürst Myschkin?« fragte er äußerst höflich und liebenswürdig.

Er war ein sehr gefälliger junger Mann, gleichfalls etwa achtundzwanzig Jahre alt, gut gewachsen, von mittlerer Größe, blond und mit einem kleinen Napoleonsbart. Sein Gesicht war klug und sehr hübsch. Nur sein Lächeln war bei aller Liebenswürdigkeit gewissermaßen allzu fein, die Zähne erschienen dabei von gar zu perlenartiger Gleichmäßigkeit, und sein Blick war trotz seiner heiteren, vielleicht etwas zur Schau getragenen Offenherzigkeit etwas gar zu stechend und abschätzend.

»Wenn er allein ist, wird er wohl ganz anders blicken und vielleicht niemals lachen«, sagte sich der Fürst unwillkürlich nach einer plötzlichen Empfindung.

Fürst Myschkin wiederholte in kurzen Worten, was er bereits dem Diener und am Morgen seinem Reisegefährten Rogoshin berichtet hatte. Gawrila Ardalionytsch schien sich inzwischen einer anderen Sache zu erinnern.

»Ach, dann waren Sie es vielleicht«, unterbrach er ihn, »dann haben Sie vor etwa einem Jahr oder noch kürzerer Zeit einen Brief — ich glaube, aus der Schweiz — an Jelisawéta Prokófjewna geschrieben?«

»Allerdings.«

»Dann wird man Sie hier schon kennen und wird sich gewiß Ihrer erinnern. Wollen Sie zu Seiner Exzellenz? Ich werde Sie sofort anmelden ... Er wird im Augenblick frei sein. Nur müßten Sie ... vielleicht halten Sie sich so lange im Empfangszimmer auf ... Weshalb haben Sie den Fürsten nicht ins Empfangszimmer geführt?« wandte er sich in strengem Ton an den Diener.

»Ich habe es doch gesagt, sie wollten aber selbst nicht ...«
In dem Augenblick öffnete sich plötzlich die Tür zum Kabinett Seiner Exzellenz, und ein Offizier trat mit einem Portefeuille unterm Arm, laut sprechend und zum Abschied die Hacken zusammenschlagend, heraus.
»Bist du es, Gánja?« rief eine Stimme aus dem Kabinett. »Dann komm mal her.«
Gawríla Ardaliónytsch nickte dem Fürsten zu und trat schnell ins Kabinett.
Nach zwei Minuten öffnete sich die Tür von neuem, und Gawrila Ardalionytschs wohlklingende Stimme rief höflich:
»Wenn ich bitten darf, Fürst!«

III

Seine Exzellenz, General Iwán Fjódorowitsch Jepántschin stand mitten in seinem Kabinett und musterte mit nicht geringer Neugier den eintretenden Fürsten, ja, er trat ihm sogar zwei Schritte entgegen. Der Fürst ging auf ihn zu und nannte seinen Namen.
»Freut mich, Sie kennenzulernen«, erwiderte der General, »und womit kann ich Ihnen dienen?«
»Ein unaufschiebbares Anliegen an Sie habe ich im Grunde genommen nicht. Der Zweck meines Besuches ist ausschließlich, Ihre Bekanntschaft zu machen. Ich will Sie jedoch, wenn Ihre Zeit knapp bemessen ist, nicht weiter aufhalten; doch da ich weder Ihren Empfangstag kenne, noch weiß, wann Sie zu sprechen sind — ich bin übrigens soeben erst hier in Petersburg eingetroffen, aus der Schweiz ...«
Der General wollte schon lächeln, besann sich aber noch rechtzeitig und blieb ernst; darauf überlegte er noch ein wenig, kniff die Augen zusammen, betrachtete seinen Gast nochmals vom Kopf bis zu den Füßen, wies dann plötzlich auf einen Stuhl, setzte sich selbst schräg gegenüber und wandte dem Fürsten in ungeduldiger Erwartung sein Ge-

sicht zu. Gánja stand in einer Ecke des Arbeitszimmers am Schreibtisch und sortierte die verschiedenen Schriftstücke.

»Zu Bekanntschaften habe ich im allgemeinen wenig Zeit«, sagte der General, »da Sie jedoch mit Ihrem Besuch zweifellos einen besonderen Zweck verfolgen, so...«

»Ich habe es, offen gestanden, nicht anders erwartet, als daß Sie in meinem Besuch eine besondere Absicht vermuten würden. Aber – mein Ehrenwort – außer dem Vergnügen, Ihre Bekanntschaft zu machen, habe ich keinerlei besondere Nebenabsicht im Sinn.«

»Das Vergnügen liegt natürlich auf meiner Seite, aber man kann doch nicht immer nur ans Vergnügen denken. Mitunter, wissen Sie, gibt es auch ernste Sachen zu erledigen... Zudem kann ich zwischen uns bis jetzt noch nichts Gemeinsames entdecken... ich meine, sozusagen Gründe, di–i–ie...«

»Ganz recht, solche Gründe gibt es natürlich nicht, und Gemeinsames zwischen uns dürfte wahrscheinlich nur wenig vorhanden sein. Denn wenn ich auch ein Fürst Myschkin bin und Ihre Frau Gemahlin aus demselben Hause stammt, so ist das wohl noch kein genügender Grund zu einem Besuch. Das sehe ich vollkommen ein. Dennoch ist es nun einmal der einzige Grund, weshalb ich Sie aufgesucht habe. Ich bin vier Jahre nicht in Rußland gewesen. Und als was verließ ich es: kaum war ich bei vollem Verstande! Damals kannte ich so gut wie niemanden, und heute kenne ich hier vielleicht noch weniger... Mir tut Bekanntschaft mit guten Menschen not. Außerdem muß ich noch eine wichtige Angelegenheit erledigen, und ich weiß nicht einmal, an wen ich mich wenden soll, und wer mir mit seinem Rat beistehen könnte. Da dachte ich schon in Berlin an Sie: ‚Das sind doch beinahe Verwandte, also werde ich mit denen den Anfang machen; vielleicht können wir einander doch von Nutzen sein, sie mir, ich ihnen – wenn es gute Menschen sind.' Und ich habe gehört, Sie seien gute Menschen.«

»Sehr verbunden.« Der General wunderte sich. »Er-

lauben Sie, wenn ich fragen darf: wo sind Sie abgestiegen?«
»Ich bin noch nirgendwo abgestiegen.«
»Also direkt aus dem Zug zu mir? Und... mit Ihrem ganzen Gepäck?«
»Mein Gepäck besteht nur aus einem Bündel, in dem ich meine Wäsche habe, und sonst nichts; ich trage es gewöhnlich in der Hand bei mir. Ein Zimmer aber – nun ich werde ja wohl heute noch Zeit haben, eines zu finden.«
»So haben Sie also noch die Absicht, ein Zimmer zu mieten?« fragte der General.
»O ja, gewiß, selbstverständlich.«
»Ihren Worten glaubte ich eigentlich entnehmen zu können, daß Sie bei mir zu wohnen gedachten.«
»Daran hätte ich doch nur denken können, wenn ich von Ihnen dazu eingeladen worden wäre. Ich muß aber gestehen, daß ich selbst auf eine Einladung hin nicht bei Ihnen bleiben würde – nicht etwa aus irgendwelchen besonderen Gründen, sondern so... es ist nicht meine Art.«
»Nun, dann war es ja ganz richtig von mir, daß ich Sie nicht gleich dazu einlud und Sie auch jetzt nicht einlade. Nur – wenn Sie gestatten, Fürst – um die Sache klarzulegen: da von einer Verwandtschaft zwischen uns, wie wir übereingekommen sind, nicht die Rede sein kann, obschon es mir, versteht sich, sehr schmeichelhaft wäre, so...«
»So kann ich jetzt aufstehen und gehen, nicht wahr?« Und der Fürst erhob sich mit einem völlig heiteren Lachen im Gesicht, das sich zu seiner etwas peinlichen Lage seltsam genug ausnahm. »Werden Sie es mir glauben, Exzellenz, bei Gott, obschon ich weder mit den hiesigen Sitten noch mit dem ganzen Leben hierzulande vertraut bin, war ich doch überzeugt, bevor ich herkam, daß mein Besuch unfehlbar so und nicht anders verlaufen werde, wie er jetzt tatsächlich verlaufen ist. Nun! – vielleicht ist es so auch ganz in der Ordnung... Und schon mein Brief ist ja unbeantwortet geblieben... Also dann – leben Sie wohl und entschuldigen Sie, daß ich gestört habe.«

Doch der Blick, mit dem der Fürst bei diesen Worten den Hausherrn ansah, war so freundlich und sein Lächeln so ohne jegliche Spur von irgendeinem verborgenen unangenehmen Gefühl, daß der General plötzlich stutzte und seinen Gast auf einmal gleichsam mit ganz anderen Augen betrachtete. In einem Moment hatte er seine Meinung über den Fürsten geändert.

»Wissen Sie, Fürst«, sagte er lebhaft und mit einer fast ganz anderen Stimme, »ich habe Sie ja eigentlich noch gar nicht kennengelernt, und es ist doch sehr gut möglich, daß auch Jelisawéta Prokófjewna ihren stammverwandten Namensvetter sehen will ... Vielleicht warten Sie noch einen Augenblick, wenn es Ihre Zeit erlaubt ...«

»Oh, meine Zeit erlaubt es mir sehr leicht, sie gehört nur mir allein.« (Der Fürst legte seinen weichen Hut mit runder Krempe gleichzeitig auf den Tisch.) »Offen gesagt, ich habe eigentlich auch daran gedacht, daß Jelisaweta Prokofjewna sich vielleicht meines Briefes an sie erinnern wird. Vorhin, als ich dort im Vorzimmer wartete, befürchtete Ihr Diener, daß ich Sie vielleicht anbetteln würde — das war nicht schwer zu erraten — bei Ihnen aber muß es in der Beziehung strenge Vorschriften geben. Doch ich habe Sie wirklich nicht deshalb aufgesucht, es war mir wirklich nur darum zu tun, mit Menschen bekannt zu werden. Nur glaube ich, daß ich Sie aufgehalten habe, und das beunruhigt mich.«

»Nun denn, Fürst«, sagte der General mit erfreutem Lächeln, »wenn Sie tatsächlich das sind, was Sie scheinen, so wird es wohl ein Vergnügen sein, Sie näher kennenzulernen. Nur, sehen Sie, ich bin ein sehr in Anspruch genommener Mensch, ich muß mich sofort wieder an die Arbeit machen, dies und jenes durchsehen, unterschreiben, dann muß ich zu Seiner Durchlaucht, dann in den Dienst, kurzum — so gern ich auch geselligen Umgang mit Menschen pflegen würde, das heißt, mit guten Menschen, so, wie gesagt ... Überdies bin ich fest überzeugt, daß Sie eine so vorzügliche Erziehung genossen haben, daß ... Pardon, wie alt sind Sie, Fürst?«

»Sechsundzwanzig.«

»Ach! Ich habe Sie weit jünger geschätzt.«

»Ja, man sagt, daß ich jünger aussehe. Und was Ihren Zeitmangel anbetrifft, so werde ich bald lernen, Sie nicht lange aufzuhalten; denn es ist mir selbst sehr unangenehm zu stören ... Und schließlich sind wir ja allem Anschein nach so verschieden geartete Menschen ... aus verschiedenen Gründen —, daß es zwischen uns auch schwerlich viele Berührungspunkte geben wird. Das heißt, genau genommen bin ich selbst nicht der Meinung; es scheint nur zu oft, daß es keine Berührungspunkte gibt, und doch sind sogar sehr zahlreiche vorhanden. Das kommt nur von der Trägheit der Menschen, weil sie sich nur so nach dem äußeren Schein zusammenfinden, deshalb können sie auch nichts Gemeinsames entdecken ... Doch ich langweile Sie vielleicht? Ich glaube, Sie sind ...«

»Nur zwei Worte: Besitzen Sie irgendwelches Vermögen? Oder beabsichtigen Sie, sich sonst irgendwie zu betätigen? Verzeihen Sie, daß ich so ...«

„Aber ich bitte Sie, ich verstehe Ihre Frage sehr wohl zu schätzen und begreife sie vollkommen. Ein Vermögen besitze ich im Augenblick nicht, und eine Beschäftigung habe ich ebensowenig, aber ich müßte mich eigentlich nach einer solchen umsehen. Hergereist bin ich mit fremdem Geld. Professor Schneider, mein Arzt und Lehrer in der Schweiz, hat mir das Reisegeld gegeben, aber auch nur so viel, wie dazu nötig war, so daß ich im Augenblick nur noch ein paar Kopeken besitze. Allerdings habe ich hier eine Angelegenheit, in der ich Sie eigentlich um Rat bitten wollte, jedoch ...«

»Sagen Sie, wovon gedenken Sie dann vorläufig zu leben, und welches sind Ihre Absichten?« unterbrach ihn der General.

»Ich beabsichtige zu arbeiten.«

»Oh, dann sind Sie ja ein ganzer Philosoph! Doch was ich sagen wollte... glauben Sie irgendwelche Talente oder Fähigkeiten zu besitzen, das heißt — ich meine solche, durch die man sich sein tägliches Brot verdienen kann? Sie müssen nochmals entschuldigen...«

»Oh, es bedarf durchaus keiner Entschuldigung. Nein, ich glaube, daß ich weder Talente noch besondere Fähigkeiten besitze. Hinzu kommt noch, daß ich ein kranker Mensch bin und keinen systematischen Unterricht genossen habe. Und in bezug auf meinen Lebensunterhalt glaube ich...«

Wieder unterbrach ihn der General, der jetzt verschiedenes zu fragen begann. Der Fürst erzählte alles, was hier bereits berichtet worden ist. Es stellte sich heraus, daß der General den verstorbenen Pawlischtscheff sogar persönlich gekannt hatte. Aus welchem Grunde sich dieser Pawlischtscheff für ihn interessiert und für seine Erziehung gesorgt hatte, vermochte der Fürst übrigens selbst nicht zu erklären; vielleicht einfach nur aus alter Freundschaft für den verstorbenen Vater des Fürsten. Nach dem Tode seiner Eltern war der Fürst, damals noch ein kleines Kind, ganz allein in der Welt zurückgeblieben und hatte dann ausschließlich auf dem Lande gelebt, da die Landluft ihm bedeutend zuträglicher gewesen war. Pawlischtscheff hatte den kleinen Knaben zwei alten Gutsbesitzerinnen, mit denen er weitläufig verwandt war, anvertraut; zuerst hatte er eine Gouvernante gehabt, späterhin einen Erzieher. Der Fürst fügte auch noch hinzu, daß er sich zwar alles dessen entsinnen, doch vieles nicht ganz erklären könne, da er sich über manche Dinge damals nicht Rechenschaft gegeben habe. Die häufigen Krankheitsanfälle hätten aus ihm fast einen Idioten gemacht. (Der Fürst drückte sich tatsächlich so aus: ‚einen Idioten‘.) Zum Schluß erzählte er noch, daß Pawlischtscheff einmal in Berlin den Professor Schneider, einen Schweizer, kennengelernt habe, der sich auch damals schon speziell mit derartigen Krankheiten abgab und im Kanton Wallis eine Heilanstalt besaß, in der er die Kranken nach seiner eigenen Methode (vornehmlich mit kaltem Wasser, Gymnastik und ähnlichem) auch von Idiotie und Irrsinn heilte, gleichzeitig sie unterichtete und sich überhaupt ihrer geistigen Entwicklung mit Erfolg annahm. Pawlischtscheff hatte darauf den jungen Fürsten vor etwa fünf Jahren zu ihm in die Heilanstalt geschickt und war dann selbst — vor etwa zwei Jahren — ganz plötzlich gestorben, ohne ein Testament zu hinterlassen. In diesen zwei Jahren hatte ihn Schneider auf eigene Kosten in der Anstalt behalten und behandelt. Zwar habe er ihn nicht völlig geheilt, aber ihm doch sehr geholfen, bis er ihn dann schließlich auf seinen, des Fürsten, eigenen Wunsch und außerdem noch aus einem »anderen besonderen Grunde« nach Rußland geschickt habe.

Der General wunderte sich nicht wenig.

»Und hier in Rußland haben Sie keinen einzigen, der Ihnen nahesteht, keinen einzigen Menschen?« fragte er.

»Bis jetzt keinen... aber ich hoffe... außerdem habe ich einen Brief erhalten...«

»Aber wenigstens haben Sie doch etwas gelernt«, unterbrach ihn wieder der General, ohne die letzten Worte des Fürsten zu beachten, »und Ihre Krankheit wird Sie doch nicht hindern, einen, nun, sagen wir — nicht allzu schweren Posten zu bekleiden?«

»Oh, sicherlich nicht. Und ich würde sogar sehr gern eine Stellung annehmen; denn ich wüßte auch selbst gern, wozu ich fähig bin. In diesen vier Jahren habe ich ununterbrochen gelernt, allerdings nicht so, wie man in der Schule lernt, sondern nach Professor Schneiders Grundsatz, nämlich gewissermaßen frei und freiwillig. Ich hatte dort auch Gelegenheit, viele Bücher zu lesen.«

»Russische Bücher? Dann können Sie also auch schreiben und... können Sie auch fehlerlos schreiben?«

»Oh, selbstverständlich!«

»Vortefflich. — Und Ihre Handschrift?«

»Meine Handschrift ist tadellos. Hierin besitze ich allerdings Talent, und wenn man will, kann man mich vielleicht sogar einen Künstler nennen, was das Schreiben anbelangt. Geben Sie mir ein Blatt Papier, ich werde Ihnen etwas zur Probe schreiben«, sagte der Fürst, ganz bei der Sache.

»Bitte. Das ist sogar von großer Wichtigkeit... Und diese Ihre Bereitwilligkeit gefällt mir sehr, Fürst; Sie sind wirklich ein sehr lieber Mensch.«

»Was für wundervolle Schreibutensilien Sie hier haben, wieviel Bleistifte, wieviel Federn, welch ein dickes, schönes Papier... Und überhaupt haben Sie ein prachtvolles Arbeitskabinett. Diese Landschaft hier kenne ich: sie ist — aus der Schweiz. Der Künstler hat sicher nach der Natur gemalt. Ich glaube sogar, diesen Ort gesehen zu haben — im Kanton Uri...«

»Das ist leicht möglich, obschon das Gemälde hier gekauft ist. Gánja, gib dem Fürsten ein Blatt Papier; hier sind Federn und Tinte, schreiben Sie hier auf dieser Unterlage, bitte. — Was ist das?« wandte sich der General an Ganja, der seinem Portefeuille eine Photographie in großem Format entnahm und dem General überreichte. »Ah! Nastássja Filíppowna! Hat sie dir die selbst, wirklich selbst geschickt?« fragte er lebhaft und mit größtem Interesse.

»Soeben, als ich zur Gratulation bei ihr war, gab sie sie mir. Ich hatte sie schon vor längerer Zeit darum gebeten. Nur weiß ich nicht, ob das vielleicht nicht eine Anspielung sein soll, weil ich mit leeren Händen kam, ohne Geschenk — an einem solchen Tag?« fügte Ganja mit einem unangenehmen Lächeln hinzu.

»Aber nein!« meinte der General überzeugt. »Wie bist du nur wieder auf diesen Gedanken gekommen? Sie sollte solche Anspielungen machen! Sie ist ja doch gar nicht eigennützig. Und dann: womit solltest du ihr Geschenke machen? Dazu braucht man doch Tausende! Es sei denn, daß du ihr dein Bild schenktest. Wie, hat sie dich denn noch nicht um deine Photographie gebeten?«

»Nein, bis jetzt noch nicht. Vielleicht wird sie es auch nie tun. Sie haben doch den heutigen Abend nicht vergessen, Iwán Fjódorowitsch? Sie sind ja einer der ausdrücklich Geladenen.«

»Gewiß, gewiß weiß ich's, und ich werde auch unfehlbar erscheinen. Das fehlte noch, an ihrem Geburtstag! — und noch dazu am fünfundzwanzigsten!... Hm! Aber weißt du, Ganja, ich werde dir — mag es denn so sein — etwas mitteilen. Bereite dich vor: sie hat Afanássij Iwánowitsch und mir versprochen, daß sie heute abend ihr letztes Wort sagen werde: Ja oder nein. So bereite dich jetzt mal darauf vor, vergiß es nicht!«

Ganja geriet plötzlich dermaßen in Verwirrung, daß er sogar ein wenig erblaßte.

»Hat sie das wirklich gesagt?« fragte er, und seine Stimme war unsicher.

»Vorgestern. Sie gab uns schließlich ihr Wort. Wir bedrängten sie beide so lange, bis sie es endlich versprach. Nur bat sie uns, es dir bis zum letzten Augenblick nicht zu sagen.«

Der General blickte Ganja aufmerksam an: ihm schien dessen Verwirrung nicht zu gefallen.

»Vergessen Sie aber nicht, Iwan Fjodorowitsch«, sagte Ganja erregt und mit unsicherer Stimme, »daß sie mir bis zu dem Augenblick, in dem sie sich entscheidet, volle Freiheit gelassen hat, und auch dann habe ich noch die Möglichkeit, mich nach meinem freien Willen zu entscheiden.«

»Ja, willst du denn... so willst du also...«, stotterte der General erschrocken.

»Ich habe nichts gesagt.«

»Aber ich bitte dich, als was willst du uns denn hinstellen?«

»Ich habe ja nicht gesagt, daß ich mich weigern werde. Ich habe mich vielleicht nicht ganz richtig ausgedrückt...«

»Das fehlte noch, daß du dich weigertest!« rief der General ärgerlich aus, ohne seinen Ärger verbergen zu wollen.

»Hier, mein Freund, handelt es sich nicht mehr darum, daß du dich *nicht* weigerst, sondern hier handelt es sich um deine Bereitwilligkeit, um deine Freude, mit der du ihr Jawort vernimmst... Wie steht's bei dir zu Hause?«

»Wie soll es da stehn? Zu Hause geschieht alles nach meinem Willen, nur mein Vater kann natürlich seinen Blödsinn nicht lassen. Er ist ja jetzt schon ganz unmöglich geworden. Ich rede überhaupt nicht mehr mit ihm, halte ihn aber noch im Zaum. Wenn die Mutter nicht wäre, würde ich ihm einfach die Tür weisen. Meine Mutter weint natürlich, und meine Schwester ärgert sich. Ich habe ihnen aber jetzt endlich einmal offen gesagt, daß ich Herr meines Schicksals bin und in meinem Hause wünsche, daß man mir... gehorcht. Meiner Schwester wenigstens habe ich es kurz und bündig auseinandergesetzt, und zwar in Gegenwart meiner Mutter.«

»Tja, Freund, ich begreife wahrhaftig nicht!« sagte der General, indem er mit gehobenen Schultern die Hände ausbreitete und wieder sinken ließ. »Mit Nína Alexándrowna ist es ganz dasselbe — du weißt, als sie neulich bei mir war, stöhnte und seufzte sie. ‚Was haben Sie denn gegen diese Heirat?' fragte ich. Da stellt es sich denn heraus, daß diese Heirat eine *Entehrung* für sie sei. Aber erlaub mal, wer kann denn hier von Entehrung reden? Wer kann denn Nastassja Filippowna auch nur irgendeinen Vorwurf machen oder ihr etwas Schlechtes nachsagen? Doch nicht ewig das eine, daß sie zu Tozkij in Beziehung gestanden hat? Aber das ist doch nur lächerlich, namentlich wenn man gewisse Verhältnisse in Betracht zieht! ‚Sie werden sie doch nicht mit Ihren Töchtern verkehren lassen', sagte sie. Da haben wir's! Ich begreife Nina Alexandrowna einfach nicht! Wie kann man nur so wenig... so wenig...«

»So wenig seine Stellung begreifen?« half Ganja dem General. »Seien Sie ihr nicht böse: sie begreift ihre Stellung nur zu gut. Ich habe ihr damals sogleich gründlich die Wahrheit gesagt, damit sie sich nicht mehr in fremde Angelegenheiten einmischt. Und doch ist das einzige, was die Familie bis jetzt noch zusammenhält, daß das letzte Wort noch nicht gesprochen ist. Das Gewitter aber zieht schon herauf. Wenn heute das letzte Wort gesagt wird, so wird auch alles übrige gesagt werden.«

Der Fürst hatte, während er an einem anderen Tisch seine Schriftprobe verfaßte, das ganze Gespräch der beiden mit angehört. Als er fertig war, trat er an den ersten Tisch und überreichte dem General das Blatt.

»Das also ist Nastássja Filíppowna?« murmelte er halblaut vor sich hin, während er aufmerksam und neugierig die Photographie auf dem Schreibtisch betrachtete: »Wie wunderbar schön!« rief er gleich darauf ganz begeistert aus.

Die Photographie zeigte einen Frauenkopf von allerdings ungewöhnlicher Schönheit. Sie hatte sich in einem schwarzen Seidenkleid von sehr schlichter und eleganter Machart photographieren lassen; ihr offenbar dunkelblondes Haar war sehr einfach aufgesteckt; die Augen waren dunkel, tief, die Stirn nachdenklich. Der Ausdruck des Gesichts verriet Leidenschaft und Hochmut. An sich war das Gesicht etwas hager, vielleicht auch blaß . . .

Gánja und der General blickten beide ganz erstaunt den Fürsten an.

»Wie, Nastassja Filippowna? Ja, kennen Sie denn Nastassja Filippowna?« fragte der General.

»Ja. Ich bin wohl noch nicht vierundzwanzig Stunden in Rußland, aber diese Schönheit hier kenne ich schon.«

Und der Fürst berichtete von seiner Begegnung mit Rogóshin und was dieser ihm erzählt hatte.

»Das sind mir mal Neuigkeiten!« bemerkte der General erregt, nachdem er dem Fürsten sehr aufmerksam zugehört hatte, worauf er forschend Ganja anblickte.

»Wahrscheinlich hat er nichts als Unanständigkeiten im Sinn«, brummte Ganja, der gleichfalls etwas betroffen zu sein schien. »Kennt man . . . ein Kaufmannssohn, der durchgehen will. Ich habe bereits einiges von ihm gehört.«

»Auch ich, mein Lieber, habe von ihm gehört«, griff der General auf. »Gleich damals nach der Geschichte mit den Ohrringen erzählte uns Nastassja Filippowna das ganze Erlebnis. Aber jetzt hat sich die Sachlage doch bedeutend geändert. Hier spricht vielleicht wirklich eine Million mit und dazu ... Leidenschaft. Gesetzt — eine unanständige Leidenschaft ... vielleicht ... aber es riecht jedenfalls nach Leidenschaft, und wozu diese Leute im Rausch fähig sind, das weiß man! ... Hm! ... Wenn nur kein Skandal daraus entsteht!« schloß der General nachdenklich.

»Sie fürchten wohl die Million?« fragte Ganja mit einem Lächeln, das seine Zähne entblößte.

»Und du natürlich nicht?«

»Was meinen Sie, Fürst«, wandte sich Ganja plötzlich an diesen, »was für einen Eindruck hat er auf Sie gemacht? Ist es ein ernst zu nehmender Mensch oder nur so ein ... wüster Kerl? Ich möchte gern Ihre persönliche Meinung hören.«

Es ging etwas Besonderes vor in Gánja, als er diese Frage stellte. Es war, als wenn plötzlich eine neue Idee in seinem Hirn aufgeblitzt wäre, die jetzt ungeduldig aus seinen Augen hervorleuchtete. Der General, der sich außerordentlich beunruhigt fühlte, blickte von der Seite gleichfalls auf den Fürsten, doch schien er nicht viel von seiner Antwort zu erwarten.

»Ich weiß nicht, wie ich mich ausdrücken soll«, antwortete der Fürst, »ich glaube, daß viel Leidenschaft in ihm steckt, und sogar eine gewissermaßen krankhafte Leidenschaft. Und er scheint ja auch physisch noch ganz krank zu sein. Es ist leicht möglich, daß er sich schon nach den ersten Tagen in Petersburg wieder wird hinlegen müssen, namentlich, wenn er sofort wild drauflebt.«

»So? Also diesen Eindruck hat er auf Sie gemacht?« Der General hielt sich offenbar gern an diese Auffassung.

»Ja, den Eindruck hatte ich.«

»Und dennoch kann ein Skandal von dieser Art nicht erst

nach einigen Tagen, sondern heute noch eintreten, vielleicht werden wir noch heute abend etwas erleben«, sagte Ganja zum General, wiederum mit einem Lächeln, das seine Zähne entblößte, was ihm eine Art Hohn verlieh. —

»Hm... Gewiß... Dann kommt es eben nur darauf an, welch eine Laune ihr in den Kopf fährt«, meinte der General.

»Und Sie wissen wohl noch nicht, wie sie mitunter sein kann?«

»Das heißt, wie — ,sein kann'?« fuhr der General auf, der sehr verstimmt und auch etwas verwirrt aussah. »Hör' mal, Ganja, ich bitte dich, widersprich ihr heute nicht und bemühe dich, so, weißt du, nun so... mit einem Wort: nach ihrem Geschmack zu sein... Hm!... Weshalb verziehst du denn den Mund? Hör mal, Gawríla Ardaliónytsch, es ist Zeit, daß wir uns einmal klar werden über die Dinge, sogar höchste Zeit: für wen mühen wir uns denn? Du begreifst doch, daß ich mir in bezug auf meinen eigenen Vorteil keine Sorgen zu machen brauche: der ist vollkommen sichergestellt. Ob so oder so, jedenfalls werde ich die Sache zu meinem Vorteil zu wenden wissen. Tozkijs Entschluß ist unerschütterlich, folglich kann ich ruhig sein. Und deshalb merk dir, mein Lieber, daß, wenn ich jetzt überhaupt was wünsche, dieses einzig dein Vorteil ist. Urteile doch selbst! Oder traust du mir etwa nicht? Aber du bist doch ein... ein Mensch... mit einem Wort, ein vernünftiger Mensch, und das ist doch in diesem Fall... das ist doch... ist doch...«

»Die Hauptsache«, half Ganja wieder dem etwas in die Enge geratenen General, worauf er seine Lippen zum beißendsten Lächeln verzog, das er jetzt nicht einmal mehr zu verbergen suchte. Er sah mit flammendem Blick ganz offen dem General in die Augen, als wünsche er, daß jener in seinen Augen alle seine Gedanken lese. Der General wurde feuerrot und geriet in Zorn.

»Nun ja, Vernunft ist die Hauptsache!« sagte er scharf, indem er Ganja streng anblickte. »Du bist, weiß Gott, ein komischer Mensch, Gawríla! Wie ich sehe, freust du dich geradezu über das Auftauchen dieses Kaufmannssohnes wie über einen Ausweg für dich. Hier hat es sich doch von Anfang an gerade um deine Vernunft gehandelt; hier galt es doch vor allen Dingen, zu begreifen und ... beiderseits ehrlich und offen zu handeln oder ... sonst wenigstens beizeiten zu sprechen, um nicht andere bloßzustellen. Zeit war dazu doch genug vorhanden, und es ist sogar auch jetzt noch nicht zu spät« (der General zog bedeutsam die Brauen in die Höhe), »obschon uns nur noch ein paar Stunden geblieben sind ... Haben wir uns verstanden? Nun? so sag doch: willst du oder willst du nicht? ... Willst du nicht, so sprich es aus — es steht dir vollkommen frei. Niemand wird Sie, mein bester Gawríla Ardaliónytsch, dazu bereden, niemand zieht Sie mit Gewalt in die Falle, vorausgesetzt, daß Sie eine Falle darin sehen!«

»Ich will«, sagte Ganja halblaut, doch mit fester Stimme; er blickte zu Boden und verstummte finster.

Der General war zufriedengestellt. Er war in Hitze geraten, bereute es aber augenscheinlich schon, daß er sich so weit hatte fortreißen lassen. Plötzlich wandte er sich zum Fürsten, und auf seinem Gesicht drückte sich flüchtig der unruhige Gedanke aus, daß der Fürst ja zugegen gewesen war und folglich alles gehört hatte. Doch er beruhigte sich sofort: ein Blick auf den Fürsten genügte, um jede Befürchtung auszuschließen.

»Oho!« rief der General erstaunt aus, als er die Schriftprobe erblickte, die der Fürst fertiggestellt hatte. „Aber das ist ja einfach Kalligraphie! Und sogar eine von seltener Schönheit! Ganz großartig! Sieh mal her, Ganja, was sagst du zu diesem Talent?«

Auf einem Blatt dicken Velinpapiers hatte der Fürst in mittelalterlicher russischer Schrift die Worte geschrieben:

„In Demut unterzeichnet dieses
                            Igúmen Pafnútij".

»Dieses hier«, erklärte der Fürst bereitwilligst und mit sichtlichem Interesse an der Sache, »ist die eigenhändige Unterschrift des Abtes Paphnutius nach einem Faksimile aus dem vierzehnten Jahrhundert. Sie schrieben alle prächtig, unsere alten Äbte und Metropoliten, und mit soviel Geschmack und Sorgfalt! Haben Sie nicht die Pogódinsche Ausgabe zur Hand, Exzellenz? ... Und hier habe ich in einer anderen Art geschrieben: das ist die runde, deutliche französische Schrift des vorigen Jahrhunderts, manche Buchstaben wurden sogar ganz anders geschrieben. Es ist eine offizielle Schrift, die Schrift der öffentlichen Schreiber, nach einer ihrer Vorlagen — ich hatte eine — und sie ist nicht ohne Vorzüge, das werden Sie zugeben. Betrachten Sie diese runden o, e und a. Ich habe den französischen Charakter der Schrift auf die russischen Buchstaben übertragen, was freilich durchaus nicht leicht ist, aber es ist mir doch gelungen. Und dann hier: gleichfalls eine schöne originelle Schrift, hier dieser Satz: „Eifer kann alles überwinden." Das ist eine echt russische Schrift, die Handschrift eines russischen Schreibers, oder wenn Sie wollen, Militärschreibers. So wird in dienstlichen Angelegenheiten an hohe Vorgesetzte geschrieben. Der Charakter dieser Schrift ist gleichfalls rund, entzückend, eine *schwarze* Schrift, wie man sie nennt, viel Tinte, doch mit sehr viel Geschmack geschrieben. Ein Kalligraph würde diese Schnörkel, oder richtiger, diese Ansätze zu Schnörkeln, diese halben, unvollendeten Schwänzchen — sehen Sie, hier und hier — nicht zulassen, aber als Ganzes betrachtet, nicht wahr, machen sie doch gerade den Charakter aus. Und wirklich, in ihnen verrät sich die ganze militärisch gedrillte Schreiberseele: er würde so gern einen schwungvollen Schnörkel machen, das Talent will sich kundtun, aber es geht nicht — der Militärkragen ist eng zugeknöpft, die Disziplin erstreckt sich sogar bis auf die Handschrift — entzückend! Diese Probe fand ich vor nicht langer Zeit ganz zufällig, und noch dazu wo? — in der Schweiz! Sie frappierte mich geradezu. Nun, und dieses hier ist die gewöhnliche, sehr einfache, echt englische Schrift: weiter kann die Eleganz nicht gehen, hier ist alles vollendet! Wie aufgereihte Glasperlen sind die Buchstaben. Unübertrefflich. Doch hier eine Variation derselben, und wiederum eine französische, ich habe sie von einem französischen Commis voyageur: es ist fast dieselbe englische Schrift, nur sind die Grundstriche ein wenig, nur um ein Haar, schärfer und dicker — und sehen Sie: die ganze Proportion ist sofort aufgehoben! Und beachten Sie auch das Oval der Buchstaben: sie sind um ein Haar runder, auch hat er sich einen Schnörkel erlaubt, ein Schnörkel aber ist ein überaus gefährliches Ding. Ein Schnörkel verlangt einen außergewöhnlichen Geschmack. Ist er aber wirklich gelungen, ist die richtige Proportion getroffen, so läßt sich diese Schrift mit keiner einzigen vergleichen, dann ist sie so schön, daß man sich einfach in sie verlieben kann.«

»Oho! In was für Feinheiten Sie sich da vertiefen!« sagte der General lachend. »Sie scheinen ja durchaus kein gewöhnlicher Kalligraph, sondern ein ganzer Künstler in diesem Fach zu sein — habe ich nicht recht, Gánja?«

»In der Tat, und sogar mit dem vollen Bewußtsein seiner Bestimmung«, sagte Ganja mit leicht spöttischem Lächeln.

»Lach nur, lach nur, aber damit kann man doch Karriere machen!« sagte der General. »Wissen Sie auch, Fürst, an welche Persönlichkeit wir Sie unsere Eingaben werden schreiben lassen? Nein, Ihnen kann man ja von vornherein fünfunddreißig Rubel monatliches Gehalt zahlen. Oh! gleich halb eins!« unterbrach er sich nach einem Blick auf die Uhr. »Zur Sache, Fürst, ich muß mich beeilen, und heute werden wir uns wohl nicht wiedersehen. Setzen Sie sich noch auf einen Augenblick ... Wie ich Ihnen bereits gesagt habe, wird es mir nicht möglich sein, Sie oft zu empfangen, doch ein wenig helfen will ich Ihnen herzlich gern, ein wenig, wie gesagt, das heißt natürlich nur im ... im Allernotwendigsten, aber, fürs Weitere sozusagen, dafür müssen Sie schon selbst Sorge tragen. Ich werde Ihnen eine kleine Anstellung in einer Kanzlei verschaffen, nichts besonders Schwieriges, nur verlangt so etwas immerhin Akkuratesse. Jetzt kommen wir auf das andere zu sprechen: im Hause, oder vielmehr in der Wohnung Gawríla Ardaliónytsch Iwólgins, meines jungen Freundes hier, den ich Ihnen hiermit vorstelle, haben Mutter und Schwester desselben zwei oder drei möblierte Zimmer eingerichtet, die sie an gutempfohlene Mieter abgeben, versteht sich: mit Kost und Bedienung. Meine Empfehlung wird Nína Alexándrowna, denke ich, genügen. Für Sie aber, Fürst, dürfte das ein gefundener Schatz sein, erstens weil Sie dann nicht allein, sondern sozusagen im Schoße einer Familie leben werden, denn meiner Ansicht nach wäre es für Sie sehr unangenehm, in einer Großstadt wie Petersburg — besonders in der ersten Zeit — ganz allein zu sein. Nína Alexándrowna — die Mutter — und Warwára Ardaliónowna — sind zwei Damen, die ich sehr hochschätze. Nina Alexandrowna ist die Gattin Ardalión Alexándrowitschs, eines verabschiedeten Generals, meines ehemaligen Regimentskameraden in jüngeren Jahren, mit dem ich aber aus gewissen Gründen den Verkehr abgebrochen habe, was mich jedoch nicht hindert, ihn in seiner Art zu schätzen. Alles dies erkläre ich Ihnen jetzt, Fürst, damit Sie sehen, daß ich Sie sozusagen persönlich empfehle und folglich für Sie gewissermaßen garantiere. Zu zahlen haben Sie für Kost und Logis einen sehr mäßigen Preis, doch wird, wie ich hoffe, Ihr Gehalt alsbald vollkommen dazu ausreichen. Es ist ja wahr, ein Mensch braucht auch etwas Taschengeld, wenn auch nur sehr wenig, aber — nehmen Sie es mir nicht übel, Fürst, wenn ich Ihnen rate, den Besitz von Taschengeld lieber zu vermeiden oder überhaupt zu vermeiden, Geld in der Tasche zu haben. Ich sage es nur so nach meiner Auffassung Ihres Charakters. Doch da Ihr Beutel im Augenblick ganz leer ist, so erlauben Sie mir, Ihnen jetzt — für den Anfang — hier ... diese fünfundzwanzig Rubel anzubieten. Wir können sie ja dann später, natürlich, verrechnen ... Wenn Sie in der Tat ein so herzlicher und aufrichtiger Mensch sind, wie Sie zu sein scheinen, so wird es hierin zwischen uns niemals Schwierigkeiten geben. Und wenn ich mich für Sie interessiere, so geschieht es, weil ich in bezug auf Sie bereits etwas im Sinn habe — was es ist, werden Sie später erfahren. Sie sehen, ich bin ganz offen zu Ihnen. Ich hoffe, Ganja, daß du gegen die Aufnahme des Fürsten in deine Familie nichts einzuwenden hast?«

»Im Gegenteil! Meine Mutter wird sich sehr freuen...«, versicherte Ganja höflich.

»Ihr habt doch, glaube ich, bis jetzt nur ein Zimmer vermietet? An diesen — na, wie heißt er doch gleich? — Ferd ... Ferd ...«

»Ferdyschtschénko.«

»Nun ja. Weiß der Teufel, aber der Kerl gefällt mir nicht. Scheint mir irgend so ein ordinärer Spaßmacher zu sein. Und ich versteh auch nicht, warum Nastássja Filíppowna ihn so protegiert? Ist er etwa wirklich mit ihr verwandt?«

»Ach nein, das war doch nur ein Scherz! Keine Spur von Verwandtschaft!«

»Na, dann hol' ihn der Teufel! Und Sie, Fürst, sind Sie damit zufrieden oder nicht?«

»Ich danke Ihnen, Exzellenz, Sie erweisen sich mir gegenüber als ein ungemein gütiger Mensch, um so mehr, als ich Sie nicht einmal um etwas gebeten habe. Ich sage das jetzt nicht etwa aus Stolz. Ich wußte zwar eigentlich selbst noch nicht, wohin ich heute mein Haupt legen sollte. Allerdings hat mich Rogoshin zu sich eingeladen...«

»Rogoshin? Aber nein, das geht denn doch nicht! Ich würde Ihnen väterlich oder, wenn Sie wollen, freundschaftlich raten, diesen Rogoshin ganz zu vergessen. Und überhaupt würde ich Ihnen raten, sich mehr der Familie anzuschließen, in die Sie eintreten.«

»Da Sie nun einmal so gütig zu mir sind«, wollte der Fürst noch einmal von seiner besonderen Angelegenheit beginnen, »so erlauben Sie mir, bitte, Sie in einer für mich sehr wichtigen Sache um Rat zu fragen. Ich bin vor kurzem durch einen Bevollmächtigten benachrichtigt worden...«

»Nein, jetzt müssen Sie mich schon entschuldigen«, unterbrach ihn der General, »ich habe keinen Augenblick mehr zu verlieren. Ich werde Sie noch bei Lisawéta Prokófjewna anmelden: wünscht sie, Sie sogleich zu empfangen — ich werde mich bemühen, Sie dementsprechend zu empfehlen —, so rate ich Ihnen, die Gelegenheit zu benutzen und ihr zu gefallen, denn Lisawéta Prokófjewna kann sehr viel für Sie tun. Und dazu sind Sie ja ihr — Namensvetter. Wünscht sie es dagegen nicht, so nehmen Sie es ihr nicht übel und sprechen Sie einmal zu einer anderen Stunde vor. Du, Gánja, sieh mal inzwischen hier diese Rechnungen durch, wir konnten gestern, Fedosséjeff und ich, nicht damit ins reine kommen. Die darf man nicht vergessen, auch noch hinzuzufügen ...«

Der General verließ bereits das Zimmer, und so kam denn der Fürst doch nicht dazu, mit ihm über die Angelegenheit zu reden, von der er wohl zum vierten Mal zu sprechen begonnen hatte. Ganja zündete sich eine Zigarette an, worauf er auch dem Fürsten sein Etui reichte. Der Fürst nahm eine Zigarette, knüpfte aber, da er nicht stören wollte, kein Gespräch an, sondern begann, das Zimmer zu betrachten. Ganja jedoch schenkte dem mit Zahlen bedeckten Blatt Papier, auf das ihn der General aufmerksam gemacht hatte, kaum einen Blick. Er war augenscheinlich sehr zerstreut: sein Lächeln, seine bei aller Nachdenklichkeit auffallende Zerfahrenheit erschienen dem Fürsten noch unangenehmer, seitdem sie beide allein zurückgeblieben waren. Plötzlich trat Ganja an den Fürsten heran. Dieser stand wieder über die Photographie Nastassja Filippownas gebeugt und betrachtete sie.

»Also Ihnen gefällt eine solche Frau, Fürst?« fragte er ganz unvermittelt, während er ihn durchdringend ansah, als hätte er irgendeine außergewöhnliche Absicht gehabt.

»Ein wunderbares Gesicht!« sagte der Fürst, »und ich bin überzeugt, daß ihr Schicksal kein gewöhnliches ist. Das Gesicht an sich ist fast heiter, aber sie muß doch unglaublich gelitten haben, nicht? Das sieht man den Augen an, sehen Sie diese beiden hervorstehenden Knöchelchen bei den Augen, hier, wo die Wangen beginnen. Es ist ein stolzes Gesicht, unglaublich stolz, nur weiß ich nicht, ob sie auch gut ist. Ach, wenn sie es doch wäre! Dann wäre alles gerettet!«

»Würden *Sie* eine solche Frau heiraten?« fragte Ganja plötzlich ganz unvermittelt, ohne seinen brennenden Blick von ihm abzuwenden.

»Ich kann weder die noch eine andere heiraten, ich bin ja nicht gesund«, sagte der Fürst.

»Aber würde Rogoshin sie heiraten? Was meinen Sie?«

»Oh, heiraten würde der sie, glaube ich, womöglich gleich morgen! Heiraten, ja, aber nach einer Woche würde er sie vielleicht ermorden.«

Kaum hatte der Fürst das gesagt, als Ganja so heftig zusammenfuhr, daß der Fürst beinahe aufschrie vor Schreck.

»Was ist Ihnen?« fragte er entsetzt und griff nach seinem Arm.

»Seine Exzellenz lassen Durchlaucht bitten, sich zu Ihrer Exzellenz zu bemühen«, sagte der Diener, der in der Tür erschienen war.

Der Fürst folgte ihm zur Generalin.


IV

Alle drei Töchter des Generals waren gesunde, blühende, gutgewachsene junge Damen mit wundervollen Schultern, straffer Büste und kräftigen, fast könnte man sagen männlichen Armen. Infolge ihrer guten Gesundheit und frischen Jugend aßen sie natürlich auch gern, wessen sie sich übrigens durchaus nicht schämten, und was sie daher auch vor Fremden gar nicht so zimperlich zu verbergen suchten. Zwar war ihre Mutter, die Generalin Lisawéta Prokófjewna, mitunter etwas ungehalten über diesen offen bekundeten, echten Jugendhunger; doch da gar manche ihrer Ansichten trotz aller äußeren Ehrerbietung, mit der die Töchter sie anhörten, im Grunde schon längst ihre anfängliche und unerschütterliche

Autorität eingebüßt hatten — und das sogar in einem solchen Maße, daß die einstimmige Partei der drei jungen Mädchen fast immer recht behielt —, so fand es die Gemahlin im Hinblick auf ihre persönliche Würde weit bequemer und ersprießlicher, nicht zu streiten, sondern nachzugeben. Freilich wollte sie auch nicht immer nachgeben und sich dem Willen der Töchter fügen. Lisaweta Prokofjewna wurde mit jedem Jahre launischer, ungeduldiger und unduldsamer, ja, sie konnte bisweilen sogar sehr sonderbar sein. Doch da sie immer einen ihr äußerst ergebenen und von ihr gut erzogenen Gatten zur Hand hatte, so ergoß sich der Ärger, wenn sich ein solcher in ihrem Herzen angesammelt hatte, gewöhnlich über sein Haupt, worauf dann die Harmonie in der Familie wieder hergestellt war und alles von neuem im alten Gleise seinen gewohnten Gang nahm.

Übrigens besaß auch die Generalin selbst keinen gerade schlechten Appetit, und so nahm sie täglich um halb ein Uhr an einem sehr reichhaltigen Frühstück teil, das man ebensogut ein Mittagsmahl hätte nennen können. Eine Tasse Kaffee wurde von den jungen Damen bereits früher getrunken, um zehn Uhr, und das geschah in der Regel noch im Bett. Daran hatten sie sich einmal gewöhnt und dabei blieb es. Um halb eins wurde dann im kleinen Speisesalon in der nächsten Nähe der Gemächer der Mama der Frühstückstisch gedeckt. Zu diesem intimen Dejeuner im engsten Familienkreise erschien bisweilen auch der General, wenn seine Zeit es ihm erlaubte. Da gab es dann außer Kaffee, Tee, Käse, Honig, Butter gewisse Pfannkuchen, die besonders von der Generalin sehr gern gegessen wurden, auch noch Koteletts und sogar eine starke heiße Bouillon. An jenem Morgen, an dem unsere Erzählung beginnt, hatten sich Mutter und Töchter wie gewöhnlich an der Frühstückstafel versammelt und erwarteten den General, der versprochen hatte, um halb eins sich gleichfalls einzufinden. Hätte er nur eine Minute länger auf sich warten lassen, so würde sofort nach ihm geschickt worden sein. Doch er erschien pünktlich.

Als er an seine Gattin herantrat, um ihr einen „Guten Morgen" zu wünschen und die Hand zu küssen, bemerkte er in ihrem Gesicht einen ganz eigenartigen Ausdruck, und wenn er auch schon am Abend vorher nichts anderes erwartet hatte, als daß es infolge einer gewissen »Geschichte« — wie er Ähnliches in Gedanken zu nennen pflegte — genau so kommen werde, und sich noch im Einschlafen darob Sorgen gemacht hatte, so wurde ihm jetzt doch trotz der Vorbereitung etwas bange. Die Töchter kamen alle drei zum Papa, um ihm den Morgenkuß zu geben; die hatten nun allerdings keinen Grund, ihm gram zu sein, aber auch aus ihren Mienen glaubte sein argwöhnisches Gewissen etwas Besonderes herauszulesen. Freilich war der General aus gewissen Gründen mehr als nötig mißtrauisch geworden, und da er bei alledem noch ein erfahrener und geschickter Gatte und Vater war, so traf er schleunigst seine Vorkehrungen.

Doch, wie ich sehe, muß ich hier von meiner Erzählung ein wenig abschweifen und zur Erläuterung der Situation noch einiges über die inneren Verhältnisse der Familie Jepántschin hinzufügen. Vielleicht wird das auch die Plastik des Gesamteindrucks nicht beeinträchtigen.

Der General war, wie bereits erwähnt, zwar kein sehr gebildeter Mann — er selbst nannte sich gern einen Autodidakten —, doch das hinderte ihn nicht, als Gatte und Vater ein geschickter Stratege zu sein. Unter anderem befolgte er auch den Grundsatz, seine Töchter nicht zum Heiraten zu drängen, d. h. »nicht ewig und immer hinter ihnen her zu sein«, und sie mit einer übergroßen väterlichen Besorgnis zu ihrem Glück zu drängen, wie es sonst fast ausnahmslos in allen Familien geschieht, in denen erwachsene Töchter sind. Ja, es war sogar ausschließlich dem Einfluß des Generals zuzuschreiben, daß auch Lisawéta Prokófjewna, seine Gattin, diesem Verfahren beitrat, obschon es für eine Frau doch recht schwer sein mußte — schwer, weil unnatürlich. Aber die Argumente des Generals waren zu überzeugend und stützten sich überdies noch auf greifbare Tatsachen. Mädchen, die sich vollkommen allein überlassen blieben, mußten sich doch mit der Zeit unwillkürlich selbst entschließen, Vernunft anzunehmen — und dann würde das Unternehmen ganz anders in Gang gesetzt werden: das lag doch auf der Hand! Sie würden sich dann mit ganz anderer Lust und wirklichem Eifer an die Sache machen und alle Launen und wählerisches Mäkeln hübsch beiseite lassen; die Eltern aber brauchten dann nur noch darauf achtzugeben, daß die Töchter keine gar zu sonderbare Wahl trafen oder sonst eine unnatürliche Neigung an den Tag legten, um nur, wenn dann der richtige Augenblick gekommen war, sofort mit aller Kraft nachzuhelfen und mit Ausnutzung jedes Einflusses die Angelegenheit ins richtige Gleis zu bringen. Hinzu kam noch, daß ihr Vermögen und ihr gesellschaftliches Ansehen mit jedem Jahr in geometrischem Verhältnis wuchs — folglich gewannen auch die Töchter, lediglich als „Partien" betrachtet, mit jedem Jahr. Aber zu diesen Tatsachen war in jüngster Zeit noch eine andere wichtige Tatsache hinzugekommen: Die älteste Tochter, Alexandra, war plötzlich und ganz unerwartet — wie das gewöhnlich zu geschehen pflegt — fünfundzwanzig Jahre alt geworden. Fast um dieselbe Zeit hatte sich Afanassij Iwánowitsch Tózkij, ein Mann aus der besten Gesellschaft, der Beziehungen zu den angesehensten Persönlichkeiten hatte und außerordentlich reich war, wieder einmal zur Verwirklichung seines längst nicht mehr neuen Wunsches, sich zu verheiraten, fest entschlossen. Er war ein Mann von ungefähr fünfundfünfzig Jahren, von vornehmer Gesinnung und Gesittung, was man so nennt, und von einer seltenen Geschmacksfeinheit. Er wollte nicht »geschmacklos« heiraten, denn er wußte Schönheit sehr zu schätzen, und da er mit dem General Jepantschin seit einiger Zeit innige Freundschaft pflegte, die durch gemeinsame Beteiligung an finanziellen Unternehmungen herbeigeführt worden war, so stellte er an ihn die Frage, gewissermaßen in der Form einer Bitte um freundlichen Rat und Beistand, ob es ginge oder nicht, daß er bei einer seiner Töchter anhielt.

Diese Frage verursachte im stillen, ruhig-schönen Lebenslauf der Familie Jepantschin einen sichtlichen Umschwung.

Die unbestritten Schönste in der Familie war, wie bereits erwähnt, Aglaja, die Jüngste. Aber selbst Tozkij, der außergewöhnliche Egoist, der sich sonst durch höchste Selbsteinschätzung auszeichnete, begriff, daß er hier nicht anklopfen durfte und daß eine Aglaja nicht für ihn bestimmt sein konnte. Es ist möglich, daß die blinde Liebe und gar zu glühende Freundschaft der Schwestern die Sache etwas übertrieb, doch ihrer festen Überzeugung nach mußte Aglajas Leben nicht ein gewöhnliches Leben, sondern womöglich das Ideal eines irdischen Paradieses werden. Aglajas zukünftiger Mann sollte alle Tugenden und Vollkommenheiten in sich vereinigen und die größten Erfolge aufzuweisen haben, vom Besitz irdischer Güter schon ganz zu schweigen. Die beiden Schwestern hatten sogar beschlossen — und zwar ohne viel Worte zu verlieren —, falls es nötig sein sollte, nach Möglichkeit von ihrer Mitgift zugunsten Aglajas einen Teil abzutreten, denn Aglaja stünde, so meinten sie, eine enorme Mitgift zu, weit mehr als ihnen, den beiden älteren Schwestern. Die Eltern wußten um diese Absicht, und deshalb zweifelten sie kaum, als Tozkij um ihren Rat bat, daß eine von ihren älteren Töchtern seinen Antrag annehmen werde, zumal der reiche Freier in betreff der Mitgift nicht allzu peinlich sein würde. Der General hatte seinerseits den Antrag Tozkijs sofort mit der ihm eigenen Lebensweisheit sehr hoch einzuschätzen gewußt. Nun ging aber Tozkij aus gewissen besonderen Gründen nur mit äußerster Vorsicht in dieser Angelegenheit vor — sondierte einstweilen noch — und daher hatten auch die Eltern mit ihren Töchtern von der Sache nur wie von einer fernen Möglichkeit gesprochen. Als Antwort hatten sie von den Töchtern den gleichfalls noch ziemlich unbestimmt ausgedrückten Bescheid erhalten, daß Alexandra, die Älteste, ihm vielleicht keinen Korb geben würde. Alexandra war ein gutherziges Mädchen, dabei aber charakterfest, sehr verständig und überaus verträglich. Einen Mann wie Tozkij hätte sie ohne Überwindung, sogar ganz gern, zu heiraten vermocht, und es war sicher, wenn sie einmal ihr Wort gegeben, dann würde sie es treu und ehrlich halten. Den Glanz liebte sie nicht und es waren von ihr keine Launenhaftigkeit und keine Scherereien zu erwarten, sondern sie konnte möglicherweise das Leben eines Mannes sogar versüßen und ruhig und angenehm machen. Dabei war sie hübsch, sehr hübsch, wenn sie auch nicht gerade Aufsehen erregte. Was konnte es für Tozkij Besseres geben?

Einstweilen aber fuhr man fort, mit entschlossenerem Vorgehen immer noch zu zögern und vorerst zu sondieren. Gemeinsam und freundschaftlich war von Tozkij und dem General beschlossen worden, vorderhand jeden formellen und unwiderruflichen Schritt zu vermeiden. Und so vermieden es auch die Eltern, offen mit den Töchtern zu reden. Und das war schließlich der Grund, weshalb sich in die bisherige Harmonie gleichsam eine Dissonanz einzuschleichen begann: die Generalin selbst, die Mutter der Familie, wurde unzufrieden, und das war von großer Bedeutung. Es gab da nämlich einen gewissen verzwickten und recht unangenehmen »Umstand«, der vielleicht sogar alle diese Heiratspläne zerschlagen und für immer unmöglich machen konnte.

Dieser verzwickte und unangenehme »Umstand«, wie sich Tozkij auszudrücken pflegte, hatte eine Vorgeschichte, die schon ziemlich weit, ungefähr achtzehn Jahre, zurücklag. In einem der mittleren Gouvernements des europäischen Rußlands lebte damals auf einem kleinen Gütchen, das an eines der größten Güter Afanassij Iwanowitsch Tozkijs grenzte, in ärmlichen Verhältnissen ein gänzlich vermögensloser Landjunker, der wegen seines sprichwörtlichen, überall und unermüdlich ihn verfolgenden Mißgeschicks eine wirklich bemerkenswerte Erscheinung war. Er stammte aus einem guten alten Adelsgeschlecht. In dieser Beziehung rangierte Filípp Alexándrowitsch Baráschkoff — so hieß der Betreffende — sogar noch vor Tozkij. Nachdem er als Offizier seinen Abschied genommen und lange Zeit bis über die Haare in

Schulden gesteckt hatte, war es ihm endlich nach unermüdlicher, harter, geradezu sibirischer Arbeit gelungen, die Ertragsfähigkeit seines kleinen Gutes so weit in die Höhe zu bringen, daß er wenigstens sein Auskommen hatte. Da er bei allem Pech doch kein Pessimist geworden war, ermutigte ihn jeder noch so geringe Erfolg ganz außerordentlich. Als er nun nach langen Jahren wieder einmal neue Hoffnungen hegen durfte, begab er sich auf ein paar Tage in die nächste Kreisstadt, um daselbst mit einem seiner Hauptgläubiger zu verhandeln und, wenn möglich, einen günstigen Vertrag abzuschließen. Am dritten Tage nach seiner Ankunft in der Stadt erschien aber plötzlich sein Dorfältester, reitend, mit verbrannter Wange und versengtem Bart, und meldete gehorsamst, daß am Tage vorher um die Mittagszeit sein »Stammgut« niedergebrannt sei, »wobei auch die gnädige Frau zu verbrennen geruhten, die Kinderchen aber sind heil geblieben«, wie er sich buchstäblich ausdrückte. Diesem Schicksalsschlag war jedoch selbst Baráschkoff, der an die Rippenstöße Fortunas so lange Gewöhnte, nicht gewachsen: er verlor den Verstand und starb nach einem Monat an einem hitzigen Fieber. Das Gut mit den niedergebrannten Gebäuden wurde versteigert, und die Bauern waren bald ihrer Wege gegangen. Der beiden kleinen Mädchen aber, der Töchter Baráschkoffs, die damals sechs und sieben Jahre alt waren, nahm sich großmütigerweise der Gutsnachbar Tozkij an.

Sie wurden zusammen mit den Kindern eines Verwalters der Tozkijschen Güter, eines Deutschen und ehemaligen Beamten, der eine zahlreiche Familie besaß, erzogen. Bald jedoch starb das eine Mädchen, die Jüngere, am Keuchhusten, so daß nur noch die siebenjährige Nástja (Nastássja) von der ganzen Familie übrigblieb. Tozkij, der damals im Auslande lebte, hatte sie bald alle beide vergessen. Nach fünf Jahren fiel es ihm dann eines Tages ein, doch mal nachzusehen, wie es auf seinem Gut eigentlich aussah, und da entdeckte er denn zu seiner Überraschung in seinem alten Gutsgebäude unter den Kindern seines deutschen Verwalters ein entzückendes Mädchen von zwölf Jahren, ein ausgelassenes, reizendes, kluges Ding, das einmal sehr schön zu werden versprach — in solchen Dingen war Tozkij ein Kenner mit unfehlbarem Blick. Er blieb nur ein paar Tage auf dem Gut, doch genügten sie ihm vollkommen, um einige Anordnungen zu treffen. Die Folge davon war, daß in der Erziehung der Kleinen eine bedeutsame Wendung eintrat. Es erschien alsbald eine ehrwürdige, ältere, sehr gebildete Gouvernante, eine Schweizerin, die sich im Erziehen höherer Töchter bereits gut bewährt hatte und die außer in der französischen Sprache auch noch in verschiedenen wissenschaftlichen Fächern unterrichtete. Sie zog in das Gutsgebäude ein, und von nun an vergrößerte sich das Wissen der kleinen Nastássja mit jedem Jahr um ein Bedeutendes. Nach vier Jahren war die Erziehung abgeschlossen: die Gouvernante fuhr wieder fort, und bald darauf erschien eine ältere Dame, eine Gutsnachbarin Tozkijs — doch aus einem anderen, fernen Gouvernement —, um Nastássja, wie die Instruktion und Bevollmächtigung Tozkijs lautete, auf ein anderes seiner zahlreichen Güter zu bringen. Auf diesem nicht großen Landstück war ein sehr nettes, wenn auch nur kleines Landhaus neu aufgebaut und sehr geschmackvoll eingerichtet worden. Das Gütchen trug wie absichtlich den Namen „Otrádnoje".[2] Die alte Dame brachte das Mädchen in dieses stille Haus, und da ihr eigenes Gut nur eine Werst von dort entfernt lag, so richtete sie sich zusammen mit Nastássja in Otrádnoje ein. Im Hause lebten noch eine alte Haushälterin und eine junge, geschickte Zofe. Auch gab es dort Musikinstrumente, eine elegante Mädchenbibliothek, Bilder, Skizzen, Zeichenstifte, Farben, kurz, alle Malutensilien, ferner ein schönes sibirisches Windspiel. Nach zwei Wochen erschien auch Afanássij Iwánowitsch in Otrádnoje... Und seit der Zeit zeigte er dann eine ganz besondere Vorliebe für dieses entlegene kleine Steppengut, suchte es in jedem Jahr einmal auf, blieb dort zwei oder sogar drei Monate, und so vergingen etwa vier Jahre, ruhige und glückliche Jahre vornehmen und geschmackvollen Lebens.

Da sollte es aber geschehen, daß einmal, zu Anfang des Winters, ungefähr vier Monate nach dem Sommerbesuch Tozkijs, der diesmal nur zwei Wochen geblieben war, in Otradnoje sich das Gerücht verbreitete und auch Nastassja Filippowna zu Ohren kam, daß Tozkij in Petersburg alsbald ein schönes, reiches und vornehmes Mädchen heiraten — kurz, eine solide und glänzende Partie machen werde. Später zeigte es sich, daß dieses Gerücht nicht in allen Punkten der Wahrheit entsprach. Die Heirat war nur erst ein Projekt, und überhaupt war alles noch sehr unbestimmt, doch in Nastássja Filíppowna hatte sich aus diesem Anlaß bereits eine unangenehme Veränderung vollzogen. Sie bewies plötzlich eine ungewöhnliche Entschlossenheit und zeigte einen Charakter, den niemand in ihr vermutet hätte. Ohne sich lange zu bedenken, verließ sie das Landhaus und erschien plötzlich ganz allein in Petersburg, wo sie sich sofort zu Afanassij Iwanowitsch Tozkij begab. Dieser war zunächst sprachlos, sammelte sich aber doch so weit, daß er nach einer Weile mit ihr zu reden begann. Und nun stellte es sich zu seiner noch größeren Überraschung schon nach dem ersten Wort heraus, daß er in einem ganz anderen Ton mit ihr reden mußte, daß er Stil, Stimme, die Themen ihrer früheren so ästhetischen und so angenehmen Gespräche, die er bis jetzt so erfolgreich zu beherrschen gewußt, ja selbst die Logik, kurz — alles, alles, alles von Grund aus ändern mußte! Vor ihm saß ein ganz anderes, ihm vollkommen fremdes Wesen, das mit jener Nastassja Filippowna, die er bis jetzt gekannt und erst im Juli in Otradnoje zurückgelassen hatte, nichts, aber auch nichts Gemeinsames hatte.

Diese neue Frau da vor ihm wußte und begriff unglaublich viel — so viel, daß man sich nur wundern konnte, woher sie dieses Wissen erlangt, wie sie so genaue Vorstellungen in sich hatte ausarbeiten können. (Doch nicht etwa aus den Büchern ihrer Mädchenbibliothek?) Am erstaunlichsten jedoch war, daß sie sogar ausgesprochen juristische Kenntnisse besaß, und wenn ihr auch die Kenntnis der „Welt" fehlte, so schien

sie doch ganz genau zu wissen, wie gewisse Dinge in der
„Welt" zu verlaufen pflegen. Das war gar nicht mehr derselbe
Charakter, den sie früher gehabt hatte — jene Zaghaftigkeit
und Undefinierbarkeit des jungen Mädchens, das in seiner
reizenden Unart und Naivität so bezaubernd sein konnte,
mit seiner Lebhaftigkeit und Trauer und ernsten Nachdenklichkeit, seinem Staunen und Mißtrauen, mit seinen Tränen
und mit seiner Unruhe.

Nein: hier lachte vor ihm und verletzte ihn mit dem beißendsten Spott ein ganz ungewöhnliches, nie gesehenes Wesen, von dem ihm offen ins Gesicht gesagt wurde, daß es
in seinem Herzen nie etwas anderes für ihn empfunden habe
als tiefste Verachtung, eine Verachtung bis zum Ekel, die
sogleich nach dem ersten Erstaunen eingetreten sei. Diese
neue, unbekannte Frau da vor ihm erklärte ferner, daß es
ihr im vollen Sinne des Wortes vollkommen gleichgültig sei,
ob er heirate oder nicht heirate und wen er erwählt habe,
daß sie aber gekommen sei, um ihm diese Heirat zu verbieten,
und zwar einzig aus Bosheit zu verbieten, einzig weil sie es
so wolle und es genau so geschehen müsse, wie sie wolle, —
»und wär's auch nur, damit ich über dich lachen, mich sattlachen kann, denn jetzt will endlich auch ich einmal lachen.«

Wenigstens drückte sie sich so aus. Und dabei war mit
diesen Worten vielleicht noch lange nicht alles ausgesprochen, was sie im Sinne hatte. Doch während die neue Nastássja Filíppowna lachte und sich über ihn lustig machte,
überlegte sich Tozkij die neue Wendung der Dinge und
suchte seine etwas verwirrten Gedanken nach Möglichkeit
wieder in Ordnung zu bringen. Dieses Ordnen und Überlegen nahm nicht wenig Zeit in Anspruch: es dauerte etwa
vierzehn Tage, bis er alles begriffen und endgültig bei sich
beschlossen hatte, was wohl zu tun sei. Afanassij Iwanowitsch
Tozkij war zu jener Zeit nicht weniger als fünfzig Jahre
alt und ein im höchsten Grade gesetzt und ehrbar gewordener Mann. Seine gesellschaftliche Stellung hatte sich auf
den besten Grundlagen aufgebaut. Sein Ich, seine Ruhe und

Bequemlichkeit liebte und schätzte er höher als alles andere auf der Welt, wie es sich ja auch für einen ehrenwerten Menschen gar nicht anders schickt. Nicht die geringste Verletzung oder Störung dieses in langen Jahren klug aufgebauten Lebens durfte zugelassen werden, da es jetzt eine so schöne Form angenommen hatte. Andererseits sagten ihm seine Erfahrung und seine Menschenkenntnis sehr bald und ausnehmend richtig, daß er es nun mit einem ganz außergewöhnlichen Wesen zu tun habe, mit einem Wesen, das nicht nur drohte, sondern unfehlbar auch handeln würde, und das überdies vor nichts, absolut nichts zurückschreckte, weil ihm jetzt nichts mehr teuer war, so daß man es nicht einmal mehr — gleichviel womit — bestechen konnte. Nein, hier handelte es sich offenbar um etwas ganz anderes, um irgendein inneres, seelisches Chaos: um etwas wie eine romantische Entrüstung über Gott weiß wen und Gott weiß was, jedenfalls war es ein unersättliches Verachtungsbedürfnis, das jedes Maß überstieg — mit einem Wort, etwas im höchsten Grade Lächerliches und in der guten Gesellschaft Unerlaubtes, dem im Leben zu begegnen für jeden anständigen Menschen eine wahre Strafe Gottes ist. Versteht sich: wenn man als Weltmann solchen Reichtum und solche Verbindungen wie Tozkij besaß, konnte man sich ja doch mit Leichtigkeit und in kürzester Zeit durch eine kleine und vollkommen »harmlose« Schändlichkeit freimachen.

Andererseits aber lag es doch auf der Hand, daß Nastassja Filippowna ihm, sagen wir z. B. im juristischen Sinne, so gut wie überhaupt nichts anhaben konnte; nicht einmal einen großen Skandal vermochte sie zu machen, denn es wäre doch ein leichtes gewesen, ihr Schranken zu setzen. Das war ja nun alles ganz wunderschön und beruhigend, kam aber doch nur in dem Fall in Betracht, wenn Nastassja Filippowna zu solchen Dingen entschlossen gewesen wäre, wie sie es in ähnlichen Fällen von allen Frauen ausgeübt werden, nämlich ohne daß dabei gar zu exzentrisch über die Schnur geschlagen wird. Hier aber kam Tozkij seine durch Erfahrung erworbene Menschenkenntnis sehr zustatten: er erriet, daß Nastassja Filippowna selbst nur zu gut wußte, wie machtlos sie vom Standpunkt des Gesetzes aus war, und daß sie daher etwas ganz Anderes im Sinne haben mußte, etwas, das nur ihre blitzenden Augen ahnen ließen. Da ihr nichts mehr teuer war, und am wenigsten sie sich selbst (es gehörte kein geringer Scharfblick dazu, um zu erraten, daß ihr eigenes Ich schon längst aufgehört hatte, ihr teuer zu sein, und um als Skeptiker und zynisch denkender Weltmann an den Ernst dieses Gefühls zu glauben), so war sie imstande, sich selbst womöglich auf die entsetzlichste Art zugrunde zu richten, ohne vor Zuchthaus und Sibirien zurückzuschrecken, wenn sie nur einmal diesen Menschen beschimpfen konnte, vor dem sie einen so unmenschlichen Ekel empfand! Tozkij hatte es niemals verleugnet, daß er ein wenig feige war oder, besser gesagt, im höchsten Grade konservativ. Wenn er gewußt hätte, daß er z. B. vor dem Traualtar umgebracht werden würde, oder daß ihn etwas Ähnliches erwartete, etwas ebenso Unästhetisches, Lächerliches und in der Gesellschaft nicht Übliches, so wäre er natürlich erschrocken – jedoch nicht so sehr deshalb, weil man ihn ermorden, verwunden oder ihm öffentlich ins Gesicht speien wollte, als vielmehr deshalb, weil dieses in einer so unfeinen und gesellschaftlich unzulässigen Form geschehen würde. Nastassja Filippowna aber schien gerade so etwas im Sinn zu haben, wenn sie vorläufig auch noch mit keinem Wort ihre Absicht angedeutet hatte. Er wußte, daß sie ihn bis ins kleinste hinein beobachtet hatte und dementsprechend kannte: daher mußte sie es auch wissen, wie und wo sie ihn am stärksten verletzen konnte. Und so beschloß denn Tozkij, da die Heirat noch nicht viel mehr als ein frommer Wunsch war, sich seinem Schicksal zu fügen und Nastassja Filippownas Willen zu tun.

Es gab aber noch einen anderen Grund, warum er sich dazu entschloß.

Nastassja Filippowna hatte sich auch im Gesicht stark verändert. Man konnte es kaum glauben, daß sie wirklich dieselbe Nastassja Filippowna war. Früher war sie ein hübsches Mädchen gewesen, jetzt aber ... Tozkij konnte es sich lange Zeit nicht verzeihen, daß er sie vier Jahre lang so oft betrachtet und doch eigentlich nie gesehen hatte. Allerdings mußte man nicht vergessen, daß auf beiden Seiten eine ungeheure Veränderung vor sich gegangen war. Übrigens entsann er sich, daß es auch früher bisweilen Minuten gegeben hatte, in denen ihm z. B. beim Anblick dieser Augen eigentümliche Gedanken gekommen waren: es war, als hätte man hinter ihnen eine tiefe, geheimnisvolle Finsternis ahnen können. Wenn dieser Blick einen ansah, so war's, als gäbe er ein Rätsel auf.

In den letzten zwei Jahren hatte er sich unter anderem auch oft über die Veränderung ihrer Gesichtsfarbe gewundert: Nastassja Filippowna wurde seltsam blaß, doch — sonderbar: sie wurde dadurch noch schöner. Tozkij, der anfangs wie alle Lebemänner seiner Epoche nur mit Zynismus daran gedacht hatte, wie billig er diese Seele gekauft, die so gut wie überhaupt noch nicht gelebt hatte, war mit der Zeit an der Richtigkeit seiner Annahme doch sehr irre geworden. Jedenfalls hatte er noch im letzten Frühling in Otradnoje beschlossen, Nastassja Filippowna bald mit irgendeinem verständigen und anständigen Herrn, dessen Arbeitsfeld am besten in einem anderen Gouvernement lag, zu verheiraten, natürlich nicht ohne reichliche Mitgift. (Oh, wie unheimlich und boshaft Nastassja Filippowna jetzt über diesen Plan zu spottlachen pflegte!) Doch nun dachte Tozkij — verlockt durch den Reiz der Neuheit — sogar daran, daß er dieses Weib ja von neuem ausnutzen könne. Er beschloß, sie in Petersburg unterzubringen und mit dem größten Luxus zu umgeben. Wenn er das eine nicht haben konnte, so konnte er doch wenigstens das andere haben: mit Nastassja Filippowna Aufsehen erregen und in einem gewissen Kreise sogar renommieren. Und Afanassij Iwanowitsch Tozkij schätzte gerade seinen Ruhm in dieser Hinsicht sehr hoch ein.

Inzwischen waren nach ihrem Erscheinen in Petersburg fünf Jahre vergangen, und während dieser Zeit hatte sich manches offenbart. Tozkijs Lage war einfach trostlos; und das Dümmste an der Sache war, daß er, nachdem ihm einmal bange geworden war, nicht mehr Mut fassen und sich beruhigen konnte. Er fürchtete ... was? – das wußte er selbst nicht; fürchtete einfach Nastassja Filippowna. Eine Zeitlang – das war noch in den ersten zwei Jahren – begann er allmählich zu vermuten, daß sie ihn, Afanassij Tozkij, heiraten wolle, aus übertriebenem Stolz jedoch schweige und seinen Antrag erwarte. Das Verlangen wäre sonderbar gewesen, doch Tozkij wurde argwöhnisch: er runzelte zwar die Stirn und wollte nicht, aber er begann doch nachzudenken, schließlich wurde er sogar *sehr* nachdenklich ... bis er sich eines Tages zu seiner größten und (so ist das Menschenherz!) etwas unangenehmen Verwunderung überzeugte, daß er, falls er anhalten würde, ganz positiv einen Korb bekäme. Lange Zeit konnte er es gar nicht fassen. Nur eine einzige Erklärung schien ihm schließlich möglich: daß der Stolz dieser »beleidigten und phantastischen Frau« bereits so nahe an Verzweiflung grenzte, daß sie es vorzog, einmal ihre Verachtung für ihn in einer Absage ausdrücken zu können, als ihr Leben ein für allemal sicherzustellen und hinfort auf einer für sie sonst doch unerreichbar hohen Staffel zu stehen. Das Schlimmste aber war, daß Nastassja Filippowna in geradezu beängstigender Weise die Oberhand gewann. Mit Geld war bei ihr gleichfalls nichts zu erreichen, gleichviel wie hohe Summen er ihr auch angeboten hätte. Zwar lebte sie in einer teuren Wohnung, die er luxuriös für sie eingerichtet hatte, doch führte sie daselbst ein sehr bescheidenes Leben und versuchte nicht einmal in den ganzen fünf Jahren, etwas beiseite zu schaffen. Da verfiel Tozkij auf ein sehr schlaues Mittel, um seine Ketten zu zerreißen: unmerklich und sehr geschickt versuchte er, sie mit den idealsten Mitteln zu verlocken; doch all die verkörperten Ideale in Gestalt von Fürsten, Husarenoffizieren, Gesandtschaftssekretären, Dichtern,

Romanschriftstellern und sogar Sozialisten, die er ihr zuführte, machten alle nicht den geringsten Eindruck auf sie, ganz als hätte sie anstatt des Herzens einen Stein in der Brust gehabt, als wären alle ihre Gefühle eingetrocknet und für immer gestorben. Sie lebte eigentlich recht einsam, las, lernte sogar, liebte Musik. Bekannte, die sie besuchten, hatte sie nur sehr wenige, dabei durchaus keine vornehmen Leute: so verkehrte sie mit ein paar armen und lächerlichen Beamtenfrauen, kannte zwei sonst ganz unbekannte Schauspielerinnen, beide schon fast Greisinnen, liebte die zahlreiche Familie eines ehrsamen Lehrers, in dessen Hause auch sie gern gesehen war und sogar sehr geliebt wurde. Hin und wieder fanden sich bei ihr abends fünf bis sechs Bekannte ein, nicht mehr. Tozkij erschien sehr oft und pünktlich. In der letzten Zeit war es auch dem General Jepantschin gelungen (nicht ohne Mühe), Nastassja Filippownas Bekanntschaft zu machen. In derselben Zeit wurde auch ein junger Beamter, Ferdyschtschénko mit Namen, sehr schnell und ohne Mühe mit ihr bekannt. Das war ein ziemlich unmöglicher und billiger Possenreißer, der dem Alkohol nicht abhold war und sich für einen geistreichen Humoristen hielt. Ferner war ein junger und recht eigentümlicher Mensch mit ihr bekannt, ein gewisser Ptízyn, ein bescheidener, stets korrekter und gesellschaftlich einigermaßen polierter Junge, der sich aus der größten Armut heraufgearbeitet hatte und jetzt Geld auf hohe Zinsen verlieh. Schließlich wurde auch Gawríla Ardaliónytsch Iwólgin mit ihr bekannt... Es endete damit, daß Nastassja Filippowna eine seltsame Berühmtheit erlangte: ein jeder sprach von ihrer Schönheit, aber das war auch alles: niemand konnte sich mit etwas rühmen oder das Recht dazu einem anderen nachsagen. Dieser Ruf, ihre Bildung, ihr feines Benehmen, ihr Scharfsinn, ihr Geist — alles das zusammen bewirkte, daß Tozkij sich endgültig zur Ausführung seines erwähnten Planes entschloß. Hier nun begann der Augenblick, von dem ab General Jepantschin selbst so regen Anteil an dieser Angelegenheit nahm.

Als Tozkij sich liebenswürdig und freundschaftlich in betreff einer seiner drei Töchter an den General wandte, legte er ihm in der ausführlichsten und edelsten Weise ein volles Bekenntnis ab. Doch teilte er ihm gleichzeitig mit, daß er vor keinem einzigen Mittel zurückschrecken würde, um nur endlich seine Freiheit wiederzuerlangen: daß es ihn auch nicht beruhigen würde, wenn Nastassja Filippowna ihm versprechen sollte, ihn hinfort mit nichts zu bedrohen, weil er sich auf Worte allein nicht verlassen könne und folglich die sichersten Garantien wünsche und verlange. Sie berieten hin und her, bis sie dann zunächst einmal zu der Einsicht kamen, daß gemeinschaftlich vorzugehen am besten sei. Auch wurde ferner noch beschlossen, es zunächst mit den sanftesten Mitteln zu versuchen, oder wie man zu sagen pflegt: nur die edlen Saiten des Herzens zu berühren. Sie machten sich also beide auf und fuhren zu Nastassja Filippowna, und Tozkij begann hier sofort und ohne alle Vorreden und Umschweife damit, daß er ihr das Unerträgliche seiner Lage schilderte; die Schuld an allem maß er sich selbst zu; sagte ganz offen, daß er für das Unrecht, das er ihr zugefügt, nicht ewig büßen wolle, er sei ein eingefleischter Genußmensch und habe sich nicht in der Gewalt; daß er aber jetzt zu heiraten beabsichtige und das ganze Schicksal dieser höchst ehrenhaften und anständigen Verbindung in ihrer Hand liege; mit einem Wort, er erwarte alles von ihrem edlen Herzen. Darauf ergriff der General das Wort, in seiner Eigenschaft als Vater, sprach sehr vernünftig, vermied alles Rührende, erwähnte nur, daß er ihr Recht, über Tozkijs Schicksal zu bestimmen, vollkommen anerkenne, hob geschickt seine eigene Ergebung hervor, sowie daß das Schicksal seiner ältesten Tochter, vielleicht aber auch noch dasjenige der beiden jüngeren, im Augenblick nur von ihr abhinge. Auf Nastassja Filippownas Frage, was sie denn eigentlich von ihr verlangten, gestand Tozkij mit derselben nackten Offenheit, sie habe ihm vor fünf Jahren einen solchen Schrecken eingejagt, daß er sich auch jetzt noch nicht sicher fühle, es sei denn, daß Nastassja Filippowna selbst heiratete. Er fügte übrigens sofort eilig hinzu, daß diese Bitte natürlich unsinnig wäre, wenn er nicht Ursache hätte, sie doch für nicht unsinnig zu halten. Er hätte nämlich sehr wohl bemerkt und außerdem noch aus sicherer Quelle erfahren, daß ein junger Mann aus sehr guter Familie, der hier in Petersburg lebe, und zwar Gawrila Ardalionytsch Iwolgin, den sie auch selbst kenne und bei sich empfange, sie mit der ganzen Glut der Leidenschaft liebe und selbstverständlich die Hälfte seines Lebens hingeben würde für die bloße Hoffnung, ihre Zuneigung erringen zu können. Dieses Geständnis hätte er, Tozkij, selbst von Gawrila Ardalionytschs Lippen gehört, und zwar schon vor langer Zeit, als Freund des jungen Mannes, der ihm einmal sein ganzes Herz ausgeschüttet, und daß um diese Liebe auch Seine Exzellenz Iwan Fjodorowitsch Jepantschin, der den jungen Mann protegiere, schon lange wisse. Ferner, wenn er, Tozkij, sich nicht täusche, sei ja auch ihr selbst die Liebe des jungen Mannes kein Geheimnis mehr, und wie ihm scheine, verhielte sie sich zu derselben nicht abweisend. Natürlich sei es ihm schwerer als jedem anderen, davon zu sprechen; doch wenn sie ihm außer Egoismus und dem Wunsch, sein eigenes Leben zu verschönern, nur ein wenig auch den Wunsch, ihr Gutes zu erweisen, zutraue, so würde sie begreifen, wie unangenehm und schwer es ihm sei, ihre Einsamkeit zu sehen. Er könne hieraus nur eins schließen: daß sie an eine Erneuerung ihres Lebens — das doch in der Liebe und im Familienglück so herrlich neu erstehen und somit einen Inhalt finden könnte — nicht glaube oder nicht einmal glauben wolle. Dieses Leben aber, das sie jetzt führe, sei einfach ein Vergraben und Abtöten ihrer glänzenden Fähigkeiten und bewußtes Gefallenfinden an ihrem Unglück; ja, sogar die gewisse Romantik, die ihrem jetzigen Leben anhafte, sei sowohl ihres gesunden Verstandes wie ihres edlen Herzens unwürdig. Nachdem er dann noch einmal wiederholt hatte, daß es ihm schwerer falle als jedem anderen, mit ihr darüber zu reden, kam er auf den zweiten Teil seines

Planes zu sprechen. Er sagte, er könne sich nicht die Hoffnung versagen, daß sie ihm nicht mit Verachtung antworten werde, wenn er sie seines aufrichtigen Wunsches, ihre Zukunft sicherzustellen, versicherte und ihr die Summe von fünfundsiebzigtausend Rubeln anböte. Er fügte sogleich hinzu, daß diese Summe sowieso für sie in seinem Testament bestimmt sei; mit einem Wort, es handle sich hier nicht etwa um eine Abfindung ... und weshalb wolle sie denn den menschlichen Wunsch, wenigstens in irgendeiner Art sein Gewissen zu erleichtern, bei ihm nicht gelten lassen und entschuldigen usw. usw. — was in solchen Fällen gewöhnlich geredet wird. Tozkij sprach lange und beredt und flocht noch — gleichsam im Vorübergehen — die interessante Mitteilung ein, daß er von diesen fünfundsiebzigtausend Rubeln keinem Menschen ein Wort gesagt, daß selbst Iwan Fjodorowitsch Jepantschin, der hier neben ihm sitze, bis jetzt nichts davon gewußt habe, kurzum — es wisse darum kein Mensch.

Die Antwort, die ihnen hierauf von Nastassja Filippowna zuteil wurde, setzte aber beide Freunde nicht wenig in Erstaunen: alles andere hätten sie eher erwartet!

Es war nicht nur keine Spur von ihrer früheren Spottlust und Feindseligkeit, ihrem früheren Haß und Lachen vorhanden, von diesem Lachen, bei dessen bloßer Vorstellung Tozkij ein Gruseln im Rücken fühlte, sondern es schien sie im Gegenteil sogar zu freuen, daß sie endlich offen und freundschaftlich mit jemandem reden konnte. Sie gestand ohne weiteres, daß sie selbst schon lange um freundschaftlichen Rat habe bitten wollen, nur habe ihr Stolz sie davon abgehalten, daß jedoch jetzt, nachdem das Eis gebrochen, einer Aussprache nichts mehr im Wege stehe. Sie gestand anfangs mit einem traurigen Lächeln, bald aber ganz heiter und sogar lachend, daß vom früheren Sturm in ihr keine Rede mehr sein könne, daß sie Zeit genug gehabt habe, ihre Auffassung der Dinge zu ändern, und wenn sie in ihrem Herzen auch noch ganz dieselbe sei, so habe sie sich doch gezwungen gesehen, manches als vollendete Tatsache gelten zu lassen: was geschehen sei, sei geschehen, was vergangen, das sei vergangen, und es wundere sie nur, daß Afanassij Iwanowitsch immer noch fortfahre, so ängstlich zu sein und Befürchtungen zu hegen. Hierauf wandte sie sich an den General und versicherte ihm, daß sie die größte Hochachtung für seine Töchter empfände, von denen sie schon viel gehört habe, und es würde sie glücklich und stolz machen, wenn sie ihnen irgendwie einen Dienst erweisen könne. Es sei vollkommen wahr, daß sie sich bedrückt und einsam fühle, sehr einsam; Afanassij Iwanowitsch habe ihre Gedanken erraten; gern würde sie von ihrem jetzigen zu einem neuen Leben auferstehen wollen, wenn nicht durch die Liebe, so doch vielleicht in der Ehe, durch einen neuen Lebensinhalt. In bezug auf Gawrila Ardalionytsch jedoch könne sie noch nichts Bestimmtes sagen. Sie glaube allerdings auch, bemerkt zu haben, daß er sie liebe, und glaube sogar, daß sie ihn mit der Zeit gleichfalls liebgewinnen würde, wenn sie nur an die Treue seiner Zuneigung glauben könnte; doch wenn er auch aufrichtig wäre, so sei er doch noch sehr jung, und daher falle es ihr nicht leicht, einen Entschluß zu fassen. Was ihr übrigens am meisten an ihm gefiele, sei, daß er arbeite und ganz allein seine Mutter und Geschwister ernähre. Sie habe ferner gehört, er sei energisch, arbeitsam und stolz, wolle sich durchkämpfen und Karriere machen. Desgleichen habe sie gehört, daß Nina Alexandrowna Iwólgina, die Mutter Gawrila Ardalionytschs, eine vortreffliche und in jeder Beziehung schätzenswerte Dame sei; auch von seiner Schwester Warwára Ardaliónowna habe ihr Ptízyn viel erzählt. Derselbe habe ihr auch erzählt, wie mutig sie ihr schweres Leben ertrügen. Sie würde gern ihre Bekanntschaft machen, nur frage es sich noch, ob diese auch ihrerseits sie gerne sehen und in ihre Familie aufnehmen würden. Kurzum, im allgemeinen würde sie gewiß nichts gegen die Möglichkeit dieser Verbindung sagen, doch wolle die Sache immerhin noch überlegt sein, und daher wünsche sie, daß man sie nicht zu einer übereilten Handlung dränge. Was jedoch die fünfundsiebzigtausend Rubel betreffe, so habe Afanassij Iwanowitsch ganz grundlose Befürchtungen gehegt. Sie kenne sehr wohl den Wert des Geldes und werde es natürlich annehmen. Sie danke ihm für sein Zartgefühl, daß er nicht nur Seiner Exzellenz, sondern auch Gawrila Ardalionytsch nichts davon gesagt, doch schließlich — weshalb sollte denn dieser es nicht im voraus erfahren? Sie habe doch gar keine Ursache, sich dieses Geldes zu schämen. Überdies werde sie sich vor keinem Menschen irgendwie schuldig fühlen, was man, das wünsche sie, sich merken solle. Jedenfalls würde sie den jungen Iwolgin nicht eher heiraten, als bis sie sich überzeugt habe, daß weder er noch seine Familie im geheimen irgendwie anders über sie dächten, als es den Anschein habe. Denn wie dem auch sei — sie fühle sich in keiner Beziehung schuldig, und es wäre doch besser, Iwolgin erführe sobald als möglich, in welchen Beziehungen zu Tozkij sie die vier Jahre in Otradnoje gestanden habe, ferner wie sie hier in Petersburg gelebt, und ob sie viel oder nichts erspart habe. Und wenn sie jetzt die fünfundsiebzigtausend Rubel annehme, so betrachte sie dieses Geld durchaus nicht als Zahlung für ihre Mädchenschande, an der sie keine Schuld trage, sondern einfach als Entschädigung für ihr verdorbenes Leben.

Diese ganze Erklärung hatte sie — was übrigens nur natürlich war — in solche Erregung versetzt und so gereizt, daß der General sehr zufrieden war und die Sache für erledigt hielt. Tozkij jedoch, dem sie einmal so großen Schrecken eingejagt hatte, glaubte auch diesmal nicht bedingungslos und fürchtete immer noch, daß auch hier wieder die Schlange unter den Blumen liegen könnte. Trotzdem begannen alsbald die Unterhandlungen. Der Punkt, um den herum sich die Manöver der beiden Freunde konzentrierten (in Nastassja Filippowna Sympathie für Ganja Iwolgin zu erwecken), schien allmählich erreicht zu werden, so daß selbst Tozkij bisweilen an die Möglichkeit eines Erfolges zu glauben wagte. Inzwischen sprach sich auch Nastassja Filippowna mit Iwolgin aus, d. h. es wurden nur sehr wenige Worte zwischen ihnen gewechselt, ganz als hätte ihr Schamgefühl darunter gelitten. Aber sie gestattete ihm doch, sie zu lieben, nur erklärte sie in sehr bestimmtem Ton, daß sie sich in keiner Beziehung binden wolle, sich vielmehr bis zur Stunde der Trauung — falls es so weit kommen sollte — das Recht, jederzeit „Nein" zu sagen, vorbehalte und ganz dasselbe Recht auch ihm zuspreche. Bald darauf erfuhr Gawrila Ardalionytsch zufällig, daß der Widerstand, den seine ganze Familie dieser Heirat entgegensetzte, und die Antipathie, die sie für Nastassja Filippowna empfand — und die sich bei ihm zu Hause oft genug in erregten Szenen kundtat — ihr bereits zum größten Teil und sogar mit allen Einzelheiten kein Geheimnis mehr war. Es wunderte ihn nur, daß sie niemals ein Wort darüber fallen ließ, was er eigentlich täglich erwartete. So ließen sich noch manche Geschichten, Zwischenfälle und nähere Umstände erzählen, die man während dieser Verabredungen und Unterredungen erlebte oder sich offenbaren sah; aber ich habe ohnehin schon zuviel im voraus gesagt, um so mehr, als manche dieser verzwickten Umstände nur in Gestalt von vagen Gerüchten auftraten. So hatte z. B. Tozkij irgendwoher erfahren, daß Nastassja Filippowna in gewisse unerklärliche und vor allen anderen geheimgehaltene Beziehungen zu den Töchtern des Generals getreten sei — ein doch ganz unglaubliches Gerücht! Dafür aber mußte er an ein anderes allen Ernstes glauben, an eines, das er bis zum blassen Schrecken fürchtete: wie ihm von durchaus glaubwürdiger Seite versichert wurde, wußte Nastassja Filippowna ganz genau, daß Ganja Iwolgin sie nur des Geldes wegen heiraten wolle, daß er eine schwarze, habgierige, unduldsame und neidische Seele habe, die unendlich, bis zur Unglaublichkeit, selbstsüchtig war; daß Ganja einmal allerdings leidenschaftlich in sie verliebt gewesen, doch daß er, seitdem von den beiden Freunden beschlossen war, diese Leidenschaft zum eigenen Vorteil auszunutzen und Ganja für die legitime Ehe mit Nastassja Filippowna zu kaufen, sie wie seinen Fluch zu hassen begonnen hatte. Man sagte Tozkij, sie wisse ganz genau, daß in Ganja Iwolgins Seele Haß und Leidenschaft in sonderbarer Weise gepaart seien, und daß er, wenn er auch schließlich nach qualvollem Schwanken eingewilligt, das »ehrlose Weib« zu heiraten, sich in der Seele doch geschworen habe, sie dafür später bitter büßen zu lassen und sie à la canaille zu behandeln, wie er sich selbst ausgedrückt hätte. Alles das wüßte Nastassja Filippowna und bereite im stillen etwas Besonderes vor. Tozkij geriet hierob in so große Angst, daß er sogar dem General seine Besorgnisse zu verschweigen begann. Dennoch gab es Augenblicke, in denen er als schwacher Mensch, der er nun einmal war, von neuem Mut schöpfte und wieder auflebte. Dasselbe tat er auch, als Nastassja Filippowna den beiden Freunden im Ernst versprach, am Abend ihres Geburtstages das entscheidende Wort zu sprechen. Dafür aber erwies sich ein überaus unglaubliches Gerücht, das sogar den hochverehrten General betraf, mit jedem Tage – leider! – als immer begründeter und richtiger. Auf den ersten Blick schien das Ganze nur eine infame Lüge zu sein. Wie sollte man es auch glauben, daß der General Jepantschin in seinen alten Tagen, bei seinem Verstande, bei seiner Lebensklugheit usw. sich in Nastassja Filippowna verliebt habe, und zwar dermaßen, daß diese plötzliche Schrulle fast eine Leidenschaft genannt werden mußte! Welche Hoffnungen er sich machte, war schwer sich vorzustellen. Vielleicht rechnete er sogar auf den Beistand Ganjas, ihres zukünftigen Mannes. Wenigstens vermutete Tozkij etwas von der Art, vermutete eine vielleicht wortlose Übereinkunft zwischen dem alten General und dem jungen Ganja, wie sie gegenseitiges Durchschauen sehr wohl herbeigeführt haben konnte. Übrigens ist es ja bekannt, daß ein Mensch, der sich gar zu sehr von einer Leidenschaft hinreißen läßt, und namentlich noch, wenn er dabei schon ein – wie man zu sagen pflegt – gesetzteres Alter erreicht hat, alsbald vollkommen mit Blindheit geschlagen und dann fähig ist, Hoffnungen sogar dort zu sehen, wo gar keine sein können, ja, daß er dann sogar trotz einer Stirnhöhe von fünf Zoll wie ein dummes Kind handeln kann. Ferner war es Tozkij bekannt, daß der General ihr zum Geburtstag ein Schmuckstück aus wundervollen Perlen, das eine gewaltige Summe gekostet hatte, zu schenken beabsichtigte und wahrscheinlich viel von diesem Geschenk erwartete, obschon er wußte, daß Nastassja Filippowna weder habsüchtig noch eigennützig war. Am Vorabend des Geburtstages war er wie im Fieber, verstand sich aber verhältnismäßig gut zu beherrschen.

Die Kunde von diesem Perlenschmuck nun war auch der Generalin, Lisaweta Prokofjewna, zu Ohren gekommen. Sie hatte zwar schon seit längerer Zeit die Flatterhaftigkeit ihres Gemahls empfunden und zum Teil sich auch schon an sie gewöhnt; aber das ging denn doch nicht an, daß man eine solche Gelegenheit ungenutzt vorübergehen ließ! Wie gesagt, die Perlen beschäftigten sie ungemein, und das hatte der General natürlich gemerkt: sie hatte schon gestern, am letzten Abend vor diesem Geburtstag, ein paar entsprechende Anspielungen gemacht, weshalb er denn jetzt eine ihm noch bevorstehende, weit umfangreichere Aussprache erwartete und fürchtete. Dies war auch der Grund, warum er sich jetzt eigentlich sehr ungern zum Frühstück begab. Vor dem Besuch des Fürsten hatte er sogar die Absicht gehabt, Arbeit vorzuschützen und das Wiedersehen zu umgehen (das bedeutete für ihn gewöhnlich Flucht); denn es war ihm eigentlich nur darum zu tun, diesen einen Tag, und hauptsächlich diesen einen Abend, ohne Unannehmlichkeiten verbringen zu können. Da kam ihm denn der Fürst wie gerufen! »Wie von Gott gesandt!« dachte der General, als er sich zu seiner Gemahlin begab.

## V

Die Generalin war stolz auf ihre Abstammung. Wie mußte ihr nun zumut sein, als ihr so offen und ohne Vorbereitungen mitgeteilt wurde, daß der letzte Träger ihres Namens nicht viel mehr als ein bedauernswerter Idiot, fast ganz mittellos sei und sogar Almosen annehme. Dem General war es um den denkbar größten Eindruck zu tun, um sogleich ihr Interesse zu erwecken, sie von anderen Gedanken abzulenken und hierdurch die Frage nach den Perlen in Vergessenheit zu bringen.

Die Generalin hatte die Angewohnheit, wenn etwas geschehen war, was ihr nicht behagte, mit weit offenen Augen und unbestimmtem Blick, den Oberkörper gewöhnlich etwas zurückgelehnt, vor sich in die Luft zu starren und kein Wort zu sprechen. Sie war eine stattliche Frau, in gleichem Alter wie ihr Gatte, mit dunklem, schon stark graumeliertem, doch noch recht vollem Haar, einer leicht gebogenen Nase, mit gelblichen, eingefallenen Wangen und dünnen Lippen. Ihre Stirn war hoch und schmal; ihre grauen, ziemlich großen Augen konnten bisweilen einen ganz unerwarteten Ausdruck annehmen. Sie hatte einmal die Schwäche gehabt zu glauben, daß ihr Blick sehr ausdrucksvoll sei, und diese Überzeugung ließ sie sich auch jetzt noch nicht nehmen.

»Empfangen? Wir sollen ihn empfangen? Jetzt? Sogleich?«

Die Generalin sah ihren etwas unsicher geschäftigen Iwan Fjodorowitsch mit besagten großen Augen an.

»Oh, was das betrifft, so braucht man bei dem nicht alle Etikettevorschriften und Zeremonien zu beobachten, vorausgesetzt, daß es dir, mein Freund« (der General redete seine Gattin gewöhnlich mit »mein Freund« an), »daß es dir nur zusagt, ihn zu empfangen«, beeilte er sich erklärend hinzuzufügen. »Er ist ein vollständiges Kind und so ein armer Junge: hat da gewisse Anfälle, wie er sagt, von einer Krankheit wahrscheinlich; kommt soeben aus der Schweiz, direkt von der Bahn, ist etwas eigenartig gekleidet, so–o... nach deutscher Art gewissermaßen, und hat zum Überfluß keine Kopeke in der Tasche, tatsächlich; er weinte beinahe. Ich habe ihm fünfundzwanzig Rubel geschenkt und will ihm in einer Kanzlei eine kleine Stelle als Schreiber zu verschaffen suchen. Und euch, mesdames, bitte ich, ihn gefälligst zu bewirten; denn er wird, glaube ich, auch hungrig sein...«

»Ich verstehe Sie nicht«, fuhr die Generalin im selben Ton und mit demselben Blick fort, »hungrig und hat Anfälle! Was für Anfälle?«

»Oh, die wiederholen sich nicht so oft, und dann — er ist ja fast noch ein großes Kind, übrigens nicht ungebildet. Und euch wollte ich bitten, mesdames«, wandte er sich wieder an seine Töchter, »ihn ein wenig zu examinieren; denn es ist doch immer gut, wenn man weiß, was für Eigenschaften er hat.«

»Ex—a—mi—nie—ren?« fragte die Generalin gedehnt und begann in größter Verwunderung bald ihre Töchter, bald wiederum ihren Gatten mit fragendem Blick anzusehen.

»Ach, mein Freund, das war natürlich nicht so gemeint, versteh mich nicht falsch ... übrigens, wie du willst. Ich hatte die Absicht, ihn gut zu behandeln und in unser Haus einzuführen; denn das wäre doch ein gutes Werk.«

»In unser Haus einzuführen? Aus der Schweiz?«

»Die Schweiz ist eine Sache für sich ... doch, übrigens, wie gesagt: ganz wie du willst. Ich meine ja nur, weil er doch auch ein Mýschkin ist, und vielleicht sogar verwandt mit dir, und dann: er weiß nicht einmal, wo er sein Haupt hinlegen soll. Ich glaubte, daß es dich interessieren würde, ihn kennenzulernen; denn er gehört doch gewissermaßen, nun ja, zur Familie.«

»Aber selbstverständlich, maman, wenn man mit ihm nicht so zeremoniell zu sein braucht! Und nach der Reise wird er sicherlich Hunger haben, weshalb also soll man ihm nicht zu essen geben, wenn er hier sonst keine Menschenseele hat?« sagte Alexandra, die älteste Tochter.

»Und überdies ist er ja das reine Kind, mit ihm kann man noch Blindekuh spielen.«

»Blindekuh spielen? Wie das?«

»Ach, maman, hören Sie doch auf, sich so zu verstellen, bitte!« unterbrach Aglaja sie ärgerlich.

Die mittlere, Adelaïda, konnte sich nicht bezwingen und brach in helles Lachen aus.

»Lassen Sie ihn nur herbitten, Papa, maman erlaubt es schon«, entschied Aglaja.

Die Generalin klingelte und ließ den Fürsten zur Generalin bitten.

»Aber nur unter der Bedingung, daß ihm eine Serviette um den Hals gebunden wird, sobald er sich an den Tisch setzt«, sagte die Generalin. »Ruft Fjódor ... oder Máwra ... sie soll hinter seinem Stuhl stehen, wenn er ißt. Ist er wenigstens ruhig, wenn er seine Anfälle hat? Macht er nicht wilde Gesten?«

»Im Gegenteil, er ist sogar sehr nett erzogen, hat anscheinend vorzügliche Manieren. Mitunter ist er vielleicht etwas gar zu offenherzig ... Ah, da ist er ja selbst! Bitte, hier, stelle euch vor, meine Damen: Fürst Lew Nikolájewitsch Mýschkin, der Letzte dieses Namens. Ein Namensvetter von dir, liebe Lisaweta Prokofjewna, und vielleicht sogar ein Verwandter. Bitte, sich seiner gefälligst anzunehmen. Sogleich wird das Frühstück aufgetragen, Sie erweisen uns doch die Ehre, Fürst ... Nun, ich aber, Verzeihung, ich habe mich schon verspätet, ich muß eilen ...«

»Wir wissen schon, wohin Sie eilen«, sagte die Generalin bedeutsam.

»Ja, ich eile, ich eile, mein Freund, habe mich nämlich schon verspätet! Gebt ihm übrigens eure Albums, mesdames, damit er euch irgend etwas einschreibt. Ihr ahnt gar nicht, was für ein Kalligraph er ist — einfach ein Phänomen! Angeborenes Talent! Dort bei mir hat er mit mittelalterlichen Buchstaben eine Unterschrift geschrieben: „In Demut unterzeichnet dieses Igúmen Pafnútij" — großartig! ... Nun, also auf Wiedersehen!«

»Pafnutij? Ein Abt? Warten Sie, aber so warten Sie doch, wohin gehen Sie denn, was ist das für ein Pafnutij?« rief die Generalin mit ärgerlicher Gereiztheit und fast aufgebracht ihrem eilig sich entfernenden Gatten nach.

»Ja, ja, mein Freund, früher hat es einmal einen solchen Abt gegeben ... ich muß zum Grafen, er erwartet mich schon lange, und die Hauptsache: er hat mich selbst bestellt ... Auf Wiedersehen, Fürst!«

Und Se. Exzellenz verschwand mit schnellen Schritten.

»Ich weiß schon, zu welchem Grafen er eilt!« bemerkte die Generalin scharf und wandte gereizt ihren Blick dem Fürsten zu. »Nun — was war's doch?« begann sie gereizt, indem sie sich ärgerlich des vorhergehenden Gespräches zu erinnern suchte. »Wovon sprachen wir? Ach richtig! — nun, was war das für ein Abt?«

»Maman«, wollte Alexandra sich einmischen, und Aglaja klappte hörbar mit der Fußspitze auf den Boden.

»Unterbrechen Sie mich nicht, Alexandra Iwanowna«, wandte sich die Generalin eisig an ihre Älteste. »Ich will es wissen, was es mit diesem Abt für eine Bewandtnis hat. Setzen Sie sich hierher, Fürst, hier auf diesen Sessel, mir gegenüber, nein, nein, hierher, mehr ins Licht, rücken Sie der Sonne näher, damit ich Sie besser sehen kann. Nun, was ist das für ein Abt?«

»Der Abt Pafnutij«, antwortete der Fürst höflich und ernst.

»Pafnutij? Das ist interessant. Nun, was ist's mit ihm?«

Die Generalin stellte ihre Fragen ungeduldig, schnell, schroff, ohne den Blick vom Fürsten abzuwenden, und als dieser antwortete, nickte sie nach jedem Satz mit dem Kopf.

»Igumen Pafnutij lebte im vierzehnten Jahrhundert«, begann der Fürst, »und stand einem Kloster an der Wolga in unserem jetzigen Gouvernement Kostromá vor. Er war bekannt wegen seines gottesfürchtigen Lebens und seiner Reise ins Reich der Goldenen Horde.[3] Ferner half er, Ordnung und Ruhe in unseren damaligen Fürstentümern wieder herzustellen. Das Faksimile seiner Unterschrift auf einer Urkunde kam mir zufällig in die Hände. Seine Schrift gefiel mir, und ich versuchte sie nachzuahmen. Als Ihr Herr Gemahl nun sehen wollte, wie ich schreibe, um mir vielleicht eine Anstellung zu verschaffen, schrieb ich einige Sätze auf ein Blatt Papier, unter anderem auch „In Demut unterzeichnet dieses Igumen Pafnutij", genau so, wie der Abt selbst geschrieben hat. Diese Schriftprobe gefiel Seiner Exzellenz, und deshalb hat er sie auch erwähnt.«

»Aglaja«, sagte die Generalin, »merk dir: Pafnutij, oder notiere den Namen, denn sonst vergesse ich ihn. Ich glaubte, daß es interessanter wäre. Wo ist denn diese Schriftprobe?«

»Sie blieb, glaube ich, auf dem Tisch im Kabinett des Generals.«

»Schickt Fjodor hin und laßt sie sofort herholen!« wandte sich die Generalin an ihre Töchter.

»Aber ich kann es Ihnen ja nochmals aufschreiben, wenn Sie wollen.«

»Gewiß, maman«, sagte Alexandra, »jetzt aber täten wir besser zu frühstücken; wir sind hungrig.«

»Ja, das können wir«, entschied die Generalin. »Gehen wir, Fürst! Bringen Sie auch einen großen Hunger mit?«

»Ja, im Augenblick ist er sogar recht groß. Ich danke Ihnen.«

»Das gefällt mir, daß Sie höflich sind, und ich merke, Sie sind durchaus nicht so ein ... Sonderling, wie man Sie uns zu schildern beliebt hat. Nun, gehen wir ... Setzen Sie sich dorthin, mir gegenüber«, sagte sie, geschäftig dem Fürsten einen Stuhl anweisend, als sie ins Frühstückszimmer traten, »ich will Sie sehen. Alexandra, Adelaida, sorgt dafür, daß der Fürst alles Nötige bekommt. Nicht wahr, er ist doch gar nicht so ... krank? Vielleicht ist's auch gar nicht nötig, ihm die Serviette ... Hat man Ihnen bei Tisch immer eine Serviette umgebunden, Fürst?«

»Früher, als ich etwa siebenjährig war, allerdings, wie ich mich zu erinnern glaube; jetzt jedoch lege ich die Serviette gewöhnlich auf die Knie, wenn ich esse.«

»So gehört sich's auch. Aber Ihre Anfälle?«

»Anfälle!« wunderte sich der Fürst ein wenig. »Im allgemeinen habe ich meine Anfälle jetzt ziemlich selten. Übrigens, ich weiß nicht: man sagt, das hiesige Klima würde mir schädlich sein.«

»Er spricht sehr gut«, bemerkte die Generalin, sich an ihre Töchter wendend, nachdem sie wieder zu jedem Satz des Fürsten genickt hatte. »Ich hatte es gar nicht erwartet. Das ist wahrscheinlich alles nur Erfindung, wie gewöhnlich. Essen Sie, Fürst, und erzählen Sie, wo Sie geboren, wo Sie erzogen sind. Ich will alles wissen; Sie interessieren mich sehr.«

Der Fürst dankte und begann, während er mit großem Appetit aß, zwischendurch alles das zu erzählen, was er an diesem Morgen schon zweimal über seine Person berichtet hatte. Die Generalin blickte ihn mit wachsender Zufriedenheit an. Die jungen Mädchen hörten gleichfalls recht aufmerksam zu. Man kam auf die Verwandtschaft zu sprechen; es zeigte sich, daß der Fürst seinen Stammbaum kannte, aber wie sehr sie sich auch mühten, es ließ sich doch so gut wie gar keine Verwandtschaft zwischen ihnen herstellen. Ihre Großväter und Großmütter hätten sich vielleicht noch als entfernte Verwandte betrachten können. Dieses verhältnismäßig trockene Thema gefiel der Generalin ausnehmend gut, da sie sonst nie Gelegenheit hatte, von ihrem Stammbaum zu sprechen, und so war sie sehr guter Laune, als sie sich von der Frühstückstafel erhob.

»So, jetzt wollen wir in unser Versammlungszimmer gehen«, sagte sie, »der Kaffee kann dort gereicht werden. Wir haben, müssen Sie wissen, ein bestimmtes Zimmer, in dem wir uns regelmäßig zu versammeln pflegen, wenn wir allein sind«, erzählte sie dem Fürsten, während sie sich mit ihm dorthin begab. »Es ist im Grunde nichts anderes als mein kleiner Salon, in dem sich dann eine jede damit beschäftigt, wozu sie gerade Lust hat. Alexandra, das ist diese hier, meine älteste Tochter, spielt Klavier, oder sie liest oder näht. Adelaida malt Landschaften und Porträts — kann aber leider nichts beenden. Und Aglaja sitzt da und tut nichts. Auch mir fällt jede Arbeit aus den Händen: was ich auch beginne, es kommt doch nichts dabei heraus. Nun, da sind wir. Setzen Sie sich, Fürst, hier, an den Kamin, und erzählen Sie. Ich will wissen, wie Sie eine Sache zu erzählen verstehen. Jetzt werde ich mich selbst überzeugen ... Ich will Sie gut kennenlernen, und wenn ich die alte Fürstin Bjelokónskaja wiedersehe, werde ich ihr von Ihnen erzählen. Ich will, daß Sie auch alle anderen interessieren. Nun, reden Sie jetzt.«

»Aber maman, so auf Kommando zu erzählen, ist doch sehr schwer«, bemerkte Adelaida, die inzwischen ihre Staffelei zurechtgerückt hatte, jetzt Pinsel und Palette zur Hand nahm und sich anschickte, an der längst begonnenen Kopie einer Landschaft zu malen.

Alexandra und Aglaja setzten sich beide auf ein kleines Sofa und schienen mit müßig im Schoß ruhenden Händen nichts als zuhören zu wollen. Dem Fürsten fiel es auf, daß von allen Seiten mit ganz besonderer, aufmerksamer Erwartung die Blicke auf ihn gerichtet waren.

»Ich würde nichts erzählen, wenn man mir so befehlen wollte«, sagte Aglaja.

»Warum nicht? Was ist denn dabei so verwunderlich? Warum sollte er nicht erzählen? Er ist doch nicht stumm. Ich will wissen, wie er zu erzählen versteht. Nun, bitte, gleichviel wovon. Erzählen Sie, wie Ihnen die Schweiz gefallen hat, wie war der erste Eindruck? Ihr werdet sehen, er wird sogleich beginnen und wird sogar vorzüglich beginnen.«

»Der Eindruck war stark ...«, begann der Fürst, wurde jedoch sofort von der Generalin unterbrochen.

»Seht Ihr? Was hab' ich gesagt?« wandte sie sich äußerst befriedigt an ihre Töchter, »da hat er doch begonnen!«

»Aber so lassen Sie ihn doch wenigstens weitererzählen, maman«, versuchte Alexandra sie aufzuhalten. »Dieser Fürst ist vielleicht sogar ein großer Schlaukopf und nichts weniger als ein Idiot«, raunte sie unbemerkt Aglaja zu.

»Zweifellos, das habe ich schon längst bemerkt«, flüsterte Aglaja ebenso zurück. »Wie dumm von ihm, sich zu verstellen und eine solche Rolle zu spielen. Glaubt er etwa, dadurch zu gewinnen?«

»Der erste Eindruck war ungeheuer stark«, wiederholte der Fürst. »Als man mich aus Rußland fortbrachte und wir durch verschiedene deutsche Städte fuhren, sah ich nur schweigend, was an uns vorüberzog, und ich weiß noch, ich stellte keine einzige Frage. Es war das nach einer ganzen Reihe von sehr starken und qualvollen Anfällen meiner Krankheit. Und nach einer solchen Zeit, wenn meine Krankheit so heftig aufgetreten war und die Anfälle sich mehreremal wiederholt hatten, verfiel ich regelmäßig in vollkommene geistige Stumpfheit, verlor ganz und gar mein Gedächtnis, und wenn der Verstand auch noch arbeitete, so wurde doch die logische Entwicklung meiner Gedanken gleichsam immer abgeschnitten. Mehr als zwei oder drei Gedanken vermochte ich nicht nacheinander zu denken. So scheint es mir wenigstens jetzt. Ließen dagegen die Anfälle nach, so wurde ich wieder gesund und kräftig, ganz so wie ich jetzt bin. Ja, ich entsinne mich noch: es war eine unerträgliche Traurigkeit in mir; ich hätte weinen mögen. Ich wunderte mich nur und war sehr unruhig. Doch am entsetzlichsten wirkte auf mich, daß alles um mich herum so *fremd* war; das begriff ich. Diese Fremdheit vernichtete mich förmlich. Aus diesem Zustand, aus dieser Dunkelheit, dessen entsinne ich mich noch deutlich, erwachte ich eines Abends — es war in Basel, als wir in der Schweiz angelangt waren — und was mich weckte, war der Schrei eines Esels auf dem Marktplatz. Dieser Esel frappierte mich ungeheuer: er gefiel mir aus irgendeinem Grunde über alle Maßen. Und im selben Augenblick wurde es gleichsam hell in mir, und die Dunkelheit verschwand.«

»Ein Esel? Das ist sonderbar«, meinte die Generalin. »Aber übrigens, was soll denn Sonderbares dabei sein — manch eine verliebt sich sogar in einen Esel«, bemerkte sie mit zornigem Blick auf die lachenden Töchter. »Auch in der Mythologie gibt es etwas Ähnliches. Fahren Sie fort, Fürst.«

»Seit der Zeit habe ich die Esel sehr gern. Ich empfinde geradezu Sympathie für sie. Ich erkundigte mich sofort nach ihnen — es waren meine ersten Worte seit langer Zeit. Ich wollte Näheres über sie hören, denn ich hatte ja noch nie welche gesehen; und so überzeugte ich mich bald selbst, daß sie überaus nützliche Tiere sind: arbeitsam, stark, geduldig, billig, ausdauernd. Durch diesen Esel aber begann mir von Stund an die ganze Schweiz zu gefallen, und so verging meine frühere Traurigkeit.«

»Das ist alles sehr eigentümlich, aber ich denke, vom Esel brauchen Sie uns jetzt nichts mehr zu erzählen. Gehen wir auf ein anderes Thema über. Worüber lachst du die ganze Zeit, Aglaja? Und du, Alexandra? Der Fürst hat ganz vorzüglich vom Esel erzählt. Er hat ihn selbst gesehn, was aber hast du gesehn? Du bist noch nie im Auslande gewesen.«

»Ich habe aber doch schon einen Esel gesehn«, sagte Adelaida.

»Und ich habe sogar einen gehört! Einen vierbeinigen!« übertrumpfte sie Aglaja.

Da brachen sie alle drei in Lachen aus, und der Fürst lachte mit.

»Das ist aber sehr häßlich von euch«, bemerkte die Generalin, »Sie müssen sie schon entschuldigen, Fürst, sie sind im Grunde gute Mädchen. Ich muß sie ewig schelten, aber lieb habe ich sie doch. Sie sind flatterhaft, leichtsinnig und im Augenblick einfach unzurechnungsfähig.«

»Weshalb denn das?« fragte der Fürst lachend. »Nur weil sie jetzt lachen? Oh, auch ich würde die Gelegenheit nicht versäumen. Doch trotzdem: ich habe den Esel in jeder Gestalt gern. Ein Esel ist immer ein gutherziger und nützlicher Mensch.«

»Aber Sie selbst, Fürst, sind Sie gutherzig? Ich frage aus Neugier«, sagte die Generalin ganz harmlos.

Wieder brachen alle in Lachen aus.

»Ach, das war doch nicht so gemeint! Ihr habt wirklich nichts anderes als den Esel im Sinn!« rief die Generalin unwillig aus. »Glauben Sie mir, Fürst, ich habe es nur so gesagt, ganz gedankenlos, ohne jede ...«

»Anspielung? Oh, ich glaube es Ihnen, ohne Zweifel!«

Und der Fürst konnte kaum aufhören zu lachen.

»Das ist sehr nett, daß Sie lachen. Ich sehe, Sie sind ein gutherziger Mensch«, sagte die Generalin.

»Mitunter auch kein gutherziger«, antwortete der Fürst.

»Nun, ich bin immer gutherzig«, bemerkte die Generalin unerwartet, »ich bin tatsächlich immer gut, und das ist mein einziger Fehler; denn man soll nicht immer gut sein. Ich ärgere mich sehr oft über diese drei hier, und über Iwan Fjodorowitsch besonders, doch schlimm ist nur, daß ich gerade dann am gutmütigsten bin, wenn ich mich ärgere. Vorhin, kurz bevor Sie kamen, ärgerte ich mich wieder und tat, als begriffe ich nichts, und als könnte ich auch nichts begreifen. Das kommt bei mir vor, ganz als wäre ich ein Kind. Aglaja hat mir eine Lektion erteilt, hab' Dank dafür, Aglaja. Übrigens, das ist ja doch alles Unsinn. Ich bin noch nicht so dumm, wie ich scheine und wie mich meine lieben Töchter hinstellen möchten. Ich habe Charakter und bin nicht scheu. Ich sage das jetzt nur so, nicht etwa, weil ich ihnen zürne. Komm her, Aglaja, gib mir einen Kuß ... Nun, genug der Zärtlichkeit«, sagte sie, als Aglaja ihr nach einem Kuß auf den Mund auch noch herzlich die Hand küßte. »Fahren Sie fort, Fürst. Vielleicht fällt Ihnen noch etwas Interessanteres ein als das vom Esel.«

»Ich begreife nicht, wie man so auf Kommando erzählen kann«, wunderte sich Adelaida, »ich würde es wirklich nicht können.«

»Der Fürst aber kann es, wie du siehst. Das kommt natürlich daher, weil er klug ist; mindestens zehnmal klüger als du, vielleicht sogar zwölfmal. Ich hoffe, du fühlst das nun auch selbst. Beweisen Sie es ihnen, Fürst. Fahren Sie fort. Den Esel kann man, denke ich, auch in dieser Geschichte beiseite lassen. Nun, was haben Sie denn außer dem Esel im Auslande gesehen?«

»Aber auch das, was der Fürst vom Esel sagte, war interessant«, bemerkte Alexandra. »Der Fürst hat seinen krankhaften Zustand wirklich sehr einleuchtend geschildert, und wie ihm dann alles, durch einen äußeren Stoß gleichsam, mit völlig unerwarteter Plötzlichkeit in einem ganz anderen Licht erschien. Es hat mich immer zu wissen interessiert, wie es wohl sein mag, wenn man den Verstand verliert und dann später wieder gesund wird. Besonders wenn es ganz plötzlich geschieht.«

»Nicht wahr? Nicht wahr?« fragte die Generalin lebhaft. »Ich sehe, auch du kannst mitunter klug sein. Jetzt aber genug gescherzt! Sie blieben, glaube ich, bei der Schweizer Landschaft stehen, Fürst — nun?«

»Wir kamen nach Luzern, und man brachte mich über den See. Ich fühlte seine Schönheit, aber es war mir dabei unsäglich schwer zumute«, erzählte der Fürst.

»Warum?« fragte Alexandra.

»Das weiß ich nicht. Beim ersten Anblick einer solchen Natur ist mir immer schwer zumut und eine gewisse Unruhe erfaßt mich; schön ist es und doch — beunruhigend. Aber das war ja alles noch während der Krankheit.«

»Oh, ich möchte gern einmal die Schweiz sehen!« sagte Adelaida. »Wann werden wir endlich einmal ins Ausland reisen? Da sitze ich nun hier und kann seit zwei ganzen Jahren keinen Vorwurf zu einem Gemälde finden.«

„Was im Osten und Süden wir lieben,
Ist schon längst und vielfach beschrieben"

zitierte sie. »Suchen Sie mir ein Sujet, Fürst.«

»Ich verstehe davon nichts. Ich denke: man schaut und malt.«

»Ich verstehe aber nicht zu schauen ...«

»In was für Rätseln redet ihr? — das soll ein Mensch verstehen! Kein Wort begreife ich!« unterbrach sie die Generalin. »Weshalb verstehst du denn nicht zu schauen? Du hast doch Augen, mach sie auf und sieh. Verstehst du es hier nicht, so wirst du's auch dort im Ausland nicht lernen. Erzählen Sie lieber, was und wie Sie selbst geschaut haben, Fürst.«

»Ja, das wird besser sein«, meinte auch Adelaida. »Sie haben ja doch im Auslande das Schauen gelernt.«

»Ich weiß nicht, ob ich es getan habe. Ich habe dort nur Heilung von meiner Krankheit gesucht. Ob ich aber zu schauen gelernt habe, das weiß ich wirklich nicht. Ich war die ganze Zeit dort sehr glücklich.«

»Glücklich! Sie verstehen es, glücklich zu sein?« rief Aglaja aus. »Wie können Sie dann sagen, daß Sie nicht zu schauen gelernt hätten! Sie werden auch uns noch das Schauen lehren.«

»Ach, bitte, lehren Sie's uns!« bat Adelaida lachend.

»Ich kann nichts lehren«, gab auch der Fürst lachend zurück. »Ich habe fast die ganze Zeit, die ich im Ausland war, dort in jenem Schweizer Dorf verbracht; nur selten unternahm ich eine kurze Reise. Was vermag ich da zu lehren? Anfangs konnte ich nur sagen, daß ich mich nicht langweilte, dann aber — meine Gesundheit besserte sich schnell — dann wurde mir jeder Tag teuer, und je länger ich da war, desto teurer, so daß es mir selbst auffiel. Ich war so zufrieden, wenn ich zu Bett ging, und wenn ich aufstand, war ich geradezu glücklich. Weshalb aber das alles so war, ist ziemlich schwer zu erklären.«

»So daß Sie sich nirgendwohin mehr fortsehnten, sich nirgendwohin mehr fortgerufen fühlten?« fragte Alexandra.

»Anfangs, ja, ganz zu Anfang — da rief es mich fort, und mich überkam dann eine große Unruhe. Ich dachte immerwährend daran, wie ich einst leben würde. Ich wollte mein Schicksal erforschen, und in manchen Augenblicken wurde die Unruhe fast unerträglich. Wissen Sie, es gibt solche Augenblicke, namentlich in der Einsamkeit. Wir hatten dort einen Wasserfall, keinen sehr großen; der fiel von einem hohen Berge. Wie ein weißer, dünner Faden sah er aus, und er fiel fast senkrecht, — weiß, rauschend, mit spritzendem, zerstäubendem Gischt. Er stürzte von hoch oben herab und schien dabei doch gar nicht so hoch zu sein, er war vielleicht eine halbe Werst entfernt, und es schien, als seien nur fünfzig Schritt bis zu ihm. Wenn ich nachts nicht schlafen konnte, lauschte ich seinem Rauschen; in solchen Minuten wuchs dann meine Unruhe und wurde beklemmend. Auch mitten am Tage, wenn man so zuweilen irgendwohin in die Berge ging — da blieb man plötzlich stehen: ringsum nichts als Fichten, alte, große, harzige Stämme; über einem auf dem Felsen die Ruinen einer mittelalterlichen Burg; unser Dorf weit unten, kaum noch sichtbar; die Sonne so grell, der Himmel blau, unheimlich wurde die Stille. Da scheint es einem denn, daß man irgendwohin gerufen wird, und ich dachte oft, wenn man immer geradeaus und lange, lange ginge, bis dorthin zu jenem Strich, wo sich Himmel und Erde vereinen — daß dort des Rätsels Lösung sei und man dort sogleich ein neues Leben sehen würde, ein tausendmal stärkeres und geräuschvolleres als bei uns. So dachte ich mir immer eine große Stadt, wie etwa Neapel, in der nur Paläste sind und Geräusch, und Lärm, und Leben ... Doch wer kann das alles erzählen, was man so zusammengedacht hat! Und dann schien mir wiederum, daß man auch im Gefängnis ein unermeßlich großes Leben finden kann.«

»Diesen löblichen Gedanken habe ich schon in meiner Chrestomathie gelesen, als ich zwölf Jahre alt war«, sagte Aglaja.

»Das ist alles Philosophie«, meinte Adelaida, «Sie sind ein Philosoph, Fürst, und sind hergekommen, um uns zu belehren.«

»Sie haben vielleicht recht«, sagte der Fürst lächelnd, »ich bin vielleicht tatsächlich ein Philosoph und habe vielleicht auch wirklich die Absicht zu lehren ... Das ist schon möglich; ja, das ist wohl möglich.«

»Und Ihre Philosophie ist von genau derselben Art wie die Jewlámpia Nikolájewnas«, griff wieder Aglaja auf. »Das ist eine Beamtenfrau — eine Witwe übrigens; sie besucht uns oft und sitzt dann hier stundenlang. Bei ihr liegt das ganze Lebensrätsel in der — Billigkeit. Nur wie man billiger leben könnte, nur von Kopeken spricht sie, und dabei nicht zu vergessen — sie *hat* Geld. Genau so ist auch Ihr großes Leben im Gefängnis, und vielleicht auch Ihr vierjähriges

Glück im Dorf, für das Sie Ihre große Stadt Neapel verkauften und, wie mir scheint, noch mit Profit, wenn Sie sie auch nur für Kopeken hingaben.«

»Was das Leben im Gefängnis betrifft, so kann man auch anderer Meinung sein«, sagte der Fürst. »Ich habe einmal gehört, wie ein Mensch, der zwölf Jahre im Gefängnis verbracht hatte, von diesem Leben erzählte. Es war das einer von den Patienten meines Professors. Er hatte Anfälle, war bisweilen sehr unruhig, weinte oft und wollte sich einmal sogar das Leben nehmen. Sein Leben im Gefängnis war sehr traurig gewesen, dessen kann ich Sie versichern, doch sicherlich nicht nur von Kopekenwert. Seine ganzen Erlebnisse beschränkten sich auf eine Spinne und einen kleinen Baum, der unter dem Fenster herangewachsen war... Doch ich werde Ihnen lieber von einem anderen Menschen erzählen, den ich im vorigen Jahr kennen lernte. Hier ist ein Umstand von besonderer Merkwürdigkeit — eben weil man einen solchen Menschen nur äußerst selten trifft: dieser Mensch war einmal zusammen mit anderen aufs Schafott geführt worden und hatte sein Todesurteil gehört: sie alle sollten wegen eines politischen Verbrechens erschossen werden. Nach etwa zwanzig Minuten wurde ihre Begnadigung verlesen, und sie wurden zu einer milderen Strafe verurteilt. Einstweilen aber, die Zeit zwischen den beiden Verlesungen, also etwa ganze zwanzig Minuten, hatte er natürlich in der festen Überzeugung verbracht, daß er nach wenigen Minuten jählings sterben werde. Ich wollte furchtbar gern einmal hören, wie er seine damaligen Eindrücke jetzt wohl wiedergeben würde, und versuchte mehrmals, das Gespräch auf jenes Erlebnis zu bringen. Er entsann sich noch jeder Einzelheit ungewöhnlich deutlich und versicherte, daß er niemals auch nur das geringste vergessen würde, was er in diesen Minuten gesehen oder gedacht. Zwanzig Schritte vom Schafott, das viel Volk und Soldaten umstanden, waren drei Pfähle eingerammt; denn der Verurteilten waren mehrere. Die ersten drei wurden zu den Pfählen geführt und angebunden; man zog ihnen das „Sterbekleid" an — lange weiße Kittel — und über die Augen wurden ihnen weiße Kapuzen gezogen, damit sie nicht sähen, wie auf sie gezielt wurde. Vor jedem Pfahl wurde ein Kommando Soldaten, bestehend aus einigen Mann, aufgestellt. Mein Bekannter war der Achte in der Reihe, folglich mußte er als einer der Letzten zu den Pfählen gehen. Der Geistliche trat an jeden heran und segnete ihn mit dem Kreuz. Es blieben ihm noch fünf Minuten auf Erden, nicht mehr. Doch diese fünf Minuten schienen ihm eine unendlich lange Frist, ein unschätzbarer Reichtum; es schien ihm, daß er in diesen fünf Minuten noch so viel Leben zu durchleben habe, daß er an den letzten Augenblick vorläufig noch gar nicht zu denken brauche, und er entwarf noch einen ganzen Plan für die Ausnutzung dieser kurzen Zeit: für den Abschied von den Kameraden bestimmte er zwei Minuten; weitere zwei Minuten bestimmte er dazu, um zum letztenmal noch einmal still für sich zu denken, und die letzte Minute, um noch einmal, zum letztenmal, rings um sich zu schauen. Er entsann sich dieser Zeiteinteilung noch bis auf jede Einzelheit, er wußte genau, welche Gedanken er gehabt, und daß er sich gerade diese Reihenfolge vorgenommen. Er war damals siebenundzwanzig Jahre alt, als er sterben sollte, gesund und kräftig. Als er von seinen Freunden Abschied nahm, stellte er, dessen entsann er sich noch deutlich, an einen von ihnen irgendeine nebensächliche Frage und vernahm sogar sehr interessiert dessen Antwort. Darauf, als er von ihnen Abschied genommen, begannen die zwei Minuten, die er dazu bestimmt hatte, *still für sich zu denken*. Er wußte, worüber er nachdenken würde: er wollte es sich immer einmal vorstellen, möglichst schnell und klar und grell, wie denn das eigentlich sei: soeben lebt er noch, er *ist,* nach drei Minuten aber *ist er nicht,* nach drei Minuten wird er schon ein *Irgend-etwas* sein — aber was denn? Wo denn? Und alles das glaubte er in diesen zwei Minuten entscheiden zu können. Nicht weit von jenem Platz, auf dem sie erschossen werden sollten, war eine Kirche, und die vergoldete Kuppel der Kirche glänzte im hellen Sonnenschein. Er wußte noch, daß er unverwandt, daß er fast starr auf diese goldene Kuppel und die Strahlen, die von ihr ausgingen, gesehen hatte; er vermochte sich nicht loszureißen von diesen Strahlen: es schien ihm, daß sie seine neue Natur seien, daß er nach drei Minuten irgendwie mit ihnen ineinanderfluten werde... Die Ungewißheit und der Ekel vor diesem Neuen, das unfehlbar sogleich eintreten mußte und dann ewig sein würde, waren für ihn auch in der Erinnerung noch grauenvoll. Doch trotzdem sei ihm in diesen Augenblicken nichts schwerer gewesen, erzählte er, als der unausgesetzte Gedanke: ‚Wie aber, wenn du nicht zu sterben brauchtest? Wenn man dir das Leben wiedergeben würde — welch eine Ewigkeit! Und all das gehörte dann mir! Oh, jede Minute würde ich in ein ganzes Jahrhundert verwandeln, nichts würde ich verlieren, jede Minute würde ich zählen, nichts, nichts würde ich verlieren, keinen Augenblick würde ich ungenützt vergeuden!' Er sagte, daß dieser Gedanke in ihm schließlich zu einem so brennenden Ingrimm geworden sei, daß er nur noch gewünscht habe, schneller erschossen zu werden.«

Der Fürst verstummte plötzlich. Alle erwarteten, daß er etwas Besonderes daraus folgern würde.

»Ist Ihre Erzählung zu Ende?« fragte Aglaja.

»Was? Ach so — ja«, sagte der Fürst, aus seiner Gedankenverlorenheit auffahrend.

»Wozu haben Sie uns denn das erzählt?«

»So... es fiel mir gerade ein... weil wir darauf zu sprechen kamen...«

»Sie scheinen gern so plötzlich abzubrechen«, bemerkte Alexandra. »Sie wollten damit gewiß sagen, daß man keinen Augenblick nach Kopeken abschätzen kann und fünf Minuten mitunter wertvoller als ein Schatz sein können. Das ist ja alles recht schön und gut, aber, erlauben Sie mal — was tat denn dieser Ihr Bekannter, der Ihnen diese Marter geschildert hat: er wurde doch begnadigt, folglich erhielt er diese ‚Ewigkeit' geschenkt. Nun, und was tat er denn später mit diesem Reichtum? Lebte er wirklich so, daß er keinen Augenblick mehr ‚ungenützt vergeudete?'«

»O nein, er hat mir selbst gesagt — auch ich stellte diese Frage an ihn —, daß er längst nicht so gelebt und viele, viele Augenblicke vergeudet und verloren habe.«

»Nun, dann kann Ihnen ja dies sogleich als Beispiel dienen, und wie Sie daraus sehen, kann man doch nicht so leben, daß man keinen Augenblick ungenützt vergeudet. Aus irgendeinem Grunde ist es eben unmöglich.«

»Ja, aus irgendeinem Grunde muß es wohl unmöglich sein«, sprach der Fürst gedankenverloren nach, »das habe auch ich mir schon gesagt... Und dennoch — man will es gleichsam nicht glauben...«

»Das heißt, Sie glauben, daß Sie klüger als alle anderen leben werden?« fragte Aglaja.

»Ja, auch das habe ich mitunter geglaubt.«

»Und glauben es auch jetzt noch?«

»Und... glaube es auch jetzt noch«, antwortete der Fürst, der immer noch mit demselben stillen und sogar wie schüchternen Lächeln Aglaja ansah. Alsbald jedoch lachte er wieder und sah sie heiter an.

»Sehr bescheiden!« Aglaja ärgerte sich fast.

»Aber wie tapfer Sie doch alle sind, Sie lachen ganz harmlos, während mich sein Bericht so heftig traf und erschütterte, daß mir noch lange nachher davon träumte; gerade diese fünf Minuten habe ich oft im Traum durchlebt...«

Prüfend und ernst betrachtete er nochmals seine Zuhörerinnen.

»Sie ärgern sich doch nicht aus irgendeinem Grunde über mich?« fragte er plötzlich, offenbar etwas verwirrt, doch blickte er dabei allen offen in die Augen.

»Weswegen?« riefen alle drei Mädchen erstaunt.

»Nun, weil es doch so den Anschein hat, als wolle ich immer belehren...«

Alle lachten.

»Und wenn Sie sich ärgerten, so ärgern Sie sich bitte nicht weiter«, bat er. »Ich weiß es ja selbst, daß ich weniger als alle anderen gelebt habe und weniger als alle vom Leben verstehe. Ich spreche mitunter vielleicht sehr sonderbar...«
Und der Fürst verstummte, nun wirklich verwirrt.
»Wenn Sie sagen, daß Sie glücklich gewesen sind, so haben Sie nicht weniger, sondern mehr gelebt — weshalb verstellen Sie sich dann und entschuldigen sich?« fragte Aglaja streng, fast händelsüchtig. »Und beunruhigen Sie sich nicht darüber, daß Sie uns belehren, hier kann von einem Triumph Ihrerseits gar nicht die Rede sein. Mit Ihrem Quietismus kann man auch ein Leben von hundert Jahren mit Glück ausfüllen. Ihnen kann man eine Hinrichtung zeigen oder einen kleinen Finger, Sie werden aus dem einen wie aus dem anderen einen gleich lobenswerten Schluß ziehen und überdies noch sehr zufrieden sein. So kann man schon leben!«
»Weshalb ereiferst du dich so? — das versteh' ich nicht!« unterbrach sie die Generalin, die schon längere Zeit verwundert die Gesichter der Sprechenden betrachtet hatte, »und wovon redet ihr überhaupt? Was soll dieser kleine Finger? Und dieser ganze Unsinn? Der Fürst spricht vorzüglich, nur ein wenig traurig. Weshalb entmutigst du ihn? Als er zu erzählen begann, lachte er noch, jetzt aber hast du ihn ganz traurig gemacht.«
»Tut nichts, maman. Schade, daß Sie keine Hinrichtung gesehen haben, Fürst, ich würde Sie sonst etwas fragen.«
»Ich habe eine Hinrichtung gesehen«, antwortete der Fürst.
»Ja?« fragte Aglaja ganz überrascht. »Eigentlich hätte ich es mir denken können! Das setzt nun dem Ganzen die Krone auf! Aber wenn Sie eine Hinrichtung gesehen haben, wie können Sie dann sagen, daß Sie die ganze Zeit glücklich gewesen sind? Nun, hab' ich nicht recht?«
»Wurde denn auch dort in Ihrem Dorf hingerichtet?« fragte Adelaida.
»Nein, ich habe in Lyon eine Hinrichtung gesehen. Ich

war mit Professor Schneider hingefahren, er nahm mich mit. Als wir ankamen, gerieten wir zufällig gerade auf den Platz ...«

»Nun, und es gefiel Ihnen sehr? Es enthielt wohl viel Erbauliches? Nützliches?« fragte Aglaja.

»Es gefiel mir ganz und gar nicht, und ich war nachher beinahe krank, aber ich muß gestehen, daß ich wie gebannt hinsah, ich konnte meinen Blick nicht abwenden.«

»Auch ich hätte meinen Blick nicht abwenden können«, sagte Aglaja.

»Man sieht es dort sehr ungern, wenn Frauen einer Hinrichtung beiwohnen, sogar die Zeitungen schreiben nachher gegen solche Zuschauerinnen.«

»Das heißt also, daß man es nicht für eine Frauensache hält, sondern nur (und damit will man's wohl rechtfertigen), für eine Männersache. Ich gratuliere zu dieser Logik. Und Sie sind natürlich derselben Ansicht.«

»Erzählen Sie uns doch von jener Hinrichtung«, unterbrach Adelaida die Schwester.

»Ich würde jetzt sehr ungern davon erzählen ...«, sagte der Fürst, ein wenig verwirrt und die Stirn runzelnd, während es wie ein Schatten über sein Gesicht glitt.

»Das sieht ja ganz so aus, als sei es hier nicht der Mühe wert«, stichelte Aglaja.

»Nein, ich sagte es nur, weil ich von dieser Hinrichtung vorhin schon erzählt habe.«

»Wem haben Sie davon erzählt?«

»Ihrem Diener, als ich dort wartete ...«

»Welchem Diener?« ertönte es von allen Seiten.

»Nun dem, der dort im Vorzimmer sitzt, mit dem graumelierten Haar und rötlichem Gesicht. Ich wartete im Vorzimmer, bis Iwan Fjodorowitsch mich empfing.«

»Das ist sonderbar«, meinte die Generalin.

»Der Fürst ist ein Demokrat«, warf Aglaja kurz hin.

»Nun, wenn Sie es unserem Alexei erzählt haben, können Sie es uns doch erst recht nicht abschlagen.«

»Ich will es unbedingt hören!« bestand Adelaida auf ihrem Wunsch.

»Vorhin«, wandte sich der Fürst wieder lebhafter an Adelaida (anscheinend gab er sich sehr schnell und vertrauensvoll jeder Eingebung hin), »vorhin hatte ich allerdings einen Gedanken, als Sie um ein Sujet für ein Bild baten: malen Sie das Gesicht eines zum Tode Verurteilten, wenn er auf dem Schafott steht, kurz bevor er auf dieses Brett geschnallt wird, etwa eine Minute vor dem Niederfallen des Beiles.«

»Wie, das Gesicht? Nur das Gesicht?« fragte Adelaida. »Das ist doch ein etwas eigentümliches Sujet, und was wäre denn das für ein Bild?«

»Ich weiß nicht... aber warum nicht?« fragte der Fürst, der mit Eifer bei der Sache war. »Ich habe in Basel vor nicht langer Zeit ein ähnliches Bild gesehen. Ich würde es Ihnen gern beschreiben... nun, ein anderes Mal... Es hat sich mir unvergeßlich eingeprägt.«

»Oh ja, das Baseler Bild müssen Sie mir unbedingt einmal beschreiben; jetzt aber sagen Sie mir, wie Sie sich das Bild von der Hinrichtung denken? Können Sie es so wiedergeben, wie Sie es sich selbst vorstellen? Wie soll ich denn dieses Gesicht malen? Nichts als ein Gesicht? Was muß denn das für ein Gesicht sein?«

»Das Gesicht eines zum Tode Verurteilten, etwa eine Minute vor der Hinrichtung«, begann der Fürst mit ersichtlicher Bereitwilligkeit, als ließe er sich von der Erinnerung ganz gefangennehmen, und es hatte den Anschein, als hätte er alles übrige sofort vergessen. »Das Gesicht in dem Augenblick, wenn er gerade die kleine Treppe emporgestiegen ist und sich nun plötzlich auf dem Schafott sieht... Er blickte zufällig nach der Seite, wo ich stand: ich sah sein Gesicht und begriff alles... Aber wie soll man das in Worten wiedergeben! Ich würde — ich weiß nicht was darum geben, wenn Sie oder sonst jemand dieses Gesicht zeichnen würden! Wenn Sie das könnten? Ich dachte schon damals, daß ein solches Bild von großem Nutzen wäre. Wissen Sie, man müßte in diesem Gesicht alles wiedergeben, was vorhergegangen ist, alles, alles! Er hatte im Gefängnis gesessen und, wie ich später las, die Hinrichtung erst in einer Woche erwartet. Er hatte auf Verzögerung gerechnet, darauf, daß die Papiere noch irgendwo eingereicht werden müßten und nicht vor einer Woche zurückkommen könnten. Und nun plötzlich hatten alle Formalitäten viel weniger Zeit in Anspruch genommen. Um fünf Uhr morgens schlief er noch. Es war Ende Oktober: da ist es um fünf Uhr kalt und dunkel. Der Gefängnisaufseher trat mit der Wache leise herein und berührte sacht seine Schulter; jener erwachte, richtete sich auf, sah das Licht und die Wachen. ‚Was ist?' — ‚Um zehn Uhr findet die Hinrichtung statt.' Zuerst habe er es gar nicht glauben wollen, habe sogar widersprochen und gesagt, die Papiere könnten doch nicht vor einer Woche zurückkommen. Als er aber dann nach dem jähen Erwachen vollends zu sich kam, da hörte er auf zu widersprechen und verstummte — so wurde später erzählt. Darauf soll er noch gesagt haben: ‚Es ist doch schwer, so plötzlich...', worauf er wieder verstummte. Die ersten drei oder vier Stunden vergehen über den Vorbereitungen: da kommt der Geistliche, dann das Frühstück, zu dem er Wein, Kaffee und Rindfleisch erhält (ist das nicht ein wahrer Spott und Hohn? Wenn man bedenkt, wie grausam das alles ist! Und doch, bei Gott, diese unschuldigen Leute sind in ihrer Herzenseinfalt vollkommen überzeugt, daß es ein Werk der Nächstenliebe sei!). Darauf folgt das Ankleiden oder Herrichten des Verurteilten (Sie wissen doch, worin das besteht?) — nun, und dann wird er durch die Stadt zum Schafott geführt... Ich glaube, auch hier muß es dem Betreffenden scheinen, daß noch ein unendlich langes Leben vor ihm liegt, während er hingefahren wird. Sicherlich denkt er unterwegs: ‚Es ist ja noch weit, ganze drei Straßen weit habe ich noch zu leben; noch habe ich die erste vor mir, dann kommt erst die zweite und dann erst die dritte, wo rechts der Bäckerladen ist... bis wir erst zum Bäckerladen kommen, das dauert noch eine ganze Weile!' Ringsum drängt sich das Volk, ringsum Geschrei und Lärm, zehntausend Gesichter, zehntausend Augenpaare — alles das muß er ertragen, aber das Schrecklichste ist der Gedanke: ‚Da sind ihrer zehntausend, und von ihnen wird keiner hingerichtet, nur ich allein werde hingerichtet!' Und das ist alles erst der Anfang! Eine kleine Treppe führt zum Schafott hinauf; vor dieser Treppe brach er plötzlich in Tränen aus und war dabei doch ein starker und mutiger Mann, ein großer Verbrecher, wie man erzählte. Der Geistliche wich keinen Augenblick von seiner Seite, er fuhr auch im Schinderkarren mit ihm zum Richtplatz und sprach die ganze Zeit auf ihn ein, nur wird dieser ihm wohl kaum zugehört haben — und wenn er auch hingehört haben sollte, so wird er ihn nach dem dritten Wort doch nicht mehr verstanden haben. So wird es bestimmt gewesen sein. Endlich begann er die Treppe emporzusteigen. Die Füße waren gefesselt, so konnte er sich nur mit ganz kleinen Schritten vorwärts bewegen. Der Geistliche muß ein verständiger Mann gewesen sein: er hörte auf zu reden und hielt ihm immer nur das Kreuz zum Küssen hin. Vor der Treppe war er sehr bleich, als er aber oben anlangte und auf dem Schafott stand, da wurde er plötzlich weiß, buchstäblich so weiß wie Papier, wie ein Blatt weißes Schreibpapier. Zweifellos wurden seine Beine schwach und steif, und es wandelte ihn wohl eine gewisse Übelkeit an, mit einem Würgen in der Kehle, das wie ein Kitzeln ist, — haben Sie noch nie diese Empfindung gehabt, nach einem großen Schreck vielleicht oder im Augenblick entsetzlicher Angst, wenn der ganze Verstand zwar noch da ist, aber schon gar keine Kraft mehr hat? Ich glaube, daß, wenn man zum Beispiel unabwendbarem Untergang preisgegeben ist, wenn etwa ein Haus auf einen niederstürzt oder etwas Ähnliches geschieht, daß man dann am liebsten sich hinsetzen und die Augen schließen möchte: komme, was kommen mag! ... Hier nun, als diese Schwäche bei ihm eintrat, hielt ihm der Geistliche mit einer schnellen Geste und ohne ein Wort zu sagen, das Kreuz zum Kuß hin, fast so nah, daß es die Lippen berührte — es war ein kleines silbernes Kreuz — und immer wieder hielt er es ihm hin, alle Augenblicke. Und sobald das Kreuz seine Lippen berührte, öffnete der Verurteilte die Augen und belebte sich wieder für ein paar Sekunden... und die Füße gingen wieder. Gierig küßte er das Kreuz, ja, er beeilte sich geradezu, es zu küssen, ganz wie man sich beeilt, irgend etwas als Vorrat für alle Fälle mitzunehmen; aber es ist nicht anzunehmen, daß er dabei irgendeinen religiösen Gedanken hatte oder sich einer religiösen Handlung bewußt war. Und so ging er bis zum Brett... Ist es nicht merkwürdig, daß in diesen letzten Sekunden so selten ein Verurteilter in Ohnmacht fällt? Im Gegenteil, das Gehirn lebt unheimlich intensiv, arbeitet rastlos, unermüdlich und stark, stark, stark, wie eine Maschine in vollem Gang; ich bilde mir ein, sie stampfen nur so durchs Gehirn, diese verschiedenen Gedanken, die man alle nicht zu Ende denkt, und vielleicht sind es sogar sehr lächerliche, so nebensächliche Gedanken, wie: ‚Jener dort schaut, hat eine Warze auf der Stirn; dort der unterste Knopf am Kittel des Scharfrichters ist verrostet...', und dabei weiß man doch alles und vergißt man nichts; und da ist ein Punkt, den man auf keine Weise vergessen kann, und auch in Ohnmacht kann man nicht fallen, und alles bewegt und dreht sich um ihn, um diesen einen Punkt. Und sich vorzustellen, daß sich das so bis zur allerletzten Viertelsekunde fortsetzt, wenn der Kopf schon auf dem Block ruht und wartet und... *weiß*, und plötzlich hört, wie über ihm das Fallbeil ins Gleiten kommt! Das hört man noch bestimmt! Ich würde, wenn ich so daläge, absichtlich hinhorchen und es noch vernehmen! Hier handelt es sich vielleicht nur um den zehnten Teil eines Augenblicks, aber man hört es unbedingt! Und denken Sie sich, bis jetzt noch streitet man darüber, ob nicht der Kopf, wenn er schon abgeschlagen ist, möglicherweise noch eine Sekunde lang weiß, daß er jetzt abgeschlagen ist und herunterfliegt — können Sie sich das vorstellen? Und wenn er es nun ganze fünf Sekunden lang weiß? ... Zeichnen Sie das Schafott so, daß man nur die oberste Stufe ganz deutlich und möglichst nah sieht; dort steht der Verurteilte: die Hauptsache ist der Kopf; das Gesicht ist weiß, schneeweiß, der Geistliche aber hält ihm das Kreuz hin, das jener gierig mit seinen blauen Lippen küssen will, er streckt schon die Lippen vor und schaut und — *weiß alles.* Das Kreuz und der Kopf — das ist die Hauptsache. Das Gesicht des Priesters, der Henker, dessen zwei Gehilfen, unten noch ein paar Köpfe und Augen — das kann alles nur angedeutet sein, wie im Nebel, als Beiwerk ... So denke ich mir das Bild.«

Der Fürst verstummte und sah seine Zuhörerinnen an.

»Das sieht jedenfalls nicht nach Quietismus aus«, sagte Alexandra halblaut vor sich hin.

»So, und jetzt erzählen Sie uns, wie Sie verliebt waren«, bat Adelaida plötzlich.

Der Fürst blickte sie verwundert an.

»Hören Sie«, fuhr Adelaida schnell fort, als wolle sie sich mit der Begründung ihrer Bitte beeilen, »Sie sind mir zwar noch die Beschreibung des Baseler Bildes schuldig, ich weiß, aber zuerst will ich hören, wie und wo und wann Sie verliebt gewesen sind! Leugnen Sie es nicht, Sie sind bestimmt verliebt gewesen. Zudem hören Sie sogleich auf, Philosoph zu sein, sobald Sie zu erzählen beginnen.«

»Sobald Sie etwas erzählt haben, scheinen Sie sich sogleich dessen zu schämen, was Sie erzählt haben. Weshalb das?« fragte Aglaja.

»Nein, das ist mir denn doch zu dumm!« schnitt ihr die Generalin ungehalten das Wort ab.

»Ja, das war nicht gerade klug«, pflichtete ihr Alexandra bei.

»Nehmen Sie es nicht ernst, Fürst«, wandte sich die Generalin an ihren Gast, »sie sagt es mit Absicht, aus einer gewissen Bosheit heraus. Sie ist sonst gar nicht so ungezogen. Denken Sie, bitte, nichts Schlechtes von ihnen, weil sie Ihnen so zusetzen; sie haben sich wohl wieder etwas in den Kopf gesetzt, aber ich weiß, daß sie Sie trotzdem schon gern haben. Ich kenne ihre Gesichter.«

»Auch ich kenne ihre Gesichter«, sagte der Fürst mit besonderem Nachdruck.

»Wieso?« fragte Adelaida neugierig.

»Was wissen Sie von unseren Gesichtern?« fragten wißbegierig auch die beiden anderen.

Aber der Fürst schwieg und blieb ernst; alle warteten, was er wohl antworten werde.

»Ich werde es Ihnen später sagen«, sagte er schließlich halblaut und mit ernstem Gesicht.

»Sie wollen ja durchaus unser Interesse erwecken«, neckte Aglaja, »und dazu dieser feierliche Ton!«

»Nun gut«, fiel wieder Adelaida in ihrer schnellen Redeweise lustig ein, »aber wenn Sie ein solcher Kenner der Menschengesichter sind, dann sind Sie gewiß auch verliebt gewesen, folglich habe ich ganz richtig geraten. Erzählen Sie also!«

»Ich bin nicht verliebt gewesen«, antwortete der Fürst ebenso leise und ernst, »ich bin anders glücklich gewesen.«

»Wie das? Auf welche Weise?«

»Gut, ich werde es Ihnen erzählen«, sagte der Fürst nach einer Weile, wie in tiefes Nachdenken versunken.

## VI

»Da sehen Sie mich nun alle mit solcher Spannung an«, begann der Fürst, »daß Sie mir womöglich böse sein werden, wenn ich Sie nicht ganz zufriedenstelle. Nein, das sagte ich ja nur zum Scherz«, fügte er schnell mit einem Lächeln hinzu.

»Dort ... gab es viele Kinder, und ich habe die ganze Zeit mit Kindern zugebracht, nur mit Kindern. Es waren die Dorfkinder, die die Schule besuchten, eine ganze Schar. Ich kann nicht sagen, daß ich sie gerade unterrichtet hätte, o nein; denn sie hatten ja einen Schulmeister, Jules Thibaut;

ich aber, nun ja, wenn ich sie auch manches lehrte, so war ich eigentlich doch nur so mit ihnen zusammen, und in dieser Weise vergingen die ganzen vier Jahre. Ich wollte auch nichts anderes. Ich habe ihnen alles erzählt, nichts habe ich ihnen verheimlicht. Ihre Eltern und Verwandten waren nicht wenig ungehalten über mich, denn die Kinder konnten zu guter Letzt gar nicht mehr ohne mich auskommen und umdrängten mich ständig, und der Schulmeister war bald mein ärgster Feind. Überhaupt machte ich mir dort viele Feinde, und immer nur wegen der Kinder. Sogar Schneider machte mir Vorwürfe. Und weshalb nur, was befürchteten sie eigentlich? Einem Kinde kann man doch alles sagen, alles! Es hat mich oft stutzig gemacht, wie schlecht Erwachsene Kinder verstehen, selbst Väter und Mütter ihre eigenen Kinder. Kindern sollte man nichts verheimlichen, wie man es gewöhnlich unter dem Vorwand tut, daß sie zu jung seien, und es für sie noch zu früh sei, manches zu wissen. Was das doch für eine traurige und klägliche Auffassung ist! Und wie gut es die Kinder begreifen, daß die Eltern sie für zu klein und zu dumm zum Verstehen halten, während sie doch tatsächlich alles verstehen! Die Erwachsenen wissen nicht, daß ein Kind sogar in der schwierigsten Angelegenheit einen äußerst guten Rat zu geben vermag. Mein Gott, wenn so ein Kind einen mit seinen klaren Augen wie ein kleiner Vogel treuherzig und glücklich ansieht — da muß man sich doch schämen, es zu belügen! Ich nenne sie deshalb kleine Vögel, weil es etwas Reizenderes als kleine Vögel nicht gibt. Übrigens hatte mir ein ganz besonderer Fall die Feindschaft des Dorfes eingetragen... Thibaut aber war wohl nur neidisch. Anfangs schüttelte er bloß den Kopf und wunderte sich, wie es zuging, daß die Kinder bei mir alles begriffen, bei ihm aber beinahe nichts. Und dann machte er sich über mich lustig, als ich ihm sagte, daß wir beide sie in nichts unterrichten könnten, daß im Gegenteil sie uns unterrichteten. Wie konnte er mich nur beneiden und verleumden, wenn er doch selbst unter Kindern

lebte! Durch Umgang mit Kindern gesundet die Seele...
Dort in der Anstalt war ein Kranker, den Professor Schneider
behandelte, ein armer Unglücklicher. Sein Unglück war so
groß, daß man es kaum für möglich halten kann, wie ein
Mensch so etwas zu ertragen vermag. Er sollte dort vom
Irrsinn geheilt werden, doch meiner Ansicht nach war er
nicht irrsinnig, sondern litt nur unsäglich, und das war seine
ganze Krankheit. Wenn Sie wüßten, was diesem Menschen
schließlich unsere Kinder bedeuteten!... Aber von diesem
Kranken werde ich Ihnen ein anderes Mal erzählen. Jetzt
will ich Ihnen lieber erzählen, wie das alles damals begann.
Anfangs mochten mich die Kinder gar nicht. Ich war auch
so groß und bin immer so unbeholfen; ich weiß, daß
ich auch sonst unschön bin... und obendrein war ich noch
ein Ausländer. Zunächst grinsten sie nur über mich, dann
aber warfen sie sogar mit Steinen nach mir, als sie gesehen
hatten, wie ich Marie küßte. Ich habe sie aber nur einmal
geküßt... Nein, lachen Sie nicht«, beeilte sich der Fürst,
das Lächeln seiner Zuhörerinnen aufzuhalten, »hier handelte
es sich gar nicht um jene Liebe. Wenn Sie wüßten, was für
ein unglückliches Geschöpf sie war, Sie würden sie gewiß
ebenso bemitleiden, wie auch ich es tat. Sie war ein Mädchen
aus unserem Dorf. Ihre Mutter war eine alte, kranke Frau,
die in ihrem kleinen, baufälligen Häuschen hinter dem
einen der beiden kleinen Fenster mit Erlaubnis der Dorf-
obrigkeit einen Ladentisch eingerichtet hatte. Aus diesem
Fenster verkaufte sie Schnürsenkel, Garn, Tabak, Seife;
lauter Kleinigkeiten, die wenig einbrachten, und von diesem
kleinen Verdienst lebte sie. Sie war schon lange krank, ihre
Füße waren geschwollen, so daß sie immer zu Hause saß
und sich nicht rühren konnte. Marie war ihre einzige Tochter,
zwanzig Jahre alt, schwächlich und mager; sie war schon
seit längerer Zeit schwindsüchtig, verrichtete aber trotzdem
die schwerste Arbeit als Tagelöhnerin bei fremden Leuten:
sie scheuerte die Fußböden, wusch Wäsche, fegte die Höfe
rein, versorgte das Vieh. Nun geschah es, daß ein französi-

scher Kommis auf der Durchreise ins Dorf kam, sie verführte und mitnahm. Er verließ sie aber schon nach einer Woche und fuhr heimlich davon. Sie machte sich zu Fuß auf den Heimweg, bettelte sich unterwegs das Notwendigste zusammen, bis sie dann endlich schmutzig und zerlumpt und mit zerrissenen Stiefeln wieder im Dorf anlangte. Eine ganze Woche war sie gewandert; genächtigt hatte sie unter freiem Himmel und sich dabei natürlich erkältet. Ihre Füße waren wund und die Hände rissig und geschwollen. Sie war übrigens auch früher nicht hübsch gewesen, nur ihre Augen waren still und gut und unschuldig. Auffallend an ihr war ihre Schweigsamkeit. Früher hatte sie einmal bei der Arbeit zu singen begonnen, und da hatten alle sie ganz erstaunt angesehen, bis sie in Lachen ausbrachen: ‚Marie singt! Denkt doch, Marie singt! Was hat denn das zu bedeuten?' Marie aber soll sehr verlegen gewesen sein, und seit dem Tage hat niemand mehr sie singen hören. Damals war man noch freundlich zu ihr gewesen; als sie nun aber krank und erschöpft zurückkehrte, da hatte kein einziger auch nur das geringste Mitleid für sie übrig! Wie grausam die Menschen in solchen Fällen sind! Was für starre Begriffe sie in der Beziehung haben! Ihre Mutter war die erste, die sie mit Zorn und Verachtung empfing. ‚Du hast mich jetzt entehrt!', sagte sie. Und die Mutter gab sie auch als erste der Schande preis. Als man im Dorf erfuhr, daß Marie zurückgekehrt war, lief alles hin, um sie zu sehen: fast das ganze Dorf versammelte sich in der Hütte der Alten — Greise, Kinder, Weiber, Mädchen, alle eilten sie neugierig herbei. Marie kniete zu Füßen der Mutter, hungrig und zerlumpt, und schluchzte. Als nun die Menschen sich so in die Stube drängten, um die Sünderin zu betrachten, verbarg Marie ihr Gesicht im aufgelösten Haar und warf sich in ihrer Verzweiflung auf den Fußboden, wo sie schluchzend liegen blieb. Alle, die sie rings umstanden, blickten auf sie herab, als wäre sie irgendetwas Widerliches gewesen. Die Männer verurteilten sie schonungslos, die jüngeren lachten und machten sich über sie lustig, die Weiber überschütteten sie mit Schimpf und Vorwürfen und behandelten sie wie etwa eine garstige Spinne. Und die Mutter ließ das zu, saß dabei, nickte mit dem Kopf und fand es ganz in Ordnung. Die Alte war damals von den Ärzten bereits aufgegeben (zwei Monate danach starb sie auch wirklich). Sie wußte, daß ihre Tage gezählt waren, aber sie söhnte sich nicht mit der Tochter aus, sprach mit ihr überhaupt nicht, jagte sie zum Schlafen in den kalten Flur und gab ihr kaum etwas zu essen. Die kranken Füße der Alten mußten oft in warmes Wasser gesetzt werden, was Marie denn auch sorgsam tat. Sie wusch ihr die Füße und pflegte sie überhaupt aufopfernd. Die Alte aber nahm alle Dienste der Tochter als etwas Selbstverständliches hin und sagte ihr nicht einmal ein freundliches Wort. Marie ertrug alles, und wie ich mich später bei näherer Bekanntschaft überzeugte, empfand sie diese Behandlung von seiten der Mutter als vollkommen gerecht und hielt sich selbst für die Verworfenste aller Verworfenen. Als dann die Alte in ihren letzten Wochen ganz zu Bett bleiben mußte, kamen die Dorfweiber abwechselnd zu ihr, um sie zu pflegen; das ist dort so Sitte. Nun bekam Marie überhaupt nichts mehr zu essen; im ganzen Dorf wurde sie verfolgt, und man wollte ihr nicht einmal Arbeit geben wie früher. Alle spien hinter ihr her, und die Männer betrachteten sie wohl überhaupt nicht mehr als ein Weib — solche Schändlichkeiten sagten sie ihr. Nur manchmal, übrigens sehr selten, nur wenn sie betrunken waren, sonntags gewöhnlich, warfen sie ihr in der Trunkenheit zum Spott ein Kupferstück hin, so einfach auf die Erde, und Marie hob es schweigend auf. Sie hustete damals bereits sehr stark und begann Blut zu speien. Schließlich hingen ihre Kleider nur noch wie Lumpen an ihrem Körper, so daß sie sich schämte, sich im Dorf zu zeigen. Seit ihrer Rückkehr ging sie überhaupt nur noch barfuß. Da begannen denn besonders die Kinder — es gab ihrer dort sehr viele, mindestens vierzig Schulrangen — da begannen besonders die Kinder, sie zu necken und ihr mit

Straßenschmutz nachzuwerfen. Sie bat den Hirten, daß er
ihr erlauben möge, seine Kühe zu hüten, aber der Hirt jagte
sie davon. Sie nahm aber eine Gelegenheit wahr und zog
ohne seine Erlaubnis mit der Herde hinaus und blieb den
ganzen Tag fort. Da sah der Hirt ein, daß sie ihm sehr
nützlich sein konnte, und jagte sie nicht mehr fort und
gab ihr bisweilen sogar die Überreste seiner Mahlzeit, etwas
Käse und Brot. Das hielt er natürlich für eine große Gnade.
Als ihre Mutter endlich gestorben war und beerdigt wurde,
schämte sich der Pastor nicht, sie öffentlich zu schmähen,
und er tat das noch in der Kirche. Marie stand in ihren
Lumpen hinter dem Sarge und weinte. Viel Volks hatte
sich versammelt, um zu sehen, wie sie weinen und hinter
dem Sarge hergehen werde. Da hub der Pastor an — er war
ein noch junger Mann, der den Ehrgeiz hatte, ein großer
Redner zu werden —, wandte sich an alle Anwesenden und
wies auf Marie. ‚Seht, dort steht sie, die die Schuld am Tode
dieser achtbaren Frau trägt', begann er (das war gar nicht
wahr, denn die Alte war doch schon ganze zwei Jahre lang
krank gewesen), seht, da steht sie nun vor euch und wagt nicht,
den Blick zu erheben, denn der Zorn des Herrn ruht auf
ihr! Da steht sie barfuß und in Lumpen — ein Beispiel aus
der Schar jener, die den Pfad der Tugend verlassen! Und
wer ist sie? Wer ist sie, die diese fromme Frau ins Grab
gebracht? Sie ist — ihre Tochter!' und so weiter, immer in
derselben Tonart. Und können Sie sich so etwas denken:
diese Gemeinheit gefiel allen. Aber dann kam etwas anderes
dazwischen: die Kinder traten für sie ein; denn damals
waren sie bereits alle auf meiner Seite und hatten Marie
gern. Das war folgendermaßen gekommen: Ich wollte etwas
für Marie tun, man mußte ihr Geld verschaffen, denn sie
hatte es sehr nötig. Ich besaß aber — dort, bei Schneider —
nie Geld. Dafür hatte ich eine kleine Krawattennadel mit
einem Brillanten, die verkaufte ich an einen Aufkäufer alter
Sachen; es war dort gerade einer, der von Dorf zu Dorf
fuhr und mit alten Kleidern handelte. Er gab mir acht

Franken, obschon die Nadel wenigstens vierzig wert war.
Darauf bemühte ich mich lange Zeit vergeblich, Marie einmal allein zu treffen. Endlich gelang es mir: wir begegneten uns hinter dem Dorf auf einem einsamen Fußsteig, der auf die Berge hinaufführte, gerade hinter einem Baum. Ich gab ihr die acht Franken und sagte ihr, daß sie sparsam mit ihnen umgehen müsse; denn mehr Geld hätte ich nicht, und dann küßte ich sie und sagte, sie solle nicht denken, daß ich irgendeine schlechte Absicht hätte, daß ich sie nicht deshalb geküßt, weil ich etwa in sie verliebt sei, sondern nur, weil sie mir sehr leid täte und ich sie niemals für eine Schuldige, sondern nur für eine Unglückliche halten würde. Ich wollte sie gern noch etwas trösten und ihr klarmachen, daß sie sich doch nicht für so tief unter den andern stehend zu halten brauche; aber ich sah es ihr an, daß sie mich nicht verstand, obschon sie kein Wort sagte, mit gesenktem Blick vor mir stand und sich entsetzlich schämte. Als ich geendet hatte, beugte sie sich plötzlich nieder und küßte mir die Hand, worauf ich sofort ihre Hand nahm, um sie gleichfalls zu küssen, aber sie zog sie erschrocken zurück. Da tauchten plötzlich die Kinder auf, eine ganze Bande. Wie ich später erfuhr, hatten sie mich beobachtet und waren mir sogar heimlich gefolgt. Kaum hatten sie uns erblickt, als sie auch schon in ein Hohngelächter ausbrachen, pfiffen, schrien und in die Hände klatschten. Marie lief natürlich eiligst davon. Ich wollte zu den Kindern reden, aber sie warfen mit Steinen nach mir. Noch am selben Abend wußte es das ganze Dorf, und Marie mußte dafür büßen: sie wurde noch mehr verfolgt und gehaßt. Wie ich hörte, wollte man sie sogar gerichtlich zu einer Strafe verurteilen lassen, doch zum Glück kam es nicht so weit. Dafür aber ließen die Kinder sie keinen Augenblick mehr in Ruhe: sie schalten sie mit häßlichen Worten, warfen ihr Schmutz nach, trieben sie fort, und sie mußte mit ihrer schwachen Brust laufen, keuchend, atemlos, die Kinder mit Geschrei hinter ihr her. Einmal trat ich der Schar entgegen und prügelte mich sogar

mit den Jungen. Dann begann ich mit ihnen zu reden. Und so redete ich jeden Tag, wenn sich nur Gelegenheit dazu bot. Bisweilen blieben sie dann stehen und hörten zu, wenn sie auch das Schelten noch nicht ließen. Ich erzählte ihnen, wie unglücklich Marie sei, und bald hörten sie auf, sie zu verfolgen und gingen nur schweigend fort, wenn sie kam. Mit der Zeit begannen sie auch mit mir zu sprechen, und wir unterhielten uns; ich verheimlichte ihnen nichts, ich erzählte ihnen alles. Sie hörten mir sehr neugierig zu und bald empfanden auch sie Mitleid mit Marie. Einzelne von ihnen gingen sogar so weit, daß sie sie jetzt freundlich grüßten, wenn sie ihr begegneten. Es ist dort Sitte, daß einander Begegnende, gleichviel ob sie sich kennen oder nicht, „Guten Tag" sagen. Ich kann mir denken, wie erstaunt Marie anfangs gewesen sein muß. Einmal hatten zwei kleine Mädchen ihr etwas zu essen gebracht und kamen dann zu mir, um es mir zu erzählen. Sie sagten, Marie habe angefangen zu weinen, und sie hätten sie jetzt sehr lieb. Es dauerte nicht lange, und sie wurde von allen geliebt, und danach liebten sie plötzlich auch mich. Von der Zeit an kamen sie oft zu mir und baten mich, ihnen zu erzählen. Ich glaube, ich habe nicht schlecht erzählt, denn sie hörten mir sehr gern zu. Späterhin lernte und las ich nur zu dem Zweck, um ihnen dann das Gelesene erzählen zu können, und so habe ich ihnen ganze drei Jahre lang erzählt. Als mich dann später alle, selbst Schneider nicht ausgenommen, verurteilten, weil ich mit den Kindern wie mit Erwachsenen sprach und ihnen nichts verheimlichte, sagte ich, daß man sich schämen müßte, Kinder zu belügen, daß sie ja sowieso alles wüßten, wie sehr man es auch vor ihnen geheimhalten wollte. Wenn sie all das später von anderen erfahren würden, dann würden sie es als etwas Schmutziges ansehen, von mir aber erführen sie es als etwas Reines. Es sollte, meinte ich, doch ein jeder nur daran denken, wie er selbst es als Kind erfahren hat. Die Menschen waren aber anderer Meinung ... Daß ich Marie geküßt hatte, war ungefähr zwei Wochen vor dem Tode ihrer Mutter geschehen, so daß die Kinder, als der Pastor die Beerdigungsrede hielt, schon alle auf meiner Seite waren. Ich erklärte ihnen unverzüglich die ganze Schändlichkeit dieser Rede, und sie wurden alle böse auf ihn, einige sogar in dem Maße, daß sie mit Steinen seine Fensterscheiben einwarfen. Ich verbot es ihnen natürlich, denn das ging doch nicht an; aber im Dorf hatte man schon den ganzen Zusammenhang erfahren, und alle beschuldigten mich, daß ich die Kinder verdürbe. Gleichzeitig erfuhren sie auch den Grund: daß die Kinder Marie liebten — und sie erschraken unsäglich. Marie aber war glücklich. Den Kindern wurde strengstens verboten, mit ihr zusammenzukommen. Da liefen sie denn heimlich fort und stahlen sich auf Umwegen zur Herde, die sie hütete. Es war ziemlich weit — eine gute halbe Werst vom Dorf. Und sie brachten ihr Leckerbissen, die sie sich selbst absparten, oder sie liefen auch nur so hin, um sie zu grüßen und zu streicheln und ihr zu sagen: ‚Je vous aime, Marie.' Und dann liefen sie blitzschnell wieder nach Hause. Marie war wie von Sinnen vor Glück: es kam so plötzlich, daß sie gar nicht wußte, wohin damit! So etwas hatte sie ja nie im Traum für möglich gehalten. Sie schämte sich und war doch selig. Die Kinder aber, namentlich die Mädchen, liefen gern zu ihr hin, um ihr zu sagen, daß ich sie liebe und ihnen sehr viel von ihr erzähle. Sie erzählten ihr sogar, daß ich ihnen alles gesagt hätte, und daß sie sie jetzt liebten und bemitleideten, und daß es immer so bleiben werde. Und von ihr kamen sie eilig zu mir gelaufen, um mir mit freudigen Gesichtchen und geschäftigen Mienen höchst wichtig mitzuteilen, daß sie soeben Marie gesehen und gesprochen hatten, und daß sie mich grüßen lasse. Abends ging ich dann zum Wasserfall: dort war eine rings von Pappeln umstandene einsame Stelle, die man vom Dorf aus nicht sehen konnte, und dorthin kamen sie dann zu mir gelaufen, viele nur ganz heimlich. Das war unser Versammlungsort. Ich glaube, meine Zuneigung zu Marie war für sie von ungeheurem Reiz, und so habe ich ihnen denn nur in dieser einen Beziehung nicht die Wahrheit gesagt: ich ließ sie in dem Glauben, daß ich Marie tatsächlich liebe, das heißt, daß ich in sie verliebt sei, während sie mir doch nur leid tat; ich ersah aus allem, daß es ihnen so, wie sie es sich selbst zurechtgelegt hatten, besser gefiel, und deshalb schwieg ich und tat, als hätten sie das Geheimnis erraten. Und wie zartfühlend und liebevoll diese kleinen Herzen waren! Unter anderem schien es ihnen ganz ungehörig, daß Marie, die von ihrem guten Léon geliebt wurde, so schlecht gekleidet war und sogar barfuß ging. Und können Sie sich denken: sie verschafften ihr Schuhe und Strümpfe und Wäsche und sogar ein Kleid — wie sie das fertigbrachten, begreife ich heute noch nicht! Jedenfalls wird sich die ganze Schar zusammengetan und mit vereinten Kräften am großen Werk gearbeitet haben. Als ich sie fragte, wie sie das angestellt hätten, lachten sie nur fröhlich, und die kleinen Mädchen klatschten in die Hände und kamen zu mir gelaufen und küßten mich. Auch ich ging bisweilen zu Marie, aber gleichfalls nur heimlich. Sie wurde immer schwächer und konnte bald kaum noch gehen. Aber trotzdem schleppte sie sich jeden Morgen hinaus und zog mit der Herde aus und saß dort im Freien, den ganzen Tag: sie setzte sich etwas abseits an einen steilen, fast senkrechten Abhang auf einen kleinen Vorsprung, dort lag ein großer Stein, ganz verborgen hinter Felsvorsprüngen. Und dort saß sie fast regungslos, vom Morgen bis zum Abend, bis zu dem Augenblick, wo die Herde heimkehren mußte. Sie war von der Schwindsucht so entkräftet, daß sie gewöhnlich mit geschlossenen Augen dasaß, den Kopf an den Fels gelehnt, schwer atmend, und so verträumte sie halb schlummernd den ganzen Tag. Ihr Gesicht war so mager geworden, daß man glauben konnte, ein Skelett vor sich zu haben, und auf der Stirn und an den Schläfen trat immer Schweiß hervor. So traf ich sie regelmäßig an, wenn ich sie aufsuchte. Ich blieb nicht lange bei ihr, denn ich wollte nicht, daß man mich mit ihr zusammen sah. Kaum näherte ich mich ihr, da zuckte sie auch schon zusammen, schlug die Augen auf, und dann stürzte sie mir entgegen, um meine Hände zu küssen. Das verbot ich ihr nicht, denn sie war glücklich, wenn sie es tun konnte. Die ganze Zeit, die ich bei ihr saß, bebte sie und weinte. Sie begann allerdings ein paarmal zu sprechen, aber es war schwer, sie zu verstehen. Sie war dann wie von Sinnen, und ich weiß nicht, ob es nur krankhafte Erregung war oder inneres Entzücken. Bisweilen kamen auch die Kinder mit mir zu ihr. Dann stellten sie sich gewöhnlich nicht weit von uns auf und bewachten und beschützten uns vor weiß Gott was oder wem, und waren sehr froh dabei. Wenn wir fortgingen, blieb Marie wieder allein zurück und saß wieder regungslos da, mit geschlossenen Augen, den Kopf an die Felswand gelehnt; vielleicht träumte sie von irgend etwas. Eines Morgens aber konnte sie nicht mehr mit der Herde ausziehen und blieb in ihrem alten, leeren Häuschen. Das hatten die Kinder bald erfahren, und sie besuchten sie fast alle an diesem Tage. Sie lag mutterseelenallein in ihrem armseligen Bett. Die ersten zwei Tage wurde sie nur von den Kindern gepflegt, die abwechselnd zu ihr liefen, so daß die einen die anderen ablösten, dann jedoch, als man im Dorf erfuhr, daß Marie im Sterben liege, gingen auch die alten Dorfweiber zu ihr, um sie nicht ganz allein zu lassen und um sie zu pflegen. Wahrscheinlich begann man jetzt im Dorf, sie zu bemitleiden, wenigstens hielt man die Kinder nicht mehr zurück, wenn sie zu ihr laufen wollten. Marie lag die ganze Zeit über wie im Halbschlummer, nur hatte sie keinen ruhigen Schlaf, denn sie hustete entsetzlich. Die alten Weiber ließen aber die Kinder nicht mehr in ihre Stube, und so liefen die Kleinen immer unter ihr Fenster, um ihr von draußen ‚Bonjour, notre bonne Marie' zuzurufen. Marie aber war, sobald sie wieder ein Kleines hinter dem Fenster erblickte oder nur hörte, sogleich wie neu belebt und mühte sich mit Aufbietung ihrer letzten Kräfte, ohne auf die alten Weiber zu hören, sich im Bett aufzurichten, sich auf den

Ellbogen zu stützen, und dann nickte sie ihnen mit dem Kopf zu und dankte. Die Kinder brachten ihr nach wie vor ihre kleinen Leckerbissen, aber sie aß fast nichts mehr. Sie können mir glauben, daß sie durch die Liebe der Kinder beglückten Herzens starb. Die Liebe der Kinder ließ sie ihr trostloses Elend vergessen, sie empfing von ihnen gleichsam die Vergebung, denn sie hielt sich ja selbst bis zum Tode für eine große Sünderin. Sie kamen wie kleine Vögel an ihr Fenster geflogen und riefen ihr an jedem Morgen einen Gruß zu und sagten: ,Nous t'aimons, Marie!' Sie starb sehr bald. Ich dachte bis zuletzt, daß sie noch länger leben werde. Am Abend vor ihrem Tode, kurz vor Sonnenuntergang, besuchte ich sie. Ich glaube, sie erkannte mich, und ich drückte ihr zum letztenmal die Hand. Wie abgezehrt diese Hand war! Und plötzlich am nächsten Morgen kamen sie und sagten, Marie sei gestorben. Da konnte man die Kinder nicht mehr zurückhalten: sie schmückten den ganzen Sarg mit Blumen und setzten ihr einen Kranz aufs Haar. Der Pastor sagte kein schlechtes Wort über die Tote in seiner Leichenrede. Es waren nur sehr wenige zugegen, nur so — aus Neugier waren einige gekommen; als man aber den Sarg hinaustragen wollte, stürzten alle Kinder herbei, um ihn selbst zu tragen. Natürlich waren sie zu schwach dazu, sie konnten beim Tragen höchstens ein wenig helfen, aber dennoch liefen sie alle mit, und alle weinten herzbrechend. Maries Grab wurde von ihnen unermüdlich mit Blumen geschmückt, und ringsum wurden von ihnen kleine Rosenstöcke gepflanzt. Seit dieser Beerdigung wurde ich vom ganzen Dorf der Kinder wegen verfolgt. Meine größten Feinde und die Hauptanstifter dieser Verfolgung waren der Pastor und der Schulmeister. Den Kindern wurde strengstens verboten, mit mir Umgang zu pflegen, und Schneider verpflichtete sich sogar, mich besser zu beaufsichtigen und Annäherungen zu verhindern. Aber wir kamen dennoch zusammen oder verständigten uns, wenn es nicht anders ging, von ferne durch verschiedene Zeichen, oder sie schickten mir heimlich ihre kleinen Briefe. Späterhin hörte das übrigens wieder auf, und wir brauchten nicht mehr heimlich zu verkehren. Aber es war doch hübsch so: ich trat ihnen gleichsam noch näher dadurch, daß ich verfolgt wurde. Im letzten Jahr kam es zwischen mir und meinen beiden Feinden, Thibaut und dem Pastor, sogar zu einer halben Aussöhnung. Schneider stritt oft mit mir über mein schädliches ‚System' der Kindererziehung und redete viel darüber. Aber was hatte ich denn für ein System! Schließlich sagte er mir noch etwas sehr Sonderbares — einen Gedanken, den er über mich hatte. Das war kurz vor meiner Abreise. Er sagte mir, er habe sich überzeugt, daß ich selbst ein vollständiges Kind sei, ein wirkliches Kind, daß ich nur dem Alter und dem Äußern nach ein Erwachsener zu sein scheine, in jeder geistigen Beziehung dagegen, in der ganzen psychischen Entwicklung, als Charakter, als Seele — und vielleicht sogar meinen Verstand nicht ausgenommen — sei ich kein Erwachsener, und so würde ich bleiben, wenn ich auch sechzig Jahre alt würde. Ich lachte nicht wenig, als er mir das sagte, natürlich hat er nicht recht, denn — nicht wahr — was bin ich denn für ein Kind? Nur eines ist wahr: ich bin tatsächlich nicht gern mit Erwachsenen zusammen, mit großen Menschen, das habe ich selbst bemerkt, — nicht gern, weil ich es nicht verstehe, mit ihnen zusammenzusein. Was sie auch reden, und wie gut sie auch zu mir sein mögen, ich fühle mich doch nicht wohl in ihrer Gesellschaft, es ist mir aus irgendeinem Grunde schwer zumut, und ich bin sehr froh, wenn ich zu meinen kleinen Freunden gehen kann, und das sind von jeher Kinder gewesen — nicht, weil ich selbst ein Kind bin, sondern ich fühle mich nur einfach zu ihnen hingezogen. Als ich noch zu Anfang meines Aufenthalts dort im Dorf umherstrich und die einsamen Berge aufsuchte, um allein zu sein, begegnete mir bisweilen um die Mittagszeit die ganze Schar der Dorfkinder, die aus der Schule mit Täschchen und Schiefertafeln schreiend, lachend, spielend und streitend nach Hause eilte, und meine ganze

Seele strebte dann zu ihnen hin. Ganz plötzlich kam es. Ich weiß nicht, was es war, aber mich ergriff jedesmal ein großes Glücksempfinden, wenn ich ihnen begegnete. Ich blieb stehen und lachte vor Glück, wenn ich diese kleinen Beinchen sah, die so flink und unermüdlich durcheinanderliefen, diese kleinen Buben und Mädel, die in bunter Schar nach Hause eilten, dazu ihr Lachen und ihre Tränen — denn viele hatten unterwegs Zeit genug, sich zu balgen und zu weinen, sich zu versöhnen und von neuem zu spielen — und ich vergaß dann meinen Kummer. Und die ganzen drei folgenden Jahre konnte ich deshalb auch nicht begreifen, warum die Menschen sich grämen. Mein ganzes Leben war von den Kindern ausgefüllt. Ich hätte es mir ja nie träumen lassen, daß ich jemals das Dorf verlassen und gar nach Rußland zurückkehren würde. Es schien mir, daß ich ewig dort bliebe, aber dann sah ich selbst ein, daß Schneider mich doch nicht ständig unterhalten konnte, und hinzu kam gerade noch eine Angelegenheit von so großer Wichtigkeit, daß Schneider selbst mir zur unverzüglichen Abreise riet und mir auch das nötige Reisegeld vorstreckte. Ich will nun sehen, was es damit eigentlich für eine Bewandtnis hat. Ich werde mich wohl zuerst an einen Rechtsanwalt wenden müssen, damit er mir wenigstens einen Rat erteilt; denn ich selbst habe keine Ahnung, wie man solche Sachen anfassen muß. Es ist möglich, daß meine Verhältnisse sich sehr bald ändern werden ... aber das ist ja nicht die Hauptsache! Wichtig ist vielmehr, daß sich mein ganzes Leben geändert hat. Ich habe viel dort zurückgelassen, gar zuviel. Alles Bekannte liegt jetzt weit zurück. Als ich im Waggon saß, dachte ich: ‚Jetzt gehe ich zu den erwachsenen Menschen; vielleicht weiß ich noch nichts von ihnen; — aber jedenfalls beginnt jetzt ein neues Leben.' Ich beschloß, meine Aufgabe ehrlich und standhaft zu erfüllen. Ich werde es vielleicht öde finden unter den Menschen und werde mich bedrückt und einsam fühlen. Ich will aber, so nahm ich mir vor, gegen alle höflich und offen sein — mehr wird doch niemand von mir verlangen. Vielleicht wird man mich auch hier für ein Kind halten, nun, meinethalben! Jetzt hält man mich, ich weiß nicht warum, für einen Idioten ... ich war allerdings einmal so krank, daß ich fast einem Idioten glich. Aber wie kann ich denn jetzt ein Idiot sein, wenn ich doch selbst sehr wohl begreife, daß man mich für einen Idioten hält? Wenn ich irgendwo eintrete, denke ich: ‚Da hält man mich nun für einen Idioten, aber ich bin ja doch bei vollem Verstande, und das errät man hier nicht einmal.' Diesen Gedanken habe ich sogar sehr oft. Als ich in Berlin die ersten kleinen Briefe meiner kleinen Freunde erhielt, begriff ich erst, wie sehr ich sie liebte. Es tut weh, wenn man einen ersten Brief erhält. Wie traurig sie waren, als wir Abschied nahmen! Schon einen ganzen Monat vor meiner Abreise fingen wir an, Abschied voneinander zu nehmen. ‚Léon s'en va, Léon s'en va pour toujours!' sagten sie tieftraurig. Wir versammelten uns jeden Abend am Wasserfall, wie wir es auch früher getan hatten, und sprachen nur davon, daß wir uns trennen müßten. Mitunter ging es ebenso heiter her wie früher; nur wenn wir bei Anbruch der Nacht auseinandergingen, umarmten sie mich geradezu krampfhaft, was sie früher nicht getan hatten. Einige von ihnen kamen ganz allein und heimlich, so daß niemand sie sah, zu mir gelaufen, nur um mich unter vier Augen umarmen und küssen zu können. Die waren zu verschämt, um es in Gegenwart anderer zu tun. Und als ich dann endlich fortfuhr, begleitete mich die ganze Schar bis zur Station, etwa eine Werst weit von unserem Dorf. Sie bezwangen sich, um nicht zu weinen, doch viele konnten die Tränen nicht unterdrücken und weinten laut, besonders die kleinen Mädchen. Wir mußten schnell gehen, um uns nicht zu verspäten; doch plötzlich warf sich bald dieses, bald jenes Kind mitten auf dem Wege mir entgegen, umklammerte mich mit seinen Ärmchen und küßte mich — und hielt uns alle dadurch auf, denn die anderen Kinder blieben, obschon wir eilen mußten, jedesmal gleichfalls stehen und warteten so lange, bis der eine Abschied genommen hatte. Und als ich schon im Waggon saß und der Zug sich in Bewegung setzte, riefen sie alle „Hurra!" und standen noch lange winkend da und sahen dem Zuge nach. Auch ich sah noch lange aus dem Fenster ... Wissen Sie, als ich vorhin hier eintrat und Ihre lieben Gesichter erblickte – ich betrachte jetzt immer sehr aufmerksam die Gesichter der Menschen – und als ich Ihre Worte hörte, da wurde mir zum erstenmal wieder leicht ums Herz. Ich war auch sogleich bereit, mich für ein Glückskind zu halten: ich weiß ja, daß man Menschen, die man auf den ersten Blick liebgewinnt, nicht so leicht findet. Sie aber sind die ersten, die ich hier, kaum daß ich angekommen bin, kennengelernt habe. Ich weiß sehr wohl, daß die Menschen im allgemeinen sich schämen, von ihren Gefühlen zu reden, Ihnen aber kann ich von meinen Gefühlen erzählen und schäme mich nicht. Ich bin menschenscheu und werde vielleicht lange Zeit nicht zu Ihnen kommen. Nur fassen Sie das, bitte, nicht falsch auf: ich sage es nicht, weil ich Sie nicht schätze, und denken Sie auch nicht, daß ich Ihnen irgend etwas übelgenommen habe ... Sie fragten mich, inwiefern ich Sie durch Ihre Gesichter kenne, was ich aus ihnen herauszulesen weiß, – jetzt werde ich es Ihnen gern sagen. Sie, Adelaïda Iwánowna, Sie haben ein glückliches Gesicht, das sympathischste von allen dreien. Ganz abgesehen davon, daß Sie sehr hübsch sind, denkt man, wenn man Sie ansieht: ‚Sie hat das Gesicht einer guten Schwester.' Sie kommen einem einfach und heiter entgegen, doch verstehen Sie auch, schnell das Herz des Menschen zu erraten. Das wäre es, was mir aus Ihrem Gesicht zu sprechen scheint. Sie, Alexándra Iwánowna, haben gleichfalls ein schönes und ein sehr liebes Gesicht, aber Sie haben vielleicht irgendeinen geheimen Kummer; Sie sind zweifellos ein herzensguter Mensch, aber Sie sind nicht eigentlich fröhlich. Sie haben einen gewissen ... einen ganz besonderen Zug im Gesicht, ähnlich der Holbeinschen Madonna in Dresden. Nun, das wäre Ihr Gesicht. Habe ich das Richtige erraten? Sie waren doch der Meinung, daß ich es erraten könne. Und was nun Ihr Gesicht betrifft, Lisawéta Prokófjewna«, wandte er sich plötzlich an die Generalin, »so scheint es mir nicht nur, sondern ich bin sogar fest überzeugt, daß Sie ein vollständiges Kind sind, in jedem, in jedem guten wie jedem schlechten Sinne, obschon Sie den Jahren nach in ein anderes Alter gehören. Sie nehmen es mir doch nicht übel, daß ich so offen rede? Sie wissen doch, was ich für Kinder übrig habe, und wieviel ich von ihnen halte! Und denken Sie nicht, daß ich Ihnen alles das über Ihre Gesichter aus bloßer Einfalt so freimütig gesagt habe — o nein, durchaus nicht! Vielleicht habe auch ich meine besondere Absicht dabei gehabt!«

VII

Als der Fürst geendet hatte, blickten ihn alle mit heiteren Gesichtern an, selbst Aglaja nicht ausgenommen, doch vor allen Lisaweta Prokofjewna.
»Da habt ihr ihn jetzt examiniert!« rief sie aus. »Nun, was, meine verehrten Damen, ihr dachtet wohl, daß ihr ihn noch protegieren würdet, so als armen Jungen — und dabei würdigt er euch nur gerade noch seiner Bekanntschaft, und auch das noch mit der Randbemerkung, daß er nur selten kommen werde. Wer sind jetzt die Dummen? Natürlich wir! Das freut mich! Aber am meisten ist's doch Iwán Fjódorowitsch! Bravo, Fürst, wir wurden nämlich vorhin beauftragt, Sie zu examinieren. Und was Sie da von meinem Gesicht sagten, ist vollkommen richtig: ich bin ein Kind, das weiß ich selbst. Das wußte ich aber schon vor Ihnen. Sie haben nur meinen Gedanken in einem einzigen Wort ausgedrückt. Ihren Charakter halte ich dem meinen für vollkommen ähnlich, und das freut mich sehr. Wie zwei Tropfen Wasser. Nur sind Sie ein Mann, und ich bin eine Frau und bin nicht in der Schweiz gewesen; das ist der ganze Unterschied.«

»Warten Sie noch ein wenig, Mama«, rief Aglaja, »der Fürst sagt ja doch, daß er bei jedem seiner Bekenntnisse eine besondere Absicht gehabt und nicht nur aus Einfalt so gesprochen habe.«

»Ja, ja!« lachten die anderen.

»Bitte, sich über andere nicht lustig zu machen; er ist vielleicht noch viel schlauer, als ihr alle drei zusammengenommen. Das werdet ihr sehen. Aber warum haben Sie nichts von Aglaja gesagt, Fürst. Sie wartet, und ich warte.«

»Augenblicklich kann ich nichts sagen; erst später.«

»Warum später? Ich dächte, sie sieht nicht danach aus, daß man sie übersehen könnte.«

»O nein, ganz im Gegenteil. Sie sind eine außergewöhnliche Schönheit, Aglája Iwánowna. Sie sind so schön, daß man fast Angst hat, Sie anzusehen.«

»Und das ist alles? Aber ihre Eigenschaften?« wollte die Generalin wissen.

»Eine Schönheit ist schwer zu beurteilen. Ich habe mich nicht darauf vorbereitet. Schönheit ist ein Rätsel.«

»Das heißt also, daß Sie das Rätsel von Aglaja selbst lösen lassen wollen«, sagte Adelaida. »Dann versuch es mal zu lösen, Aglaja. Aber ist sie nicht schön, Fürst, ist sie nicht schön?«

»Außergewöhnlich!« antwortete der Fürst, der Aglaja begeistert betrachtete. »Fast so schön, wie Nastassja Filippowna, obschon es ein ganz anderes Gesicht ist! . . .«

Verwundert blickten sich die Damen untereinander an.

»Wie we—e—er?« fragte die Generalin, als traue sie ihren Ohren nicht. »Wie Nastassja Filippowna? Wo haben Sie denn Nastassja Filippowna gesehen? Welch eine Nastassja Filippowna?«

»Vorhin zeigte Herr Iwolgin Ihrem Herrn Gemahl die Photographie . . .«

»Was, er hat Iwan Fjodorowitsch ihre Photographie gebracht?«

»Nein, nur gezeigt. Nastassja Filippowna hat heute Herrn

Iwolgin ihr Bild geschenkt und Herr Iwolgin zeigte es vorhin Iwan Fjodorowitsch.«

»Ich will es sehen!« fuhr die Generalin auf. »Wo ist diese Photographie? Wenn sie sie ihm geschenkt hat, dann muß er sie noch bei sich haben und er ist gewiß noch im Arbeitszimmer. Mittwochs arbeitet er immer hier und geht dann niemals vor vier Uhr fort. Man muß ihn sofort herbitten lassen! Doch nein, ich brenne durchaus nicht so darauf, ihn selbst zu sehen. Ach, Fürst, seien Sie so gut, mein Lieber, gehen Sie ins Arbeitszimmer, erbitten Sie die Photographie von ihm und bringen Sie sie her! Sagen Sie ihm, ich wolle sie sehen! Bitte!« —

»Nicht übel, aber doch ein wenig gar zu naiv«, sagte Adelaida, als der Fürst das Zimmer verlassen hatte.

»Ja, ein wenig gar zu sehr«, pflichtete ihr Alexandra bei, »so daß es mitunter sogar ein wenig komisch wirkt.«

Es war aber, als hätten beide nicht alles ausgesprochen, was sie bei sich dachten.

»Er hat sich übrigens mit unseren Gesichtern gut aus der Affäre gezogen«, sagte Aglaja, »er hat allen geschmeichelt, selbst Mama nicht ausgenommen.«

»Sei nicht so spitz, wenn ich bitten darf!« verwies die Generalin ihre Jüngste. »Nicht er hat geschmeichelt, sondern ich fühle mich geschmeichelt.«

»Du glaubst, er habe sich auf diese Weise aus der Affäre ziehen wollen?« fragte Adelaida.

»Ich glaube, daß er durchaus nicht so naiv ist.«

»Ach geh!« erwiderte ärgerlich die Generalin. »Ich aber finde, daß ihr drei noch viel lächerlicher seid als er. Meinetwegen, mag er einfältig sein, dafür hat er aber auch besondere Einfälle — im besten Sinn ‚besondere'. Ganz wie ich.« —

»Das ist natürlich dumm, daß ich von der Photographie etwas habe verlauten lassen«, dachte der Fürst bei sich, während er sich ins Arbeitszimmer des Generals begab und so etwas wie leichte Gewissensbisse empfand. »Aber vielleicht ist es auch sehr gut, daß es nun so gekommen ist...«

Ihm war plötzlich ein sonderbarer Gedanke gekommen, doch war er ihm selbst noch nicht so ganz klar.

Gawrila Ardaliónytsch Iwólgin saß noch im Arbeitszimmer und hatte sich ganz in den Inhalt der verschiedenen Schriftstücke vertieft. Selbstverständlich wurde er nicht umsonst von der Aktiengesellschaft honoriert.

Er war höchst unangenehm überrascht, als der Fürst ihn um das Bild bat und zur Erklärung noch ehrlich mitteilte, auf welche Weise die Damen von der Existenz desselben erfahren hatten.

»Verdammt! Was plagte Sie denn, davon zu schwatzen!« fuhr er geärgert auf. »Was wissen Sie überhaupt davon... Idiot!« brummte er unwirsch vor sich hin.

»Verzeihen Sie mir. Ich habe es gesagt, ohne mir dabei etwas Schlimmes zu denken. Wir kamen zufällig auf die Schönheit zu sprechen. Ich sagte, daß Aglája Iwánowna fast ebenso schön sei wie Nastassja Filippowna.«

Ganja bat ihn, ausführlicher zu erzählen, worauf der Fürst das vorhergehende Gespräch in kurzen Worten wiedergab, während Ganja ihn wiederum spöttisch von der Seite betrachtete.

»Diese ewige Nastassja Filippowna! Von anderem hört man hier überhaupt nicht...«, brummte er ärgerlich, brach jedoch plötzlich ab und wurde nachdenklich.

Er war sichtlich sehr erregt. Der Fürst erinnerte ihn an das Bild.

»Hören Sie, Fürst«, begann Ganja plötzlich, als wäre ihm mit einemmal ein wichtiger Gedanke gekommen, »ich habe eine große Bitte an Sie... Nur weiß ich nicht, in der Tat...«

Er wurde einigermaßen verlegen und sprach seine Bitte nicht aus. Er schien innerlich zu kämpfen und sich nicht entschließen zu können. Der Fürst wartete schweigend. Ganja sah ihn noch einmal mit prüfendem Blick an.

»Fürst«, begann er dann wieder, »dort ist man jetzt auf mich... infolge eines besonderen Umstandes... eines sehr lächerlichen Umstandes ... und an dem ich nicht schuld bin ... nun, mit einem Wort – doch das gehört nicht zur Sache ... Ich glaube, man ist dort ein wenig ungehalten über mich, so daß ich eine Zeitlang nicht ungerufen hingehen möchte. Nur, sehen Sie, ich muß jetzt unbedingt mit Aglája Iwánowna sprechen. Ich habe hier ... ich habe hier für jeden Fall ein paar Worte geschrieben« (in seiner Hand befand sich plötzlich ein kleiner Brief), »nur weiß ich nicht, wie ich ihr diesen Zettel zustellen soll. Würden nicht Sie, Fürst, so freundlich sein, ihn Aglaja Iwanowna gleich zu übergeben, aber nur Aglaja Iwanowna allein, das heißt so, daß niemand es sieht, Sie verstehen doch? Es ist nicht Gott weiß was für ein Geheimnis, es steht hierin nichts von der Art ... aber ... würden Sie ihn ihr übergeben?«

»Ihre Bitte ist mir nicht gerade angenehm«, antwortete der Fürst.

»Ach, ich bitte Sie, Fürst, es ist wirklich von großer Wichtigkeit für mich«, begann Ganja beschwörend, »Sie wird mir vielleicht auch antworten ... Sie können mir glauben, daß ich mich nur an Sie wende, weil es der einzige Ausweg ist ... Durch wen könnte ich ihr denn sonst den Brief schicken? Es ist unendlich wichtig für mich, von unendlicher Wichtigkeit ...«

Ganja hatte große Angst, daß der Fürst sich nicht dazu herablassen würde, und blickte ihm mit ängstlicher Bitte in die Augen.

»Nun gut, ich werde ihn übergeben.«

»Aber nur so, daß es niemand bemerkt«, bat Ganja erfreut, »und dann, Fürst – nicht wahr – ich kann mich doch auf Ihre Diskretion verlassen, nicht?«

»Ich werde ihn keinem zeigen«, sagte der Fürst.

»Der Brief ist nicht geschlossen, aber ...«, fuhr der erfreute Ganja im Eifer fort, brach jedoch wieder plötzlich verwirrt ab.

»Ich werde ihn nicht lesen«, antwortete der Fürst ganz ruhig, nahm die Photographie und verließ das Kabinett.

Als Ganja allein zurückblieb, griff er sich an den Kopf.

»Nur ein Wort von ihr, und ich ... und ich, wirklich, ich breche vielleicht mit allem!«

Er war zu erregt, um sich wieder an die Arbeit zu machen, und so begann er, in gespannter Erwartung ruhelos im Zimmer hin und her zu gehen. —

Der Fürst kehrte nachdenklich zu den Damen zurück: der übernommene Auftrag war ihm peinlich, und der Gedanke an irgendwelche Beziehungen zwischen Aglaja und Ganja war ihm direkt unangenehm. Plötzlich blieb er stehen, als wenn ihm etwas einfiele; er blickte sich im Zimmer um: zwischen ihm und dem kleinen Salon lagen noch zwei Zimmer. Da trat er schnell ans Fenster und begann Nastassja Filippownas Bild zu betrachten.

Es war, als hätte er ein gewisses Etwas erraten wollen, das sich in diesem Gesicht verbarg und ihn vorhin ganz betroffen gemacht hatte. Fast die ganze Zeit hatte er den Nachhall dieses Eindrucks empfunden, und so beeilte er sich jetzt, sich gewissermaßen nochmals von der Richtigkeit des ersten Eindrucks zu überzeugen. Da war es ihm plötzlich, als mache dieses in seiner Schönheit und noch aus einem anderen unbestimmbaren Grunde außergewöhnliche Gesicht einen noch weit fesselnderen Eindruck auf ihn. Grenzenloser Stolz und Verachtung und nahezu Haß sprachen aus diesem Gesicht, und doch lag in ihm gleichzeitig etwas Vertrauendes, etwas erstaunlich Gutherziges; und diese Kontraste erweckten sogar so etwas wie Mitleid, wenn man diese Züge betrachtete. Diese Schönheit war fast nicht zu ertragen, diese Schönheit des blassen Gesichts mit den fast eingefallenen Wangen und den brennenden Augen. Eine eigenartige Schönheit war es! Der Fürst konnte den Blick nicht losreißen von dem Bild. Plötzlich fuhr er auf, sah sich um, führte dann schnell das Bild an die Lippen und küßte es. Als er nach einer Minute in den großen Salon trat, war sein Gesicht vollkommen ruhig.

Gerade im Begriff, ins Eßzimmer hinüber zu gehen,

stieß er in der Tür beinahe mit Aglaja zusammen. Sie war allein. Im Salon der Mutter konnte man nichts hören — es lag noch ein Zimmer dazwischen — und so entschloß sich der Fürst schnell.

»Gawrila Ardalionytsch hat mich gebeten, Ihnen dieses zu übergeben«, sagte er und überreichte ihr den Brief.

Aglaja blieb stehen, nahm den Brief entgegen und blickte den Fürsten etwas sonderbar an. Nicht die geringste Verwirrung lag in ihrem Blick, höchstens Verwunderung hätte man aus ihm herauslesen können, doch auch diese schien sich nur auf den Fürsten zu beziehen. Ihr Blick verlangte gleichsam Rechenschaft von ihm darüber, wie er dazu kam, in dieser Angelegenheit Helfershelfer zu sein, und verlangte sie ruhig und hochmütig. Sie standen sich ein paar Augenblicke lang stumm gegenüber. Endlich zuckte es kaum merklich wie leiser Spott in ihrem Gesicht, und mit einem flüchtigen Lächeln ging sie an ihm vorüber.

Die Generalin betrachtete eine Zeitlang schweigend und mit einer Nuance von Geringschätzung das Bild Nastassja Filippownas, das sie effektvoll auf Armeslänge von den Augen entfernt hielt.

»Ja, sie ist schön«, sagte sie endlich, »sogar sehr. Ich habe sie zweimal gesehen, aber nur von weitem. Also, eine solche Schönheit schätzen Sie?« wandte sie sich an den Fürsten.

»Ja ... eine solche«, antwortete der Fürst mit einiger Überwindung.

»Das heißt also, gerade eine solche Schönheit?«

»Ja, gerade eine solche.«

»Weshalb?«

»In diesem Gesicht ... ist viel Leid ...«, sagte der Fürst unwillkürlich, doch gleichsam als spräche er nur zu sich selbst, und als antworte er gar nicht auf eine Frage.

»Sie phantasieren vielleicht nur«, meinte die Generalin anmaßend und warf das Bild mit einer hochmütigen Bewegung von sich weg auf den Tisch.

Alexandra nahm es auf, Adelaida trat hinter ihren Stuhl,

und beide betrachteten es schweigend. Im nächsten Augenblick kehrte Aglaja in den Salon zurück.

»Welch eine Macht!« rief plötzlich Adelaida aus, die über die Schulter der Schwester ganz entzückt das Bild betrachtete.

»Wo? Was für eine Macht?« fragte die Generalin scharf.

»Eine solche Schönheit ist eine große Macht«, sagte Adelaida begeistert, »mit einer solchen Schönheit könnte man die ganze Welt umdrehen!«

Nachdenklich ging sie zu ihrer Staffelei zurück. Aglaja blickte nur flüchtig auf die Photographie, kniff die Augen zusammen, schob die Unterlippe etwas vor und setzte sich dann abseits nieder, die Hände müßig im Schoße faltend.

Die Generalin klingelte.

»Ich lasse Gawrila Ardalionytsch herbitten, er ist im Kabinett«, sagte sie zu dem eingetretenen Diener.

»Mama!« warf Alexandra in bedeutsamem Tone ein.

»Ich will nur zwei Worte mit ihm reden, beruhige dich«, schnitt ihr die Mutter schnell das Wort ab, um jedem weiteren Einwand zuvorzukommen.

Sie war ersichtlich gereizt.

»Bei uns, müssen Sie wissen, Fürst, bei uns gibt es jetzt nur noch Geheimnisse. Nichts als Geheimnisse! Und nach der Etikette gehöre es sich so — etwas Dümmeres kann man sich nicht leicht ausdenken. Und das noch in einer Angelegenheit, in der Offenheit, Klarheit und Ehrlichkeit die ersten Bedingungen sein sollten. Es soll jetzt mit Gewalt geheiratet werden — nein, diese Heiraten gefallen mir nicht...«

»Mama, was soll das nur?« beeilte sich Alexandra wieder, sie aufzuhalten.

»Was wünschst du, liebes Töchterchen? Gefallen sie denn dir? Und daß der Fürst es hört, das hat nichts zu sagen — wir sind Freunde. Wenigstens er und ich. Gott sucht Menschen, gute, versteht sich, böse und launische dagegen braucht er nicht, namentlich launische nicht, die heute so und morgen anders reden. Haben wir uns verstanden, Alexandra

Iwánowna? Hier glauben sie alle, ich hätte nichts als Schrullen im Kopf; aber glauben Sie mir, Fürst, ich verstehe so manches sehr gut zu unterscheiden. Denn die Hauptsache ist und bleibt doch immer das Herz, das andere ist alles Unsinn. Verstand ist natürlich auch nötig ... vielleicht ist sogar der Verstand gerade die Hauptsache. Bitte, nicht zu lächeln, Aglaja, ich widerspreche mir durchaus nicht. Ein Weib mit Herz und ohne Verstand ist eine ebenso unglückliche Törin wie ein Weib mit Verstand und ohne Herz. Das ist eine alte Wahrheit. Ich bin eine Törin mit Herz und ohne Verstand, und du bist eine Törin mit Verstand und ohne Herz. Und so sind wir beide unglücklich und müssen beide leiden.«

»Inwiefern sind Sie denn so unglücklich, Mama?« Adelaida konnte sich die etwas ungezogene Frage nicht verbeißen. Sie war die einzige, die ihre gute Laune stets beibehielt.

»Erstens durch meine gelehrten Töchter«, antwortete die Generalin schlagfertig, »und da das allein schon vollkommen genügt, so brauche ich mich wohl über das andere nicht erst weitläufig zu verbreiten. Aber es ist genug geredet worden. Warten wir ab, wie ihr beide, von Aglaja rede ich vorläufig nicht, wie ihr beide mit eurem Verstande und eurer Redekunst euch herausziehen werdet, ob unsere verehrte Alexandra Iwanowna sehr glücklich sein wird mit ihrem verehrten Gemahl ... Ah!« rief sie plötzlich aus, als sie den eintretenden Ganja erblickte. »Da kommt ja noch ein Heiratskandidat. Guten Tag«, sagte sie auf Ganjas Verbeugung hin, doch ohne ihn zu bitten, Platz zu nehmen. »Sie werden heiraten?«

»Heiraten? ... Wie? ... Wieso heiraten?« stotterte Ganja, der aus den Wolken zu fallen schien.

Man sah es ihm deutlich an, wie verlegen und verwirrt er war.

»Werden Sie eine Ehe schließen, frage ich, wenn Ihnen diese Redewendung mehr zusagt?«

»N—ein ... ich ... n—ein«, log Ganja, und heiße Schamröte stieg ihm ins Gesicht.

Er wagte es, flüchtig zu Aglaja hinüberzublicken, wandte jedoch den Blick sehr schnell von ihr ab. Aglaja betrachtete ihn kühl, ruhig, aufmerksam, ohne auch nur einen Blick von ihm abzuwenden, und beobachtete seine Verwirrung.

»Nein? Also nicht? Sie haben „Nein" gesagt?« forschte Lisaweta Prokofjewna geradezu unerbittlich. »Nun gut, das werde ich mir merken. Denken Sie daran, daß Sie heute, am Mittwochvormittag, auf meine diesbezügliche Frage mit einem Nein geantwortet haben. Was haben wir heute? Mittwoch?«

»Ja, ich glaube, Mittwoch, Mama«, antwortete Adelaida.

»Niemals wissen sie die Tage! — Welches Datum?«

»Den siebenundzwanzigsten«, sagte Ganja.

»Den siebenundzwanzigsten? Das ist nach einer gewissen Berechnung leicht zu behalten. Nun, auf Wiedersehen; Sie sind, glaube ich, sehr beschäftigt, und auch für mich ist es Zeit, mich anzuziehen und fortzufahren. Nehmen Sie Ihre Photographie. Grüßen Sie Ihre liebe Mutter, Nina Alexandrowna, von mir. Auf Wiedersehen, Fürst. Sie können öfter herkommen. Ich fahre jetzt zur alten Fürstin Bjelokónskaja. Ich fahre absichtlich zu ihr, um ihr von Ihnen zu erzählen, mein Lieber. Und hören Sie, Fürst: ich glaube, daß Gott Sie einzig um meinetwillen aus der Schweiz hergeschickt hat. Vielleicht haben Sie auch noch andere Gründe vorzubringen, aber der Hauptgrund bin doch ich allein. Der liebe Gott hat es sicherlich mit Absicht so eingerichtet. Auf Wiedersehen, meine Lieben. Alexandra, mein Freund, komm mit mir in mein Zimmer.«

Die Generalin verließ den Salon.

Ganja, der zuerst ganz sprachlos dagestanden, nahm plötzlich die Photographie vom Tisch und wandte sich mit einem verzerrten Lächeln, dem man sehr wohl seine Wut ansah, an den Fürsten.

»Fürst, ich gehe sogleich nach Hause. Wenn Sie Ihre

Absicht, bei uns zu wohnen, nicht aufgegeben haben, so würde ich Sie heimbegleiten, Sie wissen ja noch nicht einmal die Adresse.«

»Noch einen Augenblick, Fürst«, hielt ihn Aglaja auf und erhob sich schnell von ihrem Platz. »Sie müssen mir noch etwas ins Album schreiben. Papa sagte, Sie hätten eine schöne Handschrift. Ich werde es Ihnen sofort bringen.«

Sie verließ das Zimmer.

»Nun, auf Wiedersehen, Fürst, auch ich muß gehen«, verabschiedete sich auch Adelaida von ihm.

Sie drückte dem Fürsten fest die Hand, lächelte ihm freundlich und herzlich zu und ging hinaus, ohne Ganja zu beachten.

»Das haben Sie, natürlich Sie ausgeplaudert, daß ich heirate!« fiel Ganja, kaum daß sie allein zurückgeblieben waren, in wutbebendem Flüsterton über den Fürsten her. Sein Gesicht war bleich, und aus seinen Augen blickte Haß. »Ein schamloser Schwätzer sind Sie!«

»Ich versichere Sie, daß Sie sich irren«, antwortete der Fürst ruhig und höflich. »Ich habe nicht einmal gewußt, daß Sie heiraten.«

»Wie denn nicht? Sie hörten doch vorhin, wie Iwán Fjódorowitsch sagte, daß sich heute abend alles bei Nastassja Filippowna entscheiden werde, und das haben Sie hier erzählt! Sie lügen einfach! Woher hätte man es denn sonst erfahren? Wer, zum Teufel, hätte es ihnen denn erzählen können? Nur Sie! Haben Sie denn die Anspielungen der Alten nicht verstanden?«

»Das müssen Sie besser wissen als ich, wer es den Damen erzählt haben kann ... wenn Sie glauben, daß es eine Anspielung war. Ich jedenfalls habe kein Wort davon gesagt.«

»Haben Sie den Brief übergeben? ... Die Antwort? ...« unterbrach ihn Ganja, zitternd vor Ungeduld.

Doch in diesem Augenblick kehrte Aglaja zurück, und der Fürst konnte nichts mehr antworten.

»Hier, Fürst«, sagte Aglaja, indem sie ihr Album auf einem Tisch aufschlug. »Suchen Sie eine Seite aus, und schreiben Sie mir etwas hinein. Hier ist eine Feder, noch dazu eine neue. Tut es nichts, daß es eine Stahlfeder ist? Kalligraphen hab' ich gehört, sollen nie mit Stahlfedern schreiben.«

Sie sprach und tat, als bemerkte sie überhaupt nicht, daß Ganja noch anwesend war. Während nun der Fürst die Feder nahm, eine Seite aussuchte und sich zu schreiben anschickte, trat Ganja an den Kamin, wo Aglaja rechts vom Fenster in dessen nächster Nähe stand, und flüsterte ihr mit bebender, vor Erregung stockender Stimme ins Ohr:

»Nur ein Wort, nur ein einziges Wort von Ihnen — und ich bin gerettet!«

Der Fürst wandte sich hastig um und sah beide an. Aus Ganjas Gesicht sprach fast Verzweiflung. Allem Anschein nach hatte er diese Worte völlig unüberlegt, vielleicht sogar halb besinnungslos gesprochen. Aglaja dagegen maß ihn ein paar Sekunden lang mit demselben ruhigen Erstaunen, mit dem sie kurz vorher den Fürsten angeblickt hatte, und dieses ihr ruhiges Erstaunen, dieses vollkommene Nichtverstehenkönnen dessen, was zu ihr gesprochen wurde, war für Ganja in diesem Augenblick noch schrecklicher, als es die größte Verachtung gewesen wäre.

»Was soll ich schreiben?« fragte der Fürst.

»Das werde ich Ihnen sogleich diktieren«, sagte Aglaja, sich zu ihm wendend. »Sind Sie bereit? Dann schreiben Sie: ‚Ich lasse mich auf keinen Handel ein.' ... Jetzt schreiben Sie noch das Datum und den Monat... Zeigen Sie her!«

Der Fürst reichte ihr das Album.

»Vorzüglich! Sie haben es ausgezeichnet geschrieben! Sie haben die schönste Handschrift, die ich je gesehen! Ich danke Ihnen. Auf Wiedersehen, Fürst ... Warten Sie« — ihr schien noch etwas einzufallen — »kommen Sie, ich will Ihnen etwas zum Andenken schenken.«

Der Fürst folgte ihr; im Speisezimmer blieb Aglaja plötzlich stehen.

»Lesen Sie dies«, sagte sie, indem sie ihm Ganjas Brief hinhielt.

Der Fürst nahm den Brief, blickte jedoch Aglaja verständnislos fragend an.

»Ich weiß es, daß Sie ihn nicht gelesen haben und auch nicht der Vertraute dieses Menschen sein können«, sagte Aglaja. »Lesen Sie den Brief, ich will, daß Sie ihn lesen!«

Der Brief war offenbar in aller Eile geschrieben:

»Heute wird sich mein Schicksal entscheiden. Sie wissen, auf welche Weise. Heute werde ich mein Wort geben müssen, und das soll unwiderruflich sein. Auf Ihr Mitleid habe ich kein Anrecht, und mir Hoffnungen zu machen, das wage ich nicht. Doch einmal haben Sie ein Wort fallen lassen, nur ein einziges Wort, und dieses Wort hat die ganze finstere Nacht meines Lebens erhellt und ist mir zur Leuchte geworden, die mir den richtigen Weg weist. Sagen Sie jetzt noch einmal ein solches Wort — und Sie werden mich erretten, mich vor dem Untergang bewahren. Sagen Sie mir nur ‚Brich!' — und ich werde es heute noch tun, werde heute noch alles von mir werfen! Was macht es Ihnen denn aus, dieses eine Wort zu sagen! Mit der Bitte um dieses eine Wort flehe ich Sie nur um ein Zeichen Ihrer Teilnahme, Ihres Mitleids an — nur, *nur* ihrer Teilnahme! Und weiter nichts, *nichts!* Ich wage nicht, mir eine Hoffnung zu machen, denn ihrer Erfüllung wäre ich nicht wert. Doch sagen Sie nur das eine Wort, und ich werde von neuem meine Armut auf mich nehmen und freudig meine verzweifelte Lage ertragen. Ich werde den Kampf aufnehmen, werde mich freuen auf ihn und im Kampf mit neuen Kräften wiedergeboren werden! Senden Sie mir dieses eine Wort des Mitgefühls (*nur* des Mitgefühls, ich schwöre es Ihnen!) und tragen Sie diese Kühnheit dem Verzweifelten, dem Ertrinkenden nicht nach, der es wagt, eine letzte Anstrengung zu machen, um sich vor dem Untergang zu bewahren! G. I.«

»Dieser Mensch versichert«, sagte Aglaja scharf, als der Fürst den Brief zu Ende gelesen hatte, »daß das verlangte

Wort, er solle mit allem brechen, mich nicht kompromittieren und auch zu nichts verpflichten würde, wofür er mir noch, wie Sie sehen, in diesem Brief eine schriftliche Garantie gibt. Bitte, beachten Sie doch nur, wie naiv er sich beeilt hat, einzelne Wörtchen zu unterstreichen, und wie plump dabei doch sein geheimer Gedanke überall hervorschaut. Im übrigen weiß er sehr gut, daß ich, wenn er mit allem brechen würde — aber aus eigenem Antrieb, von sich aus, ohne mein Wort zu erwarten oder überhaupt mir etwas davon zu sagen, ohne jede Hoffnung auf mich —, daß ich dann anders über ihn denken und vielleicht sogar sein Freund werden würde. Das weiß er selbst ganz genau! Aber er hat eine schmutzige Seele: er weiß es, und dennoch entschließt er sich nicht, sondern bittet um Garantien. Er ist unfähig, auf sein eigenes Wagnis hin sich zu entscheiden; er will, daß ich ihm, als Ersatz für die dort aushängenden Hunderttausend, auf mich zu hoffen erlaube. Und was das früher einmal von mir ausgesprochene Wort betrifft, von dem er im Brief spricht und das sein ganzes Leben erhellt haben soll, so lügt er einfach unverschämt. Ich habe ihn nur einmal flüchtig bedauert, und das ist alles. Ihm aber ist in seiner Frechheit sogleich der Gedanke an die Möglichkeit einer Hoffnung gekommen. Das merkte ich sehr bald. Seit der Zeit sucht er mich nun in die Falle zu locken. Und das tut er auch jetzt. Doch genug davon. Behalten Sie diesen Brief und geben Sie ihn ihm zurück, sogleich, das heißt natürlich, sobald Sie unser Haus verlassen haben, nicht früher.«

»Und was soll ich ihm als Antwort sagen?«

»Nichts, natürlich. Das ist die beste Antwort. Ach so, Sie wollen, glaube ich, bei ihm wohnen?«

»Iwan Fjodorowitsch hat mir vorhin selbst diesen Rat gegeben«, antwortete der Fürst.

»Dann seien Sie auf der Hut vor diesem Menschen, ich warne Sie, er wird es Ihnen nie verzeihen, daß Sie ihm diesen Brief zurückgeben.«

Aglaja drückte dem Fürsten leicht die Hand und ging hinaus. Ihr Gesicht war ernst und verriet ihren Unmut; sie lächelte nicht einmal, als sie dem Fürsten zum Abschied zunickte. —

»Sofort, ich hole nur noch mein Bündel«, sagte der Fürst zu Ganja, »dann gehen wir.«

Ganja stampfte vor Ungeduld mit dem Fuß auf. Sein Gesicht wurde ganz dunkel vor Wut. Endlich traten sie beide auf die Straße, der Fürst mit seinem Bündel in der Hand.

»Die Antwort, die Antwort?« drängte Ganja wieder in größter Spannung. »Was hat sie Ihnen gesagt? Haben Sie ihr den Brief gegeben?«

Der Fürst reichte ihm schweigend den Brief. Ganja erstarrte.

»Wie! Mein Brief!« schrie er. »Er hat ihn ihr überhaupt nicht gegeben! Haha, das hätte ich mir doch denken können! Ach, ver-r-fl... Natürlich konnte sie dann nichts verstehen vorhin! Aber wie denn, wie konnten Sie ihr denn meinen Brief nicht übergeben, o ver-r-rrfluch...«

»Entschuldigen Sie, im Gegenteil, zufällig konnte ich ihr den Brief sogleich, nachdem ich ihn erhalten hatte, einhändigen, und zwar ganz so, wie Sie es wünschten. Ich bin nur jetzt wieder in seinen Besitz gekommen, weil Aglaja Iwanowna ihn mir zurückgegeben hat.«

»Wann? Wann?«

»Nachdem ich in ihr Album eingeschrieben hatte und auf ihre Bitte hin ihr ins andere Zimmer folgte — Sie waren doch zugegen? Wir kamen ins Speisezimmer, sie reichte mir den Brief, wünschte ausdrücklich, daß ich ihn lese und dann — Ihnen zurückgebe.«

»Daß Sie ihn l-e-esen?« schrie Ganja fast aus vollem Halse, »l-e-esen? Und Sie lasen ihn?«

Ganja blieb wie zu Stein erstarrt mitten auf dem Trottoir stehen und war dermaßen erstaunt, daß er sogar den Mund zu schließen vergaß.

»Ja, ich las ihn.«

»Und sie selbst, sie selbst gab Ihnen den Brief zum Durchlesen? Sie selbst?«

»Ja, sie selbst, und Sie können mir glauben, daß ich ihn ohne ihre Aufforderung gewiß nicht gelesen hätte.«

Ganja schwieg eine Weile in qualvoll angestrengtem Nachdenken, doch plötzlich packte ihn wieder die Wut:

»Das kann nicht sein! Sie hat Ihnen den Brief unmöglich zum Durchlesen geben können! Sie lügen! Sie haben ihn eigenmächtig gelesen!«

»Ich habe Ihnen die Wahrheit gesagt«, sagte der Fürst in demselben ruhigen Ton, »und ich versichere Sie, es tut mir sehr leid, daß diese Nachricht einen so unangenehmen Eindruck auf Sie macht.«

»Aber, Sie Unglücksmensch, sie hat Ihnen bei der Gelegenheit doch wenigstens etwas gesagt! Irgend etwas muß sie doch geantwortet haben!«

»Ja, gewiß ...«

»Aber dann tun Sie doch den Mund auf, reden Sie doch, sprechen Sie, zum Teufel ...«

Und Ganja stampfte vor Ungeduld und Wut mit dem rechten Fuß im Überschuh zweimal aufs Trottoir.

»Als ich den Brief zu Ende gelesen hatte, sagte sie mir, daß Sie sie in eine Falle zu locken suchten; Sie möchten sie gern kompromittieren, um sich dann Hoffnungen, von denen sie nichts wissen wolle, hingeben zu können. Und auf Grund dieser Hoffnungen würden Sie dann ohne Verlust eine andere Hoffnung auf hunderttausend Rubel aufgeben. Ferner sagte sie, daß, wenn Sie dieses getan hätten, ohne auf sie zu rechnen — wenn Sie von sich aus mit dem Früheren gebrochen hätten, ohne von ihr im voraus Garantien für einen Ersatz zu erbitten — sie vielleicht Ihr Freund geworden wäre. Und das war alles, glaube ich. Richtig, noch eins: als ich sie dann fragte, welche Antwort ich Ihnen bringen solle, sagte sie, daß gar keine Antwort die beste Antwort sei — ich glaube, so war's. Verzeihen Sie, daß ich den genauen Wortlaut vergessen habe und Ihnen nur den Sinn mit meinen Worten so wiedergebe, wie ich ihn verstanden habe.«

Ganja erbleichte und seine ganze grenzenlose Wut schaffte sich in Worten Ausdruck.

»Ah! Also so!« knirschte er. »Also meine Briefe werden einfach fortgeworfen! Ah! Sie läßt sich auf keinen Handel ein! Schön, dann werde ich mich darauf einlassen! Wollen wir doch sehen! Mir steht noch vieles... Wir werden schon sehen! Ich werde sie schon kleinkriegen!«

Er zitterte, erbleichte, schäumte vor Wut; er drohte sogar mit der Faust und machte wilde Bewegungen mit den Armen. So gingen sie ein paar Schritte. Der Fürst genierte ihn nicht im geringsten — »dieser Idiot«! Er benahm sich, als wäre er ganz allein in seinem Zimmer. Doch plötzlich stutzte er und besann sich.

»Ja, aber wie denn«, wandte er sich an den Fürsten, »wie kommt es, daß Sie« (»so ein Idiot!« fügte er innerlich hinzu), »daß Sie plötzlich dieses Vertrauen genießen, zwei Stunden nach der ersten Bekanntschaft? Wie ist das zu erklären?«

Zu all seinen Qualen kam jetzt noch der Neid hinzu — der hatte gerade noch gefehlt! Ganz plötzlich tauchte er auf und stach ihn ins Herz.

»Das vermag ich Ihnen freilich nicht zu erklären«, antwortete der Fürst.

Ganja sah ihn gehässig an.

»Sollte es nicht gar ihr *Vertrauen* sein, was sie Ihnen in dem anderen Zimmer schenken wollte? Sie sagte doch, bevor sie hinausging, daß sie Ihnen etwas schenken wolle!«

»Anders fasse ich es auch nicht auf als gerade so.«

»Ja, aber wofür denn, zum Teufel noch eins! Was haben Sie denn dort so Großes vollbracht? Womit haben Sie ihr Vertrauen errungen? Hören Sie«, unterbrach er sich plötzlich in seiner sich überstürzenden Weise (alles in ihm war in diesem Augenblick gleichsam kopflos durcheinandergeworfen und kochte in wirrer Unordnung, so daß von einem Überlegen oder auch nur einem Zusammenhalten der Gedanken gar keine Rede sein konnte). »Hören Sie, können Sie sich denn nicht irgendwie noch entsinnen oder sich in einigermaßen richtiger Reihenfolge dessen erinnern, was Sie dort gesprochen haben, alles, alles, jedes Worts, ganz von Anfang an? Haben Sie vielleicht irgend so eine Bemerkung fallen lassen — können Sie sich denn gar nicht mehr Ihres Gesprächs entsinnen?«

»Gewiß kann ich das«, antwortete der Fürt. »Ganz zu Anfang, nachdem das Erste überstanden war, sprachen wir von der Schweiz.«

»Nun, zum Teufel mit der Schweiz!«

»Dann sprachen wir von der Todesstrafe...«

»Von der Todesstrafe?«

»Ja; es kam die Rede darauf ... Dann erzählte ich ihnen, wie ich die vier Jahre in der Schweiz verbracht habe, und ferner die Geschichte eines armen Dorfmädchens...«

»Ach, zum Teufel alle armen Dorfmädchen! Weiter!« Ganja raste innerlich vor Ungeduld.

»Darauf erzählte ich, wie Schneider mir seine Meinung über meinen Charakter gesagt und mich veranlaßte...«

»Der Satan hole Ihren Schneider und seine Meinungen!«

»Weiter — kamen wir auf Gesichter zu sprechen, auf den Ausdruck der Gesichter, und bei der Gelegenheit sagte ich, daß Aglaja Iwanowna fast ebenso schön sei wie Nastassja Filippowna. Und da mußte ich denn auch sagen, daß ich ihre Photographie gesehen hatte...«

»Aber Sie sagten doch nicht, Sie erzählten doch nicht, was Sie vorher im Kabinett gehört hatten? Nein? Nein?«

»Ich wiederhole es Ihnen: nein.«

»Ja, aber woher denn ... Teufel ... Ach, zum ...! Aber hat Aglaja den Brief nicht der Alten gezeigt?«

»Nein, sie hat ihn ihr nicht gezeigt. Dessen kann ich Sie bestimmt versichern. Ich war die ganze Zeit nachher zugegen, so daß ich es unfehlbar gesehen hätte.«

»Aber vielleicht haben Sie selbst irgend etwas bemerkt ... Ach, dieser ver—r—rdammte Idiot«, knirschte er außer sich — diesmal ganz laut — »nicht einmal zu erzählen versteht er etwas!«

Ganja, der einmal ins Schimpfen hineingekommen war, hatte allmählich, wie das oft mit solchen Menschen geschieht, jede Zurückhaltung verloren. Es fehlte vielleicht nicht mehr viel, und er hätte den Fürsten vor Wut angespien. Doch gerade diese Wut blendete ihn; denn sonst hätte er schon längst bemerkt, daß dieser »Idiot«, den er so beleidigend behandelte, sehr schnell und sehr feinfühlig alles begriff und es ungewöhnlich treffend wiederzugeben verstand. Aber da geschah mit einem Mal etwas ganz Unerwartetes.

»Ich muß Sie darauf aufmerksam machen, Gawrila Ardalionytsch«, sagte nun plötzlich der Fürst, »daß ich früher allerdings so krank war, daß man mich in der Tat fast als einen Idioten bezeichnen konnte. Jetzt aber bin ich schon lange nicht mehr so krank, und daher ist es mir etwas peinlich, wenn man mich so einfach, ins Gesicht, einen Idioten nennt. Zwar kann man Sie, in Anbetracht Ihrer Mißerfolge, noch entschuldigen, doch haben Sie mich in Ihrem Ärger schon zweimal beschimpft. Dem möchte ich mich in der Folge nicht mehr aussetzen, es ist mir, wie gesagt, sehr peinlich, zumal Sie es schon tun, nachdem wir uns kaum erst kennengelernt haben ... Wäre es deshalb nicht besser — wir sind hier gerade an einer Straßenkreuzung — wenn wir jetzt auseinandergingen: Sie nach rechts, und ich nach links? Ich bin im Besitz von fünfundzwanzig Rubeln und werde sicher Unterkunft in irgendeinem Hotel garni finden.«

Ganja machte ein entsetzlich verlegenes Gesicht und wurde dunkelrot vor Scham — die Zurechtweisung kam ihm gar zu unerwartet.

»Verzeihen Sie, Fürst«, rief er glühend aus — sein soeben noch äußerst beleidigender Ton hatte sich schnell in einen äußerst höflichen verwandelt, »um Gottes willen, verzeihen

Sie! Sie sehen, in welch einer Lage ich mich befinde! Und dabei wissen Sie noch nicht einmal alles; wenn Sie aber alles wüßten, würden Sie mich vielleicht ein wenig entschuldigen, obschon ich, versteht sich, nicht mehr zu entschuldigen bin ...«

»Oh, so große Entschuldigungen verlange ich ja gar nicht«, unterbrach ihn der Fürst, »ich verstehe ja nur zu gut, wie unangenehm Ihnen das alles sein muß, nur deshalb fluchen und schimpfen Sie so. Nun, gehen wir also zu Ihnen. Es wird mir ein Vergnügen sein ...«

(»Nein, so kann man ihn nicht fortgehen lassen«, dachte Ganja bei sich mit einem gehässigen Seitenblick auf den Fürsten. »Dieser Spitzbube hat zuerst als Idiot alles aus mir herausgeholt, um dann die Maske abzunehmen ... Das hat etwas zu bedeuten. Nun, wir werden ja sehen, jetzt muß sich alles entscheiden, alles, alles! Und noch heute!«)

Inzwischen waren sie an dem Hause, in dem Ganja wohnte, angelangt.

VIII

Ganjas Wohnung lag im dritten Stock, zu dem eine überaus saubere, helle und breite Treppe hinaufführte. Sie bestand aus sechs oder sieben größeren und kleineren Zimmern und war, wenn sie sich auch durch nichts Besonderes auszeichnete, für eine Beamtenfamilie, in der nur ein einziger verdiente, doch sicherlich zu teuer, mochte dieser eine sich auch auf zweitausend Rubel jährlich stehen. Es hatte jedoch einen besonderen Grund, weshalb Iwólgins vor zwei Monaten in diese große Wohnung gezogen waren: Ganjas Mutter und Schwester — Nina Alexandrowna und Warwára Ardaliónowna — hatten, um die Einkünfte wenigstens etwas zu vergrößern, schon vor längerer Zeit beschlossen, einige Zimmer mit Kost und Bedienung zu vermieten, was ihnen denn auch von seiten Ganjas nach langen Kämpfen schließlich erlaubt worden war. Doch trotz seiner Einwilligung ärgerte sich Ganja nicht wenig darüber und nannte »diese ganze Vermieterei« einfach eine »Unanständigkeit«; er glaubte sich jetzt in der Gesellschaft, in der er bis dahin als junger, hoffnungsvoller Mann stets mit Selbstbewußtsein und als Gentleman aufgetreten war, seiner Familie geradezu schämen zu müssen. Jedenfalls hinterließen alle diese Dämpfer, die ihm das Schicksal zugedacht hatte, und die Erniedrigungen dieses »engen Lebens« die tiefsten Wunden in seiner Seele. Seit einiger Zeit konnte er sich über jede Kleinigkeit bis zur Maßlosigkeit aufregen, und wenn er auch beschlossen hatte, vorläufig noch nachzugeben und das Vermieten zu dulden, so tat er es doch nur, weil er sich geschworen hatte, in kürzester Frist diesem ganzen Zustand ein Ende zu machen und eine neue Ordnung und bessere Verhältnisse zu schaffen. Nur sollte es sich leider bald zeigen, daß das Mittel, das er zur Ermöglichung einer solchen Veränderung gewählt hatte, an sich noch viel unangenehmer und qualvoller als alles Vorhergegangene zu werden drohte.

Die Wohnung wurde durch einen Korridor, der sogleich am Eingang begann, in zwei Hälften geteilt. Auf der einen Seite des Korridors lagen die drei Zimmer, die für die »besonders empfohlenen« Mieter bestimmt waren, und dann noch ein viertes, kleines Zimmerchen neben der Küche, das dem Familienoberhaupt und verabschiedeten General, Ardalión Alexándrowitsch Iwólgin, zugewiesen war; er schlief dort auf einem breiten Diwan und mußte stets durch die Küche und über die Hintertreppe ein- und ausgehen. In demselben Zimmerchen lebte auch der fünfzehnjährige Bruder Gawrila Ardalionytschs, der Gymnasiast Kólja: der mußte sich gleichfalls hier aufhalten, auf einem anderen alten, schmalen und kurzen Diwan schlafen und vor allen Dingen »nach dem Vater sehen«, was mit jedem Tage unerläßlicher zu werden begann. Dem Fürsten wurde das mittlere von den drei Zimmern zugewiesen; im ersten Zimmer rechts wohnte Herr Ferdyschtschénko, und links, das dritte, stand noch leer. Doch Ganja führte den Fürsten zuerst in die Familienhälfte der Wohnung. Diese bestand aus einem »Salon«, der zur Essenszeit in ein Speisezimmer verwandelt wurde, aus einem »Empfangszimmer«, das aber nur tagsüber »Empfangszimmer« war und am Abend sich in Ganjas Arbeits- und Schlafzimmer verwandelte, und dann noch aus einem kleinen, engen, stets verschlossenen Stübchen, in dem Nina Alexándrowna und Warwára Ardaliónowna schliefen. Mit einem Wort, die ganze Familie hatte sich so eng wie möglich eingerichtet, worüber Ganja vor Empörung »innerlich knirschte«. Zwar bemühte er sich stets, ehrerbietig zu seiner Mutter zu sein, aber nichtsdestoweniger merkte man es doch sofort, daß er der große Despot in der Familie war.

Nina Alexándrowna und Warwára Ardaliónowna saßen nicht allein im Empfangszimmer: sie unterhielten sich, beide mit einer Strickarbeit beschäftigt, mit ihrem Gast, Iwán Petrówitsch Ptízyn. Nina Alexandrowna mochte etwa fünfzig Jahre alt sein; sie hatte ein hageres, eingefallenes Gesicht und tiefe Schatten unter den Augen. Sie sah kränklich und vergrämt aus, doch machten ihr Gesicht und ihr Blick einen recht angenehmen Eindruck. Schon aus den ersten Worten sprach ein ernster, ehrbarer Charakter. Trotz ihres vergrämten Antlitzes sah man ihr sogleich ihre Festigkeit und sogar Entschlossenheit an. Gekleidet war sie sehr bescheiden, dunkel und altjüngferlich; doch ihre Bewegungen, ihre Sprechweise, ihr ganzes Auftreten verrieten die Dame, die sich einst in bester Gesellschaft bewegt hatte.

Warwara Ardalionowna war ein Mädchen von dreiundzwanzig Jahren, mittelgroß, ziemlich mager und mit einem Gesicht, das nicht gerade sehr schön war, dafür aber das Geheimnis in sich barg, ohne Schönheit zu gefallen und bis zur Leidenschaft anzuziehen. Sie war der Mutter sehr ähnlich, sogar in ihrer Kleidung; denn ihr Sinn stand nicht danach, sich zu putzen. Ihre grauen Augen konnten mitunter sehr heiter und freundlich blicken, aber gewöhnlich waren sie ernst und nachdenklich, ja, in der letzten Zeit waren sie es fast allzuoft. Auch aus ihrem Gesicht sprach Festigkeit und Entschlossenheit, doch fühlte man, daß diese Entschlossenheit noch energischer sein konnte als die der Mutter. Warwara Ardalionowna konnte sehr heftig werden, und ihr Bruder schien diese Heftigkeit fast ein wenig zu fürchten. Dasselbe tat auch der Gast, der gerade jetzt bei ihnen saß, Iwán Petrówitsch Ptízyn. Das war ein noch junger Mann von annähernd dreißig Jahren, nicht auffallend, doch gut gekleidet, von sympathischem, wenn auch vielleicht ein wenig gar zu ehrbarem Wesen. Sein kurzgeschnittener, dunkelblonder Bart kennzeichnete ihn als einen, der nicht im Staatsdienst stand. Er konnte sich sehr verständig und angenehm unterhalten, war aber sonst nicht gesprächig und zog es gewöhnlich vor, ganz zu schweigen. Der allgemeine Eindruck, den er machte, war angenehm. Warwara Ardalionowna war ihm offenbar nicht gleichgültig, was er übrigens auch gar nicht zu verbergen suchte. Warwara Ardalionowna dagegen verhielt sich zwar freundschaftlich zu ihm, zögerte aber immer noch mit der Antwort auf eine Frage, von der sie ihn eigentlich auch nur ungern sprechen hörte, was Ptizyn jedoch durchaus nicht entmutigte. Nina Alexandrowna behandelte ihn freundlich, und in der letzten Zeit hatte sie sogar großes Zutrauen zu ihm gefaßt. Übrigens war es allen bekannt, wie er sich sein Geld verdiente — daß er gegen mehr oder weniger sichere Garantien Geld zu hohen Prozenten lieh. Mit Ganja stand er sich sehr gut.

Als der Fürst und Gawrila Ardalionytsch eintraten, grüßte dieser nur seine Mutter in sehr trockenem Ton, übersah die Schwester vollkommen, und nachdem er den Fürsten vorgestellt hatte, wandte er sich sofort an Ptizyn, mit dem er gleich darauf das Zimmer verließ. Nina Alexandrowna sagte dem Fürsten ein paar freundliche Worte und befahl Kólja, dessen Kopf sich gerade durch die Türspalte schob, den Fürsten ins mittlere Zimmer zu führen.

Kolja war ein munterer Knabe mit einem netten Gesicht und zutraulichem, offenherzigem Benehmen.

»Wo ist denn Ihr Gepäck?« fragte er, als er den Fürsten in dessen Zimmer geführt hatte.

»Ich habe ein Bündel, es ist im Vorzimmer geblieben.«

»Ich werde es sofort herschaffen. Wir haben an Dienstboten nur die Köchin und Matrjóna, so daß auch ich helfe. Wárja sieht nur nach allem nach und ärgert sich. Ganja sagt, Sie seien soeben aus der Schweiz zurückgekehrt?«

»Ja.«

»Ist es schön in der Schweiz?«

»Sehr schön.«

»Lauter Berge?«

»Ja.«

»Ich werde Ihnen sofort Ihr Bündel herbringen.«

Warwara Ardalionowna trat ins Zimmer.

»Matrjóna wird Ihnen sogleich das Bett überziehen. Haben Sie einen Koffer?«

»Nein, nur ein Bündel. Ihr Bruder wollte es herbringen; es ist im Vorzimmer.«

»Dort ist überhaupt kein Bündel, außer diesem Bündelchen hier; wo haben Sie es denn hingelegt?« fragte Kolja, der wieder zurückgekommen war.

»Ja, das ist auch alles, was ich habe«, sagte der Fürst und nahm sein Bündel in Empfang.

»A—a!« Kólja sperrte etwas erstaunt den Mund auf. »Und ich dachte schon, ob nicht Ferdyschtschénko es bereits hat verschwinden lassen.«

»Schwatz nicht so dummes Zeug«, verwies ihn Wárja streng, die auch mit dem Fürsten zwar nicht gerade unhöflich, doch sehr trocken sprach.

»Chère Babette, mit mir kann man auch etwas zärtlicher umgehen, ich bin ja doch nicht Ptizyn.«

»Dich kann man noch durchhauen, Kolja, so dumm bist du trotz deiner fünfzehn Jahre. Wenn Sie sonst etwas brauchen, können Sie sich an Matrjona wenden. Um halb fünf speisen wir. Sie können gemeinschaftlich mit uns oder auch in Ihrem Zimmer essen, ganz wie Sie wünschen. Gehen wir, Kolja, du sollst nicht stören.«

»Gehen wir, Charaktermensch!«

In der Tür stießen sie auf Ganja.

»Ist der Vater zu Hause?« fragte er Kolja, und als dieser bejahte, flüsterte er ihm etwas zu.

Kolja nickte mit dem Kopf und folgte der Schwester.

»Nur auf ein Wort, Fürst — ich habe es über diesen... diesen Scherereien zu sagen vergessen. Ich will Sie um etwas bitten: seien Sie so gütig und sprechen Sie, wenn es Ihnen nicht gar zu schwerfällt, weder hier davon, was ich mit Aglaja gehabt habe, noch dort davon, was Sie hier erleben; denn auch hier gibt es genug des Widerwärtigen. Zum Teufel, übrigens... Versuchen Sie wenigstens, sich heute zu bezwingen.«

»Ich versichere Ihnen, daß ich weit weniger gesagt habe, als Sie vermuten«, sagte der Fürst einigermaßen gereizt.

Ihre Stellung zueinander wurde ersichtlich immer feindseliger.

»Nun, ich habe heute schon genug durch Sie auszustehen gehabt. Also mit einem Wort, ich bitte Sie darum.«

»Gestatten Sie mir die Frage, Gawrila Ardalionytsch, inwiefern ich denn vorhin gebunden war, und weshalb ich mit keinem Wort der Photographie hätte Erwähnung tun dürfen? Sie hatten mich doch weder darum gebeten noch mich in die Verhältnisse eingeweiht.«

»Pfui, was das für ein scheußliches Zimmer hier ist«, lenkte Ganja von diesem Gespräch ab, indem er sich mit angewiderter Miene im Zimmer umsah, »dunkel und die Fenster gehen auf den Hof. Sie sind in jeder Beziehung zur Unzeit zu uns gekommen... Nun, aber das ist nicht mehr meine Sache, nicht ich vermiete hier Zimmer.«

Ptizyn blickte zur Tür herein und rief Ganja. Dieser verließ eilig den Fürsten und ging hinaus, obwohl er augenscheinlich noch etwas sagen wollte, doch schien er in der

Verlegenheit nicht das richtige Wort finden zu können. Auch das Zimmer hatte er offenbar nur aus Verlegenheit kritisiert.

Der Fürst hatte sich kaum gewaschen und mit einiger Sorgfalt umgekleidet, als die Tür sich wieder öffnete und eine neue Gestalt erschien.

Es war ein Herr von etwa dreißig Jahren, groß von Wuchs, breitschultrig und mit einem äußerst großen Kopf, der durch das rotblonde krause Haar noch größer erschien, als er an sich schon war. Sein Gesicht war fleischig und rosig, die Lippen dick, die Nase breit und platt und die kleinen Augen unter den dicken Lidern schienen fortwährend spöttisch zu blinzeln. Der Gesamteindruck war der eines ziemlich unverschämten Menschen. Seine Kleider ließen an Sauberkeit zu wünschen übrig.

Die Tür öffnete er anfangs nur so weit, daß er knapp den Kopf durchschieben konnte. Hierauf betrachtete der durchgeschobene Kopf das Zimmer etwa fünf Sekunden lang in unveränderter Stellung. Dann erst begann sich die Tür allmählich so weit aufzuschieben, daß man auch die Gestalt auf der Schwelle erblickte, nur trat der Herr immer noch nicht herein, sondern begann, von der Schwelle aus, blinzelnd den Fürsten zu betrachten. Endlich entschloß er sich zum ersten Schritt, schloß die Tür, trat näher, setzte sich auf einen Stuhl, faßte den Fürsten mit kräftigem Griff bei der Hand und drückte ihn schräg gegenüber auf das Sofa nieder.

»Ferdyschtschénko«, stellte er sich vor und blickte aufmerksam und fragend dem Fürsten ins Gesicht.

»Nun, und?« fragte der Fürst, der kaum noch ernst blieb.

»'n Mieter«, antwortete Ferdyschtschénko, mit dem Daumen über die Achsel nach rückwärts weisend, und blickte den Fürsten unverändert mit demselben Ausdruck an.

»Sie wollen sich wohl mit mir bekannt machen?«

»Ach!« war die Antwort des Gastes, der sich mit den Fingern durch die Haare fuhr, daß sie zu Berge standen, und er begann in die entgegengesetzte Zimmerecke zu schauen. »Haben Sie Geld?« fragte er plötzlich, sich wieder dem Fürsten zuwendend.

»Nicht viel.«

»Wieviel denn auf den Knopf?«

»Fünfundzwanzig Rubel.«

»Zeigen Sie mal her.«

Der Fürst entnahm seiner Westentasche den Fünfundzwanzigrubelschein, den ihm der General Jepantschin gegeben hatte, und reichte ihn Ferdyschtschenko. Dieser faltete die Note auseinander, betrachtete sie zuerst von der einen, dann von der anderen Seite, drehte sie nochmals um und hielt sie dann gegen das Licht.

»Sonderbar«, meinte er nachdenklich, »weshalb mögen sie nur so braun werden? Diese Fünfundzwanziger werden mitunter verteufelt braun, andere aber bleichen wiederum völlig aus. Nehmen Sie.«

Der Fürst nahm sein Geld zurück. Ferdyschtschenko erhob sich vom Stuhl.

»Ich bin gekommen, um Sie zu warnen: erstens, mir jemals Geld zu pumpen; denn ich werde Sie unfehlbar darum bitten.«

»Gut.«

»Haben Sie die Absicht, hier zu bezahlen?«

»Gewiß.«

»Ich nicht. Danke. Ich wohne hier rechts von Ihnen, die erste Tür — Sie wissen? Bemühen Sie sich, mich nicht allzuoft zu besuchen. Ich werde schon zu Ihnen kommen, seien Sie unbesorgt. Den General haben Sie schon gesehen?«

»Nein.«

»Und auch noch nicht gehört?«

»Nein.«

»Na, dann werden Sie ihn noch sehen und hören; der will ja sogar mich anpumpen! Avis au lecteur. Leben Sie wohl. Kann man denn leben mit dem Namen: Ferdyschtschenko? Hm?«

»Weshalb nicht?«
»Adieu.«

Und er ging zur Tür. Wie der Fürst später erfuhr, hatte dieser Herr es sich gewissermaßen zur Aufgabe gemacht, einen jeden durch Originalität und Witze in Erstaunen zu setzen, nur wollte ihm das nie so recht gelingen. Auf manche Leute machte er sogar einen direkt unangenehmen Eindruck, was ihm selbst aufrichtigen Kummer bereitete. Trotzdem konnte er es nicht übers Herz bringen, auf den einmal erwählten Lebensberuf zu verzichten. In der Tür hatte er Gelegenheit, den Eindruck, den er auf den Fürsten gemacht hatte, seiner Meinung nach noch zu verbessern: im Begriff hinauszugehen, stieß er nämlich mit einem älteren Herrn zusammen, der gerade eintreten wollte; er trat vor diesem neuen, dem Fürsten gleichfalls unbekannten Gast zur Seite, und nachdem jener an ihm vorübergegangen war, machte er hinter seinem Rücken warnende Zeichen, worauf er sich mit einem gewissen Siegesbewußtsein schneidig entfernte.

Der neue Gast war groß von Wuchs, etwa fünfundfünfzig Jahre alt oder noch älter, ziemlich wohlbeleibt, mit einem leuchtendroten, fleischigen, aufgedunsenen Gesicht, das von einem dichten grauen Backenbart umrahmt wurde, mit einem Schnurrbart und großen, hervorstehenden Augen. Die Erscheinung wäre ziemlich imposant gewesen, wenn ihr nicht etwas Heruntergekommenes, Schäbiges, geradezu Schmieriges angehaftet hätte. Er trug einen alten Überrock, dessen Ellenbogen fast durchgewetzt waren, und auch die Wäsche war nicht gerade sauber. In seiner Nähe roch es ein wenig nach Branntwein. Nichtsdestoweniger war sein Auftreten sehr effektvoll, ein wenig einstudiert vielleicht und augenscheinlich von dem Wunsch beseelt, unter allen Umständen Eindruck zu machen. Der Herr näherte sich dem Fürsten mit freundlichem Lächeln, doch ohne sich zu beeilen, ergriff schweigend seine Hand, und indem er sie in der seinen behielt, blickte er ihm eine Zeitlang ins Gesicht, als wolle er bekannte Züge wiedererkennen.

»Er! Er!« sagte er dann leise und feierlich. »Wie leibhaftig! Ich höre einen mir so bekannten und teuren Namen nennen und muß an die unwiederbringliche Vergangenheit denken ... Fürst Mýschkin?«
»Ja.«
»General Iwólgin, verabschiedet und unglücklich. Ihr Vorname und Vatername, wenn ich fragen darf?«
»Lew Nikolájewitsch.«
»Ja, ja, ganz recht! Der Sohn meines Freundes und, ich kann wohl sagen, Spielkameraden, Nikolai Petrówitsch!«
»Mein Vater hieß Nikolai Lwówitsch.«
»Lwówitsch«, verbesserte sich der General, ohne sich zu beeilen, eben mit der vollkommenen Ruhe eines Menschen, der den Namen nicht im geringsten vergessen, sondern sich nur zufällig versprochen hat. Er setzte sich, und den Fürsten bei der Hand erfassend, zog er ihn neben sich auf das Sofa. »Ich habe Sie als Kind auf den Armen getragen.«
»Wirklich?« fragte der Fürst überrascht. »Mein Vater ist schon vor zwanzig Jahren gestorben.«
»Ja, vor zwanzig Jahren; vor zwanzig Jahren und drei Monaten. Wir haben zusammen die Schule besucht; ich kam dann zum Militär ...«
»Auch mein Vater war Offizier — Sekondeleutnant beim Wassilkóffskischen Regiment.«
»Beim Bjelomírskischen. Die Nachricht von seiner Versetzung ins Bjelomirskische traf kurz vor seinem Tode ein. Ich war zugegen und drückte ihm die Augen zu. Ihre Mutter ...«
Der General hielt inne, wie um seine Ergriffenheit zu überwinden.
»Ja, auch sie starb nach einem halben Jahr an einer Erkältung«, sagte der Fürst.
»Nicht an einer Erkältung! Nicht an einer Erkältung, glauben Sie einem alten Mann. Ich war zugegen, ich habe auch sie beerdigt. Sie starb aus Kummer um ihren verlorenen Gatten, nicht aber an einer Erkältung. Ja, unver-

geßlich ist mir diese Fürstin! O Jugend! Ihretwegen wurden wir beide, der Fürst und ich, wir zwei Jugendfreunde, fast zu gegenseitigen Mördern.«

Der Fürst begann, etwas mißtrauischer zuzuhören.

»Ich hatte mich sterblich in Ihre Mutter verliebt, als sie noch Braut war — die Braut meines Freundes. Er aber merkte es! Kommt zu mir, frühmorgens um sieben Uhr, weckt mich. Ich kleide mich ganz verwundert an ... Schweigen beiderseits. Ich begriff alles. Er nimmt aus der Tasche zwei Pistolen. Amerikanisches Duell, selbstverständlich. Ohne Zeugen. Wozu Zeugen, wenn wir uns nach fünf Minuten beide in die Ewigkeit befördern? Wir luden, zogen das Tuch auseinander, nahmen jeder seine Stellung ein, setzten die Pistolenmündung einander auf die Brust und schauten uns an. Plötzlich bricht ein Strom von Tränen aus unseren Augen, die Hände sinken herab — bei beiden, bei beiden zugleich! Nun, dann gab's natürlich Umarmungen und Wetteifer in Großmut. Der Fürst sagt: ‚Sie sei dein!' Mit einem Wort ... mit einem Wort ... Sie wollen bei uns wohnen ... wohnen?«

»Ja, eine Zeitlang ... vielleicht«, sagte der Fürst, gleichsam etwas stockend.

»Fürst, Mama läßt Sie zu sich bitten«, rief plötzlich Kolja, der in der Tür erschien.

Der Fürst erhob sich, doch der General legte ihm seine Rechte auf die Schulter und drückte ihn wieder aufs Sofa.

»Als aufrichtiger und treuer Freund Ihres Vaters will ich Sie warnen«, sagte der General. »Ich selbst bin, wie Sie sehen, durch eine tragische Katastrophe ins Unglück geraten. Doch ohne vor die Schranken, ohne vor die Schranken gekommen zu sein! Nina Alexandrowna ist eine seltene Frau! Warwara Ardalionowna, meine Tochter, ist ein seltenes Mädchen! Die Verhältnisse zwingen uns, Zimmer zu vermieten — eine unerhörte Erniedrigung! ... Und das mir, dem es bevorstand, Generalgouverneur zu werden! ... Doch Sie sind uns zu jeder Zeit willkommen. Aber jetzt,

gerade jetzt spielt sich in meinem Hause eine Tragödie ab!«
Der Fürst blickte ihn fragend und interessiert an.

»Eine Ehe soll geschlossen werden, eine seltsame Ehe! Ein zweideutiges Frauenzimmer soll einen jungen Mann heiraten, der, wenn er wollte, Kammerjunker sein könnte. Und dieses Frauenzimmer soll in mein Haus eingeführt werden, in dem meine Frau und meine Tochter leben! Doch so lange ich noch lebe, wird ihr Fuß nicht mein Haus betreten! Ich werde mich auf die Schwelle hinwerfen, mag sie dann über mich hinwegtreten!... Mit Ganja spreche ich jetzt fast überhaupt nicht mehr, vermeide es sogar, ihm zu begegnen. Ich warne Sie absichtlich. Wenn Sie bei uns leben werden, werden Sie ja ohnehin Zeuge sein... Aber Sie sind der Sohn meines Freundes, und ich kann doch wohl hoffen...«

»Verzeihung, Fürst. Bitte, seien Sie so freundlich und kommen Sie auf einen Augenblick zu mir ins Empfangszimmer«, unterbrach ihn Nina Alexandrowna, die diesmal selbst gekommen war, um den Fürsten zu sich zu rufen.

»Denke dir nur, mein Schatz«, rief ihr der General sofort zu, »es stellt sich heraus, daß ich den Fürsten als kleines Kind auf meinen Armen gewiegt habe!«

Nina Alexandrowna warf ihm einen vorwurfsvollen Blick zu und sah dann forschend den Fürsten an, sagte aber kein Wort. Der Fürst folgte ihr. Doch kaum waren sie im anderen Zimmer angelangt, kaum hatte Nina Alexandrowna halblaut etwas offenbar Peinliches mitzuteilen begonnen, als auch der General plötzlich wieder in der Tür erschien. Seine Frau verstummte sofort und beugte sich ersichtlich geärgert über die Strickarbeit. Der General bemerkte ihren Ärger sehr wohl, ließ sich aber dadurch nicht im geringsten seine gute Laune nehmen.

»Der Sohn meines Freundes!« rief er begeistert aus, sich an Nina Alexandrowna wendend. »Und so unerwartet! Wie hätte ich das noch gestern erhoffen können! Aber, mein Schatz, entsinnst du dich denn wirklich nicht mehr des seligen Nikolai Lwowitsch? Du trafst ihn doch noch ... in Twerj?«

»Nein, ich entsinne mich Nikolai Lwówitschs nicht. Ist das Ihr Vater?« fragte sie den Fürsten.

»Ja, aber er starb, glaube ich, nicht in Twerj, sondern in Jelisawetgrád«, bemerkte der Fürst etwas verlegen. »Ich habe es von Pawlíschtscheff gehört ...«

»In Twerj starb er«, behauptete der General. »Kurz vor seinem Tode wurde er nach Twerj versetzt, vor dem Ausbruch der Krankheit. Sie waren damals viel zu klein, um sich jetzt noch der Versetzung oder der Reise entsinnen zu können, und Pawlíschtscheff kann sich geirrt haben — er war ja doch auch nicht mehr als ein Mensch, wenn er auch sonst ein seltener Mensch war.«

»Sie haben auch Pawlíschtscheff gekannt?«

»Ein seltener Mensch war er, aber ich war ja doch Augenzeuge, ich habe ihm die Augen zugedrückt ...«

»Aber mein Vater starb doch, soviel ich weiß, als Untersuchungsgefangener«, bemerkte wieder der Fürst, »obwohl ich niemals habe erfahren können, welch eines Vergehens er eigentlich beschuldigt worden ist. Er starb im Hospital.«

»Ach was, das war doch die Geschichte mit dem Soldaten Kolpakóff — der Fürst wäre ganz zweifellos freigesprochen worden!«

»Ja? Sie wissen das bestimmt?« fragte der Fürst lebhaft interessiert.

»Das fehlte noch, daß ich's nicht wüßte!« rief der General fast entrüstet aus. »Das Kriegsgericht löste sich auf, ohne auch nur das geringste Urteil zu fällen. Ein ganz unmöglicher Fall! Man kann sogar sagen: ein geradezu mysteriöser Fall! Eines Tages stirbt der Hauptmann Lariónoff, unser Kompagniechef; dem Fürsten werden zeitweilig die Pflichten desselben übertragen; schön. Der gemeine Soldat Kolpakóff begeht darauf einen Diebstahl — er stiehlt einem Kameraden die Stiefel und vertrinkt sie, schön. Der Fürst — und vergessen Sie nicht, es geschah in Gegenwart des Feldwebels und Korporals — wäscht dem Kolpakóff tüchtig den Kopf und droht ihm mit Prügelstrafe. Sehr schön. Kolpakoff geht in die Kaserne, legt sich auf die Pritsche, und nach einer Viertelstunde ist er tot. Vortrefflich. Aber wie dem auch sein mag, jedenfalls bleibt die Sache unerklärlich, geradezu unmöglich. Nun gut, Kolpakoff wird beerdigt; der Fürst rapportiert, und Kolpakoff wird aus den Listen gestrichen. Die Sache ist erledigt, nicht wahr? Was kann man noch verlangen? Doch siehe da, genau nach einem halben Jahre steht bei einer Brigadebesichtigung der Soldat Kolpakoff, als wäre er nie gestorben, in der dritten Rotte des zweiten Bataillons des Nowosemljánskischen Infanterie-Regiments, in derselben Brigade und derselben Division!«

»Was!« Der Fürst fiel natürlich aus den Wolken.

»Es verhält sich nicht so, das ist ein Irrtum!« wandte sich plötzlich Nina Alexandrowna an den Fürsten, und ihr Blick bat ihn um Verzeihung. »Mon mari se trompe«, fügte sie leise hinzu.

»Aber, mein Schatz, ,se trompe', das ist leicht gesagt, aber urteile du über diesen Fall! Alles war natürlich baff! Ich hätte ja gern als erster gesagt, qu'on se trompe! Zum Unglück aber war ich Augenzeuge und selbst ein Mitglied der Untersuchungskommission. Sämtliche Konfrontationen ergaben immer nur das eine: daß es derselbe, vollkommen derselbe Kolpakoff war, den man vor einem halben Jahr unter Trommelwirbel begraben hatte. Der Fall war wirklich eine Seltenheit, etwas fast Unmögliches, das gebe ich vollkommen zu, aber ...«

»Papa, das Essen für Sie ist schon aufgetragen«, meldete Warwara Ardalionowna, ins Zimmer tretend.

»Ah, schön, schön! Ich habe auch schon Hunger ... Aber der Fall war, man kann wohl sagen, sogar psy—cho—lo—gisch ...«

»Die Suppe wird wieder kalt werden!« sagte Warja ungeduldig.

»Ich geh' ja schon«, murmelte der General, der sich be-

reits gehorsam auf den Weg zu seiner Suppe machte, —
» ... doch trotz aller Untersuchungen«, hörte man noch
vom Korridor her.

»Sie werden Ardalion Alexandrowitsch vieles nachsehen
müssen, wenn Sie bei uns bleiben«, sagte Nina Alexandrowna zum Fürsten. »Übrigens wird er Sie nicht gar zu oft belästigen. Er speist auch allein. Sie werden zugeben, daß ein jeder seine Mängel hat und seine ... besonderen Eigenschaften, der kleinen vielleicht noch mehr als der großen, auf die man gewöhnlich mit Fingern zeigt. Nur um eines wollte ich Sie sehr bitten: falls mein Mann sich einmal wegen des Kostgeldes an Sie wenden sollte, so sagen Sie, daß Sie es mir bereits bezahlt hätten. Selbstverständlich wird Ihnen auch das, was Sie eventuell Ardalion Alexandrowitsch geben, als Bezahlung der Pension angerechnet werden, ich bitte Sie aber nur um der Ordnung willen ... Was ist das, Warja?«

Warwara Ardalionowna, die den Vater hinausgeleitet hatte, war wieder zurückgekehrt und reichte der Mutter Nastassja Filippownas Photographie. Nina Alexandrowna zuckte zusammen und starrte, anfangs erschrocken, dann jedoch mit einem erdrückend bitteren Ausdruck auf das Bild der schönen Frau. Endlich blickte sie auf und sah fragend ihre Tochter an.

»Sie hat es ihm heute selbst geschenkt«, sagte Warja, »und am Abend wird sich alles entscheiden.«

»Heute abend!?« stieß Nina Alexandrowna wie in hoffnungsloser Verzweiflung leise hervor. »Nun, dann kann hierüber kein Zweifel mehr bestehen, dann lohnt es sich auch gar nicht mehr, noch zu hoffen: mit dem Geschenk des Bildes hat sie alles gesagt ... Hat er es dir selbst gezeigt?« fragte sie gleich darauf ganz verwundert.

»Sie wissen doch, daß wir schon über einen Monat kein Wort miteinander sprechen. Ptizyn hat mir alles erzählt, das Bild aber lag dort neben dem Tisch auf dem Fußboden. Ich hob es auf.«

»Ich wollte Sie fragen, Fürst«, wandte sich Nina Alexandrowna an ihn, »deshalb bat ich Sie auch her — ob Sie meinen Sohn schon lange kennen? Er sagte, wenn ich mich nicht irre, daß Sie heute erst irgendwoher angekommen seien.«

Der Fürst gab ihr in kurzen Worten die nötigen Erklärungen. Mutter und Tochter hörten ihn ruhig an.

»Glauben Sie nicht, daß ich Sie über Gawrila Ardalionytsch ausforschen will, wenn ich Sie einiges frage«, sagte Nina Alexandrowna. »O nein, das müssen Sie nicht von mir denken. Wenn es etwas gibt, was er mir nicht selbst sagen kann, so will ich sicher nicht hinter seinem Rücken danach forschen. Ich meine nur ... Ganja sagte vorhin auf meine Frage, als Sie hinausgegangen waren: ,Er weiß alles, vor ihm braucht man sich nicht zu genieren!' Was hat das nun zu bedeuten? Ich meine nur ... ich möchte gern wissen, inwiefern ...«

Ganja und Ptizyn traten ins Zimmer. Nina Alexandrowna verstummte. Der Fürst blieb ruhig auf seinem Platz neben ihr sitzen, Warja jedoch trat zur Seite. Nastassja Filippownas Bild lag, allen sichtbar, auf ihrem Nähtischchen. Ganja bemerkte es sogleich, runzelte die Stirn, nahm es, ohne zu fragen, fort und warf es ärgerlich auf seinen Schreibtisch, der am anderen Ende des Zimmers stand.

»Also heute, Ganja?« fragte plötzlich Nina Alexandrowna.

»Was heute?« fuhr Ganja auf, und zornig wandte er sich an den Fürsten. »Ah, ich verstehe, auch hier haben Sie! ... Ja, zum Teufel, ist das bei Ihnen eine *Krankheit* oder was sonst für eine Manie? Können Sie denn wirklich nicht den Mund halten? So begreifen Sie doch wenigstens endlich, Fürst ...«

»Hier bin diesmal ich der Schuldige, Ganja, und kein anderer«, unterbrach ihn Ptizyn.

Ganja sah ihn fragend an.

»Es ist schon besser so, Ganja«, fuhr Ptizyn fort, »um so mehr, als es doch schon beschlossene Sache ist«, brummte er halblaut, trat zur Seite, setzte sich am Tisch nieder und zog aus seiner Tasche ein mit Bleistift beschriebenes Blatt Papier hervor, das er aufmerksam zu studieren begann.

Ganja blieb finster stehen und erwartete unruhig eine Familienszene. Sich beim Fürsten zu entschuldigen, fiel ihm gar nicht ein.

»Wenn alles beschlossen ist, so hat Iwán Petrówitsch natürlich recht«, pflichtete Nina Alexandrowna Ptízyn bei. »Sei, bitte, nicht so böse und rege dich nicht auf, Ganja, ich werde dich nicht danach fragen, wenn du es nicht selbst erzählen willst, und ich versichere dir, daß ich mich vollkommen ergeben habe. Also sei so gut und rege dich nicht mehr auf.«

Sie sagte es, ohne von der Arbeit aufzublicken, und war auch allem Anschein nach tatsächlich ruhig. Ganja war etwas erstaunt, schwieg jedoch und wartete, was sie weiter sagen werde. Diese Familienszenen kamen seinen Nerven etwas teuer zu stehen. Nina Alexandrowna bemerkte diese Vorsicht, und so fügte sie mit bitterem Lächeln hinzu:

»Du zweifelst wohl immer noch und glaubst mir nicht. Ich versichere dir, es wird weder Tränen noch Bitten geben wie früher, wenigstens nicht meinerseits. Alles, was ich wünsche, ist ja nur, dich glücklich zu sehen; das weißt du doch. Ich habe mich dem Schicksal ergeben. Mein Herz wird immer bei dir sein, gleichviel ob wir beisammenbleiben oder auseinandergehen. Selbstverständlich rede ich nur von mir, und du kannst nicht verlangen, daß auch deine Schwester...«

»Ah, selbstverständlich! Wieder die Schwester!« rief Ganja spöttisch aus, mit haßerfülltem Blick auf Warja. »Mama! Ich schwöre Ihnen nochmals, worauf ich Ihnen schon mein Wort gegeben habe: solange ich hier bin, solange ich lebe, wird niemand Ihnen seine Achtung versagen dürfen. Gleichviel wer es sei: wer über unsere Schwelle hereintritt, ist Ihnen die größte Ehrerbietung schuldig...«

Ganja war so erfreut, daß er fast zärtlich auf seine Mutter blickte.

»Für mich habe ich auch niemals etwas gefürchtet, Ganja, ich habe mich nicht meinetwegen beunruhigt und gequält, das weißt du. Heute, sagt man, werde sich alles entscheiden — was wird sich denn entscheiden?«

»Sie hat versprochen, heute abend zu erklären, ob sie einverstanden ist oder nicht«, antwortete Ganja.

»Wir haben beinahe drei Wochen jedes Wort über diese Angelegenheit vermieden, und das war auch das Beste, was wir tun konnten. Jetzt, wo nichts mehr zu ändern ist, erlaube ich mir nur eines — dich zu fragen: wie hat sie denn deinen Antrag annehmen und dir sogar ihr Bild schenken können, wenn du sie doch nicht liebst? Hast du denn wirklich eine so... eine so...«

»Nun, eine so erfahrene, wie?«

»Ich wollte mich nicht so ausdrücken. Hast du ihr denn wirklich in solchem Maße... Sand in die Augen zu streuen vermocht?«

Eine ungewöhnliche Gereiztheit klang plötzlich aus dieser Frage. Ganja stand da, dachte eine Weile nach und sagte dann mit unverhohlenem Spott:

»Sie haben sich hinreißen lassen, Mama, haben sich doch nicht bezwingen können. So haben ja alle diese Gespräche bei uns begonnen. Sie sagten, es werde weder Fragen noch Vorwürfe geben, und da haben wir nun beides! Wozu von neuem anfangen? Unterlassen wir es doch lieber ganz, es ist wirklich besser. Wenigstens haben Sie die Absicht gehabt... Ich werde meine Eltern und Geschwister niemals im Stich lassen, unter keinen Umständen! Ein anderer würde von einer solchen Schwester zum mindesten fortlaufen — seht doch, wie sie mich fixiert! Doch beenden wir dieses Gespräch! Ich hatte mich schon so gefreut... Woher wissen Sie denn, daß ich Nastassja Filippowna betrüge? Und was Warja betrifft, so — nun, wie sie selbst will. Doch genug!... Aber jetzt wirklich einmal Schluß damit!«

Ganja wurde mit jedem Wort erregter und wanderte ziellos im Zimmer umher. Diese Gespräche waren der wunde Punkt der Familie.

»Ich habe gesagt, sobald sie hier eintritt, gehe ich von hier fort, und ich werde mein Wort halten«, sagte Warja.

»Aus Eigensinn! Natürlich!« rief Ganja wütend aus. »Aus Eigensinn will sie ja auch nicht heiraten! Was zuckst du mit der Schulter? Mir ist es wahrhaftig ganz egal, was Sie zu tun gedenken, gnädigste Warwara Ardalionowna! Ist es gefällig, dann — bitte: führen Sie Ihre Absicht ohne Aufschub aus. Weiß Gott, ich hab' Sie mehr als satt! — Wie! Sie entschließen sich also endlich doch, uns allein zu lassen, Fürst?« wandte er sich an diesen, als er bemerkte, daß der Fürst sich erhob.

Ganjas Stimme verriet bereits jenen Grad von Gereiztheit, in dem der Mensch sich fast über dieselbe freut und sich rückhaltlos und womöglich mit wachsender Freude von ihr hinreißen läßt, gleichviel wohin sie ihn führen kann. Der Fürst wandte sich in der Tür zurück, um etwas zu entgegnen, doch als er an dem krankhaft verzerrten Gesicht seines Beleidigers sah, daß nur noch ein Tropfen zum Überfließen fehlte, trat er schweigend aus dem Zimmer und zog die Tür hinter sich zu. Kaum war er ein paar Schritte gegangen, als die Stimmen im Empfangszimmer noch bedeutend lauter und heftiger wurden.

Er ging durch den sogenannten »Salon« — richtiger die »gute Stube« — ins Vorzimmer, um von dort durch den Korridor in sein Zimmer zu gelangen, doch im Vorübergehen an der Eingangstür bemerkte er, daß draußen auf dem Treppenflur sich jemand vergeblich bemühte, die Klingel zu ziehen. Am Klingelzug mußte wohl irgend etwas nicht ganz in Ordnung sein, denn die Glocke zitterte nur, aber ein Ton war nicht zu hören. Der Fürst trat näher, schloß auf, öffnete die Tür und — trat zusammenzuckend erschrocken einen Schritt zurück; vor ihm stand Nastassja Filippowna. Er erkannte sie sofort. Ihre Augen blitzten vor Unwillen.

Sie trat schnell ins Vorzimmer, wobei sie ihn mit der Schulter streifte, da er ihr im Wege stand, und sagte zornig, indem sie den Pelz abwarf:

»Wenn ein Diener zu faul ist, den Klingelzug in Ordnung zu bringen, so sollte er doch wenigstens im Flur sitzen, damit man nicht stundenlang vergeblich zu klopfen braucht. Da hat er noch den Pelz fallen lassen, Tölpel!«

Der Pelz lag tatsächlich auf dem Fußboden. Nastassja Filippowna hatte, an Bedienung gewöhnt, den Pelz einfach abgeworfen, ohne sich umzusehen oder zu warten, bis der Fürst ihn ihr abnahm. Dieser aber hatte versäumt, ihn aufzufangen.

»Entlassen müßte man dich! Geh, melde mich an!«

Der Fürst wollte zwar etwas sagen, war jedoch so verwirrt, daß er nichts hervorbrachte und mit dem Pelz, den er aufgehoben hatte, in das Empfangszimmer gehen wollte.

»Da! — er geht mitsamt dem Pelz! Wozu nimmst du denn den Pelz mit! Hahaha! Oder bist du total verrückt?«

Der Fürst kehrte zurück und starrte sie wie ein Götzenbild an. Erst nach ihrem Lachen kam etwas Leben in sein Gesicht: er lächelte, doch die Zunge konnte er immer noch nicht bewegen. Im ersten Augenblick, als er ihr die Tür geöffnet hatte, war er erbleicht, jetzt stieg plötzlich eine heiße Blutwelle in sein Gesicht.

»Ach, das ist ja ein Idiot«, rief Nastassja Filippowna aus. »Nun, wohin gehst du denn? So wart doch! Nun, wen wirst du denn melden?«

»Nastassja Filippowna«, murmelte der Fürst.

»Woher kennst du mich?« fragte sie erstaunt. »Ich habe dich nie gesehen! Geh jetzt, melde mich! Was ist das für ein Geschrei?«

»Sie streiten dort«, antwortete der Fürst und begab sich ins Empfangszimmer.

Er erschien dort in einem recht gefährlichen Augenblick: Nina Alexandrowna war bereits im Begriff, gänzlich zu vergessen, daß sie sich »vollkommen ergeben« hatte. Ihre

Tochter verteidigte sie. Ptizyn hatte sein mit Bleistift beschriebenes Blatt Papier weggelegt und stand jetzt neben Warja, die zwar selbst keine Angst hatte — doch wurden die Grobheiten ihres Bruders mit jedem Wort unerträglicher, und in solchen Fällen pflegte sie gewöhnlich zu verstummen und dann nur mit unsäglich spöttischem Blick den Bruder zu betrachten, ohne auch nur auf eine Sekunde die Augen von ihm abzuwenden. Gerade dieses Verhalten aber konnte Ganja, wie sie sehr wohl wußte, bis zum Äußersten bringen. In diesem Augenblick trat der Fürst ins Zimmer und meldete:

»Nastássja Filíppowna!«

## IX

Alles verstummte. Alle blickten den Fürsten an, als könnten oder wollten sie ihn nicht verstehen. Ganja war vor Schreck wie zu Stein erstarrt.

Nastassja Filipppownas Besuch war für alle — und namentlich noch in diesem Augenblick — eine wahrhaft erschreckende Überraschung. Es war ihr erster Besuch in diesem Hause! Bis dahin hatte sie sich dermaßen hochmütig zu ihnen verhalten, daß in den Gesprächen mit Ganja nicht einmal der Wunsch, seine Familie kennenzulernen, von ihr geäußert worden war. In der letzten Zeit hatte sie seine Verwandten überhaupt nicht mehr erwähnt, ganz als hätte er gar keine. Zwar war es Ganja einesteils ganz angenehm gewesen, daß dieses für ihn so unangenehme Gespräch hinausgeschoben wurde, doch im Herzen trug er diesen Hochmut sofort in ihr Schuldbuch ein. Jedenfalls aber hatte er von ihr eher spitze Bemerkungen über seine Familie erwartet als einen Besuch. Er wußte ganz genau, daß ihr alles bekannt war, was bei ihm zu Hause infolge seiner Werbung um ihre Hand vorging, und welcher Meinung seine Familie über sie war. Ihr Besuch jedoch gerade an *diesem* Tage und in *diesem* Augenblick, nachdem sie ihm ihr Bild geschenkt und am Abend desselben Tages das letzte entscheidende Wort zu sagen versprochen hatte — war das nicht ebensogut wie dieses Wort selbst?

Die starre Verständnislosigkeit, mit der alle den Fürsten ansahen, dauerte nicht lange: Nastassja Filippowna erschien selbst in der Tür und stieß beim Eintritt wiederum den Fürsten leicht zur Seite.

»Endlich ist es mir gelungen einzutreten... Warum binden Sie denn die Glocke fest?« sagte sie fröhlich, indem sie Ganja, der ihr sofort entgegenstürzte, die Hand reichte. »Warum machen Sie ein so verdutztes Gesicht? Stellen Sie mich doch vor, bitte...«

Ganja, der gänzlich den Kopf verloren hatte, stellte sie zuerst seiner Schwester vor, und beide Frauen maßen einander, bevor sie sich die Hand reichten, mit seltsamem Blick. Nastassja Filippowna lachte übrigens und markierte Fröhlichkeit, doch Warja wollte sich nicht verstellen und sah sie finster und unverwandt an; nicht einmal der Schatten eines Lächelns erschien auf ihrem Gesicht. Ganja erbleichte; sie zu bitten oder zu beschwören war unmöglich, und so blickte er sie nur so drohend an, daß sie aus seinem Blick wohl begreifen mußte, was dieser Augenblick für ihn bedeutete. Da entschloß sie sich denn nachzugeben, und sie lächelte Nastassja Filippowna kaum merklich zu. Der schlechte Eindruck wurde etwas wieder gutgemacht durch Nina Alexandrowna, welcher Ganja nun in seiner Verwirrung Nastassja Filippowna nach der Schwester vorstellte. Doch kaum begann Nina Alexandrowna etwas von ihrem »besonderen Vergnügen« zu sprechen, als Nastassja Filippowna, ohne sie bis zu Ende anzuhören, sich schon an Ganja wandte, den sie, sich unaufgefordert auf ein kleines Sofa in der Ecke am Fenster setzend, lachend fragte:

»Wo ist denn Ihr Büro? Und... und wo sind denn die Pensionäre? Sie vermieten doch möblierte Zimmer mit Kost und Bedienung?«

Ganja wurde feuerrot und wollte etwas erwidern, allein Nastassja Filippowna ließ ihn gar nicht zu Wort kommen:

»Aber wie können Sie hier denn Pensionäre halten? Sie haben ja nicht einmal ein Arbeitszimmer für sich! Bringt denn das auch viel ein?« wandte sie sich an Nina Alexandrowna.

»Es macht ein wenig Mühe«, antwortete ihr diese, »aber selbstverständlich muß es doch etwas einbringen. Wir haben übrigens erst...«

Doch Nastassja Filippowna hörte ihr schon wieder nicht mehr zu: sie betrachtete Ganja, lachte und fragte:

»Was machen Sie denn für ein Gesicht? O mein Gott, sehen Sie doch nur, was für ein Gesicht er macht!«

Während sie noch lachte, ging in Ganjas Gesicht eine große Veränderung vor sich: die Starrheit, die lächerliche, feige Fassungslosigkeit verließen ihn plötzlich; er erbleichte unheimlich, seine Lippen preßten sich wie in einem Krampf zusammen; schweigend, unverwandt und stechend sah er mit Böses verheißendem Blick seinem immer noch lachenden Gast in die Augen.

Es war aber noch ein Beobachter anwesend, dem, wenn er auch immer noch wie betäubt auf demselben Fleck an der Tür des Empfangszimmers stand, doch plötzlich die Blässe und die unheilverkündende Verwandlung in Ganjas Gesicht auffiel und den sie erschreckte. Dieser Beobachter war der Fürst. Fast mechanisch trat er vor und näherte sich Ganja:

»Trinken Sie Wasser... und blicken Sie nicht so...«, stieß er leise hervor.

Man sah es ihm an, daß er dies ohne jede Überlegung oder gar Berechnung sagte, sondern daß einfach sein Instinkt aus ihm sprach. Doch seine Worte hatten eine merkwürdige Wirkung zur Folge. Wie es schien, wandte sich Ganjas ganze Wut plötzlich gegen den Fürsten: er packte ihn an der Schulter und blickte ihn mit unsäglichem Haß an, mit einem Haß, der ihn kein Wort hervorbringen ließ. Alle fuhren zusammen. Nina Alexandrowna schrie sogar leise auf. Ptizyn näherte sich schnell. Kolja und Ferdyschtschénko, die in der offenen Tür erschienen, blieben verwundert stehen. Nur Warja blickte unverändert unter der Stirn hervor und beobachtete aufmerksam. Sie setzte sich absichtlich nicht, sondern stand mit verschränkten Armen etwas abseits neben dem Stuhl der Mutter.

Übrigens besann sich Ganja sofort, fast schon im nächsten Augenblick. Dann lachte er nervös auf. Da war er bereits ganz zur Besinnung gekommen!

»Ja, sind Sie denn ein Arzt, Fürst?« rief er aus, bemüht, möglichst heiter zu erscheinen. »Sie können einen ja wahrhaftig erschrecken! Nastassja Filippowna, gestatten Sie, Ihnen vorzustellen — ein kostbares Geschöpf! Zwar kenne ich ihn selbst erst seit dem Morgen . . .«

Nastassja Filippowna blickte erstaunt den Fürsten an.

»Fürst? Er ist ein Fürst? Denken Sie sich, ich hielt ihn, als ich eintrat, dort im Vorzimmer für den Diener und schickte ihn her, um mich anzumelden! Hahaha!«

»Kein Malheur, kein Malheur!« fiel Ferdyschtschénko sofort nähertretend ein, sichtlich erfreut darüber, daß man zu lachen begann: »Das hat nichts zu sagen: se non è vero . . .«

»Und ich habe Sie ja fast gescholten, Fürst! Verzeihen Sie, bitte. Aber wie kommen denn Sie, Ferdyschtschénko, zu dieser Tageszeit hierher? Haben Sie heute Feiertag? Ich glaubte, daß ich zum mindesten Sie hier nicht antreffen würde. Was? Wer? Was für ein Fürst? Myschkin?« fragte sie Ganja, der ihr inzwischen den Fürsten, den er immer noch an der Schulter hielt, vorgestellt hatte.

»Er wohnt bei uns«, erläuterte Ganja.

Augenscheinlich wurde der Fürst (der als Retter aus der peinlichen Situation allen sehr gelegen kam), wie etwas Seltenes vorgestellt, ja, er wurde ihrer Aufmerksamkeit nahezu aufgedrängt. Der Fürst hörte sogar das Wort »Idiot« hinter seinem Rücken flüstern, das wahrscheinlich Ferdyschtschenko Nastassja Filippowna zur Erklärung zuraunte.

»Sagen Sie doch, warum klärten Sie mich vorhin nicht

auf, als ich mich so unverzeihlich... in Ihnen täuschte?« fragte Nastassja Filippowna, die den Fürsten in der ungeniertesten Weise vom Kopf bis zu den Füßen betrachtete.

Sie erwartete ungeduldig, was er sagen würde, ganz, als wäre sie von vornherein überzeugt, eine so dumme Antwort zu erhalten, daß alle in schallendes Gelächter ausbrechen müßten.

»Ich war zu überrascht, als ich Sie so plötzlich vor mir sah...«, begann der Fürst.

»Aber woher wußten Sie denn, wer ich bin? Wo haben Sie mich früher gesehen? Aber was ist das, wirklich, es scheint mir, daß ich Sie irgendwo gesehen habe... Und erlauben Sie, — warum erstarrten Sie denn plötzlich, nachdem Sie mir die Tür aufgemacht hatten? Was ist denn an mir, das so erstarren machen kann?«

»Nun! na! los doch!« rief ihm Ferdyschtschenko grimassenschneidend in aufmunternd sein sollendem Tone zu. »Na, schießen Sie doch los! Herrgott! was ich auf eine solche Frage reden würde! Aber so... na! Ach, bist du aber ein Tölpel, Fürst!«

»Oh, an Ihrer Stelle würde auch ich zu reden verstehen«, wandte sich der Fürst lächelnd zu Ferdyschtschenko. »Mich hat heute Ihre Photographie frappiert«, fuhr er zu Nastassja Filippowna fort, »dann habe ich mit Jepantschins von Ihnen gesprochen... und früh am Morgen, noch bevor ich in Petersburg eintraf, hat mir im Eisenbahnzuge Parfjónn Rogóshin viel von Ihnen erzählt. Und in jenem Augenblick, als ich Ihnen die Tür aufmachte, dachte ich auch wieder an Sie — und da standen Sie plötzlich vor mir.«

»Aber wie haben Sie mich denn erkannt?«

»Nach der Photographie und...«

»Und?«

»Und... weil ich Sie mir gerade so vorstellte... Ich glaube, Sie gleichfalls irgendwo gesehen zu haben.«

»Wo? Wo denn?«

»Ich glaube, Ihre Augen irgendwo gesehen zu haben...

aber das kann ja nicht sein! Das ist nur so... Ich bin nie hier gewesen. Vielleicht, daß ich im Traum..."

»Eh—hee! Seht doch mal an!« rief Ferdyschtschenko laut dazwischen. »Nein, ich nehme mein ‚se non è vero' zurück! Doch... doch übrigens — das hat er ja alles nur aus reiner Unschuld gesagt!« fügte er mitleidig bedauernd hinzu.

Der Fürst hatte die wenigen Sätze mit einer unruhigen Stimme gesprochen, dazwischen in der Erregung oft Atem holend oder kurz abbrechend, weshalb seine Rede denn auch geradezu abgehackt klang. Nastassja Filippowna sah ihn interessiert an, doch hatte sie aufgehört zu lachen. Da ertönte plötzlich eine neue laute Stimme hinter der Gruppe, die Nastassja Filippowna umstand. Der Neueingetretene brach sich majestätisch Bahn und — vor Nastassja Filippowna verneigte sich das Oberhaupt der Familie in eigener Person. General Iwolgin erschien im Frack und in sauberem Vorhemd. Sein Schnurrbart war starr aufgewichst.

Das war zuviel für Ganja.

Dieser eitle, bis zur Hypochondrie ehrgeizige und mißtrauische Mensch, der in den ganzen zwei Monaten vergeblich nach einem Piedestal gesucht, auf dem er höher dastehen und sich edler ausnehmen könnte, mußte nun fühlen, daß er noch ein Neuling auf dem erwählten Wege war und vielleicht nicht einmal bis zum Ende durchhalten können werde; dieser Mensch, der sich in der Verzweiflung schließlich zur größten Gemeinheit entschlossen hatte und dies bei sich zu Hause, wo er als richtiger Despot herrschte, auch vollkommen eingestand, Nastassja Filippowna gegenüber jedoch — die geradezu unbarmherzig das Übergewicht behielt und ihn dies auch fühlen ließ — nie und nimmer einzugestehen gewagt hätte; dieser »anmaßende Bettler«, wie sie ihn einmal genannt, was ihm bald darauf hinterbracht worden war, hatte sich mit allen Schwüren geschworen, sie in der Folge bitter dafür büßen zu lassen, während er gleichzeitig wie ein Kind davon träumen konnte, wie er alles gutmachen, alle Widersprüche auflösen und nichts als Glück schaffen würde — dieser Mensch mußte jetzt den furchtbarsten Kelch leeren! Ihm war auch noch diese schreckliche, für einen ehrgeizigen Menschen allerschrecklichste Folter zugedacht: die Qual, für seine Angehörigen erröten zu müssen, und das noch dazu in seinem eigenen Hause!

»Aber ist denn schließlich der verheißene Lohn auch alle diese Qualen wert?« fuhr es ihm plötzlich durch den Kopf.

Und in eben diesem Augenblick geschah das, was in den letzten zwei Monaten wie ein Albdruck auf ihm gelastet, ihn vor Entsetzen frösteln und vor Scham erglühen gemacht hatte: Nastassja Filippowna lernte seinen Vater kennen. Wenn er sich bisweilen selbst gereizt und gequält hatte, dann hatte er sich wohl den Vater während der Zeremonie der kirchlichen Trauung vorzustellen versucht, doch nie war er fähig gewesen, das peinigende Bild sich bis zu Ende vorzustellen, sondern hatte es immer schnell wieder verscheucht. Vielleicht sah er das Unglück viel zu schwarz — aber das pflegt ja bei eitlen Menschen immer der Fall zu sein! In diesen zwei Monaten hatte er sich die Sache mehrfach überlegt und dann doch beschlossen und sich das Wort gegeben, seinen Vater irgendwie »unschädlich« zu machen, ihn wenigstens für eine kurze Zeit, falls das möglich war, ganz aus Petersburg fortzuschaffen, gleichviel ob seine Mutter es billigte oder nicht. Vor zehn Minuten, nach Nastassja Filippownas unerwartetem Erscheinen, war er so bestürzt, so betäubt gewesen, daß er an die Möglichkeit, sein Vater könne gleichfalls erscheinen, gar nicht gedacht hatte, noch daran, wie das zu verhüten wäre. Und nun stand der General hier vor allen feierlich und lächerlich im Frack und geschniegelt da, und das in einem Augenblick, wo Nastassja Filippowna »offenbar nur eine Gelegenheit suchte, ihn und seine Familie zu verspotten«. (Davon war Ganja überzeugt.) Denn in der Tat: was konnte dieser Besuch anderes bedeuten? War sie gekommen, um die Freundschaft seiner Mutter und Schwester zu suchen, oder um sie in ihren vier Wänden zu beleidigen? Ein Blick genügte, um zu erkennen, wie sich die beiden Parteien zueinander stellten, und dieser Blick schloß jeden Zweifel aus: seine Mutter und Schwester saßen abseits, wie erniedrigt und verhöhnt, während Nastassja Filippowna ganz vergessen zu haben schien, daß sie mit ihnen in ein und demselben Zimmer saß... Wenn sie sich aber in dieser Weise aufführte, so mußte sie natürlich etwas Besonderes im Sinn haben.

Ferdyschtschenko sprang sofort herbei, um den General vorzustellen, doch dieser kam ihm zuvor.

»Ardalión Alexándrowitsch Iwólgin«, sagte er pathetisch, sich verbeugend und lächelnd, »ein alter, unglücklicher Soldat und Vater einer Familie, die glücklich ist in der Hoffnung, in ihrem Schoß eine so bezaubernde...«

Er sprach nicht zu Ende: Ferdyschtschenko schob ihm von hinten ganz unverhofft einen Stuhl unter, und zwar tat er das so schwungvoll, daß der General, der nach dem Essen gewöhnlich etwas schwach auf den Beinen war, bei diesem plötzlichen Stoß in die Kniekehlen wie ein Sack auf den Sitz plumpste, was ihn im übrigen durchaus nicht aus dem Konzept brachte. So saß er denn jetzt Nastassja Filippowna gegenüber, zog mit süßem Lächeln ihre Hand an die Lippen und küßte sie langsam und effektvoll. Überhaupt war es ziemlich schwer, den General aus der Fassung zu bringen. Sein Äußeres war, abgesehen von einer gewissen Nachlässigkeit in der Kleidung, immer noch ziemlich anständig, was er selbst recht wohl wußte. Er hatte früher nur in guter Gesellschaft verkehrt, von der er erst seit zwei oder drei Jahren endgültig ausgeschlossen war. Seit dieser Zeit hatte er sich auch erst angewöhnt, etwas gar zu zügellos gewissen Schwächen nachzugeben, nur die einmal erworbenen Manieren hatte er deshalb nicht eingebüßt. Nastassja Filippowna schien höchst erfreut über das Erscheinen Ardalion Alexandrowitschs zu sein, von dem sie natürlich schon viel gehört hatte.

»Ich habe gehört, daß mein Sohn...«, begann Ardalion Alexandrowitsch.

»Ja, Ihr Sohn! Aber auch Sie sind mir mal ein schöner Vater! Warum sieht man Sie denn nie bei mir? Sie sind doch sein Papa? Verstecken Sie sich selbst oder werden Sie von Ihrem Sohn versteckt? Sie könnten doch wirklich zu mir kommen, ohne daß sich deshalb jemand kompromittiert zu glauben brauchte.«

»Die Kinder des neunzehnten Jahrhunderts und deren Eltern...«, wollte wieder der General beginnen.

»Nastassja Filippowna! Entschuldigen Sie, bitte, Ardalion Alexandrowitsch auf einen Augenblick, es wird nach ihm verlangt«, unterbrach ihn plötzlich Nina Alexandrowna laut.

»Verlangt? Aber ich bitte Sie, ich habe soviel von ihm gehört und ihn schon lange einmal sehen wollen! Und was hat er denn so Unaufschiebbares vor? Er ist doch verabschiedet? Nicht wahr, Sie werden mich nicht verlassen, Ardalion Alexandrowitsch, Sie werden doch nicht fortgehen?«

»Ich verspreche Ihnen, daß er Sie selbst aufsuchen wird, doch jetzt bedarf er dringend der Ruhe.«

»Ardalion Alexandrowitsch, Sie sollen der Ruhe bedürfen!« rief Nastassja Filippowna mit einer pikierten kleinen Grimasse aus, ganz wie ein leichtfertiges, dummes Gänschen, dem man ein Spielzeug wegnehmen will.

Der General aber war im besten Zuge, sich wieder lächerlich zu machen.

»Aber mein Schatz! Du siehst doch!« sagte er, sich feierlich an seine Gattin wendend, in vorwurfsvollem Ton und die Hand aufs Herz gepreßt.

»Werden Sie nicht von hier fortgehen, Mama?« fragte Warja laut.

»Nein, Warja, ich bleibe bis zum Schluß.«

Nastassja Filippowna konnte unmöglich diese Frage und Antwort nicht gehört haben, doch ihre Fröhlichkeit schien nur noch zuzunehmen. Sie überschüttete den General mit Fragen, und binnen fünf Minuten war dieser in der siegesbewußtesten Stimmung und redete äußerst schwungvoll.

Kolja zupfte den Fürsten am Rockschoß.

»So bringen *Sie* ihn doch weg! Das geht doch nicht! Bitte!« Dem armen Jungen standen vor Unwillen Tränen in den Augen. »Ach, dieser verwünschte Ganja!« fügte er bei sich noch hinzu.

»Mit Iwán Fjódorowitsch Jepántschin war ich einstmals allerdings eng befreundet«, erzählte der General in bester Laune auf eine Frage Nastassja Filippownas. »Ich, er und der verstorbene Fürst Lew Nikolájewitsch Mýschkin, dessen Sohn ich heute nach zwanzigjähriger Trennung in meine Arme geschlossen habe — wir drei waren eine sozusagen unzertrennliche Kavalkade: Athos, Portos und Aramis. Aber ach, der eine liegt im Grabe, gefällt von Kugeln und Verleumdungen, der andere sitzt vor Ihnen und kämpft noch mit Verleumdungen und Kugeln...«

»Kugeln?« fragte Nastassja Filippowna, scheinbar sehr erstaunt.

»Hier in meiner Brust, beim Sturm auf Kars erhalten, und wenn das Wetter umschlägt, fühle ich jede. In allen anderen Beziehungen lebe ich als Philosoph, gehe spazieren, mache in meinem Café ein Spielchen, wie ein vom Geschäft zurückgezogener Bourgeois, und lese die „Indépendance". Doch mit unserem Portos Jepantschin habe ich nach jener vor drei Jahren im Eisenbahncoupé passierten Geschichte mit dem Bologneserhündchen ein für allemal die Freundschaft gebrochen.«

»Einem Bologneserhündchen? Was war denn das für eine Geschichte?« fragte Nastassja Filippowna mit ganz besonderem Interesse. »Mit einem Bologneserhündchen sagen Sie? Erlauben Sie, und im Eisenbahncoupé...«, sie schien in ihrem Gedächtnis irgend etwas zu suchen.

»Ach, nichts Besonderes, eine dumme Geschichte, die zu wiederholen sich gar nicht lohnt. Die Schuld an allem trug eigentlich die Gouvernante der Fürstin Bjelokónskaja, eine Mrs. Smith, doch... es lohnt sich wahrhaftig nicht, sie zu erzählen.«

»Aber unbedingt müssen Sie sie uns erzählen!« bestand Nastassja Filippowna fröhlich auf ihrem Wunsch.

»Auch ich habe sie noch nie vernommen!« bemerkte Ferdyschtschenko. »C'est du nouveau!«

»Ardalion Alexandrowitsch!« ertönte wieder beschwörend Nina Alexandrownas Stimme.

»Papa, jemand will Sie sprechen!« rief Kolja.

»Eine ganz dumme Geschichte, nur zwei Worte«, begann der General mit großer Selbstzufriedenheit. »Vor zwei Jahren, ja, fast vor zwei Jahren mußte ich auf der neuen Eisenbahnlinie Petersburg-Warschau in einer für mich äußerst wichtigen Angelegenheit, die mit meinem Austritt aus dem Dienst in Zusammenhang stand (ich trug bereits Zivil), eine Reise unternehmen. Ich löse also ein Billett erster Klasse, steige ein, setze mich, rauche. Oder vielmehr, fahre fort zu rauchen; denn ich hatte mir die Zigarre schon früher angesteckt. Bin ganz allein im Coupé. Das Rauchen ist nicht verboten, ist aber auch nicht gerade gestattet, sondern so—o ... halb und halb, wie gewöhnlich, und natürlich: je nachdem. Das Fenster ist heruntergelassen. Plötzlich, kurz vor dem letzten Pfiff, steigen zwei Damen mit einem kleinen Bologneser ein und setzen sich mir vis-à-vis. Hatten sich etwas verspätet. Die eine pompös gekleidet, ganz in Hellblau; die andere etwas schlichter in schwarzer Seide mit einer kleinen Pelerine. Beide nicht gerade häßliche Frauenzimmer, scheinen nur im allgemeinen etwas sehr ‚von oben herab' zu sein, sprechen Englisch. Ich natürlich verhalte mich ganz ruhig; rauche meine Zigarre. Das heißt, im ersten Augenblick dachte ich wohl so bei mir, aber schließlich — das Fenster war ja heruntergelassen, weshalb soll ich nicht zum Fenster hinausrauchen? Der kleine Bologneser ruht auf dem Schoß der Hellblauen, so 'n kleines Tierchen, nicht größer als meine Faust, pechschwarz, weiße Pfötchen — eine Seltenheit zweifellos. Das Halsbändchen war aus Silber und mit einer Inschrift versehen. Nun, ich — merke nichts. Bemerke nur, daß die Damen sich über mich zu ärgern scheinen, natürlich wegen der Zigarre. Die eine betrachtet mich durchs Lorgnon — aus echtem Schildpatt natürlich. Ich jedoch kümmere mich um nichts. Weshalb sagen sie denn nichts? So sollen sie doch den Mund auftun! Hätten sie mich darauf aufmerksam gemacht, etwas gesagt, mich gebeten, sie waren doch nicht stumm! Aber so — wie soll ich's denn wissen? ... Plötzlich — und zwar ohne die geringste Vorbereitung, ich sage Ihnen, ohne die allergeringste, als wäre sie übergeschnappt — reißt mir die Hellblaue, schwaps! die Zigarre aus der Hand und wirft sie zum Fenster hinaus. Na, die war hin, den Zug hält man nicht auf. Ich mache ein verblüfftes Gesicht, staune sie an: ein tolles Weib, ich sage Ihnen, ein vollkommen tolles Weib! Stattlich, groß, üppig, blond, rosig (vielleicht etwas zu rosig) und die Augen blitzen mich nur so an. Ich — ohne ein Wort zu verlieren, strecke mit der größten Höflichkeit, mit der erlesensten Höflichkeit langsam meine Hand nach dem Bologneser aus, fasse ihn delikat mit zwei Fingern am Schlafittchen und — wups! werfe ihn gleichfalls zum Fenster hinaus, dorthin, wo die Zigarre war! Er quiekte nur einmal, zum Kläffen kam er gar nicht. Na, der Bologneser war auch hin! Den Zug hält man nicht auf, der saust weiter.«

»Sie Ungeheuer!« rief Nastassja Filippowna köstlich amüsiert aus, klatschte Beifall und lachte wie ein kleines Mädchen über den gelungenen Streich.

»Bravo, bravo!« rief Ferdyschtschenko.

Auch Ptizyn lachte, obgleich ihm das Erscheinen des Generals nicht minder unangenehm war, und sogar Kolja lachte und rief seinem Vater ein „Bravo" zu.

»Und ich war doch im Recht, doppelt und dreifach im Recht!« fuhr der triumphierende General fort; wenn im Coupé das Rauchen verboten ist, sind es Hunde erst recht!«

»Bravo, Papa!« rief Kolja begeistert aus, »das war großartig! Ich hätte es unbedingt ebenso gemacht!«

»Aber was tat denn die Dame?« fragte in ungeduldiger Neugier Nastassja Filippowna.

»Sie? Ja, hier erst beginnt das Unangenehme an der ganzen Geschichte«, fuhr der General stirnrunzelnd fort. »Ohne ein Wort zu sagen, und ohne die geringste Vorbereitung gab sie mir eine schallende Ohrfeige! Ein tolles Weib, ein vollkommen, ein selten tolles Weib, sage ich Ihnen.«
»Und Sie?«
Der General schlug die Augen nieder, zog die Brauen in die Höhe, preßte die Lippen zusammen, hob die Schultern, während er die Hände gleichsam entschuldigend auseinanderführte — es war eine Kunstpause — und sagte dann plötzlich nur kurz:
»Ließ mich hinreißen!«
»Oh! Und stark? Wirklich stark?«
»Bei Gott, durchaus nicht stark! Es kam zwar zu einem großen Skandal, aber ich hatte ja nur ein einziges Mal den Schlag zurückgegeben, eben nur — nun, um ihn zurückzugeben. Da kam aber der Teufel dazwischen und steckte seine Hand ins Spiel: die Hellblaue war, wie es sich herausstellte, die Gouvernante oder Engländerin oder gar Freundin der Fürstin Bjelokónskaja, die Dame in Schwarz aber war die älteste Tochter der Fürstin, ein älteres Mädchen von fünfunddreißig Jahren. Und wie die Generalin Jepantschin zum Hause Bjelokonskij steht, ist ja bekannt. Alle Damen fielen in Ohnmacht, Tränen, Trauer um den geliebten Schoßhund, Jammer und Geschrei aller sechs Töchter, und als siebente die Engländerin noch dazu — kurz, das Ende der Welt war nahe. Nun, versteht sich: ich wollte meine Entschuldigung machen, machte einen Besuch, um wenigstens Verzeihung zu erbitten, schrieb sogar einen Brief, doch wurde weder ich noch der Brief angenommen, und mit Jepantschin gab es Auseinandersetzungen, Kündigung der Freundschaft und darauf ewige Feindschaft!«
»Aber erlauben Sie, wie ist denn das?« begann plötzlich Nastassja Filippowna, »vor fünf oder sechs Tagen habe ich in der „Indépendance" genau dieselbe Geschichte gelesen! Es war auf ein Haar dieselbe! Sie hatte sich am Rhein in

einem Eisenbahncoupé zwischen einem Franzosen und einer Engländerin zugetragen: genau so hatte sie ihm die Zigarre aus der Hand gerissen, genau so hatte er ihr Hündchen aus dem Fenster geworfen, und genau so hatte es auch zwischen ihnen geendet. Sogar das hellblaue Kleid stimmt mit dem Bericht der Zeitung überein!«

Der General wurde über und über rot, und auch Kolja errötete und bedeckte vor Scham das Gesicht mit den Händen. Ptizyn wandte sich schnell ab. Nur Ferdyschtschenko lachte. Ganja aber stand da und ertrug stumm seine unerträgliche Qual.

»Ich... ich kann Sie versichern«, stotterte der General, »daß auch mir genau dasselbe passiert ist...«

»Papa hatte wirklich einmal eine Unannehmlichkeit mit Mrs. Smith, der Gouvernante von Bjelokonskijs«, rief Kolja dazwischen, »ich entsinne mich dessen noch sehr gut!...«

»Wie! Ein und dieselbe Geschichte sollte an zwei verschiedenen Punkten Europas sich mit einer solchen Übereinstimmung aller Einzelheiten zugetragen haben? Auch die Dame am Rhein hatte ein hellblaues Kleid!« fuhr Nastassja Filippowna erbarmungslos fort. »Aber ich werde Ihnen die „Indépendance Belge" zusenden!«

»Vergessen Sie nur nicht«, bemerkte der General, »daß die Geschichte mir zwei Jahre früher passiert ist!«

»Ah, so, richtig, das wäre dann doch wenigstens ein Unterschied!« Und Nastassja Filippowna lachte hell auf.

»Papa, ich bitte Sie, auf zwei Worte mit mir hinauszukommen«, sagte jetzt mit zitternder, gequälter Stimme Ganja, der den Vater mechanisch an der Schulter faßte.

In seinen Augen lag grenzenloser Haß.

Da ertönte plötzlich und jetzt erschreckend laut die Glocke im Vorzimmer. Ein Wunder, daß der Klingelzug nicht abgerissen wurde! Es mußte ein besonderer Besuch sein. Kolja eilte hinaus, um zu öffnen.

## X

Im Vorzimmer wurde es sofort sehr geräuschvoll und lebendig; wie es den im Empfangszimmer Zurückgebliebenen schien, traten dort mehrere Menschen ein, denen noch andere auf der Treppe folgten. Mehrere Stimmen sprachen durcheinander, Ausrufe und Stimmen wurden auch im Treppenhaus laut, zu dem die Tür offenbar noch nicht wieder geschlossen worden war. Der Besuch mußte allerdings kein gewöhnlicher sein. Alle blickten einander fragend an. Ganja besann sich als erster und eilte in den »Salon«, doch trat ihm dort schon eine ganze Schar Menschen entgegen.

»Ah, da ist ja der Judas!« rief eine dem Fürsten bekannte Stimme aus. »Guten Tag, Gánjka, Lump!«

»Da, da ist er ja!« ertönte noch eine andere Stimme.

Jetzt konnte der Fürst nicht mehr zweifeln: das waren Rogóshin und Lébedeff.

Ganja stand wie betäubt in der Tür zum Salon und sah stumm, ohne zu protestieren, zu, wie etwa zehn bis zwölf Menschen Parfjónn Rogóshin ins Zimmer folgten. Die ganze Rotte bestand aus recht verschiedenartigen Leuten, aber sie zeichneten sich nicht nur durch ihre Verschiedenartigkeit, sondern noch viel mehr durch ihre Unanständigkeit aus. Einige traten im Mantel oder im Pelz ins Zimmer. Wirklich Betrunkene freilich gab es unter ihnen nicht, doch waren sie alle zum mindesten in „stark gehobener" Stimmung. Wie es schien, bedurfte ein jeder aller anderen, um einzutreten; denn als einzelner hätte niemand den Mut dazu gehabt, alle zusammen aber drängten und schoben sie sich gegenseitig vorwärts. Selbst Rogoshin, der an der Spitze der Schar stand, trat nicht ganz sicher vor, doch sah man ihm an, daß er eine bestimmte Absicht hatte. Sein Gesicht war finster, gereizt und unruhig. Die anderen bildeten gewissermaßen nur den Chor oder richtiger eine Reserve zu seiner Unterstützung. Außer Lebedeff befand sich unter ihnen noch der wie ein »Friseurgehilfe« geschniegelte und gekräuselte Saljósheff, der seinen Pelz im Vorzimmer abgeworfen hatte und als Stutzer selbstbewußt und mit übertriebener Liebenswürdigkeit eintrat; ferner zwei, drei andere Herren von derselben Art, augenscheinlich junge Kaufleute, Kommis; irgendeiner steckte in einem Uniformmantel; ferner war ein kleiner und auffallend dicker Mann darunter, der beständig lachte; und dann ein Riese, der gleichfalls sehr dick war, dafür aber sehr finster und stumm zu sein schien und der sich offenbar mehr auf seine Fäuste verließ. Außer diesen erschienen noch ein Student der Medizin und ein windiger, scharwenzelnder Pole. Aus dem Treppenflur blickten noch zwei Damen ins Vorzimmer, wagten aber nicht einzutreten. Kolja besann sich plötzlich, schlug ihnen die Tür vor der Nase zu und schob den Riegel vor.

»Guten Tag, Gánjka, Lump! Was, hast wohl Parfjonn Rogoshin nicht erwartet?« fragte Rogoshin, der in der Tür des Empfangszimmers vor Ganja stehen geblieben war.

Da erblickte er plötzlich sich gegenüber auf dem Sofa in der anderen Zimmerecke — Nastassja Filippowna. Sicherlich hatte er alles andere eher erwartet, als *sie* hier anzutreffen; denn der Schreck lähmte ihn geradezu: er erbleichte dermaßen, daß selbst seine Lippen weiß wurden.

»Dann... dann ist es also wahr!« brachte er leise, halb wie zu sich selbst hervor, und der Blick seiner Augen war wie verloren. »Alles aus!... Nun... Wart, das sollst du mir jetzt büßen!« knirschte er in unbändiger Wut, zu Ganja gewandt. »Nun...«, stieß er wieder kurz und rauh hervor. »Ach!« und seine Nägel preßten sich in die Handflächen.

Er schien nach Atem zu ringen, nur mit Mühe stieß er die Worte hervor. Mechanisch trat er näher, doch kaum hatte er einen Schritt getan, als er plötzlich Nina Alexandrowna und Warja erblickte, und verwirrt blieb er stehen, trotz seiner ganzen, ungeheuren Erregung. Nach ihm trat sofort Lebedeff ins Zimmer; er folgte ihm wie sein Schatten und war wohl der am stärksten Berauschte. Dann folgte der

Student, der Riese mit den Fäusten, Saljósheff, der nach rechts und links seine Bücklinge machte, und schließlich preßte sich auch noch der kleine Dicke durch das Gedränge an der Tür und trat etwas vor. Die Anwesenheit von Damen hielt sie alle noch zurück, war ihnen sichtlich unangenehm, störte sie in ihrem Vorhaben. Doch selbstverständlich konnte das nur anfangs vorhalten, nur bis zur ersten Veranlassung, loszuschreien und — zu *beginnen*... Dann hätten wohl alle Damen der Welt sie nicht mehr aufzuhalten vermocht.

»Wie? Auch du bist hier, Fürst?« sagte Rogoshin zerstreut, wenn auch offenbar verwundert über dieses Wiedersehen. »Und immer noch in diesen Gamaschen... a—ach!« seufzte er gequält, indem er den Blick wieder Nastassja Filippowna zuwandte und sich immer näher zu ihr, die ihn wie ein Magnet anzog, vorwagte.

Nastassja Filippowna betrachtete die Eingetretenen gleichfalls mit unruhiger Neugier.

Endlich kam Ganja zur Besinnung.

»Aber erlauben Sie, was hat denn das zu bedeuten?« begann er laut, sich vornehmlich an Rogoshin wendend, während er mit strengem Blick die Eingetretenen maß. »Ich dächte, Sie sind nicht in einen Stall eingetreten, hier sind meine Mutter und Schwester!«

»Das sehen wir, daß hier Mutter und Schwester sind«, preßte Rogoshin durch die Zähne hervor.

»Das sehen wir doch, daß hier Mutter und Schwester sind!« wiederholte wie ein Echo Lebedeff, um den Worten Rogoshins mehr Nachdruck zu verleihen.

Der Mann mit den Fäusten glaubte wahrscheinlich, daß der Augenblick gekommen sei, und brummte irgend etwas.

»Aber, was soll denn das?« Ganz plötzlich erhob Ganja die Stimme, wie aus der Pistole geschossen, und diese Plötzlichkeit machte einen unangenehmen Eindruck, wie etwas, das nicht am Platz ist. »Erstens bitte ich Sie, von hier fortzugehen, und in den Salon einzutreten... Und dann bitte ich Sie, mich wissen zu lassen, mit wem...«

»Seht doch, er erkennt uns nicht!!« sagte Rogoshin mit boshaftem Spottlächeln, ohne sich von der Stelle zu rühren.
»Hast du denn Rogoshin nicht erkannt?«
»Ich—ch, allerdings, ich glaube mit Ihnen irgendwo einmal zusammengekommen zu sein, aber...«
»Seht doch, irgendwo zusammengekommen zu sein! Ich habe an dich ja doch noch vor drei Monaten zweihundert Rubel von meines Vaters Geld verspielt, der Alte ist darüber gestorben, ohne was davon zu erfahren. Du hast mich doch selbst hingeschleppt! Und Kniff zog mir dann das Fell über die Ohren mit seiner Falschspielerei! Erkennst mich nicht! Ptizyn war Zeuge! Ich brauch' dir ja nur drei Rubel zu zeigen, hier aus der Tasche zu nehmen und dir zu zeigen, und du wirst auf allen Vieren bis zur Wassíljeff-Insel ihnen nachkriechen — sieh, so einer bist du! Wer deine Seele nicht kennt! Ich bin jetzt auch gekommen, um dich für Geld zu kaufen, Leib und Seele kaufe ich dir ab! Du, sieh nicht darauf, daß ich mit solchen Stiefeln hereingekommen bin, ich hab' jetzt viel Geld, Bruder, kaufe dich mitsamt deinem ganzen Leben... wenn ich will, kauf' ich euch alle! Kaufe alles!« phantasierte Rogoshin, der plötzlich wie trunken erschien. »A—ach!« stöhnte er dann laut, »Nastassja Filippowna! Jagen Sie mich nicht fort, sagen Sie nur ein einziges Wort: lassen Sie sich mit ihm trauen oder nicht?«
Rogoshin stellte seine Frage wie in Verzweiflung, wie an eine Gottheit, gleichzeitig jedoch mit der Kühnheit eines zum Tode Verurteilten, der nichts mehr zu verlieren hat. Und mit diesem Todesgefühl erwartete er die Antwort.
Nastassja Filippowna maß ihn mit einem spöttischen und hochmütigen Blick, doch dann blickte sie auf Warja und Nina Alexandrowna, blickte auf Ganja — und plötzlich änderte sie ihren Ton.
»Durchaus nicht, wie kommen Sie darauf? Und wie kommen Sie dazu, diese Frage an mich zu stellen?« fragte sie leise und ernst und scheinbar mit einer gewissen Verwunderung.

»Nein? Nein!!« schrie Rogoshin fast rasend vor Freude. »Also doch nicht?! Und mir sagte man... Ach! Nun!... Nastassja Filippowna! Alle sagten, Sie hätten sich mit Ganjka verlobt! Mit dem da? Ist denn das überhaupt möglich? — Ich hab's denen doch gleich gesagt! — Ich kaufe ihn ja doch mit Leib und Seele, so wie er da ist, für hundert Rubel! Gebe ihm dreitausend und er wird noch am Tage vor der Hochzeit fortlaufen und die Braut mir überlassen. Was, hab' ich nicht recht, Ganjka, Schuft? Würdest doch dreitausend mit Freuden nehmen! Hier sind sie, hier, sieh! Darum bin ich ja gekommen, um's von dir schriftlich zu haben! Hab' gesagt; ,Ich kauf' ihn!' und ich kauf' ihn auch!«

»Mach, daß du fortkommst, hinaus! Besoffen bist du!« schrie ihn Ganja an, der abwechselnd bleich und rot wurde. Doch kaum war seine Stimme verhallt, als plötzlich durch die ganze Rotte Rogoshins eine Bewegung ging und mehrere Stimmen laut wurden. Lebedeff flüsterte Rogoshin hastig und furchtbar eifrig etwas ins Ohr.

»Du hast recht, Alter!« sagte Rogoshin auf sein Geflüster hin, »hast recht, betrunkene Seele! Ach, wagen wir's! Nastassja Filippowna!« rief er, wie ein Halbwahnsinniger sie anstarrend, offenbar mit Furcht im Herzen, doch plötzlich sich bis zur Frechheit erkühnend, » — hier sind Achtzehntausend!« Und er warf gleichzeitig ein in weißes Papier eingewickeltes und kreuzweise mit einer Schnur umbundenes Päckchen vor sie hin auf den Tisch. »Da! Und... und es wird noch mehr geben!«

Doch wagte er nicht auszusprechen, was er von ihr wollte...

»Nich—nich—nicht!« flüsterte ihm erschrocken Lebedeff zu, mit wahrhaft entsetztem Gesicht.

Es war leicht zu erraten, daß ihn die Höhe der gebotenen Summe erschreckte und er zureden wollte, zu Anfang viel weniger zu bieten.

»Nein, davon verstehst du nichts, Bruder, darin bist du

dumm, weißt nicht, mit wem du's zu tun hast ... aber ... auch ich bin ebenso dumm wie du!« besann sich Rogoshin plötzlich, unter Nastassja Filippownas aufblitzendem Blick zusammenzuckend. »Ach! Nein, ich hab' nur gefaselt! — daß ich auf dich auch hören mußte! ...« fügte er in heißer Scham hinzu.

Als Nastassja Filippowna Rogoshins bestürztes Gesicht sah, lachte sie plötzlich auf.

»Achtzehntausend — mir? Da zeigt sich doch gleich der Bauer!« sagte sie plötzlich mit frecher Familiarität und erhob sich vom Sofa, als wolle sie fortgehen.

Ganja verfolgte klopfenden Herzens die ganze Szene.

»Vierzigtausend, vierzig, vierzig, nicht achtzehn!« rief Rogoshin zitternd. »Wanjka Ptizyn und Biskup haben mir versprochen, bis sieben Uhr abends vierzigtausend zur Stelle zu schaffen. Vierzigtausend Rubel! Alle blank und bar auf den Tisch!«

Die Szene wurde immer gemeiner. Doch Nastassja Filippowna fuhr fort zu lachen und ging auch nicht weg, als wolle sie sie mit Absicht in die Länge ziehen. Nina Alexandrowna und Warja erhoben sich gleichfalls und warteten erschrocken und stillschweigend in qualvoller Spannung, womit das schließlich enden werde. Warjas Augen glühten, Nina Alexandrowna aber zitterte und sah aus, als werde sie im nächsten Augenblick in Ohnmacht fallen.

»Ah ... wenn's so ist, dann — Hundert! Heute noch bringe ich hunderttausend Rubel! Ptizyn, hilf, kannst dir die Hände dabei wärmen!«

»Du bist wohl wahnsinnig!« raunte ihm Ptizyn, der plötzlich neben ihm stand und ihn am Arm packte, ungehalten zu. »Du bist betrunken, man wird nach der Polizei schicken! Besinn dich, weißt du auch, wo du bist!«

»Er phantasiert ja nur so in der Trunkenheit«, sagte Nastassja Filippowna verächtlich. Wie es schien, wollte sie ihn damit nur aufstacheln.

»Aber nein doch, ich lüge nicht! Ich bringe sie, bringe sie

noch vor dem Abend!... Ptizyn, hilf, Prozentmensch, nimm, was du willst, mach Hunderttausend flüssig bis zum Abend! — Ich werde beweisen, daß ich Wort halte!« rief bis zur Begeisterung hingerissen Rogoshin aus.

»Aber! Einstweilen! Was geht denn hier vor?« mischte sich da ganz unerwartet Ardalion Alexandrowitsch in drohendem Ton ein und näherte sich Rogoshin.

Die Plötzlichkeit, mit der sich der bis dahin vollkommen vergessene, zurückgedrängte Alte einmischte, hatte etwas überaus Komisches. Aus der Rotte ertönte Gelächter.

»Was ist denn das noch für einer?« fragte Rogoshin lachend. »Komm mit, Alter, wirst betrunken sein!«

»Das ist aber doch eine Gemeinheit!« rief Kolja empört aus, fast weinend vor Ärger und Schande.

»Findet sich denn wirklich kein einziger unter euch, der diese Unverschämte hinausweist?« rief plötzlich, zitternd vor Zorn, Warwara Ardalionowna.

»Wie, ich werde hier eine Unverschämte genannt!« wehrte sich Nastassja Filippowna mit nachlässiger Heiterkeit gegen die Beleidigung. »Und ich bin wie ein Gänschen hergekommen, um sie heute abend zu mir einzuladen! Sehen Sie doch, wie Ihre liebe Schwester mich behandelt, Gawrila Ardalionytsch!«

Ganja stand ein paar Sekunden nach dem Ausfall der Schwester wie vom Blitz getroffen. Als er aber dann plötzlich sah, daß Nastassja Filippowna tatsächlich fortgehen wollte, stürzte er wie ein Irrsinniger auf Warja, deren Handgelenk er in der Wut wie mit Klammern erfaßte.

»Was hast du getan?« schrie er mit einem Blick, der sie auf der Stelle vernichten zu wollen schien.

Er hatte entschieden die Besinnung verloren.

»Was ich getan habe? Wohin zerrst du mich? Doch nicht zu jener, damit ich sie um Verzeihung bitte, weil sie deine Mutter beleidigt, und weil sie hergekommen ist, um dein Haus zu beschimpfen, du gemeiner Mensch!« schrie Warja, die den Bruder empört und herausfordernd ansah.

Eine Weile standen sie sich gegenüber. Ganja hielt noch immer ihr Handgelenk umklammert. Warja wollte sich losreißen, einmal, noch einmal aus aller Kraft, doch es gelang ihr nicht, und plötzlich, außer sich, spie sie den Bruder an.

»Das ist mir mal ein Mädchen!« rief Nastassja Filippowna aus. »Bravo, Ptizyn, ich gratuliere!«

Ganja wurde es schwarz vor den Augen, und er holte besinnungslos zu einem Schlage aus, der die Schwester mitten ins Gesicht getroffen hätte. Aber seine Hand wurde von einer anderen Hand aufgehalten: zwischen ihm und der Schwester stand der Fürst.

»Lassen Sie, lassen Sie es gut sein!« stieß er mit fester Stimme hervor, doch zitterte er am ganzen Körper.

»Wirst du mir denn ewig in den Weg treten?« brüllte ihn Ganja an, und Warjas Hand fahren lassend, holte er in rasender Wut aus und schlug den Fürsten ins Gesicht.

»Ach!« schrie Kolja entsetzt auf. »Ach Gott!«

Von allen Seiten wurden Ausrufe laut.

Der Fürst erbleichte. Mit seltsamem, vorwurfsvollem Blick sah er Ganja unverwandt in die Augen: seine Lippen zitterten und schienen sich vergeblich zu bemühen, etwas hervorzubringen — ein seltsames Lächeln, das gar nicht zur Situation paßte, zitterte auf ihnen.

»Nun, mag das ... mir zufallen ... aber sie ... das lasse ich nicht zu!...«, sagte er endlich leise.

Doch plötzlich hielt er es doch nicht aus, wandte sich von ihm ab, bedeckte die Augen mit der Hand, ging in die nächste Ecke, stützte die Stirn an die Wand und brachte mit stockender Stimme hervor:

»Oh, wie werden Sie das bereuen!«

Ganja stand allerdings wie vernichtet da. Kolja stürzte zum Fürsten, den er heiß umarmte und küßte; nach ihm drängten sich Rogoshin, Warja, Ptizyn, Nina Alexandrowna, kurz — alle, sogar der alte Ardalion Alexandrowitsch, zum Fürsten, der sich ihnen nun wieder zuwandte und sie mit demselben rätselhaften Lächeln beruhigte:

»Nichts, nichts, es ist wirklich nichts!«

»Und er wird's auch bereuen!« rief Rogoshin ärgerlich. »Wirst dich schämen, Ganjka, daß du ein solches ... Lamm« (er konnte kein anderes Wort finden) »beleidigt hast! Fürst, du meine Seele, laß sie laufen! Speie sie an — und gehen wir! Komm, sollst erfahren, wie Rogoshin liebt!«

Nastassja Filippowna war gleichfalls durch Ganjas Tat und die Antwort des Fürsten erschüttert. Ihr stets blasses Gesicht, das so wenig mit ihrem gezwungen heiteren Lachen übereinstimmte, war jetzt augenscheinlich durch ein neues Gefühl erregt; dennoch schien sie es nicht zeigen und sich zwingen zu wollen, das spöttische Lächeln beizubehalten.

»Nein, wirklich, irgendwo habe ich dieses Gesicht doch schon gesehen?« wiederholte sie mit einemmal ganz ernst, sich wieder ihrer Frage entsinnend.

»Und Sie schämen sich nicht! Sind Sie denn so, wie Sie sich hier gezeigt haben? Ist denn das möglich?« rief ihr plötzlich der Fürst mit erschütterndem Vorwurf zu.

Nastassja Filippowna stutzte, lächelte spöttisch — doch schien sie hinter diesem Lächeln etwas verbergen zu wollen, wenigstens sah man ihm ihre Verwirrung an — blickte sich dann nach Ganja um und verließ das Zimmer. Doch noch war sie nicht bis ins Vorzimmer gekommen, als sie plötzlich zurückkehrte, eilig auf Nina Alexandrowna zutrat, ihre Hand ergriff und an die Lippen führte.

»Ich bin ja wirklich nicht so, er hat es erraten«, flüsterte sie schnell und erregt, während ihr das Blut heiß ins Gesicht stieg, doch schon hatte sie sich abgewandt und verließ diesmal so schnell das Zimmer, daß niemand begriff, weshalb sie zurückgekommen war. Man hatte nur gesehen, daß sie Nina Alexandrowna etwas zugeflüstert und ihr die Hand geküßt hatte. Nur Warja hatte alles gehört, und ihr Blick folgte erstaunt Nastassja Filippowna ... Ganja besann sich und eilte ihr nach, aber sie war bereits auf der Treppe.

»Begleiten Sie mich nicht!« rief sie ihm zu. »Auf Wiedersehen am Abend! Kommen Sie unbedingt, hören Sie!«

Er kehrte verwirrt und nachdenklich zurück; ein schweres Rätsel lag ihm auf der Seele, ein noch schwereres als das frühere. Auch an den Fürsten dachte er flüchtig... Über seinen Gedanken vergaß er alles andere, so daß er es kaum bemerkte, wie die ganze Rogoshinsche Rotte sich an ihm vorbeiwälzte und ihn in der Tür beiseite schob, um nur schneller die Wohnung zu verlassen. Alle sprachen laut und schienen über etwas zu streiten. Rogoshin selbst ging mit Ptizyn hinaus, auf den er in sehr bestimmtem Tone einredete. Offenbar handelte es sich für ihn um etwas äußerst Wichtiges und Unaufschiebbares.

»Hast verspielt, Ganjka!« rief er diesem im Vorübergehen zu.

Erregt blickte Ganja ihm nach.

## XI

Der Fürst zog sich gleichfalls zurück und schloß sich in seinem Zimmer ein. Gleich darauf kam Kolja zu ihm gelaufen, um ihn zu trösten. Der arme Knabe schien sich gar nicht mehr von ihm trennen zu wollen.

»Das war gut von Ihnen, daß Sie fortgingen«, sagte er, »dort wird jetzt die Kabbelei noch heftiger losgehen als zuvor. So geht es jetzt bei uns tagaus, tagein, und alles das hat uns nur diese Nastassja Filippowna eingebrockt.«

»Hier gibt es viel Krankes, das sich mit der Zeit aufgestaut hat, Kolja«, bemerkte der Fürst.

»Ja, viel Krankes. Aber von uns lohnt es sich gar nicht zu reden. Es ist unsere eigene Schuld. Ich habe einen kranken Freund, der ist noch viel unglücklicher. Wenn Sie wollen, werde ich Sie mit ihm bekannt machen?«

»Sehr gern. Es ist Ihr Schulkamerad?«

»Ja, so gut wie mein Schulkamerad. Ich werde Ihnen das später erzählen... Aber ist Nastassja Filippowna nicht schön, was meinen Sie? Ich hatte sie ja bis jetzt noch nie gesehen, obschon ich mich sehr darum bemühte. Ich war wie geblendet! Ich würde Ganjka alles verzeihen, wenn er es aus Liebe täte; aber weshalb nimmt er Geld dafür, das ist das Unglück!«

»Ja, Ihr Bruder gefällt mir nicht sehr.«

»Das fehlte noch, daß er Ihnen gefiele! Ihnen, nachdem er... Aber wissen Sie, ich kann alle diese verschiedenen Ansichten nicht ausstehen! Irgendein Verrückter oder Esel oder Räuber in verrücktem Zustande gibt eine Ohrfeige, und der Mensch ist dann sein Leben lang entehrt und kann die Schmach nicht anders abwaschen als mit Blut, oder es sei denn, daß er kniend um Verzeihung gebeten wird. Meiner Meinung nach ist das einfach Unsinn! Darauf ist auch Lermontoffs Drama „Die Maskerade" aufgebaut, und deshalb ist es auch — dumm, meiner Meinung nach, vielmehr... ich will damit nur sagen — es ist nicht natürlich. Aber er hat es ja fast noch in seiner Kindheit geschrieben.«

»Ihre Schwester gefällt mir sehr.«

»Wie sie Ganjka anspie, was? Bravo, Warjka! Sie hätten nicht gespien, aber nicht etwa aus Mangel an Mut, davon bin ich überzeugt. Ah, da ist sie ja selbst, hat es nicht vergessen. Ich wußte, daß sie kommen würde: sie ist korrekt, wenn sie auch sonst ihre Mängel hat...«

»Du hast hier nichts zu suchen, Kolja«, wandte sich Warja zuerst an ihn. »Geh zum Vater. Langweilt er Sie nicht, Fürst?«

»Durchaus nicht, im Gegenteil.«

»Da hörst du es, Warja! Sehen Sie, das ist das Schändlichste an ihr: daß sie mich behandelt, als ob ich ein Baby wäre! Übrigens — ich dachte, daß der Vater bestimmt mit Rogoshin weggehen würde. Bereut jetzt wahrscheinlich. Nein, tatsächlich, man muß doch nachsehen, was er jetzt tut«, meinte Kolja und ging hinaus.

»Gott sei Dank, Mama hat sich hingelegt, und es ist zu keiner neuen Szene gekommen. Ganja ist verwirrt und scheint nachdenklich geworden zu sein. Hat auch allen Grund dazu. Die Lehre war nicht schlecht!... Ich bin gekommen, um Ihnen zu danken, Fürst. Und dann wollte ich Sie noch eines fragen: Haben Sie Nastassja Filippowna bisher wirklich nicht gekannt?«

»Nein, ich habe sie nicht gekannt.«

»Wie kamen Sie dann darauf, ihr ins Gesicht zu sagen, daß sie nicht ‚so' sei? Und Sie haben auch, glaube ich, die Wahrheit erraten. Es zeigte sich, daß sie vielleicht wirklich nicht ‚so' ist. Übrigens werde ich aus ihr nicht klug. Natürlich hatte sie die Absicht, uns zu beleidigen, das ist klar. Ich habe auch früher schon viel Sonderbares über sie gehört. Aber wenn sie wirklich gekommen war, uns einzuladen, wie konnte sie dann Mama so beleidigend behandeln? Ptízyn kennt sie sehr gut, auch er sagt, er habe vorhin nicht aus ihr klug werden können. Aber das mit Rogoshin? Wenn man sich selbst achtet, kann man so nicht reden im Hause seines... Mama beunruhigt sich Ihretwegen sehr.«

»Ach, nichts!« Der Fürst winkte mit der Hand ab.

»Aber wie sie Ihnen gehorchte...«

»Inwiefern gehorchte?«

»Sie sagten, sie solle sich schämen, und da war sie plötzlich ganz verändert. Sie haben Einfluß auf sie, Fürst«, fügte Warja mit kaum merklichem Lächeln hinzu.

Die Tür öffnete sich und ganz unerwartet erschien Ganja.

Er trat nicht zurück, als er Warja erblickte, stand eine Weile auf der Schwelle, und plötzlich näherte er sich entschlossen dem Fürsten.

»Fürst, ich habe schlecht gehandelt, verzeihen Sie es mir, lieber Mensch«, sagte er mit aufrichtigem Gefühl. Seine Züge drückten Schmerz aus. Der Fürst blickte ihn verwundert an und antwortete nicht sogleich.

»Nun, verzeihen Sie, so verzeihen Sie mir doch!« drängte Ganja ungeduldig. »Wenn Sie wollen, küsse ich Ihnen sofort die Hand!«

Der Fürst war ganz betroffen und traute seinen Ohren nicht. Er besann sich aber, und schweigend umarmte er ihn.

»Ich hätte nie, nie gedacht, daß Sie dazu imstande wären«, sagte endlich der Fürst erregt. »Ich glaubte, Sie wären unfähig...«

»Um Verzeihung zu bitten?... Wie ich vorhin nur darauf gekommen bin, Sie für einen Idioten zu halten! Sie bemerken Dinge, die andere nie bemerken. Mit Ihnen könnte man reden... oder lieber nicht!«

»Hier ist noch jemand, den Sie um Verzeihung bitten müssen«, sagte der Fürst, auf Warja weisend.

»Nein, die gehört zu meinen Feinden. Glauben Sie mir, Fürst, es hat der Versuche nachgerade genug gegeben. Hier wird nicht aufrichtig verziehen!« stieß Ganja heftig hervor und wandte sich von seiner Schwester ab.

»Doch! ich werde verzeihen!« sagte Warja plötzlich ganz unerwartet.

»Und wirst heute auch zu Nastassja Filippowna kommen?«

»Ich werde kommen, wenn du es befiehlst, nur — sage selbst: besteht denn jetzt auch nur noch irgendeine Möglichkeit, daß ich zu ihr gehe?«

»Sie ist ja doch nicht so! Du siehst doch, was für Rätsel sie aufgibt! Launen, weiter nichts!«

Und Ganja lachte böse.

»Das weiß ich selbst, daß sie nicht ‚so‘ ist und Launen hat, aber was für Launen?! Und dann noch eins, Ganja, sieh: wofür hält sie dich selbst? Gut, sie hat Mama die Hand geküßt, mag das auch wiederum eine Laune sein, aber sie hat sich doch über dich lustig gemacht! Das aber, weiß Gott, wiegen die Fünfundsiebzigtausend nicht auf, Bruder! Du bist doch noch edler Gefühle fähig, das weiß ich, deshalb rede ich auch noch. Hör auf mich, fahr' auch selbst nicht zu ihr! Sei vorsichtig, nimm dich in acht, Bruder! Das kann kein gutes Ende nehmen.«

Erregt wandte sich Warja schnell von ihm ab und verließ das Zimmer.

»So sind sie alle!« sagte Ganja mit ironischem Lächeln.

»Ich möchte bloß wissen, ob sie wirklich glauben, daß ich es nicht selbst weiß? Ich weiß es ja noch hundertmal besser als sie!«

Ganja setzte sich auf das Sofa, augenscheinlich in der Absicht, seinen Besuch noch länger auszudehnen.

»Wenn Sie es selbst wissen«, begann der Fürst etwas unsicher, »wie haben Sie dann eine solche Qual auf sich nehmen können? Dann müssen Sie doch auch wissen, daß die Fünfundsiebzigtausend diese Qual nicht aufwiegen?«

Ganja wandte sich mit einer hastigen Bewegung zum Fürsten.

»Ich rede nicht davon«, lenkte er ab. »Doch übrigens, sagen Sie mir Ihre Meinung, ich will gerade Ihre Meinung wissen: wiegen fünfundsiebzigtausend Rubel diese Qual auf oder nicht?«

»Meiner Meinung nach — nicht.«

»Nun, das konnt' ich mir denken. Und so zu heiraten, ist schmählich?«

»Sehr schmählich.«

»Nun, so hören Sie denn, daß ich sie heiraten werde, und zwar jetzt unbedingt! Vorhin war ich noch unschlüssig, jetzt aber bin ich's nicht mehr! Sagen Sie nichts! Ich weiß, was Sie sagen wollen...«

»Ich werde nicht von dem sprechen, was Sie meinen, mich wundert nur Ihre feste Überzeugung...«

»Überzeugung? Was für eine Überzeugung?«

»Ihre Überzeugung, daß Nastassja Filippowna Ihren Antrag unfehlbar annehmen werde, was Sie ja geradezu für bereits entschieden und unterschrieben zu halten scheinen. Und zweitens, daß Sie glauben, die fünfundsiebzigtausend Rubel, selbst wenn sie Sie heiraten sollte, würden dann in Ihren alleinigen Besitz gelangen, und Sie würden sich das Geld sofort in die Tasche stecken können... Im übrigen kenne ich die Verhältnisse nicht so genau...«

»Natürlich wissen Sie nicht alles«, sagte Ganja, »weshalb sollte ich mir denn wohl diese ganze Bürde aufladen?«

»Ich glaube, daß es bei solchen Heiraten immer auf eins hinauskommt: das Geld wird geheiratet, doch die Besitzerin des Geldes bleibt die Frau.«

»N—ein, bei uns wird es nicht so sein... Hier... hier gibt es besondere Umstände...«, brummte Ganja, erregt seinen Gedanken nachhängend. »Und was ihre Antwort betrifft, so kann doch wohl darüber kein Zweifel mehr bestehen«, fügte er schnell hinzu. »Oder woraus schließen Sie, daß Nastassja Filippowna mir einen Korb geben wird?«

»Ich weiß nichts außer dem, was ich gesehen habe; aber auch Warwara Ardalionowna sagte ja...«

»Ach! Das sagen sie alle nur so, wissen selbst nicht, was sie reden! Und über Rogoshin hat sie sich einfach nur lustig gemacht, das können Sie mir glauben, ich habe sie durchschaut. Das war ja ganz klar! Vorhin bekam ich allerdings einen Schrecken, aber jetzt weiß ich, woran ich bin. Oder schließen Sie es etwa daraus, wie sie sich zu meiner Mutter und zu meinem Vater und zu Warja verhalten hat?«

»Und zu Ihnen.«

»Nun ja, meinetwegen auch zu mir. Aber das ist ja nur die ewige weibliche Rachsucht. Sie ist ein schrecklich reizbares, argwöhnisches und ehrgeiziges Weib. Wie ein bei der Beförderung übergangener Beamter! Sie wollte sich zeigen und zugleich die ganze Geringschätzung, die sie für meine Familie empfindet... nun, und natürlich auch für meine Person. Das ist wahr, ich will es nicht abstreiten... Trotzdem aber wird sie mich heiraten. Sie ahnen nicht, zu welchen Verdrehungen die menschliche Eitelkeit fähig ist: da hält sie mich nun für einen Schuft, weil ich sie, die Geliebte eines anderen, so offenkundig um des Geldes willen nehme, und sagt sich nicht einmal, daß ein anderer sie noch viel gemeiner betrügen würde, — würde ihr den Hof machen und alles mögliche liberal-fortschrittliche Zeug vorschwatzen, die ganze Frauenfrage aufrollen und in diesem gewissen Sinne beleuchten, bis er sie schließlich wie einen Faden durchs Nadelöhr zieht. Er würde der selbstgefälligen Närrin versichern — nichts leichter als das! — daß er sie einzig wegen ihres ‚edlen Herzens‘ und ‚Unglücks‘ nehme. In Wirklichkeit aber will er nur ihr Geld haben. Ich gefalle ihr nicht, weil ich nicht schmeicheln will; das wäre aber nötig. Und was tut sie denn selbst? Ist das bei ihr nicht ganz dieselbe Sache? Also, mit welchem Recht darf sie mich dann verachten? Und weshalb spielt sie alle diese Stückchen? Doch nur, weil ich mich nicht unterwerfe und meinen Stolz zeige. Nun, wir werden ja sehen!«

»Haben Sie sie wirklich einmal geliebt?«

»Anfangs, ja. Aber genug davon... Es gibt Weiber, die nur zur Geliebten taugen und zu nichts weiter. Ich will damit nicht sagen, daß sie meine Geliebte gewesen sei. Wenn sie vernünftig leben will, werde auch ich vernünftig leben. Fällt es ihr aber ein, rebellisch zu werden, so verlasse ich sie sofort und nehme das Geld mit. Ich will mich nicht lächerlich machen lassen; das vor allen Dingen nicht.«

»Es will mir immerhin scheinen«, begann der Fürst vorsichtig, »daß Nastassja Filippowna klug ist. Weshalb sollte sie dann, wenn sie doch diese Qualen voraussieht, in die Falle gehen? Sie könnte ja ebensogut einen anderen heiraten. Das ist es, was mich wundert.«

»Aber da liegt doch gerade die Berechnung! Sie wissen nicht alles, Fürst... hier... und außerdem ist sie überzeugt, daß ich sie bis zum Wahnsinn liebe, das schwöre ich Ihnen, und wissen Sie, ich vermute stark, daß auch sie mich liebt, natürlich auf ihre Art, etwa nach dem Sprichwort: „Wen ich liebe, den schlage ich.“ Sie wird mich ihr Leben lang für einen dummen Jungen halten — das ist aber vielleicht gerade das, was sie haben will! — und mich dabei doch auf ihre Art lieben; wenigstens bereitet sie sich dazu vor, das ist nun einmal ihr Charakter. Sie ist, wissen Sie, eine echt russische Frau. Nun, ich aber habe auch schon meine Überraschung für sie in Bereitschaft. Diese Szene vorhin mit Warja kam ganz unerwartet, aber sie kann mir noch sehr zustatten kommen: jetzt hat sie selbst gesehen und sich überzeugt, daß ich zu ihr halte und um ihretwillen mit allem zu brechen bereit bin. Auch wir sind nicht ganz so dumm, wie es vielleicht den Anschein hat, ich versichere Sie. Oder glauben Sie am Ende gar, daß ich nichts als ein leerer Schwätzer bin? Liebster Fürst, es ist vielleicht tatsächlich dumm von mir, daß ich Ihnen alles so aufdecke. Ich tue es nur, weil Sie der erste edle Mensch sind, der mir begegnet ist, deshalb habe ich mich nun sofort auf Sie gestürzt... das heißt, das sollte keine Anspielung sein. Sie sind mir doch wegen des Vorgefallenen nicht mehr böse, wie? Ich spreche jetzt seit zwei Jahren vielleicht zum erstenmal frei von der Leber. Hier gibt es furchtbar wenig ehrliche Menschen; Ptizyn ist noch der ehrlichste unter ihnen. Wie, Sie lachen, scheint es, oder nicht? Schufte haben immer ehrliche Menschen gern — wußten Sie das noch nicht? Ich aber bin doch... Übrigens, inwiefern bin ich denn ein Schuft, sagen Sie mir das doch auf Ehre und Gewissen? Weshalb nennen mich alle, nachdem *sie*'s einmal getan hat, einen Schuft? Und wissen Sie, weil sie es gesagt hat und die anderen es nachschwätzen, nenne auch ich mich so! Sehen Sie, nur das ist das wirklich Gemeine dabei!«

»Ich werde Sie jetzt nie mehr so beurteilen«, sagte der Fürst. »Vorhin hielt ich Sie bereits für einen ausgesprochen bösen Menschen... Da kamen Sie und bereiteten mir diese Freude. Das war eine gute Lehre: Nicht urteilen, ohne geprüft zu haben. Jetzt sehe ich, daß man Sie nicht nur für keinen bösen, sondern nicht einmal für einen allzu verdorbenen Menschen halten kann. Sie sind meiner Ansicht nach nur ein ganz gewöhnlicher Durchschnittsmensch, abgesehen höchstens von dem einen, daß Sie ein wenig schwach sind und gar nicht originell.«

Ganja lächelte spöttisch in sich hinein, schwieg aber. Als der Fürst sah, daß seine Äußerung nicht gefiel, wurde er verlegen und verstummte gleichfalls.

»Hat mein Vater Sie schon um Geld gebeten?« fragte Ganja plötzlich.

»Nein.«

»Dann wird er es noch tun, geben Sie ihm aber nichts. Und doch war er einmal ein anständiger Mensch, ich weiß, ich erinnere mich. Er verkehrte mit angesehenen Leuten. Wie schnell doch diese Leute alle verschwinden! Kaum hatten sich die Verhältnisse geändert, und aus war es mit ihnen, wie wenn Pulver verbrennt! Früher log er nicht so wie jetzt, glauben Sie mir. Früher war er nur ein gar zu begeisterungsfähiger Mensch, jetzt aber — Sie sehen, was aus ihm geworden ist! Natürlich ist das Trinken schuld daran. Wissen Sie auch, daß er eine Geliebte hier unterhält? O ja, er ist nicht nur so ein unschuldiger kleiner Lügner. Ich kann bloß die Langmut meiner Mutter nicht begreifen. Hat er Ihnen von der Belagerung der Festung Kars erzählt?« Ganja lachte. »Oder wie sein Schimmel das Maul auftat und sprach? Bisweilen kommt es sogar so weit!« Und Ganja bog sich plötzlich vor Lachen.

»Weshalb sehen Sie mich so an?« fragte er den Fürsten nach einer Weile verwundert.

»Ich wundere mich nur, daß Sie so herzlich lachen können. Sie haben wirklich noch ein ganz harmloses Kinderlachen. Und als Sie mich um Verzeihung baten, sagten Sie: ‚Wenn Sie wollen, werde ich Ihnen die Hand küssen‘ — genau wie Kinder sagen, wenn sie um Verzeihung bitten. So sind Sie also doch noch fähig zu solchen Worten und Regungen! Und dann plötzlich beginnen Sie einen ganzen Vortrag über diese dunkle Angelegenheit und die fünfundsiebzigtausend Rubel — wirklich, das hat etwas so Ungereimtes an sich und Unmögliches!«

»Was wollen Sie damit sagen?«

»Ob Sie nicht doch gar zu leichtsinnig handeln und es nicht besser wäre, wenn Sie sich die Sache vorher noch etwas überlegen würden? Warwára Ardaliónowna hat vielleicht so unrecht nicht.«

»Ah, die Moral! Daß ich mitunter noch ein Junge bin, weiß ich selbst«, fiel Ganja lebhaft ein, »und wenn auch nur deshalb, weil ich mit Ihnen ein solches Gespräch angeknüpft habe. Ich, sehen Sie, Fürst, ich trete nicht aus Berechnung in die Ehe«, fuhr er fort wie ein in seiner Eigenliebe verletzter junger Mann. »Wenn ich es aus Berechnung täte, würde ich wahrscheinlich Fehler machen, denn ich bin vorläufig weder als Kopf noch als Charakter genügend gefestigt. Ich tue es jedoch aus Leidenschaft, aus innerem Trieb, denn ich habe ein großes Ziel vor Augen. Sie denken, daß ich, wenn ich die Fünfundsiebzigtausend erhalte, mir dann sofort eine eigene Kutsche zulegen werde? Nein, lieber Fürst, dann werde ich meinen ältesten, vor drei Jahren abgelegten Rock hervorholen und ihn so lange tragen, wie er nur noch hält, und mit meinen Klubbekanntschaften ist dann Schluß. Bei uns gibt es nur wenige Leute, die durchzuhalten verstehen, wenn sie auch alle Wucherer sind, ich aber will durchhalten. Hier ist die Hauptsache, daß man durchführt, was man beginnt — das ist das ganze Problem! Ptizyn hat als Siebzehnjähriger auf der Straße geschlafen und mit Federmessern gehandelt: er hat mit Kopeken angefangen. Jetzt besitzt er sechzigtausend Rubel, aber bedenken Sie, nach welch einer ... sagen wir Gymnastik! Nun, und ebendiese Gymnastik werde ich dann überspringen und gleich mit dem Kapital beginnen. Nach fünfzehn Jahren wird man sagen: ,Sieh da, das ist Iwolgin, der größte aller Wucherer!' Sie sagen, ich sei kein origineller Mensch? Merken Sie sich, lieber Fürst, daß es für einen Menschen unserer Zeit und unseres Volkes nichts Beleidigenderes gibt, als wenn man ihm sagt, er sei nicht originell, sei charakterschwach, nicht talentvoll, kurzum ein Dutzendmensch. Sie haben mich nicht einmal für einen tüchtigen Schuft zu halten geruht, und wissen Sie, dafür hätte ich Sie vorhin totschlagen mögen! Sie haben mich noch mehr beleidigt als Jepantschin, der mich für fähig hält (und zwar ohne Worte, ohne Verhandlungen, in aller Herzenseinfalt, wohlgemerkt!) — ja, für fähig hält, an ihn meine Frau zu verkaufen! Das bringt mich schon lange aus der Haut! Geld will ich haben, Geld! Wenn ich erst Geld habe, wissen Sie, werde ich sofort im höchsten Grade originell sein. Das ist ja das Gemeinste und Verächtlichste am Geld, daß es sogar Talente verleiht. Und es wird sie verleihen solange die Welt steht! Sie werden vielleicht sagen, daß alles das kindisch von mir sei, poetisch-sentimental womöglich — nun gut, was ficht's mich an, mir soll's um so amüsanter sein; denn die Sache wird gemacht, da seien Sie unbesorgt! Ich werde sie durchführen! Wer zuletzt lacht, lacht am besten! Weshalb beleidigt mich denn Jepantschin so in aller Harmlosigkeit? Aus Bosheit etwa? Nicht die Spur! Einfach, weil ich gesellschaftlich gar zu unbedeutend bin. Nun, dann aber ... Doch genug davon, und es ist auch Zeit. Kolja hat schon zweimal seine Nase hereingesteckt. Das bedeutet, daß er Sie zum Essen rufen will. Ich gehe jetzt. Ich werde hin und wieder bei Ihnen vorsprechen. Sie werden es bei uns nicht schlecht haben — man wird Sie nun mit offenen Armen in die Familie aufnehmen. Nur sehen Sie sich vor, daß Sie nichts ausplaudern. Ich glaube, wir zwei werden entweder Freunde oder Feinde werden. Aber was meinen Sie, Fürst, wenn ich Ihnen vorhin die Hand geküßt hätte — wäre ich deshalb nachher Ihr Feind geworden?«

»Zweifellos, bloß nicht für immer, lange würden Sie es doch nicht aushalten, und dann hätten Sie mir verziehen«, entschied der Fürst nach einer Weile, und er lachte.

»Oho! Mit Ihnen muß man ja wahrhaftig vorsichtig sein. Weiß der Teufel, Sie haben auch hier Gift hineingeträufelt. Wer weiß, vielleicht sind Sie auch mein Feind? Übrigens, haha! — ich vergaß ganz zu fragen: habe ich recht gesehen, wenn mir scheint, daß Nastassja Filippowna auch Ihnen — gefällt, wie?«

»Ja ... sie gefällt mir.«

»Verliebt?«

»N—nein.«

»Und dabei ist er feuerrot geworden und leidet! Nun, tut nichts, tut nichts, ich werde nicht lachen — auf Wiedersehen. Aber wissen Sie, sie ist ja doch ein tugendhaftes Weib

— können Sie das glauben? Sie denken vielleicht, daß sie mit Tozkij lebt? Denkt nicht daran! Schon lange nicht mehr! Aber haben Sie bemerkt, daß sie selbst sehr leicht verlegen wird? Vorhin war sie in manchen Augenblicken ganz verwirrt! Tatsächlich! Und gerade solche lieben dann das Herrschen. Nun, leben Sie wohl!«

Gánetschka verließ das Zimmer weit aufgeräumter, als er es betreten hatte. Er war sogar sehr guter Laune. Der Fürst blieb lange Zeit regungslos sitzen und dachte nach.

Kolja steckte wieder den Kopf durch die Tür.

»Ich will nicht essen, Kolja, ich habe bei Jepantschins gut gefrühstückt.«

Da trat Kolja ins Zimmer und reichte dem Fürsten einen zusammengefalteten versiegelten Zettel. Man sah es dem Gesicht des Knaben an, wie peinlich es ihm war, den Brief zu übergeben. Der Fürst las ihn, erhob sich und nahm seinen Hut.

»Es ist nur zwei Schritte von hier«, sagte Kolja verlegen. »Er sitzt jetzt bei der Flasche. Ich kann nur nicht begreifen, wie er sich dort Kredit verschafft hat! Aber bitte, bitte, sagen Sie es dann nur nicht hier den anderen, daß ich Ihnen den Brief überbracht habe! Ich habe tausendmal geschworen, daß ich seine Briefe nicht mehr überbringen werde, aber er tut mir dann doch wieder leid! Nur, wissen Sie, machen Sie keine Umstände mit ihm, geben Sie ihm eine Kleinigkeit und damit ist es erledigt.«

»Ich hatte selbst die Absicht, ihn aufzusuchen, Kolja. Ich muß Ihren Vater sprechen... in einer gewissen Angelegenheit... Also gehen wir...«

## XII

Kolja führte den Fürsten nicht weit: nur bis zur Litéinaja-Straße, in ein Café-Billard, das zu ebener Erde lag und seinen besonderen Eingang von der Straße hatte. Hier hatte sich Ardalion Alexandrowitsch in der Ecke eines kleinen Raumes als alter Stammgast niedergelassen, vor sich auf dem Tischchen eine Flasche und in der Hand tatsächlich die „Indépendance Belge". Er erwartete den Fürsten. Kaum hatte er ihn erblickt, als er die Zeitung auch schon beiseitelegte und eine wortreiche Erklärung begann, von der der Fürst so gut wie nichts begriff; denn der General befand sich bereits in „vorgerücktem Stadium".

»Zehn Rubel habe ich nicht«, unterbrach ihn der Fürst, »aber hier sind fünfundzwanzig. Lassen Sie das Geld wechseln und geben Sie mir fünfzehn zurück; denn sonst bleibe ich selbst ohne eine Kopeke...«

»Oh, sofort, sofort, sofort! Seien Sie überzeugt, daß ich sogleich...«

»Ich bin mit einer Bitte zu Ihnen gekommen, General. Sind Sie noch nie bei Nastassja Filippowna gewesen?«

»Ich? Ich nicht bei ihr gewesen? Fragen Sie das mich? Unzähligemal, unzähligemal, mein Lieber!« rief der General wie in einem Anfall von selbstgefälliger und triumphierender Ironie. »Aber ich habe schließlich diese Beziehungen abgebrochen; denn ich will diese unanständige Verbindung nun einmal nicht fördern. Sie haben doch selbst gesehen, Sie waren doch Zeuge heute: ich tat alles, was ein Vater tun konnte, wohlgemerkt, ein gütiger und nachsichtiger Vater! Jetzt jedoch wird ein ganz anderer Vater auf die Bühne treten, und dann — wollen wir sehen, ob der verdienstvolle alte Krieger die Intrige bewältigen, oder ob die schamlose Kameliendame in eine hochangesehene Familie eindringen wird!«

»Und ich wollte Sie gerade fragen, ob Sie, als Bekannter Nastassja Filippownas, mich heute abend nicht bei ihr einführen könnten? Es muß unbedingt noch heute geschehen; es handelt sich um etwas sehr Wichtiges, aber ich weiß nicht wie hingelangen. Ich wurde ihr vorhin zwar vorgestellt, aber sie hat mich nicht eingeladen, und heute abend empfängt sie gewiß nur geladene Gäste. Ich wäre übrigens auch bereit, mich über gewisse gesellschaftliche Vorschriften hinwegzusetzen, mag man mich auch auslachen, wenn ich nur irgendwie hineinkäme.«

»Ich habe genau, genau denselben Gedanken gehabt, mein junger Freund!« rief der General begeistert aus. »Ich habe Sie nicht etwa dieser Kleinigkeit wegen hergebeten«, fuhr er fort, indem er das Geld in die Tasche steckte, »sondern ich wollte Sie gerade zu diesem Gang zu Nastassja Filippowna, oder besser gesagt, zu diesem Feldzug gegen sie auffordern. General Iwolgin und Fürst Myschkin! Wie das klingt! Wird es ihr nicht imponieren? Und ich werde dann in aller Liebenswürdigkeit endlich meinen Willen aussprechen, aus Rücksicht auf ihr Geburtsfest nur durch die Blume, natürlich nicht geradeaus ... aber es wird doch ebensogut wie geradeaus sein. Mag dann Ganja selbst entscheiden, zu wem er zu halten hat: zum alten verdienstvollen Vater und ... sozusagen ... alles weitere, oder ... Nun, wir werden ja sehen. Ihr Einfall ist im höchsten Grade aussichtsreich. Um neun Uhr brechen wir auf; bis dahin haben wir noch Zeit.«

»Wo wohnt sie?«

»Ziemlich weit von hier: neben dem Großen Theater, im Hause der Mytówzowa in der Beletage, gleich am Platz ... Es werden nicht viele Gäste bei ihr sein — obschon sie heute ihren Geburtstag feiert —, und auch die werden früh aufbrechen.«

Inzwischen wurde es Abend. Der Fürst saß immer noch, hörte zu und wartete, daß der General sich endlich erheben werde. Dieser jedoch war ins Erzählen geraten und gab alle seine Geschichten zum besten, von denen er immer wieder eine neue begann, ohne die vorhergehende beendet zu haben. Nachdem der Fürst gekommen war, hatte der General eine neue Flasche bestellt und im Verlauf einer Stunde ausgetrunken; dann bestellte er noch eine, die er gleichfalls allein leerte. Es ist anzunehmen, daß der General in dieser Zeit so ungefähr sein ganzes Leben erzählte. Endlich riß dem Fürsten die Geduld: er erhob sich und erklärte, daß er nicht länger warten könne. Der General trank noch den letzten Rest aus, erhob sich dann gleichfalls und schritt äußerst unsicher aus dem Lokal. Der Fürst war verzweifelt. Er begriff jetzt selbst nicht, wie er sich so dumm auf diesen Menschen hatte verlassen wollen. Im Grunde verließ er sich ja nie auf andere; und er bedurfte des Generals doch nur, um an diesem Abend zu Nastassja Filippowna gelangen zu können, wenn auch auf etwas befremdliche Weise; aber er hatte doch nicht mit einem unvermeidlich skandalösen Erscheinen gerechnet: der General war vollkommen betrunken und von einer Redseligkeit, die ihn ohne Unterlaß gefühlvoll und „mit Tränen in der Seele" sprechen ließ. Es drehte sich dabei unaufhörlich nur darum, daß infolge der schlechten Aufführung seiner Familienangehörigen alles zugrunde gehe, weshalb es jetzt endlich an der Zeit sei, daß er eingreife.

Sie traten auf die Liteinaja hinaus. Das Tauwetter hielt noch immer an; ein wehmütiger, warmer, modriger Wind pfiff durch die Straßen, die Gummireifen der Equipagen klatschten im Straßenschmutz, und die Hufe der Traber und Droschkengäule klangen hier und da hell auf einem Pflasterstein auf. Die Fußgänger schoben sich in freudloser, durchnäßter Masse auf dem Trottoir durcheinander. Hin und wieder sah man einen Betrunkenen.

»Sehen Sie diese erleuchteten Beletagen«, fuhr der General unermüdlich fort, »hier leben alle meine Freunde, ich aber, der ich dem Vaterlande am treuesten gedient und für dasselbe gelitten habe, ich irre zu Fuß zum Großen Theater und begebe mich in die Wohnung eines zweideutigen Weibes! Ein Mensch, der dreizehn Kugeln in der Brust hat... Sie glauben mir nicht? Mein Herr, einzig meinetwegen hat Pirogóff[4] nach Paris telegraphiert und das belagerte Sebastopol zeitweilig im Stich gelassen. Dem Pariser Hofarzt Nélaton erwirkte er im Namen der Wissenschaft freies Geleit, worauf dieser persönlich im belagerten Sebastopol erschien, um mich zu untersuchen. Selbst den höchsten Vorgesetzten war es bekannt. ,Ah, das ist der Iwolgin mit den dreizehn Kugeln im Leibe!' hieß es allgemein. Sehen Sie, Fürst, dort jenes Haus? Dort wohnt in der Beletage mein alter Freund General Ssokolówitsch, mit seiner edlen und zahlreichen Familie. Diese Familie hier, drei, die am Newskij wohnen, und zwei in der Großen Morskája — das ist mein ganzer Verkehr; denn Nina Alexandrowna hat sich schon längst den Verhältnissen gefügt, während ich noch fortfahre, mich den Erinnerungen hinzugeben und mich sozusagen zu erholen im gebildeten Kreise meiner früheren Bekannten, Freunde und Untergebenen, die mich auch jetzt noch vergöttern. Dieser General Ssokolówitsch — eigentlich habe ich ihn lange nicht mehr besucht und auch Anna Fjodorowna nicht gesehen... Wissen Sie, lieber Fürst, wenn man selbst nicht mehr empfängt, dann gibt man es ganz unwillkürlich auf, bei anderen Besuche zu machen. Indessen... hm!... es scheint, Sie glauben mir nicht... Doch — da fällt mir eben ein! — weshalb sollte ich nicht den Sohn meines besten Freundes und Jugendgespielen in diese bezaubernd liebenswürdige Familie einführen? General Iwolgin und Fürst Myschkin! Sie werden ein entzückendes junges Mädchen kennenlernen, nein, nicht nur eines, sondern zwei, sogar drei! Eine schöner als die andere! Sie sind die Zierde der Residenz und der Gesellschaft. Schönheit, Bildung, moderne Einstellung... Frauenfrage, Poesie — alles das hat sich in ihnen in einer glücklichen Mischung vereinigt, ganz abgesehen von den achtzigtausend Rubeln Mitgift, die eine jede erhält — was ja doch kein Fehler und niemals überflüssig ist, weder bei sozialen noch bei Frauenfragen... Mit einem Wort, ich muß Sie unbedingt, unbedingt dort einführen; es ist sogar meine Pflicht, Sie mit ihnen bekannt zu machen! General Iwolgin und Fürst Myschkin! Mit einem Wort... das macht Eindruck!«

»Wie, doch nicht jetzt? Heute? Sie vergessen...«, begann der Fürst...

»Nichts, nichts vergesse ich, gehen wir! Hier, diese prachtvolle Treppe geht's hinauf. Ich wundere mich nur, daß der

Portier nicht zu sehen ist... Richtig, es ist ja heut Feiertag, da kann er sich einmal fortbegeben haben. Er ist übrigens ein alter Trinker, den man eigentlich schon längst hätte vor die Türe setzen sollen. Dieser Ssokolówitsch verdankt sein ganzes Lebensglück und seine ganze Karriere einzig mir, mir allein und keinem anderen, aber... da sind wir ja schon!«

Der Fürst versuchte nichts mehr dagegen einzuwenden und folgte ergeben dem General, um ihn nicht zu reizen. Er war fest überzeugt, daß der General Ssokolówitsch mit seiner ganzen Familie alsbald wie eine Fata morgana verschwinden und sich als nie dagewesen erweisen werde, und daß ihnen somit nichts Schlimmes begegnen könne; und dann würden sie die Treppe wieder hinuntersteigen. Doch zu seinem Entsetzen mußte er diese Überzeugung bald aufgeben; denn der General stieg die Treppe mit einer Sicherheit hinauf, als habe er tatsächlich alte Bekannte in diesem Hause, und zwischendurch erzählte er noch die verschiedensten biographischen und topographischen Einzelheiten, die den Eindruck nahezu mathematischer Genauigkeit machten. Als sie dann schließlich im ersten Stock anlangten und der General bereits an der Tür einer hochherrschaftlichen Wohnung die Hand nach dem Klingelzug ausstreckte, beschloß der Fürst, sogleich zurückzugehen... da fiel ihm plötzlich etwas auf:

»Sie haben sich geirrt, General«, sagte er schnell, »hier an der Tür steht Kulakóff, und Sie wollen doch zu Ssokolówitsch!«

»Kulakóff... Kulakóff beweist doch nichts. Die Wohnung hat Ssokolówitsch inne, und ich klingle bei Ssokolówitsch, was schiert mich Kulakóff... Da kommt man schon!«

Die Tür wurde von einem Diener geöffnet, der sie fragend ansah und dann meldete, daß die Herrschaft nicht zu Hause sei.

»Wie schade, o, wie schade, das ist ja wie vorherbestimmt!« wiederholte Ardalion Alexandrowitsch mehrmals mit tiefstem Bedauern. »Dann melden Sie, daß General Iwolgin und Fürst Myschkin ihre Aufwartung zu machen wünschten und unendlich, unendlich bedauerten...«

Durch die offene Zimmertür blickte plötzlich das Gesicht einer Haushälterin oder Gouvernante, eines etwa vierzigjährigen Frauenzimmers in einem dunklen Kleide. Neugierig und doch mißtrauisch näherte sie sich, als sie die Namen General Iwólgin und Fürst Mýschkin hörte.

»Márja Alexándrowna ist nicht zu Hause«, sagte sie mit kritischem Blick auf den General, »sie ist mit dem Fräulein, mit Alexandra Micháilowna, zur Großmutter gefahren.«

»So ist auch Alexandra Micháilowna nicht zu sprechen? O Gott, welches Pech! Und das passiert mir wirklich jedesmal! Haben Sie die Güte, meinen ergebensten Gruß zu bestellen, und Alexandra Michailowna sagen Sie, daß sie nicht vergessen soll... mit einem Wort, sagen Sie ihr, daß ich ihr von Herzen die Erfüllung dessen wünsche, was sie sich Donnerstag abend bei den Klängen der Chopinschen Ballade gewünscht hat. Sie wird es schon selbst wissen... Also meinen herzlichsten Gruß! General Iwólgin und Fürst Myschkin!«

»Schön, ich werde es ausrichten«, sagte die Person, die etwas Zutrauen gefaßt hatte, mit einer leichten Verbeugung.

Als sie die Treppe hinunterstiegen, bedauerte der General noch aufs lebhafteste, daß sie die Familie nicht angetroffen und der Fürst nun die Bekanntschaft so entzückender Menschen nicht hatte machen können.

»Wissen Sie, mein Lieber, ich bin im Grunde dichterisch veranlagt, ist Ihnen das noch nicht aufgefallen? Doch übrigens... übrigens... übrigens sind wir, wie mir scheint, nicht ganz richtig gegangen«, schloß er plötzlich selbst völlig überrascht. »Ssokolówitschs wohnen — jetzt fällt's mir ein! — in einem ganz anderen Hause, ich glaube sogar in... Moskau. Ja, ich habe mich ein wenig versehen, aber... aber das hat nichts zu sagen.«

»Ich möchte jetzt nur eines wissen«, bemerkte der Fürst resigniert, »ob ich mich überhaupt noch auf Sie verlassen kann, oder ob es nicht besser ist, wenn ich auf Ihre Beihilfe ganz verzichte und lieber allein hingehe?«

»Allein? Zu ihr? Ohne mich? Aber weshalb denn das, wenn es doch für mich ein großes Unternehmen ist, von dem so viel für meine ganze Familie abhängt? Nein, mein junger Freund, dann kennen Sie Iwolgin schlecht! Wer ‚Iwolgin‘ sagt, der sagt soviel wie ‚Mauer‘. ‚Verlaß dich auf Iwolgin wie auf eine Mauer!‘ — sehen Sie, so sagte man schon in der Schwadron, bei der ich einst meinen Dienst begann. Ich muß jetzt nur auf einen Augenblick hier in ein Haus eintreten, wo meine Seele von den Aufregungen und Schicksalsschlägen nun schon seit mehreren Jahren Erholung findet...«

»Wie, Sie wollen nach Hause gehen?«

»Nein! Ich will... zu Frau Teréntjewa, der Witwe des Hauptmanns Teréntjeff, meines ehemaligen Untergebenen ... und sogar Freundes... Hier bei dieser Frau lebt meine Seele wieder auf, und hierher trage ich alles Leid, das mir das Leben und meine Familie bereiten, und lasse mich von meinem Kummer erlösen... Und da ich gerade heute so viel auf dem Herzen habe, möchte ich die große moralische Last...«

»Ich sehe, daß ich eine ungeheure Dummheit begangen habe«, brummte der Fürst, »als ich Sie vorhin mit meiner Bitte belästigte. Zudem sind Sie ja jetzt... Leben Sie wohl.«

»Aber ich kann, ich kann Sie nicht von mir fortlassen, mein junger Freund!« rief der General beschwörend aus und hielt ihn krampfhaft fest. »Sie ist Witwe, Mutter einer Familie! Nur sie allein versteht, in ihrem Herzen jene Saiten anzuschlagen, die in meinem ganzen Wesen einen Widerhall finden. Der Besuch bei ihr wird nur fünf Minuten dauern. In diesem Hause kann ich ganz ohne Formalitäten ein- und ausgehen, ich lebe ja hier so gut wie ganz, wasche mich, kleide mich um... und dann fahren wir sofort zum Großen Theater. Glauben Sie mir, ich kann Sie den ganzen Abend nicht entbehren... Hier in diesem Hause... wir sind schon da... Ah, Kolja, du bist auch schon hier? Ist Márfa Boríssowna zu

Hause? Oder bist du selbst erst im Augenblick gekommen?«

»O, nein«, sagte Kolja, der gleichzeitig mit ihnen am Portal angelangt war. »Ich bin schon ziemlich lange hier bei Ippolit. Er fühlt sich schlecht, liegt seit dem Morgen zu Bett. Ich war soeben nur im Laden und habe ein Spiel Karten geholt. Márfa Boríssowna erwartet Sie, Papa. Nur... ach Gott, Papa, wie haben Sie sich...«, rief Kolja vorwurfsvoll und erschrocken aus, indem er prüfend die Haltung des Generals betrachtete. »Ach nun, gehen wir, gleichviel!«

Die Begegnung mit Kolja bewog den Fürsten, den General zu Marfa Borissowna zu begleiten, doch wollte er dort nur eine Minute bleiben. Er mußte mit Kolja sprechen. Den General wollte er unbedingt verlassen. Er konnte es sich nicht verzeihen, daß er von ihm überhaupt etwas erwartet hatte. Sie stiegen auf der Hintertreppe bis zum vierten Stock empor, was lange dauerte.

»Wollen Sie den Fürsten mit ihr bekannt machen?« fragte Kolja.

»Jawohl, mein Freund, gewiß bekannt machen. General Iwolgin und Fürst Myschkin! Aber wie... was sagt... Márfa Boríssowna?«

»Wissen Sie, Papa, es wäre besser, Sie gingen jetzt nicht zu ihr! Sie wird Sie zerreißen vor Wut! Sie haben sich drei Tage lang nicht blicken lassen, sie aber wartet auf das Geld. Weshalb haben Sie ihr denn wieder Geld versprochen? Das tun Sie immer wieder. Sehen Sie jetzt zu, wie Sie sich herausreden.«

Im vierten Stock angelangt, machten sie vor einer niedrigen Tür halt. Dem General wurde ersichtlich bange, und er schob den Fürsten vor.

»Ich werde mich hier verstecken«, flüsterte er, »um sie dann zu überraschen...«

Kolja trat als erster ins Vorzimmer. Eine stark geschminkte und gepuderte Dame von etwa vierzig Jahren, in Pantoffeln und einer alten Hausjacke, die Haare in dünne Zöpfchen geflochten, blickte aus dem Zimmer durch die Türspalte und

— die Überraschung des Generals fiel ins Wasser. Kaum hatte sie ihn erblickt, als sie ein großes Geschrei erhob.

»Da ist er, da ist er, dieser niedrige, dieser gemeine Mensch, das ahnte mein Herz!«

»Treten wir ein, das ist nur so«, flüsterte der General, noch harmlos lächelnd, dem Fürsten zu.

Doch er täuschte sich sehr. Die Hausfrau ließ ihnen kaum Zeit, durch das dunkle, niedrige Vorzimmer in das Gastzimmer einzutreten — ein schmales Zimmer, in dem ein halbes Dutzend Rohrstühle und zwei Spieltische standen —, als sie auch schon von neuem mit ihrer gleichsam eingeübt weinerlichen und ordinär klingenden Stimme fortfuhr:

»Und du schämst dich nicht, du schämst dich nicht, du Barbar und Tyrann meiner Familie, du Barbar und Heide! Bestohlen hast du mich bis aufs Letzte, all meine Säfte hast du mir ausgesogen, und immer hast du noch nicht genug! Wie lange werde ich dich noch ertragen, du schamloser, du ehrloser Mensch?«

»Márfa Boríssowna, Márfa Boríssowna! Das ... hier ist Fürst Myschkin. General Iwolgin und Fürst Myschkin ...«, stotterte der unsicher und ganz kleinlaut gewordene General.

»Werden Sie es mir glauben«, wandte sich die Witwe sogleich an den Fürsten, »werden Sie es mir glauben, daß dieser schamlose Mensch nicht einmal meine verwaisten Kinder verschont hat? Alles hat er uns genommen, alles hat er fortgeschleppt, alles hat er verkauft und versetzt, nichts hat er uns gelassen! Was soll ich denn mit deinen Schuldverschreibungen anfangen, du schlauer, du gerissener Mensch? So antworte doch wenigstens, du Betrüger, antworte mir doch, du unersättliches Herz! Sag mir doch, womit soll ich, womit soll ich jetzt meine verwaisten Kinderchen ernähren? Da kommt er nun betrunken angetorkelt, kann kaum auf den Beinen stehen ... Womit ich wohl den Zorn Gottes erregt haben mag, daß er mich so bitter straft! — So antworte, du schändlicher, du schamloser Mensch, so antworte doch wenigstens!«

Der General jedoch war nicht dazu aufgelegt, zu antworten, er hatte anderes im Sinn.

»Hier, Márfa Boríssowna, hier sind fünfundzwanzig Rubel ... alles, was ich dank der Großmut meines Freundes Ihnen geben kann. Fürst! Ich habe mich grausam geirrt! So ... ist das Leben ... Jetzt aber ... fühle ich mich schwach ... verzeihen Sie«, fuhr der General, der mitten im Zimmer stand, sich nach allen Seiten verbeugend, mit müder Stimme fort. »Ich ... bin schwach, verzeiht! Lénotschka! ein Kissen ... liebes Kind!«

Lénotschka, das achtjährige Töchterchen der Witwe, lief flink nach einem Kissen, das sie dann auf das harte, zerschlissene Wachstuchsofa legte. Der General setzte sich nieder, mit der Absicht, noch vieles zu sagen, doch kaum saß er, als er sich auch schon auf die Seite neigte, ausstreckte, zur Wand drehte und in den Schlaf des Gerechten sank.

Marfa Borissowna sah kummervoll den Fürsten an, deutete zeremoniell auf einen Stuhl am Tisch, setzte sich selbst ihm gegenüber, stützte das Kinn in die rechte Hand und begann den Gast, nur ab und zu aufseufzend, stumm zu betrachten. Ihre drei kleinen Kinder (zwei Mädchen und ein Knabe), von denen Lénotschka das älteste war, traten auch an den Tisch heran, legten alle drei die Händchen auf die Tischkante und begannen gleichfalls alle drei, stumm und aufmerksam den Fürsten anzuschauen. Da kam Kolja aus dem Nebenzimmer.

»Kolja! Es freut mich sehr, daß ich Sie hier angetroffen habe«, wandte sich der Fürst an ihn, »vielleicht können Sie mir helfen. Ich muß unbedingt heute noch zu Nastassja Filippowna. Ich hatte Ardalión Alexándrowitsch gebeten, mich hinzuführen, und er wollte mir auch den Dienst erweisen, aber nun ist er mir, wie Sie sehen, eingeschlafen. Bitte führen Sie mich hin; denn ich kenne hier weder die Straßen, noch den Weg zu ihr. Zum Glück habe ich durch ihn wenigstens die Adresse erfahren: am Großen Theater, im Hause der Mytówzowa.«

»Nastassja Filippowna? Aber die hat doch nie im Leben dort gewohnt, und mein Vater ist niemals bei ihr gewesen, wenn Sie's wissen wollen. Mich wundert nur, daß Sie von ihm überhaupt etwas erwartet haben. Nastassja Filippowna wohnt nicht weit von den „Fünf Ecken", in der Gegend der Wladímirskaja, das ist viel näher von hier. Wollen Sie jetzt gleich gehen? Es ist halb zehn. Gut, ich werde Sie gern hinbegleiten.«

Der Fürst und Kolja machten sich sofort auf den Weg. Der Fürst hatte kein Geld mehr, um eine Droschke zu bezahlen, so mußten sie zu Fuß gehen.

»Ich wollte Sie gerade mit Ippolit bekannt machen«, sagte Kolja, als sie auf die Straße traten, »das ist der älteste Sohn dieser Witwe mit den Rattenschwänzen auf dem Kopf. Er wohnt in einem Hinterzimmer. Heute hat er den ganzen Tag gelegen, er fühlt sich bedeutend schlechter. Er ist aber so sonderbar, ist entsetzlich empfindlich. Ich glaube, er hätte sich vor Ihnen geschämt, weil Sie in einem solchen Augenblick gekommen sind ... Für mich ist es doch immerhin weniger peinlich als für ihn; denn bei mir ist es ja nur der Vater, bei ihm aber die Mutter, das ist doch ein Unterschied! Männern geht so etwas nicht gleich an die Ehre. Oder vielleicht ist das nur ein Vorurteil, das sich aus dem Vorrecht des männlichen Geschlechts auf diesem Gebiet entwickelt hat. ... Ippolit ist sonst ein famoser Junge, bloß in manchen Dingen ist er einfach Sklave gewisser Vorurteile.«

»Sie sagten, er sei schwindsüchtig?«

»Ja; wahrscheinlich wäre es für ihn besser, er stürbe bald. Ich würde an seiner Stelle unbedingt sterben wollen. Ihm tun aber die kleinen Geschwister leid, die drei Gören, — Sie haben sie ja gesehen. Wenn es nur ginge, wenn wir nur das Geld dazu hätten, würden wir eine eigene Wohnung mieten und uns von unseren Angehörigen lossagen. Das ist unser Ideal! Aber wissen Sie, als ich ihm vorhin von Ihrem Auftritt mit Ganja erzählte, wurde er in seiner Reizbarkeit ganz wild und behauptete, daß jeder, der eine Ohrfeige erhält und seinen Beleidiger nicht fordert, einfach ein Lump sei. Er war aber in sehr gereizter Stimmung, daher wollte ich weiter nicht mit ihm streiten. Also Nastassja Filippowna hat Sie gleich richtig eingeladen zu sich?«

»Das ist es ja, daß sie mich nicht eingeladen hat.«

»Wie? Aber wie können Sie dann zu ihr gehen?« fragte Kolja fast erschrocken und blieb vor Verwunderung mitten auf dem Trottoir stehen. »Und ... und in diesem Anzug? Dort ist doch geladener Besuch!«

»Bei Gott, ich weiß es selbst nicht, wie ich eintreten soll. Werde ich empfangen — gut, wenn nicht — dann nicht: dann ist eben nichts daraus geworden. Und was den Anzug betrifft — ja, was ist da zu machen?«

»Ah, so, Sie haben wohl einen ernsten Grund hinzugehen? Oder gehen Sie nur pour passer le temps ,in guter Gesellschaft'?«

»Nein, im Grunde ... oder ja, doch, ich habe ... das läßt sich schwer erklären, Kolja ...«

»Nun, gleichviel was das für ein Grund ist, das ist Ihre Sache. Ich meine nur — Sie wollen sich doch nicht dieser Gesellschaft aufdrängen, den Kameliendamen, Generalen und Wucherern ... Wenn das der Fall wäre (verzeihen Sie, Fürst!), dann müßte ich Sie auslachen und verachten! Hier gibt es nur sehr wenige Menschen, die ehrenhaft sind, wirklich, es gibt hier keinen, den man richtig achten kann. Da blickt man unwillkürlich auf sie von oben herab, wenn sie trotzdem alle geachtet sein wollen. Warja ist die erste, die's tut. Und ist es Ihnen nicht aufgefallen, Fürst, daß in unserer Zeit alle Abenteurer sind? Und namentlich noch bei uns in Rußland, in unserem lieben Vaterlande. Woher das nur alles kommen mag — wirklich, ich begreife es nicht. Man sollte meinen, daß alles unerschütterlich fest stand — aber jetzt? Darüber redet und schreibt jetzt alle Welt. Bei uns wollen alle ,alles entlarven'! Und die Eltern sind die ersten, die sich ihrer früheren ,alten Moral' schämen. In Moskau zum Beispiel hat ein Vater seinen Sohn gelehrt, vor *nichts* zurückzuschrecken, wenn es sich um Gelderwerb handelt tatsächlich! Es stand in der Zeitung. Und nehmen Sie doch zum Beispiel meinen General. Was ist aus ihm geworden? Aber wissen Sie was, ich glaube, daß mein General doch ein ehrlicher Mensch ist. Bei Gott, er ist es. Das ist ja alles nur die Unordnung und der Alkohol. Bei Gott, er kann einem sogar leid tun. Ich will es nur nicht jedem sagen; denn sie würden mich ja alle auslachen. Aber er tut mir wirklich leid, glauben Sie mir. Und was ist denn schließlich an den anderen dran? — an diesen sogenannten Klugen? Alle sind sie Wucherer, alle, vom ersten bis zum letzten. Ippolít verteidigt den Wucher, er sagt, das müsse so sein, es wäre ökonomische Umwälzung, Ebbe und Flut, oder so etwas Gutes, hol's der Kuckuck. Mich ärgert es scheußlich, daß *er* so etwas sagt. Aber was, er ist ja doch krank und verbittert. Stellen Sie sich vor, seine Mutter, die da, erhält von meinem Vater Geld, und dieses Geld borgt sie ihm dann gegen Wucherzinsen! Ist das nicht eine Gemeinheit? Aber wissen Sie, Mama, das heißt, meine Mama, Nina Alexandrowna, hilft Ippolit mit Geld, Kleidern, Wäsche und was sonst noch nötig ist, und sogar den drei Kleinen hilft sie, durch Ippolit; denn die Witwe vernachlässigt sie ganz. Auch Warja hilft ihnen.«

»Nun sehen Sie, Sie sagen, es gäbe keine ehrenhaften und starken Menschen, alle seien Wucherer. Da haben Sie doch Ihre Mutter und Warja. Ist denn das kein Beweis sittlicher Kraft, wenn sie hier unter solchen Umständen helfen?«

»Warja tut es nur aus Eigenliebe, bei ihr ist es Prahlerei, sie will der Mutter nicht nachstehen. Aber Mama allerdings... ich muß schon sagen, da hat man alle Hochachtung. Jawohl, das achte ich an ihr, und diese Achtung ist gerechtfertigt. Selbst Ippolit fühlt es, aber er ist ja schon ganz verbittert. Anfangs lachte er darüber und nannte es von seiten meiner Mutter eine Gemeinheit. Aber jetzt fängt er schon an zu fühlen, daß ... Also, Sie nennen so etwas Kraft? Das werde ich mir merken. Ganja weiß nichts davon, sonst würde er es unnütze Verwöhnung nennen.«

»Ganja weiß es nicht? Ich glaube, Ganja weiß noch sehr vieles nicht«, kam es dem nachdenklich gewordenen Fürsten unwillkürlich über die Lippen.

»Wissen Sie, Fürst, Sie gefallen mir sehr. Ich kann es noch immer nicht vergessen, wie Sie sich da vorhin verhielten.«

»Auch Sie gefallen mir sehr, Kolja.«

»Hören Sie, wie beabsichtigen Sie hier zu leben? Ich werde mir bald irgendeine Beschäftigung verschaffen und etwas verdienen — wollen wir dann alle drei zusammen, Sie, Ippolít und ich, eine Wohnung mieten?! — und der General kann uns dann besuchen!«

»Mit dem größten Vergnügen. Übrigens werden wir ja noch sehen... Ich bin sehr... sehr zerstreut. Was? Wir sind schon da? In diesem Hause?... Was für eine prächtige Vorhalle! Und die Portierloge... Nun, Kolja, ich weiß nicht, was daraus werden wird...«

Der Fürst stand wie verloren vor dem Portal.

»Nun, morgen werden Sie mir alles erzählen! Seien Sie nur nicht gar zu schüchtern. Gott gebe Ihnen guten Erfolg, denn ich bin in allem ganz Ihrer Meinung. Leben Sie wohl. Ich gehe wieder dorthin zurück und werde Ippolit alles erzählen. Daß Sie empfangen werden, ist sicher, eine Abweisung brauchen Sie bestimmt nicht zu fürchten! Sie ist unglaublich originell. Hier, diese Treppe geht's hinauf, im ersten Stock, der Portier wird Ihnen schon Bescheid sagen.«

## XIII

Der Fürst suchte, als er die Treppe hinaufstieg, mit aller Gewalt seiner Aufregung Herr zu werden. »Das Schlimmste, was mir begegnen kann«, dachte er, »ist, daß man mich nicht empfängt und etwas Schlechtes von mir denkt... oder vielleicht empfängt man mich, um mir dann ins Gesicht zu lachen? ... Ach, mögen sie doch!« Was ihn aber am meisten schreckte, war der Gedanke oder die Frage, was er denn dort eigentlich

zu tun beabsichtige, und weshalb er überhaupt hinging,
— eine Frage, auf die er entschieden keine zufriedenstellende
und beruhigende Antwort zu finden vermochte. Selbst wenn
sich ihm dort die Gelegenheit böte, Nastassja Filippowna
unbemerkt zu sagen: ‚Heiraten Sie diesen Menschen *nicht,*
stürzen Sie sich nicht ins Unglück, er liebt nicht Sie, sondern
nur Ihr Geld, das hat er mir selbst gesagt, und auch Aglaja
Jepántschina hat mir das gesagt, ich aber bin gekommen,
um es Ihnen zu hinterbringen‘, so wäre damit wohl in keiner
Hinsicht das Richtige getan. Ferner gab es da noch eine andere ungelöste Frage, eine Frage von solcher Wichtigkeit,
daß der Fürst sich scheute, an sie auch nur zu denken, ja,
daß er es nicht einmal wagte, nicht über sich brachte, sie als
zulässig zu betrachten, auch nicht wußte, wie er sie hätte
formulieren sollen, und schon errötete und erbebte, sobald
sein Denken auch nur in diese Richtung abschweifen wollte.
Allein, trotz all dieser Befürchtungen und Zweifel, endete
es damit, daß er die Glocke zog, eintrat und sich bei der
Dame des Hauses anmelden ließ.

Nastassja Filippowna hatte eine nicht sehr große, dafür
aber wirklich prachtvoll eingerichtete Wohnung inne. Im
Laufe dieser fünf Jahre ihres Lebens in Petersburg hatte es
eine Zeit gegeben, am Anfang, wo Tozkij aus freien Stücken
sehr viel Geld für sie aufwandte; damals spekulierte er
noch auf ihre Liebe und glaubte, sie hauptsächlich mit Komfort und Luxus betören zu können, da er wußte, wie leicht
man sich die Gewohnheiten des Reichtums aneignet und wie
schwer es nachher fällt, auf sie zu verzichten, wenn der
Luxus allmählich zu einem Bedürfnis geworden ist. Auch in
diesem Fall verblieb Tozkij treu bei den alten guten Überlieferungen, ohne an ihnen etwas zu ändern, und baute unentwegt auf die unüberwindliche Macht der sinnlichen Einflüsse, die er unermeßlich hoch veranschlagte. Nastassja
Filíppowna wies den Luxus nicht zurück, ja, sie liebte ihn
sogar, aber — und das war doch äußerst sonderbar — sie
ließ sich auf keine Weise von ihm unterjochen, ganz als

könne sie jederzeit auch ohne ihn auskommen; und sie machte sich sogar die Mühe, dies auch mehrfach kundzutun, wovon Tozkij sich jedesmal unangenehm überrascht fühlte. Übrigens gab es in Nastassja Filippowna vielerlei Eigenheiten, die Tozkij unangenehm überraschten (in der Folgezeit sogar in eine Opposition bis zur Verachtung drängten). Ganz abgesehen von der Unvornehmheit jener Menschensorte, mit der sie gelegentlich verkehrte, und das offenbar aus Neigung tat, legte sie noch andere äußerst seltsame Neigungen an den Tag: es zeigte sich in ihr neuerdings eine gewisse barbarische Mischung zweier Geschmacksrichtungen, die Fähigkeit, einerseits auf Dinge zu verzichten und andererseits an Dingen Gefallen zu finden, deren bloßes Dasein ein feingebildeter, ästhetisch empfindender Mensch, wie man meinen sollte, überhaupt nicht für möglich halten konnte. Dagegen: hätte Nastassja Filippowna z. B. eine liebe kleine Unwissenheit vornehmer Art verraten, wie etwa, daß Bauernmädchen nicht solche Batistwäsche tragen wie sie, so hätte das Afanassij Iwanowitsch aus unbestimmten Gründen sehr angenehm berührt. Hätte doch nach Tozkijs Erziehungsprogramm Nastassja Filippownas ganzer Unterricht unfehlbar zu diesen Resultaten führen müssen — und er hielt sich für durchaus kompetent in allen Erziehungsfragen. Doch leider waren die Resultate, wie es sich in der Praxis erwies, ganz anderer und zum mindesten sehr seltsamer Art. Trotzdem aber war und blieb in Nastassja Filippowna ein »Etwas«, das sogar Tozkij durch seine ungewöhnliche und reizvolle Originalität, durch seine gewisse Kraft stutzig machte und ihn auch jetzt noch mitunter bestrickte, obschon doch alle seine früheren Spekulationen auf Nastassja Filippowna schon längst zusammengebrochen waren.

Dem Fürsten öffnete eine Zofe die Tür (Nastassja Filippowna hatte stets nur weibliche Bedienung), und diese vernahm zu seiner Verwunderung ohne das geringste Erstaunen die Bitte, ihn anzumelden. Weder seine schmutzigen Stiefel noch sein breitrandiger Filzhut, weder sein ärmelloser Kapuzenmantel noch seine verwirrte Miene erregten Bedenken in ihr. Sie nahm ihm den Mantel ab, bat ihn höflich einen Augenblick zu warten, und ging sogleich, um ihrer Herrin den Besuch zu melden.

Die Gesellschaft, die sich bei Nastassja Filippowna versammelt hatte, bestand nur aus ihren alten Bekannten, die sie ständig besuchten. Diesmal war es nur eine kleine Gesellschaft, im Vergleich mit den früheren Abenden an ihrem Geburtstag. Anwesend waren erstens und als die Hauptpersonen Afanássij Iwánowitsch Tózkij und der General Iwán Fjódorowitsch Jepántschin; beide bemühten sich liebenswürdig zu sein; doch sah man beiden an, daß die bevorstehende Entscheidung Nastassja Filippownas sie nicht wenig beunruhigte. Außer ihnen war natürlich auch Ganja anwesend — finster, nachdenklich und, fast kann man sagen, das Gegenteil von liebenswürdig. Er hielt sich etwas abseits und schwieg. Warja mitzubringen, hatte er doch nicht für ratsam gehalten, aber Nastassja Filippowna fragte auch mit keinem Wort nach ihr. Dafür jedoch kam sie sogleich nach seiner Begrüßung auf jenen Zwischenfall mit dem Fürsten zu sprechen. Der General, der noch nichts davon gehört hatte, erkundigte sich interessiert, was denn vorgefallen sei, worauf Ganja trocken, sachlich, doch vollkommen wahrheitsgetreu alles erzählte und hinzufügte, daß er den Fürsten bereits um Verzeihung gebeten habe. Zum Schluß sprach er noch wärmstens seine Meinung aus: daß der Fürst seltsamerweise — Gott weiß weshalb — ein „Idiot" genannt werde, daß er, Ganja, sich aber vom vollkommenen Gegenteil überzeugt habe; denn »dieser Mensch hat sicher seinen Kopf für sich«, d. h. denke selbständig. Nastassja Filippowna hörte diese Meinungsäußerung sehr aufmerksam an und beobachtete Ganja neugierig. Das Gespräch ging dann auf Rogóshin über, der ja bei Iwolgins eine so große Rolle gespielt hatte, und diesem Gespräch folgten nun Tozkij und Jepantschin mit größter Aufmerksamkeit. Ptizyn, der sich fast bis neun Uhr abends für Rogoshin in geschäftlichen

Angelegenheiten gemüht hatte, wußte, wie sich herausstellte, noch einzelne Neuigkeiten über ihn zu berichten: Rogoshin setzte alle Hebel in Bewegung, um noch vor der Nacht hunderttausend Rubel in barem Gelde zusammenzubringen. »Allerdings war er betrunken«, fügte Ptizyn hinzu, »aber er wird wahrscheinlich sein Wort halten; denn wenn es auch schwer ist, hunderttausend an einem Tag flüssig zu machen, so helfen ihm doch viele: Trepáloff, Kinder und Bískup ... Nur weiß ich nicht, ob es ihnen gerade heute noch gelingen wird ... Auf die Höhe der Prozente kommt es ihm gar nicht an, er zahlt alles — natürlich in der Trunkenheit und in der ersten Freude ...«, schloß Ptizyn. Alle diese Mitteilungen wurden von den Anwesenden mit zum Teil finsterem Interesse zur Kenntnis genommen. Nastassja Filippowna schwieg und wollte sich offenbar nicht dazu äußern. Ganja schwieg gleichfalls. General Jepantschin beunruhigte sich innerlich vielleicht am meisten von allen: sein kostbares Geschenk war von ihr mit etwas gar zu kühler Freundlichkeit in Empfang genommen worden; ja, vielleicht täuschte er sich nicht einmal, wenn er sogar so etwas wie leisen Spott in ihrem Blick und Lächeln bemerkt zu haben glaubte. Nur Ferdyschtschénko befand sich als einziger von allen Gästen in gehobener festtäglicher Stimmung und lachte laut, oft ohne selbst zu wissen weshalb — vielleicht nur, weil er sich selbst die Rolle des Spaßmachers auferlegt hatte. Tozkij, den die Fama als eleganten und geistreichen Erzähler pries, und der an solchen Abenden gewöhnlich die ganze Unterhaltung beherrscht hatte, war diesmal offenbar nicht dazu aufgelegt. Man merkte ihm sogar eine gewisse, an ihm ganz fremde Verlegenheit an. Die übrigen Gäste — ein armer, alter Lehrer, der Gott weiß weshalb eingeladen worden war, irgendein unbekannter und sehr junger Mann, der entsetzlich schüchtern zu sein schien und den Mund überhaupt nicht auftat, eine lebhafte ältere Dame von etwa vierzig Jahren, die einstmals Schauspielerin gewesen war, und dann noch eine auffallend hübsche, reich gekleidete junge Dame, die so gut wie gar nichts sagte — sie alle konnten das Gespräch nicht nur nicht beleben, sondern wußten mitunter nicht einmal, was sie antworten oder wovon sie überhaupt sprechen sollten.

So war es denn begreiflich, daß das Erscheinen des Fürsten allen Anwesenden sehr gelegen kam. Übrigens rief seine Anmeldung doch einiges Erstaunen und auf manchen Gesichtern sogar ein gewisses Lächeln hervor, namentlich als man aus Nastassja Filippownas überraschter Miene erriet, daß sie gar nicht daran gedacht hatte, ihn einzuladen. Doch schon im nächsten Augenblick verriet ihr Gesicht so viel aufrichtige Freude über seinen Besuch, daß die Mehrzahl der Gäste sich sofort gleichfalls anschickte, den unerwarteten Gast mit Vergnügen zu empfangen.

»Nun ja, wenn er das auch wieder nur aus Naivität tut«, meinte General Jepantschin, »und solche — hm! — Neigungen zu begünstigen ziemlich gefährlich sein kann, so ist es doch im Augenblick nicht übel, daß er das Geburtstagskind mit seinem Besuch bedacht hat, zumal er es noch in einer so originellen Weise tut. Aller Voraussicht nach wird er uns sogar erheitern, wenigstens soweit ich über ihn urteilen kann.«

»Selbstverständlich muß er nun herhalten, da er sich ja auf eigene Faust eindrängt«, rief sofort Ferdyschtschenko aus.

»Sie meinen?« fragte der General trocken. Er konnte diesen Ferdyschtschenko nicht ausstehen.

»Nun, ich meine, daß er für den Eintritt wird zahlen müssen«, erklärte dieser.

»Mir scheint, daß ein Fürst Myschkin immerhin kein Ferdyschtschenko ist«, konnte der General sich nicht enthalten zu bemerken. Es fiel ihm ehrlich schwer, sich an den Gedanken zu gewöhnen, daß er, General Jepantschin, sich mit einem Ferdyschtschenko in ein und derselben Gesellschaft befand, ganz als wären sie gleichstehende Persönlichkeiten.

»Ei, Exzellenz, mit Ferdyschtschenko müssen Sie Nachsicht haben«, antwortete jener lachend, »ich bin doch hier mit ganz besonderen Rechten ausgestattet!«

»Was sind denn das für besondere Rechte, wenn man fragen darf?«

»Das auseinanderzusetzen hatte ich bereits das vorigemal die Ehre, doch für Eure Exzellenz will ich es wiederholen. Also, ich bitte zu erwägen, Exzellenz: alle Menschen sind geistreich, nur ich allein bin es nicht. Als Schadenersatz habe ich dafür die Erlaubnis erhalten, die Wahrheit zu sagen, da doch bekanntlich nur jene die Wahrheit sagen, die nicht geistreich sind. Zudem bin ich ein äußerst rachsüchtiger Mensch, und das natürlich gleichfalls nur aus Mangel an Geist. Ich nehme jede Beleidigung ruhig hin, jedoch nur bis zum ersten Mißerfolg des Beleidigers. Bei seiner ersten Niederlage entsinne ich mich unverzüglich alles dessen, was er auf dem Kerbholz hat, und zahle es ihm prompt auf irgendeine Weise heim — schlage mit den Hinterbeinen aus, wie Iwan Petrowitsch Ptizyn es nennt, der, versteht sich, selbst niemals gegen jemand ausschlägt. Kennen Eure Exzellenz vielleicht Kryloffs Fabel vom Löwen und vom Esel? Nun, sehen Sie, die ist wie auf uns gedichtet, tatsächlich, das sind Sie und ich!«

»Sie scheinen ja wieder einmal in Ihr unleidliches Phantasieren zu geraten, Ferdyschtschenko«, entgegnete der General gereizt und grob.

»Aber was haben Sie denn dagegen einzuwenden, Exzellenz?« griff Ferdyschtschenko schnell auf, ganz als hätte er nur auf diesen Einwand gewartet. »Beunruhigen Sie sich nicht, Exzellenz, ich kenne sehr wohl den Platz, der mir zukommt: der Löwe sind natürlich Sie, Exzellenz:

„Der grimme Leu, des Waldes Schrecken,
Ward mit den Jahren altersschwach —"

Und ich, Exzellenz, bin selbstverständlich der Esel...«

»Mit letzterem bin ich einverstanden«, platzte der General unvorsichtig genug heraus.

Diese ganze Plänkelei wurde natürlich mit Absicht von Ferdyschtschenko in die Länge gezogen: obwohl er nicht geistreich zu sein verstand, wurde ihm doch vieles erlaubt, da er nun einmal offiziell die Rolle des Spaßmachers übernommen hatte.

»Aber ich werde ja doch nur deshalb hier empfangen, damit ich gerade in diesem Genre rede!« hatte Ferdyschtschenko einmal lachend erklärt. »Wie wäre es denn sonst möglich, mich zu empfangen? Das begreife ich doch! Wie könnte man mich denn im Ernst, mich, den obskuren Ferdyschtschenko, neben einen so ästhetisch überfeinen Gentleman wie Afanassij Iwanowitsch Tozkij setzen? Da bleibt einem doch nur die eine Erklärung übrig: eben weil es unvorstellbar ist, wird es getan!«

Ferdyschtschenko konnte in seinen Späßen sehr plump, bisweilen aber auch sehr bissig sein, und bisweilen sogar noch mehr als bissig. Das aber war es gerade, was Nastassja Filippowna zu gefallen schien. Daher mußte auch ein jeder, der mit ihr verkehren wollte, Ferdyschtschenkos Anwesenheit in den Kauf nehmen. Er traf vielleicht den Nagel auf den Kopf, wenn er sich sagte, daß er nur deshalb empfangen wurde, weil er gleich bei seinem ersten Besuch für Tozkij »unmöglich« geworden war. Auch Ganja mußte sich endlose Sticheleien von ihm gefallen lassen, und gerade in *der* Beziehung kam Ferdyschtschenko Nastassja Filippowna sogar sehr zustatten.

»Der Fürst aber wird bei uns damit beginnen müssen, daß er eine moderne Arie zum besten gibt«, schloß Ferdyschtschenko mit einem Seitenblick auf Nastassja Filippowna, um aufzupassen, was sie dazu sagen werde.

»Ich glaube nicht, daß er das tun wird, und bitte, Ferdyschtschenko, geben Sie sich keine Mühe«, bemerkte sie kurz.

»A—ah! Nun, wenn er unter besonderer Protektion steht, so werde natürlich auch ich nachsichtig sein.«

Nastassja Filippowna hatte sich bereits erhoben und ging ohne ihn anzuhören, dem Fürsten entgegen.

»Ich habe es schon bedauert«, sagte sie, als sie plötzlich vor ihm stand, »daß ich Sie vorhin in der Eile zu mir einzuladen vergaß. Um so mehr freut es mich, daß Sie mir jetzt selbst Gelegenheit geben, Ihnen zu danken und für die Geistesgegenwart, mit der Sie eingriffen, meine Anerkennung auszusprechen.«

Während sie das sagte, blickte sie ihn forschend an, bemüht, wenigstens halbwegs eine Erklärung für sein Erscheinen zu finden.

Der Fürst hätte auf ihre liebenswürdige Begrüßung vielleicht auch etwas erwidert, aber er war dermaßen geblendet und betroffen, daß er kein Wort hervorzubringen vermochte. Nastassja Filippowna bemerkte es und es tat ihr wohl. Sie war an diesem Abend in großer Toilette und machte einen außergewöhnlichen Eindruck. Sie reichte ihm die Hand und führte ihn dann zu ihren Gästen. Doch dicht vor der Tür zum Salon blieb der Fürst plötzlich stehen und flüsterte ihr in ungewöhnlicher Erregung schnell, fast atemlos zu:

»An Ihnen ist alles vollkommen... selbst das, daß Sie mager und blaß sind, ist schön... Man mag Sie sich gar nicht anders vorstellen... Ich wollte um jeden Preis zu Ihnen... ich... verzeihen Sie...«

»Bitten Sie nicht um Verzeihung«, unterbrach ihn Nastassja Filippowna lachend, »damit würden Sie die ganze Seltsamkeit und Originalität Ihres Erscheinens zerstören. Man hat wohl recht, wenn man Sie einen sonderbaren Menschen nennt. Sie halten mich also wirklich für vollkommen, ja?«

»Ja.«

»Wenn Sie auch sonst ein Meister im Erraten sind, diesmal täuschen Sie sich doch. Ich werde Sie noch heute daran erinnern...«

Sie stellte ihn darauf ihren Gästen vor, von denen freilich die meisten ihn bereits kannten. Tozkij sagte ihm sogleich irgend eine Liebenswürdigkeit. Alle schienen sich zu beleben, alle begannen plötzlich zu sprechen und zu lachen. Nastassja Filippowna ließ den Fürsten neben sich Platz nehmen.

»Aber was ist denn am Erscheinen des Fürsten so Erstaunliches?« übertönte Ferdyschtschenkos Organ alle anderen Stimmen. »Die Sache liegt doch auf der Hand, sie spricht ja für sich selbst!«

»Ja, sie spricht nur zu deutlich für sich selbst«, brach plötzlich Ganja sein Schweigen. »Ich habe den Fürsten heute fast ununterbrochen beobachtet, von dem Augenblick an, als er am Vormittag zum erstenmal Nastassja Filippownas Bild erblickte auf dem Schreibtisch Iwan Fjódorowitschs. Ich entsinne mich noch sehr gut, daß ich mir schon damals dasselbe dachte, wovon ich jetzt vollkommen überzeugt bin, und was mir der Fürst, nebenbei bemerkt, auch selbst gestanden hat.«

Ganja hatte mit sehr ernster, fast sogar finsterer Miene ohne den geringsten Scherzton gesprochen, was einen ziemlich sonderbaren Eindruck machte.

»Ich habe Ihnen keine Geständnisse gemacht«, entgegnete der Fürst, der bei Ganjas Worten rot geworden war, »ich habe nur auf Ihre Frage geantwortet.«

»Bravo, bravo!« schrie Ferdyschtschenko laut. »Das nenne ich wenigstens aufrichtig! Und zwar ist es ebenso aufrichtig wie auch schlau zugleich!«

Alles lachte hellauf.

»Schreien Sie doch nicht so, Ferdyschtschenko«, sagte mit angewiderter Miene Ptizyn halblaut zu ihm.

»Solche Bravourstückchen hätte ich Ihnen, Fürst, eigentlich gar nicht zugetraut«, bemerkte Iwan Fjodorowitsch Jepantschin. »Aber wissen Sie auch, wem allein das im Grunde zusteht?... Und ich habe Sie für einen Philosophen gehalten! Ja, ja, die stillen Gewässer!«

»Und danach zu urteilen, daß der Fürst bei diesem harmlosen Scherz wie ein unschuldiges, junges Mädchen errötet, muß er ja als edler Jüngling nur die edelsten Absichten in seinem Herzen hegen«, sagte oder, richtiger, mummelte mit seinem zahnlosen Munde der bis dahin stumme siebzigjährige kleine Lehrer, von dem ein jeder alles andere eher erwartet hätte, als daß er an diesem Abend überhaupt ein Wort reden werde.

Die Bemerkung des Greises rief noch größere Heiterkeit hervor, und er selbst begann in dem Glauben, daß sein Scherz die Ursache des Gelächters sei, noch lauter als die anderen zu lachen — bis er einen so heftigen Hustenanfall bekam, daß Nastassja Filippowna, die für alte Originale, Greise und sogar Schwachsinnige eine besondere Zuneigung hegte, den Alten zu streicheln begann, ihn küßte und ihm Tee anbot. Von der eintretenden Zofe ließ sie sich eine Mantille bringen, in die sie sich dann fröstelnd einhüllte. Darauf hieß sie das Mädchen, noch Holzscheite im Kamin nachzulegen. Auf ihre Frage, wieviel Uhr es sei, antwortete das Mädchen, es sei schon halb elf.

»Meine Herrschaften, wollen Sie nicht Champagner trinken?« fragte plötzlich Nastassja Filippowna. »Er ist schon bereitgestellt. Vielleicht wird es dann lustiger werden. Also ganz ungeniert, wenn ich bitten darf.«

Diese Aufforderung zu trinken, die noch dazu so naiv ausgesprochen wurde, erschien den Anwesenden sehr sonderbar von Nastassja Filippowna. Alle kannten die feine Förmlichkeit, die sie auf ihren Abendgesellschaften stets zu beobachten pflegte. Diesmal wurde es lustiger, als es die Gäste sonst bei ihr gewohnt waren. Den gereichten Champagner lehnte man nicht ab; die lebhafte Dame, der General, der alte Lehrer, Ferdyschtschenko machten den Anfang und ihrem Beispiel folgten auch die anderen. Tozkij nahm gleichfalls einen der Kelche und bemühte sich, dem neuangeschlagenen Ton nach Möglichkeit den Charakter eines unbefangenen Scherzens zu geben. Nur Ganja trank nicht. Nastassja Filippowna dagegen erklärte, daß sie mindestens drei Glas trinken werde. Es war sehr schwer, aus ihrem oft grundlosen, plötzlichen Lachen, das bald ernster Nachdenklichkeit und finsterem Schweigen wich, um dann von neuem in nervöser Heiterkeit hervorzubrechen, klug zu werden oder gar aus ihm zu erraten, was sie für Absichten hatte. Es fiel mit der Zeit auf, daß sie gleichsam etwas erwartete, häufig nach der Uhr sah, immer ungeduldiger wurde und sehr zerstreut war.

»Bei Ihnen scheint ja eine richtige kleine Influenza im Anzug zu sein, meine Liebe?« fragte die lebhafte Dame.

»Oh, eine sehr große sogar, nicht nur eine kleine, deshalb habe ich auch die Mantille umgenommen«, entgegnete Nastassja Filippowna, die in der Tat blasser geworden war und zuweilen sich krampfhaft zusammenzunehmen schien, damit die anderen nicht merkten, wie ein Frösteln sie durchlief.

Alle wurden unruhig und machten besorgte Gesichter; es kam Bewegung in die ganze Versammlung.

»Oder sollten wir Nastassja Filippowna nicht Ruhe gönnen?« fragte Tozkij mit einem Blick auf Jepantschin.

»Oh, nein, nein! auf keinen Fall! Ich bitte Sie alle, bei mir zu bleiben«, rief sie lebhaft. »Ihre Anwesenheit ist für mich gerade heute unentbehrlich«, fügte sie plötzlich nachdrücklich und recht vielsagend hinzu.

Da nun fast alle Gäste wußten, daß an diesem Abend eine wichtige Entscheidung bevorstand, so fielen diese ihre Worte schwer ins Gewicht. Der General und Tozkij tauschten nochmals einen bedeutsamen Blick aus. Ganja machte eine hastige Bewegung.

»Wie wär's, wenn wir ein Petit-jeu spielten?« schlug die lebhafte Dame vor.

»Ach, ich kenne ein ganz neues Gesellschaftsspiel!« rief Ferdyschtschenko sofort aus. »Wenigstens ist es eines, das nur ein einziges Mal auf der Welt gespielt worden ist, und selbst da gelang es nicht!«

»Was ist denn das für ein Spiel?« fragte die lebhafte Dame.

»Wir hatten uns einmal zu einer ganzen Gesellschaft zusammengefunden, nun, es war auch ein bißchen getrunken worden, das läßt sich nicht leugnen, und da machte plötzlich jemand den Vorschlag, daß jeder von uns etwas aus seinem Leben erzählen solle, ganz einfach, so wie wir da alle um den Tisch herumsaßen, doch dieses Etwas — jetzt kommt der Haken! — mußte unbedingt gerade das sein, was der Erzähler auf Ehr' und Gewissen für die schlechteste Tat hielt, die er je im Laufe seines Lebens begangen hatte; und zwar nur unter dieser einen Bedingung: daß er nicht log, sondern aufrichtig, ganz aufrichtig, nur der Wahrheit gemäß die Sache wiedergab.«

»Ein sonderbarer Einfall«, meinte der General.

»Aber erlauben Sie, Exzellenz, Sonderbarkeit ist doch nur ein Vorzug!«

»Ich finde den Einfall lächerlich«, äußerte Tozkij, »doch im Grunde begreiflich: Prahlerei besonderer Art.«

»Aber das war's ja vielleicht gerade, was man wollte, Afanassij Iwanowitsch.«

»Ach, gehen Sie! Ein solches Petit-jeu bringt einen ja eher zum Weinen als zum Lachen!« sagte die lebhafte Dame ablehnend.

»Ich halte ein solches Spiel für ganz unmöglich«, äußerte sich Ptizyn.

»Aber gelang es denn auch, Ferdyschtschenko?« erkundigte sich Nastassja Filippowna.

»Das ist es ja eben, daß es nicht gelang, es geriet daneben. Allerdings weigerte sich niemand zu erzählen, viele erzählten auch wahrheitsgetreu — und denken Sie sich, manch einer erzählte sogar mit aufrichtigem Vergnügen, danach aber schämte sich doch ein jeder. Hielten's nicht aus. Im allgemeinen war es übrigens durchaus erheiternd, das heißt, in seiner Art...«

»Aber das ist ja wie geschaffen für uns!« fiel ihm Nastassja Filippowna ins Wort, plötzlich wie neubelebt. »Nein, wirklich, das müssen wir doch versuchen, meine Herrschaften! Sie scheinen heute gar nicht lustig zu sein. Wenn nun ein jeder von uns bereit wäre, etwas zu erzählen... irgend etwas in dieser Art? ... Natürlich nur, wenn er aus freien Stücken einwilligt — was meinen Sie? Vielleicht werden wir es aushalten? Wenigstens ist es furchtbar originell!«

»Es ist eine geniale Idee!« begeisterte sich Ferdyschtschenko geradezu. »Die Damen brauchen übrigens nicht mitzuwirken, die Herren fangen an. Die Reihenfolge wird durch das Los bestimmt — so machten wir es auch damals. Unbedingt, unbedingt müssen wir es versuchen! Wer nun *durchaus nicht* will, der kann natürlich den Mund halten, aber dazu muß man schon besonders unliebenswürdig sein. Also, meine Herren, ein jeder gebe ein Pfand, einen beliebigen Gegenstand — hier ... hier ist ein Hut — also hier hinein, meine Herren, und der Fürst wird dann die Pfänder herausnehmen. Die ganze Aufgabe ist ja so einfach, wie man sie sich einfacher gar nicht denken kann: die häßlichste Tat von allen im Laufe des Lebens begangenen ... wie gesagt: die Einfachheit selbst. Sie werden ja sehen, meine Herren. Und falls jemand sein schlechtes Gedächtnis vorschützen sollte, dem werde ich schon nachzuhelfen wissen!«

Der Einfall war allerdings sehr eigenartig und gefiel fast keinem der Gäste. Einige waren verstimmt, andere lächelten verschmitzt, und wieder andere versuchten dies und jenes einzuwenden, doch taten sie es nur mit Vorsicht, so z. B. der General, der Nastassja Filippowna nicht widersprechen wollte. Er hatte sogleich bemerkt, daß ihr dieser Einfall sehr zusagte — vielleicht nur weil er nicht alltäglich und eigentlich doch unerhört war. In ihren Wünschen war Nastassja Filippowna, wenn sie sich einmal entschlossen hatte, sie auszusprechen, immer rücksichtslos und nicht aufzuhalten, auch wenn diese Wünsche noch so kapriziös und für sie selbst nutzlos waren. Und jetzt war sie wie im Fieber vor Eifer, lachte gleichsam anfallweise besonders über die Einwendungen des beunruhigten Tozkij. Ihre dunklen Augen sprühten, ihre blassen Wangen bekamen Farbe. Der Schatten unbehaglichen Mißvergnügens in den Gesichtern einiger ihrer Gäste reizte noch mehr ihre Spottlust und ihre

Heiterkeit. Vielleicht gefiel ihr an dem ganzen Einfall am meisten gerade der Zynismus und die Grausamkeit. Einzelne waren überzeugt, daß sie da einen besonderen Zweck verfolge. Übrigens begann man sich bereit zu zeigen: jedenfalls war man neugierig, wie es werden würde, und diese Neugier zog sogar sehr. Ferdyschtschenko war ganz bei der Sache.

»Aber wenn es etwas ist, was man ... in Gegenwart von Damen nicht erzählen kann?« fragte schüchtern der schweigsame Jüngling.

»Dann erzählt man es eben nicht«, versetzte Ferdyschtschenko. »Als ob Sie nur eine einzige Schändlichkeit begangen hätten! Ach, Sie — Jüngling!«

»Und ich weiß nicht einmal, was nun gerade die schlechteste Tat war, die ich begangen habe«, seufzte die lebhafte Dame.

»Die Damen sind nicht verpflichtet zu erzählen«, wiederholte Ferdyschtschenko, »aber auch nur das: nicht verpflichtet! Inspiration aus eigener Initiative wird mit Anerkennung zugelassen. Die Herren dagegen werden nur dann der Pflicht enthoben, wenn sie nun mal *durchaus nicht* wollen.«

»Aber wie läßt sich das feststellen, ob einer nicht lügt?« fragte Ganja. »Wenn man aber lügt, ist doch der ganze Sinn des Spiels verdorben. Und wer wird nicht lügen? Das ist doch selbstverständlich, daß bei einer solchen Gelegenheit ein jeder lügt.«

»Aber so ist doch schon das allein interessant, *wie* ein jeder lügt«, versetzte Ferdyschtschenko. »Du aber, Gánetschka, brauchst dir darob, daß du lügen könntest, keine besonderen Sorgen zu machen, da doch deine schmählichste Tat ohnehin schon allen bekannt ist seit heute vor Tisch. Bedenken Sie doch nur, meine Herrschaften«, rief er plötzlich geradezu begeistert aus, »mit welchen Augen wir dann einander ansehen werden, morgen zum Beispiel, nach den Erzählungen!«

»Wie, soll es denn wirklich? ... Ist es denn wirklich Ihr Ernst, Nastassja Filippowna?« fragte Tozkij würdevoll.

»Wer den Wolf fürchtet, soll nicht in den Wald gehen!«
war ihre spöttisch lächelnde Antwort.

»Aber erlauben Sie, Herr Ferdyschtschenko, eignet sich denn das überhaupt zu einem Gesellschaftsspiel?« fuhr Tozkij, immer erregter, fort. »Ich versichere Sie, solche Spässe gelingen nie. Sie sagten ja auch selbst, daß der Versuch bereits einmal mißlungen sei.«

»Wieso mißlungen? Habe ich nicht das vorige Mal erzählt, wie ich einmal drei Rubel gestohlen habe? Da war's doch ganz einfach!«

»Vielleicht. Aber es war doch von vornherein ausgeschlossen, die Sache so zu erzählen, daß sie glaubhaft erschien. Und Gawríla Ardaliónytsch hat ganz richtig bemerkt, daß das ganze Spiel sofort seine Pointe verliert, sobald man auch nur im geringsten den Verdacht schöpft, daß der Erzähler beschönigt. Die Wahrheit kann hierbei doch nur zufällig gesagt werden, höchstens in einer gewissen üblen Renommierstimmung in übler Gesellschaft, und so etwas ist doch hier undenkbar und wäre auch vollkommen unzulässig.«

»Sind Sie aber ein verfeinerter Mensch, Afanassij Iwanowitsch, Sie verblüffen mich geradezu!« lachte Ferdyschtschenko. »Mit dieser Bemerkung, meine Damen und Herren, hat Afanassij Iwanowitsch in der zartesten Weise angedeutet, daß ich ganz unmöglich hätte stehlen können — was direkt zu sagen, wohl unzulässig wäre —, wenn er auch bei sich vielleicht vollkommen überzeugt ist, daß Ferdyschtschenko sehr wohl stehlen könnte! Doch zur Sache, meine Herren, die Pfänder sind vollzählig — und auch Sie, Afanassij Iwanowitsch, haben ja von sich einen Gegenstand in den Hut gelegt; folglich sind doch alle bereit und niemand schließt sich aus. Bitte, Fürst, greifen Sie hinein.«

Der Fürst senkte schweigend die Hand in den Hut: der erste Gegenstand, den er hervorholte, war von Ferdyschtschenko hineingelegt worden, der zweite von Ptizyn, der dritte vom General, der vierte von Tozkij, der fünfte von ihm selbst, der sechste von Ganja usw. Die Damen hatten es vorgezogen, sich nicht zu beteiligen.

»O Gott, welches Pech!« jammerte Ferdyschtschenko. »Und ich dachte, als erster würde der Fürst daran kommen und als zweiter Seine Exzellenz! Doch zum Glück folgt Iwan Petrowitsch Ptizyn nach mir, und das soll meine Entschädigung sein! Nun, dann — meine Herrschaften, ich muß wohl mit gutem Beispiel vorangehen! Da tut es mir nun unsäglich leid, daß ich so gering bin und mich durch nichts auszeichne, nicht einmal durch einen Titel. Wie kann es da von Interesse sein, wie und wann und wo überhaupt ein Ferdyschtschenko mal was Schändliches getan hat? Und schließlich: welches ist nun meine größte Schandtat? Hier gerät man ja förmlich in einen embarras de richesse! Es sei denn, daß ich wieder den Diebstahl der drei Rubel erzähle, um unseren verehrten Afanassij Iwanowitsch zu überzeugen, daß man sehr wohl stehlen kann, ohne dabei ein Dieb zu sein.«

»Sie überzeugen mich sogar davon, daß gewisse Leute tatsächlich ein Vergnügen bis zum Hochgenuß daran finden können, von ihren schmutzigen Taten zu erzählen, selbst dann, wenn niemand sie darum bittet ... Doch übrigens ... Verzeihen Sie, Herr Ferdyschtschenko.«

»Fangen Sie an, Ferdyschtschenko! Sie reden so viel Überflüssiges und können nie zu einem Schluß kommen!« befahl Nastassja Filippowna gereizt und ungeduldig.

Es fiel allen auf, daß sie nach ihren Lachanfällen plötzlich geradezu finster geworden war. Nichtsdestoweniger bestand sie eigensinnig und herrisch auf der Durchführung ihrer Laune. Tozkij stand Qualen aus. Auch der General ärgerte ihn nicht wenig: der saß vor seinem Champagner, »als wäre nichts geschehen«, und schien sogar tatsächlich die Absicht zu haben, etwas zum besten zu geben, wenn die Reihe an ihn käme.

## XIV

»Ich bin eben nicht geistreich, Nastassja Filippowna, deshalb rede ich so viel Überflüssiges!« begann Ferdyschtschenko, der als erster erzählen mußte. »Hätte ich dagegen tant d'esprit wie zum Beispiel Afanássij Iwánowitsch Tózkij oder so viel Scharfsinn wie Iwán Petrówitsch Ptízyn, so würde ich heute ganz wie Afanassij Iwanowitsch und Iwan Petrowitsch dasitzen und schweigen. Fürst, erlauben Sie, daß ich eine Frage an Sie stelle: Was meinen Sie, — es will mir immer scheinen, daß es auf der Welt mehr Diebe gibt als Nichtdiebe, und daß es selbst unter den ehrlichsten Menschen keinen gibt, der nicht wenigstens einmal in seinem Leben gestohlen hat. Das ist so eine Privatanschauung von mir, aus der ich jedoch noch längst nicht schließe, daß alle ohne Ausnahme Diebe seien, obschon man, weiß Gott, mitunter verteufelt gern auch dieses daraus folgern möchte. Nun, was meinen Sie dazu, Fürst?«

»Pfui, wie dumm Sie erzählen«, ärgerte sich die lebhafte Dame. »Und welch ein Unsinn: jeder Mensch soll etwas gestohlen haben! Ich habe noch nie etwas gestohlen.«

»Ich glaub's Ihnen gern, Dárja Alexéjewna, daß Sie nie etwas gestohlen haben, aber hören wir doch zu, was der Fürst, der plötzlich sogar errötet ist, wie ich sehe, dazu sagen wird.«

»Ich glaube, daß Sie recht haben, nur übertreiben Sie sehr«, sagte der Fürst, der tatsächlich errötet war.

»Und Sie selbst, Fürst, haben Sie nie etwas gestohlen?«

»Pfui, Sie machen sich ja lächerlich, kommen Sie doch zur Besinnung, Herr Ferdyschtschenko«, unterbrach ihn der General, für den Fürsten eintretend.

»Ach, jetzt, wo es erzählen heißt, schämen Sie sich der Geschichte«, warf Darja Alexejewna ein, »und deshalb wollen Sie die Aufmerksamkeit auf den Fürsten ablenken.«

»Ferdyschtschenko, entweder erzählen Sie oder schweigen Sie, und befassen Sie sich mit Ihrer eigenen Person! Sie bringen einen ja um den letzten Rest Geduld!« sagte Nastassja Filippowna scharf und ärgerlich.

»Im Augenblick, Nastassja Filippowna! Aber wenn sogar der Fürst es eingestanden hat — denn ich behaupte, daß er es so gut wie tatsächlich eingestanden hat —: was würde dann noch irgendein anderer gestehen müssen (ich rede ganz objektiv, ohne dabei an einen Namen zu denken), wenn er es sich einmal einfallen ließe, die Wahrheit zu sagen? Was nun mich betrifft, meine Damen und Herren, so lohnt es sich weiter gar nicht zu erzählen: 's ist sehr einfach, sehr dumm und sehr häßlich. Aber ich versichere Sie, ich bin kein Dieb. Gestohlen habe ich, ohne selbst zu wissen, wie es kam. Das geschah vor etwa drei Jahren, auf dem Landsitz Ssémjon Iwánowitsch Ischtschénkos, an einem Sonntage. Es waren mehrere Gäste zu Tisch. Nach dem Essen blieben die Herren noch beim Wein sitzen. Da fiel es mir ein, Márja Ssemjónowna, die Tochter des Hausherrn, um einen musikalischen Genuß zu bitten, das heißt, ich wollte sie bitten, uns etwas auf dem Flügel vorzuspielen. Wie ich nun gehe, um sie zu suchen, komme ich auch ins Eckzimmer, und da sehe ich: auf dem Nähtischchen Márja Iwánownas, der Hausfrau, liegt ein grünes Papier: ein Dreirubelschein. Sie hatte ihn kurz vorher herausgenommen, da sie das Geld in der Wirtschaft brauchte. Kein Mensch im Zimmer. Ich nahm den Schein und schob ihn in die Westentasche. Weshalb? — Das weiß ich selbst nicht. Ich begreife wirklich nicht, was mir in dem Augenblick einfiel. Nur drückte ich mich schleunigst und setzte mich wieder an den Tisch zu den Gästen. Ich saß und wartete die ganze Zeit in nicht geringer Erregung, schwatzte aber ohne Unterlaß, erzählte Anekdoten, lachte, ging dann zu den Damen hinüber, setzte mich zu ihnen. Nach ungefähr einer halben Stunde wurde der Geldschein vermißt, und man begann die Dienstboten auszufragen. Der Verdacht fiel auf das Stubenmädchen Dárja. Ich zeigte lebhaftes Interesse und aufrichtige Teilnahme, und als Darja ganz konfus wurde, redete ich ihr zu, ihre Schuld doch einzugestehen, und ich bürgte mit meinem Kopf dafür, daß die gnädige Frau ihr verzeihen würde, und zwar redete ich laut, so daß alle es hörten! Alle sahen sie an, ich aber empfand ein ganz besonderes Vergnügen bei dem Gedanken, daß ich großartig Moral predigte, während der Schein in meiner Tasche steckte. Ich vertrank diese drei Rubel noch am selben Tag im Restaurant. Ich ging hinein und verlangte eine Flasche Lafitte. Niemals hatte ich so ohne Imbiß Wein verlangt und eine Flasche solo ausgetrunken, und noch dazu Lafitte. Ich wollte nur schnell das Geld loswerden. Besondere Gewissensbisse habe ich weder damals noch später empfunden. Ein zweites Mal würde ich's bestimmt nicht tun. Das können Sie mir nun glauben oder nicht glauben, ganz wie es Ihnen beliebt, das interessiert mich nicht. Nun, das wäre also meine Geschichte.«

»Nur ist das selbstverständlich nicht Ihre schlechteste Tat«, sagte Darja Alexéjewna angewidert.

»Das ist ein psychologischer Fall, aber keine Tat«, bemerkte Tozkij.

»Und das Mädchen?« fragte Nastassja Filippowna, ohne ihren Ekel zu verbergen.

»Das Mädchen wurde am nächsten Tage fortgejagt. Es war ein strenges Haus.«

»Und Sie ließen das zu?«

»Na, hören Sie mal! Sie meinen wohl, ich hätte dann noch hingehen sollen, um mich als Dieb vorzustellen?« Und Ferdyschtschenko lachte, jedoch nicht allzu laut, denn er war doch etwas verdutzt über den gar zu unangenehmen Eindruck, den seine Erzählung auf alle Anwesenden gemacht hatte.

»Wie schmutzig das ist!« rief Nastassja Filippowna aus.

»Bah! Sie wollen von einem Menschen seine gemeinste Handlung hören und verlangen dabei eine glänzende Heldentat! Gemeine Handlungen sind immer schmutzig, Nastassja Filippowna, das werden wir ja auch sogleich von

Iwan Petrowitsch Ptizyn hören. Und was erscheint nicht alles von außen glänzend und tugendhaft, bloß weil es in eigener Equipage fährt! Als ob wenige in eigenen Equipagen führen! Womit aber diese Equipagen ...«

Kurzum, Ferdyschtschenko hielt doch nicht stand und wurde plötzlich wütend, sogar so, daß er sich gänzlich vergaß. Sein ganzes Gesicht zuckte. Wie sonderbar es auch klingen mag, aber es war doch sehr möglich, daß er eine ganz andere Wirkung erwartet hatte. Solche Entgleisungen, die ihm oft unterliefen, und diese »üble Renommierstimmung«, wie Tozkij es nannte, lagen ganz in seinem Charakter.

Nastassja Filippowna war zusammengezuckt und sah ihn unverwandt an. Ferdyschtschenko erschrak und verstummte sofort. Es überlief ihn kalt: er begriff, daß er zu weit gegangen war.

»Sollte man das Spiel nicht lieber ganz aufgeben«, fragte Tozkij scheinbar harmlos.

»Die Reihe ist jetzt an mir, aber ich habe ja das Recht, nicht zu erzählen, wenn ich nicht will, und so werde ich von diesem Recht Gebrauch machen«, sagte Ptizyn entschlossen.

»Sie wollen nicht?«

»Ich kann nicht, Nastassja Filippowna. Und überdies halte ich ein solches Gesellschaftsspiel für ganz unmöglich.«

»Exzellenz, dann ist jetzt die Reihe an Ihnen, glaube ich«, wandte sich Nastassja Filippowna an diesen. »Wenn auch Sie nicht wollen, so wird nichts daraus, dann werden auch die anderen nicht wollen. Das würde mir aber leid tun; denn ich beabsichtige, auch etwas aus meinem Leben zu erzählen. Aber nur nach Ihnen und Afanássij Iwánowitsch. Sie müssen mich erst noch dazu ermutigen«, schloß sie lächelnd.

»Oh, wenn auch Sie etwas zu erzählen versprechen, so bin ich bereit, Ihnen mein ganzes Leben zu erzählen«, beteuerte der General mit galantem Eifer. »Ich will auch offen gestehen, daß ich mir meine Geschichte bereits zurechtgelegt habe ...«

»Und schon aus der Miene Seiner Exzellenz kann man erraten, mit welch hohem literarischen Verständnis diese Geschichte bearbeitet sein wird«, wagte Ferdyschtschenko ironisch lächelnd zu bemerken.

Nastassja Filippowna blickte flüchtig auf den General, und auch sie konnte kaum ein Lächeln verbergen. Trotzdem sah man ihr an, daß ihre Stimmung sich bedeutend verschlechtert hatte. Tozkij wurde bleich vor Schreck, als er von ihrer Absicht, gleichfalls etwas zu erzählen, hörte.

»Es ist mir, meine Damen und Herren, im Laufe meines Lebens, wie jedem Menschen, bisweilen passiert, daß ich etwas getan habe, was man nicht gerade schön nennen kann«, hub der General an. »Aber am seltsamsten ist bei alledem, daß ich eine ganz gewöhnliche und kleine Geschichte, die ich Ihnen sogleich erzählen werde, für die häßlichste, für die schändlichste je von mir verübte Tat halte. Es sind jetzt inzwischen fünfunddreißig Jahre darüber vergangen; doch dessenungeachtet empfinde ich noch jedesmal, wenn ich daran denke, so etwas wie ein nagendes Gefühl am Herzen. Die ganze Episode ist übrigens nichtssagend. Ich war damals erst Fähnrich und hatte schweren Dienst. Nun, man weiß ja, wie das ist: Fähnrich, hitziges Blut, und der Beutel namentlich für den Haushalt klein. Mein Bursche, Nikifor mit Namen, sparte für mich, nähte, wusch, putzte, ja, er stibitzte sogar, wo er etwas erwischen konnte, nur um unseren Besitz zu vermehren. Sonst war er der treueste und ehrlichste Mensch. Ich war natürlich streng, aber gerecht. Einmal lagen wir in einer kleinen Stadt in Quartier. Mir wurde in der Vorstadt eine kleine Wohnung bei einer alten Unteroffizierswitwe angewiesen. Diese war ein altes Mütterchen von achtzig Jahren oder so um die Achtzig herum. Ihr kleines Haus, natürlich nur ein Holzgebäude, war alt und nichts mehr wert, und dort lebte sie in ihrer Armut ganz allein, ohne Magd oder Aufwärterin. Sie hatte aber einmal eine überaus zahlreiche Familie gehabt und einen ganzen Schwarm von Verwandten; doch mit der Zeit waren die einen gestorben, die anderen in die Welt hinausgezogen, und die übrigen hatten sie vergessen. Ihren Mann hatte sie schon vor etwa fünfundvierzig Jahren beerdigt. Ein paar Jahre vorher, ehe ich dort in Quartier lag, hatte eine Nichte bei ihr gelebt, eine verwachsene alte Jungfer; die soll aber, wie man erzählte, eine richtige Hexe gewesen sein, ja, einmal soll sie im Streit die Alte sogar in den Finger gebissen haben. Aber auch die war gestorben, und nun lebte die Alte schon seit drei Jahren mutterseelenallein in ihrem Häuschen. Ich fand es schrecklich langweilig bei ihr, und sie war auch solch ein einfältiges Frauenzimmer, kein Wort konnte man aus ihr herausbringen. Schließlich stahl sie mir einen Hahn. Die Sache hat sich bis heute noch nicht aufgeklärt, doch außer ihr hätte ihn niemand stehlen können. Wegen dieses Hahnes gerieten wir in Streit, und sogar in sehr heftigen. Und da kam es mir sehr gelegen, daß man mir auf mein Gesuch hin gleich ein anderes Quartier anwies, am entgegengesetzten Ende des Städtchens, im Hause eines Kaufmanns. Dieser hatte eine zahlreiche Familie und einen riesengroßen Bart — ich sehe ihn noch wie leibhaftig vor mir. Ich zog also ohne weiteres mit meinem Nikífor zu ihm — beide waren wir guter Laune —, meine Alte aber ließen wir höchst verärgert zurück. Es vergingen drei Tage, am dritten kehre ich mittags aus dem Dienst zurück, da sagt mir mein Nikifor, er wisse nicht, wie er mir die Suppe auf den Tisch bringen solle, und es wäre doch gar nicht nötig gewesen, unsere Terrine bei der Alten zu lassen. Ich war natürlich ganz überrascht. ‚Wieso, weshalb ist denn unsere Terrine bei der Alten geblieben?' Nikifor wundert sich über mich und meldet gehorsamst, daß die Alte, als er meine Siebensachen einpackte, die Terrine nicht herausgegeben habe, und zwar aus dem Grunde nicht, weil ich ihren irdenen Topf zerschlagen und zum Ersatz für diesen meine Suppenterrine angeboten hätte. Eine solche Niedertracht ihrerseits brachte mich ganz aus dem Häuschen. Mein Fähnrichsblut brauste auf, ich nahm meine Mütze und fort ging's. Bis ich bei ihr anlangte, hatte ich mich glücklich in die größte Wut hineingeredet. Wie ich eintrete, sehe ich, sie sitzt im Flur ganz allein in einer Ecke, wie vor der Sonne verkrochen, und stützt den Kopf in die Hand. Ich, wissen Sie, fange ohne weiteres mit meinem Donnerwetter an und sage ihr so auf gut russisch die Wahrheit, aber gründlich! Nur fällt mir plötzlich etwas auf: sonderbar, sie sitzt, hat das Gesicht mir zugewandt, die Augen quellen hervor, sie spricht aber kein Wort, sie sieht mich nur eigentümlich an, so, wissen Sie, ich weiß selbst nicht wie, und der Oberkörper scheint zu schwanken. Ich — was sollt' ich tun? — ich verstumme schließlich, rufe sie beim Namen — keine Antwort! Ich stand, stand: ich konnte mich zu nichts entschließen. Die Fliegen summten, die Sonne ging unter, es war so still. Ganz verwirrt ging ich schließlich fort. Noch bevor ich zu Hause ankam, holte mich eine Ordonnanz ein, die mich zum Major rief, von dort mußte ich mich noch zur Kompagnie begeben, so daß ich erst am Abend wieder zurückkehrte. Das erste, was ich von Nikifor hörte, ist: ‚Wissen Euer Gnaden schon, daß unsere Alte gestorben ist?' — ‚Wann das?' — ‚Heute vor etwa anderthalb Stunden.' Das bedeutete aber, daß sie gerade im Sterben begriffen war, als ich auf sie loswetterte. Glauben Sie mir, ich war so betroffen, daß ich anfangs gar nicht recht zur Besinnung kommen konnte. Und wissen Sie, der Gedanke an den Tod der Alten verfolgte mich geradezu, selbst in der Nacht hat mir von ihr geträumt. Ich bin natürlich nicht abergläubisch, aber am dritten Tag ging ich doch in die Kirche zu ihrer Beerdigung. Mit einem Wort: je mehr Zeit darüber verging, um so öfter mußte ich daran zurückdenken. Ich will nicht sagen, daß ... aber wenn man es sich mitunter so vergegenwärtigt, kann einem wirklich unbehaglich werden. Die Hauptsache ist natürlich, wie ich mir die Sache nachher selbst zurechtgelegt habe, was war denn eigentlich geschehen? Erstens, nun ja, es war da eine alte Frau, sozusagen eben ein menschliches Wesen, oder wie man heutzutage sagt, ein humanes Wesen. Sie hatte gelebt, lange gelebt, bis sie dann endlich — starb. Sie hatte einst einen Mann, Kinder, eine Familie, Verwandte gehabt, um sie herum war, wie man so sagt, die Fülle des Lebens gewesen, hier ein Kind, dort ein Kind, sozusagen alles lächelte ihr zu, und plötzlich nichts als eine Leere, alles ist weg, wie zum Schornstein hinausgeflogen. Sie ist allein wie ... irgendeine Fliege, die von Ewigkeit her den Fluch trägt. Und schließlich, eines schönen Tages ruft Gott sie zu sich. Bei Sonnenuntergang, an einem schönen stillen Sommerabend schwebt meine Alte zu ihm empor. Doch hier beginnt nun die Moral von der Geschichte: in dem Augenblick, wo sie ihren Geist aufgibt, steht anstatt eines mitleidigen Menschen, der ihr eine Träne nachweint, spreizbeinig ein junger verwegener Fähnrich mit in die Seite gestemmten Armen vor ihr und begleitet ihr Hinscheiden von der Erdoberfläche mit einer Flut der wüstesten russischen Schimpfwörter, bloß weil sie seine Suppenterrine behalten hat! Natürlich bin ich als der Schuldige zu verurteilen! Aber wenn ich auch jetzt nach so langen Jahren und infolge der Veränderung, die seitdem in meiner Veranlagung vorgegangen ist, diese ganze Tat gewissermaßen als von einem fremden Menschen begangen betrachte, so reut sie mich doch nichtsdestoweniger noch sehr ... So sehr, daß es mir sogar, ich wiederhole es, selbst seltsam erscheint, um so mehr, als die Schuld doch schließlich nicht mich allein trifft: weshalb mußte sie denn ausgerechnet diesen Augenblick zum Sterben wählen? Selbstverständlich ist hier eine Rechtfertigung möglich: die Tat ist doch in ihrer Art psychologisch verständlich. Trotzdem aber konnte ich mich nicht eher darüber beruhigen, als bis ich — vor etwa fünfzehn Jahren — auf den Gedanken kam, in einem Armenhause zeit meines Lebens für zwei alte kranke Frauen den Unterhalt zu zahlen, um ihnen auf diese Weise ihre letzten Tage hier auf Erden etwas zu erleichtern. Jetzt beabsichtige ich, diesem Armenhaus eine Summe zu vermachen, deren jährliche Zinsen auch weiterhin zum Unterhalt zweier Frauen ausreichen. Nun, und das wäre alles. Wie gesagt, vielleicht habe ich in meinem Leben noch sehr viel Schlechtes getan, doch halte ich — auf Ehrenwort! — diese Handlung für die schlechteste von allen, die ich auf dem Gewissen habe.«

»Und doch haben Euer Exzellenz statt der schlechtesten wahrscheinlich die beste erzählt und somit Ferdyschtschenko betrogen!« bemerkte dieser.

»In der Tat, ich hätte nicht gedacht, daß Sie ein so gutes Herz haben; wirklich schade«, sagte Nastassja Filippowna in nachlässigem Ton.

»Schade? Weshalb denn das?« fragte der General mit liebenswürdigem Lachen im Gesicht und trank darauf nicht ohne Selbstzufriedenheit einen Schluck Champagner. Doch Nastassja Filippowna hatte sich schon von ihm abgewandt.

Jetzt kam die Reihe an Tozkij, der sich inzwischen gleichfalls seine Erzählung zurechtgelegt hatte. Alle fühlten bereits, daß er nicht wie Ptizyn Schweigen vorziehen werde, und aus gewissen Gründen sah man seiner Erzählung nicht ohne Spannung entgegen, während man gleichzeitig auch zu Nastassja Filippowna hinüberblickte. Und so begann denn Tozkij mit der gewohnten Selbstachtung, die seinem gepflegten Äußern vollkommen entsprach, und mit seiner nicht lauten, liebenswürdigen Stimme eine seiner »netten Geschichten«. (Bei der Gelegenheit sei hier noch etwas über seine äußere Erscheinung gesagt: er war groß von Wuchs, stattlich, kann man sagen, war ein wenig kahlköpfig, auch schon ein wenig grau, ziemlich wohlgenährt, mit frischer Gesichtsfarbe, weichen, etwas herabhängenden Backen und mit falschen Zähnen. Gekleidet war er stets sehr elegant, und namentlich seine Wäsche war von wunderbarer Feinheit. Seine Hände waren weiß und wohlgepflegt. Am Zeigefinger der rechten Hand trug er einen kostbaren Siegelring.)

Nastassja Filippowna betrachtete während der ganzen Zeit seiner Erzählung unverwandt das Spitzenmuster an ihrem Ärmel, indem sie mit zwei Fingern der linken Hand den Ausputz zurechtzupfte, so daß sie gar nicht dazu kam, den Erzähler auch nur ein einziges Mal anzublicken.

»Was mir meine Aufgabe vor allem sehr erleichtert«, begann er, »ist die strikte Vorschrift, nichts anderes als die unbedingt häßlichste Tat meines Lebens wiederzugeben. Angesichts einer solchen Bedingung kann es selbstverständlich kein Schwanken geben: das Gewissen und das Gedächtnis des Herzens sagen einem sofort, was man zu erzählen hat. Ich muß zu meinem Kummer gestehen, daß es unter allen vielleicht leichtsinnigen und ... unbedachten Handlungen meines Lebens eine gibt, deren Eindruck sich möglicherweise sogar allzu tief meinem Gedächtnis eingeprägt hat. Die Sache trug sich zu vor ungefähr zwanzig Jahren; ich war damals gerade zu Besuch auf dem Gut Platón Odýnzeffs. Er war kurz zuvor zum Adelsmarschall gewählt worden und wollte mit seiner jungen Frau die Winterfeiertage auf dem Lande verbringen. In diese Zeit fiel nun auch der Geburtstag seiner Frau, Anfíssa Alexéjewna, und es sollten zwei Bälle gegeben werden. Damals hatte gerade der wunderbare Roman des jüngeren Dumas „La dame aux camélias" in der vornehmen Welt gewaltigen Eindruck gemacht, sein chef-d'oeuvre, das meiner Ansicht nach niemals vergessen, noch veraltet sein wird. In der Provinz waren alle Damen bis zur Verzückung hingerissen von dem Werk, oder doch wenigstens diejenigen, die es gelesen hatten. Die Schönheit der Sprache, die eigenartige Stellung der Hauptperson, diese ganze verlockende Welt, die mit aller Feinheit geschildert wird, und schließlich diese bezaubernden Details, die durch das ganze Buch verstreut sind (wie zum Beispiel die Begründung, weshalb abwechselnd weiße oder rosa Kamelien gewählt werden), mit einem Wort, alle diese entzückenden Einzelheiten und das alles zusammen hatte einen nahezu erschütternden Erfolg. Kamelienblüten wurden die große Mode. Alle wollten Kamelien haben, jedermann suchte nach Kamelien. Nun frage ich Sie: wieviel Kamelien lassen sich wohl in der Provinz auftreiben, wenn alle Damen zu Bällen nichts anderes wünschen als Kamelien und Kamelien, selbst wenn es auch nur wenige Bälle gibt? Pétja Worchowskói, der Arme, hatte sich gerade sterblich in Anfíssa Alexéjewna verliebt. Ich weiß nicht, ob zwischen ihnen irgend etwas ... das heißt, ich will nur sagen, daß ich wirklich nicht weiß, ob Pétja sich auch nur die geringsten ernsteren Hoffnungen machen durfte. Doch wie dem auch war, jedenfalls wollte sich der Arme schier zerreißen, um seiner Angebeteten zum Ball Kamelien zu verschaffen. Die Gräfin Ssózkaja, die aus Petersburg eingetroffen war und als Gast bei der Gouverneurin weilte, sowie Ssófja Bespálowa würden, wie verlautete, unfehlbar mit weißen Kamelien erscheinen. Deshalb wünschte nun Anfíssa Alexéjewna, um abzustechen, dunkelrote Kamelien. Der arme Platon wurde fast zu Tode gehetzt; versteht sich — er war ja der Ehemann. Er schwört unter allen Eiden, er werde ihr den gewünschten Strauß bestimmt verschaffen, doch was geschieht? Katharina Alexándrowna Mytíschtschewa, die größte Rivalin und gehässigste Feindin Anfíssa Alexéjewnas, schnappt ihr die bestellten Blüten weg! Die Folge waren Weinkrämpfe und Ohnmachtsanfälle im Hause meines Platon. Er ist an allem schuld und verfemt. Sie verstehen: hätte nun mein Pétja irgendwo einen Strauß auftreiben können, so wären seine Aussichten bedeutend gestiegen. Die Dankbarkeit einer Frau ist ja in solchen Fällen grenzenlos. Er jagt wie gehetzt von einem zum andern, aber es war nichts zu wollen: Kamelien gab es nicht mehr. Da begegne ich ihm zufällig noch um elf Uhr abends — der Ball bei Marja Petrówna Súbkowa, einer Gutsnachbarin Ordýnzeffs, sollte am nächsten Tage stattfinden — und was sehe ich: mein Petja strahlt! — ‚Was ist denn los?‘ frage ich. — ‚Heureka! Ich habe Kamelien gefunden!‘ — ‚Was du sagst! Wo?‘ — ‚In Jekscháisk‘ (es war dort solch ein Städtchen, kaum zwanzig Werst entfernt, es lag aber nicht in unserem Kreise) ‚lebt ein gewisser Kaufmann Trepáloff, ein alter bärtiger, schwerreicher Mann, lebt ganz einsam mit seiner alten Frau, und da sie keine Kinder haben, haben sie sich Kanarienvögel und Blumen zugelegt: der hat rote Kamelien.' — ,Aber deshalb hast du sie doch noch nicht! Wenn er sie nun nicht hergeben will?' — ,Dann werde ich vor ihm niederknien', sagte Petja, ,und so lange knien, bis er sie mir gibt! Ich fahre einfach nicht früher fort!' — ,Wann fährst du hin?' — ,Morgen in aller Frühe um fünf Uhr.' — ,Nun, dann glückliche Reise.' Und ich freute mich noch für ihn. Darauf kehre ich zu Ordynzeffs zurück; es ist mittlerweile schon zwei Uhr geworden, ich bin gerade im Begriff, zu Bett zu gehen, da plötzlich — ein großartiger Gedanke! Ich begebe mich unverzüglich nach der Kutscherstube, wecke den Ssawélj, gebe ihm fünfzehn Rubel: ,In einer halben Stunde mußt du die Pferde angeschirrt haben!' Nach einer halben Stunde fährt also der Schlitten vor. Anfissa Alexejewna, höre ich, hat Migräne, Fieber, Schmerzen, deliriert! Ich fahre wie der Wind. Um fünf Uhr bin ich in Jekschaisk, warte im Gasthof, bis es tagt, aber auch nur so lange: um sieben bin ich bei Trepáloff. ,So und so — haben Sie Kamelien?' frage ich, ,Väterchen, dann helfen Sie, retten Sie, werde Ihnen die Hände küssen!' Der Alte, sehe ich, ist groß, grau, strenges Gesicht — unerbittlich! ,Nein, auf keinen Fall', sagt er, ,ich tue es nicht.' Ich, plumps, falle vor ihm auf die Knie nieder. So wie ich stand, ohne weiteres. ,Was tun Sie, was tun Sie?' rief er ganz erschrocken aus, ,das geht doch nicht!' — ,Aber es handelt sich doch um ein Menschenleben!' rufe ich. — ,Ja, wenn das *so* ist, dann nehmen Sie sie, nehmen Sie sie in Gottes Namen!' Er war tatsächlich ganz erschrocken. Ich ließ es mir nicht zweimal sagen und schnitt mir alle roten Blüten ab. Wundervoll waren sie, er hatte ein ganzes kleines Treibhaus voll Kamelien. Der Alte seufzte nur. Da zog ich mein Portefeuille hervor und reichte ihm einen Hundertrubelschein. ,Nein, mein Bester, das geht nicht, Sie wollen mich doch nicht kränken', sagte er. ,Nun, dann bitte ich Sie, diese hundert Rubel dem hiesigen Hospital zur Verbesserung der Kost zu übergeben.' — ‚Ja, das, Väterchen, ist eine andere Sache', sagte er, ‚das ist eine gute und edle und Gott wohlgefällige Tat. Ich werde das Geld in Ihrem Namen übergeben.' Er gefiel mir sehr, dieser alte russische Mann, dieser autochthone Russe, de la vraie souche, wie man zu sagen pflegt. In der Freude über den gelungenen Streich machte ich mich unverzüglich auf den Rückweg, nur ließ ich diesmal einen Umweg machen, um Petja nicht zu begegnen. Kaum war ich angelangt, da übersandte ich das Bukett auch schon Anfissa Alexejewna, damit sie es beim Erwachen vorfände. Nun, Sie können sich diese Überraschung, diese Freude, diese Dankbarkeit vorstellen! Platon, der tags zuvor noch ganz zerschlagene, verzweifelte, vernichtete Platon, schluchzt an meiner Brust! — Ja! So sind nun einmal alle Ehemänner seit der Erschaffung ... der Ehe! Ich wage nichts mehr hinzuzufügen, aber der arme Petja verlor nach dieser Episode seine letzten Aussichten. Ich befürchtete anfangs, daß er sich mit einem Messer auf mich stürzen werde, und ich traf bereits einige Vorkehrungen für den Fall, daß ich ihm begegnen sollte. Doch nein, es kam ganz anders — und diese Wendung der Dinge hatte ich nicht vorausgesehen, und ich wollte es kaum glauben: er fiel in Ohnmacht! Am Abend phantasierte er bereits, am nächsten Morgen hatte er hohes Fieber, weinte wie ein kleines Kind, wand sich fast in Krämpfen. Nach einem Monat, kaum aus dem Bett, bat er um seine Versetzung nach dem Kaukasus — und die Sache endete damit, daß er schließlich in der Krim fiel. Sein Bruder, Stepán Worchowskói, zeichnete sich damals im Krimkriege als Oberst ganz besonders aus. Offen gestanden, mich haben nachher oft genug Gewissensbisse gemartert. Weshalb hatte ich ihm das angetan? Ich will nichts sagen, wenn ich selbst in sie verliebt gewesen wäre, aber so! Es sollte nur ein Scherz sein, pour faire la cour, und weiter nichts. Hätte ich dagegen nicht vor ihm die Kamelien dem Alten abgeluchst, so würde der Mensch noch heute leben, wäre glücklich, hätte es weit gebracht, und es wäre ihm nie in den Sinn gekommen, sich türkischen Kugeln auszusetzen!«

Tozkij verstummte mit derselben soliden Würde, mit der er seine Erzählung begonnen hatte. Die Gäste bemerkten nur, daß Nastassja Filippownas Augen aufblitzten und ihre Lippen zuckten, als Tozkij geendet hatte. Gespannt blickte man sie beide an.

»Nein, das ist wiederum Betrug! Sie haben gleichfalls Ferdyschtschenko betrogen! Und wie haben Sie mich betrogen!« beteuerte Ferdyschtschenko weinerlich und spielte den Gekränkten; denn er fühlte, daß man doch etwas sagen mußte.

»Wer hat Sie geplagt, sich dem auszusetzen? Behalten Sie jetzt die Lehre, die Ihnen Klügere erteilt haben, und seien Sie ein anderes Mal selbst klüger«, schnitt ihm fast triumphierend Darja Alexejewna das Wort ab. (Sie hielt von jeher zu Tozkij, als seine alte Freundin und treueste Parteinehmerin.)

»Sie hatten recht, Afanassij Iwanowitsch, das Spiel ist sehr langweilig, wir wollen es abbrechen«, sagte Nastassja Filippowna in wegwerfendem Tone. »Ich werde nur noch erzählen, was ich versprochen habe, und dann können wir Karten spielen...«

»Aber zuerst unbedingt das Versprochene!« sagte der General galant.

»Fürst«, wandte sich Nastassja Filippowna plötzlich schroff und steif an Myschkin, »meine beiden alten Freunde da, der General und Afanassij Iwanowitsch, wollen mich durchaus verheiraten. Sagen Sie mir nun, was Sie für richtiger halten: soll ich heiraten oder soll ich nicht heiraten? Was Sie sagen, das werde ich tun.«

Tozkij wurde blaß, der General erstarrte. Alle rissen die Augen auf und hoben die Köpfe. Ganja wurde es eiskalt.

»Wen... wen heiraten?« fragte der Fürst mit stockender Stimme.

»Gawrila Ardaliónytsch Iwólgin«, antwortete Nastassja

Filippowna schroff und fest — jede Silbe war deutlich zu vernehmen.

Alles schwieg. Mehrere Sekunden lang. Der Fürst schien wie unter einer erdrückenden Last nach Worten zu ringen.

»N—ein! ... heiraten Sie nicht!« stieß er endlich mit Mühe leise hervor, und er holte tief Atem.

»Schön, dabei bleibt es jetzt! Gawríla Ardaliónytsch!« wandte sie sich herrisch und gleichsam feierlich an Ganja. »Sie haben die Entscheidung des Fürsten gehört? Nun, damit haben Sie auch meine Antwort. Und, bitte, jetzt die Angelegenheit ein für allemal als abgetan zu betrachten!«

»Nastassja Filippowna!« stieß Tozkij mit unsicherer Stimme hervor.

»Nastassja Filippowna!« sagte in beschwörendem, doch erregtem Ton der General.

Alles geriet in Aufregung, Unruhe erfaßte die ganze Gesellschaft.

»Aber was wollen Sie denn, meine Herrschaften?« fuhr sie fort, gleichsam verwundert die Anwesenden messend. »Weshalb regen Sie sich denn so auf? Und was für Gesichter Sie machen!«

»Aber ... bedenken Sie doch, Nastassja Filippowna«, begann Tozkij stockend, »Sie vergessen, daß Sie uns versprochen haben ... und zwar ganz freiwillig, und ... Sie müssen doch auch etwas Rücksicht nehmen ... Ich ... ich weiß nicht, wie ich mich ausdrücken soll ... ich bin ganz verwirrt, aber ... Kurzum, heute abend, in einem solchen Augenblick und ... und in Gegenwart fremder Menschen ... und mit einem solchen Petit-jeu eine so ernste Sache zu erledigen, eine Ehren- und Herzenssache ... von der so viel abhängt ...«

»Ich verstehe Sie nicht, Afanássij Iwánowitsch, Sie scheinen allerdings ganz verwirrt zu sein. Was wollen Sie damit sagen ,in Gegenwart fremder Menschen'? Befinden wir uns denn nicht in bester, vertrauter Gesellschaft? Und was haben Sie an dem ,Petit-jeu' auszusetzen? Ich wollte doch gleichfalls etwas zum besten geben — war es mir denn nicht erlaubt? Und warum sagen Sie, daß es nicht ernst sei? Ist denn das kein Ernst? Sie haben doch gehört, wie ich zum Fürsten sagte: ‚Was Sie sagen, das werde ich tun'. Hätte er ja gesagt, so würde ich sofort dieselbe Antwort auch Gawrila Ardalionytsch gegeben haben; er aber sagte nein, und folglich sagte ich ab. Ist denn das kein Ernst? Hier hing doch mein ganzes Leben an einem Haar, was kann es denn noch Ernsteres geben?«

»Aber der Fürst! — was hat denn der Fürst damit zu tun? Und was ist denn schließlich dieser Fürst?« fiel der General ärgerlich ein, fast schon außerstande, seinen Unwillen über diese ihn kränkende plötzliche Autorität des Fürsten zu verbergen.

»Der Fürst? Er ist der erste mir wirklich zugetane Mensch, dem ich in meinem Leben begegnet bin. Er hat auf den ersten Blick an mich geglaubt, und so glaube auch ich an ihn.«

»Ich habe dann nur noch Nastassja Filippowna meinen Dank auszusprechen für das außergewöhnliche Zartgefühl, mit dem sie ... mich behandelt hat«, sagte endlich mit unfester Stimme und verzerrt lächelnden Lippen Ganja, der sehr bleich war. »Das hat natürlich so kommen müssen ... gewiß ... Aber der Fürst ... ist in dieser Angelegenheit ...«

»Nicht ganz unparteiisch und hat es wohl auf die Fünfundsiebzigtausend abgesehen, wie?« unterbrach ihn Nastassja Filippowna. »Das war's doch wohl, was Sie sagen wollten? Leugnen Sie es nicht, daß Sie gerade das anzudeuten beabsichtigten. Afanássij Iwánowitsch, ich vergaß hinzuzufügen: diese fünfundsiebzigtausend Rubel behalten Sie und vernehmen Sie, daß ich Sie unentgeltlich freigebe. So, und jetzt Schluß damit! Auch Sie muß man doch einmal aufatmen lassen! Neun Jahre und drei Monate! Morgen — beginnt ein neues Leben, heute aber bin ich noch das Geburtstagskind und gehöre mir selbst — zum erstenmal in meinem Leben! Iwan Fjodorowitsch!« wandte sie sich an den General, »auch Sie, nehmen Sie Ihre Perlen zurück, schenken Sie sie Ihrer Gemahlin. Und morgen ziehe ich aus, ich verlasse diese Wohnung. Abendversammlungen wird es bei mir nicht mehr geben, meine Herrschaften!«

Und sie erhob sich plötzlich, als wollte sie fortgehen..

»Nastassja Filippowna! Nastassja Filippowna!« ertönte es von allen Seiten. Alle erschraken, standen auf, umdrängten sie; beunruhigt vernahm man diese hervorgestoßenen, fieberhaften, maßlosen Worte; alle empfanden eine gewisse Unordnung, die auf einmal da war, niemand verstand so recht, was denn geschah, niemand begriff etwas. In diesem Augenblick ertönte plötzlich schrill und überlaut die Glocke im Vorzimmer, genau wie vorhin in Ganjas Wohnung.

»A—a—ah! Da kommt die Entscheidung! Endlich! Halb zwölf!« rief Nastassja Filippowna. »Ich bitte Sie, Platz zu nehmen, meine Herrschaften, das ist die Entscheidung!«

Sie kehrte zu ihrem Platz zurück und setzte sich. Ein eigentümliches Lachen zitterte auf ihren Lippen. Sie saß schweigend da, fiebernd vor Erwartung, und sah auf die Tür.

»Rogóshin und die Hunderttausend; zweifellos«, brummte Ptizyn vor sich hin.

## XV

Ganz erschrocken trat die Zofe ins Zimmer.

»Dort sind weiß Gott wer, Nastassja Filippowna, eine ganze Bande ist eingedrungen, und alle sind betrunken, an die zehn Mann, und sie wollen hierherkommen! Sie sagen, es sei Rogoshin, und Sie wüßten schon selbst . . .«

»Ich weiß, Kátja, laß sie sogleich alle herein.«

»Aber . . . wie, alle, Nastassja Filippowna? Sie sind doch so unanständig! Ganz schrecklich!«

»Ja, laß alle herein, Kátja, du brauchst dich nicht zu fürchten, alle ohne Ausnahme, sonst werden sie auch ohne dich eintreten. Da, was sie für einen Lärm machen, ganz wie vorhin! Meine Herrschaften, wird es Sie nicht kränken, daß ich diese ganze Schar in Ihrer Gegenwart empfange? Das täte mir sehr leid und ich bitte Sie um Entschuldigung, aber es muß sein, und ich würde es sehr gern sehen, wenn Sie einwilligten, bei dieser bevorstehenden Entscheidung meine Zeugen zu sein... übrigens, ganz wie Sie wollen...«

Die Gäste wußten vor Überraschung nicht, was sie tun sollten: sie sahen sich gegenseitig fragend an, wunderten sich, hier und da wurden wohl auch schnell und besorgt ein paar Worte geflüstert, — doch klar war nur eines: daß Nastassja Filippowna diesen Besuch vorausgesehen hatte, und daß niemand mehr sie von der Ausführung ihres Vorhabens — von Sinnen wie sie war — ablenken konnte. Hinzu kam, daß alle von unsäglicher Neugier erfaßt wurden. Und schließlich war ja nicht viel zu befürchten. An Damen befanden sich nur zwei unter den Gästen: die lebhafte Darja Alexejewna, die als Schauspielerin schon so manches erlebt hatte und deshalb auch schwer einzuschüchtern war; und dann die schöne, doch schweigsame Unbekannte — diese begriff jedoch kaum etwas von dem, was um sie herum vorging: sie war eine zugereiste Deutsche und verstand kein Wort Russisch. Außerdem war sie allem Anschein nach ebenso dumm wie hübsch. Sie war erst seit kurzem in Petersburg, aber schon war es üblich geworden, sie zu gewissen Gesellschaften einzuladen, da sie immer in pompöser Toilette und wie für eine Ausstellung frisiert erschien, und ihr einen Platz anzuweisen, nicht anders als wie manche Leute sich für ihre Gesellschaften von Bekannten ein Gemälde, eine Vase, eine Statue oder einen Ofenschirm für einen Tag zur Verschönerung des Raumes ausleihen. Was aber die Herren betraf, so war Ptizyn z. B. ein guter Bekannter von Rogoshin, und Ferdyschtschenko gar, der fühlte sich in dieser Gesellschaft wie ein Fisch im Wasser. Gánetschka war immer noch wie betäubt, empfand aber, wenn auch halb unbewußt, so doch um so unbezwingbarer ein fiebriges Verlangen, bis zum Ende an seinem Pranger auszuharren. Der alte Lehrer, der dunkel begriff, um was es sich handelte, war dem Weinen nahe und zitterte buchstäblich vor Angst, da ihn die allgemeine Erregung und der ungewohnte Zustand Nastassja Filippownas, die er wie eine geliebte Enkelin vergötterte, aufrichtig erschreckte. Nein, der wäre eher gestorben, als daß er sie in einem solchen Augenblick verlassen hätte. Tozkij dagegen hätte sich sonst nie und nimmer so kompromittiert, daß er mit dieser »Kohorte« unter einem Dach verweilte, nur war er leider gar zu sehr an der Sache interessiert: Nastassja Filippowna hatte da einige Worte fallen lassen, nach denen er unmöglich so einfach wegfahren konnte, ohne sich vorher in der ganzen Sache Klarheit verschafft zu haben. Er beschloß also, gleichfalls bis zum Ende auszuharren, wenn auch, wie er sich vornahm, nur als völlig stummer Beobachter, was er der Wahrung seiner Würde durchaus schuldig zu sein glaubte. Nur Jepantschin, den Nastassja Filippowna noch vor einem Augenblick durch die so unzeremonielle und lächerliche Rückgabe seines Geschenks beleidigt hatte, fühlte sich durch diese neue Exzentrizität, den Empfang Rogoshins, gar zu sehr gekränkt. Überdies hatte er sich für sein Empfinden ja ohnehin schon dadurch gar zu weit herabgelassen, daß er neben einem Ptizyn und einem Ferdyschtschenko hier geblieben war. Doch was die Macht der Leidenschaft verschuldet hatte, das mußte jetzt schleunigst das Pflichtgefühl, wollte er sich seines Ranges und seiner gesellschaftlichen Stellung nicht unwürdig zeigen, gutmachen; denn sonst hätte er seine ganze Selbstachtung eingebüßt. Nein, Rogoshin und dessen Gefolge waren mit der Anwesenheit Seiner Exzellenz unvereinbar!

»Ach, Exzellenz«, besann sich auch sogleich Nastassja Filippowna, kaum daß er einen Schritt auf sie zugetreten war, »verzeihen Sie meine Vergeßlichkeit! Aber Sie können mir glauben, daß ich es nicht anders erwartet habe. Wenn es Ihnen so entwürdigend erscheint, so werde ich Sie nicht zurückhalten, obschon ich gerade Sie jetzt sehr gern bei mir sehen würde. Nun, jedenfalls danke ich Ihnen sehr für Ihre freundlichen Besuche und die schmeichelhafte Aufmerksamkeit... doch wenn Sie fürchten...«

»Erlauben Sie, Nastassja Filippowna«, unterbrach sie der General mit galantem Eifer in einer Anwandlung von ritterlicher Großmut, »zu wem sagen Sie das? Ich werde jetzt unbedingt bei Ihnen bleiben, schon allein zum Beweis meiner Ergebenheit, und zudem, falls Ihnen eine Gefahr drohen sollte... Ich bin sogar außerordentlich gespannt... Ich wollte Sie nur darauf aufmerksam machen, daß diese Leute doch nur die Teppiche ruinieren und dies oder jenes zerschlagen könnten... Tatsächlich, Nastassja Filippowna, meiner Meinung nach wäre es besser, sie überhaupt nicht hereinzulassen!«

»Da! Rogoshin selbst!« rief Ferdyschtschenko aus.

»Was meinen Sie, Afanassij Iwanowitsch«, flüsterte der General noch schnell Tozkij zu, »sollte sie nicht irrsinnig geworden sein? ich meine es ohne jede Symbolik – ganz realiter irrsinnig? was meinen Sie?«

»Ich habe Ihnen doch gesagt, daß sie von jeher dazu disponiert gewesen ist«, flüsterte Tozkij doppelsinnig zurück.

»Und jetzt noch die Influenza...«

Rogoshins Gefolge bestand aus denselben Gestalten, mit denen er schon bei Ganja eingedrungen war. Hinzugekommen waren nur noch zwei: ein heruntergekommener alter Mann, der seinerzeit Redakteur eines Mißstände enthüllenden Skandalblättchens gewesen war und von dem die Sage ging, er habe schließlich auch seine in Gold gefaßten falschen Zähne versetzt und vertrunken, und außer diesem noch ein verabschiedeter Unterleutnant, der in jeder Beziehung, sowohl seinem Gewerbe wie seiner Bestimmung nach, der zweifellose Rivale und Konkurrent des Riesen mit den Fäusten zu sein schien, und den kein einziger der Rogoshinleute kannte. Er hatte sich ihnen auf der Straße ganz einfach angeschlossen, auf der Sonnenseite des Newskij-

Prospekts, wo er die Vorübergehenden im Stile Marlinskij's[5] um eine Unterstützung anzugehen pflegte, mit der eingeflochtenen raffinierten Begründung, er habe früher selbst »je fünfzehn Rubel an die Bittsteller gegeben«. Die beiden Konkurrenten nahmen sogleich eine feindselige Haltung gegeneinander an. Der Riese mit den Fäusten fühlte sich durch die Aufnahme des »Bittstellers« in das Gefolge sogar beleidigt, und da er von Natur schweigsam war, so knurrte er nur oder brummte manchmal wie ein Bär und blickte mit tiefer Verachtung auf die Einschmeichelungsversuche und Scherze, mit denen sich der Bittsteller an ihn heranmachte und sich dabei als weltgewandt und diplomatisch veranlagt erwies. Dem Anschein nach hätte sich der ehemalige Unterleutnant im Ernstfall mehr auf Geschick und Wendigkeit verlassen als auf Kraft, um so mehr, als er von Wuchs kleiner war als der Herr mit den Fäusten. Er hatte auch schon ein paarmal vorsichtig, offenen Widerspruch vermeidend, jedoch sehr prahlerisch die Vorzüge des englischen Boxens angedeutet und sich als entschiedenen Verehrer des Westens zu erkennen gegeben. Der Herr mit den Fäusten dagegen hatte bei dem Wort »Boxen« nur geringschätzig und beleidigend gelächelt und seinerseits schweigend, ohne den Rivalen eines Wortstreites zu würdigen, nur ab und zu und gleichsam absichtslos ein unverkennbar nationales Attribut, eine gewaltige, sehnige, derbknorrige und mit rötlichem Flaum bewachsene Faust sehen lassen oder, richtiger gesagt, zur Schau gestellt. Und da war allen ohne weiteres klar geworden, daß, wenn dieses ultranationale Ding gutgezielt auf etwas niedersauste, von diesem in der Tat nur noch ein nasses Fleckchen übrigbliebe.

Vollkommen »fertig«, d. h. betrunken, war auch diesmal wiederum kein einziger unter ihnen, infolge der persönlichen Bemühungen Rogóshins, der den ganzen Tag nur diesen seinen Besuch bei Nastassja Filippowna als Ziel vor Augen gehabt hatte. Er selbst war inzwischen fast ganz nüchtern geworden, aber dafür war er wie betäubt von all den Eindrücken dieses unanständigen, mit keinem anderen vergleichbaren Tages in seinem bisherigen Leben. Nur eines schwebte ihm ständig vor, im Gedächtnis und im Herzen, in jedem Augenblick, in jeder Sekunde. Nur um dieses einen willen hatte er die ganze Zeit von fünf Uhr nachmittags bis elf Uhr nachts in unendlicher Beklemmung und Ruhelosigkeit verbracht, während er sich gleichzeitig mit Biskup, Kinder und Konsorten abgeben mußte, die gleichfalls fast wie die Besessenen für ihn umherrannten, um seinen Wünschen nachzukommen. Und tatsächlich, die Hunderttausend, die Nastassja Filippowna flüchtig, spöttisch und vollkommen unklar hatte bieten lassen, waren in dieser kürzesten Zeit in barem Gelde beschafft worden, zu Prozenten, von deren Höhe selbst ein Biskup aus Schamgefühl nicht laut, sondern nur flüsternd mit seinen Freunden sprach.

Wieder war es Rogoshin, der als erster eintrat, und dem sich dann die anderen nachschoben, was sie trotz des vollen Bewußtseins ihrer Macht doch etwas schüchtern taten. Am meisten fürchteten sie sich, und Gott weiß weshalb, vor Nastassja Filippowna. Manche waren sogar fest überzeugt, daß sie allesamt die Treppe hinunterbefördert werden würden. Dieser Meinung war unter anderen auch der Stutzer und Herzenbesieger Saljósheff. Die anderen jedoch, und vor allen der Faustmensch, empfanden, wenn sie es auch nicht in Worten äußerten, in ihrem Herzen nur tiefste Verachtung und sogar Haß für Nastassja Filippowna und gingen zu ihr, wie man zu einer Belagerung vorrückt. Doch siehe, die kostbare Ausstattung der ersten zwei Zimmer, die vielen nie gesehenen, ihnen ganz märchenhaft erscheinenden Dinge, die Gemälde an den Wänden, dies einzigartige Meublement, die große Marmorstatue der Venus von Milo – alles das machte einen unwiderstehlichen Eindruck auf sie und flößte ihnen beinahe Scheu und Ehrfurcht ein. Aber das hinderte sie natürlich nicht, sich allmählich immer weiterzuschieben und trotz aller Furchtsamkeit mit frecher

Neugier sich hinter Rogoshin auch in den Salon hineinzudrängen. Als sie jedoch plötzlich unter den Gästen den General Jepantschin erblickten, durchfuhr sie wiederum ein unbehagliches Gefühl, und einige von ihnen, voran der Faustmensch und der Boxkünstler, begannen sich eingeschüchtert ins vordere Zimmer zurückzuziehen. Nur Lébedeff, der am meisten Mut und sogar Wagemut hatte, hielt sich dicht hinter Rogoshin; denn er wußte, was es heißt, ein Vermögen von einer Million vierhunderttausend Rubeln zu besitzen und hunderttausend bar in der Hand zu halten. Übrigens waren sie alle — selbst der Sachverständige Lébedeff nicht ausgeschlossen — etwas unsicher in der Beurteilung ihrer Macht: und ob ihnen denn jetzt auch wirklich alles oder nur manches erlaubt war? Lebedeff war in manchem Augenblick zum heiligsten Schwur bereit, daß ihnen alles erlaubt sei; doch in anderen Augenblicken empfand er wiederum das Bedürfnis, sich auf alle Fälle einzelne vornehmlich beruhigende Paragraphen des Strafgesetzbuches zu vergegenwärtigen.

Auf Rogoshin selbst machte Nastassja Filippownas Salon den entgegengesetzten Eindruck wie auf seine Begleiter. Kaum hatte er die Portiere zurückgeschlagen und Nastassja Filippowna erblickt, als alles andere für ihn zu existieren aufhörte, ganz wie auch schon vorher in der Wohnung Ganjas, nur diesmal in noch viel stärkerem Maße. Er wurde blaß und blieb stehen, und man erriet, daß sein Herz unerträglich schlug. Scheu und wie geistesabwesend sah er Nastassja Filippowna ein paar Sekunden lang an, ohne den Blick von ihr loszureißen. Plötzlich — es war, als hätte er alle Überlegung eingebüßt — schritt er fast wankend näher zum Tisch... unterwegs stieß er an Ptizyns Stuhl und trat der hübschen Deutschen mit seinen schmutzigen, derben Stiefeln auf die spitzenbesetzte Schleppe ihrer kostbaren, hellblauen Abendtoilette... weder entschuldigte er sich, noch schien er es bemerkt zu haben. Vor dem Tisch blieb er stehen und legte einen Gegenstand auf ihn hin, den er schon beim Eintreten in den Händen gehalten hatte — vor sich in beiden Händen. Es war ein Paket von etwa drei Zoll Höhe und etwa vier Zoll Länge, in eine Nummer der Börsenzeitung fest eingewickelt und mehrmals kreuzweise mit einer Schnur fest umbunden, einer Schnur von der Art, die man zum Umschnüren der Zuckerhüte benutzt. Und nachdem er das Paket hingelegt hatte, blieb er stehen, ohne ein Wort zu sagen, mit herabhängenden Armen, als erwarte er sein Urteil. Er war in denselben Kleidern wie vorhin, nur um den Hals hatte er ein ganz neues seidenes Halstuch, hellgrün und rot gemustert, mit einer großen Brillantnadel, die einen Käfer darstellte; und an dem schmutzigen Ringfinger seiner rechten Hand trug er einen massiv goldenen Ring, gleichfalls mit einem großen Brillanten. Lebedeff war drei Schritte vom Tisch stehengeblieben. Von den übrigen hatten sich nur wenige in den Salon gewagt. Kátja und Páscha, Nastassja Filippownas Zofen, lugten verwundert und ängstlich hinter der Portiere einer anderen Tür hervor.

»Was ist das?« fragte Nastassja Filippowna, nachdem sie aufmerksam und kritisch Rogoshin gemustert hatte, mit dem Blick auf das Paket in Zeitungspapier deutend.

»Hunderttausend!« antwortete jener fast flüsternd.

»Ah, er hat also sein Wort gehalten, nicht übel! Bitte — nehmen Sie Platz, dort auf jenem Stuhl. Ich werde Ihnen später etwas sagen. Wer ist dort noch? Die ganze Gesellschaft vom Nachmittag? Nun, mögen sie hereinkommen und sich setzen. Dort auf dem Sofa ist noch Platz, und auch dort auf dem anderen Sofa. Und dort sind noch zwei Sessel ... wie, sie wollen nicht?«

In der Tat waren einige des Gefolges verlegen geworden und zogen sich immer mehr ins andere Zimmer zurück, um dort den Verlauf der Dinge abzuwarten. Andere jedoch blieben im Salon und nahmen nach der Aufforderung auch wirklich Platz, nur taten sie es möglichst fern vom Tisch und bevorzugten namentlich die Ecken. Einige hätten sich immer noch lieber gedrückt; andere wiederum gewannen mit zunehmender Geschwindigkeit ihren Mut zurück. Rogoshin hatte sich gleichfalls auf den ihm zugewiesenen Stuhl gesetzt, blieb aber nicht lange sitzen; er stand bald auf und setzte sich dann nicht mehr hin. Allmählich begann er auch die Gäste, gleichsam jetzt erst, zu bemerken. Als er Ganja erblickte, lächelte er höhnisch und sagte nur halblaut ein spöttisches »Seht doch!« Den General und Tozkij sah er ohne jede Verwirrung und sogar ohne jedes besondere Interesse an. Als er jedoch neben Nastassja Filippowna den Fürsten erblickte, konnte er vor Erstaunen lange den Blick nicht von ihm abwenden, ganz als wäre er nicht imstande, sich über diese Begegnung Rechenschaft abzulegen. Man konnte glauben, daß er, wenigstens in manchen Augenblicken, ganz benommen war wie ein wachend Träumender; denn abgesehen von allen Erschütterungen dieses Tages hatte er die letzte Nacht auf der Reise zugebracht und nun wohl schon zwei Nächte nicht geschlafen.

»Das hier, meine Herrschaften, sind hunderttausend Rubel«, sagte Nastassja Filippowna, sich mit einer geradezu fieberhaft ungeduldigen Herausforderung an die Anwesenden wendend, »hier in diesem schmutzigen Zeitungspapier. Vorhin bei Gánetschka rief er plötzlich wie ein Irrsinniger aus, daß er mir noch heute abend hunderttausend Rubel bringen werde, und ich habe hier die ganze Zeit auf ihn gewartet. Er wollte mich nämlich kaufen: zuerst bot er achtzehntausend, dann sprang er plötzlich auf vierzig, und dann — auf die hundert hier. Er hat also sein Wort gehalten! Pfui, wie bleich er ist! ... Das geschah vorhin bei Gánetschka: ich war zu ihm gefahren, um seiner Mutter einen Besuch zu machen und meine zukünftigen Verwandten kennenzulernen; doch seine Schwester schrie mir ins Gesicht: ‚Ist denn niemand hier, der diese Unverschämte hinausweist!', worauf sie ihrem Brüderlein Gánetschka ins Gesicht spie. Ein charaktervolles Mädchen, das muß man ihr lassen!«

»Nastassja Filippowna!« sagte der General vorwurfsvoll. Er begann zu begreifen, was hier vorging — allerdings auf seine Art.

»Wie beliebt? Unanständig, was? Ach, Exzellenz, lassen wir doch das Getue! Daß ich im Französischen Theater wie eine unnahbare Beletagentugend saß und alle, die mir fünf Jahre lang nachstellten, wie eine Wilde floh und dabei die Miene einer stolzen Unschuld aufsetzte, — das waren ja doch alles nur Albernheiten! Da, da steht jetzt vor Ihnen einer, der hunderttausend auf den Tisch geworfen hat, nach fünf Jahren Unschuld! — und sicher hat er schon seine Troiken bereit, die nur auf mich warten. Auf hunderttausend hat er mich geschätzt! Gánetschka, ich sehe, du bist mir immer noch böse? Ja, — wolltest du mich denn wirklich in deine Familie einführen? Mich, die so eine für einen Rogoshin ist!? Was sagte doch der Fürst vorhin?«

»Ich habe nicht gesagt, daß Sie... eine für Rogoshin seien, denn Sie sind es nicht!« sagte der Fürst mit stockender Stimme.

»Nastassja Filippowna, laß gut sein, meine Liebe, hör', was ich sage, Täubchen«, mischte sich plötzlich Darja Alexejewna ein, die sich nicht mehr bezwingen konnte, »wenn sie dir so zuwider geworden sind, wozu läßt du sie dann hier sitzen? Willst du denn wirklich mit solch einem gehen, und wenn auch für hunderttausend! Nun ja, hunderttausend — sieh mal an! Ach was! — nimm die Hunderttausend und ihn setz vor die Tür! Siehst du, so springt man mit solchen Leuten um! Weiß Gott, ich an deiner Stelle würde sie alle ...nein wirklich, was soll denn das?«

Darja Alexejewna ärgerte sich aufrichtig. Sie war eine gutmütige Frau und leicht zu beeindrucken.

»Aber so ärgere dich doch nicht, Darja Alexéjewna«, beruhigte Nastassja Filippowna sie lächelnd. »Ich habe ihm das doch auch ganz ohne Ärger gesagt. Habe ich ihm denn Vorwürfe gemacht? Ich kann wirklich nicht verstehen, wie ich auf diesen albernen Einfall gekommen bin, in eine anständige Familie eindringen zu wollen. Ich habe auch seine Mutter gesehen und ihr die Hand geküßt. Daß ich mich aber so bei dir aufführte, Gánetschka, das tat ich ja nur, um einmal zu sehen, wozu du fähig bist. Nun, du hast mich in Erstaunen gesetzt, das muß ich sagen! Auf vieles war ich gefaßt, auf das aber doch nicht! Hättest du mich denn wirklich genommen, nachdem du gesehen, daß der hier mir ein so kostbares Geschenk macht und ich es so kurz vor der Hochzeit mit dir annehme? Und dann noch Rogoshin? Der hat doch in deinem Hause in Gegenwart deiner Mutter und Schwester mich zu kaufen versucht, du aber bist trotzdem als Bewerber gekommen und hast beinahe noch deine Schwester mitgebracht! Ist es denn wirklich wahr, was Rogoshin von dir sagt, daß du für drei Rubel auf allen Vieren bis zur Wassíljeff-Insel kröchest?«

»Sicher!« sagte plötzlich Rogoshin halblaut vor sich hin, doch in einem Ton, aus dem felsenfeste Überzeugung sprach.

»Ich würde nichts sagen, wenn du dem Hungertode nahe wärest, aber du bekommst doch, soviel ich weiß, ein gutes Gehalt! Und obendrein, außer der Schande, hättest du ja dann eine verhaßte Frau in dein Haus einführen müssen! (Denn du haßt mich doch, das weiß ich.) Nein, jetzt glaube ich es, daß so einer wie du für Geld Menschen umbringt! Sind doch heutzutage alle von einer solchen Geldgier ergriffen, daß sie förmlich von Sinnen zu sein scheinen — so werden sie von der Habsucht beherrscht. Unreife Jungen wollen Wucherer sein! Oder sie umwickeln die Rasiermesserachse mit einem dicken Seidenfaden, damit das Messer feststeht, und schleichen dann hinterrücks an den Freund heran und schlachten ihn wie einen Hammel, wie ich vor kurzem noch gelesen habe. Ein Schamloser bist du, Ganja! Auch ich bin eine Schamlose, du aber bist noch hundertmal mehr. Von diesem Blumenbesorger da will ich schon gar nicht reden...«

»Sind Sie das selbst, Nastassja Filippowna, sind Sie das selbst!« rief der General aus, in aufrichtigem Schmerz die

Hände erhebend. »Sie, die Sie so zartfühlend sind, so vornehm denken, — und nun! Welch eine Sprache! Was für Worte!«

»Ich bin jetzt berauscht, Exzellenz, bin betrunken!« lachte plötzlich Nastassja Filippowna auf, »ich will durchgehen! Heute ist mein Tag, mein Jahrestag, mein Schaltjahr! Ich habe lange genug darauf gewartet! Darja Alexejewna, siehst du den Bukettherrn dort, jenen Monsieur aux camélias, da sitzt er und lacht über uns...«

»Ich lache nicht, Nastassja Filippowna, ich höre nur mit größter Aufmerksamkeit zu«, versetzte Tozkij würdevoll.

»Nun, sag doch, wozu habe ich ihn wohl ganze fünf Jahre lang gequält und nicht von mir fortgelassen? War er denn das wert? Er ist doch nur so, wie er sein muß... Er kann ja schließlich noch sagen, daß ich in seiner Schuld stehe: er hat mich doch erziehen lassen, hat mich wie eine Gräfin ausgestattet und Geld, — Gott! — wieviel Geld er für mich ausgegeben hat! Schon dort hat er für mich einen achtbaren Mann gesucht und hier schließlich Gánetschka gefunden. Und was glaubst du wohl: ich habe in diesen fünf Jahren nicht mit ihm gelebt und dabei doch Geld von ihm angenommen und noch obendrein geglaubt, ich hätte ein Recht dazu! Ich hatte mich ja selbst ganz irre gemacht. Du sagst, nimm die Hunderttausend und jage ihn fort, wenn es dich anekelt. Es ist wahr, es ekelt mich an... Ich hätte ja schon längst heiraten können, und noch ganz andere als Gánetschka, aber es war doch zu ekelhaft. Und wozu habe ich nun meine fünf Jahre verloren? Aber wirst du's mir glauben, vor etwa vier Jahren dachte ich aus Trotz eine Zeitlang daran, ob ich nicht schließlich doch noch meinen Afanassij Iwanowitsch heiraten sollte? Aus Bosheit dachte ich daran — als ob ich wenig Einfälle gehabt hätte! Und glaub mir, ich hätte es auch durchgesetzt! Er hat sich mir ja selbst angetragen, kannst du dir das vorstellen? Freilich tat er es nicht aus Liebe, aber er ist doch gar zu erpicht, kann ja nicht widerstehen. Da überlegte ich es mir aber noch zum Glück und dachte: Ist er denn solcher Bosheit überhaupt wert, lohnt es sich denn? Und da wurde er mir plötzlich so widerlich, daß ich ihn um keinen Preis genommen hätte, selbst wenn er allen Ernstes um mich angehalten hätte. Und so habe ich es die ganzen fünf Jahre getrieben! Nein, dann schon lieber auf die Straße, wohin ich ja sowieso gehöre! Entweder mit Rogoshin in Saus und Braus oder ich werde morgen noch Wäscherin! Denn ich habe ja doch nichts, mir gehört ja nichts! Wenn ich fortgehe, werfe ich ihm alles hin, auch den letzten Lappen; ohne alles aber wird mich ja doch niemand nehmen, frag mal Ganja! Nicht einmal Ferdyschtschenko würde mich nehmen!«

»Ferdyschtschenko würde Sie wahrscheinlich nicht nehmen, Nastassja Filippowna, ich bin ein aufrichtiger Mensch«, unterbrach sie Ferdyschtschenko, »dafür aber würde der Fürst Sie nehmen! Da sitzen Sie nun und klagen, aber schauen Sie doch nur auf den Fürsten! Ich beobachte ihn nämlich schon lange...«

Nastassja Filippowna wandte sich neugierig brüsk zum Fürsten und sah ihn an.

»Ist das wahr?« fragte sie.

»Ja«, sagte der Fürst.

»Sie würden mich so nehmen, wie ich bin, ohne alles?«

»Ich würde Sie so nehmen, Nastassja Filippowna...«

»Da haben wir ja eine neue Geschichte!« stieß der General hervor. »Doch... das war zu erwarten!«

Der Fürst, den Nastassja Filippowna immer noch betrachtete, sah ihr mit traurigem, ernstem und durchhaltendem Blick offen ins Gesicht.

»Da hat sich noch einer gefunden!« sagte Nastassja Filippowna, sich wieder Darja Alexejewna zuwendend. »Und doch wirklich nur aus gutem Herzen, ich kenne ihn. Da habe ich jetzt einen Wohltäter! Übrigens — vielleicht ist es wahr, was man von ihm sagt, daß er... nun, *jenes*... Wovon wirst du denn leben, wenn du schon so verliebt bist, daß du eine Rogoshinsche nimmst, du, ein Fürst Myschkin?...«

»Ich nehme Sie als ehrbares Weib, Nastassja Filippowna,

und nicht als was Sie sich da bezeichnen«, sagte der Fürst.
»Was, ich soll ein ehrbares Weib sein?«
»Ja, Sie.«
»Nun, das ... stammt wohl aus Romanen! Das sind alte Ammenmärchen, mein lieber Fürst, heutzutage ist man klüger in der Welt und nennt so etwas ganz richtig Faselei. Und wie kannst du denn heiraten, du brauchst ja selbst noch eine Wärterin!«
Da erhob sich der Fürst und begann mit scheuer, unsicherer Stimme, doch mit der Miene eines tief überzeugten Menschen:
»Ich weiß nichts von der Welt, Nastassja Filippowna, ich habe nichts gesehen, Sie haben recht, aber ich... ich fasse es so auf, daß Sie mir eine Ehre erweisen würden, nicht ich Ihnen. Ich bin nichts, Sie aber haben gelitten und sind aus einer solchen Hölle rein hervorgegangen, das aber ist viel. Weshalb schämen Sie sich, und weshalb wollen Sie zu Rogoshin gehen? Das ist ja alles nur Fieber... Sie haben Herrn Tozkij die Fünfundsiebzigtausend zurückgegeben und sagen, daß Sie alles, was hier ist, ihm gleichfalls zurückgeben; das aber würde hier keiner tun, kein einziger. Ich... Nastassja Filippowna... ich liebe Sie. Ich würde für Sie sterben, Nastassja Filippowna. Ich werde niemandem erlauben, ein schlechtes Wort über Sie zu sagen, Nastassja Filippowna. Wenn wir arm sind, werde ich arbeiten, Nastassja Filippowna...«
Bei diesen Worten hörte man ein leises Grunzen von Ferdyschtschenko und Lébedeff, und selbst der General krächzte einmal ganz absonderlich, was er sogleich mit einem ernsten Räuspern zu verdecken suchte. Ptizyn und Tozkij konnten nur mit Mühe ein Lächeln verbergen, nahmen sich aber gleich zusammen. Die übrigen begriffen vor lauter Staunen vorläufig überhaupt noch nichts.
»... Aber vielleicht werden wir nicht arm sein, sondern sogar sehr reich, Nastassja Filippowna«, fuhr der Fürst mit derselben scheuen Stimme fort. »Ich weiß es nicht genau und ich bedaure, daß ich heute den ganzen Tag noch nichts Be-

stimmtes darüber habe erfahren können: ich habe, als ich noch in der Schweiz war, von einem gewissen Herrn Ssaláskin aus Moskau einen Brief erhalten, in dem er mir mitteilt, daß mir eine sehr große Erbschaft zufallen solle. Ich habe ihn bei mir, den Brief, hier ist er...«

Und der Fürst zog tatsächlich aus der Brusttasche seines Rockes einen Brief hervor.

»Sollte er nicht schon verrückt sein?« fragte sich der General. »Das ist ja hier die reine Irrenanstalt!«

Für einen Augenblick trat allgemeines Schweigen ein.

»Sie sagten, Fürst, wenn ich mich nicht verhört habe, daß Sie den Brief von einem gewissen Ssaláskin erhalten hätten?« fragte Ptizyn. »Ssalaskin ist in seiner Sphäre eine sehr bekannte Persönlichkeit, und wenn er Sie von einer Ihnen zugefallenen Erbschaft benachrichtigt, so können Sie ihm aufs Wort glauben. Ich kenne zufällig seine Handschrift, ich habe vor einiger Zeit geschäftlich mit ihm zu tun gehabt — wenn Sie mir den Brief zeigen wollten, könnte ich Ihnen wenigstens sagen, ob es derselbe Ssalaskin ist.«

Der Fürst reichte ihm schweigend mit zitternder Hand den Brief hin.

»Wa—as? Was soll denn das bedeuten?« fuhr nun der General auf, indem er verständnislos von einem zum andern sah. »Doch nicht tatsächlich eine Erbschaft?«

Alles blickte auf Ptizyn, der den Brief las. Die allgemeine Neugier hatte auf einmal eine neue Richtung bekommen. Ferdyschtschenko konnte nicht ruhig sitzen bleiben. Rogoshin sah verständnislos und nur maßlos beunruhigt bald den Fürsten, bald Ptizyn an. Darja Alexejewna saß in der Erwartung wie auf Nadeln. Auch Lebedeff hielt es nicht aus und schlüpfte, gleichsam krumm und lahm geschlagen, herbei, um über Ptizyns Schulter wenigstens einen Blick auf den Brief werfen zu können, sah aber dabei ganz so aus wie ein Mensch, der jeden Augenblick darauf gefaßt ist, weggeschubst zu werden.

## XVI

»Die Sache hat ihre Richtigkeit«, erklärte endlich Ptizyn, indem er den Brief zusammenfaltete und dem Fürsten zurückgab. »Sie bekommen ohne alle Schererein nach dem unanfechtbaren Testament Ihrer Tante ein sehr großes Vermögen.«

»Nicht möglich!« rief der General wie aus der Pistole geschossen aus.

Die meisten vergaßen den Mund zu schließen.

Hierauf erzählte Ptizyn, sich vornehmlich an den General wendend, was Ssalaskin dem Fürsten im Brief mitgeteilt hatte. Der Inhalt war kurz folgender:

Vor fünf Monaten war die Tante des Fürsten Lew Nikolájewitsch Myschkin, die ältere Schwester seiner Mutter, gestorben. Sie war die Tochter des Moskauer Kaufmanns dritter Gilde, Papúschin, der nach einem Bankerott, wie es hieß, in Armut gestorben war. (Der Fürst hatte beide nie gekannt.) Doch der ältere leibliche Bruder dieses Papúschin war ein bekannter sehr reicher Kaufmann. Vor etwa einem Jahre hatte er ganz plötzlich — in ein und demselben Monat — seine beiden Söhne verloren, worauf der Alte aus Gram ebenfalls erkrankt und gestorben war. Seine einzige noch lebende Verwandte und Erbin, jene Tochter seines armen Bruders, die zu der Zeit auch schon von den Ärzten aufgegeben war (sie starb bald darauf an der Wassersucht), hatte sogleich nach dem Fürsten zu forschen begonnen, hatte ihr Testament gemacht und Ssalaskin die Erledigung der Angelegenheit übertragen. Nach dem Empfang dieses Briefes von Ssalaskin hatte sich der Fürst dann entschlossen, selbst nach Rußland zurückzukehren ...

»Ich kann Ihnen einstweilen nur sagen«, schloß Ptizyn, sich an den Fürsten wendend, »daß Sie alles, was Ssalaskin Ihnen von der Unanfechtbarkeit Ihrer Erbschaft schreibt, ohne weiteres als bare Münze nehmen können. Dieser Brief ist ebensogut wie bares Geld in der Tasche. Ich gratuliere, Fürst! Vielleicht erben Sie auch so an anderthalb Millionen, vielleicht aber auch noch mehr. Papuschin war ein sehr reicher Kaufmann.«

»Teufel noch eins! Na, er lebe hoch, der letzte Fürst aus dem Geschlecht der Myschkin!« gröhlte Ferdyschtschenko, der als erster die Fassung wiedergewann.

»Hurra!« krähte mit heiserer Stimme Lebedeff — er hatte inzwischen am meisten getrunken.

»Und ich habe dem armen Jungen noch mit fünfundzwanzig Rubel unter die Arme gegriffen, hahaha! Wie nennt man das! Umgekehrte Welt!« rief der vor Überraschung noch ganz konfuse General lachend aus. »Nun, mein Lieber, ich gratuliere!«

Und sich vom Platz erhebend, ging er auf den Fürsten zu und umarmte ihn. Nach ihm erhoben sich auch die anderen, um dem Erben Glück zu wünschen. Selbst die Zaghafteren, die sich zuvor in das andere Zimmer zurückgezogen hatten, begannen im Salon zu erscheinen. Alles sprach durcheinander, es war kein Wort zu verstehen, Ausrufe wurden laut, man verlangte Champagner, alles geriet in Bewegung. Ja, im ersten Augenblick vergaß man sogar Nastassja Filippowna und daß sie doch immerhin die Dame des Hauses war. Allmählich aber besann man sich darauf und erinnerte sich zugleich, daß der Fürst ihr doch kurz zuvor einen Heiratsantrag gemacht hatte, was die ganze Situation jetzt noch dreimal unerhörter machte. Tozkij konnte vor Verwunderung nur noch die Achseln zucken. Von den Herren war er der einzige, der noch saß, während die anderen alle sich in einem dichten Haufen um den Tisch drängten. Später wurde von den meisten behauptet, daß erst in diesem Augenblick Nastassja Filippowna tatsächlich den Verstand verloren hätte. Sie saß immer noch auf ihrem Platz und betrachtete eine Weile alle mit einem seltsamen, gewissermaßen erstaunten Blick, als begriffe sie gar nicht, was hier vorging, und als strenge sie sich an, etwas Unverständliches zu erfassen. Dann wandte sie sich plötzlich dem Fürsten zu und sah ihn, die Brauen drohend zusammengezogen, scharf und feindselig an — aber das dauerte nur einen Augenblick. Vielleicht schien es ihr, daß es nur ein Scherz sein könne, daß er sich über sie lustig mache. Doch der Blick des Fürsten schloß jeden Zweifel aus. Sie sann einen Augenblick nach, und dann lächelte sie wieder, aber als wüßte sie selbst nicht, worüber sie lächelte...

»Also wirklich Fürstin!« murmelte sie gleichsam etwas spöttisch vor sich hin, und als ihr Blick zufällig auf Darja Alexejewna fiel, lachte sie auf. »Eine etwas unverhoffte Lösung... ich... nein... das hatte ich nicht erwartet... Aber meine Herrschaften, was stehen Sie denn, bitte, setzen Sie sich doch und gratulieren Sie uns! Jemand hat, glaube ich, Champagner verlangt — Ferdyschtschenko, gehen Sie, bitte, bestellen Sie! Katja, Pascha!« — sie erblickte plötzlich ihre Mädchen in der Tür — »kommt her, ich heirate, habt ihr es schon gehört? Den Fürsten dort, er hat anderthalb Millionen, ist ein Fürst Myschkin und nimmt mich!«

»Mit Gott, meine Liebe, es ist auch Zeit! Sonst verscherzt du sie ja alle!« warf Darja Alexejewna ein, die durch das Erlebte geradezu erschüttert war.

»Aber so setzen Sie sich doch her zu mir, Fürst«, fuhr Nastassja Filippowna lebhaft fort, »so, und dort kommt ja auch schon der Champagner, also bitte zu gratulieren, meine Herren!«

»Hurra! Hoch! Hurra!« ertönte es von mehreren Seiten.

Viele drängten zum Champagner hin, darunter fast alle Begleiter Rogoshins. Aber wenn auch vornehmlich sie es gewesen waren, die das Hoch ausbrachten, so waren doch viele von ihnen noch immer schüchtern und erwarteten mißtrauisch die Entwicklung der Dinge. Sie fühlten, daß die Sache eine andere Wendung genommen hatte. Viele flüsterten miteinander, daß es ja nichts Außergewöhnliches sei, daß doch so manche Fürsten noch ganz andere Weiber geheiratet hätten, sogar Zigeunerinnen aus dem Nomadenlager!

Rogoshin selbst stand da und blickte mit einem starren, verständnislosen Lächeln drein.

»Fürst, lieber Junge, besinn dich!« flüsterte der General ganz entsetzt dem Fürsten zu, indem er ihn, von der anderen Seite leise an ihn herantretend, am Ärmel zupfte.

Nastassja Filippowna hörte es und lachte auf.

»Nein, Exzellenz! Jetzt bin auch ich Fürstin, und Sie haben doch gehört, daß der Fürst mich nicht beleidigen lassen wird! Afanássij Iwánowitsch«, wandte sie sich zu Tozkij, »so wünschen Sie mir doch Glück! Ich werde mich ja jetzt überall neben Ihre Gemahlin setzen dürfen. Was meinen Sie, ist es nicht vorteilhaft, einen solchen Mann zu haben? Anderhalb Millionen und dazu noch Fürst, und überdies noch, wie es heißt, ein Idiot, was will man mehr? Jetzt erst beginnt das wirkliche Leben! Rogoshin, du bist zu spät gekommen! Nimm dein schmutziges Geldpaket, ich heirate einen Fürsten und bin jetzt selbst reicher als du!«

Da begriff Rogoshin endlich, was geschehen war. Sein Gesicht verzerrte sich in unsäglichem Schmerz. Er hob die Arme und ein Stöhnen entrang sich seiner Brust.

»Tritt zurück!« schrie er plötzlich dem Fürsten zu.

Ringsum erscholl Gelächter.

»Damit du an seine Stelle treten kannst?« fiel Darja Alexejewna siegesstolz ein. »Pfui so einer! Wie er das Geld auf den Tisch warf, da sah man gleich den Bauer! Der Fürst heiratet sie, du aber willst sie nur zur Schande haben!«

»Auch ich heirate sie! Auf der Stelle heirate ich sie, sofort! Alles gebe ich hin! ...«

»Hört doch! Du bist ja wie ein Betrunkener in der Schenke. Vor die Tür setzen sollte man dich!« sagte Darja Alexejewna empört.

Das Gelächter wurde noch lauter.

»Hörst du es, Fürst«, wandte sich Nastassja Filippowna an ihn, »wie ein Bauer deine Braut kaufen will?«

»Er ist betrunken«, sagte der Fürst. »Er liebt Sie sehr.«

»Aber wirst du dich später nicht dessen schämen, daß

deine Braut beinahe mit einem Rogoshin davongefahren wäre?«

»Das wollten Sie nur im Fieber, Sie fiebern auch jetzt noch und reden wie im Delirium.«

»Und du wirst dich auch nicht schämen, wenn man dir später sagt, daß deine Frau Tozkijs Geliebte gewesen ist?«

»Nein, ich werde mich nicht schämen. Sie waren nicht aus freiem Willen bei Tozkij.«

»Und wirst es mir nie vorwerfen?«

»Nein, niemals.«

»Nun, sieh dich vor, versprich nichts fürs ganze Leben!«

»Nastassja Filippowna«, sagte der Fürst leise und wie aus tiefem Mitleid, »ich sagte Ihnen vorhin, daß ich Ihre Einwilligung als Ehre auffassen werde, daß *Sie* mir eine Ehre erweisen, und nicht ich Ihnen. Sie lächelten über diese Worte und ringsum, das sah ich, wurde gleichfalls gelächelt. Ich habe mich vielleicht sehr lächerlich ausgedrückt und ich war vielleicht auch selbst lächerlich, aber es will mir immer scheinen, daß ich... sehr wohl begreife, was Ehre ist. Und ich bin überzeugt, daß ich die Wahrheit gesagt habe. Sie wollten sich soeben ins Verderben stürzen, unwiderruflich, für immer, denn Sie hätten sich das nie verziehen. Aber es trifft Sie doch gar keine Schuld. Es ist doch nicht möglich, daß Ihr Leben schon für immer vernichtet sein soll. Was will denn das besagen, daß Rogoshin zu Ihnen gekommen ist und Gawrila Ardalionytsch Sie hat betrügen wollen? Weshalb kommen Sie immer wieder gerade darauf zurück? Das, was Sie getan haben — dazu wären nur wenige fähig, das sage ich Ihnen nochmals. Daß Sie aber mit Rogoshin fortfahren wollten, das wollten Sie ja nur im Augenblick einer krankhaften Anwandlung. Sie sind auch jetzt noch krank, solche Anwandlungen gehen nicht so schnell vorüber. Es wäre besser, Sie gingen zu Bett. Sie würden morgen Wäscherin werden, denn bei Rogoshin würden Sie ja doch nicht bleiben. Sie sind stolz, Nastassja Filippowna; vielleicht aber sind Sie schon dermaßen unglücklich, daß Sie sich selbst für tatsächlich schuldig halten. Sie müssen behutsam gepflegt werden, Nastassja Filippowna, und ich werde Sie pflegen. Als ich heute Ihr Bild erblickte, war es mir, als hätte ich ein bekanntes Gesicht wiedererkannt. Und es schien mir sogleich, als riefen Sie mich... Ich... ich werde Sie mein ganzes Leben lang hochachten, Nastassja Filippowna...«, brach plötzlich der Fürst kurz ab, und er errötete. Es war ihm mit einemmal zum Bewußtsein gekommen, vor welchen Menschen er redete.

Ptizyn senkte vor lauter Schamgefühl den Kopf und blickte zu Boden. Tozkij dachte bei sich: »Zwar ein Idiot, weiß aber doch, daß man mit Schmeichelei am besten fängt. Instinkt.« Der Fürst fühlte und sah auch Ganjas brennenden Blick auf sich ruhen, mit dem jener ihn gleichsam versengen zu wollen schien. Ganja stand in der entferntesten Ecke.

»Endlich sieht man einmal einen guten Menschen!« sagte Darja Alexejewna ganz gerührt.

»Ein gebildeter Mensch, aber hoffnungslos!« brummte der General für sich.

Tozkij schickte sich an aufzustehen. Er sah sich nur noch nach dem General um und verständigte sich mit ihm durch einen Blick; sie wollten sich beide entfernen.

»Ich danke Ihnen, Fürst. Bis jetzt hat noch niemand so zu mir gesprochen«, sagte Nastassja Filippowna. »Man hat mich immer nur kaufen wollen, doch heiraten wollte mich noch kein einziger Ehrenmann. Haben Sie gehört, Afanassij Iwanowitsch? Wie gefiel Ihnen das, was der Fürst sagte? Sie fanden es vielleicht unschicklich... Rogoshin!« unterbrach sie sich, »du wart noch mit dem Fortgehen! Aber du gehst ja auch noch gar nicht fort, wie ich sehe. Vielleicht werde ich noch mit dir gehen. Wohin wolltest du mich bringen?«

»Nach Katharinenhof!«[6] rapportierte sofort Lébedeff aus einer Ecke, Rogoshin aber zuckte nur zusammen und starrte sie an, als könne er nicht glauben, was er gehört hatte. Er schien völlig stumpf geworden zu sein, wie von einem entsetzlichen Schlag auf den Kopf.

»Was, was redest du da, was fällt dir ein, Täubchen? Laß das doch jetzt, diese Albernheiten! Bist du denn ganz von Sinnen?« fuhr die erschrockene Darja Alexejewna auf.

»Ja, hast du denn im Ernst daran gedacht?« Nastassja Filippowna sprang lachend auf. »Diesen jungen Knaben da sollte ich zugrunde richten? Das wäre ja ganz nach Afanassij Iwanowitschs Geschmack, der liebt ja besonders halbwüchsige Kinder! Fahren wir, Rogoshin! Halte dein Geldpaket bereit! Das hat nichts zu sagen, daß du mich heiraten willst, das Geld mußt du mir trotzdem geben. Ich nehme dich vielleicht noch gar nicht. Du glaubst wohl, wenn du mich heiratest, behältst du das Geld? Unsinn! Ich bin doch eine Schamlose! Ich bin doch Tozkijs Konkubine gewesen... Fürst! Du brauchst jetzt eine Aglaja Jepántschina, aber nicht mich, denn sonst – Ferdyschtschenko würde doch mit dem Finger auf uns weisen! Du fürchtest dich nicht, ich aber würde mich fürchten, daß ich dich zugrunde richte und du es mir später vorwerfen wirst! Und was du da redest, daß ich dir eine Ehre erweise, nun, so weiß doch Tozkij, wie es sich damit verhält. Du aber, Gánetschka, hast Aglaja Jepántschina schon verspielt – weißt du das auch? Hättest du nicht mit ihr geschachert, so würde sie dich ja unbedingt genommen haben! Aber so seid ihr ja alle! Nein: entweder mit ehrlosen oder mit ehrbaren Frauen leben – eines von beiden! Denn sonst gibt's unfehlbar Konfusion... Da sieht mich der General an und kann den Mund nicht mehr schließen...«

»D–D–Das ist ja Sodom! Sodom!!« stieß der General hervor, die Schultern vor Entrüstung in die Höhe ziehend, und erhob sich schleunigst. Alles war wieder auf den Beinen. Nastassja Filippowna gebärdete sich wie eine Rasende.

»Ist es denn möglich!« stöhnte der Fürst, und seine Hände krampften sich zusammen.

»Du glaubst wohl – nicht? Ich bin vielleicht noch stolzer, als ihr glaubt, und wenn ich auch tausendmal eine Verworfene bin! Du sagtest vorhin, an mir sei alles vollkommen

— eine schöne Vollkommenheit das, wenn sie einzig, um sich nachher damit brüsten zu können, eine Million und die Fürstenkrone unter die Füße tritt und in die Spelunke geht! Was bin ich denn für eine Frau für dich? Afanassij Iwanowitsch, hören Sie! Ich habe doch tatsächlich eine Million zum Fenster hinausgeworfen! Und Sie glaubten wohl, ich würde es für ein Glück ansehen, wenn ich mit Ihren Fünfundsiebzigtausend Ihren Gánetschka bekäme? Die Fünfundsiebzigtausend kannst du behalten, Afanassij Iwanowitsch — nicht einmal bis zu Hundert hat er sich emporgeschwungen, da ist doch Rogoshin nobler als er! — Gánetschka aber werde ich selber trösten, ich habe schon einen Gedanken. Jetzt aber will ich mich einmal amüsieren, ich bin ja doch eine Straßendirne! Zehn Jahre lang hab' ich im Gefängnis gesessen, jetzt kommt mein Glück! Was stehst du so da, Rogoshin? Komm, fahren wir!«

»Fahren wir!« brüllte Rogoshin, fast rasend vor Freude. »He, ihr alle!... kommt! Wein her! Uch!...«

»Sorge nur für Wein, ich werde trinken. Wird es dort auch Musik geben?«

»Alles, alles wird's geben! — Komm nicht zu nah!« schrie Rogoshin in seiner Raserei, als er sah, daß Darja Alexejewna sich Nastassja Filippowna nähern wollte. »Sie gehört mir! Alles gehört mir! Königin! Schluß!«

Der Atem stockte ihm vor Herzklopfen; er ging immer nur um Nastassja Filippowna herum und schrie jedem zu: »Komm nicht zu nah!« Inzwischen hatten sich schon alle seine Begleiter im Salon versammelt, selbst die schüchternsten hatten sich hervorgewagt. Die einen tranken, die andern schwatzten und lachten, alle waren sie in der lebhaftesten und ungezwungensten Stimmung. Ferdyschtschenko versuchte bereits, sich freundschaftlich ihnen anzuschließen, um dann gleichfalls mit nach Katharinenhof fahren zu können. Der General und Tozkij machten wieder eine Bewegung zur Tür hin, um schnell zu verschwinden. Ganja hatte gleichfalls schon seinen Hut in der Hand; doch schien er sich von dem Bilde, das sich hier vor seinen Augen aufrollte, noch nicht losreißen zu können.

»Komm nicht zu nah!« schrie wieder Rogoshin.

»Was gröhlst du denn so!« lachte ihn Nastassja Filippowna aus. »Noch bin ich hier die Herrin im Hause, wenn ich will, lasse ich dich hinauswerfen. Ich habe von dir noch kein Geld genommen, da liegt es ja noch auf dem Tisch! Gib es her, das ganze Paket! Und hier in diesem Paket sind hunderttausend Rubel? Pfui, wie abscheulich! Was hast du nur, Darja Alexejewna? Soll ich ihn denn wirklich zugrunde richten?« (Sie wies auf den Fürsten.) »Wo kann er denn ans Heiraten denken, er braucht ja selbst noch eine Wärterin! Da, der General, der wird seine Wärterin sein – seht doch, wie er um ihn scharwenzelt. Sieh, Fürst, deine Braut hat das Geld hier genommen, denn sie ist ja doch eine Dirne – und du wolltest sie heiraten! Aber warum weinst du denn? Bitter ist das, was? Du lach' doch, ich finde, du hast Grund, froh zu sein«, fuhr Nastassja Filippowna fort, auf deren eigenen Wangen zwei dicke Tränen glänzten. »Vertraue der Zeit – alles geht vorüber! Es ist besser, sich jetzt zu besinnen, als nachher, wenn's zu spät ist... Aber warum weint ihr denn alle – da, auch Katja weint! Katja, was hast du, mein liebes Ding? Ich hinterlasse dir und Pascha viele Sachen, es ist schon alles vorgesehen... Jetzt aber lebt wohl! Ich habe dich, ein ehrsames Mädchen, mich Dirne bedienen lassen... Es ist besser so, Fürst, wahrhaftig besser, du würdest mich später doch verachten, und wir wären beide unglücklich. Schwöre nicht, ich glaube ja doch nichts! Und es wäre ja auch so dumm!... Nein, glaub mir, es ist besser so, wir scheiden im guten. Auch ich bin ja eine Träumerin, was käme dabei heraus? Habe ich denn nicht selbst schon von dir geträumt? Du hast recht, schon lange habe ich von dir geträumt, schon dort in Otrádnoje, wo er mich fünf Jahre in der Einsamkeit seelenallein sitzen ließ! Da denkt man denn bisweilen und denkt und spinnt Träume und Träume – da habe ich mir denn immer solch einen wie du vorgestellt, einen wahren und ehrlichen und guten und mutigen Menschen, und der auch ebenso dumm ist wie du, so dumm, daß er plötzlich zu mir kommt und sagt: ‚Sie tragen keine Schuld, Nastassja Filippowna, und ich vergöttere Sie!' Und so spinnt man die Träume immer weiter, bis man wahnsinnig zu werden meint... Und dann kommt wieder jener da angefahren: bleibt zwei Monate im Jahr, entehrt, beschmutzt, entfacht, verdirbt und fährt fort — oh, tausendmal schon wollte ich mich im Teich ertränken, war aber zu feig dazu, der Mut langte nicht! — nun, und jetzt... Rogoshin, bist du bereit?«

»Fahren wir!!... Komm nicht zu nah!«

»Fahren wir!« ertönten mehrere Stimmen.

»Die Troiken warten! Mit Schellen am Kummetholz!« Nastassja Filippowna ergriff das Geldpaket.

»Ganja, ich habe einen guten Einfall: ich will dich entschädigen, denn warum sollst du alles verlieren? Rogoshin, wird er für drei Rubel bis zu der Wassíljeff-Insel kriechen?«

»Sicher!«

»Nun, dann höre mich an, Ganja, ich will deine Seele zum letztenmal bewundern: du hast mich drei Monate lang gequält, jetzt ist die Reihe an mir. Siehst du hier dieses Paket in Zeitungspapier: das sind hunderttausend Rubel. Nun sieh, ich werde es sogleich in den Kamin werfen, ins Feuer, hier in Gegenwart aller Anwesenden, alle sind Zeugen! Sobald dann das Feuer das Papier erfaßt hat — kriech in den Kamin, aber ohne Handschuhe, mit bloßen Händen, nur die Ärmel kannst du aufkrempeln, — und hol das Paket aus dem Feuer! Holst du es heraus — so gehört es dir, die ganzen Hunderttausend gehören dir! Wirst dir höchstens die zarten Fingerchen ein bißchen verbrennen, aber dafür sind es doch Hunderttausend, bedenk bloß! Wie lange zieht man sie denn aus dem Feuer! Es ist ja nur ein Augenblick! Ich aber will mich an deiner Seele ergötzen, ich habe meine Freude dran, daß du nach meinem Gelde ins Feuer kriechst! Hier sind alle Zeugen: das ganze Paket gehört dir! Ziehst du es nicht heraus, so verbrennt es, ich werde es keinen anderen herausnehmen lassen. Fort da vom Kamin! Alle fort! Das Geld gehört mir! Ich hab's für eine Nacht von Rogoshin bekommen. Ist's mein Geld, Rogoshin?«

»Deines, meine Freude! Deines, Königin!«

»Nun, dann alle fort von dort! Was ich will, das tue ich! Psst! Ruhe! Mischt euch nicht ein! Ferdyschtschenko, schüren Sie das Feuer!«

»Nastassja Filippowna, die Hände gehorchen mir nicht!« stammelte Ferdyschtschenko wie betäubt.

»A—ach!« rief Nastassja Filippowna unwillig, ergriff selbst die Feuerzange, schob die zwei glimmenden Holzscheite zurecht, und wie das Feuer aufschlug, warf sie das Geldpaket darauf.

Ein Schrei entfuhr den Anwesenden. Viele bekreuzten sich unwillkürlich.

»Sie ist verrückt geworden! Sie ist wahnsinnig!«

»Soll... soll... sollte man sie nicht binden?« flüsterte der General Ptizyn zu; »oder... oder nach dem Arzt schikken... Sie ist ja doch wahnsinnig, wahnsinnig, das ist sie doch!«

»N—nein, das ist vielleicht doch nicht gerade Wahnsinn«, murmelte Ptizyn. Er war blaß und zitterte und vermochte seinen Blick von dem bereits glimmenden Zeitungspapier nicht abzuwenden.

»Sie ist doch wahnsinnig, absolut wahnsinnig, sehen Sie denn das nicht?« wandte sich der General an Tozkij.

»Ich habe Ihnen ja gesagt, daß sie ein Weib mit Kolorit ist«, flüsterte der gleichfalls etwas blasse Tozkij zurück.

»Aber, ich bitte Sie! — es sind doch Hun—dert—tausend!...«

»Großer Gott, großer Gott, heiliger Vater im Himmel!« ertönte es ringsum. Alles drängte zum Kamin, alle wollten sehen, wie das Geld brannte, alles rief und schrie durcheinander... Einige sprangen sogar auf die Stühle, um über die Köpfe der anderen hinwegzusehen. Darja Alexejewna eilte in höchster Angst zur Tür und tuschelte dort entsetzt mit Katja und Pascha. Die schöne Deutsche aber lief fort.

»Mütterchen! Königin! ... Allmächtige!« schrie Lébedeff, der vor Nastassja Filippowna auf den Knien umherrutschte und immer wieder verzweifelt mit beiden Händen auf den Kamin wies. »Hunderttausend! Hunderttausend! Habe sie selbst gesehen, vor meinen Augen wurden sie eingepackt! Mütterchen! Barmherzige! Laß mich in den Kamin kriechen! Ich krieche dir mit allen Vieren hinein, den ganzen grauen Kopf steck' ich ins Feuer! ... Hab' eine kranke, gelähmte Frau, dreizehn Stück Kinder, mutterlose Waisen, den Vater vor einer Woche beerdigt, haben nichts zu beißen und zu brechen! Erbarmen, Erbarmen, Nastassja Filippowna!«

Und noch mit dem letzten Schrei auf den Lippen kroch er schon zum Kamin.

»Fort! Nicht! Weg da!« schrie ihn Nastassja Filippowna an und stieß ihn fort. »Tretet zur Seite, alle, alle! Ganja, was stehst du denn da? Schäm' dich doch nicht! Kriech! Dein Glück ist's!«

Doch Ganja hatte an diesem Tage und Abend schon gar zuviel ausgehalten. Auf diese letzte, unerwartete Folter war er nicht vorbereitet. Das Gedränge teilte sich vor ihm in zwei Hälften, es bildete sich eine Gasse zwischen ihnen, und Ganja stand drei Schritte von Nastassja Filippowna, Auge in Auge ihr gegenüber. Sie aber stand am Kamin und wartete und sah ihn mit brennendem Blick unverwandt an. Ganja stand schweigend mit verschränkten Armen, im Frack, den Hut und die Handschuhe in der Hand, vor ihr, ohne sich zu rühren, und sah starr ins Feuer. Ein sinnloses, irres Lächeln huschte über sein Gesicht, das so bleich war wie eine weißgetünchte Wand. Zwar konnte er den Blick nicht losreißen von dem glimmenden Päckchen, doch schien sich plötzlich etwas Neues in seiner Seele erhoben zu haben: es war, als hätte er sich geschworen, die Folter auszuhalten. Er rührte sich nicht: nach ein paar Augenblicken wurde es allen klar, daß er nicht nach dem Geldpaket greifen werde, daß er es *nicht wollte*.

»Ei, sie verbrennen, die Hunderttausend!« rief ihm Nastassja Filippowna zu. »Du wirst dich ja später erhängen, wenn du sie nicht nimmst! Ich scherze nicht!«

Das Feuer war zuerst zwischen den zwei glimmenden Holzscheiten fast erloschen, als das Geldpaket darauf niedergefallen war. Nur ein kleines blaues Flämmchen züngelte noch am unteren Rande des einen Holzscheites. Allmählich kroch es weiter, bis es die eine Ecke des Päckchens zu belecken begann; das Feuer blieb haften und schlängelte sich dann als schmale, dünne Zunge von der Ecke hinauf, lief von der oberen Ecke wieder am Rande weiter, und plötzlich umschlang es das ganze Paket, und eine helle Flamme schlug flackernd nach oben, zugleich einen Feuerschein ins Zimmer werfend.

»Mütterchen!« schrie Lebedeff, und wieder wollte er auf den Knien zum Kamin kriechen, doch da zog ihn Rogoshin fort und stieß ihn zur Seite. Rogoshin selbst war nichts als ein einziges glühendes Augenpaar, sein ganzes Ich lag in seinem Blick, der wie gebannt immer wieder zu Nastassja Filippowna zurückkehrte — er berauschte sich an ihr, er war im siebenten Himmel.

»Das, ja, das ist eine Königin!« rief er begeistert aus, sich an alle und jeden wendend, gleichviel an wen. »Das, das ist von unserer Art!« stieß er wie berauscht hervor. »Nun, wer von euch, ihr Gauner allesamt, brächte so was fertig! was?!«

Der Fürst war der einzige, der schweigend beobachtete. Sein Gesicht war ernst, und in seinen Augen lag Trauer.

»Ich ziehe es mit den Zähnen heraus, auch nur für einen einzigen Tausender!« erbot sich Ferdyschtschenko.

»Ich auch!« knirschte im Hintergrunde der Faustmensch, wahrscheinlich in einem Anfall entschiedener Verzweiflung. »T—teufel noch eins! Es brennt, alles brennt!« schrie er laut auf, als er die Flamme emporschlagen sah.

»Es brennt, es brennt!« schrien alle wie aus einem Munde, und ein wildes Drängen zum Kamin hub an.

»Ganja, zier dich nicht, ich sage es zum letztenmal!«

»So geh doch, geh!« brüllte Ferdyschtschenko außer sich, und er stürzte sich auf Ganja, um ihn am Ärmel mit Gewalt zum Kamin zu zerren. »So kriech doch in den Kamin, du Prahlhans! Es verbrennt! Oh, verrr—dammt!«

Doch Ganja stieß plötzlich mit aller Kraft Ferdyschtschenko zurück, wandte sich um und ging zur Tür. Er hatte aber noch keine zwei Schritte gemacht, als er plötzlich wankte und krachend zu Boden schlug.

»Ohnmacht! Eine Ohnmacht!« schrien mehrere Stimmen.

»Mütterchen! Allbarmherzige! Sie verbrennen!« schrie Lebedeff.

»Sie verbrennen umsonst!« brüllte es von allen Seiten.

»Katja, Pascha, bringt ihm Wasser!... Essenz!« rief Nastassja Filippowna erregt ihren Mägden zu, ergriff dann selbst die Feuerzange und zog das Paket aus den Flammen hervor.

Die ganze Umhüllung war schon verbrannt und fiel in glimmenden Blätterschichten ab, doch man sah sofort, daß der Inhalt fast unversehrt war. Rogoshin hatte das Geld in dreifaches Zeitungspapier eingepackt. Alles atmete auf.

»Nur ein einziges kleines Tausendchen ist angebrannt, die anderen sind alle ganz!« berichtete Lebedeff mit noch zitternder Stimme. Er weinte fast vor Rührung.

»Alle gehören ihm! Das ganze Paket gehört ihm! Sie hören es, meine Herren!« rief Nastassja Filippowna laut, und sie legte das Geldpaket neben den ohnmächtigen Ganja hin. »Er ist doch nicht gegangen, hat es doch ausgehalten! Seine Eitelkeit ist doch noch größer als seine Geldgier! Tut nichts, er wird schon wieder zu sich kommen! Da, er kommt schon wieder zu sich! General, Ptizyn, Darja Alexejewna, Katja, Pascha, Rogoshin, habt ihr's gehört? Das ganze Geld gehört Ganja! Ich gebe es ihm als sein Eigentum, als Entschädigung, als Belohnung... nun, da, gleichviel wofür! Sagt es ihm. Mag es hier neben ihm liegen. Rogoshin, marsch! Leb wohl, Fürst, ich habe zum erstenmal einen Menschen gesehen! Leben Sie wohl, Afanássij Iwánowitsch, merci!«

Das ganze Gefolge Rogoshins drängte mit Geräusch und Geschwätz dem Ausgang zu, wohin Nastassja Filippowna und Rogoshin bereits vorausgegangen waren. Im Saal brachten ihr die Mädchen den Pelz. Auch die Köchin Marfa kam aus der Küche herbeigelaufen. Nastassja Filippowna küßte sie alle zum Abschied.

»Mütterchen, ist es denn wirklich wahr, daß Sie uns für immer verlassen? Wohin wollen Sie denn gehen? Und noch dazu am Geburtstage, an einem solchen Fest!« jammerten die weinenden Mädchen, die ihr die Hände küßten.

»Auf die Straße gehe ich jetzt, Marfa, du hast es doch schon gehört, dort ist mein Platz, oder am Waschtrog! Ich bin fertig mit Afanassij Iwanowitsch! Grüßt ihn mir und gedenkt meiner nicht im Bösen...«

Der Fürst eilte, so schnell er konnte, hinab zum Portal, wo sich die ganze Gesellschaft bereits in die vier Troiken gesetzt hatte. Der General holte ihn nur noch mit Mühe auf der Treppe ein.

»Ich bitte dich, Fürst, komm zur Besinnung!« rief er ihm zu, ihn am Arm packend, um ihn zurückzuhalten. »Laß sie doch! Du siehst doch, wie sie ist! Wie ein Vater rate ich dir...«

Der Fürst sah ihn an, doch ohne ein Wort zu sagen, riß er sich los und eilte hinaus.

Als der General auf die Straße trat, waren die Troiken schon fort und er sah nur noch, wie der Fürst dem nächsten Droschkenkutscher zurief: »Nach Katharinenhof, hinter den Troiken her!«

Der Wagen des Generals fuhr vor, und der Traber, ein Schimmel, brachte seinen Herrn nach Hause — mit neuen Hoffnungen und Berechnungen und auch mit dem kostbaren Schmuck, den Seine Exzellenz schließlich doch nicht vergessen hatte mitzunehmen. Und zwischen den Gedanken und Hoffnungen des Generals tauchte auch wieder Nastassja Filippownas Bild vor ihm auf in seiner ganzen verführerischen Schönheit. Der General seufzte:

»Schade! Wirklich schade! Ein verlorenes Weib! Ein verrücktes Weib! ... Nun, aber der Fürst braucht jetzt etwas anderes als eine Nastassja Filippowna. Schließlich ist es noch ganz gut, daß es so gekommen ist...«

Fast in derselben Art wurden auch noch von zwei anderen Gästen Nastassja Filippownas, die es vorzogen, ein Stück Weges zu Fuß zu gehen, ihr ein paar moralische Betrachtungen nachgesandt.

»Wissen Sie, Afanássij Iwánowitsch, bei den Japanern, hörte ich, soll es etwas Ähnliches geben«, sagte Iwán Petrówitsch Ptízyn zu Tozkij. »Der Beleidigte geht dort zu seinem Beleidiger und sagt: ,Du hast mich beleidigt, und dafür schlitze ich mir vor deinen Augen den Bauch auf', und bei diesen Worten schlitzt er sich auch in der Tat den Bauch auf und fühlt dabei wahrscheinlich eine außerordentliche Genugtuung, ganz als habe er sich nun wirklich an jenem gerächt. Es gibt sehr seltsame Charaktere auf der Welt, Afanassij Iwanowitsch!«

»Sie meinen, daß auch hier etwas Ähnliches getan worden sei?« fragte Tozkij mit einem Lächeln. »Hm! Nicht übel... Sie haben einen sehr scharfsinnigen Vergleich angeführt. Aber Sie haben doch selbst gesehen, mein bester Iwan Petrowitsch, daß ich alles getan habe, was ich nur tun konnte: mehr als das kann ein Mensch nicht, das müssen Sie doch zugeben? Und andererseits, wenn man bedenkt – es läßt sich doch nicht leugnen, daß diese Frau kolossale Vorzüge hat... wirklich glänzende Gaben! Ich wollte ihr vorhin schon zurufen – wenn ich mir das in diesem Durcheinander hätte gestatten können –, daß sie selbst meine beste Rechtfertigung gegen alle ihre Beschuldigungen ist. Nun, sagen Sie doch bitte, wer hätte sich nicht an diesem Weibe mitunter berauscht, bis zum Vergessen der Vernunft und alles... übrigen? Sie sehen, dieser Bauer, dieser Rogoshin – er hat doch hunderttausend Rubel für sie herangeschleppt! Mag auch alles, was dort geschehen ist, sagen wir ephemer, romantisch, unschicklich sein, so hat es dafür doch Kolorit, es ist originell! — das müssen Sie doch zugeben! Gott, was könnte sie nicht sein: bei diesen Vorzügen und dieser Schönheit! Aber trotz aller Bemühungen, trotz aller Mittel, selbst ungeachtet ihrer Erziehung und Bildung — ist doch alles verloren! Ein ungeschliffener Diamant — das habe ich schon mehr als einmal gesagt...«

Und Afanássij Iwánowitsch seufzte tief.

# ZWEITER TEIL

I

Am zweiten Tage nach den sonderbaren Vorgängen in der Wohnung Nastassja Filippownas reiste Fürst Myschkin eilig nach Moskau, um dort alles Nötige in seiner Erbschaftsangelegenheit persönlich zu erledigen. Es wurde damals allerdings vermutet, daß er auch noch aus anderen Gründen seine Abreise so beschleunigt hätte; doch sowohl hierüber wie auch über alle weiteren Erlebnisse des Fürsten in Moskau und überhaupt während seiner Abwesenheit von Petersburg wissen wir nicht viel Näheres zu berichten. Der Fürst war ganze sechs Monate von Petersburg abwesend, und in dieser Zeit konnten selbst diejenigen, die Ursache hatten, sich für sein Schicksal zu interessieren, nur sehr weniges über sein Tun und Treiben erfahren. Freilich drangen diesem und jenem bisweilen Gerüchte zu Ohren, aber die waren größtenteils recht seltsamer Art und widersprachen sich außerdem fast immer. Das größte Interesse hatte man für den Fürsten im Hause des Generals Jepantschin, wo der Fürst, nebenbei bemerkt, nicht einmal seinen Abschiedsbesuch gemacht hatte. Der General war mit ihm allerdings noch zwei- oder dreimal zusamengekommen, und sie hatten sogar sehr ernste Gespräche geführt; aber in der Familie hatte der General kein Wort davon verlauten lassen. Und überhaupt wurde bei Jepantschins in der ersten Zeit, d. h. fast einen ganzen Monat nach der Abreise des Fürsten, nicht von diesem gesprochen, als gehöre es sich so. Nur die Generalin Lisaweta Prokofjewna äußerte ganz zu Anfang, daß sie sich im Fürsten »grausam getäuscht« habe. Einige Tager später bemerkte sie, doch jetzt ohne den Fürsten zu nennen, sondern nur so im allgemeinen, ihr »auffallendster Charakterzug« sei, daß sie sich beständig in den Menschen täusche. Und schließlich, nach Verlauf weiterer zehn Tage, schloß sie, durch die Töchter aus irgendeinem Anlaß in gereizte Stimmung versetzt, bereits in Form einer Sentenz: »Genug der Täuschungen! Jetzt dürfen keine mehr vorkommen!« Das war ihr letztes Wort. Doch auch ganz abgesehen davon, herrschte in ihrem Hause, was hier nicht verschwiegen werden darf, ziemlich lange eine recht unangenehme Stimmung: es lag eine gewisse Spannung, etwas Unausgesprochenes in der Luft, alle waren mißvergnügt und gereizt. Der General war Tag und Nacht beschäftigt und mit Arbeit überhäuft; selten hatte man ihn stärker in Anspruch genommen und tätiger gesehen — besonders im Dienst. Seine Angehörigen bekamen ihn kaum zu Gesicht. Was aber die drei Mädchen betrifft, so ließ keine von ihnen in Gegenwart der Eltern ein Wort über den Fürsten fallen, und vielleicht hatten sie auch unter sich nur wenig über ihn gesprochen — vielleicht aber auch nicht einmal das. Sie waren stolze, hochmütige Mädchen, und sogar unter sich zuweilen sehr verschämt; übrigens verstanden sie einander schon beim ersten Wort oder gar schon beim ersten Blick, so daß es sich manchmal von selbst erübrigte, noch Worte zu wechseln.

Jedenfalls hätte aus oben Erwähntem ein Beobachter, falls ein solcher vorhanden gewesen wäre, mit ziemlicher Sicherheit das Richtige erraten können: daß der Fürst doch einen gewissen Eindruck im Hause des Generals hinterlassen hatte, obschon er nur ein einziges Mal und auch dann nur kurze Zeit dort gewesen war. Möglicherweise war dieser Eindruck nur durch die etwas seltsamen Erlebnisse des Fürsten zu erklären... Aber wie dem auch sein mochte, jedenfalls war ein Eindruck verblieben.

Die Gerüchte, die sich anfänglich über ihn in der Stadt verbreitet hatten, gerieten alsbald in Vergessenheit. Es war eine Zeitlang in gewissen Kreisen von irgendeinem recht beschränkten jungen Fürsten — den Namen wußte niemand genau — gesprochen worden, von einem, man kann wohl sagen, halben Idioten, der ein großes Vermögen geerbt und eine zugereiste Französin, eine bekannte Kankantänzerin aus dem „Château des Fleurs" in Paris, geheiratet habe. Dann hatte es eine Zeitlang geheißen, das Vermögen hätte ein gewisser General geerbt, und die Französin habe ein ungeheuer reicher russischer Kaufmann geheiratet, der auf seiner Hochzeit einzig aus Prahlsucht siebenhunderttausend Rubel in Staatsschuldscheinen an einer Kerze verbrannt hätte, natürlich in der Trunkenheit. Doch alle diese Gerüchte verstummten sehr bald, wozu die Umstände selbst viel beitrugen. So war zum Beispiel das gesamte Gefolge Rogoshins mit diesem selbst an der Spitze nach Moskau gereist — eine Woche nach der Orgie in Katharinenhof, an der auch Nastassja Filippowna teilgenommen hatte —, und somit waren gerade diejenigen, die am ehesten etwas hätten erzählen können, nicht mehr in Petersburg. Nur einige wenige, die wirklich Grund hatten, sich für die Angelegenheit zu interessieren, erfuhren später, daß Nastassja Filippowna schon am nächsten Tage nach jener Orgie geflüchtet und verschwunden war und man ihr jetzt endlich auf die Spur gekommen sei: wie verlautete, hatte sie sich nach Moskau begeben, und als nun Rogoshin gleichfalls nach Moskau fuhr, brachte man den Zweck seiner Reise unwillkürlich mit Nastassja Filippowna in Zusammenhang.

Desgleichen wurde auch über Gawrila Ardalionytsch Iwolgin, der in seinem Kreise durchaus nicht so unbekannt war, gar mancherlei gesprochen; doch auch hier trat bald ein Umstand ein, der alle für ihn nachteiligen Gerüchte vergessen ließ: er erkrankte ernstlich und konnte daher nicht nur nicht in der Gesellschaft erscheinen, sondern auch nicht einmal die Arbeit, die er als Angestellter der Aktiengesellschaft zu verrichten hatte, fortsetzen. Nachdem er einen Monat das Bett gehütet, setzte er seine Bekannten dadurch in Erstaunen, daß er diese Anstellung aufgab, worauf seinen Posten ein anderer erhielt. Auch beim General Jepantschin erschien er nicht mehr, so daß ihn auch dort ein anderer ersetzen mußte. Seine Feinde hätten nun annehmen können, daß er sich schäme, sich auch nur auf der Straße zu zeigen; aber er kränkelte immer noch, war fast zum Hypochonder geworden, war nachdenklich und sehr reizbar. Warwára Ardaliónowna verheiratete sich noch im Laufe des Winters mit Iwán Petrówitsch Ptízyn. Alle Bekannten der Familie behaupteten, daß sie ihn einzig deshalb genommen habe, weil Ganja seine frühere Arbeit nicht wieder aufnehmen wollte und daher auch die Familie nicht mehr unterstützen konnte; ja, er bedurfte jetzt selbst der Unterstützung und sogar der Pflege.

Bei der Gelegenheit sei noch nebenbei bemerkt, daß im Hause des Generals Jepantschin auch Gawríla Ardaliónytschs mit keinem Wort Erwähnung getan wurde, ganz als hätte es nie einen solchen Menschen weder in ihrem Hause, noch auf der Welt gegeben. Und doch hatten dort alle Damen bald etwas sehr Bedeutsames über ihn erfahren, und zwar folgendes: Als er in jener Nacht von Nastassja Filippowna zurückgekehrt war, hatte er sich nicht schlafen gelegt, sondern in fieberhafter Ungeduld die Rückkehr des Fürsten erwartet. Der Fürst nun war aus Katharinenhof erst um sechs Uhr morgens zurückgekehrt. Da war Ganja zu ihm ins Zimmer gegangen und hatte das angebrannte Geldpaket — die ihm, als er ohnmächtig auf dem Boden lag, von Nastassja Filippowna geschenkten hunderttausend Rubel — vor dem Fürsten auf den Tisch gelegt und ihn mit allem Nachdruck gebeten, bei nächster Gelegenheit dieses Geschenk Nastassja Filippowna zurückzugeben. Als Ganja beim Fürsten eintrat, sei er in feindseliger und verzweifelter Stimmung gewesen, darauf aber seien zwischen ihm und dem Fürsten einige Worte gewechselt worden, worauf Ganja noch ganze zwei Stunden bei jenem geblieben sei und die ganze Zeit bitterlich geschluchzt habe. Geschieden seien sie freundlich voneinander.

Und diese Nachricht beruhte auch vollkommen auf Wahrheit. Unverständlich war nur, daß Nachrichten dieser Art sich so schnell verbreiten konnten; so war zum Beispiel der Verlauf der ganzen Abendgesellschaft bei Nastassja Filippowna fast schon am nächsten Tage im Hause des Generals bekannt geworden, und sogar noch mit ziemlich genauen Einzelheiten. Man hätte annehmen können, daß Warwára Ardaliónowna, die zum größten Erstaunen Lisawéta Prokófjewnas ganz plötzlich mit den drei jungen Mädchen enge Freundschaft pflegte, diesen alles Nähere erzählt habe. Doch wenn es Warwara Ardalionowna aus irgendeinem Grunde auch nötig erschienen war, mit Jepantschins Freundschaft zu schließen, so würde sie doch niemals ungebeten von ihrem Bruder erzählt haben. Sie war gleichfalls stolz, allerdings in ihrer Art — wenn sie auch jetzt Freundschaft dort anknüpfte, wo ihrem Bruder der Verkehr so gut wie abgesagt worden war. Sie war freilich schon früher mit den Schwestern bekannt gewesen, aber sie hatte sie doch nur wenige Male besucht. Übrigens zeigte sie sich auch jetzt nur selten in ihrem Empfangssalon, und gewöhnlich kam sie über die Hintertreppe, um dann nur kurze Zeit bei den jungen Mädchen zu bleiben. Die Generalin war ihr niemals besonders gewogen gewesen, obschon sie Warjas Mutter sehr achtete. Über Warjas Besuche ärgerte sie sich und schrieb diese neue Freundschaft ihrer Töchter den Launen »dieser Mädchen« zu, die »selbst nicht mehr wissen, was sie aus Trotz einem noch antun sollen.« Doch ungeachtet dieses Ärgers der Generalin setzte Warwára Ardaliónowna auch nach ihrer Verheiratung mit Ptizyn die Besuche bei den Generalstöchtern fort.

Da erhielt die Generalin eines Tages — ungefähr einen Monat nach der Abreise des Fürsten — von der alten Fürstin Bjelokónskaja, die vor etwa zwei Wochen nach Moskau zu ihrer ältesten, verheirateten Tochter gefahren war, einen Brief, und dieser Brief machte auf die Generalin Jepantschin offenbar einen nicht geringen Eindruck. Zwar teilte sie von seinem Inhalt weder ihren Töchtern noch ihrem Gemahl Iwán Fjódorowitsch etwas mit; doch konnte man aus untrüglichen Anzeichen schließen, daß sie sich nach Empfang dieses Briefes in merkwürdig gehobener Stimmung befand. Sie knüpfte mit den Töchtern Gespräche über die seltsamsten Dinge an, über Dinge, die, wie man meinen sollte, ganz fern lagen. Allem Anschein nach hatte sie etwas auf dem Herzen, das sie jedoch vorläufig noch für sich behalten wollte. Am ersten Tage nach dem Empfang des Briefes war sie sogar sehr lieb zu ihren Töchtern, küßte Aglaja und Adelaida und erklärte sich in irgend etwas für schuldig vor ihnen — worin nun eigentlich, das konnten beide nicht verstehen. Selbst gegen Iwan Fjodorowitsch, der jetzt einen Monat in Acht und Bann gewesen war, zeigte sie sich plötzlich gnädig gestimmt. Natürlich ärgerte sie sich schon am nächsten Tage wieder unsäglich über ihre »Sentimentalität« und fand bereits vor Tisch Zeit und Gelegenheit, sich mit allen von neuem zu überwerfen; aber gegen Abend klärte sich der Horizont wieder auf. Diese freundlichere Stimmung hielt sogar eine ganze Woche an, was man eigentlich lange nicht mehr erlebt hatte.

Es vergingen acht Tage, und die Generalin erhielt einen zweiten Brief von der Bjelokónskaja, worauf sie sich dann doch entschloß, ihr Schweigen zu brechen. Nicht ohne eine gewisse Feierlichkeit hub sie ihre Mitteilung an: daß »die alte Bjelokónskaja« — sie nannte sie nie Fürstin, wenn sie mit anderen von ihr sprach — ihr äußerst beruhigende Dinge über diesen... »nun, diesen da, diesen Sonderling, den Fürsten« mitgeteilt habe. Die alte Dame hatte in Moskau Erkundigungen über ihn eingezogen und, wie sie schrieb, sehr Gutes über ihn erfahren. Schließlich sei auch der Fürst selbst bei ihr erschienen und habe einen fast außergewöhnlichen Eindruck auf sie gemacht. Ferner habe sie ihn eingeladen, sie täglich zwischen eins und zwei zu besuchen, »und jener schleppt sich auch täglich zu ihr hin und ist ihr bis jetzt noch nicht langweilig geworden«, schloß die Generalin, worauf sie noch kurz hinzufügte, daß der Fürst dank der »alten Bjelokonskaja« auch in ein paar anderen sehr angesehenen

Familien empfangen worden sei. — »Gut wenigstens, daß er nicht nur in seinen vier Wänden hockt und sich nicht wie ein Tölpel vor den Menschen fürchtet.«

Den jungen Mädchen war es nach diesen Mitteilungen sogleich klar, daß die Mutter ihnen lange nicht alles gesagt hatte, was die Briefe enthielten. Vielleicht aber hatten sie bereits viel mehr von anderer Seite erfahren, etwa von Warwara Ardalionowna, die ja doch alles wissen konnte, was Ptizyn wußte. Ptizyn aber wußte höchstwahrscheinlich mehr als alle anderen, und wenn er auch als Geschäftsmann einem jeden gegenüber sehr verschwiegen war, so machte er doch in der Beziehung mit Warja eine Ausnahme, weshalb sich denn auch die Generalin nicht wenig über deren Besuche ärgerte.

Jedenfalls war jetzt das Eis gebrochen und in der Familie konnte man wieder laut vom Fürsten sprechen. Und da zeigte es sich denn nur zu deutlich, einen wie großen Eindruck der Fürst im Hause des Generals hinterlassen hatte. Die Generalin wunderte sich auch nicht wenig über den Eindruck, den ihre Moskauer Nachrichten auf die drei Mädchen machten, und diese wiederum wunderten sich ebenfalls nicht wenig über ihre Mutter, die doch so feierlich erklärt hatte, daß ihr »auffallendster Charakterzug« das ewige Sichtäuschen in Menschen sei, und die dabei gleichzeitig den Fürsten der Aufmerksamkeit der »allmächtigen« Fürstin empfahl — wobei nicht zu vergessen war, daß man deren Aufmerksamkeit mit endlosen Reden erbitten mußte, denn die alte Dame kargte sehr mit ihrer Protektion. Und da nun, wie gesagt, das Eis gebrochen war und ein neuer Wind in der Familie wehte, entschloß sich auch der General, seine Meinung zu äußern, und es zeigte sich, daß auch er sich in ganz erstaunlicher Weise für den Fürsten interessierte. Was er mitteilte, bezog sich übrigens nur auf die geschäftliche Seite der Angelegenheit. Zur nicht geringen Verwunderung der Gattin und Töchter hatte der General zwei zuverlässige und in ihrer Art einflußreiche Herren in Moskau beauftragt, über den Fürsten und namentlich über Ssaláskin, seinen Rechtsbeistand, Erkundigungen einzuziehen und ihn auch gewissenhaft zu überwachen. Die Erbschaft, »das heißt, die Tatsache der Erbschaft«, habe ihre Richtigkeit, aber das Vermögen sei schließlich doch nicht so groß, wie man zuerst angenommen hatte; die Hälfte desselben liege fest; da seien Schulden; da seien weiß Gott was für Prätendenten; und der Fürst selbst verführe trotz aller Ratgeber und Beiräte in einer Weise mit dem Kapital, die bei jedem Geschäftsmann nur ein Kopfschütteln hervorrufen könne. »Ich wünsche ihm selbstverständlich nur das Beste«, sagte der General, und da jetzt der Bann aufgehoben war, konnte er es sogar »von ganzem Herzen« wünschen; denn »wenn der Junge auch so... nun ja... etwas *so* ist, so ist er es doch wert, daß man ihm Gutes wünscht«. Kurz und gut, der junge Mann habe aber bei dieser Gelegenheit die eine große Dummheit begangen: es seien da verschiedene Gläubiger des alten Kaufmannes gekommen, mit ganz ungenügenden Dokumenten, mit Dokumenten, deren Ungültigkeit auf der Hand lag, und manche, die von dem fürstlichen Erben Wind bekommen hatten, seien sogar ohne Dokumente gekommen, und was war geschehen? — Der Fürst hatte ihre Forderungen beglichen, trotz aller Vorhaltungen seiner Freunde, die ihm vergeblich versicherten, daß alle diese Leutchen ganz rechtlos wären. Und zwar hätte er sie nur deshalb befriedigt, weil einige von ihnen andernfalls ihr tatsächlich geliehenes Geld verloren oder sonstwie »durch Papúschin« Schaden erlitten hätten.

Die Generalin bemerkte hierauf, daß auch die Bjelokonskaja ihr in diesem Sinne schreibe, und das sei natürlich sehr dumm von ihm, »sehr dumm, aber Dummheit ist nun einmal nicht heilbar«, fügte sie schroff hinzu; doch ihrem Gesicht sah man es an, wie sehr ihr die Handlungsweise dieses »Dummen« innerlich gefiel. Jedenfalls fiel es dem General plötzlich auf, daß seine Lisaweta Prokofjewna »für diesen Fürsten eine Teilnahme übrig habe, als wäre er ihr leiblicher Sohn«, und daß sie zu Aglaja doch auffallend zärtlich wurde. Nach Beendigung dieses Gedankenganges und einem nochmaligen prüfenden Blick auf seine Gattin beschloß der General, zeitweilig die Haltung eines vielbeschäftigten Mannes anzunehmen.

Allein, diese gute Stimmung sollte wiederum nicht lange andauern. Es vergingen nur kurze zwei Wochen, und plötzlich »schlug das Wetter wieder um«, wie der General bei sich sagte: die Generalin war wieder schlechter Laune, und er selbst mußte sich, nachdem er ein paarmal die Schultern in die Höhe gezogen, schließlich doch drein fügen, daß über gewisse Vorgänge und Personen fortan eisiges Schweigen herrschte. Vor zwei Wochen hatte er die kurze und deshalb etwas unklare, doch nichtsdestoweniger glaubwürdige Nachricht erhalten, daß Nastassja Filippowna, die anfangs in Moskau gelebt und die Rogoshin nach langem Suchen endlich dort gefunden hatte, wieder geflohen und wieder von Rogoshin aufgesucht worden war, zu guter Letzt doch eingewilligt habe, diesen zu heiraten. Das war die erste Nachricht. Und nun, nach kaum vierzehn Tagen, hatte Seine Exzellenz wieder eine Nachricht erhalten, die ihn nicht weniger erregte: Nastassja Filippowna war zum drittenmal geflohen, fast vom Altare fort, und diesmal sollte sie irgendwo in der Provinz verschwunden sein. Nun aber war plötzlich auch Fürst Myschkin aus Moskau verschwunden, nachdem er alle seine Erbschaftsangelegenheiten Ssalaskin übertragen hatte; »ob nun mit ihr zusammen oder hinter ihr her, das weiß man nicht, doch steht seine Abreise zweifellos mit ihrer Flucht in Zusammenhang«, schloß der General. Auch die Generalin hatte unangenehme Nachrichten erhalten. So kam es, daß man nach zwei Monaten in Petersburg nichts mehr vom Fürsten wußte, und im Hause des Generals Jepantschin wurde »das Eis des Schweigens« hinfort nicht mehr gebrochen. Nur Warwara Ardalionowna besuchte immer noch ab und zu die drei jungen Mädchen ...

Um nun mit all diesen Gerüchten, Nachrichten und Stimmungen abzuschließen, sei hier noch erwähnt, daß sich bei Jepantschins zum Frühling hin sehr vieles veränderte, so daß es schließlich nur natürlich war, wenn man den Fürsten, der nichts von sich hören ließ und vielleicht sogar selbst vergessen werden wollte, mit der Zeit fast vergaß. Im Laufe des Winters hatte man sich allmählich entschlossen, im Sommer eine Reise ins Ausland zu machen, das heißt, nur Lisaweta Prokofjewna und die drei Töchter. Der General dagegen hatte keine Zeit für »solche Zerstreuungen«. Der Beschluß war gefaßt worden, weil die drei jungen Mädchen sich eingeredet hatten, die Eltern wollten sie nur deshalb nicht ins Ausland bringen, weil sie sie sobald als möglich an den Mann zu bringen wünschten. Vielleicht waren nun die Eltern zur Überzeugung gekommen, daß es ja auch im Auslande Männer gab, und die Reise ins Ausland nicht nur nichts »verderben«, sondern sogar sehr »zustatten« kommen könnte. Hier muß noch erwähnt werden, daß die einstmals projektierte Heirat zwischen Afanássij Iwánowitsch Tozkij und Alexándra Jepántschina ganz ins Wasser gefallen und es zu einem formellen Antrag seinerseits gar nicht gekommen war. Es hatte sich das ganz von selbst gemacht, ohne viele Worte oder gar Familienszenen. Seit der Abreise des Fürsten war von beiden Seiten nicht mehr davon gesprochen worden, aber wenn die Generalin auch damals schon gesagt hatte, daß es sie nur freue und sie mit beiden Händen ein Kreuz schlage, so war das doch den Winter über mit ein Grund der schlechten Stimmung gewesen, in der sich die Familie befand. Der General fühlte zwar, daß er teilweise selbst daran schuld war, spielte aber trotzdem oder vielmehr gerade deshalb den Stolzen. Ihm tat es nur um Tozkij leid — »wenn man bedenkt: ein solches Vermögen und dazu ein so gewandter Mensch!« Es dauerte aber nicht lange, und der General erfuhr, daß Tozkij sich schon von den Reizen einer vor kurzem in Petersburg eingetroffenen Französin hatte bestricken lassen, einer Marquise und Legitimistin, und daß Tozkij sie sogar baldigst heiraten werde, worauf sie mit ihm nach Paris und von dort nach der Bretagne zu fahren gedächte. »Nun, wenn du dich schon mit Französinnen einläßt, bist du bald verloren!« dachte der General bei sich.

Und so stand es denn fest, daß Jepantschins im Sommer verreisen würden. Doch siehe, plötzlich kam wieder etwas dazwischen, das abermals alle Pläne umwarf und die Reise zur größten Freude des Generals und der Generalin hinausschob.

Vor nicht langer Zeit war in Petersburg ein gewisser Fürst Sch. eingetroffen, ein Moskauer Aristokrat, der sich eines sehr guten Rufes erfreute, eine bekannte Persönlichkeit. Er war einer jener ehrenhaften, für sich selbst anspruchslosen, tätigen Männer der neuen Zeit, die sich nicht vordrängen, die aufrichtig und bewußt das Nützliche wollen und durchführen, immer arbeiten und sich auch noch durch die seltene und glückliche Eigenschaft auszeichnen, daß sie immer Arbeit für sich finden. Ohne sich um die Zwietracht und die Händel der großredenden Parteien zu kümmern, ohne sich zu überheben oder zu den Ersten zählen zu wollen, faßte der Fürst doch vieles von dem jüngst Geschehenen oder sich noch Vollziehenden in höchst verständiger Weise auf. Er hatte zuerst im Staatsdienst gestanden und sich dann mit den Agrarfragen zu beschäftigen begonnen. Außerdem war er ein geschätztes korrespondierendes Mitglied mehrerer gelehrter Gesellschaften. In Gemeinschaft mit einem bekannten Techniker oder Ingenieur hatte er auf Grund eingehender Untersuchungen einer gerade projektierten, sehr wichtigen Eisenbahnlinie die Baukommission derselben auf verschiedene Fehler im Projekt aufmerksam gemacht und gleichzeitig den Plan einer mit Rücksicht auf die Ortsverhältnisse weit zweckmäßigeren Linie eingereicht. Er war fünfunddreißig Jahre alt, gehörte zur vornehmsten Gesellschaft und besaß ein »gutes, sicheres Vermögen«, wie der General verlauten ließ, der den Fürsten in einer ziemlich schwierigen Sache beim Grafen, seinem Vorgesetzten, kennengelernt hatte. Der Fürst machte aber seinerseits auch sehr gern die Bekanntschaft von russischen »Tatmenschen«. Kurzum, der Fürst wurde mit der Familie des Generals bekannt und Adelaida Iwanowna, die mittlere der drei Schwestern, machte einen so großen Eindruck auf ihn, daß er zu Ende des Winters bei den Eltern um ihre Hand anhielt. Und da er Adelaida Iwanowna sehr gefiel und auch der Generalin gefiel, wurde die Hochzeit auf das Frühjahr festgesetzt. Der General war sehr erfreut. Selbstverständlich mußte nun die Reise ins Ausland verschoben werden.

Freilich hätte die Generalin deshalb immer noch im Sommer oder zu Ende des Sommers auf ein bis zwei Monate mit Alexandra und Aglaja reisen können, allein schon um der Zerstreuung willen: nach der Trauer um den Verlust Adelaidas! Doch da kam wieder etwas dazwischen: gegen Ende des Frühlings führte Fürst Sch. — die Hochzeit war inzwischen auf die Mitte des Sommers angesetzt worden — seinen entfernten Verwandten Jewgénij Páwlowitsch Rádomskij bei Jepantschins ein. Das war ein noch junger Offizier, Flügeladjutant des Zaren, eine auffallend schöne Erscheinung, vornehmer Herkunft, geistreich, glänzend, »modern in jeder Beziehung und unerhört gebildet«, wie es hieß, und zum Überfluß noch enorm reich. In betreff dieses letzten Punktes pflegte der General stets etwas skeptisch zu sein. Er zog Erkundigungen ein, aber das Ergebnis derselben war zufriedenstellend: »Es scheint tatsächlich etwas Wahres daran zu sein, doch, wie gesagt, man muß sich noch vergewissern«, äußerte sich der General. Dieser junge Offizier, dem man eine »Zukunft« voraussagte, war von der alten Bjelokonskaja in einem Brief aus Moskau in den Himmel gehoben worden. Nur ein einziger Punkt war dabei etwas kitzliger Art: man sprach von gewissen Verbindungen, von gewissen Siegen und Eroberungen und von unglücklichen Herzen. Nachdem er aber Aglaja erblickt und kennengelernt hatte, wurde er auffallend seßhaft im Hause Jepantschin. Es war allerdings noch von nichts gesprochen worden, selbst Andeutungen hatte noch niemand gehört, aber den Eltern wurde es trotzdem klar, daß man in diesem Sommer an eine Reise ins Ausland wirklich nicht denken konnte. Aglaja selbst war vielleicht anderer Meinung.

Alles das geschah kurz vor der abermaligen Ankunft unseres Helden in Petersburg, als dem äußeren Scheine nach bereits alle den armen Fürsten Myschkin vergessen hatten. Wäre er jetzt plötzlich unter seinen Bekannten aufgetaucht, so hätten sie ihn wie einen vom Himmel Herabgefallenen überrascht und verwundert angestarrt. Indessen muß doch noch einer Sache Erwähnung getan werden, bevor wir die Einleitung abschließen.

Kolja Iwolgin hatte nach der Abreise des Fürsten sein früheres Leben unverändert fortgesetzt, d. h. er besuchte das Gymnasium, besuchte seinen Freund Ippolit, beaufsichtigte den General und half Warja in der Wirtschaft, indem er gewissermaßen als Laufbursche in ihren Diensten stand. Mit den Mietern war es übrigens bald zu Ende. Ferdyschtschenko verschwand am dritten Tage nach der Orgie in Katharinenhof, und bald war er ganz verschollen; anfangs hatte es noch geheißen, er »trinke dort irgendwo«, aber Genaueres wußte niemand von ihm. Fürst Myschkin war, wie gesagt, nach Moskau abgereist, und weitere Pensionäre hatten sie nicht gehabt. Späterhin, als Warja heiratete, zogen mit ihr auch Nina Alexandrowna und Ganja zu Ptizyn, der in dem Stadtteil Ismáilowskij Polk lebte. Was jedoch den alten verabschiedeten General Iwolgin betrifft, so war ihm etwas sehr Seltsames zugestoßen: er kam nämlich in das Schuldgefängnis. Hineingebracht hatte ihn seine ehemalige »Seelenfreundin«, die Hauptmannswitwe, auf Grund seiner ihr zu verschiedenen Zeiten ausgestellten Schuldverschreibungen, alle zusammen in der Höhe von etwa zweitausend Rubeln. Diese Einforderung der Schuld kam für den armen General vollkommen unerwartet, er war »entschieden das Opfer seines unbeschränkten Glaubens an den Edelmut des Menschenherzens, im allgemeinen gesprochen«, wie er sich ausdrückte. Es war ihm zur beruhigenden Gewohnheit geworden, Pfandbriefe und Wechsel zu unterzeichnen, da er nicht einmal an die Möglichkeit, die verschriebenen Summen könnten jemals eingefordert werden, gedacht hatte, sondern vielmehr überzeugt gewesen war, daß alles »*nur so*« sei. »Traue jetzt noch den Menschen, bekunde jetzt noch Zutrauen!« rief er pathetisch im Kreise seiner neuen Freunde im Gefängnis aus und erzählte ihnen dann bei einer Flasche Rotspon die Belagerung von Kars und die Geschichte vom auferstandenen Soldaten. Übrigens hatte er sich dort sehr schnell und vorzüglich eingelebt. Ptyzin und Warja sagten, daß diese Unterkunft für ihn wie geschaffen sei, und Ganja war ungefähr derselben Ansicht. Nur die arme Nina Alexandrowna weinte im stillen bitterlich — was ihre Angehörigen eigentlich recht wunderte —, und obschon sie kränkelte, raffte sie sich doch immer wieder auf, um ihren Mann im Schuldgefängnis zu besuchen.

Seit diesem, wie Kolja sich ausdrückte, »Malheur« mit dem General und der Verheiratung Warjas hatte sich Kolja immer mehr von der Familie losgelöst, und in der letzten Zeit brachte er es sogar so weit, daß er selbst zur Nacht nicht nach Hause kam, sondern es vorzog, bei seinen Freunden zu schlafen. Wie man hörte, hatte er viele neue Freundschaften angeknüpft und war auch im Schuldgefängnis ein fast täglicher Besucher geworden. Nina Alexandrowna konnte dort gar nicht ohne ihn auskommen, zu Hause aber wurde er nicht einmal mit Neugier belästigt, obschon eine solche bei seinem Treiben verständlich gewesen wäre. Selbst Warja, die früher so strenge Warja, nahm ihn jetzt nie ob seiner Lebensweise ins Verhör. Und auch Ganja begann, zur größten Verwunderung der Familie, ganz freundschaftlich mit ihm zu reden und umzugehen — trotz seiner Hypochondrie —, was gegen sein früheres Verhältnis zum Bruder sehr abstach. Hatte doch der siebenundzwanzigjährige Ganja den fünfzehnjährigen Kolja nicht der geringsten freundschaftlichen Beachtung gewürdigt, ihn »einfach grob« behandelt, von allen anderen wie auch von sich selbst nur

Strenge ihm gegenüber verlangt und ewig gedroht, »einmal noch mit seinen Ohren in nähere Berührung zu kommen«, was dann Kolja »aus den letzten Grenzen menschlicher Geduld« brachte. Man konnte sogar glauben, daß der jüngere Bruder Ganja gewisse Dienste leistete und diesem daher unentbehrlich wurde. Kolja war sehr erstaunt darüber gewesen, daß Ganja Nastassja das Geld zurückgegeben hatte, und war deshalb bereit, ihm vieles zu verzeihen.

Etwa im dritten Monat nach der Abreise des Fürsten erfuhr man in der Familie Iwolgin, daß Kolja inzwischen auch mit Jepantschins bekannt geworden war und von den jungen Mädchen sehr nett behandelt wurde. Das hatte Warja bald in Erfahrung gebracht. Übrigens war Kolja nicht durch Warja dort bekannt geworden, sondern »von sich aus«, wie er sagte. Allmählich gewannen ihn Jepantschins sehr gern. Die Generalin war ihm anfänglich nicht sehr gewogen gewesen. Bald aber wurde er fast zu ihrem Liebling, »weil er aufrichtig ist und nicht schmeichelt«, wie sie behauptete. Daß Kolja nicht schmeichelte, war richtig: er hatte es verstanden, als gesellschaftlich vollkommen gleichstehender, unabhängiger junger Mann aufzutreten, und dabei blieb es auch, selbst wenn er der Generalin Zeitungen oder Bücher vorlas — er war eben gern gefällig. Zweimal hatte er sich aufs heftigste mit Lisaweta Prokofjewna überworfen, hatte ihr erklärt, daß sie eine Despotin sei und er seinen Fuß nicht mehr in ihr Haus setzen werde. Das erstemal war der Grund des Streites die Frauenfrage gewesen und das zweitemal die Frage, welche Jahreszeit zum Zeisigfang die beste sei. Wie unwahrscheinlich es nun auch scheinen mag, so ist es doch Tatsache, daß Lisaweta Prokofjewna ihm am dritten Tage nach dem Zerwürfnis durch den Diener einen Brief sandte, in dem sie ihn bat, unbedingt zu ihr zu kommen, worauf Kolja sich nicht lange zierte und ohne Aufschub hinging. Nur Aglaja allein schien ihm nicht ganz wohlgeneigt zu sein und behandelte ihn von oben herab. Gerade sie aber sollte er einmal in Erstaunen setzen.

Eines Tages, es war in der Osterwoche, benutzte Kolja, als sie einmal allein im Zimmer waren, die Gelegenheit, um ihr einen Brief zu übergeben. Er sagte nur, es sei ihm aufgetragen, den Brief ihr einzuhändigen. Aglaja maß den »eingebildeten Bengel« mit zornigem Blick vom Kopf bis zu den Füßen, doch Kolja kümmerte sich nicht weiter um sie und ging hinaus. Aglaja entfaltete den Brief und las:

»Eines Tages haben Sie mich Ihres Vertrauens gewürdigt. Vielleicht haben Sie mich jetzt schon ganz vergessen. Wie kommt es nun, daß ich an Sie schreibe? Ich weiß es nicht; aber ich habe plötzlich ein unbezwingbares Verlangen, Sie an mich zu erinnern, und zwar gerade Sie. Wie oft habe ich mich nach Ihrer aller Gegenwart gesehnt, doch von allen dreien sah ich immer nur Sie allein vor mir. Ich bedarf Ihrer, ich bedarf Ihrer sehr. Von mir habe ich Ihnen nichts zu schreiben, nichts zu erzählen. Nicht deshalb schreibe ich an Sie; ich würde nur unendlich gern Sie glücklich wissen. Sind Sie glücklich? Nur das wollte ich Ihnen sagen.

Ihr Bruder L. Myschkin.«

Als Aglaja diesen kurzen und eigentlich recht sinnlosen Brief zu Ende gelesen hatte, wurde sie plötzlich dunkelrot und hierauf nachdenklich. Ihren Gedankengang wiederzugeben, würde nicht leicht fallen. Unter anderem fragte sie sich: »Soll ich den Brief jemand zeigen?« Es war ihr doch ein wenig so, als schämte sie sich. Schließlich warf sie den Brief mit einem spöttischen und seltsamen Lächeln in das Schubfach ihres Tischchens. Am nächsten Tage jedoch nahm sie ihn von dort heraus und legte ihn in ein dickes, in Leder gebundenes Buch (wie sie es mit allen ihren Papieren tat, um sie schneller zu finden, wenn man sie brauchte). Erst nach einer Woche sah sie zufällig auf das Titelblatt des Buches: es stand darauf in dicken Lettern: „Don Quijote de la Mancha". Aglaja lachte laut auf — der Grund ihres Lachens blieb aber unaufgeklärt.

Auch wäre es schwer festzustellen, ob sie den Brief jemals den Schwestern gezeigt hat.

Während sie ihn aber noch las, kam ihr plötzlich der Gedanke: sollte dieser eingebildete Bengel Kolja vom Fürsten zum Vertrauensmann erkoren worden sein, und war er vielleicht gar sein ständiger Korrespondenzvermittler? Sie beschloß, Kolja auf den Zahn zu fühlen. Sie setzte eine möglichst geringschätzige Miene auf und fragte ihn wie von ungefähr, wie er denn zu diesem Brief gekommen sei. Aber der sonst stets sehr empfindliche »Bengel« übersah diesmal ihre Geringschätzung und erklärte, allerdings ziemlich kurz und trocken, daß er dem Fürsten vor dessen Abreise zwar seine ständige Adresse mitgeteilt und seine Dienste angeboten habe, doch sei dies der erste Auftrag, der ihm vom Fürsten zuteil geworden, worauf er als Beweis den Brief hervorzog, den der Fürst an ihn persönlich gerichtet hatte. Aglaja wollte den Brief zuerst nicht lesen, nahm ihn dann aber doch und las folgendes:
»Lieber Kolja, seien Sie so freundlich und übergeben Sie das beigefügte Schreiben Aglaja Iwanowna. Ich wünsche Ihnen das Beste.
Ihr Sie liebender Fürst L. Myschkin.«
»Es ist aber doch lächerlich, sich einem so kleinen Bengel anzuvertrauen«, sagte Aglaja, indem sie Kolja den Brief zurückgab, in beleidigendem Ton und ging mit verächtlicher Miene an ihm vorüber.
Das war aber denn doch zu empörend für Kolja! Er hatte sich noch extra zu diesem Besuch von Ganja dessen neue Krawatte ausgebeten, ohne einen Grund anzugeben, und nun wurde er so behandelt! Er fühlte sich grausam verletzt.

II

Es war in den ersten Tagen des Juni, und das Wetter war in Petersburg schon seit einer ganzen Woche sehr schön. Jepantschins besaßen eine prächtige eigene Villa in Páwlowsk.[7] Eines Tages bekam es die Generalin mit der Unruhe und trieb zum Aufbruch; und in zwei Tagen war die Familie übergesiedelt.

Einen oder zwei Tage darauf traf mit dem Frühzug aus Moskau Fürst Lew Nikolajewitsch Myschkin in Petersburg ein. Ihn erwartete niemand; aber als er das Coupé verließ, schien es ihm plötzlich, daß ein seltsamer, glühender Blick zweier Augen aus der Menge, die sich auf dem Bahnsteig drängte, starr auf ihn gerichtet wäre. Als er jedoch genauer hinschaute, konnte er davon nichts mehr entdecken. Gewiß war es ihm nur so vorgekommen, wie man zuweilen etwas vor den Augen flimmern sieht; trotzdem blieb in ihm eine unangenehme Empfindung zurück, die ihn in seiner traurigen, nachdenklichen Stimmung noch mehr bedrückte; es war, als beschäftige ihn eine bestimmte Sorge.

Er nahm eine Droschke und sagte dem Kutscher, er solle ihn zu einem Hotel fahren. In der Nähe der Litéinajastraße hielt der Kutscher vor einem mittelmäßigen Gasthof. Der Fürst ließ sich zwei Zimmer anweisen, schien es kaum zu bemerken, daß sie klein, dunkel und schlecht möbliert waren, wusch sich, kleidete sich um, verlangte sonst nichts und ging eilig wieder fort, als fürchte er, unnütz seine kostbare Zeit zu verlieren oder jemanden nicht zu Hause anzutreffen.

Hätte ihn jetzt jemand von seinen früheren Bekannten gesehen, die ihn vor sechs Monaten in Petersburg kennengelernt, so würden sie ihn auf den ersten Blick sehr verändert gefunden haben, und zwar zum Besseren verändert. Doch im Grunde genommen war das wohl kaum der Fall. Nur die Kleidung war allerdings ganz anderer Art: sie war in Moskau gearbeitet, und man sah ihr sofort den guten Schneider an; aber schließlich wäre auch an ihr etwas auszusetzen gewesen: es war alles zu sehr nach der Mode gefertigt, wie es eben alle guten Schneider machen, und das paßte nicht zu einem Menschen, der sich dafür nicht im geringsten interessierte, so daß Lachlustige bei näherem Betrachten des Fürsten vielleicht Grund zu einem Lächeln gefunden hätten ... Doch worüber lächeln diese Leute nicht?

Der Fürst nahm wieder eine Droschke und fuhr nach dem Stadtteil Peskí. In der Roshdéstwenskajastraße fand er alsbald ohne Mühe die Hausnummer, die er suchte. Zu seiner Verwunderung war es ein sehr hübsches, wenn auch nicht großes Holzhäuschen, das offenbar sauber und in guter Ordnung gehalten wurde, und an der Straße davor lag sogar ein kleines Gärtchen, in dem schon Blumen blühten. Die Fenster zur Straße waren geöffnet, und man hörte eine laute Stimme fast schreiend reden, und zwar redete sie so ununterbrochen, daß man glauben konnte, es werde etwas laut vorgelesen oder eine Rede gehalten, die nur hin und wieder von schallendem Gelächter heller, jugendlicher Stimmen übertönt wurde. Der Fürst trat auf den Hof, stieg eine kleine Treppe zum Flur hinauf und fragte nach Herrn Lébedeff.

»Da ist er ja, hören Sie ihn denn nicht?« sagte die Küchenmagd, die mit bis zum Ellbogen aufgekrempelten Ärmeln erschienen war, um ihm die Tür zu öffnen – und ärgerlich wies sie mit dem Finger auf die Zimmertür.

Dem Fürsten blieb nichts anderes übrig, als durch die bezeichnete Tür einzutreten. Das Besuchszimmer Lebedeffs war sehr sauber und sogar mit gewissen Ansprüchen eingerichtet, d. h. in dem blau tapezierten Zimmer befanden sich ein Sofa, ein runder Tisch, eine bronzene Stutzuhr unter einer Glasglocke, zwischen den Fenstern ein Stehspiegel, und an dem Ampelhaken in der Mitte der Decke hing an einer Bronzekette ein altertümlicher, kleiner Kronleuchter mit Glasprismen. Herr Lebedeff, der mit dem Rücken zur Tür stand, durch die der Fürst eintrat, war sommerlich gekleidet, ohne Rock, bloß in der Weste, und hielt unter überzeugungsvollen Faustschlägen gegen die eigene Brust, eine schwungvolle Rede über irgend ein Thema. Seine Zuhörer waren: ein etwa fünfzehnjähriger Knabe mit einem lustigen und nicht dummen Gesicht und einem Buch in der Hand, ein etwa zwanzigjähriges Mädchen in Trauerkleidern mit einem kleinen Kinde im Steckkissen in den Armen, ein dreizehnjähriges Mädchen, gleichfalls in Trauer, das beim Lachen den

Mund erschreckend weit auftat, und ferner noch ein äußerst seltsamer Zuhörer, der sich auf dem Sofa ausgestreckt hatte, ein junger Mann von etwa zwanzig Jahren, mit einem recht hübschen Gesicht, mit dichtem, dunklem, ziemlich langem Haar, großen dunklen Augen und einem kleinen Ansatz zu jenem kurz geschnittenen Backenbart, der kaum bis zur halben Wange reicht, wie man ihn zu Anfang des Jahrhunderts trug. Allem Anschein nach war es dieser Zuhörer, der den unaufhaltsam redenden Lebedeff öfter unterbrach, und wahrscheinlich waren es seine Zwischenbemerkungen, die das übrige Publikum zu dem schallenden Gelächter reizten.

»Lukján Timoféjewitsch, he, Lukján Timoféjewitsch! Ob der hört, wenn man ihn ruft! So seht doch her!... Da ist wirklich alles umsonst!«

Und die Küchenmagd entfernte sich wütend, indem sie — zum Ausdruck, daß Reden doch vergeblich sei — nur mit der Hand schlug und vor Ärger ganz rot wurde.

Lebedeff sah sich aber doch um und — erstarrte. Der Anblick des Fürsten überraschte ihn wie ein Blitzschlag aus heiterem Himmel. Dann fuhr er sich an den Kopf und stürzte dem Fürsten entgegen, doch auf halbem Wege blieb er wie angewurzelt stehen, bis er sich so weit faßte, daß er mit untertänigem Lächeln stottern konnte:

»Du—du—du—durchlauchtigster Fürst!«

Doch plötzlich, immer noch wie ohne Fassungskraft, besann er sich eines anderen, wandte sich zurück und stürzte sich auf das junge Mädchen in Trauer und mit dem Säugling, so daß dieses ob der Plötzlichkeit zurückschrak. Aber Lebedeff ließ sie bereits im Stich und stürzte sich auf das dreizehnjährige Mädchen, das in der Tür zum nächsten Zimmer sich noch die Seiten von der Anstrengung der letzten Lachsalve hielt, und dessen Gesicht die Lachfalten noch nicht aufgegeben hatte. Sie zuckte erschrocken zusammen, als der Vater sie so anfuhr, und stürzte davon, in die Küche, während Lebedeff hinterdrein wie in Berserkerwut mit den Füßen trampelte und drohend die Faust hob. Doch da begegnete er zufällig dem Blick des Fürsten, der ihn ganz verlegen ansah, und er beeilte sich, seine Handlungsweise zu rechtfertigen:

»Um—um—um Ehrerbietung beizubringen, hehehe...«

»Aber wozu...«, wollte der Fürst beginnen, doch schon unterbrach ihn Lebedeff.

»Sofort, sofort, sofort... wie 'n Wirbelwind bin ich wieder da!«

Und er verschwand im Handumdrehen aus dem Zimmer. Der Fürst blickte verwundert das junge Mädchen, den Knaben und den jungen Mann auf dem Sofa an: alle lachten. Da mußte auch der Fürst lächeln.

»Er will sich nur den Rock anziehen«, sagte der Knabe.

»Wie fatal, daß er...«, sagte der Fürst, »ich wollte mit ihm... Sagen Sie, ist er...«

»Betrunken, meinen Sie!« rief der junge Mann vom Sofa. »Keine Spur! Nur so seine drei, vier Gläschen wird er gekippt haben, nun, sagen wir fünf, höchstens, aber das ist doch nur der Disziplin halber, um in der Übung zu bleiben.«

Der Fürst wollte sich der Stimme auf dem Sofa zuwenden, doch da begann das junge Mädchen mit dem aufrichtigsten Ausdruck in ihrem liebreizenden Gesicht zu sprechen.

»Morgens trinkt er niemals viel; wenn Sie mit ihm etwas Geschäftliches zu besprechen haben, so tun Sie es nur; jetzt ist die beste Zeit dazu. Bloß abends, wenn er nach Hause kommt, ist er etwas... aber jetzt weint er gewöhnlich und liest uns bis in die Nacht hinein aus der Bibel vor. Unsere Mutter ist vor fünf Wochen gestorben.«

»Hören Sie, er ist ja nur davongelaufen, weil er noch nicht genau weiß, was er Ihnen antworten soll!« rief lachend der junge Mann auf dem Sofa. »Ich könnte wetten, daß er Ihnen ein X für ein U vormachen will und sich gerade jetzt sein Vorgehen überlegt.«

»Erst vor fünf Wochen! Vor genau fünf Wochen!« griff Lebedeff, der schon zurückkehrte, die letzten Worte seiner Tochter auf und blinzelte betrübt mit den Augen, während er aus der Rocktasche das Schnupftuch hervorzog, um sich seine Tränen abzuwischen. »Waisen sind wir! Allesamt mutterlos!«

»Aber, Papa, weshalb haben Sie denn diesen alten Rock angezogen? Der hat ja Löcher!« sagte das junge Mädchen, »hier hinter der Tür hängt doch Ihr neuer Rock, haben Sie ihn denn nicht gesehen?«

»Schweig still, du Heuschrecke!« fuhr Lebedeff sie an. »Bist du wohl...«, und wieder trampelte er drohend mit den Füßen.

Wieder lachten alle schallend auf.

»Was erschrecken Sie mich, ich bin doch nicht Tánja, die gleich wegläuft! So können Sie noch Ljúbotschka aufwecken und die kann noch Krämpfe bekommen... was schreien Sie denn!«

»Pst—pst—pst! Pfeffer auf deine Zunge!« flüsterte Lebedeff ganz entsetzt, schlich auf den Fußspitzen zum jungen Mädchen, welches das Kind hielt, und bekreuzte das kleine Ding mehrmals mit ängstlicher Miene. »Gott behüte uns davor! Gott behüte! Das ist ja doch mein eigener Säugling, müssen Sie wissen, meine Tochter Ljubów«, wandte er sich an den Fürsten, »geboren in der gesetzmäßigsten Ehe von meiner jüngst verschiedenen Gattin Jeléna, die bei der Geburt das Leben ließ. Und diese Kiebitzin hier ist meine Tochter Wjéra, in Trauer, wie Sie sehen... dieser aber, dieser dort, oh, dieser!...«

»Na was, kommst mit Worten zu kurz?« rief der junge Mann lachend dazwischen. »Fahr nur fort, genier dich nicht.«

»Euer Durchlaucht!« rief Lebedeff plötzlich wie aus der Pistole geschossen aus und mit einer Stimme, die fast überschlug. »Haben Sie von der Ermordung der Familie Shemárin in den Zeitungen zu lesen geruht?«

»J...ja«, sagte der Fürst etwas verwundert.

»Nun, dann sehen Sie her: das ist der leibhaftige Mörder der Familie Shemárin, er selbst, er selbst!«

»Was! Was reden Sie?« Der Fürst war ganz verdutzt.

»Das heißt, allegorisch gesprochen, ein zukünftiger zweiter Mörder einer zukünftigen zweiten Familie Shemárin, wenn sich eine solche nochmals irgendwo finden sollte. Darauf bereitet er sich vor...«

Alle lachten. Dem Fürsten kam es in den Sinn, daß Lebedeff vielleicht tatsächlich nur deshalb so viel sprach und schrie, weil er seine Fragen voraussah und nur Zeit gewinnen wollte, um sich seine Antworten zu überlegen.

»Er revoltiert! Er stiftet ganze Verschwörungen an!« schrie Lébedeff, als befände er sich in einer Wut, die jede Selbstbeherrschung ausschloß. »Nun, wie kann ich denn, habe ich denn überhaupt das Recht, ein solches Lästermaul, einen solchen, man kann schon sagen — Wüstling und Auswurf des Menschengeschlechts, eine solche *Kreatur* als meinen leiblichen Neffen, als den einzigen Sohn meiner Schwester Aníssja, der Seligen, anzuerkennen?«

»Na, weißt du, jetzt kannst du aber auch aufhören, Alter! Werden Sie es glauben, Fürst, jetzt ist es ihm eingefallen, sich mit der Advokatur zu befassen: er spielt den Verteidiger vor Gericht, und so redet er auch zu Hause mit seinen Kindern nur noch im Deklamatorenstil. Vor fünf Tagen hat er vor dem Friedensrichter plädiert, und was glauben Sie wohl, wessen Verteidigung er übernommen hatte? Nicht die des alten Weibes, das ihn hier gebeten und angefleht und das ein alter Wucherer ausgeplündert hat (fünfhundert Rubel, ihr ganzes Vermögen, hat sich der Kerl eingesackt) — o nein, sondern die des Wucherers, Saidler mit Namen, irgend so ein Jüdchen, weil der Kerl versprochen hatte, ihm fünfzig Rubel zu geben...«

»Fünfzig Rubel, wenn ich gewinne, und nur fünf, wenn ich verliere«, erklärte Lebedeff plötzlich mit einer ganz anderen Stimme, als er bisher gesprochen hatte, mit einer so zahmen, als hätte er nie geschrien.

»Na, natürlich ist er durchgefallen, es ist ja doch nicht mehr die gute alte Zeit, man hat sich nur krank gelacht über ihn. Aber er ist doch ungeheuer zufrieden mit sich selbst und seiner Leistung. ‚Bedenken Sie‘, hat er gesagt, ‚bedenken Sie, meine hochverehrten Herren Richter, ohne Ansehen der Person, wollte sagen, ganz unparteiisch, daß dieser armselige Greis, dem die Füße schon den Dienst versagen und der von ehrlicher Arbeit lebt, daß er somit sein letztes Brot verlieren würde! Gedenket der weisen Worte des Gebers aller Gesetze: Es walte die Milde im Gericht!‘ — Und was glauben Sie, diese Rede hält er an jedem Morgen, den Gott werden läßt, vor der versammelten Familie, Wort für Wort, wie er sie dort gehalten hat. Heute war's schon das fünftemal; kurz bevor Sie kamen, redetete er wieder, dermaßen hat er sich in sie verliebt. Leckt sich die Lippen ab vor lauter Gefallen an sich selbst. Und nun bereitet er sich vor, wieder irgend jemand zu verteidigen... Sie sind, glaube ich, Fürst Myschkin? Kolja hat mir schon von Ihnen erzählt; Sie seien der klügste Mensch, der ihm bisher auf der Welt begegnet wäre...«

»Das stimmt! stimmt! der klügste Mensch!« mußte Lebedeff sofort bestätigen ...

»Na, was dieser sagt, das brauchen Sie nicht zu glauben. Der eine liebt Sie und dieser hier will Ihnen bloß schmeicheln. Was nun mich betrifft, so habe ich durchaus nicht die Absicht, Ihnen Schmeicheleien zu sagen, das sei vorausgeschickt. Aber Sie sind doch immerhin ein denkender Mensch, — seien Sie jetzt mal unser Schiedsrichter, und schlichten Sie unseren Streit. Na, du, bist du damit einverstanden, daß der Fürst entscheide?« wandte er sich an seinen Onkel. »Ich bin sogar sehr froh, daß Sie gerade zur rechten Zeit hergekommen sind, Fürst.«

»Gut! Ich bin einverstanden!« rief Lebedeff entschlossen aus und sah sich unwillkürlich nach dem Publikum um, das wieder heranzurücken begann.

»Was haben Sie denn hier zu schlichten?« fragte der Fürst stirnrunzelnd.

Sein Kopf tat ihm weh, und zudem fühlte er mit jedem Augenblick deutlicher, daß Lebedeff ihn betrog und sehr froh darüber war, daß er die Aussprache hinausschieben konnte.

»Also, die Sache verhält sich so: Ich bin sein Neffe, das ist seltsamerweise nicht gelogen, wenn auch sonst alles gelogen ist. Ich bin Student, habe jedoch das Studium nicht beendet, will aber und werde es unfehlbar beenden, denn ich habe Charakter. Vorläufig aber nehme ich, um leben zu können, eine Anstellung an der Eisenbahn für fünfundzwanzig Rubel monatlich an. Ich gestehe freiwillig und gebe zu, daß er mir zwei- oder dreimal bereits geholfen hat. Nun besaß ich zwanzig Rubel, und die habe ich jetzt verspielt. Werden Sie es glauben, Fürst, ich war tatsächlich so gemein, so unendlich dumm, daß ich sie verspielte? . . .«

»Und noch an einen Schurken, an einen Schurken, den er gar nicht hätte bezahlen sollen!« schrie Lebedeff.

»Ja, an einen Schurken, den man jedoch nichtsdestoweniger bezahlen muß«, fuhr der junge Mann fort. »Daß er aber ein Schurke ist, kann auch ich bezeugen, und zwar nicht etwa deshalb, weil er dich mal verprügelt hat. Das ist nämlich, müssen Sie wissen, ein heruntergekommener ehemaliger Offizier, ein verabschiedeter Unterleutnant aus Rogoshins Gefolge, der jetzt Unterricht im Faustkampf erteilt und sich einen meisterhaften Boxer nennt. Jetzt, nachdem Rogoshin die Kerle zum Deubel gejagt hat, treiben sie sich brotlos in der Stadt umher. Was jedoch das Dümmste dabei ist: das ist, daß ich schon ohnehin wußte, wer er war, — nämlich ein Schuft und Spitzbube und so'n kleiner Dieb — und mich dennoch hinsetzte und mit ihm zu spielen begann, und daß ich, als ich den letzten Rubel verspielte — wir spielten ein Hasardspiel — bei mir dachte: Verliere ich auch diesen, so gehe ich zu Onkel Lukján, mache ihm meinen Bückling — er wird mir schon Geld geben. Sehen Sie, das war schon gemeine Berechnung, ja, das war wirklich schon eine Gemeinheit, das gebe ich zu. Das war schon ganz bewußte Niedertracht!«

»Jawohl, das war schon ganz bewußte Niedertracht!« bestätigte Lebedeff.

»Na, triumphier' nur nicht gleich, wart' noch ein bißchen damit!« rief der Neffe gekränkt dem Onkel zu. »Er freut sich noch! Ich kam also zu ihm, Fürst, hierher in dieses Haus und gestand ihm alles: Sie sehen, ich handelte edel, denn ich habe mich selbst nicht geschont; ich beschimpfte mich vor ihm, wie ich nur konnte — hier sind die Zeugen. Um nun die Stelle bei der Eisenbahn antreten zu können, muß ich mich vorher doch einigermaßen equipieren, ich bin ja doch ganz heruntergekommen. Da, sehen Sie nur die Stiebel! So kann ich mich doch nicht dort einfinden, das geht doch nicht! Finde ich mich aber nicht ein, nun, so erhält die Stellung eben ein anderer, und ich sitze dann wieder auf dem Äquator und kann warten, bis ich eine neue Stelle finde. Jetzt bitte ich ihn im ganzen nur um fünfzehn Rubel und verspreche ihm hoch und heilig, daß ich fernerhin niemals mehr einen Pumpversuch bei ihm machen und zweitens innerhalb der drei ersten Monate ihm die ganze Schuld bezahlen werde —, ich aber pflege mein Wort zu halten! Was verlangt also der Mensch eigentlich? Ich kriege es schon fertig, ganze Monate nur von Brot und Kwaß[8] zu leben, denn, wie gesagt, ich habe Charakter. Für drei Monate Dienst erhalte ich fünfundsiebzig Rubel. Mit dem Früheren zusammen schulde ich ihm summa summarum nur fünfunddreißig Rubel, folglich kann ich ihm die Schuld bezahlen, ich habe dann was, wovon! Na, und wenn er Prozente haben will, so zahle ich sie ihm auch, hol's der Teufel! Kennt er mich denn etwa noch nicht? Bin ich ihm denn ein Fremder? Fragen Sie ihn doch, Fürst, ob ich nicht alles ehrlich bezahlt habe, was er mir früher gepumpt hat? Weshalb will er mir denn jetzt nichts mehr pumpen? Es ärgert ihn, daß ich dem Exleutnant die Spielschuld bezahlt habe, das ist der ganze Grund! Sehen Sie, so ist dieser Mensch, — weder sich noch anderen wird etwas gegönnt!«

»Und er geht nicht fort!« rief Lebedeff aus, klagend und empört zugleich. »Hat sich hier festgesetzt und geht nicht fort!«

»Ich habe dir doch gleich gesagt: ich gehe nicht eher fort, als bis du gibst. Sie scheinen zu lächeln, Fürst? Sie finden wohl, daß ich im Unrecht bin?«

»Ich lächle nicht, doch meiner Meinung nach sind Sie allerdings ein wenig im Unrecht«, sagte der Fürst zögernd. Dieses ganze Gespräch behagte ihm sehr wenig.

»Ach, sprechen Sie es doch nur ruhig aus, daß ich ganz und gar im Unrecht bin, Winkelzüge sind hier nicht angebracht! Was heißt das: ‚ein wenig'!«

»Nun ja, wenn Sie wollen: Sie sind ganz und gar im Unrecht.«

»Wenn ich will! Lachhaft! Aber glauben Sie denn wirklich, ich wüßte nicht, daß es verfänglich ist, so vorzugehen, das Geld gehört doch ihm, sein freier Wille gleichfalls; meinerseits aber läuft es schließlich auf einen Erpressungsversuch hinaus. Aber Sie, Fürst... kennen das Leben nicht! Wenn man diese Leute nicht zwingt, kommt nichts Gescheites aus ihnen heraus. Man muß sie zwingen. Mein Gewissen ist doch rein; nach meinem Gewissen bringe ich ihm keinen Schaden, sondern gebe ihm noch die Prozente zu verdienen. Eine moralische Genugtuung hat er gleichfalls durch mich gehabt: er hat meine Erniedrigung gesehen. Was verlangt er also noch? Wozu würde er denn überhaupt taugen, wenn er nicht wenigstens in dieser Weise der Menschheit Nutzen brächte? Und erlauben Sie mal, wie treibt er's denn selbst? Fragen Sie mal, was er mit anderen Leuten tut, wie er denen das Fell über die Ohren zieht! Wie ist er denn zu diesem Hause hier gekommen? Und ich wette meinen Kopf, daß er auch Sie bereits betrogen und sich auch schon überlegt hat, wie er Sie noch mehr betrügen kann! Sie lächeln? Sie glauben mir nicht?«

»Ich glaube, daß das nichts mit Ihrer Sache zu tun hat«, bemerkte der Fürst.

»Ich liege hier schon den dritten Tag, und was habe ich hier nicht alles zu sehen bekommen!« fuhr der junge Mann fort, ohne die Bemerkung des Fürsten weiter zu beachten.

»Denken Sie sich nur, Fürst, er verdächtigt diesen Engel, dieses reizende junge Mädchen dort, meine leibliche Kusine und seine leibliche Tochter — unerlaubter Beziehungen und vermutet in jeder Nacht liebe Freunde in ihrem Zimmer! Überall schnüffelt er nach Liebhabern herum, selbst hierher zu mir schleicht er sich nachts und sucht sogar unter dem Sofa nach einem Eindringling. Er ist verrückt geworden vor lauter Mißtrauen, in jeder Ecke glaubt er Diebe zu sehen. In der Nacht springt er alle fünf Minuten aus dem Bett, um bald die Fenster, bald die Türen zu untersuchen, ob auch alles hübsch fest ist, sogar in den Ofen steckt er den Kopf hinein, und das wiederholt sich ungefähr siebenmal in einer Nacht! Vor Gericht verteidigt er Spitzbuben, um dann in der Nacht den Himmel um Schutz vor ihnen anzuflehen; dann kniet er hier in diesem Zimmer nieder, schlägt mit der Stirn auf den Fußboden und betet und bittet. Herr des Himmels, wenn Sie wüßten, für wen alles er hier betet! Natürlich unter der Einwirkung des Alkohols. Sogar für die Seele der Gräfin Dubarry! — ich hab's mit meinen eigenen Ohren gehört, glauben Sie mir! Kostja hat es gleichfalls gehört. Er ist ja doch vollkommen übergeschnappt, ich versichere Ihnen!«

»Sehen Sie, hören Sie, wie er mich verleumdet, Fürst!« schrie Lebedeff, ganz rot im Gesicht und entschieden aus der Fassung gebracht. »Ob er aber auch das erzählt, wie ich Trunkenbold und Herumtreiber, ich Räuber und Missetäter dieses Lästermaul als Säugling in Windeln gewickelt, in der kleinen Kinderwanne gebadet, wie ich bei meiner verwitweten Schwester Aníssja, die ebenso arm war wie ich, ganze Nächte aufgesessen habe, ohne auch nur ein Auge zuzudrücken, wie ich sie beide gepflegt habe — denn beide waren sie krank —, wie ich beim Hausmeister Holz gestohlen, wie ich ihm Wiegenlieder gesungen und zu seiner Erheiterung mit den Fingern geschnippt habe, alles mit leerem Magen — ob er das auch erzählt? Da habe ich jetzt den Dank dafür, daß ich seine Amme gewesen bin, da sitzt jetzt das Produkt und lacht mich alten Mann noch aus! Was kümmert's dich, wenn ich wirklich einmal für die Gräfin Dubarry ein Kreuz schlage? Ich werde Ihnen sagen, Fürst, vor vier Tagen las ich zum erstenmal die Biographie der Dubarry im Lexikon. Weißt du auch überhaupt, wer sie war, diese Dubarry? Sprich, weißt du's oder weißt du's nicht?«

»Na, du hältst dich wohl für den einzigen, der's weiß?« brummte der junge Mann spöttisch, aber doch etwas unbehaglich.

»Das war eine solche Gräfin, daß sie, als sie erst aus dem Straßenschmutz heraus war, an Stelle einer Königin regierte und von einer großen Kaiserin in einem eigenhändigen Schreiben mit „ma cousine" angeredet wurde. Jawohl! Und der Kardinal, der päpstliche Nuntius, erbot sich beim lever-du-roi (weißt du auch, was das ist: „lever-du-roi"?), die seidenen Strümpfchen über ihre bloßen Füßchen zu ziehen, eigenhändig, er, der päpstliche Nuntius und Kardinal – so ein großes Tier! – und er rechnete sich das noch zur Ehre an! Wußtest du das? Ich sehe es ja schon an deinem Gesicht, daß du davon keinen Schimmer hattest! Nun, und wie ist sie gestorben? Antworte, wenn du's weißt!«

»Ach, hör' auf! Scher' dich weg!«

»Gestorben aber ist sie so, daß sie, diese Herrscherin, nach aller Macht und allem Glanz und allen Ehren, daß sie, die schließlich doch nichts verbrochen hatte, zur Freude der Pariser Marktweiber von dem Henker auf die Guillotine geschleppt wurde, dabei aber vor Angst überhaupt nicht begriff, was mit ihr geschah. Sie sieht nur, daß er ihren Kopf unter das Messer drückt und ihr noch Püffe und Stöße versetzt, jene aber lachen. Und da schreit sie in ihrer Todesangst: „Encore un moment, monsieur le bourreau, encore un moment!", das heißt soviel, wenn du's wissen willst, wie: „Noch einen Augenblick, Herr Henker, noch einen Augenblick!" Und für diesen einen Augenblick wird ihr Gott der Herr vielleicht auch noch alles vergeben, denn eine größere misère der Menschenseele kann man sich kaum vorstellen. Weißt du überhaupt, was dieses Wort „misère" bedeutet? Also, jetzt habe ich dir erläutert, was es bedeutet! Ich sage dir, als ich von diesem einen „moment" las, war mir's, als hätte man mir das Herz mit einer Kneifzange geklemmt. Und was kümmert das dich, du Wurm, daß ich auch sie, die große Sünderin, in mein Gebet eingeschlossen habe? Vielleicht habe ich es nur deshalb getan, weil seit ihrem Hinscheiden noch niemand auf dem ganzen Erdenrund für sie gebetet hat oder auch nur daran gedacht hat, für sie zu beten. Wird es ihr doch in jener Welt sicher wohltun zu hören, daß sich ein ebenso großer Sünder wie sie gefunden hat, der wenigstens einmal auf Erden auch für sie betet. Was lachst du? Du glaubst mir nicht, Atheist! Was kannst du wissen! Und dabei hast du mich noch falsch verstanden, obschon du gewissenlos genug gewesen bist, mich zu belauschen: ich habe nicht nur für die Gräfin Dubarry gebetet, sondern wortwörtlich so wie folgt: ‚Erbarme dich, Vater, der Seele der Gräfin Dubarry, der großen Sünderin, wie der Seelen aller, die ihr gleichen!' — das aber ist etwas ganz anderes! Denn solcher Sünderinnen und Beispiele der Wandelbarkeit Fortunas, solcher Menschen, die viel gelitten haben, hat es in der Welt allerorten unzählige gegeben, und sie alle winden sich jetzt in der Höllenpein, stöhnen und warten! Aber damit habe ich ja doch auch für dich und deinesgleichen Gott den Herrn um Gnade angefleht, für ganz genau solche unverschämten Lästermäuler und unverfrorenen Frechlinge, wie du einer bist, das schreib dir hinter die Ohren, wenn du dich schon so weit verirrt hast, daß du mich belauschst, wenn ich bete."

»Na, aber jetzt hör auf, Schluß! Bet', für wen du willst, hol dich der Teufel!« unterbrach ihn der Neffe verdrossen. »Er ist ja doch ein belesener Mann, wußten Sie das schon, Fürst?« sagte er dann plötzlich mit einem etwas genierten Spottlächeln. »Er ist ja jetzt ohne irgend so ein Memoirenbüchelchen gar nicht mehr denkbar.«

»Ihr Onkel ist jedenfalls ... kein herzloser Mensch«, bemerkte halb wider Willen der Fürst, dem der junge Mann auf dem Sofa durchaus nicht gefiel.

»Oh, ihn zu loben ist gefährlich! Mit solchen Bemerkungen können Sie ihn ja noch ganz verrückt machen! Sehen Sie, da hat er schon wieder die Hand aufs Herz gepreßt und den Mund zum „O" geformt. Ist in Geschmack gekommen. Herzlos ist er gerade nicht, dafür aber gerissen, das ist der Jammer. Zudem ist er jetzt noch dem Alkohol ergeben, da hat er denn so ein paar Schrauben verloren, wie es schließlich jedem passiert, der jahrelang keinen nüchternen Tag sieht. Seine Kinder liebt er, das muß man ihm lassen, seine Frau hat er sehr geachtet... Sogar mich hat er gern, und was glauben Sie, er hat mich sogar im Testament bedacht, bei Gott, er will auch mir etwas hinterlassen!«

»N—nichts hinterlasse ich dir!« schrie Lebedeff wie in grimmigster Erbitterung.

»Hören Sie, Lebedeff«, wandte sich der Fürst fest und entschlossen an ihn, indem er dem jungen Mann den Rücken zukehrte, »ich weiß aus eigener Erfahrung, daß Sie ein guter Geschäftsmann sind, wenn Sie es sein wollen ... Ich habe sehr wenig Zeit, und wenn Sie jetzt... Verzeihung, wie ist Ihr Vorname und Ihr Vatername? Ich habe es im Augenblick...«

»Ti—ti—Timoféi.«

»Und?«

»Lukjánowitsch.«

Alle Anwesenden brachen in schallendes Gelächter aus.

»Er lügt ja!« rief der Neffe. »Auch dabei muß er lügen! Er heißt ja gar nicht Timoféi Lukjánowitsch, Fürst, sondern Lukján Timoféjewitsch! Na, sag doch, weshalb hast du denn wieder gelogen? Kann es dir denn nicht ganz egal sein, ob du Lukjan oder ob du Timofei heißt, und was macht sich schließlich der Fürst daraus? Glauben Sie mir, Fürst, ihm ist das Lügen so zur Gewohnheit geworden, daß er überhaupt kein wahres Wort mehr reden kann!«

»Ist es wahr?« fragte der Fürst ungeduldig.

»Lukján Timoféjewitsch, allerdings«, bestätigte der verlegen gewordene Lebedeff, indem er schuldbewußt die Augen niederschlug und die Hand aufs Herz preßte.

»Ja, warum tun Sie denn das, ach Gott!«

»Aus... zur Selbsterniedrigung«, flüsterte Lebedeff, der immer schuldbewußter den Kopf hängen ließ.

»Was ist denn dabei für eine Selbsterniedrigung! Wenn ich nur wüßte, wo ich jetzt Kolja finden könnte!« sagte der Fürst stirnrunzelnd und wandte sich zur Tür, um fortzugehen.

»Ich werde es Ihnen sagen, wo Kolja ist«, rief der junge Mann.

»Ni—ni—nicht doch!« fuhr Lebedeff entsetzt dazwischen.

»Kolja Iwólgin hat hier übernachtet, und am Morgen begab er sich auf die Suche nach seinem General, den Sie, Fürst, aus dem Schuldgefängnis ausgekauft haben, wozu und weshalb, mag Gott wissen. Der General aber versprach gestern noch, zur Nacht herzukommen, ist aber bis jetzt noch nicht erschienen. Es ist anzunehmen, daß er im Gasthaus „Zur Waage" die Nacht verbracht hat. Kolja wird also entweder dort sein — das ist hier in nächster Nähe — oder in Páwlowsk bei Jepantschins. Geld hatte er und hinfahren wollte er schon gestern. Also entweder in der „Waage" oder in Pawlowsk.«

»In Pawlowsk, in Pawlowsk, versteht sich! ... Wir aber, wir wollen ins Gärtchen gehen, hier, hier, wenn ich bitten darf, und ... ein Täßchen Kaffee zu uns nehmen ...«

Lebedeff hatte den Fürsten schon am Ärmel gefaßt und zog ihn fort.

Sie traten aus dem Hause, gingen über den kleinen Hof und gelangten zu einem Gartenpförtchen, das Lebedeff aufschloß. Vor ihnen lag ein sehr netter, wenn auch nur sehr kleiner Garten, dessen Bäume dank dem warmen Wetter schon hellgrüne Blätter hatten. Lebedeff führte den Fürsten zu einer grünen Bank, vor der auf einem eingerammten Pfosten ein gleichfalls grün angestrichener Tisch stand. Er bat den Fürsten, Platz zu nehmen, und setzte sich selbst ihm gegenüber. Gleich darauf wurde auch schon der Kaffee gebracht. Der Fürst lehnte nicht ab. Lebedeff fuhr fort, ihn dienstbeflissen mit gespannt neugierigen Blicken zu betrachten.

»Ich wußte gar nicht, daß Sie ein so nettes Haus besitzen«, sagte der Fürst im Tone eines Menschen, der an etwas ganz anderes denkt, nicht aber an das, was er spricht.

»M—m—mutterlos sind wir ...«, stotterte Lebedeff erschrocken, brachte aber nichts weiter hervor, da ihm Schweigen ratsamer erschien.

Der Fürst blickte zerstreut vor sich hin und hatte seine Frage schon wieder vergessen. Das Schweigen dauerte eine ganze Weile. Lebedeff beobachtete ihn und wartete.

»Nun, was?« sagte der Fürst, gleichsam erwachend. »Ach so! Ja, Sie wissen doch selbst, Lebedeff, um was es sich handelt. Ich bin auf Ihren Brief hin gekommen. Also reden Sie.«

Lebedeff senkte ganz verwirrt den Blick, wollte etwas sagen, schloß aber wieder den Mund, ohne eine Silbe hervorgebracht zu haben. Der Fürst wartete und ein trauriges Lächeln glitt über sein Gesicht.

»Ich glaube Sie sehr gut zu verstehen, Lukján Timoféjewitsch: Sie haben mich ganz einfach nicht erwartet. Sie dachten wohl nicht, daß ich mich auf Ihre erste Benachrichtigung hin aufmachen und meine Einöde verlassen würde, und so schrieben Sie nur zur Beruhigung Ihres Gewissens. Und da bin ich nun plötzlich hier eingetroffen. Doch nun genug, hören Sie jetzt auf mit dem Betrügen. Zweien Herren kann man nicht zu gleicher Zeit dienen. Rogoshin ist schon seit drei Wochen hier, ich weiß alles. Haben Sie inzwischen Zeit gehabt, sie ihm wieder zu verkaufen, wie damals? Sagen Sie die Wahrheit.«

»Das Ungeheuer hat ja doch von selbst alles erfahren, ganz von selbst!«

»Schelten Sie ihn nicht. Er hat Sie freilich nicht gut behandelt...«

»Verprügelt hat er mich, verprügelt hat er mich!« fiel ihm Lebedeff erregt ins Wort. »Und in Moskau hat er mich noch mit einem Hunde gehetzt, die ganze Straße entlang, mit einer Windhündin, einer wütenden Bestie!«

»Sie scheinen mich für ein kleines Kind zu halten, Lebedeff. Sagen Sie: Hat Sie ihn wirklich im Ernst verlassen, jetzt, in Moskau?«

»Im Ernst, im Ernst, und wieder fast vom Altar fort. Jener zählte schon die Minuten, sie aber entfloh hierher, direkt zu mir. ‚Rette mich, beschütze mich, Lukjan, und auch dem Fürsten sag kein Wort'... Sie fürchtet Sie jetzt noch mehr als ihn, Fürst, und darin liegt – hohe Weisheit!«

Und Lebedeff tippte sich bedeutsam mit dem Finger vor die Stirn.

»Und jetzt haben Sie sie wieder zusammengeführt?«

»Durchlauchtigster Fürst, wie hätte ich... wie hätte ich das verhindern können?«

»Nun, genug, ich werde schon selbst alles erfahren. Sagen Sie nur – wo ist sie jetzt? Bei ihm?«

»O nein! Sie denkt nicht daran! Gehört sich noch ganz allein, sich selbst! ‚Ich bin vollkommen frei', sagt sie, und wissen Sie, Fürst, darauf besteht sie! ‚Ich bin', sagt sie, ‚noch vollkommen frei!' Sie wohnt jetzt immer noch auf der Petersburger Seite im Hause meiner Schwägerin, wie ich Ihnen schrieb.«

»Und ist sie auch jetzt dort?«

»Auch jetzt, wenn sie bei dem schönen Wetter nicht nach Pawlowsk gefahren ist, zu Darja Alexéjewna, die dort eine Villa besitzt! ‚Ich bin noch vollkommen frei, noch vollkommen frei, noch vollkommen frei', sagt sie. Noch gestern hat sie Nikolai Ardalionytsch, dem Kolja, viel von ihrer Freiheit erzählt. Brüstet sich damit. 'n schlechtes Zeichen!«

Und Lebedeff lächelte.

»Ist Kolja oft bei ihr?«

»Oh, der ist leichtsinnig und unvernünftig und obendrein noch nicht einmal verschwiegen!« lenkte Lebedeff ab.

»Sind Sie oft bei ihr gewesen?«

»Jeden Tag, jeden Tag.«

»Also auch gestern?«

»N—nein, vor vier Tagen zum letztenmal.«

»Wie schade, daß Sie heute etwas zu viel getrunken haben, Lebedeff! Ich hätte Sie sonst etwas gefragt...«

»Ni—ni—nicht die Spur, nicht die Spur!«

Lebedeff war ganz Ohr.

»Sagen Sie, wie war sie, als Sie sie verließen?«

»S—su—suchend...«

»Suchend?«

»Ja, so, als ob sie immer etwas suchte, als hätte sie etwas verloren. Von der Heirat darf man überhaupt nicht reden, sie faßt es als Beleidigung auf. Selbst der Gedanke daran ist ihr ekelhaft geworden. An *ihn* denkt sie nicht mehr — und nicht *mehr* jedenfalls als etwa an ein Apfelsinenschalenstückchen — das heißt selbstverständlich: bedeutend mehr, sogar mit Furcht und Entsetzen, verbietet strengstens, von ihm auch nur zu sprechen, und sie sehen sich auch nur dann, wenn es durchaus nötig ist... und er empfindet das sogar sehr! Doch was! — was geschehen muß, wird geschehen!... Unruhig ist sie, spöttisch, doppelzüngig, zänkisch...«

»Doppelzüngig, zänkisch?«

»Jawohl. Viel fehlte nicht, und sie wäre mir das letztemal, als ich dort war, in die Haare gefahren, wegen eines Gespräches. Ich wollte sie mit der Offenbarung Sankt Johannis wieder herstellen.«

»Was?« Der Fürst glaubte, sich verhört zu haben.

»Sie ist nun einmal eine Dame mit unruhigem Geist. Hehe! Und wie ich beobachtet habe, gar zu geneigt zu ernsten, wenn auch abstrakten Gesprächen. So was liebt sie und faßt es als Beweis von Hochachtung auf, wenn man auf so etwas zu sprechen kommt. Jawohl. Ich aber bin in der Auslegung der „Apokalypse" geübt und befasse mich damit schon seit fünfzehn Jahren. Sie war sogar ganz meiner Meinung, daß wir jetzt beim dritten Rosse stehen, bei dem Rappen, und bei dem Reiter mit dem Maß in der Hand, da doch heutzutage alles nach Maß und Vertrag geht und jeder Mensch nur sein eigenes Recht sucht: „Ein Maß Weizen um einen Denar und drei Maß Gerste um einen Denar", wie es in der Heiligen Schrift geschrieben steht ... und dabei wollen sie noch freien Geist und reines Herz und gesunden Leib und alle guten Gaben Gottes behalten und bewahren. Das aber können und werden sie nicht, wenn sie das Recht so auffassen, und hierauf folgt das fahle Roß und der, dessen Name ist Tod, und dann folgt schon die Hölle ... Darüber disputieren wir nun, wenn wir zusammenkommen und — es hat stark gewirkt."

»Und Sie glauben selbst daran?« fragte der Fürst und betrachtete Lebedeff mit seltsamem Blick.

»Jawohl. Also glaube ich und also lege ich es aus; denn ich bin arm und nackend und nur ein Atom im Kreislauf der Menschheit. Wer wird einen Lebedeff achten? Ein jeder hat ihm etwas am Zeuge zu flicken und versetzt ihm, wenn nichts anderes, dann wenigstens einen Rippenstoß. Hier aber, in der Auslegung der „Apokalypse", bin ich jedem Großen dieser Welt gleich. Denn hierbei gilt nur der Verstand! Einmal hat schon ein Großer vor mir gezittert, auf seinem Fauteuil, als ihm ein Licht aufging. Seine hohe Exzellenz Nil Alexejewitsch ließen mich vor drei Jahren — es war kurz vor dem Osterfest und ich hatte damals noch in ihrem Departement eine Anstellung — durch Pjotr Sachárytsch in ihr Kabinett rufen und fragten mich also unter vier Augen: ‚Ist es wahr, daß du ein Professor des Antichrist bist?' Und ich verschwieg's auch nicht: ‚Ich bin's', sprach ich, und ich begann meine Auslegung und stellte es dar und verminderte auch den Schrecken nicht im geringsten, sondern vergrößerte ihn noch, indem ich die allegorische

Thora aufrollte und die Zahlen deutete. Anfangs hatten sie noch gelächelt, bei den Zahlen aber und den Gleichnissen begannen sie zu zittern und baten, das Buch zu schließen und fortzugehen, und zu Ostern gaben sie mir noch eine Gratifikation, doch am St. Thomastage hauchten Seine Exzellenz dann ihre Seele aus!«

»Was reden Sie da, was ist in Sie gefahren, Lebedeff?«

»Tatsache! Nach dem Mittagessen geruhten Seine Exzellenz aus dem Wagen zu fallen... an einer Straßenecke mit dem Oberschädel senkrecht auf einen Prellstein, und wie ein Kindchen, wie ein kleines Kindchen geruhten sie sogleich die Seele auszuhauchen. Dreiundsiebzig Jahre alt, nach der Rangliste berechnet. Ein rosa-graues Herrchen in einer Wolke von Parfüm und ewig mit einem Lächeln im Gesicht, ewig lächelnd, auf ein Haar wie ein kleines Kindlein. Da sagte noch Pjotr Sachárytsch zu mir: ‚Das hast du ihm vorausgesagt!‘ sagte er.«

Der Fürst erhob sich. Lebedeff wunderte sich darüber und sah ihn ganz verblüfft an.

»Sie sind mir aber doch etwas zu gleichmütig geworden, hehe...«, wagte er mit unterwürfigem Blick zu bemerken.

»Ich... ich fühle mich nicht ganz wohl, der Kopf ist mir schwer, von der Reise natürlich«, antwortete der Fürst stirnrunzelnd.

»Sie müßten aufs Land, müßten sich ein Landhaus mieten«, bemerkte Lebedeff vorsichtig.

Der Fürst stand in Gedanken versunken vor ihm.

»Auch ich werde so in drei Tagen mit Kind und Kegel in die Sommerfrische übersiedeln, um das neugeborene Würmchen am Leben zu erhalten und inzwischen hier das Haus renovieren zu lassen. Ich gehe gleichfalls nach Páwlowsk.«

»Und auch Sie gehen nach Páwlowsk?« fragte der Fürst überrascht. »Was ist denn das, hier zieht ja wirklich alle Welt nach Pawlowsk? Und Sie haben dort, wie Sie sagen, ein eigenes Landhaus?«

»Oh, nach Pawlowsk zieht durchaus nicht alle Welt! Mir aber hat Iwan Petrowitsch Ptizyn eine der Villen, die ihm sehr billig zugefallen sind, ebenso billig abgetreten. Es ist dort sehr schön und vornehm und grün und musikalisch, und deshalb zieht man für den Sommer nach Pawlowsk. Ich, das heißt, ich wohne selbst nur im Anbau, die eigentliche Villa aber...«

»Haben Sie vermietet?«

»N—n—nein. N—n—nicht ganz fest vermietet.«

»Überlassen Sie sie mir, ich will sie mieten!« schlug der Fürst plötzlich vor.

Lebedeff schien nur darauf gewartet zu haben. Erst vor einem Augenblick war der Gedanke in ihm aufgetaucht, und sofort übersah er die ganze »neue Wendung der Dinge«, die ihm sehr vielversprechend erschien. Zwar hatte sich ein Villenmieter bereits bei ihm gemeldet, der, wie Lebedeff wußte, die Villa bestimmt nehmen würde; doch da jener beim Fortgehen sich mit »Vielleicht« und »Wahrscheinlich« verabschiedet hatte, so fühlte sich Lebedeff nicht gebunden. Auf den Vorschlag des Fürsten ging er dagegen mit Entzücken ein, so daß er selbst auf die Frage nach dem Preise nur mit der Hand abwinkte.

»Nun, gleichviel, Sie sollen das Ihrige nicht verlieren«, sagte der Fürst. — Sie gingen bereits zum Pförtchen.

»Ich würde Ihnen ... ich würde Ihnen ... wenn Sie nur wollten, könnte ich Ihnen etwas Hochinteressantes mitteilen, hochverehrter Fürst, könnte Ihnen etwas mitteilen, das sich gleichfalls darauf bezieht«, flüsterte Lebedeff, der vor Freude fast zappelnd neben dem Fürsten einherlief.

Der Fürst blieb stehen und sah ihn fragend an.

»Darja Alexéjewna hat in Pawlowsk gleichfalls ein Villachen.«

»Nun, und?«

»Und die gewisse Dame ist mit ihr befreundet und beabsichtigt allem Anschein nach, sie oft in Pawlowsk zu besuchen. Und — zu einem gewissen Zweck!«

»Und?«

»Und Aglaja Iwanowna...«

»Ach, genug, hören Sie auf, Lebedeff!« unterbrach ihn der Fürst, ganz als sei eine wunde Stelle in seinem Innern berührt worden. »Alles das... ist doch nicht so. Sagen Sie mir lieber, wann Sie übersiedeln, mir wäre es je früher desto angenehmer; denn ich bin in einem Gasthof abgestiegen, der mir...«

Sie traten durch das Pförtchen und gingen über den Hof zur Straße.

»Aber da ist es doch das Beste«, fiel Lebedeff ein, »Sie ziehen sogleich zu mir herüber und leben so lange hier, bis wir dann übermorgen alle zusammen nach Pawlowsk auswandern!«

»Ich werde sehen«, sagte der Fürst nachdenklich und trat aus dem Hof auf die Straße.

Lebedeff sah ihm verwundert nach. Ihn machte diese plötzliche Zerstreutheit des Fürsten stutzig; beim Fortgehen hatte er nicht einmal „Adieu" gesagt, nicht einmal mit dem Kopf genickt, das aber schien ihm mit der Höflichkeit und Aufmerksamkeit des Fürsten ganz unvereinbar.

III

Es ging schon auf zwölf. Der Fürst wußte, daß er bei Jepantschins in ihrer Stadtwohnung jetzt nur den General antreffen würde, und vielleicht nicht einmal diesen. Außerdem stand zu befürchten, daß der General ihn sogleich nach Pawlowsk würde mitnehmen wollen, er aber wollte vorher noch unbedingt einen bestimmten Menschen aufsuchen. Und so entschloß er sich, selbst auf die Gefahr hin, den General nicht mehr anzutreffen und den Besuch bei ihnen in Pawlowsk auf den nächsten Tag hinausschieben zu müssen, zuerst jenes Haus aufzusuchen, zu dem es ihn so sehr hinzog.

Dieser Besuch hatte indessen etwas Gewagtes für ihn. Er wußte eigentlich noch nicht, ob er gehen oder nicht gehen sollte. Die Adresse kannte er nicht genau; er wußte nur, daß das Haus in der Goróchowaja, nicht weit von der Ssadówaja lag, und so ging er in dieser Richtung weiter, während er sich innerlich damit beruhigte, daß er ja bis dahin noch Zeit genug haben werde, sich endgültig zu entscheiden.

Als er an die Kreuzung der beiden Straßen kam, wunderte er sich selbst über seine ungewöhnliche Aufregung: er hatte nicht gedacht, daß sein Herz so heftig schlagen werde. Ein Haus in der Goróchowaja zog, wahrscheinlich durch seine besondere Bauart, schon von weitem die Aufmerksamkeit des Fürsten auf sich, und er sagte sich: ‚Bestimmt ist es dieses Haus!' Mit fast schmerzhafter Neugier näherte er sich ihm, um sich zu überzeugen, ob seine Ahnung ihn nicht betrog; er fühlte, daß es ihm aus irgendeinem Grunde ganz besonders unangenehm sein würde, wenn er es erraten hätte. Es war ein großes, düsteres Haus von drei Stockwerken, ohne jeden architektonischen Schmuck, von dunkler, schmutziggrüner Farbe. Einige, übrigens nur sehr wenige Häuser dieser Art, die aus dem Ende des vorigen Jahrhunderts stammen, haben sich noch hier und da unverändert erhalten, selbst hier in diesen Straßen Petersburgs, wo sich doch sonst alles so schnell verändert. Sie sind sehr dauerhaft gebaut, mit dicken Mauern und verhältnismäßig nur wenigen Fenstern, die in der unteren Etage bisweilen noch mit einem starken Eisengitter versehen sind. Im Erdgeschoß befindet sich gewöhnlich eine Wechselbank, und der Besitzer, ein Sektierer (in der Regel ist es einer von der Skopzensekte[9]), hat seine Wohnung in einem der oberen Stockwerke. Von außen wie von innen scheinen diese Häuser in gewisser Weise ungastlich zu sein, dunkel und ernst, alles scheint sich gleichsam zurückziehen und verbergen zu wollen, hinter allem scheint ein Geheimnis zu stecken, weshalb das aber so scheint, nur aus der Physiognomie des Hauses heraus so scheint — das wäre schwer zu erklären. Die architektonischen Linien und Proportionen haben natürlich ihr eigenes Geheimnis. In solchen Häusern leben fast ausschließlich Kaufleute. Als der Fürst an den Eingang des Hauses kam, blickte er auf das Schild über der großen Tür und las: „Haus des erblichen Ehrenbürgers Rogoshin".

Der Fürst entschloß sich und öffnete die Glastür, die geräuschvoll hinter ihm zuschlug, als er eingetreten war und auf der steinernen Treppe zum zweiten Stockwerk emporzusteigen begann. Das ganze Treppenhaus war dunkel, massiv aus Stein gebaut, ohne jeden Schmuck, und die Wände waren rot gestrichen. Er wußte, daß Parfjónn Rogóshin mit seiner Mutter und seinem Bruder Ssemjón das ganze zweite Stockwerk dieses düsteren Hauses bewohnte. Der Bediente, der dem Fürsten öffnete, führte ihn sogleich, ohne ihn vorher anzumelden, durch mehrere große und kleine Räume: zuerst gingen sie durch einen großen Saal, dessen Wände nach altem Stil marmorartig bemalt waren, mit kostbarem Eichenparkett und den schweren geradlinigen Möbeln aus den zwanziger Jahren; dann folgten kleinere Räume, einzelne fast wie Käfige so klein, doch der Diener führte ihn immer noch weiter, im Zickzack bald nach rechts, bald nach links; zu manchen Zimmern stiegen sie zwei oder drei Stufen hinauf, um dann bald wieder ebensoviel Stufen hinabzusteigen, bis der Bediente endlich vor einer Tür stehenblieb und anklopfte.

Man hörte Schritte und die Tür wurde geöffnet — von Parfjónn Rogoshin. Als er den Fürsten erblickte, wich alles Blut aus seinem Gesicht, und er blieb wie zu Stein erstarrt stehen und sah ihn mit seinem unbeweglichen, fragend erschrockenen Blick an, während sein Mund plötzlich zuckte, als wolle er sich zu einem Lächeln verziehen, und dann lächelte er auch wirklich, wie in höchster Verwunderung. Es war, als hätte Rogoshin den Besuch des Fürsten für etwas ganz Unmögliches, für ein tatsächliches Wunder gehalten. Der Fürst hatte zwar etwas Derartiges erwartet, mußte sich nun aber doch selber darüber wundern.

»Vielleicht komme ich dir nicht gelegen, — Parfjonn... dann will ich dich nicht stören«, sagte er schließlich verwirrt.

»Nein doch, durchaus gelegen!« Rogoshin besann sich plötzlich, »bitte, tritt nur ein!«

Sie duzten sich. In Moskau waren sie oft und stundenlang zusammengewesen, und es hatte während ihres Zusammenseins Augenblicke gegeben, die sich beiden zu tief ins Herz geprägt hatten, um jemals von ihnen vergessen werden zu können. Jetzt hatten sie sich seit mehr als drei Monaten nicht gesehen.

Rogoshin war immer noch bleich, und von Zeit zu Zeit lief es wie ein plötzliches, kaum merkliches Zucken über sein Gesicht. Er hatte den Fürsten zwar gebeten, näher zu treten, aber seine ungewöhnliche Erregung und Verwirrung waren noch nicht vergangen. Während er den Fürsten zu einem der großen Lehnstühle am Tisch führte, blickte sich jener wie zufällig nach ihm um und blieb regungslos unter dem seltsamen Eindruck seines unbestimmbaren, schweren Blickes stehen. Es war dem Fürsten, als hätte ihn etwas durchbohrt, und gleichzeitig fühlte er sich an etwas erinnert — etwas Schweres, Finsteres, Düsteres... vor ein paar Stunden Geschehenes. Regungslos, ohne sich zu setzen, blickte er Rogoshin unverwandt in die Augen; die waren im ersten Augenblick gleichsam noch mehr erglüht. Endlich lächelte Rogoshin flüchtig, aber in diesem Lächeln lag eine gewisse Verwirrung und Befangenheit.

»Was siehst du mich so aufmerksam an?« brummte er dann mit halblauter Stimme. »Setz dich!« Er wies auf einen Stuhl. Der Fürst setzte sich.

»Parfjonn«, sagte er, »sage mir aufrichtig: Wußtest du, daß ich heute in Petersburg eintreffen würde?«

»Daß du kommen würdest, hab' ich mir gedacht, und da hab' ich mich ja, wie du siehst, auch nicht geirrt«, sagte jener mit ironischem Lächeln. »Aber woher hätte ich denn wissen sollen, daß du gerade heute kommen würdest?«

Die gewisse schroffe Heftigkeit und seltsame Gereiztheit der Frage fielen dem Fürsten noch mehr auf.

»Und wenn du auch gewußt hast, daß ich *heute* kommen würde, weshalb braucht man sich denn da zu ärgern?« fragte der Fürst leise und augenscheinlich verwirrt.

»Wozu stellst du denn diese Frage?«

»Als ich heute morgen aus dem Coupé stieg, sah ich ein Augenpaar, das genau so aussah und so blickte wie deine Augen, als du soeben hinter meinem Rücken auf mich sahst.«

»Sieh mal an! Wessen Augen waren denn das?« fragte Rogoshin mißtrauisch.

Dem Fürsten schien es, als sei er zusammengezuckt.

»Ich weiß nicht, in der Menge irgendwo ... Es will mir sogar scheinen, daß es mir nur so vorgekommen ist — ich fange jetzt wieder an, alles mögliche zu sehen. Und weißt du, Bruder Parfjonn, ich fühle mich fast wie damals vor fünf Jahren, als ich noch meine epileptischen Anfälle hatte.«

»Nun was, vielleicht hat es dir auch nur so geschienen; ich weiß nicht...«, brummte Parfjonn, und er versuchte, freundlich zu lächeln, aber dieses Lächeln paßte in diesem Augenblick nicht zu ihm, — es war, als hätte er gewaltsam etwas unterdrücken wollen, und das gelang ihm nicht, wie sehr er sich auch dazu zwang.

»Was, nun geht's wieder ins Ausland?« fragte er, und plötzlich lachte er: »Aber weißt du noch, wie wir im Waggon dritter Klasse damals im Herbst aus Pskow kamen, ich hierher, und du ... in dem Kapuzenmantel, weißt du noch, und den Gamaschen?«

Und Rogoshin lachte, doch tat er es diesmal mit unverhohlenem Ingrimm, ganz als freue es ihn, daß er diesen Ingrimm wenigstens in irgendeiner Weise ausdrücken konnte.

»Lebst du jetzt ganz hier?« fragte der Fürst, indem er sich im Raum umsah.

»Ja, ich bin hier zu Hause. Wo sollte ich denn sonst sein?«

»Wir haben uns lange nicht gesehen. Ich habe von dir Dinge gehört, die ich dir gar nicht zugetraut hätte.«

»Was wird nicht alles geschwatzt«, bemerkte Rogoshin trocken.

»Aber du hast doch die ganze Bande fortgejagt; sitzt selbst zu Hause und machst keine Geniestreiche mehr. Ich dächte – das ist gut. Gehört das Haus dir oder euch gemeinsam?«

»Das Haus gehört der Mutter. Zu ihr geht man hier durch den Korridor.«

»Und wo wohnt dein Bruder?«

»Mein Bruder Ssemjón Ssemjónytsch wohnt im Seitenflügel.«

»Ist er verheiratet?«

»Witwer. Wozu fragst du das?«

Der Fürst sah ihn an, ohne zu antworten. Er war plötzlich wie in Gedanken versunken und hörte die Frage nicht.

Rogoshin bestand nicht auf Antwort, er wartete. Beide schwiegen.

»Ich habe dieses Haus, als ich herkam, schon auf hundert Schritt als das deinige erkannt«, sagte der Fürst.

»Woran denn das?«

»Das weiß ich selbst nicht. Dein Haus hat die Physiognomie eurer ganzen Familie und eures ganzen Rogoshinschen Lebens; wenn du aber fragen wolltest, woraus ich das schließe, so könnte ich es dir mit nichts erklären. Wahn, natürlich. Es ängstigt mich sogar, daß mich das so beunruhigt. Ich hätte früher nie gedacht, daß du in solch einem Hause wohnst; als ich es aber erblickte, kam mir sogleich der Gedanke: ‚Aber genau so muß ja doch sein Haus sein, es kann ja gar nicht anders sein!'«

»Sieh mal an!« sagte Rogoshin unbestimmt, das Gesicht kurz zu einem Lächeln verziehend. Er hatte den unklaren Gedanken des Fürsten nicht ganz verstanden. »Dieses Haus hat noch mein Großvater gebaut«, bemerkte er. »Hier haben beständig Sektierer gewohnt, Skopzen, eine Familie Chludjäkóff. Und auch jetzt noch leben sie hier zur Miete.«

»Wie düster es hier ist. Du sitzt hier so im Dunkeln«, sagte der Fürst, sich wieder im Raum umschauend.

Es war ein großes Zimmer mit hoher, dunkler Decke, und auch alles übrige war ziemlich dunkel gehalten. Das ganze Zimmer war voll von allerhand Möbelstücken: da waren große Arbeitstische, ein Pult und an den Wänden große Schränke, in denen verschiedene Geschäftspapiere und noch andere Papiere aufgestapelt lagen. Ein großes, breites Kanapee, das mit rotem Saffianleder überzogen war, diente Rogoshin augenscheinlich als Schlafstelle.

Der Fürst bemerkte auf dem Tisch, an dem sie beide saßen, ein paar Bücher. Eins von diesen, die „Russische Geschichte" Ssolowjóffs, war aufgeschlagen und mit einem Lesezeichen versehen. An den Wänden hingen in einstmals vergoldeten, doch nun matt und braun gewordenen Rahmen einige stark nachgedunkelte Ölgemälde, auf denen man nur schwer noch etwas unterscheiden konnte. Dagegen zog ein lebensgroßes Männerporträt sofort die Aufmerksamkeit des Fürsten auf sich: es stellte einen etwa fünfzigjährigen Mann dar in einem langschößigen europäischen Rock, mit zwei Medaillen auf der Brust, einem sehr spärlichen, kurzen, grauen Bart, runzligem, gelbem Gesicht und einem argwöhnischen, verschlossenen und ein Leiden verratenden Blick.

»Ist das nicht gar dein Vater?« fragte der Fürst.

»Er selbst«, antwortete Rogoshin mit einem unangenehmen einmaligen Auflachen, ganz als hätte er sich im nächsten Augenblick irgendeinen unehrerbietigen Scherz über seinen verstorbenen Vater erlauben wollen.

»Er war doch kein Altgläubiger?«

»Nein, er ging in die Kirche; aber es ist schon wahr, er sagte, der alte Glaube sei doch richtiger. Die Skopzen hat er auch immer sehr geachtet. Das hier war ja sein Kabinett. Wozu hast du das gefragt, das von der Altgläubigkeit?«

»Wirst du die Hochzeit hier feiern?«

»J—a, hi—er«, antwortete Rogoshin langsam, doch war er bei der unerwarteten Frage kaum merklich zusammengezuckt.

»Bald?«

»Du weißt doch selbst: hängt es denn von mir ab?«

»Parfjonn, ich bin nicht dein Feind und will dich an nichts hindern. Ich sage es dir jetzt nochmals, wie ich es dir schon früher einmal gesagt habe, in einer ähnlichen Stunde. Als in Moskau deine Trauung vollzogen werden sollte, bin ich nicht dazwischengetreten, das weißt du. Das erstemal kam *sie* von selbst zu mir gestürzt, fast vom Altare fort, und flehte mich an, sie vor dir zu ‚retten'. Ich wiederhole nur ihre eigenen Worte. Dann lief sie auch von mir fort. Du suchtest sie wieder auf und brachtest sie wieder zum Altar, und da, sagt man mir, sei sie wieder von dir fortgelaufen und habe sich hierher geflüchtet. Ist das wahr? So hat es mir Lebedeff geschrieben, und deshalb bin ich auch hergekommen. Daß ihr euch aber hier wieder halbwegs ausgesöhnt habt, habe ich erst gestern im Eisenbahncoupé von einem deiner früheren Freunde erfahren, von Saljósheff, wenn es dich interessiert. Hergereist aber bin ich mit einer ganz bestimmten Absicht: ich will *sie* bereden, ins Ausland zu fahren, um dort für ihre Gesundheit etwas zu tun; denn sie ist sowohl geistig wie körperlich sehr der Pflege bedürftig... namentlich macht mir ihr seelischer Zustand Sorge. Ich selbst wollte sie nicht ins Ausland begleiten, sondern beabsichtigte, es irgendwie ohne mich zu arrangieren, mich selbst dabei ganz aus dem Spiel zu lassen. Ich sage dir die volle Wahrheit. Wenn es aber wahr ist, daß ihr wieder einig seid, so werde ich mich überhaupt nicht mehr zeigen, und auch zu dir werde ich dann nie mehr kommen. Du weißt, daß ich dich nicht betrügen werde; denn ich bin ja auch früher immer offen und ehrlich zu dir gewesen. Ich habe dir auch meine Überzeugung nicht verschwiegen, daß die Heirat mit dir — *ihr* unbedingtes Verderben sein würde.

Auch dein Verderben... vielleicht sogar noch mehr als ihres. Wenn ihr wieder auseinandergehen solltet, wird es mich sehr beruhigen; aber ich habe deshalb noch nicht die Absicht, euch zu entzweien oder zwischen euch zu treten. Sei also in der Beziehung ganz ruhig und verdächtige mich nicht. Doch du weißt es ja selbst — bin ich denn jemals im Ernst dein Nebenbuhler gewesen, selbst damals, als sie von dir zu mir flüchtete? Da lachst du nun wieder dein kurzes Lachen! Ich weiß, weshalb du so kurz aufgelacht hast. Wir haben dort ganz getrennt gelebt, sogar in verschiedenen Städten, und das weißt du ja selbst ganz genau. Ich habe dir ja schon früher einmal erklärt, daß ich sie nicht ‚aus Liebe‘, sondern ‚aus Mitleid‘ liebe. Ich glaube, es so ganz richtig zu bezeichnen. Du sagtest damals, daß du diese meine Worte begriffen hättest. Ist das nun wahr? Hast du sie wirklich begriffen? Wie haßerfüllt du mich jetzt wieder ansiehst! Ich bin doch nur gekommen, um dich zu beruhigen, weil auch du mir teuer bist. Ich habe dich sehr lieb, Parfjonn. Ich werde jetzt weggehen und niemals wiederkommen. Leb wohl.«

Der Fürst erhob sich.

»Bleib noch ein wenig bei mir«, sagte Parfjonn leise, den Kopf in die rechte Hand gestützt, ohne sich zu erheben. »Ich habe dich lange nicht gesehen.«

Der Fürst setzte sich wieder. Beide schwiegen.

»Ich... wenn ich dich nicht vor mir sehe, fühle ich gleich Wut gegen dich, Lew Nikolajewitsch. In diesen drei Monaten, da ich dich nicht gesehen habe, bin ich dir immerwährend, in jeder Minute, böse gewesen, bei Gott. Ich hätte dich so packen und vergiften mögen vor lauter Grimm. Und jetzt sitzt du noch keine Viertelstunde bei mir, und schon ist meine ganze Wut vergangen, und ich hab' dich wieder so lieb wie früher. Bleib noch ein Weilchen bei mir...«

»Wenn ich bei dir bin, dann glaubst du mir, und wenn ich nicht mehr da bin, dann hörst du sogleich auf, mir zu glauben, und verdächtigst mich wieder. Du bist wie dein Vater!« sagte der Fürst mit freundschaftlichem Lächeln, bemüht, das Gefühl, das aus seinen Worten sprach, zu verbergen.

»Ich glaube deiner Stimme, wenn du bei mir bist. Ich begreife doch, daß man uns beide nicht miteinander vergleichen kann, dich und mich...«

»Weshalb hast du das hinzugefügt? Da bist du nun wieder gereizt«, sagte der Fürst und wunderte sich über ihn.

»Ach, hierbei, Bruder, wird nicht nach unserer Meinung gefragt«, entgegnete jener, »das ist schon ohne uns so bestimmt worden. Wir lieben ja auch, wie du siehst, ganz verschieden... das heißt, in allem ist eben ein Unterschied«, fuhr er nach kurzem Schweigen leise fort. »Du liebst sie, sagst du, nur aus Mitleid. Ich aber empfinde nichts von Mitleid mit ihr, so was fühle ich gar nicht in mir. Und sie haßt mich ja auch nur, haßt mich mehr als alles andere. Jede Nacht träumt mir jetzt, daß sie mit einem anderen über mich lacht. Und so ist es auch, Bruder. Sie wird mit mir zum Altar gehen; aber an mich dabei auch nur denken, das tut sie nicht, selbst das wird sie vergessen — es ist einfach so, wie wenn sie Schuhe wechselte. Glaubst du mir, ich habe sie schon seit fünf Tagen nicht gesehen; denn ich wage nicht hinzugehen: wenn sie nun fragt: ‚Wozu hast du dich herbemüht?' Hat sie mir denn wenig Schimpf angetan...«

»Was — wieso Schimpf angetan? Was sagst du da?«

»Als ob du's nicht wüßtest! Hast es doch noch selbst vorhin ausgesprochen, daß sie ‚vom Altar weg' zu dir gelaufen ist.«

»Aber du glaubst doch selbst nicht, daß...«

»Und das mit dem Offizier, dem Semtjúshnikoff in Moskau — war denn das kein Schimpf? Ich weiß es ganz genau, daß sie mir die Schande, die Schmach angetan hat, und das noch, nachdem sie schon selbst den Tag der Trauung bestimmt hatte.«

»Nicht möglich!« rief der Fürst aus.

»Ich weiß es ganz genau«, wiederholte Rogoshin in fester Überzeugung. »Was, ‚keine solche', meinst du? Darüber, Bruder, darüber lohnt es sich gar nicht zu reden, daß sie keine solche ist. Mit dir wird sie keine solche sein und vielleicht wird sie vor diesen Sachen sogar Entsetzen empfinden; mit mir aber ist sie, siehst du, gerade eine solche. Das ist schon so. Sie hält mich für den allerletzten Kerl, als gehörte ich zum Gesindel. Mit Keller, mit diesem ehemaligen Leutnant, dem „Boxer" — hat sie sich, das weiß ich ganz genau, nur abgegeben, um über mich zu spotten . . . Du weißt noch gar nicht alles, was sie in Moskau angestellt hat! Und wieviel Geld habe ich fortgeworfen . . .«

»Ja, aber . . . wie kannst du sie dann jetzt heiraten! . . . Wie wird denn das später werden?« fragte der Fürst ganz entsetzt.

Rogoshin sah ihm mit schwerem, furchtbarem Blick in die Augen und antwortete nichts.

»Jetzt bin ich schon fünf Tage nicht bei ihr gewesen«, fuhr er nach einer Weile fort, als hätte er sein Schweigen vergessen. »Ich fürchte immer, daß sie mich hinausjagt. ‚Ich bin immer noch meine eigene Herrin', sagt sie, ‚wenn ich will, jage ich dich ganz von mir fort und fahre ins Ausland.' Das hat auch sie mir schon gesagt, daß sie ins Ausland fahren würde«, fügte er plötzlich wie in Parenthese noch hinzu, während er dabei dem Fürsten mit einem ganz besonderen Blick in die Augen sah.

»Manchmal will sie mich nur erschrecken, immer lacht sie über mich. Ein anderes Mal aber verdüstert sich ihr Gesicht, sie runzelt die Stirn und spricht kein Wort mit mir. Das aber fürchte ich am meisten. Neulich dachte ich: ich werde von jetzt ab nicht mehr mit leeren Händen hinfahren — da machte sie sich wieder nur lustig über mich, und schließlich wurde sie sogar böse. Ihrer Kammerzofe, der Katjka, schenkte sie meinen Schal, den ich ihr als Geschenk mitgebracht hatte; aber wenn sie früher auch reicht gelebt und teure Sachen getragen hat, einen solchen Schal hatte sie vielleicht doch noch nie gesehen! Und davon, wann denn die Trauung sein soll, davon darf man überhaupt nicht zu sprechen anfangen. Was ist denn das für ein Bräutigam, der sich fürchtet, sie auch nur zu besuchen? So sitze ich denn hier, und wenn es unerträglich wird, dann schleiche ich heimlich, verstohlen an ihrem Hause vorüber, auf der Straße, oder ich verberge mich hinter einer Hausecke. Vor kurzem noch habe ich so eine ganze Nacht bis zum Morgen an ihrer Hofpforte Wache gestanden — mir hatte damals so etwas geschienen... Sie aber muß mich wohl aus dem Fenster beobachtet haben. ‚Was hättest du denn‘, fragte sie später, ‚was hättest du denn mit mir getan, wenn du einem Betrug auf die Spur gekommen wärst?‘ Da hielt ich's nicht aus und sagte: ‚Das weißt du selbst.‘«

»Was weiß sie denn?«

»Ja, wie soll ich's denn wissen!« Rogoshin lachte grimmig. »In Moskau hab' ich sie damals mit keinem überraschen können, obschon ich ihr lange genug auflauerte. Da trat ich einmal auf sie zu und sagte: ‚Du hast dein Wort gegeben, daß du dich mit mir trauen lassen wirst, du kommst in eine ehrbare Familie; weißt du aber auch, was für eine du jetzt bist? Sieh, solch eine bist du!‘ sagte ich.«

»Das sagtest du ihr ins Gesicht?«

»Ja.«

»Und?«

»‚Ich werde dich‘, antwortete sie, ‚ich werde dich jetzt vielleicht noch nicht einmal als Diener zu mir nehmen, geschweige denn dich heiraten!‘ — ‚Und du glaubst, daß ich weggehe?‘ fragte ich. — ‚Dann werde ich sofort Keller rufen‘, sagte sie, ‚und ihm befehlen, dich hinauszuwerfen.‘ Da packte ich sie und schlug sie, bis sie blaue Flecken hatte.«

»Nicht möglich! Das kann nicht sein!« stieß der Fürst atemlos hervor.

»Ich sage: es war so«, sagte leise, doch mit blitzenden Augen Rogoshin. »Zwei Tage aß ich nicht, trank nicht, schlief nicht, ging nicht aus dem Zimmer hinaus, kniete vor ihr nieder. ‚Ich sterbe lieber, aber ich gehe nicht weg‘, sagte ich, ‚ich gehe nicht eher weg, als bis du mir verziehen hast; läßt du mich aber hinauswerfen, so ertränke ich mich, denn — was bin ich jetzt noch ohne dich?' Wie eine Wahnsinnige war sie den ganzen Tag: bald weinte sie, bald wollte sie mich mit dem Messer erstechen, bald drohte sie mit der Faust und begann mich wie eine Rasende zu beschimpfen — jawohl, zu beschimpfen. Saljósheff, Keller, Semtjúshnikoff und alle rief sie zusammen, zeigte dann auf mich und begann mich wieder zu schmähen. ‚Gehen wir, meine Herren', sagte sie dann, ‚gehen wir alle jetzt ins Theater, mag er hier allein sitzen, wenn er nicht fortgehen will, ich bin für ihn nicht angebunden. Ihnen aber, Parfjonn Ssemjonytsch, wird man hier in meiner Abwesenheit Tee bringen. Sie müssen ja ganz hungrig sein.' Aus dem Theater kehrte sie allein zurück. ‚Alle sind sie Feiglinge und Lumpen', sagte sie, ‚alle haben sie Angst vor dir, und da wollen sie natürlich auch mir Angst einflößen: sie behaupten, du würdest so nicht fortgehen, sondern mich vorher womöglich noch ermorden. Ich aber werde, sieh, wenn ich dorthin in mein Schlafzimmer gegangen bin, die Tür nicht hinter mir zuschließen, sieh, so wenig fürchte ich dich! Damit du das ein für allemal weißt und siehst! Hast du Tee getrunken?' — ‚Nein', sagte ich, ‚und ich werde auch nicht.' — ‚Wenn das dir Ehre einlegte, wäre es etwas anderes, aber so — wenn du wüßtest, wie wenig das zu dir paßt.' Und wie sie gesagt hatte, so tat sie's auch: die Tür zu ihrem Schlafzimmer blieb offen. Am nächsten Morgen kam sie — lachte. ‚Bist du denn ganz von Sinnen, sag doch? So wirst du ja noch vor Hunger sterben.' — ‚Vergib', sagte ich. ‚Ich will nicht, und heiraten will ich dich erst recht nicht; es bleibt dabei, was ich gesagt habe. Hast du denn die ganze Nacht in diesem Lehnstuhl gesessen und nicht geschlafen?' — ‚Nein, ich habe nicht geschlafen', sagte ich. — ‚Ach, wie klug! Und Tee trinken und essen wirst du wieder nicht?' — ‚Ich habe doch gesagt: Vergib!' — ‚Wenn du wüßtest, wie schlecht das zu dir paßt, wie ein Sattel auf eine Kuh! Oder ist es dir etwa in den Sinn gekommen, mich schrecken zu wollen? Daraus mache ich mir gerade viel, und daß du hier hungrig sitzst, ach, wie entsetzlich du mich damit einschüchterst!' Dann wurde sie böse, aber nicht auf lange, und nun begann sie wieder zu spotten und zu sticheln. Da wunderte ich mich über sie, daß doch eigentlich gar keine Bosheit in ihr war. Sonst vergißt sie doch Böses nicht so leicht, vergißt es lange nicht! Und da kam es mir in den Sinn, daß sie mich wohl für so niedrig hält, daß sie nicht einmal große Wut über mich empfinden kann. Und das ist wahr. ‚Weißt du auch, wer das ist: der römische Papst?' fragte sie. — ‚Ja, ich habe gehört, wer das ist', sage ich. — ‚Du, Parfjonn Ssemjonytsch, hast ja von der Allgemeinen Geschichte nicht viel gelernt!' sagte sie. — ‚Ich habe überhaupt nichts gelernt', sage ich. — ‚Dann werde ich dir etwas zu lesen geben, oder hör zu: Es war einmal ein Papst, und der wurde auf einen Kaiser böse, und dieser Kaiser lag drei Tage ohne Essen und Trinken barfuß auf den Knien vor dem Schloß des Papstes, bis dieser ihm verzieh. Was meinst du: was hat wohl der Kaiser in diesen drei Tagen, als er barfuß dort kniete, bei sich gedacht und welche Rache dem Papst geschworen? ... Doch warte, ich werde es dir selbst vorlesen!' sagte sie und stand auf und brachte das Buch. ‚Es sind Verse', sagte sie, und dann las sie mir vor, wie dieser Kaiser in diesen drei Tagen geschworen, sich an dem Papst zu rächen. ‚Gefällt dir das nicht, Parfjonn Ssemjonytsch?' fragte sie. — ‚Das stimmt alles, was du da gelesen hast', sagte ich. — ‚Aha', rief sie aus, ‚du gibst also selbst zu, daß es stimmt, dann schwörst auch du jetzt Rache und sagst dir: Wenn sie mich erst geheiratet hat, dann werde ich ihr schon alles heimzahlen, dann werde ich mich dafür entschädigen!' — ‚Ich weiß nicht', sag' ich, ‚vielleicht denk' ich auch so!' — ‚Wieso weißt du denn das nicht?' — ‚So', sag' ich, ‚ich weiß es nicht, nicht daran denke ich jetzt.' — ‚Woran denkst du denn jetzt?' — ‚Wenn du aufstehst vom Stuhl, gehst du an mir vorüber, und ich sehe auf dich und folge dir mit den Augen; dein Kleid wird rauschen, und mir wird das Herz stillstehen, und wenn du hinausgegangen bist aus dem Zimmer, denke ich an jedes einzelne deiner Worte, was und wie und mit welch einer Stimme du es gesagt hast; diese ganze Nacht habe ich an nichts anderes gedacht, ich habe nur gehorcht, wie du im Schlaf atmetest und dich zweimal bewegtest ...' — ,Ja, dann denkst du ja vielleicht', lachte sie, ,dann denkst du ja vielleicht auch daran gar nicht mehr, daß du mich geschlagen hast?' — ,Vielleicht', sag' ich, ,vielleicht denke ich auch daran nicht mehr, ich weiß nicht.' — ,Wenn ich dir aber nicht verzeihe und dich nicht heirate?' — ,Ich habe gesagt, ich ertränke mich.' — ,Schlägst mich aber vorher wahrscheinlich noch tot ...' Sagte es und wurde nachdenklich. Dann wurde sie böse und ging aus dem Zimmer. Nach einer Stunde kommt sie wieder zu mir zurück, ernst, düster. ,Ich werde dich heiraten, Parfjonn Ssemjonytsch', sagte sie, ,doch nicht deshalb, weil ich dich etwa fürchte, sondern weil es doch auf eins herauskommt, wo man umkommt. Wo ist's denn besser? Setz dich', sagte sie, ,man wird dir gleich zu essen bringen. Wenn ich dich aber heirate', fügte sie hinzu, ,werde ich dir ein treues Weib sein, daran brauchst du nicht zu zweifeln, kannst ruhig sein.' Dann schwieg sie eine Weile und dann sagte sie noch: ,Du bist doch kein Lakai — ich dachte früher, du seist ein echter, ein ganzer Lakai.' Und nun bestimmte sie selbst den Tag, an dem die Trauung stattfinden sollte; nach einer Woche aber lief sie von mir fort und flüchtete sich hierher zu Lebedeff. Als ich dann herkam, sagte sie: ,Ich habe mich durchaus nicht von dir losgesagt, ich will es nur noch aufschieben, solange es mir paßt; denn ich bin ja doch noch ganz Herrin meiner selbst. Warte auch du, wenn du willst.' Siehst du, so stehen wir jetzt miteinander ... Was meinst du zu alledem, Lew Nikolajewitsch?«

»Wie denkst du selbst darüber?« fragte der Fürst mit traurigem Blick auf Rogoshin.

»Denk' ich denn überhaupt!« entfuhr es diesem ganz unwillkürlich. Er wollte noch etwas hinzufügen, unterdrückte es aber und schwieg in grenzenlosem Gram.

Der Fürst erhob sich von neuem, um fortzugehen.

»Trotzdem werde ich dir nicht in den Weg treten«, sagte er leise, fast wie in Gedanken versunken, und es war, als hätte er auf einen eigenen inneren Gedanken geantwortet.

»Weißt du, was ich dir sagen will?« wandte sich plötzlich Rogoshin erregt an ihn, und seine Augen blitzten auf. »Wie kannst du sie mir nur so abtreten, das verstehe ich nicht! Oder hast du schon ganz aufgehört, sie zu lieben? Früher warst du doch immerhin noch traurig, ich weiß es, ich habe es doch gesehen. Wozu bist du denn jetzt so Hals über Kopf hergereist? Aus Mitleid?« (Sein Gesicht verzog sich in boshaftem Spott.) »He—he!«

»Du glaubst, daß ich dich betrüge?« fragte der Fürst.

»Nein, ich glaube dir, nur verstehe ich davon nichts. Am wahrscheinlichsten ist wohl, daß dein Mitleid noch größer ist als meine Liebe!«

Etwas Böses, das gleichsam herausdrängte, das sich unbedingt sogleich äußern wollte, war in seinem Gesicht aufgeflammt.

»Deine Liebe kann man vom Haß kaum unterscheiden«, lächelte der Fürst, »und wenn sie vergeht, Bruder, wird das Unglück vielleicht noch größer sein. Ich sage dir nur das eine, Parfjonn...«

»Daß ich sie ermorden werde?«

Der Fürst zuckte zusammen.

»Du wirst sie um dieser Liebe, dieser Qual willen, mit der du dich jetzt quälst, gar zu sehr hassen. Am meisten wundert mich aber, wie sie überhaupt wieder zu dir zurückkehren kann. Als ich es gestern hörte, wollte ich es kaum glauben, so schwer wurde es mir... Zweimal ist sie schon von dir fortgelaufen, fast vom Altar weg, also muß sie doch eine Vorahnung haben!... Weshalb will sie dich denn jetzt noch nehmen? Doch nicht deines Geldes wegen? Das ist ja doch Unsinn! Und von deinem Gelde hast du ja auch schon soviel vergeudet. Und doch auch nicht, um nur einen Mann zu bekommen? Denn du bist doch nicht der einzige, den sie heiraten könntet! Da wäre doch jeder andere besser als du, denn du wirst sie ja vielleicht wirklich morden, und das begreift sie doch selbst nur zu gut! Oder weil du sie so leidenschaftlich liebst? Ja, es sei denn dieses eine ... Ich habe gehört, daß es welche geben soll, die gerade solche Liebe suchen ... nur ...«

Der Fürst hielt nachdenklich inne.

»Was lächelst du wieder über meines Vaters Bild?« fragte Rogoshin, der seinen Blick nicht vom Gesicht des Fürsten abwandte und aufmerksam jede Veränderung im Gesicht, jeden Blick des Fürsten verfolgte.

»Weshalb ich soeben lächelte? Es kam mir in den Sinn, daß du, wenn dir nicht dieses Unglück zugestoßen, wenn nicht diese Liebe über dich gekommen wäre, daß du dann auf ein Haar wie dein Vater geworden wärst, und das sogar in sehr kurzer Zeit. Du würdest dich schweigend hier in diesem Hause niederlassen mit deiner Frau, einem gehorsamen, verschüchterten Wesen, würdest nur wenig und jedes Wort in strengem Tone sprechen, würdest keinem Menschen trauen, keines Menschen Vertrauen brauchen und nur schweigend und finster dein Geld aufhäufen. Viel wäre es, wenn du einmal die alten Bücher loben und dich für das Bekreuzen mit zwei Fingern aussprechen würdest, aber auch das höchstens im Alter ...«

»Spotte nur. Genau dasselbe hat auch sie mir vor nicht langer Zeit gesagt, gleichfalls als sie dieses Porträt betrachtete. Das ist doch wunderlich, wie jetzt bei euch alles übereinstimmt ...«

»Ja, ist sie denn schon einmal bei dir gewesen?« fragte der Fürst überrascht.

»Einmal. Das Porträt betrachtete sie lange, fragte mich über den Verstorbenen aus. ,Du würdest genau so sein', sagte sie dann lachend, ,du hast mächtige Leidenschaften, Parfjonn Ssemjonytsch', sagte sie, ,solche Leidenschaften, daß du mit ihnen unentgeltlich nach Sibirien kämst, wenn du nicht — wenn du nicht deinen Verstand hättest, und du hast einen großen Verstand', sagte sie — gerade so sagte sie's, wirst du's mir glauben! Zum erstenmal hörte ich von ihr ein solches Wort! —

,Du würdest diesen ganzen Unsinn bald lassen. Und da du ein ganz ungebildeter Mensch bist, so würdest du dich einfach aufs Geldverdienen verlegen und würdest dich ganz wie dein Vater in diesem Hause festsetzen, mit deinen Skopzen natürlich. Vielleicht würdest du zum Schluß auch noch zu ihrem Glauben übertreten. Das Geld aber, das würdest du so liebgewinnen, daß du nicht nur zwei Millionen, sondern vielleicht ganze zehn Millionen zusammenscharrtest, um dann auf deinen Geldsäcken am Ende Hungers zu sterben; denn du bist in allem leidenschaftlich, ja, bei dir wird alles, was du beginnst, zur Leidenschaft.' Genau so sagte sie, mit denselben Worten. Niemals noch hatte sie so zu mir gesprochen! Denn sonst hat sie nur Albernheiten mit mir geredet oder über mich gespottet. Auch hier hatte sie lachend begonnen, dann aber wurde sie plötzlich sehr ernst. Durch das ganze Haus ging sie, alles besah sie, ganz als fürchte sie sich immer vor etwas. ,Ich werde das alles hier verändern', sage ich, ,alles verschönern oder auch zur Hochzeit ein neues Haus kaufen.' Da war sie ganz erschrocken: ,Nein, nein, um Gottes willen nicht!' sagte sie; ,alles muß so bleiben, wie es ist, gerade so wollen wir hier leben. Ich will neben deiner Mutter leben', sagte sie, ,wenn ich deine Frau sein werde.'

Dann führte ich sie zu meiner Mutter — sie war ehrerbietig gegen sie wie eine leibliche Tochter. Meine Mutter ist nun schon seit zwei Jahren nicht ganz bei vollem Verstande — krank ist sie — und nun seit dem Tode des Vaters ist sie ganz wie ein Kind geworden, spricht gar nicht mehr, kann nicht mehr gehen, die Füße tragen sie nicht, und so sitzt sie und grüßt nur vom Platz aus einen jeden, den sie sieht. Wenn man ihr nicht zu essen geben wollte, würde sie es drei Tage lang nicht merken, so steht's mit ihr. Ich nahm die rechte Hand meiner Mutter, legte die drei Finger zum Segen zusammen und sagte: ,Mütterchen, segnet sie, sie geht mit mir zum Altar', und da küßte sie meiner Mutter die Hand, aber nicht nur so, sondern wirklich innig. ‚Viel Leid', sagte sie, ‚muß deine Mutter erduldet haben.' Dieses Buch hier sah sie: ‚Was ist das', fragte sie, ‚fängst du an, russische Geschichte zu lesen?' Sie selbst hatte mir einmal in Moskau gesagt: ‚Wenn du dich doch wenigstens etwas bilden würdest, lies doch wenigstens Ssolowjoffs „Russische Geschichte", du weißt ja doch gar nichts'; ja, das hatte sie mir schon in Moskau gesagt. ‚Das ist gut', sagte sie jetzt, ‚lies nur weiter. Ich werde dir ein kleines Verzeichnis aufschreiben von Büchern, die du ganz zuerst lesen mußt. Willst du, soll ich?' Nie, nie hatte sie vorher so mit mir gesprochen, ich war ganz erstaunt; zum erstenmal atmete ich auf, wie ein lebender Mensch.«

»Das freut mich, das freut mich sehr, Parfjonn«, sagte der Fürst warm, »ich bin sehr froh darüber. Wer weiß, vielleicht hat Gott euch doch noch zu einem gemeinsamen Leben bestimmt.«

»Nein, das ist unmöglich!« rief Rogoshin heftig aus.

»Höre, Parfjonn, wenn du sie so liebst — willst du dann nicht ihre Achtung verdienen? Und wenn du es willst — weshalb willst du dann auch nicht hoffen? Ich sagte vorhin, daß es für mich unbegreiflich sei, weshalb sie dich überhaupt noch heiraten will? Doch wenn ich es mir auch jetzt noch nicht ganz erklären kann, so sehe ich doch eines ein: daß sie dazu einen genügenden Grund, einen vernünftigen Grund haben muß. Von deiner Liebe ist sie überzeugt, aber gewiß ist sie es auch von manchen deiner guten Eigenschaften. Anders kann es ja gar nicht sein! Und was du soeben erzähltest, bestätigt meine Annahme vollkommen. Du sagst doch selbst, daß es ihr möglich gewesen ist, in einer ganz anderen Weise mit dir zu reden, als sie es früher tat. Du bist argwöhnisch und eifersüchtig, deshalb übertreibst du auch alles, was du Schlechtes von ihr erfahren hast. Es liegt doch auf der Hand, daß sie lange nicht so schlecht von dir denkt, wie du erzählst; denn sonst müßte man ja doch von ihr sagen, daß sie mit vollem Bewußtsein ins Wasser geht oder unter das Messer, wenn sie dich heiratet. Ist denn das möglich? Wer geht denn bewußt aufs Messer los?«

Mit bitterem Spottlächeln hörte Rogoshin die eifrigen Worte des Fürsten an. Seine Überzeugung schien bereits unerschütterlich festzustehen.

»Wie schwer dein Blick ist, mit dem du mich ansiehst, Parfjonn!« stieß plötzlich der Fürst unter einem erdrückenden Gefühl hervor.

»Ins Wasser oder unter das Messer!« sprach Rogoshin endlich langsam nach. »He—he! Ja, einzig deshalb nimmt sie mich doch, weil sie überzeugt ist, daß sie bei mir der Dolch erwartet! Solltest du denn bis jetzt wahrhaftig noch nicht erraten haben, Fürst, um was es sich hier handelt?«

»Ich verstehe dich nicht.«

»Was, vielleicht begreift er's auch wahrhaftig nicht, he—he! Sagt man doch von dir, daß du ... nun, *jenes!* ... Einen anderen liebt sie! — begreifst du's jetzt? Ganz so, wie ich sie jetzt liebe, genau so liebt sie jetzt einen anderen. Und dieser andere ist — weißt du, wer? Das bist *du!* Was, wußtest du das noch nicht?«

»Ich?«

»Ja, *du*. Sie hat sich gleich damals, damals an ihrem Geburtstag, in dich verliebt — und seit der Stunde liebt sie dich. Nur glaubt sie jetzt, daß sie dich nicht heiraten darf, weil sie dir damit eine Schande antun und dein Leben verderben würde. ‚Man weiß ja doch, was für eine ich bin', sagt sie. Und davon ist sie nicht abzubringen. Alles das hat sie mir selbst ganz offen ins Gesicht gesagt. Dich zu verderben und dir Schande anzutun — das fürchtet sie, mich aber, siehst du, mich kann man heiraten, bei mir macht's nichts aus — sieh, so hoch schätzt sie mich ein! — das kannst du dir gleichfalls merken!«

»Aber wie ist sie denn ... wie ist sie denn von dir zu mir und ... von mir wieder ...«

»Von dir wieder zu mir zurückgekehrt! Haha! Als ob ihr

wenig in den Kopf käme! Sie ist doch jetzt ganz wie im Fieber, wie im Delirium. Bald schreit sie mir zu: ‚Dich heiraten oder ins Wasser — ist eins! Die Hochzeit so schnell wie möglich!' sie drängt selbst, bestimmt den Tag, rückt aber die Zeit heran, dann — erschrickt sie, oder es kommen ihr andere Gedanken. Gott weiß — du hast sie doch gesehen: sie weint, lacht, gebärdet sich wie eine Rasende. Was Wunder, wenn sie da auch von dir wieder fortgelaufen ist? Sie ist ja doch nur deshalb von dir fortgelaufen, weil es ihr plötzlich zum Bewußtsein kam, wie sehr sie dich liebt. Sie hielt bei dir ihre eigene Liebe zu dir nicht mehr aus. Du sagtest, ich hätte sie damals in Moskau aufgesucht. Das ist ja gar nicht wahr — sie selbst kam von dir zu mir gelaufen. ‚Bestimme den Tag', sagte sie, ‚ich bin bereit! Bringe Champagner her! Fahren wir zu den Zigeunern!' rief sie... Wäre ich nicht gewesen, so hätte sie sich schon längst ertränkt. Glaube mir! Nur deshalb tut sie es nicht, weil ich vielleicht noch furchtbarer bin als der Tod im Wasser. Nur aus Grimm will sie mich heiraten... Wenn sie mich heiratet, so kannst du sicher sein, daß sie es nur aus bösestem Ingrimm tut.«

»Ja, aber wie kannst du dann... wie kannst du dann!...« rief der Fürst ganz bestürzt aus, doch sprach er nicht zu Ende, was er sagen wollte.

Ganz entsetzt sah er Rogoshin an.

»Warum sprichst du's denn nicht aus?« fragte jener höhnisch mit geschürzter Lippe. »Willst du, so werde ich dir sagen, was du in diesem Augenblick bei dir denkst? — ‚Nun, wie kann sie ihn dann noch heiraten? Wie kann man das dann noch zulassen?' Ich weiß schon, was du denkst.«

»Ich bin nicht deshalb hergekommen, Parfjonn, ich schwöre es dir, glaub mir, ich hatte nicht das im Sinn...«

»Schon möglich, daß du nicht deshalb gekommen bist, daß du nicht das im Sinn hattest; nur ist es jetzt schon ganz sicher geworden, daß du doch deshalb gekommen bist, he—he! Nun, genug! Was bist du so bestürzt? Wußtest du es denn wahrhaftig nicht? Da wundere ich mich über dich!«

»Das ist alles nur deine Eifersucht, Parfjonn, deine Krankheit, du vergrößerst alles unendlich, du übertreibst...«, stotterte der Fürst in unbeschreiblicher Erregung. »Was willst du?«

»Laß das!« sagte Rogoshin barsch, indem er dem Fürsten das Messer aus der Hand riß, das jener vom Tisch genommen hatte. Rogoshin legte es neben das Buch auf dieselbe Stelle zurück, wo es gelegen hatte.

»Es ist mir, als hätte ich es bei der Einfahrt in Petersburg schon gewußt, als hätte ich es vorausgefühlt...«, fuhr der Fürst fort. »Ich wollte nicht herfahren! Ich wollte alles das hier vergessen, aus dem Herzen herausreißen! Nun, aber jetzt leb wohl... Was hast du!«

In seiner Zerstreutheit hatte der Fürst beim Sprechen wieder das Messer in die Hand genommen, und wieder riß Rogoshin es ihm aus der Hand, um es auf den Tisch zurückzuwerfen. Es war ein ganz einfaches Messer, nicht zusammenlegbar, mit einem Griff aus Hirschhorn und einer etwa dreieinhalb Zoll langen und entsprechend breiten Klinge.

Als Rogoshin sah, daß der Fürst stutzig wurde — denn das Messer mußte ihm doch auffallen, wenn es ihm zweimal in dieser Weise aus der Hand gerissen wurde —, nahm er es sichtlich ärgerlich und legte es ins Buch, das er mit einer kurzen Bewegung auf den anderen Tisch schleuderte.

»Schneidest du damit die Blätter auf?« fragte der Fürst, doch war seine Frage immer noch wie in Zerstreutheit gestellt, als wäre er nach wie vor in Gedanken versunken.

»Ja, die Blätter...«

»Das ist doch ein Gartenmesser?«

»Ja, ein Gartenmesser. Darf man denn mit einem Gartenmesser keine Blätter aufschneiden?«

»Ja, aber... es ist ganz neu.«

»Was ist denn dabei, daß es neu ist? Darf ich mir denn nicht, wenn ich will, ein neues Messer kaufen?« schrie Rogoshin plötzlich wie rasend; jedes Wort hatte seine Gereiztheit gesteigert.

Der Fürst fuhr zusammen und blickte ihm aufmerksam ins Gesicht.

»Ach, wir sind aber auch!« lachte er dann auf, plötzlich zur Besinnung gekommen. »Verzeih mir, Bruder, mein Kopf ist mir jetzt so schwer, und diese Krankheit... ich bin jetzt immer so zerstreut und lächerlich. Ich wollte das ja gar nicht fragen... ich weiß nicht mehr, was es war. Leb wohl!«

»Nicht durch diese Tür«, sagte Rogoshin.

»Ich weiß nicht mehr, durch welche...«

»Hier, hier, komm, ich werde dir den Weg zeigen.«

IV

Sie gingen durch dieselben Zimmer, durch die der Fürst bereits gekommen war. Rogoshin ging voran und der Fürst folgte ihm. Sie kamen in den großen Saal. Hier hingen an den Wänden mehrere Gemälde, meistens waren es Porträts von Bischöfen und stark nachgedunkelte Landschaften, deren Einzelheiten kaum noch zu erkennen waren. Über der Tür zum folgenden Zimmer hing ein Bild von sehr sonderbarem Format: es war ungefähr eineinviertel Meter lang und nicht mehr als einen Viertelmeter hoch. Es stellte den vom Kreuz abgenommenen Heiland dar. Der Fürst blickte flüchtig darauf hin, und es war ihm, als entsänne er sich eines ähnlichen oder auch desselben Bildes, er blieb aber weiter nicht davor stehen, sondern wollte durch die Tür hinaustreten. Er fühlte sich sehr bedrückt und wollte schneller dieses Haus verlassen. Da blieb Rogoshin plötzlich stehen.

»Alle diese Bilder hier«, sagte er, »alle sind für einen oder für zwei Rubel von meinem Vater auf Auktionen erstanden, er liebte Bilder sehr. Ein Kenner hat sie sich hier einmal alle angesehen; taugen nichts, sagte er, dieses aber, sagte er, dieses hier über der Tür, das gleichfalls für zwei Rubel erstanden ist — dieses, sagte er, sei von großem Wert. Schon damals fand sich einer, der für das Bild dreihundert Rubel bot,

Ssawéljeff aber, Iwán Dmítritsch — das ist ein Kaufmann, ein großer Bilderliebhaber — der bot dem Verstorbenen vierhundert, und in der vorigen Woche hat er meinem Bruder Ssemjón Ssemjónytsch sogar fünfhundert geboten. Ich hab's für mich behalten.«

»Das ist ... das ist eine Kopie nach Hans Holbein«, sagte der Fürst, der das Bild inzwischen aufmerksamer betrachtet hatte. »Ich bin zwar kein großer Kenner, aber wie mir scheint, ist es eine vorzügliche Kopie. Ich habe das Original im Auslande gesehen, und seitdem kann ich dieses Bild nicht mehr vergessen. Aber ... was hast du ...«

Rogoshin hatte sich plötzlich wieder abgewandt und ging bereits durch die Tür, um den Fürsten dem Ausgang zuzuführen. Freilich konnten seine Zerstreutheit und seine seltsam gereizte Stimmung diese Plötzlichkeit sehr wohl erklären; doch trotzdem wunderte es den Fürsten, daß Rogoshin so schnell das Gespräch abgebrochen, das er doch selbst begonnen hatte, und seine Bemerkung nicht zu beachten schien.

»Aber wie ist's, Lew Nikolajewitsch, ich wollte dich schon lange fragen, glaubst du an Gott?« fragte plötzlich Rogoshin, nachdem sie ein paar Schritte gegangen waren.

»Wie sonderbar du fragst und ... mich ansiehst!« sagte der Fürst unwillkürlich.

»Dieses Bild liebe ich zu betrachten«, sagte Rogoshin nach kurzem Schweigen, als hätte er seine Frage vergessen.

»Dieses Bild!« rief der Fürst unter dem Eindruck eines plötzlichen Gedankens ganz erschrocken aus, »dieses Bild! Aber vor diesem Bilde kann ja manch einem jeder Glaube vergehen!«

»Der vergeht auch ohnedies«, stimmte Rogoshin plötzlich ganz unverhofft bei.

Sie waren an der Tür zum Treppenhaus angelangt.

»Wie?« Der Fürst blieb vor Überraschung stehen. »Was sagst du! Ich habe ja doch nur gescherzt, du aber sagst es so ernst! Weshalb fragtest du mich, ob ich an Gott glaube?«

»Ach nichts, nur so. Ich wollte es dich eigentlich schon

immer fragen. Heutzutage glauben doch viele nicht. Aber wie, ist es wahr — du hast doch im Auslande gelebt —, mir sagte einmal einer in der Betrunkenheit, daß es bei uns in Rußland mehr als in allen anderen Ländern solche gäbe, die an Gott nicht glaubten. Uns, sagte er, falle das leichter als ihnen, denn wir seien darin fortgeschrittener ...«

Rogoshin lachte sarkastisch. Er öffnete die Tür und wartete, den Türgriff in der Hand, daß der Fürst hinaustrete.

Der Fürst wunderte sich darüber, trat aber doch hinaus. Rogoshin folgte ihm auf den Treppenflur und zog die Tür hinter sich zu. Sie standen sich gegenüber, und wie es schien, hatten sie beide vergessen, wohin sie gekommen waren, und was sie hier tun wollten.

»Also leb wohl«, sagte der Fürst sich besinnend und reichte Rogoshin die Hand.

»Leb wohl«, sagte Rogoshin, indem er fest, doch ganz mechanisch die ihm entgegengestreckte Hand drückte.

Der Fürst trat eine Stufe hinunter, wandte sich dann aber nochmals zurück.

»Und was den Glauben anbetrifft«, sagte er lächelnd (offenbar wollte er den anderen nicht so verlassen), und wahrscheinlich war ihm plötzlich etwas in den Sinn gekommen, das ihn belebte, »so hatte ich an zwei Tagen der letzten Woche vier verschiedene Erlebnisse. Am Morgen des einen Tages fuhr ich auf einer neuen Eisenbahnstrecke und unterhielt mich vier Stunden lang mit einem gewissen S., mit dem ich im Coupé zusammensaß. Ich hatte schon früher von ihm gehört, unter anderem auch, daß er ein Atheist sei. Er war ein allerdings sehr gelehrter Mann, und es freute mich, daß ich mit einem solchen über dieses Thema sprechen konnte. Außerdem war er vorzüglich erzogen, so daß er mit mir sprach, als wäre ich ihm an Gelehrsamkeit vollkommen gleich. An Gott glaubt er nicht. Nur machte mich eines stutzig: daß er die ganze Zeit gar nicht *davon* sprach, und zwar machte mich das gerade deshalb stutzig, weil es mir auch früher aufgefallen ist, so oft ich mit Atheisten zusammengekommen bin oder Schriften von ihnen gelesen habe, daß sie gar nicht *davon* sprachen oder schrieben, wenn es auch hundertmal diesen Anschein hat. Ich sagte ihm, daß ich diese Beobachtung gemacht hätte, doch muß ich mich wohl nicht ganz verständlich ausgedrückt haben, denn er begriff nicht, was ich damit sagen wollte... Am Abend desselben Tages mußte ich im Gasthof einer kleinen Kreisstadt absteigen, um zu übernachten. Dort hatte sich in der vorhergegangenen Nacht ein Mord zugetragen, und so wurde natürlich, als ich eintraf, nur von diesem Mord gesprochen. Zwei vollkommen nüchterne und bejahrte Bauern, zwei alte Bekannte, oder man kann sogar sagen, zwei gute Freunde, hatten am Abend Tee getrunken und wollten in einem kleinen Stübchen übernachten. Der eine aber hatte in den zwei Tagen, die sie schon in der Stadt waren, bemerkt, daß der andere eine silberne Uhr an einer Glasperlenkette trug, die er früher nicht an ihm gesehen hatte. Dieser Mann war durchaus kein Dieb, er war sogar ein ehrlicher Kerl und für einen Bauern durchaus nicht arm. Die Taschenuhr gefiel ihm aber dermaßen, und ihr Besitz erschien ihm so verlockend, daß er sein Messer nahm und, als der Freund sich abwandte, leise hinterrücks an ihn heranschlich, die Augen zum Himmel aufschlug, sich fromm bekreuzte und inbrünstig betete: ‚Gott, verzeihe mir um Christi willen!' — um darauf den Freund mit einem einzigen Stoß niederzustechen wie einen Hammel und ihm die Uhr aus der Tasche zu nehmen.«

Rogoshin brach in ein schallendes Gelächter aus. Er lachte unbändig, lachte, als hätte er einen Lachkrampf. Und dieses plötzliche konvulsivische Lachen erschien um so sonderbarer, als er sich noch vor einem Augenblick in finsterer Stimmung befunden hatte.

»Das gefällt mir! Nein, das ist großartig!« stieß er zwischendurch fast außer Atem hervor. »Der eine glaubt überhaupt nicht an Gott, der andere aber glaubt schon so sehr, daß er, zu ihm betend, sogar Menschen ermorden kann! Nein, das, Bruder Fürst, so etwas kann man sich nicht ausdenken! Hahaha! Nein, das ist doch wirklich großartig! ...«

»Am folgenden Morgen machte ich einen Spaziergang durch die Stadt«, fuhr der Fürst fort, sobald Rogoshin sich ein wenig beruhigt hatte, wenn auch sein Mund immer noch zuckte und das Lachen aus seinem Gesicht nicht verschwinden wollte. »Da sehe ich, vor mir auf dem Trottoir kommt mir im Zickzack ein betrunkener Soldat entgegen, in ganz zerzaustem Zustand. Wie er sich mir nähert, sagt er plötzlich: ‚Kauf, Herr, ein silbernes Kreuz, gebe es dir für zwanzig Kopeken; ein echt silbernes!‘ Ich sehe, er hat in der Hand ein Kreuz, das er offenbar soeben erst vom Hals genommen, an einem hellblauen, nur schon sehr abgenutzten Bande, doch ist es ein einfaches Zinnkreuz, das sieht man auf den ersten Blick, ziemlich groß, achteckig, nach echt byzantinischem Muster. Ich gab ihm ein Zwanzigkopekenstück und legte mir sogleich das Kreuz um den Hals. Man sah seinem Gesicht an, wie zufrieden er darüber war und wie es ihn freute, daß er den dummen Herrn so geschickt hatte betrügen können, worauf er sich zweifellos nach der nächsten Schenke begab, um das Geld für sein Kreuz zu vertrinken. Weißt du, Bruder, ich war damals noch so unter dem Einfluß all der Eindrücke, die hier in Rußland auf mich einstürmten. Ich hatte doch früher nichts von Rußland begriffen, ich war doch wie ein Taubstummer aufgewachsen, und in diesen fünf Jahren im Ausland entsann ich mich seiner nur halb phantastisch. Ich ging weiter und dachte bei mir: Nein, ich werde doch damit warten, diesen Christusverkäufer zu verurteilen. Kann doch nur Gott allein wissen, was diese trunkenen, schwachen Herzen in sich bergen. Nach einer Stunde, als ich zum Gasthof zurückkehrte, begegnete ich einem jungen Weibe, das ein kleines Kindchen auf den Armen trug. Es war ein noch junges Weib, und das Kleine wird so sechs Wochen alt gewesen sein. Da sehe ich, wie sie sich plötzlich so fromm bekreuzt, so inbrünstig geradezu. ‚Weshalb bekreuzt du dich, junge Mutter?‘ fragte ich sie (ich frage doch nach allem und jedem). ‚Ach‘, sagte sie, ‚ebenso groß wie die Freude einer Mutter ist, wenn sie das erste Lächeln ihres Kindes erblickt, ist auch die Freude Gottes jedesmal, wenn er vom Himmel sieht, wie ein Sünder vor ihm von ganzem Herzen zu beten beginnt.' Das sagte mir das Weib fast mit diesen selben Worten, und damit sprach sie einen so tiefen, so feinen und wahrhaftig religiösen Gedanken aus, einen Gedanken, in dem sich das ganze Wesen des Christentums ausdrückt, das heißt, die ganze Vorstellung von Gott als unseren Vater und von der Freude Gottes am Menschen als der Freude eines Vaters an seinem leiblichen Kinde — das aber ist doch der Grundgedanke Christi! Es war ein ganz einfaches junges Bauernweib! Freilich, eine Mutter... Und wer weiß, vielleicht war sie das Weib jenes Soldaten. Höre, Parfjonn, du fragtest mich vorhin, ich will dir noch deine Frage beantworten: Das Wesen des religiösen Gefühls ist durch keinerlei vernunftmäßige Überlegungen zu erfassen, wird von keinem Vergehen, von keinem Verbrechen berührt und steht außerhalb aller Atheismen; es handelt sich da um etwas ganz Anderes, um etwas Andersartiges und wird in alle Ewigkeit andersartig sein; es ist hierbei etwas, woran die Atheisten ewig abgleiten werden und ewig werden sie *nicht davon*, sondern daran vorbei reden. Die Hauptsache aber ist, daß man dies am klarsten und schnellsten am russischen Herzen beobachten kann, und das ist meine ganze Schlußfolgerung! Es ist dies eine meiner ersten Überzeugungen, die ich hier in unserem Rußland gewonnen habe. Es gibt hier etwas zu tun, Parfjonn! Es gibt vieles zu tun, hier in unserer russischen Welt, glaube mir! Denk daran, wie wir in Moskau zusammenkamen und sprachen... Nein, ich wollte gar nicht mehr hierher zurückkehren!... Und das Wiedersehen mit dir hatte ich mir ganz, ganz anders gedacht! Doch was!... Leb wohl, auf Wiedersehen!... Möge Gott dich behüten!«

Er wandte sich um und stieg die Treppe hinunter.

»Lew Nikolájewitsch!« rief plötzlich Parfjonn von oben, als der Fürst schon beim ersten Treppenabsatz angelangt war, »das Kreuz, das du dem Soldaten abgekauft hast — hast du das bei dir?«

»Ja.«

Und der Fürst blieb stehen.

»Zeig mal her!«

Wieder eine neue Seltsamkeit. Der Fürst dachte einen Augenblick nach, dann entschloß er sich und stieg die Treppe wieder hinauf, zog das Kreuz hervor und zeigte es Rogoshin, ohne es jedoch vom Halse zu nehmen.

»Gib's mir«, sagte Rogoshin.

»Wozu? Willst du denn...«

Der Fürst wollte sich nicht gern von diesem Kreuz trennen.

»Ich werde es tragen und mein Kreuz dir geben, das trag du dann.«

»Du willst mit mir das Kreuz tauschen? Wenn du das willst, Parfjonn, wird es mich freuen — seien wir Brüder!«

Der Fürst nahm sein zinnernes Kreuz ab und Parfjonn sein goldenes, und sie tauschten die Kreuze. Parfjonn schwieg. Mit schmerzlichem Erstaunen gewahrte der Fürst, daß das frühere Mißtrauen, das frühere bittere und fast spöttische Lächeln immer noch im Gesicht seines Wahlbruders zu zukken schien, wenigstens trat es für Augenblicke sichtbar hervor. Schweigend nahm schließlich Rogoshin die Hand des Fürsten und behielt sie eine Weile gleichsam unschlüssig in der seinen; plötzlich zog er ihn nach sich, indem er kaum hörbar ein »Komm mit!« brummte. Sie gingen über den Treppenflur, und Rogoshin klingelte an der zweiten Tür, die jener, aus der sie herausgetreten waren, gegenüberlag. Es wurde ihnen bald geöffnet. Ein altes, kleines, schon ganz krummes Frauchen in schwarzem Kleide und einem um die Haare gebundenen Tüchlein verbeugte sich schweigend und tief vor Rogoshin. Dieser stellte flüchtig irgendeine Frage an sie, führte jedoch, ohne stehenzubleiben oder ihre Antwort abzuwarten, den Fürsten weiter durch die folgenden Zimmer. Auch hier waren es dunkle, hohe Räume, in denen eine ganz besondere Sauberkeit herrschte, und kalt und streng wirkten auch die altertümlichen Möbel in den weißen, sauberen Überzügen. Ohne Anmeldung führte Rogoshin den Fürsten in ein nicht großes Zimmer, das etwa als Gastzimmer eingerichtet zu sein schien, doch wurde ein Teil vom Raume durch eine glänzend polierte Mahagoniholzwand, in der rechts und links eine Tür war, abgeteilt, und dieser Teil diente wahrscheinlich als Schlafzimmer.

In der einen Ecke des Gastzimmers saß dicht am Ofen in einem großen Lehnstuhl eine kleine, alte Frau. Übrigens war sie vielleicht noch gar nicht so sehr alt; ihr angenehmes, rundes Gesicht hatte noch eine frische Farbe, aber ihr Haar war schon ganz silbergrau, und auf den ersten Blick konnte man erkennen, daß sie bereits kindisch geworden war. Sie trug ein schwarzwollenes Kleid, um die Schultern ein weiches, schwarzes Tuch und auf dem Kopf eine saubere weiße Haube mit Bändern. Die Füße ruhten auf einem Fußbänkchen. Neben ihr saß ein anderes, ebenso sauberes Frauchen, vielleicht etwas älter an Jahren, gleichfalls in einem Trauerkleid und einer weißen Haube — offenbar eine arme, alte Seele, die im Hause lebte und von Rogoshins ernährt wurde. Sie strickte schweigend an einem Strumpf. Augenscheinlich hatten sie beide die ganze Zeit geschwiegen. Als die ältere, fremde Frau Rogoshin und den Fürsten erblickte, lächelte sie freundlich und nickte mehrmals zum Zeichen ihrer Freude mit dem Kopf.

»Mütterchen«, sagte Rogoshin, nachdem er seiner alten Mutter die Hand geküßt hatte, »hier ist mein Freund, Fürst Lew Nikolájewitsch Myschkin; wir haben beide die Kreuze getauscht; er war eine Zeitlang in Moskau wie ein leiblicher Bruder zu mir, er hat viel für mich getan. Segne du ihn, Mütterchen, wie du deinen leiblichen Sohn segnen würdest. Wart, Mütterchen, gib die Hand her, ich werde dir die Finger zum Segnen zurechtlegen...«

Doch noch bevor Parfjonn ihre Hand ergreifen konnte, hatte sein Mütterchen schon die Rechte erhoben, die drei

Finger zusammengelegt und schlug andächtig dreimal das Kreuz über den Fürsten. Es war ein fast zärtlicher Ausdruck in ihrem Gesicht, als sie ihm darauf freundlich mit dem Kopf zunickte.

»Nun, gehen wir, Lew Nikolajewitsch«, sagte Parfjonn, »ich habe dich nur deshalb hergeführt...«

Als sie wieder auf den Treppenflur hinaustraten, fügte er noch hinzu:

»Sie versteht sonst nichts, was man zu ihr sagt, und auch meine Worte hat sie nicht verstanden, und doch segnete sie dich; sie muß es selbst gewollt haben... Nun leb wohl, es ist Zeit für uns beide, für dich wie für mich.«

Und er öffnete die Tür, die zu seiner Wohnung führte.

»Aber so laß dich doch zum Abschied wenigstens umarmen, du sonderbarer Mensch!« rief der Fürst aus, indem er ihn mit liebevollem Vorwurf anblickte, und er näherte sich ihm.

Doch Parfjonn hatte kaum die Hände erhoben, als er sie auch schon wieder sinken ließ. Er konnte sich nicht entschließen und wandte sich von ihm ab, um ihn nicht anzusehen. Er wollte ihn nicht umarmen.

»Hab keine Angst! Ich habe wohl von dir dein Kreuz genommen, aber wegen einer Taschenuhr werde ich dich doch nicht ermorden!« brummte er undeutlich und lachte dann ganz eigentümlich auf.

Doch plötzlich veränderte sich sein ganzes Gesicht: er wurde schrecklich blaß, seine Lippen zitterten und seine Augen flammten auf. Er erhob die Arme, umarmte den Fürsten mit aller Kraft und stieß, vor Erregung atemlos, hervor:

»So *nimm* sie denn, wenn das Schicksal es schon so will! Sie sei *dein*! Ich trete zurück!... Gedenke Rogoshins!«

Und hastig verließ er den Fürsten, ohne ihn anzusehen, und trat durch die Tür, die er hinter sich zuschlug.

## V

Es war schon ziemlich spät, fast halb drei, und so traf der Fürst den General nicht mehr in seiner Stadtwohnung an. Er hinterließ seine Visitenkarte und begab sich hierauf in den Gasthof „Zur Waage", um dort mit Kolja zu sprechen oder, falls er auch ihn nicht antreffen sollte, ein paar Worte an ihn zu schreiben, die Kolja dann bei seiner Rückkunft vorfinden würde. Im Gasthof wurde ihm aber auf seine Frage mitgeteilt, daß Nikolai Ardaliónytsch Iwólgin bereits am Morgen ausgegangen sei, vor dem Fortgehen aber hinterlassen habe, für den Fall, daß jemand nach ihm fragte, daß er um drei Uhr vielleicht zurückkehren werde; wenn er aber bis halb vier noch nicht erschienen sein sollte, so bedeute das, daß er mit der Bahn nach Páwlowsk gefahren sei, nach dem Landhause der Generalin Jepantschin, und dann würde er auch zu Tisch dort bleiben. Der Fürst beschloß zu warten, und ließ sich irgendetwas zum Mittagessen geben.

Die Uhr schlug halb vier und schlug vier, doch Kolja kam nicht. Der Fürst trat auf die Straße hinaus und ging mechanisch weiter. Es gibt bisweilen zu Anfang des Sommers wundervolle Tage in Petersburg, die Luft ist dann so hell, warm, still. Und es war gerade ein solcher Tag. Der Fürst schlenderte eine ganze Weile ziellos umher. Die Stadt war ihm wenig bekannt. An den Straßenkreuzungen, vor einzelnen Häusern, auf Plätzen und Brücken blieb er stehen; einmal setzte er sich in eine Konditorei, um ein wenig auszuruhen. Hin und wieder begann er auch mit großem Interesse die Vorübergehenden zu betrachten; am häufigsten aber sah er weder diese, noch bemerkte er überhaupt, wo er sich befand. Er fühlte sich in qualvoll gespannter und unruhiger Stimmung, und gleichzeitig empfand er ein unbezwingbares Bedürfnis nach Einsamkeit. Er wollte allein sein, um sich dieser quälenden Stimmung völlig passiv hingeben zu können, ohne auch nur den geringsten Ausweg aus ihr zu suchen. Ihn ekelte vor all diesen Fragen, die plötzlich seine Seele und sein Herz bestürmten. »Wie denn, bin ich denn schuld an alledem?« murmelte er halb unbewußt vor sich hin.

Es war bereits gegen sechs, als er plötzlich gleichsam erwachte und sich auf dem Bahnhof der Zárskoje-Sseló-Bahn sah. Die Einsamkeit wurde ihm bald unerträglich; ein neues Gefühl erfaßte ihn heiß und erhellte für einen Augenblick grell das Dunkel, in dem seine Seele rang. Er löste ein Billett nach Páwlowsk, und es drängte ihn, so schnell wie nur möglich fortzufahren. Doch offenbar verfolgte ihn etwas, und was ihn verfolgte, war nicht irgendein Wahn seiner Phantasie, wie er vielleicht zu glauben geneigt war, sondern Wirklichkeit. Kaum hatte er sich ins Coupé gesetzt, als er mit einemmal das soeben gelöste Billett wegwarf, auf den Bahnsteig hinabsprang und zerstreut und wie in Gedanken versunken den Bahnhof verließ. Nach einer Weile, bereits auf der Straße, kam ihm dann plötzlich eine Vorstellung ganz besonderer Art, die ihm zum Bewußtsein brachte, was ihn schon lange beunruhigt hatte. Er ertappte sich nun mit einem Male bei einer sehr sonderbaren Empfindungsäußerung, die schon ziemlich lange andauerte, die er jedoch erst jetzt bemerkte: schon seit mehreren Stunden, sogar schon in der „Waage", vielleicht aber auch schon vorher, kamen immer wieder Augenblicke, wo er plötzlich mit den Blicken ringsum irgendetwas zu suchen begann, bis er es dann plötzlich wieder vergaß — und sogar auf lange Zeit, etwa auf eine halbe Stunde —, um sich dann ebenso plötzlich wieder umzusehen und wieder unruhig mit den Augen zu suchen und zu suchen.

Doch kaum waren ein paar Minuten vergangen, nachdem er diesen krankhaften und bisher vollkommen unbewußten Vorgang bemerkt hatte, als auf einmal noch eine andere Erinnerung in ihm auftauchte, die sogleich ein ganz besonderes Interesse in ihm erweckte: er entsann sich, daß er in dem Augenblick, als er sich seines immer wiederkehrenden Suchens bewußt wurde, gerade auf dem Trottoir vor einem Schaufenster gestanden und mit großem Interesse die ausgestellte Ware betrachtet hatte. Nun wollte er sich unbedingt überzeugen, ob er tatsächlich vor vielleicht fünf Minuten auf seinem Wege an einem solchen Fenster vorbeigekommen war, oder ob er es sich nur einbildete, vor einem solchen Fenster gestanden zu haben. Hatte er nicht irgend etwas verwechselt? Gab es wirklich ein solches Schaufenster mit dieser Ware? Fühlte er sich doch heute eigentümlich krank, unruhig, unbehaglich, fast in derselben Stimmung, die früher seinen epileptischen Anfällen vorausgegangen war. Er wußte, daß er in den Stunden vor einem Anfall stets ungewöhnlich zerstreut gewesen war und häufig sogar Gegenstände und Personen verwechselt hatte, wenn er sie nicht gerade mit angespannter Aufmerksamkeit ansah. Aber es gab da noch einen besonderen Grund, weshalb er sich unbedingt vergewissern wollte, ob er in dem Augenblick tatsächlich vor einem Schaufenster gestanden hatte: unter den zur Schau gestellten Gegenständen war ein Gegenstand gewesen, den er unverwandt angesehen, und den er sogar auf sechzig Silberkopeken geschätzt hatte — dessen entsann er sich noch genau, trotz all seiner Zerstreutheit und Erregung. Wenn nun dieses Schaufenster existierte und dieser Gegenstand sich wirklich unter den übrigen befand, so war er nur wegen dieses Gegenstandes stehengeblieben; folglich aber mußte dieser doch von so großem Interesse für ihn sein, daß seine Aufmerksamkeit von ihm gefesselt worden war, und das noch dazu in einem Augenblick so bedrückender Zerstreutheit, nachdem er kaum den Bahnhof verlassen hatte! Der Fürst ging denselben Weg zurück zum Bahnhof und blickte fast angstvoll auf die Schaufensterreihe, während sein Herz in ungeduldiger Erwartung laut schlug. Endlich, da war das Fenster! Er war also schon an fünfhundert Schritt an ihm vorübergegangen. Und da war auch jener Gegenstand, den er auf sechzig Kopeken geschätzt hatte. »Natürlich, sechzig Kopeken, nicht mehr und nicht weniger!« dachte er bei sich und lachte. Doch dieses Lachen war nervös, er fühlte sich unsäglich bedrückt. Und auf einmal entsann er sich, daß er gerade hier, als er vor diesem Fenster gestanden, sich plötzlich umgewandt hatte, ganz wie vorhin bei Rogoshin, als er dessen Blick auf sich ruhen fühlte. Nachdem er sich überzeugt, daß er sich im Schaufenster nicht getäuscht hatte — wovon er übrigens auch schon vor der Rückkehr zum Fenster eigentlich überzeugt gewesen war — wandte er sich wieder um und ging schnell fort. Über alles das hieß es jetzt nachdenken, um möglichst bald mit sich selbst ins reine zu kommen. Jetzt war es ja klar, daß auch am Morgen bei seiner Ankunft etwas unbedingt Wirkliches auf ihm gelastet hatte, das zweifellos mit dieser seiner früheren Unruhe zusammenhing. Er wollte über alles nachdenken... aber da stieg in ihm ein gewisser unbezwingbarer Ekel auf und erstickte alles übrige; er mochte nicht nachdenken, er wollte nicht daran denken... seine Gedanken hingen an etwas ganz anderem.

Er dachte unter anderem auch daran, daß in seinem früheren epileptischen Zustand kurz vor jedem Anfall (wenn der Anfall nicht gerade nachts im Schlaf kam) ganz plötzlich mitten in der Traurigkeit, der inneren Finsternis, des Bedrücktseins und der Qual, sein Gehirn sich für Augenblicke gleichsam blitzartig erhellte und alle seine Lebenskräfte sich mit einem Schlage krampfhaft anspannten. Die Empfindung des Lebens, des Bewußtseins verzehnfachte sich in diesen Augenblicken, die nur die Dauer eines Blitzes hatten. Der Verstand, das Herz waren plötzlich von ungewöhnlichem Licht erfüllt; alle Aufregung, alle Zweifel, alle Unruhe löste sich gleichsam in eine höhere Ruhe auf, in eine Ruhe voll klarer, harmonischer Freude und Hoffnung, voll Sinn und letzter Schöpfungsursache. Aber diese Momente, diese Lichtblitze waren erst nur eine Vorahnung jener einen Sekunde, in der dann der Anfall eintrat (länger als eine Sekunde währte es nie). Diese Sekunde war allerdings unerträglich. Wenn er später in bereits gesundem Zustande über diese Sekunde nachdachte, mußte er sich sagen, daß doch all diese Lichterscheinungen und Augenblicke eines

höheren Bewußtseins und einer höheren Empfindung seines
Ich, und folglich auch eines »höheren Seins«, schließlich
nichts anderes waren als eine Unterbrechung des normalen
Zustandes, eben als seine Krankheit; war aber das der Fall, so
konnte man es doch keineswegs als »höheres« Sein, sondern
im Gegenteil nur als ein niedrigstes betrachten. Und doch,
trotz alledem, kam er zu guter Letzt zu einer überaus paradoxen Schlußfolgerung: »Was ist denn dabei, daß es Krankheit ist?« meinte er schließlich, »was geht es mich an, daß
diese Anspannung nicht normal ist, wenn das Resultat, wenn
der Augenblick dieser Empfindung, nachher bei der Erinnerung an ihn und beim Überdenken bereits in gesundem Zustand, sich als höchste Stufe der Harmonie, der Schönheit
erweist, als ein unerhörtes und zuvor niegeahntes Gefühl
der Fülle, des Maßes, des Ausgleichs und des erregten, wie
im Gebet sich steigernden Zusammenfließens mit der höchsten Synthese des Lebens?« Diese nebelhaften Ausdrücke
kamen ihm selbst sehr verständlich vor, nur fand er sie
noch viel zu schwach. Daran aber, daß dies wirklich »Schönheit und Gebet«, daß dies wirklich »höchste Synthese des
Lebens« war, daran konnte er nicht zweifeln, ja, konnte er
Zweifel überhaupt nicht für zulässig halten. Denn das waren
doch in diesem Moment nicht irgendwelche geträumten Vi-
sionen, wie nach dem Genuß von Haschisch, Opium oder
Alkohol, die die Denkfähigkeit herabsetzen und die Seele
verzerren, unnormale und unwirkliche Trugbilder. Das
konnte er nach dem Vergehen des krankhaften Zustandes
völlig klar beurteilen. Jene Augenblicke waren vielmehr
eine außergewöhnliche Steigerung des Selbstbewußtseins –
wenn man diesen Zustand mit einem einzigen Wort bezeichnen soll –, des Selbstbewußtseins und zugleich eines im höchsten Grade unmittelbaren Selbstgefühls. Wenn er in jener
Sekunde, das heißt, im allerletzten Augenblick des Bewußtseins, vor dem Anfall, sich manchmal noch klar und bewußt
zu sagen vermochte: »Ja, für diesen Augenblick kann man
das ganze Leben hingeben!«, so war dieser eine Augenblick

wohl etwas Einzigartiges und auch das ganze Leben wert. Übrigens: für den dialektischen Teil seines Folgeschlusses konnte er nicht einstehen, der Stumpfsinn, die seelische Finsternis, die Idiotie standen ihm als Folgeerscheinungen dieser »höchsten Augenblicke« klar vor Augen. Darüber würde er im Ernst natürlich nicht disputiert haben. In seiner Schlußfolgerung, das heißt in seiner Einschätzung dieses Augenblicks lag zweifellos ein Fehler, aber die Tatsache der Empfindungen, ihre Realität gab ihm doch zu denken und machte ihn einigermaßen befangen. In der Tat, was tun mit dieser Wirklichkeit? Sie ließ sich doch nicht verleugnen, war doch da, er hatte doch sich selbst noch in eben jener Sekunde zu sagen vermocht, daß diese Sekunde um des grenzenlosen Glückes willen, das er voll empfand, am Ende wohl das ganze Leben wert sein könne. »In diesem Augenblick glaube ich jenes Wort zu verstehen, daß *hinfort keine Zeit mehr sein soll*«, hatte er einmal zu Rogoshin in Moskau gesagt, in der Zeit ihrer dortigen Zusammenkünfte. Und lächelnd hatte er noch hinzugefügt: »Wahrscheinlich ist das dieselbe Sekunde, in der der bis zum Rande mit Wasser gefüllte Krug des Epileptikers Mohammed umstürzte und doch nicht Zeit hatte, überzufließen, während Mohammed in derselben Sekunde alle Wohnstätten Allahs überschaute.« Ja, in Moskau war er oft mit Rogoshin zusammengekommen, und dann hatten sie nicht nur darüber gesprochen.

»Rogoshin sagte vorhin, daß ich damals wie ein Bruder zu ihm gewesen sei... Das hat er heute zum erstenmal gesagt«, dachte der Fürst bei sich.

Als er das dachte, saß er auf einer Bank unter einem Baum im „Sommergarten".[10] Es war gegen sieben Uhr und der Garten schon ganz menschenleer; etwas Dunkles schob sich für einen Augenblick vor die untergehende Sonne. Es war schwül; als zöge in der Ferne ein Gewitter herauf. Der Fürst befand sich in einem betrachtenden Zustand, der für ihn jetzt etwas Verlockendes hatte. Er klammerte sich mit seinen Erinnerungen und seinem Denken an jeden äußeren

Gegenstand, der ihm auffiel oder im Laufe des Tages aufgefallen war, und dieses Spiel gefiel ihm: es war, als wollte er etwas vergessen, etwas Gegenwärtiges, Bevorstehendes, aber schon nach dem ersten Blick ringsum erkannte er in sich wieder seinen dunklen Gedanken, diesen Gedanken, den er doch um jeden Preis loswerden wollte. Er zwang sich, daran zu denken, was er in der „Waage" mit dem Oberkellner über einen sehr seltsamen Mord, der in letzter Zeit viel von sich reden gemacht, eigentlich gesprochen hatte. Doch kaum begann er daran zu denken, als plötzlich schon wieder etwas Sonderbares mit ihm geschah.

Ein allmächtiger, unbezwingbarer Wunsch, der fast wie eine teuflische Versuchung war, umkrallte plötzlich seine ganze Willenskraft. Er erhob sich von der Bank und ging aus dem Garten geradeswegs zur „Petersburger Seite".[11] Er hatte sich schon vorhin am Newakai von einem Vorübergehenden den Weg dorthin zeigen lassen, war aber dann doch nicht hinübergegangen. Es wäre ja auch ganz zwecklos gewesen, hinzugehen, das wußte er. Die Adresse war ihm bekannt, und das Haus der Verwandten Lébedeffs hätte er bald gefunden; aber was half das, wenn er doch fast sicher wußte, daß er sie nicht zu Hause antreffen würde?

»Bestimmt ist sie nach Pawlowsk gefahren, sonst hätte Kolja nach der Verabredung eine Nachricht in der „Waage" hinterlassen.« Wenn er aber jetzt dennoch hinging, so tat er es natürlich nicht, um sie zu sehen. Eine andere dunkle und quälende Neugier lockte ihn dorthin. Es war ihm plötzlich ein neuer Gedanke gekommen ...

Vorläufig genügte es ihm vollkommen, daß er ging und daß er wußte, wohin er ging. Doch kaum war eine Minute verstrichen, und er wußte nicht mehr, wohin er ging; er empfand es überhaupt nicht, daß er sich weiterbewegte. An seinen neuen Gedanken zu denken, ekelte ihn und wurde ihm ganz unmöglich. Mit qualvoll angespannter Aufmerksamkeit begann er alles zu betrachten, was ihm in den Weg kam, oder er betrachtete den Himmel, die Newa. Ein kleines

Kind, das ihm begegnete, redete er an. Vielleicht war es nur die epileptische Spannung, die immer größer in ihm wurde.

Das Gewitter schien in der Tat, wenn auch nur langsam, heraufzuziehen. In der Ferne begann es schon zu donnern. Es wurde sehr schwül ...

Aus irgendeinem Grunde mußte er jetzt fortwährend an den Neffen Lebedeffs denken, den er am Vormittag gesehen hatte — wie einen bisweilen ein dummes, musikalisches Motiv verfolgt, das man auf keine Weise loswerden kann, auch wenn es einem schon bis zum Überdruß langweilig geworden ist. Das Sonderbarste daran war aber, daß dieser Neffe ihm immer als jener Mörder erschien, als den Lebedeff ihn vorgestellt hatte. Von diesem Mörder hatte er noch vor ein paar Tagen gelesen. Überhaupt hatte er viel von derartigen Geschehnissen gelesen, seitdem er wieder in Rußland war; er verfolgte alle diese Dinge mit großer Spannung. Und in der „Waage" hatte er mit dem Oberkellner sehr interessiert über die Ermordung der Familie Shemárin gesprochen. Der Oberkellner war ganz seiner Meinung gewesen, dessen entsann er sich. Er dachte an den Eindruck, den dieser Oberkellner auf ihn gemacht hatte: ein nicht dummer Bursche, solide und vorsichtig, — »übrigens ... Gott weiß, was er sein kann ... es ist schwer, in einem neuen Land neue Menschen zu durchschauen.« An die russische Seele begann er übrigens leidenschaftlich zu glauben. Oh, viel, viel für ihn ganz Neues, Ungeahntes, Unerhörtes, Unerwartetes hatte er in diesen sechs Monaten erfahren! Aber eine fremde Seele bleibt stets ein Rätsel, und auch die russische Seele ist ein Rätsel, für viele ein Rätsel. Da war er nun lange Zeit so oft mit Rogoshin zusammengekommen, wie »Brüder« waren sie zueinander gewesen, und dennoch — kannte er Rogoshin? — »Was ist das hier alles für ein Chaos, welch ein Durcheinander, welch eine Unordnung! Was doch dieser Neffe Lebedeffs für ein unsympathischer und selbstzufriedener Gernegroß ist! Übrigens, was fällt mir ein!« (fuhr es im Fürsten traumhaft fort zu denken), »*er* war es doch gar nicht, der diese Familie ermordet hat, die sechs Menschen? Ich glaube, ich verwechsle alles ... wie sonderbar das ist! Ich glaube, mein Kopf ist ganz wirr, es dreht sich alles in ihm ... Was für ein reizendes, sympathisches Gesicht die älteste Tochter Lébedeffs hat, die dort mit dem Kinde stand, welch ein unschuldiger, fast kindlicher Ausdruck und dazu dieses kindlich-heitere Lachen! Seltsam, daß er dieses Gesicht fast ganz vergessen hatte und es erst jetzt in seiner Erinnerung auftauchte. Und Lébedeff, der sie mit den Füßen trampelnd anschreit, vergöttert höchstwahrscheinlich alle seine Kinder. Und was sogar noch wahrscheinlicher, was sogar ganz zweifellos Tatsache ist, das ist, daß Lebedeff auch seinen Neffen vergöttert!

Übrigens wie kommt er darauf, über sie alle ein endgültiges Urteil fällen zu wollen, er, der erst heute hier eingetroffen ist? Nehmen wir selbst diesen Lebedeff — der hat ihm doch vorhin einfach ein Rätsel aufgegeben: hätte er denn früher jemals einen solchen Lebedeff für möglich gehalten? Lebedeff und die Dubarry — Heiliger Vater! Wenn Rogoshin mordet, so wird er wenigstens nicht so unanständig morden. Es wird nicht dieses Chaos sein. Eine nach eigener Zeichnung bestellte Mordwaffe und sechs Menschen, alle sechs vorher in bewußtlosem Zustande! Hat denn Rogoshin eine nach eigener Zeichnung bestellte Mordwaffe? ... er hat ... aber ... steht es denn fest, daß Rogoshin morden wird?!« fragte sich der Fürst, plötzlich zusammenzuckend. »Ist es nicht ein Verbrechen, eine Schändlichkeit, eine Niedertracht meinerseits, so zynisch offen eine solche Annahme auch nur in Gedanken zuzulassen?« rief er innerlich, und die Röte der Scham stieg ihm jäh ins Gesicht. Wie von einem Schlag getroffen blieb er stehen, und mit einem Mal stand auch deutlich vor seinem geistigen Auge der Bahnhof der Zárskoje-Sseló-Bahn, von wo aus er nach Páwlowsk hatte fahren wollen, dann der Nikolaibahnhof am Morgen bei der Ankunft und die direkte Frage an Rogoshin in betreff der »Augen« und dann das Kreuz Rogoshins, das er jetzt auf seiner Brust trug, und der Segen der alten Mutter Rogoshins, zu der ihn jener selbst geführt hatte, und dann die letzte krampfhafte Umarmung und plötzlich der Verzicht Rogoshins, vorhin, auf der Treppe — und nach alledem mußte er sich nun immerwährend darauf ertappen, daß er irgend etwas in seiner Umgebung gleichsam suchte, — und dann jenes Schaufenster und jener eine Gegenstand ... welch eine Gemeinheit von ihm! Und nach alledem geht er jetzt mit einer »besonderen Absicht« und einem besonderen »plötzlichen Gedanken« dorthin. Verzweiflung und Qual erfaßten seine ganze Seele. Er wollte sofort umkehren und in sein Hotel zurückgehen; er wandte sich auch schon um und ging zurück, aber nach ein paar Schritten blieb er stehen, dachte nach, wandte sich wieder um und setzte seinen früheren Weg fort.

Da sah er, daß er bereits auf der „Petersburger Seite" war, und daß es zu dem Hause der Verwandten Lebedeffs nicht mehr weit sein konnte. Ging er doch jetzt nicht mehr mit der früheren Absicht hin, nicht mehr mit seinem »besonderen Gedanken«! Wie ging das zu? Ja, seine Krankheit kehrt wieder, daran kann er nicht mehr zweifeln; vielleicht wird er heute noch einen Anfall haben? Deshalb auch diese ganze Dunkelheit innerlich, deshalb auch dieser plötzliche Gedanke, diese neue Idee! Jetzt ist das Dunkel zerstreut, der Dämon vertrieben, alle Zweifel sind aufgehoben, in seinem Herzen ist Freude! Und — er hat *sie* so lange nicht gesehen, er muß sie schnell sehen und ... ja, er möchte jetzt Rogoshin treffen, er würde ihn bei der Hand nehmen, und sie würden beide zusammen gehen ... Sein Herz ist rein. Ist er denn Rogoshins Nebenbuhler? Morgen wird er zu Rogoshin gehen und ihm sagen, daß er bei ihr war; er ist doch hergeeilt, nur um sie zu sehen, wie Rogoshin vorhin sagte! Vielleicht wird er sie doch antreffen; es steht ja noch gar nicht fest, daß sie nach Pawlowsk gefahren ist!

Ja, es muß jetzt vor allen Dingen Klarheit geschaffen werden, damit sich alle über alle klar sind, damit es in der Leidenschaft nicht wieder zu solchen erschreckenden Verzichten kommt wie heute, als Rogoshin auf sie verzichtete und sie ihm abtrat... Ja, es muß das alles frei geschehen, frei und ... licht. Ist denn Rogoshin unfähig zu einem Leben im Lichten? Er sagt, er liebe sie nicht so, empfinde kein Mitleid wie ich. Allerdings fügte er dann noch hinzu: »Dein Mitleid ist vielleicht noch größer als meine Liebe« — aber er verleumdet sich ja doch nur. Hm!... Rogoshin liest Bücher —, ist denn das nicht »Mitleid«, nicht der Anfang des »Mitleids«? Beweist denn nicht schon dieses eine Buch auf seinem Tisch, daß er sein Verhältnis zu *ihr* vollkommen begreift? Und was er vorhin erzählte? Nein, das ist tiefer als bloße Leidenschaft. Und kann denn ihr Gesicht nur Leidenschaft allein erwecken? Und noch dazu jetzt, so wie es jetzt ist? Mitleid erweckt es, die ganze Seele nimmt es gefangen, es... Brennende, quälende Erinnerung durchzuckte plötzlich das Herz des Fürsten.

Ja, quälend war die Erinnerung. Er mußte daran denken, wie er sich überzeugt hatte, daß sie ja doch ganz von Sinnen war. Er war damals der Verzweiflung nahe gewesen. Und wie hatte er sie damals verlassen können, als sie von ihm zu Rogoshin geflohen war? Seine Pflicht wäre es gewesen, ihr nachzueilen, nicht aber, auf Nachrichten zu warten. Aber... sollte Rogoshin noch immer nicht bemerkt haben, daß sie von Sinnen ist? Hm?... Rogoshin vermutet in allem andere Ursachen, in allem vermutet er Leidenschaft. Und was das doch für eine sinnlose Eifersucht ist! Was wollte er vorhin mit seiner Annahme sagen? (Der Fürst errötete plötzlich, und es war ihm, als ob etwas in seinem Herzen erzitterte.)

Doch wozu daran denken? Sowohl Rogoshin wie sie — beide waren sie wahnsinnig. Daß aber er, der Fürst, diese Frau leidenschaftlich lieben sollte — das war ja ganz undenkbar, das wäre ja fast eine Grausamkeit, eine Unmenschlichkeit gewesen! Ja, ja! Nein, Rogoshin verleumdet sich selbst: er hat ein großes, ein so großes Herz, ein Herz, das zu leiden und auch Mitleid zu empfinden vermag. Wenn er erst die ganze Wahrheit erfahren wird, wenn er erst sehen wird, was für ein armes Geschöpf dieses beschimpfte und erniedrigte, halb wahnsinnige Weib ist, — wird er ihr dann nicht alles verzeihen, alle Qualen, die er durch sie gelitten? Wird er dann nicht ihr Diener, ihr Bruder, ihr Freund, ihre Vorsehung werden? Das Mitleid wird ihn lehren und lenken. Das Mitleid ist ja doch das wichtigste und vielleicht das einzige Gesetz des Seins der ganzen Menschheit. Oh, wie unverzeihlich und ehrlos hat er sich jetzt Rogoshin gegenüber schuldig gemacht! Nein, nicht die russische Seele ist ein Rätsel, sondern seine eigene Seele mußte ein Rätsel sein, wenn er einen so schändlichen, so entsetzlichen Verdacht hegen konnte. Für ein paar warme, herzliche Worte, die er in Moskau zu ihm gesprochen hat, nennt ihn Rogoshin bereits seinen Bruder, er aber ... Aber das ist ja alles nur Krankheit, nur Fieber! Es wird sich ja alles bald entscheiden! ... Wie finster doch Rogoshin vorhin gesagt hatte, daß in ihm der Glaube »vergehe«! Nein, dieser Mensch muß sich unsäglich quälen. Er sagt, er »liebe es, dieses Bild zu betrachten«; das heißt, er liebt es nicht, aber er empfindet das Bedürfnis, es zu betrachten. Rogoshin ist nicht nur eine leidenschaftliche Seele; er ist auch ein Kämpfer: er will mit Gewalt den verlorenen Glauben wiedergewinnen. Und nach Glauben verlangt es ihn jetzt bis zur Pein ... Ja, an etwas glauben! An jemand glauben! Aber wie sonderbar doch dieses Holbeinsche Bild ist ... Ah, da ist die Straße! Da ist auch wahrscheinlich schon das Haus ... Richtig: Nr. 16. „Haus der Kollegien-Sekretärin Filíssoff". Das ist es!

Der Fürst zog die Klingel und fragte nach Nastássja Filíppowna.

Die Hausbesitzerin, die ihm selbst geöffnet hatte, teilte ihm mit, daß Nastassja Filippowna bereits am Morgen nach Páwlowsk zu Dárja Alexéjewna gefahren sei — »und es ist möglich, daß sie etliche Tage daselbst verbleibt«, fügte sie mitteilsam hinzu.

Die Filissowa war ein mageres, spitzes Dämchen von etwa vierzig Jahren, mit spitzem Gesicht und scharfen Augen, die den Fürsten listig und aufmerksam musterten. Auf ihre Frage,

»mit wem sie denn die Ehre habe« — sie fragte gleichsam mit Absicht in möglichst geheimnisvollem Ton — wollte der Fürst eigentlich nicht gern antworten, und er wandte sich bereits zum Fortgehen, besann sich aber sogleich, nannte seinen Namen und bat sie, Nastassja Filippowna von seinem Besuch in Kenntnis zu setzen. Die Filissowa horchte auf und machte ein höchst verschwiegenes Gesicht, als hätte sie damit sagen wollen: »Ich weiß schon, seien Sie unbesorgt!« Der Name des Fürsten hatte offenbar großen Eindruck auf sie gemacht. Der Fürst blickte sie nur zerstreut an, wandte sich dann um und kehrte auf die Straße zurück. Doch als er das Haus verließ, sah er anders aus als beim Eintritt in dasselbe. Es war in ihm wieder eine Veränderung vor sich gegangen, und wieder war es in einer einzigen Sekunde geschehen: wieder war er bleich, müde, gequält und erregt; seine Knie zitterten, und ein unstetes, trübes Lächeln ließ seine bläulich gewordenen Lippen hin und wieder zucken: sein »plötzlicher Gedanke« hatte seine Bestätigung gefunden, es hatte also seine Richtigkeit damit, und — wieder glaubte er an seinen Dämon!

Aber hatte er auch wirklich seine Bestätigung gefunden? Hatte es wirklich seine Richtigkeit damit? Weshalb zitterte er denn jetzt wieder? Woher kam dieser kalte Schweiß auf der Stirn, diese Dunkelheit und Kälte in der Seele? Weil er soeben wieder jene *Augen* gesehen hatte? Aber er war ja doch nur zu dem Zweck aus dem Sommergarten hergekommen, um sie zu sehen! Das war ja doch sein ganzer »plötzlicher Gedanke« gewesen. Er hatte unbedingt, unbedingt »jene Augen von vorhin« sehen wollen, um sich endgültig zu überzeugen, daß er sie unfehlbar »*dort*, bei jenem Hause« sehen würde. Dieser krampfhafte Wunsch hatte ihn hergeführt, — weshalb ist er denn jetzt so zermalmt, nachdem er sie nun auch wirklich gesehen hat? Ganz als hätte er es doch nicht erwartet! Ja, es waren *dieselben* Augen (daß es tatsächlich *dieselben* waren, darüber konnte kein Zweifel bestehen!), *dieselben,* die in der drängenden Volksmenge plötzlich aufblitzend starr ihn angesehen hatten, als er aus dem Coupé gestiegen war; *dieselben* (genau, genau dieselben!), deren Blick er vorhin auf sich ruhen gefühlt, die Augen dicht hinter seinen Schultern, als er bei Rogoshin im Begriff gewesen war, sich zu setzen. Rogoshin hatte geleugnet, hatte nur mit ironischem, eisigem Lächeln gefragt: »Wessen Augen waren's denn?« Und der Fürst hatte noch vor kurzem — als er sich auf dem Bahnhof der Zárskoje-Sseló-Bahn ins Coupé gesetzt, um zu Aglaja zu fahren, und plötzlich wieder diese Augen sah, bereits zum drittenmal an diesem Tage — auf Rogoshin zugehen und *ihm* sagen wollen, »wessen Augen es waren«! Statt dessen war er aus dem Bahnhof hinausgeeilt und erst vor dem Schaufenster jener Messerhandlung halbwegs zur Besinnung gekommen, als er dort stehen geblieben war und halb unbewußt einen Gegenstand mit einem Hirschhorngriff auf sechzig Kopeken geschätzt hatte. Der seltsame, grauenvolle Dämon heftete sich endgültig an ihn und wollte ihn nicht mehr verlassen. Dieser Dämon hatte ihm im Sommergarten, als er gedankenverloren unter der Linde saß, plötzlich zugeflüstert, daß Rogoshin, wenn er es für nötig fand, ihn seit dem Morgen zu verfolgen, sich gleichsam an seine Fersen zu heften, dann doch sicherlich nach der Feststellung, daß der Fürst nicht nach Pawlowsk fuhr (was für Rogoshin natürlich von verhängnisvoller Bedeutung war), ganz zweifellos *dorthin* gehen würde, zu jenem Hause auf der Petersburger Seite, um dort den Fürsten zu erwarten, der ihm doch noch am Vormittage sein Ehrenwort gegeben hatte, daß er sie »nicht sehen« werde und »nicht deshalb nach Petersburg gekommen sei«. Und dennoch — wie im Krampf war er zu jenem Hause gestrebt. Und was ist denn dabei, daß er dort tatsächlich Rogoshin antraf? Er hatte doch nur einen unglücklichen Menschen gesehen, dessen Seelenzustand dunkel und düster, doch nichtsdestoweniger nur zu verständlich war. Dieser unglückliche Mensch hatte sich jetzt nicht einmal mehr versteckt. Ja, Rogoshin hatte, als er ihn nach jenen Augen gefragt, geschwiegen und nicht die Wahrheit gesagt, doch auf dem Bahnsteig der Zárskoje-Sseló-Bahn hatte er, fast ohne sich verbergen zu wollen, dagestanden; eher war sogar er es gewesen, der Fürst, der sich verborgen hatte, nicht aber Rogoshin. Jetzt aber, bei jenem Hause, hatte er auf der anderen Seite der Straße gestanden, vielleicht fünfzig Schritt entfernt, schräg gegenüber dem Hause; auf dem Trottoir hatte er gestanden, die Arme über der Brust verschränkt, und gewartet. Hier hatte er frei gestanden, allen sichtbar, und offenbar hatte er mit Absicht gewollt, daß der Fürst ihn sähe. Wie ein Ankläger und Richter hatte er dort gestanden und nicht wie ... Nicht wie wer?

Aber weshalb war er, der Fürst, denn nicht auf ihn zugegangen? Weshalb hatte er sich von ihm abgewandt, als hätte er ihn nicht bemerkt, obschon ihre Blicke sich begegnet waren? (Ja, ihre Blicke waren sich begegnet, und sie hatten einander in die Augen gesehen.) Hatte er doch noch vor kurzem selbst den Wunsch gehabt, Rogoshin bei der Hand zu nehmen und mit ihm zusammen *dorthin* zu gehen? Hatte er nicht morgen zu ihm gehen und ihm sagen wollen, daß er bei ihr gewesen war? Hatte er sich doch selbst von seinem Dämon losgesagt, noch auf dem halben Wege dorthin, als plötzlich Freude seine ganze Seele erfüllt hatte. Oder war in Rogoshin tatsächlich irgend etwas gewesen, in der ganzen *heutigen* Erscheinung dieses Menschen, in der Gesamtheit seiner Worte, Bewegungen, Handlungen, Blicke, das die entsetzlichen Vorahnungen des Fürsten und die furchtbaren Einflüsterungen seines Dämons rechtfertigen konnte? Irgend etwas, das man vielleicht ganz unbewußt, ganz von selbst sieht, das sich aber schwer analysieren oder in Worten ausdrücken läßt, und das, wenn man es auch tausendmal nicht begründen kann, dennoch einen vollkommen in sich abgeschlossenen und unwiderstehlichen Eindruck macht, der ganz unwillkürlich zur vollen Überzeugung auswächst? ...

Überzeugung? — Zu was für einer Überzeugung? (Oh, wie die Ungeheuerlichkeit dieser »erniedrigenden« Überzeugung, »dieser niedrigen Vorahnung« den Fürsten quälte, und wie bittere Vorwürfe er sich ihretwegen machte!) »So sag es doch, wenn du es wagst, was das für eine Überzeugung ist?« sagte er immer wieder herausfordernd zu sich selbst, »formuliere, wage es doch, deinen ganzen Gedanken klar, treffend, ohne zu zögern, auszusprechen! Oh, ein Ehrloser bin ich!« rief er verzweifelt aus, und die Röte der Scham stieg ihm ins Gesicht. »Mit welchen Augen werde ich jetzt mein Leben lang auf diesen Menschen sehen! Was ist das heute für ein Tag! Gott, welch ein Albdruck!«

Während der Fürst den langen Weg von der Petersburger Seite bis zu seinem Gasthof zurücklegte, überkam ihn in einem Augenblick plötzlich der unbezwingbare Wunsch, sogleich zu Rogoshin zu gehen, ihn zu erwarten, beschämt und unter Tränen zu umarmen und ihm alles zu sagen, alles, alles. Doch da war er bereits bei seinem Gasthof angelangt. Das ganze Haus, die Korridore, seine Nummer hatten ihm schon auf den ersten Blick unsäglich mißfallen, und im Lauf des Tages hatte er mehr als einmal mit ganz besonderem Widerwillen daran gedacht, daß er ja doch noch hierher werde zurückkehren müssen ... »Aber was ist das heute mit mir, ich fange ja wahrhaftig an, wie eine kranke Frau an jedes Vorgefühl zu glauben!« dachte er mit gereiztem Spott und blieb vor dem Haustor stehen: ihm fiel plötzlich ein heute gesehener Gegenstand ein, doch dachte er jetzt »kalt«, mit vollem Bewußtsein, an ihn, nicht wie unter einem Albdruck: er entsann sich plötzlich des Messers auf Rogoshins Tisch. »Nein, aber weshalb darf denn Rogoshin nicht so viele Messer auf dem Tisch haben, wie er will?« dachte er verwundert über sich selbst, und im selben Augenblick fühlte er, wie er erstarrte: ihm war sein Stehenbleiben vor dem Schaufenster der Messerhandlung eingefallen. »Aber was kann denn damit für ein Zusammenhang bestehen ...«, wollte er ausrufen, sprach es aber nicht zu Ende. Wie eine jeden Widerstand verschlingende Welle überkam ihn von neuem das Schamgefühl, das diesmal fast an Verzweiflung grenzte, und bannte ihn an den Fleck, wo er stand — als er gerade im Begriff war, durch das Haustor einzutreten. Er stand eine Weile wie erstarrt. So pflegt es bisweilen Leuten zu ergehen: plötzliche, überwältigende Erinnerungen, namentlich wenn diese noch ein heißes Schamgefühl in ihnen erwecken, machen sie für einen Augenblick gleichsam erstarren. »Ja, ich bin ein herzloser Mensch und ein Feigling!« sagte der Fürst düster zu sich selbst und machte eine hastige Bewegung, wie um weiterzugehen, aber ... plötzlich blieb er wieder stehen.

In dem ohnehin schon dunklen Torweg war es in diesem Augenblick ganz finster: die mittlerweile heraufgezogene Gewitterwolke hatte die letzte Abendhelle verdunkelt, und als der Fürst in den Torweg trat, fielen die ersten großen Tropfen, denen sofort ein strömender Gewitterregen folgte. Doch in derselben Sekunde, als er nach seinem momentanen Stehenbleiben hastig einen Schritt vortrat — er befand sich noch am Eingang auf der Straße und trat erst durchs Tor —, sah er plötzlich im dunklen Hintergrunde des Torwegs, dort, wo die Treppe begann, einen Menschen. Dieser Mensch schien auf irgend etwas gewartet zu haben, doch als der Fürst im Tor erschien, bewegte er sich schnell zur Seite und verschwand. Der Fürst hatte ihn kaum gesehen und hätte natürlich nicht sagen können, wer es war; zudem war das hier ein Gasthof, und es gingen doch fortwährend Menschen ein und aus —, aber nichtsdestoweniger war er plötzlich fest überzeugt, daß er diesen Menschen erkannt habe, und daß dieser Mensch kein anderer als Rogoshin war. Im nächsten Augenblick eilte der Fürst ihm nach, die Treppe hinauf. Das Herz stand ihm still. »Sogleich wird sich alles entscheiden!« dachte er bei sich in seltsamer Überzeugung.

Die Treppe, die der Fürst hinaufeilte und die zu den Korridoren des ersten und zweiten Stockwerks führte, war wie in fast allen alten Petersburger Häusern eine schmale, dunkle, steinerne Wendeltreppe, die sich um einen dicken, steinernen Pfeiler wand. Auf dem ersten Treppenabsatz befand sich in diesem breiten, steinernen Pfeiler eine Art Nische; sie war etwa einen Schritt breit und einen halben Schritt tief — jedenfalls hätte ein Mensch sich hier verbergen können. Wie dunkel es auch war, so konnte der Fürst doch sofort, als er den Treppenabsatz erreicht hatte, erkennen, daß der Mensch sich hier in der Nische aus irgendeinem Grunde verbarg. Der Fürst wollte zuerst vorübergehen, ohne nach rechts zu sehen, er machte bereits einen Schritt weiter — doch da hielt er es plötzlich nicht aus und wandte sich zurück zur Nische.

Zwei Augen, *dieselben* Augen, die ihn den ganzen Tag verfolgt hatten, begegneten seinem Blick. Der Mensch, der sich in der Nische verborgen hatte, war gleichfalls schon einen Schritt vorgetreten. Eine Sekunde lang standen sie sich dicht gegenüber. Plötzlich packte der Fürst ihn an den Schultern und kehrte ihn zurück zur Treppe, zum Licht: er wollte das Gesicht sehen.

Rogoshins Augen funkelten ihn an, und ein irrsinniges Lächeln verzerrte seine Lippen. Seine rechte Hand erhob sich und es blitzte etwas in ihr; der Fürst dachte nicht daran, die Hand aufzuhalten. In der Erinnerung schien es ihm später, daß er ausgerufen habe:

»Parfjonn, ich glaub's nicht ...«

Dann war es ihm plötzlich, als täte sich etwas vor ihm auf: unbeschreibliches, nie dagewesenes Licht erstrahlte in seinem Innern und erhellte seine Seele. Das dauerte im ganzen vielleicht nur eine halbe Sekunde, doch entsann er sich später noch deutlich und bewußt des Anfangs, des ersten Tones jenes entsetzlichen Schreis, der sich plötzlich ganz von selbst seiner Brust entrang, und den er mit keiner Gewalt aufzuhalten, zu unterdrücken oder abzubrechen vermocht hätte. Dann schwand ihm momentan das Bewußtsein, und tiefe Finsternis trat ein.

Es war ein epileptischer Anfall, nachdem er schon lange keinen mehr gehabt hatte. Bekanntlich kommen solche Anfälle ganz plötzlich, das Gesicht verzerrt sich, namentlich der Blick ist entstellt, Krämpfe und Zuckungen erfassen den ganzen Körper und alle Gesichtszüge zucken. Ein entsetzlicher, mit nichts zu vergleichender Schrei entringt sich der Brust: in diesem Schrei verschwindet gleichsam alles Menschliche, und für einen Beobachter ist es ganz unmöglich, sich vorzustellen und zu glauben, daß es wirklich dieser Mensch ist, der da schreit. Es scheint vielmehr, daß ein anderer es tut, einer, der sich im Innern dieses Menschen befindet. Wenigstens haben viele mit diesen Worten ihren Eindruck geschildert; in vielen ruft der Anblick eines Menschen im epileptischen Anfall entschieden unerträgliches Entsetzen hervor, ein Entsetzen, dem sogar etwas Mystisches anhaftet. Es ist anzunehmen, daß der unheimliche Schrei des Fürsten und das durch ihn hervorgerufene plötzliche Entsetzen Rogoshin im Augenblick erstarren machte, und das war's, was den Fürsten vor dem Messer bewahrte, das der andere bereits gegen ihn erhoben hatte. Dann aber, als Rogoshin sah, daß der Fürst plötzlich zurücktaumelte, rücklings die Treppe hinunterfiel und sein Kopf auf die steinernen Stufen schlug, da zuckte er zusammen und stürzte, ohne zu erraten, daß es ein Anfall war, fast besinnungslos die Treppe hinab, am Gefallenen vorüber, hinaus auf die Straße.

Von den Krämpfen, Zuckungen und dem Umsichschlagen rutschte der Körper des Kranken immer weiter die Treppe hinab, von Stufe zu Stufe; bis zum Flur waren es noch volle fünfzehn. Sehr bald, schon nach wenigen Minuten, bemerkte man den Liegenden, und in kürzester Zeit umstand ihn eine Menge Menschen. Die Blutlache, in der der Kopf lag, flößte Schrecken ein: »Hat sich der Mensch selbst beschädigt, oder ist ein Verbrechen geschehen?« fragte man sich. Alsbald jedoch erkannten einige an gewissen Anzeichen den epileptischen Anfall. Einer von den Hotelgästen erinnerte sich, den Liegenden am Morgen im Korridor gesehen zu haben. Der Unbekannte mußte also hier abgestiegen sein. Durch einen Zufall klärte sich die Ungewißheit sehr schnell auf.

Kolja Iwolgin, der versprochen hatte, bis halb vier Uhr in der „Waage" zu sein, statt dessen aber nach Pawlowsk gefahren war, hatte aus irgendeinem Grunde dort abgelehnt, zu Tisch zu bleiben, und war nach Petersburg zurückgekehrt, wo er um sieben Uhr in der „Waage" eintraf. Der Fürst hatte an ihn einen Zettel mit seiner Adresse hinterlassen, und so war Kolja sogleich in jenen Gasthof geeilt, wo ihm gesagt worden war, daß der Fürst noch nicht zurückgekehrt sei. Darauf hatte sich Kolja in das Büfettzimmer begeben, um dort bei einer Tasse Tee und den Klängen eines Polyphons auf den Fürsten zu warten. Als er dann zufällig von einem »epileptischen Anfall« reden hörte, den soeben jemand von den im Gasthof Abgestiegenen gehabt habe, eilte er, von einer gewissen Vorahnung getrieben, schnell hinaus und erkannte in dem Liegenden den Fürsten. Nun wurden sogleich Vorkehrungen getroffen, und vorsichtig trug man den Fürsten hinauf in sein Zimmer. Er erwachte schon recht bald; doch dauerte es noch ziemlich lange, bis er das volle Bewußtsein wiedererlangt hatte. Der Arzt, der den verletzten Kopf untersuchte, verordnete Wundwasser und Kompressen, erklärte aber die Verletzung für durchaus ungefährlich. Als der Fürst ungefähr nach einer Stunde seine Umgebung langsam zu erkennen begann, brachte ihn Kolja in einem Wagen zu Lebedeff. Dieser nahm den Kranken mit ungeheurem Eifer und vielen Verbeugungen auf. Seinetwegen beschleunigte er auch die Übersiedlung nach Pawlowsk: schon am dritten Tage waren sie alle in der Sommerfrische.

VI

Lebedeffs Landhaus war nicht groß, dafür aber bequem und sogar hübsch. Namentlich jener Teil des Hauses, der zum Vermieten bestimmt war, zeichnete sich durch besonderen Schmuck aus. Auf der recht geräumigen Veranda, über die man von den unweit vorüberführenden Parkwegen in die Wohnräume gelangte, standen in großen grünen Kübeln mehrere Pomeranzen-, Zitronen- und Jasminbäume, die nach Lebedeffs Meinung den Gesamteindruck der Villa zu einem geradezu verführerischen machten. Diese Bäume hatte er zum Teil mit dem Landhaus zusammen erstanden, und da sie ihm so ungemein gefielen, hatte er sich entschlossen, auf einer Auktion noch etliche solcher Bäumchen zur Erhöhung des wundervollen Eindrucks in gleichfalls grünen Kübeln zu billigem Preise hinzuzukaufen. Als dann alle Bäumchen eingetroffen und symmetrisch auf der Veranda aufgestellt waren, lief Lébedeff an jenem Tage alle fünf Minuten die paar Stufen der Veranda hinunter, um sich von der Straße aus am Anblick seines Besitzes zu erfreuen, wobei er jedesmal in Gedanken die Summe erhöhte, die er von seinem künftigen Mieter verlangen wollte. Dem Fürsten, der sich nach dem Anfall müde, geschwächt, bedrückt und körperlich wie zerschlagen fühlte, gefiel die Villa sehr. Übrigens hatte der Fürst am Tage der Übersiedlung nach Pawlowsk äußerlich bereits das Aussehen eines fast völlig Gesunden, wenn er sich auch innerlich immer noch sehr angegriffen fühlte. Es war ihm in diesen drei Tagen besonders angenehm gewesen, Menschen um sich zu haben: er freute sich über Koljas Anwesenheit, der fast ununterbrochen bei ihm saß, freute sich über die ganze Familie Lebedeff — ohne den Neffen, der irgendwohin verschwunden war — und empfing sogar mit Vergnügen den alten General Iwolgin, der ihm schon am zweiten Tage seine Aufwartung machte. Am Tage der Übersiedelung versammelte sich um ihn auf der Veranda eine ganze Schar von Bekannten, die sich alle nach seinem Befinden erkundigen wollten! Zuerst kam Ganja, der sich so verändert hatte und so abgemagert war, daß der Fürst ihn kaum wiedererkannte. Darauf erschienen Warja und Ptizyn, die gleichfalls in Pawlowsk ihr eigenes Landhaus besaßen. General Iwolgin dagegen schien sich bei Lebedeff ganz und gar einquartiert zu haben, ja, er hatte sogar allem Anschein nach nur zu dem Zweck Petersburg verlassen. Lebedeff bemühte sich freilich aus allen Kräften, ihn vom Fürsten fernzuhalten, ging aber sonst ganz freundschaftlich mit ihm um; offenbar waren sie schon lange miteinander bekannt. In den letzten drei Tagen hatte der Fürst bemerkt, daß sie mitunter lange Gespräche führten, nicht selten im Eifer des Disputs sogar schrien und zeterten, und zwar schien es sich dann gewöhnlich um wissenschaftliche Probleme zu handeln, die Lebedeff offenbar mit besonderem Vergnügen erörterte. Ja, man konnte sogar glauben, daß ihm der General zu dieser dialektischen Gymnastik einfach unentbehrlich war.

Leider erstreckte Lebedeff seine Vorsichtsmaßregeln auf Grund der Schonungsbedürftigkeit des Fürsten auch auf alle anderen Hausbewohner, auf seine Kinder sowohl wie auf jeden Gast. Sobald sich erstere in der Nähe der Veranda zeigten, stürzte Lebedeff sofort wutschnaubend auf sie los – selbst mit Wjéra, die stets das kleine Schwesterchen trug, machte er keine Ausnahme – und schrie sie trampelnd an, daß sie auf der Veranda, wo sich der Fürst gewöhnlich aufhielt, nichts zu suchen hätten, obschon ihn dieser immer wieder bat, keinen Menschen von ihm fernzuhalten.

»Erstens tu' ich es deshalb, weil sonst jede Ehrerbietung aufhörte, wenn man sie so rumlaufen ließe; und zweitens schickt es sich für sie auch gar nicht...«, erklärte er schließlich auf die direkte Frage des Fürsten.

»Aber warum denn nicht?« begann der Fürst ihm ins Gewissen zu reden. »Ich versichere Sie, daß Sie mich mit diesem Aufpassen und Bewachen nur quälen. Ich habe Ihnen doch gesagt, daß ich mich oft langweile, wenn ich hier allein sitze, Sie selbst aber fallen mir mit Ihren ewigen lebhaften Gesten und dem Umherschleichen auf den Fußspitzen weit mehr auf die Nerven.«

Der Fürst wollte ihm zu verstehen geben, daß er, der alle anderen unter dem Vorwand der Ruhebedürftigkeit des Kranken davonjagte, selbst dagegen fast alle Viertelstunden einmal zum Fürsten kam, wobei er jedesmal dasselbe Manöver wiederholte: hatte er die Tür aufgemacht, so steckte er zuerst nur den Kopf durch die Spalte, betrachtete das Zimmer und den Fürsten — ganz als hätte er Angst, der Kranke könne am Ende fortgelaufen sein, und als wolle er sich daher nur von seiner Anwesenheit überzeugen — und dann erst trat er vorsichtig auf den Fußspitzen herein, um sich geradezu schleichend dem Fürsten zu nähern, so daß er diesen oftmals wirklich erschreckte. Ewig erkundigte er sich nach seinen Wünschen, und als der Fürst ihn endlich bat, ihn doch nicht immer zu belästigen, da machte er sofort gehorsam kehrt, schlich wieder auf den Fußspitzen zur Tür, wobei er die ganze Zeit ängstlich beschwichtigend die Hände bewegte, als wollte er damit sagen, daß er ja kein Wort mehr rede, er gehe ja schon und werde nicht mehr stören, um Gottes willen nie mehr stören. Nach zehn Minuten aber — oder spätestens einer Viertelstunde — öffnete sich wieder die Tür und Lebedeff steckte von neuem den Kopf ins Zimmer. Daß Kolja zu jeder Zeit beim Fürsten eintreten durfte, rief in Lebedeff tiefen Kummer und sogar gekränkten Unwillen hervor. Alsbald jedoch bemerkte Kolja, daß Lebedeff bisweilen eine halbe Stunde lang hinter der Tür stand und horchte, was im Zimmer gesprochen wurde. Natürlich teilte er seine Entdeckung sofort dem Fürsten mit.

»Sie scheinen mich ja förmlich als Ihren Privatbesitz zu betrachten und hinter Schloß und Riegel halten zu wollen«, protestierte der Fürst. »Ich bitte Sie, doch wenigstens hier in der Sommerfrische Ihr Verhalten zu ändern, und im übrigen versichere ich Sie, daß ich hier jeden Menschen, wenn es mir paßt, empfangen und zu jeder Zeit ganz nach meinem Gutdünken ausgehen werde.«

»Aber ohne den allermindesten, ohne den allerleisesten Zweifel!« pflichtete Lebedeff sogleich mit beschwichtigendem Handwinken bei.

Der Fürst musterte ihn vom Kopf bis zu den Füßen.

»Sagen Sie mal, Lukján Timoféjewitsch, haben Sie Ihr Schränkchen, das Sie in Ihrer Petersburger Wohnung über dem Bett hatten, bereits hergeschafft?«

»Nein, das habe ich nicht hergeschafft.«

»Ist's möglich?«

»'s geht nicht: man müßte es aus der Wand herausbrechen ... es sitzt zu fest, zu fest!«

»Aber vielleicht haben Sie hier auch so ein Schränkchen?«

»Sogar ein noch besseres, ein noch viel besseres, hab's mitsamt dem Landhaus gekauft.«

»Ach so ... Wer war es, den Sie vorhin nicht zu mir hereinlassen wollten? Vor etwa einer Stunde.«

»Das ... das war sozusagen der General. Allerdings: ich ließ ihn nicht zu Ihnen, das stimmt, und es ist auch besser so — es schickt sich nicht. Wissen Sie, Fürst, ich achte diesen Menschen sehr hoch, jawohl, er ist ... ist sozusagen ein durch und durch großartiger Mensch. Sie glauben mir nicht? Nun, Sie werden selbst sehen, aber wie gesagt, trotzdem — besser ist besser, und ich sage Ihnen: es ist besser, durchlauchtigster Fürst, Sie empfangen ihn nicht bei sich.«

»Und weshalb denn das, wenn man fragen darf? Und weshalb stehen Sie jetzt wieder die ganze Zeit auf den Fußspitzen, Lebedeff, und weshalb nähern Sie sich mir jedesmal, als hätten Sie mir ein Geheimnis ins Ohr zu flüstern?«

»Gemein, gemein bin ich, ich fühl's ja selbst«, war Lebedeffs unverhoffte Antwort, und reuig schlug er sich vor die Brust. »Aber wird der General nicht allzu gastfreundlich für Sie sein?«

»Allzu gastfreundlich?«

»Jawohl. Erstens: wie ich merke, schickt er sich bereits an, sich bei mir häuslich niederzulassen. Na, das mag noch hingehen. Aber er ist auch sehr verwegen, so daß er sich sofort jedem als Verwandter vorstellt. Wir beide haben uns schon mehrmals klipp und klar bewiesen, daß wir unbedingt verwandt sein müssen, und wie er nun herausgetüftelt hat, sind wir auch über diese und jene und noch eine dritte hinweg verschwägert. Also gut, mir soll's recht sein. Aber auch Sie, durchlauchtigster Fürst, sind, wie er mir ausführlich erklärt hat, mütterlicherseits sein Neffe zweiten Grades, — hat's mir noch gestern ausführlich erklärt. Sind Sie aber mit ihm verwandt, so sind Sie es ja durch ihn auch mit mir, nach der neuen Auffassung sozusagen. Aber was, das mag noch hingehen — 'ne kleine Schwäche, wie gesagt, und weiter nichts. Aber soeben hat er mir versichert, daß er während seines ganzen Lebens, angefangen von seiner Fähnrichszeit bis zum elften Juni vorigen Jahres, täglich niemals weniger als zweihundert Personen zu Tisch gehabt habe. Schließlich ging's sogar so weit, daß sie überhaupt nicht mehr von den Stühlen aufstanden, so daß sie etwa dreißig Jahre lang täglich mindestens fünfzehn Stunden zum Frühstück, zu Mittag und zu Abend bei ihm speisten und zwischendurch noch Tee tranken! Und das, wohlgemerkt! ohne die geringste Unterbrechung, kaum daß sie Zeit ließen, die Tischtücher zu wechseln: der eine steht auf, geht fort, der andere kommt, setzt sich — und an Fest- und Feiertagen gab es sogar *drei*hundert Menschen, und am Tage der Feier des tausendjährigen Bestehens des Russischen Reiches zählte er mir sogar *sieben*hundert vor! Das ist doch schauderhaft! So etwas aber ist doch 'n schlimmes Zeichen! Und solche Menschen bei sich zu empfangen, deren Gastfreundschaft mit einem so endlosen Maßstabe gemessen werden muß — da—da—das ist doch mehr als riskant! Nun, sehen Sie wohl, und deshalb dachte ich denn auch so bei mir, ob er für Sie nicht vielleicht gar zu gastfreundlich sein würde?«

»Aber Sie selbst stehen sich doch mit ihm, wie mir scheint, sehr gut?«

»Wie Brüder! Aber ich faß es ja auch nur als Scherz auf. Nun gut, wir sind also verschwägert — gut, mir soll's recht sein. Gereicht mir ja nur zur Ehre. Und im übrigen erkenne ich auch trotz der zweihundert Personen und der siebenhundert zur Jahrtausendfeier unseres Vaterlandes einen außergewöhnlichen Menschen in ihm. Jawohl! — ich bin die Aufrichtigkeit selbst. Sie, Fürst, beliebten vorhin ein Wort über Geheimnisse fallen zu lassen, und zwar in dem Sinne, daß ich mich Ihnen jedesmal so nähere, als hätte ich ein Geheimnis mitzuteilen. Damit haben Sie diesmal den Nagel auf den Kopf getroffen: ich bin nämlich soeben tatsächlich mit einem Geheimnis hergekommen. Die gewisse Dame hat mich nämlich soeben wissen lassen, daß sie mit Ihnen unbedingt eine heimliche Zusammenkunft wünscht.«

»Weshalb denn eine heimliche? Das ist durchaus nicht nötig. Ich werde selbst zu ihr hingehen, meinetwegen heute noch.«

»Aber gewiß doch ‚durchaus nicht nötig'!« beschwichtigte Lebedeff wieder mit beiden Händen. »Und sie fürchtet ja gar nicht das, was Sie vielleicht denken! Übrigens: das Ungeheuer kommt jeden Tag her, um sich nach Ihrer Gesundheit zu erkundigen — wußten Sie das schon?«

»Sie nennen ihn etwas zu oft ein Ungeheuer, das kommt mir sehr verdächtig vor.«

»Aber ich bitte Sie, hier kann doch von einem Verdacht gar nicht die Rede sein ... und im übrigen wollte ich ja nur erklären«, lenkte Lebedeff schnell ab, »daß die betreffende Dame nicht ihn, sondern eine ganz andere Persönlichkeit fürchtet, jawohl ...«

»Nun, wen denn? So sagen Sie doch endlich alles, was Sie zu sagen haben«, drängte der Fürst ungeduldig, da ihn die Geheimnistuerei Lebedeffs aufrichtig ärgerte.

» ... Das ist aber eben das Geheimnis.«
Und Lebedeff lächelte vielsagend.

»Wessen Geheimnis?«

»Ihres, natürlich doch! Durchlauchtigster Fürst, Sie werden sich doch wohl dessen entsinnen, daß Sie selbst mir verboten haben, auch nur mit einem Wort davon zu sprechen«, sagte Lebedeff wichtigtuend; und nachdem er sich genugsam daran geweidet hatte, daß es ihm gelungen war, die Neugier seines Zuhörers bis zu nervöser Ungeduld zu steigern, schloß er plötzlich ganz unerwartet: »Sie fürchtet sich vor Aglaja Iwanowna.«

Der Fürst runzelte die Stirn und schwieg eine Weile.

»Bei Gott, Lebedeff, ich werde Ihr Haus verlassen«, stieß

er plötzlich hervor. »Wo sind Gawrila Ardalionytsch und Ptizyns? Bei Ihnen? Die wollten Sie wohl gleichfalls von mir fernhalten?«

»Sie kommen ja, sie kommen schon! Und sogar der General kommt mit ihnen. Ich werde alle Türen aufreißen, alle meine Töchter herrufen, alle, alle, sofort, sofort!« flüsterte Lebedeff erschrocken, wieder mit den Händen beschwichtigend, und geschäftig stürzte er zur Tür, besann sich aber, lief zur anderen Tür, zögerte jedoch auch dort und kehrte dann wieder zur ersten zurück.

In diesem Augenblick erschien Kolja auf dem Parkweg, sprang eilig die Stufen zur Veranda empor und meldete, daß ihm auf dem Fuße Gäste folgten — Lisaweta Prokofjewna mit ihren drei Töchtern.

»Soll ich Ptizyns und Gawrila Ardalionytsch hereinlassen? Ja oder nein? Und den General?« fragte geschwind Lebedeff, den diese Nachricht in höchste Aufregung versetzte.

»Aber natürlich, weshalb denn nicht? Alle, wer nur zu mir kommen will. Ich versichere Sie nochmals, Lebedeff, daß Sie sich in Ihrer Auffassung meiner Beziehungen zu meinen Bekannten arg täuschen; Sie fassen alles immer ganz anders auf. Ich habe nicht die geringste Ursache, mich vor irgend jemand, sei es, wer es wolle, zu verbergen«, sagte der Fürst lachend, und im Augenblick verzog auch Lebedeff sein Gesicht zu einem Schmunzeln; denn trotz all seiner Aufregung war er doch ersichtlich äußerst zufrieden mit der Entwicklung der Dinge.

Koljas Meldung erwies sich als richtig: er war den Damen nur ein paar Schritte vorausgeeilt, so daß nun plötzlich von beiden Seiten Gäste erschienen: aus dem Park näherten Jepantschins sich der Veranda, und durch die Zimmertür kamen Ptizyns, Ganja und General Iwolgin.

Jepantschins hatten von der Erkrankung des Fürsten und seiner Anwesenheit in Pawlowsk soeben erst durch Kolja erfahren. Der General hatte ihnen zwar schon vor drei Tagen von der in ihrer Stadtwohnung vorgefundenen Visitenkarte

des Fürsten erzählt und damit in seiner Gemahlin die feste
Überzeugung erweckt, daß der Fürst sogleich in eigener Person auch in ihrer Villa erscheinen werde. Vergeblich wandten
die Töchter ein, daß ein Mensch, der ein halbes Jahr nicht
geschrieben hatte, es wohl auch mit dem Besuch nicht so eilig
haben werde, und außerdem könne ihn ja noch viel Wichtigeres in Petersburg zurückhalten. Die Generalin ärgerten
diese Bemerkungen nicht wenig; sie hätte wetten mögen, daß
der Fürst unfehlbar am nächsten Tag erscheinen werde, »obschon auch das noch unverzeihlich spät wäre«. Und so erwartete sie ihn am nächsten Tage den ganzen Vormittag,
doch leider vergeblich; nachdem sie um eins ihr Frühstück
ohne den Fürsten eingenommen hatten, begann sie ihn zum
Diner zu erwarten; da er jedoch auch zum Diner nicht erschien, erwartete sie ihn am Abend; doch als es gar zu dunkeln begann, ohne daß der Fürst erschienen wäre, da ärgerte
sie sich dermaßen, daß sie in kürzester Zeit mit allen in Streit
geriet und sich aufs ärgste mit ihren Töchtern und ihrem Gatten überwarf. Selbstverständlich ward dabei ihrerseits mit
keinem Wort des Fürsten Erwähnung getan. Als aber Aglaja
am dritten Tage bei Tisch plötzlich die Bemerkung fallen
ließ, daß maman sich ja nur deshalb so ärgere, weil der Fürst
noch immer nicht käme (worauf der General sogleich vorbeugend feststellte, daß er, der General, doch nichts dafür
könne, das sei doch nicht seine Schuld) — da erhob sich Lisaweta Prokofjewna in hellem Zorn und verließ, ohne ein
Wort zu sagen, das Zimmer. Endlich, bereits gegen Abend,
erschien Kolja und erzählte, daß der Fürst einen epileptischen
Anfall gehabt habe, und was er sonst noch zu erzählen wußte.
Das Ergebnis dieser Mitteilung war, daß Lisaweta Prokofjewna triumphierte, doch vorher bekam noch Kolja seinen
Teil.

»Sonst sitzt er hier tagelang und ist nicht loszuwerden,
diesmal aber ist er nicht einmal auf den Gedanken gekommen, uns wenigstens zu benachrichtigen, wenn er nicht
selbst kommen konnte!«

Kolja wollte sich zwar sogleich wegen des »Nichtloszuwerden« gekränkt fühlen, schob es aber noch auf; wenn nicht das Wort an sich gar so beleidigend gewesen wäre, hätte er die Bemerkung sogar ganz verziehen, dermaßen freuten ihn die Aufregung und Unruhe Lisaweta Prokofjewnas nach der Mitteilung von der Krankheit des Fürsten. Sie bestand sofort mit allem Nachdruck auf der Notwendigkeit, einen Diener nach Petersburg zu senden, um eine der größten medizinischen Berühmtheiten zur Konsultation zu bitten; die Töchter rieten jedoch davon ab. Aber sie wollten ihrer Mutter nicht nachstehen, als diese sich sogleich aufmachte, um den Kranken zu besuchen.

»Er liegt im Sterben, und da sollen wir nun Zeremonien beobachten!« rief sie erregt. »Ist er ein Freund unseres Hauses oder nicht?«

»Nur finde ich es nicht ratsam, sich anderen Menschen aufzudrängen«, wagte zwar Aglaja einzuwenden, aber die Mutter bemerkte hierauf nur scharf:

»Dann geh nicht mit. Und du tust sogar sehr gut daran: wenn Jewgénij Páwlowitsch kommt, wäre sonst niemand hier, der ihn empfangen könnte.«

Nach diesen Worten folgte Aglaja natürlich sofort den anderen, was sie übrigens sowieso zu tun beabsichtigt hatte. Fürst Sch., der sich mit Adelaida unterhielt, war auf deren Bitte sogleich bereit, die Damen zu begleiten. Er interessierte sich sehr für den Fürsten, nachdem ihm so manches von diesem erzählt worden war. Übrigens war er mit ihm auch persönlich bekannt: sie hatten beide vor etwa drei Monaten in einem Provinzstädtchen fast volle zwei Wochen in ein und demselben Gasthof gelebt. Er hatte auch seinerseits Jepantschins vom Fürsten erzählt, und zwar äußerte er sich sehr sympathisch über ihn, weshalb er denn jetzt auch gern den alten Bekannten besuchen wollte. Der General war nicht zu Hause, und auch Jewgenij Pawlowitsch war noch nicht aus Petersburg eingetroffen.

Lebedeffs Landhaus war von der Villa Jepantschin nicht

mehr als dreihundert Schritte entfernt. Die erste unangenehme Überraschung war dort für Lisaweta Prokofjewna: so viele Gäste anzutreffen (ganz abgesehen davon, daß zwei oder drei von diesen ihr entschieden verhaßt waren), und die zweite: statt des Kranken auf dem Sterbebett einen anscheinend vollkommen gesunden, elegant gekleideten, lachenden jungen Mann zu erblicken, der sofort die Stufen der Veranda herunterstieg und sie sichtlich erfreut begrüßte. Sie blieb sogar stehen vor Verwunderung — zum größten Vergnügen Koljas, der sie natürlich sehr gut über das augenblickliche Befinden des Fürsten hätte aufklären können, als sie noch nicht zum Besuch aufgebrochen war. Er hatte das jedoch absichtlich unterlassen, um sich an ihrem Zorn ergötzen zu können, wenn sie, die dem Fürsten von Herzen das Beste wünschte, diesen bei guter Gesundheit antraf. Ja, Kolja war sogar so taktlos, daß er seinen Gedanken laut aussprach, was er wiederum nur deshalb tat, um Lisaweta Prokofjewna zu necken. Solche Neckereien waren trotz der Freundschaft, die sie verband, gang und gäbe zwischen ihnen.

»Wart noch ein wenig, mein Lieber, beeile dich nicht zu sehr, verdirb nicht deinen Triumph!« versetzte Lisaweta Prokofjewna, indem sie sich auf den vom Fürsten ihr hingeschobenen Lehnstuhl niederließ.

Lebedeff, Ptizyn und der alte General Iwolgin beeilten sich, sogleich den jungen Damen Stühle zu bringen. Der General brachte seinen Stuhl Aglaja. Lebedeff eilte auch zum Fürsten Sch. mit einem Stuhl und bot ihn mit einer so tiefen Verbeugung an, als wollte er durch die Krümmung seines Rückgrats die Tiefe seiner Ergebenheit ausdrücken. Warja begrüßte die jungen Damen wie gewöhnlich mit Entzücken und im Flüsterton.

»Es ist wahr, Fürst, ich glaubte wirklich, dich womöglich im Bett vorzufinden; denn als ich von deiner Erkrankung hörte, mußte ich in der Angst natürlich gleich übertreiben. Aber lügen werde ich deshalb um keinen Preis, und so vernimm es nur ruhig, daß ich mich über dein glückliches Gesicht soeben furchtbar geärgert habe; aber, ich schwöre dir, das tat ich nur einen Augenblick, nur so lange, wie ich noch nicht nachgedacht hatte. Wenn ich erst nachgedacht habe, handle und rede ich immer viel klüger; ich glaube, du auch. Jetzt aber kann ich dir sagen, daß ich mich über die Genesung meines leiblichen Sohnes, wenn ich einen hätte, vielleicht weniger freuen würde als über deine; wenn du mir das nicht glaubst, so hast du dich zu schämen und nicht ich. Dieser boshafte Bengel aber erlaubt sich mir gegenüber doch etwas zu weitgehende Scherze. Du protegierst ihn, glaube ich? Nun, dann sage ich dir im voraus, daß ich eines schönen Tages auf das Vergnügen seiner weiteren Bekanntschaft verzichten werde.«

»Aber was habe ich denn verbrochen?« rief Kolja. »Selbst wenn ich Ihnen noch so überzeugend versichert hätte, daß der Fürst schon fast gesund sei, Sie hätten es mir doch nicht glauben wollen; denn ihn sich auf dem Sterbebett vorzustellen, war doch unvergleichlich interessanter!«

»Wirst du lange hierbleiben?« wandte sich Lisaweta Prokofjewna an den Fürsten.

»Den ganzen Sommer und vielleicht noch länger.«

»Du bist doch allein? Nicht verheiratet?«

»Nein, nicht verheiratet«, antwortete der Fürst, lächelnd über die Naivität dieses Stiches.

»Da ist nichts zu lächeln; das kommt vor. Ich frage wegen des Wohnens, — weshalb bist du nicht zu uns gekommen? Bei uns steht ein ganzer Seitenflügel leer. Übrigens, wie du willst. Wohnst du bei diesem? Bei dem da?« fragte sie halblaut und wies mit einer Kopfbewegung auf Lebedeff hin. »Was fehlt ihm denn, weshalb kann er nicht ruhig stehen?«

In dem Augenblick trat Wjera aus dem Zimmer auf die Veranda; wie gewöhnlich trug sie das Kindchen auf den Armen. Lebedeff, der sich zwischen den Stühlen der Gäste hin und her wand und entschieden nicht wußte, wo er bleiben sollte — jedenfalls aber um alles in der Welt nicht die Veranda verlassen wollte —, stürzte sich plötzlich, wie besessen mit den Armen fuchtelnd, seiner Tochter entgegen, um sie nur ja fortzutreiben, und in der Hitze vergaß er sich sogar so weit, daß er mit den Füßen trampelte.

»Was fehlt ihm, ist er wahnsinnig?« fragte die Generalin erschrocken.

»Nein, er ist...«

»Betrunken vielleicht? Nein, dein Umgangskreis ist nicht nach meinem Geschmack, offen gesagt, mein Lieber«, meinte sie schroff, während ihr Blick auch die anderen Gäste streifte. »Aber wer war dieses reizende Mädchen?«

»Das war Wjéra Lukjánowna, die Tochter Lebedeffs.«

»Ah!... Wirklich reizend. Ich möchte sie kennenlernen.«

Kaum hatte Lebedeff die lobenden Worte der Generalin aufgefangen, als er seine Tochter auch schon mit Gewalt herbeizog, um sie untertänigst vorzustellen.

»Waisen, mutterlos!« erläuterte er ihr zerschmelzend. »Und dieses Kindchen im Steckkissen — ist gleichfalls eine Waise, ihr Schwesterchen und meine Tochter, Ljubów mit Namen, und geboren in gesetzmäßigst geschlossener Ehe, von meiner jüngst verstorbenen Gattin Jelena, die vor sechs Wochen im Kindbett, wie gesagt, gestorben ist, nach Gottes Ratschluß... jawohl. Und sie vertritt jetzt Mutterstelle an der Kleinen, obwohl sie nur ihre Schwester ist, nicht mehr und nicht weniger als ihre Schwester, glauben Sie mir...«

»Und du, Väterchen, bist nicht mehr und nicht weniger als ein Dummkopf, nimm's mir nicht übel, aber das kannst du mir gleichfalls glauben. Nun, genug, du wirst mich schon richtig verstehen, denke ich«, schnitt ihm Lisaweta Prokofjewna ungehalten das Wort ab.

»Stimmt! Mir aus der Seele gesprochen!« sagte Lebedeff, sich ehrfurchtsvoll und tief vor ihr verneigend.

»Hören Sie, Herr Lebedeff, ist es wahr, daß Sie die „Apokalypse" auslegen?« fragte Aglaja.

»Jawohl! Die reinste Wahrheit ... seit fünfzehn Jahren.«

»Ich habe davon gehört. Es hat auch in den Zeitungen, glaube ich, etwas über Sie gestanden, nicht wahr?«

»Nein, nicht über mich, über einen anderen, jawohl, einen anderen, aber der ist jetzt tot, und nun bin ich sein Nachfolger«, berichtete Lebedeff verklärt vor Freude.

»Oh, dann seien Sie so gut und erklären Sie sie mir einmal gelegentlich, als unser nunmehriger Nachbar! Ich verstehe so gut wie nichts von der ganzen „Apokalypse".«

»Ich kann leider nicht umhin, Aglaja Iwanowna, Sie darauf aufmerksam zu machen, daß diese ganze Auslegung seinerseits nichts als Scharlatanerie ist, ich versichere Sie«, mischte sich plötzlich General Iwolgin ein, der neben Aglaja wie auf Nadeln saß und in größter Ungeduld nur auf eine Gelegenheit wartete, gleichfalls etwas sagen zu können. »Ich verstehe ja, Landaufenthalt erlaubt vieles und hat seine besonderen Vergnügungen«, fuhr er in demselben Ton fort, »und der Empfang selbst eines Scharlatans um der Auslegung der „Apokalypse" willen ist zwar ein Einfall wie jeder andere oder vielmehr ein Einfall, der durch das Niveau seiner geistigen Höhe sogar bemerkenswert ist, doch ich ... Sie sehen mich, wie ich bemerke, etwas erstaunt an? General Iwolgin, — habe die Ehre, mich vorzustellen. Ich habe Sie auf den Armen getragen, Aglaja Iwanowna.«

»Freut mich sehr. Ich bin mit Warwara Ardalionowna und Nina Alexandrowna bekannt«, murmelte Aglaja, sich auf die Lippen beißend, um nicht zu lachen.

Lisaweta Prokofjewna wurde rot vor Unwillen. Es hatte sich in ihrem Herzen so manches angesammelt, das nun mit Gewalt zum Ausdruck drängte. Sie konnte den General Iwolgin, mit dem sie einmal bekannt gewesen war, aber schon vor langen Jahren, nicht ausstehen.

»Du faselst natürlich wieder, wie gewöhnlich, niemals hast du sie auf den Armen getragen!« sagte sie scharf und unwillig.

»Doch, maman, er hat mich tatsächlich auf den Armen getragen, in Twerj war's«, bestätigte plötzlich Aglaja. »Wir lebten damals in Twerj. Ich war vielleicht sechs Jahre alt, ich entsinne mich dessen noch ganz genau! Er machte mir auch einen Bogen und Pfeile, lehrte mich damit schießen, und ich traf auch eine Taube. Erinnern Sie sich noch, wie wir beide auf die Taube schossen?«

»Und mir brachte er einen Helm aus Pappe und einen hölzernen Säbel! Ich erinnere mich noch!« rief Adelaida.

»Ja, auch ich entsinne mich dessen«, bestätigte nun auch Alexandra. »Du und Adelaida, ihr gerietet zusammen wegen der verwundeten Taube in Streit und wurdet jede in einen Winkel gestellt; und Adelaida stand noch mit ihrem Helm und dem Säbel im Winkel!«

Der General hatte wie gewöhnlich *nur so* zu Aglaja gesagt, er habe sie auf den Armen getragen, — zum Teil, um des Gespräches willen, und zum Teil, weil er mit jedem jüngeren Menschen, wenn er einmal die Bekanntschaft eines solchen machte, auf diese Weise das Gespräch begann. Diesmal aber hatte er ganz zufällig die Wahrheit gesagt, und gerade die Wahrheit hatte er natürlich vergessen. Als ihn nun aber Aglaja so unerwartet daran erinnerte, wie sie beide die Taube geschossen hatten, entsann er sich plötzlich des ganzen Vorfalls, entsann sich seiner mit allen Einzelheiten! So pflegt es nicht selten alten Leuten mit alten Erinnerungen zu ergehen. Freilich ist es schwer, festzustellen, was gerade in dieser Erinnerung so erschütternd auf den armen alten, auch jetzt nicht ganz nüchternen General wirken konnte: er war aber plötzlich in der Tat ganz ergriffen.

»Ja, jetzt fällt es mir ein, ja! ich entsinne mich!« rief er aus. »Ich war damals noch Hauptmann! Und Sie waren so ein kleines, niedliches Dingelchen! Nina Alexandrowna... Ganja... Ich wurde bei Ihnen empfangen... Iwán Fjódorowitsch...«

»Und nun sieh, wie weit du es gebracht hast!« fiel ihm

plötzlich die Generalin ins Wort. »Aber es scheint, daß du deine edleren Gefühle doch noch nicht gänzlich vertrunken hast, wenn alte Erinnerungen noch einen so starken Eindruck auf dich machen können! Deine Frau aber hast du doch zu Tode gequält. Anstatt deine Kinder zu erziehen, sitzt du im Schuldgefängnis. Geh mal, Väterchen, geh mal fort von hier, geh in einen Winkel und wein ein bißchen, denk an das Vergangene und wie schön es war, vielleicht wird dir Gott dann verzeihen. Geh mal, geh, ich sage dir das im Ernst. Wenn man sich bessern will, ist das Beste, was man tun kann, reuig an Vergangenes zu denken.«

Doch die Versicherung, daß sie es im Ernst sagte, war eigentlich überflüssig: der General war, wie alle Trinker, sehr zartfühlend, und wie alle heruntergekommenen Trinker verwand er es nur schwer, wenn man ihn an seine bessere Vergangenheit erinnerte. Er erhob sich und schritt gehorsam zur Tür, so daß er Lisaweta Prokofjewna leid tat.

»Ardalión Alexándrowitsch! Väterchen!« rief sie ihm schnell nach. »Wart noch einen Augenblick — wir sind ja allesamt Sünder! Wenn du fühlst, daß das Gewissen dich weniger drückt, dann komm zu mir auf ein Stündchen, laß uns von den alten Zeiten plaudern. Ich habe ja vielleicht noch fünfzigmal mehr gesündigt als du — aber jetzt geh nur, adieu, adieu, geh nur jetzt, was sollst du auch hier...«, drängte sie ihn erschrocken doch wieder fort, als er Miene machte, zurückzukehren.

»Gehen Sie ihm vorläufig noch nicht nach!« hielt der Fürst Kolja auf, der dem Vater folgen wollte. »Er würde sich nach einer Minute ärgern, und damit wäre die ganze Stimmung verdorben.«

»Das ist wahr, laß ihn jetzt in Ruh; nach einer halben Stunde kannst du gehen«, entschied Lisaweta Prokofjewna.

»Da sieht man, was das heißt, einmal im Leben die Wahrheit zu hören — 's hat doch bis zu Tränen auf ihn gewirkt!« wagte Lebedeff zu bemerken.

»Nun, Väterchen, auch du mußt gut sein, wenn das alles

wahr ist, was ich über dich gehört habe!« setzte ihm die Generalin sofort einen Dämpfer auf.

Die Stellungnahme der Gäste zueinander klärte sich allmählich. Der Fürst, der die ganze Größe der Anteilnahme Lisaweta Prokofjewnas und ihrer Töchter durchaus zu schätzen wußte, fühlte sich verpflichtet, der Generalin zu sagen, es sei seine feste Absicht gewesen, sie spätestens morgen, wenn nicht noch an diesem Abend trotz der späten Stunde und seiner angegriffenen Gesundheit zu besuchen. Lisaweta Prokofjewna meinte hierauf — nach einem Blick auf seine Gäste —, daß er es ja doch sogleich tun könne, worauf Ptizyn, als höflicher und stets verträglicher Mensch, sich sogleich erhob und sich zu Lebedeffs zurückzog. Beim Hinausgehen machte er noch den Versuch, auch Lebedeff mitzuziehen; doch dieser machte sich mit einem »Sofort, sofort, werde mich sogleich hier losmachen« von Ptizyn los und blieb natürlich. Warja hatte inzwischen mit den jungen Mädchen ein Gespräch angeknüpft. Sie und Ganja atmeten erleichtert auf, als ihr Vater hinausgegangen war. Ganja folgte jedoch bald Ptizyns Beispiel. Während der kurzen Zeit auf der Veranda hatte er sich bescheiden und doch würdig gehalten und sich durch die strengen Blicke Lisaweta Prokofjewnas nicht im geringsten einschüchtern lassen. Er hatte sich im Vergleich zu früher allerdings sehr verändert, was Aglaja überaus gefiel.

»Das war doch Gawrila Ardalionytsch, der soeben hinausging?« fragte sie plötzlich, wie sie es gewöhnlich zu tun pflegte, laut, schroff, ohne sich an jemand persönlich zu wenden oder sich darum zu kümmern, daß sie mit ihrer Frage das Gespräch der anderen unterbrach.

»Allerdings«, antwortete der Fürst.

»Ich habe ihn kaum wiedererkannt. Er hat sich auffallend verändert und zwar ... bedeutend zu seinem Vorteil.«

»Das freut mich sehr für ihn«, sagte der Fürst.

»Er war sehr krank«, bemerkte Warja erfreut und mitleidig zugleich.

»Inwiefern zu seinem Vorteil verändert?« fragte zornig verwundert und fast erschrocken die Generalin. »Wie kommst du darauf? Ich finde nichts Besseres an ihm. Was scheint dir denn jetzt an ihm besser?«

»Etwas Besseres als den „armen Ritter" gibt es überhaupt nicht!« rief plötzlich Kolja, der die ganze Zeit neben dem Stuhl Lisaweta Prokofjewnas gestanden hatte, in kategorisch feststellendem Tone aus.

»Der Meinung bin ich auch«, sagte Fürst Sch. lachend.

»Und ich gleichfalls«, erklärte Adelaida feierlich.

»Was ist das für ein „armer Ritter"?« fragte die Generalin verständnislos und blickte ärgerlich die Sprechenden an. Als sie aber sah, daß Aglaja plötzlich rot wurde, fuhr sie ungehalten auf: »Was für ein Unsinn! Was ist denn das für ein „armer Ritter"?«

»Ach, hat denn dieser Bengel, Ihr Liebling Nikolai Ardalionytsch, noch nicht genug Worte verdreht!« lenkte Aglaja mit hochmütigem Unwillen ab.

Wenn Aglaja sich ärgerte (und das tat sie sehr oft), blickte durch ihren hervorgekehrten Ernst und abweisenden Stolz so viel Kindliches, daß es mitunter ganz unmöglich war, bei ihrem Anblick ernst zu bleiben (was übrigens Aglaja zu noch größerem Ärger reizte, da sie es gar nicht begreifen konnte, »wie man *überhaupt wagen durfte*, über sie zu lachen!«). So brachen denn auch diesmal die Schwestern in Lachen aus, auch Fürst Sch. lachte, und selbst Fürst Lew Nikolajewitsch, der plötzlich aus irgendeinem Grunde gleichfalls ganz rot geworden war, mußte lächeln. Kolja triumphierte und freute sich. Aglaja aber ärgerte sich über alle Maßen, und das stand ihr vorzüglich: sie wurde noch reizender durch ihre Verwirrung und den Ärger über diese ihre Verwirrung.

»... Oder haben Sie schon vergessen, maman, wie oft er den Sinn Ihrer eigenen Worte entstellt hat?« fragte sie verletzt.

»Aber wieso, ich wiederholte doch ganz wortgetreu Ihren

eigenen Ausruf!« verteidigte sich Kolja. »Vor einem Monat blätterten Sie im „Don Quijote" und plötzlich riefen Sie buchstäblich aus, etwas Besseres als den „armen Ritter" gäbe es überhaupt nicht. Leider weiß ich nicht, von wem die Rede war: von Don Quijote oder Jewgénij Páwlowitsch oder vielleicht von irgendeinem Dritten; ich vermutete nur, daß vorher von einer bestimmten Persönlichkeit gesprochen worden war, und wohl schon lange..."

»Mein lieber Junge, ich sehe, du erlaubst dir mitunter doch etwas zuviel mit deinen Vermutungen«, unterbrach ihn die Generalin ärgerlich.

»Aber was habe ich denn getan?« wunderte sich der nicht zum Schweigen zu bringende Kolja. »Ich habe doch meines Wissens durchaus keine Indiskretion begangen, alle sprachen damals davon, und das tun sie ja auch jetzt: soeben sprachen doch noch Fürst Sch. und Adelaida von ihm, und alle sagten damals, daß sie auf Seiten des „armen Ritters" ständen! Also muß es doch diesen „armen Ritter" nicht nur in der Literatur geben, und meiner Meinung nach ist es nur die Schuld Adelaida Iwanownas, daß wir noch nicht wissen, wie er aussieht.«

»Meine Schuld? Um Gottes willen, inwiefern denn?« fragte Adelaida lachend.

»Weil Sie sein Porträt nicht gemalt haben! Aglaja Iwanowna bat sie damals, den „armen Ritter" zu malen, und beschrieb Ihnen auch ganz genau das Bild, das sie sich ausgedacht hatte, erinnern Sie sich noch? Sie aber wollten nicht..."

»Aber was hätte ich denn malen sollen? Wen? Von dem „armen Ritter" heißt es doch, niemand habe seither mehr gesehen,
„daß er vor anderen hob
einmal noch das Visier".

Also was? — einen Helm? — ein geschlossenes Visier?«

»Ich verstehe kein Wort! Helm! Visier! — Was soll das heißen, wovon redet ihr?« fragte die Generalin aufrichtig geärgert; denn sie begann bereits zu erraten, wer mit dem „armen Ritter" gemeint war und offenbar schon seit langer Zeit nach gemeinsamer, stillschweigender Übereinkunft so genannt wurde.

Da bemerkte sie, daß auch Fürst Lew Nikolajewitsch ganz verwirrt aussah und so befangen war wie ein zehnjähriger Knabe — und da war sie empört.

»Aber so sagt mir doch endlich, was diese ganze Dummheit zu bedeuten hat! Nun? Was hat es für eine Bewandtnis mit dem „armen Ritter"? Oder ist es denn ein so furchtbares Geheimnis, daß man überhaupt nicht daran rühren darf?«

Doch die anderen fuhren nur fort zu lachen.

»Es gibt ein merkwürdiges russisches Gedicht, ein Fragment«, nahm es schließlich Fürst Sch. auf sich, den Sachverhalt zu erklären, offenbar um dem Gespräch dann schneller eine andere Wendung geben zu können, »ein Fragment von einem „armen Ritter", das weder einen richtigen Anfang noch ein richtiges Ende hat. Vor etwa einem Monat scherzten wir einmal alle nach Tisch und schlugen wie gewöhnlich Sujets zu Adelaida Iwanownas zukünftigem großen Gemälde vor. Sie wissen doch, daß es die wichtigste Aufgabe der ganzen Familie ist, für Adelaida Iwanowna ein passendes Sujet zu ersinnen! Und da schlug dann jemand den „armen Ritter" vor, — wer es zuerst tat, dessen entsinne ich mich nicht mehr...«

»Aglaja Iwanowna!« verriet Kolja.

»Vielleicht, es ist möglich, nur entsinne ich mich dessen nicht mehr«, fuhr Fürst Sch. fort. »Die einen lachten und spotteten über diesen Vorschlag, die anderen wiederum meinten, es gäbe sicher nichts Höherstehendes; doch, um den „armen Ritter" zu malen, müsse man vor allen Dingen ein Gesicht malen, und dazu brauche man ein Modell. Da begannen wir denn, alle Bekannten der Reihe nach durchzunehmen; das Resultat der Prüfung war, daß uns kein einziges Gesicht als dazu passend erschien, und dabei blieb es. Ja, und das war alles. Ich verstehe nur nicht, weshalb

Nikolai Ardaliónytsch jetzt darauf zu sprechen gekommen ist? Was damals scherzhaft und bien à propos war, ist doch jetzt von gar keinem Interesse.«

»Wahrscheinlich weil wieder ein Dummkopf damit gemeint wird, irgendeine neue verletzende Taktlosigkeit«, versetzte die Generalin scharf.

»Durchaus keine Taktlosigkeit oder Dummheit, sondern nur die größte Hochachtung«, sagte plötzlich mit ganz unerwartetem Ernst und Nachdruck Aglaja, die sich inzwischen gefaßt und ihre Verlegenheit bezwungen hatte. Ja, man konnte sogar glauben, es freue sie jetzt, daß der Scherz weiter und weiter ging. Und diese ganze Veränderung war in dem einen Augenblick vor sich gegangen, als sie plötzlich die auffallende Verlegenheit und wachsende Verwirrung des Fürsten Lew Nikolajewitsch bemerkt hatte.

»Da werde einer klug draus! Zuerst lachen sie wie die Irren und dann empfinden sie plötzlich die größte Hochachtung! Verrücktes Volk! Sag sofort, weshalb du jetzt mir nichts, dir nichts die größte Hochachtung empfindest?«

»Ganz einfach deshalb«, antwortete Aglaja ebenso ernst und gewichtig auf die fast zornige Frage der Mutter, »weil uns in diesem Gedicht ein Mensch geschildert wird, der fähig ist, ein Ideal zu haben; zweitens, nachdem er sich einmal ein Ideal auserkoren hat, an dasselbe zu glauben, und nachdem er einmal zu glauben begonnen hat, für dieses Ideal blind sein ganzes Leben hinzugeben. So etwas kommt jetzt nicht alle Tage vor. In diesem Gedicht ist nicht direkt gesagt, worin eigentlich dieses Ideal des „armen Ritters" bestand; aber es geht doch wenigstens aus ihm hervor, daß es etwas Lichtes war, „das Bild der reinen Schönheit", so daß der verliebte Ritter sogar auf den Schmuck der seidenen Schärpe verzichtete und statt dieser nur den Rosenkranz zum Gebet sich um den Hals hängte. Allerdings gibt es dann noch eine dunkle Anspielung in dem Gedicht, eine unausgesprochene Devise, die Buchstaben N. F. B., die er auf seinen Schild geschrieben hat...«

»A. M. D.!« korrigierte Kolja.

»Ich aber sage N. F. B. und will dabei bleiben!« unterbrach ihn Aglaja ärgerlich. »Doch gleichviel, — jedenfalls ist es klar, daß diesem armen Ritter eines nun schon ganz gleichgültig geworden ist: nämlich, wer seine Dame ist und was sie tut. Es genügt ihm, sie erwählt zu haben und an ihre „reine Schönheit" zu glauben, und danach sein ganzes Leben lang dabei zu bleiben, sie ewig zu verehren; gerade darin besteht ja das Verdienst, daß er auch dann, wenn sie zur Diebin würde, dennoch an sie glauben und für ihre reine Schönheit Lanzen brechen müßte. Der Dichter hat wahrscheinlich in der außergewöhnlichen Gestalt eines reinen und hochstehenden Ritters den ganzen gewaltigen Begriff der mittelalterlich-ritterlichen platonischen Liebe darstellen wollen; natürlich ist das eine Idealgestalt. Im „armen Ritter" aber ist dieses Gefühl schon auf der letzten Stufe angelangt, bei der Askese; man muß aber doch zugeben, daß die Fähigkeit zu einem solchen Gefühl viel bedeutet, und daß solche Gefühle an und für sich einen tiefen und einerseits überaus lobenswerten Grundzug prägen, ganz abgesehen von dem Wert eines Don Quijote. Der „arme Ritter" ist gleichfalls ein Don Quijote, bloß nicht ein komisch aufgefaßter, sondern ein ernst und tragisch gesehener. Anfangs verstand ich das nicht und ich lachte, jetzt aber liebe ich den „armen Ritter", und vor allem habe ich Hochachtung vor seinem Heldentum.«

Damit schloß Aglaja, und wenn man sie ansah, war es sogar schwer zu sagen, ob sie im Ernst oder nur im Scherz gesprochen hatte.

»Nun, das wird wohl irgend ein Dummkopf gewesen sein, dieser Ritter mitsamt seinem Heldentum!« fällte die Generalin das Urteil. »Aber auch du, Mütterchen, bist richtig ins Faseln hineingeraten, das war ja ein ganzer Vortrag; aber das schickt sich, meiner Meinung nach, gar nicht für dich; und in jedem Fall ist so etwas unstatthaft. Was ist das für ein Gedicht? Sage es auf, du kannst es doch gewiß auswendig. Ich will es unbedingt hören. Mein Lebtag habe ich Gedichte nicht ausstehen können, als hätte ich's vorausgeahnt! Und da haben wir's nun! Um Gottes willen, lieber Fürst, halte noch ein wenig aus, wir sind beide, scheint es, zu gemeinsamem Dulden verurteilt«, wandte sie sich an den Fürsten Lew Nikolajewitsch. Sie ärgerte sich sehr.

Fürst Lew Nikolajewitsch wollte schon etwas sagen, brachte aber in seiner Verwirrung kein Wort hervor. Nur Aglaja, die sich in ihrem »Vortrag« so viel erlaubt hatte, war die einzige von allen Anwesenden, die sich nicht im geringsten geniert fühlte; ja, sie schien sich sogar zu freuen, daß es so weit gekommen war. Sie erhob sich sogleich, und es hatte fast den Anschein, als hätte sie sich darauf vorbereitet und jetzt nur auf die erste Aufforderung gewartet; sie trat vor und blieb mitten auf der Veranda, gegenüber dem im Lehnstuhl sitzenden Fürsten stehen. Alle blickten sie im ersten Moment erstaunt an, und fast alle, Fürst Sch., die Schwestern und die Mutter, sahen mit einem unangenehmen Empfinden diesem neuen Streich entgegen, der jedenfalls etwas weit zu gehen drohte. Aus der Art und Weise, wie Aglaja vortrat und sich aufstellte, ersah man aber, daß sie an diesem affektierten Auftreten Gefallen fand. Lisaweta Prokofjewna wollte sie schon mit einem strengen Verweis auf ihren Platz zurückschicken. Doch kaum hatte Aglaja die bekannte Ballade begonnen, als sich plötzlich zwei neue Gäste laut sprechend auf dem Parkwege der Veranda näherten. Es waren das General Jepantschin und ein unbekannter junger Mann. Ihr Erscheinen rief eine kleine Aufregung hervor.

VII

Der junge Mann, der den General begleitete, war ungefähr achtundzwanzig Jahre alt, eine große und schlanke Erscheinung mit einem klugen Gesicht und großen, dunklen Augen, deren Blick sofort Scharfsinn und Spottlust verriet. Aglaja sah sich nicht einmal nach ihm um, sondern fuhr ohne weiteres in ihrem Vortrag fort, und zwar wandte sie sich ausschließlich an den Fürsten Myschkin, der nun seinerseits begriff, daß sie mit diesem scheinbaren Scherz eine ganz bestimmte Absicht verfolgte. Zum Glück half ihm das Erscheinen der neuen Gäste ein wenig aus seiner unangenehmen Lage: er erhob sich sogleich, als er sie erblickte, nickte dem General von weitem zu und bat ihn durch einen Wink, den Vortrag nicht zu stören, worauf er hinter seinen Stuhl trat und, den linken Ellenbogen auf die Lehne stützend, die Ballade in gewissermaßen freierer Haltung, und nicht so »komisch« wie im Lehnstuhl sitzend, zu Ende hören konnte. Lisaweta Prokofjewna hatte ihrerseits sogleich durch eine befehlende Handbewegung ihrem Gatten und dem fremden Herrn zu verstehen gegeben, daß sie dort stehen bleiben sollten, wo sie waren. Fürst Lew Nikolajewitsch interessierte sich übrigens ungeheuer für den neuen Gast, den ihm der General da zuführte: er erriet sofort, daß der junge Mann kein anderer sein konnte als Jewgénij Páwlowitsch Rádomskij, von dem er schon so viel gehört und an den er schon oft gedacht hatte. Nur eines machte ihn stutzig: der junge Mann trug Zivilkleider, Jewgénij Páwlowitsch aber war doch, soviel er wußte, Offizier. Während des ganzen Vortrages der Ballade zuckte ein spöttisches Lächeln um den Mund des jungen Mannes, als wäre in seiner Gegenwart schon des öfteren vom „armen Ritter" die Rede gewesen.

(»Vielleicht stammt sogar der ganze Einfall nur von ihm«, dachte der Fürst bei sich.)

Inzwischen war mit Aglaja eine vollkommene Veränderung vor sich gegangen. Die affektierte Wichtigtuerei, mit der sie vorgetreten war und begonnen hatte, war alsbald einem großen Ernst gewichen, und sie sprach jedes Wort so einfach und doch mit so tiefem Verständnis aus, daß sie zum Schluß nicht nur die allgemeine Aufmerksamkeit gefesselt, sondern auch die anfangs affektiert erschienene Feierlichkeit, mit der sie in die Mitte der Veranda getreten war, gleichsam gerechtfertigt hatte. Wenigstens konnte man jene Feierlichkeit nur noch als Ausdruck der Größe und, nun ja, auch Naivität ihrer Hochachtung auffassen, die sie für den „armen Ritter" hegte. Ihre Augen glänzten, und zweimal glitt kaum merklich ein leiser Schauer der Begeisterung über ihr schönes Gesicht, als sie die Ballade vortrug.

„Schweigsam und schlicht,
ernst nur und blaß von Angesicht,
furchtlosen Muts jedoch,
ganz sonder Scheu,
lebte im Abendland
einst vor Jahrhunderten
ein armer Ritter.

Einmal — es war das wohl
etwas Unfaßbares! —
sah er erschüttert
eine Vision.
Die schnitt ins Herz sich ihm
für alle Zeiten.

Seit diesem Augenblick
war seine Seele entbrannt,
sah er kein Weib mehr an,
sprach er zu keiner Frau
auch nur ein Wort.

Nur einen Rosenkranz,
der die Gebete zählt,
hing er sich um den Hals
statt jeder Schärpenzier.

Und von der Stunde an
sah es auch niemand mehr,
daß er vor andern hob
einmal noch das Visier.

> So ganz erfüllt von dem Bild,
> rein in der Liebe und treu,
> schrieb er mit seinem Blut
> sichtbar auf seinen Schild
> nur: A. M. D.
>
> Als dann im Heiligen Land
> jeder der Ritter im Kampf
> seiner verehrtesten Dame
> Namen als Schlachtruf rief —
> war es, daß er allein,
> wie sonst kein Paladin,
> über alles Gedröhn
> laut ‚Lumen coeli' rief,
> ‚sancta rosa!'
>
> Rief es mit solcher Glut,
> daß es den Feinden erschien
> dräuend wie Donnergegroll,
> und jeder Mut sie verließ.
>
> Auf seiner einsamen Burg,
> fern im Abendland,
> lebte er dann bis ans Grab
> immer so einsam allein,
> immer so schweigsam und still,
> immer so traurig und stumm...
> bis er in Wahnsinn starb."

Wenn der Fürst später an diese Minuten zurückdachte, peinigte ihn stets etwas für ihn ganz Unbegreifliches, und das war: wie sie einen so innigen, schönen Vortrag, der doch von ihrer Begeisterung für den Sinn der Ballade sprach, mit einer so boshaften Absicht, deren Spott doch auf der Hand lag, hatte vereinen können? Daß sie ihn aber hatte verspotten wollen, daran zweifelte er keinen Augenblick. Den Spott hatte er sogleich herausgemerkt, und zwar aus folgendem: Aglaja hatte statt der drei Buchstaben A. M. D. drei andere Buchstaben, N. F. B., genannt. Daß hierbei kein Versehen ihrerseits vorlag und auch er nicht etwa falsch gehört hatte, daran konnte er schlechterdings nicht zweifeln (und er hatte recht, wie sich später herausstellte). Jedenfalls war also Aglajas Ausfall — wenn auch natürlich als Scherz gedacht, freilich als ein sehr herausfordernder und leichtsinniger Scherz — schon vorher mit einer bestimmten Absicht überlegt gewesen. Von dem „armen Ritter" hatten ja alle schon vor einem Monat gesprochen (und »über ihn gelacht«). Und doch hatte Aglaja, wie der Fürst sich trotz allen Nachprüfens in der Erinnerung sagen mußte, diese Buchstaben nicht nur ohne jede Spur von Scherz oder irgendwelchem Spott ausgesprochen, ja sogar ohne eine besondere Betonung, die ihre geheime Bedeutung auffallender verraten hätte, sondern im Gegenteil mit so unverändertem Ernst, mit so unschuldiger und naiver Einfachheit, daß man sehr wohl hätte glauben können, vom Dichter seien in der Ballade gerade diese Buchstaben und keine anderen angegeben. Es war dem Fürsten bei diesem Gedanken zumut, als werde er von etwas Schwerem und Unangenehmem verletzt. Lisaweta Prokofjewna war die Veränderung überhaupt nicht aufgefallen, und ihr Gatte, der General, begriff nur, daß »Verse« deklamiert wurden. Allen übrigen dagegen war Aglajas Ausfall sogleich aufgefallen, und sie wunderten sich nicht wenig über sie; man bemühte sich jedoch, so zu tun, als wäre nichts vorgefallen, um so über die Sache hinwegzukommen. Nur Jewgenij Pawlowitsch hatte nicht bloß begriffen, sondern — darauf hätte der Fürst wetten mögen — schien auch zeigen zu wollen, wie gut er es begriffen hatte: so spöttisch lächelte er.

»Wundervoll! Ein prachtvolles Gedicht!« rief die Generalin aufrichtig entzückt aus, als Aglaja geendet hatte. »Von wem ist es?«

»Von Puschkin, maman, machen Sie uns doch nicht die Schande, das muß man doch wissen!« sagte Adelaida scherzhaft.

»Ach, wenn man mit euch zusammenlebt, kann man noch

viel dümmer werden!« meinte Lisaweta Prokofjewna nicht ohne Bitterkeit. »Freilich ist es eine Schande, Puschkin nicht zu kennen! Wenn wir nach Hause kommen, müßt ihr mir sofort den Puschkin geben.«

»Ich glaube, wir besitzen gar keinen Puschkin.«

»Zwei alte, halb zerrissene Bände liegen dort irgendwo seit undenklichen Zeiten herum«, sagte Alexandra.

»Dann müssen wir sogleich nach der Stadt schicken, Fjodor oder Alexei, mit dem nächsten Zug, besser Alexei, damit er die Gesamtausgabe kauft. Aglaja, komm her! Gib mir einen Kuß, du hast es vorzüglich vorgetragen, aber — wenn du es aufrichtig getan hast«, fuhr sie fast flüsternd fort, »so tust du mir leid; hast du's aber getan, um ihn zu verspotten, so heiß' ich deine Gefühle nicht gut, so daß es dann jedenfalls besser gewesen wäre, du hättest geschwiegen. Verstehst du? So, und jetzt gehen Sie, mein Fräulein, ich werde noch später mit dir reden, wir aber sind hier doch etwas zu lange sitzen geblieben.«

Inzwischen hatte der Fürst den General begrüßt, worauf ihm dieser den mitgebrachten Gast als Jewgénij Páwlowitsch Rádomskij vorstellte.

»Ich habe ihn unterwegs getroffen, er ist gerade mit dem letzten Zug aus Petersburg gekommen. Als er erfuhr, daß ich mich hierher begebe und auch die Meinigen alle hier sind...«

»Als ich erfuhr, daß auch Sie hier sind«, unterbrach ihn Jewgénij Páwlowitsch, »beschloß ich, da ich mir fest vorgenommen hatte, nicht nur Ihre Bekanntschaft zu machen, sondern mich auch um Ihre Freundschaft zu bewerben, weiter keine Zeit zu verlieren und die Gelegenheit beim Schopf zu fassen. Sie sind krank gewesen, wie ich höre...«

»Jetzt bin ich wieder ganz gesund, und es freut mich sehr, Sie kennenzulernen. Ich habe durch Fürst Sch. viel von Ihnen gehört und sogar viel mit ihm über Sie gesprochen«, sagte Fürst Lew Nikolajewitsch, indem er ihm die Hand reichte.

Die Begrüßungsworte waren ausgetauscht, sie drückten einander die Hand und blickten sich eine Sekunde lang prüfend in die Augen. Die Unterhaltung wurde im Handumdrehen allgemein. Der Fürst bemerkte übrigens (er bemerkte jetzt sehr vieles und sehr schnell, vielleicht aber auch manches, was gar nicht der Fall war), daß die Zivilkleidung Jewgenij Pawlowitschs ganz ungewöhnliches Aufsehen erregte und die Anwesenden so in Erstaunen setzte, daß im Augenblick alle übrigen Eindrücke vergessen wurden. Daher war es auch nur natürlich, wenn der Fürst in dieser Veränderung einen Umstand von besonderer Bedeutung und großer Wichtigkeit vermutete. Adelaida und Alexandra begannen Jewgenij Pawlowitsch erstaunt auszufragen, und Fürst Sch., der mit ihm verwandt war, schien sogar sehr beunruhigt zu sein. Der General war geradezu aufgebracht. Nur Aglaja betrachtete den jungen Mann zwar interessiert, aber doch mit vollkommener Ruhe, ganz als hätte sie nur feststellen wollen, was ihm wohl besser stand, die Uniform oder der Zivilanzug; doch kaum hatte sie ihn einmal von oben bis unten betrachtet, als sie sich auch schon abwandte, um ihn dann überhaupt nicht mehr zu beachten. Auch die Generalin stellte keine einzige Frage an ihn, obschon auch sie sich vielleicht beunruhigt fühlte. Dem Fürsten wollte es scheinen, daß Jewgenij Pawlowitsch bei ihr zur Zeit in Ungnade stand.

»Ich fiel aus den Wolken! Ich traute meinen Augen nicht!« war des Generals Antwort auf die Fragen der Damen. »Ich wollte es einfach nicht glauben, als ich ihm vorhin in Petersburg begegnete! Und weshalb denn so plötzlich, das ist die Frage! Sonst ist er doch der erste, der anderen den Rat gibt, nicht übereilt zu handeln.«

Wie aber aus dem folgenden Gespräch hervorging, hatte Jewgenij Pawlowitsch schon vor langer Zeit mitgeteilt, daß er den Abschied nehmen werde; nur hatte er es stets in einem so unernsten Ton gesagt, daß es ihm von niemand geglaubt worden war. Übrigens war es seine Art, auch von ernsten Sachen unernst oder fast scherzend zu sprechen, so daß es wirklich schwer war, herauszufühlen, wie er es nun in Wirklichkeit meinte, namentlich, wenn er selbst wollte, daß die anderen es nicht herausbekämen.

»Aber ich werde ja doch nur kurze Zeit, nur ein paar Monate, höchstens ein Jahr in der Reserve bleiben«, sagte er lachend.

»Aber wozu das, das ist doch ganz überflüssig, wenigstens soweit ich Ihre Verhältnisse kenne!« konnte sich der General noch immer nicht beruhigen.

»Um meine Güter zu inspizieren. Dazu haben Sie mir doch selbst geraten; und zudem will ich auch einmal ins Ausland . . .«

Das Gespräch ging auf einen anderen Gegenstand über, doch die eigentümliche andauernde Unruhe bestärkte den Fürsten Lew Nikolajewitsch unwillkürlich in der Vermutung, daß es sich hier um etwas Besonderes handelte.

»Also, der „arme Ritter" ist wieder in Szene gegangen?« fragte Jewgenij Pawlowitsch, an Aglaja herantretend.

Doch diese maß ihn zur größten Verwunderung des Fürsten nur mit erstaunt fragendem Blick, als wolle sie sagen, daß zwischen ihnen doch wohl nie vom „armen Ritter" die Rede gewesen sein könne und sie seine Frage überhaupt nicht verstehe.

»Aber es ist doch zu spät, jetzt ist es doch viel zu spät, noch nach der Stadt zu schicken, um den Puschkin zu kaufen!« bemühte sich Kolja, die Generalin, mit der er sich wieder stritt, von ihrem Vorhaben abzubringen. »Zum dreitausendstenmal sage ich Ihnen: es ist heute viel zu spät dazu!«

»Ja, heute ist es allerdings zu spät, noch nach der Stadt zu schicken«, pflichtete ihm Jewgenij Pawlowitsch, der sich von Aglaja möglichst schnell abwandte, bei. »Auch dürften die Läden in Petersburg schon geschlossen sein, die Uhr geht ja bereits auf neun«, sagte er, seine Uhr hervorziehend.

»Wenn wir so lange nicht darauf verfallen sind, die Bücher zu kaufen, dann werden wir wohl bis morgen noch warten können«, meinte Adelaida.

»Und in der vornehmen Welt ist es doch auch gar nicht Mode, sich allzu lebhaft für Literatur zu interessieren! Fragen Sie mal Jewgenij Pawlowitsch. Das Fashionabelste ist heutzutage, in einem gelben Char-à-bancs mit roten Rädern spazieren zu fahren.«

»Schon wieder ein Zitat, Kolja!« seufzte Adelaida.

»Aber er spricht ja doch nie anders als in Zitaten«, versetzte Jewgenij Pawlowitsch. »Mitunter kann man ganze Sätze aus den kritischen Besprechungen von ihm wiederhören. Ich habe schon lange das Vergnügen, Nikolai Ardaliónytschs Redeweise zu kennen;[12] aber diesmal war es kein Zitat, sondern eine nicht mißzuverstehende Anspielung auf meinen gelben Char-à-bancs mit roten Rädern. Nur haben Sie sich damit leider ein wenig verspätet, denn ich habe meinen Wagen bereits umgetauscht.«

Der Fürst hörte Radomskij mit großem Interesse zu. Er fand, daß Jewgenij Pawlowitsch sich ganz vorzüglich hielt, und namentlich gefiel ihm außer seiner Bescheidenheit und Scherzhaftigkeit, daß er so freundschaftlich mit Kolja sprach, wie mit einem völlig Gleichstehenden, und obgleich dieser ihn doch offenbar hatte necken wollen.

»Was ist das?« fragte Lisaweta Prokofjewna erstaunt, als plötzlich Wjera Lebedewa mit mehreren ganz neuen, prächtig eingebundenen Büchern großen Formats vor ihr erschien und ihr eines derselben reichte.

»Puschkin«, sagte Wjera. »Unser Puschkin. Papa befahl mir, Ihnen unseren Puschkin zu bringen.«

»Wie ist das möglich?« wunderte sich die Generalin.

»Nicht als Geschenk, nicht als Geschenk! Wie dürfte ich das wagen!« beteuerte sofort Lebedeff, der im Augenblick neben seiner Tochter auftauchte. »Zum selben Preise, für den ich ihn gekauft habe! Das ist mein eigener, sozusagen unser Familien-Puschkin, die Ausgabe von Ánnenkoff, die jetzt nirgends mehr zu haben ist; zu demselben Preise, wie gesagt. Ich biete Ihnen die ganze Ausgabe untertänigst zum Kaufe an, um die edle Ungeduld des literarischen Wissensdranges Eurer Exzellenz zu befriedigen.«

»Ach so, du willst deinen Puschkin verkaufen, — besten Dank. Sollst nichts verlieren, hab keine Angst; nur krümme dich, bitte, nicht so viel, Väterchen. Ich hab schon von dir gehört: du sollst ja ungeheuer belesen sein, sagt man. Dann können wir einmal diskutieren. Willst du selbst deinen Puschkin zu mir bringen?«

»Gewiß, mit der größten Ehrfurcht und ... Ehrerbietung!« — Lebedeff, der die Bücher seiner Tochter bereits aus den Händen nahm, dienerte in höchster Zufriedenheit.

»Verlier sie nur nicht bis dahin, bring sie meinetwegen auch ohne Ehrerbietung, doch mit der einen Bedingung«, fügte sie hinzu, indem sie ihn fest ansah, »nur bis zur Schwelle; denn heute werde ich dich nicht empfangen. Deine Tochter Wjera dagegen kannst du meinethalben gleich zu uns schicken, die gefällt mir sehr.«

»Warum sagen Sie denn nichts von jenen, Papa?« wandte sich Wjera ungeduldig an ihren Vater. »Sonst werden sie ja schließlich noch unaufgefordert eintreten, sie sind doch nicht mehr zurückzuhalten. Lew Nikolajewitsch«, wandte sie sich an den Fürsten, der nach seinem Hut gegriffen hatte, um Jepantschins, die bereits aufbrechen wollten, zu begleiten, »es sind dort vier junge Leute, die mit Ihnen sprechen wollen, sie warten schon lange bei uns und sind wütend, weil Papa sie nicht zu Ihnen lassen will.«

»Was wollen sie von mir?« fragte der Fürst.

»Es sei eine geschäftliche Angelegenheit, sagen sie; aber sie sind doch so, daß sie schließlich noch einen großen Skandal machen werden, wenn man sie nicht empfängt, oder sie werden Sie im Park aufhalten. Ich denke, es ist besser, Lew Nikolajewitsch, Sie empfangen sie jetzt schnell und schicken sie dann weg, — dann sind Sie sie los. Gawrila Ardalionytsch und Ptizyn reden dort auf sie ein, aber sie wollen sich nicht wegschicken lassen.«

»Pawlíschtscheffs Sohn, ja, Pawlíschtscheffs Sohn ist's! Lohnt sich nicht, nicht der Mühe wert!« beteuerte Lebedeff, mit beiden Händen abwinkend. »Es lohnt sich wahrhaftig nicht, sie überhaupt anzuhören! Und sich von solchen Leutchen auch noch aufhalten zu lassen, wäre ganz unter Ihrer Würde, durchlauchtigster Fürst. Jawohl, das ist meine Meinung. Es lohnt sich wahrhaftig nicht...«

»Pawlischtscheffs Sohn! Mein Gott!« rief der Fürst in größter Verlegenheit. »Ich weiß... aber ich habe doch... ich habe doch diese ganze Angelegenheit Gawrila Ardalionytsch übergeben! Und Gawrila Ardalionytsch sagte mir noch vor einer Stunde...«

In diesem Augenblick trat Gawrila Ardalionytsch schon aus dem Zimer auf die Veranda und ihm folgte Ptizyn. Im nächsten Zimmer hörte man Lärm und Stimmengewirr, in dem nur die laute Stimme des Generals Iwolgin zu unterscheiden war, der offenbar die anderen zu überschreien suchte. Kolja eilte sofort hin.

»Das ist sehr interessant«, bemerkte plötzlich Jewgenij Pawlowitsch laut, so daß es alle hörten.

(»Also er weiß schon etwas davon!« dachte der Fürst bei sich.)

»Was? Ein Sohn von Pawlischtscheff? Aber... was kann es denn für einen Sohn von Pawlischtscheff geben?« wunderte sich General Jepantschin und blickte fragend vom einen zum anderen. Zu seinem Erstaunen bemerkte er, daß alle etwas zu wissen schienen, wovon nur er allein keine Ahnung hatte.

Allerdings wäre die allgemeine Erwartung und das offenkundige Interesse der Anwesenden selbst einem Unbefangenen aufgefallen; den Fürsten aber wunderte es unsäglich, daß eine Angelegenheit, die doch nur ihn persönlich etwas anging, so vielen bereits bekannt war und dazu noch augenscheinlich so sehr interessierte.

»Es wäre sehr gut, wenn Sie diese Angelegenheit hier sogleich *selbst* erledigten«, sagte Aglaja, die plötzlich mit auffallendem Ernst an den Fürsten herantrat, »und ich hoffe, Sie erlauben uns allen, Ihre Zeugen zu sein. Man will Sie mit Schmutz bewerfen, Fürst, Sie müssen sich öffentlich rechtfertigen und ich freue mich schon im voraus sehr für Sie.«

»Ja, auch ich würde wünschen, daß diese empörende Prätention endlich einmal energisch zurückgewiesen wird!« rief die Generalin erregt. »Lieber Fürst, schone sie nicht, gib's ihnen ordentlich! Mir gellen schon die Ohren von dieser Skandalgeschichte, weiß Gott, sie hat viel böses Blut in mir gemacht. Deinetwegen, Fürst. Und es wird auch nicht uninteressant sein, diese Menschensorte einmal kennenzulernen. Ruf sie nur herein, wir setzen uns inzwischen. Das war sehr richtig, Aglaja, was du da sagtest. Haben Sie schon davon gehört, Fürst?« wandte sie sich an den Fürsten Sch.

»Oh, gewiß; in Ihrem Hause. Doch was mich besonders interessiert, ist — jene jungen Leute mit eigenen Augen zu sehen«, antwortete Fürst Sch.

»Das sind jetzt also Nihilisten, nicht wahr?«

»Nein, Nihilisten sind sie eigentlich nicht«, versetzte sofort Lebedeff, der vor Aufregung nicht wußte, wo er sich lassen sollte, indem er einen Schritt nähertrat, »sie gehören vielmehr zu einer anderen, einer besonderen Kategorie. Mein Neffe sagt, sie gingen viel weiter als die Nihilisten. Eure Exzellenz glauben vielleicht, sie durch Eurer Exzellenz Anwesenheit verlegen zu machen, aber das wäre ein großer Irrtum: die werden nicht verlegen. Nihilisten sind mitunter auch gebildete Leute, sogar gelehrte Leute, diese aber gehen weiter, sie sind vor allem Geschäftsleute und beginnen sogleich mit der Nutzanwendung. Diese Sorte Menschen ist eigentlich nur eine gewisse Folgeerscheinung des Nihilismus, aber doch keine direkte, sondern sozusagen eine indirekte; den Nihilismus kennen sie nur vom Hörensagen, und ihre Meinung äußern sie nicht etwa wie jene in Zeitungsartikelchen, sondern direkt in Taten, sehen Sie! Und nicht nur um die Sinnlosigkeit Puschkins, oder, zum Beispiel, um die Notwendigkeit des Zerfalls des Russischen Reiches handelt es sich bei ihnen! – nein, sie erklären einfach, ein jeder habe das Recht, wenn er nach irgend etwas Verlangen trägt, vor keinem Hindernis mehr zurückzuschrecken oder sich von moralischen Bedenken abhalten zu lassen, und wenn sie dabei auch acht lebendigen Menschen den Garaus machen müßten. Aber ich würde Ihnen, durchlauchtigster Fürst, doch nicht raten...«

Doch der Fürst schritt bereits zur Tür, um sie den ungebetenen Gästen zu öffnen.

»Sie verleumden sie, Lebedeff«, sagte er lächelnd, »Ihr Neffe hat Sie sehr gekränkt. Glauben Sie ihm nicht, Lisaweta Prokofjewna. Ich versichere Ihnen, die Gorskijs und Daníloffs[13] sind nur Ausnahmefälle, diese hier aber ... irren sich nur... Nur würde ich nicht gern hier in Gegenwart aller... Verzeihen Sie, Lisaweta Prokofjewna, wenn ich die jungen Leute nur auf einen Augenblick hierher bitte, damit Sie sie sehen können, und sie dann wieder hinausführe. – Bitte, meine Herren!«

Ihn beunruhigten weniger die bevorstehende Aussprache als ein geradezu qualvoller Gedanke: wie nun, wenn dieses Zusammentreffen, gerade an diesem Tage und zu dieser Stunde, von irgend jemand absichtlich herbeigeführt worden war, um gerade diesen Zeugen nicht etwa seinen Sieg, sondern seine Niederlage zu zeigen! Doch das Quälendste waren die Vorwürfe, die er sich selbst wegen seines »ungeheuerlichen und teuflischen Argwohns« machte. Er glaubte sterben zu müssen vor Scham, wenn jemand seine geheimen Gedanken erführe. Als die neuen Gäste auf die Veranda traten, war er aufrichtig bereit, sich unter allen Anwesenden in sittlicher Beziehung für den Letzten der Letzten zu halten.

Es traten im ganzen fünf Mann ein, vier neue Gäste und hinter diesen der alte General Iwolgin – höchst ereifert und aufgebracht und, wie gewöhnlich in solchen Fällen, von überströmender Redelust. »Der wenigstens wird zu mir halten!« dachte der Fürst lächelnd. Auch Kolja war wieder zurückgekehrt und redete eifrig auf Ippolít ein (der war einer von den vieren), doch Ippolít lächelte nur boshaft.

Der Fürst bat die Neueingetretenen, Platz zu nehmen. Sie waren aber alle ein noch so junges, sogar so unmündiges Völkchen, daß man sich über sie, ihr Vorhaben und die Umstände, die man mit ihnen machen mußte, nur wundern konnte. Iwan Fjodorowitsch Jepantschin zum Beispiel, der von diesem ganzen »neuen Skandal« nichts wußte und nichts begriff, war sogar empört über diese ihre Jugendlichkeit und hätte sicherlich irgendwie gegen eine weitere Verhandlung protestiert, wenn ihn nicht dies unerklärliche Interesse seiner Gemahlin für die Privatangelegenheit des Fürsten davon abgehalten hätte. Übrigens blieb er zum Teil auch aus Neugier und zum Teil aus Gutmütigkeit, in der Hoffnung, vielleicht auch helfen, doch jedenfalls durch seine Autorität von Nutzen sein zu können. Da aber wagte es der alte General Iwolgin, ihn von weitem zu grüßen, was Seine Exzellenz sogleich wieder empörte; er runzelte die Stirn und beschloß, beharrlich zu schweigen.

Übrigens war einer von den vier doch nicht mehr so ganz jung — so an die Dreißig; das war jener Leutnant a. D. aus Rogoshins Gefolge, „der Boxer" genannt, der einst selber an die fünfzehn Rubel jedem Bettler gegeben haben wollte. Allem Anschein nach begleitete er die anderen als aufrichtiger Freund zur Unterstützung ihres Mutes und, falls erforderlich, auch ihrer Muskeln. Unter den übrigen drei spielte die erste Rolle natürlich derjenige, der von sich behauptete, Pawlíschtscheffs Sohn zu sein; doch stellte er sich dessenungeachtet als Antíp Burdówskij vor. Er war ein junger Mann in ärmlicher Kleidung, die sich noch durch Unordentlichkeit, Schmierigkeit und fettig glänzende Ärmel auszeichnete; die befleckte Weste hatte er bis zum Halse zugeknöpft, die Wäsche war Gott weiß wo geblieben, die Krawatte war gleichfalls bis zur Unglaublichkeit fettig und fast zur Schnur zusammengerollt; die Hände

waren ungewaschen, das Gesicht voller Pickel und der Blick
war, wenn man sich so ausdrücken kann, unschuldig-frech.
Er war nicht klein von Gestalt, mager und ungefähr zwei-
undzwanzig Jahre alt. In seinem Gesicht lag aber keine
Spur von Ironie, ja nicht einmal der geringste Reflex eines
Denkens, sondern nur ein stumpfes Berauschtsein von
seinem »Recht« und gleichzeitig ein seltsames Etwas, das
schon zu einem ewigen Bedürfnis geworden war, beständig
beleidigt zu sein oder sich beleidigt zu fühlen. Er sprach
aufgeregt und schnell, blieb jedoch nach jeden drei Worten
im Satz stecken, als wäre ihm das Stottern angeboren oder
als wäre er ein Ausländer, obgleich er rein russischer Herkunft war.

Ihn begleiteten der Neffe Lebedeffs, der den Lesern bereits bekannt ist, und Ippolít. Diesen sah der Fürst zum
erstenmal. Er war noch sehr jung, siebzehn, höchstens
achtzehn Jahre alt, mit einem klugen Gesicht, das aber stets
einen Ausdruck von Gereiztheit hatte und deutlich die
furchtbaren Anzeichen seiner Krankheit zeigte. Mager war
er wie ein Skelett, seine Augen glänzten, und auf den eingefallenen Wangen von gelblich-bleicher Farbe zeichneten
sich zwei rote Flecke ab. Er hustete sehr stark, und sein
Atmen hatte etwas Pfeifendes. Man sah ihm sofort an, daß
er im höchsten Grade schwindsüchtig war. Dem Aussehen
nach konnte er nur noch zwei bis drei Wochen leben. Er
war erschöpft und ließ sich als erster auf einen Stuhl nieder.
Die anderen waren im ersten Augenblick etwas zeremoniell
und fast sogar befangen geworden, blickten indes doch noch
möglichst wichtig drein und waren offenbar sehr darauf
bedacht, sich nichts von ihrer Würde zu vergeben, was zu
ihrer Reputation, grundsätzliche Gegner aller unnützen
gesellschaftlichen Formen, aller Vorurteile und fast alles
Übrigen außer der Wahrnehmung ihrer eigenen Interessen
zu sein, in seltsamem Widerspruch stand.

»Antíp Burdówskij«, stellte sich eilig und doch stotternd
der sogenannte „Sohn Pawlíschtscheffs" vor.

»Wladímir Doktorénko«, sagte klar und deutlich, als wolle er sich mit seinem Namen brüsten, der Neffe Lebedeffs.

»Keller!« brummte kurz und nicht sehr laut der Leutnant a. D.

»Ippolít Teréntjeff«, meldete sich als letzter mit ganz unerwartet kreischender Stimme der Schwindsüchtige. Alle setzten sich in einer Reihe auf Stühlen dem Fürsten gegenüber; alle machten, nachdem sie ihre Namen genannt hatten, finstere Gesichter und nahmen, gleichsam um sich zu ermutigen, die Mützen aus der einen Hand in die andere; alle bereiteten sich vor, zu sprechen, doch keiner machte den Anfang, und so schwiegen sie und warteten mit herausfordernder Miene, was nun kommen werde, während ihre Blicke selbstbewußt zu sagen schienen: »Nein, mein Bester, du irrst dich, uns führst du nicht hinters Licht!« Man hatte das Gefühl, es brauchte jetzt gleichviel wer nur den Anfang zu machen, nur ein erstes Wort zu sagen, und sie würden sogleich alle Mann zu reden beginnen, sich gegenseitig ins Wort fallen und einander zu überholen suchen.


VIII

»Meine Herren, ich habe keinen von Ihnen erwartet«, begann der Fürst, »denn ich war bis heute krank. Aber Ihre Angelegenheit« (er wandte sich an Antíp Burdówskij) »habe ich bereits vor einem Monat Herrn Gawríla Ardaliónytsch Iwólgin übergeben, wovon Sie durch mich noch an demselben Tage in Kenntnis gesetzt worden sind. Übrigens habe ich auch gegen eine persönliche Aussprache nichts einzuwenden, nur werden Sie selbst zugeben, daß es heute schon etwas spät ist. Ich mache Ihnen den Vorschlag, wir ziehen uns in eines meiner Zimmer zurück, wenn es nicht allzulange dauert... Ich habe hier augenblicklich Besuch von Freunden...«

»Freunde ... können hier zugegen sein, soviel Sie wollen, aber Sie werden mir die Bemerkung gestatten«, unterbrach ihn der Neffe Lebedeffs in überaus zurechtweisendem Tone, wenn auch noch nicht mit allzu erhobener Stimme, »die Bemerkung gestatten, daß Sie uns auch etwas höflicher hätten behandeln können und uns nicht zwei Stunden lang in Ihrer Dienerstube hätten warten lassen sollen ...«

»Und natürlich ... auch ich ... das ist natürlich nach Fürstenart! Und das ... Sie sind wohl ein General? Ich bin aber nicht Ihr Diener! Auch ich ... ich ...«, begann plötzlich in unbeschreiblicher Erregung Antip Burdowskij zu stottern; seine Lippen und seine Stimme bebten, und bei jedem Worte spritzte Speichel von seinen Lippen, als wäre er im Begriff, vor Wut zu bersten; doch ebenso plötzlich, wie er begonnen hatte, hörte er auch wieder auf; was er aber eigentlich hatte sagen wollen, das begriff niemand.

»Das war echt fürstlich!« lachte höhnisch mit heiserer, gleichsam kreischender Stimme Ippolít.

»Wenn man sich das mir gegenüber erlaubt hätte«, brummte der „Boxer", »ich meine, direkt mir gegenüber, so hätte ich als Mann von Ehre an Burdowskijs Stelle ... ich ... khm ...«

»Aber, meine Herren, ich habe es doch erst vor zwei Minuten erfahren, daß Sie hier sind, bei Gott!« versicherte der Fürst.

»Wir haben keine Furcht vor Ihren Freunden, Fürst, wer diese Freunde auch immer sein mögen, denn wir sind in unserem Recht«, erklärte Lébedeffs Neffe.

»Was für ein Recht aber haben Sie, erlauben Sie, daß ich Sie das frage«, schrie mit seiner heiseren Stimme wieder Ippolít, der aber nun schon sehr erregt war, »was für ein Recht haben Sie, Burdowskijs Privatangelegenheit dem Urteil Ihrer Freunde zu unterbreiten? Woher wissen Sie, ob wir das Urteil Ihrer Freunde überhaupt hören wollen? Man weiß doch, was ein Urteil solcher Freunde wert ist!«

»Aber wenn Sie, Herr Burdówskij, die Sache nicht in

Gegenwart Unbeteiligter erörtern wollen«, gelang es dem Fürsten, den dieser Anfang ganz betroffen machte, zu Wort zu kommen, »so bin ich ja doch, wie gesagt, sogleich bereit, mich mit Ihnen allen in ein Zimmer zurückzuziehen, und ich bitte Sie, mir nur glauben zu wollen, daß ich erst vor zwei Minuten...«

»Aber Sie haben kein Recht, Sie haben kein Recht, Sie haben nicht das Recht dazu!... Ihre Freunde... Da!«... stotterte plötzlich wieder Burdowskij, indem er sich mit wildem und doch ängstlichem Blick umsah und sich um so mehr ereiferte, je mehr er mißtraute und je scheuer er wurde. »Und Sie haben kein Recht! Ganz einfach!«

Und nachdem er das hervorgestoßen hatte, schwieg er wieder ganz plötzlich, wie abgehackt, und starrte stumm, indem er seine kurzsichtigen, auffallend gewölbten, von dicken, roten Äderchen durchzogenen Augen aufriß, mit fragendem Blick den Fürsten an, wobei er seinen ganzen Oberkörper weit vorstreckte. Diesmal war der Fürst so verblüfft, daß auch er verstummte und ihn gleichfalls wortlos mit großen Augen ansah.

»Lew Nikolájewitsch!« rief plötzlich Lisawéta Prokófjewna, »hier lies das, dieses hier, und bitte laut; lies es sofort vor, es bezieht sich gerade auf diese deine Angelegenheit.«

Sie hielt ihm eilig eines unserer humoristischen Wochenblätter hin und wies auf den Titel eines Artikels. Lébedeff, der sich eifrig um die Gunst Lisaweta Prokófjewnas bewarb, war beim Eintritt der Gäste sogleich hinter ihren Stuhl geschlüpft, hatte aus der Seitentasche seines Rockes das Blatt hervorgezogen und es ihr vor die Augen gehalten, während er mit dem Zeigefinger eifrig auf eine angestrichene Spalte wies. Sie überflog den Anfang des Artikels, und was sie da las, überraschte und erregte sie maßlos.

»Wäre es nicht besser, es nicht laut vorzulesen«, wagte der Fürst, nicht wenig verwirrt, einzuwenden, »ich werde es lieber allein lesen, später...«

»Dann lies du es vor, lies es sofort, laut! So daß es alle

hören!« wandte sich Lisaweta Prokofjewna an Kolja in einem Ton, der keinen Widerspruch duldete, und gereizt nahm sie dem Fürsten das Blatt, das er kaum genommen hatte, wieder aus der Hand, um es Kolja zu geben. »Lies es laut vor, laut, hörst du, damit es jeder hört, hier, dies hier!«

Lisaweta Prokofjewna war eine heißblütige Dame, die sich leicht hinreißen ließ, so daß sie manchmal ganz plötzlich und ganz unbedacht alle Anker lichtete und ins offene Meer hinausfuhr, ohne vorher nach dem Wetter zu fragen. Iwan Fjodorowitsch bewegte sich unruhig. Doch alle waren noch so überrascht und verwundert, daß niemand daran dachte, gegen das laute Vorlesen Einspruch zu erheben, und so begann denn Kolja, dem Lebedeff sogleich eifrig zeigte, von wo er anfangen sollte, mit lauter Stimme den Artikel vorzulesen:

„*Proletarier* und *Aristokraten!*
Ein Beispiel unserer alltäglichen Diebstähle!
*Fortschritt! Reform! Gerechtigkeit!*

Seltsame Dinge ereignen sich in unserem sogenannten heiligen Rußland, in unserer Ära der Reformen und unternehmungslustigen Aktiengesellschaften, des erwachenden Nationalbewußtseins und der jährlichen Ausfuhr Hunderter von Millionen Rubel ins Ausland, in der Ära der Industriebegünstigung und der Ohnmacht des Arbeiters usw., usw., – alles läßt sich ja doch nicht aufzählen, meine Herrschaften, und deshalb zur Sache.

Eine seltsame Geschichte hat sich wieder einmal zugetragen mit einem Sproß unsrer einst so allmächtig *gewesenen* (de profundis!) Aristokratie, einem von jenen, deren Großväter bereits ihr ganzes Vermögen im Auslande beim Roulette verzettelt, deren Väter dann ihr Leben als Fähnriche und Leutnants fristen mußten und in der Regel wegen eines harmlosen Defizits in einer Staatskasse im Untersuchungsgefängnis starben, und deren Kinder jetzt entweder als Idioten vegetieren, gleich dem Helden unserer Erzählung, oder sich in Kriminalprozesse verwickeln, wofür sie übrigens

— wohl infolge der neuen Erziehungs- und Besserungsprinzipien und zur Erbauung der Zuschauer — von den Geschworenen freigesprochen werden; oder die schließlich für Unterhaltungsstoff sorgen, indem sie Stückchen losschießen, die das Publikum in Erstaunen setzen und unseren ohnehin schon beschämenden Zeitgeist zu einem noch beschämenderen machen.

Vor etwa einem halben Jahr kehrte unser Adelssproß in ausländischen Stiefeletten und zitternd vor Kälte in einem unwattierten Kapuzenmantel mitten im Winter nach Rußland zurück, und zwar direkt aus der Schweiz, woselbst er sich längere Zeit aufgehalten hatte, um sich zu heilen; denn er war krank, und seine Krankheit war — Idiotie. (Sic!) Man muß gestehen, daß ihm das Glück nicht abhold gewesen ist; denn von Idiotie geheilt zu werden, dürfte mehr Glück sein, als Fortuna sonst je einem Sterblichen vergönnt. Man bedenke: von Idiotie! Und diese Gunst Fortunas läßt sich in seinem ganzen Leben nachweisen: als Säugling allein auf Erden zurückgeblieben, nach dem Tode eines Vaters, der in Untersuchungshaft gestorben war, weil er, wie es heißt, als Leutnant die ganzen Kompagniegelder verspielt hatte, vielleicht aber auch infolge einer für Untergebene in Menschengestalt zu reichlich bemessenen Prügelstrafe (Sie entsinnen sich wohl noch der alten Zeit, meine Herrschaften?), wurde unser Adelssproß von einem überaus reichen Gutsbesitzer aus Gnade und Mitleid erzogen. Dieser russische Gutsbesitzer — nennen wir ihn der Kürze halber Herrn P. — besaß in der alten goldenen Zeit viertausend leibeigene Seelen (leibeigene Seelen! Begreifen Sie diesen Ausdruck, meine Herrschaften? Ich nicht. Man muß im Konversationslexikon nachschlagen; — „Die Sage ist zwar jung, und doch schon kaum noch glaubhaft!"[14] und gehörte offenbar zu jenen Russen, die ewig auf der Bärenhaut liegen und ihre müßige Zeit im Auslande verbringen, im Sommer in Kurorten und im Winter in Paris, und dort gewöhnlich in einem Château des fleurs, wo sie seinerzeit unermeßliche Summen zurückgelassen haben. Man kann doch fast positiv behaupten, daß wenigstens ein Drittel des ganzen zur Zeit der Leibeigenschaft in Rußland gezahlten Pachtzinses in die Hände des Besitzers des Pariser Château des fleurs geflossen ist. (Muß das ein glücklicher Mensch gewesen sein!) Aber wie dem auch sei, jedenfalls ließ der sorglose Herr P. seinen Pflegling fürstlich erziehen, engagierte für ihn Erzieher und Gouvernanten (zweifellos recht hübsche), die er natürlich nicht vergaß, aus Paris selbst mitzubringen. Doch leider erwies sich der Sproß, der Letzte seines Stammes, als Idiot. Da half auch die ganze Kunst der Pariser Gouvernanten nichts, und bis zum zwanzigsten Lebensjahre erlernte ihr Zögling überhaupt keine Sprache, die russische nicht ausgenommen. Letzteres dürfte übrigens verzeihlich sein. Eines schönen Tages aber stellte sich in dem Gutsherrnschädel des Herrn P. der wundervolle Gedanke ein, daß man dem Idioten in der Schweiz ganz sicherlich zu gesundem Verstande verhelfen könne — ein Gedanke, der unter diesen Verhältnissen von einwandfreier Logik war: wie sollte ein Mensch seines Schlages, so ein ewiger Müßiggänger und Proprietär, nicht der Meinung sein, daß man für Geld selbst Verstand auf dem Markte kaufen könne, namentlich in der Schweiz! Für seinen Zögling folgten also fünf Jahre lang kalte Duschen in der Schweiz unter Aufsicht eines berühmten Professors, und Geld ward für ihn ausgegeben, wie es sich von selbst versteht, zu Tausenden. Aus dem Idioten wurde natürlich kein Philosoph; aber immerhin entwickelte sich in ihm ein Quantum Verstand, das vorläufig genügte, um ihn wenigstens einen Menschen nennen zu können, allerdings nur mit knapper Not. Da aber stirbt plötzlich Herr P., stirbt ganz unerwartet. Ein Testament hinterläßt er selbstverständlich nicht, und selbstverständlich herrscht in seinen Vermögensverhältnissen die größte Unordnung: Erben aber gibt es mehr als genug, Erben, denen es um die aus Barmherzigkeit versuchte Heilung erblicher Idioten in der Schweiz nicht das allermindeste zu tun ist. Der Idiot war zwar ein Idiot, wußte aber dennoch so klug zu sein, daß er seinen Professor geschickt betrog und sich jahrelang gratis von ihm weiter behandeln ließ, indem er ihm den Tod P.'s verschwieg. Aber auch der Professor war nicht auf den Kopf gefallen: der völlige Geldmangel erschien ihm schließlich doch etwas bedenklich, und da der zunehmende Appetit seines fünfundzwanzigjährigen faulenzenden Zöglings die Sache für ihn noch bedenklicher machte, so entschloß er sich, seinen Patienten abzuschütteln, schenkte ihm seine alten Stiefeletten, desgleichen seinen alten Kapuzenmantel und expedierte ihn nach Rußland, indem er auch noch die Reise dritter Klasse aus seiner Tasche bezahlte. Nun sollte man meinen, Fortuna habe dem Jüngling fortan nur noch ihre Rückseite gezeigt, doch nein — mitnichten! Sie, die ganze Gouvernements Hungers sterben läßt, schüttet plötzlich das Füllhorn ihrer Gaben über dem Haupte des aristokratischen Idioten aus, gleich der „Wolke" in Kryloffs berühmter Fabel, die über das dürre Feld zieht, ohne einen Tropfen Wassers zu spenden, und über dem Ozean einen ganzen Gewitterregen niedergehen läßt. Also geschah es auch hier: fast an demselben Tage, wo der junge Mann in Petersburg eintrifft, stirbt in Moskau ein Verwandter seiner Mutter (die natürlich nur aus dem Kaufmannsstande stammte), ein alter, kinderloser, griesgrämiger Altgläubiger mit einem langen Bart, und hinterläßt ein Kapital von mehreren Millionen, und dieses ganze unanfechtbare, bare Geld (wenn wir es doch hätten, Sie, mein Leser, und ich!) — alles das fällt unserem Baron, der fürwahr mehr Glück als Verstand hat, ohne die geringsten Scherereien in den Schoß! Da zog natürlich alle Welt sogleich ganz andere Saiten auf: unser Baron in den alten Stiefeletten, der übrigens schon einer berühmten Schönheit und Mätresse den Hof zu machen begonnen hatte, war in kürzester Frist von einer Schar von Freunden umgeben, es fanden sich sogar Verwandte ein, vor allem aber ganze Schwärme hochwohlgeborener junger Mädchen, die nur noch danach schmachteten, von ihm zum Altare geführt zu werden; denn so einer ist doch das Ideal eines Gatten: Aristokrat, Millionär und Idiot — was will man mehr? — alle Vorzüge in einer Person! Einen solchen Mann kann man ja nicht einmal mit der Laterne finden, und selbst auf Bestellung könnte einem keiner einen zweiten solchen liefern!..."

»Das... das ist aber doch empörend!« rief Iwan Fjodorowitsch in höchster Entrüstung aus.

»Hören Sie auf, Kolja!« rief ihm der Fürst beschwörend zu.

Von allen Seiten wurden Ausrufe laut.

»Weiterlesen! Unbedingt weiterlesen!« befahl Lisaweta Prokofjewna kurz und bündig. Man sah es ihr an, daß sie nur noch mit Mühe an sich hielt. »Fürst!« wandte sie sich an diesen, »wenn du ihn nicht weiterlesen läßt — sind wir Feinde!«

Es war nichts zu machen. Erregt, mit rotem Kopf und mit einer Stimme, die vor Aufregung vibrierte, las Kolja weiter vor:

„Doch während unser neugebackener Millionär sozusagen im Überflusse schwelgte, geschah von anderer Seite etwas ganz Unvorhergesehenes. Eines schönen Morgens erscheint bei ihm ein Herr mit einem ruhigen, strengen Gesicht, bescheiden, doch anständig gekleidet, mit höflicher, würdiger und rechtschaffener Redeweise, seiner Gesinnung noch offenbar zur fortschrittlichen Richtung gehörend, und erklärt ihm in zwei Worten den Grund seines Erscheinens: er ist ein bekannter Advokat, der von einem jungen Mann einen gewissen Auftrag erhalten hat; in dessen Namen ist er nun erschienen. Dieser junge Mann ist nichts mehr und nichts weniger als der natürliche Sohn des verstorbenen Herrn P., wenn er auch einen anderen Namen trägt. Der alte Lüstling P. hatte ein ehrsames, armes Mädchen von seinem Gutsgesinde, das jedoch europäisch erzogen war, auf Grund seiner Gutsherrnrechte verführt und dann, als sich die unausbleiblichen Folgen seines Leichtsinns bemerkbar machten, schnell mit einem Manne verheiratet, der selbst seinen Unterhalt verdiente und sogar im Staatsdienst stand, und der dieses Mädchen seit langem liebte. Anfangs half er hin und wieder den Neuvermählten; doch bald wurde seine Hilfe von dem edelgesinnten Gatten der jungen Frau zurückgewiesen, und mit der Zeit vergaß Herr P. nicht nur die beiden Eheleute, sondern auch den Sohn, den sein ehemaliges Gutsmädchen bald nach ihrer Verheiratung geboren hatte. Und dann kam ein Tag, an dem Herr P., wie gesagt, ganz plötzlich starb, ohne ein Testament gemacht zu haben. Inzwischen war der Sohn, den der edeldenkende Gatte seiner Mutter wie seinen leiblichen Sohn erzogen hatte, herangewachsen. Als dieser darauf auch seinen Pflegevater, dessen bürgerlichen Namen er trug, durch einen plötzlichen Tod verlor, blieb er mit seiner kränkelnden, halb gelähmten Mutter in einer fernen Provinz zurück und sah sich nur auf seine eigene Kraft angewiesen. In der Hauptstadt verdiente er sich Geld durch tägliche anständige Arbeit – er gab in Kaufmannsfamilien Privatstunden – und erhielt sich auf die Weise zuerst als Gymnasiast, dann als Hörer der für ihn förderlichen Universitätsvorlesungen, da er als strebsamer junger Mann ein höheres Ziel im Auge hatte. Doch wie weit kommt man mit Privatunterricht, wenn der russische Kaufmann nur zehn Kopeken für die Stunde zahlt und wenn man außer sich selbst auch noch eine kranke Mutter ernähren muß? Deshalb bedeutete schließlich auch der Tod seiner Mutter keine besondere Entlastung für ihn. Jetzt ist die Frage: Was hätte unser Adelssproß in diesem Falle gerechterweise tun sollen? Sie, meine verehrten Leser, werden natürlich der Meinung sein, daß er folgendes bei sich gedacht habe: ‚Ich habe mein ganzes Leben lang von P. alle Wohltaten erfahren; für meine Erziehung, meine Gouvernanten und meine Heilung von der Idiotie in der Schweiz hat er Zehntausende ausgegeben. Jetzt besitze ich Millionen, der natürliche Sohn P.'s jedoch muß bei seinem edlen Charakter durch Erteilen von Privatstunden kümmerlich sein Leben fristen und unschuldig für die Sünden seines leichtsinnigen, vergeßlichen Vaters büßen.

Alles, was P. für mich ausgegeben hat, hätte er von Rechts wegen für ihn, seinen Sohn, ausgeben müssen. Auf diese riesigen, für mich ausgegebenen Summen hatte ich gar kein Anrecht, das war ein Irrtum der blinden Fortuna; sie kamen seinem Sohne zu. Wenn ich wirklich dankbar, zartfühlend und gerecht sein will, so muß ich jetzt seinem Sohne die Hälfte meiner gegenwärtigen Millionen geben. Da ich aber vor allen Dingen ein berechnender Mensch bin und nur zu gut begreife, daß er gerichtlich nichts von mir verlangen kann, so werde ich ihm die Hälfte meiner Millionen nicht geben. Aber *gar nichts* zu geben, wäre doch gemein (der Edelmann vergaß, sich zu sagen, daß es nicht klug wäre), also muß ich ihm jetzt zum mindesten jene Zehntausende zurückerstatten, die sein Vater für meine Heilung von der Idiotie verausgabt hat. Damit tue ich nach meinem Gewissen und der Gerechtigkeit nur meine Pflicht und Schuldigkeit. Denn was wäre schließlich aus mir geworden, wenn sich P. nicht meiner, sondern seines natürlichen Sohnes angenommen hätte?'

Doch nein, meine verehrten Leser! Unsere Adelssprößlinge pflegen anders zu denken! Wie beredt auch der Advokat, der einzig aus Freundschaft und fast gegen den Willen des Jünglings, nahezu gewaltsam die Sache übernommen hatte, dem gegenwärtigen Millionär und ehemaligen Idioten die Pflicht der Ehre und Gerechtigkeit und sogar den Vorteil der Klugheit vorhielt, der in der Schweiz geschulte Idiot blieb unerbittlich. Und was tat er statt dessen? Ja, was er tat, das ist und bleibt unverzeihlich, das läßt sich schon mit keiner interessanten Krankheit mehr entschuldigen: dieser Millionär, der kaum aus den Stiefeletten seines Professors heraus war, begriff nicht einmal, daß der edeldenkende Sohn seines Wohltäters, der sich mit Privatunterricht abquälte, nicht um eine gnädige Unterstützung bat, sondern nur um das, was ihm von Rechts wegen zukommt, und nicht einmal selber bat, sondern daß nur von seinen Freunden für ihn gebeten wurde. In aufgeblasenem Hochmut und berauscht von der Macht seiner Millionen, die ihm jetzt erlauben, ungestraft die Machtlosen unter die Füße zu treten, zieht unser Adelssproß einen Fünfzigrubelschein aus seinem Portemonnaie und schickt ihn frech als Almosen dem edlen jungen Mann zu. Sie wollen es nicht glauben, meine verehrten Leser! Sie sind empört, beleidigt, Sie schreien auf vor Entrüstung — und dennoch: er hat es getan! Selbstverständlich ist ihm das Geld sogleich zurückgesandt, sozusagen ins Gesicht geworfen worden. Doch welch eine Lösung ist wohl jetzt, wie die Verhältnisse liegen, zu erwarten? Juristisch ist ihm nicht beizukommen, nach dem geschriebenen Gesetz kann man ihm nichts anhaben; es bleibt also nichts anders übrig, als die Sache der Öffentlichkeit zu übergeben. So unterbreiten wir sie denn dem Urteil des Publikums, indem wir uns zum Schluß noch für die Richtigkeit des Geschriebenen verbürgen. Wie wir hören, hat einer unserer bekanntesten Humoristen, dem dieser Fall gleichfalls zu Ohren gekommen ist, ein köstliches Epigramm darauf verfaßt, das durchaus verdient, nicht nur in einem Provinzblatt, sondern selbst in Residenzblättern als Sittenschilderung veröffentlicht zu werden, weshalb wir es denn hier auch noch anführen wollen:

‚In einem Mantel von Schneider[1]
Spielte Lew[2] fünf Jahre lang,
Doch zum Studieren er leider
Nie spürte einen Drang.
Da plötzlich erbt' er Millionen,
Das ließ sich nun nicht verhehlen,
Aber 'nen armen Studenten
Konnte er dennoch bestehlen!'

[1] So heißt der Schweizer Professor, der von Idiotie heilen zu können vorgibt.
[2] Nennen wir so unsern Adelssproß!"

Als Kolja zu Ende gelesen hatte, gab er das Blatt schnell dem Fürsten, stürzte, ohne ein Wort zu sagen, in den nächsten Winkel, drückte sich ganz in ihn hinein und verbarg das Gesicht in den Händen. Er schämte sich unerträglich, und sein kindliches Empfinden, das noch nicht Zeit gehabt hatte, sich an Schmutz zu gewöhnen, war über alles Maß hinaus empört. Es war ihm, als sei etwas Unerhörtes geschehen, etwas, das alles Bisherige mit einem Schlage zerstört hatte, und als sei er selbst womöglich mit daran schuld, schon allein dadurch, daß er dieses laut vorgelesen hatte.

Aber auch die anderen schienen fast alle ähnliches zu empfinden.

Den jungen Mädchen war die Situation mehr als peinlich und sie schämten sich. Die Generalin bezwang mit aller Gewalt ihren heftigsten Zorn und bereute vielleicht bitter, daß sie sich in diese Angelegenheit überhaupt eingemischt hatte; jetzt schwieg sie. Mit dem Fürsten aber geschah das, was in solchen Fällen mit zartfühlenden Menschen oft geschieht: er schämte sich dermaßen für andere, für diese seine neuen Gäste, daß er sie zunächst nicht einmal anzusehen wagte. Ptizyn, Warja, Ganja und sogar Lebedeff machten alle verlegene Gesichter. Doch am sonderbarsten war wohl, daß auch Ippolít und Burdowskij, der „Sohn Pawlischtscheffs", gleichfalls etwas verwundert aussahen; und selbst der Neffe Lebedeffs schien mit irgend etwas unzufrieden zu sein. Nur der „Boxer" saß wichtig und ruhig auf seinem Stuhl und drehte seinen Schnurrbart, den Blick ein wenig gesenkt – jedoch nicht etwa aus Verlegenheit gesenkt, sondern im Gegenteil gleichsam aus edler Bescheidenheit infolge gar zu offenkundigen Triumphgefühls. Jedenfalls war zu ersehen, daß der Artikel ihm sehr gefiel.

»Der Teufel weiß, was das sein soll!« brummte Iwan Fjodorowitsch halblaut, »das ist ja, wie wenn fünfzig Lakaien sich zusammengetan und dann auch glücklich die größte Gemeinheit zustande gebracht hätten!«

»Erl—auben Sie, mein Herr, wie dürfen Sie uns mit solchen Vermutungen beleidigen?« empörte sich, am ganzen Körper zitternd, Ippolít.

»Das ist für einen Mann von Ehre... das werden Sie doch

selbst zugeben, Exzellenz, daß für einen, einen Mann von Ehre so etwas doch schon beleidigend ist!« brummte diesmal etwas lauter der „Boxer", der sich gleichfalls aus irgendeinem Grunde verletzt zu fühlen schien, und mit gekränkter Miene zwirbelte er seine Schnurrbartspitzen, während er dazu bald mit dieser, bald mit jener Schulter zuckte.

»Ich bin für Sie nicht ‚mein Herr', und im übrigen habe ich nicht die Absicht, Ihnen irgendwelche Erklärungen zu geben!« antwortete scharf und in heller Wut Iwán Fjódorowitsch. Er erhob sich und ging ohne ein weiteres Wort zum Ausgang der Veranda, wo er auf der obersten Stufe, den Rücken der Gesellschaft zugekehrt, stehenblieb — in größter Empörung über Lisaweta Prokofjewna, die auch jetzt noch nicht daran dachte, sich von ihrem Platz zu erheben.

»Meine Herren, ich bitte Sie, meine Herren, lassen Sie uns doch so sprechen, daß wir einander verstehen!« rief der Fürst, in dessen Gesicht sich seine ganze Qual und Erregung widerspiegelten: »Über den Artikel, meine Herren, wollen wir weiter nicht reden. Nur ist doch alles unwahr, was dort geschrieben steht; ich sage das nur, weil Sie das selbst wissen; man muß sich ja schämen. Es würde mich daher nur sehr wundern, wenn das jemand von Ihnen verfaßt haben sollte.«

»Ich habe von diesem ganzen Artikel bis jetzt nichts gewußt«, erklärte Ippolít. »Ich billige ihn nicht.«

»Ich habe zwar gewußt, daß er geschrieben war, aber ... von einer Veröffentlichung hätte ich entschieden abgeraten; denn dazu ist es noch zu früh«, sagte Lebedeffs Neffe, Doktorénko.

»Ich habe gewußt, aber ich habe das Recht ... ich ...«, stotterte der „Sohn Pawlíschtscheffs".

»Was! Sie haben das selbst geschrieben?« fragte der Fürst fast erschrocken, und erstaunt blickte er Burdowskij an. »Das ist doch nicht möglich!«

»Man könnte Ihnen übrigens das Recht zu solchen Fragen auch absprechen«, trat Doktorénko für seinen Freund ein.

»Ich wunderte mich ja nur, daß Herr Burdowskij so etwas

zustandegebracht hat ... aber ... wenn Sie die Sache bereits an die Öffentlichkeit gebracht haben, weshalb waren Sie dann vorhin so beleidigt, als ich in Gegenwart meiner Freunde davon zu sprechen begann?«

»Endlich!« stieß Lisaweta Prokofjewna in ihrem Ärger halblaut hervor.

»Und dabei geruhen Sie noch, Fürst, mit Stillschweigen darüber hinwegzugehen«, warf Lebedeff ein, der fieberhaft belebt hinter den Stühlen der anderen hervorschlüpfte und sich nicht mehr bezwingen konnte, »jawohl, darüber hinwegzugehen, daß es einzig und allein Ihr guter und freier Wille und die unvergleichliche Güte Ihres Herzens war, diese Herren zu empfangen und anzuhören, und sie infolgedessen überhaupt kein Recht haben, von Ihnen eine Unterredung zu verlangen, um so weniger, als Sie, durchlauchtigster Fürst, bereits Gawrila Ardalionytsch mit der Führung dieser Sache betraut haben. Jetzt aber, durchlauchtigster Fürst, wo Sie sich im Kreise Ihrer erlesenen Freunde befinden, können Sie doch nicht wegen solcher paar Herren Ihre hochverehrten Gäste zurücksetzen, und deshalb wird es Ihnen niemand verargen dürfen, wenn Sie jetzt den Wunsch aussprechen, diese Herren die Stufen hinunterbefördert zu sehen, was ich in meiner Eigenschaft als Hausbesitzer sogar mit ganz besonderem Vergnügen ...«

»Das einzig Richtige!« dröhnte plötzlich aus dem Hintergrunde General Iwolgins Stimme.

»Genug, Lebedeff, hören Sie auf ...«, wollte der Fürst beginnen, doch ein ganzer Sturm von Ausrufen verschlang seine Worte.

»Nein, entschuldigen Sie, Fürst, entschuldigen Sie, jetzt ist's mit einem ‚Hören Sie auf' nicht abgetan!« überschrie Lebedeffs Neffe alle anderen. »Vor allem tut jetzt not, daß man die Sache klar und deutlich hinstellt; denn offenbar wird sie hier überhaupt nicht verstanden. Wie ich sehe, will man uns mit juristischen Winkelzügen einschüchtern und auf Grund dieser möglichen Winkelzüge droht man uns sogar, uns hinauszuwerfen! Aber halten Sie uns denn, Fürst, wirklich für zu dumm, um selber zu begreifen, daß wir, wenn wir juristisch gegen Sie vorgehen wollten, keinen Rubel von Ihnen zu verlangen das Recht hätten! Wir verstehen nur zu gut, daß es hier, wenn von juristischem Recht keine Rede sein kann, ein um so größeres menschliches, *natürliches* Recht gibt, ein Recht der gesunden Vernunft und der Stimme des Gewissens, und wenn dieses Recht auch nicht in alten vermoderten Kodexen steht, so ist doch ein anständiger und ehrlicher Mensch, das heißt so viel wie ein Mensch mit gesunder Vernunft, dennoch verpflichtet, auch in solchen Fällen, die in keinem Kodex vorgesehen sind, ein ehrenhafter und anständiger Mensch zu sein und dementsprechend zu handeln. Deshalb sind wir auch hergekommen, ohne zu fürchten, daß man uns (wie Sie soeben gedroht haben) hinauswerfen wird, bloß weil wir *nicht bitten,* sondern *fordern,* und weil unser Besuch zu so später Stunde unhöflich sei (obschon wir längst nicht so spät gekommen sind, sondern Sie selbst uns so lange in Ihrer Dienerstube haben warten lassen). Eben deshalb, wie gesagt, sind wir ohne Furcht zu Ihnen gekommen, weil wir Sie für einen Menschen mit gesunder Vernunft hielten, das heißt soviel wie für einen Mann von Ehre und Gewissen. Ja, es ist wahr, wir sind nicht de- und wehmütig, nicht wie Schmarotzer und Bittsteller hier eingetreten, sondern erhobenen Hauptes, als freie Menschen, die wir sind, und durchaus nicht mit untertänigen Bitten, sondern mit einer freien und stolzen Forderung (hören Sie: Forderung und *nicht* Bitte, merken Sie sich das!). Wir stellen ohne alle Winkelzüge frei und offen die Frage an Sie: Glauben Sie in der Angelegenheit Burdowskijs im Recht oder im Unrecht zu sein? Geben Sie es zu oder geben Sie es *nicht* zu, daß Pawlischtscheff Ihr Wohltäter gewesen ist und Sie vielleicht sogar vom Tode errettet hat? Wenn Sie das zugeben (und das können Sie doch nicht abstreiten), so fragen wir Sie, ob Sie die Absicht haben, oder ob Sie es vor Ihrem Gewissen für gerecht halten, nachdem Sie Millionen geerbt haben, nun von sich aus dem darbenden, natürlichen Sohne Ihres Wohltäters das zurückzuzahlen, was Sie von seinem Vater ungerechterweise geschenkt erhalten haben? *Ja* oder *nein?* Wenn *ja,* das heißt mit anderen Worten: wenn Sie auch nur einen Funken von dem in sich haben, was Sie in Ihrer Sprache Ehre und Gewissen nennen, und was wir treffender mit gesunder Vernunft bezeichnen, so befriedigen Sie uns, und die Sache ist erledigt. Aber befriedigen Sie uns, ohne dabei auf Bitten und Dankbarkeit unsererseits zu rechnen, erwarten Sie die nicht von uns; denn Sie tun es ja doch nicht für uns, sondern um der Gerechtigkeit willen. Wollen Sie uns jedoch *nicht* befriedigen, das heißt: wenn Sie auf unsere Frage mit einem *Nein* antworten, so werden wir uns sofort zurückziehen, und die Sache ist gleichfalls abgetan; nur werden Sie uns dann wohl gestatten, daß wir in Gegenwart all Ihrer Freunde und Zeugen Ihnen ins Gesicht sagen, daß Sie ein Mensch von plumpem Verstande sind und geistig auf einer sehr niedrigen Entwicklungsstufe stehen, und daß Sie hinfort nicht mehr das Recht haben, sich einen Mann von Ehre und Gewissen zu nennen, da Sie sich dieses Recht denn doch gar zu billig kaufen wollen. Ich habe geendet. Die Frage ist nun gestellt! Lassen Sie uns doch jetzt hinauswerfen, wenn Sie es wagen. Sie haben ja die Macht dazu. Aber vergessen Sie nicht, daß wir dennoch fordern und nicht bitten. Fordern und nicht bitten!«

Lebedeffs Neffe, der sich in Eifer geredet hatte, hielt inne.

»Ja, fordern, fordern, fordern und nicht bitten! ...« stotterte Burdowskij und wurde rot wie ein Krebs.

Nach dieser Rede von Lebedeffs Neffen ging eine gewisse allgemeine Bewegung durch die Gesellschaft; sogar ein Gemurr wurde laut, obschon es alle sichtlich vermieden, sich in die Sache einzumischen, außer Lebedeff, der wie im Fieber war. Seltsam: obschon Lebedeff offenbar zum Fürsten hielt, empfand er jetzt doch so etwas wie Familienstolz nach der Rede seines Neffen und überschaute mit der Miene befriedigten Stolzes das ganze Publikum.

»Meiner Ansicht nach«, begann der Fürst ziemlich leise, »meiner Ansicht nach haben Sie, Herr Doktorénko, in dem, was Sie soeben gesagt haben, zum Teil recht, sogar zum weit größeren Teil, und ich wäre mit Ihnen vollkommen einverstanden, wenn Sie in Ihrer Rede nicht etwas ganz aus dem Auge gelassen hätten. *Was* Sie da übersehen haben, vermag ich nicht genau anzugeben, aber es fehlt da etwas, und deshalb sind Ihre Worte doch nicht ganz gerecht. Aber kommen wir lieber zur Sache, meine Herren. Sagen Sie, weshalb haben Sie diesen Artikel veröffentlicht? Jedes Wort ist ja hier eine Verleumdung, so daß Sie meiner Ansicht nach eine Gemeinheit begangen haben, meine Herren.«

»Erlauben Sie! ...«

»Mein Herr! ...«

»Das ... das ... das ...«, hörte man gleichzeitig von den aufgeregten Gästen.

»Was diesen Artikel betrifft«, griff Ippolít mit seiner heiseren Stimme auf, »was diesen Artikel betrifft, so habe ich Ihnen bereits gesagt, daß sowohl ich wie auch die anderen ihn nicht billigen. Geschrieben aber hat ihn dieser hier.« (Er wies auf den neben ihm sitzenden „Boxer".) »Ich gebe zu, daß er ihn unanständig und in einem Stil geschrieben hat, der allen verabschiedeten Leutnants seines Schlages eigen ist. Er ist ein dummer Mensch und obendrein denkt er nur an Gelderwerb, das gebe ich zu — ich sage es ihm ja jeden Tag ins Gesicht; aber zur Hälfte ist er doch in seinem Recht: Die Öffentlichkeit ist das gesetzliche Recht eines jeden, also folglich hat es auch Burdowskij. Seine Albernheiten aber mag er selbst verantworten. Und was das betrifft, daß ich vorhin im Namen aller gegen die Anwesenheit Ihrer Freunde protestierte, so erkläre ich jetzt, daß ich einzig deshalb protestiert habe, um unser Recht zu wahren, im Grunde aber sind uns Zeugen sogar erwünscht, und darin sind wir bereits früher, noch bevor wir hier eintraten, übereingekommen. Also, gleichviel, wer die Zeugen sind, mögen es selbst Ihre Freunde sein, denn sie werden doch nicht umhin können, einzusehen, daß Burdowskij vollkommen in seinem Recht ist (denn sein Recht ist ja mathematisch klar!). Also ist es um so besser, wenn diese Zeugen Ihre Freunde sind: um so sichtbarer wird die Wahrheit sich durchsetzen.«

»Das ist wahr, wir waren übereingekommen, daß ...«, wollte Lebedeffs Neffe Ippolíts Mitteilung bestätigen.

»Aber weshalb erhoben Sie dann vorhin sogleich bei den ersten Worten ein solches Geschrei, wenn Ihnen Zeugen sogar erwünscht waren?« fragte der Fürst verwundert.

»In betreff des Artikels, Fürst«, bemerkte eilig der „Boxer", der furchtbar gern auch zu Wort kommen wollte, und der sich nun, als ihm das endlich gelang, in angenehmer Erregung befand (man kann wohl sagen, daß die Anwesenheit von Damen sichtlich und stark auf ihn wirkte), »in betreff des Artikels muß ich allerdings gestehen, daß ich der Verfasser bin, obschon mein kranker Freund, dem ich um seiner Krankheit willen vieles zu verzeihen gewöhnt bin, sich soeben sehr absprechend über diesen meinen Artikel geäußert hat. Ich habe ihn aber in dem Blatt eines meiner besten Freunde gewissermaßen nur als eingesandten Brief veröffentlichen lassen. Nur die Verse zum Schluß sind nicht von mir, sondern von einem bekannten Humoristen. Vorgelesen habe ich den Artikel nur meinem Freunde Burdowskij, aber auch ihm nicht alles; ich erhielt aber von ihm sogleich die Erlaubnis, meinen Artikel zu veröffentlichen, was ich schließlich auch ohne seine Erlaubnis hätte tun können, das werden Sie doch zugeben. Die Öffentlichkeit ist ein allgemeines, edles und wohltuendes Recht. Ich hoffe, auch Sie, Fürst, sind so weit fortschrittlich gesinnt, daß Sie das nicht in Abrede stellen werden ...«

»Gewiß stelle ich das nicht in Abrede, aber Sie sehen doch wohl selbst ein, daß Ihr Artikel ...«

»Etwas scharf ist, wollen Sie vielleicht sagen? Aber hier handelt es sich doch, das müssen Sie nicht vergessen, um das Gemeinwohl, und dann — wie hätte man eine solche Gelegenheit unbenutzt vorübergehen lassen können? Um so schlimmer ist es für die Schuldigen, aber das Wohl der Allgemeinheit geht stets voran. Und was die paar Ungenauigkeiten betrifft oder sozusagen die Hyperbeln, so sind doch diese nicht von Belang, die Hauptsache bleibt doch, nicht wahr, die Initiative, der Zweck und die Absicht sozusagen. Wichtig ist das erzieherische Beispiel, der besondere Einzelfall kommt doch erst hinterher in Betracht. Und dann ist's doch auch eine Stilfrage, es ist ja förmlich eine humoristische Aufgabe und dann, nicht wahr, alle schreiben doch jetzt so! Haha!«

»Aber das ist doch ein ganz falscher Weg! Ich versichere Ihnen, meine Herren!« rief der Fürst, »Sie haben den Artikel in dem Glauben geschrieben, daß ich unter keiner Bedingung einwilligen würde, Herrn Burdowskijs Ansprüche zu befriedigen, und so haben Sie mich auf diese Weise schrecken und sich an mir irgendwie rächen wollen. Woher aber wissen Sie, was ich zu tun gedenke und bei mir beschlossen habe? Ich sage Ihnen jetzt offen in Gegenwart aller, daß ich seine Ansprüche bedingungslos befriedigen werde...«

»Ah, das ist doch endlich ein kluges und edles Wort eines klugen und edlen Menschen!« erklärte der „Boxer".

»Großer Gott!« stieß Lisaweta Prokofjewna hervor.

»Das ist ja unerträglich!« brummte der General.

»Erlauben Sie, meine Herren, erlauben Sie, ich will Ihnen die Sache auseinandersetzen«, bat der Fürst. »Vor etwa fünf Wochen erschien bei mir in S. ein gewisser Herr Tschebároff, Ihr Bevollmächtigter, Herr Burdowskij. Sie haben ihn aber doch etwas gar zu schmeichelhaft geschildert, Herr Keller, das muß ich schon sagen!« wandte sich der Fürst plötzlich unwillkürlich lachend an den „Boxer". »Mir gefiel dieser Herr ganz und gar nicht. Ich begriff nur sogleich, daß die ganze Geschichte von diesem Tschebároff ausging, und vielleicht war er es, der Sie, Herr Burdowskij, überhaupt darauf gebracht hat, diesen Anspruch zu erheben, indem er wohl geschickt Ihre Unwissenheit und Vertrauensseligkeit auszunutzen verstand, wenn ich offen sein darf.«

»Sie haben kein Recht dazu ... ich ... ich bin nicht unwissend ... das ...«, stotterte Burdowskij sehr erregt.

»Mit welchem Recht erlauben Sie sich, solche Vermutungen zu äußern!« sagte zurechtweisend Lebedeffs Neffe.

»Das ist im höchsten Grade beleidigend!« kreischte Ippolít. »Das ist eine beleidigende, unwahre Vermutung, die zudem gar nicht zur Sache gehört.«

»Verzeihung, Verzeihung, meine Herren«, beeilte sich der Fürst einzulenken, »verzeihen Sie mir, bitte. Ich sagte es ja nur, weil ich glaubte, wir täten besser, vollkommen offen miteinander zu reden. Doch wie Sie wollen. Ich sagte Herrn Tschebároff, ich würde, da ich nicht selbst nach Petersburg fahren konnte, meinen Freund sogleich mit der Untersuchung der Angelegenheit betrauen und Sie, Herr Burdowskij, unverzüglich davon in Kenntnis setzen. Ich sage Ihnen offen, meine Herren, daß mir dieses ganze Ansinnen als eine große Spitzbüberei erschien, und zwar gerade deshalb, weil dieser Tschebaroff die Sache vertrat ... Oh, um Gottes willen, seien Sie doch nicht wieder beleidigt! Ich bitte Sie, meine Herren!« unterbrach sich der Fürst schnell, als er in Burdowskijs Miene schon wieder die Unruhe des Gekränkten und in denen der Freunde Protest und Empörung bemerkte. »Das kann *Sie* doch unmöglich kränken, wenn ich sage, daß ich die Sache für eine Spitzbüberei, für einen schändlichen Betrug gehalten habe, denn ich kannte doch damals noch keinen einzigen von Ihnen, nicht einmal Ihre Namen waren mir bekannt! Ich konnte doch nur nach dem Eindruck urteilen, den Tschebaroff auf mich machte ... und ich sage es überhaupt, weil ... wenn Sie wüßten, wie ich betrogen worden bin, seit ich die Erbschaft erhalten habe!«

»Sie sind unglaublich naiv, Fürst«, meinte Lebedeffs Neffe spöttisch.

»Und dabei ein Fürst und Millionär! Aber ungeachtet Ihres vielleicht wirklich guten und einfältigen Herzens, können Sie sich immerhin nicht dem allgemeinen Gesetz entziehen«, erklärte Ippolít.

»Möglich, sehr möglich, meine Herren«, beeilte sich wieder der Fürst zu erwidern, »das heißt, wenn ich auch nicht verstehe, von welch einem allgemeinen Gesetz Sie reden; aber ich fahre fort. Nur bitte ich Sie, sich nicht sogleich gekränkt zu fühlen; ich versichere Ihnen, mir liegt nichts so fern wie die Absicht, Sie irgendwie zu kränken. Aber wie kommt das doch, wirklich, meine Herren: man kann ja kaum zwei Worte offen zu Ihnen reden, da fühlen Sie sich schon gekränkt! ... Vor allem überraschte es mich ungeheuer, daß ein natürlicher Sohn von Pawlischtscheff lebte, und dazu noch in solchen Verhältnissen, wie sie Tschebaroff mir schilderte. Pawlischtscheff war mein Wohltäter und der Freund meines Vaters. (Ach, weshalb haben Sie in Ihrem Artikel so schändliche Unwahrheiten über meinen Vater geschrieben, Herr Keller? Daß er die Kompagniegelder verspielt oder einen Untergebenen habe prügeln lassen — das ist doch alles nicht wahr, davon bin ich fest überzeugt! Wie hat Ihre Hand nur eine solche Verleumdung schreiben können?) Aber das, was Sie über Pawlischtscheff geschrieben haben, ist einfach unverantwortlich! Sie nennen diesen edelsten aller Menschen so dreist und überzeugt einen leichtsinnigen alten Lüstling, als sagten Sie damit die unantastbarste Wahrheit! Pawlischtscheff war sicherlich einer der sittenstrengsten Männer, die es je gegeben hat! Er war sogar ein ernster Gelehrter und hat in seinem Leben viel Geld für wissenschaftliche Zwecke ausgegeben. Was Sie aber über sein Herz und seine guten Taten geschrieben haben, das ist vollkommen zutreffend. Ich war damals wirklich fast ein Idiot und konnte nicht alles verstehen (aber Russisch sprach ich doch und verstand auch, was man zu mir sagte), jetzt aber vermag ich das alles ganz klar zu beurteilen ...«

»Erlauben Sie«, krächzte Ippolit, »wird das nicht gar zu gefühlvoll werden? Wir sind keine Kinder. Sie wollten doch zur Sache kommen, die Uhr geht auf zehn, vergessen Sie das nicht.«

»Wie Sie wollen, meine Herren«, willigte der Fürst sogleich ein. »Nach dem ersten Mißtrauen sagte ich mir, daß ich mich täusche und daß Pawlischtscheff vielleicht wirklich einen natürlichen Sohn haben könnte. Mich wunderte nur sehr, daß dieser Sohn so leichtfertig, das heißt, Verzeihung, ich will sagen: so öffentlich das Geheimnis seiner Herkunft aufdeckt und vor allem seine Mutter nicht schont. Denn Tschebaroff drohte mir schon damals mit der Veröffentlichung . . .«

»Was für eine Dummheit!« rief Lebedeffs Neffe ärgerlich aus.

»Sie haben nicht das Recht . . . haben kein Recht!« rief Burdowskij.

»Der Sohn ist für die liederliche Handlung des Vaters nicht verantwortlich, die Mutter aber trägt keine Schuld«, kreischte Ippolít, der sich sehr eiferte.

»Um so mehr hätte er sie, denke ich, schonen sollen . . .«, bemerkte der Fürst fast schüchtern.

»Sie sind nicht nur furchtbar naiv, Fürst, sondern sind noch etwas mehr als das«, meinte Lebedeffs Neffe mit boshaftem Lächeln.

»Und welches Recht hatten Sie . . .«, kreischte wieder mit ganz unnatürlicher Stimme Ippolit.

»Überhaupt keines, überhaupt keines!« kam ihm der Fürst eilig zuvor. »Darin haben Sie recht, das gebe ich vollkommen zu. Es geschah nur ganz unwillkürlich, und ich habe mir auch schon damals gleich gesagt, daß meine persönlichen Gefühle mit der Sache selbst nichts zu tun haben dürfen; denn wenn ich es einmal als meine Pflicht ansehe, auf Grund meiner Pawlischtscheff geschuldeten Dankbarkeit, Herrn Burdowskijs Forderung zu befriedigen, so muß ich es in jedem Falle tun, also gleichviel, ob ich Herrn Burdowskij persönlich achte oder nicht. Ich bin jetzt, meine Herren, nur deshalb darauf zu sprechen gekommen, weil es mir doch unnatürlich erschien, daß ein Sohn das Geheimnis seiner Mutter der Öffentlichkeit preisgibt . . . Mit einem Wort, gerade daraus glaubte ich zu ersehen, daß Tschebaroff eine Kanaille sein müsse und er allein Herrn Burdowskij durch einen Betrug zu einem solchen Erpressungsversuch bewogen haben könne.«

»Aber das ist ja nicht mehr zum Aushalten!« ertönte es von seiten seiner Gäste, von denen einige sogar von ihren Plätzen aufsprangen.

»Meine Herren! Nur deshalb kam ich zu der Überzeugung, der unglückliche Herr Burdówskij müsse ein treuherziger, schutzloser Mensch sein, der leicht das Opfer jedes geschickten Spitzbuben werden kann! Folglich aber war es dann um so mehr meine Pflicht, ihm als „Sohn Pawlischtscheffs" zu helfen, und zwar, indem ich erstens *gegen* Herrn Tschebároff auftrat, zweitens ihm, Herrn Burdowskij, als treuer Freund mit Rat und Tat behilflich sein wollte, und drittens, indem ich ihm zehntausend Rubel auszuzahlen beschloß, also dieselbe Summe, die Pawlischtscheff nach meiner Berechnung für mich ausgegeben haben kann...«

»Was! Nur zehntausend!« schrie Ippolit.

»Nein, Fürst, Sie sind in der Arithmetik doch sehr schwach! ... oder vielleicht gerade sehr stark, wenn Sie sich auch noch so harmlos stellen!« rief der Neffe Lebedeffs.

»Auf zehntausend gehe ich nicht ein!« erklärte Burdowskij.

»Antíp, geh' drauf ein!« tuschelte ihm schnell, aber doch vernehmbar der „Boxer" zu, indem er sich über Ippolits Stuhllehne zu Burdowskij beugte. »Geh drauf ein, später kann man ja dann immer noch sehen!«

»Hören Sie mal, Herr Myschkin«, kreischte Ippolit, »begreifen Sie doch endlich, daß Sie nicht dumme Jungen vor sich haben, wie hier alle Ihre Gäste von uns zu glauben scheinen, namentlich diese Damen, die jetzt so empört über uns sind und so spöttisch lächeln, auch jener elegante Herr dort (er wies auf Jewgenij Pawlowitsch), den zu kennen ich freilich nicht die Ehre habe, doch von dem mir, wenn ich mich nicht täusche, schon manches zu Ohren gekommen ist...«

»Erlauben Sie, erlauben Sie, meine Herren, Sie haben mich ja wieder nicht verstanden!« wandte sich der Fürst erregt aufs neue ihnen zu. »Sie, Herr Keller, haben in Ihrem Artikel mein Vermögen sehr falsch taxiert: ich habe ja gar keine Millionen geerbt, ich besitze vielleicht nur den achten oder zehnten Teil von dem, was Sie glauben. Und dann: Zehntausende sind für mich bestimmt nicht verausgabt worden. Professor Schneider erhielt nicht mehr als sechshundert Rubel jährlich, und auch die hat er nur in den ersten drei Jahren erhalten. Hübsche Gouvernanten aber hat Pawlischtscheff niemals aus Paris mitgebracht — das ist wiederum eine Verleumdung. Ich bin überzeugt, daß Pawlischtscheff alles in allem bedeutend weniger als zehntausend Rubel für mich ausgegeben hat, doch ich habe nun einmal die Summe nach oben abgerundet, und dabei bleibt es. Mehr aber als das, was ich empfangen habe, kann ich doch Herrn Burdowskij nicht gut anbieten, selbst wenn ich ihn noch so lieb hätte, denn sonst würde ich doch sein Zartgefühl verletzen; was von mir verlangt wird, ist: eine Schuld zu bezahlen, nicht ein Almosen zu geben! Ich begreife nicht, meine Herren, wie Sie das nicht verstehen! Aber ich wollte das durch meine Freundschaft ausgleichen, ich wollte ihm in jeder Beziehung behilflich sein und ihm beistehen: denn er ist doch offenbar betrogen worden! Anders ist es ja gar nicht möglich, denn wie hätte er sich sonst zu einer solchen... solchen Gemeinheit verstehen können, wie es zum Beispiel die Veröffentlichung jener Sätze in Herrn Kellers Artikel ist, der Sätze über seine Mutter... Aber weshalb geraten Sie denn schon wieder außer sich, meine Herren? Man kann ja mit Ihnen keine zwei Worte in Ruhe reden! So werden wir uns ja bald überhaupt nicht mehr verstehen! Und ich habe mich ja auch nicht getäuscht in meinen Voraussetzungen, davon habe ich mich jetzt mit meinen eigenen Augen überzeugen können«, versicherte der Fürst, bemüht, die aufgeregten Geister zu beruhigen, ohne dabei zu bemerken, daß er sie nur noch mehr erregte.

»Was? Wovon haben Sie sich überzeugt?« Sie drangen geradezu empört auf ihn ein.

»Aber ich bitte Sie, erstens habe ich jetzt Herrn Burdowskij selbst kennengelernt, ich sehe doch, was er ist... Er ist ein unschuldiger Mensch, den alle betrügen! Ein schutzloser Mensch, und deshalb muß ich ihn in Schutz nehmen. Und zweitens hat Gawrila Ardalionytsch, — von dem ich lange keine Nachrichten über den Stand der Dinge erhalten habe, da ich unterwegs war und dann hier in Petersburg drei Tage krank gewesen bin —, Gawrila Ardalionytsch hat mir erst heute, vor etwa einer Stunde, mitgeteilt, als wir uns zum erstenmal wiedersahen, daß er die Absichten Tschebároffs nun ganz durchschaue, und daß Tschebaroff genau das sei, wofür ich ihn gehalten habe. Ich weiß, meine Herren, daß mich viele für einen Idioten halten, und so hat auch Tschebaroff, da ich in dem Ruf stehe, daß man mit Leichtigkeit von mir Geld erhalten könne, mich eben betrügen wollen, indem er schlau meine Gefühle für Pawlischtscheff auszunutzen gedachte. Aber die Hauptsache — so hören Sie doch, meine Herren, lassen Sie mich doch zu Ende sprechen! —: wie sich jetzt herausstellt, ist ja Herr Burdowskij gar nicht Pawlischtscheffs Sohn! Vor einer Stunde hat mir Gawrila Ardalionytsch mitgeteilt, daß er die sichersten Beweise dafür erlangt habe! Nun, in welch einem Licht erscheint Ihnen jetzt die Sache? Das ist ja fast überhaupt nicht zu glauben, nach allem, was Sie bereits angestiftet haben! Und Sie hören: positive Beweise! Ich glaube es noch gar nicht recht, ich glaube es selbst noch nicht, ich versichere Ihnen! Ich zweifle auch jetzt noch, denn Gawrila Ardalionytsch hatte heute keine Zeit, mir alles ausführlich zu erklären. Daß aber Tschebaroff eine Kanaille ist, daran zweifle ich keinen Augenblick mehr! Er allein ist es, der den armen Herrn Burdowskij und auch Sie alle, meine Herren, die Sie Ihrem Freunde beistehen (da er des Beistandes offenbar bedarf, das begreife ich doch!), ja, der Sie alle in eine unsaubere Unternehmung verwickelt hat; denn das Ganze ist doch im Grunde nichts als Betrug und Spitzbüberei!«

»Wieso Spitzbüberei!... Wieso nicht Pawlischtscheffs Sohn?... Wie ist das möglich!?« ertönten die Ausrufe durcheinander. Burdowskijs ganze Schar befand sich in unsäglicher Erregung und Verwirrung.

»Gewiß Spitzbüberei! Wie wollen Sie denn die Ansprüche Herrn Burdowskijs anders nennen, wenn er mit Pawlischtscheff überhaupt nicht verwandt ist? Das heißt: selbstverständlich hat er das nicht gewußt! Aber deshalb sage ich ja immer wieder, daß er das Opfer eines Betruges ist, und deshalb will ich ihn doch verteidigen! Deshalb sage ich auch, daß man ihn bemitleiden muß, daß er in seiner Treuherzigkeit unbedingt des Beistandes bedarf, denn andernfalls würde er doch jetzt als Spitzbube dastehen. Ich bin überzeugt, daß er nichts davon ahnt! Ich bin ja doch selbst in einem solchen Zustand gewesen wie er, vor meiner Reise nach der Schweiz, ich stammelte gleichfalls unzusammenhängende Worte — man will sich ausdrücken und kann es nicht... Ich weiß, wie das ist, ich kann es ihm nachfühlen; denn ich selbst war ja fast ebenso, deshalb kann er es mir nicht übelnehmen, wenn ich es sage. Aber ich werde dennoch — ganz abgesehen davon, daß es einen „Sohn Pawlischtscheffs" nicht mehr gibt, und das Ganze sich als Mystifikation erweist — ich werde dennnoch meinen Entschluß nicht ändern, und ich bin trotzdem bereit, Herrn Burdowskij zehntausend Rubel anzuweisen. Ich hatte zuvor die Absicht, sie für eine Schule zu verwenden, dem Andenken Pawlischtscheffs zu Ehren, aber ich kann sie ja ebensogut Herrn Burdowskij zusprechen; denn wenn er auch nicht tatsächlich Pawlischtscheffs Sohn ist, so... ist er doch gewissermaßen sein Sohn: er ist doch selbst so schändlich betrogen worden. Er selbst war doch überzeugt, daß er Pawlischtscheffs Sohn sei! Ich bitte Sie, meine Herren, Gawrila Ardalionytsch anzuhören, damit dann die Sache endlich einmal abgetan ist, nur regen Sie sich nicht auf und seien Sie mir nicht böse. Bitte, setzen Sie sich wieder; Gawrila Ardalionytsch wird Ihnen sogleich alles erklären, und, offen gestanden, auch ich bin sehr gespannt darauf, alle Einzelheiten zu erfahren. Er ist sogar nach Pskow gereist und hat mit Ihrer Frau Mutter gesprochen, Herr Burdowskij. Nur ist sie durchaus noch nicht gestorben, wie es in jenem Artikel heißt ... Setzen Sie sich, meine Herren, bitte, setzen Sie sich!«

Der Fürst setzte sich, und seinem Beispiel folgten schließlich auch die jungen Leute, die schon alle aufgesprungen waren. In den letzten zehn oder zwanzig Minuten hatte der Fürst laut, ungeduldig und schnell gesprochen, und in dem Bestreben, sich überhaupt Gehör zu verschaffen und womöglich alle zu überzeugen, sich in immer größeren Eifer hineingeredet, so daß er jetzt manches Ausgesprochene bitter zu bereuen begann. Hätte er sich nicht so ereifert, so würde er sich auch nicht erlaubt haben, manche seiner Mutmaßungen so offen auszusprechen. Doch kaum hatte er sich wieder hingesetzt, als auch schon brennende Reue bis zum Schmerz sein Herz durchdrang: er hatte Burdowskij nicht nur dadurch »beleidigt«, daß er bei ihm dieselbe Krankheit voraussetzte, von der er, der Fürst, in der Schweiz geheilt worden war, er hatte ihn auch noch tief gekränkt; denn das Angebot, die zehntausend Rubel ihm statt einer Schule zu geben, war seiner Meinung nach in einer rohen und verletzenden Weise geschehen, besonders dadurch, daß er es in Gegenwart anderer, also gewissermaßen öffentlich getan hatte.

(»Ich hätte damit warten sollen, ich hätte es ihm morgen unter vier Augen anbieten sollen«, dachte der Fürst sofort, »und das läßt sich jetzt nicht mehr gutmachen! Ja, ich bin ein Idiot, ein richtiger Idiot!« sagte er sich in einem Anfall von Scham und unerträglicher Betrübtheit.)

Gawrila Ardalionytsch, der bis dahin abseits gestanden und vorsätzlich geschwiegen hatte, trat auf die Aufforderung des Fürsten hin neben seinen Stuhl und schickte sich ruhig an, den Sachverhalt der Angelegenheit, die zu untersuchen er vom Fürsten beauftragt worden war, auseinanderzusetzen.

Alle Gespräche verstummten sofort. Alle hörten nun mit größter Spannung zu, besonders die Genossen Burdowskijs.

## IX

»Sie werden es gewiß nicht in Abrede stellen wollen, Herr Burdowskij«, begann Gawrila Ardalionytsch, sich direkt an den „Sohn Pawlischtscheffs" wendend, der ihm mit krampfhafter Aufmerksamkeit und mit vor Verwunderung weit aufgerissenen Augen in großer Verwirrung zuhörte, »daß Sie genau zwei Jahre nach der Verheiratung Ihrer verehrten Mutter mit dem Herrn Kollegiensekretär Burdowskij, Ihrem Vater, geboren sind. Der Tag Ihrer Geburt ist an der Hand von Dokumenten gar zu leicht und genau nachzuweisen, und deshalb wollen wir, um Sie und Ihre Mutter nicht zu verletzen, die Entstellung der Tatsache in jenem Artikel mit einer Verwirrung der zweifellos blühenden Phantasie Herrn Kellers erklären, der mit diesen... Hyperbeln Ihnen und Ihren Interessen offenbar zu dienen gemeint hat. Herr Keller sagte, er habe Ihnen seinen Artikel nur zum Teil vorgelesen; daher können wir annehmen, daß er es nicht bis zu dieser Stelle getan hat...«

»Allerdings nicht bis dahin«, unterbrach ihn der „Boxer", »aber die Fakta waren mir von einer durchaus glaubwürdigen Person mitgeteilt worden, und ich...«

»Erlauben Sie, Herr Keller, daß *ich* jetzt rede«, unterbrach ihn Gawrila Ardalionytsch. »Auf Ihren Artikel werden wir noch zu sprechen kommen, dann können Sie Ihre Erklärungen vorbringen; jetzt aber wollen wir zuerst sachgemäß fortfahren. Zufällig gelangte ich durch die Freundin meiner Schwester, eine gewisse Wjéra Alexéjewna Súbkowa, eine Witwe und Gutsbesitzerin, in den Besitz eines Briefes, den der verstorbene Nikolái Andréjewitsch Pawlíschtscheff vor vierundzwanzig Jahren aus dem Auslande an sie geschrieben hat. Auf meine Bitte um nähere Auskunft erteilte mir Wjera Alexejewna den Rat, mich an den Obersten a. D. Timoféi Fjódorowitsch Wjásowkin zu wenden, einen entfernten Verwandten und einstigen nahen Freund Pawlischtscheffs. Von diesem erhielt ich dann noch weitere zwei Briefe Pawlischtscheffs an ihn, die gleichfalls aus dem Ausland geschrieben sind. Der Inhalt dieser drei Briefe schließt jeden Zweifel daran, ob Herr Pawlischtscheff auch wirklich damals, anderthalb Jahre vor Ihrer Geburt, ins Ausland gefahren ist, wo er dann drei Jahre verblieb, von vornherein völlig aus. Ihre Mutter aber hat, wie Sie wissen, Rußland nie verlassen. Ich will mir augenblicklich nicht die Zeit nehmen, die drei Briefe vorzulesen; es ist heute etwas spät geworden, deshalb begnüge ich mich mit der bloßen Mitteilung der Tatsachen. Doch wenn Sie wünschen, Herr Burdowskij, können Sie gleich morgen vormittag, sagen wir, um zehn oder um elf — wann es Ihnen genehm ist —, mit Ihren Zeugen und Sachverständigen zu mir kommen, um die Authentizität der Briefe festzustellen; denn ich zweifle keinen Augenblick daran, daß Sie sich von der Wahrheit überzeugen lassen werden, und wenn Sie sich überzeugt haben, so dürfte die Sache damit abgetan sein, denke ich.«

Wieder folgte diesen Worten eine allgemeine Bewegung und Aufregung. Plötzlich erhob sich Burdowskij.

»Wenn es so ist, dann bin ich betrogen worden, betrogen ... jedoch nicht von Tschebaroff, sondern schon vor langer Zeit; ich will keine Sachverständigen ... ich will nichts feststellen, ich glaube es ... ich ... ich verzichte ... Die Zehntausend will ich nicht ... Adieu ...«

Er nahm seine Mütze, schob den Stuhl zurück und wollte fortgehen.

»Verzeihung, Herr Burdówskij«, hielt ihn Gawríla Ardaliónytsch mit leiser und sanftester Stimme zurück, »wäre es Ihnen nicht möglich, noch fünf Minuten zu bleiben? Es haben sich in dieser Angelegenheit noch einige äußerst wichtige Tatsachen herausgestellt, namentlich für Sie wichtige, für uns dagegen nur interessante. Meiner Meinung nach dürften Sie es sich nicht entgehen lassen, mit ihnen bekannt zu werden, und es wird Ihnen gewiß angenehmer sein, wenn die ganze Sache vollkommen aufgeklärt wird...«

Burdowskij setzte sich schweigend, den Kopf ein wenig gesenkt, wie tief in Gedanken versunken. Seinem Beispiel folgte auch Lebedeffs Neffe, der sich gleichfalls schon erhoben hatte, um mit ihm wegzugehen; dieser schien zwar den Kopf und die Dreistigkeit noch nicht verloren zu haben, schaute aber doch sehr befremdet drein. Ippolit sah finster, traurig und sehr erstaunt aus. In diesem Augenblick hatte er übrigens einen so starken Hustenanfall, daß auf dem Taschentuch, das er vor den Mund preßte, Blutflecken erschienen. Der „Boxer" war geradezu erschrocken.

»Ach, Antíp!« rief er plötzlich jammervoll aus, »hab' ich's dir damals nicht gleich gesagt, vor drei Tagen schon, daß du vielleicht wirklich gar nicht Pawlischtscheffs Sohn bist!«

Verhaltenes Lachen ertönte, zwei oder drei lachten lauter.

»Was Sie da soeben mitteilten, Herr Keller«, griff Gawrila Ardalionytsch schnell auf, »ist als Faktum äußerst wertvoll. Nichtsdestoweniger kann ich auf Grund der sichersten Beweise behaupten, daß Herr Burdowskij, dem zwar die Zeit seiner Geburt sehr wohl bekannt war, von jenem Aufenthalt Herrn Pawlischtscheffs im Ausland jedoch völlig ununterrichtet ist. Bekanntlich hat Herr Pawlischtscheff den größten Teil seines Lebens im Auslande verbracht und ist immer nur auf kurze Zeit nach Rußland zurückgekehrt. Außerdem ist seine Abreise anderthalb Jahre vor Ihrer Geburt, Herr Burdowskij, an sich so wenig aufsehenerregend gewesen, daß es nur zu begreifen ist, wenn sich ihrer nach vierundzwanzig Jahren selbst seine Verwandten und Freunde nicht mehr erinnern. Deshalb wären auch alle meine Nachforschungen ergebnislos gewesen, wenn der Zufall mir nicht ganz unvermutet diese Briefe in die Hände gespielt hätte. Und deshalb wären auch für Herrn Burdówskij und sogar für Tschebároff solche Nachforschungen fast unmöglich gewesen, selbst wenn sie welche hätten vornehmen wollen...«

»Erlauben Sie, Herr Iwólgin«, unterbrach ihn plötzlich Ippolit gereizt, »wozu halten Sie diese ganze Rede, was soll diese Litanei (entschuldigen Sie)? Die Hauptsache ist doch erklärt, und wir haben eingewilligt, an die Richtigkeit zu glauben; wozu also noch breittreten, was ohnehin schon schwer und verletzend ist? Oder wollen Sie vielleicht Ihre Geschicklichkeit als Nachforscher, als Spion zeigen? Oder beabsichtigen Sie gar, eine Verteidigungsrede für Burdowskij zu halten, weil er das alles nur aus Unwissenheit getan hat? Das wäre denn doch zu verletzend, mein Herr! Burdowskij bedarf weder Ihrer Rechtfertigungen noch Entschuldigungen! Es kränkt ihn nur, er ist ohnehin in einer peinlichen Situation, das sollten Sie erraten, begreifen...«

»Schon gut, Herr Teréntjeff, schon gut«, unterbrach ihn Gawrila Ardalionytsch, »beruhigen Sie sich, Sie regen sich ganz unnütz auf. Sie sind, glaube ich, sehr krank? Ich kann Ihnen das sehr wohl nachfühlen... In dem Falle habe ich, das heißt, wenn Sie es so wünschen, alles gesagt oder vielmehr bin ich gezwungen, nur noch in aller Kürze jene Fakta mitzuteilen, die zu erfahren meiner Meinung nach nicht überflüssig sein dürfte«, lenkte er ein, als er eine allgemeine Bewegung bemerkte, die bereits Ungeduld zu verraten schien. »Ich habe Ihnen mitzuteilen, Herr Burdowskij, daß Herr Pawlischtscheff nur deshalb Ihrer Mutter gutgesinnt gewesen ist und ihr so oft geholfen hat, weil sie die leibliche Schwester jenes Hofmädchens ist, in das sich Herr Pawlischtscheff in seiner Jugend so verliebt hatte, daß er sie unfehlbar geheiratet hätte, wenn sie nicht jung gestorben wäre. Ich habe Beweise, daß dieser Jugendroman nur sehr wenigen bekannt gewesen und von diesen alsbald sogar ganz vergessen worden ist. Ferner kann ich Ihnen mitteilen, daß Herr Pawlischtscheff Ihre Mutter seit ihrem zehnten Jahre hat erziehen lassen und ihr eine gute Mitgift gegeben hat, und gerade diese seine Anteilnahme hat unter seinen Verwandten und Bekannten eine gewisse Besorgnis erregt und zu verschiedenen Gerüchten Anlaß gegeben; eine Zeitlang hat es sogar geheißen, daß er seinen Pflegling heiraten werde. Aber es endete damit, daß sie im Alter von zwanzig Jahren aus Liebe, wofür ich gleichfalls Beweise habe, den Feldvermessungsbeamten Burdowskij heiratete. Ferner habe ich die sichersten Beweise dafür, daß Ihr Vater, Herr Burdowskij, nach Empfang der Mitgift Ihrer Mutter, die sich auf fünfzehntausend Rubel belief, seinen Dienst aufgab, sich an verschiedenen kommerziellen Spekulationen beteiligte, betrogen wurde, das ganze Kapital verlor und vor Kummer zu trinken begann, worauf er bald erkrankte und starb, im achten Jahre seiner Ehe mit Ihrer Mutter. Ihre Mutter blieb hierauf, wie sie mir selbst erzählt hat, in der größten Armut zurück und wäre elend zugrunde gegangen, wenn nicht Herr Pawlischtscheff ihr großmütig immer wieder geholfen hätte. Er hat ihr bis zu sechshundert Rubel im Jahr geschickt. Ferner gibt es unzählige Beweise dafür, daß Pawlischtscheff Sie als Kind sehr liebgewonnen hatte. Aus diesen Beweisen und nicht zum geringsten Teil aus den Aussagen Ihrer Mutter geht hervor, daß er Sie hauptsächlich deshalb so liebte, weil Sie ein schwächliches, stotterndes, armseliges Kindchen gewesen sind. (Pawlischtscheff aber hat sein Leben lang eine ganz besondere, fast zärtliche Liebe für alles Behaftete empfunden, für alles ‚von der Natur Gekränkte', namentlich aber, wenn es sich um Kinder handelte. Diese Tatsache, für die ich gleichfalls mehrere Beweise habe, ist für uns in diesem Fall von besonderer Wichtigkeit.) Und schließlich kann ich mich rühmen, auch das noch erklären zu können, wie diese auffallende Liebe Pawlischtscheffs — der es auch ermöglichte, daß Sie das Gymnasium besuchten und sogar unter besonderer Aufsicht lernen konnten — mit der Zeit unter seinen Verwandten den Glauben erweckt hat, daß Sie sein Sohn seien. Doch dieser Glaube ist erst in den letzten Lebensjahren Pawlischtscheffs, als man sich seines Testaments wegen Sorgen zu machen begann, in seinen Verwandten zur Überzeugung geworden, also erst dann, als die alten Fakta vergessen waren und Nachforschungen immer unmöglicher wurden. Zweifellos ist dieses Gerücht auch Ihnen zu Ohren gekommen und hat dann auch einen entsprechenden Eindruck auf Sie gemacht. Ihre Mutter, die persönlich kennenzulernen ich das Vergnügen gehabt habe, hat zwar von diesen Gerüchten gehört, weiß aber bis jetzt noch nicht — auch ich verschwieg es natürlich —, daß auch Sie, ihr Sohn, sich von ihnen haben beeinflussen lassen. Ihre Mutter fand ich in Pskow krank und in großer Armut vor, da sie mit Pawlischtscheffs Tod nicht nur den Freund und Gönner, sondern auch die Unterstützung verloren hatte. Unter Tränen der Dankbarkeit teilte sie mir mit, daß sie nur noch dank Ihrer Hilfe lebe; sie erwartet viel von Ihnen und glaubt felsenfest an Ihre zukünftigen Erfolge...«

»Das ist aber doch nicht mehr auszuhalten!« erklärte plötzlich laut in größter Ungeduld Lebedeffs Neffe. »Was bezwecken Sie mit der Wiedergabe dieses ganzen Romans?«

»Ekelhaft! Einfach unanständig!« stieß Ippolit mit einer gereizten Bewegung hervor.

Burdowskij jedoch bemerkte nichts und rührte sich nicht einmal.

»Was ich damit bezwecke?« wunderte sich Gawrila Ardalionytsch mit listigem Lächeln und schickte sich boshaft an, seine Schlußfolgerungen darzulegen. »Erstens wird Herr Burdowskij jetzt überzeugt sein, daß Herr Pawlischtscheff ihn nicht als leiblichen Sohn, sondern nur aus Mitleid geliebt hat. Das aber dürfte für Herrn Burdowskij, der die Handlungsweise Herrn Kellers vorhin nach der Vorlesung des Artikels guthieß, jedenfalls wissenswert sein. Ich sage das nur deshalb, weil ich Sie für einen anständigen Menschen halte, Herr Burdowskij. Ferner stellt es sich jetzt heraus, daß selbst von seiten Tschebaroffs durchaus keine bewußte Spitzbüberei vorliegt, das aber ist auch für mich von Wichtigkeit; denn der Fürst äußerte sich vorhin im Eifer des Gesprächs ungefähr in dem Sinne, daß auch ich in dieser Beziehung seiner Meinung sei. Im Gegenteil, hier handelt es sich bei allen um eine feste Überzeugung, und wenn auch Tschebaroff vielleicht in der Tat ein großer Spitzbube ist, so hat er doch wenigstens in dieser Sache nur wie ein echter Winkeladvokat gehandelt. Er hat offenbar gehofft, bei der Gelegenheit viel Geld zu verdienen, und seine Berechnung ist durchaus nicht so dumm gewesen: er rechnete auf die Leichtigkeit, mit der man vom Fürsten Geld erhalten kann, sowie auf dessen Gefühle für den verstorbenen Pawlischtscheff; vor allem jedoch — was am wichtigsten ist — auf gewisse ritterliche Ansichten des Fürsten bezüglich Ehren- und Gewissenspflichten. Von Herrn Burdowskij aber kann man sagen, daß er, der sich infolge einiger seiner Ansichten von Tschebaroff und seinem Freundeskreise offenbar leicht beeinflussen läßt, seine Ansprüche anfangs eigentlich gar nicht aus materiellem Interesse erhoben hat, sondern fast nur infolge seiner Überzeugung, daß er damit der Wahrheit, dem Fortschritt und der ganzen Menschheit diene. Jetzt, nachdem ich alle Fakta mitgeteilt und die Beweggründe auseinandergesetzt habe, hoffe ich, daß alle in Herrn Burdowskij einen ehrenwerten Menschen sehen werden und der Fürst ihm jetzt leichteren Herzens seine Freundschaft und auch jene Hilfe anbieten kann, deren er vorhin Erwähnung tat, als er von der Pawlischtscheff zu Ehren einer Schule zugedachten Summe sprach...«

»Hören Sie auf, Gawrila Ardalionytsch, hören Sie auf!« unterbrach ihn der Fürst wahrhaft entsetzt, aber es war schon zu spät.

»Ich habe gesagt, ich habe schon dreimal gesagt«, rief Burdowskij gereizt, »ich will das Geld nicht! Ich werde es nicht annehmen ... weshalb nicht ... ich will es nicht ... So! ...«

Und schon verließ er die Veranda. Doch Lebedeffs Neffe eilte ihm nach, ergriff ihn am Arm und flüsterte ihm etwas zu. Burdowskij kehrte ebenso plötzlich zurück, zog aus der Rocktasche ein offenes Kuvert großen Formats hervor und warf es auf den kleinen Tisch neben dem Fürsten.

»Da! das Geld ... Sie durften nicht ... durften nicht ...

durften nicht! .... Das Geld! ... !« stieß er erregt hervor.

»Das sind die zweihundertundfünfzig Rubel, die Sie gewagt haben, ihm wie ein Almosen durch Tschebaroff zu übersenden«, erklärte Doktorenko.

»Im Artikel steht: Fünfzig Rubel!« rief Kolja.

»Ich bitte Sie, mir zu verzeihen«, sagte der Fürst, auf Burdowskij zutretend, »ich habe Ihnen ein großes Unrecht abzubitten, Herr Burdowskij. Dieses Geld aber habe ich Ihnen nicht als Almosen zugesandt, glauben Sie es mir. Es ist jetzt ein anderes Unrecht, das ich meine — eines, das ich vorhin begangen habe.« (Der Fürst sah sehr angegriffen, müde und schwach aus, und seine Rede war stockend.) »Ich sprach von einer Spitzbüberei ... das bezog sich nicht auf Sie, ich habe mich falsch ausgedrückt. Ich sagte, daß Sie ... ebenso seien wie ich, ebenso krank. Aber Sie sind nicht ebenso wie ich, Sie ... erteilen Unterricht, Sie unterstützen Ihre Mutter. Ich sagte, Sie hätten Ihre Mutter nicht geschont, aber Sie lieben sie; sie sagt es selbst ... ich wußte das nicht ... Gawrila Ardalionytsch hat mir vorhin nicht alles erzählt ... ich bitte Sie, mir zu verzeihen. Ich habe gewagt, Ihnen zehntausend Rubel anzubieten, verzeihen Sie es mir, ich hätte sie nicht anbieten sollen, jetzt aber ... geht es nicht, denn Sie müssen mich ja verachten.«

»Das ist ja ein Irrenhaus!« rief Lisaweta Prokofjewna.

»Wußten Sie das noch nicht, Mama?« fragte Aglaja schroff, denn auch ihr riß die Geduld, aber ihre Worte hörte fast niemand in dem Lärm, der sich erhoben hatte. Alle sprachen durcheinander, die einen stritten, andere redeten laut und gescheit, einige lachten. Iwan Fjodorowitsch Jepantschin war im höchsten Grade empört und wartete mit der Miene gekränkter Würde nur auf den Augenblick, in dem sich seine Gattin endlich erheben würde.

»Ja, Fürst, das muß man Ihnen lassen«, ergriff Lebedeffs Neffe noch einmal das Wort, »Sie verstehen es großartig, aus Ihrer ... nun, sagen wir, um uns höflicher auszudrücken, — Krankheit Kapital zu schlagen. Sie haben Ihre Freundschaft und das Geld in einer so geschickten Form anzubieten gewußt, daß ein anständiger Mensch sie in keinem Fall annehmen kann. Das war Ihrerseits entweder gar zu naiv oder vielleicht ungeheuer geschickt... Das werden Sie übrigens selbst am besten wissen.«

»Erlauben Sie, meine Herren«, rief plötzlich Gawrila Ardalionytsch, der mittlerweile das Kuvert untersucht hatte, »hier sind im ganzen nur hundert Rubel und nicht zweihundertfünfzig. Ich mache Sie jetzt nur darauf aufmerksam, Fürst, damit es später nicht zu irgendwelchen Mißverständnissen kommt.«

»Lassen Sie, lassen Sie!« winkte der Fürst schnell Gawrila Ardalionytsch ab.

»Nein, ‚lassen Sie' es durchaus nicht!« fiel ihm sofort Lebedeffs Neffe ins Wort. »Ihr ‚lassen Sie', Fürst, ist für uns beleidigend. Wir wollen nichts verheimlichen, wir sagen es offen: ja, dieses Kuvert enthält nur hundert und nicht zweihundertundfünfzig Rubel, aber ist denn das nicht ganz gleich...«

»N—nein, ich dächte nicht«, unterbrach ihn Gawrila Ardalionytsch mit naiver Verwunderung.

»Unterbrechen Sie mich nicht; wir sind nicht solche Dummköpfe, wie Sie glauben, mein Herr Advokat«, bemerkte Lebedeffs Neffe boshaft und ärgerlich. »Selbstverständlich sind hundert Rubel nicht zweihundertundfünfzig Rubel; ich will nur sagen, daß es nicht auf die Vollzähligkeit der Summe ankommt, sondern auf das Prinzip. Die Hauptsache ist hier die Initiative, der fehlende Rest ist — ein Einzelfall. Wichtig ist, daß Burdowskij Ihr Almosen nicht annimmt, Euer Durchlaucht, daß er es Ihnen ins Gesicht wirft, und in diesem Sinne ist es ganz gleich, ob es hundert oder zweihundertundfünfzig sind. Burdowskij hat die Zehntausend nicht angenommen, das haben Sie gesehen; und er würde auch die hundert Rubel nicht zurückgebracht haben, wenn er ehrlos wäre. Die hier fehlenden hundertfünfzig Rubel sind für Tschebaroffs Unkosten, seine Reise zu Ihnen usw. draufgegangen. Wenn Sie lachen wollen, dann lachen Sie über unser Unvermögen, eine Sache richtig anzufassen, über unsere Unkenntnis in solchen Dingen (Sie haben sich ja so redlich drum bemüht, uns lächerlich zu machen!) aber wagen Sie es nicht, uns zu sagen, daß wir keine Ehre hätten! Diese hundertfünfzig Rubel werden wir alle, mein Herr, dem Fürsten zurückzahlen, und wenn wir die Summe auch nur rubelweise zurückerstatten, aber jedenfalls mit den Zinsen. Burdowskij ist arm, er besitzt keine Millionen, Tschebaroff aber präsentierte nach der Reise seine Rechnung. Wir hofften zu gewinnen ... Wer hätte an seiner Stelle anders gehandelt?«

»Wer?« mischte sich Fürst Sch. hinein.

»Ich werde hier noch verrückt!« stieß Lisaweta Prokofjewna hervor.

»Das erinnert ja auffallend«, begann lachend Jewgenij Pawlowitsch, der die ganze Zeit geschwiegen und nur beobachtet hatte, »ganz auffallend an eine vor kurzer Zeit gehaltene berühmte Rede eines Advokaten, der, nachdem er als Entschuldigungsgrund die Armut seines Klienten hervorgehoben — sein Klient hatte sechs Menschen in einer Nacht ermordet und beraubt —, plötzlich mit den Worten schloß: ›Es ist ja ganz natürlich, daß dem Angeklagten infolge seiner Armut der Gedanke in den Kopf kam, diese sechs Menschen zu ermorden; aber wem wäre denn an seiner Stelle dieser Gedanke nicht in den Kopf gekommen?‹ Oder ungefähr mit diesen Worten, jedenfalls war's etwas überaus Amüsantes.«

»Genug jetzt!« erklärte plötzlich, fast zitternd vor Zorn, Lisaweta Prokofjewna. »Es ist Zeit, daß man diesem sinnlosen Geschwätz sogleich ein Ende macht! ...« Sie kochte innerlich vor Wut, warf fast drohend den Kopf in den Nacken und ließ mit stolzer, hochmütiger Herausforderung ihren Blick über die ganze Gesellschaft schweifen, offenbar ohne im Augenblick die Freunde von den Feinden zu unterscheiden. Sie war bei jenem Punkt angelangt, über den hinaus ihr Zorn sich nicht mehr eindämmen ließ, sondern rücksichtslos zum Ausbruch, zum offenen Kampf drängte, um dann über den ersten besten herzufallen. Alle, die sie näher kannten, fühlten sofort, daß diesmal ein ganz besonderer Ausbruch bevorstand. Am nächsten Tag sagte Iwan Fjodorowitsch zum Fürsten Sch.: »Ja, das kommt bei ihr vor, aber mit einer solchen Wucht, wie gestern, doch nur sehr selten, höchstens alle drei Jahre einmal. Aber nicht öfter, nein, nicht öfter!« fügte er in bestimmtem Tone hinzu.

»Lassen Sie mich, Iwán Fjódorowitsch!« rief Lisawéta Prokófjewna. »Wozu bieten Sie mir jetzt noch Ihren Arm? Wenn es Ihnen als Mann und Familienvater nicht früher eingefallen ist, mich von hier wegzuführen — jetzt ist es zu spät. Am Ohr hätten Sie mich wegziehen sollen, wenn ich nicht freiwillig gegangen wäre. Wenn Sie sich doch wenigstens um Ihre Töchter bekümmern würden! Jetzt aber werden wir auch ohne Sie den Weg finden ... die Schmach reicht für ein ganzes Jahr ... Warten Sie noch einen Augenblick, ich will mich nur noch beim Fürsten bedanken! ... Ich danke dir, Fürst, für das Gastspiel ... Und ich hatte mich hier hingesetzt, um unsere Jugend zu hören! ... Das ist ja eine Niedertracht, eine Gemeinheit! Das ist ja ein Chaos, so etwas kann man sich ja nicht einmal träumen lassen! Gibt es denn wirklich noch viele solche? ... Schweig, Aglaja! Sei still, Alexandra! Ihr habt euch nicht einzumischen! ... So lassen Sie mich doch, Jewgenij Pawlowitsch, ich habe Ihre Bücklinge wirklich satt! ... Also du, mein Junge, bittest sie noch um Verzeihung«, wandte sie sich an den Fürsten, »,verzeiht mir, daß ich euch ein Vermögen anzubieten gewagt habe!' Was lachst du, du Prahlhans!« fuhr sie empört Lebedeffs Neffen an, der zu lächeln wagte, »also ,wir bitten nicht, wir fordern, wir werfen ihm das Geld ins Gesicht!' Und dabei tut er noch, als wüßte er nicht, daß dieser Idiot sich spätestens morgen zu ihnen hinschleppen wird, um wieder seine Freundschaft und sein Geld anzubieten! Hab' ich nicht recht? Du wirst doch hingehen? Wirst du gehn, ja oder nein?«

»Ja, ich werde hingehen«, antwortete der Fürst leise und bescheiden.

»Habt ihr's gehört! Und darauf rechnest du ja nur«, wandte sie sich wieder zu Doktorénko, »das Geld hast du ja jetzt schon so gut wie in der Tasche, deshalb prahlst du ja auch so unverfroren, um uns Sand in die Augen zu streuen ... Nein, mein Täubchen, da müßt ihr euch andere suchen, die dümmer sind als ich, denn ich durchschaue euch durch und durch ... euer ganzes Spiel durchschaue ich!«

»Lisawéta Prokófjewna!« rief der Fürst.

»Gehen wir, Lisaweta Prokofjewna, es ist Zeit, und den Fürsten fordern wir auf, sich uns anzuschließen«, sagte möglichst ruhig und möglichst harmlos lächelnd Fürst Sch.

Die jungen Mädchen standen fast erschrocken etwas abseits, der Schreck des Generals aber war entschieden groß. Übrigens waren alle zum mindesten erstaunt. Einige, die etwas weiter abstanden, lächelten verstohlen oder flüsterten sich ein paar Worte zu. Lebedeff aber war geradezu entzückt.

»Gemeinheit und Chaos, gnädige Frau, findet man überall«, sagte Lebedeffs Neffe, der übrigens gleichfalls etwas verblüfft war.

»Aber nicht solche! Nicht solche, Väterchen, wie jetzt bei euch, nicht solche Niedertracht, das kannst du mir glauben!« fiel ihm Lisaweta Prokofjewna mit einer wahren Schadenfreude, wie in einem hysterischen Anfall, ins Wort. »Ach, werdet ihr mich denn nicht endlich in Ruhe lassen!« fuhr sie die anderen an, die sie beschwichtigen wollten. »Nein, wenn sogar die Verteidiger vor Gericht es ganz natürlich finden, daß man sechs Menschen umbringt, bloß weil man arm ist, so kann ja wahrhaftig das Ende der Welt nicht mehr fern sein. So etwas habe ich denn doch noch nicht gehört! Jetzt ist mir alles klar geworden! Würde denn dieser Stotterer, dieser dort« (sie wies auf Burdowskij, der sie höchst verwundert ansah), »würde denn der nicht morden? Ich könnte wetten, daß er's fertigbringt! Dein Geld, die zehntausend Rubel, wird er vielleicht nicht annehmen, das ist wahr, wird sie aus Gewissensskrupel nicht annehmen; aber in der Nacht herkommen und ermorden, um sie aus der Schatulle herauszunehmen — das wird er bestimmt tun, dagegen wird sein Gewissen nichts einwenden! Das wird dann vor seinem Gewissen nicht ehrlos sein! Das nennt man jetzt ‚Ausbruch edler Verzweiflung' oder ‚Verneinung', oder weiß der Himmel wie noch ... Pfui! Alles ist jetzt verkehrt, alle stellen sich auf den Kopf und strampeln mit den Beinen in der Luft! Wird da ein junges Mädchen von ehrsamen Eltern im Hause erzogen — plötzlich springt sie mitten auf der Straße in einen Wagen und fährt davon: ‚Mamachen, ich habe mich vor ein paar Tagen mit einem Kárlytsch oder Iwánytsch verheiratet, adieu!' Und das ist Ihrer Meinung nach sehr richtig, nicht wahr? Aller Achtung wert? Durchaus natürlich? Frauenfrage? ... Sogar dieser Bengel hier« (sie wies auf Kolja) »wollte noch vor kurzem mit mir streiten, behauptete, gerade das sei ja der ganze Kern der „Frauenfrage". Wenn auch die Mutter dumm gewesen ist, so sei du doch immerhin wie ein Mensch zu ihr! ... Weshalb hoben Sie vorhin die Nase so hoch, als Sie hier eintraten? Es war ja, als hätten Sie sagen wollen: ‚Platz da, wir kommen! Uns gebt alle Rechte, ihr aber dürft euch kein einziges anmaßen! Uns müßt ihr alle Ehren erweisen, sogar solche, die es überhaupt noch nicht gegeben hat, und dafür werden wir euch wie die letzten Lakaien trätieren!' Das sagte da jede eurer Nasenspitzen! Ihr sagt: ‚Wir suchen die Wahrheit' und ‚wir bestehen auf unserem Recht' — was wißt ihr von Recht und Wahrheit, wenn ihr in eurem Artikel wie die Straßenräuber über einen Unschuldigen herfallt und Lügen über Lügen schreibt! ‚Wir bitten nicht, wir fordern, und erwarten Sie von uns keine Dankbarkeit; denn Sie tun es nur zur Beruhigung Ihres Gewissens!' Das ist mir mal eine Moral! Wenn du im voraus sagst, daß du ihm nicht dankbar sein wirst, so kann dir doch der Fürst gleichfalls sagen, daß auch er für Pawlischtscheff keine Spur von Dankbarkeit empfindet, denn dieser habe das Gute auch nur zur Beruhigung des eigenen Gewissens getan. Auf was aber hast du denn gerechnet, wenn nicht auf die Dankbarkeit, die er für Pawlischtscheff empfindet? *Du* hast ihm doch nicht das Geld gegeben, er schuldet es doch nicht *dir,* auf was hast du denn sonst gerechnet, wenn nicht auf seine Dankbarkeit? Wie kannst du dich dann aber selbst von jeder Dankbarkeit lossagen? Verrückt seid ihr! Ihr behauptet, die Gesellschaft sei roh und unmenschlich, weil sie ein verführtes Mädchen ausstößt. Aber wenn du deshalb die Gesellschaft für roh und unmenschlich erklärst, so gibst du doch damit zu, daß diese Handlungsweise der Gesellschaft dem Mädchen weh tut. Wenn du aber das zugibst, wie kannst du sie dann vor dieser selben Gesellschaft in den Zeitungen bloßstellen und dabei von ihr verlangen, daß ihr das nicht weh tun soll? Verrückt seid ihr! Eure Ruhmsucht hat euch alle verrückt gemacht! Ihr glaubt weder an Gott noch an Christus. Ihr seid ja von eurer Eitelkeit und eurem Stolz so geschwollen, daß ihr euch zum Schluß noch gegenseitig auffressen werdet, das prophezeie ich euch! Und das soll kein Chaos sein, das soll keine Schändlichkeit sein? Und nach alledem geht dieser Schamlose noch hin und bittet sie noch um Verzeihung! Gibt es denn viele solcher wie ihr seid? Was lacht ihr? Weil ich mich so erniedrige, daß ich überhaupt mit euch rede? Jetzt ist es zu spät, was geschehen ist, ist geschehen, da ist nichts zu machen... Du aber hast hier nichts zu grinsen, du ungezogener Bengel!« fuhr sie plötzlich empört Ippolit an. »Er selber kann kaum noch atmen, verdirbt aber noch andere! Du hast mir diesen Bengel da« (sie wies wieder auf Kolja), »den hast du mir auch verdorben, er phantasiert ja überhaupt nur noch von dir, du hast ihn zum Atheismus bekehrt, du glaubst nicht an Gott, hast aber selbst noch Ruten verdient, jawohl, denen bist du noch nicht entwachsen, mein Junge!... Also, du wirst morgen zu ihnen hingehen, Fürst Lew Nikolajewitsch?« fragte sie plötzlich fast atemlos den Fürsten.

»Ja, ich werde gehen.«

»Dann kenne ich dich von Stund an nicht mehr!« — Sie wandte sich hastig zur Treppe, um wegzugehen, doch plötzlich kehrte sie wieder zurück. »Und auch zu diesem Atheisten wirst du gehen?« fragte sie, auf Ippolit weisend, — »aber was lachst du denn wieder über mich, du unverschämter Bengel!« schrie sie ihn plötzlich wie mit einer ganz fremden Stimme an — sein beißendes Lächeln hatte sie um den letzten Rest von Selbstbeherrschung gebracht.

»Lisaweta Prokofjewna! Lisaweta Prokofjewna! Lisaweta Prokofjewna!« ertönte es von allen Seiten.

»Maman, das ist eine Schande!« rief Aglaja laut.

»Regen Sie sich nicht auf, Aglaja Iwanowna«, antwortete Ippolit ruhig, obgleich ihn die Generalin aus einem unverständlichen Grunde immer noch krampfhaft am Arm festhielt und ihn mit ihrem glühenden Blick förmlich durchbohren zu wollen schien. »Beunruhigen Sie sich nicht, Ihre maman wird einsehen, daß man sich an einem Sterbenden nicht vergreifen darf ... Ich bin gern bereit zu erklären, weshalb ich gelacht habe ... es wird mich freuen, wenn man es mir erlaubt ...«

Ein plötzlicher Hustenanfall, der eine ganze Minute andauerte, erstickte seine Worte.

Lisaweta Prokofjewna ließ erschrocken seinen Arm fahren und sah entsetzt, wie er sich das Blut von den Lippen wischte.

»Mein Gott, er stirbt ja doch schon und will noch reden! Du darfst kein Wort mehr sprechen, hörst du! Du mußt gleich gehen und dich hinlegen ...«

»Das wird auch geschehen«, sagte heiser, leise, fast flüsternd Ippolit. »Sobald ich heute zurückkehre, werde ich mich sogleich hinlegen ... in zwei Wochen bin ich tot ... Das hat mir schon in der vorigen Woche B—n gesagt ... Wenn Sie erlauben, werde ich Ihnen noch zwei Worte zum Abschied sagen.«

»Bist du von Sinnen? Unsinn! Kurieren mußt du dich, was willst du denn jetzt reden? Geh, leg dich ins Bett! ...« Lisaweta Prokofjewna war wirklich ganz erschrocken.

»Wenn ich mich hinlege, so werde ich ja doch nicht mehr aufstehen, bis man mich aus dem Bett in den Sarg legt«, versetzte Ippolit lächelnd. »Ich wollte mich eigentlich schon gestern so hinlegen ... um dann nie mehr aufzustehen ... bis zum Tode ... aber dann beschloß ich, es bis morgen aufzuschieben, solange ich mich noch auf den Füßen halten kann ... um heute mit ihnen hierherzukommen ... Nur müde bin ich jetzt ...«

»Aber so setz dich doch, setz dich, was stehst du denn! Hier hast du einen Stuhl!« und Lisaweta Prokofjewna schob ihm selbst schnell einen Stuhl hin.

»Ich danke Ihnen«, fuhr er leise fort, »aber Sie müssen sich mir gegenübersetzen, und dann lassen Sie uns miteinander reden ... wir müssen unbedingt miteinander reden, Lisaweta Prokofjewna, jetzt bestehe ich darauf ...«, lächelte er ihr wieder zu. »Bedenken Sie, daß ich heute zum letztenmal in freier Luft und unter Menschen bin, in zwei Wochen aber bin ich unter der Erde. Das wird also jetzt so etwas wie mein Abschied von den Menschen und von der Natur werden. Ich bin zwar nicht besonders sentimental, aber stellen Sie sich vor, es freut mich doch sehr, daß alles das hier draußen in Pawlowsk geschehen ist: so kann ich doch wenigstens noch einen belaubten Baum sehen.«

»Was sprichst du da, sei still, du hast ja doch Fieber!« unterbrach ihn Lisaweta Prokofjewna, immer besorgter werdend. »Vorhin schriest du und sprachst du so viel, jetzt aber kannst du kaum noch atmen!«

»Ich werde mich sogleich erholen. Weshalb wollen Sie mir nicht meine letzte Bitte gewähren? ... Wissen Sie auch, daß ich schon lange davon geträumt habe, wie ich einmal mit Ihnen zusammenkommen würde, Lisaweta Prokofjewna? ... Ich habe viel von Ihnen gehört. — Kolja hat mir von Ihnen erzählt; er ist ja fast der einzige, der mich nicht verläßt ... Sie sind eine originelle Frau, das habe ich jetzt selbst gesehen ... wissen Sie auch, daß ich Sie sogar ein bißchen geliebt habe? ...«

»Gott, und ich hätte ihn doch wahrhaftig beinah geschlagen!«

»Aglaja Iwanowna hat Sie daran verhindert; ich irre mich

doch nicht? Das ist doch Ihre Tochter Aglaja Iwanowna? Sie ist so schön, daß ich vorhin auf den ersten Blick erriet, sie müsse es sein, obgleich ich sie vorher nie gesehen habe. Lassen Sie mich noch zum letztenmal im Leben eine Schönheit sehen«, bat er mit einem seltsam unbeholfenen und schiefen Lächeln. »Auch der Fürst ist hier und Ihr Mann und der ganze Bekanntenkreis. Weshalb wollen Sie mir meinen letzten Wunsch nicht erfüllen?«

»Einen Stuhl!« rief Lisaweta Prokofjewna, ergriff jedoch schnell selbst einen und setzte sich Ippolit gegenüber. »Kolja«, rief sie diesem zu, »du wirst mit ihm unverzüglich aufbrechen, begleit ihn nach Hause, morgen aber werde ich unbedingt selbst ...«

»Wenn Sie erlauben, würde ich den Fürsten um ein Glas Tee bitten ... Ich bin sehr müde ... Wissen Sie was, Lisaweta Prokofjewna, Sie wollten, glaube ich, den Fürsten zu sich zum Tee mitnehmen: bleiben Sie hier, verbringen wir die Zeit zusammen, und der Fürst wird bestimmt so freundlich sein, uns mit Tee zu bewirten. Verzeihen Sie, daß ich so ... ungefragt Anordnungen treffe ... Aber ich kenne Sie doch, Sie haben ein gutes Herz, der Fürst auch ... wir sind ja alle bis zur Lächerlichkeit gutherzige Menschen ...«

Der Fürst bestellte sogleich den Tee, Lebedeff stürzte Hals über Kopf hinaus, und Wjera eilte ihm nach.

»Nun gut«, entschied die Generalin, »sprich also, nur sprich leiser und rege dich nicht auf. Du tust mir so leid, mein Junge ... Fürst! Du hast es eigentlich nicht verdient, daß ich bei dir Tee trinke, aber mag es denn so sein, ich bleibe. Doch bitte ich, nicht etwa zu glauben, daß ich hier jemanden um Verzeihung bitten werde! Unsinn! Übrigens — wenn ich dich gescholten habe, Fürst, so verzeihe es mir, — das heißt: wenn du willst. Ich will hier niemanden zurückhalten«, wandte sie sich plötzlich in geradezu hochmütigem Zorn an ihren Mann und an ihre Töchter, als hätten auch diese ihr ein furchtbares Unrecht angetan. »Ich kann auch allein nach Hause zurückkehren ...«

Aber man ließ sie nicht zu Ende sprechen: sogleich traten alle bereitwilligst näher und umringten sie und Ippolit. Stühle wurden herbeigerückt, man setzte sich. Der Fürst lud sogleich alle zum Tee ein und entschuldigte sich, daß er nicht früher selbst darauf verfallen war. Sogar der General wurde liebenswürdig, murmelte etwas Beruhigendes und fragte ritterlich besorgt seine Gemahlin, ob es ihr nicht vielleicht etwas zu kühl auf der Veranda werde. Es fehlte nicht viel, und er hätte Ippolit gefragt: »Wie lange sind Sie schon auf der Universität?« — unterließ es aber noch im letzten Augenblick. Jewgenij Pawlowitsch und Fürst Sch. wurden plötzlich ungeheuer liebenswürdig und waren ersichtlich sehr aufgeräumt; Alexandra und Adelaida sah man es trotz ihrer noch immer andauernden Verwunderung an, daß sie gern blieben. Kurz, alle waren erfreut, daß Lisaweta Prokofjewna sich beruhigt hatte. Nur Aglaja setzte sich finster und schweigend etwas abseits nieder. Auch Burdowskij und seine Freunde blieben, keiner wollte weggehen, auch der alte General Iwolgin blieb, doch Lebedeff flüsterte ihm im Vorbeigehen etwas zu — augenscheinlich etwas nicht ganz Angenehmes — und da zog er sich mehr in den Hintergrund zurück. Der Fürst bat auch Burdowskij und die anderen, ohne jemanden zu übergehen, zum Tee zu bleiben. Sie murmelten mit etwas gezwungenen Mienen, daß sie auf Ippolit warten würden, und hierauf setzten sie sich in der entferntesten Ecke der Veranda wieder alle in einer Reihe hin. Der Ssamowar mußte bei Lebedeff schon aufgestellt gewesen sein, denn er wurde im Augenblick hereingetragen. Die Uhr schlug elf.

X

Ippolit nahm das Teetäßchen, das Wjera Lebedewa ihm reichte; kaum aber hatte er die Lippen benetzt, da stellte er auch schon die Tasse wieder auf den Tisch und blickte sich verwirrt, gleichsam verlegen werdend, im Kreise um.

»Sehen Sie doch diese Täßchen, Lisawéta Prokófjewna«, lenkte er schnell ihre Aufmerksamkeit von sich ab, und überhaupt sprach er jetzt wie sich überhastend, »das sind ja Porzellantassen, und wie's scheint, ist es sogar vorzügliches Porzellan ... die stehen ja bei ihm sonst immer im Glasschränkchen verschlossen, werden niemals benutzt ... wie das so Sitte ist ... sie gehören noch zur Aussteuer seiner Frau ... heute aber hat er sie hergegeben, Ihnen zu Ehren, versteht sich, dermaßen hat ihn Ihr Besuch erfreut ...«

Er wollte noch weitersprechen, fand aber in der Verwirrung keine Worte.

»Glücklich verlegen geworden, das dachte ich mir«, raunte plötzlich Jewgenij Pawlowitsch unbemerkt dem Fürsten zu. »So etwas ist doch wohl gefährlich, oder nicht? Das sicherste Anzeichen, daß er jetzt aus Ärger darüber irgend etwas so Exzentrisches losschießen wird, daß selbst Lisaweta Prokofjewna es vielleicht nicht mehr wird verzeihen können.«

Der Fürst sah ihn fragend an.

»Fürchten Sie das etwa nicht?« fuhr Jewgenij Pawlowitsch fort. »Ich sehe ihn jedenfalls kommen, den Rückschlag, und ich wünschte sogar, daß es so käme: mir ist's dabei nur darum zu tun, daß unsere liebe Lisaweta Prokofjewna bestraft wird, und zwar unbedingt heute noch, sogleich, vorher möchte ich gar nicht fortgehen. Aber Sie scheinen ja ganz krank zu sein?«

»Später, stören Sie nicht. Ja, ich bin nicht ganz wohl«, antwortete der Fürst zerstreut und sogar etwas ungeduldig.

Er hörte seinen Namen nennen, Ippolit sprach von ihm.

»Sie glauben es nicht?« fragte Ippolit hysterisch auflachend. »Das dachte ich mir, der Fürst aber wird es sofort glauben und sich nicht im geringsten wundern.«

»Hörst du es, Fürst?« wandte sich Lisaweta Prokofjewna an ihn, »hast du gehört?«

Die meisten lachten. Lebedeff trat geschäftig vor und scharwenzelte und verbeugte sich wiederholt vor der Generalin.

»Er sagt, daß dieser hier, dieser Clown, dein Hauswirt, jenem Herrn dort den Artikel korrigiert habe, der vorhin hier laut vorgelesen wurde.«

Der Fürst sah Lebedeff erstaunt an.

»Was schweigst du denn, so antworte doch!« sagte Lisaweta Prokofjewna ärgerlich und schlug sogar mit der Fußspitze auf den Boden.

»Was soll ich denn noch antworten«, murmelte der Fürst halblaut, ohne den Blick von Lebedeff abzuwenden, »ich sehe doch schon, daß er es getan hat.«

»Ist das wahr?« wandte sich Lisaweta Prokofjewna hastig an Lebedeff.

»Die reine Wahrheit, Exzellenz!« bestätigte Lebedeff mit unerschütterlicher Miene, und legte dabei die Hand aufs Herz.

»Und das sagt er noch, als wenn er stolz darauf wäre!« Lisaweta Prokofjewna sprang fast vom Stuhl auf.

»Gemein, gemein bin ich!« murmelte Lebedeff, schlug sich vor die Brust und senkte das Haupt tiefer.

»Was hab' ich davon, daß du dich jetzt ‚gemein' nennst! Er glaubt wohl, wenn er sich selbst ‚gemein' nennt, habe er damit alles wieder gutgemacht! Und du schämst dich nicht, Fürst, dich mit solchen Leuten abzugeben? Das werde ich dir niemals verzeihen!«

»Mir wird der Fürst verzeihen!« sagte Lebedeff überzeugt und gerührt zugleich.

»Einzig aus Anständigkeit, gnädige Frau«, fiel plötzlich mit lauter Stimme der aufspringende „Boxer" ein, »einzig aus Anständigkeit und um meinen Freund nicht zu kompromittieren, habe ich vorhin kein Wort über diese Mitarbeit verlauten lassen, und dies sogar trotz seinem Anerbieten, uns die Treppe hinunterzubefördern, das Sie selbst gehört haben. Doch um die Wahrheit nicht zu entstellen, muß ich gestehen, daß ich mich allerdings an ihn gewandt und seine Hilfe für sechs Rubel in Anspruch genommen habe, nur wohlgemerkt, nicht zur Verbesserung des Stils, sondern einzig um die Fakta von ihm zu erfahren, die mir zum größten Teil völlig unbekannt waren, also wie gesagt, weil mir seine Kompetenz fehlte. Die Stiefeletten, der zunehmende Appetit beim Schweizer Professor, die fünfzig Rubel anstatt der zweihunderfünfzig, mit einem Wort, diese ganze Gruppierung des Materials stammt von ihm, für sechs Rubel, wie gesagt, den Stil aber hat er nicht korrigiert.«

»Ich muß bemerken, daß ich nur die erste Hälfte des Artikels korrigiert habe«, unterbrach ihn Lebedeff mit geradezu fieberhafter Ungeduld, »jawohl, nur die erste Hälfte, denn da wir in der Mitte wegen der Fassung eines Satzes in Streit gerieten, habe ich die zweite Hälfte nicht mehr korrigiert, daher ist auch alles stilistisch Unzulässige in dieser Hälfte (und von solchen Verstößen wimmelt es dort) nicht mir anzurechnen.«

»Also, das ist deine größte Sorge!« fuhr Lisaweta Prokofjewna empört auf.

»Gestatten Sie die Frage«, wandte sich Jewgenij Pawlowitsch an Keller, »wann haben Sie denn diesen Artikel korrigiert?«

»Gestern morgen«, rapportierte Keller gehorsamst. »Wir hatten eine Zusammenkunft verabredet und uns gegenseitig ehrenwörtlich verpflichtet, das Geheimnis beiderseits zu wahren.«

»Also zur selben Zeit, als er vor dir seine Bücklinge gemacht und dich seiner Ergebenheit versichert hat! Er trägt dich ja seit drei Tagen auf Händen, wie Kolja sagt! Das sind mir mal Menschen! Ich brauche deinen Puschkin nicht, und deine Tochter braucht auch nicht zu mir zu kommen!«

Lisaweta Prokofjewna wollte sich bereits erheben, doch da bemerkte sie, daß Ippolit lachte, und gereizt wandte sie sich an ihn:

»Was, mein Lieber, wolltest du dich hier etwa über mich lustig machen?«

»Gott behüte!« versetzte Ippolit mit einem schiefen Lächeln, »mich wundert nur, daß Sie wirklich so exzentrisch sind, Lisaweta Prokofjewna. Ich will's gestehen, daß ich mit Absicht diese Sache zur Sprache gebracht habe: ich wußte, wie das auf Sie wirken würde, auf Sie allein; denn der Fürst wird ihm bestimmt verzeihen, er hat ihm schon verziehen und sucht bereits offenbar nach einer Entschuldigung für ihn. Nicht wahr, Fürst, hab' ich nicht recht?«

Er atmete schnell und seine seltsame Aufregung wuchs mit jedem Wort.

»Nun!...«, sagte Lisaweta Prokofjewna kurz und ungehalten, denn der Ton, den er jetzt anschlug, wunderte sie. »Nun?«

»Ich habe viel von Ihnen gehört... vieles von dieser Art... es hat mich furchtbar gefreut... und ich habe Sie achten gelernt...«, fuhr Ippolit fort.

Es war, als hätte er gar nicht das sagen wollen, was er sprach, sondern etwas ganz anderes, etwas, das er mit keinem Wort andeutete. Er sprach mit einem leisen Schimmer von Spott, regte sich aber dabei ganz unbegreiflich auf, blickte sich mißtrauisch im Kreise um, schien sehr verwirrt zu sein und verlor beständig den Faden, so daß er durch dieses sonderbare Wesen, bei seinem schwindsüchtigen Aussehen, mit dem eigentümlich flackernden, irrenden und bösen Blick, unwillkürlich die Aufmerksamkeit der Anwesenden zu fesseln fortfuhr.

»Ich hätte mich eigentlich darüber wundern müssen, obgleich ich doch die Welt und die Gesellschaft fast gar nicht kenne (ich gebe das selbst zu), daß Sie nicht nur in unserer, für Sie so unanständigen Gesellschaft geblieben sind, sondern auch diesen... jungen Mädchen erlaubt haben, diese skandalöse Geschichte anzuhören, wenn den Damen auch aus... Romanen schon längst alles bekannt ist. Übrigens, ich... vielleicht... ich weiß nicht... ich habe es nicht so sagen wollen... doch jedenfalls — wer wäre denn sonst geblieben... auf die Bitte eines Knaben... (nun, ja, Knaben, ich gebe es wieder selbst zu) mit ihm einen Abend zu verbringen und ... Anteil zu nehmen ... an allem ... um sich dann am nächsten Tage dessen zu schämen ... (Ich gebe übrigens selbst zu, daß ich mich nicht richtig ausdrücke.) Ich kann das alles nur loben ... und Hochachtung dafür empfinden ... obschon man aus der Miene Seiner Exzellenz, Ihres Gatten, deutlich ersehen kann, wie wenig das gesellschaftlich comme il faut für ihn ist ... Hihi!« kicherte er, da er in eine aussichtslose Sackgasse geraten war; doch plötzlich bekam er einen heftigen Hustenanfall, so daß er erst nach zwei Minuten wieder sprechen konnte.

»Da hat man's!« meinte kühl und schroff Lisaweta Prokofjewna, indem sie ihn mit strengem Blick musterte.»Nun, mein lieber Junge, jetzt haben wir uns wohl genug mit dir befaßt. Es ist Zeit!«

»Gestatten Sie auch mir, mein Herr, Ihnen meinerseits zu bemerken«, begann plötzlich gereizt Iwan Fjodorowitsch, der allmählich seine letzte Geduld verlor, »daß meine Gemahlin sich hier beim Fürsten Lew Nikolajewitsch befindet, unserem Freunde und Nachbarn, und daß es in jedem Fall nicht Ihnen, junger Mann, zusteht, die Handlungen Lisaweta Prokofjewnas zu kritisieren, ebensowenig mir ins Gesicht zu sagen, was mein Gesicht ausdrückt. Und wenn meine Gemahlin hier geblieben ist«, fuhr er, mit jedem Wort gereizter werdend, fort, »so hat sie es, mein Herr, nur aus Verwunderung getan und aus der sehr verständlichen Neugier, einmal Repräsentanten der heutigen Jugend kennenzulernen. Auch ich bin hier geblieben, wie man eben bisweilen auch wohl auf der Straße stehen bleibt, wenn man eine... eine...«

»Rarität erblickt«, half Jewgenij Pawlowitsch.

»Ganz recht, sehr richtig und treffend, gerade eine Rarität«, fuhr Seine Exzellenz erfreut fort, nachdem man ihm über den schwierigen Vergleich hinweggeholfen hatte. »Doch ganz abgesehen davon, wundert es mich sehr und betrübt mich sogar, daß Sie, junger Mann, nicht einmal begriffen haben, daß meine Gemahlin nur deshalb bei Ihnen geblieben ist, weil Sie krank sind – ich nehme an, daß Sie es auch wirklich sind – das heißt also, daß sie nur aus Mitleid geblieben ist, weil Sie ihr sozusagen leid tun, junger Mann, und vielleicht merken Sie es sich gefälligst, daß sowohl dem Namen wie den Eigenschaften und der hohen Stellung meiner Gemahlin unter keinen Umständen sich etwas Schmutziges anheften kann ... Lisaweta Prokofjewna!« schloß der General, der ganz rot geworden war, »wenn es dir recht ist, jetzt aufzubrechen, so können wir uns von unserem lieben Fürsten verabschieden und ...«

»Ich danke Ihnen für die Lehre, General«, unterbrach ihn ganz unerwartet mit ernstem Gesicht Ippolit, und nachdenklich sah er ihn an.

»Gehen wir, maman, wie lange soll das denn noch dauern!« sagte Aglaja ungeduldig und geärgert, und sie erhob sich von ihrem Platz.

»Nur noch einen Augenblick, lieber Iwan Fjodorowitsch, wenn du erlaubst«, wandte sich Lisaweta Prokofjewna, im Tone, in der Haltung geradezu würdevoll, an ihren Gemahl. »Ich glaube, er hat hohes Fieber und phantasiert; ich sehe es an seinen glänzenden Augen; so darf man ihn nicht sich selbst überlassen. Lew Nikolajewitsch! Könnte er nicht hier bei dir übernachten, damit man ihn heute nicht noch nach Petersburg zurückzubringen braucht? Cher prince, Sie langweilen sich doch nicht?« wandte sie sich aus irgendeinem Grunde an den Fürsten Sch. »Komm her, Alexandra, bringe dein Haar ein wenig in Ordnung, meine Liebe.«

Und sie ordnete ihr das Haar, an dem übrigens nichts zu ordnen war, und gab ihr einen Kuß; nur deshalb hatte sie sie zu sich gerufen.

»Ich glaubte, Sie seien entwicklungsfähig ...«, begann aufs neue Ippolit, indem er aus seiner Versunkenheit wieder wie zu sich kam. »Ja, richtig, was ich sagen wollte«, rief er erfreut aus, als wäre ihm plötzlich etwas eingefallen. »Da haben wir Burdowskij, der aufrichtig seine Mutter verteidigen will, nicht wahr? Und dabei kommt es so heraus, daß gerade er sie beleidigt und bloßstellt. Da will nun der Fürst Burdowskij helfen, bietet ihm ohne Arg und Falsch einfach aus Herzensgüte seine Freundschaft und sein Geld an und ist vielleicht der einzige von uns allen, der sich nicht von ihm angeekelt fühlt, und gerade sie stehen sich beide als wahre Feinde gegenüber ... Hahaha! Sie alle hassen Burdowskij, weil er sich ihrer Meinung nach häßlich und unfein seiner Mutter gegenüber benommen hat, das ist es doch? Nicht wahr? Sie lieben doch alle unbeschreiblich Schönheit und feine Form, nur für die allein leben Sie doch, hab' ich nicht recht? (Ich habe ja schon lange Verdacht gehabt, daß Sie alle nur dafür leben!) Nun, dann hören Sie jetzt, daß vielleicht kein einziger von Ihnen seine Mutter so liebt wie Burdowskij! Sie, Fürst, ich weiß, Sie haben durch Gánetschka heimlich der Mutter Burdowskijs Geld gesandt, und da könnt' ich nun wetten — hihihi!« lachte er hysterisch, »möchte wetten, daß gerade dieser Burdowskij Ihnen jetzt Unzartheit und Mißachtung seiner Mutter gegenüber vorwerfen wird, bei Gott, so ist es, hahaha!«

Wieder unterbrach ihn ein Hustenanfall.

»Nun, ist das jetzt alles? Hast du alles gesagt, was du sagen wolltest? Nun, dann geh jetzt schlafen, du hast dich erkältet, du fieberst ja doch«, unterbrach ihn ungeduldig Lisaweta Prokofjewna, die ihren besorgten Blick nicht von ihm abwandte. »Ach Gott! Da fängt er schon wieder an!«

»Sie lachen, wie es scheint? Weshalb lachen Sie über mich? Ich habe es gesehen, daß Sie die ganze Zeit über mich lachen!« wandte sich Ippolit plötzlich unruhig und gereizt an Jewgénij Páwlowitsch.

Dieser lächelte in der Tat.

»Ich wollte Sie nur fragen, Herr ... Ippolit ... pardon, ich habe Ihren werten Namen vergessen ...«

»Herr Teréntjeff«, sagte der Fürst.

»Richtig, Teréntjeff, ich danke Ihnen, Fürst; vorhin hörte ich ihn zwar, doch im Augenblick war er mir entfallen ... Ich wollte Sie fragen, Herr Teréntjeff, ob es wahr ist, was ich gehört habe: Sie sollen, sagte man mir, der Meinung sein, daß Sie nur eine Viertelstunde lang aus dem Fenster zum Volk zu sprechen brauchten und dasselbe würde sogleich in allem Ihrer Ansicht sein und sogleich Ihnen folgen ...«

»Sehr möglich, daß ich das gesagt habe ...«, antwortete Ippolit, indem er sich gleichsam dessen zu entsinnen suchte. »Bestimmt hab' ich's gesagt!« bestätigte er dann plötzlich, wieder lebhafter werdend, und mit festem Blick sah er Jewgenij Pawlowitsch an. »Nun, und?«

»Nichts weiter; ich fragte nur zur Kenntnisnahme, nur so, um das Bild zu vervollständigen ...«

Jewgénij Páwlowitsch verstummte, doch Ippolit sah ihn immer noch in ungeduldiger Erwartung an.

»Nun, ist das alles, hast du alles gefragt?« wandte sich Lisaweta Prokofjewna an Jewgenij Pawlowitsch. »Komme schneller zum Schluß, Väterchen, er muß schlafen gehen. Oder weißt du nicht weiter?«

Sie ärgerte sich entsetzlich.

»Oh, ich bin gern bereit, fortzufahren«, sagte Jewgenij Pawlowitsch lächelnd. »Alles, was ich hier von Ihren Kameraden gehört habe, Herr Teréntjeff, und was Sie soeben selbst mit unbestreitbarem Beobachtungstalent vorgebracht haben, ist meiner Meinung nach im Resultat nichts anderes als in erster Linie, und ganz abgesehen von allem anderen und sogar mit Ausschluß alles anderen, die Theorie des Triumphes dessen, was Sie ‚Recht' nennen, und vielleicht sogar ohne jede nähere Untersuchung, worin denn dieses Recht überhaupt besteht. Oder irre ich mich vielleicht?«

»Natürlich irren Sie sich, ich verstehe Sie nicht einmal ... Weiter?«

Im Hintergrund hörte man murren. Lebedeffs Neffe sprach dort halblaut irgend etwas.

»Weiter? — oh, so gut wie nichts«, fuhr Jewgenij Pawlowitsch fort, »ich wollte nur bemerken, daß man von diesem Standpunkt aus sehr leicht auf den des Rechts der Kraftüberlegenheit hinüberspringen kann, ich meine, auf das Recht der einzelnen Faust und des jeweiligen Begehrens, womit es ja übrigens auch stets in der Welt geendet hat. Ist doch auch Proudhon[15] zur Theorie des Vorrechtes dieser Überlegenheit gelangt. Und zur Zeit der Negerbefreiung in Amerika haben sich ja sogar viele der angesehensten Liberalen für die Plantagenbesitzer ausgesprochen, mit der Begründung, daß die Neger eben Neger seien und niedriger stünden als die Menschen der weißen Rasse, und folglich hätten die Weißen das Recht, die Neger als Sklaven zu behandeln...«

»Nun?«

»Sie haben also gegen das Recht der größeren Macht nichts einzuwenden?«

»Weiter?«

»Sie sind jedenfalls konsequent. Ich wollte nur bemerken, daß es vom Recht der Kraft bis zum Recht der Tiger und Krokodile und sogar dem der Gorskijs und Daniloffs nicht weit ist.«

»Ich weiß nicht, weiter?«

Ippolit hörte kaum darauf, was Jewgenij Pawlowitsch sprach, und auch das »nun« und »weiter« schien er nicht aus Interesse für das Weitere zu sagen, sondern einfach, weil es ihm zur Gewohnheit geworden war, einen jeden, der ihm von der Welt draußen an seinem Krankenlager erzählte, mit »nun« und »weiter« zum Weitererzählen zu drängen.

»Ja, weiter wollte ich nichts sagen ... das war alles.«

»Ich bin Ihnen übrigens nicht böse«, sagte Ippolit plötzlich ganz unvermittelt und streckte, vielleicht ohne sich selbst dessen bewußt zu sein, Jewgenij Pawlowitsch die Hand entgegen und lächelte sogar dazu.

Jewgenij Pawlowitsch wunderte sich zuerst, reichte ihm aber dann doch mit dem ernstesten Gesicht die Hand, als empfinge er wirklich Ippolits Verzeihung.

»Ich kann nicht umhin, Ihnen meinen Dank auszusprechen für die Aufmerksamkeit, mit der Sie mich angehört haben«, sagte er in demselben zweideutig-höflichen

Ton, »denn nach meinen unzähligen Beobachtungen ist unser Liberaler nie imstande, einem anderen Menschen eine andere Überzeugung zu gestatten und seinem Opponenten nicht sogleich mit Schimpfworten zu antworten oder mit noch Schlimmerem ...«

»Das ist eine sehr richtige Bemerkung«, versetzte General Iwan Fjodorowitsch, worauf er, die Hände auf den Rücken legend, mit der gelangweiltesten Miene wieder an den Ausgang der Veranda trat, wo er dann vor Mißmut heimlich sogar gähnte.

»Nun, jetzt haben wir aber genug von dir gehört«, erklärte plötzlich Lisaweta Prokofjewna, zu Jewgenij Pawlowitsch gewandt. »Ihr werdet mir langweilig ...«

»Es ist Zeit!« Besorgt und fast erschrocken erhob sich Ippolit sofort, verwirrt um sich blickend. »Ich habe Sie aufgehalten; ich wollte Ihnen alles sagen ... ich glaubte, alle würden ... zum letzten Mal ... das war eine Illusion ...«

Es war ihm anzusehen, daß er sich nur ruckartig belebte, aus nahezu richtiger Fieberbenommenheit plötzlich auf kurze Zeit zu sich kam und nur dann mit vollem Bewußtsein dachte, sich erinnerte und sprach, meist bruchstückhaft, in abgerissenen Sätzen, die er wohl schon vor langer Zeit gedacht und immer wieder gedacht und auswendig behalten hatte in den öden, endlosen Stunden auf seinem Krankenlager, wenn er schlaflos in seiner Einsamkeit lag.

»Also: Leben Sie wohl!« sagte er plötzlich schroff. »Sie glauben wohl, daß es mir leicht fällt, Ihnen ‚Leben Sie wohl' zu sagen? Haha!« lachte er kurz auf, ärgerlich über seine *unbeholfene* Frage, und plötzlich, wie in Wut geratend darüber, daß es ihm immer nicht gelang, das zu sagen, was er hatte sagen wollen, rief er laut und gereizt: »Exzellenz! Ich habe die Ehre, Sie zu meiner Beerdigung einzuladen, vorausgesetzt, daß Sie mich dieser Ehre würdigen mögen, und ... Sie alle, meine Herrschaften, im Gefolge des Generals! ...«

Wieder lachte er auf; aber das war schon das Lachen eines Irren. Lisaweta Prokófjewna näherte sich ihm erschrocken und griff nach seiner Hand. Ippolit sah sie unverwandt an, mit demselben Lachen im Gesicht, aber es war nicht mehr hörbar, sondern hielt inne und gefror gleichsam auf seinem Gesicht.

»Wissen Sie auch, daß ich nur deshalb hergekommen bin, um Bäume zu sehen? Diese hier...« (er wies auf die Bäume des Parks) »ist das nicht lächerlich, wie? Aber hierbei ist doch nichts Lächerliches?« fragte er Lisaweta Prokofjewna sehr ernst und versank plötzlich in Gedanken; nach einem Augenblick hob er aber wieder den Kopf und begann gierig in der Schar der Anwesenden jemanden mit den Augen zu suchen. Er suchte Jewgénij Páwlowitsch, der sich rechts von ihm ganz in seiner Nähe auf demselben Platz wie vorhin befand, doch Ippolit schien bereits vergessen zu haben, wo er gestanden hatte, und suchte ihn ringsum. »Ah, da sind Sie ja, Sie sind nicht fortgegangen!« rief er aus, als er ihn endlich entdeckte. »Sie machten sich lustig darüber, daß ich nur eine Viertelstunde aus dem Fenster reden wollte... Aber wissen Sie auch, daß ich nicht achtzehn Jahre alt bin: ich habe so lange auf diesem Kopfkissen gelegen, ich habe so lange durch dieses Fenster geschaut, ich habe so endlos nachgedacht... über alle... so daß... Ein Toter hat kein Alter, wie Sie wissen. Noch in der vorigen Woche dachte ich darüber nach, als ich in der Nacht aufwachte... Aber wissen Sie auch, was Sie am meisten fürchten? Unsere Aufrichtigkeit fürchten Sie am meisten, obschon Sie uns verachten! Das habe ich gleichfalls damals, in jener Nacht, auf meinem Kissen gedacht... Sie glauben, Lisaweta Prokofjewna, daß ich mich vorhin über Sie lustig machen wollte? Nein, ich habe mich nicht über Sie lustig gemacht, ich wollte nur sagen, daß es lobenswert ist, daß Sie so sind... Kolja hat mir gesagt, der Fürst habe Sie ein Kind genannt... das ist gut... Aber was wollt' ich doch... ich wollte doch noch etwas sagen...« Er bedeckte die Augen mit der Hand und dachte krampfhaft nach. »Richtig, das war's! — als Sie vorhin schon weggehen wollten, dachte ich plötzlich: hier sind nun Menschen, und nie wieder wirst du sie vor dir sehen, und nie wieder wird das alles so sein, nie wieder! Und auch die Bäume nicht, — nur die Backsteinmauer wird vor mir sein, die rote von Meyers Mietkaserne... die Brandmauer vor meinem Fenster... nun, so sprich zu ihnen jetzt einmal von alledem... versuch es doch, rede davon; da« — er wies auf Aglaja — »eine Schönheit!... du bist ja ein Toter, stell dich ihnen als Toter vor, sag ihnen: ‚ein Toter darf alles sagen'... und daß die Fürstin Marja Alexéjewna nicht schelten wird,[16] haha!... Sie lachen nicht?« Er blickte sich mißtrauisch im Kreise um. »Aber wissen Sie, auf diesem Kopfkissen sind mir viele Gedanken gekommen... wissen Sie, ich habe eingesehen, daß die Natur sehr spottlustig ist... Sie sagten, ich sei ein Atheist, aber wissen Sie auch, daß diese Natur... Weshalb lachen Sie wieder? Sie sind furchtbar grausam!« unterbrach er sich traurig und unwillig, indem er sich wieder mißtrauisch umblickte. »Ich habe Kolja nicht verdorben«, schloß er plötzlich in einem ganz anderen Ton, ernst und überzeugt, als wäre ihm plötzlich wieder dies eingefallen...

»Niemand, niemand lacht hier über dich, beruhige dich!« bat ihn Lisaweta Prokofjewna sichtlich gequält. »Morgen wird dich ein anderer Arzt untersuchen, dein Arzt hat sich geirrt! Aber so setz dich doch, was stehst du denn, du kannst dich ja kaum auf den Füßen halten! Du fieberst und phantasierst... Ach, was soll man jetzt mit ihm anfangen!« sorgte sie sich um ihn und bemühte sich ängstlich, ihn wieder zum Niedersitzen auf einen Lehnstuhl zu bewegen, damit er nur ja nicht mehr stehe.

Eine Träne glänzte auf ihrer Wange.

Ippolit blieb ganz betroffen stehen, hob die Hand, die er ängstlich vorstreckte, und berührte zaghaft diese Träne.

Er lächelte ein völlig kindliches Lächeln.

»Ich... ich... habe Sie...«, begann er selig, »Sie wissen nicht, wie ich Sie... er hat mir immer mit einer solchen Begeisterung von Ihnen erzählt, er, dort, Kolja... ich liebe seine Begeisterung... Ich habe ihn nicht verdorben! Nur ihn allein lasse ich zurück... ich wollte alle zurücklassen, alle — aber es war niemand da, niemand war da... Ich wollte ein...Wirkender sein, ich hatte ein Recht... Oh, wieviel ich gewollt habe! Jetzt will ich nichts mehr, ich will auch nichts mehr wollen, ich habe mir das Wort gegeben, nichts mehr zu wollen; mögen sie ohne mich die Wahrheit suchen, mögen sie doch! Ja, die Natur ist spottlustig! Weshalb erschafft sie«, brach es plötzlich in bebender Leidenschaft aus ihm hervor, »weshalb erschafft sie die besten Wesen, um dann nur ihren Spott mit ihnen zu treiben? Hat sie es doch so eingerichtet, daß das einzige Wesen, das auf Erden als vollkommen anerkannt wurde... hat sie es doch so gemacht, daß gerade dieses Wesen *das* aussprechen mußte, um dessentwillen so viel Blut geflossen ist, daß die Menschen, wenn es auf einmal geflossen wäre, bestimmt im Blute hätten ertrinken müssen!... Oh, es ist gut, daß ich sterbe! Ich würde ja vielleicht auch irgendeine furchtbare Lüge sagen, die Natur würde es schon so einrichten!... Ich habe niemanden verdorben... Ich wollte zum Glück aller Menschen leben, um die Wahrheit zu ergründen und zu verkünden... Ich sah durch mein Fenster auf Meyers Backsteinmauer und glaubte, eine Viertelstunde würde mir genügen, um alle, alle zu überzeugen, und da bin ich nun einmal im Leben mit Menschen zusammengekommen... mit Ihnen, wenn auch nicht mit allen Menschen! — und was ist nun herausgekommen? Nichts! Es ist das herausgekommen, daß Sie mich verachten! Folglich bin ich ein Dummkopf, folglich bin ich überhaupt nicht nötig, nicht fähig, bin untauglich, folglich ist es Zeit, daß ich gehe! Und nicht die geringste Erinnerung habe ich zu hinterlassen verstanden! Keinen Laut, keine Spur, nicht eine einzige Tat, keine einzige Überzeugung habe ich verbreitet! Lachen Sie nicht über den Tölpel! Vergessen Sie ihn! Vergessen Sie alles... vergessen Sie, ich bitte Sie darum, seien Sie nicht so grausam! Wissen Sie auch, daß ich, wenn nicht diese Schwindsucht gekommen wäre, mich selbst umgebracht hätte..,«

Er wollte offenbar noch vieles sagen, konnte aber nicht weiter und fiel in den Lehnstuhl, bedeckte das Gesicht mit den Händen und schluchzte wie ein kleines Kind.

»Da! Er weint! Mein Gott, was soll man jetzt mit ihm anfangen!« rief Lisaweta Prokofjewna aufs äußerste erschrocken aus; sie trat schnell an seinen Stuhl, nahm seinen Kopf in ihre Hände und drückte ihn fest, fest an ihre Brust. Er schluchzte wie im Krampf.

»Nun – nun – nun!... Nun, weine nur nicht, nun, genug, du bist ein guter Junge. Gott wird dir alles verzeihen, wegen deiner Unwissenheit; nun, laß gut sein, sei ein ganzer Mann... Und du wirst dich ja später schämen...«

»Ich habe dort«, begann Ippolit stockend, und er bemühte sich, den Kopf zu erheben, »ich habe einen Bruder und zwei Schwestern, Kinder, kleine Kinder, arme, unschuldige... *Sie* wird sie verderben! Entreißen Sie sie ihr... Sie – sind eine Heilige, Sie... Sie sind selbst ein Kind – retten Sie sie! Retten Sie sie vor dieser... sie... wird sie der Schande... Oh, helfen Sie ihnen, erbarmen Sie sich ihrer, Gott wird es Ihnen hundertfach vergelten, um Christi willen!...«

»So sagen Sie doch endlich, Iwan Fjodorowitsch, was soll man denn jetzt tun!« rief Lisaweta Prokofjewna gereizt ihren Mann um Rat an. »Haben Sie doch die Güte und brechen Sie endlich Ihr erhabenes Schweigen! Wenn Sie sich zu nichts entscheiden, werde ich selbst hier übernachten, damit Sie's nur wissen; Sie haben mich zur Genüge mit Ihrer Herrschsucht tyrannisiert!«

Lisaweta Prokofjewna war zu jedem Opfer bereit, was sich äußerlich in ihrem Zorn verriet, und erwartete eine sofortige Antwort. Leider pflegen in solchen Fällen die Anwesenden, selbst wenn ihrer viele sind, mit Schweigen und passiver Neugier zu antworten, um nur ja nichts auf sich zu nehmen. Ihre Gedanken aber äußern sie gewöhnlich erst lange nachher. Hier nun gab es unter den Anwesenden sogar solche, die womöglich die ganze Nacht bis zum nächsten Morgen dageblieben wären, ohne auch nur ein Wort zu sagen — zum Beispiel Warwára Ardaliónowna Ptizyn, die die ganze Zeit schweigend dagesessen und nur mit ungeheurem Interesse zugehört hatte — vielleicht nicht ohne ihre besonderen Gründe zu diesem Interesse zu haben.

»Mein Freund«, versetzte der General, sich an seine Gemahlin wendend, »meine Meinung ist die, daß hier jetzt eher eine Krankenpflegerin am Platze wäre als unsere Aufregung... oder für diese Nacht zum mindesten ein nüchterner, zuverlässiger Mensch. Jedenfalls müssen wir aber den Fürsten bitten und... unverzüglich Ruhe gönnen. Morgen können wir ja dann wieder unsere Teilnahme...«

»Es ist sogleich zwölf, wir fahren jetzt. Wird er mit uns kommen oder bleibt er bei Ihnen?« wandte sich Doktorenko gereizt und geärgert an den Fürsten.

»Wenn Sie wollen, so bleiben Sie doch auch hier bei ihm«, sagte der Fürst, »Platz habe ich genug.«

»Exzellenz«, wandte sich ganz unerwartet und förmlich begeistert Herr Keller an den General, »wenn ein zuverlässiger Mensch für die Nacht verlangt wird, so bin ich gern bereit, meinem Freunde das Opfer zu bringen... er ist ein seltener Mensch! Ich halte ihn schon längst für genial, Exzellenz! Ich habe gewißlich, was meine Bildung anbetrifft, viel versäumt... aber wenn er kritisiert, das kann auch ich beurteilen, dann streut er ja nur so Perlen aus dem Ärmel, Perlen, Exzellenz!...«

Mit Verzweiflung im Gesicht wandte sich der General von ihm ab.

»Es würde mich sehr freuen, wenn er hier bliebe; es würde ihn natürlich sehr angreifen, jetzt noch zu fahren«, sagte der Fürst halb benommen auf die gereizten Fragen Lisaweta Prokofjewnas.

»Ja, du schläfst wohl schon? Wenn du nicht willst, Väterchen, werde ich ihn zu mir bringen! Ach Gott, was ist das, du hältst dich ja selbst kaum auf den Füßen! Bist du krank? Was fehlt dir?«

Da Lisaweta Prokofjewna den Fürsten nicht sterbend vorgefunden hatte, hielt sie ihn nach seinem Aussehen für viel gesunder als er war. In Wirklichkeit aber hatten der Anfall, die schweren Erinnerungen, die sich an ihn knüpften, die physische Müdigkeit in den Gliedern, dann der ermüdende Abendbesuch, dieser ganze Vorfall mit dem „Sohn Pawlischtscheffs" und nun auch noch der mit Ippolit – all das hatte die krankhafte Resonanzfähigkeit des Fürsten geradezu bis ins Fieberhafte gesteigert. Außerdem verrieten jetzt seine Augen noch irgendeine besondere Sorge oder sogar Angst: fast furchtsam blickte er auf Ippolit, ganz als befürchte er von diesem noch irgend etwas.

Da erhob sich plötzlich Ippolit, unheimlich bleich, mit einem Ausdruck unerträglicher, an Verzweiflung grenzender Scham in dem verzerrten Gesicht. Diese Scham drückte sich vor allem in seinem Blick aus, der haßerfüllt und doch angstvoll über die Anwesenden huschte, und in dem verlorenen, verzerrten und gleichsam sich windenden Spottlächeln auf seinen zuckenden Lippen. Übrigens senkte er den Blick sogleich zu Boden und wankte mit unsicheren Schritten, immer noch dasselbe Lächeln auf den Lippen, zu Burdówskij und Doktorénko, die bereits an der Treppe standen: er wollte mit ihnen fahren.

»Gerade ... das fürchtete ich ja!« rief der Fürst aus. »So mußte es ja kommen!«

Ippolit wandte sich brüsk nach ihm um, und rasende Wut sprach aus seinem Gesicht, in dem jeder Nerv zu zittern und zu sprechen schien.

»Ah, also das haben Sie befürchtet! ‚So mußte es ja kommen' Ihrer Meinung nach? So hören Sie denn, daß ich, wenn ich hier jemanden hasse (und ich hasse Sie hier alle!)«, kreischte er heiser, und die Speicheltröpfchen flogen von seinen Lippen, »daß ich Sie, Sie Jesuit, Sie erbärmliche Sirupseele, Sie Idiot, Sie Millionär und Wohltäter, daß ich Sie mehr als alle und alles auf der Welt hasse! Ich habe Sie längst durchschaut und zu hassen begonnen, schon damals, als ich Sie nur vom Hörensagen kannte, haßte ich Sie mit dem ganzen Haß meiner Seele... Das haben Sie jetzt so herbeigeführt! Sie haben mich zu diesem Anfall gebracht! Sie haben mich, den Sterbenden, dieser Schmach ausgesetzt, Sie, Sie, Sie allein sind schuld an meinem erbärmlichen Kleinmut! Ich würde Sie totschlagen, wenn ich am Leben bliebe! Ich brauche Ihre Wohltaten nicht, ich nehme von keinem welche an, hören Sie, von keinem, nichts! Ich fieberte... ich habe nur phantasiert, Sie dürfen es nicht wagen, zu triumphieren! Ich verfluche Sie alle ein für allemal!«

Seine Stimme versagte, er war atemlos.

»Schämt sich seiner Tränen!« flüsterte Lebedeff Lisaweta Prokofjewna zu. »Da haben wir das ‚So mußte es kommen!' Ja, der Fürst! Hat wieder bis ins Innerste geschaut...«

Doch Lisaweta Prokofjewna würdigte ihn nicht einmal eines Blickes. Sie stand, stolz aufgerichtet, den Kopf in den Nacken geworfen, und betrachtete mit verächtlich abschätzendem Blick »diese Leutchen«. Als Ippolit atemlos verstummt war, hatte der General nur die Schultern in die Höhe gezogen, woraufhin ihn seine Gattin jetzt zornig vom Kopf bis zu den Füßen maß, als verlange sie Rechenschaft über diese Bewegung; doch dann wandte sie sich, ohne ein Wort zu sagen, an den Fürsten.

»Ich danke Ihnen, Fürst, unserem exzentrischen Freund, für den angenehmen Abend, den Sie uns allen bereitet haben. Sie können sich ja jetzt von Herzen freuen, daß es Ihnen doch gelungen ist, auch uns in Ihre Dummheiten zu verwickeln... Genug jetzt, lieber Freund unseres Hauses, ich danke Ihnen, daß Sie uns dabei Gelegenheit geboten haben, Sie endlich näher kennen zu lernen!«

Und unwillig begann sie ihre Mantille zurechtzuziehen, da sie erst abwarten wollte, bis »jene« sich fortbegeben hatten. Doktorenko hatte bereits vor einer Viertelstunde Lebedeffs Sohn, den Gymnasiasten, nach einer Droschke geschickt, mit der dieser nun gerade vorgefahren war. Dem Beispiel seiner Gattin folgend, wandte sich auch der General an den Fürsten.

»In der Tat, Fürst, ich hätte es nicht erwartet... nach allem... nach allen freundschaftlichen Beziehungen... und schließlich hat ja Lisaweta Prokofjewna...«

»Nein, nicht doch! — wie kann man nur so!« rief Adelaida im Unwillen über ihre Eltern aus, trat schnell auf den Fürsten zu und reichte ihm die Hand.

Mit verlorenem Blick lächelte der Fürst sie an, vielleicht ohne sie zu sehen. Plötzlich drang ein heißes, schnelles Geflüster an sein Ohr.

»Wenn Sie diese erbärmlichen Menschen nicht sogleich hinauswerfen lassen, werde ich mein ganzes Leben, mein ganzes Leben lang nur Sie allein hassen!«

Es war Aglaja; sie war wie rasend, wie außer sich; doch noch bevor der Fürst sie ansehen konnte, hatte sie sich schon von ihm abgewandt. Übrigens gab es niemanden mehr hinauszuwerfen: Ippolit war von seinen Freunden inzwischen im Wagen untergebracht worden — in diesem Augenblick fuhren sie bereits davon.

»Nun, gedenken Sie sich noch lange hier aufzuhalten, Iwan Fjodorowitsch? Was meinen Sie? Soll ich noch lange diesen Lümmeln ausgesetzt sein?« fragte Lisaweta Prokofjewna.

»Tja, ich, mein Freund... ich... bin selbstverständlich sofort bereit... Fürst...«

Der General streckte doch noch seine Hand aus, um sich vom Fürsten zu verabschieden, wartete aber nicht, bis der Fürst, der ihn nur zerstreut ansah, ihm gleichfalls die Hand reichte, sondern eilte seiner Gemahlin nach, die soeben zornig und rauschend die Treppe hinunterstieg. Adelaida, deren Bräutigam und Alexandra verabschiedeten sich herzlich vom Fürsten, desgleichen Jewgenij Pawlowitsch, der als einziger von ihnen seine heitere Stimmung bewahrt hatte.

»Sehen Sie, da habe ich doch recht gehabt! Schade nur, daß auch Sie Ärmster jetzt darunter zu leiden haben!« sagte er halblaut mit dem gewinnendsten Lächeln zum Fürsten — vielleicht aber lag dennoch ein wenig Spott in diesem Lächeln.

Aglaja ging fort, ohne sich zu verabschieden.

Doch die Überraschungen dieses Abends waren damit noch nicht zu Ende. Es gab noch eine sehr unerwartete Begegnung zu überstehen.

Lisaweta Prokofjewna war noch nicht von der Treppe auf den Fahrweg getreten, der sich um den Park schlängelte, als plötzlich ein elegantes Gefährt, eine offene Kalesche, mit zwei prächtigen Schimmeln bespannt, in schnellem Tempo an der Villa des Fürsten vorüberfuhr. Im Fond des Wagens saßen zwei schön gekleidete Damen. Doch plötzlich, kaum waren sie zehn Schritte an der Veranda vorübergefahren, hielt der Wagen; die eine der Damen wandte sich hastig zurück, als hätte sie einen Bekannten erblickt, mit dem sie unbedingt ein paar Worte wechseln mußte.

»Jewgénij Páwlowitsch! Bist du es?« ertönte plötzlich eine helle, schöne Stimme, die den Fürsten zusammenzucken machte, und vielleicht nicht nur den Fürsten allein. »Nein, bin ich froh, daß ich dich endlich gefunden habe! Ich habe doch einen Boten zu dir in die Stadt geschickt; sogar zwei! Den ganzen Tag wirst du gesucht!«

Jewgenij Pawlowitsch stand auf der Treppenstufe wie vom Schlage gerührt. Auch Lisaweta Prokofjewna war stehengeblieben, doch nicht vor Schreck und Verwunderung wie Jewgenij Pawlowitsch: sie blickte die kühne Dame mit derselben kalten Verachtung an, mit der sie vor fünf Minuten die »Leutchen« betrachtet hatte, und richtete dann ihren prüfenden Blick sofort auf Jewgenij Pawlowitsch.

»Freue dich!« fuhr die helle Stimme fort. »Rogoshin

hat deine Wechsel aufgekauft, von Kupfer, für dreißigtausend, ich habe ihn darum gebeten. Jetzt kannst du noch drei Monate lang ruhig sein! Und mit Biskup und dem übrigen Pack werden wir es auch noch arrangieren, aus alter Bekanntschaft! Also, wie du siehst, alles geht gut! Kannst dich freuen! Auf Wiedersehen morgen!«

Die Pferde zogen an und griffen aus, der Wagen verschwand ebenso schnell, wie er aufgetaucht war.

»Das ist eine Irrsinnige!« stieß endlich Jewgenij Pawlowitsch hervor, bis über die Stirn errötend vor Unwillen, und verständnislos blickte er sich im Kreise um. »Ich verstehe kein Wort von dem, was sie da sagte! Was sind das für Wechsel? Wer ist sie überhaupt?«

Doch Lisaweta Prokofjewna sah ihn immer noch unbeweglich an: zwei Sekunden lang ruhten ihre Blicke ineinander; dann wandte sie sich plötzlich stolz ab und ging schnell weiter auf dem Wege zu ihrem Hause. Die anderen folgten ihr.

Nach einer Minute kehrte Jewgenij Pawlowitsch in höchster Erregung zum Fürsten auf die Veranda zurück.

»Fürst, sagen Sie mir die Wahrheit, wissen Sie nicht, was das zu bedeuten hat?«

»Ich habe keine Ahnung!« antwortete der Fürst, der sich gleichfalls in krankhafter Spannung und Erregung befand.

»Wirklich nicht?«

»Sie können es mir glauben.«

»Ja, auch ich weiß es nicht«, lachte plötzlich Jewgenij Pawlowitsch. »Bei Gott, ich habe keinen Schimmer von irgendwelchen Wechseln, Sie können es mir wahrhaftig glauben, ich versichere Sie auf mein Ehrenwort! ... Aber was ist mit Ihnen, Sie werden doch nicht ohnmächtig?«

»Oh, nein, nein, gewiß nicht, nein ...«

XI

Erst am dritten Tage wurde dem Fürsten von Jepantschins verziehen. Zwar sprach der Fürst, wie gewöhnlich, sich allein die ganze Schuld zu und erwartete daher mit Gewißheit seine Strafe; trotzdem war er innerlich von Anfang an überzeugt, daß Lisaweta Prokofjewna ihm nicht ernstlich böse sein könne, sondern sich aller Wahrscheinlichkeit nach mehr über sich selbst ärgere. Deshalb fühlte er sich denn auch am dritten Tage, als ihm noch immer nicht Verzeihung gewährt worden war, moralisch ganz niedergedrückt. Außerdem kamen noch andere Dinge hinzu, die ihn quälten, namentlich etwas, das sich im Laufe der drei Tage dank dem zunehmenden Mißtrauen des Fürsten fortschreitend vergrößerte und immer beängstigender wurde. (Er machte sich seit einiger Zeit heftige Vorwürfe wegen seines »sinnlosen, zudringlichen« Vertrauens und seines »finsteren, niedrigen« Mißtrauens.) Kurz und gut — bis zum Abend des dritten Tages hatte der Zwischenfall mit der exzentrischen Dame, die aus dem Wagen zu Jewgenij Pawlowitsch gesprochen hatte, in seinen Gedanken bereits eine wahrhaft rätselhafte Bedeutung von nahezu erschreckendem Umfang angenommen. Die unheimlichste Frage war für ihn — ganz abgesehen von allen anderen unangenehmen Seiten des Vorfalls — ob nun wiederum er allein an dieser neuen »Ungeheuerlichkeit« schuld sei, oder nur... Doch er sprach es nicht aus, wen er meinte. Was jedoch die Umänderung der Buchstaben A. M. D. in N. F. B. anlangte, so glaubte er jetzt nur einen harmlosen Scherz darin erblicken zu dürfen, eine kindliche Unart, so daß ihm selbst längeres Nachdenken darüber beschämend und in einer Beziehung sogar unehrenhaft erschien.

Übrigens hatte der Fürst am nächsten Tage nach jenem »abscheulichen Abend« das Vergnügen gehabt, den Fürsten Sch. und Adelaida bei sich zu empfangen: sie waren

»*hauptsächlich* deshalb gekommen, um sich nach seiner Gesundheit zu erkundigen«. Adelaida hatte im Park einen »entzückenden alten Baum« entdeckt, eine Trauerweide mit langen hängenden Ästen in frischem jungen Grün; unterwegs — sie waren beide »nur so« spazierengegangen — hatte Adelaida beschlossen, »unbedingt, unbedingt diesen Baum zu malen«. Und von diesem Baum war fast die ganze Zeit gesprochen worden, mindestens eine halbe Stunde lang. Fürst Sch. war so liebenswürdig und aufmerksam gewesen, wie er es immer war, hatte den Fürsten nach diesem und jenem gefragt, hatte ihn an ihre erste Begegnung in der kleinen Provinzstadt erinnert, so daß des vorhergegangenen Abends mit keinem Wort Erwähnung getan wurde. Schließlich hatte es Adelaida doch nicht ausgehalten: sie hatte zu lachen begonnen und gestanden, daß sie gewissermaßen »inkognito« zu ihm gekommen seien. Doch das war auch alles, was sie verriet — nicht viel, aber auch gewiß nicht wenig, denn aus diesem »inkognito« konnte man mit Leichtigkeit die Stimmung ihrer Eltern erraten. Doch weder über ihre Mutter noch über Aglaja und nicht einmal über Iwan Fjodorowitsch ließ Adelaida ein Wort fallen, und als sie aufbrachen, um ihren Spaziergang fortzusetzen, luden sie den Fürsten nicht ein, sich ihnen anzuschließen, und daß er sie besuchen solle, davon war erst recht keine Rede! Ja, in der Beziehung verriet ein kurzes Gespräch sogar noch viel mehr: als Adelaida von ihrer letzten Aquarellmalerei erzählte, wünschte sie plötzlich sehr, daß der Fürst sie kritisiere. »Aber wie soll ich sie Ihnen zeigen?« stutzte sie auf einmal. »Warten Sie! Ich werde Kolja bitten, wenn er heute zu uns kommt ... oder nein, ich werde sie Ihnen morgen selbst bringen, wenn ich mit dem Fürsten wieder spazierengehe!« entschied sie schnell, sehr erfreut über die gefundene Lösung des Problems.

Sie verabschiedeten sich bereits, als Fürst Sch. sich scheinbar erst jetzt ganz plötzlich einer Sache zu entsinnen schien.

»Ach, à propos«, wandte er sich an den Fürsten, »wissen

Sie nicht wenigstens, bester Lew Nikolajewitsch, wer diese Dame war, die gestern Jewgenij Pawlowitsch diese rätselhaften Worte zurief?«

»Das war Nastassja Filippowna«, sagte der Fürst. »Sollten Sie das noch nicht erfahren haben, daß sie es war? Wer aber die andere Dame im Wagen war, das weiß ich nicht...«

»Doch, doch, ich weiß, ich hab's gehört!« unterbrach ihn Fürst Sch. eilig. »Aber was bedeutete das, was sie ihm da zurief? Das ist, ich muß gestehen, ein solches Rätsel... für mich, wie auch für alle anderen...«

Fürst Sch. sprach ersichtlich in größter Verwunderung.

»Sie sprach von irgendwelchen Wechseln Jewgenij Pawlowitschs«, antwortete der Fürst sehr einfach, »die Rogoshin von einem Wucherer gekauft hat, auf ihre Bitte hin, und daß Rogoshin auf die Einlösung derselben noch warten werde.«

»Ich weiß, ich weiß, mein bester Fürst, aber das ist ja doch ein Ding der Unmöglichkeit! Jewgenij Pawlowitsch hat überhaupt keine Wechsel ausgestellt, wozu hätte er das nötig? — bei seinem Vermögen! ... Freilich hat er früher mitunter aus Leichtsinn welche ausgestellt, und sogar ich habe ihn manches Mal aus der Patsche gezogen ... Aber bei einem solchen Vermögen einem Wucherer Wechsel auszustellen und sich dann ihretwegen noch Sorgen zu machen — das ist doch ausgeschlossen, ganz ausgeschlossen! Und ebenso kann er sich doch mit Nastassja Filippowna unmöglich auf du und du stehen — das ist mir noch das Rätselhafteste! Er schwört, daß er kein Wort von der ganzen Sache verstehe, und ich glaube es ihm gern. Die Sache ist nur die, bester Fürst, — ich wollte Sie fragen, ob nicht Sie vielleicht irgend etwas wissen? Das heißt, ich meine ja nur — vielleicht ist Ihnen durch irgendeinen Zufall etwas zu Ohren gekommen?«

»Nein, ich weiß nichts, und ich versichere Ihnen, daß ich nicht daran beteiligt gewesen bin.«

»Aber lieber Fürst, wer denkt denn daran! Wie sonderbar Sie sind! Ich erkenne Sie heute kaum wieder. Hätte ich denn jemals so etwas auch nur vermuten können? — *Sie*, beteiligt an einer *solchen* Intrige? ... Aber Sie sind heute nervös.«

Er umarmte und küßte ihn herzlich.

»Das heißt — an welch einer ‚*solchen*' Intrige beteiligt? Ich kann hier keinerlei ‚*solche*' Intrige sehen.«

»Nun, zweifellos hat doch die betreffende Person Jewgenij Pawlowitsch an irgend etwas verhindern wollen, indem sie ihm in den Augen der Anwesenden Eigenschaften beilegte, die er nicht hat und auch gar nicht haben kann«, antwortete Fürst Sch. ziemlich trocken.

Den Fürsten Lew Nikolajewitsch schien diese Antwort nicht wenig zu verwirren, doch blickte er trotzdem unverwandt Fürst Sch. an; jener verstummte aber plötzlich.

»Sollten es nicht doch einfach Wechsel sein? Ist es nicht buchstäblich so, wie sie gestern sagte?« stieß der Fürst plötzlich in nervöser Ungeduld hervor, man hörte jedoch heraus, daß er unsicher war.

»Aber so urteilen Sie doch selbst, was kann es denn Gemeinsames geben zwischen Jewgenij Pawlowitsch und ... ihr und außerdem noch Rogoshin? Glauben Sie mir, er besitzt tatsächlich ein großes Vermögen, ich weiß es ganz sicher. Und ein zweites großes Vermögen wird ihm vielleicht bald noch von seinem Oheim zufallen. Nastassja Filippowna hat einfach ...«

Wieder verstummte Fürst Sch. ganz plötzlich; offenbar wollte er dem Fürsten gegenüber nicht mit seinen Gedanken über Nastassja Filippowna herausrücken.

»Aber dann ist sie doch jedenfalls mit ihm bekannt?« fragte der Fürst nach kurzem Schweigen.

»Das scheint allerdings der Fall zu sein. Er war ein bißchen leichtsinnig. Doch übrigens, wenn er auch mit ihr bekannt gewesen ist, so ist das immerhin schon lange her, so ... sagen wir — zwei bis drei Jahre. Er war ja doch mit Tozkij gut bekannt. Jetzt aber kann von einer näheren Bekanntschaft oder gar einer Freundschaft auf du und du überhaupt nicht die Rede sein! So intim ist er mit ihr nie gewesen, nie! Und Sie wissen doch selbst sehr gut, daß sie lange Zeit gar nicht in Petersburg gelebt hat. Und die meisten wissen es überhaupt noch nicht, daß sie wieder hier aufgetaucht ist. Diesen Wagen und die Pferde habe ich erst vor etwa drei Tagen zum erstenmal hier gesehen.«

»Ein entzückendes Gespann!« bemerkte Adelaida.

»Ja, das Gespann ist allerdings tadellos.«

Übrigens verließen sie den Fürsten in der freundschaftlichsten Stimmung, fast kann man sogar sagen, daß sie sich wie Geschwister von ihm verabschiedeten.

Für den Fürsten Lew Nikolajewitsch war aber dieser Besuch von ganz ungeheurer Bedeutung. Nun ja, er hatte ja selbst vieles vermutet, bereits seit der gestrigen Nacht (vielleicht aber auch schon früher); doch hatte er bis zu diesem Besuch immer noch nicht gewagt, seine Befürchtungen vor sich selbst zu rechtfertigen. Jetzt aber war wenigstens so viel klar, daß Fürst Sch., der natürlich das Ganze an sich falsch auffaßte, immerhin der Wahrheit auf der Spur war, wenn er hier eine *Intrige* vermutete.

»Übrigens...«, dachte der Fürst bei sich, »vielleicht faßt er es im geheimen ganz richtig auf, will es aber nur nicht anderen aufdecken und legt die Sache deshalb absichtlich falsch aus.«

Jedenfalls stand jetzt eines fest: daß Adelaida und Fürst Sch. (namentlich Fürst Sch.) in der Hoffnung zu ihm gekommen waren, von ihm etwas Näheres erfahren zu können; war aber das der Fall, so mußte man ihn doch unbedingt für beteiligt an der Intrige halten. Und außerdem: wenn der ganze Vorfall wirklich von solch einer Wichtigkeit war, dann mußte *sie* doch irgend etwas Furchtbares im Sinne haben — was aber konnte das sein?... Wie diese Gedanken quälten!

»Und wie könnte man *sie* von etwas abbringen, das sie sich einmal in den Kopf gesetzt hat? Das ist ja doch ganz

unmöglich, ganz ausgeschlossen, wenn sie sich von der Notwendigkeit der Durchführung ihrer Absicht überzeugt hat!«
Das wußte der Fürst aus Erfahrung nur zu gut. »Sie ist ja doch wahnsinnig! ... wahnsinnig! ...«

Doch der quälenden Probleme gab es für ihn an diesem Morgen gar zu viele; alle tauchten sie jetzt auf einmal auf, und über alle mußte er nachdenken, lange nachdenken, und alle wollten schnell gelöst sein. So kam es, daß der Fürst sehr ernst und niedergedrückt war. Ein wenig Zerstreuung brachte ihm Wjéra Lébedewa, die mit ihrem kleinen Schwesterchen Ljúbotschka zu ihm kam und lachend irgend etwas erzählte. Bald darauf erschien auch ihre andere Schwester, die, welche beim Lachen den Mund immer so weit aufriß, und dieser folgte Lebedeffs Sohn, der Gymnasiast, der sich dann gleichfalls an der Zerstreuung des Fürsten beteiligte und lebhaft versicherte, daß der „Wermutstern" in der „Apokalypse", der „auf die Quellen der Gewässer" fiel, nach der Auslegung seines Vaters nichts anderes als das Eisenbahnnetz bedeute, das sich jetzt über Europa auszubreiten beginne. Der Fürst wollte es nicht glauben, daß Lebedeff den Stern so deute, worauf dann beschlossen wurde, ihn selbst bei nächster Gelegenheit danach zu fragen. Von Wjéra Lébedewa erfuhr der Fürst ferner, daß Herr Keller sich bei ihnen gestern heimisch niedergelassen hatte und aller Voraussicht nach nicht so bald wieder wegziehen werde, zumal er in dem alten General Iwolgin einen Gesellschafter und neuen Freund gefunden hätte; übrigens habe er erklärt, daß er einzig »zur Komplettierung seiner Bildung« bei ihnen bliebe. Überhaupt gefielen Lebedeffs Kinder dem Fürsten mit jedem Tag mehr.

Kolja erschien den ganzen Tag nicht: er war am Morgen nach Petersburg gefahren (Lebedeff hatte sich bereits in aller Frühe dorthin begeben — in Geschäften, wie es hieß), und so erwartete der Fürst mit Ungeduld den Besuch Gawrila Ardalionytschs, den ihm dieser am Abend vorher beim Abschied zugesagt hatte.

Um sieben Uhr abends erschien er denn auch richtig — sogleich nach dem Essen.[17] Beim ersten Blick auf ihn glaubte der Fürst zu erraten, daß ihm alles, was an dem Abend passiert war, bis aufs Letzte bekannt sei. Wie sollte es auch anders sein, wenn er solche Helfershelfer wie seine Schwester Warja und seinen Schwager Ptizyn hatte! Zwischen Ganja und dem Fürsten bestand ein etwas eigentümliches Verhältnis. Der Fürst hatte ihm zum Beispiel die Führung der ganzen Angelegenheit mit Burdowskij anvertraut und ihn noch ganz besonders gebeten, die Sache zu übernehmen; doch ungeachtet dieses Vertrauens und noch so mancher anderen Bande, die sie verknüpften, blieben gewisse Punkte zwischen ihnen bestehen, die von ihnen gleichsam nach gemeinsamer Verabredung mit keinem Wort berührt wurden. Dem Fürsten hatte allerdings geschienen, daß Ganja ihm gegenüber vielleicht vollkommen und freundschaftlich aufrichtig zu sein wünschte, und so dachte er auch jetzt, daß Ganja, als er eintrat, im höchsten Grade überzeugt sei, daß nun der Augenblick gekommen wäre, in dem das Eis an diesen gewissen Punkten von beiden Seiten gebrochen werden könnte. Nur hatte Ganja diesmal leider nicht viel Zeit: seine Schwester wartete auf ihn bei Lebedeffs, und sie hatten zusammen noch etwas Eiliges vor.

Aber wenn Ganja vielleicht tatsächlich eine ganze Reihe ungeduldiger Fragen, unwillkürlicher Äußerungen oder gar freundschaftlicher Mitteilungen und Herzensergüsse erwartet hatte, so harrte seiner allerdings eine große Enttäuschung. Während der ganzen Zeit seines Besuches war der Fürst fast wie geistesabwesend, wenigstens sehr wortkarg und sehr zerstreut.

Die ganze Reihe von Fragen oder vielmehr die eine Frage, die Ganja erwartete hatte, wurde vom Fürsten nicht an ihn gerichtet. Da beschloß auch Ganja, zurückhaltender zu sein. Nichtsdestoweniger erzählte er ohne Unterlaß die ganze Zeit, lachte, scherzte — kurzum, unterhielt den Fürsten während der zwanzig Minuten, die er bei ihm war, in der liebenswürdigsten Weise, doch die Hauptsache berührte er mit keinem Wort.

Unter anderem erzählte er, daß Nastassja Filippowna sich erst seit etwa vier Tagen in Pawlowsk aufhalte und doch bereits die allgemeine Aufmerksamkeit auf sich gelenkt habe. Sie wohne in einem kleinen, unscheinbaren Hause bei Darja Alexéjewna, irgendwo in einer „Matrosenstraße", wenn er sich nicht irre, ihre Equipage aber sei die schönste in Pawlowsk. Es habe sich auch bereits eine ganze Schar von alten und jungen Verehrern um sie versammelt, von denen sie auf ihren Spazierfahrten mitunter hoch zu Roß begleitet werde. Zwar sei sie immer noch sehr wählerisch in ihrem Verkehr mit Herren, doch stünde ihr trotzdem ein ganzes Korps zur Verfügung, falls sie irgendwie desselben bedürfen sollte. Ein erklärter Bräutigam, einer der Pawlowsker Villenbesitzer, habe sich bereits ihretwegen mit seiner Braut entlobt, und ein alter General habe ihretwegen seinen Sohn fast verstoßen. Gewöhnlich fahre sie mit einem sehr schönen jungen Mädchen, einer Verwandten Darja Alexejewnas, aus; dieses junge Mädchen habe eine wundervolle Stimme und singe so schön, daß das unscheinbare Haus der Darja Alexejewna abends die Aufmerksamkeit auf sich lenke. Übrigens führe sich Nastassja Filippowna überall tadellos auf, kleide sich nicht auffallend, doch stets so elegant, daß alle Damen sie wegen ihres Geschmacks, ihrer Schönheit und ihrer prachtvollen Equipage beneideten.

»Ihr exzentrischer Ausfall von gestern abend«, verschnappte sich Ganja schließlich doch einmal, »ist natürlich auf eine besondere Absicht zurückzuführen und zählt daher nicht mit. Um ihr etwas anhaben zu können, müßte man es direkt darauf absehen oder sie einfach verleumden, was übrigens das schnellste und sicherste Mittel wäre«, schloß er in der Erwartung, daß der Fürst jetzt unbedingt fragen werde, weshalb er ihrem Ausfall eine »besondere Absicht« zugrunde lege und weshalb er »Verleumdung das schnellste und sicherste Mittel« nenne.

Doch der Fürst sagte nichts.

Da begann Ganja auch von Jewgenij Pawlowitsch ohne besonderer Aufforderung des Fürsten zu sprechen, was um so seltsamer war, als er ganz unvermittelt begann. Seiner Meinung nach war Jewgenij Pawlowitsch früher nicht mit Nastassja Filippowna bekannt gewesen und kannte sie auch jetzt kaum, da er ihr erst vor vier Tagen auf dem Spaziergang vorgestellt worden sei; und daß er sie mit den anderen zusammen besucht habe, sei wiederum aus gewissen Gründen nicht anzunehmen. Was jedoch die Wechselgeschichte betreffe, so könne sehr wohl etwas Wahres daran sein (das wurde von Ganja mit auffallender Sicherheit behauptet — offenbar hatte er etwas Näheres hierüber von Ptizyn erfahren). Jewgenij Pawlowitschs Vermögen sei allerdings sehr groß, »doch zum Teil sind seine Vermögensverhältnisse ziemlich unklar«, fügte er kurz hinzu, und damit brach er plötzlich ab. Auch über Nastassja Filippowna sprach er weiter kein Wort. Endlich kam Warja, um den Bruder abzuholen, setzte sich aber doch noch auf einen Augenblick und erzählte — gleichfalls ungebeten —, daß Jewgenij Pawlowitsch »heute den ganzen Tag und vielleicht auch noch morgen« in Petersburg bleiben werde, und daß auch ihr Mann, Iwan Petrowitsch Ptizyn, in Petersburg sei. Ja, fast kam es so heraus, als weile ihr Mann nur wegen einer Geldangelegenheit Jewgenij Pawlowitschs in der Stadt. Bereits im Fortgehen begriffen, sagte sie dann noch, daß Lisaweta Prokofjewna sich in entsetzlicher Stimmung befinde, doch am meisten befremde es sie, Warja, daß Aglaja sich mit der ganzen Familie, nicht nur mit dem Vater und der Mutter, sondern auch mit den beiden Schwestern ernstlich entzweit habe — »und sogar wirklich im Ernst«. Und nachdem sie anscheinend ganz gleichmütig diese Nachrichten — die für den Fürsten von so großer Wichtigkeit waren! — mitgeteilt hatte, entfernten sich Bruder und Schwester.

Der Fürst blieb allein zurück. Auch Burdowskijs hatte Ganja mit keinem Wort Erwähnung getan, vielleicht aus falschem Zartgefühl, um den Fürsten nicht an Unangenehmes zu erinnern; doch der Fürst unterließ es trotzdem nicht, ihm für seine Mühe zu danken.

Er freute sich sehr, daß er endlich allein war. Langsam stieg er die Stufen der Veranda hinunter und ging über den Fahrweg in den Park. Er wollte sich einen entscheidenden Schritt, den er fast im Begriff war zu tun, reiflich überlegen. Doch dieser »Schritt« war gerade einer von denen, die man sich nicht überlegt, sondern zu denen man sich einfach kurz entschließt; er wollte plötzlich unsäglich gern wieder dorthin zurückkehren, woher er gekommen war, nur irgendwohin, weit, weit fort, in den Wald, in die einsamste Gegend, und alles hier so zurücklassen, wie es war, nicht einmal sich von jemandem verabschieden! Eine fast drohende Ahnung sagte ihm, daß er, wenn er auch nur noch wenige Tage hier blieb, sich rettungslos in diese Welt würde hineinziehen lassen, und diese Welt, die würde dann sein Schicksal sein! Er hatte aber noch keine zehn Minuten den Plan dieser Flucht erwogen, als er auch schon entschied, daß es »ganz unmöglich« für ihn sei, so zu flüchten, daß es von ihm »kleinmütig« wäre, daß er jetzt vor großen Aufgaben stünde, die er unbedingt lösen müsse, oder wenn auch nicht das, so habe er jetzt doch überhaupt nicht mehr das Recht, wegzufahren, sondern müsse zum mindesten alle seine Kräfte anspannen zu ihrer Lösung. Mit diesem Gedanken kehrte er zur Villa zurück, nachdem er kaum eine Viertelstunde im Park gewesen war. Er fühlte sich entsetzlich unglücklich in diesem Augenblick.

Lebedeff war noch immer nicht aus der Stadt zurückgekehrt, und so gelang es am Abend dem verabschiedeten Leutnant Keller, ungehindert beim Fürsten einzutreten. Er war nicht gerade betrunken, aber jedenfalls auch nicht mehr nüchtern; denn seine Redseligkeit war auffallend und seine geradezu verblüffende Offenherzigkeit mehr als verdächtig. Er begann sogleich damit, daß er den Grund seines Erscheinens erklärte: er sei gekommen, um dem Fürsten seine ganze Lebensgeschichte zu erzählen, und nur zu dem Zweck sei er in Pawlowsk geblieben. Es war nicht die geringste Aussicht vorhanden, ihn loszuwerden; selbst wenn man ihm die Tür gewiesen hätte, wäre er doch nicht gegangen. Er setzte sich fest und schickte sich an, lange und ziemlich ungereimt zu reden; doch siehe da, fast schon nach den ersten Worten sprang er ganz plötzlich auf den Schluß über und erklärte, mit der Zeit sei ihm jeder Schimmer von »Moral abhanden gekommen« (und das einzig infolge seines Unglaubens an den Höchsten), so daß er sogar gestohlen habe.

»Können Sie sich das vorstellen!«

»Hören Sie, Keller, ich würde an Ihrer Stelle doch nicht so unnützerweise solche Dinge gestehen«, wandte der Fürst ein. »Doch — vielleicht wollen Sie sich mit Absicht anschwärzen? Wozu sagen Sie das alles?«

»Nur Ihnen auf Gottes ganzem Erdenrund, einzig und allein Ihnen sage ich es, und zwar nur deshalb, um damit meine moralische Entwicklung zu fördern! Sonst keinem eine Silbe! Keinem einzigen! Wenn ich sterbe, soll mein Geheimnis mit mir in die Grube fahren und von dort dann meinetwegen aufwärts gen Himmel! Aber, Fürst, wenn Sie nur wüßten, wenn Sie nur wüßten, wie schwer es heutzutage ist, irgendwo Geld aufzutreiben! Wo soll man es denn hernehmen, wenn Sie mir das doch wenigstens gefälligst sagen könnten? Die einzige Antwort ist: ‚Bring Gold und Brillanten, dann kriegst du welches' — mit anderen Worten also gerade das, was ich nicht habe. — Können Sie sich das vorstellen? Ich wurde schließlich wütend, stand, stand: — ‚Aber für Smaragde', fragte ich, ‚geben Sie dafür auch welches?' — ‚Gewiß, auch für Smaragde geben wir welches.' — ‚Na bon', sagte ich, nahm meinen Hut und ging. Der Teufel hol' sie samt und sonders, 's ist 'ne Gaunerbande, bei Gott!«

»Hatten Sie denn Smaragde?«

»Wie sollt' ich wohl Smaragde haben? Oh, Fürst, wie

ahnungslos und unschuldig, wie rosig und, man kann wohl sagen, schäferhaft Sie noch auf das Leben blicken!«

Dem Fürsten tat er schließlich ... nicht gerade leid, aber der Fürst glaubte plötzlich, sich schämen zu müssen. Ihm kam sogar der Gedanke: »Könnte man nicht noch etwas aus diesem Menschen machen? — wenn er unter einen guten Einfluß käme?« Seinen eigenen Einfluß hielt er aus gewissen Gründen für absolut untauglich dazu, und das nicht etwa aus falscher Beobachtung, sondern eigentlich nur infolge seiner nunmehrigen Auffassung verschiedener Dinge und Verhältnisse. Allmählich aber kamen sie beide so ins Sprechen hinein, daß sie ans Aufhören gar nicht mehr dachten. Keller bekannte mit ungewöhnlicher Bereitwilligkeit, sogar an solchen Dingen schuldig zu sein, von denen auch nur zu sprechen man wohl nie und nimmer für möglich halten würde. Vor Beginn jeder neuen Erzählung versicherte er nachdrücklich, daß er es bereue und »innerlich voll Tränen« sei, worauf er aber dann jedesmal so erzählte, als wenn er auf seine Tat noch ganz besonders stolz wäre, und dabei wußte er noch alles so amüsant wiederzugeben, daß sie schließlich beide, sowohl er selbst wie auch der Fürst, wie die Unsinnigen lachten.

»Die Hauptsache ist, daß Sie noch eine gewissermaßen kindliche Zutraulichkeit und eine wirklich seltene Wahrheitsliebe besitzen«, sagte schließlich der Fürst. »Wissen Sie auch, daß Sie schon allein damit sehr vieles wieder gutmachen?«

»Edel bin ich, edel, ritterlich edel!« bestätigte Keller sofort gerührt. »Aber wissen Sie, Fürst, das beschränkt sich alles leider immer nur auf die Träume, wenn ich mich der Phantasie hingebe und dann besonders couragiert bin, in der Wirklichkeit aber kommt es nie so heraus! Und weshalb ist es so? Ich begreife es wahrhaftig nicht!«

»Verzagen Sie deshalb nicht. Sie haben mir jetzt alles bis aufs Letzte erzählt; wenigstens können Sie doch an Häßlichem und Schlechtem nichts mehr hinzufügen, denke ich...«

»Nichts mehr hinzufügen?« rief Keller in einem geradezu mitleidigen Ton aus. »Jesus, Fürst, bis zu welch einem Grade Sie die Menschen doch immer noch sozusagen schweizerisch auffassen!«

»Gibt es denn wirklich noch etwas...?« fragte mit zaghafter Verwunderung der Fürst. »Aber was haben Sie denn von mir erwartet, Keller, sagen Sie mir das noch, weshalb sind Sie denn mit Ihrer Beichte zu mir gekommen?«

»Von Ihnen? Was ich von Ihnen erwartet habe? Erstens ist es so angenehm, Ihre Herzenseinfalt zu sehen; es ist ein wahrhaft herzquickendes Gefühl, bei Ihnen zu sitzen und zu schwatzen; wenigstens weiß ich dann, daß der tugendhafteste Mensch vor mir sitzt; und zweitens... zweitens... khm...«

Er stockte, räusperte sich und wußte nicht recht weiter.

»Sie wollten vielleicht Geld von mir leihen?« half ihm der Fürst vollkommen ernst und sehr einfach, sogar ein wenig schüchtern.

Keller fuhr fast zusammen, sah dem Fürsten erstaunt mit einem schnellen Blick in die Augen... und plötzlich schlug er mit der Faust auf den Tisch.

»Das ist es ja, weiß der Teufel, womit Sie einen total aus dem Konzept bringen! Erbarmen Sie sich, Fürst: bald sind Sie die leibhaftige Verkörperung einer solchen Unschuld, einer solchen Herzenseinfalt, wie sie selbst im goldenen Zeitalter unerhört gewesen sein muß, und bald wiederum oder vielmehr gleichzeitig durchschauen Sie einen mit den tiefsten psychologischen Beobachtungen, die einem wie Pfeile durch Mark und Bein gehen! Erlauben Sie, Fürst, das verlangt noch Erklärungen, denn ich... ich bin wie vor den Kopf gestoßen! Selbstverständlich war zu guter Letzt Zweck und Ziel meines Besuches — von Ihnen Geld zu leihen. Sie aber fragen mich das plötzlich von vornherein und noch dazu in einem Ton, als würden Sie nicht den geringsten Anstoß daran nehmen, als ob es gerade so sein müßte!«

»Ja ... bei Ihnen mußte es auch so sein.«

»Und Sie sind nicht empört?«

»Weshalb denn?«

»Hören Sie, Fürst, ich muß Ihnen alles von Anfang an sagen: ich blieb gestern abend hier in erster Linie aus besonderer Hochachtung für den französischen Erzbischof Bourdaloue[18], von dem Lebedeff erzählte (wir entkorkten bei Lebedeffs bis drei Uhr morgens eine Flasche nach der anderen), und in zweiter Linie und hauptsächlich (ich schlage mir alle Kreuze vor die Stirn, Sie können es mir also aufs Wort glauben!) hauptsächlich deshalb, weil ich die Absicht hatte, Ihnen, Fürst, einmal mein ganzes Herz auszuschütten, um durch diese sozusagen von Herzen kommende Ohrenbeichte meiner eigenen moralischen Entwicklung etwas auf die Beine zu helfen; mit diesem Gedanken schlief ich denn auch so gegen vier Uhr morgens unter fließenden Tränen ein. Und jetzt glauben Sie mir: in demselben Augenblick, als ich im Begriff war, einzuschlummern — ich war schon halbwegs weg — (und dabei war ich doch so voll aufrichtiger innerer Tränen, daß sie sozusagen überflossen; denn zu guter Letzt weinte ich tatsächlich, dessen entsinne ich mich noch ganz genau!) in demselben Augenblick kam mit plötzlich ein teuflischer Gedanke: ,Aber was', dachte ich bei mir, ,sollte man nicht ganz zum Schluß, nach der Beichte, einen Pumpversuch bei ihm machen?' Und so bereitete ich mich denn unter Tränen einerseits zu meiner Beichte vor, die ich gleichfalls unter Tränen vortragen wollte, um andererseits mit diesen Tränen mir den Weg zu Ihrem Herzen zu bahnen, damit Sie mir dann zum Schluß, von Mitleid bewegt, mit hundertundfünfzig Rubelchen unter die Arme griffen. Ist das nun nicht eine Gemeinheit, was meinen Sie?«

»Aber das ist doch bestimmt nicht so gewesen, das eine ist nur ganz zufällig zum anderen gekommen, zwei Gedanken sind sich begegnet, wie das sehr oft geschieht. Bei mir geschieht das fortwährend. Übrigens glaube ich, daß das nicht gut ist, und, offen gestanden, gerade wegen dieser Doppelgedanken mache ich mir die größten Vorwürfe. Es ist mir fast, als hätten Sie mir von mir selbst erzählt. Ich habe sogar mitunter gedacht«, fuhr der Fürst sehr ernst und aufrichtig interessiert fort, »daß alle Menschen so seien, so daß ich schließlich aufhörte, mich deshalb zu quälen; denn es ist sehr schwer, gegen diese Doppelgedanken anzukämpfen; ich weiß es ... Gott weiß, woher sie kommen, wie sie entstehen ... Aber da kommen Sie nun und nennen es doch einfach eine Gemeinheit! Jetzt fange auch ich wieder an, diese Gedanken zu fürchten. Jedenfalls kann ich nicht Ihr Richter sein. Aber immerhin finde ich, daß man es doch nicht so ohne weiteres eine Gemeinheit nennen kann, was meinen Sie? Sie haben auf schlaue Weise durch Tränen Geld herauslocken wollen; aber Sie schwören doch selbst, daß Ihre Beichte für Sie auch einen anderen Zweck hatte, einen geistigen, edlen, und nicht nur materiellen. Und was das Geld betrifft, so brauchen Sie es doch zum Verzechen, nicht wahr? Das aber ist freilich nach solch einer Beichte zum mindesten kleinmütig. Aber andererseits: wie soll man so plötzlich von seinen bisherigen Gewohnheiten lassen? Das geht doch nicht. Also was tun? Am besten ist, man überläßt das Ihrem eigenen Gewissen, was meinen Sie?«

Der Fürst blickte Keller mit ungeheurem Interesse an. Das Problem der »Doppelgedanken« hatte ihn offenbar schon lange beschäftigt.

»Jetzt sagen Sie mir nur gefälligst, weshalb man Sie nach alledem noch einen Idioten nennt! — das verstehe ich nicht! — da hört doch alles auf!« rief Keller ganz begeistert aus.

Der Fürst errötete ein wenig.

»Selbst der gerechte Mann Gottes, Bourdaloue, hätte einen Menschen nicht so geschont wie Sie! Und Sie haben mich noch menschlich mir selbst nähergebracht! Nun gut, um mich zu bestrafen und zu beweisen, daß ich gerührt bin, will ich jetzt nicht mehr hundertundfünfzig Rubel — geben Sie mir nur fünfundzwanzig, und damit basta! Das ist alles, was ich brauche, wenigstens für zwei Wochen. Vor zwei Wochen werde ich bestimmt nicht wiederkommen mit dieser Bitte. Ich wollte mal meine Agáschka etwas verwöhnen, aber was! — sie ist es ja doch nicht wert! O mein gütigster Fürst, ich danke Ihnen, Gott segne Sie dafür!«

Lebedeff, der soeben aus der Stadt zurückgekehrt war und gerade eintrat, machte, als er Keller die Banknote von fünfundzwanzig Rubeln in Empfang nehmen sah, ein finsteres Gesicht; doch Keller drückte sich schleunigst. Da begann Lebedeff sofort über ihn herzuziehen.

»Sie sind ungerecht«, bemerkte schließlich der Fürst, »er hat tatsächlich aufrichtig bereut.«

»Ja, aber was will das besagen! Das ist ja doch ebenso wie ich gestern: ,Gemein, gemein bin ich' — wunderschön, aber das sind doch alles nur Worte!«

»So waren es also nur Worte von Ihnen? Und ich dachte bereits...«

»Na, ich will Ihnen, aber auch nur Ihnen allein, die Wahrheit sagen; denn Sie durchschauen ja doch jeden Menschen: leere Worte und Aufrichtigkeit, Lüge und Wahrheit — alles zusammen war's, und jedes war echt, war wirklich echt! ,Wahrheit und Aufrichtigkeit' bestehen bei mir in der aufrichtigen Reue — glauben Sie es oder glauben Sie es nicht, ich schwöre es jedenfalls — ,leere Worte und Lüge' bestehen in dem teuflischen und immer gegenwärtigen Gedanken, wie ich auch hier einen anderen Menschen übers Ohr hauen, wie ich auch hier aus den Tränen der Reue Vorteil ziehen könnte! Bei Gott, so ist es! Einem anderen würde ich es nicht sagen, er würde mich auslachen; Sie aber, Fürst, Sie denken menschlich.«

»Nun, sehen Sie: genau dasselbe, fast mit denselben Worten, hat mir auch Keller soeben gesagt — und beide scheinen Sie sich damit gleichsam brüsten zu wollen! Sie setzen mich damit sogar wirklich in Erstaunen... nur hat er aufrichtiger gesprochen als Sie; denn bei Ihnen ist es schon entschieden zu einer Art Handwerk geworden. Nun, genug, reden wir nicht mehr davon, und machen Sie schnell ein anderes Gesicht, Lebedeff, und pressen Sie doch nicht immer so die Hand aufs Herz! Haben Sie mir nicht etwas zu sagen? Sie pflegen doch nie grundlos zu mir zu kommen...«

Lebedeff begann sich zu winden und zu drehen und hinterm Ohr zu kratzen, sagte aber kein Wort.

»Ich habe Sie den ganzen Tag erwartet, um eine Frage an Sie stellen zu können; antworten Sie mir jetzt und sagen Sie mir doch wenigstens einmal im Leben sogleich die Wahrheit: Sind Sie an dem Vorfall mit dem Wagen gestern abend beteiligt oder nicht?«

Lebedeff begann sich wieder zu winden, fuhr sich mit dem Finger in den Kragen, räusperte sich, kicherte, räusperte sich wieder, rieb sich die Hände, nieste sogar; doch zu sprechen entschloß er sich noch immer nicht.

»Ich sehe schon, daß Sie mitgewirkt haben.«

»Aber nur indirekt, einzig nur indirekt! Ich sage die reinste Wahrheit! Nur insoweit mitgewirkt, als ich die gewisse Dame rechtzeitig benachrichtigt habe, daß bei... bei mir sich so eine Gesellschaft versammelt habe, und daß auch gewisse Personen, darunter seien.«

»Ich weiß, daß Sie Ihren Sohn *dorthin* geschickt haben, er hat es mir vorhin selbst gesagt; aber was soll denn diese Intrige wieder bedeuten!« rief der Fürst ungeduldig aus.

»Das ist nicht meine Intrige, nicht meine Intrige, bei Gott nicht!« wehrte Lebedeff mit beiden Händen ab. »Hier handelt es sich um andere, ganz andere, und das Ganze ist mehr ein phantastischer Einfall als eine Intrige zu nennen.«

»Aber um *was* handelt es sich denn, so erklären Sie mir doch wenigstens *das*, um Christi willen! Begreifen Sie denn nicht, daß mich das diesmal ganz persönlich angeht? Hier wird doch Jewgenij Pawlowitsch angeschwärzt!«

»Fürst! Durchlauchtigster Fürst!« begann Lebedeff wieder sich zu verneigen und dabei die Hand aufs Herz zu pressen, »Sie erlauben mir doch nicht, die ganze Wahrheit zu sagen!

Ich habe doch schon oft davon angefangen, nicht nur einmal, Sie aber haben mir immer sofort verboten, weiterzusprechen ...«

Der Fürst schwieg eine Weile und dachte nach.

»Nun gut; aber sagen Sie die Wahrheit«, sagte er endlich gepreßt, augenscheinlich nach einem schweren Kampf.

»Aglaja Iwanowna...«, begann Lebedeff bereitwillig.

»Schweigen Sie, schweigen Sie!« schrie ihn der Fürst sogleich beschwörend an, und er wurde rot vor Unwillen — vielleicht auch vor Scham. »Das ist doch unmöglich, das kann doch nie und nimmer sein, das ist doch Unsinn! Sie haben sich das alles selbst ausgedacht, oder ebenso Wahnsinnige wie Sie! Und hören Sie: daß ich nie mehr auch nur ein Wort davon aus Ihrem Munde vernehme!«

Spät am Abend, bereits gegen elf Uhr, erschien endlich Kolja mit einem ganzen Sack voll Neuigkeiten. Zuerst erzählte er schnell in ein paar Worten das Wichtigste aus der Stadt, das sich hauptsächlich auf Ippolit und den vorhergegangenen Abend bezog, und ging dann, um später wieder darauf zurückzukommen, schnell zu den Pawlowsker Neuigkeiten über.

Vor etwa drei Stunden war er aus Petersburg zurückgekehrt und, ohne beim Fürsten vorzusprechen, direkt zu Jepantschins gegangen. »Dort ist einfach alles auf den Kopf gestellt! Natürlich steht in erster Linie und obenan der Vorfall mit dem Wagen«, berichtete Kolja; doch müsse unbedingt noch etwas geschehen sein, was ihm und dem Fürsten noch unbekannt war.

»Ich wollte natürlich nicht spionieren oder ausforschen. Übrigens wurde ich sehr gut empfangen, sogar so gut, wie ich es gar nicht erwartet hatte; doch von Ihnen, Fürst, wurde mit keinem Wort gesprochen!«

Die Hauptsache und das Interessanteste jedoch sei, daß Aglaja sich mit allen anderen Ganjas wegen überworfen habe. »Wie und weshalb — das weiß ich nicht, nur ist es tatsächlich Ganjas wegen geschehen — können Sie sich das denken? Und nicht etwa im Scherz, sondern vollkommen ernst, also muß es doch etwas Wichtiges sein.« Der General sei erst spät aus der Stadt ziemlich »brummig« heimgekehrt, zusammen mit Jewgenij Pawlowitsch, der gleichfalls vorzüglich empfangen worden sei. Jewgenij Pawlowitsch sei selbst erstaunlich guter Laune, heiter und liebenswürdig gewesen. Die kapitalste Nachricht war aber die, daß die Generalin Lisaweta Prokofjewna ohne viel Wesen und Aufsehen Warwara Ardalionowna, Koljas Schwester, die bei den jungen Mädchen gesessen, zu sich gerufen und sie ein für allemal ersucht habe, ihr Haus fernerhin nicht mehr zu betreten — »übrigens in der höflichsten Weise — Warja hat's mir selbst erzählt«, fügte Kolja hinzu. Als Warja dann noch zu den jungen Mädchen gegangen war, um sich von ihnen zu verabschieden, hatten diese ihr alle ganz unbefangen die Hand gereicht und offenbar keine Ahnung davon gehabt, daß die Mutter der Freundin die Tür gewiesen hatte und diese sich nun zum letztenmal von ihnen verabschiedete.

»Aber Warwara Ardalionowna — war noch um sieben Uhr bei mir«, bemerkte der Fürst verwundert, »und ...«

»Und hinausgeworfen worden ist sie erst um acht oder kurz vor acht! Warja tut mir sehr leid und ebenso Ganja ... Sie haben natürlich immer etwas vor, ewig spinnen sie ihre Intrigen, ohne die können sie, wie's scheint, nicht auskommen. Was sie aber eigentlich wollen, was sie im Schilde führen, was sie beabsichtigen — das habe ich nie begreifen können ... und will's auch nicht. Aber ich versichere Ihnen, lieber, guter Fürst, Ganja hat wirklich Herz! Er ist in vielen Dingen natürlich ein verlorener Mensch, aber in anderen Dingen hat er doch gewisse Züge, die zu entdecken sich wirklich lohnt, und ich werde es mir nie verzeihen, daß ich ihn früher nicht begriffen habe ... Ich weiß nicht, soll ich dort noch weiter verkehren, nach der Geschichte mit Warja? Ich habe mich wohl von Anfang an ganz unabhängig gestellt, aber man muß es sich doch noch überlegen.«

»Sie haben keine Ursache, Ihren Bruder zu bedauern«, bemerkte der Fürst. »Wenn es schon dazu gekommen ist, daß Lisaweta Prokofjewna Ihrer Schwester den Verkehr mit ihren Töchtern verboten hat, so muß Gawrila Ardalionytsch in ihren Augen gefährlich geworden sein; folglich aber müssen sich doch einzelne seiner Hoffnungen bestätigen.«

»Wie, was für Hoffnungen?« fragte Kolja erstaunt. »Oder glauben Sie etwa, daß Aglaja Iwanowna ... das ist doch unmöglich!«

Der Fürst schwieg eine Weile.

»Sie sind ein furchtbarer Skeptiker, Fürst«, sagte Kolja endlich, nach vielleicht vollen zwei Minuten. »Es fällt mir auf, daß Sie seit einiger Zeit immer skeptischer werden; Sie fangen an, an nichts mehr zu glauben und alles zu vermuten ... Habe ich in diesem Fall das Wort ‚Skeptiker‘ richtig angewandt?«

»Ich glaube ja, doch übrigens — weiß ich es selbst nicht genau.«

»Nein, nein! — ich sage mich selbst vom ‚Skeptiker‘ los; denn ich habe eine andere Erklärung gefunden!« rief Kolja plötzlich laut auflachend, »Sie sind nicht skeptisch, sondern einfach eifersüchtig! Sie sind wegen eines gewissen stolzen Mädchens höllisch eifersüchtig auf Ganja!«

Kolja sprang auf und lachte, lachte so, wie er vielleicht noch nie im Leben gelacht hatte. Und als er sah, daß der Fürst plötzlich ganz rot geworden war, lachte er noch mehr. Ihm gefiel der Gedanke, daß der Fürst Aglajas wegen auf Ganja eifersüchtig sei, ganz ungeheuer. Aber er verstummte sofort, als er bemerkte, daß es dem Fürsten weh tat. Dann sprachen sie noch eine oder anderthalb Stunden sehr ernst und besorgt miteinander.

Am nächsten Tage mußte der Fürst in einer unaufschiebbaren Angelegenheit nach Petersburg fahren, wo er den ganzen Vormittag verblieb. Als er gegen fünf Uhr auf den Bahnhof kam, um nach Pawlowsk zurückzufahren, stieß er dort mit General Jepantschin zusammen. Dieser erschrak zuerst, ergriff dann schnell seine Hand, und nachdem er sich fast ängstlich umgeblickt, zog er ihn schnell mit sich in ein Coupé erster Klasse, um mit ihm zusammen zurückzufahren. Er brannte vor Verlangen, mit ihm über alle die wichtigen Ereignisse zu reden.

»Vor allen Dingen, mein lieber Fürst, sei mir nicht böse, und wenn meinerseits etwas nicht so war, wie es hätte sein sollen, so vergiß es. Ich wäre gestern gern zu dir gekommen, ich war aber nicht sicher, wie Lisaweta Prokofjewna es ... Bei mir zu Hause ist einfach ... die Hölle los! Eine rätselhafte Sphinx hat sich dort niedergelassen, und ich gehe umher und verstehe nichts. Was dich betrifft, so bist du meiner Meinung nach von uns allen am wenigsten an der Sache schuld, wenn auch nur durch dich allein fast alles gekommen ist. Sieh, mein lieber Fürst, Philanthrop zu sein, ist angenehm, aber an sich sehr schwer. Wirst vielleicht auch schon selbst in die Früchte gebissen haben. Ich, versteht sich, ich liebe Güte und achte Lisaweta Prokofjewna, aber ...«

Der General sprach noch lange in dieser Art, doch seine Sätze waren seltsam unzusammenhängend. Jedenfalls sah man es ihm an, daß er durch etwas für ihn absolut Unbegreifliches vor den Kopf gestoßen und verwirrt, wenn nicht erschüttert war.

»Ich zweifle keinen Augenblick daran, daß du an diesem ganzen Zwischenfall nicht im geringten beteiligt bist«, sprach er sich endlich etwas deutlicher aus; »aber ich bitte dich als Freund von ganzem Herzen: besuch uns vorläufig nicht, warte ab, bis sich der Wind gedreht hat. Und was Jewgenij Pawlowitsch betrifft«, fuhr er mit ungewöhnlichem Eifer fort, »so war das die sinnloseste Verleumdung, die man sich nur denken kann! Es liegt doch auf der Hand, daß einfach eine Intrige dahintersteckt! Die Absicht, uns mit ihm zu entzweien, schaut doch nur zu deutlich hervor! Sieh, Fürst, ich werde dir etwas ins Ohr sagen: zwischen uns und Jewgenij Pawlowitsch ist noch kein Wort gefallen, du weißt – du verstehst doch? Wir sind noch durch nichts gebunden – aber dieses Wort kann vielleicht bald gesprochen werden, vielleicht sogar sehr bald! Also galt es, das zu verhindern! Weshalb aber das, wozu, warum – das mag ein anderer wissen! Sie ist ja doch ein wunderbares Weib, aber ein *un—be—rechen—bares* Weib! Ich fürchte mich vor ihr so, daß ich kaum noch schlafen kann. Und was für Pferde sie hat, was für einen Wagen! Das ist doch einfach schick, genau das, was der Franzose unter schick versteht! Und wer hat ihr das geschenkt? Bei Gott, ich habe gesündigt, noch vorgestern verdächtigte ich Jewgenij Pawlowitsch. Jetzt aber hat es sich herausgestellt, daß das ganz ausgeschlossen ist ... Wenn es aber ausgeschlossen ist, was will sie dann eigentlich, weshalb kommt sie uns dann in den Weg, weshalb will sie dann die Sache aus dem Leim bringen? *Das, das* ist ja das Rätsel! Um Jewgenij Pawlowitsch zu behalten? Aber ich versichere dir, und hier hast du ein Kreuz, daß er mit ihr überhaupt nicht bekannt und die Wechselgeschichte nichts als ihre eigene Erfindung ist! Und mit welch einer Frechheit sie ihn noch öffentlich mit ‚du' anredet! Das ist ja eine reine Verschwörung! Es ist doch klar, daß man das Ganze nur mit Verachtung zurückweisen kann und die Hochachtung für Jewgenij Pawlowitsch verdoppeln muß. Das habe ich auch Lisaweta Prokofjewna gesagt. Doch jetzt werde ich dir meinen intimsten Gedanken mitteilen – was ich so bei mir selbst denke: ich bin fest *überzeugt*, daß sie das nur deshalb getan hat, um sich an mir persönlich zu rächen; du weißt doch, für das Frühere, obgleich ich mir doch ihr gegenüber nie etwas habe zuschulden kommen lassen! Ich erröte wirklich schon bei der bloßen Erinnerung daran. Jetzt, sieh, ist sie wieder aufgetaucht, und ich glaubte bereits, sie sei für immer verschwunden. Wo sitzt denn dieser Rogoshin eigentlich, sag mir doch wenigstens das! Ich glaubte, sie sei schon längst Madame Rogóshina!«

Mit einem Wort, man sah es dem Mann an, daß er tatsächlich durch dieses Ereignis wie aus dem Konzept gebracht war. Während der ganzen Fahrt sprach fast nur er allein; er stellte Fragen, die er selbst beantwortete, drückte dem Fürsten die Hand, und wenn er diesen von etwas schließlich überzeugt hatte, so war es nur dies, daß er, der General, in bezug auf ihn, den Fürsten, nicht den geringsten Verdacht in irgendeiner, gleichviel welch einer Beziehung, ja, nicht einmal ein leises Ahnen von einem möglichen Verdacht hegte. Das aber war für den Fürsten von außerordentlicher Wichtigkeit. Zum Schluß erzählte er noch von einem leiblichen Onkel Jewgenij Pawlowitschs, der Chef irgendeiner Kanzlei war — »jedenfalls ein großes Tier, stark in den Siebzigern, viveur, Gastronom, überhaupt, wie gesagt, ein verlockender Greis ... haha! Wie ich weiß, hat er sich auch um Nastassja Filippownas Gunst bemüht. Ich war heute zu ihm hingefahren; leider ist er krank, empfängt nicht. Aber reich ist er, schwer reich, nicht ohne Einfluß und ... gebe Gott ihm langes Leben, aber wenn er stirbt, fällt sein ganzes Vermögen wiederum Jewgenij Pawlowitsch zu ... Ja, ja ... aber ich habe doch Angst! Ich weiß selbst nicht, was ich fürchte, aber ich fürchte mich ... Es muß etwas in der Luft sein, etwas Dunkles, wie eine Fledermaus ... irgendein Unheil ist in der Luft ... Ich fürchte mich, weiß Gott, ich fürchte mich wirklich! ...«

Und erst am dritten Tage, wie bereits oben erwähnt, erfolgte schließlich die formelle Aussöhnung der ganzen Familie Jepantschin mit dem Fürsten Lew Nikolajewitsch.

## XII

Es war sieben Uhr nachmittags; der Fürst schickte sich an, in den Park zu gehen. Plötzlich erschien Lisaweta Prokofjewna ganz allein bei ihm auf der Veranda.

»*Erstens*: Daß du mir nicht zu denken wagst«, begann

sie, »ich sei hergekommen, um dich um Verzeihung zu bitten. Unsinn! Du allein bist der Schuldige.«

Der Fürst schwieg.

»Bist du der Schuldige oder nicht?«

»In demselben Maße wie Sie. Übrigens bin weder ich es, noch sind Sie es. Wir sind beide in nichts bewußt die Schuldigen. Vor drei Tagen hielt ich mich allerdings für schuldig, doch jetzt habe ich nachgedacht und eingesehen, daß das nicht richtig ist.«

»Also *so* bist du! Nun gut; jetzt höre und setz dich, denn ich habe nicht die Absicht, noch lange so zu stehen.«

Sie setzten sich.

»*Zweitens*: Kein Wort über die Bengel. Ich werde hier sitzen und zehn Minuten mit dir sprechen; ich bin gekommen, um mich bei dir nach etwas zu erkundigen (du dachtest wohl schon weiß Gott was?), aber wenn du auch nur mit einer Silbe die frechen Bengel erwähnst, stehe ich auf und gehe, und dann ist es ein für allemal aus zwischen uns, damit du's weißt.«

»Gut, ich werde sie nicht erwähnen«, sagte der Fürst.

»Jetzt erlaube die Frage: Hast du vor zwei oder zweieinhalb Monaten, so um Ostern herum, an Aglaja einen Brief zu schreiben versucht?«

»J—j—ja.«

»Zu welchem Zweck? Was stand im Brief? Zeig ihn mir!«

Lisaweta Prokofjewnas Augen blitzten, sie zitterte beinahe vor Ungeduld.

»Ich habe den Brief nicht«, sagte der Fürst verwundert, und ihm ward entsetzlich bange zumut; »wenn er überhaupt noch existiert, so befindet er sich im Besitze Aglaja Iwanownas.«

»Mach keine Flausen! Was hast du in diesem Brief geschrieben?«

»Ich mache durchaus keine Flausen, und ich brauche mich vor nichts zu fürchten. Nur kann ich durchaus keinen Grund sehen, weshalb ich nicht hätte schreiben sollen ...«

»Schweig! Später kannst du reden. Was stand in dem Brief? Weshalb bist du rot geworden?«

Der Fürst dachte eine Weile nach.

»Ich kenne Ihre Gedanken nicht, Lisaweta Prokofjewna. Ich sehe nur, daß dieser Brief Ihnen sehr mißfällt. Sie werden aber doch einsehen, daß ich mich sehr wohl weigern könnte, auf diese Frage zu antworten. Doch um Ihnen zu beweisen, daß ich nichts fürchte und durchaus nicht bereue, den Brief geschrieben zu haben, und auch keineswegs deshalb erröte« (der Fürst wurde fast noch einmal so rot), »werde ich Ihnen Wort für Wort den ganzen Brief hersagen – ich glaube, daß ich den Inhalt behalten habe.«

Und der Fürst sagte tatsächlich aus dem Gedächtnis den ganzen Wortlaut des Briefes her.

»Solch ein Blödsinn! Was soll denn das alles bedeuten, deiner Meinung nach?« fragte Lisaweta Prokofjewna schroff, nachdem sie ungeheuer aufmerksam die Wiedergabe des Briefes angehört hatte.

»Das weiß ich selbst nicht genau; ich weiß nur, daß ich gerade das empfand, was ich schrieb. Ich hatte dort bisweilen Augenblicke, in denen ich so voll Leben und voll ungeheurer Hoffnungen war ...«

»Was waren denn das für Hoffnungen?«

»Das ist schwer zu erklären, jedenfalls aber nicht eine solche, wie Sie jetzt vielleicht annehmen. Eine Hoffnung ... nun, mit einem Wort, Hoffnung auf die Zukunft und Freude darüber, daß ich in Rußland vielleicht kein Fremder bin, kein Ausländer. Es gefiel mir plötzlich ganz unsäglich in der Heimat. Und an einem sonnigen Morgen setzte ich mich hin und schrieb an sie diesen Brief; weshalb gerade an sie – das weiß ich nicht. Mitunter sehnt man sich doch nach einem Freund ... so werde ich mich damals wohl auch nach einem Freunde gesehnt haben ...«, fügte der Fürst nach kurzem Schweigen hinzu.

»Sag mal: bist du etwa in sie verliebt?«

»N–ein. Ich ... ich habe an sie wie an meine Schwester

geschrieben: ich unterschrieb mich ja auch ‚Ihr Bruder'.«

»Hmhm! Absichtlich; ich verstehe.«

»Es fällt mir sehr schwer, Ihnen auf diese Fragen zu antworten, Lisaweta Prokofjewna.«

»Ich weiß, daß es dir schwerfällt, aber was geht das mich an, ob es dir schwerfällt. Höre, sag mir die Wahrheit, antworte mir wie deinem Gott: lügst du mir da was vor oder lügst du nicht?«

»Ich lüge nicht.«

»Ist es wirklich wahr, daß du nicht verliebt bist?«

»Ich ... ich glaube, daß es wahr ist.«

»Sieh mal an! — ‚ich glaube'! Der Bengel hat ihn übergeben?«

»Ich hatte Nikolai Ardalionytsch gebeten ...«

»Der Bengel! Der Bengel!« unterbrach ihn Lisaweta Prokofjewna zornig. »Einen Nikolai Ardalionytsch kenne ich überhaupt nicht! Der Bengel heißt er!«

»Nikolai Ardalionytsch ...«

»Der Bengel, sag ich dir!«

»Nein, er heißt nicht der Bengel, sondern Nikolai Ardalionytsch«, widersprach in festem Tone, wenn auch ziemlich leise, der Fürst.

»Nun gut, mein Täubchen, gut! Das werde ich dir nicht vergessen!«

Sie kämpfte ihre Erregung nieder und erholte sich ein Weilchen.

»Aber was ist das mit dem „armen Ritter"?«

»Das weiß ich nicht; davon habe ich keine Ahnung; wohl ein Scherz, denke ich.«

»Sehr angenehm, das plötzlich zu erfahren! Sollte sie es wirklich fertiggebracht haben, sich für dich zu interessieren? Hat dich doch selbst ‚Narr' und ‚Idiot' genannt.«

»Das hätten Sie mir auch nicht zu sagen brauchen«, bemerkte der Fürst vorwurfsvoll, wenn auch sehr leise.

»Sei nicht bös. Sie ist ein eigenwilliges, verrücktes, verzogenes Mädchen — liebt sie, so wird sie unbedingt vor den anderen über ihn herziehen und ihn verspotten; ich war genau so. Nur, bitte, triumphier deshalb noch nicht, mein Täubchen, noch ist sie nicht dein! Niemals werde ich das glauben! Ich sage dir das, damit du jetzt gleich deine Maßregeln ergreifen kannst. Hör mal, schwöre mir, daß du nicht mit *jener* verheiratet bist!«

»Lisaweta Prokofjewna! Was fällt Ihnen ein? Erbarmen Sie sich!« Der Fürst sprang fast vom Stuhl auf.

»Aber fast hättest du sie doch geheiratet?«

»Fast hätte ich sie geheiratet«, murmelte der Fürst, zu Boden blickend, und er senkte den Kopf tiefer.

»Was, bist du dann etwa *in sie* verliebt, wenn es so ist? Bist du jetzt *ihretwegen* hergekommen? Wegen *jener*?«

»Ich bin nicht deshalb hergekommen, um zu heiraten«, antwortete der Fürst.

»Gibt es für dich etwas auf der Welt, was dir heilig ist?«

»Ja.«

»Schwöre mir, daß du nicht deshalb gekommen bist, um *jene* zu heiraten.«

»Ich schwöre es!«

»Ich glaube dir; komm, gib mir einen Kuß. So, endlich kann man freier aufatmen. Doch wisse: Aglaja liebt dich nicht, richte dich danach, und solange ich lebe, wird sie nicht die Deine werden! Hast du gehört?«

»Ja, ich habe gehört.«

Der Fürst errötete dermaßen, daß er Lisaweta Prokofjewna überhaupt nicht anzusehen wagte.

»Merk dir's. Ich habe dich wie die Vorsehung selbst erwartet — bist es natürlich nicht wert gewesen! Ich habe mein Kissen in jeder Nacht mit Tränen benetzt — nicht deinetwegen, mein Täubchen, beunruhige dich nicht, ich habe noch ein ganz anderes, mein eigenes Leid, ewig ein und dasselbe. Nein, da gab es einen anderen Grund, weshalb ich dich mit einer solchen Ungeduld erwartete: ich glaube immer noch, daß dich Gott der Herr selbst zu mir gesandt hat, als Freund und leiblichen Bruder. Ich habe doch keine Menschenseele außer der alten Bjelokonskaja, aber auch die ist jetzt fortgeflogen, und außerdem ist sie vor Alter auch noch dumm geworden. Jetzt antworte mir einfach *ja* oder *nein*: Weißt du, weshalb sie an jenem Abend Jewgenij Pawlowitsch das zurief?«

»Ich gebe Ihnen mein Ehrenwort, daß ich weder daran irgendwie beteiligt war noch sonst etwas von ihren Beweggründen weiß.«

»Genug, ich glaube es dir. Jetzt denke ich auch anders darüber, aber gestern noch, gestern morgen noch beschuldigte ich in allem Jewgenij Pawlowitsch. Die ganzen ersten vierundzwanzig Stunden bis gestern morgen, den Vormittag noch mitgerechnet. Jetzt muß ich den anderen natürlich beistimmen: es liegt ja doch auf der Hand, daß man ihn hier aus irgendeinem Grunde und zu irgendeinem Zweck zum Narren gehabt hat. Das allein ist schon verdächtig! – und kann auch nichts Gutes verheißen! Aber Aglaja bekommt er doch nicht, das sage ich dir! Mag er hundertmal ein guter Mensch sein, aber dabei bleibt es. Früher war ich noch unschlüssig, aber jetzt steht es fest: ,Legt mich zuerst in den Sarg und begrabt mich, dann könnt ihr sie verheiraten!' – das habe ich heute in kurzen Worten Iwan Fjodorowitsch erklärt. Siehst du jetzt, daß ich dir vertraue, siehst du es?«

»Ich sehe es und verstehe es.«

Lisaweta Prokofjewna blickte den Fürsten durchdringend an: vielleicht wollte sie gar zu gern erfahren, welch einen Eindruck diese Mitteilung betreffs Jewgenij Pawlowitsch auf ihn gemacht hatte.

»Von Gawrila Iwolgin weißt du nichts?«

»Das heißt... ich weiß sehr vieles...«

»Weißt du oder weißt du es noch nicht, daß er mit Aglaja korrespondiert?«

»Nein, davon wußte ich noch nichts!« Der Fürst war im ersten Augenblick sogar ein wenig zusammengezuckt. »Wie, Sie sagen, Gawrila Ardalionytsch korrespondiert mit Aglaja Iwanowna? Unmöglich!«

»Erst seit kurzem. Hier hat die Schwester ihm den ganzen Winter den Weg gebahnt, wie eine Ratte hat sie gearbeitet und genagt.«

»Ich glaube es nicht«, sagte der Fürst überzeugt nach kurzem Nachdenken, und seine Aufregung legte sich. »Wenn es wahr wäre, hätte ich es bestimmt erfahren.«

»Du glaubst wohl, daß er dann zu dir gekommen wäre, um an deiner Brust unter Tränen sein Herz auszuschütten! Du bist mir mal eine heilige Unschuld! Alle betrügen dich doch wie ... wie ... Und du schämst dich gar nicht, ihm dein Vertrauen zu schenken? Siehst du denn wirklich nicht, daß er dich wie einen dummen Jungen betrogen hat!«

»Ich weiß es, daß er mich bisweilen betrügt«, gab der Fürst wider Willen halblaut zu, »und er weiß, daß ich es weiß ...«, fügte er noch hinzu, sprach jedoch den Satz nicht zu Ende.

»Wissen, daß man betrogen wird, und dabei doch vertrauen! Das fehlte gerade noch! Übrigens, von dir war auch nichts anderes zu erwarten. Worüber wunderte ich mich noch? Großer Gott! Hat man jemals solch einen Menschen gesehen! Pfui! Aber weißt du auch, daß dieser Ganjka oder diese Warjka sie mit Nastassja Filippowna in Beziehungen gebracht haben?«

»Wen?!« stieß der Fürst entsetzt hervor.

»Aglaja.«

»Das glaube ich nicht! Das kann nicht sein! Zu welchem Zweck denn eigentlich?«

Er sprang vom Stuhl auf.

»Auch ich glaube nicht daran, obwohl es Beweise dafür gibt. Sie ist doch ein eigenwilliges Mädchen, ein phantastisches Mädchen, ein verrücktes Mädchen! Und böse, böse, böse ist sie! Tausend Jahre werde ich behaupten, daß sie böse ist! Alle sind sie jetzt bei mir so, selbst diese Alexandra, diese begossene Henne, — aber die ist mir schon entwachsen. Aber auch ich glaube noch nicht daran! Vielleicht weil ich nicht glauben will«, fügte sie wie zu sich selbst hinzu. »Weshalb bist du nicht gekommen?« wandte sie sich plötzlich wieder an den Fürsten. »Weshalb bist du in diesen drei Tagen nicht zu uns gekommen?« wiederholte sie in höchster Ungeduld ihre Frage.

Der Fürst begann seine Gründe aufzuzählen, doch sie unterbrach ihn wieder.

»Alle halten sie dich für dumm und betrügen dich, daß man es nicht mit ansehen kann! Du bist gestern in der Stadt gewesen – ich könnte wetten, daß du diesen Spitzbuben auf den Knien gebeten hast, die zehntausend Rubel anzunehmen!«

»Durchaus nicht, ich habe nicht einmal daran gedacht. Ich habe ihn überhaupt nicht gesehen ... und außerdem ist er kein Spitzbube. Ich habe einen Brief von ihm erhalten.«

»Zeig ihn her!«

Der Fürst zog seine Brieftasche hervor, entnahm ihr den Brief und reichte ihn Lisaweta Prokofjewna, die folgendes las:

»Sehr geehrter Herr!

Ich habe in den Augen der Leute natürlich nicht das geringste Recht, Ehrgeiz zu besitzen. Nach deren Meinung bin ich viel zu gering dazu. Doch das ist die Meinung der Leute, nicht Ihre Meinung. Ich habe mich überzeugt, daß Sie, geehrter Herr, vielleicht besser sind als alle anderen. Ich teile nicht mehr Doktorenkos Ansicht; in diesem Punkte sind unsere Ansichten jetzt ganz verschieden. Ich werde nie auch nur eine Kopeke von Ihnen annehmen; aber Sie haben meiner Mutter geholfen, und so muß ich Ihnen dankbar sein, wenn auch nur aus Schwäche. Ich beurteile Sie jetzt anders und halte es für nötig, Sie davon zu benachrichtigen. Ich nehme an, daß es zwischen uns nach dem Vorgefallenen keinerlei Beziehungen mehr geben kann.

Antip Burdowskij.

P. S. Die an den zweihundertfünfzig Rubeln fehlende Summe wird Ihnen mit der Zeit sicher zurückgezahlt werden.«

»Solch ein Blödsinn!« sagte Lisaweta Prokofjewna verächtlich und warf den Brief auf den Tisch. »Nicht der Mühe wert, daß man's liest. Was lachst du?«

»Gestehen Sie es doch nur, daß es Ihnen sehr lieb war, diesen Brief zu lesen.«

»Was? Diesen von Eitelkeit durchtränkten Blödsinn? Ja, siehst du denn nicht, daß sie vor Stolz, Ehrgeiz und Ruhmsucht alle einfach den Verstand verloren haben?«

»Ja, aber er hat doch gewissermaßen um Entschuldigung gebeten, und das ist ihm um so schwerer gefallen, je größer sein Stolz und sein Ehrgeiz sind. Oh, was für ein kleines Kind Sie sind, Lisaweta Prokofjewna!«

»Wa ... du willst wohl eine Ohrfeige von mir haben?!«

»Nein, das will ich durchaus nicht. Ich sage es deshalb, weil Sie sich über den Brief freuen und Ihre Freude doch nicht eingestehen wollen. Weshalb schämen Sie sich Ihrer Gefühle? Und das ist doch bei Ihnen in allem so.«

»Daß du deinen Fuß jetzt nicht mehr über meine Schwelle setzt!« Die Generalin fuhr, bleich vor Zorn, vom Stuhle auf. »Daß du mir nie im Leben mehr unter die Augen kommst!«

»Aber nach drei Tagen werden Sie doch selbst kommen und mich zu sich zu rufen ... Nun, schämen Sie sich denn nicht? Das sind doch Ihre besten Gefühle, weshalb verleugnen Sie sie? Damit quälen Sie sich doch nur selbst.«

»Ich sterbe eher, als daß ich zu dir komme! Auch deinen Namen werde ich vergessen!! Hab' es schon!«

Und fast rasend vor Zorn wandte sie sich zur Treppe.

»Mir ist ja ohnehin verboten, Ihr Haus zu besuchen!« rief ihr der Fürst nach.

»Wa—as? Wer hat's dir verboten?«

Wie von einer Nadel gestochen, fuhr sie zusammen, und im Augenblick kehrte sie zurück.

Der Fürst war etwas unschlüssig: er fühlte, daß er sich unbedacht verraten hatte.

»Wer hat es dir verboten?« fuhr ihn Lisaweta Prokofjewna in höchster Empörung an.

»Aglaja Iwanowna...«
»Wann? So sprich doch!«
»Heute morgen schickte sie mir einen Zettel; ich dürfe es nicht mehr wagen, bei Ihnen zu erscheinen.«
Lisaweta Prokofjewna stand wie erstarrt vor ihm, doch ihre Gedanken arbeiteten.
»Was hat sie geschickt? Durch wen? Den Bengel? Mündlich?« fuhr sie plötzlich wieder auf.
»Ich habe einen Zettel erhalten«, sagte der Fürst.
»Wie? Gib ihn her! Sofort!«
Der Fürst dachte einen Augenblick nach, zog aber dann doch aus seiner Westentasche ein gewöhnliches Stück Papier hervor, auf dem geschrieben stand:

»Fürst Lew Nikolajewitsch!

Wenn Sie nach allem, was geschehen ist, mich noch durch einen Besuch in unserem Hause in Erstaunen setzen sollten, so werden Sie mich, dessen können Sie sicher sein, nicht unter der Zahl der Erfreuten finden.

Aglaja Jepantschina.«

Lisaweta Prokofjewna überlegte eine Weile. Plötzlich ergriff sie den Fürsten bei der Hand und zog ihn hinter sich her.
»Sofort! Du kommst jetzt sofort! Unverzüglich!« befahl sie in ungewöhnlicher Aufregung und Ungeduld.
»Aber Sie setzen mich doch den größten...«
»Was? Wem setze ich dich aus? Du unschuldige Einfalt! Gott, das soll ein Mann sein! Nun werde ich selbst alles sehen, mit eigenen Augen...«
»Aber meinen Hut lassen Sie mich doch wenigstens nehmen...«
»Hier hast du deinen abscheulichen Hut, gehen wir! Nicht einmal eine Fasson hast du dir mit Geschmack aussuchen können! ... Das hat sie ... Das hat sie nach jenem Auftritt ... das hat sie in der ersten Wut...«, murmelte Lisaweta Prokofjewna, den Fürsten, dessen Hand sie keinen Augen-

blick losließ, hinter sich herziehend. »Vorhin trat ich für dich ein, sagte laut, daß du ein Esel seist, weil du nicht kämst ... sonst hätte sie nicht diesen Zettel —! Wie sie als wohlerzogenes, kluges Mädchen überhaupt so etwas fertiggebracht hat! ... Hm!« fuhr sie in ihrem Gedankengang fort, »oder ... vielleicht ... vielleicht hat sie sich selbst darüber geärgert, daß er nicht kam, nur hat sie vergessen, daß man an einen Idioten so nicht schreiben darf; denn der nimmt es ja doch wörtlich, wie er es nun auch getan hat ... Was horchst du?« fuhr sie plötzlich zusammen, als sie gewahr wurde, daß sie ihre Gedanken immerhin hörbar ausgesprochen hatte. »Einen Narren braucht sie, gerade solch einen wie du einer bist; hat dich lange nicht gesehen, deshalb schreibt sie! Aber mich freut es, mich freut es, daß sie dich jetzt durch die Hechel ziehen wird, das freut mich! Gerade das hast du verdient! Geschieht dir recht. Und sie versteht es, oh, sie versteht es, das kannst du mir glauben!«

# DRITTER TEIL

I

Es wird bei uns so oft geklagt, daß wir keine Praktiker hätten; Politiker zum Beispiel gäbe es unzählige, Generale nicht minder; alle Arten von Bevollmächtigten könne man sogleich in beliebiger Anzahl zur Stelle schaffen; aber Praktiker gäbe es bei uns trotzdem nicht. Wenigstens klagen alle, daß es keine gäbe. Nicht einmal ein anständiges Eisenbahnpersonal hätten wir auf manchen Strecken aufzuweisen, und die Administration irgendeiner Dampfschiffahrtsgesellschaft zustande zu bringen, sei, wenn man sich eine auch nur einigermaßen erträgliche wünsche, bei uns in Rußland ganz unmöglich. Da und da sind, wie man hört, auf einer neueröffneten Strecke zwei Eisenbahnzüge zusammengestoßen, oder ist eine ganze Brücke mitsamt einigen Waggons eingestürzt; hier hat ein Zug, wie es heißt, auf offenem Felde fast überwintert: die Fahrt sollte nur ein paar Stunden dauern, man blieb aber ganze fünf Tage im Schnee stecken. Dort und dort, so wird erzählt, faulen mehrere tausend Pud Fracht in den Waggons auf ein und derselben Station und warten drei Monate vergeblich auf Weiterbeförderung, und als ein Abgesandter des Kaufmanns (es ist übrigens kaum zu glauben) einem der „Administratoren", d. h. dem Stationsvorsteher, mit der Bitte um Absendung der Ware lästig geworden war, da hat ihm dieser nur eine administrative Ohrfeige verabfolgt und seine Handlungsweise nachher noch damit zu rechtfertigen gesucht, daß er »in Eifer geraten« sei. Man sollte meinen, daß wir doch nachgerade genügend Behörden und mehr als genug Personen im Staatsdienst haben, ja, es kann einem geradezu angst und bange werden vor ihrer Zahl; alle haben im Staatsdienst gestanden, alle stehen darin, und alle haben die Absicht, in Staatsdienste zu treten, wie sollte man da aus einem solchen Material nicht eine gute Administration zustande bringen, selbst wenn es sich nur um eine Dampfschiffahrtsgesellschaft handelt?!

Auf diese Frage wird aber manchmal eine sehr einfache Antwort gegeben, eine so einfache Antwort, daß man an die Richtigkeit einer solchen Erklärung gar nicht recht glauben mag.

Freilich, heißt es, freilich stehen bei uns alle im Staatsdienst oder wenn sie nicht im Augenblick darin stehen, dann haben sie darin gestanden oder werden sie darin stehen, und das geht bei uns schon so seit zweihundert Jahren nach dem schönsten deutschen Vorbild von den Urgroßvätern bis zu den Ururenkeln; aber gerade die Beamten, gerade die sind ja die unpraktischsten Leute der Welt, und es ist doch bei uns schon so weit gekommen, daß noch vor kurzem abstraktes Wissen bei völligem Mangel an praktischem Wissen unter den Staatsdienern selbst fast als größte Tugend und beste Empfehlung betrachtet wurde. Übrigens sind wir da vom Thema etwas abgekommen, wir wollten ja nur von den Praktikern reden. Was nun diese betrifft, so wird wohl niemand leugnen wollen, daß Zaghaftigkeit und der absoluteste Mangel an eigener Initiative bei uns stets für das sicherste und beste Anzeichen eines Praktikers gehalten worden sind — und sogar jetzt noch gehalten werden. Aber wozu nur uns allein dies zum Vorwurf machen — das heißt, wenn diese Ansicht überhaupt einen Vorwurf in sich schließt? Der Mangel an Originalität wird doch überall auf der Welt und schon von jeher für die beste Eigenschaft und beste Empfehlung eines tüchtigen, brauchbaren und praktischen Menschen gehalten, und wenigstens neunundneunzig Prozent der ganzen Menschheit (das ist sogar noch sehr niedrig gegriffen) sind immer dieser Ansicht gewesen, und höchstens einer von Hundert hat beständig anders geurteilt und urteilt auch jetzt noch anders.

Erfinder und Genies sind fast immer zu Beginn ihrer Laufbahn (sehr oft aber auch noch zu Ende derselben) von der Gesellschaft für nichts geringeres als ausgesprochene Dummköpfe gehalten worden; das ist schon eine ganz alte, allen nur zu gut bekannte Wahrnehmung. Als z. B. im Laufe von mehreren Jahrzehnten alle Welt ihr Geld nach der Leihbank schleppte und Milliarden dort zu vier Prozent aufhäufte, so mußte, versteht sich, als es mit der Leihbank schließlich einmal ein Ende nahm und die guten Leute sich wieder auf ihre eigene Initiative angewiesen sahen, die Mehrzahl dieser Millionen im Aktienfieber oder in den Händen von Betrügern verloren gehen — und das war es, was Anstand und Sitte sogar verlangten. Besonders die gute Sitte; wenn es aber nun einmal so ist, daß sittsame Schüchternheit und wohlanständiger Mangel an Originalität bei uns bis jetzt nach allgemeiner Überzeugung die üblicherweise notwendigste Eigenschaft eines tüchtigen und brauchbaren Menschen sind, so wäre es doch gar zu unüblich und sogar unanständig, sich plötzlich zu ändern. Welche Mutter z. B., die ihr Kind zärtlich liebt, wird nicht erschrecken und vor Angst womöglich erkranken, wenn ihr Sohn oder ihre Tochter auch nur ein wenig aus dem Geleise gerät? »Nein, mag es lieber glücklich sein und in Zufriedenheit und Wohlstand leben ohne alle Originalität«, denkt jede Mutter, wenn sie ihr Kind wiegt. Und unsere Kinderfrauen singen doch mit Vorliebe Wiegenlieder, in denen sie die Zukunft des Kindes so schön wie nur möglich ausmalen: „Wirst noch goldene Kleider tragen, wirst ein General einst sein!" Wenn aber unseren Kinderfrauen das General-Sein als höchstes russisches Glück erscheint, so muß das doch das populärste nationale Ideal eines ruhigen, ungetrübten seligen Lebens sein! Und in der Tat: wer konnte bei uns, wenn er vorschriftsmäßig die Examina bestanden und fünfunddreißig Jahre abgedient hatte, schließlich nicht General werden und sich auf der Bank eine gewisse Summe zusammensparen? So hat denn der Russe fast ohne jede Anstrengung seinerseits schließlich eine Stellung einnehmen können, die eigentlich einem tüchtigen Praktiker zukommt. Genau genommen konnte ja bei uns nur der originelle, d. h. der unruhige Mensch *nicht* General werden. Vielleicht ist hierbei manches ein wenig zweifelhaft, aber im allgemeinen gesprochen scheint es mit der Wahrheit doch übereinzustimmen, und somit kann man unserer Gesellschaft wegen ihres Ideals von einem praktischen Menschen keinen Vorwurf machen.

Nichtsdestoweniger haben wir hier viel Überflüssiges gesagt, denn im Grunde sollten es nur ein paar erklärende Worte über die uns bekannte Familie Jepántschin werden. Diese Familie, oder wenigstens die am meisten nachdenkenden Angehörigen derselben, litten beständig unter einem ihnen fast allen mehr oder weniger eigenen Familienfehler, der ungefähr das gerade Gegenteil jener Tugenden war, über die wir soeben philosophiert haben. Ohne diese Erscheinung vollkommen zu begreifen (denn das war auch nicht so leicht), wurden sie von der Empfindung gepeinigt, daß in ihrer Familie alles ganz anders sei als bei anderen Menschen und in deren Familien. Bei allen ging es glatt, nur bei ihnen ging es holprig; alle anderen fuhren hübsch im Geleise, nur sie entgleisten jeden Augenblick. Alle anderen zeigten stets die übliche wohlanständige Ängstlichkeit, nur sie nicht. Freilich war Lisaweta Prokofjewna mitunter sogar sehr ängstlich, aber es war doch nie jene von der Gesellschaft gezüchtete wohlanständige Ängstlichkeit, die Jepantschins bei sich vermißten. Übrigens war es eigentlich auch nur Lisaweta Prokofjewna, die sich deshalb beunruhigt fühlte: die Mädchen waren noch jung, wenn auch sonst ein sehr kluges und spottlustiges Völkchen. Der General aber pflegte, wenn er auch manches begriff (was übrigens nicht immer ohne Mühe ging), in allen schwierigen Fällen nur »Hm!« zu sagen, worauf er dann doch das Weitere seiner Lisaweta Prokofjewna überließ. Somit lag doch auf ihr allein die ganze Verantwortung. Nicht als ob diese Familie sich z. B. durch irgendeine besondere Initiative ausgezeichnet oder das Geleise aus bewußtem Hang zur Originalität verlassen hätte, was allerdings höchst unanständig gewesen wäre. O nein! Das war gewiß nicht der Fall, d. h. es war bei ihnen keine etwa bewußt durchgeführte Absicht. Aber wie dem auch sein mochte, jedenfalls kam es schließlich so heraus, daß die Familie Jepantschin, wenn sie auch noch so achtbar war, doch irgendwie nicht *so* war, wie sonst alle achtbaren Familien sein müssen. In der letzten Zeit hatte nun Lisaweta Prokofjewna begonnen, die Schuld daran nur sich allein oder vielmehr nur ihrem »unseligen« Charakter zuzuschreiben, wodurch sich ihre Gewissensqualen um ein Beträchtliches vergrößerten. Sie nannte sich selbst fortwährend ein »dummes und verdrehtes Frauenzimmer«, quälte sich mit ihrem Mißtrauen, fand oft in den einfachsten Dingen keinen Ausweg und hielt jedes Unglück für größer, als es war.

Wie wir schon zu Beginn unserer Erzählung erwähnt haben, wurden Jepantschins ganz allgemein und aufrichtig geachtet. Selbst der General Iwan Fjodorowitsch, der doch von geringer Herkunft war, wurde überall ohne weiteres und achtungsvoll empfangen. Diese Achtung verdiente er aber auch durchaus, erstens schon als reicher Mann und General und zweitens als ein anständiger, ordentlicher, wenn auch nicht gerade sehr geistreicher Mensch. Aber eine gewisse Stumpfheit des Geistes ist ja, wie es scheint, fast eine notwendige Eigenschaft, wenn auch nicht jedes Tatmenschen, so doch jedenfalls eines jeden, der sich ernstlich mit Gelderwerb befaßt. Und schließlich hatte der General gute Manieren, war bescheiden, verstand zu schweigen, aber gleichzeitig auch, sich nicht zu nahe treten zu lassen, und nicht nur als General, sondern auch als ehrlicher und anständiger Mensch. Das Wichtigste war aber, daß er sich starker Protektion erfreute. Was nun Lisaweta Prokofjewna anbelangt, so konnte sie sich, wie bereits vorher berichtet ist, auch auf gute Herkunft berufen, obschon man bei uns auf Herkunft keinen besonderen Wert legt, wenn diese nicht mit den notwendigen Beziehungen verbunden ist. Jedoch auch diese ergaben sich schließlich für sie: sie wurde von so einflußreichen Persönlichkeiten geachtet und schließlich liebgewonnen, daß nach deren Beispiel naturgemäß auch alle anderen sie achteten und mit ihr verkehrten. Zweifellos quälte sie sich ganz grundlos wegen ihrer Familie; sie übertrieb nur jede Geringfügigkeit in lächerlicher Weise; aber wenn jemand eine Warze auf der Stirn oder auf der Nase hat, so meint er ja unfehlbar, alle Menschen hätten auf der Welt nichts weiter zu tun, als diese Warze anzusehen, über sie zu lachen und ihn ihretwegen zu verachten, selbst wenn er Amerika entdeckt hat. Zwar wurde Lisaweta Prokofjewna auch in der Gesellschaft für eine etwas wunderliche Dame gehalten, doch, wie gesagt, nichtsdestoweniger unstreitig sehr geachtet. Das Unglück war nur, daß Lisaweta Prokofjewna schließlich an diese Achtung nicht mehr glauben wollte. Und wenn sie ihre Töchter ansah, quälte sie sich mit der Angst, daß sie deren Lebenslauf fortwährend schädige, weil ihr Charakter »lächerlich, unanständig und unerträglich« sei, was sie aber natürlich täglich diesen ihren Töchtern und ihrem Gatten Iwan Fjodorowitsch als deren Schuld zum Vorwurf machte, und weshalb sie tagelang mit ihnen stritt, während sie sie gleichzeitig doch bis zur völligen Selbstvergessenheit und womöglich bis zur Leidenschaft liebte.

Am meisten quälte sie die Befürchtung, ihre Töchter könnten ebenso werden wie sie, und solche jungen Mädchen, wie ihre drei, gäbe es auf der übrigen Welt gewiß nicht und könne es gar nicht geben. »Nihilistinnen sind sie, nichts weiter!« Dieser traurige Gedanke, der sie schon ein ganzes Jahr gefoltert hatte, ließ ihr namentlich in der letzten Zeit keine Ruhe mehr. »Erstens: weshalb heiraten sie nicht?« fragte sie sich fortwährend. »Nur um ihre Mutter zu quälen — darin sehen sie doch alle drei ihren Lebenszweck, und das kommt natürlich nur daher, weil sie sich diese neuen Ideen in den Kopf gesetzt haben! Schuld ist nichts anderes als diese verwünschte Frauenfrage! Fiel es denn Aglaja nicht vor einem halben Jahr ein, sich ihr wundervolles Haar abschneiden zu wollen? (Großer Gott, ich habe selbst in meiner Jugend nicht solches Haar gehabt!) Hatte sie doch die Schere schon in der Hand, mußte ich sie doch auf den Knien anflehen, um sie davon abzubringen!... Nun, Aglaja tat es natürlich nur aus Bosheit, um ihre Mutter zu quälen, denn sie ist böse, eigensinnig, verwöhnt, aber vor allem böse, böse, böse! Aber wollte denn diese dicke Alexandra es ihr nicht schon nachmachen und sich gleichfalls ihre Wuschelhaare abschneiden? Die aber wollte es sicher nicht aus Bosheit, nicht aus Launenhaftigkeit, sondern in aufrichtiger Einfalt, wie eine dumme Gans, die sich von Aglaja einreden ließ, sie werde mit kurzem Haar besser schlafen können und der Kopf werde ihr dann nicht mehr weh tun! Und wie oft, wie oft, wie oft — nun schon seit fünf Jahren —, wie oft hätten sie heiraten können! Und es waren doch wirklich gute Partien darunter, sogar wirklich prächtige Menschen! Worauf warten sie denn noch? Warum heiraten sie nicht? Nur um ihre Mutter zu ärgern — einen anderen Grund haben sie ja gar nicht! Das ist der einzige! der einzige!«

Endlich aber ging auch für ihr Mutterherz die Sonne auf: Adelaida verlobte sich. »Gott sei Dank, wenigstens eine vom Halse!« sagte Lisaweta Prokofjewna, wenn sie sich laut über dieses Ereignis äußerte. (Im Herzen drückte sie sich unvergleichlich zärtlicher aus.) Und wie gut, wie tadellos sich das alles abgewickelt hatte! Auch in der Gesellschaft war man des Lobes voll: eine bekannte Persönlichkeit, ein Fürst, reich, ein guter Charakter, und außerdem war noch Liebe vorhanden. Was wollte man mehr? Doch um Adelaida hatte sie sich stets am wenigsten gesorgt, wenn auch deren künstlerische Neigungen oft genug ihr stets Unheil fürchtendes Mutterherz beunruhigt hatten. »Dafür hat sie ein heiteres Gemüt und ist sehr vernünftig; die wird nicht untergehen«, damit hatte sie sich schließlich immer beruhigt. Am meisten jedoch ängstigte sie sich um Aglaja. Was sie aber von der ältesten, Alexandra, denken sollte, wußte sie selbst nicht: sollte sie sich auch um diese ängstigen oder war das überflüssig? Mitunter schien es ihr, für diese Tochter sei bereits »alles verloren«: da sie schon fünfundzwanzig Jahre alt war, werde sie natürlich unverheiratet bleiben! »Und das bei ihrer Schönheit!« Lisaweta Prokofjewna weinte sogar ihretwegen nachts, während Alexandra Iwanowna in denselben Nächten den ruhigsten Schlaf schlief. »Was ist sie eigentlich: Nihilistin, oder ist sie einfach dumm?« Daß sie durchaus nicht dumm war, daran zweifelte Lisaweta Prokofjewna selbst keinen Augenblick: sie schätzte selbst Alexandras Urteil sogar sehr und beriet sich gern mit ihr. Doch ebensowenig zweifelte sie daran, daß »diese Alexandra« einfach »jedes Temperamentes entbehre«. »Sie ist so ruhig, daß man sie überhaupt nicht in Aufruhr bringen kann! Wie eine in Wasser getauchte Henne. Übrigens sind die ja gar nicht ruhig. Pfui, was rede ich! Da bin ich nun ganz irre geworden an ihnen allen!« Lisaweta Prokofjewna empfand für ihre Älteste eine gewisse unerklärliche Sympathie, in der vielleicht das Mitleid keine so geringe Rolle spielte, und fühlte sich zu ihr fast noch mehr hingezogen als zu Aglaja, ihrem Abgott. Doch alle ihre bisherigen Bemerkungen (in denen sich ihre ganze mütterliche Sorge und Sympathie vornehmlich äußerte) erheiterten Alexandra nur. Mitunter konnten die nichtigsten Dinge Lisaweta Prokofjewna furchtbar ärgern und aus der Haut bringen. So liebte es z. B. Alexandra Iwanowna sehr, lange zu schlafen, und gewöhnlich hatte sie in der Nacht viele Träume; diese Träume jedoch zeichneten sich alle durch ganz besondere Sinnlosigkeit aus und waren von einer Unschuld und Naivität, daß man sie für Träume eines siebenjährigen Kindes hätte halten können. Diese Naivität der Träume ihrer Ältesten begann nun aber Lisaweta Prokofjewna aus einem unbekannten Grunde geradezu zu empören. Einmal hatte Alexandra neun Hühner im Traume gesehen, und die Folge war, daß die Mutter sich mit ihr ernstlich überwarf; weshalb? — das ließe sich schwer erklären. Nur ein einziges Mal hatte sie das Glück, »etwas Originelles« im Traum zu sehen, einen Mönch in einer dunklen Zelle, in die einzutreten sie sich gefürchtet hatte. Der Traum ward sogleich von den zwei jüngeren Schwestern lachend und triumphierend der Mutter erzählt, doch diese ärgerte sich wieder und nannte sie alle drei Dummköpfe. »Hm!« dachte sie nachher bei sich, »Temperament hat sie nicht, und in Bewegung bringen kann man sie auch nicht, aber es ist doch eine Trauer in ihr, weiß Gott, mitunter hat sie ganz traurige Augen! Worüber mag sie nur trauern, worüber?« Manchmal stellte sie diese Frage auch an ihren Gatten Iwan Fjodorowitsch, was sie gewöhnlich schroff, ungeduldig und beinah wie drohend tat, in offenkundiger Erwartung einer sofortigen entscheidenden Antwort. Iwan Fjodorowitsch sagte etliche Male »Hm!« und legte die Stirn in nachdenkliche Falten, bis er dann schließlich die Schultern in die Höhe zog, die Hände auseinanderspreizte und ein etwas lakonisches Urteil sprach:

»Müßte heiraten!«

»Nur gebe ihr Gott nicht einen solchen Mann, wie Sie einer sind, Iwan Fjodorowitsch!« explodierte Lisaweta Prokofjewna plötzlich wie eine Bombe; »nicht einen mit solchen Anschauungen und Urteilen, nicht einen so gefühllosen Beleidiger wie Sie, Iwan Fjodorowitsch...«

Iwan Fjodorowitsch machte, daß er davonkam, und Lisaweta Prokofjewna wurde nach ihrer »Explosion« wieder ruhiger. Selbstverständlich ward sie noch am Abend desselben Tages äußerst aufmerksam, still, freundlich und ehrerbietig gegen Iwán Fjódorowitsch, ihren »gefühllosen Beleidiger« Iwan Fjodorowitsch, gegen ihren guten, lieben, vergötterten Iwan Fjodorowitsch, denn sie liebte ihn nicht nur ihr ganzes Leben lang, sie war sogar direkt verliebt in ihren Iwan Fjodorowitsch, was Iwan Fjodorowitsch selbst sehr wohl wußte und wofür er seine Lisaweta Prokofjewna unermeßlich verehrte.

Doch die größten Sorgen machte sie sich fortwährend um Aglaja.

»Sie ist ganz, ganz wie ich, mein Ebenbild in jeder Beziehung!« sagte sich Lisaweta Prokofjewna, »ein eigensinniges, schlechtes, vom Teufel besessenes Ding! Eine Nihilistin, verschroben in allem, was sie tut — ganz wie ich! — und böse, böse, böse! O Gott, wie unglücklich wird sie werden!«

Aber, wie schon gesagt, die aufgegangene Sonne milderte und erhellte alles für einige Zeit. Fast einen ganzen Monat erholte sie sich von allen Befürchtungen. Nach der Verlobung Adelaidas hatte man in der Gesellschaft auch mehr über Aglaja zu sprechen begonnen, doch Aglaja hatte sich überall so vortrefflich aufgeführt, so gleichmäßig und klug und so sicher, vielleicht ein wenig stolz, aber das stand ihr doch so vorzüglich! Und zur Mutter war sie den ganzen Monat über so nett und lieb gewesen! (»Nein, diesen Jewgenij Pawlowitsch muß man sich doch noch genauer anseh'n ... übrigens scheint ihm Aglaja noch gar nicht so besonders gewogen zu sein.«) Jedenfalls war sie eine ganz prächtige Tochter gewesen — »und wie schön sie dabei ist, Gott, wie schön sie ist, und mit jedem Tage wird sie noch schöner! Und nun plötzlich...«

Kaum war nämlich dieser Fürst, dieser jämmerliche Idiot aufgetaucht, als plötzlich wieder alles im Hause auf dem Kopf stand!

Aber was war denn geschehen?

Alle anderen hätten gewiß gesagt, daß nichts geschehen sei. Doch eben dadurch zeichnete sich ja Lisaweta Prokofjewna aus, daß sie infolge ihrer inneren Unruhe auch in den gewöhnlichsten Dingen ein Etwas zu entdecken vermochte, das sie geradezu krankhaft ängstigte, sie mit der argwöhnischsten, der unerklärlichsten, und das heißt soviel wie bedrückendsten Furcht erfüllte. Wie mußte ihr aber nun zumut sein, als sie plötzlich in dem Wirrwarr ihrer vollkommen unbegründeten Befürchtungen etwas erblickte, das tatsächlich wichtig zu sein schien und tatsächlich ihrer Zweifel, ihres Mißtrauens und der Beängstigungen wert war?

»Nein, wie hat man, wie hat man sich nur unterstehen können, diesen gemeinen anonymen Brief an mich zu schreiben? — daß diese *Person* mit Aglaja in Beziehung stehe!« dachte Lisaweta Prokofjewna auf dem ganzen Wege, während sie den Fürsten an der Hand zu ihrer Villa zog und ihn dort am runden Tisch, um den sich die ganze Familie versammelt hatte, Platz nehmen ließ. »Wie hat man daran überhaupt zu denken gewagt? Ich müßte ja sterben vor Scham, wenn ich auch nur ein Wort geglaubt und den Brief Aglaja gezeigt hätte! Und so etwas erlaubt man sich uns, Jepantschins, gegenüber! An allem, an allem ist doch nur Iwan Fjodorowitsch schuld! Ach, warum sind wir in diesem Sommer nicht nach Jelágin[19] gezogen! Ich wollte doch unbedingt dorthin und nicht hierher nach Pawlowsk! Diesen Brief hat vielleicht die Warjka geschrieben, oder vielleicht ... nein, an allem, an allem ist doch nur Iwan Fjodorowitsch schuld! Nur um ihn zum besten zu haben, hat dieses Geschöpf auch jenen Skandal am Abend inszeniert! — zum Andenken an ihre frühere Bekanntschaft, als er ihr noch Perlen schenkte... Aber genau genommen sind wir doch alle hineingezogen, mein bester Iwan Fjodorowitsch, sowohl Sie wie Ihre Gattin und Ihre Töchter — junge Damen der besten Gesellschaft, angehende Bräute! Sie standen ja alle drei keine zehn Schritt vom Wagen, alles haben sie gehört! Und auch jene schmutzige Geschichte mit den Lümmeln haben sie mit angehört! Sie können sich jetzt freuen, Iwan Fjodorowitsch! Niemals, niemals werde ich das diesem elenden Fürsten verzeihen, niemals! Und weshalb ist Aglaja seit drei Tagen hysterisch, weshalb hat sie sich mit beiden Schwestern verzankt, sogar mit Alexandra, der sie doch sonst immer wie einer Mutter die Hand küßte — so hat sie sie verehrt! Weshalb gibt sie uns seit drei Tagen ein Rätsel nach dem anderen auf? Was hat das mit Gawríla Iwólgin zu bedeuten? Weshalb hat sie ihn gestern und heute so auffallend gelobt, um dann wieder in Tränen auszubrechen? Weshalb ist auch in dem anonymen Brief von diesem verwünschten „armen Ritter" die Rede? Sie aber hat den Brief des Fürsten nicht einmal ihren Schwestern gezeigt! Und weshalb... mein Gott, weshalb, weshalb bin ich jetzt zu ihm gelaufen, und weshalb habe ich ihn jetzt wieder zu mir geschleppt? Mein

Gott, was habe ich getan, bin ich nicht von Sinnen? Mit einem jungen Herrn über die Geheimnisse der eigenen Tochter zu reden, und noch dazu... über solche Geheimnisse, die womöglich ihn selbst angehen! O Gott, ein Glück noch, daß er ein Idiot ist und... und... ein Freund unseres Hauses! Nur... sollte sich Aglaja denn wirklich in diesen Kranken verliebt haben? O Gott, was ist mit mir heute! Pfui! Originale sind wir... Unter Glas müßte man uns ausstellen, mich als erste, für zehn Kopeken Entree... Nein, das verzeihe ich Ihnen niemals, Iwan Fjodorowitsch, niemals werde ich Ihnen das verzeihen! Weshalb zieht sie ihn jetzt nicht durch die Hechel? Warum versprach sie's denn, wenn sie es jetzt nicht tut? — Da! wie sie ihn ansieht! Weshalb geht sie denn nicht weg, wenn sie ihm selbst verboten hat, herzukommen? Jetzt steht sie, schweigt und sieht ihn an... Und er ist auch ganz bleich geworden... Oh, dieser verwünschte Schwätzer Jewgenij Pawlowitsch — hat sich des ganzen Gesprächs bemächtigt! Er läßt einen ja überhaupt nicht zu Wort kommen! Ich würde sofort alles erfahren, wenn ich nur endlich das Gespräch darauf bringen könnte...«

Der Fürst saß allerdings fast ganz blaß am runden Tisch, und wie es schien, befand er sich sowohl in großer Angst, wie gleichzeitig in einem ihm selbst unerklärlichen, fast atemraubenden Rausch des Entzückens. Oh, wie fürchtete er sich, dorthin zu schauen, von wo aus ein bekanntes dunkles Augenpaar auf ihn gerichtet war, dessen aufmerksamen, forschenden, prüfenden Blick er fast körperlich zu fühlen meinte. Und wie selig war er doch darüber, daß er jetzt wieder hier unter ihnen sitzen durfte, daß er wieder ihre Stimme hören würde — selbst nach dem, was sie an ihn geschrieben hatte. »Was wird sie jetzt nur sagen, was wird sie sagen!« Er selbst hatte noch kein Wort gesprochen und bemühte sich krampfhaft, den unaufhaltsam redenden Jewgenij Pawlowitsch zu verstehen, der sich wohl nur selten in einer so zufriedenen und angeregten Stimmung befunden haben mochte wie an diesem Abend. Der Fürst hörte ihn zwar reden, begriff aber lange kaum ein Wort. Außer dem Familienoberhaupt Iwan Fjodorowitsch, der noch in der Stadt weilte, waren alle vollzählig versammelt. Auch Fürst Sch. war zugegen. Wie es schien, hatte man die Absicht, nach einer Weile, vor dem Tee, zum Konzert zu gehen. Das Gespräch, in dem man sich befand, war offenbar bereits vor dem Erscheinen des Fürsten begonnen worden. Plötzlich erschien auch noch Kolja auf der Veranda. »Also wird er hier wieder wie früher empfangen«, dachte der Fürst bei sich.

Die Villa Jepantschin war luxuriös im Schweizerstil erbaut und ringsum geschmackvoll mit Blumen und Blattpflanzen geschmückt. Außerdem war sie auf allen Seiten von einem nicht sehr großen, doch dafür um so schöneren Blumengarten umgeben. Man saß auf der Veranda, wie vor kurzem beim Fürsten, nur war die Veranda hier größer und eleganter ausgestattet.

Das Thema des Gesprächs schien nicht allen sonderlich zuzusagen, doch Jewgenij Pawlowitsch, den ein heftiger Disput mit Fürst Sch. auf dieses Thema gebracht hatte, kümmerte sich nicht um die Wünsche der übrigen, die wohl lieber von etwas anderem gesprochen hätten, sondern fuhr in seinen Widerlegungen fort, wozu ihn das Erscheinen des Fürsten noch mehr anzuregen schien. Lisaweta Prokofjewna ärgerte sich über ihn und seine Reden, obschon sie kaum ein Wort von dem ganzen Gespräch verstand. Aglaja, die sich etwas abseits hingesetzt hatte, fast in einem Winkel, blieb dort, hörte zu und schwieg beharrlich.

»Erlauben Sie«, widersprach Jewgenij Pawlowitsch eifrig, »ich habe gegen den Liberalismus nichts einzuwenden. Liberalismus ist keine Sünde; er ist ein notwendiger Bestandteil des Ganzen, das ohne ihn zerfallen oder erstarren, das heißt absterben würde; der Liberalismus hat dieselbe Existenzberechtigung wie der wohlgesittetste Konservatismus; ich greife ja auch nur den russischen Liberalismus an, und, ich wiederhole, greife ihn nur deshalb an, weil der russische Liberale nicht ein *russischer* Liberaler, sondern eben ein *nichtrussischer* Liberaler ist. Zeigen Sie mir einen wirklich russischen Liberalen und ich werde ihn in Ihrer aller Gegenwart sogleich abküssen.«

»Vorausgesetzt, daß er sich von Ihnen küssen läßt«, versetzte Alexandra Iwanowna, die ungewöhnlich angeregt zu sein schien. Sogar ihre Wangen hatten sich gerötet.

»Seht doch mal!« dachte Lisaweta Prokofjewna bei sich, »sonst versteht sie nur zu schlafen und zu essen und ist nicht aufzurütteln, aber einmal im Jahr fährt auch in sie Leben hinein, und dann gleich so, daß man sich nur wundern kann!«

Dem Fürsten fiel es flüchtig auf, daß Jewgenij Pawlowitschs Heiterkeit, mit der er über ein so ernstes Thema sprach, Alexandra Iwanowna sehr zu mißfallen schien, denn wenn sich dieser auch scheinbar ereiferte, so konnte man andererseits doch fast glauben, daß er nur scherze.

»Ich behauptete soeben — kurz, bevor Sie kamen, Fürst —«, fuhr Jewgenij Pawlowitsch fort, »daß wir bis jetzt nur Liberale aus zwei Gesellschaftsklassen gehabt haben: aus dem Kreise der Intellektuellen, das heißt, aus dem Stande der ehemaligen Gutsbesitzer, und der Klasse der Seminaristen. Da aber nun jeder dieser Stände sich mit der Zeit zu einer richtigen Kaste ausgebildet hat, zu etwas von der übrigen Nation ganz Abgesondertem, und dieser Zustand sich von Generation zu Generation noch verschärft, so ist folglich auch alles das, was sie getan haben oder noch tun, im höchsten Grade *nicht* national...«

»Was? Alles, was getan worden ist, alles das — sei nicht russisch?« unterbrach ihn Fürst Sch.

»Nicht national; wenn es auch in Rußland getan ist, so ist es doch nicht national; sowohl die Liberalen als auch die Konservativen sind bei uns nicht eigentlich Russen, und so ist es mit allem... Und Sie können überzeugt sein, daß die Nation nichts von dem anerkennen wird, was von den Gutsbesitzern und Seminaristen getan worden ist, weder jetzt, noch später...«

»Das ist mal nett! Wie kannst du etwas so Paradoxes behaupten? wenn du es im Ernst tust! Ich kann solche Angriffe auf den russischen Gutsbesitzer nicht gelten lassen. Du bist doch selbst ein russischer Gutsbesitzer«, widersprach ihm Fürst Sch. heftig.

»Aber ich rede ja doch nicht in dem Sinne vom russischen Gutsbesitzer, wie du es auffaßt. Es ist ein Stand, der alle Achtung verdient, und wenn auch nur, sagen wir, deshalb, weil ich ihm angehöre; namentlich jetzt, wo er aufgehört hat, zu existieren...«[20]

»Sollte denn wirklich auch in der Literatur nichts Nationales geschaffen worden sein?« unterbrach ihn Alexandra Iwanowna.

»Ich bin in der Literatur nicht sehr bewandert, aber meiner Meinung nach ist auch unsere ganze Literatur nicht eigentlich russisch, ausgenommen höchstens Lomonósoff, Puschkin und Gogol.«

»Erstens war das nicht wenig, und zweitens stammte der eine dieser drei aus dem Volk und die zwei anderen waren — Gutsbesitzer!« versetzte Adelaida im Neckton.

»Ganz recht, doch triumphieren Sie nicht zu früh. Da es bisher nur diesen dreien von allen russischen Schriftstellern gelungen ist, etwas tatsächlich *Eigenes,* etwas Neues, zu sagen, etwas, das sie nirgendwo entlehnt haben, so sind diese drei eben dadurch sogleich auch national geworden. Wer von uns Russen etwas Eigenes, etwas unanfechtbar *Eigenes,* niemandem Nachgeahmtes, nirgendwoher Entlehntes sagt, schreibt oder tut, der wird unfehlbar sogleich national, und wenn er auch nur schlechtes Russisch spräche. Das ist für mich ein Axiom. Aber wir begannen ja nicht mit einem Gespräch über die Literatur, wir sprachen von den Sozialisten, und die brachten uns auf dieses Thema; nun wohl, ich behaupte also, daß wir keinen einzigen russischen Sozialisten haben; weder jetzt noch früher gehabt haben, denn alle unsere Sozialisten sind gleichfalls aus den Gutsbesitzern und Seminaristen hervorgegangen. Alle unsere bekanntesten, selbst unsere verschriensten Sozialisten, sowohl die hiesigen wie die im Auslande lebenden, sind nichts anderes als liberale Gutsbesitzer aus der Zeit der Leibeigenschaft. Warum lachen Sie? Geben Sie mir ihre Bücher, geben Sie mir ihre Lehren, ihre Memoiren, und ohne Literaturkritiker zu sein, mache ich mich anheischig, die überzeugendste literarische Kritik zu schreiben, in der ich sonnenklar beweisen werde, daß jede Seite ihrer Bücher, Broschüren und Memoiren in erster Linie von dem ehemaligen russischen Gutsbesitzer geschrieben ist. Ihr Zorn, ihre Entrüstung, ihr Esprit — alles ist gutsbesitzermäßig, sogar von der Art der Gutsbesitzer vor Famussoff[21]; ihr Entzücken, ihre Begeisterung, ihre Tränen, die vielleicht wirklich aufrichtig sind, aber sie — sind gutsbesitzermäßig! Oder seminaristenmäßig... Sie lachen wieder, und auch Sie lachen, Fürst? Sie sind gleichfalls nicht der Meinung?«

In der Tat lachten alle; da lächelte auch der Fürst.

»Das kann ich so ohne weiteres noch nicht sagen, ob ich Ihrer Meinung bin oder nicht«, sagte der Fürst, indem er sogleich ernst wurde — er war sogar wie ein ertappter Schuljunge zusammengezuckt, als sich Jewgenij Pawlowitsch plötzlich an ihn wandte — »aber ich versichere Ihnen, daß ich Ihnen mit außerordentlichem Vergnügen zuhöre...«, brachte er fast atemlos hervor, und kalter Schweiß trat ihm auf die Stirn. Es waren das die ersten Worte, die er hier sprach, und er wollte sich schon umschauen, doch wagte er es nicht. Jewgenij Pawlowitsch erriet es und lächelte.

»Ich werde Ihnen, meine Herrschaften, eine Tatsache mitteilen«, fuhr er im selben Ton fort, d. h. so, als wäre er mit ungeheurem Eifer bei der Sache, und doch, als mache er sich dabei fast lustig, lache womöglich über seine eigenen Worte, »eine Tatsache, deren Beobachtung und sogar Entdeckung ich die Ehre habe, mir, und zwar mir ganz allein, zuschreiben zu dürfen; wenigstens ist darüber noch nirgends etwas gesagt oder geschrieben worden. In dieser Tatsache drückt sich das ganze Wesen jenes russischen Liberalismus, jener besonderen Art von Liberalismus aus, von der ich rede. Erstens: was ist denn der Liberalismus anderes, d. h. im allgemeinen genommen, als ein Angriff (ob ein vernünftiger oder ein irrtümlicher ist eine andere Frage), ein Angriff auf die bestehende Ordnung der Dinge? So ist es doch? Nun, diese meine Beobachtung besteht aber darin, daß der russische Liberalismus kein Angriff auf die bestehende Ordnung der Dinge ist, sondern ein Angriff auf das Wesen unserer Dinge, nicht nur auf deren Ordnung, nicht auf die russischen Einrichtungen oder Verhältnisse, sondern auf Rußland selbst. Mein Liberaler ist schließlich so weit gekommen, daß er Rußland selbst verneint, also seine eigene Mutter haßt und schlägt; jede unglückliche und mißlungene russische Tatsache erweckt sein Gelächter, wenn sie ihn nicht gar in Entzücken versetzt. Er haßt die Volksbräuche, die russische Geschichte, alles. Wenn es eine Rechtfertigung für ihn gibt, so kann es höchstens die sein, daß er selbst nicht weiß, was er tut, und seinen Haß gegen Rußland für den fruchtbarsten Liberalismus hält. (Oh, Sie können bei uns oft einen Liberalen antreffen, dem die übrigen begeistert Beifall spenden, und der vielleicht im Grunde genommen der bornierteste stumpfsinnigste und gefährlichste Konservative ist, ohne es selbst auch nur zu ahnen!) Dieser Haß gegen Rußland wurde vor nicht allzu langer Zeit von manchen unserer Liberalen fast für die wahre Liebe zum Vaterlande gehalten, und sie taten noch groß damit, daß sie besser sähen, als die anderen, worin diese Liebe bestehen müsse; jetzt sind sie bereits aufrichtiger geworden, jetzt haben sie sich des Wortes „Vaterlandsliebe" schon zu schämen begonnen, ja, sie haben sogar den Begriff selbst als einen schädlichen und dummen ausgemerzt und verbannt. Das ist eine Tatsache, für deren Richtigkeit ich mich verbürge, und ... die Wahrheit muß doch wenigstens irgendeinmal ganz ausgesprochen werden, einfach und offen; aber zugleich ist dies eine Tatsache, die es, solange die Welt steht, noch nirgends und niemals und bei keinem Volke gegeben hat, die nie vorgekommen ist, und folglich könnte diese Tatsache etwas Zufälliges und eine vorübergehende Erscheinung sein, das gebe ich zu. Ein Liberaler, der das Vaterland selbst, sein eigenes Vaterland, haßt, ist doch sonst nirgendwo möglich. Wodurch läßt sich nun das alles bei uns erklären? Ich denke, nur dadurch, was ich vorhin sagte: daß der Liberale bei uns vorläufig noch ein nicht-russischer Liberaler ist; und das ist die einzig mögliche Erklärung, meiner Ansicht nach.«

»Ich fasse alles, was du da gesagt hast, als Scherz auf, Jewgenij Pawlowitsch«, bemerkte Fürst Sch. ernst.

»Ich habe nicht alle Liberalen gesehen und kann daher auch nicht urteilen«, sagte Alexandra Iwanowna, »aber ich habe mit Unwillen Ihre Auffasung angehört: Sie haben einen einzelnen Fall zur allgemeinen Regel erhoben, folglich haben Sie verleumdet.«

»Einen einzelnen Fall? A — ah! Da ist das Wort nun ausgesprochen!« griff sogleich Jewgenij Pawlowitsch auf. »Fürst, wie denken Sie darüber, ist es ein vereinzelter Fall oder nicht?«

»Ich muß zwar gleichfalls gestehen, daß ich wenig... Liberale gesehen und auch nur wenig mit solchen gesprochen habe«, sagte der Fürst, »aber es will mir trotzdem scheinen, daß Sie vielleicht in gewissem Sinne recht haben ... daß jener russische Liberalismus, von dem Sie sprechen, allerdings geneigt ist, Rußland selbst zu hassen, und nicht nur die bestehenden russischen Verhältnisse. Natürlich ist das nur zum Teil wahr... natürlich kann man das nicht von allen sagen...«

Er stockte und sprach seinen Gedanken nicht ganz aus. Trotz seiner Erregung hatte das Gespräch sein Interesse in hohem Maße erweckt. Die ungewöhnliche Naivität der Aufmerksamkeit, mit der der Fürst immer zuhörte, wenn ihn etwas interessierte, und mit der er dann auch seine Antworten gab, wenn man sich an ihn wandte, war ein ihm eigentümlicher Charakterzug. Diese Naivität, dieses Vertrauen, das weder Spott noch Scherz argwöhnte, drückte sich nicht nur in seinem Gesicht aus, sondern irgendwie auch in seiner ganzen Körperhaltung.

Jewgenij Pawlowitsch hatte sich schon lange nicht anders als mit einem gewissen feinen Spottlächeln an ihn gewandt, doch jetzt, nachdem ihm diese Antwort zuteil geworden war, blickte er ihn plötzlich ganz seltsam ernst an, ganz als hätte er eine solche Antwort gar nicht von ihm erwartet.

»Ja, wie Sie das doch sonderbar . . .«, begann er, »und Sie haben mir wirklich im Ernst geantwortet, Fürst?«

»Ja, haben Sie denn nicht auch im Ernst gefragt?« versetzte der Fürst erstaunt.

Alle lachten.

»Glauben Sie das doch nicht!« sagte Adelaida. »Jewgenij Pawlowitsch treibt mit allem und allen nur seinen Spott! Wenn Sie erst wüßten, von was für Dingen er bisweilen mit todernster Miene redet!«

»Ich finde, daß man mit so ernsten Dingen nicht scherzen sollte; lassen wir daher dieses Gespräch«, versetzte Alexandra unwillig. »Wir wollten doch spazierengehen.«

»Ja, gehen wir, der Abend ist wundervoll!« rief Jewgenij Pawlowitsch. »Doch um Ihnen zu beweisen, daß ich diesmal im Ernst gesprochen habe, um es besonders Ihnen zu beweisen, Fürst (Sie haben mich in der Tat außerordentlich zu interessieren gewußt, Fürst, und ich versichere Ihnen, daß ich denn doch nicht ein so leerer Mensch bin, wie es den Anschein haben muß — obschon ich in der Tat ein leerer Mensch bin!), und . . . wenn Sie erlauben, meine Herrschaften, werde ich nur noch eine letzte Frage an den Fürsten stellen, aus persönlicher Neugier, und damit wollen wir dann die Sache beenden. Diese Frage ist mir, wie von der Vorsehung geschickt, vor etwa zwei Stunden in den Sinn gekommen (Sie sehen, Fürst, ich denke bisweilen auch über ernste Dinge nach); ich habe meine Frage bereits beantwortet, aber wollen wir sehen, was nun der Fürst zu ihr sagt. Soeben ist hier von einem ‚einzelnen Fall‘ gesprochen worden. Dieses Wort ist bei uns sehr bezeichnend, man hört es oft. Vor nicht langer

Zeit wurde soviel geschrieben und gesprochen von jenem schrecklichen Mord, den dieser ... junge Mann an sechs Menschen begangen hat, und von der seltsamen Rede des Verteidigers, der es *ganz natürlich* fand, daß dem Angeklagten infolge seiner Armut der Gedanke gekommen war, diese sechs Menschen zu ermorden. Er hat es zwar nicht so kurz und mit diesen Worten gesagt, aber der Sinn seiner Rede war kein anderer. Meiner persönlichen Ansicht nach war der Verteidiger, als er diesen so seltsamen Gedanken aussprach, fest überzeugt, das Liberalste, Humanste und Fortgeschrittenste zu sagen, das man in unserer Zeit überhaupt sagen könnte. Nun, was aber meinen Sie: ist diese Verdrehung unserer bisherigen Begriffe und Überzeugungen, die Möglichkeit einer so schiefen Auffassung der Sache ein zufälliger, ein einzelner Fall oder ein allgemeiner Ausdruck?«

Alle begannen zu lachen.

»Ein einzelner, selbstverständlich ein einzelner!« riefen Alexandra und Adelaida lachend.

»Erlaube mir, zu bemerken, Jewgenij Pawlowitsch«, fügte Fürst Sch. hinzu, »daß dein Scherz schon abgegriffen ist...«

»Was meinen Sie, Fürst?« fragte Jewgenij Pawlowitsch, ohne den anderen anzuhören, als er den forschenden und ernsten Blick des Fürsten Lew Nikolajewitsch auffing, mit dem ihn dieser ansah. »Wie scheint es Ihnen: ist es ein einzelner, sozusagen ein Ausnahmefall, oder ein typischer Fall? Ich habe mir diese Frage, offen gestanden, gerade und nur für Sie aufgehoben.«

»Nein, das ist kein einzelner Fall«, sagte der Fürst leise, doch mit fester Stimme.

»Aber ich bitte Sie, Lew Nikolajewitsch!« rief Fürst Sch. mit einem gewissen Ärger, »sehen Sie denn nicht, daß er Ihnen nur eine Falle stellt! Er treibt doch entschieden nur seinen Spott und will gerade Sie fangen.«

»Ich dachte, Jewgenij Pawlowitsch habe im Ernst gesprochen«, — dem Fürsten stieg das Blut ins Gesicht und er senkte den Blick zu Boden.

»Mein lieber Fürst«, fuhr Fürst Sch. fort, »entsinnen Sie sich noch dessen, was wir einmal vor etwa drei Monaten sprachen? Wir sprachen gerade darüber, daß es bei unseren jungen neueröffneten Gerichten[22] schon so viele hervorragende und talentvolle Verteidiger gibt. Und auf wie viele, im höchsten Grade bemerkenswerte Urteile der Geschworenen könne man bereits hinweisen! Und wie Sie sich darüber freuten, und wie ich mich über Ihre Freude freute!... Wir sagten noch, daß wir stolz darauf sein könnten... Diese ungeschickte Verteidigungsrede aber, dieses sonderbare Argument ist selbstverständlich ein Zufall, ein einzelner Fall unter tausenden...«

Fürst Lew Nikolajewitsch dachte nach, antwortete aber dann offenbar sehr überzeugt, wenn er auch nur leise und fast schüchtern sprach:

»Ich wollte nur sagen, daß die Entstellung der Ideen und Begriffe (wie sich Jewgenij Pawlowitsch ausdrückte) jetzt sehr oft vorkommt und schon weit mehr ein typischer als ein einzelner Fall ist, leider. Und das sogar in dem Maße, daß es vielleicht, wenn diese Entstellung nicht so allgemein wäre, vielleicht auch weniger so unerhörte Verbrechen geben würde, wie diese...«

»Unerhörte Verbrechen? Aber ich versichere Ihnen, daß es genau solche Verbrechen und vielleicht noch schrecklichere auch früher und überhaupt immer gegeben hat, und nicht nur bei uns, sondern überall, und meiner Ansicht nach werden sie sich auch noch sehr lange fortsetzen und wiederholen. Der Unterschied besteht nur darin, daß sie früher weniger bekannt wurden, während man jetzt angefangen hat, über jede neue Mordtat zu reden und sogar zu schreiben, und deshalb hat es den Anschein, diese Verbrechen seien jetzt erst aufgetaucht. Sehen Sie, darauf beruht Ihr ganzer Irrtum, ein sehr naiver Irrtum, Fürst, ich versichere Ihnen«, schloß mit etwas spöttischem Lächeln Fürst Sch.

»Ich weiß es selbst, daß es auch früher sehr viele Verbrechen gegeben hat«, entgegnete Lew Nikolajewitsch, »und ebenso entsetzliche wie jetzt. Ich bin noch vor kurzem in Gefängnissen gewesen, und es ist mir sogar gelungen, mit einzelnen Verbrechern und Angeklagten bekannt zu werden. Es gibt sogar noch viel entsetzlichere Mörder als jenen jungen Mann, Verbrecher, die an die zehn Menschen ermordet haben und nichts bereuen. Aber es ist mir bei der Gelegenheit doch eines aufgefallen: daß selbst der verstockteste Mörder, der nicht die geringste Reue empfindet, dennoch weiß, daß er ein *Verbrecher* ist, ich meine, vor seinem Gewissen weiß, daß er schlecht gehandelt hat, auch wenn er dabei vielleicht keine Reue empfindet. Und so ist ein jeder von ihnen. Diese aber, von denen Jewgenij Pawlowitsch spricht, wollen sich nicht für Verbrecher halten und meinen, sie hätten ein Recht dazu und... sie hätten sogar gut gehandelt, oder ungefähr so denken sie doch. Und gerade darin besteht, meiner Ansicht nach, der furchtbare Unterschied. Und nicht zu vergessen, daß das lauter junge Menschen sind, Jünglinge in einem Alter, in dem man am leichtesten und wehrlosesten dem Einfluß der Verdrehung gewisser Ideen erliegen kann.«

Fürst Sch. hatte aufgehört zu lachen und hörte verwundert dem Fürsten zu. Alexandra Iwanowna, die noch etwas hatte bemerken wollen, sagte nichts mehr, als hielte ein besonderer Gedanke sie davon zurück. Jewgenij Pawlowitsch aber sah den Fürsten ganz verblüfft an, und diesmal war tatsächlich keine Spur von einem Lächeln in seinem Gesicht zu bemerken.

»Nun, warum sind Sie denn so erstaunt, mein Herr?« trat plötzlich Lisaweta Prokofjewna unerwartet für den Fürsten ein. »Meinten Sie, er sei zu dumm, um ebenso wie Sie denken zu können?«

»N—ein, das nicht«, brachte Jewgenij Pawlowitsch etwas verwirrt hervor, »nur... wie haben Sie denn, Fürst (verzeihen Sie meine Frage), wenn Sie das so gut selbst sehen und bemerken, wie haben Sie dann, Verzeihung, in dieser sonderbaren Angelegenheit... die sich da vor ein paar Tagen abspielte ... Burdówskij hieß ja wohl der Mann, wenn ich nicht irre ... wie haben Sie dann in dieser Affäre dieselbe Entstellung oder Verdrehung, oder ... Entartung der Ideen und sittlichen Überzeugungen nicht wahrgenommen? Das war doch ganz genau dasselbe! Es schien mir damals, daß Sie es überhaupt nicht bemerkt hätten.«

»Ja, sehen Sie mal, mein Lieber«, wandte sich Lisaweta Prokofjewna mit geröteten Wangen an Jewgenij Pawlowitsch, »wir anderen haben es damals alle bemerkt und sitzen jetzt hier und tun groß vor ihm, er aber hat heute einen Brief von dem Hauptanführer erhalten, von dem mit dem unsauberen Gesicht — erinnerst du dich, Alexandra? In diesem Brief bittet er ihn um Verzeihung, wenn auch auf seine Art, und teilt ihm mit, daß er mit jenem Freunde gebrochen habe, der ihn da aufhetzte — erinnerst du dich, Alexandra? Und daß er dem Fürsten jetzt mehr Glauben schenkt als jenem. Nun, wir aber haben einen solchen Brief noch nicht erhalten, und da ist es vielleicht etwas wenig am Platz, wenn wir hier vor ihm die Nase hochheben.«

»Und Ippolit ist soeben auch schon beim Fürsten eingetroffen!« rief Kolja.

»Wie? Ist er schon hier?« fragte der Fürst fast erschrocken.

»Ja, Sie waren gerade mit Lisaweta Prokofjewna fortgegangen; ich habe ihn hertransportiert.«

»Da haben wir's!« fuhr Lisaweta Prokofjewna sogleich empört auf, ohne daran zu denken, daß sie soeben erst den Fürsten gelobt hatte. »Ich wette doch, daß er gestern in seine Dachstube geklettert ist und ihn auf den Knien um Verzeihung gebeten hat, damit diese giftige Fliege sich dazu herablasse, hierher überzusiedeln! Du bist doch gestern bei ihm gewesen? Du hast es doch vorhin schon gestanden! Ja oder nein? Hast du vor ihm auf den Knien gelegen, oder nicht?«

»Durchaus nicht!« rief Kolja schier entrüstet. »Ganz im Gegenteil: Ippolit hat seine Hand erfaßt und sie zweimal geküßt, ich habe es selbst gesehen, und damit endete die ganze Unterredung! Der Fürst hatte ihm nur gesagt, daß er sich hier in der Sommerfrische wohler fühlen würde, und Ippolit war sofort einverstanden, überzusiedeln, sobald er sich nur etwas besser fühle...«

»Das war eine ganz unnötige Bemerkung, Kolja...«, murmelte der Fürst, indem er aufstand und nach seinem Hut griff, »weshalb erzählen Sie das, ich...«

»Wohin?« hielt ihn Lisaweta Prokofjewna zurück.

»Lassen Sie sich nicht stören, Fürst«, fuhr Kolja lebhaft fort, »gehen Sie jetzt nicht zu ihm, es würde ihn nur aufregen, die Fahrt hat ihn sowieso schon so angegriffen, daß er gleich eingeschlafen ist. Er ist sehr froh. Und wissen Sie, Fürst, ich glaube, es ist viel besser so, daß er Sie nicht sogleich sieht, schieben Sie es sogar bis morgen auf, sonst wird er doch bestimmt wieder verlegen werden. Heute morgen sagte er, er habe sich lange nicht so wohl und so kräftig gefühlt, und er hustet auch viel weniger.«

Der Fürst bemerkte, daß Aglaja sich plötzlich erhob und an den Tisch trat. Er wagte nicht, hinzusehen, aber er fühlte mit seinem ganzen Wesen, daß sie ihn ansah, vielleicht zornig ansah, daß in ihren schwarzen Augen unbedingt Unwille lag und ihre Wangen glühten.

»Mir scheint aber, daß Sie ihn ganz unnütz hergebracht haben, Nikolai Ardalionytsch, wenn Sie nur von demselben schwindsüchtigen Jüngling sprechen, der damals auf der Veranda zu weinen begann und uns alle zu seiner Beerdigung einlud«, bemerkte Jewgenij Pawlowitsch. »Er sprach damals so schön von der Brandmauer des Nachbarhauses, daß er sich bald nach ihr zurücksehnen wird, dessen können Sie sicher sein.«

»Natürlich! — er wird launisch werden, wird mit dir streiten, ihr werdet euch in die Haare geraten und dann fährt er fort und läßt dich sitzen — da hast du's dann!«

Und Lisaweta Prokofjewna zog würdevoll ihr Handarbeitskörbchen zu sich heran, ohne daran zu denken, daß sich alle bereits zum Spaziergang erhoben hatten.

»Soviel mir erinnerlich ist, prahlte er sogar sehr mit dieser Mauer«, bemerkte wieder Jewgenij Pawlowitsch. »Ohne diese Mauer wird er nicht mit Rhetorik sterben können, er aber will doch vor allen Dingen gerade mit einer schönen Rede sterben.«

»Was ist denn dabei?« murmelte der Fürst. »Wenn Sie ihm nicht vergeben wollen, so wird er doch auch ohne Ihre Vergebung sterben... Jetzt ist er wegen der Bäume hergekommen.«

»Oh, was mich betrifft, so bin ich gern bereit, ihm alles zu vergeben, dessen können Sie ihn versichern.«

»Das ist nicht so zu verstehen«, sagte leise und gleichsam ungern der Fürst, indem er fortfuhr, unbeweglich auf einen Punkt des Fußbodens zu sehen, ohne den Blick zu erheben, »sondern so, daß auch Sie bereit wären, von ihm Vergebung zu empfangen.«

»Ich? Wofür denn das? Was habe ich ihm denn angetan, daß ich vor ihm schuldig wäre!«

»Wenn Sie das nicht verstehen, so... aber Sie verstehen es ja. Er wollte damals... Sie alle segnen und auch von Ihnen gesegnet werden, und das war alles...«

»Lieber Fürst«, unterbrach ihn Fürst Sch. etwas ängstlich, als wolle er schnell vorbeugen, nachdem er mit manchem der Anwesenden einen Blick ausgetauscht hatte, »das Paradies ist auf Erden nicht leicht herzustellen, Sie aber rechnen doch ein wenig auf ein irdisches Paradies. Nein, das Paradies ist eine schwere Aufgabe, lieber Fürst, eine viel schwerere, als es Ihrem prächtigen Herzen scheint. Doch brechen wir ab, sonst geraten wir wieder in eine Debatte und dann...«

»Gehen wir, wir wollten doch die Musik anhören«, sagte Lisaweta Prokofjewna schroff und erhob sich ärgerlich, um aufzubrechen. Ihrem Beispiel folgten alle.

## II

Plötzlich trat der Fürst auf Jewgenij Pawlowitsch zu.

»Jewgenij Pawlowitsch«, sagte er seltsam erregt und heiß, indem er seine Hand ergriff, »seien Sie überzeugt, daß ich Sie für den edelsten und besten Menschen halte, trotz allem; seien Sie davon überzeugt...«

Jewgenij Pawlowitsch trat vor Erstaunen sogar einen Schritt zurück. Einen Augenblick mußte er sich Gewalt antun, um die größte Lachlust zu unterdrücken, doch als er etwas aufmerksamer den Fürsten ansah, bemerkte er, daß dieser wie seiner selbst nicht mächtig war, sich jedenfalls in einem ganz eigentümlichen Zustand befand.

»Ich bin überzeugt«, rief er aus, »daß Sie, Fürst, gar nicht das sagen wollten und auch gar nicht zu mir... Aber was ist Ihnen? Fühlen Sie sich nicht wohl?«

»Möglich, sehr möglich, und Sie haben das sehr fein bemerkt, daß ich vielleicht gar nicht auf Sie zutreten wollte!«

Und nachdem er das gesagt, lächelte er ganz sonderbar und sogar komisch. Doch plötzlich war es, als packe ihn eine Erregung, und er rief:

»Erinnern Sie mich nicht daran, was ich damals tat, vor drei Tagen! Ich habe mich diese ganzen drei Tage sehr geschämt... Ich weiß, daß ich schuldig bin...«

»Ja... ja, aber was haben Sie denn so Furchtbares begangen?«

»Ich sehe, daß Sie sich vielleicht am meisten von allen für mich schämen, Jewgenij Pawlowitsch. Sie erröten, das ist das Zeichen eines guten Herzens. Ich gehe sogleich weg, seien Sie überzeugt.«

»Aber was hat er nur?« wandte sich Lisaweta Prokofjewna ganz erschrocken an Kolja. »Fangen seine Anfälle so an?«

»Beachten Sie das nicht weiter, Lisaweta Prokofjewna, ich habe keinen Anfall; ich werde sogleich gehen. Ich weiß, daß ich... von der Natur zurückgesetzt bin. Ich war vierundzwanzig Jahre lang krank, von meiner Geburt an bis zu meinem vierundzwanzigsten Lebensjahr. So... müssen Sie mich auch jetzt als Kranken beurteilen. Ich werde sogleich weggehen, sogleich, ich versichere Ihnen. Ich erröte nicht — denn es wäre doch sonderbar, deshalb zu erröten, nicht wahr? — aber in der Gesellschaft bin ich überflüssig... Ich sage das nicht aus gekränkter Eigenliebe... Ich habe in diesen drei Tagen nachgedacht und bin zu der Einsicht gekommen, daß ich Sie ehrlicher- und anständigerweise bei der ersten Gelegenheit aufklären muß. Es gibt Ideen, es gibt hohe Ideen, von denen zu reden ich gar nicht anfangen darf, denn ich würde doch alle nur erheitern; Fürst Sch. hat mich soeben daran erinnert... Ich habe kein passendes Benehmen, ich habe kein Maßgefühl; meine Worte entsprechen nicht meinen Gedanken — das aber ist eine Erniedrigung für diese Gedanken. Und deshalb habe ich kein Recht... Zudem bin ich noch mißtrauisch, ich... ich bin überzeugt, daß mich in diesem Hause niemand kränken will und man mich mehr liebt, als ich es verdiene, aber ich weiß (ich weiß es ja doch ganz genau), daß von einer vierundzwanzigjährigen Krankheit unbedingt etwas nachgeblieben sein muß, so daß man unwillkürlich über mich lachen muß... bisweilen... so ist es doch?«

Er schien eine Antwort und Entscheidung zu erwarten, indem er sich fragend im Kreise umsah. Doch alle standen noch in peinlicher Verwunderung unter dem Eindruck dieses unerwarteten, krankhaften, und, wie man meinen sollte, in jedem Sinne grundlosen Ausfalls. Der wurde aber zum Anlaß eines seltsamen Zwischenfalls.

»Weshalb sagen Sie das hier?« stieß plötzlich Aglaja hervor. »Weshalb sagen Sie das *denen*? Denen! Denen!«

Sie schien außer sich zu sein. Ihre Augen sprühten Funken. Der Fürst stand stumm und sprachlos vor ihr... und plötzlich erbleichte er.

»Hier gibt es keinen einzigen, der solcher Worte wert

wäre!« fuhr Aglaja in ihrem Ausbruch unaufhaltsam fort. »Alle diese hier, alle, alle, sind nicht einmal soviel wert wie Ihr kleiner Finger, geschweige denn soviel wie Ihr Verstand oder Herz! Sie sind ehrlicher als alle, Sie sind edler als alle, Sie sind besser, Sie sind reiner, Sie sind klüger als alle! Kein einziger von ihnen ist wert, dieses Taschentuch da, das Sie haben fallen lassen, aufzuheben ... Weshalb erniedrigen Sie sich, weshalb stellen Sie sich niedriger als alle anderen? Weshalb haben Sie alles in sich verdreht, weshalb haben Sie so gar keinen Stolz?«

»Gott, wer hätte das ahnen können!« rief Lisaweta Prokofjewna und schlug die Hände zusammen.

»Der arme Ritter! Hurra!« rief Kolja begeistert.

»Schweigen Sie! ... Wie darf man es wagen, mich hier in Ihrem Hause zu beleidigen!« wandte sich Aglaja zornbebend an die Mutter. Sie befand sich bereits in jenem hysterischen Zustand, in dem man alle Grenzen vergißt und über jede Hemmung hinwegschreitet. »Weshalb quälen mich alle, alle? Weshalb werde ich, Fürst, die ganze Zeit, ganze drei Tage schon, Ihretwegen gequält? Unter keiner Bedingung werde ich Sie heiraten! Hören Sie? Unter keiner Bedingung, nie, niemals! Damit Sie es nur wissen! Kann man denn einen so lächerlichen Menschen wie Sie überhaupt heiraten? So blicken Sie doch nur einmal in den Spiegel, sehen Sie doch, wie Sie jetzt dastehen! Warum, warum necken mich alle, warum ziehen sie mich immer damit auf, daß ich Sie heiraten werde? Sie, Sie müssen das wissen! Sie sind gleichfalls mit ihnen im Komplott, alle haben sich gegen mich verschworen!«

»Niemand hat sie aufgezogen, was redet sie!« stammelte Adelaida erschrocken.

»Es ist uns überhaupt nicht in den Sinn gekommen, es ist kein Wort davon gesagt worden!« rief Alexandra Iwanowna.

»Wer hat sie aufgezogen? Wann? Wer hat ihr so etwas sagen können? Phantasiert sie, ist sie krank?« Lisaweta Prokofjewna wandte sich zitternd vor Empörung an die anderen.

»Alle haben mich aufgezogen, alle ohne Ausnahme, diese ganzen drei Tage! Aber ich werde ihn niemals heiraten, niemals!« raste Aglaja, und plötzlich brach sie in bittere Tränen aus, preßte ihr Taschentuch vor das Gesicht und sank auf einen Stuhl.

»Aber er hat dich ja noch gar nicht darum geb...«

»Ich habe Sie gar nicht darum gebeten, Aglaja Iwanowna«, entfuhr es ganz unwillkürlich dem Fürsten.

»Wa—as?« fragte erstaunt, entrüstet, erschrocken Lisaweta Prokofjewna. »Wa—as war das?«

Sie wollte ihren Ohren nicht trauen.

»Ich wollte sagen... ich wollte nur sagen«, stammelte der Fürst zitternd, »ich wollte Aglaja Iwanowna nur erklären... die Ehre haben, ihr zu erklären, daß ich gar nicht die Absicht gehabt habe... die Ehre gehabt habe, um Ihre Hand anzuhalten... auch nur jemals... Ich bin hierbei wirklich ganz unschuldig, bei Gott, ganz unschuldig, Aglaja Iwanowna! Ich habe es niemals gewollt, es ist mir nie in den Sinn gekommen, und ich werde es auch niemals wollen, Sie werden sehen, ich versichere Ihnen! Es muß mich ein mir übelwollender Mensch bei Ihnen verleumdet haben! Sie können vollkommen ruhig sein!«

Während er das sagte, hatte er sich Aglaja genähert. Plötzlich nahm sie das Taschentuch vom Gesicht, sah ihn schnell an, sah seine ganze erschrockene Gestalt, dachte einen Augenblick nach, begriff den Sinn seiner Worte, und plötzlich brach sie in helles Gelächter aus, ihm ins Gesicht — in ein so lustiges, unbezwingbares, komisches und spottfrohes Lachen, daß Adelaida als erste nicht widerstehen konnte, namentlich nach einem Blick auf den Fürsten, schnell zur Schwester lief, sie umarmte und in ein ebenso unbezwingbares Lachen ausbrach wie diese. Beim Anblick der beiden wie die lustigsten Schulrangen lachenden Schwestern begann plötzlich auch der Fürst zu lächeln, und erleichtert, froh und glücklich sagte er immer wieder:

»Nun, Gott sei Dank, Gott sei Dank!«

Da hielt es auch Alexandra nicht aus und begann gleichfalls von ganzem Herzen zu lachen. Das Gelächter der drei schien gar kein Ende mehr nehmen zu wollen.

»Verrückt seid ihr!« brummte Lisaweta Prokofjewna. »Zuerst erschreckt ihr einen — ich weiß nicht wie, und dann...«

Aber da lachte auch schon Fürst Sch., lachte auch Jewgenij Pawlowitsch, und Kolja lachte ohne aufzuhören, und beim Anblick so vieler Lachenden mußte schließlich auch der Fürst lachen.

»Gehen wir spazieren, gehen wir spazieren!« rief Adelaida. »Alle, alle, auch der Fürst muß unbedingt mitkommen! Nein, Sie dürfen jetzt nicht fortgehen, Sie lieber Mensch! Nein, was für ein lieber Mensch er doch ist, Aglaja! Nicht wahr, Mama? Aber ich muß ihm jetzt unbedingt, unbedingt einen Kuß dafür geben, für... für die Erklärung, die er soeben Aglaja verabreicht hat! Maman, liebe, gute, Sie erlauben mir doch, ihn zu küssen? Aglaja, erlaubst du, daß ich *deinen* Fürsten küsse?« rief die Unartige in ihrem Übermut, lief schnell zum Fürsten und küßte ihn auch tatsächlich auf die Stirn.

Fürst Lew Nikolajewitsch ergriff ihre beiden Hände, preßte sie so fest zusammen, daß Adelaida fast aufschrie, blickte sie mit unendlicher Freude an, und plötzlich führte er schnell ihre Hand an die Lippen und küßte sie dreimal.

»Also gehen wir!« rief Aglaja. »Fürst, Sie werden mich führen. Ist das erlaubt, maman? Er hat mir doch einen Korb gegeben! Sie haben sich doch auf ewig von mir losgesagt, Fürst? Aber doch nicht so, doch nicht so reicht man einer Dame den Arm! Wissen Sie denn noch nicht, wie man einer Dame den Arm reicht? So, sehen Sie, so macht man das. Nun, gehen wir jetzt, gehen wir! Und wir sind das erste Paar, wir wollen vorausgehen! Wollen Sie vorausgehen, tête-à-tête?«

Sie plauderte ohne Unterlaß und brach zwischendurch immer noch in Lachen aus.

»Gott sei Dank! Gott sei Dank!« sagte Lisaweta Prokofjewna einmal über das andere Mal, doch ohne dabei selbst recht zu wissen, worüber sie sich eigentlich freute.

»Äußerst sonderbare Menschen!« dachte Fürst Sch., vielleicht zum hundersten Male schon, seit er sie kennengelernt hatte, aber ... sie gefielen ihm, diese sonderbaren Menschen. Nur was den Fürsten Lew Nikolajewitsch anbelangte, so gefiel ihm der vielleicht auch nicht allzusehr. Fürst Sch. schien etwas verstimmt und gleichsam besorgt zu sein, als sie alle zusammen den Spaziergang antraten.

Jewgenij Pawlowitsch war anscheinend in der heitersten Laune. Auf dem ganzen Weg bis zum Bahnhof unterhielt er mit viel Witz Alexandra und Adelaida, die ihrerseits mit einer so auffallenden Bereitwilligkeit über seine Späße lachten, daß ihm flüchtig der Gedanke kam, sie hörten ihm überhaupt nicht zu. Bei diesem Gedanken lachte er dann plötzlich, ohne einen Grund anzugeben, laut auf, und zwar aufrichtig, von ganzem Herzen (das war schon so sein Charakter!). Die Schwestern befanden sich übrigens beide in sozusagen festtäglicher Stimmung, ununterbrochen beobachteten sie Aglaja und den Fürsten, die ihnen vorangingen; augenscheinlich hatte ihre jüngste Schwester ihnen ein großes Rätsel aufgegeben. Fürst Sch. wiederum gab sich Mühe, Lisaweta Prokofjewna mit nebensächlichen Dingen zu unterhalten, vielleicht um sie von gewissen anderen Dingen abzulenken, und langweilte sich schrecklich damit. Sie schien ihre Gedanken gar nicht sammeln zu können, antwortete zerstreut und manchmal überhaupt nicht. Aber das rätselhafte Benehmen Aglaja Iwanownas hatte an diesem Abend noch nicht sein Ende erreicht. Als man sich ungefähr hundert Schritte von der Villa entfernt hatte, flüsterte Aglaja schnell halblaut ihrem schweigsamen Begleiter zu:

»Schauen Sie nach rechts.«

Der Fürst blickte hin.

»Sehen Sie dort jene Bank im Park, dort, wo die drei großen Bäume stehen ... die grüne Bank?«

Der Fürst antwortete, er sehe sie.

»Gefällt Ihnen dieser Platz? Dorthin gehe ich bisweilen morgens, gegen sieben Uhr, allein, wenn die anderen noch schlafen, und sitze da.«

Der Fürst antwortete verwirrt, daß der Platz in der Tat sehr schön sei.

»Aber jetzt gehen Sie weg von mir, ich will nicht mehr mit Ihnen Arm in Arm gehen. Oder bleiben Sie, aber sprechen Sie mit mir kein Wort. Ich möchte allein für mich denken ...«

Dieses Verbot war jedenfalls überflüssig: der Fürst hätte sicher auch ohne diesen Befehl auf dem ganzen Wege kein Wort gesprochen. Sein Herz begann schrecklich zu klopfen, als sie ihm das von der Bank sagte. Doch schon im nächsten Augenblick besann er sich und wies die dummen Gedanken, die ihm gekommen waren, beschämt von sich.

Bei den Pawlowsker Bahnhofskonzerten ist das Publikum an Wochentagen bekanntlich, oder wenigstens wie allgemein behauptet wird, ein »gewähltes« als an Sonn- und Feiertagen, wenn aus Petersburg »allerhand Leute« hinkommen. Die Toiletten sind nicht festtäglich, aber elegant. Es gehört zum guten Ton, sich bei der Musik zu treffen. Das Orchester ist in der Tat das beste von allen unseren Sommerorchestern und setzt die neuesten Kompositionen auf das Programm. Der gesellschaftliche Ton, die Etikette werden strengstens gewahrt, obgleich der Besuch des Publikums einen gewissen familienhaften, ja sogar intimen Charakter trägt. Die Villenbewohner geben sich hier ein Rendezvous, um sich gegenseitig zu mustern. Viele tun das mit Vergnügen und finden sich nur deshalb ein; aber es gibt auch andere, die nur der Musik wegen kommen. Skandalszenen ereignen sich an Wochentagen äußerst selten, doch pflegen auch sie manchmal vorzukommen. Ganz ohne Skandal scheint es nun einmal nicht zu gehen.

Der Abend war diesmal wunderschön, und es hatte sich auch genug Publikum versammelt. Um das Orchester herum waren alle Plätze besetzt. Unsere Gesellschaft nahm auf einigen Stühlen etwas abseits Platz, dicht bei dem linken Bahnhofausgang. Das Publikum und die Musik wirkten auf Lisaweta Prokofjewna einigermaßen belebend und auf die jungen Damen ablenkend; sie waren schon dabei, mit Bekannten Grüße auszutauschen, anderen freundlich von fern zuzunicken, die Toiletten zu mustern, manches Auffallende zu bemerken, zu kritteln und mokant zu lächeln. Auch Jewgenij Pawlowitsch verneigte sich des öfteren. Auf Aglaja und den Fürsten, die immer noch zusammen waren, wurden manche schon aufmerksam. Alsbald traten zur Mama und den jungen Damen einzelne bekannte junge Herren, um sie zu begrüßen und ein paar blieben bei ihnen, um sich zu unterhalten; sie waren alle mit Jewgenij Pawlowitsch befreundet. Unter diesen war ein junger, sehr hübscher Offizier, ein sehr lustiger, sehr gesprächiger Mensch; er beeilte sich, mit Aglaja ein Gespräch anzuknüpfen, und gab sich alle Mühe, ihre Aufmerksamkeit auf sich zu lenken. Aglaja verhielt sich ihm gegenüber sehr gnädig und äußerst lachlustig. Jewgenij Pawlowitsch bat den Fürsten um die Erlaubnis, ihn mit diesem Freund bekanntmachen zu dürfen; der Fürst begriff kaum, was man von ihm wollte, aber die Vorstellung kam doch zustande; sie verbeugten sich und reichten einander die Hand. Der Freund Jewgenij Pawlowitschs richtete eine Frage an ihn, aber der Fürst antwortete anscheinend kaum oder nur so undeutlich irgend etwas vor sich hin, daß der Offizier ihn unverwandt ansah, dann Jewgenij Pawlowitsch anblickte, sofort begriff, wozu dieser darauf gekommen war, sie einander vorzustellen; er lächelte kaum merklich und wandte sich wieder Aglaja zu. Jewgenij Pawlowitsch war der einzige, der es bemerkte, daß Aglaja hierbei plötzlich errötete. Der Fürst gewahrte es nicht einmal, daß andere mit Aglaja sprachen und sich um ihre Gunst bewarben, ja, mitunter vergaß er fast, daß er selbst neben ihr saß. Manchmal erfaßte ihn das Verlangen, irgendwohin wegzugehen, ganz von hier zu verschwinden; sogar ein düsterer, öder Ort hätte ihm gefallen, wenn er nur mit seinen Gedanken hätte allein sein können und niemand wüßte, wo er sich befände. Oder wenn er doch wenigstens zu Hause auf der Veranda hätte sein können, aber so, daß niemand bei ihm wäre, weder Lebedeff noch die Kinder; wenn er sich dort auf den Diwan werfen könnte, das Gesicht ins Kissen drücken und so liegen bleiben, einen Tag lang, eine Nacht, noch einen Tag. Für Augenblicke traten ihm auch die Berge wieder in Erinnerung, besonders ein ihm wohlbekannter Aussichtspunkt in den Bergen, an den er immer gern zurückdachte und wohin er immer gern gegangen war, als er noch dort lebte, um hinabzuschauen auf das Dorf, auf den kaum sichtbaren weißen Faden des Wasserfalls dort unten, und dann auf die weißen Wolken und die verfallene alte Burg. Oh, wie gern wäre er jetzt dort gewesen und hätte an das Eine gedacht – oh! das ganze Leben lang nur daran – und für tausend Jahre hätte er an diesem Einen genug gehabt! Hier aber, hier sollte man ihn ganz vergessen. Oh, das wäre sogar notwendig, ja, es wäre sogar besser gewesen, man hätte ihn hier überhaupt nicht kennengelernt und alles das wäre nur im Schlaf ein Traum gewesen. Aber war es denn nicht ganz gleich, ob man es im Traum oder in der Wirklichkeit erlebte! – Manchmal begann er plötzlich Aglaja anzuschauen und konnte oft an die fünf Minuten lang seinen Blick nicht von ihrem Gesicht losreißen, aber sein Blick war gar zu sonderbar: es war, als sähe er auf sie wie auf einen über zwei Werst weit von ihm entfernten Gegenstand oder wie auf ein Bild von ihr und nicht wie auf sie selbst.

»Warum sehen Sie mich so an, Fürst?« sagte sie plötzlich, indem sie das lustige Geplauder und das Lachen mit den anderen unterbrach. »Ich fürchte mich vor Ihnen; mir ist die ganze Zeit, als wollten Sie die Hand ausstrecken und mein Gesicht mit dem Finger berühren, um es zu befühlen. Nicht wahr, Jewgenij Pawlowitsch, er sieht mich doch gerade so an?«

Der Fürst hörte anscheinend verwundert, daß man sich

an ihn wandte, dachte nach, begriff vielleicht nicht ganz das Gehörte, antwortete nichts, doch als er sah, daß sie und alle lachten, verzog er plötzlich den Mund und begann gleichfalls zu lachen. Das Gelächter ringsum nahm zu; der Offizier, der offenbar ein lachlustiger Mensch war, lachte sogar laut auf. Aglaja murmelte plötzlich zornig vor sich hin:

»So ein Idiot!«

»Herrgott! Sollte sie denn wirklich so einen ... verliert sie denn ganz und gar den Verstand?«

»Das ist nur Scherz! Genau so wie damals mit dem armen Ritter«, flüsterte Alexandra der Mutter leise, aber mit fester Stimme ins Ohr, »weiter ist es nichts! Sie hat ihn auf ihre Art wieder aufs Korn genommen. Aber dieser Scherz geht schon zu weit, dem muß man ein Ende machen, maman! Vorhin hat sie uns wie eine Schauspielerin eine Komödie vorgespielt und uns aus Übermut einen Schreck eingejagt...«

»Es ist noch ein Glück, daß sie an einen solchen Idioten geraten ist«, antwortete ihr Lisaweta Prokofjewna gleichfalls flüsternd. Die Bemerkung der Tochter hatte ihr doch das Herz erleichtert.

Der Fürst hörte es, daß man ihn einen Idioten nannte, und im selben Augenblick fuhr er zusammen, aber nicht deshalb, weil man ihn so nannte. Den „Idiot" vergaß er sofort. Aber in der Menge, nicht weit von dem Platz, wo er saß, irgendwo seitwärts — es wäre ihm ganz unmöglich gewesen anzugeben, an welcher Stelle, an welchem Punkt — war ein Gesicht aufgetaucht, ein blasses Gesicht mit krausem dunklem Haar, mit dem ihm bekannten, nur zu bekannten Blick und Lächeln —, es war aufgetaucht und verschwunden. Vielleicht war es nur eine Halluzination gewesen: von der ganzen Vision behielt er nur den Eindruck des schiefen Lächelns, der Augen und einer hellgrünen, stutzerhaften Halsbinde, die der verschwundene Herr getragen hatte. Ob dieser Herr sich nun in der Menge verloren hatte oder in den Bahnhof verschwunden war, das hätte der Fürst gleichfalls nicht angeben können.

Aber eine Minute darauf begann er plötzlich schnell und unruhig um sich zu blicken; diese erste Erscheinung konnte doch die Vorbotin und Vorgängerin einer zweiten Erscheinung sein. Das wäre ja sogar mit Bestimmtheit vorauszusehen gewesen. Hatte er denn, als er herkam, die Möglichkeit einer Begegnung wirklich ganz vergessen? Freilich, als er herkam, hatte er wohl gar nicht gewußt, wohin er ging — in einem solchen Zustand befand er sich. Wäre er aber achtsamer gewesen oder überhaupt imstande, es zu sein, so hätte er schon vor einer Viertelstunde bemerken können, daß Aglaja sich hin und wieder flüchtig umsah, und zwar gleichfalls wie mit einer gewissen Unruhe, ganz als hätte auch sie irgend etwas in der Umgebung gesucht. Jetzt aber, als seine Unruhe so bemerkbar wurde, wuchsen auch Aglajas Aufregung und Unruhe, und kaum blickte er sich um, da tat auch sie unwillkürlich sofort dasselbe. Die Lösung dieser Spannung ließ nicht lange auf sich warten.

Aus jenem selben linken Ausgang des Bahnhofes, in dessen Nähe der Fürst und Jepantschins Platz genommen hatten, trat plötzlich ein ganzer Schwarm von Menschen, mindestens zehn Personen. Ihnen voran gingen drei Damen; von diesen waren zwei auffallend schön, und so erschien es auch nicht weiter seltsam, daß ihnen so viele Verehrer nachfolgten. Aber sowohl die Verehrer wie auch die Damen, alle waren sie etwas Besonderes, etwas ganz Anderes als das übrige bei der Musik versammelte Publikum. Sie wurden sofort fast von allen bemerkt, doch die meisten bemühten sich, so zu tun, als sähen sie sie überhaupt nicht; höchstens ein paar der jungen Herren lächelten über sie, indem sie unter sich halblaute Bemerkungen austauschten. Die Neuerschienenen nicht zu sehen, war ganz unmöglich: sie benahmen sich ohne Scheu, sprachen laut, lachten. Man hätte annehmen können, daß es unter ihnen auch viele Berauschte gab, obschon äußerlich manche von ihnen stutzerhaft und manche elegant gekleidet waren; doch neben diesen gab es auch etliche von sehr sonderbarem Aussehen, in sonderbarer

Kleidung, mit sonderbar angeregten Gesichtern; auch ein paar Militärpersonen waren dabei; ebenso auch Herren in älteren Jahren, einzelne wohlhabend gekleidet, in bequem und elegant gearbeiteten Anzügen, mit Ringen und juwelengeschmückten Hemdknöpfen, mit prachtvollen pechschwarzen Perücken und Backenbärten und besonders vornehmem, wenn auch etwas anspruchsvoll mäkelndem Gesichtsausdruck, die aber übrigens von der guten Gesellschaft wie die Pest gemieden werden. Unter unseren Sommerfrischen außerhalb des Umkreises der Stadt gibt es natürlich auch solche, die sich durch hervorragend guten Ton auszeichnen und in besonders gutem Ruf stehen; aber auch der vorsichtigste Mensch kann sich nicht jeden Augenblick vor einem Ziegelstein schützen, der von einem Nachbarhaus herabfällt. Ein solcher Ziegelstein war jetzt im Begriff, auf das wohlanständige Publikum, das sich zur Musik im Bahnhofspark eingefunden hatte, herabzufallen.

Um aus dem Bahnhof auf den Platz zu gelangen, wo das Orchester spielte, mußte man drei Stufen hinabsteigen. Unmittelbar bei diesen Stufen blieb aber der Schwarm stehen; man traute sich nicht hinabzusteigen, aber eine der Damen schritt weiter; von ihrer Suite wagten nur zwei ihr zu folgen. Der eine war ein ziemlich bescheiden aussehender Mensch in mittleren Jahren und von einem in jeder Hinsicht anständigen Äußeren, doch machte er den Eindruck eines absoluten Außenseiters, d. h. eines jener Menschen, die nie jemanden kennen und auch nie von jemandem gekannt werden. Der andere, der seine Dame nicht verließ, war äußerlich ganz vernachlässigt und sah sehr zweideutig aus. Von den übrigen folgte niemand der exzentrischen Dame; aber sie sah sich, indem sie hinunterstieg, auch überhaupt nicht nach ihnen um, als wäre es ihr ganz gleichgültig, ob man ihr nachfolge oder nicht. Sie lachte und unterhielt sich laut wie zuvor; gekleidet war sie mit außergewöhnlichem Geschmack und kostbar, aber ein wenig reicher, als es richtig gewesen wäre. Sie wollte anscheinend an dem Orchester vorüber nach der anderen Seite des Platzes gehen, wo neben dem Fahrweg eine Equipage auf jemanden wartete.

Der Fürst hatte *sie* schon seit mehr als drei Monaten nicht gesehen. Seit seiner Ankunft in Petersburg hatte er sich täglich vorgenommen, sie aufzusuchen; aber vielleicht hatte eine geheime Vorahnung ihn zurückgehalten. Wenigstens konnte er auf keine Weise den Eindruck im voraus erraten, den die bevorstehende Begegnung mit ihr auf ihn machen werde, und doch bemühte er sich manchmal angstvoll, diesen Eindruck sich vorzustellen. Eines war ihm klar: daß es ein schwerer Eindruck sein werde. In diesen sechs Monaten hatte er sich mehrmals jene erste Empfindung vergegenwärtigt, die das Gesicht dieser Frau schon beim ersten Sehen ihres Bildes in ihm hervorgerufen hatte; aber schon in diesem Eindruck des Bildes war, wie er sich erinnerte, gar zu viel Schweres, Bedrückendes gewesen. Jener Monat in der Provinz, wo er fast täglich mit ihr zusammengekommen war, hatte eine schreckliche Wirkung auf ihn ausgeübt, eine derartige, daß der Fürst sogar jede Erinnerung an diese noch nicht weit zurückliegende Zeit zu verscheuchen suchte. In dem Gesicht dieser Frau lag für ihn immer etwas Qualvolles: im Gespräch mit Rogoshin hatte der Fürst diese Empfindung ein Gefühl grenzenlosen Mitleids genannt, und das war richtig: das Gesicht dieser Frau hatte schon beim Anblick des Bildes die ganze Marter des Erbarmens in seinem Herzen hervorgerufen; dieser Eindruck des Mitleidens und sogar des eigenen Leidens um dieses Wesen hatte sein Herz nie mehr verlassen, verließ es auch jetzt nicht. O nein, er empfand das sogar noch stärker! Aber mit jener Benennung, die er Rogoshin gegenüber gebraucht hatte, war er doch nicht zufrieden gewesen; und erst jetzt, in diesem Augenblick ihres plötzlichen Erscheinens erkannte er, vielleicht durch die unmittelbare Empfindung, was in seinen zu Rogoshin gesagten Worten gefehlt hatte. Es fehlten Worte, die Entsetzen wiedergeben könnten; ja, Entsetzen! Jetzt, in diesem Augenblick empfand er es vollkommen; er war überzeugt, vollständig überzeugt, aus nur ihm bekannten Gründen, daß diese Frau — irrsinnig war. Wenn man eine Frau über alles in der Welt liebte oder einen Vorgeschmack von der Möglichkeit einer solchen Liebe hätte, und dann plötzlich diese Frau an der Kette erblickte, hinter eisernem Gitter, dem Stock des Aufsehers ausgesetzt — so wäre ein solcher Eindruck einigermaßen ähnlich dem, was der Fürst jetzt empfand.

»Was ist Ihnen?« flüsterte Aglaja hastig, indem sie sich nach ihm umsah, und berührte naiv seinen Arm.

Er wandte den Kopf nach ihr hin, sah sie an, blickte in ihre schwarzen Augen, die für ihn unverständlich funkelten, in diesem Moment versuchte er ihr zuzulächeln, aber plötzlich, als hätte er sie im selben Moment vergessen, wandte er die Augen wieder nach rechts und begann wieder mit dem Blick seiner außergewöhnlichen Vision zu folgen. Nastassja Filippowna ging in diesem Augenblick dicht an den Stühlen der jungen Mädchen vorüber. Jewgenij Pawlowitsch fuhr fort, Alexandra Iwanowna etwas offenbar sehr Komisches und Interessantes zu erzählen, und sprach schnell und animiert. Der Fürst erinnerte sich, daß Aglaja plötzlich halblaut sagte: »Was für eine...«

Eine unbestimmte Äußerung, die sie nicht zu Ende sprach; sie beherrschte sich sofort und fügte nichts weiter hinzu, aber das Gesagte genügte schon. Nastassja Filippowna, die so vorüberging, als bemerke sie niemanden im besonderen, wandte sich plötzlich nach dieser Seite hin und tat, als erblicke sie erst jetzt Jewgenij Pawlowitsch.

»Ach! Da ist er ja!« rief sie, indem sie plötzlich stehenblieb, »bald ist er überhaupt nicht zu finden, trotz aller Kuriere, bald sitzt er gerade da, wo man gar nicht hindenkt ... Und ich dachte doch, du wärest dort ... bei deinem Onkel!«

Jewgenij Pawlowitsch wurde feuerrot, sah sie wütend an, wandte sich aber schnell wieder von ihr ab.

»Wie?! Weißt du es denn noch nicht? Denkt euch, er weiß es noch nicht! Er hat sich doch erschossen! Heute früh hat sich dein Onkel erschossen! Ich erfuhr es schon um zwei Uhr; jetzt weiß es schon die halbe Stadt; dreihundertfünfzigtausend fehlen in der Staatskasse, wie verlautet, aber manche behaupten sogar: fünfmalhunderttausend. Und ich rechnete immer darauf, daß er dir noch eine Erbschaft hinterlassen werde. Alles hat er durchgebracht! Ist der ausschweifendste Lebegreis gewesen... Nun, adieu, bonne chance! Willst du denn wirklich nicht hinfahren? Da hast du gerade noch rechtzeitig den Abschied genommen, Schlaukopf! Aber was, Unsinn, du hast es ja gewußt, hast es im voraus gewußt: vielleicht schon gestern...«

Obschon in der frechen Zudringlichkeit, in der öffentlichen Vortäuschung einer Bekanntschaft und Intimität, die es zwischen ihnen gar nicht gab, unbedingt eine bestimmte Absicht lag, und jetzt bereits kein Zweifel daran mehr möglich war, so wollte Jewgenij Pawlowitsch anfangs doch noch einfach darüber hinweggehen und die Beleidigerin um keinen Preis bemerken. Aber Nastassja Filippownas Worte trafen ihn wie ein Donnerschlag; als er von dem Tode seines Onkels hörte, wurde er totenblaß und wandte sich unwillkürlich derjenigen zu, die ihm diese Nachricht brachte. In diesem Augenblick erhob sich Lisaweta Prokofjewna hastig von ihrem Platz, winkte den anderen, ihr zu folgen und verließ fast im Eilschritt den Ort. Nur Fürst Lew Nikolajewitsch blieb noch einen Augenblick wie unentschlossen stehen, und Jewgenij Pawlowitsch stand immerfort wie noch nicht zu sich gekommen da. Aber Jepántschins hatten sich noch keine zwanzig Schritte weit entfernt, als sich eine schreckliche Skandalszene entlud.

Jener Offizier, Jewgenij Pawlowitschs bester Freund, der sich mit Aglaja unterhalten hatte, war im höchsten Grade empört.

»Hier tut einfach eine Reitgerte not, anders ist solch ein Geschöpf nicht zu belehren!« sagte er fast laut. (Er war wohl schon früher Jewgenij Pawlowitschs Vertrauter.)

Nastassja Filippowna wandte sich im Nu nach ihm um.

Ihre Augen blitzten; sie stürzte zu einem zwei Schritte von ihr stehenden, ihr ganz unbekannten jungen Mann, der ein dünnes geflochtenes Spazierstöckchen in der Hand hielt, entriß es ihm und versetzte damit ihrem ·Beleidiger aus aller Kraft einen Schlag quer über das Gesicht. Das geschah alles in einem Augenblick. Der Offizier war im Begriff, sich sofort auf sie zu stürzen, außer sich vor Wut; Nastassja Filippowna stand ganz allein da, ihr Gefolge war nicht mehr zu sehen; der anständige Herr in mittleren Jahren hatte sich schon zu drücken verstanden, der andere aber, der angeheiterte, stand weiter abseits und lachte unbändig. Eine Minute später wäre natürlich die Polizei erschienen, aber in dieser Minute wäre es Nastassja Filippowna schlimm ergangen, wenn nicht eine unerwartete Hilfe noch rechtzeitig eingegriffen hätte: dem Fürsten, der gleichfalls nur zwei Schritte weit stehengeblieben war, gelang es gerade noch, den Offizier von hinten an den Armen zu packen. Der Offizier suchte sich loszureißen und stieß ihn dabei mit aller Wucht gegen die Brust; der Fürst flog etwa drei Schritte weit zurück und fiel auf einen Stuhl. Aber da hatten sich schon zwei Beschützer bei Nastassja Filippowna eingefunden. Vor dem angriffswütigen Offizier stand der „Boxer", der Verfasser jenes dem Leser bereits bekannten verleumderischen Artikels und aktives Mitglied des früheren Rogoshinschen Gefolges.

»Keller, Leutnant a. D.!« stellte er sich mit anmaßender Forschheit vor. »Wenn Ihnen ein Faustkampf gefällig ist, Herr Hauptmann, so stehe ich, in Vertretung des schwachen Geschlechts, zu Ihren Diensten. Verstehe mich vortrefflich auf die englische Boxkunst. Nur werden Sie hier nicht handgreiflich, Herr Hauptmann; ich kann Ihnen die *blutige* Beleidigung nachempfinden, aber ich kann nicht zulassen, daß einer Frau gegenüber öffentlich, vor dem ganzen Publikum, vom Faustrecht Gebrauch gemacht werde. Wenn Sie aber, wie es sich für einen anständigen Menschen gehört, auf eine andere Weise ... Sie werden mich natürlich verstehen, Herr Hauptmann, so ...«

Aber der Hauptmann war schon zur Besinnung gekommen und hörte ihn gar nicht mehr an. In diesem Augenblick reichte aber Rogoshin, der aus der Menge aufgetaucht war, Nastassja Filippowna schon den Arm, und führte sie schnell weg. Rogoshin sah selbst unendlich erregt aus, war blaß und zitterte. Doch indem er Nastassja Filippowna wegführte, fand er noch Zeit, dem Offizier im Vorübergehen höhnisch ins Gesicht zu lachen und mit der Miene eines triumphierenden Kaufkommis zu sagen:

»Hach! Das hast du nun davon! Die ganze Fresse voll Blut! Hach!«

Der Offizier hatte seine Selbstbeherrschung schon wiedergewonnen und begriff jetzt vollkommen, mit wem er es hier zu tun hatte; er wandte sich höflich (übrigens indem er das Gesicht mit dem Taschentuch verdeckte) an den Fürsten, der schon vom Stuhl aufgestanden war.

»Sie sind doch Fürst Myschkin, den kennenzulernen ich das Vergnügen hatte?«

»Sie ist irrsinnig! Ist geisteskrank! Ich versichere Ihnen!« antwortete der Fürst mit zitternder Stimme und streckte ihm aus irgendeinem Grunde seine zitternden Hände entgegen.

»Ich kann mich natürlich solcher Kenntnisse nicht rühmen, aber ich muß Ihren Namen wissen.«

Er nickte und ging weg. Die Polizei erschien genau fünf Sekunden nach dem Verschwinden auch der letzten beteiligten Personen. Übrigens hatte der ganze Skandal gewiß nicht länger als zwei Minuten gedauert. Vom Publikum waren einzelne aufgestanden und weggegangen, andere hatten sich nur auf andere Plätze gesetzt; manche freuten sich sehr über den Skandal; und manche begannen lebhaft zu sprechen und interessierten sich sehr. Mit einem Wort, der Zwischenfall endete wie gewöhnlich. Das Orchester begann wieder zu spielen. Der Fürst ging Jepantschins nach. Wenn er darauf verfallen wäre oder Zeit gehabt hätte, nach links zu schauen, als er nach dem Stoß des Offiziers auf den Stuhl gefallen war, so hätte er etwa zwanzig Schritte weit Aglaja erblickt, die stehengeblieben war, um die skandalöse Szene anzusehen, und auf die Rufe ihrer Mutter und der Schwestern, die schon weitergegangen waren, überhaupt nicht hörte. Fürst Sch. kehrte eilig zu ihr zurück und bewog sie endlich, schneller wegzugehen. Lisaweta Prokofjewna erinnerte sich, daß Aglaja sich zunächst in einer solchen Erregung befand, daß sie ihre Rufe wohl kaum gehört hatte. Aber zwei Minuten darauf, als sie eben in den Park eingetreten waren, sagte Aglaja in ihrem wie gewöhnlich gleichmütigen und eigenwilligen Ton:

»Ich wollte nur sehen, womit die Komödie enden werde.«

III

Dieser Vorfall hatte die Generalin und die Töchter geradezu mit Entsetzen erfüllt. In der Erregung legte Lisaweta Prokofjewna den ganzen Weg nach Hause fast im Laufschritt zurück. Nach ihren Begriffen hatte sich bei diesem Vorfall so vieles entschleiert, daß in ihrem Kopf trotz ihrer Aufregung und ihres Schreckens große Entschlüsse reiften. Aber auch die anderen begriffen alle, daß etwas ganz Besonderes vorgefallen war und daß — vielleicht zum Glück — ein außergewöhnliches Geheimnis sich zu entschleiern begann. Trotz der früheren Versicherungen und Erklärungen des Fürsten Sch. war Jewgenij Pawlowitsch jetzt also in der Tat »entlarvt« und seiner »Beziehungen zu diesem Geschöpf öffentlich überführt«. So dachte Lisaweta Prokofjewna, und so dachten selbst die beiden älteren Töchter. Aber das Ergebnis dieser Annahme war, daß die Sache noch verwickelter, noch rätselhafter wurde. Die älteren Schwestern waren im Grunde zwar ein wenig ungehalten über den gar so großen Schrecken und die so offenkundige Flucht ihrer Mutter, wollten sie aber in den ersten Augenblicken der Erregung doch nicht mit Fragen noch mehr beunruhigen. Außerdem schien es ihnen aus irgendeinem Grunde, daß ihr Schwesterchen, Aglaja Iwanowna, vielleicht mehr von dieser Sache wüßte, als sie alle drei, die Mutter einbezogen. Fürst Sch. war gleichfalls finster wie die Nacht und ebenso sehr nachdenklich. Lisaweta Prokofjewna sprach zu ihm auf dem ganzen Wege kein Wort, er aber schien das nicht einmal zu bemerken. Adelaida versuchte, ihn zu fragen: »Von was für einem Onkel war denn da die Rede und was ist in Petersburg geschehen?« Doch er murmelte nur mit sehr verkniffener Miene etwas ganz Unverständliches zur Antwort, von Erkundigungen usw., und daß das natürlich alles Unsinn sei. »Darüber besteht kein Zweifel«, sagte Adelaida und fragte nicht weiter. Aglaja war dagegen bald ganz ungewöhnlich ruhig und bemerkte unterwegs nur, daß man doch gar zu schnell gehe. Einmal wandte sie sich um und erblickte den Fürsten, der ihnen nacheilte. Über seine Bemühung, sie einzuholen, lächelte sie spöttisch und sah sich nicht mehr nach ihm um.

Kurz vor ihrer Villa kam ihnen Iwan Fjodorowitsch entgegen, der soeben aus Petersburg zurückgekehrt war. Schon nach den ersten Worten erkundigte er sich nach Jewgenij Pawlowitsch. Aber seine Gemahlin ging mit drohender Miene an ihm vorüber, ohne ihm zu antworten, ja, ohne ihn überhaupt anzusehen. Aus den Augen der Töchter und des Fürsten Sch. erriet er sofort, daß in der Familie Gewitterstimmung herrschte. Aber auch ohne dies sprach aus seinem Gesicht schon eine außergewöhnliche Unruhe. Er faßte den Fürsten Sch. sofort unter und hielt ihn am Eingang des Hauses zurück, um flüsternd ein paar Worte mit ihm auszutauschen. Als sie auf die Veranda traten und sich zu Lisaweta Prokofjewna begaben, konnte man aus ihren erregten Gesichtern ersehen, daß sie beide eine außergewöhnliche Nachricht erhalten hatten. Auch die anderen folgten Lisaweta Prokofjewna nach oben, und auf der Veranda blieb schließlich Fürst Myschkin allein zurück. Er saß in einem Winkel, als warte er dort auf irgend etwas, übrigens wußte er selbst nicht, warum er dort saß; es kam ihm gar nicht in den Sinn, wegzugehen angesichts der allgemeinen Aufregung im Hause. Es war, als habe er die ganze Welt um sich herum vergessen und sei bereit, zwei Jahre lang so sitzen zu bleiben, wo man ihn gerade hinsetzte. Von oben hörte er ab und zu Laute eines erregten Gesprächs. Er hätte selbst nicht zu sagen gewußt, wie lange er schon so dagesessen hatte. Es wurde spät und begann zu dunkeln. Plötzlich trat Aglaja auf die Veranda, äußerlich ruhig, nur ein wenig bleich. Als sie den Fürsten erblickte, den sie anscheinend »hier nicht erwartet hatte«, lächelte sie gleichsam verwundert.

»Was tun Sie hier?« fragte sie und trat zu ihm.

Der Fürst sprang vom Stuhl auf und murmelte verwirrt irgend etwas; aber Aglaja setzte sich sofort neben ihn hin; da setzte auch er sich wieder hin. Plötzlich betrachtete sie ihn sehr aufmerksam, darauf sah sie zum Fenster hinaus, ganz wie völlig gedankenlos, und dann sah sie wieder ihn an. »Vielleicht hat sie Lust, jetzt zu lachen«, dachte der Fürst, »aber nein, dann würde sie es doch einfach tun.«

»Vielleicht wollen Sie Tee trinken, dann werde ich welchen bringen lassen«, sagte sie nach einigem Schweigen.

»N—ein ... Ich weiß nicht ...«

»Wie kann man das nicht wissen! Ach ja, hören Sie: wenn jemand Sie zum Duell forderte, was würden Sie dann tun? Ich wollte Sie schon vorhin danach fragen.«

»Ja ... wer denn ... mich wird niemand zum Duell fordern.«

»Nun, aber wenn man Sie forderte? Würden Sie dann sehr erschrecken?«

»Ich glaube, daß ich mich ... sehr fürchten würde.«

»Im Ernst? Sie sind also feige?«

»N—ein; das vielleicht doch nicht. Feige ist, wer sich fürchtet und davonläuft, wer sich aber fürchtet und nicht davonläuft, der ist noch nicht feige«, sagte der Fürst lächelnd nach kurzem Nachdenken.

»Sie würden also nicht davonlaufen?«

»Vielleicht würde ich auch nicht davonlaufen«, sagte er und lachte schließlich über ihre Frage.

»Ich bin zwar ein Weib, aber ich würde um nichts in der Welt davonlaufen«, bemerkte sie in fast beleidigendem Ton. »Übrigens scheint es, daß Sie sich wie gewöhnlich über mich lustig machen und sich verstellen, um selbst interessant zu erscheinen. Sagen Sie, meist schießt man im Duell auf zwölf Schritte? Einige aber auch auf zehn? Folglich wird man dabei sicher erschossen oder verwundet?«

»Im Duell wird wohl selten jemand erschossen.«

»Wieso selten? Puschkin fiel doch im Duell!«

»Das war vielleicht ein Zufall.«

»Durchaus kein Zufall: es war eben ein Duell auf Leben und Tod, und da wurde er erschossen.«

»Die Kugel traf ihn so tief unten, daß man annehmen muß, d'Antès habe höher gezielt, etwa auf die Brust oder auf den Kopf. Dahin, wo er getroffen wurde, zielt kein Mensch, also war der Tod Puschkins doch mehr ein Zufall. Das haben mir sachverständige Leute gesagt.«

»Und mir hat ein Soldat, mit dem ich einmal darüber sprach, gesagt, die Scharfschützen hätten beim Militär nach dem Reglement ausdrücklich Befehl, wenn sie ausschwärmten, gerade auf die „Mitte des Menschen" zu zielen, wie der Ausdruck lautet. Also nicht auf die Brust und nicht auf den Kopf, sondern gerade in die Mitte des Menschen ist ihnen befohlen zu zielen. Ich fragte darauf einen Offizier, und der bestätigte es mir.«

»Das ist wahr, aber das müssen sie nur, weil sie auf weite Entfernung schießen.«

»Können Sie schießen?«

»Ich habe noch nie geschossen.«

»Können Sie wirklich nicht einmal eine Pistole laden?«

»Nein, das kann ich nicht. Das heißt, ich weiß, wie man es macht, aber ich habe es noch nie selbst versucht.«

»Das heißt soviel, daß Sie es nicht können, denn dazu gehört Übung! Hören Sie zu und merken Sie es sich: zuerst kaufen Sie sich gutes Pulver, nicht feuchtes etwa (man sagt, es muß unbedingt ganz trockenes sein), also ganz feines Pulver, verlangen Sie nur Pistolenpulver, und nicht etwa solches, womit man Kanonen lädt. Die Kugel, sagt man, gießt man sich irgendwie selbst. Haben Sie Pistolen?«

»Nein, ich brauche auch keine«, sagte der Fürst plötzlich lachend.

»Ach, was für ein Unsinn! Kaufen Sie sich unbedingt eine Pistole, eine gute französische oder englische, die sollen die besten sein. Dann nehmen Sie Pulver, etwa einen Fingerhut voll, oder zwei, und schütten Sie es hinein. Besser etwas mehr. Dann stopfen Sie Filz hinein (man sagt, Filz sei unbedingt nötig), den können Sie ja irgend woher herauszupfen aus einer Matratze, oder die Türen sind ja manchmal mit Filz beschlagen. Wenn der Filz dann drin ist, dann stecken Sie die Kugel hinein, hören Sie: das Pulver zuerst und die Kugel darauf, sonst schießt es nicht. Warum lachen Sie? Ich will, daß Sie jetzt jeden Tag Schießübungen machen, und sogar mehrmals am Tage, und daß Sie unbedingt gut ins Ziel schießen lernen. Werden Sie es tun?«

Der Fürst lachte; Aglaja stampfte ärgerlich mit dem Fuß auf. Ihre ernste Miene bei einem solchen Gespräch wunderte den Fürsten ein wenig. Zum Teil fühlte er, daß er hier über irgend etwas nicht unterrichtet war, wonach er hätte fragen müssen — und daß es sicher etwas Ernsteres war als das Laden einer Pistole. Aber für alles das hatte er gar keinen Sinn mehr, außer für das eine: daß sie neben ihm saß, daß er sie ansah, während das, *was* sie sprach, ihm in diesem Augenblick fast ganz gleichgültig war.

Auf die Veranda trat plötzlich Iwan Fjodorowitsch. Er schien einen wichtigen Gang vorzuhaben, in seiner geärgerten und besorgten Miene lag feste Entschlossenheit.

»Ah, Lew Nikolajewitsch, du hier... Wohin willst du denn jetzt?« fragte er ihn, obwohl der Fürst auch nicht einmal daran gedacht hatte, seinen Platz zu verlassen. »Komm mit, ich habe dir einiges zu sagen.«

»Auf Wiedersehen«, Aglaja reichte ihm die Hand.

Auf der Veranda war es schon recht dunkel, der Fürst konnte ihr Gesicht in diesem Augenblick nicht deutlich erkennen. Als er nach einem Augenblick mit dem General die Villa verlassen hatte, errötete er plötzlich über und über und preßte seine rechte Hand fest zusammen.

Sie hatten, wie sich herausstellte, beide den gleichen Weg; der General schritt schnell aus, da er trotz der späten Stunde noch irgend jemand wegen irgend etwas sprechen wollte. Doch zunächst begann er plötzlich mit dem Fürsten zu sprechen, sprach erregt, ziemlich sprunghaft und erwähnte des öfteren Lisaweta Prokofjewna. Hätte der Fürst in diesem Augenblick aufmerksamer sein können, so würde er vielleicht erraten haben, daß Iwan Fjodorowitsch unter anderem auch ihn gern über etwas ausgefragt oder besser gesagt eine offene und gerade Frage an ihn gestellt hätte, es aber immer nicht fertig brachte, an den Punkt zu rühren, der dabei die Hauptsache war. Der Fürst war aber so zerstreut, daß er anfangs überhaupt nicht zuhörte und gar nicht verstand, was der General zu ihm sprach, und als dieser schließlich mit einer temperamentvoll gestellten Frage vor ihm stehen blieb, mußte er zu seiner Schande ihm gestehen, daß er diese Frage nicht beantworten könne, weil er nicht wüßte, um was es sich handelte.

Der General zuckte die Achseln.

»Was seid ihr jetzt alle für seltsame Menschen geworden«, begann der General von neuem. »Ich sage dir, ich kann Lisaweta Prokofjewnas Ideen und ewige Aufregung überhaupt nicht verstehen. Sie ist außer sich und weint und behauptet, man habe uns beleidigt und mit Schimpf und Schande bedeckt. Aber wer hat denn das getan? Wie? Wodurch? Wann und warum? Ich gebe zu, daß auch ich zum Teil die Schuld trage (ich gebe das zu), einen großen Teil der Schuld, aber den Ausfällen dieses ... ruhelosen Weibes (das sich dazu noch unschicklich beträgt) muß von der Polizei endlich eine Grenze gesetzt werden, und ich habe die Absicht, heute noch mit einer maßgebenden Persönlichkeit darüber Rücksprache zu nehmen. Man kann ja alles im guten, sanft, sogar freundlich erledigen, durch gute Bekannte und ohne jeden Skandal. Ich gebe auch zu, daß die Zukunft noch viele Ereignisse in ihrem Schoß birgt, und daß noch vieles unaufgeklärt ist; da steckt noch eine Intrige dahinter; aber wenn man hier nichts Näheres weiß, dort gleichfalls nichts zu erklären vermag, wenn ich nichts gehört habe, du nichts gehört hast, dieser und jener und ein fünfter auch nichts gehört haben, ja, wer hat dann schließlich überhaupt etwas gehört, frage ich dich? Wie ist denn das zu erklären, deiner Ansicht nach, außer mit dem einen: daß die ganze Sache zur Hälfte eine... eine Mirage ist, eine Vorspiegelung, nichts Wirkliches, in der Art wie zum Beispiel, sagen wir, der Mondschein... oder andere Trugbilder.«

»Sie ist geisteskrank«, murmelte der Fürst, der sich plötzlich mit Schmerz des ganzen Vorfalls von vorhin erinnerte.

»Du nimmst mir das Wort aus dem Mund, wenn du damit diese meinst. Ja, auch mir ist dieser Gedanke mitunter in den Kopf gekommen, und ich schlummerte dann immer beruhigt ein. Aber jetzt sehe ich, daß hier folgerichtiger gedacht wird, und ich glaube nicht mehr an Irrsinn. Ein kampfsüchtiges Weib, nun ja, meinethalben, aber dabei ist sie doch sogar scharfsinnig und keineswegs bloß *nicht*-irrsinnig. Ihr heutiger Ausfall mit der Bemerkung über Kapitón Alexéjewitsch beweist das ja auch nur zu deutlich. Ihrerseits ist es eine Art Spitzbüberei, das heißt mindestens ein Jesuitenstückchen zu einem bestimmten Zweck...«

»Über was für einen Kapitón Alexéjewitsch?«

»Ach, mein Gott, Lew Nikolajewitsch, du hast ja überhaupt nicht zugehört! Davon habe ich dir doch gleich zu Anfang erzählt, von Kapiton Alexejewitsch: ich bin so erschüttert, daß mir sogar jetzt noch Arme und Beine zittern. Deshalb bin ich doch heute so lange in der Stadt geblieben! Kapitón Alexéjewitsch Rádomskij, der Onkel von Jewgenij Pawlowitsch...«

»Ach! Was ist mit ihm?« rief der Fürst.

». . . hat sich erschossen, heute morgen! Um sieben Uhr! Ein angesehener Greis, siebzigjährig, Epikureer — und es stimmt alles, was sie gesagt hat: Staatsgelder fehlen, eine bedeutende Summe!«

»Woher hat sie denn . . .«

»Das erfahren? Haha! Aber um sie herum hat sich ja schon ein ganzer Stab gebildet, sowie sie nur hier auftauchte! Du weißt doch, was für Leute sie jetzt besuchen und sich um diese ‚Ehre ihrer Bekanntschaft' bemühen. Selbstverständlich hat sie es sofort von jemandem erfahren können, der aus Petersburg kam, denn jetzt weiß es doch schon ganz Petersburg und hier halb Pawlowsk oder auch schon ganz Pawlowsk. Und was für eine scharfsinnige Bemerkung sie wegen der Uniform gemacht hat — man hat mir das erzählt —, das heißt, in bezug darauf, daß Jewgenij Pawlowitsch gerade noch zur rechten Zeit den Abschied genommen habe! So eine teuflische Anspielung! Nein, das ist kein Anzeichen von Irrsinn. Ich will und werde es natürlich nicht glauben, daß Jewgenij Pawlowitsch im voraus von der Katastrophe habe wissen können, das heißt, daß am soundsovielten, um sieben Uhr morgens usw. Aber er hätte für all das doch ein Vorgefühl haben können. Ich aber, wir alle aber, auch Fürst Sch. rechneten darauf, daß jener ihm noch eine Erbschaft hinterlassen werde! Entsetzlich! Entsetzlich! Übrigens, mißverstehe mich nicht, ich beschuldige ja Jewgenij Pawlowitsch in keiner Hinsicht, und ich beeile mich, dir das zu erklären, aber immerhin, schließlich ist es doch verdächtig. Fürst Sch. ist ganz erschüttert. Das ist alles so seltsam zusammengetroffen.«

»Aber was ist denn an Jewgenij Pawlowitschs Verhalten verdächtig?«

»Gar nichts! Er hat sich sehr anständig verhalten. Ich habe auch auf nichts anspielen wollen. Sein eigenes Vermögen ist, glaube ich, unversehrt. Lisaweta Prokofjewna will natürlich von nichts hören . . . Aber die Hauptsache — alle diese Familienkatastrophen, oder besser gesagt, Reibereien, man weiß nicht einmal, wie man sie nennen soll... Du bist doch, man kann wohl sagen, ein Freund des Hauses, Lew Nikolajewitsch, also denke dir doch nur, erst jetzt stellt es sich heraus — wenn auch noch längst nicht mit aller Klarheit —, daß Jewgenij Pawlowitsch schon vor reichlich einem Monat Aglaja einen Antrag gemacht und von ihr in aller Form einen Korb erhalten hat.«

»Das ist nicht möglich!« rief der Fürst eifrig.

»Ja, weißt du denn etwas darüber? Sieh mal, Teuerster« — der General war offenbar verblüfft und verwundert und blieb stehen —, »ich habe dir vielleicht überflüssiger- und unpassenderweise mehr gesagt, als ich hätte sagen sollen, aber das geschah doch nur, weil du... weil du... man kann wohl sagen, eben ein solcher Mensch bist. Vielleicht weißt du etwas Näheres darüber?«

»Ich weiß nichts... gar nichts von Jewgenij Pawlowitsch«, murmelte der Fürst.

»Auch ich weiß nichts! Mich... mich, Bruder, will man einfach so übergehen, für tot erklären und begraben offenbar, und dabei will niemand einsehen, daß so etwas doch bedrückend ist für einen Menschen, und daß ich das nicht ertragen kann. Soeben gab es dort eine Szene, die unerhört war! Ich rede mit dir wie mit einem leiblichen Sohn. Vor allem: Aglaja macht sich ja über ihre Mutter geradezu lustig. Daß sie vor etwa einem Monat Jewgenij Pawlowitsch anscheinend einen Korb gegeben hat und daß es zwischen ihnen zu einer Aussprache gekommen ist, in aller Form, das haben die Schwestern mitgeteilt, so als Vermutung... oder übrigens doch als bestimmte Vermutung. Aber das ist doch so ein eigenwilliges und phantastisches Geschöpf, daß es gar nicht zu sagen ist! Alle Arten von Großmut, alle glänzenden Eigenschaften des Herzens und des Verstandes — alles das hat sie, das sei zugegeben; aber dabei ist sie zugleich kapriziös, spottlustig, mit einem Wort, ein Teufelscharakter und zum Überfluß noch mit Phantasie! Über die Mutter hat sie sich soeben lustig gemacht, ihr ins Gesicht gelacht; dasselbe tut sie mit den Schwestern, mit dem Fürsten Sch.; von mir lohnt sich's gar nicht erst zu reden, denn über mich macht sie sich ja bloß ausnahmsweise nicht lustig, aber ich, weißt du, ich liebe sie, liebe sogar das, daß sie sich lustig macht — und ich glaube, dieser kleine Satan liebt mich gerade deshalb ganz besonders, sogar mehr als alle anderen, wie mir scheint. Ich wette darauf, daß sie sich auch über dich schon lustig gemacht hat. Ich fand euch vorhin beide im Gespräch, nach jenem Gewitter oben, und sie ... sie saß dort mit dir, als ob überhaupt nichts vorgefallen wäre.«

Der Fürst wurde sehr rot und drückte wieder seine rechte Hand zusammen, aber er schwieg.

»Mein lieber, guter Lew Nikolajewitsch!« sagte der General plötzlich mit Gefühl und Lebhaftigkeit, »ich ... und sogar Lisaweta Prokofjewna (die übrigens wieder angefangen hat, dich herunterzureißen, und zugleich mit dir auch mich, und zwar deinetwegen, nur verstehe ich nicht den Zusammenhang), wir lieben dich trotz alledem, lieben dich aufrichtig und achten dich, achten dich trotz allem, das heißt trotz all solcher Äußerungen, zu denen man sich mitunter hinreißen läßt. Aber du wirst doch zugeben, lieber Freund, wirst doch zugeben, was das plötzlich für ein Rätsel und für ein Ärger ist, wenn dieser kaltblütige kleine Satan (denn sie stand da vor ihrer Mutter mit der Miene tiefster Verachtung für alle unsere Fragen, besonders noch für die meinen, weil ich nämlich, hol's der Teufel, die Dummheit beging, ihr mit Strenge imponieren zu wollen, da ich doch das Oberhaupt der Familie bin — na, das war eben, wie gesagt, eine Dummheit), dieser kaltblütige kleine Satan erklärt plötzlich mit einem spöttischen Lächeln, diese ‚Geisteskranke' (so drückte sie sich aus, und ich wundere mich, daß sie genau dasselbe Wort gebrauchte wie du, und ‚seid ihr denn noch nicht dahintergekommen?' fragte sie), ja, ‚diese Geisteskranke', sagt sie, ‚hat es sich in den Kopf gesetzt, mich mit dem Fürsten Lew Nikolajewitsch zu verheiraten und deshalb Jewgenij Pawlowitsch in unserem Hause unmöglich zu machen.' Und das war alles, auf weitere Erklärungen ließ sie sich nicht ein, lachte nur, wir rissen alle den Mund auf, sie aber geht einfach hinaus und schlägt die Tür hinter sich zu. Darauf erzählte man mir von dem Vorfall mit dir ... und ... und — höre, lieber Fürst, du bist doch kein empfindlicher Mensch, bist vielmehr ein sehr vernünftiger Mensch, ich habe das schon gemerkt, aber ... weißt du, ärgere dich nicht: bei Gott, sie hält auch dich zum Narren. Wie ein Kind macht sie sich über dich lustig, sei ihr deshalb nicht böse, aber es ist entschieden so. Denke dir nichts dabei, sie spottet über dich wie über uns alle aus purer Langweile. Aber nun, leb wohl! Du kennst unsere Gefühle für dich? Unsere aufrichtige Liebe zu dir? Wir bleiben dir unveränderlich treu ... aber jetzt muß ich hier abbiegen, auf Wiedersehen! Selten habe ich mich in meinem Leben so unsicher gefühlt oder so unbehaglich (wie soll man das ausdrücken?), wie gerade jetzt ... Ach, diese Sommerfrischen!«

Als der Fürst an der Straßenkreuzung allein geblieben war, blickte er sich um und schritt dann rasch über die Straße, an das erleuchtete Fenster einer Villa, entfaltete einen kleinen Zettel, den er die ganze Zeit während des Gesprächs mit Iwan Fjodorowitsch in der rechten Hand gehalten hatte, und las bei dem matten Lichtschimmer aus dem Fenster:

»Morgen früh um sieben Uhr werde ich auf der grünen Bank im Park auf Sie warten. Ich habe mich entschlossen, über eine sehr wichtige Angelegenheit, die Sie unmittelbar angeht, mit Ihnen zu reden.«

»P. S. Ich hoffe, Sie werden diesen Zettel niemandem zeigen. Zwar schäme ich mich, Ihnen eine solche Anweisung zu schreiben, aber ich habe überlegt, daß bei Ihnen so etwas nötig ist, und so habe ich sie denn hingeschrieben — indem ich vor Scham über Ihren komischen Charakter erröte.«

»PP. SS. Es ist dieselbe grüne Bank, die ich Ihnen vorhin gezeigt habe. Schämen Sie sich. Auch das muß ich noch hinzufügen.«

Das Zettelchen war in aller Eile geschrieben und irgendwie zusammengefaltet worden, wahrscheinlich kurz bevor Aglaja auf die Veranda hinausgetreten war. In einer unsagbaren Erregung, die einem Schrecken glich, preßte der Fürst seinen Zettel wieder in der Hand zusammen und sprang wie ein aufgescheuchter Dieb vom Fenster und dem Licht weg; aber bei dieser Bewegung stieß er mit einem Herrn zusammen, der ganz nah hinter ihm stand.

»Ich bin Ihnen gefolgt, Fürst!« sagte der Herr.

»Sie sind es, Keller?« rief der Fürst erstaunt.

»Ich habe Sie gesucht, Fürst, ich wartete auf Sie an der Villa Jepantschin und folgte Ihnen, als Sie mit dem General gingen. Ich stehe zu Ihren Diensten, Fürst, verfügen Sie über Keller. Ich bin bereit, mich für Sie zu opfern, und wenn es sein muß, sogar zu sterben.«

»Aber... weshalb denn?«

»Nun, es wird doch sicher eine Forderung zum Duell erfolgen. Dieser Hauptmann — ich kenne ihn, das heißt nicht persönlich... er wird eine Beleidigung nicht so hinnehmen. Unsereinen, mich zum Beispiel und Rogoshin, hält er für Pack, und vielleicht haben wir das auch verdient; darum kommen Sie allein für ihn in Frage. Die Rechnung werden Sie bezahlen müssen, Fürst. Er hat sich nach Ihnen erkundigt, ich hörte es, und sicher schickt er Ihnen schon morgen seinen Sekundanten, oder vielleicht wartet der schon jetzt auf Sie. Wenn Sie mir die Ehre erweisen, mich zu Ihrem Sekundanten zu wählen, so bin ich bereit, für Sie in jede Verbannung zu gehen. Deshalb suchte ich Sie ja gerade jetzt, Fürst.«

»Also, auch Sie reden von einem Duell!« lachte plötzlich der Fürst laut auf, zu Kellers größter Verwunderung, und er hörte gar nicht auf zu lachen, so daß Keller, der sich die ganze Zeit wie auf Nadeln gefühlt, bis er seinen Ehrgeiz befriedigt und sich als Sekundanten angeboten hatte, sich fast beleidigt fühlte, als er den Fürsten so heiter lachen sah.

»Sie haben ihn doch, Fürst, vorhin an den Armen gepackt,

öffentlich vor allem Publikum! Ein anständiger Mensch wird sich das schwerlich gefallen lassen.«

»Und er hat mich vor die Brust gestoßen!« rief der Fürst lachend. »Wir haben keinen Grund, uns zu duellieren! Ich werde ihn um Entschuldigung bitten, und damit ist die Sache erledigt. Wenn aber unbedingt duelliert werden muß, dann meinetwegen! Mag er nur schießen; mir soll's sogar recht sein. Haha! Ich weiß jetzt, wie man eine Pistole laden muß. Wissen Sie auch, daß man mich soeben gelehrt hat, eine Pistole zu laden? Verstehen Sie eine Pistole zu laden, Keller? Zuerst muß man Pulver kaufen, Pistolenpulver, es darf aber nicht feucht sein und nicht so grob wie das, womit man aus Kanonen schießt; und dann muß man zuerst das Pulver hineinschütten, dann Filz, den man sich irgendwoher verschafft, etwa von einer mit Filz beschlagenen Tür, und dann erst steckt man die Kugel hinein, nicht die Kugel vor dem Pulver, denn sonst schießt es nicht. Merken Sie sich das, Keller: denn sonst schießt es nicht. Ha—ha! Ist das nicht die großartigste Begründung, Freund Keller? Ach, Keller, wissen Sie auch, daß ich Sie sofort umarmen und abküssen werde! Ha—ha—ha! Wie brachten Sie das vorhin nur fertig, so plötzlich vor ihm aufzutauchen? Kommen Sie doch mal möglichst bald zu mir Champagner trinken. Wollen wir uns alle betrinken! Wissen Sie auch, daß ich zwölf Flaschen Champagner habe, in Lebedeffs Keller? Lebedeff bot sie mir vor drei Tagen als „Gelegenheitskauf" an, gleich am anderen Tage, nachdem ich hierher zu ihm gezogen war, und ich habe alle gekauft! Ich werde die ganze Gesellschaft einladen. Sagen Sie, werden Sie heute nacht schlafen?«

»Wie in jeder Nacht, Fürst.«

»Nun, dann wünsche ich Ihnen schöne Träume! Haha!«

Der Fürst ging quer über die Straße und verschwand im Park. Keller blieb ganz verwundert und nachdenklich stehen. Er hatte den Fürsten noch nie in einer so sonderbaren Stimmung angetroffen und hätte ihn sich bisher auch überhaupt nicht so vorzustellen vermocht.

»Wahrscheinlich fiebert er, denn auf einen nervösen Menschen wie ihn muß das alles stark einwirken, freilich! Angst aber scheint er nicht zu haben. Sieh mal an, gerade solche haben also keine Angst, bei Gott!« dachte Keller bei sich. »Hm! Champagner! Eine interessante Nachricht. Zwölf Flaschen; ein ganzes Dutzend; eine anständige Batterie. Ich möchte wetten, daß Lebedeff diesen Champagner von irgend jemandem als Pfand bekommen hat. Hm!... er ist eigentlich sehr nett, dieser Fürst; wirklich, ich liebe solche... aber wozu Zeit verlieren und... wenn es schon Champagner gibt, so ist ja jetzt die beste Zeit dazu...«

Daß der Fürst sich geradezu in einem Fieberzustand befand, das war allerdings richtig.

Lange ging er im dunklen Park umher, und schließlich »fand er sich selbst« in einer Allee. In seinem Bewußtsein verblieb die Erinnerung, daß er in dieser Allee, von einer Bank bis zu einem alten, hohen und auffallenden Baum, etwa hundert Schritte weit, wohl schon dreißig- oder vierzigmal hin- und hergegangen war. Aber sich zu erinnern, was er in dieser Zeit von mindestens einer Stunde hier im Park gedacht hatte, das hätte er wohl auf keine Weise vermocht, selbst wenn er es gewollt hätte. Übrigens ertappte er sich auf einem Gedanken, über den er plötzlich furchtbar lachen mußte; es war eigentlich gar kein Grund zum Lachen vorhanden, aber er war die ganze Zeit so zum Lachen aufgelegt. Es kam ihm in den Sinn, daß der Gedanke an ein bevorstehendes Duell nicht nur im Kopfe Kellers hatte entstehen können, und daß folglich die Erzählung, wie man eine Pistole laden muß, ebensogut auch keine zufällige gewesen sein konnte... »Ach!« — er blieb plötzlich stehen, erleuchtet von einer anderen Idee — »vorhin trat sie auf die Veranda, als ich dort in der Ecke saß, und wunderte sich schrecklich, mich dort anzutreffen, und — lachte so... und sprach von Tee; aber dabei hatte sie in dem Augenblick doch schon diesen Zettel in der Hand, also hat sie doch sicher gewußt, daß ich dort saß, warum tat sie denn so erstaunt?«

Er nahm schnell den Zettel aus der Tasche und küßte ihn, blieb aber sogleich stehen und versank in Gedanken.

»Wie sonderbar das ist! Wie sonderbar das doch ist!« sagte er nach einer Weile sogar mit einer gewissen Traurigkeit: in starken Augenblicken einer Freudenempfindung wurde er immer traurig, er wußte selbst nicht weshalb. Er sah sich aufmerksam um und wunderte sich, daß er hierher geraten war. Er fühlte sich sehr müde, ging zu der Bank und setzte sich hin. Rings um ihn herrschte ungewöhnliche Stille. Die Musik am Bahnhof war verstummt. Im eigentlichen Park befand sich vielleicht kein Mensch mehr; es war ja auch schon mindestens halb zwölf. Die Nacht war still, warm und hell — eine Petersburger Nacht zu Anfang Juni, aber in dem dichten, schattigen Park und in der Allee, wo er sich befand, war es fast ganz dunkel.

Wenn ihm jemand in dieser Minute gesagt hätte, daß er verliebt, leidenschaftlich verliebt sei, so würde er diesen Gedanken erstaunt und vielleicht sogar unwillig zurückgewiesen haben. Und wenn jemand noch hinzugefügt hätte, Aglajas Brief sei ein Liebesbrief, eine Aufforderung zu einem Liebes-Stelldichein, so hätte er sich für diesen Menschen so geschämt wie noch nie und würde ihn womöglich zum Duell gefordert haben. Alles das wurde vollkommen aufrichtig so und nicht anders von ihm empfunden, er zweifelte nicht einen Augenblick und ließ nicht den leisesten »Doppelgedanken« zu, etwa die Möglichkeit einer Liebe dieses Mädchens zu ihm oder gar die Möglichkeit einer Liebe seinerseits zu diesem Mädchen. Eines solchen Gedankens hätte er sich geschämt: Liebe zu ihm, »zu einem solchen Menschen wie er«, hätte er für eine Ungeheuerlichkeit gehalten. Seiner Vorstellung nach handelte es sich einfach um Mutwillen ihrerseits, d. h. wenn wirklich etwas dahinter steckte; aber er verhielt sich doch seltsam gleichmütig zu dieser Idee und fand sie gar zu verständlich; was ihn beschäftigte und besorgt machte, war etwas ganz anderes. Auch die Bemerkung, die dem erregten General kurz zuvor entschlüpft war, daß sie sich über alle lustig mache, über ihn aber, den Fürsten, ganz besonders, hielt er ohne weiteres für richtig. Er fühlte sich auch nicht im geringsten dadurch verletzt; seiner Meinung nach mußte es genau so sein. Die Hauptsache war für ihn, daß er sie wieder sehen werde, am nächsten Morgen, daß er neben ihr sitzen werde, auf der grünen Bank, daß er zuhören werde, wie Pistolen zu laden sind, und sie ansehen werde. Weiter wollte er ja auch nichts. Die Frage, was sie ihm denn eigentlich zu sagen beabsichtigte, und was denn das für eine wichtige Angelegenheit sei, die ihn unmittelbar anging, huschte auch ein- oder zweimal durch seinen Kopf. Daß es aber tatsächlich eine »wichtige Angelegenheit« war, um derentwillen man ihn sprechen wollte, daran zweifelte er keinen Augenblick, nur dachte er an diese wichtige Angelegenheit jetzt fast überhaupt nicht, ja, er fühlte nicht einmal den geringsten Antrieb, darüber nachzudenken.

Das Knirschen leiser Schritte auf dem Kies der Allee ließ ihn aufblicken. Ein Mensch, dessen Gesicht in der Dunkelheit schwer zu erkennen war, näherte sich der Bank und setzte sich auf sie nieder. Der Fürst rückte schnell näher, fast dicht an ihn heran, und erkannte das bleiche Gesicht Rogoshins.

»Konnt' mir ja denken, daß du hier irgendwo herumbummelst, hab' dich auch nicht lange zu suchen brauchen«, brummte Rogoshin durch die Zähne.

Sie sahen sich zum erstenmal nach jener Begegnung auf der Treppe des Hotels. Es dauerte eine Weile, bis der Fürst nach dem ersten Schreck über das plötzliche Auftauchen Rogoshins seine Gedanken gesammelt hatte, und eine qualvolle Empfindung erwachte wieder in seinem Herzen. Rogoshin begriff offenbar, was für einen Eindruck sein Erscheinen machte; aber wenn er auch zunächst etwas unsicher zu sein schien und gleichsam mit gewollter Unbefangenheit sprach, so fühlte der Fürst doch bald heraus, daß in Rogoshin nichts Gekünsteltes und nicht einmal eine besondere Unsicherheit vorhanden war; wenn sich vielleicht trotzdem eine gewisse Unbeholfenheit wahrnehmen ließ, so handelte es sich dabei nur um etwas Äußerliches; in der Seele konnte sich dieser Mensch nicht verändern.

»Wie hast du... mich denn hier gefunden?« fragte der Fürst, um wenigstens etwas zu sagen.

»Keller sagte mir (ich war zu dir gegangen), ,ist in den Park gegangen', sagte er; da dachte ich, dann ist's also wahr.«

»Wieso, was ist dann ,wahr'?« fragte der Fürst, beunruhigt aufhorchend nach dem entschlüpften Wort.

Rogoshin lachte einmal halblaut kurz auf, gab aber keine Antwort.

»Ich habe deinen Brief erhalten, Lew Nikolajewitsch; du hast dir ganz unnütze Mühe gemacht... und was du nur davon hast!... Jetzt aber habe ich in *ihrem* Auftrag dich aufgesucht: du sollst unbedingt zu ihr kommen; sie muß dir dringend etwas sagen. Und sie läßt dich bitten, heute noch zu kommen.«

»Ich werde morgen kommen. Jetzt muß ich nach Hause; du... kommst doch mit zu mir?«

»Wozu? Ich hab den Auftrag ausgerichtet; leb wohl.«

»Magst du wirklich nicht zu mir kommen?« fragte der Fürst ihn leise.

»Ein sonderbarer Mensch bist du, Lew Nikolajewitsch, man muß sich schon wirklich über dich wundern.«

Rogoshin lachte höhnisch kurz auf.

»Wieso? Weshalb hegst du jetzt solchen Groll gegen mich?« fiel ihm der Fürst traurig und doch glühend ins Wort. »Du weißt doch selbst, daß alles, was du früher dachtest, nicht richtig ist. Übrigens habe ich es selbst nicht anders erwartet, als daß dein Groll auch jetzt noch nicht vergangen sein würde, und weißt du, weshalb? Weil nicht ich dir, sondern du mir nach dem Leben getrachtet hast, deshalb vergeht dein Groll noch nicht. Aber glaube mir, ich kenne nur jenen Parfjónn Rogóshin, mit dem ich an jenem Tag das Kreuz getauscht habe und der mein Bruder geworden ist; das habe ich dir auch gestern in meinem Brief geschrieben, damit du an diesen ganzen Fiebertraum auch nur zu denken vergessen möchtest und auch nie mehr darauf zu sprechen kämest. Weshalb wendest du dich jetzt von mir ab? Weshalb verbirgst du deine Hand vor mir? Ich sage dir doch, daß ich alles, was damals war, für nichts anderes als einen Fiebertraum halte: ich weiß jetzt auswendig, wie es damals an jenem Tage in dir aussah, als wäre ich selber du gewesen. Das, was du damals glaubtest, das gab es gar nicht und konnte es auch gar nicht geben. Weshalb soll nun dieser Haß noch zwischen uns weiter bestehen?«

»Du und Haß!« lachte Rogoshin in seiner spöttischen Weise wieder kurz auf als Antwort auf die glühenden, überstürzten Worte des Fürsten.

Er stand allerdings halb von ihm abgewandt, da er zwei Schritte zurückgetreten war, und verbarg seine Hände.

»Jetzt schickt es sich für mich überhaupt nicht mehr, noch zu dir zu kommen, Lew Nikolajewitsch«, fügte er langsam und bedeutungsvoll nach einer Weile hinzu.

»So sehr haßt du mich, wie?«

»Ich liebe dich nicht, Lew Nikolajewitsch, weshalb sollte ich also zu dir kommen? Weiß Gott, Fürst, du bist ganz wie so 'n kleines Kind: willst du ein Spielzeug haben – da soll man's gleich aus der Tasche nehmen und hinlegen. Begreifst doch nicht, um was es sich handelt. Das hast du auch alles genau so in deinem Brief niedergeschrieben, ganz wie du's jetzt sagst, aber was – glaube ich dir denn etwa nicht? Ich glaube dir doch jedes Wort und weiß, daß du mich niemals betrogen hast und auch hinfort nie betrügen wirst, aber – ich liebe dich trotzdem nicht. Da schreibst du nun, daß du alles vergessen hast, daß du dich nur deines Kreuzbruders Rogoshin erinnerst, und nicht jenes Rogoshin, der sein Messer gegen dich erhob. Aber woher kennst du denn meine Gefühle?« (Rogoshin lachte wieder kurz auf.) »Ich hab' doch seither vielleicht noch kein einziges Mal das Geschehene bereut, du aber hast mir schon deine brüderliche Verzeihung geschickt. Vielleicht hab' ich schon an jenem selbigen Abend an ganz was andres gedacht, daran aber —«

»Hast du überhaupt nicht mehr gedacht!« fiel ihm der Fürst ins Wort. »Das fehlte noch, daß es anders gewesen wäre! Ich wette, daß du danach sofort mit der Bahn hierher nach Pawlowsk zur Musik gefahren bist, um sie dann in der Menschenmenge, ganz wie heute, von ferne zu beobachten und zu verfolgen! Nein, damit hast du mich wahrlich nicht in Erstaunen gesetzt! Hättest du dich damals nicht in einem Zustand befunden, in dem du überhaupt nur an das eine zu denken vermochtest, so würdest du vielleicht auch das Messer nicht gegen mich erhoben haben. Ich hatte ja damals schon seit dem Vormittag ein solches Vorgefühl, seit ich dich nur angesehen hatte. Weißt du auch selbst, wie du damals warst? Gerade als wir die Kreuze tauschten, da tauchte in mir wohl zum erstenmal dieser Gedanke auf. Weshalb führtest du mich zu deiner alten Mutter? Glaubtest du nicht, damit deine Hand aufzuhalten? Aber was rede ich, das ist ja ganz unmöglich, daß du damals daran gedacht hättest, du hast es wohl nur so gefühlt, genau wie ich ... Wir fühlten es damals in ein und demselben Augenblick. Und wenn du dann später deine Hand (die Gott abgelenkt hat) nicht erhoben hättest: als was würde ich jetzt vor dir dastehen? Ich habe dich doch dessen verdächtigt, also ist es nur unsere gemeinsame Sünde! Wir haben sie zugleich begangen! (So runzle doch nicht die Stirn! Und weshalb lachst du jetzt?) Du sagst, du habest ‚nicht bereut'! Ja, aber du hättest es doch vielleicht überhaupt nicht zu bereuen vermocht, selbst wenn du gewollt hättest, denn du liebst mich ja gar nicht! Und wenn ich auch so unschuldig wie ein Engel vor dir dastünde, du würdest mich doch hassen, so lange du glaubst, daß sie nicht dich, sondern mich liebt. Das ist eben nichts als Eifersucht! Nur höre jetzt, was ich mir in dieser Woche gedacht habe, Parfjonn, ich will es dir sagen: weißt du auch, daß sie dich jetzt vielleicht mehr als alle anderen liebt, und sogar um so mehr liebt, je mehr sie dich quält? Dir wird sie das nicht sagen, aber man muß das zu erahnen verstehen. Weshalb will sie dich denn sonst schließlich trotz allem heiraten? Einmal wird sie es dir selbst sagen. Manche Frauen wollen gerade so geliebt werden, und sie — sie ist von dieser Art. Dein Charakter aber und deine Liebe müssen ihr doch imponiert haben! Weißt du auch, daß eine Frau fähig ist, einen Mann mit Grausamkeiten und Spott zu Tode zu martern, ohne auch nur ein einziges Mal Gewissensbisse zu empfinden, denn jedesmal wird sie bei sich denken, wenn sie dich ansieht: ‚Jetzt quäle ich ihn fast tot, aber dafür werde ich ihn später mit meiner Liebe für alle Qual entschädigen...'«

Rogoshin begann zu lachen, als er den Fürsten das sagen hörte.

»Was, Fürst, bist jetzt wohl selber einer solchen in die Finger geraten? Ich hab' so was gehört, wenn's nur wahr ist?«

»Was? Was kannst du gehört haben?« fragte der Fürst, der plötzlich zusammenfuhr und in größter Verwirrung stehen blieb.

Rogoshin fuhr fort zu lachen. Er hatte nicht ohne Neugier und vielleicht auch nicht ohne Vergnügen dem Fürsten zugehört; die freudige und mitreißende Überzeugung des Fürsten frappierte ihn und flößte ihm Mut ein.

»Nicht nur gehört hab' ich's, jetzt seh' ich's ja selber, daß es wahr ist«, fügte er hinzu. »Wann hättest du wohl sonst so gesprochen wie jetzt? Solch ein Gespräch ist doch grad wie gar nicht von dir. Hätt' ich aber nicht so was über dich gehört, so wär' ich auch nicht zu dir gekommen; noch dazu in den Park, um Mitternacht.«

»Ich verstehe dich ganz und gar nicht, Parfjónn Ssemjónytsch.«

»Sie hat mir schon lange von dir das gesagt, jetzt aber hab' ich selber gesehen, wie du dort während der Musik mit jener saßest. Sie hat mir geschworen, hat mir gestern und heute geschworen, du seiest in Aglaja Jepantschina wie ein Kater verliebt. Mir ist das aber, Fürst, an sich ganz gleichgültig, und das geht mich ja auch nichts an: wenn du aufgehört hast, sie zu lieben, so hat sie deswegen noch nicht aufgehört, dich zu lieben. Du weißt doch, daß sie dich unbedingt mit jener verheiraten will, hat es sich geschworen, hehe! ‚Anders heirate ich dich nicht', sagte sie zu mir, ‚erst wenn sie zum Altar gehen, gehen auch wir zum Altar.' Was das zu bedeuten hat, verstehe ich nicht, und hab's auch noch nie begriffen: entweder liebt sie dich ohne Grenzen, oder... Aber wenn sie dich liebt, warum will sie dich dann mit der anderen verheiraten? Sie sagt: ‚Ich will ihn glücklich sehen', also liebt sie dich.«

»Ich habe dir gesagt und geschrieben, daß sie... von Sinnen ist«, sagte der Fürst, der Rogoshins Worte mit Qual angehört hatte.

»Das mag Gott wissen! Vielleicht aber irrst du dich doch ... sie hat mir übrigens heute gesagt, wann unsere Hochzeit sein soll, sagte es vorhin, als ich sie von der Musik nach Hause brachte: ‚In drei Wochen, vielleicht aber auch noch früher', sagte sie, ‚lassen wir uns trauen'; hat es geschworen, hat das Heiligenbild genommen und geküßt. Jetzt hängt alles nur von dir ab, Fürst, hehe!«

»Das ist doch lauter Fieberphantasie! Das, was du da von mir sagst, kann doch nie und nimmer geschehen! Ich werde morgen zu euch kommen...«

»Und weshalb soll sie denn von Sinnen sein?« fragte Rogoshin. »Weshalb ist sie denn für alle anderen vernünftig und nur für dich allein wahnsinnig? Wie könnte sie denn Briefe dorthin schreiben? Wenn sie wahnsinnig wäre, würde man es doch auch dort aus den Briefen herausmerken.«

»Was für Briefe?« fragte der Fürst erschrocken.

»Sie schreibt doch dorthin, an *jene*, und jene liest die Briefe. Oder weißt du das noch nicht? Nun, dann wirst du's noch erfahren. Sie wird dir die Briefe schon zeigen.«

»Das... das kann ich nicht glauben!« rief der Fürst.

»A—ach! Dann hast du, Lew Nikolajewitsch, noch wenig Erfahrung auf diesem Gebiet, soviel ich sehe, dann bist du ja erst ein Anfänger. Aber wart noch ein bißchen: wirst auch noch deine eigene Polizei unterhalten, selber Tag und Nacht auf der Lauer sein und jeden Schritt von dort wissen, wenn du nur ..."

»Laß das und sprich nie wieder davon!« rief der Fürst. »Höre, Parfjonn, vorhin ging ich hier herum, bevor du kamst, und plötzlich mußte ich lachen, worüber — das weiß ich selbst nicht, nur war mir gerade eingefallen, daß morgen mein Geburtstag ist. Es wird wohl schon bald zwölf Uhr sein. Komm mit, begrüßen wir den Tag! Ich habe Wein zu Hause, trinken wir! Du wünsche mir, was ich mir selbst jetzt nicht zu wünschen weiß, und gerade du solltest es mir wünschen, und ich werde dir dein Glück wünschen. Oder sonst gib das Kreuz zurück! Du hast es mir doch nicht am anderen Tage zurückgesandt! Du hast es doch auch jetzt auf der Brust? Du trägst es doch?«

»Ja, ich trage es«, sagte Rogoshin.

»Nun, dann laß uns gehen. Ich will nicht ohne dich mein neues Leben beginnen, und jetzt beginnt mein neues Leben! Weißt du's noch nicht, Parfjonn, daß heute mein neues Leben begonnen hat?«

»Jetzt sehe ich's selbst und glaub' es, daß es begonnen hat; das werde ich auch *ihr* sagen. Du bist ja gar nicht mehr wie sonst, Lew Nikolajewitsch!«


IV

Als der Fürst sich mit Rogoshin seinem Landhause näherte, bemerkte er zu seiner größten Verwunderung, daß sich auf der hell erleuchteten Veranda eine zahlreiche und lärmende Gesellschaft versammelt hatte. Lachen und lautes Stimmengewirr drang hinaus in den dunklen Park. Jedenfalls sah man auf den ersten Blick, daß der Gesellschaft die Zeit nicht lang wurde: man war in fröhlich angeregter Stimmung und disputierte bis zum Geschrei. Und in der Tat, als der Fürst die Stufen der Treppe hinanstieg, sah er, daß alle tranken, und zwar Champagner tranken, und dies offenbar schon seit einiger Zeit, denn viele schienen sich bereits in angenehm gehobener Stimmung zu befinden. Sämtliche Gäste waren dem Fürsten bekannt, aber es war doch sonderbar, daß sie sich alle gleichzeitig eingefunden hatten, als wären sie gerufen worden, obschon der Fürst keinen einzigen eingeladen und sich selbst seines Geburtstages erst soeben ganz zufällig erinnert hatte.

»Wirst wohl jemandem gesagt haben, daß du Champagner auffährst«, brummte Rogoshin, als er hinter dem Fürsten zur Veranda hinaufstieg. »Das kennt man; da braucht man denen nur zu pfeifen...«, fügte er fast verbittert hinzu, natürlich in Erinnerung an seine eigene jüngste Vergangenheit.

Mit Freudengeschrei und Glückwünschen wurde der Fürst empfangen und sogleich von allen umringt. Manche benahmen sich recht geräuschvoll, andere wiederum viel ruhiger, doch alle beeilten sich, ihm Glück zu wünschen, da sie von seinem Geburtstag gehört hätten, und jeder wartete, bis er an die Reihe kam. Die Anwesenheit einzelner Personen, z. B. Burdowskijs, war dem Fürsten interessant, doch am meisten setzte ihn in Erstaunen, inmitten dieser Schar plötzlich auch Jewgenij Pawlowitsch Radomskij zu erblicken: er wollte zuerst kaum seinen Augen trauen und erschrak fast, als er ihn erkannte.

Inzwischen war auch Lebedeff, mit gerötetem Gesicht und fast begeistert, herbeigeschlüpft und bemühte sich, mit seinen Erklärungen zu Wort zu kommen; er war schon ziemlich „fertig". Aus seinem Geschwätz ging hervor, daß alle sich auf ganz natürliche Weise und fast zufällig eingefunden hatten. Ganz zuerst, noch vor dem Abend, war Ippolit gekommen, und da er sich so wohl fühlte, habe er gewünscht, den Fürsten auf der Veranda zu erwarten. Er hatte sich also dort auf dem Diwan niedergelassen. Darauf hatte sich Lebedeff zu ihm gesellt, und diesem war seine ganze Familie gefolgt, d. h. seine Töchter und der alte General Iwolgin. Burdowskij war mit Ippolit und Kolja gekommen, sozusagen als Begleiter des Kranken. Ganja und Ptizyn waren erst vor kurzer Zeit – ihr Weg hatte sie gerade vorübergeführt – eingetreten (ihr Erscheinen fiel mit dem Ereignis vor dem Bahnhof zusammen); bald darauf war auch Keller erschienen, hatte mitgeteilt, daß am nächsten Tage des Fürsten Geburtstag sei, und mit dieser Begründung Champagner verlangt. Jewgenij Pawlowitsch war erst vor knapp einer halben Stunde gekommen. Auf der Bewirtung mit Champagner und der Feier des Geburtstages hatte namentlich Kolja mit allem Nachdruck bestanden, worauf Lebedeff denn auch mit Gläsern und dem nötigen Stoff bereitwillig herausgerückt war.

»Aber es ist mein eigener, mein eigener!« lallte er lächelnd dem Fürsten zu, »auf meine Kosten, zur Feier Ihres Geburtstages und um zu gratulieren... es wird auch einen Imbiß, einen Imbiß geben, meine Tochter sorgt schon dafür... Aber, Fürst, wenn Sie wüßten, über was für ein Thema jetzt debattiert wird! Entsinnen Sie sich – im „Hamlet": „Sein oder nicht sein"? Ein zeitgemäßes Thema, jawohl, ein zeitgemäßes Thema! Fragen und Antworten... Und Herr Teréntjeff ist im höchsten Grade... gar nicht schläfrig! Er will nicht schlafen! Vom Champagner aber hat er nur 'n Schlückchen, nur 'n Schlückchen... das kann ihm nichts schaden... Treten Sie näher, Fürst, und fällen Sie das Urteil! Alle haben nur auf Sie gewartet, nur auf Ihren glücklichen Verstand gewartet...«

Der Fürst bemerkte den lieben, freundlichen Blick Wjera Lebedeffs, die sich gleichfalls bemühte, an ihn heranzukommen. Über alle hinweg reichte er ihr zuerst die Hand; sie wurde ganz rot vor Freude und wünschte ihm *»von diesem Tage* an ein glückliches Leben«. Darauf lief sie blitzschnell nach der Küche; dort wurde von ihr der Imbiß hergerichtet; aber auch schon vor dem Erscheinen des Fürsten war sie – sobald sie sich nur auf eine Minute von ihrer Arbeit hatte losreißen können – immer wieder auf der Veranda erschienen und hatte bei den hitzigen Debatten über die abstraktesten und für sie seltsamsten Gegenstände, die unter den angetrunkenen Gästen keinen Augenblick aussetzten, mit der größten Spannung zugehört. Ihre jüngere Schwester, die mit dem großen Mund, war im Nebenzimmer, auf einem Koffer sitzend, eingeschlafen, der Knabe aber, Lebedeffs Sohn, stand neben Kolja und Ippolit, und schon der Ausdruck seines lebhaften Gesichtes verriet, daß er bereit war, hier auf demselben Fleck womöglich noch zehn Stunden lang stehen zu bleiben, um mit Genuß zuzuhören.

»Ich habe gerade auf Sie besonders gewartet, und es freut mich riesig, daß Sie in einer solchen Glücksstimmung gekommen sind«, sagte Ippolit, als der Fürst sogleich nach der Begrüßung Wjeras zu ihm trat, um ihm die Hand zu drücken.

»Aber woher wissen Sie denn, daß ich mich ,in einer solchen Glücksstimmung' befinde?«

»Man sieht es Ihrem Gesicht an. Begrüßen Sie die Herren und kommen Sie dann schnell und setzen Sie sich hierher zu mir. Ich habe gerade auf Sie gewartet«, fügte er hinzu und betonte es besonders, daß er gewartet habe. Auf die Bemerkung des Fürsten, ob ihm das späte Aufbleiben nicht schaden werde, antwortete er, er wundere sich selbst, wie er vor drei Tagen schon zu sterben geglaubt habe, und nun müsse er sagen, er habe sich noch nie so wohl gefühlt wie an diesem Abend.

Burdowskij sprang auf und murmelte, er sei »nur so . . .«, er habe »Ippolit begleitet«, und freue sich gleichfalls; im Briefe habe er »Unsinn geschrieben«, jetzt aber sei er »einfach froh . . .« Und ohne den Satz zu Ende zu sprechen, drückte er dem Fürsten kräftig die Hand und setzte sich wieder auf seinen Stuhl.

Ganz zuletzt, nach der Begrüßung aller anderen, ging der Fürst auf Jewgenij Pawlowitsch zu. Dieser faßte ihn sogleich unter den Arm.

»Ich habe Ihnen nur ein paar Worte zu sagen«, sagte er halblaut — »und in einer sehr wichtigen Angelegenheit; lassen Sie uns auf einen Augenblick beiseite treten.«

»Nur ein paar Worte«, flüsterte eine andere Stimme dem

Fürsten ins andere Ohr, und eine andere Hand faßte den Fürsten an der anderen Seite am Arm.

Der Fürst erblickte zu seiner Verwunderung ein vom Wein gerötetes, blinzelndes, lachendes Gesicht, umgeben von zerzaustem Haar, und erkannte sofort Ferdyschtschénko, der sich Gott weiß woher hier eingefunden hatte.

»Erinnern Sie sich noch an Ferdyschtschenko?« fragte dieser.

»Woher sind Sie denn aufgetaucht?« rief der Fürst.

»Er bereut!« rief der herbeieilende Keller. »Er hatte sich versteckt und wollte sich Ihnen nicht zeigen, dort in der Ecke hatte er sich versteckt, er bereut, Fürst, er fühlt sich vor Ihnen schuldig.«

»Ja, worin denn, weswegen?«

»Ich begegnete ihm, Fürst, soeben begegnete ich ihm, und da habe ich ihn hergebracht; er ist der beste meiner Freunde, aber er bereut, wie gesagt ...«

»Ich freue mich sehr, meine Herren; aber setzen Sie sich, bitte, vorläufig dort zu den anderen, ich komme gleich wieder«, sagte der Fürst, indem er sich von ihnen losmachte und Jewgenij Pawlowitsch nacheilte.

»Hier bei Ihnen ist es sehr amüsant«, bemerkte dieser; »ich habe mit vielem Vergnügen eine halbe Stunde lang auf Sie gewartet. Also hören Sie, mein bester Lew Nikolajewitsch, ich habe mit Kurmýscheff alles geordnet, und ich kam her, um Sie zu beruhigen. Machen Sie sich keine Sorgen, er hat die Sache sehr, sehr vernünftig aufgefaßt, zumal er meiner Meinung nach eher selbst schuld daran war ...«

»Von was für einem Kurmýscheff reden Sie?«

»Nun, von dem, den Sie vorhin an den Armen packten ... Er war so wütend, daß er schon morgen von Ihnen Genugtuung fordern lassen wollte.«

»Aber ich bitte Sie, was für ein Unsinn!«

»Natürlich ein Unsinn, und dementsprechend wäre die Sache auch beigelegt worden; aber diese Leute können bei uns ...«

»Sie sind vielleicht doch noch aus einem anderen Grunde gekommen, Jewgenij Pawlowitsch?«

»Oh, selbstverständlich noch aus einem anderen Grunde«, versetzte dieser lachend. »Ich, lieber Fürst, ich fahre morgen, noch bevor es tagt, wegen dieser unseligen Geschichte (die da mit meinem Onkel) nach Petersburg. Denken Sie sich: es ist alles wahr und alle wissen es, nur ich wußte nichts. Mich hat das so erschüttert, daß ich noch nicht dazu gekommen bin, *dorthin* zu gehen (zu Jepantschins). Morgen werde ich auch nicht hinkönnen, denn ich werde ja in Petersburg sein, Sie verstehen? Vielleicht werde ich ungefähr drei Tage von hier abwesend sein — mit einem Wort, meine Sache hat zu hinken begonnen. Zwar ist es keine Sache von unendlicher Wichtigkeit, aber ich habe überlegt und mir gesagt, daß ich mich mit Ihnen über einiges in aller Offenherzigkeit aussprechen muß, und zwar ohne Zeitverlust, also noch vor meiner Abreise. Ich werde jetzt, wenn es Ihnen recht ist, hier bleiben und warten, bis die ganze Gesellschaft aufbricht; zudem wüßte ich auch nicht, wo ich sonst bleiben sollte: ich bin so aufgeregt, daß ich mich heute nacht überhaupt nicht hinlegen werde. Und schließlich, wenn es auch gewissenlos und unanständig ist, sich einem Menschen so geradezu aufzudrängen, so will ich Ihnen doch gleich ganz offen sagen: ich bin hergekommen, weil ich Ihre Freundschaft suche, mein lieber Fürst; Sie sind ein unvergleichlicher Mensch, das heißt, ein Mensch, der nicht auf Schritt und Tritt lügt, vielleicht sogar nie lügt, ich aber bedarf in einer Angelegenheit eines Freundes und Ratgebers, denn jetzt gehöre ich entschieden zu den Unglücklichen...«

Er lachte wieder.

»Das Bedenkliche ist nur«, sagte der Fürst, der einen Augenblick nachgedacht hatte, »daß Sie warten wollen, bis die weggehen, aber weiß Gott, wann das geschehen wird. Wäre es nicht besser, wir gingen jetzt gleich ein wenig in den Park? Die werden schon noch ein Weilchen warten; ich werde mich entschuldigen.«

»Nein, nein, auf keinen Fall, ich habe meine Gründe, weshalb ich in ihnen nicht den Verdacht aufkommen lassen will, wir führten ein außergewöhnliches Gespräch in einer bestimmten Absicht; es gibt unter ihnen Leute, die sich für unsere Beziehungen sehr interessieren — wissen Sie das noch nicht, Fürst? Es ist viel besser, wenn sie sehen, daß wir auch sonst ganz freundschaftlich zueinander stehen, und nicht nur in besonderen Fällen miteinander zu sprechen haben — Sie verstehen? Sie werden so in etwa zwei Stunden schon auseinandergehen; dann werde ich Sie noch zwanzig Minuten in Anspruch nehmen, oder sagen wir eine halbe Stunde ...«

»Aber gern, ich bitte Sie; ich freue mich auch schon ohne Erklärungen gar zu sehr über Ihren Besuch; für Ihre guten Worte aber über unsere freundschaftlichen Beziehungen danke ich Ihnen herzlich. Entschuldigen Sie nur, daß ich heute so zerstreut bin; wissen Sie, aus irgendeinem Grunde vermag ich augenblicklich ganz und gar nicht aufmerksam zu sein.«

»Ich sehe, ich sehe schon«, bemerkte Jewgenij Pawlowitsch halblaut mit leichtem Spottlächeln. — Er war an diesem Abend sehr zum Lachen aufgelegt.

»Was sehen Sie?« fragte der Fürst, erschrocken aufhorchend.

»Und Sie schöpfen nicht einmal Verdacht, lieber Fürst«, fuhr Jewgenij Pawlowitsch mit demselben sarkastischen Lächeln fort, ohne auf die unmittelbare Frage zu antworten, »und Sie vermuten nicht einmal, daß ich einfach hergekommen bin, um Sie hinters Licht zu führen und so en passant noch etwas auszuforschen, etwas Bestimmtes zu erfahren, wie?«

»Daß Sie hergekommen sind, um etwas auszukundschaften, darüber besteht kein Zweifel«, antwortete der Fürst schließlich gleichfalls lachend, »und vielleicht haben Sie sogar beschlossen, mich ein wenig zu betrügen. Aber was tut das, ich fürchte mich nicht vor Ihnen; und außerdem ist mir jetzt alles seltsam gleichgültig, werden Sie es glauben? Und ... und ... und da ich vor allen Dingen überzeugt bin, daß Sie trotzdem ein vortrefflicher Mensch sind, so wird es wahrscheinlich doch dazu kommen, daß wir uns schließlich wirklich anfreunden. Sie haben mir sehr gefallen, Jewgenij Pawlowitsch, Sie ... sind meiner Ansicht nach ein sehr, sehr anständiger Mensch!«

»Nun, jedenfalls ist es wundernett, mit Ihnen etwas zu tun zu haben, und sogar was immer es sei«, schloß Jewgenij Pawlowitsch; »kommen Sie, ich werde auf Ihre Gesundheit ein Glas trinken; ich bin sehr zufrieden damit, daß ich mich Ihnen aufgedrängt habe. Ah!« unterbrach er sich plötzlich und blieb stehen, »dieser Herr Ippolit ist jetzt vollständig zu Ihnen übergesiedelt und wird hier wohnen?«

»Ja.«

»Er wird wohl nicht sobald sterben, denke ich?«

»Was meinen Sie damit?«

»Oh, nichts weiter; ich war hier mit ihm eine halbe Stunde lang zusammen ...«

Ippolit wartete die ganze Zeit auf den Fürsten und sah fortwährend nach ihm und Jewgenij Pawlowitsch hin, solange diese abseits standen und miteinander sprachen. Er wurde fieberhaft belebt, als sie an den Tisch traten. Er war unruhig und aufgeregt; der Schweiß trat ihm auf der Stirn hervor. In seinen blitzenden Augen lag außer einer eigentümlichen umherirrenden Unruhe, die nie aussetzte, noch eine unbestimmte Ungeduld; sein Blick ging ziellos von einem Gegenstand zum andern, von einem Gesicht zum andern. An dem allgemeinen lärmenden Gespräch hatte er sich bisher zwar lebhaft beteiligt, aber seine Lebhaftigkeit war fieberhaft; zum eigentlichen Sinn des Gesprächs verhielt er sich aber ganz unachtsam; was er im Streit so vorbrachte, war ohne rechten Zusammenhang, seine Bemerkungen waren spöttisch und fahrlässig paradox; er sprach oft einen Satz nicht zu Ende oder ließ plötzlich ein Thema fallen, über das er selbst erst einen Augenblick zuvor mit hitzigstem Eifer zu sprechen begonnen hatte. Der Fürst erfuhr mit Verwunderung und Bedauern, daß man ihn schon zwei Glas Champagner ungehindert hatte trinken lassen, und daß das gefüllte Glas vor ihm schon das dritte war. Aber das erfuhr er erst später; in diesem Augenblick war er zunächst selbst sehr zerstreut und unachtsam.

»Wissen Sie, es freut mich sehr, daß gerade heute Ihr Geburtstag ist!« rief Ippolit ihm zu.

»Warum?«

»Das werden Sie sehen; setzen Sie sich nur schnell her; erstens schon deshalb, weil sich jetzt alle diese Ihre ... Leute hier versammelt haben. Darauf hatte ich gerechnet, daß hier Besuch sein werde. Zum erstenmal in meinem Leben stimmt meine Rechnung! Schade nur, daß ich nichts von Ihrem Geburtstag wußte, sonst hätte ich ein Geschenk mitgebracht ... Ha, ha! Aber vielleicht bin ich doch mit einem Geschenk gekommen! Dauert es noch lange, bis die Sonne aufgeht?«

»Kaum noch zwei Stunden bis Sonnenaufgang«, sagte Ptizyn nach einem Blick auf die Uhr.

»Wozu braucht man noch die Sonne, wo es jetzt so nachthell ist, daß man draußen lesen kann!« bemerkte jemand.

»Ich brauche sie, weil ich das erste Streifchen Rand der Morgensonne sehen will. Kann man auf das Wohl der Sonne trinken, Fürst, was meinen Sie?«

Ippolit fragte in heischendem Tone, wie ein Kommandierender, indem er sich ohne jede Rücksicht an alle wandte, aber er schien das selbst gar nicht zu gewahren.

»Trinken wir, meinethalben; nur, wie wäre es, wenn Sie sich ein wenig beruhigten, Ippolit, geht das nicht?«

»Sie reden immer vom Schlafen; Sie sind meine Kinderfrau, Fürst! Sobald nur die Sonne aufzugehen beginnt und am Himmel „ertönt" (wer hat das doch in einem Gedicht gesagt: „am Himmel ertönte die Sonne"? Sinnlos, aber schön!) — dann gehen wir schlafen. Lebedeff! Die Sonne ist doch die Quelle des Lebens? Was ist mit den „Quellen des Lebens" in der „Apokalypse" gemeint? Haben Sie schon das von dem „Stern, dessen Name heißt Wermut" gehört, Fürst?«

»Ich habe gehört, daß Lebedeff diesen „Stern Wermut" als das Netz der Eisenbahnen deutet, die sich über Europa ausgebreitet haben.«

»Nein, erlauben Sie, das geht nicht an!« schrie Lebedeff, indem er aufsprang und mit beiden Händen zu fuchteln begann, als wolle er das allgemeine Gelächter aufhalten. »Erlauben Sie! Mit diesen Herren ... alle diese Herren ...«, wandte er sich plötzlich an den Fürsten, »setzen sich über alle Vereinbarungen, das aber ist doch ...«, und er hämmerte zweimal ganz ungeniert mit der Faust auf den Tisch, so daß das Gelächter noch zunahm.

Lebedeff befand sich zwar in seinem gewöhnlichen »Abendzustand«, doch diesmal hatte ihn der vorausgegangene lange »gelehrte« Disput noch übermäßig angeregt und gereizt, in solchen Fällen aber verhielt er sich zu seinem Opponenten stets mit unendlicher und im höchsten Grade unverhohlener Verachtung.

»Das geht nicht so! Wir haben, Fürst, vor einer halben Stunde beschlossen und vereinbart, daß niemand unterbrochen werden darf, daß nicht gelacht werden darf, solange einer spricht, daß man ihn ungestört alles aussprechen lassen muß, und dann erst können die anderen, auch die Atheisten, wenn sie wollen, widersprechen; wir haben den General als Vorsitzenden eingesetzt, jawohl! Denn was kommt sonst dabei heraus? So kann man ja einen jeden aus dem Konzept bringen, mitten aus einer hohen Idee, aus einer tiefen Idee ...«

»Reden Sie nur, reden Sie! Niemand bringt Sie aus dem Konzept!« riefen mehrere Stimmen.

»Reden Sie, aber bitte in absehbarem Umfang!«

»Was ist das für ein „Stern Wermut"?« erkundigte sich jemand.

»Habe keine Ahnung!« antwortete General Iwólgin, der mit wichtiger Miene den neuen Ehrenplatz eines Vorsitzenden einnahm.

»Solche Dispute und Wortgefechte liebe ich über alles,

Fürst, natürlich über gelehrte Gegenstände«, flüsterte währenddessen Keller, der in offenkundiger Begeisterung und Ungeduld auf seinem Stuhl hin- und herrückte, »— gelehrte und politische Dispute«, wandte er sich plötzlich und ganz unerwartet an Jewgenij Pawlowitsch, der in seiner Nähe saß. »Wissen Sie, ich lese furchtbar gern die Zeitungsberichte über die Reden im englischen Parlament, ich wollte sagen, an diesen interessiert mich nicht das, worüber sie dort reden (ich bin, wissen Sie, kein Politiker), sondern die Art, wie sie reden, wie sie sich sozusagen als Politiker benehmen: ,Der ehrenwerte Viscount, der mir gegenüber sitzt', ,Der ehrenwerte Graf, der meine Ansicht teilt', ,Mein ehrenwerter Opponent, der durch seinen Antrag ganz Europa in Erstaunen gesetzt hat', und so alle diese besonderen Redensarten, dieser ganze Parlamentarismus eines freien Volkes — das hat für unsereinen doch etwas Bezauberndes! Gerade das bezaubert mich, Fürst. Ich bin im Grunde meiner Seele immer ein Künstler gewesen, das schwöre ich Ihnen, Jewgenij Pawlowitsch!«

»Aber wohin führt denn das!« ereiferte sich Ganja am anderen Ende des Tisches. »Von Ihrem Standpunkt aus ergibt sich ja dann, daß die Eisenbahnen verflucht sind, daß sie das Verderben der Menschheit sind, daß sie eine Seuche sind, die die Erde befallen hat, um die „Quellen des Lebens" zu trüben?«

Gawríla Ardaliónytsch befand sich an diesem Abend in einer ganz besonders angeregten Stimmung, und zwar in einer heiteren, womöglich triumphierenden Stimmung, wie es dem Fürsten schien. Mit Lebedeff trieb er natürlich nur Scherz, indem er ihn aufhetzte, doch bald geriet er dabei selber in Eifer.

»Nicht die Eisenbahnen, nein!« widersprach Lebedeff, der einerseits außer sich geriet und andererseits zu gleicher Zeit einen unermeßlichen Genuß empfand, »die Eisenbahnen allein würden die „Quellen des Lebens" noch nicht zu trüben vermögen, aber alles das zusammen ist verflucht, als Ganzes, diese ganze Richtung unserer letzten Jahrhunderte, in ihrer Gesamtheit, im Wissenschaftlichen wie im Praktischen, ja, die ist doch vielleicht tatsächlich verflucht!«

»Tatsächlich verflucht oder bloß vielleicht?« erkundigte sich Jewgenij Pawlowitsch. »Das ist in diesem Falle wichtig zu wissen.«

»Verflucht, verflucht, tatsächlich verflucht!« beteuerte Lebedeff heftig.

»Überstürzen Sie sich nicht, Lebedeff, morgens pflegen Sie viel milder zu sein«, bemerkte Ptizyn besänftigend.

»Dafür bin ich aber abends aufrichtiger! Abends pflege ich offenherziger und aufrichtiger zu sein!« rief Lebedeff, sich hitzig ihm zuwendend, »aufrichtiger und bestimmter, ehrlicher und achtbarer, und sollten auch andere sich dadurch herausgefordert fühlen — das ist egal; jetzt aber fordere ich hier alle heraus, euch Atheisten allesamt: wodurch werdet ihr die Welt retten und worin seht ihr den erlösenden, normalen Weg für sie, wo habt ihr den für sie gefunden — ihr Männer der Wissenschaft, der Industrie, der Handelsverbände, des Arbeitslohnes und des übrigen? Wodurch wollt ihr sie erlösen? Durch den Kredit? Was ist Kredit? Wohin wird euch der Kredit führen?«

»Sind Sie aber neugierig!« bemerkte Jewgenij Pawlowitsch.

»Meine Meinung aber ist die, daß ein jeder, der sich für solche Fragen nicht interessiert, nur ein vergnügungssüchtiger Schnapphahn ist!«

»Der Kredit führt wenigstens zur allgemeinen Solidarität und bringt die Interessen ins Gleichgewicht«, bemerkte Ptizyn.

»Aber das ist auch alles, was er tut, das ist auch alles! Ohne auch nur ein einziges sittliches Element vorauszusetzen, außer der Notwendigkeit der Befriedigung des persönlichen Egoismus und der materiellen Bedürfnisse? Also der allgemeine Friede, das allgemeine Glück — aus materiellem Bedürfnis! Ist's so, wenn ich fragen darf, habe ich Sie recht verstanden, mein Verehrtester?«

»Aber das allgemeine Bedürfnis ist doch nun einmal: zu leben, zu trinken und zu essen; und die vollkommene, sogar wissenschaftliche Überzeugung, daß dieses Bedürfnis sich ohne allgemeine Assoziation und Solidarität der Interessen nicht befriedigen läßt, ist doch schließlich, scheint mir, ein genügend starker Gedanke, um der Menschheit als Stützpunkt und „Quell des Lebens" in den zukünftigen Jahrhunderten zu dienen«, bemerkte Ganja, der jetzt schon im Ernst in Hitze geriet.

»Das Bedürfnis zu trinken und zu essen, also einzig und allein der Selbsterhaltungstrieb...«

»Ja, genügt denn der allein nicht vollauf? Der Selbsterhaltungstrieb ist doch — das Grundgesetz der Menschheit...«

»Wer hat Ihnen das gesagt?« rief plötzlich Jewgenij Pawlowitsch dazwischen, »ein Gesetz — ja, das ist richtig, aber ein Grundgesetz ist es nicht mehr und nicht weniger, als das auch das Gesetz des Zerstörungstriebes ist, ja, meinetwegen sogar als das Gesetz der Selbstzerstörung. Besteht denn in der Selbsterhaltung allein das ganze Grundgesetz der Menschheit?«

»A—ah!« rief Ippolit, indem er sich blitzschnell Jewgenij Pawlowitsch zuwandte und ihn mit wilder Neugier betrachtete; als er aber sah, daß dieser lachte, lachte er gleichfalls, stieß dann den neben ihm stehenden Kolja an und fragte ihn wieder, wieviel Uhr es sei, nahm sogar selbst dessen silberne Taschenuhr in die Hand, zog sie näher zu sich und blickte gespannt nach dem Zeiger. Darauf streckte er sich, ganz als hätte er plötzlich alles andere vergessen, auf dem Diwan aus, schob die Hände unter den Kopf und blickte zur Zimmerdecke hinauf; eine halbe Minute später saß er schon wieder am Tisch, hielt sich sehr gerade und horchte aufmerksam auf das Geschwätz Lebedeffs, der sich wie noch nie zuvor ereiferte.

»Das ... das ist ein heimtückischer und spöttischer Gedanke, ein aufstachelnder Gedanke!« rief Lebedeff, der Jewgenij Pawlowitschs Paradoxon gierig aufgriff, »ein Gedanke, der nur zu dem Zweck ausgesprochen wurde, um die Gegner in den Kampf zu hetzen, aber ein Gedanke, der richtig ist! Denn Sie, der Sie ein Salonspötter und Kavallerieoffizier sind (wenn auch kein unbegabter Mensch!), Sie wissen ja selber nicht einmal, wie sehr Ihr Gedanke ein tiefer Gedanke, ein richtiger Gedanke ist! Jawohl! Das Gesetz der Selbstzerstörung und das Gesetz der Selbsterhaltung sind in der Menschheit gleich stark! Der Teufel beherrscht in gleicher Weise die Menschheit bis zum Ende der Zeiten, deren Frist uns noch unbekannt ist. Sie lachen? Sie glauben nicht an den Teufel? Der Unglaube an den Teufel ist ein französischer Gedanke, ist ein leichtfertiger Gedanke. Aber wißt ihr denn, wer der Teufel ist? Wißt ihr denn, wie sein Name lautet? Und ohne auch nur seinen Namen zu kennen, lacht ihr über seine Form, lacht ihr nach Voltaires Vorgang über seinen Huf, seinen Schwanz und seine Hörner, die ihr selber erfunden habt; denn der unreine Geist ist ein großer und furchtbarer Geist, aber die von euch ihm angedichteten Hufe und Hörner, die hat er nicht. Doch nicht um ihn handelt es sich jetzt!«

»Woher wissen Sie, daß es sich nicht um ihn jetzt handelt?« rief plötzlich Ippolit und lachte wie in einem Anfall.

»Das ist ein geschickter und fein angedeuteter Gedanke!« lobte Lebedeff, »und doch handelt es sich jetzt, wie gesagt, nicht darum, sondern die Frage war die, ob nicht die „Quellen des Lebens" schwächer werden infolge der Zunahme ...«

»Der Eisenbahnen?« rief Kolja.

»Nicht der Eisenbahnverbindungen, mein junger Hitzkopf, sondern infolge jener ganzen Richtung, für die die Eisenbahnen sozusagen als Sinnbild, als künstlerische Darstellung dienen können. Sie eilen, sie dröhnen, sie pochen und hasten um des Glückes willen, so sagt man, der Menschheit! ,Gar zu lärmend und gewerbtätig wird es in der Menschheit, geistige Ruhe aber gibt es heute wenig', klagt ein Denker, der sich aus diesem Lärm zurückgezogen hat. ,Möglich, daß es so ist; aber das Dröhnen der Wagen, die der hungrigen Menschheit Brot zuführen, ist vielleicht besser als geistige Ruhe', antwortet diesem siegesbewußt ein anderer Denker, der überall umherreist, und geht selbstgefällig und hochmütig von ihm weg. Ich aber, ich erbärmlicher Lebedeff, ich glaube nicht an diese der Menschheit Brot zuführenden Wagen! Denn diese Wagen, die das Brot zuführen, ohne eine sittliche Grundlage für ihre Tat, können auch mit größter Kaltblütigkeit einen bedeutenden Teil der Menschheit von dem Genusse des Zuzuführenden ausschließen, was auch schon vorgekommen ist.«

»Wie, die Wagen könnten mit größter Kaltblütigkeit ausschließen? ...«, griff jemand das Wort auf.

»Was auch schon vorgekommen ist«, bekräftigte Lebedeff, ohne die Frage weiterer Beachtung zu würdigen. »Es hat schon einen Malthus gegeben, einen Menschenfreund. Aber ein Menschenfreund mit wackeligen sittlichen Grundlagen ist ein Menschenfresser, ganz abgesehen von seiner ruhmsüchtigen Eitelkeit: denn verletzen Sie die Eitelkeit irgendeines dieser unzähligen Freunde der Menschheit, und er wird sofort bereit sein, aus kleinlicher Rachsucht die Welt an allen vier Enden anzuzünden, übrigens genau so wie jeder auch von uns, wenn man schon die Wahrheit sagen soll, und genau so wie auch ich, der erbärmlichste von allen, sintemal ich vielleicht noch der erste sein würde, der das Holz dazu herbeischleppt, selber aber davonläuft. Aber wiederum handelt es sich ja nicht darum!«

»Ja, um was handelt es sich denn schließlich?«

»Nun wird er schon langweilig!«

»Es handelt sich um das folgende Geschichtchen aus früheren Jahrhunderten, da ich mich nämlich gezwungen sehe, zunächst diese Geschichte aus früheren Jahrhunderten zu erzählen. In unserer Zeit und in unserem Vaterland, das Sie, meine Herren, wie ich hoffe, ebenso lieben wie ich, denn ich bin meinerseits bereit, mein letztes Herzblut für dasselbe zu vergießen ...«

»Weiter! Weiter!«

»In diesem unseren Vaterland wird die Menschheit ebenso wie auch in Europa allerorts von allgemeinen und schrecklichen Hungersnöten heimgesucht, und das pflegt, soweit eine Berechnung möglich ist und soweit ich mich erinnern kann, jetzt nicht häufiger vorzukommen als durchschnittlich einmal im Vierteljahrhundert, mit anderen Worten, alle fünfundzwanzig Jahre einmal. Ob diese Zahl nun wirklich genau stimmt, dafür kann ich mich nicht verbürgen, aber jedenfalls kommen Hungersnöte jetzt sehr selten vor, wenigstens im Vergleich gesprochen.«

»Im Vergleich womit?«

»Mit dem zwölften Jahrhundert und den diesen benachbarten früheren wie späteren Jahrhunderten. Denn damals wurde die Menschheit, wie die Schriftkundigen berichten und versichern, alle zwei oder mindestens drei Jahre von einer allgemeinen Hungersnot heimgesucht, so daß der Mensch unter diesen Umständen sogar zur Menschenfresserei seine Zuflucht nahm, wenn auch nur heimlich und das Geheimnis bewahrend. Von diesen Nichtsnutzigen hat nur einer, als er das Alter nahen fühlte, selber kund und zu wissen getan, und zwar ohne im geringsten dazu gezwungen zu sein, daß er im Laufe seines langen und armseligen Lebens persönlich und in größter Heimlichkeit sechzig Mönche umgebracht und aufgegessen habe, dazu noch einige Kinder, etwa sechs Stück, aber nicht mehr, also auffallend wenige im Vergleich zu der Zahl der von ihm verzehrten Geistlichen. An Erwachsene weltlichen Standes hatte er sich, wie sich herausstellte, zu diesem Zweck nie herangemacht.«

»Das ist doch etwas vollkommen Unmögliches!« rief der Vorsitzende selber, der General, mit der Stimme eines womöglich persönlich Beleidigten. »Ich habe mit ihm, meine Herren, schon des öfteren diskutiert und debattiert, immer über Themata ähnlicher Art; aber meist behauptet er dann solche Absurditäten, daß einem die Ohren vom Anhören welk werden! Nicht für einen Groschen Wahrscheinlichkeit!«

»General! Denke an die Belagerung von Kars, und Sie, meine Herren, können versichert sein, daß meine Geschichte die nackte Wahrheit ist. Meinerseits aber möchte ich bemerken, daß fast jede Wirklichkeit, wenn sie auch ihre unabänderlichen Gesetze hat, doch nahezu immer sowohl unglaubhaft als unwahrscheinlich ist. Und sogar je wirklicher sie ist, desto unwahrscheinlicher mutet sie einen mitunter an.«

»Aber ist es denn möglich, sechzig Menschen aufzuessen?« wurde ringsum lachend gefragt.

»Daß er sie nicht alle auf einmal gegessen hat, ist doch klar, sondern so im Laufe von vielleicht fünfzehn bis zwanzig Jahren, in einem solchen Zeitraum aber ist das doch vollkommen verständlich und natürlich ...«

»Und natürlich?«

»Und natürlich!« bekräftigte Lebedeff bissig mit pedantischer Hartnäckigkeit. »Und überdies ist ja der katholische Mönch schon von Natur leichtgläubig und neugierig, also kann es nicht schwer sein, ihn unter Umständen auch in einen Wald zu locken oder sonst wohin an einen abgelegenen Ort, und dann dort in der erwähnten Weise mit ihm zu verfahren; — aber ich will trotzdem nicht bestreiten, daß die Anzahl der von einem Einzigen verspeisten Menschen sich als eine enorm hohe Zahl herausstellte, so daß man sogar schon von Unmäßigkeit im Genuß reden darf.«

»Vielleicht ist die Geschichte doch wahr, meine Herren«, bemerkte plötzlich der Fürst.

Er hatte bisher den Streitenden schweigend zugehört und sich nicht am Gespräch beteiligt; aber er hatte oft von ganzem Herzen mitgelacht, wenn die allgemeine Heiterkeit in Lachsalven ausbrach. Augenscheinlich freute es ihn sehr, daß es so heiter und laut zuging; und selbst die allgemeine Trinkfreudigkeit schien ihn zu freuen. Vielleicht hätte er den ganzen Abend kein Wort gesprochen, doch plötzlich wandelte ihn die Lust an, zu sprechen. Er sprach aber mit ungewöhnlichem Ernst, so daß alle sich ihm sofort neugierig zuwandten.

»Ich meinte das hauptsächlich in betreff der Hungersnöte, meine Herren, die es damals so oft gegeben haben soll. Davon habe auch ich gehört, wenn ich auch sonst die Weltgeschichte schlecht kenne. Aber mir scheint, es hätte gar nicht anders sein können. Als ich in die Schweizer Berge kam, staunte ich vor allem über die Ruinen der alten Ritterburgen, die über steilen Abhängen auf schroffen Felsen erbaut sind, in einer senkrechten Höhe von mindestens einer halben Werst (das bedeutet auf gewundenen Pfaden eine Weglänge von mehreren Werst). Sie wissen doch, was solch eine Burg ist: ein ganzer Berg von Steinen. Eine furchtbare, eine unglaubliche Arbeit! Und diese Arbeit haben natürlich alle diese armen Menschen geleistet, die Fronpflichtigen. Außerdem mußten sie noch allerhand Abgaben zahlen und die Geistlichkeit unterhalten. Wie sollten sie da noch sich selbst ernähren und den Acker bestellen! Die Bevölkerung war aber damals doch nicht so zahlreich, wahrscheinlich sind viele tatsächlich Hungers gestorben, und vielleicht gab es oft buchstäblich nichts zu essen. Ich habe manchmal bei mir gedacht: wie ist es doch nur möglich gewesen, daß dieses Volk nicht vollkommen ausgestorben oder untergegangen ist, wie hat es nur standhalten und das ertragen können? Daß es Menschenfleischesser gegeben hat, und vielleicht sogar sehr viele, darin hat Lebedeff zweifellos recht; nur eines weiß ich nicht, warum er hierbei von Mönchen sprach, und was er damit sagen wollte?«

»Wahrscheinlich das, daß im zwölften Jahrhundert nur die Mönche sich zum Verzehren eigneten, da nur die Mönche damals fett waren«, bemerkte Gawrila Ardalionytsch.

»Ein ausgezeichneter und höchst richtiger Gedanke!« rief Lebedeff, »denn Erwachsene nichtgeistlichen Standes hat er ja überhaupt nicht angerührt. Nicht einen einzigen Laien auf sechzig Stück von der Geistlichkeit, und das ist ein schrecklicher Gedanke, das ist ein Gedanke von historischer, ein Gedanke schließlich von statistischer Bedeutsamkeit, und gerade aus solchen Tatsachen kann der Verstehende die Weltgeschichte wiederaufbauen; denn hierdurch ist bis zu zahlenmäßiger Genauigkeit festgestellt, daß die Geistlichkeit wenigstens sechzigmal glücklicher und sorgloser lebte als die ganze übrige damalige Menschheit. Und vielleicht war sie auch mindestens sechzigmal fetter als die ganze übrige Menschheit ...«

»Übertreibung, Übertreibung, Lebedeff!« wurde ringsum lachend gerufen.

»Ich gebe zu, daß dieser Gedanke für den Geschichtsforscher von Bedeutung sein kann, aber was wollen Sie daraus folgern?« fuhr der Fürst fort zu fragen. (Er sprach immer noch mit solchem Ernst und so ohne jeden Scherz oder Spott über Lebedeff, über den alle lachten, daß sein Ton inmitten des allgemeinen Tones der ganzen Gesellschaft unwillkürlich komisch zu wirken begann; es fehlte nicht viel, und man hätte auch über ihn zu lachen begonnen, aber er gewahrte das gar nicht.)

»Sehen Sie denn nicht, Fürst, daß der Mensch verrückt ist?« fragte ihn Jewgenij Pawlowitsch, sich zu ihm beugend. »Man sagte mir hier vorhin, seine Begeisterung für die Rechtsanwaltschaft und deren Verteidigungsreden sei ihm so zu Kopf gestiegen, daß er selber Advokat werden und zu dem Zweck ein Examen ablegen wolle. Ich erwarte jetzt eine köstliche Parodie.«

»Was ich daraus folgern will? Ich werde daraus einen grandiosen Folgeschluß ziehen!« rief währenddessen Lebedeff mit schmetternder Stimme. »Aber zunächst lassen Sie uns den psychologischen und juristischen Zustand des Verbrechers untersuchen. Wir sehen, daß der Verbrecher, oder sozusagen mein Klient, trotz aller Unmöglichkeit, etwas anderes Eßbares aufzutreiben, mehrmals im Laufe seines merkwürdigen Lebensweges den Wunsch bekundet, in sich zu gehen und von der Geistlichkeit Abstand zu nehmen. Wir ersehen das deutlich aus den Tatsachen: es wird erwähnt, daß er immerhin fünf oder sechs Kinder verspeist hat, eine im Verhältnis allerdings geringe Anzahl, dafür aber ist sie in anderer Hinsicht bedeutsam. Wir ersehen daraus, daß er, gequält von furchtbaren Gewissensbissen (denn mein Klient ist ein religiöser Mensch, der ein Gewissen hat, was ich beweisen werde), und um seine Sünde nach Möglichkeit zu verringern,

es sechsmal mit anderer Kost versucht, mit Laienkindern, um
die Geistlichkeit zu verschonen. Daß es sich dabei jedesmal
nur um einen Versuch handelt, ist wiederum unzweifelhaft;
denn wenn er es um der gastronomischen Abwechslung willen
getan hätte, dann wäre die Zahl sechs doch gar zu gering:
warum bloß sechs Stück, warum nicht dreißig? (Ich nehme
die Hälfte, also dreißig von diesen, dreißig von jenen.)
Aber wenn das nur sechs Versuche waren, einzig aus Angst
und Verzweiflung angesichts der Gefahr einer solchen Religionsspötterei und Kirchenschändung, dann wird diese
geringe Anzahl der anderen, bloß sechs, nur zu verständlich;
denn zur Beschwichtigung der Gewissensbisse genügen sechs
Versuche durchaus, zumal diese Versuche ja doch nicht den
gewünschten Erfolg haben konnten. Erstens ist so ein Kind
meiner Meinung nach gar zu klein, das heißt, keine große
Portion, so daß er innerhalb derselben Zeit dreimal, fünfmal
soviel Laienkinder benötigt hätte als Geistliche, folglich hätte
sich die Sünde, wenn sie einerseits auch geringer gewesen
wäre, schließlich andererseits doch vergrößert, nicht qualitativ, aber quantitativ. Indem ich die Sache so beurteile,
meine Herren, versetze ich mich natürlich zurück in die Seele
eines Verbrechers aus dem zwölften Jahrhundert. Ich für
meine Person, als Mensch des neunzehnten Jahrhunderts,
würde die Sache vielleicht auch anders beurteilen, was ich
Ihnen hiermit zu wissen gebe, so daß Sie, meine Herren,
zu unrecht über mich zu grinsen belieben, und im besonderen
für Sie, General, schickt sich das schon ganz und gar nicht.
Zweitens ist so ein kleines Kind, meiner persönlichen Ansicht nach, auch gar nicht nahrhaft, vielleicht sogar von zu
süßlichem und fadem Geschmack, so daß diese Kost, ohne
die Bedürfnisse des Hungernden zu befriedigen, schließlich
nur Gewissensbisse hinterläßt. Und jetzt kommt die Schlußfolgerung, das Finale, meine Herren, das Finale, in dem die
Antwort auf eine der gewaltigsten Fragen der damaligen
und unserer jetzigen Zeit enthalten ist! Der Verbrecher beendet die Sache damit, daß er schließlich hingeht und sich

selber bei der Geistlichkeit anzeigt, sich selbst der Obrigkeit ausliefert. Man vergegenwärtige sich, was für Qualen ihn in damaliger Zeit erwarteten, was für Räder, Scheiterhaufen und Flammen! Was hat ihn nun getrieben, sich selbst anzuzeigen? Warum ist er nicht einfach bei der Zahl sechzig stehen geblieben und hat das Geheimnis bis zu seinem letzten Atemzug bewahrt? Warum hat er nicht einfach von dieser Nahrung Abstand genommen und als Einsiedler der Buße gelebt? Warum schließlich ist er nicht selber Mönch geworden? Hier haben Sie die Lösung! *Also gab es damals doch etwas*, das stärker war als die Scheiterhaufen und Flammen, und sogar stärker als eine zwanzigjährige Gewohnheit! Also gab es doch einen Gedanken, der stärker war als alles Unglück, alle Mißernten, Folterqualen, Pest, Aussatz und diese ganze Hölle, die die damalige Menschheit nicht hätte ertragen können ohne diesen bindenden, dem Herzen die Richtung gebenden und die Quellen des Lebens befruchtenden Gedanken! Und nun zeigen Sie mir etwas einer solchen Kraft Ähnliches in unserem Jahrhundert der Laster und der Eisenbahnen ... das heißt, man müßte sagen: in unserem Jahrhundert der Dampfschiffe und Eisenbahnen, ich aber sage: in unserem Jahrhundert der Laster und Eisenbahnen, denn ich bin zwar betrunken, aber gerecht! Zeigen Sie mir einen die jetzige Menschheit verbindenden Gedanken von meinethalben nur halb so großer Kraft wie in jenen Jahrhunderten. Und wagen Sie nun noch zu sagen, daß die „Quellen des Lebens" unter diesem „Stern", unter diesem Netz, das die Menschen umstrickt hat, nicht geschwächt, nicht trübe geworden seien. Und versucht nicht, mich einzuschüchtern mit eurem Wohlstand, euren Reichtümern, der Seltenheit der Hungersnöte und der Schnelligkeit der Verkehrsmittel! Reichtum gibt es jetzt zwar mehr, innere Kraft aber weniger; der verbindende Gedanke fehlt; alles ist aufgeweicht, alles ist ausgelaugt und alle Menschen sind wie ausgekocht! Alle, alle, alle sind wir ausgekocht! ... Doch genug, und nicht darum handelt es sich jetzt, sondern darum, ob wir uns jetzt nicht, hochverehrtester Fürst, dem für die Gäste hergerichteten kleinen Imbiß zuwenden sollten?«

Lebedeff, der einzelne seiner Zuhörer schon richtig unwillig gemacht hatte (es muß bemerkt werden, daß während dieser Zeit ununterbrochen neue Flaschen entkorkt wurden), versöhnte durch diesen unerwarteten Schluß seiner Rede mit der Bemerkung über einen Imbiß im Augenblick alle seine Gegner wieder. Er selbst pflegte einen solchen Schluß »eine juristisch geschickte Wendung« zu nennen. Heiteres Gelächter erhob sich von neuem, es kam wieder Leben in die Gäste; alle standen auf, um die Glieder zu bewegen und umherzugehen. Nur Keller blieb unzufrieden mit Lebedeffs Rede und war sehr aufgebracht.

»Er fällt über die Aufklärung her, predigt den Fanatismus des zwölften Jahrhunderts, verstellt sich und heuchelt, und das sogar ohne jede Herzenseinfalt; wie ist er denn selber zu diesem Hause gekommen, wenn das zu fragen gestattet ist?« sagte er laut, indem er alle und jeden anhielt.

»Ich habe einen ganz anderen, einen echten Ausleger der „Apokalypse" gekannt«, sagte der General in einer anderen Ecke zu anderen Zuhörern, im besonderen aber zu Ptizyn, den er an einem Knopf festhielt, »den seligen Grigórij Ssemjónowitsch Burmístroff: der verstand die Herzen sozusagen *zu durchbrennen!* Und vor allen Dingen: er setzte sich zuvor eine Brille auf, schlug ein großes, altertümliches Buch in schwarzem Ledereinband auf, und dazu der graue Bart, zwei Medaillen auf der Brust für Stiftungen. Die Auslegung begann er in strengem, ernstem Ton, Generale beugten sich vor ihm, Damen fielen in Ohnmacht — dieser hier aber schließt mit einem Imbiß! Das ist doch keine Art!«

Ptizyn, der dem General zugehört hatte, lächelte dazu und schien die Absicht zu haben, sich nach seinem Hut umzusehen, aber es war, als könnte er sich doch noch nicht zum Weggehen entschließen oder vielleicht vergaß er die Absicht immer wieder. Ganja hatte schon vorher, noch bevor man sich vom Tisch erhoben hatte, plötzlich zu trinken aufgehört und sein Glas weggeschoben; etwas Finsteres verschattete gleichsam sein Gesicht. Als dann alle aufstanden, trat er zu Rogoshin und setzte sich neben ihn. Man hätte denken können, daß sie in den freundlichsten Beziehungen zueinander standen. Rogoshin saß, nachdem auch er anfangs mehrmals unauffällig hatte weggehen wollen, jetzt unbeweglich da, mit gesenktem Kopf und als hätte er gleichfalls das Weggehen vergessen. Er hatte den ganzen Abend keinen Tropfen Wein getrunken und war sehr nachdenklich gewesen; nur selten hatte er aufgeschaut und alle oder einzelne betrachtet. Jetzt aber hätte man glauben können, er warte hier noch auf etwas für ihn überaus Wichtiges und habe beschlossen, vorher nicht wegzugehen.

Der Fürst hatte im ganzen zwei oder drei Glas getrunken und war nur lustig. Als er sich vom Tisch erhob, begegnete er dem Blick Jewgenij Pawlowitschs, erinnerte sich an die ihnen bevorstehende Unterredung und lächelte freundlich. Jewgenij Pawlowitsch nickte ihm zu und wies plötzlich auf Ippolit, den er soeben aufmerksam betrachtet hatte. Ippolit lag auf dem Diwan ausgestreckt und schlief.

»Sagen Sie, Fürst, weshalb hat sich dieses Bürschchen bei Ihnen hier eingedrängt?« fragte er plötzlich mit so offenkundigem Ärger und sogar Verdruß, daß der Fürst sich wunderte. »Ich könnte wetten, daß er nichts Gutes im Schilde führt!«

»Ich habe bemerkt«, sagte der Fürst, »oder wenigstens scheint es mir so, daß er Sie heute ganz besonders interessiert, Jewgenij Pawlowitsch; ist das richtig?«

»Und fügen Sie nur noch hinzu: bei der gegenwärtigen Lage meiner eigenen Angelegenheiten hätte ich doch schon Stoff genug zum Nachdenken, so daß ich mich über mich selbst wundere, warum ich mich den ganzen Abend von dieser widerlichen Physiognomie nicht losreißen kann!«

»Er hat doch ein hübsches Gesicht...«

»Da, da! – sehen Sie nur!« rief Jewgenij Pawlowitsch leise, indem er den Fürsten am Arm zog: »da!...«

Der Fürst betrachtete Jewgenij Pawlowitsch noch einmal mit Verwunderung.

V

Ippolit, der gegen Ende des Lebedeffschen Vortrags auf dem Diwan eingeschlafen war, erwachte plötzlich, ganz als ob ihn jemand in die Seite gestoßen hätte, fuhr zusammen, erhob sich, sah sich um und erbleichte. Mit einem Ausdruck des Schreckens ließ er seine Augen durchs Zimmer schweifen, und eine furchtbare Angst lag in seinen Gesichtszügen, als er sich wieder zu besinnen schien.

»Wie, sie gehen fort? Ist alles aus? Alles schon zu Ende? Ist die Sonne schon aufgegangen?« fragte er erregt, indem er den Arm des Fürsten erfaßte. »Wieviel Uhr ist es, um Gottes willen, wieviel Uhr? Ich habe mich verschlafen. Habe ich lange geschlafen?« fügte er verzweifelt hinzu, als hätte er etwas verschlafen, wovon sein ganzes Schicksal abhing.

»Sie haben im ganzen sieben oder acht Minuten geschlafen«, antwortete Jewgenij Pawlowitsch.

Ippolit sah ihn starr an und dachte einen Augenblick nach.

»Nur! Also habe ich nichts verloren...«

Und er atmete auf, als ob eine unendlich schwere Last von ihm genommen wäre. Er begriff endlich, daß »nichts verloren«, daß die Sonne noch nicht aufgegangen war, daß die Gäste nur ihre Stühle verließen, um einen Imbiß einzunehmen, und daß lediglich das Geschwätz Lebedeffs zu Ende war. Er lächelte, und ein schwindsüchtiges Rot in Gestalt zweier Flecke erschien auf seinen Wangen.

»Sie haben also die Minuten gezählt, während ich schlief, Jewgenij Pawlowitsch«, griff er spöttisch auf. »Sie haben sich den ganzen Abend nicht von mir losreißen können, ich habe es gesehen... Ah! Rogoshin! Ich habe ihn soeben im Traum gesehen«, flüsterte er dem Fürsten zu und sah stirnrunzelnd zu Rogoshin hinüber. »Ach, ja, wo ist denn der

Redner geblieben«, sprang er wieder auf etwas anderes über, »wo ist Lebedeff? Lebedeff hat also seine Rede beendet? Wovon sprach er? Ist es wahr, Fürst, daß Sie einmal gesagt haben, die Welt wird durch die Schönheit erlöst werden? Meine Herren«, wandte er sich mit lauter Stimme an alle, »der Fürst behauptet, daß Schönheit die Welt erlösen werde! Doch ich behaupte, daß er nur deshalb so sonderbare Gedanken hat, weil er verliebt ist. Meine Herren, der Fürst ist verliebt. Vorhin, als er eintrat, habe ich mich davon überzeugt. Erröten Sie nicht, Fürst, sonst muß ich Sie bedauern. Was ist das für eine Schönheit, die die Welt erlösen wird? Kolja hat mir das wiedererzählt ... Sie sind ein eifriger Christ? Kolja sagt, Sie hätten sich selbst einen Christen genannt.«

Der Fürst sah ihn durchdringend an, antwortete ihm nicht.

»Sie antworten mir nicht? Sie denken vielleicht, daß ich Sie sehr liebe«, fügte plötzlich abbrechend Ippolit hinzu.

»Nein, das denke ich nicht. Ich weiß, daß Sie mich nicht lieben.«

»Wie, auch nicht nach dem gestrigen Vorfall? Gestern war ich doch aufrichtig gegen Sie?«

»Ich wußte auch gestern, daß Sie mich nicht lieben.«

»Das heißt, weil ich Sie beneide, beneide? Sie dachten es schon immer und denken es auch jetzt, aber ... aber warum sage ich Ihnen das? Ich möchte noch Champagner trinken, schenken Sie mir ein, Keller.«

»Sie dürfen nicht mehr trinken, Ippolit, ich gebe Ihnen keinen.«

Und der Fürst nahm ihm das Glas fort.

»Nun, meinetwegen ...«, willigte Ippolit sofort ein, wie in Gedanken versunken. »Sie werden noch alle sagen ... doch, den Teufel auch! was geht's mich an, was sie sagen werden! Nicht wahr, nicht wahr? Mögen sie nachher sagen, was sie wollen, nicht, Fürst? Und was geht es uns alle an, was *dann* sein wird! ... Ich glaube, ich bin noch verschlafen. Was für einen furchtbaren Traum ich hatte — jetzt erinnere ich mich... Ich wünsche Ihnen solche Träume nicht, Fürst, obgleich ich Sie vielleicht wirklich nicht liebe. Übrigens, wenn man einen Menschen auch nicht liebt, warum soll man ihm Schlechtes wünschen, nicht wahr? Doch was frage ich Sie denn, immer frage ich Sie! Geben Sie mir Ihre Hand, ich werde sie Ihnen kräftig drücken, so... Sie haben mir also gleich Ihre Hand gegeben! Also müssen Sie wissen, daß ich sie aufrichtig drücke?... Übrigens, ich werde nicht mehr trinken. Wieviel Uhr ist es? Nein, nicht nötig, ich weiß, wieviel Uhr es ist! Es ist Zeit! Die Stunde ist gekommen. Was, dort in der Ecke wird der Imbiß eingenommen? Also wird dieser Tisch hier frei? Vorzüglich! Meine Herren, ich... doch alle diese Herren hören ja gar nicht... ich bin bereit, Ihnen etwas vorzulesen, Fürst; der Imbiß ist natürlich interessanter, aber...«

Und plötzlich zog er ganz unerwartet aus seiner oberen Seitentasche ein Kuvert in Kanzleiformat hervor, das mit einem großen roten Siegel verschlossen war. Er legte es vor sich hin auf den Tisch.

Das Unerwartete der Sache brachte in der angeheiterten Gesellschaft einen großen Effekt hervor. Auf so etwas war man gar nicht vorbereitet. Jewgenij Pawlowitsch sprang sogar von seinem Stuhl auf. Ganja kam schnell an den Tisch heran. Rogoshin auch, doch mit geringschätziger, ärgerlicher Miene, als ob er wüßte, um was es sich handelte. Lebedeff, der in der Nähe beschäftigt war, kam auch herbei und betrachtete das Kuvert mit neugierigen Augen, als wollte er erraten, was es enthielt.

»Was haben Sie denn da?« fragte der Fürst beunruhigt.

»Sowie der oberste Rand der Sonne am Horizont erscheint, werde ich zur Ruhe gehen, Fürst, das habe ich schon gesagt. Mein Ehrenwort. Sie werden schon sehen!« rief Ippolit. »Oder... oder... glauben Sie wirklich, daß ich nicht imstande wäre, dieses Kuvert zu öffnen?« fuhr er fort, sich im Kreise umschauend, als fordere er sie alle heraus und als wende er sich an alle ohne Ausnahme.

Der Fürst bemerkte, daß er am ganzen Körper zitterte.

»Das glaubt doch niemand von uns«, antwortete der Fürst für alle. »Warum meinen Sie, daß jemand von uns auf diesen Gedanken verfallen könnte? Nur... was für ein sonderbarer Einfall von Ihnen, uns jetzt etwas vorlesen zu wollen! Was haben Sie denn da im Umschlag, Ippolit?«

»Was will er? Was ist denn schon wieder mit ihm los?« fragte man ringsum. Alle traten näher, manche aßen noch; das Kuvert mit dem roten Siegel übte auf alle eine Anziehungskraft aus wie ein Magnet.

»Das habe ich gestern selbst geschrieben, gleich nachdem ich Ihnen mein Wort gegeben, zu Ihnen überzusiedeln, Fürst, um hier zu wohnen... Ich habe gestern den ganzen Tag daran geschrieben, bis in die Nacht. Heute Morgen habe ich es beendet. In der Nacht, gegen Morgen, hatte ich einen Traum...«

»Wäre es nicht besser, es bis morgen aufzuschieben?« unterbrach ihn der Fürst schüchtern.

»Morgen — wird keine Zeit mehr sein!« versetzte Ippolit mit hysterischem Hohnlächeln. »Übrigens, beunruhigen Sie sich nicht, ich lese das in vierzig Minuten, höchstens in einer Stunde... Und sehen Sie nur, wie alle sich dafür interessieren, alle kommen sie herbei, schauen das Siegel an! Wenn ich das Manuskript nicht so kuvertiert und versiegelt hätte, hätte es gar keinen Eindruck gemacht! Haha! Da sieht man, wie wichtig Geheimtuerei ist! Soll ich es nun entsiegeln, meine Herren, oder nicht?« rief er mit seinem sonderbaren Hohnlächeln im Gesicht und mit blitzenden Augen. »Ein Geheimnis! Ein Geheimnis! Aber erinnern Sie sich, Fürst, wer das gesagt hat, daß „keine Zeit mehr sein wird"? Das verkündet der große und mächtige Engel in der Apokalypse!«

»Lassen Sie bitte das Lesen!« rief plötzlich Jewgenij Pawlowitsch, aber mit einem solchen an ihm ungewohnten Ausdruck von Unruhe, daß es vielen sonderbar erschien.

»Lesen Sie nicht!« rief auch der Fürst und legte die Hand auf das Kuvert.

»Warum lesen? Jetzt wird gegessen«, bemerkte jemand.
»Einen Artikel? Aus der Zeitung, wie?« erkundigte sich ein anderer.

»Vielleicht ist es langweilig«, fügte ein dritter hinzu.

»Was ist eigentlich los?« erkundigten sich die übrigen.

Die erschrockene Bewegung des Fürsten schien auch Ippolit einzuschüchtern.

»Also ... nicht lesen?« stammelte er mit einem zuckenden Lächeln auf seinen bläulichen Lippen. »Nicht lesen?« wandte er sich an alle, an das ganze Publikum und blickte jedem einzeln ins Gesicht. »Sie ... fürchten sich?« wandte er sich wieder an den Fürsten.

»Wovor?« fragte dieser, sich im Gesicht verändernd.

»Hat jemand ein Zwanzigkopekenstück?« Ippolit sprang plötzlich auf, als hätte er einen Stoß bekommen, »oder irgendeine Münze?«

»Hier!« Lébedeff reichte ihm sofort eine. Ihm kam der Gedanke, der kranke Ippolit habe den Verstand verloren.

»Wjera Lukjánowna«, wandte sich Ippolit hastig an das junge Mädchen, »nehmen Sie, werfen sie die Münze auf den Tisch: Adler oder Schrift? Adler — bedeutet lesen!«

Wjera sah erschrocken auf die Münze, auf Ippolit, auf ihren Vater und warf dann seltsam befangen, den Kopf zurückbiegend, wie in der Überzeugung, daß sie selbst die Münze nicht sehen dürfe, das Geldstück auf den Tisch. Der Adler lag oben.

»Lesen!« flüsterte Ippolit, wie niedergeschmettert vom Spruch des Schicksals; er hätte nicht stärker erblassen können, selbst wenn ihm das Todesurteil verkündet worden wäre. »Übrigens«, fuhr er auf, nach einer halben Minute Schweigen, »was war das? Habe ich soeben wirklich mein Los geworfen?« wandte er sich von neuem an seine Umgebung, mit derselben sich aufdrängenden Offenherzigkeit. »Das ist ja wirklich ein erstaunlicher psychologischer Zug!« stieß er plötzlich hervor und wandte sich mit aufrichtiger Verwunderung diesmal wieder an den Fürsten. »Das ist ...

das ist ja ein ganz unfaßbarer Zug, Fürst!« bestätigte er sich den Gedanken selbst, als käme er jetzt wieder ganz zu sich. »Das schreiben Sie sich auf, Fürst, denken Sie daran, Sie sammeln doch Material bezüglich der Verurteilungen zum Tode... man sagte es mir, haha! O mein Gott, welch eine sinnlose Dummheit!« Er fiel auf den Diwan zurück, stützte beide Ellenbogen auf den Tisch und preßte die Fäuste an den Kopf. »Das ist ja geradezu schandbar!... Zum Teufel, was geht es mich an, ob es schandbar ist!« Er erhob im Augenblick wieder den Kopf. »Meine Herren! Meine Herren, ich öffne jetzt das Kuvert!« verkündete er mit seltsam plötzlicher Entschlossenheit. »Ich... zwinge übrigens niemanden, zuzuhören!...«

Mit vor Erregung zitternden Händen entsiegelte er das Kuvert, zog einige eng beschriebene Blätter Briefpapier aus ihm hervor, legte sie vor sich hin und begann sie zu glätten.

»Was soll das? Was hat denn das zu bedeuten? Was will er lesen?« brummten einige. Andere schwiegen.

Doch alle setzten sich und sahen ihm mit Neugier zu. Vielleicht erwarteten sie wirklich etwas Außergewöhnliches. Wjera klammerte sich an den Stuhl ihres Vaters und hätte vor Angst beinahe zu weinen angefangen. Fast ebenso erschrocken war Kolja. Lebedeff, der sich schon hingesetzt hatte, erhob sich wieder, ergriff einen Armleuchter und stellte ihn vor Ippolit hin, damit er es heller habe zum Lesen.

»Meine Herren, das... Sie werden gleich sehen, was das zu bedeuten hat«, schickte Ippolit aus irgendeinem Grunde voraus und plötzlich begann er zu lesen: »Eine notwendige Erklärung! Motto: „Après moi le déluge..." Pfui, zum Teufel!« fuhr er plötzlich auf, als hätte er sich verbrannt. »Wie konnte ich im Ernst ein so dummes Motto wählen?... Hören Sie, meine Herren!... ich versichere Sie, es sind vielleicht... schließlich nichts als Albernheiten! Nur einige meiner Gedanken sind darin... Wenn Sie vielleicht glauben, daß es... irgend etwas Geheimnisvolles oder... Verbotenes ist... mit einem Wort...«

»Wenn Sie doch ohne Vorreden lesen wollten«, unterbrach ihn Ganja.

»Ausflüchte!« bemerkte jemand.

»Viel zu viel Gerede!« äußerte sich plötzlich Rogoshin, der die ganze Zeit über geschwiegen hatte.

Ippolit wandte sich zu ihm, und als ihre Blicke sich trafen, lächelte Rogoshin bitter und sprach langsam die sonderbaren Worte:

»Nicht so muß man das erledigen, Bursche, nicht so ...«

Was Rogoshin damit sagen wollte, begriff natürlich niemand, aber seine Worte machten auf alle einen recht sonderbaren Eindruck: ein jeder wurde gleichsam von einer gemeinsamen Ahnung gestreift. Die Wirkung dieser Worte auf Ippolit war schauerlich (er begann so zu zittern, daß der Fürst schon die Hand ausstrecken wollte, um ihn zu halten), und er hätte wohl aufgeschrien, wenn ihm nicht offensichtlich die Stimme plötzlich versagt hätte. Eine ganze Weile konnte er kein Wort hervorbringen, und schwer atmend sah er immer nur Rogoshin an. Endlich brachte er keuchend und mit größter Anstrengung hervor:

»Also Sie ... Sie waren es ... Sie?«

»Wer war ich? Was soll ich gewesen sein?« fragte Rogoshin verständnislos, doch Ippolit, der feuerrot ward, fuhr auf wie von rasender Wut gepackt und schrie mit scharfer und starker Stimme:

»*Sie* waren bei mir in der vergangenen Woche, in der Nacht, um zwei Uhr, nach dem Tage, als ich morgens zu Ihnen gekommen war, *Sie!* Geben Sie es zu, Sie?«

»Vergangene Woche, in der Nacht? Du bist wohl wahrhaftig übergeschnappt, Bursche!«

Der »Bursche« schwieg wieder eine Minute lang, legte seinen Finger an die Stirn und dachte nach, und in seinem bleichen, von Furcht verzerrten Lächeln tauchte etwas Schlaues, Triumphierendes auf.

»Sie waren es!« wiederholte er kaum hörbar, doch mit fester Überzeugung. »Sie kamen zu mir und saßen schweigend bei mir auf dem Stuhl, am Fenster, eine ganze Stunde lang und noch länger; um ein oder zwei Uhr nachts; Sie standen dann auf und gingen um drei Uhr fort... Das waren Sie, Sie! Warum Sie mich schrecken wollten, warum Sie mich quälen kamen — das verstehe ich nicht, aber das waren Sie!«

Und in seinen Augen blitzte ein grenzenloser Haß auf, obgleich das Zittern vom Schreck noch nicht verging.

»Sie werden sofort alles erfahren, meine Herren, ich... ich... hören Sie zu...«

Er griff wieder, sich jetzt schrecklich beeilend, nach seinen Blättern, sie waren durcheinander geraten, er suchte sie wieder zusammen; sie zitterten in seinen schwachen Händen, er konnte lange nicht mit ihnen in Ordnung kommen.

»Er ist verrückt geworden oder er phantasiert im Fieber!« murmelte Rogoshin kaum hörbar.

Endlich begann er doch vorzulesen. Zu Anfang, in den ersten fünf Minuten, rang der Autor der unerwarteten *Abhandlung* nach Atem und las stockend, fast stoßweise; dann aber wurde seine Stimme immer fester und gleichmäßiger, so daß er den Sinn des Niedergeschriebenen vollkommen ausdrücken konnte. Hin und wieder unterbrach ihn nur ein heftiger Husten, und von der Mitte der Vorlesung an wurde er sehr heiser. Der fanatische Eifer, der ihn während des Lesens immer mehr mitriß, erreichte zum Ende hin den höchsten Grad, und ebenso der Eindruck des Krankhaften bei den Zuhörern.

Hier folgt die »Abhandlung« in ihrem ganzen Umfang:

»Meine notwendige Erklärung
„Après moi le déluge"

Gestern früh war der Fürst bei mir; unter anderem überredete er mich, zu ihm überzusiedeln. Ich wußte es im voraus und war überzeugt, daß er darauf bestehen würde, mit der Begründung, daß es für mich unter Menschen und Bäumen leichter sein werde zu sterben. Er aber sagte nicht *sterben*, sondern er sagte ‚leichter zu leben', was für mich und in meiner Lage ungefähr dasselbe ist. Ich fragte ihn, was er denn mit seinen ‚Bäumen' eigentlich wolle und warum er immer von den ‚Bäumen' erzähle — und da hörte ich denn zu meinem nicht geringen Erstaunen, daß ich selbst an jenem Abend in Pawlowsk geäußert hätte, ich sei gekommen, um zum letztenmal Bäume zu sehen. Als ich darauf die Bemerkung machte, daß es doch ganz gleichgültig wäre, ob ich unter Bäumen stürbe oder mit dem Blick hier durchs Fenster auf meine Backsteine, und daß es um der zwei Wochen willen nicht der Mühe wert sei, solche Umstände zu machen, gab er das sofort zu; aber das frische Grün und die reine Luft würden, seiner Meinung nach, bestimmt eine physische Umstellung in mir bewirken: meine Erregbarkeit würde damit nachlassen und meine *Träume* würden sich ändern und vielleicht leichter werden. Ich erwiderte ihm hierauf, wiederum lachend, er redete wie ein Materialist. Darauf antwortete er mir mit seinem Lächeln, er sei ja immer ein Materialist gewesen. Da er niemals lügt, müssen diese Worte doch wohl etwas bedeuten. Sein Lächeln ist schön; ich habe ihn jetzt aufmerksamer betrachtet. Ich weiß nicht, ob ich ihn nun liebe oder nicht liebe; ich habe jetzt keine Zeit, mich mit dieser Frage abzugeben. Mein fünfmonatiger Haß auf ihn, das sei hier erwähnt, hat sich im letzten Monat ganz gelegt. Wer weiß, vielleicht fuhr ich nur nach Pawlowsk, um hauptsächlich ihn zu sehen. Aber... warum habe ich damals mein Zimmer verlassen!? Ein zum Tode Verurteilter darf seinen Winkel nicht mehr verlassen; und wenn ich mich jetzt nicht schon endgültig zu etwas entschlossen hätte, statt auf meine letzte Stunde zu warten, so würde ich freilich mein Zimmer um keinen Preis verlassen und würde niemals zu ihm übersiedeln, um in Pawlowsk zu sterben. Ich muß mich beeilen, um mit dieser ganzen „Erklärung" bis morgen fertig zu werden. Wahrscheinlich werde ich keine Zeit haben, sie durchzulesen und zu korrigieren. Ich werde sie morgen dem Fürsten und zwei bis drei Personen, die ich dort anzutreffen hoffe, vorlesen. Da ich keine einzige Lüge schreiben werde, sondern nur die Wahrheit, die letzte und feierliche Wahrheit, so bin ich neugierig, welchen Eindruck dieses Schriftstück in der Stunde und Minute, da ich es vorlesen werde, auf mich selbst machen wird. Übrigens habe ich unnütz die Worte ‚letzte und feierliche Wahrheit' geschrieben. Wegen zweier Wochen lohnt es sich sowieso nicht zu lügen, weil es sich auch zwei Wochen zu leben nicht lohnt; der Beweis dafür ist ja, daß ich nur die Wahrheit schreibe. (NB. Ich darf nicht vergessen, immer wieder zu kontrollieren, ob ich nicht vielleicht verrückt bin, in diesem Augenblick, d. h. minutenlang wahnsinnig? Man hat mir gesagt, daß Schwindsüchtige im letzten Stadium ihrer Krankheit zeitweise den Verstand verlieren. Ich werde mich morgen davon nach dem Eindruck auf die Zuhörer überzeugen. Dieser Frage muß mit der größten Genauigkeit nachgespürt werden; anders darf man keine Entscheidung treffen.)

Mir scheint, ich habe soeben eine furchtbare Dummheit geschrieben, doch sie zu verbessern, fehlt mir die Zeit, außerdem habe ich mir das Wort gegeben, in diesem Handschreiben keine einzige Zeile zu verbessern, selbst wenn ich bemerken sollte, daß ich mir auf jeder fünften Zeile widerspreche. Ich möchte mich ja gerade morgen beim Lesen von dem richtigen logischen Fluß meiner Gedanken überzeugen: ob ich meine Fehler bemerke und ob es möglich ist, daß alles, was ich in diesen sechs Monaten in diesem Zimmer gedacht habe, nur Fieberphantasien sind?

Wenn ich noch vor zwei Monaten, wie jetzt, mein Zimmer hätte verlassen und mich von der Meyerschen Backsteinmauer hätte verabschieden müssen, so, ich muß es gestehen, so wäre es mir sehr schwer gefallen. Jetzt empfinde ich nichts mehr, und verlasse doch dieses Zimmer und diese Mauer *auf ewig!* Also muß meine Überzeugung, daß es sich für zwei Wochen nicht mehr lohnt, diese Gefühle aufkommen zu lassen, meine ganze Natur beherrschen. Verhält es sich nun wirklich so? Ist meine Natur wirklich vollständig besiegt? Wenn man mich jetzt auf die Folter spannte, so würde ich doch sicher schreien und würde nicht behaupten, es lohne sich nicht, zu schreien oder Schmerzen zu empfinden, nur weil zwei Wochen schon nichts mehr bedeuten.

Sind es denn wirklich nur vierzehn Tage, die mir zum Leben verblieben sind, und nicht mehr? Damals in Páwlowsk habe ich gelogen: B—n hatte mir nichts gesagt und hat mich überhaupt nicht gesehen. Doch vor acht Tagen besuchte mich ein Student Kißloródoff; er ist überzeugter Materialist, Atheist und Nihilist, und das war der Grund, warum ich ihn zu mir bitten ließ. Ich brauchte einen Menschen, der mir endlich die nackte Wahrheit sagen konnte, ohne alle Schonungen und Umstände. Das tat er denn auch, und nicht nur aus Gefälligkeit und ohne Umstände, sondern überdies noch mit sichtlichem Vergnügen (was ich meinerseits schon überflüssig fand). Er sagte mir offen ins Gesicht, ich hätte noch ungefähr einen Monat zu leben; vielleicht auch etwas länger, wenn die Umstände günstig seien, vielleicht aber nicht einmal so lange. Seiner Meinung nach könne ich auch ganz plötzlich sterben, zum Beispiel schon morgen, also von einem Tag auf den anderen. Solche Fälle kämen vor; und noch vorgestern sei im Stadtteil Kolómna ein junge Frau, deren Schwindsucht ungefähr das gleiche Stadium erreicht hatte wie die meine, im Begriff gewesen, auf den Markt zu gehen, um Lebensmittel einzukaufen, dann aber habe sie sich plötzlich schlecht gefühlt, sich aufs Sofa hingelegt, einmal geseufzt und damit sei sie gestorben. Alle diese Mitteilungen machte mir Kißloródoff mit einer gewissermaßen schneidigen Gefühllosigkeit und Offenheit und als tue er mir damit eine Ehre an, d. h. indem er tat, als hielte er auch mich für ein ebenso über alle Vorurteile erhabenes, höheres Wesen, wie er es selbst sei, dem es selbstverständlich nichts ausmachte zu sterben.

Es wunderte mich sehr, woher der Fürst vorhin erriet, daß ich schlechte Träume habe; er sagte wörtlich, in Pawlowsk würde meine Erregbarkeit sich legen und meine ‚Träume' würden sich ändern und leichter werden. Wie kommt er auf meine Träume? Entweder ist er Mediziner, oder aber wirklich ein Mensch von ungewöhnlichem Verstand, der vieles erraten kann. (Daß er aber letzten Endes doch ein „Idiot" ist, darüber besteht kein Zweifel.) Wie eigens hierfür bestellt, hatte ich unmittelbar vor seinem Kommen einen netten Traum (einen von jenen, die mich jetzt zu Hunderten heimsuchen). Ich war eingeschlafen — schätzungsweise eine Stunde vor seinem Besuch — und sah, daß ich mich in einem Zimmer befand (aber nicht in meinem Zimmer). Es war größer und höher als das meinige, besser möbliert und hell; darin standen ein Schrank, eine Kommode, ein Sofa und ein großes, breites Bett mit einer grünen Steppdecke darauf. Aber in diesem Zimmer bemerkte ich ein schreckliches Tier, eine Art Untier der Fabelwelt. Es war eine Art Skorpion und doch kein Skorpion, sondern widerlicher und weit schrecklicher, und das war es, glaube ich, eben deshalb, weil es solche Tiere in der Natur gar nicht gibt, und weil es sich *absichtlich* bei mir eingefunden hatte, und weil sich eben darin gleichsam ein Geheimnis verbarg. Ich betrachtete es sehr genau: es war ein braunes, wurmartig kriechendes Krustentier, etwa vier Zoll lang, am Kopf vielleicht zwei Finger breit, zum Schwanz hin wurde es immer dünner, so daß seine äußerste Spitze nicht dicker als ein zehntel Zoll war. Etwa einen Zoll unterhalb des Kopfes traten in einem Winkel von etwa fünfundvierzig Grad zwei Pfoten aus dem Rumpf hervor, jede ungefähr zwei Zoll lang, so daß das Tier von oben gesehen die Form eines Dreizacks hatte. Den Kopf konnte ich nicht deutlich sehen, aber ich sah zwei Fühler, nicht sehr lang, wie zwei starke Nadeln, gleichfalls von rotbrauner Farbe. Solche zwei Fühler hatte es auch am Ende des Schwanzes und am Ende jeder Pfote, im ganzen also acht Fühler. Das Tier lief wahnsinnig schnell im ganzen Zimmer umher und stützte sich dabei auf Pfoten und Schwanz, und wenn es lief, dehnte sich der ganze Körper und der Schwanz in ringelnden Bewegungen, wie bei einer Schlange, ungeachtet seiner Kruste, was widerwärtig anzusehen war.

Ich hatte schreckliche Angst, daß es mich stechen werde; man hatte mir gesagt, es wäre giftig; am meisten aber quälte mich der Gedanke, wer es mir ins Zimmer gesetzt hatte, was man mir damit antun wollte und worin dieses Geheimnis bestand? Es verkroch sich unter die Kommode, dann unter den Schrank, es kroch in die Ecken. Ich setzte mich auf den Stuhl und zog die Beine hoch und hockte mich so hin. Da lief es geschwind schräg durch das ganze Zimmer und verschwand irgendwo unter meinem Stuhl. Angstvoll suchte ich es mit den Augen und hoffte im stillen, es werde, da ich die Füße hochgezogen hatte, nicht am Stuhl heraufklettern können. Plötzlich hörte ich hinter mir, fast bei meinem Kopf, ein leises Geräusch, wie ein knisterndes Rascheln: ich blickte mich um und sah, wie das Reptil an der Wand emporkriecht schon in der Höhe meines Kopfes, und sogar schon meine Haare mit seinem Schwanz berührt, der sich mit ungeheurer Geschwindigkeit drehte und wand. Ich sprang auf, und das Tier war verschwunden. Ich wagte nicht, mich aufs Bett zu legen, aus Furcht, es könnte dann unter das Kissen kriechen. Da traten meine Mutter und ein Bekannter von ihr ins Zimmer. Sie begannen Jagd zu machen auf das Untier, aber sie waren ruhiger als ich und fürchteten sich nicht einmal. Aber sie begriffen ja nichts davon. Auf einmal kam das Untier wieder hervorgekrochen; diesmal kroch es sehr sachte und schlängelte sich, wie mit einer besonderen Absicht, ganz langsam, was noch ekelhafter war, wieder schräg durch das Zimmer nach der Tür hin. Da öffnete meine Mutter die Tür und rief Norma, unseren Hund, einen großen, schwarzen, zottigen Neufundländer; der ist schon vor fünf Jahren gestorben. Er kam ins Zimmer gesprungen und blieb plötzlich, wie angewurzelt, vor dem Untier stehen. Auch dieses machte halt, wand sich aber immer noch hin und her, und das knisternde Geräusch seines Schwanzendes und der Pfotenspitzen auf dem Fußboden war zu hören. Tiere können keinen mystischen Schrecken empfinden, wenn ich mich nicht irre; aber in diesem Augenblick schien es mir doch, daß in dem Schreck des Hundes etwas gleichsam sehr Ungewöhnliches, womöglich gleichfalls etwas nahezu Mystisches war, und daß der Hund demnach ebenso wie ich in diesem Untier etwas Verhängnisvolles und irgend ein Geheimnis spüre. Er wich langsam zurück vor dem Reptil, das sachte und vorsichtig auf ihn zukroch und sich, wie es schien, plötzlich auf ihn stürzen und ihn stechen wollte. Aber trotz aller Angst sah der Hund es über die Maßen feindselig an, obschon er an allen Gliedern zitterte. Und dann fletschte er auf einmal seine furchtbaren Zähne, sperrte seinen riesigen roten Rachen auf, duckte sich sprungbereit, paßte ab, entschloß sich plötzlich und packte das Reptil mit den Zähnen. Dieses schnellte herum, zappelte gewaltig, um sich zu befreien, was ihm auch beinah gelang, so daß der Hund noch einmal, schon in der Luft, und noch einmal nach ihm schnappen mußte, bis er es längs und dann quer im Maul hatte und die Schale des Krustentieres zwischen seinen Zähnen knackte. Der Schwanz und die Pfoten, die aus dem Maul des Hundes herausragten, wirbelten mit furchtbarer Schnelligkeit. Auf einmal jaulte Norma kläglich auf: das Reptil hatte den Hund doch noch in die Zunge zu stechen vermocht. Vor Schmerz kläffend und jaulend öffnete Norma das Maul und ich sah, wie das gebissene Reptil, quer im Maule liegend, sich noch bewegte, und wie aus seinem halbzermalmten Körper auf Normas Zunge eine Menge weißen Saftes floß, ähnlich dem Saft einer zerdrückten schwarzen Schabe ... In diesem Augenblick wachte ich auf, und der Fürst trat herein.«

»Meine Herren«, sagte Ippolit, sich plötzlich vom Vorlesen losreißend und sogar als schäme er sich beinahe, »ich habe das Geschriebene nachher nicht durchgelesen, aber mir scheint, ich habe da tatsächlich auch viel Überflüssiges geschrieben. Dieser Traum ...«

»Ja, allerdings«, beeilte sich Ganja einzuschieben.

»Es ist hier zu viel Persönliches, ich sehe es ein, ich meine damit ... zu viel über mich ...«

Als Ippolit dies sagte, sah er müde und erschöpft aus, und er wischte sich den Schweiß von der Stirn.

»Jawohl, Sie interessieren sich schon allzu sehr für sich selbst«, tuschelte ihm Lebedeff zu.

»Ich, meine Herren, ich will ja niemanden zwingen zuzuhören; wer nicht mag, kann sich doch entfernen.«

»Er jagt fort ... aus einem fremden Hause«, brummte Rogoshin undeutlich.

»Und wenn wir nun alle auf einmal aufstehen und uns entfernen?« fragte plötzlich Ferdyschtschénko, der übrigens bis dahin noch nicht laut zu sprechen gewagt hatte.

Ippolit schlug schnell die Augen nieder und griff nach seinem Manuskript; aber schon in derselben Sekunde erhob er wieder den Kopf und sagte mit blitzenden Augen und zwei roten Flecken auf den Wangen, indem er Ferdyschtschenko geradeaus ansah:

»Sie mögen mich wohl gar nicht!«

Man hörte lachen; die Mehrzahl lachte übrigens nicht. Ippolit wurde über und über rot.

»Ippolit«, sagte der Fürst, »tun Sie Ihre Manuskriptblätter zusammen und geben Sie sie mir, Sie aber legen sich schlafen hier im Zimmer nebenan. Wir reden dann noch vor dem Einschlafen und morgen miteinander. Aber unter der Bedingung, daß Sie dieses Manuskript nie mehr aufschlagen. Sind Sie damit einverstanden?«

»Ist denn das möglich?« Ippolit sah ihn mit entschiedener Verwunderung an. »Meine Herren!« rief er, wieder fieberhaft belebt, »das war nur eine dumme Episode, in der ich mich nicht richtig zu verhalten verstanden habe. Ich werde die Vorlesung nicht mehr unterbrechen. Wer zuhören will, mag zuhören ...«

Er trank rasch einen Schluck Wasser aus einem Glase, stützte sich schnell mit den Ellenbogen auf den Tisch, um sich gegen die Blicke abzuschirmen, und setzte hartnäckig die Vorlesung fort. Die Empfindung des Beschämtseins ging übrigens auch schnell vorüber ...

»Der Gedanke« (so fuhr er fort zu lesen), »daß es sich gar nicht lohne, ein paar Wochen zu leben, begann mich, wie mir scheint, so ungefähr vor einem Monat zu beschäftigen, als ich, wie ich nun wußte, nur noch vier Wochen Leben vor mir hatte; aber wirklich bemächtigt hat er sich meiner erst vor drei Tagen, als ich aus Pawlowsk, nach jenem dort verlebten Abend, heimkehrte. Den ersten Augenblick des vollen, unmittelbaren Durchdrungenwerdens von diesem Gedanken erlebte ich dort auf der Veranda des Fürsten, in eben dem Augenblick, als es mir einfiel, den letzten Versuch mit dem Leben zu machen, als ich Menschen und Bäume sehen wollte (mag ich das auch selbst ausgesprochen haben), als ich mich ereiferte, für das Recht Burdówskijs, ‚meines Nächsten‘, eintrat und davon träumte, wie alle diese Menschen auf einmal die Arme ausbreiten und mich an sich drücken und mich wegen irgend etwas um Verzeihung bitten würden und ich sie desgleichen; mit einem Wort, ich endete wie der unbegabteste Dummkopf. Und in eben diesen Stunden flammte in mir die ‚letzte Überzeugung‘ auf. Jetzt wundere ich mich, wie ich ganze sechs Monate habe leben können ohne diese ‚Überzeugung‘! Ich wußte doch positiv, daß ich die Schwindsucht habe und daß sie unheilbar ist; ich habe mich nicht zu täuschen versucht und habe die Sachlage klar begriffen. Aber je klarer ich sie begriff, um so krampfhafter wollte ich leben; ich klammerte mich ans Leben und wollte leben um jeden Preis. Ich gebe zu, daß ich mich damals erbosen konnte über das dunkle und taube Schicksal, das über mich verfügte und bestimmte, ich sei umzubringen, wie irgend eine Fliege, und selbstverständlich ohne zu wissen warum; aber warum begnügte ich mich denn nicht damit, mit dieser Wut? Warum habe ich tatsächlich *angefangen* zu leben, trotz meines Wissens, daß ich nicht mehr anfangen durfte; warum versuchte ich es, wenn ich doch wußte, daß es für mich keinen Sinn mehr hatte zu versuchen? Dabei konnte ich nicht einmal mehr Bücher zu Ende lesen und gab das Lesen auf: wozu lesen, wozu Kenntnisse erwerben für sechs Monate? Dieser Gedanke bewog mich mehr als einmal, ein Buch wegzuwerfen.

Ja, diese Meyersche Mauer könnte vieles wiedererzählen! Vieles habe ich in Gedanken auf diese Mauer vor meinem Fenster geschrieben. Auf dieser schmutzigen Fläche gab es keinen Fleck, den ich nicht auswendig gekannt hätte. Diese verfluchte Mauer! Und doch ist sie mir teurer als alle Bäume in Pawlowsk, das heißt, sollte sie mir teurer sein als sämtliche Bäume, wenn mir jetzt nicht alles gleichgültig wäre.

Jetzt erinnere ich mich, mit welch gierigem Interesse ich damals anfing, das Leben der *anderen* zu verfolgen; ein solches Interesse hatte ich vorher nicht gekannt. Ungeduldig und schimpfend wartete ich manchmal auf Kolja, als ich so krank wurde, daß ich das Zimmer nicht verlassen konnte. Ich suchte so heißhungrig auch alle Einzelheiten zu erfahren, interessierte mich auch dermaßen für alle möglichen Gerüchte und fragte so viel, daß ich mich, wie mir scheint, wie ein Klatschmaul benahm. Ich konnte zum Beispiel nicht begreifen, wie diese Menschen, die doch ein langes Leben vor sich hatten, nicht verstanden, es zu Reichtum zu bringen (übrigens begreife ich das auch heute nicht). Als man mir von einem armen Kerl, den auch ich früher einmal gekannt hatte, eines Tages erzählte, er sei Hungers gestorben, da geriet ich, wie ich mich erinnere, geradezu außer mir: hätte man diesen Kerl ins Leben zurückgerufen, ich glaube, ich hätte ihn hinrichten lassen. Manchmal ging es mir besser, sogar Wochen lang, und ich konnte auf die Straße gehen; aber das Leben auf der Straße erboste mich schließlich so sehr, daß ich mich mit Fleiß ganze Tage lang in mein Zimmer einschloß, obgleich ich wie alle Leute hätte ausgehen können. Ich konnte dieses hin und her rennende, hastende, ewig sorgenvolle, mißmutige und aufgeregte Volk, das auf dem Trottoir um mich herumwimmelte, einfach nicht mehr ertragen. Wozu das alles, wozu diese ihre ewig traurige Bekümmertheit, diese ewige Unruhe und Sorge, diese ihre immerwährende verdrossene Bosheit (denn sie sind böse, böse, böse!)? Wer ist schuld daran, daß sie unglücklich sind und nicht zu leben verstehen, obgleich sie an die sechzig Jahre Leben vor sich haben? Warum hat Sarnízyn es geschehen lassen, daß er Hungers starb, wenn er doch sechzig Jahre vor sich hatte? Und jeder weist auf seine schäbige Kleidung hin, weist seine schwieligen Hände vor, ärgert sich und schreit: ‚Wir arbeiten wie die Jochochsen, wir schuften und mühen uns ab, und wir sind hungrig wie die Hunde und arm! Andere arbeiten nicht und mühen sich nicht ab und sind reich!‘ (Der ewige Kehrreim!) Und neben ihnen hastet und plagt sich vom Morgen bis zum Abend auch irgend so ein unglückliches Überbleibsel ‚aus adeliger Familie‘, wie etwa unser Iwán Fomítsch Ssúrikoff — er wohnt in unserem Hause über uns —, immer mit durchgewetzten Ellenbogen und abgerissenen Knöpfen, und er rennt und übernimmt Aufträge von allerlei Leuten und macht für sie Gänge von der Frühe bis in die Nacht. Kommt man ins Gespräch mit ihm, so kriegt man nur zu hören: ‚Bin arm, bettelarm und verlassen; meine Frau starb; hatte kein Geld, die Medizin zu kaufen; und im Winter erfror mir ein Kindchen; die älteste Tochter mußte Konkubine werden ...‘ Immer die gleiche Litanei und die Tränen in den Augen dazu! Oh, ich hatte nicht das geringste, nicht das geringste Mitleid mit diesen Dummköpfen, habe es weder jetzt, noch hatte ich es früher — und das sage ich mit Stolz! Warum ist er denn nicht ein Rothschild? Wer ist schuld daran, daß er nicht so viele Millionen besitzt wie Rothschild, daß er nicht einen Berg von Goldimperialen und Napoleondors besitzt, einen solchen Berg, ja, einen ebenso hohen Berg von Goldmünzen, wie man sie in der Butterwoche[23] in den Schaubunden sieht! Wenn er nur lebt, folgt daraus schon, daß all das in seiner Macht steht! Wer ist denn schuld daran, daß er das nicht begreift?

Oh, jetzt ist mir schon alles gleichgültig, jetzt habe ich keine Zeit mehr, mich zu ärgern, aber damals, damals, ich wiederhole es, habe ich nachts vor Wut in mein Kissen gebissen und meine Bettdecke zerrissen. Oh, wie phantasierte ich damals in meinen Träumereien, wie sehnsüchtig wünschte ich, daß man mich Achtzehnjährigen plötzlich auf die Straße jagte, kaum bekleidet, nur mit einem Lendenschurz, und mich allein ließe, ganz allein, ohne Obdach, ohne Arbeit, ohne ein Stück Brot, ohne Verwandte, ohne einen einzigen Bekannten in einer größten Großstadt, hungrig, verprügelt (um so besser!), aber gesund, und gerade dann würde ich zeigen...

Was zeigen?

Oh, glauben Sie wirklich, ich wüßte nicht, wie sehr ich mich ohnehin schon mit dieser meiner „Erklärung" erniedrigt habe! Wer wird mich nun nicht für einen Grünschnabel halten, der das Leben noch gar nicht kennt? — ohne zu bedenken, daß ich ja gar nicht mehr achtzehnjährig bin; ohne zu bedenken, daß so zu leben, wie ich in diesen sechs Monaten gelebt habe, gleichbedeutend ist mit leben bis zum Silberhaar! Aber mag man doch lachen und sagen, das seien alles nur Märchen. Ich habe mir ja auch wirklich und bewußt Märchen erzählt. Ganze Nächte habe ich mit ihnen ausgefüllt; ich erinnere mich noch an sie alle.

Aber soll ich sie denn jetzt nochmals erzählen, jetzt, wo die Zeit der Märchen auch für mich schon vorbei ist? Und wem denn? Ich vertrieb mir die Zeit mit ihnen, zu meinem Vergnügen, damals, als ich einsah, daß mir selbst das Erlernen der griechischen Grammatik versagt war: ‚Noch bevor ich bis zur Syntax komme, habe ich ja zu sterben', bedachte ich schon bei der ersten Seite, und warf das Buch unter den Tisch. Dort liegt es heute noch. Unsere Matrjóna wollte es wegräumen, ich verbot es ihr.

Möge derjenige, dem meine „Erklärung" in die Hände fällt und der die Geduld aufbringt, sie durchzulesen, mich für verrückt halten oder gar für einen Gymnasiasten, oder, was am wahrscheinlichsten ist, für einen zum Tode Verurteilten, der natürlicherweise zu der Ansicht kommen mußte, daß alle Menschen, außer ihm, das Leben viel zu wenig zu schätzen wüßten, daß sie sich daran gewöhnten, es gar zu billig zu vertun, es gar zu faul, gar zu gewissenlos genössen, und folglich seien sie ausnahmslos alle des Lebens unwürdig! Was liegt daran? Ich erkläre aber, daß mein Leser sich dann irren wird und daß meine Überzeugung vollkommen unabhängig ist von meinem Todesurteil. Fragen Sie, fragen Sie sie doch nur, worin für sie alle, vom ersten bis zum letzten, nach ihrer Auffassung das Glück besteht? Oh, seien Sie versichert, daß Kolumbus nicht damals glücklich war, als er Amerika entdeckt hatte, sondern damals, als er es erst entdecken wollte; seien Sie versichert, daß er den höchsten Augenblick seines Glücksgefühls vielleicht genau drei Tage vor der Entdeckung der Neuen Welt erlebte, als die meuternde Schiffsmannschaft in ihrer Verzweiflung schon nahe daran war, das Schiff wieder nach Europa zu wenden, zurück! Hierbei kommt es nicht auf die Neue Welt an oder auf gleich was sonst. Und Kolumbus starb ja auch, fast ohne sie gesehen zu haben, und genau genommen, ohne zu wissen, was er entdeckt hatte. Hierbei kommt es auf das Leben an, einzig und allein auf das Leben, — auf seine Enthüllung, die ununterbrochene und ewigliche, und keineswegs auf das jeweils Enthüllte! Doch wozu darüber reden! Ich hege den Verdacht, daß alles, was ich jetzt rede, den landläufigsten Phrasen so ähnlich ist, daß man mich bestimmt für einen Schüler der unteren Klassen halten wird, der seinen Aufsatz über den „Sonnenaufgang" vorlegt, oder man wird sagen, daß ich zwar etwas hätte aussprechen wollen, jedoch bei bestem Willen nicht verstanden hätte, mich ... „klar auszudrücken". Nun, meinethalben, aber trotzdem möchte ich hinzufügen, daß bei jedem genialen oder neuen Menschengedanken oder einfach sogar bei jedem ernsten Gedanken, der in einem Menschenkopf entsteht, immer ein Etwas zurückbleibt, das sich auf keine Weise anderen Menschen mitteilen läßt, und wenn man auch ganze Bände vollschriebe und seinen Gedanken fünfunddreißig Jahre lang auseinandersetzte; immer verbleibt etwas, das um keinen Preis aus Ihrem Schädel herausgehen will und ewig in ihm zurückbleibt; und damit stirbt man dann, ohne auch nur einem einzigen anderen Menschen das vielleicht Wichtig-

ste an seiner Idee übergeben zu können. Aber wenn auch ich jetzt nicht verstanden haben sollte, all das mitzuteilen, was mich in diesen letzten sechs Monaten gequält hat, so wird man doch wenigstens verstehen, daß ich meine jetzt erreichte „letzte Überzeugung" vielleicht gar zu teuer habe bezahlen müssen; eben dies ist es, was ich — in bestimmter Absicht — für notwendig erachte, hier in meiner „Erklärung" besonders hervorzuheben.
Ich fahre also fort."

VI

»Ich will nicht lügen: in diesen sechs Monaten hat das wirkliche Leben auch nach mir seinen Angelhaken ausgeworfen und mich manchmal so angelockt, daß ich mein Todesurteil vergaß oder, richtiger gesagt, nicht daran denken wollte und sogar mich zu betätigen begann. Hier seien ein paar Worte über meine damaligen äußeren Umstände eingeschaltet.
Als ich vor etwa acht Monaten schon ernstlich krank wurde, brach ich alle meine Beziehungen ab, auch die zu meinen früheren Kameraden. Da ich von jeher im Umgang mit anderen ziemlich unwirsch gewesen war, so vergaßen sie mich leicht; natürlich hätten sie mich auch ohne diesen Umstand bald vergessen. Auch zu Hause, das heißt „in der Familie", führte ich ein einsames Leben. Vor ungefähr fünf Monaten begann ich, mein Zimmer von innen abzuschließen, und isolierte mich völlig von den übrigen Zimmern der Familie. Man hatte mir immer gehorcht und niemand wagte mehr, zu mir hereinzukommen, außer zu bestimmter Stunde zum Aufräumen und um mir das Essen zu bringen. Meine Mutter zitterte vor meinen Anordnungen und wagte in meiner Gegenwart nicht einmal zu jammern, wenn ich mich ab und zu entschloß, sie in mein Zimmer hereinzulassen. Die Kinder wurden von ihr oft geschlagen, damit sie nicht lärmten und

mich nicht störten, denn ich beklagte mich häufig über ihr Geschrei; ich kann mir denken, wie sie mich dafür lieben! Den „treuen Kolja", wie ich ihn benannte, habe ich wohl gleichfalls gehörig gequält. In der letzten Zeit hat auch er wiederum mich gequält: das war alles ganz natürlich, die Menschen sind ja dazu geschaffen, um einander zu quälen. Aber ich merkte, daß er meine Reizbarkeit so hinnahm, als habe er sich geschworen, den Kranken zu schonen. Selbstverständlich reizte mich das; aber ich glaube, er wollte dem Fürsten ‚in christlicher Sanftmut' nacheifern, was freilich schon etwas komisch wirkte. Kolja ist noch jung und hitzig und macht natürlich alles nach, aber manchmal schien es mir doch schon Zeit für ihn zu sein, nach eigenem Kopf zu leben. Ich habe ihn sehr gern. Ich habe auch Ssúrikoff gequält, der über uns wohnt und vom Morgen bis zum Abend für andere herumläuft, um deren Aufträge auszuführen; ich suchte ihm fortwährend zu beweisen, daß er an seiner Armut selbst schuld sei, was zur Folge hatte, daß er schließlich furchtsam wurde und seine Besuche bei mir einstellte. Er ist ein sehr sanftmütiger Mensch, das sanftmütigste Wesen, das man sich nur denken kann. (Nota bene! Man sagt, Sanftmut sei eine gewaltige Kraft; man müßte den Fürsten darüber befragen, der Ausspruch stammt von ihm.) Aber als ich im März zu ihm hinaufging, um zu sehen, wie sie dort das Kindchen nach seinen Worten hatten ‚erfrieren lassen', und vor der Leiche des Kindchens zufällig lächelte, da ich diesem Ssúrikoff wieder erklären wollte, daß er ‚selbst daran schuld' ist, da begannen dem Jämmerling plötzlich die Lippen zu zittern, und dann faßte er mich mit der einen Hand an der Schulter, wies mit der anderen nach der Tür und sagte leise, beinahe flüsternd, zu mir: ‚Gehen Sie!' Ich ging hinaus, und sein Verhalten gefiel mir sehr, gefiel mir gleich damals, schon in eben dem Augenblick, als er mich hinauswies; aber in der Erinnerung riefen seine Worte in mir noch lange danach die bedrückende Empfindung eines seltsamen, geringschätzigen Mitleids mit ihm hervor, das ich doch gar nicht empfinden wollte. Selbst im Augenblick einer solchen Kränkung (ich fühle doch, daß ich ihn gekränkt habe, obschon das gar nicht meine Absicht war), selbst in einem solchen Augenblick brachte dieser Mensch es nicht fertig, zornig zu werden! Seine Lippen begannen damals durchaus nicht vor Zorn zu zittern, das kann ich beschwören: als er mich am Arm faßte und sein wunderbares ‚Gehen Sie!' aussprach, da war er ganz bestimmt nicht böse. Es war Würde da, sogar viel Würde, die eigentlich gar nicht zu ihm paßte (so daß ihr, um die Wahrheit zu sagen, auch etwas reichlich Komisches anhaftete), aber es war kein Ärger dabei. Vielleicht war es nur das, daß er mich einfach zu verachten anfing. Seit jenem Tage begann er, wenn er mir zufällig auf der Treppe begegnete, was allerdings nur ein paarmal geschah, auf einmal den Hut vor mir abzunehmen, was er vorher nie getan hatte, aber er blieb nicht mehr stehen wie früher, sondern eilte, sichtlich verlegen, an mir vorüber. Wenn er mich auch verachtete, so tat er es doch auf seine Weise: er ‚verachtete *sanftmütig*'. Vielleicht aber nahm er den Hut auch nur aus Furcht ab, da ich der Sohn seiner Gläubigerin war, denn er blieb meiner Mutter dauernd Geld schuldig und war nie imstande, sich aus den Schulden herauszuarbeiten. Und das ist sogar das Wahrscheinlichste. Ich dachte auch schon an eine Aussprache mit ihm, und ich bin überzeugt, daß er mich schon nach zehn Minuten um Verzeihung gebeten hätte; aber dann überlegte ich es mir doch, daß es besser war, ihn in Ruhe zu lassen.

Um dieselbe Zeit, das heißt, bald nachdem Ssúrikoffs Kind erfroren war, etwa Mitte März, ging es mir gesundheitlich auf einmal bedeutend besser, und diese Besserung ohne ersichtlichen Grund hielt ungefähr vierzehn Tage an. Ich begann auszugehen, meist in der Dämmerung. Ich liebe diese Dämmerstunden im März, wenn die Kälte wieder zunimmt und die Gaslaternen angezündet werden; manchmal machte ich weite Wege. In der Schestiláwotschnaja-Straße überholte mich einmal in der Dunkelheit ein Herr, der offenbar den „besseren Ständen" angehörte, aber so genau konnte ich ihn nicht sehen, er trug etwas in Papier Eingewickeltes unterm Arm und hatte einen zu kurzen und schäbigen Paletot an, der für die Jahreszeit zu leicht war. Als er an der nächsten Laterne vorüberging, ungefähr zehn Schritte vor mir, bemerkte ich, daß er etwas verlor. Ich beeilte mich, es aufzuheben — gerade noch rechtzeitig, denn außer mir stürzte schon ein Mensch in einem langen Kaftan herbei; aber da ich den Fund bereits in der Hand hatte, machte er ihn mir nicht streitig: nach einem flüchtigen Blick auf den Gegenstand schlüpfte er an mir vorüber. Dieser Gegenstand war eine große, saffianlederne, altmodische Brieftasche, die ganz mit Papieren angefüllt war; auf den ersten Blick erkannte ich sonderbarerweise sofort, daß in ihr alles, nur kein Geld enthalten war. Der Herr hatte sich währenddessen schon auf vierzig Schritt von mir entfernt und entschwand in der Menge alsbald meinen Blicken. Ich lief ihm nach und fing an, ihn zu rufen, doch da ich nichts anderes als „Heda!" rufen konnte, wandte er sich nicht um. Plötzlich bog er nach links ab, in das Hoftor eines Hauses. Als ich ihm aber in das Tor folgte, wo es sehr dunkel war, konnte ich nichts mehr von ihm entdecken. Das Haus gehörte zu diesen riesigen Mietskasernen, die von Spekulanten für kleine Mieter gebaut werden. In einem solchen Hause befinden sich manchmal hundert Wohnungen. Als ich durch den Torweg lief, schien es mir, daß in der rechten, hinteren Ecke des großen Hofes ein Mensch ging, obgleich ich ihn in der Dunkelheit nicht sehen konnte. Ich lief zur Ecke und fand einen Treppeneingang; die Treppe selbst war schmal, schmutzig und ohne Beleuchtung, aber ich hörte, wie ein Mensch oben auf der Treppe ging. Ich stürzte die Treppe hinauf, ihm nach, und hoffte ihn noch einzuholen, bevor man ihm die Tür aufmachte. Und so kam es auch. Die Treppen waren kurz, aber sehr zahlreich; als ich auf dem dritten Treppenabsatz ankam, war ich außer Atem. Im fünften Stock wurde eine Tür geöffnet und wieder geschlossen. Bis ich das Stockwerk erreicht und die Klingel gefunden hatte, vergingen mehrere Minuten.

Endlich öffnete mir ein altes Mütterchen, das in einer winzig kleinen Küche den Ssamowar anblies; sie hörte schweigend meine Frage an, die sie natürlich nicht begriff; schweigend öffnete sie mir die Tür ins nächste Zimmer, einen ebenso kleinen und niedrigen wie schlecht möblierten Raum, in dem sich auf einem großen, breiten Bett mit Vorhängen ein anscheinend Betrunkener, den die Alte mit Teréntjitsch anredete, ausgestreckt hatte. Auf dem Tisch brannte in einem eisernen Leuchter ein Lichtstumpf. Daneben stand eine fast geleerte Halbliterflasche Branntwein. Teréntjitsch brummte mir etwas zu und wies, ohne sich aufzurichten, auf die nächste Tür. Die Alte war fortgegangen, so daß mir nichts anderes übrig blieb, als weiterzugehen und diese Tür zu öffnen. Das tat ich denn auch und trat ins nächste Zimmer.

Dieses Zimmer war noch kleiner und enger, so daß ich nicht wußte, wohin ich treten sollte; das schmale, einschläfrige Bett in der Ecke nahm viel Raum ein; die übrige Einrichtung bestand aus drei einfachen Stühlen, die mit allerlei Zeug bepackt waren, und einem ganz einfachen Küchentisch, der vor einem kleinen alten wachstuchbezogenen Sofa stand. Zwischen Bett und Tisch gab es kaum Platz zum Durchgehen. Auf dem Tisch stand gleichfalls, wie im anderen Zimmer, ein eiserner Leuchter, in dem ein Talglicht brannte. Auf dem Bett quäkte ein winziger Säugling, vielleicht drei Wochen alt, nach dem Stimmchen zu urteilen. Eine blasse, kranke junge Frau, in tiefem Negligé, die wohl erst vor kurzem das Wochenbett verlassen hatte, wechselte dem Kleinen die Windeln. Das Kind wollte sich nicht beruhigen, es schrie wohl nach der mageren Mutterbrust. Auf dem Sofa schlief ein dreijähriges kleines Mädchen, das mit einem Rock zugedeckt war. Am Tisch stand der Herr, in einem sehr abgetragenen Anzug (den Paletot hatte er bereits abgelegt und aufs Bett geworfen), und war soeben im Begriff, ein zweipfündiges Weißbrot und zwei kleine Würstchen aus einem blauen Papier zu wickeln. Auf dem Tisch stand eine Teekanne mit Tee, daneben lagen Schwarzbrotstückchen herum.

Unter dem Bett sah ich einen offenen Reisekoffer und zwei Bündel mit allerlei Kleidungsstücken und Lappen. Mit einem Wort, es herrschte eine schreckliche Unordnung in dem kleinen Raum. Ich glaubte, auf den ersten Blick zu erkennen, daß sie beide, sowohl der Herr als die Dame, von guter Herkunft, aber von der Armut in jenen erniedrigenden Zustand versetzt worden waren, in dem die Unordnung schließlich die Widerstandskraft, die gegen sie noch ankämpfen möchte, erlahmen läßt, und der die Menschen zu guter Letzt dahin bringt, in dieser täglich noch anwachsenden Unordnung ein gewisses bitteres und gleichsam rachsüchtiges Lustgefühl, eine Art erbitterter Genugtuung zu empfinden, die auszukosten sogar zu einem Bedürfnis werden kann.

Als ich eintrat, war dieser Herr, der ja erst kurz vor mir das Zimmer betreten hatte, und nun seine Einkäufe auswickelte, in einem schnellen und erregten Bericht begriffen, und die Frau, die das Trockenlegen des Kindes noch nicht beendet hatte, war schon am Weinen; die Nachrichten, die der Mann mitbrachte, waren offenbar wie gewöhnlich schlecht gewesen. Das Gesicht dieses schätzungsweise achtundzwanzigjährigen Herrn, gebräunt und hager, umrahmt von einem dunklen Backenbart mit ausrasiertem Kinn, machte einen recht anständigen und sogar angenehmen Eindruck, aber es sah besorgt aus, der Blick finster, jedoch mit einem Ausdruck von krankhaftem Stolz, der sehr reizbar zu sein schien. Als ich eintrat, spielte sich eine seltsame Szene ab.

Es gibt Menschen, für deren leicht reizbare Empfindlichkeit ein Aufbrausenkönnen ein besonderer Genuß ist, namentlich wenn ihre Gereiztheit (was immer sehr schnell vor sich geht) ihren höchsten Grad erreicht hat; in diesem Augenblick ist es ihnen, ich glaube, sogar angenehmer, beleidigt zu werden, als nicht beleidigt zu werden. Diese leicht reizbaren Menschen quälen sich nachher immer sehr mit dem Bereuen ihrer Heftigkeit, freilich nur wenn sie klug sind und einzusehen vermögen, daß sie zehnmal heftiger gewesen sind als nötig gewesen wäre. Dieser Herr nun blickte mich eine Zeitlang über die Maßen erstaunt, die Frau nur furchtbar erschrocken an, als wäre es ein undenkbares Wunder, daß auch zu ihnen jemand kommen konnte; plötzlich aber stürzte der Herr, als ich noch kaum zwei Worte gemurmelt hatte, fast wie ein Tollwütiger auf mich los. Wahrscheinlich hatte er bemerkt, daß ich anständig gekleidet war, und da hielt er sich wahrscheinlich für wahnsinnig beleidigt dadurch, daß ich es gewagt hatte, so formlos in seine Wohnung einzudringen und das ganze elende Milieu zu sehen, dessen er sich so schämte. Natürlich freute es ihn geradezu, seine Wut über alle seine Mißerfolge endlich an jemandem auslassen zu können. Einen Augenblick dachte ich sogar, er wolle mich tätlich angreifen; er wurde blaß wie eine Frau bei einem hysterischen Anfall, und erschreckte dadurch furchtbar seine Gattin.

,Wie wagen Sie es, so einzutreten! Hinaus!' schrie er zitternd und kaum fähig, die Worte auszusprechen. Da erblickte er seine Brieftasche in meiner Hand.

,Ich glaube, Sie haben das verloren', sagte ich so ruhig und trocken wie möglich. (Das war übrigens das Richtige.)

Er stand vor mir da wie erstarrt vor Schreck und schien eine Weile nichts begreifen zu können; dann griff er schnell nach seiner Seitentasche, sperrte den Mund auf vor Entsetzen und schlug sich mit der Hand vor die Stirn.

,O Gott! Wo haben Sie sie gefunden? Wie war das möglich?'

Ich erklärte ihm in kurzen Worten und nach Möglichkeit in noch trockenerem Ton, wie ich die Brieftasche aufgehoben, ihm nachlaufend nachgerufen hatte, und wie ich schließlich nur auf eine Vermutung hin ihm in der Dunkelheit auf der Treppe nachgeeilt war.

,Mein Gott!' rief er aus, sich zu seiner Frau wendend, ,hier sind alle unsere Dokumente, auch meine letzten Instrumente, hier ist alles ... oh, mein Herr, wissen Sie auch, was Sie für mich getan haben? Ich wäre verloren gewesen!'

Ich hatte inzwischen schon nach der Türklinke gegriffen, um ohne Antwort wegzugehen, aber ich rang selbst nach

Luft, und plötzlich entlud sich meine Aufregung in einem so starken Hustenanfall, daß ich mich kaum auf den Beinen hielt. Ich sah, wie der Herr sich nach einem freien Stuhl für mich umschaute, dann schnell die Kleider vom nächsten Stuhl auf den Boden warf, ihn mir flink hinstellte und mir behutsam half, mich zu setzen. Aber mein Husten dauerte fort und hörte erst nach vielleicht drei Minuten auf. Als ich zu mir kam, saß er schon vor mir auf einem anderen Stuhl, von dem er die Sachen wohl gleichfalls auf den Boden geworfen hatte. ‚Sie sind wohl ... leidend?' sagte er im Ton eines Arztes zu einem Kranken. ‚Ich bin selbst Arzt' (er sagte nicht: Doktor) und er wies mit der Hand auf das Zimmer, als protestiere er gegen seine jetzige Lage. ‚Ich sehe, Sie sind ...'

‚Schwindsüchtig', sagte ich so trocken wie möglich und stand auf.

Auch er sprang auf.

‚Sie übertreiben vielleicht ... und wenn Mittel dagegen...'

Er konnte immer noch nicht ganz zu sich kommen; seine Brieftasche hielt er in der linken Hand.

‚Oh, beunruhigen Sie sich nicht', unterbrach ich ihn wieder und griff nach der Türklinke, ‚mich hat in der vergangenen Woche B—n untersucht, mein Schicksal ist entschieden. Entschuldigen Sie ... die Störung ...'

Ich wollte wieder die Tür öffnen und meinen verwirrten, dankbaren und beschämten Arzt verlassen, aber der verdammte Husten befiel mich von neuem. Der Doktor bestand darauf, daß ich mich nochmals hinsetzte und ausruhte. Er wandte sich zu seiner Frau, und diese sagte mir von ihrem Platze aus ein paar dankbare und freundliche Worte. Sie wurde dabei selbst sehr verlegen, und auf ihre gelblichblassen eingefallenen Wangen trat eine Röte. Ich blieb noch sitzen, doch verhielt ich mich so, daß Sie verstehen mußten, wie sehr ich fürchtete, sie zu belästigen. Die Reue quälte den Doktor jetzt bis zur Pein, wie ich bemerkte.

‚Wenn ich ...', begann er verwirrt in abgerissenen Sätzen. ‚Ich bin Ihnen so dankbar und bin so schuldig vor Ihnen ...

ich... Sie sehen...' Er wies wieder auf das Zimmer, ‚augenblicklich befinde ich mich in einer Lage...'

‚Oh', sagte ich, ‚das ist keine Seltenheit! Sie haben wahrscheinlich Ihre Stellung verloren und sind hierher gekommen, um den Sachverhalt hier aufzuklären und eine neue zu erhalten?'

‚Woher... wissen Sie denn das?' fragte er mich verwundert.

‚Das sieht man doch auf den ersten Blick', antwortete ich, unwillkürlich etwas spöttisch. ‚Es kommt so mancher aus der Provinz mit großen Hoffnungen her, müht sich hier ab und lebt dann so...

Da fing er plötzlich zu reden an; leidenschaftlich, mit zitternden Lippen erzählte er, wie es ihm ergangen war, und ich muß gestehen, es interessierte mich sehr. Ich blieb fast eine Stunde bei ihm. Seine Geschichte war übrigens ein ganz gewöhnlicher Fall: er war Arzt in der Provinz gewesen, hatte eine staatliche Anstellung gehabt. Man intrigierte aber gegen ihn und sogar gegen seine Frau. Er war stolz, hitzköpfig. Ein neuer Vorgesetzter kam ins Gouvernement und nahm die Partei seiner Feinde, die sich über ihn beklagt hatten. Er verlor die Stellung und reiste mit seinen letzten Mitteln nach Petersburg, um sich hier vor den Behörden zu rechtfertigen. In Petersburg wollte man ihn jedoch, wie das so üblich ist, zuerst gar nicht anhören, dann wies man seinen Antrag ab, dann wurde er durch Versprechungen hingehalten, darauf antwortete man ihm mit einem Verweis, darauf befahl man ihm, eine Rechtfertigungsschrift einzureichen, aber deren Annahme wurde verweigert; darauf sollte er eine Bittschrift einsenden — mit einem Wort, er bemühte sich schon den fünften Monat vergebens, hatte alles verbraucht, die letzten Sachen seiner Frau versetzt; schließlich wurde auch noch das Kindchen geboren und... und heute hatte er den endgültig abschlägigen Bescheid auf seine eingereichte Bittschrift erhalten, und besaß nun kein Brot mehr, kein Geld, nichts mehr. Die Frau in den Wochen... er... er...

Er sprang vom Stuhl auf und wandte sich ab. In der Ecke weinte seine Frau, das Kind fing an zu quäken. Ich zog mein Notizbuch hervor und notierte mir etwas. Als ich damit fertig war und aufstand, stand er vor mir und sah mich gespannt und ängstlich an.

‚Ich habe mir Ihren Namen aufgeschrieben‘, sagte ich zu ihm, ‚und alles übrige: den Ort Ihrer Anstellung, den Namen des Gouverneurs, das Datum. Ich habe einen Schulkameraden, und dessen Onkel, Pjotr Mitwéjewitsch Bachmútoff, ist der Wirkliche Staatsrat und Departementsdirektor ...‘

‚Pjotr Matwéjewitsch Bachmútoff!‘ rief mein Arzt fast zitternd aus. ‚Aber von dem hängt ja fast alles ab!‘

Und in der Tat, die Geschichte meines Mediziners, in die ich so unfreiwillig eingreifen sollte, wickelte sich von nun an günstig ab, ganz als ob alles in ihr, wie in Romanen, im voraus dazu vorbereitet gewesen wäre. Fürs erste jedoch sagte ich diesen armen Leuten, daß sie auf mich keine Hoffnungen setzen möchten, daß ich selbst ein armer Gymnasiast sei (ich übertrieb absichtlich, ich hatte das Gymnasium schon verlassen und war nicht mehr Gymnasiast, und daß sie meinen Namen nicht zu wissen brauchten, daß ich jedoch sofort zu meinem Kameraden Bachmútoff gehen wollte, dessen Onkel Wirklicher Staatsrat, Junggeselle und kinderlos sei und der seinen Neffen, in dem er den letzten Sproß seiner Familie sähe, über alles liebe. Vielleicht würde mein Kamerad etwas für sie tun können und für sie beim Onkel ...

‚Wenn ich doch nur eine Audienz bei Seiner Exzellenz erhalten könnte! Wenn man mir doch die Ehre verschaffen könnte, mein Gesuch mündlich aussprechen zu dürfen!‘ Er zitterte wie im Fieber, und seine Augen glänzten.

Ich wiederholte noch einmal, daß ich der Sache durchaus nicht sicher sei, und fügte noch hinzu, daß, wenn ich morgen früh nicht zu ihnen käme, die Sache gescheitert wäre und sie nichts mehr zu erwarten hätten. Sie begleiteten mich unter Danksagungen zur Tür hinaus. Sie waren wie berauscht; nie werde ich den Ausdruck dieser Gesichter vergessen. Ich nahm eine Droschke und fuhr sofort nach dem Universitätsviertel auf der Wassíljeff-Insel zu Bachmútoff.

Mit diesem Bachmutoff hatte ich auf dem Gymnasium während mehrerer Jahre in beständiger Feindschaft gelebt. Man betrachtete ihn als Aristokraten; wenigstens hatte ich ihn so benannt: er war stets elegant gekleidet, kam in eigener Equipage angefahren, prahlte jedoch nie, war ein vorzüglicher Kamerad, dabei immer heiter und manchmal sogar recht witzig, obgleich sein Verstand nicht von weit her war, wenn er auch in der Klasse als einer der Ersten galt, während ich niemals und in keinem Fach Erster war. Alle Kameraden liebten ihn, ich war der einzige, der ihn nicht liebte. Er war mir des öfteren in diesen Jahren entgegengekommen, doch hatte ich mich jedesmal finster und gereizt von ihm abgewandt. Jetzt hatte ich ihn schon seit einem Jahr nicht mehr gesehen; er besuchte die Universität. Als ich nun um neun Uhr abends zu ihm kam (ich mußte erst feierlich und umständlich angemeldet werden), empfing er mich zuerst mit Verwunderung und nicht gerade sehr entgegenkommend, aber gleich wurde er heiter, und plötzlich lachte er laut auf.

‚Wie kommt es, daß Sie mich aufsuchen, Teréntjeff?' rief er mit seiner liebenswürdigen Ungezwungenheit aus, die mitunter keck, aber nie verletzend war, die mir an ihm so gefiel und um derentwillen ich ihn so haßte. ‚Aber was ist denn mit Ihnen', rief er plötzlich erschrocken aus, ‚sind Sie krank?'

Der Husten quälte mich wieder, ich fiel auf einen Stuhl und konnte kaum atmen.

‚Beunruhigen Sie sich nicht, ich habe nur die Schwindsucht', sagte ich, ‚ich komme mit einer Bitte zu Ihnen.'

Er setzte sich vor Verwunderung, und ich erzählte ihm sofort die ganze Geschichte und bat ihn, da er doch bei seinem Onkel alles erreichen könne, vielleicht etwas für die Leute zu tun.

‚Das werde ich, das werde ich unbedingt! Ich werde morgen sofort zu meinem Onkel gehen. Ich bin sogar sehr froh, Ihnen gefällig sein zu können. Sie haben so hübsch erzählt

... Aber wie sind Sie, Teréntjeff, darauf verfallen, sich gerade an mich zu wenden?'

‚Von Ihrem Onkel hängt hier alles ab, und wir waren außerdem immer Feinde. Da Sie, Bachmutoff, ein nobler Mensch sind, dachte ich, daß Sie einem Feinde niemals etwas abschlagen würden', fügte ich etwas ironisch hinzu.

‚Ganz wie Napoleon sich an England wandte!' rief er laut auflachend aus. ‚Ich werde es tun! Ich gehe sofort, wenn es noch möglich ist!' fügte er eifrig hinzu, als er sah, daß ich mich mit ernster Miene vom Stuhl erhob.

Und wirklich nahm die Angelegenheit ganz unerwarteterweise einen sehr günstigen Verlauf. Nach anderthalb Monaten erhielt unser Doktor wieder eine Stelle in einem anderen Gouvernement, erhielt obendrein das Reisegeld und eine Unterstützung. Ich vermute, daß Bachmutoff, der sie mehrmals besuchte, (während ich es unterließ hinzugehen, und den Doktor sehr trocken bei mir empfing), den Doktor sogar Geld von ihm als Darlehen anzunehmen bewogen hat. Mit Bachmutoff traf ich im Laufe dieser sechs Wochen zweimal zusammen, das dritte Mal sahen wir uns, als wir den Abschied des Doktors feierten. Die Abschiedsfeier veranstaltete Bachmutoff in seinem Hause, ein Diner mit Champagner, an dem auch die Frau des Doktors teilnahm. Es war zu Anfang Mai, der Abend war hell, die Sonne sank groß und rot ins Meer. Bachmutoff begleitete mich nach haus. Wir gingen über die Nikolaibrücke; beide hatten wir etwas getrunken. Bachmutoff sprach seine Freude darüber aus, daß diese Angelegenheit zu einem so guten Ende hatte geführt werden können, bedankte sich bei mir für ich weiß nicht was, sagte, wie wohl er sich nach dieser guten Tat fühle, versicherte, das ganze Verdienst gebühre mir allein, und meinte, es sei doch ganz unsinnig, was viele jetzt lehrten und predigten, daß eine einzelne gute Tat nichts bedeute. Auch mich drängte es sehr, darüber zu sprechen.

‚Wer die einzelne gute Tat', begann ich, ‚oder die zufällige Unterstützung des einen durch einen einzelnen anderen ablehnt oder gar verbieten will, der vergreift sich an der Natur des Menschen und verachtet seine persönliche Menschenwürde. Aber die Organisation der gesellschaftlichen Unterstützung und die Frage der persönlichen Freiheit sind zwei verschiedene Fragen und schließen sich doch gegenseitig nicht aus. Die gute Tat des Einzelnen wird immer bestehen bleiben, denn sie ist ein Bedürfnis der Persönlichkeit, das lebendige Bedürfnis einer unmittelbaren Einwirkung der einen Persönlichkeit auf die andere. In Moskau lebte vor Jahren ein alter Herr, ein ‚General‘, das heißt, er war ein Wirklicher Staatsrat, mit einem deutschen Namen; der hatte es sich zur Lebensaufgabe gemacht, dauernd die Gefängnisse und die Verbrecher zu besuchen; jede Abteilung der nach Sibirien Verschickten wußte schon im voraus, daß außerhalb Moskaus auf den Sperlingsbergen ‚der alte General‘ sie besuchen werde. Er erfüllte seinen Vorsatz mit größtem Ernst und in aller Frömmigkeit: er erschien, ging durch die Reihen der Verschickten, die ihn bald umringten, blieb bei jedem von ihnen stehen, fragte jeden nach seinen Bedürfnissen, machte so gut wie niemandem jemals einen Vorwurf und redete sie alle mit ‚Täubchen‘ an. Er gab jedem von ihnen Geld, schickte ihnen die notwendigsten Dinge, Tücher, Fußlappen usw., brachte zuweilen Andachtsbücher mit und gab sie jedem, der lesen konnte, und war fest überzeugt, daß sie dieselben unterwegs auch wirklich lesen und den Kameraden, die nicht zu lesen verstanden, vorlesen würden. Nach der Art des Verbrechens fragte er selten, er hörte aber zu, wenn der Verbrecher selbst davon zu sprechen anfing. Alle Verbrecher standen bei ihm auf der gleichen Stufe, einen Unterschied gab es für ihn nicht. Er sprach mit ihnen wie mit Brüdern, sie aber betrachteten ihn schließlich als ihren Vater. Wenn er eine Verschickte sah, die ein Kind auf den Armen trug, so ging er zu ihr, tätschelte das Kindchen und schnippte vor ihm mit den Fingern, um es zum Lächeln zu bringen. So verfuhr er viele, viele Jahre lang bis zu seinem Tode; es kam dahin, daß man ihn in ganz Rußland und in ganz Sibirien kannte, das heißt, unter den Verbrechern. Einmal erzählte mir jemand, der selbst nach Sibirien verschickt worden war, er sei Zeuge gewesen, wie selbst die verstocktesten Verbrecher mitunter des ‚Generals' gedachten. Dabei hatte der ‚General', wenn er die Abteilungen besuchte, dem einzelnen Verschickten nur selten mehr als zwanzig Kopeken geben können. Freilich gedachten sie seiner nicht gerade mit besonderem Eifer oder sonst wie ernstlich ergriffen. Es pflegte nur vorzukommen, daß irgend einer der ‚Unglücklichen', der vielleicht an die zwölf Menschen umgebracht und ein halbes Dutzend Kinder nur so zu seinem Vergnügen abgeschlachtet hatte (es soll dort auch solche gegeben haben), eines Tages plötzlich mir nichts, dir nichts aufseufzt, vielleicht ein einziges Mal in zwanzig Jahren, und sagt: ‚Was wohl der alte General jetzt treibt? Ob er wohl immer noch lebt?' Und vielleicht grinst er noch dabei. Und das ist alles. Aber wer kann es wissen, welch ein Samenkorn ‚der alte General', den er in zwanzig Jahren nicht vergessen hatte, ihm auf ewig in die Seele geworfen hat? Was wissen Sie, Bachmutoff, welche Bedeutung diese Aufnahme des einen Menschen in die Seele des andern im Schicksal dieses Menschen haben kann? ... Hierbei ist ja das ganze Leben mit seinen zahllosen uns verborgenen Verzweigungen mit im Spiel. Der beste, scharfsinnigste Schachspieler kann nur einige kleine Züge voraussehen; von einem französischen Schachspieler, der zehn Schachzüge vorausberechnen konnte, berichtete man wie von einem Weltwunder. Wieviele Schachzüge des Lebens aber sind uns denn bekannt? Und wieviel ist unbekannt! Indem Sie Ihr Samenkorn oder Ihr Almosen ausstreuen, Ihre Tat vollbringen, geben Sie, in welcher Form es auch sei, einen Teil Ihrer Persönlichkeit hin und nehmen einen Teil der anderen Persönlichkeit in sich auf; in dieser Wechselbeziehung stehen Sie beide zueinander. Schenken Sie dieser Tatsache nur ein wenig Ihre Aufmerksamkeit und sie werden durch die unerwartetsten Entdeckungen belohnt werden. Sie werden Ihre Aufgabe schließlich unbedingt als eine Art Wissenschaft betrachten;

sie wird Ihr ganzes Leben absorbieren und kann zugleich Ihr ganzes Leben ausfüllen. Andererseits können alle Ihre Gedanken, alle die Samenkörner, die Sie ausgestreut haben und die von Ihnen selbst vielleicht schon vergessen worden sind, sich verkörpern und heranwachsen; wer sie von Ihnen empfangen hat, wird sie einem anderen weitergeben. Und woher können Sie wissen, welchen Anteil Sie an der zukünftigen Gestaltung der Geschicke des Menschengeschlechts haben werden? Wenn aber das Wissen und ein ganzes Leben in dieser Arbeit Sie zu guter Letzt dafür befähigen, der Welt einen gewaltigen Samen, einen gewaltigen Gedanken als Erbe zu hinterlassen, dann...' Und so weiter. Ich habe damals noch viel geredet.

,Und wenn man nun bedenkt, daß gerade Ihnen das Leben versagt wird!' rief Bachmútoff im Ton eines heißen Vorwurfs gegen irgendwen aus.

Wir standen gerade auf der Brücke, die Arme aufgestützt auf das Geländer, und blickten auf die Newa.

,Aber wissen Sie, was mir soeben durch den Kopf gegangen ist?' sagte ich, indem ich mich noch weiter über das Geländer bog.

,Doch nicht, sich ins Wasser zu stürzen?' rief Bachmutoff beinah erschrocken aus. Vielleicht hatte er diesen Gedanken in meinem Gesicht gelesen.

,Nein, vorläufig war es nur eine Überlegung, und zwar: Da verbleiben mir nun noch zwei bis drei Monate zu leben, vielleicht vier; aber wenn mir zum Beispiel nur noch zwei Monate verbleiben werden, und ich mit aller Gewalt ein gutes Werk tun wollte, das jedoch viel Arbeit, Lauferei und Mühe erforderte, etwa von der Art wie bei der Angelegenheit unseres Arztes, so müßte ich doch auf diese Tat verzichten, aus Mangel an mir verbleibender Zeit, und mir eine andere *gute Tat* suchen, etwas Kleineres, das meinen *Mitteln* entspricht (wenn es mich schon gar so sehr nach guten Taten gelüstete). Sie müssen doch zugeben, daß das ein ergötzlicher Gedanke ist!'

Der arme Bachmutoff war sehr beunruhigt um mich, er begleitete mich den ganzen Weg bis zu mir nach Hause und war so taktvoll, daß er sich kein einziges Mal in Tröstungsversuchen erging und fast die ganze Zeit schwieg. Als wir uns verabschiedeten, drückte er mir heiß die Hand und bat mich um die Erlaubnis, mich besuchen zu dürfen. Ich antwortete ihm, wenn er als „Tröster" zu mir käme (denn selbst wenn er schwiege, würde er doch als Tröster kommen; ich setzte ihm das auseinander), so würde er mich doch mit seinem Besuch jedesmal erst recht an den Tod erinnern. Er zuckte mit den Schultern, mußte mir aber rechtgeben; wir schieden ziemlich höflich voneinander, was ich nicht einmal erwartet hatte.

Aber an diesem Abend und in dieser Nacht wurde das erste Samenkorn meiner ‚letzten Überzeugung' gesät. Gierig griff ich nach diesem *neuen* Gedanken, gierig begann ich ihn in allen seinen Möglichkeiten und Wendungen zu untersuchen (ich schlief die ganze Nacht nicht), und je mehr ich mich in ihn vertiefte, je mehr ich ihn in mich aufnahm, um so größer wurde meine Angst. Ein furchtbares Erschrecken befiel mich schließlich und wich auch in den folgenden Tagen nicht von mir. Manchmal, wenn ich über dieses mein beständiges Erschrockensein nachdachte, wurde mir schnell eiskalt infolge einer neuen Angst: aus diesem andauernden Erschrockensein konnte ich doch schließen, daß meine ‚letzte Überzeugung' sich schon gar *zu ernst* in mir eingenistet hatte und daher unbedingt zu ihrer Ausführung drängen werde. Aber zur Ausführung fehlte es mir an Entschlußkraft. Drei Wochen danach war es so weit und die Entschlußkraft stellte sich ein, aber infolge eines äußerst merkwürdigen Umstandes.

Hier in meiner Erklärung vermerke ich alle diese Angaben der Reihenfolge und der Zeitabschnitte. Für mich ist das natürlich unwichtig, aber gerade *jetzt,* in diesem Augenblick (und vielleicht wirklich nur im gegenwärtigen Augenblick) wünsche ich, daß diejenigen, die über mein Vorhaben ein

Urteil fällen werden, klar erkennen können, aus welcher Kette logischer Entschlüsse meine ‚letzte Überzeugung' hervorgegangen ist. Ich habe soeben geschrieben, die endgültige Entschlußkraft, die mir zur Ausführung meiner ‚letzten Überzeugung' fehlte, habe sich in mir anscheinend gar nicht aus einem logischen Folgeschluß eingestellt, sondern durch einen sonderbaren Anstoß, einen sonderbaren Umstand, der vielleicht in gar keinem Zusammenhang stand mit dem Gang der Sache. Vor etwa zehn Tagen war Rogoshin zu mir gekommen, in einer persönlichen Angelegenheit, auf die hier näher einzugehen ich für überflüssig halte. Bis dahin hatte ich Rogoshin noch nie gesehen, aber sehr viel von ihm gehört. Ich gab ihm alle von ihm benötigten Auskünfte, und er ging bald wieder weg, und da er nur wegen dieser Auskünfte gekommen war, so hätte die Sache damit beendet sein können. Aber er hatte doch gar zu sehr mein Interesse erregt, und diesen ganzen Tag über stand ich unter dem Einfluß sonderbarer Gedanken, so daß ich beschloß, am nächsten Tage zu ihm zu gehen und seinen Besuch zu erwidern. Rogoshin war augenscheinlich nicht sehr erfreut über mein Erscheinen und gab mir sogar ‚zartfühlend' zu verstehen, daß wir eigentlich keinen Grund hatten, unsere Bekanntschaft fortzusetzen; immerhin erlebte ich eine sehr interessante Stunde und er wohl gleichfalls, wie mir schien. Zwischen uns bestand ein solcher Gegensatz, daß er uns beiden auffallen mußte, besonders mir: ich war ein Mensch, der schon seine letzten Lebenstage zählte, er aber war so erfüllt von unmittelbarem Leben, von der Gegenwart des Lebens, ohne jede Sorge um ‚letzte' Ergebnisse, um Bezifferung des jeweils Erlebten oder um gleichviel was sonst, wenn es nicht damit zusammenhing, was er ... worauf er ... nun, sagen wir, wovon er besessen war. Möge Herr Rogoshin diesen Ausdruck mir verzeihen, meinethalben als einem schlechten Schriftsteller, der seine Gedanken nicht auszudrücken versteht. Trotz seiner ganzen Unliebenswürdigkeit schien es mir, daß er ein Mensch von Verstand sei und vieles begreifen könne, obgleich ihn von Unpersönlichem nur weniges interessieren dürfte. Ich sagte ihm nichts von meiner ‚letzten Überzeugung', nicht einmal andeutungsweise, aber ich hatte, ich weiß nicht weshalb, den Eindruck, daß er sie, während er mir zuhörte, erriet. Er schwieg aber dazu; er ist überhaupt furchtbar schweigsam. Beim Fortgehen gab ich ihm zu verstehen, daß ungeachtet allen Unterschiedes und aller Gegensätze zwischen uns, die äußersten Enden der Gegensätze sich berühren („les extrêmes se touchent" – ich erklärte ihm das auf russisch), so daß vielleicht auch er gar nicht so weit entfernt sei von meiner ‚letzten Überzeugung', wie es zunächst scheine. Auf diese flüchtige Bemerkung antwortete er nur mit einer sehr verdrossenen und sauren Grimasse, stand auf, brachte mir meine Mütze, indem er tat, als hätte ich von selbst aufbrechen wollen, und führte mich ganz einfach aus seinem düsteren Hause hinaus, unter dem Anschein, mir aus Höflichkeit das Geleit zu geben. Sein Haus überraschte mich; es erinnert an einen Friedhof, ihm aber scheint es zu gefallen, was übrigens verständlich ist: ein so volles unmittelbares Leben, wie er es lebt, ist gar zu angefüllt mit sich selbst, um noch einer Ausstattung zu bedürfen.

Dieser Besuch bei Rogoshin ermüdete mich sehr. Außerdem hatte ich mich schon seit dem Morgen nicht wohlgefühlt; gegen Abend wurde ich sehr schwach und legte mich aufs Bett, ab und zu wurde mir sehr heiß und in manchen Augenblicken phantasierte ich. Kolja blieb bis elf bei mir. Ich erinnere mich jedoch an alles, was er erzählte und worüber wir miteinander sprachen. Wenn mir aber zwischendurch für eine Weile die Augen zufielen, glaubte ich immer, Iwán Fomítsch Ssúrikoff vor mir zu sehen, der angeblich Millionen erhalten hatte. Er wußte nicht, wohin er das viele Geld tun sollte, zerbrach sich den Kopf darüber, zitterte vor Angst, es könnte ihm gestohlen werden, und beschloß zu guter Letzt, es zu vergraben. Ich riet ihm daraufhin, statt so einen Haufen Geld nutzlos zu vergraben, lieber einen goldenen Sarg für das erfrorene Kind gießen zu lassen und dazu das Kind wieder auszugraben. Diesen Spott meinerseits nahm Ssúrikoff mit Tränen der Dankbarkeit auf und machte sich sogleich an die Ausführung des Planes. Ich spuckte aus und ging weg von ihm. Als ich wieder zu mir kam, versicherte Kolja, ich hätte gar nicht geschlafen, sondern die ganze Zeit mit ihm über Ssúrikoff gesprochen. Zeitweilig überkam mich eine schreckliche Beklemmung und ruhelose Angst, so daß Kolja sehr besorgt war, als er mich verließ. Als ich aufstand, um die Tür hinter ihm zuzuschließen, fiel mir auf einmal jenes Gemälde ein, das ich vorher bei Rogoshin in einem der dunkelsten Säle seines Hauses gesehen hatte, über einer Tür. Er hatte im Vorbeigehen selbst darauf hingewiesen, und ich war wohl fünf Minuten lang davor stehen geblieben. In künstlerischer Hinsicht war an ihm nichts Schönes zu sehen; aber es machte einen seltsam beunruhigenden Eindruck auf mich.

Auf diesem Bilde ist Christus dargestellt, den man soeben vom Kreuz abgenommen hat. Ich glaube, es ist bei den Malern zu einer Art Angewohnheit geworden, Christus sowohl am Kreuz wie auch nach der Abnahme vom Kreuz immer noch mit außergewöhnlich schönem Antlitz darzustellen; diese Schönheit suchen sie IHM auch noch in den Augenblicken der schrecklichsten Qualen zu bewahren. Auf jenem Bilde bei Rogoshin aber war von Schönheit keine Spur vorhanden; das war längelang nur der Leichnam eines Menschen, der schon vor der Kreuzigung endlose Qualen erduldet hatte, Wunden, Mißhandlung, Hiebe von den Soldaten der Wache, Hiebe vom Volk, als er das Kreuz schleppte und unter der Last zusammenbrach, und schließlich die Qual des Sterbens am Kreuz im Laufe von sechs Stunden (so lange wird es gedauert haben, nach meiner Berechnung). Freilich: das ist das Gesicht eines *soeben erst* vom Kreuz genommenen Menschen, das heißt, es hat noch Leben, noch Wärme in sich, noch ist nichts erstarrt, so daß man dem Antlitz des Toten noch das Leiden anmerkt, als spüre er den Schmerz auch jetzt noch (dies hat der Künstler sehr fein erfaßt); aber dafür ist das Gesicht auch schonungslos dargestellt; hier ist alles nichts weiter als naturgetreu, und wahrhaftig, gerade so muß der Leichnam eines Menschen, wer immer er sei, nach solchen Qualen aussehen. Ich weiß, daß die christliche Kirche bereits in den ersten Jahrhunderten das Dogma aufgestellt hat, Christus habe nicht etwa nur bildlich gelitten, sondern wirklich und leibhaftig, und sein Körper sei am Kreuze vollständig und bis ins Letzte dem Naturgesetz unterworfen gewesen. Auf jenem Bilde nun war dieses Antlitz von Stockhieben schrecklich zugerichtet, verschwollen, mit greulichen, blutunterlaufenen blauen Flecken bedeckt, die Augen sind offen, die Pupillen schielen; die großen, unbedeckt sichtbaren weißen Augäpfel haben einen seltsam toten, gläsernen Glanz. Aber wie sonderbar: beim Anblick dieses Leichnams eines zu Tode gemarterten Menschen stellt sich eine eigenartige und interessante Frage ein: wenn alle seine Jünger, seine zukünftigen wichtigsten Apostel, die Frauen, die ihm nachgefolgt waren und an seinem Kreuz gestanden hatten, wenn alle, die an ihn glaubten und ihn für den Sohn Gottes hielten, einen solchen Leichnam sahen (und er hat doch unbedingt genau so aussehen müssen), wie konnten sie dann noch glauben, angesichts einer solchen Leiche, daß dieser Märtyrer auferstehen werde? Unwillkürlich kommt einem hier der Gedanke: wenn der Tod so furchtbar und die Naturgesetze so stark sind, wie kann man sie dann überwinden? Wie sie überwinden, wenn selbst derjenige ihnen jetzt unterlegen ist, der zu seinen Lebzeiten auch die Natur überwand, dem sie sich unterwarf, wenn er ausrief: „Talitha kumi!" und das Mägdlein richtete sich auf, oder „Lazarus, komm heraus!" und der Verstorbene kam heraus? Beim Anblick dieses Bildes erscheint einem die Natur als ein unbekanntes, riesiges, unerbittliches und stummes Tier, oder richtiger, weit richtiger gesagt, wenn es auch seltsam klingen mag: als irgend eine riesige Maschine neuester Konstruktion, die ohne Sinn und Verstand dieses große und unschätzbare Wesen erfaßt, zermalmt und in sich hinein geschluckt hat, taub und gefühllos, — dieses Wesen, das allein soviel wert war wie die ganze Natur samt allen ihren Gesetzen, wie die ganze Erde, die vielleicht nur zu dem Zweck erschaffen ward, damit dieses Wesen auf ihr erschiene! Durch dieses Bild wird gleichsam gerade diese Vorstellung von einer dunklen, unverschämten und sinnlos-ewigen Macht, der alles unterworfen ist, zum Ausdruck gebracht und teilt sich einem unwillkürlich mit. Diese Menschen, die den Verstorbenen umgaben und von denen auf jenem Bilde kein einziger zu sehen ist, mußten an diesem Abend, der mit einem Schlag alle ihre Hoffnungen und fast alles, was sie geglaubt hatten, vernichtete, einen schrecklichen Gram und eine ratlose Bestürzung empfinden. Sie mußten in der schrecklichsten Angst auseinandergehen, obschon ein jeder von ihnen einen gewaltigen Gedanken in sich forttrug, der ihnen nie mehr entrissen werden konnte. Und wenn dieser selbe Meister am Tage vor der Hinrichtung sein Bild als Leichnam hätte sehen können, hätte er sich dann noch so kreuzigen lassen, und wäre er so gestorben, wie es danach geschah? Auch diese Frage taucht unwillkürlich vor einem auf, wenn man jenes Gemälde betrachtet.

Dies alles tauchte bruchstückweise auch vor mir auf, vielleicht tatsächlich zwischen Fieberträumen, manchmal sogar in Bildern, und wohl an die anderthalb Stunden lang, nachdem Kolja mich verlassen hatte. Kann einem etwas bildlich vorschweben, was keine Gestalt hat? Aber zeitweilig war es mir, als sähe ich diese grenzenlose Macht, dieses taube, blinde und stumme Wesen in einer seltsamen und unmöglichen Form vor mir. Ich erinnere mich, daß jemand, der eine Kerze hielt, mich gleichsam an der Hand führte, mir eine ungeheure und ekelhafte Tarantel zeigte und mir zu versichern begann, eben dies sei jenes dunkle, taube und allmächtige Wesen, und er lachte über meinen Unwillen. In meinem Zimmer wird vor dem Heiligenbilde zur Nacht immer das Lämpchen angezündet, das zwar ein nur trübes und schwaches Licht verbreitet, aber man kann doch alles unterscheiden und dicht unter dem Lämpchen kann man sogar lesen. Ich glaube, es war schon nach Mitternacht; ich schlief keineswegs und lag mit offenen Augen da; auf einmal öffnete sich die Tür meines Zimmers und Rogoshin trat herein.

Er trat herein, machte die Tür hinter sich zu, musterte mich schweigend und ging leise in die Ecke zu dem Stuhl, der fast gerade unter dem Heiligenlämpchen steht. Ich war sehr erstaunt und schaute erwartungsvoll zu; Rogoshin stützte den Arm auf das Tischchen daneben und begann mich schweigend zu betrachten. So vergingen zwei, drei Minuten, und ich erinnere mich, daß sein Schweigen mich sehr verletzte und ärgerte. Warum will er denn nicht sprechen? Daß er so spät kam, erschien mir natürlich sonderbar, aber ich erinnere mich, daß ich mich gerade darüber nicht Gott weiß wie wunderte. Sogar im Gegenteil: ich hatte ihm am Vormittag meinen Gedanken wohl nicht ganz klar und deutlich mitgeteilt, aber ich wußte, daß er ihn verstanden hatte; und dieser Gedanke war von der Art, daß man seinetwegen sehr wohl nochmals darüber hätte sprechen mögen, selbst wenn es schon sehr spät war. So dachte ich mir denn auch nichts anderes, als daß er deswegen gekommen sei. Am Vormittag hatten wir uns ein wenig feindselig getrennt und wie ich mich noch erinnere, hatte er mich etwa zweimal mit sehr spöttischem Blick gestreift. Und denselben Spott bemerkte ich jetzt in seinen Augen, und eben das war es, was mich beleidigte. Daß es tatsächlich Rogoshin selbst war und keineswegs nur eine Vision, eine Fieberphantasie, daran zweifelte ich anfangs nicht im geringsten. Auf diesen Gedanken wäre ich überhaupt nicht verfallen.

Währenddessen saß er immer noch dort auf dem Stuhl und fuhr fort, mich mit demselben Spottlächeln zu betrachten. Ich drehte mich wütend auf dem Bett herum, stützte mich gleichfalls mit den Ellbogen auf das Kopfkissen und beschloß absichtlich, genau so zu schweigen, selbst wenn wir die ganze Zeit so verbringen sollten. Jedenfalls wollte ich unbedingt, ich weiß nicht weshalb, daß er zuerst zu reden anfinge. Ich glaube, so vergingen gute zwanzig Minuten.

Plötzlich kam mir der Gedanke: wenn das nun aber gar nicht Rogoshin ist, sondern nur ein Gespenst?

Weder während meiner Krankheit noch vorher hatte ich jemals ein Gespenst gesehen; aber ich hatte immer gemeint, schon als Knabe und sogar jetzt noch, das heißt noch vor kurzem, daß ich, wenn ich auch nur einmal ein Gespenst sähe, sofort, auf der Stelle sterben würde, und das sogar trotz meines Unglaubens an gleichviel was für Gespenster. Als mir aber jetzt der Gedanke kam, daß dies nicht Rogoshin, sondern ein Gespenst sei, da erschrak ich gar nicht, wie ich mich noch gut erinnere. Und nicht nur das, nein, ich ärgerte mich sogar noch darüber. Sonderbar war auch das, daß die Beantwortung der Frage, ob dies nun ein Gespenst sei oder Rogoshin in eigener Person, mich jetzt irgendwie gar nicht so beschäftigte oder aufregte, wie sie es meiner Meinung nach hätte tun sollen; ich glaube, ich dachte damals an etwas ganz anderes. Zum Beispiel beschäftigte mich weit mehr die Frage, warum Rogoshin, der zu Hause im Schlafrock und in Pantoffeln gewesen war, jetzt im Frack, in einer weißen Weste mit weißer Krawatte dasaß? Flüchtig tauchte auch der Gedanke auf: wenn das ein Gespenst ist und ich mich nicht vor ihm fürchte, warum sollte ich dann nicht aufstehen, hingehen und mich vergewissern? Übrigens: vielleicht wagte ich es doch nicht und fürchtete mich? Kaum aber war der Gedanke gedacht, daß ich mich fürchten könnte, da war mir, als ob man mir mit Eis über den ganzen Körper führe; ich fühlte eine Kälte im Rücken und ein Zittern in den Knien. Im selben Augenblick bewegte sich Rogoshin, als hätte er erraten, daß ich mich fürchtete, nahm seinen aufgestützten Ellbogen vom Tisch, straffte sich und begann seinen Mund zu öffnen, als schicke er sich an, in Lachen auszubrechen; dabei sah er mich beharrlich an. Da packte mich eine solche Wut, daß ich mich auf ihn stürzen wollte, da ich mir aber geschworen hatte, nicht als erster mit dem Reden anzufangen, so blieb ich liegen auf dem Bett, zumal ich immer noch nicht sicher war, ob es Rogoshin war oder nicht?

Ich erinnere mich nicht genau, wie lange das dauerte; ich erinnere mich auch nicht mit aller Bestimmtheit, ob ich nicht manchmal das Bewußtsein des Wachseins verlor. Nur das weiß ich noch, daß Rogoshin schließlich aufstand, mich ebenso langsam und aufmerksam musterte wie vorher, als er hereinkam, aber er hatte aufgehört, spöttisch zu lächeln, und ging leise, fast auf den Fußspitzen, zur Tür, öffnete sie, ging hinaus und schloß sie wieder. Ich stand nicht auf vom Bett; ich erinnere mich nicht, wie lange ich noch mit offenen Augen dalag und immerzu dachte; Gott weiß, was ich dachte; ich erinnere mich auch nicht mehr, wie ich in Schlummer sank. Am nächsten Morgen wachte ich auf, als an die Tür geklopft wurde, gegen zehn Uhr. Ich habe es so angeordnet, wenn ich nicht selbst vor zehn Uhr die Tür öffne und nach dem Tee rufe, dann muß Matrjona bei mir anklopfen. Als ich ihr die Tür aufmachte, kam mir sofort der Gedanke: wie hat er denn hereinkommen können, wenn doch die Tür verschlossen war? Ich erkundigte mich und überzeugte mich, daß der wirkliche Rogoshin gar nicht hätte hereinkommen können, da alle unsere Türen zur Nacht zugeschlossen werden.

Also dieses besondere Erlebnis, das ich nun so ausführlich beschrieben habe, war dann der Anlaß, daß ich mich endgültig ‚entschloß'. Diesen endgültigen Entschluß veranlaßte demnach nicht die Logik, nicht eine logische Überzeugung, sondern der Ekel. Man kann nicht am Leben bleiben, wenn dieses Leben so sonderbare, für mich beleidigende Formen annimmt. Diese Gespenstererscheinung erniedrigte mich. Ich bringe es nicht fertig, mich einer dunklen Macht, die die Gestalt einer Tarantel annimmt, zu unterwerfen. Und erst dann, als ich, bereits in der Dämmerung, endlich den entscheidenden Moment vollkommener Entschlossenheit in mir verspürte, wurde mir leichter. Das war nur der erste ausschlaggebende Umstand; um des zweiten willen fuhr ich nach Pawlowsk; aber das ist schon zur Genüge erklärt worden.«

## VII

»Ich besaß eine kleine Taschenpistole; ich hatte sie mir schon damals als Knabe angeschafft, in jenem komischen Lebensalter, wo einem auf einmal Räubergeschichten und Berichte von Zweikämpfen zu gefallen anfangen, wo man davon träumt, wie man selbst zum Duell herausgefordert wird und in wie edler Haltung man vor der Pistole des Rivalen dasteht. Vor einem Monat besah ich sie und richtete sie her. In dem Kasten, in dem sie lag, fanden sich noch zwei Kugeln und im Pulverhorn Pulver für ungefähr drei Schüsse. Diese Pistole ist ein schundiges Ding, schießt seitwärts und trägt höchstens auf fünfzehn Schritt; wenn man sie jedoch dicht an die Schläfe setzt, kann sie noch gut einen Schädel zerschmettern.

Ich beschloß, in Pawlowsk zu sterben, bei Sonnenaufgang, und dazu in den Park zu gehen, um niemanden im Landhause zu stören. Meine ‚Erklärung‘ wird der Polizei den nötigen Aufschluß geben über den Fall. Liebhaber der Psychologie und die, die es angeht, können aus ihr folgern, was sie mögen. Ich würde indes nicht wünschen, daß dieses Manuskript veröffentlicht werde. Ich bitte den Fürsten, dieses Exemplar an sich zu nehmen und eine Kopie Aglaja Iwánowna Jepantschin zu übergeben. Dieses ist mein Wille. Ich vermache mein Skelett der medizinischen Fakultät zu wissenschaftlichen Zwecken.

Ich erkenne keine Richter über mich an und weiß, daß ich jetzt außerhalb jedes Machtbereiches der Gerichte stehe. Noch unlängst belustigte mich die Vorstellung: wenn es mir jetzt plötzlich einfiele, einen beliebigen Menschen zu töten, oder meinethalben zehn Menschen zugleich, oder etwas Unerhörtes zu begehen, etwas, was in dieser Welt für das Schlimmste von allem gehalten wird, in welch eine dumme Verlegenheit würde das Gericht dann mir gegenüber kommen, bei meinen zwei bis drei Wochen Lebensdauer und nachdem die Folter und die körperlichen Mißhandlungen abgeschafft sind? Ich würde komfortabel in ihrem Krankenhause sterben, in einem warmen Zimmer und behandelt von einem aufmerksamen Arzt, also vielleicht weit komfortabler als bei mir zu Hause? Ich verstehe nicht, warum Leuten, die sich in der gleichen Lage befinden wie ich, nicht derselbe Gedanke in den Kopf kommt, und sei es auch nur zum Spaß? Vielleicht übrigens kommt er ihnen auch in den Kopf; lustige Leute wird es doch auch bei uns eine Menge geben.

Aber wenn ich auch kein Gericht über mich anerkenne, so weiß ich doch, daß man mich richten wird, wenn ich bereits ein tauber und stummer Angeklagter sein werde. Ich möchte nicht weggehen, ohne eine Antwort zurückzulassen — ein freies Wort, kein gewaltsam erpreßtes —, und nicht zu meiner Rechtfertigung etwa (o nein! und es ist ja niemand da, den ich um Verzeihung zu bitten hätte, und wofür denn?), sondern nur so, weil ich es selbst wünsche.

Da ist zunächst ein sonderbarer Gedanke: wem könnte es einfallen, und im Namen welcher Gesetze, welch eines Antriebs, mir mein Besitzrecht an diesen zwei—drei Wochen Galgenfrist bestreiten zu wollen? Welches Gericht hat sich hier einzumischen? Wer muß darauf achten, daß ich nicht nur ein zum Tode Verurteilter bleibe, sondern auch noch gehorsamst den Termin der Urteilsvollstreckung abwarte? Sollte denn wirklich jemand das brauchen? Wozu denn? Um der Sittlichkeit willen? Ich würde es noch verstehen, wenn ich in der Blüte der Gesundheit und Kraft mir das Leben nehmen würde, das ‚meinem Nächsten noch nützlich sein könnte' und so weiter, dann könnten mir die Moralisten aus alter Angewohnheit noch vorwerfen, daß ich ohne Erlaubnis eigenmächtig über mein Leben verfügt habe, oder was sie da sonst noch vorzubringen wüßten. Jetzt aber, jetzt, wo mir der Termin schon verlesen worden ist? Welch eine Moral erhebt dann noch Anspruch, außer auf unser Leben, auch noch auf das letzte Krächzen, mit dem man sein letztes Atom Leben hingibt, unter gleichzeitigem Anhören der Tröstungen des Fürsten, der sich in seinen christlichen Ausführungen unbedingt bis zu dem glücklichen Gedanken versteigen wird, im Grunde sei es für den Betreffenden sogar besser, wenn er stirbt. (Solche Christen wie er versteigen sich immer bis zu dieser Idee: das ist ihr liebstes Steckenpferd.) Und was wollen sie nur ewig mit ihren lächerlichen ‚Bäumen von Pawlowsk'? Die letzten Stunden meines Lebens versüßen? Sollten sie wirklich nicht begreifen können, daß sie mich nur um so unglücklicher machen, je mehr ich mich vergesse, je mehr ich mich dieser letzten Illusion von Leben und Liebe hingebe, mit der sie meine Meyersche Mauer und alles, was so offen und unverblümt auf ihr geschrieben steht, vor mir verdecken wollen? Wozu brauche ich eure Natur, euren Pawlowsker Park, eure Sonnenauf- und -untergänge, euren blauen Himmel und eure so zufriedenen Gesichter, wenn dieses ganze Festmahl, das kein Ende nimmt, damit begonnen hat, daß es mich allein für überflüssig befand? Was soll ich inmitten all dieser Schönheit, wenn ich in jeder Minute, in jeder Sekunde weiß und jetzt erst recht zu wissen genötigt bin, daß sogar diese winzige Fliege hier, die jetzt im Sonnenstrahl um mich herumsummt, daß auch sie an diesem ganzen Festmahl und Chorgesang teilnimmt, ihren Platz kennt, ihn liebt und glücklich ist, wogegen ich allein ein Ausgestoßener bin und nur aus Kleinmut das bis jetzt nicht habe begreifen wollen! Oh, ich weiß doch, wie gern der Fürst und sie alle mich dahin bringen möchten, daß auch ich statt all dieser ‚heimtückischen und boshaften' Reden aus Sittsamkeit und zum Triumph der Moral die berühmte und klassische Strophe des Dichters Millevoye anstimmte:

> „O, puissent voir votre beauté sacrée
> Tant d'amis, sourds à mes adieux!
> Qu'ils meurent pleins de jours,
> Que leur mort soit pleurée,
> Qu'un ami leur ferme les yeux!"

Aber glaubt mir, glaubt mir, ihr harmlosen Leute, daß auch in dieser sittsamen Strophe, in dieser akademischen

Segnung der Welt in französischen Versen so viel heimliche Galle, soviel unversöhnliche, aber an dem Wohlklang der Reime sich erlabende Wut steckt, daß der Dichter vielleicht selbst darauf hereingefallen ist und diese verschluckte Wut für Tränen der Rührung gehalten hat und in diesem Glauben gestorben ist. Friede seiner Asche! Wißt, daß es in der Erkenntnis der eigenen Nichtigkeit und Ohnmacht eine Grenze für die Schande gibt, über die der Mensch nicht hinausgehen kann, und von wo ab er in seiner Schande selbst einen ungeheuren Genuß zu empfinden beginnt... Nun ja, die Demut ist eine ungeheure Kraft in diesem Sinne, ich gebe das zu, — wenn auch nicht in jenem Sinne, in dem die Religion Demut für Kraft hält.

Die Religion! Ein ewiges Leben erkenne ich an und vielleicht habe ich es immer anerkannt. Mag mein Bewußtsein durch den Willen einer höheren Gewalt entzündet worden sein, mag es die Welt angeschaut und gesagt haben: ‚Ich bin!', und mag ihm dann von derselben höheren Macht plötzlich vorgeschrieben werden, wieder zu vergehen, weil das zu irgendeinem Zweck — und sogar ohne Erklärung zu welchem — nun einmal nötig sei, gut, mag das so sein, ich will das alles als möglich zulassen, aber es bleibt dann doch wieder die ewige Frage: wozu ist denn bei alledem noch meine Demut vonnöten? Sollte es denn wirklich nicht möglich sein, mich einfach aufzufressen, ohne von mir noch ein Loblied auf den oder das zu verlangen, was mich auffrißt? Sollte denn sonst wirklich jemand sich dadurch verletzt fühlen, daß ich nicht noch zwei Wochen warten will? Das glaube ich nicht; da wäre es doch weit richtiger anzunehmen, daß mein Leben einfach gebraucht wurde, mein nichtiges Leben, das Leben eines Atoms zur Vervollständigung irgend einer allgemeinen Harmonie im Ganzen, also für irgend ein Plus oder Minus, oder zu irgend einem Kontrast vielleicht oder was weiß ich, genau so wie tagtäglich das Leben von Millionen anderer Lebewesen geopfert werden muß, da ohne deren Tod die übrige Welt nicht bestehen könnte (obschon man hierzu bemerken muß, daß diese Annahme an und für sich kein sehr edler Gedanke ist). Aber mag es so sein! Ich gebe zu, daß anders, das heißt, ohne fortwährende gegenseitige Auffresserei, die Welt überhaupt nicht einzurichten gewesen wäre; und ich bin sogar bereit anzunehmen, daß ich von dieser ganzen Einrichtung nichts verstehe; aber dafür weiß ich folgendes mit aller Bestimmtheit: wenn man mich schon einmal mit der Möglichkeit ausgestattet hat, zu erkennen, daß ‚ich bin‘, dann werde ich wohl auch erkennen dürfen, daß es nicht meine Schuld ist, wenn die Welt mit allerhand Fehlern geschaffen ward und daß sie anders nicht bestehen könnte? Wer also könnte demnach noch über mich zu Gericht sitzen und wegen welchen Vergehens? Sagen Sie, was Sie wollen, jedenfalls ist das unmöglich und wäre ungerecht!

Und dabei habe ich mir doch niemals vorstellen können, sogar ungeachtet alles Wollens, daß es kein zukünftiges Leben und keine Vorsehung gebe. Am wahrscheinlichsten dürfte es wohl sein, daß es das alles gibt, daß aber wir uns vom zukünftigen Leben und seinen Gesetzen keine Vorstellung machen können. Aber wenn das so schwer und sogar vollkommen unmöglich zu begreifen ist, wie könnte ich es dann verantworten müssen, daß ich nicht imstande war, das Unfaßbare zu begreifen? Freilich sagen die Leute, und selbstverständlich auch der Fürst mit ihnen, daß eben hier das Gehorchen einsetzen müsse, gehorchen aber müsse man ohne Erwägungen, einzig aus Sittsamkeit, und daß ich für meine Sanftmut bestimmt belohnt werden werde in jener Welt. Wir erniedrigen die Vorsehung gar zu sehr, wenn wir ihr unsere Begriffe zuschreiben aus Ärger darüber, daß wir sie nicht verstehen können. Aber wiederum, wenn sie nicht zu begreifen ist, so kann man doch schwerlich dafür verantwortlich gemacht werden, was der Mensch nicht zu begreifen hat. Und wenn es so ist, wie will man mich dann dafür verurteilen, daß ich den wirklichen Willen und die Gesetze der Vorsehung nicht habe begreifen können? Nein, lassen wir die Religion schon lieber aus dem Spiel.

Aber es ist auch genug. Wenn ich bis zu diesen Zeilen gelangt sein werde, wird die Sonne bestimmt schon aufgehen und ‚am Himmel ertönen', und eine ungeheure, unermeßliche Kraft wird sich ergießen über alles unter der Sonne Befindliche. Mag es denn so sein! Ich werde sterbend geradeaus in den Quell der Kraft und des Lebens schauen, und werde dieses Leben verschmähen! Wenn es in meiner Macht gestanden hätte, nicht geboren zu werden, so hätte ich ein Dasein auf Grund so höhnischer Bedingungen bestimmt nicht angenommen! Aber es steht noch in meiner Macht zu sterben, wenn ich auch nur noch den Rest einer Galgenfrist zurückgeben kann. Es ist keine große Macht, demnach auch kein großer Protest.

Eine letzte Erklärung: ich sterbe durchaus nicht deswegen, weil ich nicht imstande wäre, diese drei Wochen noch zu ertragen; oh, dazu würde meine Kraft schon noch ausreichen, und wenn ich wollte, so würde allein schon das Bewußtsein des mir angetanen Unrechts mich trösten; aber ich bin kein französischer Dichter und bedarf solcher Tröstungen nicht. Und schließlich ist da auch die Verlockung: die Natur hat meine Betätigungsmöglichkeit mit ihren drei Wochen des Verdikts dermaßen beschränkt, daß Selbstmord vielleicht die einzige Tat ist, die ich nach eigenem Willen anzufangen und zu beenden noch Zeit habe. Nun, vielleicht will ich nur die letzte Möglichkeit einer *Tat* noch ausnutzen? Ein Protest aber ist manchmal keine kleine Tat ...«

Die »Erklärung« war damit zu Ende. Ippolit hielt endlich inne.

Es gibt in extremen Fällen einen gewissen Grad letzter zynischer Aufrichtigkeit, wo ein nervöser, überreizter und schon völlig aus dem Gleichgewicht geratener Mensch schließlich gar nichts mehr fürchtet und meinethalben auch zu jedem Skandal bereit ist, ja sogar mit Wonne einen solchen hervorruft: er fällt dann über andere her und hat dabei doch nur ein unklares, aber festes Ziel vor sich, nämlich unbedingt schon im nächsten Augenblick von einem Turm hinabzuspringen und damit alle Unklarheiten oder Mißverständnisse, falls sich solche eingestellt haben, mit einem Schlag zu beseitigen. Das Anzeichen dieses Zustandes ist gewöhnlich die schon spürbar herannahende Erschöpfung auch der physischen Kräfte. Die außergewöhnliche, nahezu unnatürliche Anspannung, mit der Ippolit bisher durchgehalten hatte, war nun bei diesem äußersten Grade angelangt. An sich erschien dieser achtzehnjährige, von der Krankheit entkräftete Knabe so schwach wie ein vom Baum abgerissenes, zitterndes Blatt; doch kaum war er dazu gekommen, seinen Blick über die Zuhörer gleiten zu lassen — zum erstenmal im Verlauf der ganzen letzten Stunde —, da drückte sich sofort der hochmütigste, verächtlichste und beleidigendste Ekel in seinem Blick und Lächeln aus. Er beeilte sich mit dieser seiner Herausforderung. Aber auch die Zuhörer befanden sich im höchsten Grade des Mißvergnügens. Alle erhoben sich geräuschvoll und verdrossen vom Tisch. Die Müdigkeit, der Wein, die Anstrengung verstärkten noch die Unordnung und, wenn man sich so ausdrücken kann, den Schmutz der Eindrücke.

Plötzlich sprang Ippolit vom Stuhl auf, als hätte man ihn in die Höhe gerissen.

»Die Sonne ist aufgegangen!« rief er aus, nach den schon erhellten Wipfeln der Bäume schauend, und mit der Hand auf sie hinweisend, wie auf ein Wunder, sagte er zum Fürsten: »ist aufgegangen!«

»Sie haben wohl gedacht, sie werde nicht aufgehen, wie?« bemerkte Ferdyschtschénko.

»Das gibt wieder 'ne Hitze für den ganzen Tag«, brummte mit nachlässiger Verdrossenheit Ganja, reckte sich und gähnte. »Wenn es nun den ganzen Monat bei der Dürre bleibt ... Gehen wir, Ptizyn?«

Ippolit horchte auf, mit einem Staunen, das in Erstarrung überging; plötzlich wurde er auffallend bleich und erzitterte am ganzen Leibe.

»Sie spielen sehr ungeschickt Ihre Gleichgültigkeit aus, um mich zu kränken«, wandte er sich an Ganja, indem er ihn starr ansah. »Sie sind ein Nichtswürdiger!«

»Das ist denn doch schon der Teufel weiß was! ... sich so aufzuknöpfen!« polterte Ferdyschtschenko los mit seinem Organ. »Was für eine phänomenale Schlappheit!«

»Einfach ein Dummkopf«, sagte Ganja.

Ippolit nahm sich einigermaßen zusammen.

»Ich verstehe, meine Herren«, begann er, immer noch zitternd und stockend bei stoßweisem Reden, »daß ich Ihre persönliche Rache verdient haben könnte, und ... ich bedaure, daß ich Sie mit diesen Fieberphantasien« (er wies auf das Manuskript) »beinah totgelangweilt habe ... oder vielmehr, ich bedaure, daß ich Sie nicht vollends totgelangweilt habe ...« (Er lächelte dumm.) »Habe ich Sie totgelangweilt, Jewgénij Páwlowitsch?« wandte er sich plötzlich sprunghaft an diesen, »habe ich Sie totgelangweilt oder etwa nicht? Antworten Sie!«

»Es ist zwar ein wenig weitschweifig, doch im übrigen ...«

»Sprechen Sie es nur aus! Lügen Sie doch wenigstens einmal in Ihrem Leben nicht!« befahl ihm Ippolit zitternd.

»Oh, mir ist das vollkommen gleichgültig! Haben Sie die Güte, mich in Ruhe zu lassen«, und damit wandte sich Jewgenij Pawlowitsch angewidert ab.

»Gute Nacht, Fürst!« verabschiedete sich Ptizyn, auf den Fürsten zutretend.

»Aber er wird sich doch gleich erschießen, so hören Sie doch! Sehen Sie ihn doch nur an!« rief plötzlich Wjera laut, stürzte furchtbar erschrocken zu Ippolit hin und faßte ihn sogar an den Armen, »er hat doch gesagt, daß er sich bei Sonnenaufgang erschießen werde, was fällt Ihnen ein!«

»Der wird sich nicht erschießen!« knurrten und brummten gehässig mehrere Stimmen, darunter auch die Ganjas.

»Meine Herren, passen Sie auf!« rief Kolja erregt, der auch schon Ippolit festhielt, »man braucht ihn ja nur anzusehen! Fürst, Fürst, warum tun Sie denn nichts!«

Um Ippolit drängten sich Wjera, Kolja, Keller und Burdowskij; alle vier hielten ihn fest.

»Er hat aber das Recht ... hat das Recht! ...«, stammelte Burdowskij, der übrigens selbst ganz fassungslos dreinschaute.

»Erlauben Sie, Fürst, welche Anordnungen ... wollen Sie jetzt tr ... effen?« wandte sich Lebedeff noch berauscht und vor Ärger fast unverschämt im Ton an den Fürsten.

»Wieso Anordnungen?«

»N—nein; er—lauben Sie; ich bin der Hausbesitzer, j ... jawohl, ich will Ihnen den Vo ... Vorrang nicht streitig machen ... Denn auch Sie sind jetzt ... jetzt der Hausherr ... aber ich will nicht, daß sowas in meinem ei ... genen Hause ... Jawohl!«

»Wird sich nicht erschießen; der Junge renommiert ja nur!« rief unerwartet mit Aplomb und Entrüstung der General Iwolgin, das Stimmengewirr übertönend.

»Da hört mal auf den General!« meinte Ferdyschtschenko beifällig.

»Das w—weiß ich, daß er sich nicht erschießen wird, General, hoch—hochverehrter General, aber nichtsdestoweniger ... sintemal ich der Hausbesitzer bin.«

»Hören Sie, Herr Teréntjeff«, sagte plötzlich Ptizyn und reichte, nachdem er sich vom Fürsten verabschiedet hatte, Ippolit die Hand, »Sie äußerten sich, glaube ich, vorhin darüber, daß Sie Ihr Skelett der Akademie vermachen? Meinen Sie damit nur ein in Ihrem Besitz befindliches Skelett oder Ihr eigenes, also Ihre eigenen Knochen?«

»Ja, meine eigenen Knochen ...«

»Soso. Sonst wäre nämlich ein Mißverständnis möglich; man sagt, es habe einmal so einen Fall gegeben.«

»Warum reizen Sie ihn?« fuhr der Fürst auf.

»Sie haben ihn schon bis zu Tränen gebracht«, fügte Ferdyschtschenko hinzu.

Ippolit jedoch weinte durchaus nicht. Er wollte sich von der Stelle bewegen, aber die vier, die ihn umstanden, hielten ihn sofort fest. Man hörte lachen.

»Das war's ja, was er wollte, daß man ihn nun zurückhält; zu dem Zweck hat er ja sein Heftchen vorgelesen«, bemerkte Rogoshin. »Leb wohl, Fürst. Eh, mir tun die Knochen weh vom langen Sitzen.«

»Wenn Sie wirklich die Absicht hatten, sich zu erschießen, Terentjeff«, sagte Jewgénij Páwlowitsch lachend, »so würde ich mich jetzt, nach solchen Komplimenten, an Ihrer Stelle nun gerade nicht erschießen, um sie alle zum besten zu haben.«

»Die wollen alle furchtbar gern sehen, wie ich mich erschieße«, stieß Ippolit hastig hervor.

Er sprach, als wolle er einen anspringen.

»Sie ärgern sich, daß sie es nicht sehen werden.«

»So meinen auch Sie, daß sie es nicht sehen werden?«

»Ich will Sie nicht antreiben; im Gegenteil, ich halte es für sehr möglich, daß Sie sich erschießen werden. Die Hauptsache ist jetzt: ärgern Sie sich nicht ...«, sagte Jewgenij Pawlowitsch langsam in gönnerhaft gelassenem Ton.

»Ich sehe erst jetzt ein, was für einen ungeheuren Fehler ich damit gemacht habe, solchen Leuten dieses Heft vorzulesen!« sagte Ippolit und blickte Jewgenij Pawlowitsch auf einmal so vertrauensvoll an, als bäte er einen Freund um einen freundschaftlichen Rat.

»Die Lage ist wohl ziemlich lächerlich, aber ... ich weiß wirklich nicht, was ich Ihnen raten soll«, antwortete Jewgenij Pawlowitsch lächelnd.

Ippolit blickte ihn streng und beharrlich an, ohne den Blick abzuwenden, und schwieg. Man hätte meinen können, daß er manchmal für eine Weile vollkommen geistesabwesend war.

»N—nein, erlauben Sie, was ist denn das für ein Benehmen!« ereiferte sich Lebedeff mehr und mehr. »,Werde mich erschießen', sagt er, ,im Park, um keinen zu beunruhigen!' Ja, bildet er sich denn ein, daß er damit keinen beunruhigen werde, wenn er von der Treppe drei Schritte in den Park geht!«

»Meine Herren«, wollte der Fürst beginnen.

»N—nein, jetzt erlauben Sie schon, hochverehrter Fürst«, ließ ihn Lebedeff nicht zu Wort kommen in seinem angefachten Zorn, »wie Sie selbst zu sehen geruhen, ist das kein Scherz mehr, und da m... mindestens die Hälfte Ihrer Gäste derselben Ansicht ist und überzeugt sein dürfte, daß er sich jetzt, nach den hier gefallenen Äußerungen, schon unbedingt wird erschießen müssen, um seine Ehre zu retten, so erkläre ich als der Hausbesitzer hier in Gegenwart der Zeugen, daß ich Sie auffordere, nunmehr einzugreifen!«

»Was soll man denn tun, Lebedeff? Ich bin gern bereit, Ihnen beizustehen...«

»Also zunächst dies: erstens soll er sofort seine Pistole ausliefern, mit der er hier vor uns so renommiert hat, mitsamt allen Präparaten. Wenn er das getan hat, so erkläre ich mich bereit einzuwilligen, daß man ihn, in Anbetracht seines kranken Zustandes, hier in diesem Hause übernachten läßt, natürlich unter der Bedingung, daß er dabei unter Aufsicht meinerseits verbleibt. Morgen aber soll er sich unbedingt fortbegeben wohin es ihm beliebt; entschuldigen Sie, Fürst! Wenn er aber die Waffe nicht ausliefert, so werde ich ihn unverzüglich dingfest machen, werde ihn an dem einen Arm ergreifen, der General am anderen, und werde umgehend die Polizei verständigen lassen, womit die Sache dann dieser zur weiteren Untersuchung überlassen bliebe. Herr Ferdyschtschenko wird als guter Bekannter so freundlich sein hinzugehen.«

Lärm erhob sich; Lebedeff war in Hitze geraten und überschritt schon jedes Maß. Ferdyschtschenko schickte sich an, auf die Polizei zu gehen; Ganja wiederholte wütend immer wieder seine Behauptung, daß niemand sich erschießen werde. Jewgenij Pawlowitsch schwieg.

»Fürst, sind Sie schon einmal von einem Glockenturm hinabgesprungen?« flüsterte Ippolit ihm plötzlich zu.

»N—nein...«, antwortete der Fürst naiv.

»Haben Sie etwa gedacht, ich hätte diesen ganzen Haß

nicht vorausgesehen!« flüsterte Ippolit wieder; seine Augen blitzten und er sah den Fürsten an, als erwarte er tatsächlich eine Antwort von ihm. »Genug jetzt!« rief er plötzlich laut über alle hinweg, »ich bin schuld ... mehr als alle anderen! Lebedeff, hier ist der Schlüssel«, (er hatte schon sein Portemonnaie hervorgezogen und entnahm diesem einen Stahlring mit drei oder vier kleinen Schlüsseln), »dieser hier, der vorletzte ... Kólja wird Ihnen zeigen wo ... Kolja! Wo ist Kolja?« rief er, dabei starrte er den neben ihm stehenden Kolja an und sah ihn nicht, »ja ... er wird sie herausholen, er hat mir vorhin geholfen beim Einpacken. Zeigen Sie ihm, Kolja, im Kabinett des Fürsten, unter dem Tisch ... meine Reisetasche ... mit diesem Schlüsselchen, im unteren Teil, zu unterst im Kofferteil ... meine Pistole und das Pulverhorn. Er hat sie vorhin selbst eingepackt, Herr Lebedeff, er wird sie Ihnen geben; aber unter der Bedingung, daß Sie sie mir morgen früh, wenn ich nach Petersburg zurückfahre, wiedergeben! Hören Sie? Ich tue das dem Fürsten zuliebe; nicht Ihnen zulieb.«

»So ist's recht!« Lebedeff griff nach den Schlüsseln und begab sich, giftig grinsend, mit Kolja ins anstoßende Zimmer. Kolja wollte noch etwas sagen, wollte stehenbleiben, aber Lebedeff zog ihn mit.

Ippolit betrachtete die lachenden Gäste. Der Fürst bemerkte, daß seine Zähne klapperten wie beim stärksten Schüttelfrost.

»Was sind sie doch alle für Nichtswürdige!« flüsterte Ippolit wieder dem Fürsten zu, diesmal wie in Verzweiflung. Wenn er mit dem Fürsten sprach, bog er sich immer zu ihm und flüsterte.

»Beachten Sie sie nicht; Sie aber sind sehr erschöpft ...«

»Gleich, gleich ... gleich werde ich weggehen.«

Auf einmal umarmte er den Fürsten.

»Sie finden vielleicht, daß ich verrückt sei?« fragte er, indem er ihn, seltsam auflachend, ansah.

»Nein, aber Sie ...«

»Gleich, gleich, seien Sie still; sagen Sie nichts; bleiben Sie stehen... ich möchte in Ihre Augen sehen. Bleiben Sie so stehen, ich werde Sie ansehen. Ich nehme Abschied vom Menschen.«

Er stand und blickte den Fürsten, ohne sich zu rühren und schweigend, etwa zehn Sekunden lang an, sehr blaß, die Schläfen feucht von Schweiß und irgendwie sonderbar mit der Hand ihn festhaltend, als fürchtete er sich, ihn loszulassen.

»Ippolit... Ippolit, was fehlt Ihnen?« stieß der Fürst hervor.

»Gleich... genug... ich werde mich hinlegen. Ich werde auf das Wohl der Sonne einen Schluck trinken... Ich will, ich will, lassen Sie mich!«

Er ergriff schnell das Glas vom Tisch, stürzte davon und trat im Nu zum Ausgang der Veranda. Der Fürst wollte ihm nacheilen, aber da traf es sich so, daß gerade in diesem Augenblick Jewgenij Pawlowitsch ihm die Hand entgegenstreckte, um sich zu verabschieden. Eine Sekunde verging, und plötzlich erscholl ein allgemeiner Aufschrei in der Veranda. Ein Augenblick ärgster Verwirrung folgte.

Folgendes war geschehen:

Unmittelbar am Ausgang der Veranda war Ippolit stehen geblieben, in der linken Hand das Champagnerglas, die andere Hand in der rechten Seitentasche. Keller versicherte später, Ippolit habe schon vorher, als er noch mit dem Fürsten sprach und ihn mit der linken Hand an der Schulter, am Kragen angefaßt hatte, die andere Hand in der rechten Tasche gehalten, und eben dies, so versicherte Keller, habe seinen ersten Verdacht erweckt. Doch wie dem auch sein mochte, jedenfalls hatte eine gewisse Besorgnis Keller bewogen, Ippolit sofort zu folgen. Aber auch er kam zu spät. Er sah nur in Ippolits rechter Hand etwas Blankes, und im selben Augenblick war der Lauf der kleinen Taschenpistole schon an der Schläfe. Keller griff nach seinem Arm, aber da drückte Ippolit schon ab. Das scharfe, trockene Knacken des

Hahnes war zu hören, aber es folgte kein Schuß. Als Keller Ippolit umgriff, sank ihm dieser wie bewußtlos in die Arme, vielleicht wirklich im Wahn, er sei schon tot. Die Pistole befand sich bereits in Kellers Händen. Ippolit wurde gestützt, ein Stuhl herbeigezogen, man setzte ihn hin, alle umdrängten ihn, alle schrien, alle fragten durcheinander. Alle hatten das Knacken des Hahnes gehört und sahen doch einen Menschen vor sich, dem nichts passiert war, der nicht einmal eine Schramme aufwies. Ippolit saß da, ohne zu begreifen, was vorging, und schaute mit völlig verständnislosem Blick die Menschen ringsum an. Kolja und Lebedeff kamen herbeigelaufen.

»Hat die Pistole versagt?« fragten die einen.

»Vielleicht war sie gar nicht geladen?« vermuteten andere.

»Geladen ist sie!« rief Keller, der die Pistole untersuchte, »aber...«

»Also wirklich ein Versager?«

»Aber das Zündhütchen fehlt«, meldete Keller.

Es ist schwer, die hierauf folgende klägliche Szene zu schildern. Der erste und allgemeine Schreck wurde schnell von Heiterkeit verdrängt; einige lachten sogar ganz ungeniert, fanden darin offenbar ein schadenfrohes Vergnügen. Ippolit schluchzte wie in einem Krampf, rang die Hände, stürzte zu allen hin, selbst zu Ferdyschtschenko, faßte ihn mit beiden Händen an und schwur ihm, er habe es nur vergessen, »ganz zufällig vergessen, und nicht absichtlich«, das Zündhütchen aufzusetzen, die Zündhütchen seien alle hier, »in meiner Westentasche, an die zehn Stück«, (er zeigte sie allen ringsum), er habe es nicht vorher aufgesetzt, aus Vorsicht, da er befürchtete, der Schuß könnte sonst durch einen Zufall in der Tasche losgehen, und er habe damit gerechnet, daß er hier immer noch Zeit finden werde, das Zündhütchen draufzusetzen, sobald es nötig sei, und dann habe er das ganz vergessen. Er stürzte zum Fürsten, zu Jewgenij Pawlowitsch, flehte Keller an, ihm die Pistole zurückzugeben, er wolle allen sofort beweisen, wolle seine »Ehre, meine

Ehre wiederherstellen«, denn anderenfalls sei er ja »für immer entehrt«!...

Schließlich fiel er tatsächlich bewußtlos hin. Man trug ihn in das Kabinett des Fürsten, und Lebedeff, der wieder ganz nüchtern geworden war, schickte sogleich nach einem Arzt, er selbst aber blieb mit seiner Tochter, seinem Sohn, mit Burdowskij und dem General am Lager des Kranken. Nachdem man den bewußtlosen Ippolit von der Veranda ins Zimmer getragen hatte, stellte sich Keller mitten in der Veranda hin und erklärte, wie in entschiedener Begeisterung, laut, so daß alle ihn hören und verstehen mußten, und deutlich jedes Wort prägend:

»Meine Herrschaften! Wenn jemand von Ihnen in meiner Gegenwart noch einmal einen Zweifel daran äußern sollte, daß das Zündhütchen nur zufällig vergessen worden ist, und etwa behaupten wollte, der unglückliche junge Mann habe nur eine Komödie gespielt, so wird derjenige es mit mir zu tun haben!«

Aber man antwortete ihm nichts darauf. Die Gäste beeilten sich nun, endlich heimzugehen. Ganja, Ptizyn und Rogoshin gingen zusammen fort.

Der Fürst war sehr erstaunt, daß Jewgenij Pawlowitsch seine Absicht aufgab und, ohne Aussprache mit ihm, weggehen wollte.

»Sie wollten doch noch mit mir sprechen, wenn die anderen uns verlassen hätten?« fragte er ihn.

»Ja, das war meine Absicht«, sagte Jewgenij Pawlowitsch, setzte sich auf einen Stuhl und veranlaßte den Fürsten, sich gleichfalls zu setzen, »aber jetzt habe ich meine Absicht vorläufig aufgeschoben. Ich muß Ihnen gestehen, daß ich einigermaßen verwirrt bin, und Sie sind es wohl auch. Meine Gedanken sind mir durcheinander geraten; außerdem ist das, worüber ich mich mit Ihnen aussprechen wollte, eine für mich gar zu wichtige Angelegenheit, und für Sie ist sie es gleichfalls. Sehen Sie, Fürst, ich möchte wenigstens einmal im Leben vollkommen ehrlich handeln, das heißt, ganz ohne jeden Hintergedanken, nun aber scheint mir, daß ich jetzt, in diesem Augenblick, nicht fähig bin dazu, und auch Sie sind es vielleicht nicht... daher... und überhaupt... nun, wir werden uns eben später aussprechen. Vielleicht wird die Sache auch noch an Klarheit gewinnen, sowohl für mich als auch für Sie, wenn wir noch die drei Tage abwarten, die ich jetzt in Petersburg verbringen werde.«

Danach stand er wieder auf vom Stuhl, so daß es etwas seltsam war, wozu er sich denn überhaupt hingesetzt hatte. Der Fürst hatte auch den Eindruck, daß Jewgenij Pawlowitsch unzufrieden und gereizt sei und feindselig dreinschaue, daß in seinem Blick jetzt etwas ganz anderes lag als vorher.

»Übrigens, Sie müssen jetzt wohl nach dem Kranken sehen?«

»Ja... ich befürchte...«, sagte der Fürst.

»Befürchten Sie nichts; der wird noch gute sechs Wochen leben oder gar sich hier noch erholen. Das Beste wäre aber, Sie jagten ihn morgen hinaus.«

»Vielleicht habe ich ihn doch noch dazu getrieben, dadurch, daß... ich nichts sagte; er hat vielleicht gedacht, auch ich zweifelte daran, daß er sich erschießen werde. Was meinen Sie, Jewgenij Pawlowitsch?«

»Nein, nein. Sie sind gar zu gütig, wenn Sie sich deshalb noch Sorgen machen. Ich habe wohl vom Hörensagen gewußt, daß so etwas vorkommen soll, aber in natura habe ich es doch noch nie gesehen, daß ein Mensch sich absichtlich erschießt, nur um gelobt zu werden, oder aus Wut darüber, daß man ihn deswegen nicht bewundert. Vor allem hätte ich ein solch offenes Eingeständnis der Kraftlosigkeit nicht für möglich gehalten. Aber setzen Sie ihn morgen vor die Tür.«

»Sie nehmen an, daß er es noch einmal tun werde?«

»Nein, jetzt wird er sich nicht mehr erschießen. Aber nehmen Sie sich in acht vor diesen unseren einheimischen Lacenaires![24] Ich sage Ihnen nochmals, das Verbrechen ist die populärste Zuflucht dieser unbegabten, ungeduldigen und heißhungrigen Unbedeutendheit.«

»Ist er denn Ihrer Meinung nach ein Lacenaire?«

»Es ist die gleiche Wesensart, obschon vielleicht die Anwendung verschieden ist. Sie werden schon sehen, ob dieser Herr nicht imstande ist, zehn Seelen abzuschlachten, bloß um einen fabelhaften ‚Streich' zu spielen; genau wie er es uns selbst vorhin vorlas in seiner „Erklärung". Jetzt werden mich diese seine Worte nicht einschlafen lassen.«

»Sie beunruhigen sich vielleicht doch zu sehr.«

»Sie sind bewundernswert, Fürst; Sie wollen wohl nur nicht glauben, daß er *jetzt* imstande ist, zehn Seelen umzulegen.«

»Ich scheue mich, Ihnen darauf zu antworten; das ist alles sehr sonderbar, aber...«

»Nun, wie Sie wollen, wie Sie wollen!« schloß Jewgenij Pawlowitsch gereizt; »zudem sind Sie ja ein so tapferer Mensch; sehen Sie sich nur vor, daß Sie nicht selbst unter die Zehn geraten.«

»Es ist weit eher anzunehmen, daß er niemanden umbringen wird«, sagte der Fürst, indem er Jewgenij Pawlowitsch nachdenklich ansah. Der lachte auf, aber mit einem gewissen Grimm.

»Nun, auf Wiedersehen, es ist Zeit, daß ich gehe! Aber haben Sie es beachtet, daß er eine Abschrift seiner Beichte Aglaja Iwanowna vermacht hat?«

»Ja, ich habe es beachtet und... denke darüber nach.«

»So ist's recht, für den Fall, daß es doch zu den zehn Seelen kommen sollte«, sagte Jewgenij Pawlowitsch wieder auflachend und ging hinaus.

Eine Stunde danach, schon gegen vier Uhr morgens, ging der Fürst in den Park. Er hatte zu schlafen versucht, hatte aber vor allzu starkem Herzklopfen nicht einschlafen können. Im Hause war übrigens alles den Umständen entsprechend hergerichtet worden, und man hatte sich beruhigt; der Kranke war eingeschlafen, und der herbeigerufene Arzt hatte erklärt, es bestehe keinerlei besondere Gefahr. Lebedeff, Kolja und Burdowskij hatten sich im Zimmer des Kranken hingelegt, um einander in der Nachtwache abzulösen; es war also nichts zu befürchten.

Aber die Unruhe des Fürsten wuchs von Minute zu Minute. Er schweifte im Park umher, zerstreut um sich blickend, und blieb erst erstaunt stehen, als er auf den freien Platz vor dem Bahnhof gelangte und dort eine Reihe leerer Bänke und die Notenpulte der Musiker erblickte. Dieser Ort erschreckte ihn geradezu, und aus einem ihm selbst unbekannten Grund fühlte er sich durch ihn sehr abgestoßen. Er kehrte um und ging denselben Weg zurück, auf dem er tags zuvor mit Jepantschins zur Musik gegangen war, kam zu jener grünen Bank, die ihm für das Stelldichein bezeichnet worden war, setzte sich auf sie nieder, und plötzlich mußte er laut auflachen, worüber er aber im Augenblick selbst sehr ungehalten wurde. Seine seelische Beklemmung hielt immer noch an; er wollte irgendwohin weggehen ... Er wußte nur nicht wohin. Über ihm im Baum begann ein kleiner Vogel zu singen; er schaute hinauf und suchte ihn mit den Augen zwischen den Blättern; plötzlich schwirrte das Vöglein auf und flog davon, und im gleichen Augenblick fiel ihm jene kleine Fliege ein im »warmen Sonnenstrahl«, von der Ippolit geschrieben hatte, daß sie »ihren Platz kennt und teilnimmt am allgemeinen Chorgesang, während er allein ein Ausgestoßener ist«. Dieser Satz hatte ihn schon vorhin betroffen gemacht, dessen erinnerte er sich jetzt wieder. Eine andere längst vergessene Erinnerung begann sich in ihm zu regen und plötzlich stand sie klar und deutlich vor ihm da.

Das war in der Schweiz gewesen, im ersten Jahr seiner Kur, sogar in den ersten Monaten. Er war damals noch wie ein halber Idiot gewesen, hatte kaum ordentlich sprechen können und mitunter nicht verstanden, was man von ihm wollte. An einem klaren, sonnigen Tag war er in die Berge gestiegen und dort umhergewandert, bedrückt von einem quälenden Gedanken, der aber immer nicht Gestalt annehmen wollte. Vor sich sah er den strahlenden Himmel, unten den See, ringsum einen hellen und endlosen Horizont, der nirgendwo aufhörte. Er schaute und fühlte sich gequält. Jetzt erinnerte er sich, wie er damals seine Hände in diese helle, endlose Bläue ausgestreckt und geweint hatte. Es quälte ihn, daß er all dem ringsum vollkommen fremd war. Was war denn das für ein Freudenfest, was war denn das für ein immerwährender großer Feiertag, der kein Ende nimmt und zu dem es ihn schon lange hinzog, immer schon, seit seiner Kindheit, und zu dem er auf keine Weise Zutritt erlangen konnte. Jeden Morgen geht dieselbe helle Sonne auf; jeden Morgen steht über dem Wasserfall ein Regenbogen; jeden Abend leuchtet der Schneegipfel des höchsten Berges dort in der Ferne, am Rande des Himmels, in purpurner Glut; jede »kleine Fliege, die im heißen Sonnenstrahl um ihn herumsummt, nimmt teil an diesem Chorgesang, kennt ihren Platz, liebt ihn und ist glücklich«; jedes Gräschen wächst und ist glücklich! Und alles hat seinen Weg, und alles kennt seinen Weg, geht mit einem Lied und kommt mit einem Liede; nur er allein weiß nichts und versteht nichts, weder die Menschen noch die Töne, ist allem fremd und ein Ausgestoßener. Oh, natürlich hatte er damals nicht mit diesen Worten sprechen und seine Frage ausdrücken können; er quälte sich wie taub und stumm; jetzt aber war ihm, als habe er all das auch damals schon ausgesprochen, alle die gleichen Worte, und als habe Ippolit jenen Ausspruch von der kleinen Fliege von ihm, aus seinen damaligen Worten und Tränen, übernommen. Er war überzeugt davon, und aus unbekanntem Grund schlug sein Herz stark bei diesem Gedanken...

Er schlummerte ein auf der Bank, aber seine Erregung dauerte auch im Schlaf noch fort. Unmittelbar vor dem Einschlafen erinnerte er sich, daß Ippolit zehn Menschen sollte ermorden können, und er lächelte über den Unsinn dieser Annahme. Ihn umgab eine wundervolle leichte Stille, nur die Blätter flüsterten ab und zu hauchzart, wovon es anscheinend noch stiller und einsamer wurde ringsum. Ihm träumte vielerlei und es waren lauter aufregende Traumbilder, so daß er alle Augenblicke zusammenzuckte. Schließlich trat im Traum eine Frau auf ihn zu; er kannte sie, kannte sie bis zum Schmerz; er hätte sie jederzeit nennen und auf sie hinweisen können, aber — sonderbar — sie hatte jetzt gleichsam garnicht dieses Gesicht, das er seither kannte, und qualvoll wollte er sie nicht als jene Frau anerkennen. In diesem Gesicht war soviel Reue und Entsetzen, daß es den Anschein hatte, sie sei eine schauerliche Verbrecherin und habe soeben erst ein schreckliches Verbrechen begangen. Eine Träne zitterte auf ihrer blassen Wange; sie winkte ihm mit der Hand und legte den Finger an die Lippen, als wollte sie ihm zu verstehen geben, ihr möglichst leise zu folgen. Das Herz stand ihm still; er wollte sie um keinen, um keinen Preis für eine Verbrecherin halten; aber er fühlte, daß sogleich etwas Schreckliches geschehen werde, etwas für sein ganzes Leben Entscheidendes. Sie schien ihm etwas zeigen zu wollen, hier in der Nähe, im Park. Er erhob sich, um ihr zu folgen, und plötzlich ertönte neben ihm jemandes helles, frisches Lachen; eine Hand befand sich auf einmal in seiner Hand; er ergriff diese Hand, drückte sie stark und erwachte. Vor ihm stand hellachend Aglaja.

VIII

Sie lachte, aber sie war zugleich ungehalten über ihn.

»Er schläft! Sie haben geschlafen!« rief sie mit verachtendem Staunen aus.

»*Sie* sind es!« murmelte der Fürst, noch nicht ganz zu sich gekommen, und sah sie erstaunt an. »Ach, richtig! Unser Stelldichein... Ich bin hier eingeschlafen.«

»Das habe ich gesehen.«

»Hat mich niemand geweckt außer Ihnen? War außer Ihnen niemand hier? Ich glaubte, hier sei... eine andere gewesen.«

»Hier sei eine andere gewesen?!«

Endlich kam der Fürst erst richtig zu sich.

»Das war nur ein Traum«, sagte er nachdenklich. »Sonderbar, daß mir in einem solchen Augenblick ein solcher Traum... Setzen Sie sich.«

Er erfaßte ihre Hand und nötigte sie, Platz zu nehmen auf der Bank; er selbst setzte sich neben sie und dachte nach. Aglaja begann das Gespräch nicht, sondern betrachtete nur prüfend den neben ihr Sitzenden. Auch er blickte sie hin und wieder an, aber manchmal so, als ob er sie gar nicht vor sich sähe. Sie begann zu erröten.

»Ach ja!« fuhr plötzlich der Fürst zusammenzuckend aus seinen Gedanken auf. »Ippolit hat sich erschossen!«

»Wann? Bei Ihnen?« fragte sie, jedoch ohne großes Überraschtsein. »Gestern abend lebte er doch noch, glaube ich? Aber wie konnten Sie dann hier einschlafen, nach so einem Geschehnis?« rief sie plötzlich lebhaft aus.

»Aber er ist ja nicht tot, die Pistole versagte.«

Aglaja bestand darauf, daß der Fürst ihr unverzüglich alles erzähle, und sogar mit großer Ausführlichkeit, was sich in der letzten Nacht zugetragen hatte. Während des Berichts trieb sie ihn immer wieder zu schnellerem Erzählen an, unterbrach ihn aber selbst jeden Augenblick mit Fragen, die sich zumeist auf Nebensächliches bezogen. Unter anderem hörte sie sehr gespannt zu, als der Fürst Jewgenij Pawlowitschs Aussprüche wiedergab, und auch hierbei unterbrach sie ihn noch mit Fragen nach näheren Angaben.

»Nun aber genug davon, wir müssen uns beeilen«, schloß sie plötzlich, nachdem sie alles angehört hatte. »Wir können nur eine Stunde hierbleiben, bis acht, denn um acht muß ich unbedingt zu Hause sein, damit man nicht merkt, daß ich hier gewesen bin, und ich bin wegen einer wichtigen Angelegenheit gekommen; ich muß Ihnen noch vieles mitteilen. Nur haben Sie mir jetzt alles durcheinander gebracht. Was diesen Ippolit betrifft, so denke ich, daß es so hat kommen müssen, mit dem Versagen der Pistole, das paßt viel besser zu ihm. Aber sind Sie auch wirklich überzeugt, daß er sich im Ernst erschießen wollte, daß es gewiß kein Schwindel war?«

»Nein, es war bestimmt kein Schwindel.«

»Das scheint mir auch so. Und er hat das wirklich so geschrieben, daß Sie mir seine Beichte nachher übergeben sollen? Warum haben Sie sie dann nicht mitgebracht?«

»Aber er ist ja nicht gestorben. Ich werde sie mir von ihm ausbitten.«

»Bringen Sie sie unbedingt, da ist nichts auszubitten. Es wird ihm sicher sehr angenehm sein, denn er hat doch vielleicht nur deshalb auf sich geschossen, damit ich dann nachher seine Beichte lese. Ich bitte Sie, nicht darüber zu lachen, Lew Nikolájewitsch, über meine Worte, denn es kann doch leicht so gewesen sein.«

»Ich lache durchaus nicht darüber, zumal ich auch selbst glaube, daß zum Teil auch dieser Wunsch mitgespielt haben kann.«

»Ja—a? Glauben Sie das wirklich auch?« fragte Aglaja plötzlich, furchtbar erstaunt.

Sie stellte ihre Fragen blitzschnell, sprach überhaupt in großer Hast, bisweilen jedoch schien sie in Verwirrung zu geraten und oft stockte sie und sprach das Angefangene nicht zu Ende; immer wieder beeilte sie sich, ihn auf etwas vorzubereiten; überhaupt war sie in furchtbarer Unruhe, und wenn sie auch sehr mutig und nahezu herausfordernd dreinschaute, so war ihr vielleicht doch etwas bange zumut. Sie trug ein ganz schlichtes Alltagskleid, das ihr sehr gut stand. Sie zuckte oft zusammen, errötete und saß nur auf dem Rande der Bank.

Die Zustimmung des Fürsten zu der Annahme, Ippolit könnte den Selbstmord beabsichtigt haben, damit sie seine Beichte lese, wunderte sie sehr.

»Natürlich wollte er«, suchte der Fürst zu erklären, »daß außer Ihnen auch wir alle ihn loben sollten...«

»Wofür loben?«

»Das heißt, daß... wie soll man das ausdrücken? Das ist

sehr schwer zu erklären. Zunächst hat er sicherlich gewollt, daß alle ihn umringten und ihm sagten, sie liebten und achteten ihn sehr, und daß alle ihn sehr bäten, am Leben zu bleiben. Es ist durchaus möglich, daß er dabei vor allen anderen Sie im Auge hatte, da er in einem solchen Augenblick ausdrücklich Sie erwähnt... obschon er es wohl selbst nicht gewußt hat, daß er Sie im Auge hatte.«

»Das verstehe ich nun schon gar nicht: er habe im Auge gehabt und nicht gewußt, daß er im Auge hatte. Oder übrigens, ich glaube, ich verstehe es doch... Wissen Sie, daß ich selbst wohl schon dreißigmal daran gedacht habe, mich zu vergiften, schon als dreizehnjähriges Mädel, und vorher in einem Brief alles den Eltern zu schreiben, und daß ich mir auch ausmalte, wie ich dann im Sarge liegen würde und alle um ihn herumstehen und weinen und sich anklagen, weil sie so streng mit mir gewesen sind ... Worüber lächeln Sie wieder«, unterbrach sie sich hastig und runzelte die Stirn, »wer weiß, als was alles Sie sich sehen, wenn Sie so für sich allein träumen? Vielleicht sehen Sie sich als Feldmarschall, und womöglich als Besieger Napoleons?«

»Ja, tatsächlich, mein Ehrenwort, ich träume wirklich von so etwas«, sagte der Fürst lachend, »werden Sie es mir glauben! Nur pflege ich nicht Napoleon, sondern immer die Österreicher zu besiegen.«

»Ich habe durchaus nicht die Absicht, mit Ihnen zu scherzen, Lew Nikolajewitsch. Mit Ippolit werde ich selbst sprechen; ich bitte Sie, ihn das wissen zu lassen. Von Ihnen aber finde ich das alles sehr häßlich, denn es ist doch sehr roh, eine Menschenseele so zu betrachten und zu beurteilen, wie Sie über Ippolit urteilen. Sie haben kein Erbarmen, wenn Ihnen die Zärtlichkeit abgeht: was Sie sagen, ist nichts als Wahrheit, und schon deshalb ist es ungerecht.«

Der Fürst dachte nach.

»Ich glaube, Sie sind jetzt ungerecht gegen mich«, sagte er. »Ich sehe doch nichts Schlechtes darin, daß er so gedacht hat, denn alle neigen doch dazu, so zu denken; außerdem hat er das vielleicht überhaupt nicht gedacht, sondern nur gewollt... er wollte zum letztenmal mit Menschen zusammensein, ihre Achtung und Liebe verdienen; das sind doch sehr gute Gefühle, nur ist hier irgendwie alles nicht so herausgekommen; hier spielt auch seine Krankheit mit und noch etwas anderes! Zudem kommt bei den einen alles immer gut heraus, bei den anderen immer irgendwie unschicklich...«

»Das haben Sie gewiß in bezug auf sich hinzugefügt?« bemerkte Aglaja.

»Ja, in bezug auf mich«, antwortete der Fürst, dem die Schadenfreude in der Frage überhaupt nicht auffiel.

»Nur wäre ich an Ihrer Stelle doch niemals eingeschlafen; das bedeutet demnach, wohin Sie auch kommen, da schlafen Sie auch schon gleich ein; das ist sehr häßlich von Ihnen.«

»Aber ich habe doch die ganze Nacht nicht geschlafen, und dann ging ich hier umher, ging und ging, ging auch zur Musik...«

»Zu was für einer Musik?«

»Ich ging dorthin, wo gestern die Musik spielte, und dann kam ich hierher, setzte mich hin, begann nachzudenken, und dachte so lange nach, bis ich darüber einschlief.«

»Ach, so war das! Das ändert die Sache ein wenig zu Ihren Gunsten... Aber wozu gingen Sie dorthin, wo gestern die Musik spielte?«

»Das weiß ich nicht, nur so...«

»Gut, gut, davon später; Sie lenken mich immer ab, und was geht es mich an, daß Sie dorthin gegangen sind? Was war das für eine Frau, von der Ihnen hier träumte?«

»Das war... von... Sie haben sie gesehen...«

»Ich verstehe, verstehe nur zu gut. Sie müssen Sie ja sehr... Wie erschien sie Ihnen denn im Traum, in welcher Gestalt? Übrigens interessiert mich das überhaupt nicht«, unterbrach sie sich plötzlich ärgerlich. »Unterbrechen Sie mich nicht...«

Sie wartete eine Weile, wie um sich zusammenzunehmen,

Mut zu fassen, oder auch um ihren Ärger zuerst zu überwinden.

»Jetzt will ich Ihnen sagen, weshalb ich Sie herbestellt habe: ich möchte Ihnen den Vorschlag machen, mein Freund zu werden. Was schauen Sie mich auf einmal so an?« fügte sie beinahe zornig hinzu.

Der Fürst betrachtete sie in diesem Augenblick allerdings sehr eindringlich, da er bemerkte, daß sie wieder stark zu erröten begann. In solchen Fällen ärgerte sie sich, je mehr sie errötete, um so mehr über sich selbst, was an ihren aufblitzenden Augen deutlich zu erkennen war. In der Regel begann sie aber schon im nächsten Augenblick ihren Zorn auf denjenigen zu übertragen, mit dem sie gerade sprach, gleichviel ob dieser nun schuldig oder unschuldig war, und begann dann mit ihm zu streiten. Da sie aber selbst wußte, wie menschenscheu sie war, und es sehr empfand, daß sie vor lauter Schamhaftigkeit leicht verlegen wurde, so ließ sie sich verhältnismäßig nur selten auf Gespräche ein und war schweigsamer als die Schwestern, bisweilen sogar allzu schweigsam. Mußte sie jedoch notgedrungen zu sprechen anfangen, und das noch dazu in heiklen Fällen, wie es zum Beispiel dieser hier war, so verschanzte sie sich zunächst hinter ungewöhnlichem Hochmut und begann das Gespräch geradezu wie mit einer Herausforderung. Sie spürte es stets schon im voraus, wenn das Erröten nur erst angehen wollte.

»Sie wollen meinen Vorschlag vielleicht ablehnen?« fragte sie stolz und fast von oben herab.

»Oh nein, das nicht, nur ist das doch gar nicht nötig... das heißt, ich hätte nie gedacht, daß hier noch Vorschläge nötig seien«, sagte der Fürst verwirrt.

»So, aber was haben Sie sich denn gedacht? Wozu ich Sie hierher bestellt habe? Was haben Sie eigentlich für Hintergedanken? Übrigens, vielleicht halten auch Sie mich für ein kleines Gänschen, wie es zu Hause alle tun?«

»Ich habe nicht gewußt, daß man Sie für ein Gänschen hält, ich... ich halte Sie nicht dafür.«

»Nicht? Sehr gescheit von Ihnen. Und namentlich sehr gescheit ausgedrückt.«

»Meiner Ansicht nach sind Sie manchmal sogar sehr klug«, fuhr der Fürst fort. »Sie haben vorhin eine sehr kluge Bemerkung gemacht. Sie sagten zu meiner Beurteilung Ippolits: ‚Was Sie sagen, ist nichts als Wahrheit, und schon deshalb ist es ungerecht.' Das werde ich mir merken und darüber noch nachdenken.«

Aglaja wurde plötzlich rot vor Freude. Alle diese Veränderungen ihres Empfindens gingen in ihr mit ungewöhnlicher Offenheit vor sich und wechselten mit unglaublicher Schnelligkeit. Der Fürst freute sich gleichfalls, und bei ihrem Anblick mußte er sogar lachen vor Freude.

»So hören Sie denn«, begann sie wieder, »ich habe lange auf Sie gewartet, um Ihnen das alles zu erzählen, schon von dem Tag an, wo Sie mir jenen Brief von dort schrieben, und sogar schon vorher... Die Hälfte haben Sie von mir schon gestern gehört: ich halte Sie für den ehrlichsten und wahrheitsliebendsten Menschen, der ehrlicher und wahrheitsliebender als alle anderen ist; und wenn man von Ihnen sagt, daß Ihr Verstand manchmal krank sei, so ist das ungerecht; davon habe ich mich überzeugt und deshalb habe ich das auch verfochten, denn wenn Sie auch tatsächlich einen kranken Verstand haben sollten (Sie werden mir das natürlich nicht übelnehmen, ich betrachte das doch von einem höheren Standpunkt aus), so ist dafür Ihr Hauptverstand besser als bei ihnen allen, ist sogar so, wie die sich noch keinen haben träumen lassen, denn es gibt zwei Arten von Verstand: einen Hauptverstand und einen nicht so wichtigen. Das war es, was ich sagen wollte. Und so ist es doch, nicht wahr?«

»Vielleicht ist es auch so«, brachte der Fürst kaum hervor; sein Herz bebte und klopfte entsetzlich.

»Ich wußte doch, daß Sie es verstehen werden«, fuhr sie wichtig fort. »Fürst Sch. und Jewgenij Pawlowitsch begreifen nicht den Unterschied, Alexandra auch nicht, aber denken Sie sich: Mama begriff sofort.«

»Sie ähneln sehr Lisaweta Prokofjewna.«
»Wieso? Wirklich?« wunderte sich Aglaja.
»Mein Ehrenwort, es ist so.«
»Ich danke Ihnen«, sagte sie nach kurzem Nachdenken. »Es freut mich sehr, daß ich Mama ähnlich bin. Dann achten Sie sie also sehr?« fragte sie plötzlich, ohne die Naivität der Frage überhaupt zu gewahren.
»Ja, unendlich, und es freut mich, daß Sie das so ohne weiteres verstanden haben.«
»Und mich freut es, weil ich bemerkt habe, wie man manchmal über sie ... lacht. Aber nun hören Sie die Hauptsache, ich habe es mir lange überlegt, und dann habe ich schließlich doch Sie erwählt. Ich will nicht, daß man sich zu Hause über mich lustig macht; ich will nicht, daß man mich für ein kleines Gänschen hält; ich will nicht, daß man mich aufzieht ... Ich habe das sofort durchschaut und deshalb Jewgenij Pawlowitsch rund abgesagt, denn ich will nicht, daß man mich fortwährend verheiratet! Ich will ... ich will ... nun ja, ich will von zu Hause weglaufen, und ich habe Sie dazu auserwählt, mir dabei behilflich zu sein.«
»Von zu Hause weglaufen!« rief der Fürst aus.
»Ja, ja, ja, aus dem Hause meiner Eltern weglaufen!« fuhr sie auf, plötzlich in ungewöhnlichen Zorn geratend. »Ich will nicht, ich will nicht, daß sie mich dort immer zwingen zu erröten. Ich will vor keinem Menschen erröten, weder vor Fürst Sch., noch vor Jewgenij Pawlowitsch, noch vor sonst einem, und deshalb habe ich Sie erwählt. Mit Ihnen möchte ich über alles, alles reden dürfen, selbst über das Wichtigste, sobald ich will; und Sie dürfen Ihrerseits auch nichts vor mir verbergen. Ich möchte wenigstens mit einem Menschen über alles reden dürfen wie mit mir selbst. Die taten aber auf einmal so, als ob ich auf Sie wartete und als ob ich Sie liebte. Das war schon lange vor Ihrer Rückkehr, ich aber hatte ihnen Ihren Brief doch gar nicht gezeigt und jetzt reden sie schon alle davon. Ich möchte kühn sein und mich vor gar nichts fürchten. Ich möchte nicht auf ihre Bälle

gehen, ich möchte nützlich sein. Ich wollte schon lange weglaufen. Seit zwanzig Jahren lebe ich bei ihnen wie verkorkt, und immer soll ich verheiratet werden. Ich habe schon als Vierzehnjährige darangedacht, zu entfliehen, obschon ich noch dumm war. Jetzt habe ich mir schon alles überlegt und nur auf Sie gewartet, um Sie über das Ausland auszufragen. Ich habe noch keinen einzigen gotischen Dom gesehen, ich möchte in Rom leben, ich möchte alle wissenschaftlichen Sammlungen besichtigen, ich möchte in Paris studieren. Ich habe mich schon das ganze letzte Jahr dazu vorbereitet und gelernt, und ich habe sehr viele Bücher gelesen; ich habe alle verbotenen Bücher durchgelesen, Alexandra und Adelaida lesen alle Bücher, die dürfen es, mir aber wird es verboten, ich werde beaufsichtigt. Mit den Schwestern will ich deshalb nicht streiten, aber meiner Mutter und meinem Vater habe ich schon längst erklärt, daß ich meine soziale Stellung vollständig verändern will. Ich habe beschlossen, mich mit der Erziehungsfrage zu beschäftigen, und da habe ich auf Ihren Beistand gerechnet, denn Sie sagten doch, Sie hätten Kinder gern. Vielleicht können wir uns gemeinsam damit befassen, wenn nicht jetzt gleich, so doch später einmal? Dann könnten wir zusammen Nutzen bringen; ich will nicht bloß das Generalstöchterchen spielen... Sagen Sie, sind Sie ein sehr gelehrter Mann?«

»Oh, durchaus nicht.«

»Das ist schade, ich aber dachte... wie bin ich nur darauf gekommen? Aber Sie werden mich trotzdem anleiten, denn ich habe Sie doch dazu ausgesucht.«

»Das ist doch alles... sinnlos, Aglaja Iwanowna.«

»Ich will, ich will von zu Hause weglaufen!« rief sie wieder heftig auffahrend, und ihre Augen blitzten. »Wenn Sie nicht einwilligen, heirate ich Gawríla Ardaliónowitsch. Ich will nicht, daß man mich zu Hause für ein gemeines Frauenzimmer hält und mich noch Gott weiß wessen alles beschuldigt.«

»Sind Sie... sind Sie von Sinnen?!« Der Fürst sprang fast

auf vor Schreck. »Wessen beschuldigt man Sie, wer beschuldigt Sie?«

»Zu Hause tun's alle, Mama, Alexandra, Adelaida, Papa, Fürst Sch., sogar Ihr abscheulicher Kolja! Wenn sie es auch nicht direkt sagen, so denken sie es doch. Ich habe es ihnen aber allen ins Gesicht gesagt, beiden, Mama sowohl wie Papa. Mama war den ganzen Tag krank; am nächsten Tage aber sagten mir Alexandra und Papa, daß ich selbst nicht wüßte, was ich da schwatzte und welche Ausdrücke ich da gebrauchte. Ich sagte ihnen aber direkt ins Gesicht, daß ich bereits alles begriffe, alle Ausdrücke, daß ich kein Kind mehr sei, daß ich schon vor zwei Jahren absichtlich zwei Romane von Paul de Kock gelesen habe, um alles zu erfahren. Als Mama das hörte, fiel sie beinahe in Ohnmacht.«

Dem Fürsten kam plötzlich ein seltsamer Gedanke. Er blickte Aglaja prüfend an und mußte lächeln.

Er konnte es kaum glauben, daß er dasselbe unnahbare Mädchen vor sich hatte, das ihm einmal mit so hochmütigem Stolz Gawrila Ardalionowitschs Brief zurückgegeben hatte. Es schien ihm unerklärlich, wie sich in einer so kühlen, abweisenden Schönheit ein solches Kind verbergen konnte, ein vielleicht tatsächlich noch nicht *alle Ausdrücke* begreifendes Kind.

»Haben Sie immer nur zu Hause gelebt, Aglaja Iwanowna?« fragte er. »Ich meine, haben Sie nie eine öffentliche Schule besucht, sind Sie nie in einem Institut gewesen?«

»Nein, niemals und nirgendwo bin ich gewesen; ich habe immer nur zu Hause gesessen, wie in einer Flasche verkorkt, und aus der Flasche werde ich verheiratet. Worüber lachen Sie wieder? Ich sehe, daß auch Sie, wie es scheint, sich über mich lustig machen und zu den anderen halten«, sagte sie schroff mit finster zusammengezogenen Brauen. »Ärgern Sie mich nicht, ich weiß ohnehin nicht, was mit mir los ist... ich bin überzeugt, Sie sind hierher gekommen in der Meinung, ich sei in Sie verliebt und habe Sie zu einem Rendezvous bestellt«, versetzte sie gereizt.

»Gestern habe ich das in der Tat befürchtet«, verriet sich der Fürst in seiner treuherzigen Offenheit (er war äußerst verwirrt), »doch heute bin ich überzeugt, daß Sie...«

»Was!« rief Aglaja aus, und ihre Unterlippe begann zu beben. »Sie haben befürchtet, daß ich... Sie haben zu denken gewagt, daß ich... Herrgott! Sie haben dann am Ende gar vermutet, daß ich Sie hergerufen habe, um Sie ins Netz zu locken und damit man uns dann hier antrifft und Sie zwingt, mich zu heiraten...«

»Aglaja Iwanowna! Schämen Sie sich denn nicht! Wie hat ein so schmutziger Gedanke in Ihrem reinen, unschuldigen Herzen entstehen können? Ich bin überzeugt, daß Sie an kein einziges Ihrer Worte glauben und ... selbst nicht wissen, was Sie reden!«

Aglaja rührte sich nicht und blickte unverwandt zu Boden, als hätten ihre Worte sie selbst erschreckt.

»Ich schäme mich nicht ein bißchen«, murmelte sie. »Woher wissen Sie, ob mein Herz unschuldig ist? Wie haben Sie damals gewagt, mir einen Liebesbrief zu schreiben?«

»Einen Liebesbrief? Mein Brief soll ein — Liebesbrief gewesen sein! Das war der ehrerbietigste Brief, den ich je geschrieben habe; was ich Ihnen schrieb, strömte aus meinem Herzen in der schwersten Stunde meines Lebens! Ich entsann mich Ihrer, wie einer Lichtgestalt... ich...«

»Nun gut, gut«, unterbrach sie ihn plötzlich, doch bereits nicht mehr im alten Tone, sondern in aufrichtiger Reue und fast erschrocken, ja sie beugte sich sogar etwas näher zu ihm, jedoch immer noch bemüht, ihn nicht offen anzusehen, und sie schien sogar nahe daran zu sein, ihn leise an der Schulter zu berühren, um ihn noch inständiger zu bitten, nicht böse zu sein. »Nun gut«, sagte sie, sich unsäglich schämend, »ich fühle, daß ich einen sehr dummen Ausdruck gebraucht habe. Das habe ich nur so ... nur, um Sie zu prüfen. Betrachten Sie das als nicht ausgesprochen. Wenn ich Sie aber gekränkt habe, so verzeihen Sie mir. Sehen Sie mich, bitte, nicht so an, blicken Sie dorthin, wenden Sie sich von mir weg. Sie sagen, das sei ein schmutziger Gedanke; ich habe ihn aber absichtlich ausgesprochen, um Sie zu reizen. Bisweilen habe ich selber Angst vor dem, was ich sagen möchte, und dann plötzlich sage ich es doch. Sie sagten soeben, daß Sie diesen Brief in der schwersten Stunde Ihres Lebens geschrieben hätten... Ich weiß, in welcher Stunde das gewesen ist«, fügte sie leise hinzu, den Blick wieder zu Boden gesenkt.

»Oh, wenn Sie alles wissen könnten!«

»Ich weiß alles!« rief sie plötzlich von neuem erregt aus. »Sie lebten damals einen ganzen Monat lang in ein und derselben Wohnung mit jener abscheulichen Frau, mit der Sie entflohen waren...«

Sie wurde nicht rot, sondern bleich, als sie das sagte, und plötzlich erhob sie sich von der Bank, wie in Gedanken verloren, doch besann sie sich sogleich wieder und setzte sich; ihre Unterlippe fuhr noch lange fort, zu zucken. Das Schweigen dauerte wohl eine ganze Minute. Der Fürst war unsäglich betroffen durch diesen plötzlichen Umschlag in ihrem Wesen und wußte nicht, welch einer Ursache er ihn zuschreiben sollte.

»Ich liebe Sie ganz und gar nicht«, sagte sie plötzlich auffallend unvermittelt und barsch — wie gehackt klang der Satz.

Der Fürst entgegnete nichts darauf. Wieder schwiegen sie.

»Ich liebe Gawrila Ardalionytsch...«, sagte sie dann hastig, jedoch kaum hörbar und senkte noch mehr den Kopf.

»Das ist nicht wahr«, sagte der Fürst, gleichfalls beinahe flüsternd.

»Sie wollen mich also Lügen strafen? Doch, es ist wahr: ich habe ihm vor drei Tagen hier auf dieser Bank mein Jawort gegeben.«

Der Fürst erschrak und dachte eine Weile nach.

»Das ist nicht wahr«, wiederholte er entschieden, »Sie haben sich das alles erst jetzt hier ausgedacht.«

»Sie sind ja ausnehmend höflich. So hören Sie denn: er hat sich sehr gebessert und liebt mich mehr als sein Leben. Er hat vor meinen Augen seine Hand ins Feuer gehalten, nur um mir zu beweisen, daß er mich mehr als sein Leben liebt.«

»Seine Hand ins Feuer gehalten?«

»Ja, seine Hand. Glauben Sie's, oder glauben Sie's nicht, mir ist es gleich.«

Der Fürst schwieg wieder. Es war nicht der geringste Scherzton aus Aglajas Stimme herauszuhören; sie zürnte.

»Wie, hat er denn eine Kerze mitgebracht, wenn es hier geschehen sein soll? Anders kann ich es mir nicht vorstellen...«

»Ja... eine Kerze. Was ist denn daran so unwahrscheinlich?«

»Eine ganze Kerze in der Hand oder... eine im Leuchter?«

»Nun ja... nein... eine halbe Kerze, einen Lichtstumpf ... eine ganze Kerze — das ist doch egal, hören Sie auf! ... Und auch eine Streichholzschachtel hat er, wenn Sie wollen, mitgebracht. Er hat hier die Kerze angezündet und eine halbe Stunde lang den Finger in die Flamme gehalten. Ist denn das nicht möglich?«

»Ich habe ihn gestern gesehen: er hat keinen verbrannten Finger.«

Aglaja brach prustend in Lachen aus, ganz wie ein Kind.

»Wissen Sie, warum ich soeben gelogen habe?« wandte sie sich ebenso plötzlich an den Fürsten mit der kindlichsten Zutraulichkeit und einem Lachen, das schalkhaft um ihre Lippen zuckte. »Weil jedesmal, wenn man beim Lügen geschickt etwas nicht ganz Gewöhnliches hineinflicht, nun, so irgend etwas, wissen Sie, das ganz selten vorkommt, oder sogar überhaupt nicht, weil dann die Lüge sogleich viel wahrscheinlicher wird. Das habe ich oft bemerkt. Mir ist es diesmal nur leider nicht gelungen, ich verstand nicht, es richtig zu machen...«

Plötzlich wurde sie wieder ernst und runzelte die Stirn, wie wenn sie sich besonnen hätte.

»Wenn ich Ihnen damals«, wandte sie sich an den Fürsten,

indem sie ihn ernst und beinahe traurig ansah, »wenn ich Ihnen damals die Geschichte vom „Armen Ritter" vortrug, so wollte ich Sie damit ... wenn ich Sie damit auch einesteils loben wollte — doch andernteils für Ihr Benehmen zugleich brandmarken und Ihnen zeigen, daß ich alles weiß ...«

»Sie sind sehr ungerecht gegen mich ... gegen jene Unglückliche, über die Sie sich soeben so schrecklich häßlich geäußert haben, Aglaja.«

»Weil ich eben alles weiß, alles, deshalb habe ich mich auch so ausgedrückt! Ich weiß, daß Sie ihr vor einem halben Jahr in Gegenwart aller Gäste einen Heiratsantrag gemacht haben. Unterbrechen Sie mich nicht, Sie sehen, ich zähle nur die Tatsachen auf, ohne Kommentar. Darauf entfloh sie mit Rogoshin; dann lebten Sie mit ihr irgendwo auf dem Lande oder in einer Stadt, bis sie von Ihnen wieder fortging zu einem anderen.« (Aglaja errötete entsetzlich.) »Dann kehrte sie wieder zu Rogoshin zurück, der sie immer noch liebte, wie ... wie ein Irrsinniger. Darauf sind nun Sie, gleichfalls ein sehr kluger Mann, hierher ihr nachgereist, sobald Sie nur erfahren hatten, daß sie in Petersburg eingetroffen war. Gestern abend beeilten Sie sich, sie zu verteidigen, und soeben haben Sie sie hier im Traum gesehen ... Sehen Sie jetzt, daß ich alles weiß! Sie sind doch ihretwegen, einzig ihretwegen hergereist?«

»Ja, ihretwegen«, antwortete der Fürst leise, traurig und nachdenklich, indem er den Kopf senkte, ohne auch nur zu ahnen, mit welch glühendem Blick Aglaja an ihm hing. »Ihretwegen ... nur um zu erfahren ... Ich glaube nicht an ihr Glück mit Rogoshin, wenn auch ... mit einem Wort, ich weiß nicht, was ich hier für sie tun könnte, wie ihr helfen, aber ich bin in der Tat ihretwegen gekommen.«

Er zuckte zusammen und blickte Aglaja an, die ihm voll Haß zuhörte.

»Wenn Sie gekommen sind, ohne selbst zu wissen, wozu, dann müssen Sie sie doch wohl sehr lieben«, sagte sie schließlich.

»Nein«, antwortete der Fürst, »nein, ich liebe sie nicht. Oh, wenn Sie wüßten, mit welchem Entsetzen ich an jene Zeit, die ich mit ihr zusammen verbracht habe, jetzt zurückdenke!«

Ein Zittern überlief bei diesen Worten seinen Körper.

»Erzählen Sie alles«, sagte Aglaja.

»Es gibt hierbei nichts, was ich Ihnen nicht erzählen dürfte. Weshalb ich gerade Ihnen alles erzählen wollte, und zwar nur Ihnen allein — das weiß ich nicht; vielleicht deshalb, weil ich Sie wirklich sehr liebte. Diese unglückliche Frau ist fest überzeugt, daß sie das in der ganzen Welt am tiefsten gefallene, lasterhafteste Wesen sei. Oh, schmähen Sie sie nicht, werfen Sie keinen Stein auf sie. Sie hat sich selbst schon gar zu sehr mit dem Bewußtsein ihrer unverdienten Schande wundgequält! Und worin besteht ihre Schuld, mein Gott! Oh, sie schreit es ja alle Augenblicke außer sich: daß sie nicht die geringste Schuld sich zuzuschreiben habe, daß sie das Opfer der Menschen sei, das Opfer eines Lüstlings und Buben; aber was sie Ihnen auch sagen mag, sie ist selbst die erste, die ihren eigenen Worten nicht glaubt, sondern aus innerstem Gewissen überzeugt ist, daß sie im Gegenteil ... selbst schuld sei. Als ich versuchte, diese unselige Düsternis aus ihrer Seele zu verscheuchen, da wurde ihre Qual, ihre Seelenpein so groß — ich sah doch, wie ihre Seele sich wand unter der Marter — daß ... daß mein Herz nie aufhören wird zu bluten, solange ich diese furchtbaren Stunden nicht aus meinem Gedächtnis bannen kann. Es war mir damals, als würde mein Herz für immer durchbohrt. Sie lief von mir fort, wissen Sie, weshalb? — Nur um mir zu beweisen, daß sie tatsächlich ein — niedriges Weib sei. Doch das Furchtbarste war gerade das, daß sie vielleicht selbst nicht einmal wußte, daß sie nur mir das hatte beweisen wollen, und innerlich in dem Glauben befangen war, sie sei nur deshalb geflohen, weil sie das unbedingte Bedürfnis nach einer neuen schamlosen Tat gehabt habe, um sich dann immerfort sagen zu können: ‚Sieh, was du jetzt getan hast, beweist doch mehr als deutlich, daß du nichts anderes als eben nur ein niedriges, schmutziges Geschöpf bist!' Oh, vielleicht werden Sie das alles gar nicht verstehen, Aglaja! Wissen Sie auch, daß in diesem immerwährenden Bewußtsein ihrer Schande vielleicht ein unheimlicher, unnatürlicher Genuß für sie liegen kann, wie eine Art Rache an irgend jemandem ... Bisweilen gelang es mir, sie so weit zu bringen, daß sie wieder Licht um sich zu sehen begann; aber sogleich empörte sie sich dagegen und ging dann so weit, daß sie mir, *mir* bitter vorwarf, ich stellte mich hoch über sie (während ich doch nicht einmal im Traum daran gedacht hatte) und schließlich sagte sie mir, als ich ihr die Ehe anbot, daß sie von keinem weder anmaßendes Mitleid, noch Hilfe, noch ein ‚Zu sich Emporheben' verlange. Sie haben sie gestern gesehen; glauben Sie denn, daß sie in dieser Umgebung glücklich ist, daß sie in diese Gesellschaft hineinpaßt? Sie wissen nicht, wie sie geistig entwickelt ist, und was sie alles begreifen kann! Sie hat mich bisweilen geradezu in Erstaunen gesetzt!«

»Haben Sie ihr auch dort solche ... Predigten gehalten?«

»O nein«, fuhr der Fürst gedankenverloren fort, ohne daß ihm der Ton der Frage irgendwie aufgefallen wäre, »ich habe fast immer geschwiegen. Oft genug habe ich reden wollen, aber, offen gestanden, ich habe dann nie gewußt, was ich sagen sollte. Wissen Sie, in manchen Fällen ist es besser, überhaupt nicht zu sprechen. Oh, ich liebte sie; ich liebte sie sehr ... dann aber ... dann ... dann erriet sie alles.«

»Was erriet sie?«

»Daß sie mir nur leid tat und daß ich sie ... bereits nicht mehr liebe.«

»Woher wissen Sie, ob sie sich nicht vielleicht doch in jenen ... Gutsbesitzer verliebt hat, mit dem sie davonging?«

»Nein, ich weiß alles; sie hat sich über ihn nur lustig gemacht.«

»Und über Sie hat sie sich niemals lustig gemacht?«

»N—nein. Sie hat vielleicht aus Bosheit über mich gelacht; oh, sie hat mir auch entsetzliche Vorwürfe gemacht, im Zorn

— und litt doch selbst unsagbar darunter! Aber ... dann ... oh, erinnern Sie mich nicht, erinnern Sie mich nicht daran!«

Er bedeckte das Gesicht mit den Händen.

»Aber wissen Sie auch, daß sie mir fast täglich einen Brief schreibt?«

»So ist es also wahr!« rief der Fürst erregt. »Ich habe davon gehört, aber ich wollte es nicht glauben.«

»Von wem haben Sie es gehört?« fuhr Aglaja erschrocken auf.

»Rogoshin sagte es mir gestern, nur sprach er sich nicht ganz deutlich darüber aus.«

»Gestern? Gestern morgen? Wann gestern? Vor dem Konzert oder nachher?«

»Nachher; spät am Abend, kurz vor zwölf.«

»A—ah, nun, wenn's Rogoshin ... Aber wissen Sie auch, was sie in diesen Briefen schreibt?«

»Ich würde mich über nichts wundern; sie ist doch wahnsinnig.«

»Hier sind die Briefe.« (Aglaja zog aus ihrer Tasche drei Briefe in drei Kuverts hervor und warf sie dem Fürsten hin.) »Schon seit einer vollen Woche fleht sie mich an, beredet, beschwört sie mich, Sie zu heiraten. Sie ist ... nun ja, sie ist klug, wenn sie auch wahnsinnig ist, und Sie haben recht, wenn Sie sagen, daß sie viel klüger ist als ich ... sie schreibt, sie sei in mich verliebt, suche jeden Tag eine Gelegenheit, um mich, wenn auch nur von ferne, zu sehen. Sie schreibt, daß Sie mich liebten, sie wisse das, habe es schon längst bemerkt, und Sie hätten dort mit ihr auch über mich gesprochen. Sie will Sie glücklich sehen; sie ist überzeugt, daß nur ich Ihr Glück ausmachen könne ... Sie schreibt so wild ... so sonderbar ... Ich habe die Briefe keinem Menschen gezeigt, ich habe auf Sie gewartet; wissen Sie, was das zu bedeuten hat? Erraten Sie nichts?«

»Das ist Wahnsinn, ein Beweis ihres Irrsinns«, sagte der Fürst mit bebenden Lippen.

»Weinen Sie etwa?«

»Nein, Aglaja, nein, ich weine nicht.« Er blickte sie an.
»Was soll ich nun hier tun? Wozu würden Sie mir raten? Ich kann doch nicht ewig diese Briefe empfangen!«
»Oh, lassen Sie sie in Ruhe, ich beschwöre Sie!« rief der Fürst. »Und was sollten Sie auch in dieser Finsternis ... ich werde alles tun, damit sie keine Briefe mehr an Sie schreibt.«
»Wenn Sie das tun, sind Sie ein Mensch ohne Herz!« rief Aglaja laut. »Oder sehen Sie denn wirklich nicht, daß sie nicht in mich verliebt ist, sondern in Sie, daß sie nur Sie allein liebt! Sollte Ihnen wirklich gerade dieses entgangen sein, während Sie doch alle anderen Regungen in ihr zu erkennen vermocht haben? Wissen Sie, was das ist, was diese Briefe bedeuten? — Eifersucht bedeuten sie! Es ist sogar noch mehr als Eifersucht! Sie wird ... Glauben Sie, daß sie Rogoshin wirklich heiraten wird, wie sie hier in diesen Briefen schreibt? Töten wird sie sich am Tage nach unserer Hochzeit!«
Der Fürst fuhr zusammen. Sein Herz stand still. Doch verwundert sah er Aglaja an: und plötzlich begriff er, daß dieses Kind längst Weib war.
»Aglaja, um ihr die Ruhe wiederzugeben und sie glücklich zu machen, würde ich, Gott ist mein Zeuge, mein Leben hingeben, aber ... jetzt kann ich sie nicht mehr lieben, und sie weiß das!«
»So opfern Sie sich doch, das würde Ihnen doch so gut stehen! Sie sind doch ein so großer Wohltäter! Und, bitte, sagen Sie nicht ‚Alaja‘ zu mir ... Sie haben auch vorhin einfach ‚Aglaja‘ gesagt ... Sie halten es doch für Ihre Pflicht, sie wieder aufzurichten, Sie müssen doch wieder mit ihr reisen, um ihr Herz zu beruhigen und zu versöhnen. Sie lieben doch keine andere als nur sie allein!«
»Ich kann mich nicht so opfern, obschon ich es einmal gewollt habe und ... vielleicht auch jetzt noch will. Ich weiß aber, ich *weiß* es sicher, daß sie mit mir unglücklich werden würde, und deshalb verlasse ich sie. Ich sollte sie heute um sieben Uhr sehen; jetzt werde ich vielleicht nicht zu ihr gehen. In ihrem Stolz wird sie mir nie meine Liebe verzeihen

— und so würden wir beide zugrunde gehen. Das ist unnatürlich, aber ist hier nicht alles unnatürlich? Sie sagen, sie liebe mich, aber ist denn das Liebe? Kann denn hier wirklich noch von Liebe die Rede sein, nach allem, was ich ausgestanden habe! Nein, hier ist es etwas ganz anderes, nicht aber Liebe!«

»Wie bleich Sie sind!« sagte Aglaja plötzlich erschrocken.

»Es ist nichts; ich habe wenig geschlafen; ich bin abgespannt ... wir haben damals in der Tat von Ihnen gesprochen, Aglaja ...«

»So ist es wahr? Sie haben wirklich *mit ihr über mich sprechen können* und ... und wie konnten Sie mich liebgewinnen, wenn Sie mich doch erst einmal gesehen hatten?«

»Ich weiß nicht, wie ich es konnte. In jenem Dunkel, in dem ich mich damals befand, träumte ich ... träumte ich vielleicht von einer neuen Morgenröte. Ich weiß nicht, wie es kam, daß ich an Sie dachte, an Sie zuerst und vor allen anderen. Ich habe Ihnen damals die volle Wahrheit geschrieben, ich wußte es wirklich nicht. Alles das war nur eine Illusion ... die durch das damalige Entsetzen heraufbeschworen wurde ... Dann begann ich zu arbeiten, zu lernen; ich wäre wohl drei Jahre lang nicht wieder hergereist ...«

»Sie sind also ihretwegen hergereist?«

Es war ein Beben in Aglajas Stimme.

»Ja, ihretwegen.«

Etwa zwei Minuten lang herrschte bedrücktes Schweigen zwischen ihnen. Dann erhob sich Aglaja von ihrem Platz.

»Wenn Sie sagen«, begann sie mit unsicherer Stimme, »wenn Sie selbst glauben, daß dieses ... Ihr Frauenzimmer ... wahnsinnig ist, so gehen mich doch ihre irrsinnigen Phantasien nichts an ... Ich bitte Sie, Lew Nikolajewitsch, diese drei Briefe an sich zu nehmen und sie ihr hinzuwerfen, in meinem Namen! Und wenn sie«, rief Aglaja plötzlich laut, »wenn sie es noch einmal wagt, mir auch nur eine Zeile zu schreiben, so — sagen Sie ihr das — werde ich mich bei meinem

Vater beschweren, und dann wird man sie ins Irrenhaus einsperren ...«

Der Fürst sprang auf und blickte sie verständnislos an, ganz erschrocken durch ihre plötzliche Wut. Und auf einmal war ihm, als verschwinde ein Nebel vor seinen Augen.

»Sie können nicht so fühlen ... das ist nicht wahr!« murmelte er.

»Doch! Es ist wahr, es ist wahr!« schrie Aglaja wie außer sich, als hätte sie jede Besinnung verloren.

»Was ist wahr? Was soll hier wahr sein?« ertönte unweit von ihnen eine angstvolle Stimme.

Vor ihnen stand Lisaweta Prokofjewna.

»Das ist wahr, daß ich Gawrila Ardalionytsch heiraten werde! Daß ich Gawrila Ardalionytsch liebe und morgen noch mit ihm entfliehe!« wandte sich Aglaja zornbebend an die Mutter. »Haben Sie es jetzt gehört? Ist Ihre Neugier befriedigt? Sind Sie zufrieden damit?«

Und sie lief davon.

»Nein, mein Bester, so gehen Sie mir jetzt nicht fort«, hielt Lisaweta Prokofjewna den Fürsten auf, »haben Sie die Güte, sich zu uns zu bemühen und mir das ein wenig zu erklären ... Hat mich doch meine Ahnung die ganze Nacht gequält und nicht schlafen lassen! ...«

Der Fürst folgte ihr.

## IX

Als sie in ihrer Villa angelangt war, blieb Lisaweta Prokofjewna sogleich im ersten Zimmer stehen: weiter konnte sie nicht mehr gehen, und völlig erschöpft ließ sie sich auf eine Chaiselongue nieder, ohne in der Verwirrung auch den Fürsten zum Platznehmen aufzufordern. Es war das in einem ziemlich großen Saal, mit einem runden Tisch in der Mitte, einem Kamin, sehr vielen Blumen auf Ständern vor den Fenstern und einer zweiten Glastür in der Rückwand, durch die man in den Garten gelangte.

Kaum waren sie eingetreten, als auch Alexandra und Adelaida erschienen und in fragender Verständnislosigkeit die Mutter und den Fürsten anblickten.

Die jungen Mädchen pflegten in der Sommerfrische gewöhnlich um neun Uhr aufzustehen; nur Aglaja hatte sich in den letzten paar Tagen angewöhnt, etwas früher aufzustehen, um dann im Garten spazieren zu gehen, doch immerhin war das noch nicht um sieben geschehen, sondern erst so um acht, halb neun herum. Lisaweta Prokofjewna, die vor allerhand Sorgen in der Nacht tatsächlich keinen Schlaf hatte finden können, war schließlich kurz vor acht aufgestanden, um Aglaja im Garten zu treffen, doch siehe da: ihre Jüngste war weder im Schlafzimmer noch im Garten zu finden. Vom Stubenmädchen erfuhr man, daß Aglaja Iwanowna bereits um sieben in den Park gegangen sei. Die Schwestern hatten über Aglajas neuen phantastischen Einfall zu lachen begonnen und gemeint, Aglaja würde sich sicherlich ärgern, wenn die Mutter sie im Park aufsuchte. Sie hatten dabei geäußert, daß ihr eigenwilliges Schwesterchen bestimmt mit einem Buch auf jener grünen Bank sitze, um deretwillen sie sich noch vor drei Tagen mit Fürst Sch. beinahe gestritten hatte, weil es diesem nicht gegeben war, in der Lage jener Bank etwas Besonderes zu sehen. So begab sich denn die Generalin zur grünen Bank und erschrak unsäglich über das Stelldichein, dessen Zeuge sie wurde, und über die Worte, die sie noch auffing. Als sie aber jetzt dem Fürsten gegenüber saß, wurde ihr bange bei dem Gedanken daran, was sie möglicherweise angestiftet hatte. »Weshalb sollte denn Aglaja nicht mit ihm zusammenkommen dürfen, selbst wenn es ein verabredetes Rendezvous war?«

»Glauben Sie nicht, mein Lieber«, sagte sie schließlich, sich zusammennehmend, »daß ich Sie hergebeten habe, um Sie auszuforschen ... Nach dem gestrigen Abend hätte ich vielleicht lange nicht den Wunsch gehabt, dich wiederzusehen, mein Bester ...«

Sie stockte ein wenig.

»Aber Sie möchten doch gern wissen, wie es gekommen ist, daß ich heute Aglaja Iwanowna getroffen habe?« beendete der Fürst sehr ruhig ihren Satz.

„Nun ja, gewiß möchte ich das!« sagte Lisaweta Prokofjewna sogleich ärgerlich und errötete plötzlich. »Ich fürchte mich nicht vor offener Aussprache, denn ich trete keinem zu nah und habe auch nicht die Absicht gehabt, jemanden zu verletzen ...«

»Aber ich bitte Sie, es ist doch ohne jede Verletzung durchaus natürlich, daß Sie es wissen wollen, als Mutter. Wir trafen uns heute, Aglaja Iwanowna und ich, um sieben Uhr bei der grünen Bank, da sie mich dazu aufgefordert hatte. Sie teilte mir gestern abend schriftlich mit, daß sie mich in einer wichtigen Angelegenheit sprechen müsse. Wir trafen uns also und sprachen eine ganze Stunde von Dingen, die eigentlich nur Aglaja Iwanowna angehen; und das war wirklich alles.«

»Selbstverständlich war das alles, Väterchen, und sogar ohne jeden Zweifel alles«, sagte die Generalin würdevoll.

»Vortrefflich, Fürst!« sagte Aglaja, die plötzlich in den Saal trat. »Ich danke Ihnen von ganzem Herzen, daß Sie auch mich für unfähig gehalten haben, mich zu einer Lüge zu erniedrigen. Genügt Ihnen diese Erklärung, Mama, oder beabsichtigen Sie, noch weiter zu fragen?«

»Du weißt, daß ich vor dir noch niemals habe zu erröten brauchen, wenn du es vielleicht auch gern sehen würdest«, antwortete Lisaweta Prokofjewna zurechtweisend. »Leben Sie wohl, Fürst, und verzeihen Sie mir, daß ich Sie beunruhigt habe. Ich hoffe, Sie werden von meiner unveränderten Hochachtung für Sie überzeugt bleiben.«

Der Fürst verbeugte sich sogleich nach beiden Seiten und verließ schweigend den Saal. Alexandra und Adelaida lächelten und flüsterten ein paar Worte unter sich. Die Generalin maß die beiden mit strengem Blick.

»Wir freuen uns ja nur darüber, Mama«, sagte Adelaida amüsiert, »daß der Fürst sich so wundervoll verbeugt hat;

mitunter tut er es wie ein Sack, und nun auf einmal wie ... wie Jewgenij Pawlowitsch!«

»Takt und Würde lehrt das eigene Herz und nicht der Tanzmeister«, bemerkte Lisaweta Prokofjewna sentenziös und rauschte hinaus, ohne Aglaja auch nur mit einem Blick zu streifen. Sie begab sich in ihr Zimmer, das im oberen Stockwerk lag.

Als der Fürst nach Hause kam — es war mittlerweile fast schon neun Uhr geworden —, traf er auf der Veranda Wjera Lukjánowna und das Stubenmädchen beim Aufräumen an, nach der Unordnung der letzten Nacht.

»Gott sei Dank, wir sind gerade noch rechtzeitig fertig geworden!« sagte Wjera erfreut.

»Guten Morgen! In meinem Kopf dreht sich alles ein wenig im Kreise; ich habe schlecht geschlafen; ich würde es jetzt gern nachholen.«

»Wollen Sie wieder hier auf der Veranda schlafen, so wie gestern? Gut, ich werde allen sagen, daß man Sie nicht wecken soll. Papa ist weggegangen.«

Das Mädchen ging hinaus, Wjera wollte ihr folgen, doch plötzlich kehrte sie zurück und näherte sich mit besorgter Miene dem Fürsten.

»Fürst, haben Sie Mitleid mit diesem ... Unglücklichen; jagen Sie ihn heute nicht fort.«

»Ich denke ja gar nicht daran, er soll so lange bleiben, wie er will.«

»Er wird jetzt nichts tun, seien Sie nicht streng zu ihm.«

»Oh nein, weshalb sollte ich?«

»Und... lachen Sie auch nicht über ihn, das ist wohl das Wichtigste.«

»Oh, das fällt mir gar nicht ein!«

»Ach, ich bin dumm, daß ich das einem Menschen wie Ihnen auch noch sage!« sagte Wjera errötend. »Übrigens, wenn Sie auch noch müde sind«, lachte sie, bereits halb abgewandt, um hinauszugehen, »so haben Sie jetzt doch so prächtige Augen... glückliche Augen.«

»Ja? Wirklich glückliche?« fragte der Fürst lebhaft und lachte gleichfalls erfreut.

Doch Wjera, die sonst wie ein Knabe harmlos und unbefangen war, geriet plötzlich aus irgendeinem Grunde in Verwirrung, errötete noch mehr und zog sich, immer noch lachend, schnell zurück.

»Was für ein reizendes Ding ...«, dachte der Fürst, vergaß sie aber schon im nächsten Augenblick. Er ging in die Ecke der Veranda zur Chaiselongue, vor der ein Tischchen stand, setzte sich hin, bedeckte das Gesicht mit den Händen und verharrte in dieser Stellung wohl zehn Minuten; plötzlich griff er schnell und erregt in die Rocktasche und zog die drei Briefe hervor. In diesem Augenblick öffnete sich die Tür und Kolja trat ein. Der Fürst schien gleichsam erfreut darüber, daß er die Briefe in die Tasche zurückschieben mußte und so der Augenblick des Lesens ein wenig hinausgeschoben wurde.

»Nun, das war was!« sagte Kolja, setzte sich gleichfalls auf die Chaiselongue nieder und ging wie alle seinesgleichen ohne Umschweife auf die Hauptsache über. »Mit welchen Augen sehen Sie jetzt auf Ippolit? Ohne jede Achtung?«

»Wieso, weshalb das? ... Nur ... wissen Sie, Kolja, ich bin sehr müde... Zudem wäre es auch gar zu traurig, wieder davon anzufangen ... Übrigens, was macht er jetzt?«

»Er schläft und wird wohl noch seine zwei Stunden schlafen. Ich begreife, Sie haben die ganze Nacht nicht geschlafen, sind im Park gewesen ... versteht sich, die Aufregung ... das fehlte noch!«

»Woher wissen Sie, daß ich im Park gewesen bin und nicht zu Hause geschlafen habe?«

»Wjera sagte es mir. Sie wollte mich davon abhalten, Sie jetzt zu stören: ich hielt's aber nicht aus — nur auf einen Augenblick. Ich habe zwei Stunden an seinem Bett gewacht. Jetzt habe ich Kóstja Lébedeff zur Ablösung hingepflanzt. Burdowskij ist abgezogen. So legen Sie sich hin, Fürst. Gute N—n ... nein, guten Tag! Wissen Sie, ich bin erschüttert!«

»Natürlich ... alles das ...«

»Nein, Fürst, nein: ich bin erschüttert durch die ‚Beichte'! Namentlich durch die Stelle, wissen Sie, wo er von der Vorsehung und dem zukünftigen Leben spricht. Dort kommt ein gi—gan—tischer Gedanke vor!«

Der Fürst blickte Kolja freundlich an, der offenbar nur deshalb gekommen war, um so bald wie möglich über den »gigantischen Gedanken« reden zu können.

»Doch die Hauptsache, die Hauptsache liegt nicht in dem einen Gedanken allein, sondern unter welchen Umständen er dazu kommt! Wenn das ein Voltaire, Rousseau oder Proudhon geschrieben hätte — gut, ich würde es gelesen und mir gemerkt haben, aber ich würde doch nicht in dem Maße erschüttert sein. Wenn jedoch ein Mensch, der genau weiß, daß ihm nur noch zehn Minuten verbleiben, so spricht — dann ist das doch stolz! Das ist doch die höchste Unabhängigkeit der eigenen Würde, das bedeutet doch, mit aller Kühnheit direkt herausfordern ... Nein, das ist eine wahrhaft gigantische Geisteskraft! Und danach zu behaupten, er habe absichtlich das Zündhütchen nicht aufgesetzt — das ist doch einfach niedrig, einfach abscheulich! Aber wissen Sie, das war doch gar nicht wahr, was er da von der Pistole sagte: ich hatte ihm ja gar nicht beim Einpacken geholfen, das war nur eine Finte von ihm, ich hatte seine Pistole nie gesehen; er hatte alles allein eingepackt, so daß ich im Augenblick ganz perplex war. Wjera sagt, Sie würden ihn hierbehalten. Ich schwöre Ihnen, daß Sie nichts zu befürchten brauchen, es liegt ja gar keine Gefahr vor, um so weniger, als doch ständig jemand bei ihm ist.«

»Wer war denn von Ihnen heute nacht bei ihm?«

»Ich, Kostja und Burdowskij. Keller blieb nur kurze Zeit bei ihm, dann ging er zu Lebedeff schlafen, bei uns war kein Platz. Ferdyschtschenko schlief gleichfalls bei Lebedeff und ging um sieben. Der General schläft ja oft bei Lebedeff, jetzt ist er auch schon fortgegangen ... Lebedeff wird vielleicht bald zu Ihnen kommen, er suchte Sie, fragte zweimal nach

Ihnen — ich weiß nicht, was er von Ihnen will. Soll man ihn hereinlassen oder nicht, wenn Sie sich jetzt hinlegen? Ich gehe gleichfalls mich ausschlafen. Ach, ja, das muß ich Ihnen doch noch sagen: der General hat mich vorhin überaus in Erstaunen gesetzt. Burdowskij weckte mich vor sieben, damit ich die Wache übernehme, oder vielmehr fast schon um sechs; ich ging auf einen Augenblick aus dem Zimmer — da kommt mir der General entgegen, und zwar noch so berauscht, daß er mich kaum erkannte, und bleibt wie ein Pfosten vor mir stehen, bis er dann plötzlich zu sich kam. ‚Was macht der Kranke?' fragte er. ‚Ich wollte nach dem Kranken sehen ...' Ich rapportierte, nun, soundso. ‚Das ist gut', meinte er, ‚aber ich kam hauptsächlich — deshalb stand ich auch auf —, um dich zu warnen: ich habe Grund anzunehmen, daß man in Herrn Ferdyschtschenkos Gegenwart nicht alles reden darf und ... sich in acht nehmen muß!' Sie verstehen doch, Fürst, was das bedeuten soll?«

»Ist's möglich? Übrigens ... wir haben nichts auf dem Gewissen, uns kann das gleichgültig sein.«

»Natürlich kann uns das gleichgültig sein, wir sind ja keine Freimaurer! Aber ich wunderte mich wirklich, daß mein General deshalb in der Nacht aufsteht und mich wekken will.«

»Ferdyschtschenko ist fortgegangen, sagen Sie?«

»Ja, er ging schon um sieben, kam aber noch im Vorübergehen zu mir: ich wachte bei Ippolit. Er sagte nur, er gehe zu Wílkin, um weiterzuschlafen — hier gibt's nämlich so einen Trunkenbold ... Wilkin. Na, jetzt gehe ich. Ah! Da ist ja auch schon Lébedeff ... Der Fürst will schlafen, Lukján Timoféjewitsch, also linksum kehrt!«

»Nur auf eine Sekunde, hochverehrter Fürst, in einer gewissen, meiner Ansicht nach höchst bedeutsamen Angelegenheit«, begann beim Eintreten Lebedeff halblaut in einem gezwungenen und von Ernst durchdrungenen Tone, und verbeugte sich würdevoll.

Er war soeben erst zurückgekehrt und, ohne in seine Wohnung zu gehen, beim Fürsten eingetreten, weshalb er denn auch den Hut noch in der Hand hielt. In seinem Gesicht drückte sich Besorgnis aus sowie ein gewisser Anflug von selbstbewußter Würde. Der Fürst bat ihn, Platz zu nehmen.

»Sie haben zweimal nach mir gefragt? Beunruhigen Sie sich wegen des gestrigen Vorfalls?«

»Wegen jenes Knaben, meinen Sie, Fürst? Oh nein. Gestern befanden sich meine Gedanken in nicht ganz klarem Zustand ... heute jedoch beabsichtige ich nicht, Ihnen, gleichviel, worin es sei, zu konterkarrieren.«

»Zu konterka... wie sagten Sie?«

»Ich sagte: zu konterkarrieren; ein französisches Wort, das, wie unzählige seinesgleichen, in den Bestand der russischen Sprache aufgenommen ist; doch ist mir, genau genommen, nicht viel an ihm gelegen.«

»Was ist mit Ihnen heute, Lebedeff, Sie sind so würdevoll und gesetzt und reden ja wie ein Buch«, fragte der Fürst, erheitert durch die Komik des würdevollen Ernstes, der zu der ganzen Erscheinung Lebedeffs so wenig paßte.

»Nikolai Ardaliónytsch!« wandte sich Lebedeff in fast beschwörendem Tone an Kolja, »da ich dem Fürsten etwas mitzuteilen habe, das eigentlich und im besonderen nur ...«

»Ich versteh', ich versteh' schon, geht mich nichts an! Auf Wiedersehen, Fürst!« Und Kolja entfernte sich sogleich.

»Ich schätze das Kind wegen seines leichten Begriffsvermögens«, äußerte sich Lebedeff, ihm nachblickend. »Ein wacher Knabe, wenn auch mitunter etwas naseweis. Ein ungeheures Unglück ist mir widerfahren, hochverehrter Fürst, gestern abend oder heute bei Tagesanbruch — noch schwanke ich selbst in der definitiven Zeitangabe.«

»Was ist denn geschehen?«

»Vierhundert Rubel sind aus meiner Rocktasche verduftet, hochverehrter Fürst, da haben wir die Bescherung!« erklärte Lebedeff mit saurem Lächeln.

»Sie haben vierhundert Rubel verloren? Das ist schade.«

»Und namentlich wenn's noch nota bene einem armen,

ehrlich von seiner Arbeit lebenden Familienvater passiert.«

»Gewiß, gewiß; aber wie ist denn das zugegangen?«

»Mit Beihilfe des Alkohols. Jawohl. Ich, sehen Sie, hochverehrter Fürst, ich wende mich an Sie wie an die Vorsehung selbst. Die Summe von vierhundert Rubeln erhielt ich gestern Punkt fünf Uhr nachmittags von einem Schuldner, worauf ich mit dem nächsten Zuge hierher zurückkehrte. Die Brieftasche hatte ich bei mir in der Brusttasche. Nachdem ich dann, zu Hause angelangt, meinen Uniformrock mit meinem Hausrock vertauscht hatte, steckte ich die Brieftasche mit dem Gelde in die Tasche meines Hausrocks, da ich die Absicht hatte, selbiges Geld noch am gleichen Abend ... zu einem gewissen Zweck meinem Vermittler einzuhändigen.«

»Apropos, Lukjan Timofejewitsch, ist es wahr, daß Sie, wie Sie in den Zeitungen bekannt gemacht haben sollen, auf Gold- und Silbersachen Geld leihen?«

»Durch einen Vermittler, jawohl. Mein eigener Name ist in der Annonce nicht genannt. Zumal ich nur geringes Kapital besitze und in Anbetracht dessen, daß meine Familie mit den Jahren heranwächst — so ist ein ehrlicher Prozentsatz, das werden Sie doch zugeben...«

»Nun ja, gewiß, ich fragte nur so ... entschuldigen Sie, daß ich Sie unterbrochen habe.«

»Doch mein Vermittler erschien nicht. Statt dessen wurde der Kranke gebracht; ich befand mich bereits in einem etwas forcierten Zustand — um sechs, nach dem Mittagsmahl. Darauf kamen, wie gesagt, diese Gäste, tranken ... Tee bei mir, ... und meine Stimmung hob sich, zu meinem Unheil. Als aber dann — das war schon ziemlich spät — dieser Keller mit der Nachricht von Ihrem Geburtstage erschien und daß Champagner verlangt werde, begab ich mich, werter, hochverehrter Fürst, da ich ein Herz habe (das werden Sie wahrscheinlich schon bemerkt haben, denn ich verdiene es), also ein Herz habe, das ... ich will nicht gerade sagen, daß es gefühlvoll sei, aber jedenfalls ist es ein dankbares Herz, wessen ich mich auch mit Stolz rühme —, also wie gesagt, da begab ich mich zur Erhöhung der Feierlichkeit des bevorstehenden Empfanges und um mich auf eine persönliche Aussprache meines Glückwunsches vorzubereiten, in mein Schlafgemach, um meinen alten Hausrock wieder mit meinem Uniformrock zu vertauschen, woran Sie ganz gewiß nicht zweifeln werden, sintemal Sie mich während der ganzen Nacht im Uniformrock zu sehen geruht haben. Bei dieser Prozedur vergaß ich jedoch die Brieftasche in der Tasche des Hausrocks... Kurz und gut, wenn Gott der Herr einen zu strafen beabsichtigt, so beraubt er ihn zuerst und vor allen Dingen der Vernunft. Und erst heute morgen, so um halb acht herum, sprang ich plötzlich wie ein Besessener aus dem Bett und griff nach meinem Hausrock — die Rocktasche war noch da, aber die Brieftasche war nicht mehr da! Die hatte nicht mal 'ne Spur von sich hinterlassen!«

»Ach, das ist aber unangenehm!«

»Sehr richtig, gerade ‚unangenehm'. Da haben Sie mit feinem Taktgefühl sogleich den entsprechenden Ausdruck gefunden«, fügte er bei allem Ingrimm doch mit einer gewissen Verschmitztheit hinzu.

»Aber wie, einstweilen...«, sagte der Fürst nach kurzem Nachdenken, »das ist doch etwas sehr Ernstes!«

»Sehr richtig, etwas sehr Ernstes — da haben Sie eine zweite überaus zutreffende Bezeichnung gefunden...«

»Ach, lassen Sie doch das, Lukján Timoféjewitsch, was soll das jetzt? Hier kommt es doch nicht auf Redewendungen und Worte an... Glauben Sie, daß Sie in betrunkenem Zustande die Brieftasche haben verlieren können?«

»Können kann man alles. Namentlich in betrunkenem Zustande, wie Sie sich mit aller Aufrichtigkeit ausgedrückt haben, hochverehrter Fürst! Doch bitte ich, eines zu bedenken: wenn die Brieftasche beim Umkleiden aus der Rocktasche gefallen wäre, so müßte sie doch auf dem Fußboden liegen. Wenn sie nun aber dort nicht liegt?«

»Haben Sie sie nicht irgendwohin fortgelegt, in einen Schrank vielleicht, oder in ein Schubfach?«

»Ich habe alles durchsucht, überall nachgewühlt, um so mehr, als ich genau wußte, daß ich keinen einzigen Schrank geöffnet und kein Schubfach auch nur angerührt habe, dessen entsinne ich mich ganz genau.«

»Haben Sie auch im Schränkchen nachgesehen?«

»Versteht sich, dort ganz zuerst, und nicht nur einmal, sondern immer wieder... Aber wie hätt' ich's denn ins Schränkchen tun können, mein aufrichtig hochverehrter Fürst?«

»Ich muß gestehen, Lebedeff, die Sache regt mich nicht wenig auf. Dann hat sie vielleicht jemand auf dem Fußboden gefunden?«

»Oder in der Rocktasche entdeckt! Wir sind allerdings vor eine solche Alternative gestellt, wie Sie sehen!«

»Es regt mich tatsächlich auf, denn wer könnte es wohl gewesen sein... Das ist die Frage!«

»Ganz ohne allen Zweifel ist das die Frage! Sie bekunden ja heute eine erstaunliche Begabung im Finden treffender Worte und richtiger Gedanken, und ebenso in der klaren Darlegung der Sachlage, durchlauchtigster Fürst.«

»Ach, Lukján Timoféjewitsch, lassen Sie doch jetzt den Spott, hier...«

»Spott!« Lebedeff hob wie in Entrüstung abwehrend die Hände empor.

»Nun-nun-nun, schon gut, ich ärgere mich ja nicht; hier handelt es sich doch um etwas ganz anderes... Ich fürchte nur für den Menschen, der... Wen haben Sie denn im Verdacht?«

»Das ist eben die schwierige und... nicht minder komplizierte Frage! Das Dienstmädchen — kann ich nicht verdächtigen, die hat in ihrer Küche gesessen. Meine leiblichen Kinder — das geht auch nicht gut...«

»Das fehlte noch!«

»Also folglich — jemand von den Gästen.«

»Aber... ist denn das möglich?«

»Absolut und im höchsten Grade unmöglich, nur muß es

nichtsdestoweniger unbedingt der Fall sein. Indessen bin ich bereit, zuzugeben, oder ich bin vielmehr überzeugt, daß, wenn es sich um einen Diebstahl handelt, dieser dann nicht am Abend geschehen ist, als alle noch versammelt waren, sondern in der Nacht oder sogar erst gegen Morgen, und zwar von einem der Herren, die hier übernachtet haben.«

»Ach, mein Gott!«

»Burdowskij und Nikolai Ardaliónytsch schließe ich selbstverständlich aus; sie sind nachher überhaupt nicht mehr in meiner Wohnung gewesen.«

»Das fehlte noch! — und selbst wenn sie in Ihrer Wohnung gewesen wären! Wer hat denn sonst noch bei Ihnen geschlafen?«

»Mit mir zusammen waren's vier — in zwei nebeneinander liegenden Zimmern: ich, der General, Keller und Herr Ferdyschtschénko. Also einer von uns vieren.«

»Das heißt einer von dreien; aber wer denn?«

»Der Ordnung und Gewissenhaftigkeit halber habe ich mich mitgezählt, aber Sie werden doch zugeben, Fürst, daß ich mich nicht selbst bestohlen haben werde, obschon auch solche Fälle in der Welt vorgekommen sind...«

»Ach, Lebedeff, wie langweilig Sie sind!« unterbrach ihn der Fürst ungeduldig. »So bleiben Sie doch bei der Sache...«

»Also: es bleiben drei. Erstens Herr Keller — ein äußerst unbeständiger Mensch, ein Mensch, dem das Wesen nüchterner Tage schon längst in nebelhafte Ferne entrückt ist, und ein Mensch, der in gewissen Dingen höchst liberale Ansichten hat, wollte sagen in Taschendingen, im übrigen jedoch ein Mensch mit sozusagen mehr alt-ritterlichen Neigungen als mit liberalen. Zuerst schlief er im Zimmer des Kranken und krabbelte erst nachher zu uns herüber, und zwar mit der Motivierung, daß auf dem Fußboden zu schlafen nichts weniger als weich sei.«

»Und Sie haben ihn im Verdacht?«

»Gehabt. Als ich um acht erwachte und wie'n Besessener aufgesprungen war, griff ich mit der Hand an die Stirn und weckte sogleich den General, der noch den Schlaf des Gerechten schlief. Nachdem wir dann das seltsame Verschwinden Herrn Ferdyschtschenkos wohl erwogen hatten, was wiederum manchen Argwohn in uns erweckt hatte, beschlossen wir sogleich, Herrn Keller näher zu untersuchen, da dieser noch nicht verschwunden war, sondern noch im Schlaf stak, wie ... wie ein Nagel in der Wand. Wir verrichteten unsere Sache mit aller Gründlichkeit: in seinen Taschen fand sich aber auch keine einzige Kopeke, und nicht einmal ein Loch! Dafür entdeckten wir ein Schnupftuch, ein blaukariertes, baumwollenes, in unanständigem Zustande. Ferner beförderten wir einen Liebesbrief zutage, von einem Stubenmädchen, das Geld verlangt und mit Verschiedenem droht; und schließlich noch Fetzen des bekannten Feuilletons. Der General entschied, daß er unschuldig sei. Zur Vergewisserung der Richtigkeit dieses Urteils weckten wir ihn auf, was durchaus nicht so einfach war und uns erst nach längeren Bemühungen gelang: er begriff aber kaum, um was es sich handelte, tat nur den Mund auf, stierte vor sich hin, mit einem Gesichtsausdruck: blödsinnig und unschuldig, sogar dumm, kann man sagen – nein, der war es nicht!«

»Nun, das freut mich!« atmete der Fürst erfreut auf. »Ich fürchtete wirklich für ihn!«

»Sie fürchteten? ... Dann hatten Sie also Ursache dazu?« forschte Lebedeff, die Augen zusammenkneifend.

»Oh nein, das nicht, ich meinte nur ...« Der Fürst stockte. »Ich habe mich da sehr dumm ausgedrückt und unüberlegt ... Seien Sie so gut, Lebedeff, und erzählen Sie es keinem ...«

»Fürst! Fürst! Ihre Worte ruhen in meinem Herzen ... in der tiefsten Tiefe meines Herzens! So gut wie im Grab ...«, beteuerte Lebedeff halb wie in Verzückung, indem er den Hut in der Herzgegend an sich drückte.

»Gut, gut. Also dann Ferdyschtschénko? Das heißt, ich meine nur, dann verdächtigen Sie wohl Ferdyschtschenko?«

»Wen denn sonst?« fragte Lebedeff ganz leise mit aufmerksamem Blick auf den Fürsten.

»Nun ja, versteht sich ... wen könnte man denn sonst ... das heißt, haben Sie denn Beweise?«

»Die habe ich. Erstens: sein Verschwinden um sieben Uhr oder noch früher.«

»Ich weiß, Kolja erzählte mir, daß er zu ihm gekommen sei und gesagt habe, er wolle lieber zu ... ich habe den Namen vergessen — zu seinem Freunde schlafen gehen.«

»Zu Wilkin. Dann weiß es Nikolai Ardaliónytsch schon?«

»Von dem Diebstahl hat er nichts gesagt.«

»Kann er auch gar nicht, denn er weiß ja doch noch nichts davon. Ich behandle die Sache vorläufig als größtes Geheimnis. Also: er geht zu Wilkin. Nun sollte man meinen, nicht wahr, daß es doch nichts auf sich haben könnte, wenn ein betrunkener Mensch zu einem ebenso betrunkenen geht, selbst wenn er es ohne jeden triftigen Grund und womöglich schon bei Tagesanbruch tut? Aber sehen Sie, gerade hier beginnt die Spur deutlich zu werden: beim Fortgehen hinterläßt er noch die Adresse ... Passen Sie jetzt auf, Fürst, jetzt fragt es sich: weshalb sagte er, wohin er geht? ... Weshalb geht er absichtlich zu Nikolai Ardalionytsch, obgleich das einen Umweg bedeutet, um ihm zu sagen, daß er zu Wilkin geht? Und wen kann's denn schließlich interessieren, daß er fortgeht, selbst wenn er zu Wilkin geht? Weshalb meldet er das vorher? Nein, sehen Sie, das ist Raffiniertheit, diebische Geriebenheit! Das bedeutet soviel wie: ‚Seht, ich verheimliche meine Schritte absichtlich nicht, wie kann ich also ein Dieb sein? Würde denn ein Dieb sagen, wohin er geht?' Das aber ist doch nichts als ein Ausdruck des Verlangens, den Verdacht von sich abzulenken und seine Spuren sozusagen im Sande zu verwischen ... Haben Sie meinen Gedanken begriffen, hochverehrter Fürst?«

»Ja, sogar sehr gut begriffen, aber das allein ist doch zu wenig!«

»Warten Sie 'n bißchen, jetzt folgt sogleich der zweite Beweis: die Spur ist falsch und die gegebene Adresse ungenau. Nach einer Stunde, schon um acht, klopfte ich bei Wilkin

— der wohnt nicht sehr weit von hier, in der fünften Straße ... ich bin sogar bekannt mit ihm. Von meinem Ferdyschtschenko war jedoch dort nichts vorhanden, noch zu entdecken. Von der Dienstmagd erfuhr ich dann mit Müh und Not — es ist ein fast stocktaubes Weibsbild —, daß vor etwa einer Stunde allerdings jemand Einlaß begehrt habe, und zwar ziemlich nachdrücklich, da der Betreffende den Klingelzug abgerissen habe. Doch die Dienstmagd hatte ihm die Tür nicht aufgemacht, um, wie sie vorgab, den Herrn nicht zu wecken, vielleicht aber auch, um sich selbst nicht zu wecken. So etwas pflegt mitunter auch vorzukommen.«

»Sind das alle Ihre Beweise? Das ist zu wenig.«

»Fürst, wen soll man denn sonst verdächtigen, bedenken Sie das doch nur!« bat Lebedeff nahezu beschwörend — doch lag in seinem Augenzwinkern und Lächeln eine gewisse Listigkeit.

»Suchen Sie doch noch einmal im Zimmer nach und in den Schubfächern!« sagte der Fürst mit besorgter Miene nach kurzem Nachdenken.

»Fürst, das habe ich schon bedeutend mehr als einmal getan«, seufzte Lebedeff in noch beschwörenderem Ton.

»Hm! ... aber wozu, wozu hatten Sie es nötig, sich umzukleiden!« rief der Fürst ärgerlich aus und schlug mit der Hand auf den Tisch.

»Diese Frage stammt aus einer alten Komödie. Aber edelster, bester Fürst, Sie nehmen sich mein Unglück nachgerade gar zu sehr zu Herzen! Das bin ich ja gar nicht wert. Das heißt, ich allein bin es nicht wert; aber Sie leiden ja auch für den Verbrecher ... für den unbedeutenden Herrn Ferdyschtschenko?«

»Nun ja, ja, ich bin in der Tat besorgt«, sagte der Fürst zerstreut. »Aber was beabsichtigen Sie nun zu tun ... wenn Sie so überzeugt sind, daß es Ferdyschtschenko gewesen ist?«

»Fürst, hochverehrter Fürst, wer soll's denn sonst gewesen sein?« entschuldigte sich mit wachsender Rührung Lebedeff. »Ist doch schon der Mangel an einer anderen Verdachtsmöglichkeit, ich meine, der Mangel an jeder Möglichkeit, einen anderen als Ferdyschtschenko zu verdächtigen, ein neuer Beweis gegen Ferdyschtschenko, der dritte Beweis! Denn, ich frage Sie nochmals, wer hätte sie sonst nehmen können? Ich kann doch nicht Herrn Burdowskij verdächtigen, hehehe!«

»Ach, reden Sie nicht solch einen Blödsinn!«

»Und schließlich doch auch nicht den General, hehehe!«

»Welch ein Unsinn!« sagte der Fürst ärgerlich und bewegte sich ungeduldig auf seinem Platz.

»Selbstverständlich ist das Unsinn! Hehehe! Aber was hat mich der Mensch doch heute erheitert, weiß Gott! — ich rede vom General. Wir gehen beide flugs auf frischer Spur zu Wilkin ... aber ich muß Ihnen doch noch sagen, daß der General zu Anfang fast noch mehr erschrocken war als ich! Ganz zuerst, als ich ihn im ersten Schrecken sogleich aufweckte, erschrak er so, daß er sich sogar im Gesicht vollkommen veränderte: wurde bleich, wurde rot, und geriet dann plötzlich in solche Wut, war so aufrichtig entrüstet und empört, daß ich mich wirklich nur wunderte, zumal ich's von ihm gar nicht erwartet hatte. Ein edler Mensch, wie man sieht! Er lügt zwar ununterbrochen, aus Schwäche, aber er birgt die erhabensten Gefühle in seiner Brust; zudem ist er nicht gerade ein Mann von Geist, eher sogar stumpfsinnig, und flößt einem durch seine Harmlosigkeit das größte Zutrauen ein. Ich habe Ihnen bereits einmal gesagt, hochverehrter Fürst, daß ich für ihn nicht nur eine Schwäche, sondern geradezu Liebe empfinde. Plötzlich bleibt er mitten auf der Straße stehen, reißt seinen Rock auf, entblößt die Brust. ‚Durchsuche mich', sagt er, ‚du hast Keller durchsucht, weshalb durchsuchst du nicht auch mich? Du mußt es tun, das verlangt die Gerechtigkeit!' Seine Hände und Füße zittern nur so, er erbleicht sogar und steht fast drohend vor mir da. Ich lachte. ‚Hör mal, General', sagte ich, ‚wenn jemand anderes dich dessen verdächtigen wollte, so würde ich mit eignen Händen meinen Kopf abnehmen, auf eine große Schüssel setzen und ihn persönlich allen Zweiflern anbieten. —

„Seht ihr diesen Kopf hier?" würde ich sie fragen, „nun dann wißt: mit diesem, meinem eigenen Kopf stehe ich für ihn ein, und nicht nur mit dem Kopf, sondern ich ginge für ihn auch ins Feuer!" — Siehst du jetzt', fragte ich, ,wie ich für dich zu bürgen bereit bin!' Da stürzte er mir in die Arme — alles mitten auf der Straße, nicht zu vergessen —, brach in Tränen aus, zitterte nur so und preßte mich so fest an seine Brust, daß ich schon zu husten begann. ,Du bist mein einziger Freund', sagte er, ,der einzige, der mir in meinem Unglück treu geblieben ist!' Tja, ein gefühlvoller Mensch ist er, das muß man ihm lassen! Nun und dann, versteht sich, erzählte er sogleich eine Geschichte: wie er in seiner Jugend einmal gleichfalls eines Diebstahls verdächtigt worden sei, und zwar hatte es sich damals um fünfmalhunderttausend Rubel gehandelt. Doch am nächsten Tage hatte er sich in ein brennendes Haus gestürzt und aus den Flammen den Grafen, der ihn verdächtigt hatte, samt Nina Alexandrowna herausgeholt, die damals noch ein junges Mädchen war. Der Graf hatte ihn umarmt, und das Ereignis hatte seine Verlobung mit Nina Alexandrowna zur Folge gehabt; am nächsten Tage aber hatte man unter den Trümmern des Hauses die Schatulle mit dem vermißten Gelde gefunden. Sie war in England gefertigt, von ganz besonderer Bauart aus Stahl und Eisen, mit einem Geheimschloß, und war vorher auf irgendeine Weise unter den Fußboden geraten, so daß niemand sie hatte finden können. Nun und durch diesen Brandschaden war sie wieder zutage befördert worden. Kurzum — alles blühende Lüge. Als er aber auf Nina Alexandrowna zu sprechen kam, da schluchzte er. Eine edle Dame, diese Nina Alexandrowna, obschon sie auf mich böse ist."

»Sie kennen sie?«

»Beinahe. Das heißt, beinahe nicht, aber ich wünschte es von Herzen, wenn auch nur, um mich vor ihr rechtfertigen zu können. Sie beschwert sich nämlich über mich, weil ich ihren Gatten hier angeblich zum Trinken verführe, während ich doch in Wirklichkeit eher das Gegenteil tue, indem ich ihn vor einer noch verderblicheren Gesellschaft bewahre. Zudem ist er mein Freund, und ich garantiere Ihnen, daß ich ihn hinfort nicht mehr verlassen werde, und das sogar so buchstäblich, daß überall, wo er geht und steht, auch ich gehe und stehe – denn ihn kann man doch wirklich nur mit Gemüt behandeln. Jetzt hat er seine Besuche bei der Hauptmannswitwe ganz eingestellt, obschon es ihn innerlich noch sehr zu ihr drängt, was er mitunter durch Seufzer verrät, was wiederum namentlich jeden Morgen geschieht, wenn er sich erhebt und stöhnend seine Stiefel anzieht – weshalb jedoch gerade zu dieser Zeit, vermag ich Ihnen nicht zu sagen. Geld hat er nicht, das ist das ganze Unglück, ohne Geld aber darf er ihr nicht unter die Augen kommen. Hat er Sie noch nicht um Geld gebeten, hochverehrter Fürst?«

»Nein, er hat mich nicht darum gebeten.«

»Schämt sich. Aber er wollte es tun, gestand mir sogar, daß er Sie zu beunruhigen beabsichtige, doch schäme er sich, da Sie ihn ja vor kurzem noch losgekauft hätten, und überdies ist er der Meinung, daß Sie ihm nichts geben würden. Er hat mir als seinem Freunde sein ganzes Herz ausgeschüttet.«

»Und Sie geben ihm kein Geld?«

»Fürst! Durchlauchtigster Fürst! Diesem Menschen würde ich nicht nur Geld, sondern sozusagen sogar mein Leben ... übrigens, nein, ich will nicht übertreiben – mein Leben nicht, aber sozusagen 'ne kleine Influenza, irgend so'n Geschwürchen oder selbst einen Husten –, das, bei Gott, das bin ich bereit für ihn zu ertragen, wenn es wirklich gerade sehr nötig sein sollte ... denn ich halte ihn für einen außergewöhnlichen, wenn auch gescheiterten Menschen! Jawohl! Geld ... ist nicht der Rede wert!«

»Also geben Sie ihm doch Geld?«

»N–n–ein, Geld habe ich ihm nicht gegeben, und er weiß selbst, daß ich ihm keines geben werde, aber das tue ich doch bloß deshalb nicht, um ihn an Enthaltsamkeit zu gewöhnen und zu bessern. Jetzt will er unbedingt mit mir nach Petersburg fahren, ich aber fahre doch nur hin, um Herrn Ferdyschtschenko auf frischer Spur zu verfolgen, da ich weiß, daß dieser schon dort ist. Mein General aber kocht nur so; jetzt vermute ich, daß er mir in Petersburg entschlüpfen will, um seine Hauptmannswitwe zu besuchen. Und ich will ihn auch, ich gestehe es, mit Absicht seiner Wege gehen lassen, und wir haben schon vereinbart, uns bei der Ankunft in Petersburg sofort zu trennen, um Herrn Ferdyschtschenko sicherer zu fangen. Ich werde ihn also gehen lassen und dann plötzlich ihn bei der Hauptmannswitwe ertappen, — eigentlich nur um ihn als Familienvater und sozusagen als Menschen überhaupt zu beschämen.«

»Nur machen Sie keinen unnützen Lärm, Lebedeff, sagen Sie um Gottes willen keinem ein Wort davon«, bat der Fürst halblaut und in großer Unruhe.

»Oh nein, ich will ihn ja nur beschämen, und dann auch sehen, was für eine Physiognomie er machen wird — denn aus der Physiognomie kann man auf vieles schließen, hochverehrter Fürst, und besonders noch bei so einem Menschen! Ach, Fürst! Wie groß auch mein eigenes Unglück im gegenwärtigen Augenblick ist, ich kann doch nicht umhin, auch an die Hebung seiner Moral zu denken. Deshalb habe ich an Sie eine große Bitte, durchlauchtigster Fürst, die genau genommen auch der Grund meines Kommens ist: Sie sind mit seiner Familie bekannt, haben sogar dort gewohnt — wenn Sie nun also, edelster Fürst, sich dazu entschließen könnten, mir ein wenig behilflich zu sein, eigentlich doch nur im Interesse des Generals und zu seinem Glück ...«

Lebedeff legte sogar die Hände zusammen wie beim Gebet.

»Aber wie, wie soll ich Ihnen denn behilflich sein? Ich verstehe Sie noch immer nicht, Lebedeff, möchte Ihnen aber gern helfen.«

»... Einzig in dieser meiner Überzeugung bin ich zu Ihnen gekommen! Zum Beispiel könnte man doch durch Nina Alexandrowna auf ihn einwirken, indem man sozusagen im Schoße der eigenen Familie liebevoll ein achtsames Auge auf ihn hat. Ich selbst bin zum Unglück nicht mit ihr bekannt ... ferner könnte auch Nikolai Ardalionytsch, der Sie doch sozusagen mit allen Fasern seines jungen Herzens vergöttert, gleichfalls behilflich sein ...«

»Nein, Nina Alexandrowna darf von dieser ganzen Sache nichts erfahren, und Kolja ebensowenig ... Ich verstehe Sie vielleicht noch nicht ganz, Lebedeff.«

»Aber hier ist doch nichts zu verstehen!« rief Lebedeff, fast mit einem kleinen Hopsen auf dem Stuhl. »Nichts, nichts als Zärtlichkeit und Gefühl sind hier nötig – das ist das einzige Mittel für unseren Kranken. Sie, Fürst, werden mir doch erlauben, ihn als Kranken zu betrachten?«

»Das zeugt nur von Ihrem Zartgefühl und Ihrer Einsicht.«

»Ich will es Ihnen durch ein Beispiel erklären, das ich um der größeren Klarheit willen aus der Praxis nehme. Sehen Sie, was das für ein Mensch ist: da hat er nun diese Schwäche für jene Witwe, bei der er sich aber ohne Geld nicht blicken lassen darf, und bei der ich ihn heute zu ertappen gedenke, zu seinem eigenen Besten. Doch gesetzt den Fall, er hätte ein richtiges Verbrechen begangen, nun ... irgendeine ehrlose Handlung (obschon er dazu absolut unfähig ist), so würde man doch dann, sage ich, einzig mit so einem gewissen Zartgefühl alles bei ihm erreichen, denn er ist ein selten feinfühliger Mensch! Glauben Sie mir, keine fünf Tage würde er es aushalten! Würde sich selbst verraten, in Tränen ausbrechen, alles gestehen! Namentlich, namentlich wenn man noch geschickt vorgeht und edelmütig – und durch das Auge der liebenden Familie oder durch Ihr Auge alle seine Schritte sorgsam verfolgt ... Oh, edelster Fürst!« Lebedeff sprang auf wie vor Begeisterung. »Ich behaupte ja nicht, daß er es unfehlbar sei ... Ich bin ja sozusagen sogar bereit, mein ganzes Blut für ihn sogleich hinzugeben, aber Sie müssen doch zugeben, daß Unenthaltsamkeit und Trunksucht und dann noch diese Witwe — das alles kann einen doch noch zu ganz anderen Dingen bringen.«

»Wenn es sich so verhält, dann werde ich Ihnen gern behilflich sein«, sagte der Fürst, sich gleichfalls erhebend, »nur will ich Ihnen gestehen, Lebedeff, daß mich die Sache ernstlich beunruhigt. Sagen Sie, Sie ... Sie sagten doch selbst, daß Sie Herrn Ferdyschtschenko verdächtigten?«

»Ja, aber wen denn sonst? Ich bitte Sie, wen denn sonst, mein gütigster Fürst?« Lebedeff legte mit rührendem Lächeln wieder wie betend die Hände zusammen.

Der Fürst machte ein finsteres Gesicht und dachte nach.

»Sehen Sie, Lukján Timoféjewitsch, hier kann es sich um ein großes Versehen handeln. Dieser Ferdyschtschenko ... ich meine nur, daß man doch schließlich nicht wissen kann, ob nicht er ... Das heißt, ich will nur sagen, daß er vielleicht tatsächlich eher dazu fähig wäre, als ... als der andere ...«

Lebedeff spitzte die Ohren und seine Augen blickten scharf.

»Sehen Sie«, fuhr der Fürst, immer mehr verwirrt und ärgerlich fort, indem er auf und ab zu gehen begann und sich bemühte, Lebedeff nicht anzusehen, »man hat mich wissen lassen ... man hat mir von diesem Herrn Ferdyschtschenko gesagt, daß er ... abgesehen von allem anderen, ein Mensch sei ... kurz, daß man besser tut, in seiner Gegenwart nichts ... Überflüssiges zu reden — Sie verstehen doch? Ich meine ja nur, daß er vielleicht wirklich eher fähig dazu wäre, als der andere ... Ich teile es Ihnen bloß mit, um einen vielleicht grausamen Irrtum zu verhüten, Sie verstehen mich doch?«

»Wer hat Ihnen das von Herrn Ferdyschtschenko mitgeteilt?« fragte Lebedeff fast zitternd vor Spannung.

»Man hat es mir so zu verstehen gegeben. Übrigens glaube ich selbst noch nicht daran ... es ist mir sehr unangenehm, daß ich es habe wiedergeben müssen, aber ich versichere Ihnen nochmals, daß ich selbst nicht daran glaube ... das ist bestimmt nur leeres Geschwätz ... Pfui, wie dumm von mir, es nachzusprechen!«

»Sehen Sie, Fürst«, begann Lebedeff, immer noch zappelig vor Wißbegier, »das ist sehr wichtig, was Sie da von Herrn Ferdyschtschenko sagen, und namentlich ist's die Frage, wie Ihnen das zu Ohren gekommen ist.« (Und Lebedeff lief, während er sprach, hinter dem Fürsten her, von einer Ecke zur anderen und wieder zurück, bemüht, mit ihm gleichen Schritt zu halten.) »Sehen Sie, Fürst, jetzt werde auch ich Ihnen etwas mitteilen: als wir vorhin beide zu Wilkin eilten, begann der General, nach der Erzählung des Brandes, und natürlich in edler Entrüstung, ähnliche Anspielungen auf Herrn Ferdyschtschenko zu machen, doch kamen sie mir so ungereimt vor, daß ich einige Fragen an ihn stellte. Auf diese Weise überzeugte ich mich vollkommen, daß diese ganze Verdächtigung Ferdyschtschenkos einzig der Phantasie des Generals entsprungen ist ... Oder eigentlich, sozusagen, seiner Großmut. Denn er lügt ja doch nur deshalb, weil er seine Ergriffenheit nicht meistern kann. Nun beachten Sie folgendes: wenn er nun gelogen hat, wovon ich überzeugt bin, und die ganze Geschichte folglich von ihm allein frei erfunden worden ist, wie ist es dann zugegangen, daß auch Sie dasselbe haben hören können? Beachten Sie, Fürst, es war das doch nur die Eingebung eines Augenblicks bei ihm, wer also hat Ihnen davon Mitteilung machen können? Das ist sehr wichtig ... das ist von ungeheurer Wichtigkeit ...«

»Mir hat es vorhin Kolja mitgeteilt, und dem hatte es der Vater, der General, gesagt, als er ihm um sechs oder nach sechs im Korridor begegnet war.«

Und der Fürst erzählte ausführlicher, was Kolja ihm gesagt hatte.

»Da sehen Sie, da haben wir jetzt genau das, was man eine richtige Fährte nennt!« lachte händereibend Lebedeff unhörbar vor sich hin. »So dacht' ich's mir! Das bedeutet, daß der General absichtlich seinen unschuldigen Schlaf um sechs Uhr morgens unterbrochen hat, um sein Söhnchen zu wecken und ihm mitzuteilen, daß es gefährlich sei, Ferdyschtschenko zum Nachbar zu haben! Wie kann nun Herr Ferdyschtschenko noch gefährlich sein, ich bitte Sie! — und wie gefällt Ihnen die väterliche Besorgnis seiner Exzellenz, hehehe!...«

»Hören Sie, Lebedeff« — der Fürst war äußerst betreten —, »hören Sie, daß Sie aber keinen Lärm machen! Handeln Sie im stillen! Ich bitte Sie darum, Lebedeff, ich bitte Sie inständig!... Nur in dem Falle werde ich Ihnen behilflich sein, wenn niemand etwas davon erfährt, es darf niemand auch nur ein Wort erfahren!«

»Seien Sie versichert, gütigster, edelster, großmütigster Fürst«, rief Lebedeff in Ekstase, »seien Sie versichert, daß das Ganze einzig in meinem Grabe ruhen wird! Und mit leisen Schritten gehen wir gemeinsam vor, mit ganz leisen Schritten! Ich würde sogar all mein Blut ... Durchlauchtigster Fürst, ich bin sowohl geistig wie seelisch ein niedriger Mensch, aber fragen Sie wen Sie wollen, sogar einen richtigen Schuft, nicht nur einen bloß niedrigen Menschen: mit wem er lieber zu tun hat, mit einem Schuft, wie er selber einer ist, oder mit dem edelsten Menschen, wie Sie einer sind, hochverehrter Fürst? Sie können sicher sein, daß er die Frage zugunsten des letzteren beantworten wird, und eben darin liegt der Triumph der Tugend!... Auf Wiedersehen, hochverehrter Fürst! Also mit leisen Schritten ... ganz sacht und ... gemeinsam.«

## X

Der Fürst begriff endlich, weshalb ihn jedesmal ein Kältegefühl durchrieselte, sobald er die drei Briefe in seiner Tasche berührte, und weshalb er das Lesen derselben immer hinausgeschoben hatte. Er hatte sich am Morgen, bevor er sich hingelegt, nicht entschließen können, auch nur einen der drei Briefe hervorzuziehen, und später hatte ihn der Schlaf übermannt — und wieder hatte er einen schweren Traum gehabt. Wieder war *sie* zu ihm gekommen, jene „Verbrecherin". Wieder hatte sie ihn angesehen, und wieder glänzten Tränen an den langen Wimpern. Wieder hatte sie ihn zu sich gerufen, und wieder mußte er, ganz wie am Morgen, mit Qual an ihr Gesicht denken. Er hatte sich erheben und sogleich zu ihr gehen wollen, hatte es jedoch nicht vermocht. Und dann hatte er endlich fast verzweifelt die Briefe hervorgezogen und zu lesen begonnen ...

Diese Briefe glichen gleichfalls einem Traum. Wie oft hat man nicht ganz unmögliche und unnatürliche Träume. Beim Erwachen entsinnt man sich ihrer noch genau und wundert sich über die seltsamen Tatsachen. Zuerst entsinnt man sich, daß die Vernunft einen während der ganzen Dauer des Traumes keinen Augenblick verlassen hat, man entsinnt sich sogar, daß man während der ganzen langen, langen Zeit, in der man von Räubern und Mördern umgeben war, tatsächlich sehr schlau und logisch gehandelt hat. Man entsinnt sich, wie sie mit einem scherzten und dabei doch klug ihre Absicht verbargen und sich freundschaftlich benahmen, wenn sie auch alle ihre Waffen schon in Bereitschaft hatten und nur noch auf einen Wink warteten. Man entsinnt sich, wie schlau man sie schließlich betrogen und sich vor ihnen versteckt hat, und wie man dann erraten, daß sie den ganzen Betrug schon längst durchschauten und es nur nicht merken lassen wollten, daß sie ganz genau wußten, wo man sich versteckt hielt — dann aber wurde man selbst noch schlauer und betrog sie erst recht. Wie aber geht es zu, daß die Vernunft gleichzeitig so augenscheinliche Ungereimtheiten und so auf der Hand liegende Unmöglichkeiten zuläßt, mit denen fast der ganze Traum angefüllt ist? Einer der Mörder verwandelte sich zum Beispiel in eine Frau und die Frau in einen kleinen, listigen, häßlichen Zwerg, die Vernunft aber sträubte sich nicht im geringsten dagegen — sie akzeptierte die Metamorphose vollkommen, eben als vollendete Tatsache, und das geschah ohne die geringste Verwunderung, während doch der Verstand zu gleicher Zeit ungewöhnlich scharf arbeitete und eine geradezu seltene Schlauheit und Logik bewies. Und weshalb hat man dann, wenn man aus dem Traum bereits erwacht und wieder ganz in der Wirklichkeit ist, jedesmal das Gefühl — bisweilen ist der Eindruck sogar von ungeheurer Stärke —, daß einen zusammen mit dem Traum etwas für uns ganz Unerratbares, Unfaßbares verlassen habe? Man lächelt über die Absurdität des Traumes und fühlt doch gleichzeitig, daß in der Verflechtung dieser Absurditäten irgendein Sinn enthalten ist, und zwar ein wirklicher Sinn, der bereits zu unserem wirklichen Leben gehört, ein Etwas, das wirklich da ist und das sogar immer da gewesen ist in unserem Herzen; der Traum scheint uns etwas Neues, Prophetisches, von uns Erwartetes gesagt zu haben; der Eindruck ist jedenfalls stark: ob freudiger oder quälender Art, aber worin er besteht, was er enthält, und was einem gesagt worden ist — alles das können wir weder begreifen, noch uns daran erinnern.

Fast dasselbe empfand der Fürst auch nach dem Lesen dieser Briefe. Doch noch bevor er den ersten entfaltet hatte, empfand der Fürst schon die Tatsache der Existenz dieser Briefe, die bloße Möglichkeit, daß sie überhaupt hatten geschrieben werden können, als etwas traumhaft Unmögliches, das auch jetzt im wachen Zustande wie ein Alb auf ihm lag. Wie hatte *sie* sich entschließen können, an *die andere* zu schreiben, fragte er sich immer wieder, als er am Abend allein umherirrte (manchmal ohne zu wissen, wo er sich befand). Wie hatte sie *davon* schreiben können, und wie hatte ein so unsinniger Wahn in ihrem Kopf entstehen können? Aber dieser Wahn war bereits Wirklichkeit geworden, und am meisten wunderte ihn das, daß er schon während des Lesens dieser Briefe selbst bereits an die Möglichkeit und sogar an die Zulässigkeit dieser Träumerei glaubte. Ja, gewiß, das war ein Traum, ein Albdruck und Irrsinn; aber zugleich war darin ein Irgendetwas enthalten, was qualvoll-wirklich und leidend-gerecht war und das den Traum und den Albdruck und den Irrsinn freisprach oder rechtfertigte. Mehrere Stunden hintereinander befand er sich wie in einem Traumzustand, in dem das Gelesene in ihm wogte, in dem ihm alle Augenblicke Bruchstücke wieder einfielen, vor denen er dann gleichsam stehen blieb, in die er sich hineindachte. Manchmal wollte er sich sogar sagen, er habe all das vorausgefühlt und im voraus erraten; es war ihm sogar, als habe er das alles schon gelesen, irgend einmal vor langer, langer Zeit, und alles, wonach er sich gesehnt seitdem, alles, was ihn gequält und was er gefürchtet hatte – alles das sei in diesen schon vor langer Zeit von ihm gelesenen Briefen enthalten.

»Wenn Sie diesen Brief entfalten« (so begann das erste Schreiben), »werden Sie zuerst nach der Unterschrift blicken. Die Unterschrift wird Ihnen alles sagen und erklären, so daß ich mich in nichts vor Ihnen zu rechtfertigen und nichts Ihnen zu erklären brauche. Wenn ich auch nur im geringsten als Ihnen gleichstehend gelten könnte, würden Sie sich durch eine solche Dreistigkeit meinerseits noch beleidigt fühlen können; aber wer bin ich und wer sind Sie? Wir sind zwei solche Gegensätze und ich stehe so außerhalb Ihres Lebenskreises, daß ich Sie überhaupt nicht beleidigen könnte, selbst wenn ich es wollte.«

An einer anderen Stelle schrieb sie:

»Halten Sie meine Worte nicht für krankhafte Schwärmerei eines kranken Geistes, wenn ich Ihnen sage, daß Sie in meinen Augen die – Vollkommenheit selbst sind! Ich habe Sie gesehen, ich sehe Sie jeden Tag. Ich will damit kein Urteil abgeben, ich habe nicht etwa mit meiner Vernunft eingesehen, daß sie vollkommen sind; ich habe nur an Sie zu glauben begonnen. Aber ich begehe auch eine Sünde vor Ihnen: ich liebe Sie. Eine Vollkommenheit kann man doch nicht lieben; die kann man doch nur als Vollkommenheit betrachten, nicht wahr? Und doch bin ich verliebt in Sie. Zwar macht Liebe die Menschen gleich, aber beunruhigen Sie sich nicht, ich habe dabei nicht im geringsten an irgendeine Gleichheit zwischen uns gedacht, nicht einmal in meinen heimlichsten Gedanken. Da habe ich nun geschrieben: ‚Beunruhigen Sie sich nicht'; könnten Sie sich denn überhaupt deshalb beunruhigen? ... Wenn es möglich wäre, würde ich die Spuren Ihrer Füße küssen. Oh, ich will mich nicht mit Ihnen gleichstellen... Blicken Sie nach der Unterschrift, blicken Sie schnell nach der Unterschrift!«

»Ich bemerke soeben« (schrieb sie in einem anderen Brief), »daß ich Sie mit ihm vereinigen möchte und noch kein einziges Mal gefragt habe, ob auch Sie ihn lieben? Er hat Sie zu lieben begonnen, nachdem er Sie nur einmal gesehen hat. In seiner Erinnerung waren Sie für ihn eine Art ‚Licht'; das ist sein eigener Ausdruck, ich habe ihn von ihm selbst gehört. Aber ich habe auch ohne Worte begriffen, daß Sie für ihn das Licht sind. Ich habe einen ganzen Monat neben ihm gelebt und da habe ich es gefühlt, daß auch Sie ihn lieben. Sie und er sind für mich eins.«

»Wie ist das möglich?« (schreibt sie an einer anderen Stelle). »Gestern ging ich an Ihnen vorüber, und es war mir, als ob Sie erröteten. Aber das kann doch nicht sein, ich muß mich getäuscht haben. Selbst wenn man Sie in die schmutzigste Höhle führen und Ihnen das nackte Laster zeigen würde, dürften Sie nicht erröten; es ist ganz ausgeschlossen, daß eine Beleidigung Sie kränken könnte. Sie können wohl alle Gemeinen und Niedrigen hassen, aber nicht in Ihrem eigenen Namen, sondern für andere, für jene, die von diesen gekränkt werden. Sie dagegen wird niemand beleidigen können. Wissen Sie, ich glaube, daß Sie mich sogar lieben. Für mich sind Sie dasselbe, was Sie für ihn sind: ein lichter Geist. Ein Engel kann nicht hassen, er kann auch nicht — *nicht* lieben. Kann man aber alle lieben, alle Menschen, alle seine Nächsten? Ich habe oft diese Frage an mich gestellt. Gewiß nicht, und das ist sogar ganz natürlich. In der abstrakten Liebe zur Menschheit liebt man fast immer nur sich selbst. Uns ist jene Liebe unmöglich, Sie aber sind etwas ganz anderes: wie wäre es Ihnen möglich, *nicht* jemanden zu lieben, da Sie sich doch mit keinem vergleichen können und über jeder Beleidigung stehen, sogar über jedem persönlichen Unwillen? Sie allein können ohne Egoismus lieben, Sie allein können es nicht für sich selbst, sondern für jenen tun, den Sie lieben. Oh, wie bitter wäre es für mich zu erfahren, daß Sie bei dem Gedanken an mich Scham und Zorn empfänden! Das wäre ja dann *Ihr Sturz:* Sie würden sofort bis zu mir herabsinken, mit mir auf einer Stufe stehen ...«

»Als ich gestern nach der Begegnung mit Ihnen nach Hause kam, stellte ich mir ein Bild vor. Christus wird von den Malern immer nach den Überlieferungen der Evangelien dargestellt; ich würde ihn anders malen: ich würde ihn ganz allein darstellen, — die Jünger ließen ihn doch manchmal allein. Ich würde nur ein kleines Kind bei ihm lassen. Das Kind hat neben ihm gespielt; vielleicht hat es ihm in seiner Kindersprache etwas erzählt, und Christus hat ihm zugehört; aber jetzt ist er in seine Gedanken versunken; seine Hand ist in seiner Selbstversunkenheit auf dem hellen Köpfchen des Kindes liegen geblieben.

Er blickt in die Ferne zum Horizont; ein Gedanke, so groß wie die Welt, ruht in seinem Blick; das Gesicht ist traurig. Das Kind ist verstummt, lehnt sich an seine Knie und schaut, die Wange aufgestützt ins Händchen, unverwandt, wie Kinder schauen, und nachdenklich Ihn an. Die Sonne geht unter ... Das wäre mein Bild! Sie sind unschuldig, und in Ihrer Unschuld liegt Ihre ganze Vollkommenheit. Oh, vergessen Sie das nie! Was geht Sie meine Leidenschaft für Sie an? Jetzt sind Sie bereits mein; ich werde das ganze Leben lang bei Ihnen sein ... Ich werde bald sterben.«

Schließlich im letzten Brief stand:

»Machen Sie sich um Gottes willen keine Gedanken über mich! Denken Sie auch nicht, ich erniedrigte mich dadurch, daß ich so an Sie schreibe, oder daß ich zu solchen Geschöpfen gehöre, denen es ein Genuß ist, sich zu erniedrigen, selbst wenn es aus Stolz geschieht. Nein, ich habe meine eigenen Tröstungen; aber es fiele mir schwer, Ihnen das zu erklären. Es fiele mir sogar schwer, mir das selbst klar zu sagen, obschon ich mich damit quäle. Aber ich weiß, daß ich mich nicht einmal aus einem Anfall von Stolz erniedrigen könnte. Zu einer Selbsterniedrigung aber aus Herzensreinheit bin ich unfähig. Folglich erniedrige ich mich ja überhaupt nicht.

Warum ich Sie beide vereinigen will: um Ihretwillen oder um meinetwillen? Selbstverständlich um meinetwillen, nur dies brächte mir Erlösung, das habe ich mir schon längst gesagt ... Ich hörte, Ihre Schwester Adelaida habe damals von meinem Bilde gesagt, mit einer solchen Schönheit könne man die Welt umdrehen. Aber ich habe auf die Welt verzichtet; Sie werden es lächerlich finden, das von mir zu hören, da Sie mich in Spitzen und Brillanten in der Gesellschaft von Trunkenbolden und Lebemännern gesehen haben. Das ist so nebensächlich, ich bin ja fast nicht mehr da und weiß das; Gott mag wissen, was statt meiner in mir lebt. Ich lese das täglich in zwei schrecklichen Augen, die mich immer ansehen, selbst dann, wenn sie nicht zugegen sind. Diese Augen *schweigen* jetzt (sie schweigen immer), aber ich kenne ihr Geheimnis. Er hat ein düsteres Haus, ein unfrohes, und in ihm ist ein Geheimnis. Ich bin überzeugt, daß er in einem Schubfach ein Rasiermesser versteckt hat, mit Seide umwickelt, wie bei jenem Moskauer Mörder, der lebte auch mit seiner Mutter zusammen in einem Hause und hatte gleichfalls ein Rasiermesser mit Seide umwickelt, um eine Kehle zu durchschneiden. Die ganze Zeit, während der ich in ihrem Hause war, war es mir immer, als ob irgendwo unter einem Brett des Fußbodens, vielleicht noch von seinem Vater her, eine Leiche versteckt und mit Wachstuch bedeckt sei, wie in Moskau, und ebenso von Gläsern mit Shdánoffscher Flüssigkeit umstellt, gegen den Geruch, und ich könnte Ihnen sogar die Ecke zeigen. Er schweigt immer; aber ich weiß doch, daß er mich viel zu sehr liebt, um noch anders zu können, als schon anzufangen mich zu hassen. Ihre Hochzeit und meine Hochzeit sollen zu gleicher Zeit stattfinden: so haben wir es beschlossen. Ich habe keine Geheimnisse vor ihm. Ich könnte ihn vor Angst umbringen ... Aber er wird mich vorher töten ... er lacht soeben und sagt, ich phantasierte; er weiß, daß ich an Sie schreibe.«

Und noch vieles, vieles andere von dieser Art schrieb sie in diesen Briefen — der eine von ihnen, der zweite, umfaßte zwei Briefbogen großen Formats, eng beschrieben.

Der Fürst verließ schließlich den dunklen Park, in dem er wie gestern wieder lange umhergeirrt war. Die helle und klare Sommernacht erschien ihm noch heller als sonst. »Sollte es noch so früh sein?« dachte er (die Taschenuhr hatte er nicht bei sich). Irgendwoher glaubte er ferne Musik zu vernehmen; »wahrscheinlich beim Bahnhof«, dachte er wieder; »heute werden sie gewiß nicht hingegangen sein.« Er schaute auf und sah, daß er dicht vor ihrem Landhause stand; es war ihm, als hätte er schon gewußt, daß er zu guter Letzt unfehlbar hierher gelangen werde, und so trat er denn mit stockendem Herzschlag auf die Veranda. Niemand kam ihm entgegen, die Veranda war leer. Er wartete eine Weile und öffnete dann die Tür zum Saal. »Diese Tür wird bei ihnen nie verschlossen«, dachte er flüchtig, aber auch im Saal war niemand; hier war es fast ganz dunkel. Unschlüssig blieb er stehen. Da wurde eine andere Tür geöffnet, und Alexandra Iwanowna trat mit einer Kerze in der Hand herein. Als sie den Fürsten erblickte, wunderte sie sich und trat wie fragend auf ihn zu. Offenbar hatte sie nur durch das Zimmer gehen wollen, aus einer Tür zur anderen, und nicht erwartet, hier jemanden anzutreffen.

»Wie kommen Sie denn hierher?« fragte sie schließlich.

»Ich ... ich bin nur eingetreten ...«

»Mama fühlt sich nicht wohl, Aglaja auch nicht. Adelaida

ist schon zu Bett gegangen und ich wollte jetzt gleichfalls schlafen gehen. Wir haben heute den ganzen Abend allein zu Hause gesessen. Papa und der Fürst sind in Petersburg.«

»Ich wollte ... ich wollte Sie besuchen ... jetzt ...«

»Wissen Sie, wieviel Uhr es ist?«

»Nein ...«

»Halb eins. Wir gehen immer um ein Uhr zu Bett.«

»Ach, ich dachte, es wäre ... halb zehn.«

»Das macht nichts!« Sie mußte lachen. »Aber warum sind Sie nicht heute abend zu uns gekommen? Vielleicht wurden Sie erwartet.«

»Ich ... dachte ...«, murmelte der Fürst, im Begriff fortzugehen.

»Auf Wiedersehen! ... Morgen will ich aber auch die anderen erheitern mit der Erzählung unserer nächtlichen Begegnung!«

Er kehrte auf dem Fahrwege, der sich um den Park herumschlängelte, zu seiner Villa zurück. Sein Herz pochte, seine Gedanken verwirrten sich und alles um ihn her war im Helldunkel der Sommernacht wie ein Traum. Und plötzlich, ganz wie an diesem Tage schon zweimal im Traum, sah er wieder jene Erscheinung vor sich. Dieselbe Frauengestalt trat aus dem Park, als hätte sie hier auf ihn gewartet, und blieb vor ihm stehen. Er zuckte zusammen und blieb stehen; sie ergriff seine Hand und umklammerte sie krampfhaft. »Nein, das ist kein Traumbild!«

Da stand sie ihm nun endlich zum erstenmal nach ihrer Trennung von Angesicht zu Angesicht gegenüber. Sie sagte auch etwas zu ihm, er aber starrte sie nur wortlos an: sein Herz schwoll an und es stach in ihm vor Schmerz. Oh, so oft er an diese Begegnung später noch zurückdachte, die er nicht vergessen konnte, jedesmal empfand er denselben unerträglichen Schmerz. Sie sank vor ihm auf die Knie nieder, mitten auf dem Fahrweg, wie eine Wahnsinnige. Erschrocken trat er einen Schritt zurück, sie aber ergriff seine Hände, um sie mit Küssen zu bedecken, und ganz wie er es im

Traum gesehen hatte, glänzten Tränen an ihren langen Wimpern.

»Steh auf, steh auf!« flüsterte er erschrocken, indem er sie mit Gewalt zu erheben suchte. »Steh schnell auf!«

»Bist du glücklich? Glücklich?« fragte sie. »Sag mir nur ein Wort: bist du jetzt glücklich? Heute, jetzt? Du warst bei ihr? Was hat sie gesagt?«

Sie stand nicht auf, sie achtete nicht auf sein Flehen; sie fragte so schnell, als würde sie gehetzt, als wären Verfolger hinter ihr her.

»Ich reise morgen ab, wie du befohlen hast. Ich werde nicht ... Zum letztenmal sehe ich dich jetzt, zum letztenmal! Jetzt ist es endgültig das letzte Mal!«

»Beruhige dich, steh auf!« bat er verzweifelt.

Gierig hing sie mit ihren Blicken an seinem Antlitz, krampfhaft hielt sie seine Hände umklammert.

»Leb wohl!« sagte sie dann endlich, erhob sich schnell und verließ ihn eilig — fast lief sie von ihm fort. Der Fürst sah nur noch, wie plötzlich Rogoshin neben ihr auftauchte, sie mit einem Griff unter den Arm faßte und schnell fortführte.

»Warte, Fürst«, rief ihm Rogoshin über die Schulter zu, »nach fünf Minuten kehr ich zu dir zurück.«

Und so war es auch: nach fünf Minuten kam er; der Fürst hatte auf ihn gewartet und sich noch nicht von der Stelle gerührt.

»Hab' sie in den Wagen gesetzt«, sagte Rogoshin kurz. »Dort hinter der Wegbiegung hat er seit zehn Uhr abends gewartet. Sie wußte, daß du den ganzen Abend bei jener verbringen würdest. Was du an mich geschrieben hast, habe ich genau so wiedergegeben. Sie wird jetzt nicht mehr an jene schreiben, und von hier wird sie auf deinen Wunsch morgen noch fortreisen. Sie wollte dich nur noch zum letztenmal sehen, wenn du es ihr auch verboten hattest. Dort haben wir auf dich gewartet, um dich auf dem Heimweg abzufangen, dort auf jener Bank.«

»Sie hat dich ... selbst mitgenommen?«

»Warum nicht?« meinte Rogoshin mit einem Lächeln, das seine Lippe schürzte. »Hab' nur gesehen, was ich schon längst wußte. Die Briefe hast du wohl schon gelesen?«

»Hat sie die wirklich auch dir zu lesen gegeben?« fragte der Fürst, der nicht wußte, was er davon denken sollte.

»Natürlich. Jeden Brief hat sie mir gezeigt. Hast du gelesen, was sie da vom Rasiermesser schreibt, hehe!«

»Sie ist ja doch wahnsinnig!« rief der Fürst in seiner Verzweiflung fassungslos aus.

»Wer kann's wissen, vielleicht ist sie's auch nicht«, sagte Rogoshin halblaut wie zu sich selbst.

Der Fürst entgegnete nichts.

»Nun, leb wohl«, sagte Rogoshin auf einmal, »auch ich reise ja morgen ab. Gedenke meiner nicht im schlechten. Aber was, Bruder«, fragte er, sich plötzlich nach ihm umblickend, »weshalb hast du ihr denn auf ihre Frage nichts geantwortet? Bist du nun glücklich oder nicht?«

»Nein, nein, nein!« rief der Fürst in grenzenloser Verzweiflung.

»Das hätte auch noch gefehlt, daß du „ja" gesagt hättest!« meinte Rogoshin mit boshaftem Auflachen und entfernte sich schnell, ohne sich nach dem Fürsten auch nur einmal noch umzublicken.

VIERTER TEIL

I

Es war ungefähr eine Woche seit dem Stelldichein vergangen, das zwei Personen unserer Erzählung auf der grünen Bank gehabt hatten. An einem heiteren Vormittage gegen halb elf Uhr kehrte Warwára Ardaliónowna Ptizyna, die ausgegangen war, um eine ihrer Bekannten zu besuchen, in sehr nachdenklicher und trüber Stimmung nach Hause zurück.

Es gibt Menschen, von denen sich nur schwer etwas sagen läßt, was sie einem in ihrer typischen, charakteristischen Art sogleich handgreiflich-deutlich vor Augen stellen könnte. Es sind das jene Leute, die man gewöhnlich „Dutzendmenschen" oder kurzweg „die Mehrzahl" nennt, und die auch tatsächlich die ungeheure Mehrzahl in jeder Gesellschaft ausmachen. In der Regel schildern die Schriftsteller in ihren Romanen und Novellen nur solche Typen der Gesellschaft, die es in Wirklichkeit nur äußerst selten in so vollkommenen Exemplaren gibt, wie die Künstler sie darstellen, die aber als Typen nichtsdestoweniger fast noch wirklicher als die Wirklichkeit selbst sind. Podkoljóssin[25] ist in seiner typischen Gestalt vielleicht ein wenig übertrieben, doch deshalb nichts weniger als frei erdichtet und erfunden. Finden nicht alle Menschenkenner, die Gogols Lustspiel sehen oder lesen, daß eine Menge ihrer alten Freunde und Bekannten zu dieser Figur Modell gestanden haben könnten? Sie haben wohl auch schon früher gewußt, daß dieser oder jener Bekannte wie Podkoljóssin war, bloß war ihnen der Name für diesen Typ noch nicht gegeben worden. In Wirklichkeit springen zwar nur sehr wenige kurz vor der Trauung aus dem Fenster, denn eine solche Handlungsweise ist schließlich doch, ganz abgesehen von allem übrigen, ziemlich unbequem; aber wieviel Heiratskandidaten sind nicht kurz vor der Trauung bereit gewesen, sich trotz ihrer mitunter wirklich vorhandenen Würde und Klugheit im tiefsten Inneren dennoch für Seitenstücke Podkoljóssins zu halten! Auch nicht alle Männer werden auf Schritt und Tritt sagen: „Tu l'as voulu, George Dandin!" Aber, oh Gott, wieviel millionen- und billionenmal ist dieser Herzensschrei von den Männern der ganzen Welt nach Ablauf ihres Honigmonds oder — wer kann es wissen? — vielleicht schon am Tage nach der Hochzeit ausgestoßen worden!

Indes wollen wir hier nur sagen, ohne uns auf weitere ernste Erklärungen einzulassen, daß in der Wirklichkeit das Typische der einzelnen Personen gewissermaßen wie mit Wasser verdünnt ist, und wenn es George Dandins und Podkoljóssins auch in Wirklichkeit gibt und sie einem sogar täglich in den Weg laufen, so sind sie doch gleichsam noch in verdünntem Zustand. Zum Schluß sei nur noch bemerkt, daß man nichtsdestoweniger auch einen George Dandin, wie ihn Molière geschaffen hat, unter lebenden Menschen antreffen kann, allerdings nicht auf Schritt und Tritt, und damit wollen wir unsere Betrachtung schließen, die sonst gar zu lebhaft an ein Feuilleton erinnern könnte. Doch wie dem auch sei, jedenfalls bleibt eine recht schwierige Frage bestehen, und die lautet: was soll ein Romanschriftsteller mit den Durchschnittserscheinungen, mit den absolut „gewöhnlichen Menschen" beginnen, wie soll er sie darstellen, um sie seinem Leser wenigstens einigermaßen interessant erscheinen zu lassen? Ganz übergehen kann man sie in keinem Roman, denn gerade die gewöhnlichen Menschen sind die unentbehrlichen Bindeglieder in der Kette der Ereignisse des Lebens; wollte man sie dennoch umgehen, so würde man nicht wirklichkeitsgetreu schreiben. Ein Roman, der nur „Typen" enthält, nur Sonderlinge und Ausnahmemenschen, würde nicht Wiedergabe der Wirklichkeit und vielleicht sogar nicht einmal interessant sein. Unserer Ansicht nach muß der Schriftsteller sich bemühen, selbst in den gewöhnlichen Menschen interessante Züge zu entdecken und lehrreich hervorzuheben. Wenn nun z. B. das innerste Wesen gewisser „Alltagsmenschen" gerade in ihrer ewigen und unveränderlichen Alltäglichkeit besteht, oder, besser gesagt, wenn sie trotz aller ihrer außerordentlichen Anstrengungen, aus dem Geleise des Herkömmlichen und der Routine um jeden Preis herauszukommen, dennoch bis an ihr Lebensende unverändert und ewig nur beim Alltagsherkommen und der Routine bleiben, dann erhalten solche Menschen auch in ihrer Art etwas Typisches: als die Alltäglichkeit selbst, die um keinen Preis das, was sie ist, bleiben und um jeden Preis originell und selbständig erscheinen möchte, ohne auch nur im geringsten die Gaben zur Selbständigkeit zu besitzen.

Zu dieser Kategorie „gewöhnlicher" oder „alltäglicher" Menschen gehören auch einzelne Personen unserer Erzählung, die bisher (ich muß es selbst eingestehen) dem Leser kaum eingehender erklärt worden sind. Zu diesen gehören namentlich Warwára Ardaliónowna, ihr Gatte Ptizyn und ihr Bruder Gawríla Ardaliónowitsch Iwólgin.

In der Tat, es gibt nichts Ärgerlicheres, als z. B. reich, aus anständiger Familie, von gefälligem Äußeren, nicht ungebildet, nicht dumm, sogar ein sogenannter guter Mensch zu sein und dabei gleichzeitig doch kein einziges Talent zu besitzen, keine einzige besondere Eigenschaft, nicht einmal besondere Schrullen und auch keine einzige eigene Idee zu haben, kurzum: „genau so wie alle anderen auch" zu sein. Man besitzt ein gewisses Kapital, jedoch kein Rothschildsches; die Familie ist durchaus ehrenwert, hat sich aber niemals auch nur im geringsten ausgezeichnet; das Äußere ist anständig, drückt aber sehr wenig aus; die Bildung ist nicht gering, doch was man mit ihr anfangen soll, weiß man nicht; Verstand ist gleichfalls vorhanden, nur leider ohne daß die geringsten eigenen Ideen mit ihm verbunden wären;

sogar Herz ist da, nur fehlt ihm wiederum Großmut, und so ist es auch in jeder anderen Beziehung. Solcher Leute gibt es auf der Welt eine ungeheure Menge, sogar weit mehr, als es den Anschein hat; sie zerfallen, wie schließlich alle Menschen, in zwei Hauptklassen: die einen sind beschränkt, die anderen „viel gescheiter". Die ersteren sind natürlich die glücklicheren. Einem beschränkten „gewöhnlichen" Menschen fällt z. B. nichts leichter, als sich für einen ungewöhnlichen, originellen Menschen zu halten und sich durch diesen Glauben das Leben ruhigen Gewissens zu versüßen. Genügte es doch gar mancher Dame, sich das Haar abzuschneiden, eine blaue Brille auf die Nase zu setzen und sich „Nihilistin" zu nennen, um sogleich davon überzeugt zu sein, daß sie nun auch eigene „Überzeugungen" habe. Es braucht so manch einer nur ein etwas menschenfreundlicheres Gefühl in seinem Herzen zu hegen, und er ist ohne weiteres überzeugt, daß er der fortgeschrittenste und feinfühligste Mensch sei. Und wie vielen genügte es, in irgendeiner Broschüre einen beliebigen Abschnitt mitten heraus zu lesen, um sich einzubilden, die gelesenen Gedanken seien im eigenen Gehirn entstanden. Die Frechheit der Naivität, wenn man sich so ausdrücken kann, ist in solchen Fällen oft geradezu wunderbar, und sollte sie auch noch so unwahrscheinlich sein, sie ist und bleibt Tatsache. Diese bodenlose Unverschämtheit der Naivität, diese sozusagen unerschütterliche Überzeugung eines dummdreisten Menschen, daß er ein großes Talent sei, ist von Gogol meisterhaft in dem Typ des Leutnants Pirogóff[26] dargestellt. Pirogóff zweifelt keinen Augenblick daran, daß er ein Genie sei oder noch mehr als das. Ja, er ist sogar so überzeugt davon, daß er einen Zweifel daran überhaupt nicht für möglich halten würde. Gogol war sogar gezwungen, ihn zur Beruhigung des verletzten Sittlichkeitsgefühls seiner Leser durchprügeln zu lassen, doch als er dann sah, wie der große Mann sich nach der Strafe nur einmal schüttelte und zur Hebung seiner Kräfte nach der Mißhandlung einen gefüllten Blätterkuchen verzehrte, blieb ihm schließlich nichts anderes übrig, als vor Ratlosigkeit mit der Achsel zu zucken und den Leser vor dem Berge sitzen zu lassen. Es hat mir nur von jeher sehr leid getan, daß Gogol diesem großen Pirogóff einen so geringen Titel beigelegt hat. Ist er doch von sich selbst so eingenommen, daß ihm nichts leichter fallen würde, als sich proportional mit seiner Rangerhöhung und den immer dicker und verschlungener werdenden Epauletts für einen immer größeren Feldherrn zu halten, oder nicht einmal bloß zu halten, sondern einfach *überzeugt* zu sein, daß er der größte Feldherr sei. Und wie viele von solchen machen dann auf dem Schlachtfelde in so erbärmlicher Weise Fiasko! Und wie viele Pirogóffs hat es auch unter unseren Literaten, Gelehrten und Propagandisten gegeben! Ich sage ‚hat gegeben', aber selbstverständlich gibt es sie auch jetzt ...

Von den Personen unseres Romans gehörte Gawrila Ardalionytsch Iwolgin zur zweiten Kategorie der „gewöhnlichen Menschen", zu den „bedeutend gescheiteren", und war demgemäß vom Kopf bis zu den Füßen nur von dem einen Wunsch nach Originalität erfüllt. Leider sind die Menschen dieser Kategorie sehr viel schlimmer daran als die der ersten. Das ist es ja: der „gescheite" gewöhnliche Mensch hat, selbst wenn er sich vorübergehend (oder meinetwegen auch sein ganzes Leben lang) für den genialsten und originellsten Menschen hält, nichtsdestoweniger in seinem Herzen einen Wurm des Zweifels sitzen, der ihn mitunter zur größten Verzweiflung bringt. Übrigens haben wir hier ein wenig übertrieben, denn gewöhnlich sind diese „gescheiteren" Leute längst nicht so tragisch zu nehmen, sie werden zum Schluß höchstens leberleidend — mehr oder weniger, je nachdem — und das ist alles. Aber immerhin sind sie von einer ungeheuren Zähigkeit im Festhalten an ihren Illusionen: oft beginnen sie damit schon in der ersten Jugend und lassen selbst im höchsten Alter nicht um Haaresbreite von ihren Illusionen ab, so stark ist ihr Verlangen, originell zu sein. Ja, es gibt sogar recht eigentümliche Fälle: manch ein grundehrlicher

Mensch ist aus Originalitätssucht sogar zu einer gemeinen Handlungsweise bereit, und wie oft kommt es vor, daß mancher dieser Unglücklichen nicht nur ehrlich, sondern auch herzensgut und die Vorsehung seiner Familie ist, einer, der nicht nur die Seinigen, sondern auch noch Fremde ernährt und ... ja, und der doch sein ganzes Leben lang nicht zu einer wirklichen Ruhe mit sich und über sich selbst kommen kann! Der Gedanke, daß er so gut seine Pflichten erfüllt, tröstet ihn nicht im geringsten, im Gegenteil, er regt ihn nur auf und ärgert ihn: „Da seht ihr, wofür ich mein Leben hingeben muß, was mich an Händen und Füßen fesselt, was mich gehindert hat, das Pulver zu erfinden! Wäre das nicht gewesen, so hätte ich unbedingt etwas Ungeheures entdeckt, ob gerade das Pulver oder ob Amerika, das weiß ich selbst noch nicht genau, nur wäre es unbedingt etwas Großes gewesen!" Das Charakteristische dieser Menschen ist das: sie wissen tatsächlich bis zum Grabe nicht, was sie nun eigentlich entdeckt hätten, „wenn", oder was zu entdecken sie ihr Leben lang bereit waren. Doch ihre qualvolle Sehnsucht nach der großen Entdeckertat reichte selbst für einen Kolumbus oder Galilei aus.

Gawrila Ardalionytsch begann gerade in dieser Art, nur war er, wie gesagt, noch ein Anfänger. Ihm stand noch eine lange Zeit für dieses mutwillige Spiel bevor. Das immerwährende Sich-seiner-Talentlosigkeit-bewußt-Sein und gleichzeitig das unbezwingbare Verlangen, sich überzeugungsvoll einzureden, er sei der selbständigste Mensch, hatten sein Herz tief verwundet, und zwar schon im frühesten Jünglingsalter. Er war ein Mensch mit neidischen und heftigen Wünschen, und seine Reizbarkeit schien ihm bereits angeboren zu sein. Die Heftigkeit seiner Wünsche hielt er für Willenskraft. Bei seinem leidenschaftlichen Wunsch, sich auszuzeichnen, war er bisweilen sogar zu einem sehr unüberlegten Sprung bereit, nur führte er ihn im letzten Augenblick nicht aus, da er sich dann als doch zu vernünftig dazu erwies — und gerade dies marterte ihn. Vielleicht hätte er sich gegebenenfalls sogar zu einer äußerst niedrigen Tat entschlossen, nur um endlich das Erwünschte zu erlangen, aber sobald es dann zur Ausführung kam, war er doch wieder zu anständig dazu. (Zu kleinen Gemeinheiten hätte man ihn immer bereit gefunden.) Mit Haß und Ekel dachte er an die Armut und die »Heruntergekommenheit« seiner Familie. Selbst seine Mutter behandelte er nichtachtend, obschon er selbst sehr wohl begriff, daß gerade der Ruf und Charakter seiner Mutter bisher der wichtigste Stützpunkt seiner Karriere gewesen waren. Als er die Stellung bei Jepantschin angenommen hatte, sagte er sich: »Hat man sich einmal erniedrigt, dann bleibt man auch bis zum Schluß konsequent bei den Gemeinheiten, wenn man nur auf diese Weise das Gewünschte erreichen kann!« und — dabei hielt er in der Schuftigkeit fast nie bis zum Ende durch. Wie er überhaupt nur darauf gekommen war, daß Schuftigkeiten notwendig wären? Aglaja hatte ihm damals allerdings einen Schrecken eingejagt, doch hatte er sie deshalb noch nicht aufgegeben, wenn er auch genau genommen niemals glauben konnte, daß eine Aglaja zu ihm herabsteigen würde. Als er dann Nastassja Filippowna heiraten sollte, hatte er sich auf einmal eingebildet, die Quintessenz alles Erstrebenswerten sei Geld und nichts als Geld. »Wenn schon, denn schon«, hatte er sich täglich mit großer Selbstzufriedenheit, jedoch auch nicht ohne eine gewisse Angst gesagt, »wenn ich mich einmal auf Schändlichkeiten verlege, dann aber auch bis zum Gipfel!« sagte er sich zu seiner Ermutigung. »Der Durchschnitt pflegt ja in solchen Fällen zaghaft zu werden, unsereiner aber nicht!« Nach dem niederschmetternden Erlebnis jedoch bei Nastassja Filippowna war ihm aller Mut abhanden gekommen, und er hatte die hunderttausend Rubel tatsächlich dem Fürsten eingehändigt, was er später wohl tausendmal bereute, obschon er unermüdlich vor sich selbst damit prahlte. Allerdings hatte er volle drei Tage, so lange der Fürst noch in Petersburg war, geweint, doch gleichzeitig hatte er den Fürsten auch zu hassen begonnen, weil dieser ihn gar zu mitleidig betrachtet hatte, während »sich doch nicht ein jeder zu einer solchen Tat entschließen könnte!« Am meisten aber quälte ihn ein Eingeständnis, das er sich selbst wohl oder übel machen mußte: daß sein ganzer Kummer nichts anderes war als ewig unbefriedigter Ehrgeiz. Erst lange nachher sah er ein, welch eine ernste Wendung sein Schicksal hätte nehmen können mit einem so unschuldigen und eigenartigen Wesen wie Aglaja. Und da ergriff ihn quälende Reue. Er gab sogar seine Stellung auf und versenkte sich ganz und gar in trübe Betrachtungen. Wie bereits erwähnt, lebte er mit seiner Mutter und seinem Vater bei Ptizyn, auf dessen Kosten; dabei verachtete er ihn aber ungeniert, wenn er auch seine Ratschläge befolgte, und vernünftig genug war, ihn um seinen Rat zu bitten. Unter anderem ärgerte er sich auch deshalb über Ptizyn, weil dieser nicht den Ehrgeiz hatte, ein zweiter Rothschild werden zu wollen. »Wenn du ein Wucherer bist, so sei es doch ganz, presse den Leuten den letzten Saft aus, präge Geld aus ihrem Schweiß, sei doch ein großes Geldgenie, werde „König der Juden"!« Ptizyn war aber ein bescheidener, stiller Mensch, der auf solche Ausfälle gewöhnlich mit nichts als einem Lächeln antwortete. Nur ein einziges Mal fand er es nötig, sich über diesen Punkt auszusprechen, was er dann sehr ernst und sogar mit einer gewissen Würde tat. Vor allem suchte er Ganja zu beweisen, daß er nichts Unredliches tue, und Ganja ihn mit Unrecht einen »Manichäer« nenne; wenn flüssiges Geld mit jedem Tag im Preise steige, so sei das nicht seine Schuld; er handle durchaus offen und ehrlich und sei schließlich nur ein Agent in »diesen« Geschäften, und dank seiner Akkuratesse sei er eben in gewissen Kreisen von einer sehr guten Seite bekannt geworden, weshalb sich denn auch sein »Bekanntenkreis« stetig vergrößere und desgleichen seine Einnahmen. »Ein Rothschild werde ich nie werden, und ich will es auch gar nicht«, sagte er in heiterer Laune, »aber ein Haus an der Liteinaja werde ich zu guter Letzt unfehlbar besitzen, vielleicht sogar zwei Häuser, und das genügt mir.« Bei sich dachte er zwar noch: »Vielleicht werde ich auch drei Häuser besitzen«, sprach aber diesen Gedanken nicht laut aus. Die Natur liebt solche Menschen, und das Schicksal erfüllt ihre Wünsche: sie gibt solchen Ptizyns nicht nur drei, sondern vier Häuser, und zwar einzig deshalb, weil sie schon von Kindheit an wissen, daß sie nie so reich wie Rothschild sein werden. Doch über vier Häuser geht das Schicksal dann nie hinaus, weiter bringen es die Ptizyns unter keinen Umständen.

Von ganz anderer Art war Gawrila Ardalionowitschs Schwester. Auch sie hatte ein starkes Strebertum mitbekommen, aber bei ihr äußerte sich dieses mehr in der Beharrlichkeit ihres Wollens als in stoßweisen Ansätzen. Sie war sehr vernünftig, wenn es galt, eine Entscheidung zu treffen, aber sie hielt durch. Freilich gehörte auch sie zur Zahl der „gewöhnlichen" Menschen, die von eigener Art zu sein wähnen, nur begriff und gestand sie sich schon sehr bald, daß sie keine Spur von Originalität besaß, und da war sie klug genug, sich nicht sehr darob zu grämen — vielleicht unterließ sie es auch aus einem gewissen Stolz. Ihren ersten praktischen Schritt im Leben tat sie mit bewundernswerter Entschlossenheit, indem sie Herrn Ptizyn heiratete. Aber sie sagte sich bei dieser Gelegenheit durchaus nicht: »Wenn schon, denn schon, und die Hauptsache bleibt, daß das Ziel erreicht wird!« wie ihr Bruder sich gesagt hätte in solchem Fall (er drückte sich in ihrer Gegenwart beinahe auch so aus, als er in seiner Eigenschaft als älterer Bruder ihren Entschluß guthieß). Im Gegenteil: Warwara Ardalionowna entschloß sich zur Heirat, erst nachdem sie sich gründlich überzeugt hatte, daß ihr zukünftiger Gatte ein bescheidener, sympathischer, nahezu gebildeter Mann war und eine große Gemeinheit nie begehen würde. Um kleine Gemeinheiten kümmerte sie sich nicht, und wo waren die schließlich nicht zu finden? Man kann doch nicht auf ein Ideal warten! Zudem wußte sie, daß sie durch diese Heirat ihren Eltern und Geschwistern ein Unterkommen gab, und da sie den Bruder im Unglück sah, wollte sie ihm helfen. In der Folge versuchte Ptizyn, in

Ganja Interesse für eine neue Arbeit zu erwecken, was er natürlich immer nur ganz freundschaftlich tat: »Da verachtest du nun die Generäle und die Generalswürde«, meinte er scherzend, »aber sieh sie dir doch nur einmal an, diese junge Generation: wie sehr sie jetzt auch verachten, nach einer Weile sind sie selbst Generäle und haben das Verachten vergessen. Warte nur ab und du wirst es noch selber sehen.« (»Wie kommt er nur darauf, daß ich Generäle und die Generalswürde verachte?« dachte Ganja sarkastisch bei sich.)

Um dem Bruder zu helfen, beschloß Warwara Ardaliónowna, den Kreis ihrer Tätigkeit zu erweitern. Es gelang ihr, sich bei Jepantschins auf Grund ihres früheren Verkehrs einzudrängen: sie und Ganja hatten als Kinder mit den drei kleinen Jepantschins gespielt. Merken wir hier an, daß Warwara Ardalionowna, wenn sie mit diesen Besuchen bei Jepantschins irgendeinen außergewöhnlichen Wunschtraum, eine phantastische Idee verfolgt hätte, eben dadurch vielleicht mit einem Schlage aus dem Niveau jener Menschenklasse hinausgewachsen wäre, zu der sie sich selbst bekannte; aber sie träumte keineswegs von einem phantastischen Ziel; ja, hier handelte es sich ihrerseits sogar um eine ziemlich solide Berechnung auf Grund des Charakters dieser Familie. Den Charakter Aglajas aber hatte sie unermüdlich studiert. Sie stellte sich nur die Aufgabe, den Bruder und Aglaja wieder einander näherzubringen. Vielleicht hatte sie auch wirklich schon einiges erreicht; vielleicht hatte sie auch Fehler begangen, indem sie z. B. vom Bruder mehr erwartete, als er fähig war zu leisten. Jedenfalls wußte sie sich bei Jepantschins sehr geschickt zu benehmen: erwähnte oft wochenlang mit keinem Wort ihres Bruders, zeigte sich stets sehr aufrichtig und wahrheitsliebend und gab sich schlicht, doch ohne dabei ihrer Würde etwas zu vergeben. Was ihr Gewissen betrifft, so scheute sie sich nicht, auch in die letzte Kammer desselben hineinzublicken: sie hatte sich keine Vorwürfe zu machen, und gerade das verlieh ihr Kraft. Nur eines bemerkte sie bisweilen an sich: daß auch sie sich ärgerte, daß auch sie sehr viel Ehrgeiz besaß und womöglich nicht einmal unterdrückte Eitelkeit — was ihr übrigens in der Regel gerade dann auffiel, wenn sie von Jepantschins kam.

Und so kam sie auch jetzt wieder einmal von jenen nach Haus und war in einer trübseligen und nachdenklichen Stimmung. Aber diesmal kam zu dieser Niedergeschlagenheit noch eine spöttische Bitterkeit hinzu. Ptizyn bewohnte in Pawlowsk ein von außen nicht sehr schönes, wenn nicht gar unansehnliches Holzhaus, das aber dafür sehr geräumig war. Es lag an einer staubigen Straße, und da es bald ganz in Ptizyns Besitz übergehen sollte, sah er sich bereits nach einem Käufer um. Während Warja sich der Haustür näherte, hörte sie, daß im oberen Stock des Hauses geschrien und gelärmt wurde, und sie unterschied sogar die Stimme ihres Bruders und ihres Vaters. Als sie nach einer Weile ins Wohnzimmer trat, raste Ganja daselbst bleich vor Wut auf und ab und raufte sich fast die Haare aus. Sie runzelte die Stirn und ließ sich müde auf das Sofa nieder, ohne den Hut abzunehmen. Da sie sehr wohl begriff, daß der Bruder sich unfehlbar ärgern würde, wenn sie sich nicht nach der Ursache seiner rasenden Wut erkundigte, beeilte sie sich zu fragen:

»Immer dasselbe?«

»Was heißt hier dasselbe!« fauchte Ganja. »Dasselbe! Nein, hier geht weiß der Teufel was vor sich, aber nicht dasselbe! Der Alte ist vollkommen verrückt geworden. Mama weint. Bei Gott, Warja, tu, was du willst, aber ich werfe ihn hinaus oder ... oder geh selbst von euch fort«, fügte er wütend hinzu, da es ihm offenbar noch rechtzeitig einfiel, daß er doch nicht aus fremden Häusern Menschen hinausjagen konnte.

»Man muß doch Nachsicht haben«, meinte Warja.

»Wozu Nachsicht? Gegen wen? Gegen was?« fuhr Ganja zornig auf. »Nachsicht gegen seine Gemeinheiten? Nein, sag, was du willst, aber das geht nicht so weiter! Das geht nicht, geht nicht, geht nicht! Und was soll das heißen: er selbst ist der Schuldige, und je mehr er's ist, um so mehr nimmt er das

Maul voll ... Was sitzt du so? Was machst du für ein Gesicht?«

»Ach, laß das doch«, versetzte Warja übellaunig.

Ganja blickte sie aufmerksam an.

»Warst du dort?« fragte er plötzlich.

»Ja.«

»Da, dieses Geschrei! Das ist doch wirklich ... und noch dazu in einer solchen Zeit!«

»Was ist denn jetzt für eine so besondere Zeit?«

Ganja betrachtete die Schwester aufmerksamer.

»Hast du etwas erfahren?« fragte er.

»Nichts Unerwartetes. Ich habe erfahren, daß alles seine Richtigkeit hat. Mein Mann hatte recht: so wie er es von Anfang an voraussagte, ist es nun auch gekommen. Wo ist er?«

»Nicht zu Hause. Aber was ist denn jetzt auch so gekommen?«

»Der Fürst ist erklärter Bräutigam, die Sache ist entschieden. Die älteren Schwestern sagten es mir: Aglaja hat eingewilligt, und es wird auch gar nicht mehr verheimlicht. (Bis jetzt war ja dort eine Geheimnistuerei, daß Gott erbarm!) Adelaidas Hochzeit wird wieder aufgeschoben, denn die Trauungen sollen an ein und demselben Tage stattfinden — irgendein poetischer Einfall! Wie in Gedichten. Du aber tätest jetzt wirklich besser, ein Hochzeitsgedicht zu verfassen, als hier auf und ab zu rennen. Heute abend wird die Bjelokonskaja bei ihnen sein; die ist sehr zur rechten Zeit eingetroffen. Außerdem sind auch noch andere Gäste eingeladen. Wie es scheint, soll er der Bjelokonskaja vorgestellt werden, wenn er auch mit ihr schon bekannt ist; ich glaube, sie wollen ihn heute als „offiziellen Bräutigam" präsentieren. Nur fürchten sie, er könne irgend etwas umstoßen, zerschlagen, wenn er ins Zimmer tritt, oder gar selbst hinfallen — all dessen muß man ja bei ihm gewärtig sein.«

Ganja hörte seiner Schwester sehr aufmerksam zu, doch machten diese Nachrichten zu Warjas nicht geringer Verwunderung durchaus keinen so erschütternden Eindruck auf ihn, wie sie eigentlich erwartet hatte.

»Das war ja schließlich vorauszusehen«, meinte er nach einer Weile ziemlich ruhig. »Also aus!« fügte er dann noch mit einem eigentümlichen Lächeln hinzu, und listig blickte er seiner Schwester in die Augen; worauf er seinen Spaziergang durchs Zimmer fortsetzte, wenn auch bereits viel ruhiger.

»Gut wenigstens, daß du die Sache als Philosoph aufnimmst. Das hatte ich kaum erwartet«, sagte Warja.

»Ach was, jetzt ist man die Geschichte los, du wenigstens.«

»Ich glaube, dir aufrichtig gedient zu haben, unablässig und ohne meinen eigenen Vorteil zu verfolgen. Ich habe dich nicht gefragt, welches Glück du bei Aglaja suchtest.«

»Ja, habe ich denn ... Glück bei ihr gesucht?«

»Ach bitte, laß jetzt das Philosophieren! Selbstverständlich hast du's gesucht. Jetzt können wir mit einer langen Nase abziehen, und damit ist es aus. Wenn ich offen sein soll, kann ich dir nur sagen, daß ich nie ernstlich an einen Erfolg gedacht habe. Ich nahm es nur auf alle Fälle in die Hand, indem ich auf ihren lächerlichen Charakter rechnete, doch in erster Linie wollte ich eigentlich nur dich etwas zerstreuen. Natürlich hatten wir mindestens neunzig Chancen von hundert, daß die Sache ins Wasser fiel. Ich begreife bis jetzt noch nicht, was du eigentlich sonst erreichen wolltest.«

»Jetzt werdet ihr mich beide wieder bereden, eine Stelle anzunehmen, mir wieder Lektionen über Ausdauer und Willenskraft halten und den weisen Rat erteilen, daß man auch Geringes nicht mißachten soll, und so weiter, und so weiter, ich kann's ja schon auswendig«, sagte Ganja lachend.

(»Er muß etwas Neues im Sinn haben«, dachte Warja bei sich.)

»Nun und — wie ist man dort? Freuen sie sich?« fragte Ganja plötzlich.

»N—ein nicht besonders, wie es scheint. Kannst es dir ja selbst denken. Der General ist zufrieden, die Mutter fürchtet sich. Sie hat ihn ja auch früher nur mit Widerwillen als Freier betrachtet, das weiß man doch schon.«

»Ich rede nicht davon. Als Freier ist er ja ganz unmöglich, einfach undenkbar, das ist doch klar. Ich frage nur, wie es jetzt dort ist? Hat sie ihm offiziell ihr Jawort gegeben?«

»Sie hat bis jetzt nicht „nein" gesagt und das ist alles, aber mehr ist ja von ihr auch nicht zu erwarten. Du weißt doch, bis zu welch einer Blödsinnigkeit sie früher schüchtern und verschämt war: Kroch sie doch als kleines Mädchen, wenn Besuch bei ihnen war, immer in irgendeinen Schrank und saß dort stundenlang, nur um nicht zu den Gästen gehen und einen Knix machen zu müssen, und ebenso albern ist sie auch heute noch. Weißt du, ich glaube eigentlich, jetzt ist es wirklich ernst, sogar ihrerseits. Über den Fürsten, sagten die Schwestern, mache sie sich den ganzen Tag lustig, vom Morgen bis zum Abend, damit man nur ja nicht glaube, sie liebe ihn; nur wird sie es schon so einzurichten wissen, daß sie ihm täglich unter vier Augen etwas sagen kann, denn er scheint ja förmlich in den Himmel entrückt zu sein, strahlt einfach ... Soll dabei entsetzlich komisch sein. Das sagten sie selbst. Auch schienen sie sich über mich ein wenig lustig zu machen, wenigstens lachten sie mir ins Gesicht, die beiden älteren.«

Ganja wurde schließlich doch ärgerlich und runzelte die Stirn. Warja hatte vielleicht nicht ohne Absicht die letzte Bemerkung gemacht. Sie wollte seine geheimen Gedanken erforschen.

Da begann plötzlich der Lärm und das Geschrei im oberen Stockwerk von neuem.

»Nein! Ich jage ihn hinaus!« schrie Ganja wütend, doch gleichsam erfreut darüber, daß er seinem Ärger freien Lauf lassen konnte und ein anderes Objekt gefunden hatte.

»Damit wäre nichts gewonnen, im Gegenteil, er würde dann noch zu Gott weiß wem gehen, um über uns zu klatschen, wie er es gestern schon getan hat.«

»Wie — was gestern? Was heißt das, was hat er gestern

getan? Ist er etwa ...«, fragte Ganja plötzlich sehr erschrocken.

»Ach, mein Gott, weißt du es denn noch nicht?« unterbrach ihn Warja.

»Wie ... was ... ist es denn wirklich möglich, daß er dort war?« rief Ganja außer sich vor Scham und Unwillen. »Gott, du kommst ja von dort her! Was hast du denn erfahren? Ist der Alte dort gewesen? Ja? Nein?«

Ganja stürzte zur Tür. Warja lief ihm nach und packte ihn am Arm.

»Was tust du? Wohin gehst du? Wenn du ihn jetzt hinauswerfen willst, dann wird's nur noch schlimmer, er wird überall herumgehen, allen wird es bekannt werden...«

»Was hat er dort angerichtet? Was hat er ihnen gesagt?«

»Ja, das wußten sie selbst nicht zu sagen, sie haben ihn offenbar gar nicht verstanden; er hat sie nur alle erschreckt. Gekommen war er zu Iwan Fjodorowitsch, der war nicht zu Hause; er fragte nach Lisaweta Prokofjewna. Bat sie zuerst um Protektion; er suche einen Dienst, sagte er, sie möge ihm eine Stelle verschaffen; darauf hat er sich über uns beklagt, über mich, über meinen Mann, besonders aber über dich ... Wer weiß, worüber er noch alles geredet hat.«

»Und das konntest du nicht mehr erfahren?« schrie Ganja hysterisch, fast kreischend auf.

»Wie sollt' ich denn! Er wird wohl selbst kaum gewußt haben, wovon er sprach — oder vielleicht hat man mir nicht alles wiedererzählt.«

Ganja griff sich an den Kopf und lief ans Fenster. Warja saß am anderen Fenster.

»Diese sonderbare Aglaja«, bemerkte sie plötzlich, »als ich fortging, hielt sie mich zurück und sagte mir: ,Drücken Sie Ihren Eltern meine persönliche Hochachtung aus, ich hoffe bestimmt, in diesen Tagen Ihren Vater wiederzusehen.' Und das sagte sie so ernst. Wirklich sonderbar ...«

»Machte sie sich nicht etwa lustig?«

»Nein, das ist ja das Sonderbare.«

»Weiß sie das von dem Alten, oder weiß sie es nicht, was glaubst du?«

»Daß man im Hause nichts weiß, davon bin ich fest überzeugt; aber du hast mich auf einen Gedanken gebracht. Aglaja wird es vielleicht wissen. Ja: Sie allein weiß es, denn auch die Schwestern waren sehr erstaunt, als sie mir so ernst einen Gruß an Papa auftrug. Und warum gerade an ihn? Wenn sie es aber weiß, so hat der Fürst es ihr gesagt!«

»Interessant zu wissen, wer ihr das gesagt haben mag? Das fehlte noch! Ein Dieb in unserer Familie, „das Haupt der Familie"!«

»Ach Unsinn«, rief Warja ärgerlich aus. »Eine Sache, die in der Trunkenheit geschehen ist, hat doch nichts zu sagen. Und wer hat sie sich ausgedacht? Lebedeff, der Fürst ... das sind die Rechten! Ich mache mir nicht soviel draus.«

»Der Alte ist ein Dieb«, fuhr Ganja bitter fort, »ich bin ein Bettler, der Mann meiner Schwester ein Wucherer — recht verlockend für Aglaja! Da ist nichts zu sagen, das ist wirklich schön!«

»Dieser Mann deiner Schwester, der Wucherer ist ...«

»Ernährt mich, nicht wahr? bitte, mache keine Umstände und sag es nur gerade heraus.«

»Warum ärgerst du dich denn?« fragte Warja. »Von alledem verstehst du nichts, bist wie ein Schuljunge. Du glaubst, das könnte dir in den Augen Aglajas schaden? Du kennst ihren Charakter nicht. Sie würde sich vom besten Bewerber abwenden und zu irgendeinem Studenten gehen, um mit ihm unter dem Dach zu wohnen und vielleicht Hungers zu sterben. So denkt sie. Du hast es immer noch nicht begriffen, wie interessant du in ihren Augen sein würdest, wenn du unsere Verhältnisse mit Festigkeit und Stolz ertrügest. Der Fürst hat sie nur damit gefangen, daß er sich gar nicht um sie kümmerte, und zweitens, daß er in den Augen aller als Idiot gilt. Schon allein, daß sie seinetwegen die ganze Familie aufregt — das ist es, was sie will. Ach, ihr Männer versteht aber auch gar nichts davon!«

»Nun, wir werden noch sehen, ob wir etwas davon verstehen oder ob wir nichts davon verstehen«, äußerte sich Ganja rätselhaft,»trotzdem möchte ich nicht, daß sie das vom Alten erfährt. Ich hoffe, der Fürst wird darüber schweigen. Er hat auch Lebedeff zum Schweigen verpflichtet; auch hat er mir gegenüber geschwiegen, als ich ihn auszufragen suchte...«

»Du mußt aber doch einsehen, daß es trotzdem allen bekannt werden wird. Ja, und auf was hoffst du denn jetzt noch? Wenn dir eine einzige Hoffnung geblieben ist, so wäre es die, in ihren Augen als Märtyrer zu erscheinen.«

»Trotz aller Romantik würde sie sich doch vor dem Skandal fürchten. Alles nur bis zu einer gewissen Grenze, so seid ihr ja immer!«

»Aglaja sich vor dem Skandal fürchten?« fuhr Warja heftig auf und sah den Bruder verächtlich an. »Hast doch eine niedrige Seele! Ihr seid alle nicht viel wert. Wenn sie auch wunderlich und lächerlich erscheinen mag, so ist sie doch tausendmal anständiger als wir alle.«

»Nun, sei nur nicht gleich so böse«, brummte Ganja einlenkend.

»Mir tut nur Mama leid«, fuhr Warja fort, »wenn diese Geschichte mit Papa nur nicht ihr zu Ohren käme! Ach, das fürchte ich!«

»Sicher hat sie es schon erfahren«, bemerkte Ganja.

Warja hatte sich erhoben, um zu Nina Alexandrowna hinaufzugehen; sie blieb jetzt stehen und sah den Bruder aufmerksam an.

»Wer hätte es ihr denn sagen können?«

»Ippolit sicherlich. Er wird es für seine erste Pflicht gehalten haben, nach seiner Einquartierung bei uns, es der Mutter zu hinterbringen.«

»So, woher soll er es denn erfahren haben, sag mir das doch bitte? Der Fürst und Lebedeff werden darüber schweigen, Kolja weiß auch nichts davon.«

»Ippolit? Hat es vielleicht irgendwie — erraten. Du kannst

es dir nicht vorstellen, was das für eine schlaue Pflanze ist. Eine Klatschbase und eine Spürnase, die alles Schlechte, jeden Skandal wittert. Glaub es oder glaub es nicht, ich bin überzeugt, daß er auf Aglaja einen großen Einfluß gewinnen wird. Wenn noch nicht jetzt, so doch später! Mit Rogoshin hat er sich schon angefreundet. Daß der Fürst das nicht bemerkt hat? Jetzt möchte er mich unterkriegen! Mich hält er für einen persönlichen Feind. Und wozu das alles? Bald wird er sterben — ich kann es nicht begreifen. Aber ich werde ihn ... Du wirst sehen, *ich* werde *ihn* unterkriegen!!«

»Warum bemühst du dich um ihn, wenn du ihn nicht magst? Und ist er es denn überhaupt wert, daß er untergekriegt werden muß?«

»Du hast mir doch geraten, ihn zu uns einzuladen.«

»Ich dachte, er könnte uns von Nutzen sein. Weißt du, daß er selbst in Aglaja verliebt ist und ihr geschrieben hat? Man hat mich über ihn ausgefragt ... er soll sogar Lisaweta Prokofjewna einen Brief geschrieben haben ...«

»In der Hinsicht — ist er ungefährlich!« bemerkte Ganja boshaft lächelnd. »Daß er verliebt ist, kann ja möglich sein, denn er ist doch ein junger Mann. Er wird aber hoffentlich der Alten keinen anonymen Brief schreiben? Er ist doch eine so boshafte, selbstzufriedene Mittelmäßigkeit, der Mensch! ... Ich bin überzeugt, ich weiß es genau: er hat mich ihr gegenüber als einen Intriganten hingestellt. Damit hat es bei ihm angefangen. Ich gebe zu, daß ich mich ihm anfangs wie ein Dummkopf anvertraut habe; ich dachte, er würde aus Rache gegen den Fürsten auf meine Interessen eingehen. Oh, so ein hinterlistiges Geschöpf! Aber dafür habe ich ihn jetzt vollständig erkannt. Von dem Diebstahl hat er sicher durch seine Mutter erfahren. Der Alte hat den Diebstahl doch nur dieser seiner Mutter wegen begangen! Neulich teilte er mir wie zufällig mit, der „General" habe seiner Mutter dreihundert Rubel versprochen, und das einfach — nun, eben so, ohne alle Umstände. Ich begriff sofort. Dabei sah er mir mit sichtlichem Vergnügen in die Augen;

auch Mama wird er es erzählt haben, nur um ihr das Herz schwer zu machen. Und warum stirbt er denn nicht endlich, sage mir das doch, bitte? Er hat sich doch verpflichtet, in drei Wochen zu sterben, und jetzt hat er hier noch zugenommen! Hustet auch weniger. Gestern abend sagte er, daß er seit zwei Tagen kein Blut mehr speie.«

»Wirf ihn doch hinaus.«

»Ich hasse ihn nicht, sondern verachte ihn«, sagte Ganja stolz. »Oder gut, ja, ja, mag ich ihn auch hassen, mag es so sein!« rief er plötzlich in größter Wut, »und das werde ich ihm auch ins Gesicht sagen, selbst wenn er im Sterben liegt ... auf seinem Kissen! Wenn du seine Beichte gelesen hättest, — mein Gott, welch eine Naivität der Frechheit! Das ist ja der Leutnant Pirogóff[26], das ist ja Gógols Aufschneider Nósdreff als Tragödie! Und in der Hauptsache doch nur ein grüner Junge! Oh, mit welch einer Wonne ich ihn damals verdroschen hätte, nur um ihn einmal in Erstaunen zu versetzen. Jetzt will er sich an allen dafür rächen, daß er damals Fiasko machte ... Aber was ist denn das wieder für ein Lärm dort oben? Was hat das wieder zu bedeuten? Das kann ich doch schließlich nicht mehr dulden!« rief er dem ins Zimmer tretenden Ptizyn entgegen, »was ist denn los, das geht doch zu weit, schließlich und endlich ... Das ... das ...«

Aber der Lärm kam schnell näher, die Tür wurde aufgerissen, und der alte Iwólgin, puterrot vor Zorn, sichtlich erschüttert und außer sich, stürzte gleichfalls auf Ptizyn los. Dem Alten folgten Nina Alexandrowna, Kolja und hinter allen Ippolit.

II

Ippolit war bereits vor fünf Tagen in Ptizyns Haus übergesiedelt. Das hatte sich ganz von selbst so ergeben, ohne besondere Erklärungen und ohne jedes Zerwürfnis zwischen ihm und dem Fürsten. Sie hatten sich nicht einmal gestritten, sondern schieden dem äußeren Anschein nach fast sogar wie Freunde. Gawríla Ardaliónowitsch, der sich an jenem Abend so feindselig zu Ippolit verhalten hatte, war von selbst zu ihm gekommen, um ihn zu besuchen, übrigens schon am übernächsten Tage, und wahrscheinlich mit einer bestimmten Absicht auf Grund eines ihm plötzlich gekommenen Einfalls. Auch Rogoshin hatte den Kranken, wer weiß weshalb, besucht. Der Fürst war zunächst der Ansicht gewesen, es wäre für den »armen Jungen« sogar besser, wenn er sein Haus verließ. Aber schon während des Umzugs äußerte sich Ippolit in dem Sinne, daß er zu Ptizyn übersiedele, der »so gut sei, ihm ein Unterkommen zu gewähren«, und wie mit Absicht sagte er kein einziges Mal, daß er zu Ganja zöge, obgleich eigentlich Ganja darauf bestanden hatte, ihn ins Haus zu nehmen. Ganja hatte das wohl bemerkt und als Kränkung im Herzen behalten.

Er hatte recht, als er zu seiner Schwester die Bemerkung machte, der Kranke habe sich erholt. In der Tat, Ippolit sah besser aus, was man auf den ersten Blick bemerkte. Er folgte den anderen, ohne sich zu beeilen, ins Zimmer, mit einem mokanten, unguten Lächeln. Nina Alexandrowna schien sehr erschrocken zu sein. Sie hatte sich in diesem halben Jahr sehr verändert. (Seit sie ihre Tochter verheiratet hatte und bei ihr lebte, mischte sie sich äußerlich fast nicht mehr in die Angelegenheiten ihrer Kinder.) Kolja war besorgt und offenbar sehr unwillig über irgend etwas, doch schien er »die Grillen des Generals«, wie er sich ausdrückte, nicht zu begreifen, denn er kannte ja nicht den Hauptgrund der Unruhe im Hause ... Es war ihm klar, daß der Vater sich in jeder Hinsicht so verändert hatte, als wäre er nicht mehr derselbe Mensch. Es beunruhigte ihn geradezu, daß der Alte bereits seit drei Tagen nicht mehr trank. Er wußte, daß der Vater sich sogar mit Lebedeff und dem Fürsten überworfen hatte. Kolja selbst war soeben mit einer Literflasche Schnaps zurückgekehrt, die er für sein eigenes Geld gekauft hatte.

»Lassen Sie ihn trinken, Mama«, hatte er schon oben

seiner Mutter zugeredet, »lassen Sie ihn lieber trinken. Seit drei Tagen schon hat er nicht mehr getrunken. Er muß einen Kummer haben. Darum ist es besser, er trinkt etwas, glauben Sie mir! Ich habe ihm auch dorthin ...«

Der General stieß die Tür sperrangelweit auf und stand auf der Schwelle, gleichsam zitternd vor Erregung und Unwillen.

»Mein Herr!« donnerte er Ptizyn entgegen. »Wenn Sie tatsächlich beschlossen haben, diesem Milchbart und Atheisten einen ehrwürdigen Greis, Ihren Vater, oder wenigstens den Vater Ihrer Frau, und einen Mann, der seinem Herrscher treu gedient hat, zu opfern, so wird mein Fuß dieses Haus nicht mehr betreten! Wählen Sie, mein Herr, wählen Sie sofort, ihn oder mich! ... diesen dort, diesen Bohrer! Ja, Bohrer! Der Ausdruck ist mir unversehens in den Mund gekommen, aber er stimmt, diesen — Bohrer! Denn er bohrt in meiner Seele, und ohne jede Achtung ... wie eine Schraube!«

»Warum nicht wie ein Korkzieher?« schaltete Ippolit ein.

»Nein, nicht Korkzieher, denn du hast einen General vor dir und keine Flasche. Ich besitze Auszeichnungen, Orden ... was aber besitzt denn du? Er oder ich! Entscheiden Sie sich, mein Herr, aber sofort, sofort!« schrie er wieder wütend Ptizyn zu.

Kolja brachte ihm einen Stuhl, auf den er dann ganz erschöpft niederfiel.

»Es wäre doch wohl besser, Sie legten sich ein wenig hin«, murmelte Ptizyn ratlos.

»Er droht uns noch!« bemerkte Ganja halblaut zur Schwester.

»Mich hinlegen!« schrie der General. »Ich bin nicht betrunken, mein Herr! Sie beleidigen mich! Ich sehe«, und er erhob sich wieder vom Stuhl, »daß hier alle gegen mich sind, alle und alles! Genug! Ich gehe ... Doch wissen Sie, mein Herr, wissen Sie ...«

Man ließ ihn nicht weiter reden, man setzte ihn von neuem hin, man versuchte ihn zu beruhigen. Ganja ging wutschnaubend in die entfernteste Ecke des Zimmers. Nina Alexandrowna zitterte und weinte.

»Was habe ich ihm denn getan? Worüber beklagt er sich eigentlich?« rief Ippolit wieder grinsend.

»Wie, Sie hätten ihm nichts getan?« erwiderte ihm plötzlich Nina Alexandrowna. »Gerade von Ihnen ist es ganz besonders schändlich und unmenschlich, einen alten Mann so zu quälen ... und dazu noch in Ihrer Lage ...«

»Was heißt das: ‚in Ihrer Lage‘, gnädige Frau! Ich achte Sie sehr, gerade Sie persönlich, doch ...«

»Das ist ein Bohrer!« schrie wieder der General. »Er will sich mir in die Seele, ins Herz hineinbohren! Er will mich zum Atheismus bekehren! Weißt du auch, du Milchbart, als du noch nicht geboren warst, da hatte man mich schon mit Ehren überhäuft; du aber bist nur ein neidischer Wurm, der in zwei Hälften zerrissen wird, vom Husten ... und der vor Bosheit und Unglauben stirbt ... Warum hat Gawrila dich hierher gebracht? Alle sind sie gegen mich, alle, vom Fremden bis zum eigenen Sohn!«

»Genug, spielen Sie hier keine Tragödie vor!« rief Ganja. »Es wäre besser, wenn Sie uns nicht vor der ganzen Stadt Schande bereiten wollten!«

»Was, ich mache dir Schande, du Gelbschnabel! Ich – dir? Ich kann dir nur Ehre machen, aber nicht Schande!«

Er war schon völlig außer sich und konnte sich nicht mehr beherrschen, auch Gawrila Ardalionytsch schien die Geduld zu reißen.

»Sie reden noch von Ehre!« rief er boshaft.

»Was hast du gesagt?« donnerte der General erbleichend und trat einen Schritt auf ihn zu.

»Ich brauche nur den Mund aufzutun, um ...«, brüllte Ganja, brach aber plötzlich ab.

Sie standen einander gegenüber, beide über die Maßen erregt, besonders Ganja.

»Ganja, was sagst du da!« rief Nina Alexandrowna und warf sich ihrem Sohn entgegen.

»Was für Torheiten von allen Seiten!« unterbrach Warja sie unwillig. »Lassen Sie ihn doch, Mama!«

»Nur der Mutter wegen schone ich Sie«, rief Ganja tragisch aus ...

»So sprich!« brüllte der General vollkommen außer sich, »so sprich doch, oder ich drohe dir mit meinem väterlichen Fluch! Sprich!«

»Als ob ich Ihren Fluch fürchtete, haha! Wer ist denn daran schuld, daß Sie seit acht Tagen ganz wie wahnsinnig sind? Den achten Tag, Sie sehen, ich weiß sogar das Datum ... Sehen Sie zu, daß Sie mich nicht zum Äußersten bringen, sonst sage ich alles ... Warum sind Sie gestern zu Jepantschins gegangen? Das nennt sich ein ehrenwerter Greis mit weißen Haaren, Familienvater! Wunderbar!«

»Sei still, Ganja!« rief Kolja aufgebracht, »sei still, Dummkopf!«

»Und ich, und ich, womit habe ich ihn denn beleidigt?« mischte sich Ippolit wieder in spöttischem Tone ein. »Warum nennt er mich einen Bohrer? Sie haben es doch selbst gehört! Er hat sich mir selbst aufgedrängt, kam und erzählte mir von einem Kapitän Jeropjégoff. Ich habe, wie Sie wissen, immer Ihre Gesellschaft gemieden, General, das sollten Sie wenigstens nicht vergessen. Was geht mich der Kapitän Jeropjégoff an? Sagen Sie sich das doch selbst. Ich bin doch nicht dieses Kapitäns wegen hierher gekommen! Ich habe ihm nur meine Meinung gesagt, daß dieser Kapitän Jeropjégoff vielleicht überhaupt nicht existiert hat. Da erhob er natürlich sofort ein gewaltiges Geschrei.«

»Selbstverständlich hat er nicht existiert«, schnitt ihm Ganja das Wort ab.

Der General stand wie vom Schlage gerührt da und blickte nur verständnislos um sich. Die Worte des Sohnes hatten ihn durch ihre kaltblütige Offenheit vollständig niedergeschmettert. Im ersten Augenblick konnte er keine Worte finden. Nur zuletzt, als Ippolit lachend auf die Antwort Ganjas ausrief: »Nun haben Sie's gehört, Ihr eigener

Sohn hat es doch gesagt, daß es einen Kapitän Jeropjégoff gar nicht gegeben hat!« — da murmelte er schließlich ganz verwirrt vor sich hin:

»Kapitón Jeropjégoff, nicht Kapitän ... Kapitón ... Oberstleutnant a. D. Jeropjégoff ... Kapitón ...«

»Auch einen Kapitón hat es nicht gegeben!« warf Ganja schon ganz erbost hin.

»Wa ... warum nicht gegeben?« stotterte der General, und eine Röte stieg ihm jäh ins Gesicht.

»Laßt das doch gut sein«, versuchten Ptizyn und Warja zu beschwichtigen.

»Sei still, Ganjka!« rief wieder Kolja dazwischen.

Aber dieses Eintreten für ihn schien den General wieder zur Besinnung zu bringen.

»Wieso soll es ihn nicht gegeben haben? Warum nicht gegeben haben?« fuhr er den Sohn drohend an.

»Weil es eben keinen gegeben hat. Und damit basta. Er kann überhaupt nicht existiert haben! Verstehen Sie jetzt? Bitte, lassen Sie mich nun in Ruh, sage ich Ihnen!«

»Und das soll mein Sohn sein ... mein leiblicher Sohn, den ich ... oh, mein Gott! Jeropjégoff, Jeróschka Jeropjégoff soll nicht existieren haben!«

»Da sehen Sie! — einmal heißt er Jeróschka, das andere Mal Kapitóschka!« warf Ippolit dazwischen.

»Kapitóschka, mein Herr, Kapitóschka und nicht Jeróschka! Kapitón, Kapitón Alexéjewitsch, so ist's, Kapiton ... Oberstleutnant ... außer Diensten ... verheiratet mit Marja ... mit Marja ... Petrówna ... Ssu ... Ssu ... mein Freund und Kriegskamerad ... Ssutúgowa ... seit meiner Fähnrichszeit. Ich habe mein Blut für ihn vergossen ... ich habe ihn gedeckt ... aber er fiel! Einen Kapitóschka Jeropjégoff soll es nicht gegeben haben! Nicht gegeben!«

Der General rief empört Hölle und Himmel an, daß man hätte denken können, sein Geschrei gelte ganz anderen Dingen. Zu anderer Zeit freilich hätte ihn sogar eine viel beleidigendere Vermutung als die der absoluten Nichtexistenz

Kapitón Jeropjégoffs überhaupt nicht weiter aufgeregt. Vielleicht hätte er anfangs auch geschrien, dann eine lange Geschichte erfunden, wäre vielleicht sogar außer sich geraten, zu guter Letzt aber wäre er doch ruhig nach oben in sein Zimmer schlafen gegangen. Dieses Mal jedoch geschah es, infolge der bekannten Unberechenbarkeit des menschlichen Herzens, daß dieser unwichtige Zweifel an der Existenz Jeropjegoffs den Krug zum Überlaufen brachte. Der General, totenblaß, wie er war, erhob die Hände und schrie:

»Genug! Mein Fluch ... ich verlasse dieses Haus! Nikolai, bring meinen Reisesack, ich gehe ... fort!«

Er stürzte hinaus, Nina Alexandrowna, Kolja, Ptizyn bemühten sich, ihn zurückzuhalten.

»Was hast du jetzt angerichtet!« wandte sich Warja an den Bruder. »Er wird sich womöglich wieder dorthin schleppen. Diese Schande! Diese Schande!«

»Dann soll er nicht stehlen!« schrie Ganja immer noch wutschnaubend. Plötzlich begegneten seine Augen denen Ippolits. Ganja erbebte geradezu. »Und Sie, mein Herr«, schrie er ihn an, »Sie sollten nicht vergessen, daß Sie in einem fremden Hause ... Gastfreundschaft genießen! Sie hätten den Alten, der offenbar von Sinnen ist, nicht reizen sollen ...«

Ippolit fuhr gleichsam zusammen, doch faßte er sich sofort wieder.

»Ich bin nicht Ihrer Meinung, daß Ihr Vater von Sinnen ist«, antwortete er ihm ruhig. »Mir scheint im Gegenteil, daß sein Verstand sich in letzter Zeit geschärft hat, bei Gott. Sie glauben es nicht? So vorsichtig und mißtrauisch ist er geworden, jedes Wort wägt er ordentlich ... Nicht ohne Absicht hat er mir von diesem Kapitoschka erzählt; stellen Sie sich doch nur vor, er wollte mir einreden ...«

»Zum Teufel, was geht es mich an, was er Ihnen einreden wollte! Ich bitte Sie, mich nicht zu reizen und hier nicht zu intrigieren, mein Herr! Wenn Sie den wahren Grund wissen, warum der Alte in einer solchen Verfassung ist (Sie haben ja hier bei uns fünf Tage lang herumspioniert, so daß Sie ihn wohl wissen werden), so hätten Sie ihn nicht reizen sollen ... diesen Unglücklichen ... und meine Mutter mit diesen Dingen nicht quälen sollen, da es sich ja doch nur um einen dummen Streich handelt, um einen Streich in der Betrunkenheit. Und er ist nicht einmal erwiesen ... es lohnt sich nicht einmal, davon zu sprechen ... Aber Sie, Sie natürlich müssen überall Gift spritzen und herumschnüffeln, denn Sie sind ja ...«

»Ein Bohrer!« Ippolit lächelte hämisch.

»Weil Sie ein Nichtsnutz sind! Eine halbe Stunde lang quälen Sie Menschen und wollen sie erschrecken — mit Ihrer ungeladenen Pistole und dem Selbstmord, mit dem Sie sich so blamiert haben, Sie überlaufende Galle ... auf zwei Beinen. Ich habe Ihnen meine Gastfreundschaft angeboten, Sie sind hier dick geworden, haben aufgehört zu husten und bezahlen mir das ...«

»Erlauben Sie, nur ein Wort: ich bin hier bei Warwara Ardalionowna und nicht bei Ihnen; Sie haben mir überhaupt keine Gastfreundschaft anzubieten; ich glaube, Sie genießen selbst Gastfreundschaft bei Herrn Ptizyn. Vor vier Tagen habe ich meine Mutter gebeten, mir hier in Páwlowsk eine Wohnung zu mieten, und sie ferner gebeten, selbst auch hierher zu ziehen, denn ich fühle mich tatsächlich hier besser, wenn ich auch durchaus nicht zugenommen habe, noch aufgehört habe zu husten. Gestern abend teilte mir meine Mutter mit, die Wohnung sei fertig, und ich beeile mich meinerseits, Ihnen mitzuteilen, daß ich mich bei Ihrer Frau Mutter und Ihrer Frau Schwester für die mir erwiesene Gastfreundschaft bedanken werde und heute abend ihr Haus verlasse. Entschuldigen Sie, ich habe Sie unterbrochen; Sie schienen noch vielerlei sagen zu wollen.«

»Oh, wenn das so ist ...«, begann Ganja zitternd.

»Und wenn das so ist, dann erlauben Sie, bitte, daß ich mich setze«, fügte Ippolit hinzu und setzte sich ruhig auf den Stuhl, auf dem der General gesessen hatte, »ich bin immerhin krank; so, jetzt bin ich bereit, Sie anzuhören, um so mehr, als es unser letztes Gespräch, ja, unsere letzte Begegnung sein dürfte.«

Ganja empfand plötzlich Gewissensbisse. »Glauben Sie denn, daß ich mich dazu hergeben werde, mit Ihnen abzurechnen, und wenn Sie ...«

»Sie tun vergeblich so von oben herab«, unterbrach ihn Ippolit. »Schon am ersten Tage meines Aufenthaltes hier gab ich mir das Wort, Ihnen bei meinem Abschied aufrichtig die Wahrheit zu sagen. Ich habe die Absicht, es jetzt zu tun — nachdem Sie sich zuvor ausgesprochen haben, versteht sich.«

»Und ich bitte Sie, dieses Zimmer zu verlassen.«

»Sprechen Sie sich lieber aus, sonst werden Sie bedauern, es nicht getan zu haben.«

»Hören Sie auf, Ippolit, das ist ja alles so unwürdig ... Tun Sie mir den Gefallen und hören Sie auf!« sagte Warja.

»Also dann einer Dame zu Gefallen«, versetzte Ippolit lachend und stand auf. »Wenn Sie es wünschen, Warwara Ardalionowna, bin ich um Ihretwillen bereit, die Aussprache abzukürzen, doch nur abzukürzen, denn eine gewisse Auseinandersetzung zwischen Ihrem Bruder und mir ist doch unerläßlich, und ich kann mich unter keinen Umständen dazu verstehen, beim Fortgehen von hier Unklarheiten zurückzulassen.«

»Weil Sie einfach ein Klatschmaul sind«, schrie Ganja, »ohne Klatsch können Sie sich nicht entschließen fortzugehen!«

»Sehen Sie«, bemerkte Ippolit kaltblütig, »da können Sie sich schon wieder nicht beherrschen. Glauben Sie mir, Sie werden es bedauern, nicht alles gesagt zu haben. Ich gebe Ihnen noch einmal das Wort. Ich werde warten.«

Gawrila Ardalionytsch schwieg und sein Mienenspiel drückte Verachtung aus.

»Sie wollen nicht. Sie haben also die Absicht, Charakter

zu zeigen — ganz wie Sie wünschen. Was mich betrifft, so werde ich mich nach Möglichkeit kurz fassen. Zwei- oder dreimal hörte ich von Ihnen den Vorwurf, ich hätte Ihre Gastfreundschaft mißbraucht; das ist ungerecht. Sie wollten mich mit Ihrer Aufforderung in ein Netz locken, Sie rechneten darauf, daß ich mich am Fürsten würde rächen wollen. Außerdem hörten Sie, daß Aglaja Iwanowna für mich Teilnahme bekundet und meine Beichte gelesen habe. Sie rechneten aus irgendeinem Grunde darauf, daß ich Ihren Interessen ergeben sein würde, und hofften, in mir einen Helfer zu finden. Ich werde mich darüber nicht ausführlich erklären! Ich verlange auch Ihrerseits durchaus kein Bekenntnis oder eine Bejahung. Es genügt, daß wir uns jetzt gegenseitig vollständig verstehen.«

»Sie machen ja aus der allergewöhnlichsten Sache Gott weiß was!« rief Warja ärgerlich aus.

»Ich habe es dir ja gesagt: ein Klatschmaul und Gelbschnabel ist er«, brummte Ganja.

»Erlauben Sie, Warwara Ardalionowna, daß ich fortfahre. Den Fürsten kann ich freilich weder lieben noch achten; aber er ist ein wirklich guter Mensch, wenn auch ein wenig ... lächerlich. Aber warum ich ihn hassen sollte, das sehe ich wirklich nicht ein. Ihr Bruder, der mit einem solchen Haß meinerseits rechnete, hat sich mir vollständig anvertraut. Wenn ich jetzt bereit bin, ihn zu schonen, so tue ich es nur Ihretwegen, Warwara Ardalionowna. Ich wollte Ihnen damit sagen, daß man mich nicht allzu leicht fangen kann. Ihren Herrn Bruder aber, den wollte ich vor sich selbst als Dummkopf hinstellen. Und das habe ich allerdings aus Haß getan, ich gestehe es offen ein. Ich fühle, daß ich auf meinem Sterbebett (denn ich werde ja doch bald sterben, obgleich Sie finden, daß ich dicker geworden sei) unvergleichlich ruhiger in das Paradies eingehen würde, wenn es mir vorher noch gelänge, einem Vertreter dieser zahllosen Menschensorte einen Streich zu spielen, einem dieser Leute, die mich in meinem ganzen Leben so geärgert haben und die ich mein ganzes Leben lang gehaßt habe, und deren vollendetster Typ und Vertreter Ihr Herr Bruder ist. Ich hasse Sie, Gawrila Ardalionytsch, *einzig und allein darum* — das mag Ihnen sehr sonderbar vorkommen —, weil Sie der Typ und die Verkörperung und der Gipfel dieser gemeinsten, selbstzufriedensten Gewöhnlichkeit sind. Dieser Gewöhnlichkeit, die an nichts mehr zweifelt, die von olympischer Ruhe und Vollendung ist. In Ihrem Verstande, in Ihrem Herzen haben Sie noch nie auch nur die allerkleinste Idee geboren. Aber Sie sind grenzenlos neidisch; Sie sind fest überzeugt, daß Sie das größte Genie seien, nur hin und wieder in schwachen Stunden steigt ein Zweifel in Ihnen auf, und dann werden Sie böse und neidisch! Oh, einige schwarze Wölkchen haben Sie noch an Ihrem Horizont, doch auch die werden verschwinden, wenn Sie schließlich ganz verdummt sein werden, was nicht mehr lange auf sich warten lassen wird. Immerhin steht Ihnen ein langer und abwechslungsreicher Weg bevor — kein froher Weg, das freut mich. Erstens sage ich Ihnen voraus, daß Sie eine gewisse Person doch nicht bekommen werden.«

»Das ist ja unerträglich!« schrie Warja. »Hören Sie doch endlich auf, Sie widerlicher Giftpilz!«

Ganja war erblaßt, zitterte und schwieg. Ippolit verstummte und betrachtete ihn mit ersichtlicher Schadenfreude, darauf sah er Warja an, lächelte, verbeugte sich vor ihr und ging hinaus, ohne auch nur ein Wort hinzuzufügen.

Gawrila Ardalionytsch konnte sich wirklich über sein Schicksal und seine Mißerfolge beklagen. Warja schwieg eine Zeitlang und wagte ihn weder anzusehen noch anzusprechen, während er mit großen Schritten vor ihr auf und ab ging. Schließlich trat er ans Fenster und kehrte ihr den Rücken zu. Warja dachte an das russische Sprichwort: „Jedes Unangenehme hat auch sein Gutes." Im oberen Stock war wieder Lärm zu hören.

»Du gehst?« wandte sich Ganja plötzlich an seine Schwester, als er hörte, daß sie aufstand. »Warte ein wenig; sieh dir das einmal an.«

Er reichte ihr ein kleines zusammengefaltetes Zettelchen hin.

»Mein Gott!« rief Warja und schlug die Hände zusammen. Das Zettelchen enthielt nur sieben Zeilen.

»Gawrila Ardalionytsch! Da ich mich davon überzeugt habe, daß Sie mir wohlwollen, so habe ich mich entschlossen, Sie in einer für mich sehr ernsten Angelegenheit um Rat zu bitten. Ich möchte Sie morgen früh um sieben Uhr bei der grünen Bank treffen, die nicht weit entfernt von unserem Landhaus steht. Warwara Ardalionowna, die Sie unbedingt begleiten muß, kennt diesen Platz sehr gut.  A. J.«

»Da soll man nach alledem noch aus ihr klug werden und etwas voraussagen!« Warwára Ardalióonowna spreizte die Arme vor dieser Überraschung.

Ganja hätte in diesem Augenblick gar zu gern ein wenig geprahlt, aber er begnügte sich damit, wenigstens seinen Triumph durch sein Mienenspiel merken zu lassen, noch dazu nach den so erniedrigenden Prophezeiungen Ippolits. Ein selbstgefälliges Lächeln erglänzte unverhohlen auf seinem Gesicht, und auch Warjas Gesicht hellte sich auf vor Freude.

»Und das an demselben Tage, wo ihre Verlobung bei ihnen bekannt gegeben wird! Worauf soll man sich da noch verlassen!«

»Was meinst du, was wird sie mir morgen sagen wollen?« fragte Ganja.

»Das ist doch ganz gleich, die Hauptsache ist, daß sie nach sechs Monaten zum erstenmal wieder mit dir zusammenkommen will. Höre mich an, Ganja: was es auch sei, oder welchen Lauf die Dinge auch nehmen sollten, vergiß nicht, daß diese Zusammenkunft äußerst wichtig ist, von größter Wichtigkeit! Prahle nicht wieder, mache keine Dummheiten, aber sei auch kein Feigling, sieh zu! Sie muß doch erraten haben, warum ich mich ein halbes Jahr lang so oft zu ihnen schleppte? Und denke dir nur: nicht ein Wort hat sie mir heute davon gesagt, nicht eine Silbe! Ich habe es heute doch wieder riskiert, hinzugehen — die Alte wußte nicht, daß ich da war, sonst hätte sie mich vielleicht hinausgeworfen. Nur deinetwegen habe ich es getan, um zu erfahren ...«

Im oberen Stock wurde der Lärm noch lauter; mehrere Personen kamen die Treppe herunter.

»Um alles in der Welt darf jetzt nichts geschehen, was Aufsehen erregt!« rief Warja in aller Hast und erschrocken. »Damit kein Schatten eines Skandals ... Geh, bitt ihn um Verzeihung!«

Aber der Vater der Familie befand sich schon auf der Straße. Kolja trug ihm die Reisetasche nach. Nina Alexandrowna stand auf der Treppe und weinte; sie wollte ihm nachlaufen, doch Ptizyn hielt sie zurück.

»Sie würden ihn damit nur noch mehr aufregen«, sagte er zu ihr. »Wohin soll er denn gehen, in einer halben Stunde kommt er wieder; ich habe schon mit Kolja gesprochen; lassen Sie ihn sich austoben.«

»Was tun Sie denn da, wohin gehen Sie denn!« rief ihm Ganja aus dem Fenster nach. »Sie können doch nirgends hingehen!«

»Kommen Sie zurück, Papa!« rief Warja. »Die Nachbarn werden es sehen!«

Der General blieb stehen, erhob seine Hand und rief:

»Mein Fluch über dieses Haus!«

»Immer wieder theatralisch!« brummte Ganja und schlug mit einem Krach das Fenster zu.

Die Nachbarn hatten die Szene natürlich schon beobachtet. Warja lief aus dem Zimmer.

Als Ganja allein war, nahm er das Zettelchen vom Tisch und küßte es. Dann schnalzte er mit der Zunge und machte ein paar Tanzschritte.

III

Der Tumult mit dem General wäre zu jeder anderen Zeit ohne Folgen geblieben. Es waren bei ihm auch früher schon Fälle solcher plötzlichen Anwandlungen von Eigensinn vorgekommen, wenn auch nur ziemlich selten, denn im allgemeinen war er ein sehr friedfertiger Mensch mit eher gutmütigen Neigungen. Er hatte wohl schon hundertmal gegen diese Liederlichkeit anzukämpfen versucht, die sich in den letzten Jahren seiner zu bemächtigen begann. Dann erinnerte er sich plötzlich, daß er ein »Familienvater« war, versöhnte sich mit seiner Frau und vergoß aufrichtige Tränen. Er verehrte Nina Alexandrowna bis zur Vergötterung, aus Dankbarkeit dafür, daß sie ihm so vieles und schweigend verzieh und ihn sogar jetzt noch in seiner närrischen und erniedrigten Gestalt liebte. Allein, dieser heldenmütige Kampf gegen die Verwahrlosung oder »Unordnung«, wie er es nannte, dauerte gewöhnlich nicht lange an; der General war nämlich zu gleicher Zeit auch ein in seiner Art »temperamentvoller« Mensch, der das müßige Büßerleben in der Familie auf die Dauer nicht ertrug und dann revoltierte; er begann aufzutrumpfen, bereute zwar die Ausfälle und machte sich Vorwürfe, hielt es aber doch nicht aus: er suchte Streit, verfiel in einen hochtrabenden Ton, redete schwungvoll daher, forderte maßlosen und unmöglichen Respekt vor seiner Person, und zu guter Letzt verschwand er aus dem Hause, mitunter sogar auf längere Zeit. In den letzten zwei Jahren wußte er über die Verhältnisse seiner Familie kaum noch Bescheid, oder nur so vom Hörensagen; er hörte auf, sich überhaupt noch darum zu kümmern, da er dazu nicht die geringste Neigung verspürte.

Diesmal jedoch war dem »Tumult mit dem General« etwas ganz Ungewohntes vorangegangen; alle schienen etwas zu wissen und alle schienen etwas nicht aussprechen zu wollen: »Formell« war der General in der Familie, d. h. bei Nina

Alexandrowna, erst vor drei Tagen erschienen, aber diesmal
nicht eigentlich besänftigt und auch nicht reumütig, wie er
sich sonst immer »zurückgemeldet« hatte, sondern, ganz im
Gegensatz dazu, in außergewöhnlich reizbarer Stimmung.
Er war redselig, ruhelos, begann mit allen, die ihm in den
Weg kamen, ein lebhaftes Gespräch, stürzte sich gleichsam
auf den Gesprächspartner, redete aber von so verschiedenen
und unerwarteten Dingen, daß man nicht dahinterkommen
konnte, was ihn denn jetzt so beunruhigte. Zeitweilig war
er heiter, öfter aber wurde er nachdenklich, jedoch wohl
ohne selbst zu wissen, worüber er nachdachte; plötzlich begann er etwas zu erzählen, von Jepantschins, vom Fürsten,
von Lebedeff, — und ebenso plötzlich brach er ab und verstummte völlig, und auf weitere Fragen antwortete er nur
mit einem stumpfsinnigen Lächeln, und ward sich anscheinend
gar nicht dessen bewußt, daß er gefragt wurde und er dabei
nur lächelte. Die letzte Nacht hatte er ächzend und stöhnend
verbracht, und Nina Alexandrowna hatte sich abgequält, um
ihm die ganze Nacht über gegen irgend etwas heiße Um-
schläge zu machen; gegen Morgen war er dann auf einmal
eingeschlafen, hatte vier Stunden geschlafen und war in
einer Stimmung schlimmster und launischster Hypochondrie
erwacht, was dann zum Streit mit Ippolit geführt und mit
dem »Fluch über dieses Haus« geendet hatte. Es war auch
schon aufgefallen, daß er in diesen drei Tagen immer
wieder ein sehr starkes Ehrgefühl hervorkehrte und sich
dementsprechend als außergewöhnlich empfindlich zeigte.
Kolja versicherte allerdings, indem er auch die Mutter davon
zu überzeugen suchte, das sei alles nur das Verlangen nach
Alkohol und vielleicht auch noch Sehnsucht nach Lebedeff,
mit dem er sich in letzter Zeit so herzlich angefreundet hatte.
Aber vor drei Tagen war er mit Lebedeff auf einmal in Streit
geraten und hatte ihn in schrecklichem Zorn verlassen; selbst
mit dem Fürsten sollte es eine Szene gegeben haben. Kolja
hatte daraufhin den Fürsten um Aufklärung gebeten und
schließlich zu argwöhnen begonnen, auch der Fürst wolle

ihm irgend etwas nicht sagen. Wenn es wirklich, wie Ganja mit aller Bestimmtheit annahm, zwischen Ippolit und Nina Alexandrowna zu einem besonderen Gespräch gekommen war, so ist es doch sonderbar, daß dieser boshafte Kranke, den Ganja so ohne Umschweife ein Klatschmaul nannte, kein Vergnügen daran gefunden hatte, auch Kolja in derselben Weise aufzuklären. Sehr möglich, daß dieser Ippolit gar nicht ein so boshafter »Gelbschnabel« war, wie ihn Ganja im Gespräch mit der Schwester hingestellt hatte, sondern boshaft von einer ganz anderen Art; aber auch Nina Alexandrowna wird er wohl kaum eine von ihm vielleicht gemachte Beobachtung mitgeteilt haben, »um ihr das Herz zu zerreißen«. Vergessen wir nicht, daß die Beweggründe der menschlichen Handlungen gewöhnlich unermeßlich zahlreicher, komplizierter und verschiedenartiger sind, als wir sie nachher immer erklären, und daß sie sich selten eindeutig kundtun. Für den Erzähler ist es manchmal das Beste, sich mit der einfachen Darlegung der Ereignisse zu begnügen. So werden auch wir verfahren bei der weiteren Darlegung der jetzt über den General hereingebrochenen Katastrophe; denn trotz aller Umgehungsversuche unsererseits sehen wir uns doch in die Notwendigkeit versetzt, auch dieser Nebengestalt in unserer Erzählung etwas mehr Aufmerksamkeit und Platz einzuräumen, als wir bisher vorgesehen hatten.

Diese Ereignisse hatten sich, eines nach dem anderen, in nachstehender Reihenfolge zugetragen.

Als Lebedeff mit dem General von seinen Nachforschungen nach Ferdyschtschenko noch am selben Tage aus Petersburg zurückgekehrt war, da hatte er dem Fürsten nichts Besonderes mitgeteilt. Wäre der Fürst nicht gerade um diese Zeit von ganz anderen und für ihn viel wichtigeren Eindrücken abgelenkt und in Anspruch genommen worden, so hätte er gewiß bald bemerkt, daß Lebedeff auch in den zwei folgenden Tagen ihm nicht nur keinerlei Aufschlüsse gab, sondern ihm sogar aus dem Wege zu gehen schien. Als das dem Fürsten schließlich doch auffiel, wunderte er sich, daß er Lebedeff trotzdem bei zufälligen flüchtigen Begegnungen im Laufe dieser zwei Tage nicht anders als in strahlender Gemütsverfassung gesehen hatte und fast immer zusammen mit dem General. Die beiden Freunde verließen einander anscheinend überhaupt nicht mehr. Manchmal hörte der Fürst lautes und schnelles Gespräch, das aus dem oberen Stock zu vernehmen war, und lachendes, lebhaftes Disputieren; einmal, schon sehr spät abends, schlugen sogar Töne eines kriegerisch-bacchantischen Gesanges an sein Ohr, und er erkannte sofort den heiseren Baß des Generals. Aber das angestimmte Lied geriet daneben und verstummte plötzlich wieder. Darauf folgte fast eine Stunde lang ein sehr beflügeltes und nach allen Anzeichen wohl schon trunkenes Gespräch. Es war zu erraten, daß die sich amüsierenden Freunde dort oben einander umarmten und schließlich einer von ihnen zu weinen anfing. Dann folgte auf einmal ein heftiger Streit, der aber gleichfalls bald und plötzlich verstummte. In eben dieser ganzen Zeit war Kolja in besonders sorgenvoller Stimmung. Der Fürst war meistenteils nicht zu Hause und kehrte manchmal sehr spät heim; es wurde ihm immer gemeldet, Kolja habe ihn den ganzen Tag gesucht und nach ihm gefragt. Trafen sie sich aber zufällig, so wußte Kolja doch nichts Besonderes zu berichten, außer daß er entschieden »unzufrieden« mit dem General und dessen jetziger Aufführung sei. »Sie treiben sich beide herum, betrinken sich nicht weit von hier in einer Schenke, umarmen sich und beschimpfen sich gegenseitig auf der Straße und können doch nicht voneinander lassen.« Als der Fürst daraufhin bemerkte, das sei doch auch früher fast täglich dieselbe Geschichte gewesen, wußte Kolja wirklich nicht, was er darauf antworten und wie er erklären solle, worin eigentlich die Ursache seiner jetzigen Unruhe bestand.

Am Morgen nach dem bacchantischen Gesang und dem Streit wollte der Fürst gegen elf Uhr gerade ausgehen, als plötzlich der General bei ihm erschien, und zwar in großer Aufregung, ja, anscheinend beinahe erschüttert.

»Ich habe schon lange die Ehre und die Gelegenheit gesucht, Sie zu treffen, hochverehrter Lew Nikolájewitsch, schon lange, sehr lange«, murmelte er, wobei er die Hand des Fürsten so stark drückte, daß es schon richtig weh tat, »schon sehr, sehr lange.«

Der Fürst bat ihn, Platz zu nehmen.

»Nein, ich werde mich nicht setzen, ich würde Sie jetzt aufhalten, ich ... werde ein anderes Mal kommen. Ich glaube, ich werde Ihnen dann auch gratulieren können ... zur Erfüllung ... Ihrer Herzenswünsche.«

»Welcher Herzenswünsche?«

Der Fürst stutzte und wurde verlegen. Auch ihm erging es so, wie sehr vielen anderen in der gleichen Lage, daß er meinte, niemand könne etwas gesehen oder erraten oder etwas begriffen haben.

»Seien Sie unbesorgt, seien Sie unbesorgt! Ich werde Ihre zarten Gefühle nicht verletzen. Ich habe es selbst empfunden und weiß, wie es ist, wenn ein Fremder sozusagen seine Nase nach dem Sprichwort ... in Dinge steckt ... wo sie nichts zu suchen hat. Ich habe das jetzt selbst jeden Morgen zu empfinden gehabt. Doch ich komme in einer anderen Angelegenheit, in einer wichtigen Angelegenheit. In einer sehr wichtigen Angelegenheit, Fürst.«

Der Fürst bat ihn noch einmal, Platz zu nehmen, und setzte sich selbst.

»Also dann ... es sei denn auf eine Sekunde ... Ich bin gekommen, um Sie um Rat zu fragen. Ich lebe jetzt natürlich ohne praktische Betätigung, aber da ich mich selbst achte und einzuschätzen weiß und ... auch meine praktische Erfahrung, die ja dem Russen im allgemeinen leider abgeht ... so möchte ich mich, meine Frau und meine Kinder in eine Lage bringen, die ... kurz gesagt, Fürst, ich suche einen Rat.«

Der Fürst äußerte mit Eifer seinen Beifall.

»Aber das ist ja alles nur Unsinn«, unterbrach ihn schnell der General, »die Hauptsache ist nicht dies, sondern etwas anderes, etwas weit Wichtigeres. Ich habe mich entschlossen,

Ihnen, Lew Nikolájewitsch, als einen Menschen, von dessen Aufrichtigkeit und vornehmer Denkungsart ich so überzeugt bin wie... wie... Sie wundern sich nicht über meine Worte, Fürst?«

Der Fürst beobachtete seinen Gast zwar nicht mit besonderer Verwunderung, wohl aber mit größter Aufmerksamkeit und wachem Interesse. Der Alte war ein wenig blaß, seine Lippen zuckten mitunter leicht, seine Hände schienen keinen Ruheplatz finden zu können. Er saß erst seit ein paar Minuten, und schon war er zweimal grundlos aufgestanden und hatte sich wieder hingesetzt, offenbar ohne sich dessen bewußt zu sein. Auf dem Tisch lagen Bücher: er nahm ein Buch, schlug es auf, während er weitersprach, schaute hinein, klappte es gleich wieder zu und legte es auf den Tisch zurück, nahm ein anderes Buch, das er aber nicht mehr aufschlug, sondern in der rechten Hand behielt und mit dem er dann in der Luft herumfuchtelte.

»Genug!« rief er plötzlich aus, »ich sehe, daß ich Sie arg belästige.«

»Aber durchaus nicht, ich bitte Sie, tun Sie mir den Gefallen... im Gegenteil, ich höre Ihnen mit Spannung zu und bemühe mich zu erraten...«

»Fürst! Ich wünsche, in einer geachteten Position dazustehen... ich möchte mich selbst respektieren und... meine Rechte.«

»Ein Mensch, der solche Wünsche hegt, ist schon dafür aller Achtung wert.«

Der Fürst zitierte diese Phrase aus den Schönschreibeheften in der festen Überzeugung, daß sie eine wunderbare Wirkung ausüben werde. Er erriet irgendwie instinktiv, daß man mit einer ähnlich wohlklingenden, wenn auch hohlen Phrase, zur rechten Zeit gesagt, die Seele eines solchen Menschen, und besonders in einer solchen Lage wie der des Generals, im Nu gewinnen und besänftigen könne. Jedenfalls galt es jetzt, den Gast mit erleichtertem Herzen zu entlassen, und das war seine Aufgabe.

Die Phrase schmeichelte, rührte und gefiel sehr: der General wurde plötzlich gefühlvoll, änderte sofort den Ton und erging sich in begeisterten langen Erklärungen. Aber wie sehr sich der Fürst beim Zuhören auch anstrengte, den Sinn zu erfassen, es war doch buchstäblich nichts zu verstehen. Der General redete an die zehn Minuten, redete glühend und schnell, als könne er gar nicht schnell genug den Massenandrang seiner Gedanken aussprechen; sogar Tränen erglänzten zum Schluß in seinen Augen, aber es waren doch nur Phrasen ohne Anfang und ohne Ende, unbedachte Worte, unbedachte Gedanken, die schnell und unbedacht hervorbrachen und übereinander hinwegsprangen.

»Genug! Sie haben mich verstanden, und ich bin beruhigt«, schloß er plötzlich und stand auf. »Ein Herz wie das Ihre kann nicht umhin, einen Leidenden zu verstehen. Fürst, Sie sind so edel wie ein Ideal! Was sind die anderen im Vergleich zu Ihnen? Doch Sie sind jung, und ich segne Sie. Aber der Endzweck meines Kommens war, Sie zu bitten, mir eine Stunde anzugeben, wann ich mit Ihnen eine wichtige Angelegenheit besprechen könnte, und darauf setze ich meine größte Hoffnung. Ich suche nichts als Freundschaft und Herz, Fürst; mit den Forderungen meines Herzens bin ich nie zurecht gekommen.«

»Aber weshalb nicht jetzt gleich? Ich bin gern bereit...«

»Nein, Fürst, nein!« unterbrach ihn der General lebhaft. »Nicht jetzt! Jetzt mögen Sie träumen. Das andere aber ist gar zu wichtig, das ist von gar zu großer Wichtigkeit! Diese eine Stunde unserer Unterhaltung wird für mich von schicksalsschwerer Bedeutung sein. Das soll *meine* Stunde sein, und ich würde nicht wünschen, daß man uns in so heiligen Minuten stört, was schließlich jeder erste beste tun kann, jeder Unverschämte, der plötzlich eintritt, und vielleicht sogar«, fuhr er in seltsam geheimnisvollem und fast bänglichem Flüsterton fort, sich näher zum Fürsten beugend, »ein... ein Frechling, der nicht einmal einen Stiefelabsatz wert ist... nicht einmal den Absatz Ihres Stiefels, vielgeliebter Fürst!

Oh, ich sage nicht: meines Stiefels! Vergessen Sie nicht, daß ich nicht *meines* Stiefels gesagt habe! Ich achte mich viel zu sehr, um Ausflüchte zu machen ... nur Sie allein sind fähig zu begreifen, daß ich, indem ich in diesem Falle meinen Absatz sozusagen zurücksetze — daß ich hierbei einen ungeheuren Stolz im Bewußtsein meiner Würde beweise. Außer Ihnen wird mich niemand begreifen, *er* aber ist an der Spitze der anderen! *Er* begreift überhaupt nichts, Fürst, er ist vollkommen, vollkommen unfähig zu begreifen! Um zu begreifen, muß man Herz haben!«

Bei diesen Schlußsätzen erschrak der Fürst beinah und sagte dem General, er erwarte ihn am nächsten Tage zur selben Zeit, worauf ihn dieser nahezu munter verließ, sehr getröstet und fast auch beruhigt. Am Abend, gegen sieben Uhr, ließ der Fürst Lebedeff auf einen Augenblick zu sich bitten.

Lebedeff erschien unverzüglich, »es sich zur Ehre anrechnend«, wie er schon im Eintreten zu versichern begann; mit keiner Silbe sprach er davon, daß er sich drei Tage lang gleichsam vor dem Fürsten versteckt oder doch wenigstens ein Zusammentreffen mit ihm vermieden hatte. Er setzte sich auf den Rand des Stuhles, auf den der Fürst gewiesen hatte, lächelte und blinzelte und schnitt unbewußt Grimassen, während seine lachenden Augen flink beobachteten und er sich händereibend in der naivsten Weise irgend etwas zu vernehmen vorbereitete, eine gewisse kapitale Nachricht, deren Sinn wohl schon längst von allen erraten war. Der Fürst stutzte wieder, peinlich berührt; es wurde ihm klar, daß alle jetzt etwas von ihm erwarteten; sahen ihn doch seit einiger Zeit alle so seltsam lächelnd an, und schienen doch alle das offenkundige Verlangen zu haben, ihn zu beglückwünschen, was sie ihm in Andeutungen auch zu verstehen gaben. Keller war bereits dreimal »nur auf einen Moment« erschienen, mit dem sichtlichen Wunsch zu gratulieren: er hatte jedesmal begeistert, doch nichtsdestoweniger unverständlich zu sprechen begonnen, jedoch keinen Satz beendet, sondern sich festgerannt — und dann war er wieder schleunigst verduftet. (In den letzten Tagen schwelgte er in Alkohol und lärmte in irgendeiner Billardstube.) Selbst Kólja hatte trotz seiner Niedergeschlagenheit zweimal ziemlich unklar zu reden angefangen.

Der Fürst fragte Lebedeff ein wenig gereizt nach seiner Meinung über den gegenwärtigen Zustand des Generals, und ob er den Grund wisse, weshalb jener so unruhig sei? Und er erzählte ihm zum Schluß in kurzen Worten das letzte Gespräch, das er mit dem General gehabt hatte.

»Heutzutage hat jedermann seine Unruhe, Fürst, und ... das ist nun mal so in unserem unruhigen Jahrhundert. Tja!« antwortete Lebedeff auffallend trocken und verstummte gekränkt, mit der Miene eines Menschen, der in seinen Erwartungen grausam enttäuscht worden ist.

»Was für eine Philosophie!« meinte der Fürst mit halbem Lächeln.

»Philosophie ist etwas Notwendiges, und heutzutage täte sie allerorten not, vornehmlich die praktisch angewandte, aber sie wird nicht genügend beachtet; das ist's. Was jedoch mich betrifft, sehr geehrter Fürst, so haben Sie mich zwar in einem Ihnen wohlbekannten Punkt durch ihr Vertrauen auszuzeichnen geruht, jedoch nur bis zu einer gewissen Grenze, und darüber hinaus keinen Schritt weiter, also wie gesagt, nur insofern, als es sich auf diesen einen Punkt bezog ... Das begreife ich durchaus und beklage mich keineswegs.«

»Lebedeff, Sie scheinen mir wegen irgend etwas böse zu sein?«

»Keineswegs! nicht im geringsten! sehr geehrter, durchlauchtigster Fürst, nicht im geringsten!« versicherte Lebedeff, im Augenblick belebt, und preßte die Hand wieder aufs Herz. »Ich habe vielmehr sogleich begriffen, daß ich weder durch meine gesellschaftliche Stellung, noch durch meine Herzens- und Geistesentwicklung, noch durch Erwerb von Reichtümern, noch durch meine frühere Aufführung, zumal auch meine Kenntnisse an die Ihrigen nicht heranreichen –, daß ich dieserhalb durch nichts Ihr ehrendes, hoch über all meinen Hoffnungen stehendes Vertrauen verdient habe; und daß ich, falls Sie sich meiner zu bedienen belieben, Ihnen nur als Sklave und Mietling zu dienen vermag, nicht anders ... ich bin nicht böse, ich bin nur traurig.«

»Lukján Timoféjewitsch, was reden Sie da!«

»Jawohl: nicht anders! Und so ist es auch jetzt im vorliegenden Fall! Indem ich Ihnen mit meinem Herzen und meinen Gedanken überallhin folgte, sagte ich zu mir selbst: freundschaftlicher Mitteilungen seinerseits bin ich zwar nicht wert, doch in meiner Eigenschaft als Besitzer des Hauses, in dem er wohnt, könnte ich vielleicht zur rechten Zeit sozusagen Verhaltungsvorschriften für die zu ergreifenden Maßnahmen empfangen, im Hinblick auf etwaige bevorstehende oder zu erwartende Veränderungen ...«

Während Lebedeff dies sagte, sogen sich seine spitz blikkenden Äuglein nur so hinein in den ihn mit Verwunderung anschauenden Fürsten; er hoffte immer noch, seine Neugier befriedigen zu können.

»Ich verstehe kein Wort!« fuhr schließlich der Fürst beinahe zornig auf. »Sie ... ach! Sie sind ein schrecklicher Intrigant!« schloß er plötzlich auflachend, ganz aufrichtig lachend.

Im Augenblick begann auch Lebedeff zu lachen, während sein aufleuchtender Blick sofort verriet, daß seine Hoffnungen zunahmen und sich sogar verdoppelten.

»Wissen Sie, was ich Ihnen sagen werde, Lukján Timoféjewitsch? Nehmen Sie es mir nur nicht übel, aber ich muß mich wirklich wundern über Ihre Naivität, und nicht nur über die Ihre allein! Sie erwarten mit einer so erstaunlichen Naivität etwas von mir – gerade jetzt, gerade in diesem Augenblick –, daß ich mich vor Ihnen geradezu schäme und mir sogar irgendwie schuldig vorkomme, weil ich nichts habe, womit ich Sie befriedigen könnte; aber ich schwöre Ihnen, ich habe wirklich nichts, können Sie sich das vorstellen!«

Der Fürst mußte wieder lachen.

Lebedeff setzte eine wichtige Miene auf. Bisweilen konnte er allerdings etwas gar zu naiv und zudringlich werden mit seiner Neugier; aber zugleich war er doch ein recht schlauer Kopf und verstand es vorzüglich, sich durchzuschlängeln, wenn er sich nicht selbst greifen lassen wollte; in manchen Fällen aber konnte er sogar bis zur Hinterhältigkeit schweigsam sein. Ohne zu wollen, machte der Fürst ihn sich fast zum Feinde, indem er ihn mit seiner Neugier immer wieder zurückwies; nur tat er das nicht etwa deshalb, weil er ihn verachtete, sondern weil das Thema seiner Neugier für den Fürsten eine gar zu zarte Angelegenheit war. Betrachtete der Fürst doch noch vor ein paar Tagen gewisse »Träumereien« direkt als Verbrechen, Lebedeff jedoch faßte diese Abweisungen des Fürsten nur als Ausdruck persönlicher Antipathie und großen Mißtrauens auf, verließ ihn verletzten Herzens und war in diesem Punkte nicht nur auf Kolja und Keller, sondern auch auf seine leibliche Tochter Wjéra Lukjánowna eifersüchtig. In diesem Augenblick zum Beispiel hätte er dem Fürsten eine für diesen höchst interessante Mitteilung machen können, vielleicht war es sogar sein aufrichtiger Wunsch es zu tun, aber er verstummte ernst und sagte nichts.

»Womit also kann ich Ihnen denn jetzt dienen, hochgeehrter Fürst, da Sie mich doch immerhin ... haben rufen lassen?« fragte er schließlich nach einigem Schweigen.

»Ja, ich wollte mich eigentlich nur nach dem General erkundigen«, sagte der Fürst auffahrend, da er sich auch auf ein paar Augenblicke seinen Gedanken überlassen hatte, »und ... wie steht es nun mit diesem Diebstahl, von dem Sie mir Mitteilung machten ...«

»Von dem ich — was?«

»Ach, als ob Sie mich nicht verstünden! Weiß Gott, Lukján Timoféjewitsch, Sie müssen sich aber auch ewig verstellen! Das Geld, das Geld, die vierhundert Rubel, die Sie damals verloren haben, mit der Brieftasche, Sie wissen doch, und von denen Sie mir dann hier erzählten, am Morgen, bevor Sie nach Petersburg fuhren — haben Sie endlich begriffen?«

»Ach so, Sie reden von jenen Vierhundert!« sagte Lebedeff gedehnt und als entsänne er sich wirklich jetzt erst. »Ich danke Ihnen, Fürst, für Ihre aufrichtige Teilnahme, ich fühle mich dadurch sehr geehrt, nur ... ich habe sie bereits gefunden, und schon vor langer Zeit.«

»Gefunden? Ach, Gott sei Dank!«

»Dieser Ausruf bekundet Ihre edle Denkweise, Fürst, denn vierhundert Rubel zu verlieren — das ist keine Kleinigkeit für einen armen, von schwerer Arbeit lebenden Menschen mit einer zahlreichen Familie mutterloser Kinder ...«

»Aber ich rede ja nicht davon! Natürlich freut mich auch das, daß Sie sie gefunden haben«, verbesserte sich der Fürst schleunigst, »aber ... wie haben Sie sie denn gefunden?«

»Äußerst einfach: unter dem Stuhl, über dessen Lehne ich meinen Hausrock gehängt hatte, sodaß die Brieftasche offenbar aus der Rocktasche herausgefallen sein muß.«

»Wie — unter dem Stuhl? Das ist doch nicht möglich ... Sie sagten mir doch selbst, daß Sie überall gesucht hätten — wie konnten Sie dann die wichtigste Stelle übersehen?«

»Das ist es ja eben, daß ich überall gesucht habe! Dessen erinnere ich mich nur zu gut! nur zu gut! Auf allen Vieren bin ich umhergekrochen, habe den Stuhl weggestellt, jedes Brett des Fußbodens dort mit der Hand betastet, da ich meinen Augen nicht traute. Und obschon ich sah, daß da nichts war, die Stelle ist leer und glatt wie hier meine Handfläche, fuhr ich dennoch fort, alles abzutasten. Solche Kleinmütigkeit ist jedem Menschen eigen, wenn es sich ums Suchen verlorener Wertgegenstände handelt, die man schon gar zu gern wiederfinden möchte. Er sieht doch, daß dort nichts ist, und dennoch wird er mindestens fünfzehnmal nach jener Stelle hinblicken.«

»Nun ja ... aber wie ist denn das? ... Ich verstehe Sie noch immer nicht«, sagte der Fürst, dessen Denken im Augenblick ganz verwirrt war. »Sie sagten doch, daß sie trotz allen Suchens nichts gefunden hätten, und nun plötzlich...«

»Und nun plötzlich habe ich gefunden.«

Der Fürst blickte Lebedeff eigentümlich an.

»Und der General?« fragte er plötzlich.

»Der General? Was ist mit dem?« begriff Lebedeff wieder nicht.

»Ach, Gott! Ich frage, was der General dazu sagte, als Sie die Brieftasche unter dem Stuhl fanden? Sie haben doch mit ihm zusammen gesucht.«

»Anfangs allerdings mit ihm zusammen. Aber ich habe es vorgezogen, ihm bisher nichts davon zu sagen, daß ich die Brieftasche selbst und allein gefunden habe.«

»Aber... warum denn das?... Das Geld ist doch vollzählig?«

»Ich öffnete die Brieftasche, sah nach: alles bis auf den letzten Rubel war da.«

»Hätten Sie mir das doch gleich gesagt!« bemerkte der Fürst nachdenklich.

»Ich fürchtete, Sie zu stören, Fürst, sozusagen mitten in Ihren persönlichen und vielleicht außergewöhnlichen Empfindungen. Und außerdem gab ich mir auch selbst den Anschein, als hätte ich nichts gefunden. Die Brieftasche öffnete ich, sah hinein, zählte nach, schloß sie wieder und legte sie zurück auf dieselbe Stelle unter dem Stuhl.«

»Aber weshalb denn das?«

»S–so; um zu sehen, was weiter geschehen werde. Hehe«, meinte Lebedeff grinsend und sich die Hände reibend.

»Und so liegt sie auch jetzt noch dort, seit drei Tagen?«

»Oh nein; bloß vierundzwanzig Stunden lag sie so dort, Ich, sehen Sie mal, ich wollte zum Teil, daß auch der General sie fände. Denn wenn *ich* sie gefunden habe, weshalb soll dann schließlich nicht auch der General sie finden können, da sie doch dort, auf dem Boden liegend, einem jeden sozusagen in die Augen springt; der Stuhl verdeckte sie doch nicht ganz! Und ich habe noch mehrmals diesen Stuhl umgestellt, im Vorübergehen, so daß die Brieftasche ganz frei dalag, aber der General bemerkte sie kein einziges Mal, und das dauerte so volle zwölf Stunden. Er muß doch, wie man sieht, recht zerstreut sein, man kann gar nicht mehr aus ihm klug werden. Er spricht, redet, erzählt, lacht, und plötzlich ärgert er sich über mich ohne jede Veranlassung, ich weiß nicht weshalb. Schließlich verließen wir das Zimmer, ich aber ließ die Tür absichtlich offen stehen; er — ich sah es wohl — er zögerte ein wenig und wollte schon etwas sagen, fürchtete wahrscheinlich für die Brieftasche, die mit soviel Geld dort liegen blieb, doch plötzlich ärgerte er sich entsetzlich und sagte nichts; keine zwei Schritte gingen wir auf der Straße zusammen, da verließ er mich, ohne ein Wort zu sagen, und ging in der entgegengesetzten Richtung davon. Erst am Abend trafen wir uns wieder im Gasthaus.«

»Aber schließlich haben Sie die Brieftasche doch aufgehoben?«

»N—nein, in derselben Nacht verschwand sie von dort.«

»Aber, wo ist sie denn jetzt?«

»Hi—ier«, sagte plötzlich Lebedeff lachend, erhob sich vom Stuhl, richtete sich in ganzer Größe auf und blickte den Fürsten mit freundlichen Augen an. »Plötzlich befand sie sich hier in meinem eigenen Rockschoß. Hier, bitte sich zu überzeugen, fühlen Sie mal.«

In der Tat zeigte sich vorn in der Rockschoßecke, gerade an der sichtbarsten Stelle, eine kleine Erhöhung, die, wie man auf den ersten Blick erkannte, von einem viereckigen, zwischen dem Oberzeug und dem Rockfutter befindlichen Gegenstande, etwa einer Brieftasche, herrühren konnte, die aus einer zerrissenen Tasche dorthin hinabgerutscht war.

»Ich nahm sie heraus, sah nach: nichts fehlte, alles da. Dann steckte ich sie wieder hinein, und jetzt spaziere ich so schon seit gestern morgen mit ihr herum und lasse sie hier ruhig baumeln. Beim Gehen schlägt sie mir ans Bein.«

»Und Sie tun, als bemerkten Sie nichts?«

»Und tue, als bemerkte ich nichts, hehe! Aber stellen Sie

sich doch bloß vor, sehr verehrter Fürst — wenn auch der Gegenstand an sich keiner so besonderen Beachtung Ihrerseits wert ist —, noch nie hat eine meiner Rocktaschen ein Loch gehabt, und nun plötzlich ist in einer einzigen Nacht ein so großes entstanden! Das bewog mich denn auch, etwas schärfer hinzusehen, und da schien es mir, als habe jemand mit einem Federmesserchen das Taschenfutter aufgeschnitten — fast nicht zu glauben, nicht wahr?«

»Und ... der General?«

»Ärgert sich sowohl gestern wie heute; ist äußerst unzufrieden; bald ist er freudig erregt bis zu bacchantischer Lust, sagt mir sogar Schmeicheleien, bald ist er zu Tränen gerührt, um dann wiederum ganz plötzlich in wahre Berserkerwut zu geraten, so daß ich, bei Gott, Angst bekomme. Ich bin doch immerhin kein Soldat, wie er! Gestern saßen wir zusammen im Gasthaus, mein Rockschoßzipfel aber wölbt sich zufällig wie ein Berg: er guckt, sagt aber kein Wort, ärgert sich bloß. Offen mir in die Augen zu sehen, wagt er längst nicht mehr, höchstens wenn er schon ganz betrunken oder ganz in Rührung aufgelöst ist. Aber gestern sah er mich zweimal so an, daß es mir kalt über den Rücken lief. Übrigens beabsichtige ich, die Brieftasche morgen zu finden, den Abend aber will ich heute noch gemeinsam mit ihm verbringen.«

»Weshalb quälen Sie ihn so?!«

»Ich quäl' ihn nicht, Fürst, ich quäl' ihn nicht!« versetzte Lebedeff mit Eifer. »Ich liebe ihn aufrichtig und ... achte ihn; aber jetzt — glauben Sie mir oder glauben Sie mir nicht — ist er mir noch teurer geworden; jetzt habe ich ihn noch viel mehr zu schätzen begonnen!«

Lebedeff sagte das alles so ernst und aufrichtig, daß es den Fürsten geradezu empörte.

»Sie lieben ihn und quälen ihn dabei! Ich bitte Sie, er hat doch allein schon dadurch, daß er das Vermißte so offen hinlegt, zuerst unter den Stuhl und dann in den Rock, allein schon dadurch hat er Ihnen bewiesen, daß er sich nicht vor Ihnen versteckt, daß er keine Kniffe anwenden will, daß er

Sie ehrlich um Verzeihung bittet! Hören Sie: um Verzeihung bittet! Er vertraut auf Ihr Zartgefühl, er glaubt an Ihre Freundschaft! Und Sie können ihn so weit erniedrigen ... diesen ehrlichsten Menschen!«

»Jawohl, ehrlichsten Menschen, Fürst, er ist der ehrlichste Mensch!« griff Lebedeff sogleich mit blitzenden Augen den Ausdruck auf. »Nur Sie allein, edelster Fürst, sind fähig, eine so richtige und gerechte Bemerkung zu machen! Dafür aber bin ich Ihnen auch bis zur Vergötterung zugetan, obschon ich selbst durchfault bin von allerlei Lastern! Also abgemacht! Ich finde die Brieftasche hier sogleich, soeben, und nicht erst morgen! Hier, ich nehme sie hier vor Ihren Augen heraus, hier ... hier ist sie, und hier ... ist das Geld bis auf den letzten Rubel. Hier — nehmen Sie es, Fürst, verwahren Sie es bis morgen. Morgen oder übermorgen werde ich es abholen. Aber wissen Sie, Fürst, jetzt ist's doch klar, daß sie in der ersten Nacht irgendwo im Gärtchen unter einem Stein gelegen hat; was meinen Sie?«

»Hören Sie, sagen Sie es ihm nur nicht so offen ins Gesicht, daß Sie die Brieftasche gefunden haben. Mag er nur sehen, daß sie nicht mehr im Rockschoß ist, dann wird er schon verstehen.«

»Ja—a? Wäre es nicht doch besser, zu sagen, daß ich sie gefunden habe, und sich dabei so zu stellen, als hätte ich nichts erraten?«

»N—nein«, sagte der Fürst nachdenklich, »nein, jetzt ist es schon zu spät dazu, es wäre zu gefährlich. Nein, wirklich, sagen Sie lieber nichts. Seien Sie nur freundlich zu ihm, aber ... nicht zu auffallend, und ... und ... wissen Sie ...«

»Ich weiß, Fürst, ich weiß! — das heißt, ich weiß, daß ich es wahrscheinlich nicht erfüllen werde, denn dazu müßte man ein Herz haben, wie Sie eines besitzen. Zudem bin ich auch ein reizbarer Mensch und der Versuchung zugänglich. Er hat mich bisweilen doch gar zu sehr von oben herab behandelt, namentlich in der letzten Zeit: bald weint er und umarmt mich, bald wiederum will er mich drücken und beginnt mich herablassend zu verspotten; — nein, das kann ich ihm nicht schenken, dann stelle ich den Rockschoßzipfel so, daß die dicke Stelle einem jeden auffallen muß! hehe! Auf Wiedersehen, Fürst, denn ich störe wohl, wie ich sehe, und hindere Sie, sich ganz in die interessantesten Gefühle zu vertiefen...«

»Aber lassen Sie nur um Gottes willen kein Wort verlauten, hüten Sie das Geheimnis, hören Sie!«

»Jawohl, gewiß, gewiß, gehe mit ganz sachten Schritten und als wäre nichts geschehen!«

Der Fürst blieb, obschon die Sache so gut wie abgetan war, doch in Sorgen um den General zurück, ja, fast hatten sich diese Sorgen jetzt noch vergrößert. Unruhig sah er der bevorstehenden Unterredung mit dem General entgegen.

IV

Die Zusammenkunft war für zwölf Uhr vereinbart worden, aber der Fürst verspätete sich ganz unerwarteterweise. Bei seiner Heimkehr fand er den General bereits wartend vor. Es fiel ihm sogleich auf, daß der General ungehalten zu sein schien, und zwar offenbar deshalb, weil er hatte warten müssen. Der Fürst entschuldigte sich und beeilte sich, ihm gegenüber Platz zu nehmen, tat es jedoch eigentümlich ängstlich, als wäre sein Gast eine zarte Porzellanfigur, die er durch eine unvorsichtige Bewegung zu zerschlagen fürchtete. Diese Furcht war um so seltsamer, als er bisher noch nie etwas Ähnliches im Verkehr mit dem General empfunden hatte. Bald jedoch gewahrte der Fürst, daß sein Gast heute ein ganz anderer Mensch war als tags zuvor: die frühere Verwirrung und Zerstreutheit waren gänzlich verschwunden, und statt ihrer bemerkte man nur eine ungewöhnliche Zurückhaltung, aus der man nur folgern konnte, daß dieser Mensch sich endgültig zu etwas entschlossen hatte. Die Ruhe war übrigens eine mehr äußerliche als tatsächliche. Aber jedenfalls war der

Gast, bei aller zurückhaltenden Würde, von einer vornehmen Ungezwungenheit. Ja, zu Anfang sprach er sogar mit einer gewissen Herablassung zum Fürsten — gerade so, wie mitunter stolze Leute, die zu Unrecht verletzt oder zurückgesetzt worden sind, leutselig herablassend oder vornehm zwanglos zu sein pflegen. Der General sprach freundlich, wenn auch im Ton seiner Stimme eine gewisse Betrübnis durchklang.

»Hier ist die Zeitschrift, die ich neulich von Ihnen entliehen habe«, machte er den Fürsten mit einer hinweisenden Kopfbewegung auf das Heft aufmerksam, das er auf den Tisch gelegt hatte. »Besten Dank.«

»Ach ja! Sie haben den Artikel gelesen? Wie hat er Ihnen gefallen? Doch sehr interessant?« fragte der Fürst, erfreut über die Möglichkeit, ein nebensächliches Gespräch anfangen zu können.

»In-ter-essant? ja, das meinetwegen, aber alles in allem doch recht plump und natürlich auch albern. Vielleicht ist überhaupt kein wahres Wort daran.«

Der General sprach mit erstaunlicher Überlegenheit und zog dabei mit einer gewissen Nachlässigkeit die Worte in die Länge.

»Ach, aber das ist doch eine so harmlose Erzählung, eine so echte Schilderung eines alten Soldaten, der selbst Augenzeuge der Plünderung Moskaus gewesen ist. Einzelne Erlebnisse sind, finde ich, ungemein anschaulich geschildert. Zudem sind doch alle Aufzeichnungen von Augenzeugen schon als solche ungeheuer wertvoll, gleichviel wer der Augenzeuge war. Finden Sie das nicht?«

»Ich hätte an Stelle des Redakteurs diese Aufzeichnungen nicht gedruckt, und was solche Aufzeichnungen von Augenzeugen im allgemeinen anlagt, so—o ... kann man sagen, daß die Menschen eher einem groben Lügner glauben als einem alten, ehrwürdigen und verdienstvollen Manne. Ich kenne Aufzeichnungen aus dem Jahre achtzehnhundertzwölf, di-ie ... Ich habe mich dazu entschlossen, Fürst,

dieses Haus hier zu verlassen — das Haus Herrn Lebedeffs.«
Der General blickte den Fürsten bedeutsam an.

»Sie haben ja wohl auch Ihre eigene Wohnung in Pawlowsk, bei ... bei Ihrer Frau Tochter ...«, sagte der Fürst, nur um etwas zu sagen.

Er erinnerte sich, daß der General doch gekommen war, um in einer »schicksalsschweren Entscheidung« seinen Rat einzuholen.

»Bei meiner Frau«, korrigierte der General; »mit anderen Worten: in meiner Wohnung im Hause meiner Tochter.«

»Verzeihen Sie, ich ...«

»Ich verlasse das Haus Herrn Lebedeffs deshalb, lieber Fürst, weil ich mit diesem Menschen gebrochen habe; ich habe es gestern abend getan und bedaure, daß es von mir aus nicht schon früher geschehen ist. Ich fordere Achtung für meine Person von jedermann, Fürst, selbst von jenen Leuten, denen ich, wie man sagt, mein Herz schenke. Fürst, ich verschenke oft mein Herz und werde fast immer betrogen. Dieser Mensch hat sich meines Geschenkes unwürdig erwiesen.«

»Es ist viel Unordnung in ihm«, bemerkte der Fürst zurückhaltend, »und gewisse Züge ... aber er hat trotzdem Herz und einen schlauen Kopf, der bisweilen sogar recht amüsante Gedanken hervorbringt.«

Die psychologische Richtigkeit des Urteils und der ernste Ton des Fürsten schmeichelten augenscheinlich dem General, obschon er sein Gegenüber ab und zu doch noch mit einem mißtrauischen Blick von der Seite ansah. Der Ton des Fürsten war aber so natürlich und arglos aufrichtig, daß es unmöglich war, an seinem Ernst zu zweifeln.

»Daß er auch gute Eigenschaften hat«, fiel der General ein, »das dürfte ich wohl als erster bemerkt haben — da ich doch diesem Individuum fast meine Freundschaft geschenkt habe. Er soll nur nicht glauben, ich bedürfe seiner Gastfreundschaft; ich habe mein eigenes Heim. Ich will meine Fehler nicht beschönigen; ich bin unenthaltsam; ich habe mit ihm zusammen Wein getrunken, was ich jetzt lebhaft bereue. Aber ich habe doch nicht nur um des Saufens willen (verzeihen Sie, Fürst, einem gereizten Manne das rohe, offene Wort), doch nicht nur um des Saufens willen habe ich mich mit ihm abgegeben! Gerade diese Eigenschaften, die Sie nennen, haben mich zu ihm hingezogen. Freilich, alles nur bis zu einer gewissen Grenze! Und was sind selbst seine Eigenschaften! Wenn er plötzlich die Frechheit hat, mich überzeugen zu wollen, daß er im Jahre achtzehnhundertundzwölf, also noch als Kind, sein linkes Bein verloren und auf dem Waganjkóffschen Friedhof in Moskau begraben habe, so übersteigt das doch alle Grenzen und ist eben eine Mißachtung meiner Person, eben eine ... eine Frechheit sondergleichen! ...«

»Vielleicht war es nur ein Scherz zur Erheiterung ...«

»Ich verstehe. Eine unschuldige Lüge, die nur zur Erheiterung beitragen soll, wird, selbst wenn sie roh ist, kein Menschenherz beleidigen. Lügt doch so mancher, wenn Sie wollen, nur aus Freundschaft, um seinem Gesprächspartner ein Vergnügen zu bereiten. Sobald aber Mißachtung der Person des anderen durchblickt, oder wenn man zum Beispiel durch solche Mißachtung dem anderen zu verstehen geben will, daß seine Bekanntschaft einem lästig ist, so bleibt einem Ehrenmann nichts anderes übrig, als sich abzuwenden, für weitere freundschaftliche Beziehungen zu danken und damit den Beleidiger auf den ihm zukommenden Platz zu verweisen.«

Der General war während des Sprechens ganz rot geworden.

»Aber Lebedeff hätte ja überhaupt nicht achtzehnhundertzwölf in Moskau sein können! Natürlich ist das nur ein Scherz. Er ist doch viel zu jung dazu.«

»Erstens das; doch nehmen wir an, er wäre damals schon geboren gewesen. Aber wie kann er mir ins Gesicht behaupten, daß ein französischer Chasseur eine Kanone auf ihn gerichtet und ihm das linke Bein einzig zum Zeitvertreib abgeschossen habe; daß er dann selbst dieses sein abgeschossenes Bein aufgehoben und nach Hause gebracht und später auf dem Friedhof begraben habe, und ferner, daß er über dem Grabe des Beines ein Denkmal errichtet habe, das auf der einen Seite die Inschrift trägt: „Hier ruht in Frieden ein Bein des Kollegien-Sekretärs Lébedeff", und auf der anderen: „Ruhe sanft, geliebter Staub, bis zur freudigen Auferstehung", und schließlich, daß er alljährlich für dieses Bein eine Seelenmesse lesen lasse (was doch schon Blasphemie wäre), und daß er zu dem Zweck in jedem Jahr nach Moskau reise. Zur Bekräftigung fordert er mich noch auf, mit ihm nach Moskau zu fahren, um mir von ihm das Grab seines Beines zeigen zu lassen und im Kreml sogar jene französische Kanone, die mit anderen zusammen erbeutet worden und nun dort aufgestellt sei — die elfte vom Tore soll es sein —, ein Falkonettgeschütz alter französischer Konstruktion."

»Und dabei sind doch seine beiden Beine vollkommen heil und gesund, wenigstens allem Anschein nach!« meinte der Fürst lachend. »Ich versichere Sie, es ist nur ein unschuldiger Scherz gewesen, ärgern Sie sich deshalb nicht über ihn!«

»Erlauben Sie, daß auch ich meine Meinung äußere. Was die Beine und den Anschein anlangt, so wäre das schließlich noch nicht so unmöglich, denn wie er behauptet, habe er ein Tschernosswítoffsches falsches Bein...«

»Ach ja, mit einem solchen Bein soll man ja sogar tanzen können, sagt man.«

»Das weiß ich; als Tschernosswítoff sein Bein erfunden hatte, war das erste, was er tat, daß er zu mir eilte, um es mir zu zeigen. Aber Tschernosswítoff hat seine Erfindung erst sehr viel später gemacht... Und überdies behauptet er, daß selbst seine verstorbene Frau während der ganzen Zeit ihrer Ehe nicht gewußt habe, daß er, ihr Mann, ein Holzbein hatte. ‚Wenn du', sagte er zu mir, als ich ihn auf diese Unmöglichkeiten aufmerksam machte, ‚wenn du achtzehnhundertundzwölf Napoleons Kammerpage gewesen bist, dann gestatte auch mir, eines meiner Beine auf dem Waganjkóffschen Friedhof bestattet zu haben'.«

»Ja, sind Sie denn ...«, begann der Fürst, brach jedoch verwirrt ab.

Der General schien gleichfalls von einer Verwirrung gestreift zu werden, aber schon im selben Augenblick sah er den Fürsten entschieden von oben herab an und mit einem beinahe spöttischen Lächeln.

»Sprechen Sie es nur aus, Fürst«, sagte er mit überlegener Ruhe ganz besonders langsam, »sprechen Sie es nur aus. Ich bin nachsichtig, sagen Sie ruhig alles, was sie denken: gestehen Sie nur, daß Ihnen der Gedanke kaum glaublich erscheint, der Gedanke, einen Menschen vor sich zu sehen, der jetzt erniedrigt und ... überflüssig ist, und gleichzeitig vernehmen zu müssen, daß dieser Mensch Augenzeuge ... großer Ereignisse gewesen ist. Hat *er* Ihnen noch nichts ... vorgeschwätzt?«

»Nein, Lebedeff hat mir nichts davon gesagt — wenn Sie Lebedeff meinen ...«

»Hm! ... und ich dachte im Gegenteil ... das war eigentlich unser ganzes Gespräch gestern abend ... wir kamen zufällig auf diesen ... sonderbaren Artikel im „Archiv" zu sprechen. Ich bemerkte sogleich die Ungereimtheit, und da ich selbst Zeuge war ... Sie lächeln, Fürst, Sie betrachten mein Gesicht?«

»Nein, ich ...«

»Ich sehe allerdings jünger aus, als ich bin«, fuhr der General langsam sprechend fort, »doch bin ich an Jahren eben älter, als man allgemein glaubt. Im Jahre achtzehnhundertzwölf war ich ungefähr zehn oder elf Jahre alt — genau entsinne ich mich dessen nicht mehr. In meinen Papieren ist natürlich mein Geburtsdatum genau angegeben, doch im Leben, wie gesagt, hatte ich die Schwäche, mich stets für jünger auszugeben, als ich war.«

»Ich versichere Sie, General, ich halte es durchaus nicht für unmöglich, daß Sie damals in Moskau gewesen sind, und ... selbstverständlich können Sie jetzt auch manches mitteilen ... wie alle, die es miterlebt haben. Beginnt doch einer unserer Schriftsteller seine Autobiographie damit, wie ihn Anno achtzehnhundertzwölf, als er noch ein Säugling war, französische Soldaten in Moskau mit Brot gepäppelt hätten.«

»Da sehen Sie es«, begutachtete der General herablassend diesen Fall. »Mein Erlebnis geht noch ein wenig mehr über die Grenzen des Gewöhnlichen hinaus, doch liegt in ihm schließlich nichts Unmögliches. Die Wahrheit macht oft den Eindruck des Unmöglichen. Kammerpage! Das hört sich gewiß seltsam an. Doch dieses Erlebnis eines zehnjährigen Kindes läßt sich gerade durch sein Alter erklären. Einem Fünfzehnjährigen wäre das nicht mehr passiert, denn als Fünfzehnjähriger wäre ich nicht so leichtsinnig hinausgelaufen aus unserem Hause in der Stáraja Basmánnajastraße am Tage des Einzugs Napoleons in Moskau. Meine Mutter hatte es in ihrer Angst immer noch aufgeschoben, die Stadt zu verlassen, bis es eben zu spät war. Mit fünfzehn Jahren hätte ich es nicht so ohne weiteres gewagt, aber als Zehnjähriger fürchtete ich mich vor nichts und drängte mich unbekümmert durch die Menge sogar bis dicht an den Eingang des Palastes, als Napoleon gerade vom Pferde stieg ...«

»Eine sehr richtige Bemerkung, daß Sie nur als zehnjähriges Kind so furchtlos sein konnten ...«, pflichtete ihm der Fürst zaghaft bei, gepeinigt von dem Gedanken, daß er sogleich erröten werde.

»Ohne Zweifel, und alles geschah so einfach und natürlich, wie es eben nur in der Wirklichkeit geschehen kann; wollte ein Schriftsteller so etwas schildern, so würde er nur ungereimtes Zeug zusammenschreiben, das völlig unmöglich und unwahrscheinlich ist.«

»Ganz recht!« rief der Fürst. »Diesen Gedanken habe auch ich gehabt, noch vor kurzem! Ich hörte von einem Mord wegen einer Taschenuhr — jetzt steht die Geschichte schon in allen Zeitungen. Hätte das ein Dichter geschrieben: die sogenannten Kenner des russischen Volkes und die Literaturkritiker würden doch sogleich geschrieben haben, es sei unwahrscheinlich, unmöglich; liest man es aber in der Zeitung als Tatsache, so fühlt man doch unwillkürlich, daß man gerade aus solchen Tatsachen die russische Wirklichkeit kennenlernt. Eine vorzügliche Bemerkung, General«, schloß der Fürst lebhaft, furchtbar froh darüber, daß er einem auffälligen Erröten hatte entgehen können.

»Nicht wahr? Nicht wahr?« rief der General, und seine Augen blitzten auf vor Vergnügen. »Ein Knabe, ein Kind, das die Gefahr noch nicht begreift, drängt sich durch die Menge, um den Pomp, die glänzenden Uniformen, die ganze Suite zu sehen, und schließlich doch auch den großen Kaiser, von dem man ihm schon so unendlich viel erzählt hat. Denn damals hatte doch die ganze Welt schon seit Jahren nur von diesem einen Namen widergehallt, und ich hatte ihn, wie man zu sagen pflegt, schon mit der Muttermilch eingesogen. Als Napoleon so dicht an mir vorüberging, fiel ihm plötzlich mein Blick auf – ich war außerdem vornehm gekleidet, meine Mutter gab stets sehr viel darauf. Und ich allein so gekleidet in dieser Volksmenge, nicht wahr ...«

»Zweifellos mußte ihm das auffallen, denn das bewies doch, daß nicht alle Edelleute oder vornehmeren Familien die Stadt verlassen hatten.«

»Eben, eben! Er wollte ja gerade den Adel für sich gewinnen! Als sein Adlerblick mich nun streifte, mußten wohl meine Augen aufgeleuchtet haben. ‚Voilà un garçon bien éveillé!‘ bemerkte er plötzlich zu seiner Suite. ‚Qui est ton père?‘ Ich antwortete ihm sofort, allerdings fast atemlos vor Aufregung: ‚Ein General, der auf dem Schlachtfelde fürs Vaterland gefallen ist.‘ ‚Ah‘, sagte er, ‚le fils d'un boyard et d'un brave par-dessus le marché! J'aime les boyards. M'aimes-tu, petit?‘ Auf diese schnelle Frage antwortete ich ebenso schnell: ‚Das russische Herz ist fähig, selbst im Feinde seines Vaterlandes den großen Mann zu erkennen!‘ Das heißt, ich weiß eigentlich nicht mehr genau, ob ich mich auch buchstäblich so ausdrückte ... ich war noch ein Kind ... aber dies war jedenfalls der Sinn meiner Antwort. Napoleon war zuerst ganz überrascht, sann einen Augenblick nach und wandte sich dann zu seiner Suite. ‚Mir gefällt der Stolz dieses Kindes!' sagte er, ‚doch wenn alle Russen so denken wie dieser Knabe, dann ...' Er sprach den Satz nicht zu Ende und trat durch das Portal. Ich mischte mich sogleich unter seine Suite und lief ihm nach in den Palast. Man machte mir überall Platz und betrachtete mich bereits als Favoriten. Aber das war ja alles nebensächlich, ich bemerkte es kaum ... Ich entsinne mich nur noch, wie der Kaiser, gerade als ich in den ersten Saal eintrat, plötzlich vor dem Bildnis der Kaiserin Katharina stehen blieb, es nachdenklich lange betrachtete und schließlich sagte: ‚Das war eine große Frau!' und dann weiterging. Nach zwei Tagen kannte mich schon ein jeder im Palast und im ganzen Kreml, und man nannte mich nur noch ‚le petit boyard'. Nur zum Übernachten ging ich nach Hause. Dort kamen sie fast um ihren Verstand. Da starb ganz unverhofft, am zweiten Tag nach dem Einzug in Moskau, der Kammerpage Napoleons, Baron de Bazancourt, der die Strapazen des Feldzuges nicht ausgehalten hatte. Napoleon erinnerte sich meiner: man suchte mich, brachte mich in den Palast, ohne mir ein Wort zu sagen, zog mir die Kleider des Verstorbenen an, eines Knaben von etwa zwölf Jahren, und erst als ich in der Kammerpagenuniform dem Kaiser vorgestellt worden war und er mit dem Kopf genickt hatte, erklärte man mir den Sachverhalt und wozu man mich ausersehen hatte. Ich freute mich, denn ich empfand, und zwar schon seit langer Zeit, eine glühende Sympathie für ihn ... nun, und außerdem die glänzende Uniform, das bedeutet doch sehr viel für ein Kind, nicht wahr ... Ich trug einen dunkelgrünen Frack mit langen schmalen Schößen, goldenen Knöpfen, roten, goldgestickten Ärmelaufschlägen, einem hohen, offenstehenden Kragen, gleichfalls mit Goldstickerei auf rot, und auf den Frackschößen ebenfalls Goldstickerei; dazu trug ich weiße, sämisch lederne enganliegende Beinkleider, eine weißseidene Weste, seidene Strümpfe und Schnallenschuhe ... wenn aber der Kaiser ausritt und ich ihn mit der Suite begleitete, trug ich hohe Reitstiefel. Obschon die Situation keine glänzende war und man auch noch viel größeres Unglück kommen sah, so wurde doch die Etikette nach Möglichkeit eingehalten, und zwar umso peinlicher, je größer die Sorge vor dem vorausgefühlten Unheil wurde.«

»Ja, natürlich ...«, murmelte der Fürst nahezu hilflos, »Ihre Memoiren würden ... sehr interessant sein.«

Der General, der selbstverständlich dasselbe wiedergab, was er am Abend vorher Lebedeff erzählt hatte, erzählte fließend. Doch diese Bemerkung des Fürsten erweckte wieder sein Mißtrauen und — prüfend streifte er ihn mit einem Seitenblick.

»Meine Memoiren«, sagte er mit verdoppeltem Stolz, »Sie meinen, ich soll meine Memoiren schreiben? Nein, das verlockt mich nicht, Fürst! Wenn Sie wollen, so sind meine Memoiren bereits niedergeschrieben, nur ... sie liegen in meinem Pult. Mögen sie dann, wenn man mich begraben hat, erscheinen. Sie werden zweifellos in andere Sprachen übersetzt werden, nicht wegen ihres literarischen Wertes, sondern wegen der Bedeutung dieser allerkolossalsten Tatsachen, die ich als Augenzeuge erlebt habe, wenn ich auch noch ein Kind war. Doch das ist schließlich noch ein Vorzug: nur als Kind habe ich sozusagen in die intimste Kammer des großen Mannes eindringen können, und das nicht etwa nur bildlich: ich habe in den Nächten das Gestöhn dieses „Riesen im Unglück" gehört! Vor mir, dem Kinde, tat er sich keinen Zwang an, obschon ich sehr wohl begriff, daß die Ursache seines Kummers — das Schweigen Kaiser Alexanders war.«

»Ja, richtig, er hat ja an Alexander Briefe geschrieben ... mit Friedensvorschlägen ...«, bestätigte der Fürst schüchtern.

»Es steht nicht mit Sicherheit fest, was für Vorschläge er ihm gemacht hat, nur hat er tatsächlich an ihn täglich, fast stündlich einen Brief geschrieben, einen Brief nach dem anderen ... Er regte sich dabei natürlich über alle Maßen auf. Einmal in der Nacht, als wir beide ganz allein waren, stürzte ich weinend zu ihm (oh, ich liebte ihn!) und flehte ihn an: ‚Bitten Sie, bitten Sie den Kaiser Alexander um Verzeihung!'

Das heißt, ich hätte sagen sollen: ‚Schließen Sie mit ihm Frieden‘, doch als Kind drückte ich meinen Gedanken ganz kindlich aus. Er nahm es mir aber nicht übel. ‚Mein Kind!‘ sagte er — er promenierte auf und ab im Zimmer — ‚oh, mein Kind!‘ — er schien damals gar nicht zu bemerken, daß ich erst zehn Jahre alt war, und er liebte es sogar, sich mit mir zu unterhalten. ‚Oh, mein Kind‘, sagte er, ‚ich bin bereit, Kaiser Alexander die Füße zu küssen, doch dem König von Preußen und dem Kaiser von Österreich, oh, denen schwöre ich ewigen Haß und ... schließlich ... was verstehst du von Politik!‘ Es war, als hätte er plötzlich bemerkt, mit wem er sprach, und er verstummte, doch seine Augen sprühten noch Funken. Wollte ich nun alle diese Tatsachen niederschreiben — ich war Zeuge von noch weit wichtigeren Ereignissen —, wollte ich jetzt meine Memoiren herausgeben, so müßte ich all diese Kritiken über mich ergehen lassen, diese Reden des literarischen Ehrgeizes, diesen ganzen Neid und Parteigeist und ... nein, ich danke dafür!«

»Was Sie da vom Parteigeist sagen, ist natürlich richtig, und ich kann Ihnen nur beistimmen«, sagte der Fürst leise, nachdem er ein Weilchen geschwiegen hatte. »Da habe ich vor nicht langer Zeit ein Buch von Charras: „Champagne de 1815" gelesen. Es ist augenscheinlich ein ernstes Buch, und, wie Fachmänner sich äußern, mit ungeheurer Sachkenntnis geschrieben. Nur spricht, finde ich, aus jeder Seite des Buches eine so große Freude über die Besiegung und Erniedrigung Napoleons, daß Charras sicherlich sehr froh sein würde, wenn man Napoleon auch auf Grund der anderen Kriege jedes Talent absprechen könnte. Das ist natürlich nicht gut in einem sonst so ernsten Buch, denn es ist doch nichts als, nun, eben Parteigeist. Waren Sie sehr in Anspruch genommen durch Ihren Dienst beim ... Kaiser?«

Der General war begeistert. Die ernste, treuherzige Frage des Fürsten zerstreute sein letztes Mißtrauen.

»Charras! Oh, auch ich war darüber entrüstet! Ich schrieb auch sogleich an ihn, nur ... ich entsinne mich im Augenblick nicht genau ... Sie fragen, ob ich sehr in Anspruch genommen war? Oh, nein! Man nannte mich zwar Kammerpage, aber ich faßte es selbst damals nicht als Ernst auf. Hinzu kam, daß Napoleon bald jede Hoffnung verlor, die Russen zu sich herüberziehen zu können, und so hätte er wohl auch mich vergessen, nachdem er mich aus Politik herangezogen, wenn ... wenn er mich nicht persönlich liebgewonnen hätte, was ich jetzt ruhigen Gewissens behaupten kann. Mich aber zog mein Herz zu ihm. Ein besonderer Dienst wurde von mir durchaus nicht verlangt: ich mußte ab und zu im Palast erscheinen und ... den Kaiser auf seinen Spazierritten zu Pferde begleiten, und das war alles. Ich ritt damals schon ganz gut. Er ritt gewöhnlich vor dem Diner aus, und seine Suite bestand dann meist aus Davoust, mir, dem Mameluken Roustan ...«

»Constant«, entfuhr es plötzlich fast unbewußt dem Fürsten.

»N–nein, Constant war damals nicht in Moskau, er war unterwegs mit einem Schreiben an ... an die Kaiserin Josephine; doch statt seiner waren gewöhnlich noch zwei Ordonnanzen da, einige polnische Ulanen ... nun, und das war seine ganze Suite, außer den Generalen, versteht sich, und Marschällen, von denen Napoleon sich stets begleiten ließ, um sich mit ihnen beraten zu können, das Terrain zu studieren, die Stellung der Truppen, und so weiter ... Am häufigsten war Davoust bei ihm. Ich sehe ihn noch wie leibhaftig vor mir, diesen großen, stark gebauten, kaltblütigen Mann mit dem seltsamen Blick hinter den Brillengläsern. Mit ihm beriet sich der Kaiser am häufigsten. Er schätzte seine Meinung sehr hoch. Ich weiß noch genau: einmal hatten sie sich schon mehrere Tage lang beraten. Davoust war morgens und abends gekommen, sie hatten oft gestritten, endlich schien Napoleon nachzugeben. Sie befanden sich zusammen im Kabinett, er, Davoust und, fast unbemerkt von ihnen, ich als Dritter. Da fiel plötzlich ganz zufällig Napoleons Blick auf mich, und ein seltsamer Gedanke blitzte in seinen

Augen auf. ‚Kind!' wandte er sich an mich, ‚was meinst du: wenn ich zur rechtgläubigen Kirche übertreten und eure Leibeigenen befreien würde, würden sich die Russen mir dann anschließen?' — ‚Niemals!' rief ich empört. Napoleon war ganz betroffen. ‚In den Augen dieses Kindes, aus denen der Patriotismus sprüht', sagte er, ‚habe ich die Gesinnung des ganzen russischen Volkes gelesen. Genug, Davoust! Das war nur ein phantastischer Einfall. Legen Sie Ihr zweites Projekt vor.'«

»Ja, aber auch dieses Projekt war ... ein großer Gedanke«, sagte der Fürst, sichtlich interessiert. »Und Sie schreiben es Davoust zu?«

»Wenigstens erwogen sie es beide zusammen. Der Gedanke selbst stammte natürlich von Napoleon, dieser Adlergedanke, aber auch das andere Projekt war ... Das war jener berühmte ‚conseil du lion', wie Napoleon selbst diesen ihm von Davoust erteilten Rat nannte. Dieser Rat bestand darin, sich mit dem ganzen Heer im Kreml zu verschanzen, Baracken zu bauen, Befestigungen zu errichten, die Kanonen aufzustellen, möglichst viel Pferde zu schlachten und einzusalzen, möglichst viel Getreide aufzutreiben, sei es durch Marodieren oder sonst wie, und so zu überwintern, um dann im Frühling sich durch die Russen durchzuschlagen. Dieses Projekt hatte für Napoleon sehr viel Verlockendes. Wir ritten hierauf täglich um die Kremlmauer herum, er ordnete selbst alles an, zeigte, wo niedergerissen, wo gebaut, wo Schanzen, wo Verhaue, wo Blockhäuser, wo Schutzwälle errichtet werden sollten. Ein Blick von ihm, ein Wort — erledigt! Schließlich war man so weit, daß Davoust zur letzten, endgültigen Entscheidung drängte. Wieder waren beide allein im Kabinett, nur ich war als Dritter zugegen. Wieder ging Napoleon mit verschränkten Armen auf und ab. Ich konnte meine Augen nicht losreißen von seinem Antlitz, mein Herz klopfte stark. ‚Ich gehe', sagte Davoust. ‚Wohin?' fragte Napoleon. ‚Pferde einsalzen', sagte Davoust. Napoleon zuckte zusammen, jetzt kam der Augenblick der Entscheidung. ‚Kind', wandte er sich plötzlich an mich, ‚was meinst du zu unserem Vorhaben?' Natürlich fragte er mich nur, wie bisweilen der klügste Mensch in einer wichtigen Frage lieber das Los entscheiden läßt, als daß er's selbst tut ... wie man eine Münze hinwirft und Adler oder Schrift entscheiden läßt. Doch statt an ihn, wandte ich mich an Davoust und sagte, fast wie auf höhere Eingebung: ‚Sehen Sie lieber zu, General, daß Sie noch mit heiler Haut zu sich nach Hause davonkommen!' Damit war das Projekt verworfen. Davoust zuckte nur mit der Achsel und brummte beim Hinausgehen: ‚Bah! Il devient superstitieux!' Am nächsten Tage wurde der Befehl zum Rückzug gegeben.«

»Das ist natürlich alles sehr interessant«, murmelte der Fürst kaum hörbar, »wenn es nur auch wirklich alles so ... das heißt, ich will nur sagen ...«, beeilte er sich, sich zu verbessern.

»Oh, Fürst!« rief der General aus, der von seiner Erzählung selbst so begeistert war, daß er sich nicht einmal mehr vor der größten Unvorsichtigkeit zurückzuhalten vermocht hätte. »Sie sagen: ‚wenn es nur auch wirklich alles so war!' Aber es war ja viel mehr, ich versichere Sie, es war ja noch viel mehr als das! Das waren ja nur erst kleine Nebensachen, politische Dinge. Aber ich versichere Sie, ich bin sogar Zeuge seiner nächtlichen Tränen gewesen, ich habe das Stöhnen dieses großen Mannes gehört, dessen aber kann sich außer mir keiner rühmen! Zum Schluß allerdings, da weinte er nicht mehr, er hatte keine Träne mehr, er stöhnte nur noch, und sein Gesicht wurde immer düsterer. Es war, als hätte die Ewigkeit ihn bereits mit ihren dunklen Fittichen beschattet. In manch einer Nacht verbrachten wir beide ganze Stunden allein, schweigend — der Mameluk Roustan schnarchte im Nebenzimmer. Einen entsetzlich festen Schlaf hatte dieser Mensch. ‚Dafür ist er mir und meiner Dynastie treu ergeben', sagte Napoleon von ihm. Einmal tat er mir unsäglich leid, und plötzlich bemerkte er eine Träne in meinem Auge: gerührt blickte er mich an. ‚Du bemitleidest mich!' rief er aus, ‚nur du, Kind, tust es, und vielleicht wird es noch ein anderes Kind tun, mein Sohn, le roi de Rome! Die anderen alle hassen mich nur, und meine Brüder werden die ersten sein, die mich im Unglück verlassen!' Ich schluchzte laut auf und eilte zu ihm — da hielt auch er es nicht mehr aus, und Tränen stürzten ihm aus den Augen. ‚Oh, schreiben Sie, schreiben Sie an die Kaiserin Josephine!' bat ich ihn schluchzend. Napoleon zuckte zusammen, dachte nach und sagte dann zu mir: ‚Du hast mich an ein drittes Herz erinnert, das mich liebt. Ich danke dir, Freund!' Und er setzte sich sogleich an den Schreibtisch und schrieb an Josephine jenen Brief, mit dem dann am nächsten Tage Constant nach Paris geschickt wurde.«

»Das war sehr schön von Ihnen«, sagte der Fürst, »mitten in seinen bösen Gedanken riefen Sie ein gutes Gefühl in ihm hervor.«

»Eben, Fürst, und wie gut Sie das zu erklären verstehen, das entspricht auch Ihrem eigenen Herzen!« stimmte der General begeistert bei, und seltsam: Tränen, wirkliche Tränen glänzten in seinen Augen. »Ja, Fürst, ja, das war ein großer Anblick! Und wissen Sie, fast wäre ich mit ihm nach Paris gefahren, und dann hätte ich ihn, versteht sich, auch nach dem ‚heißen Eiland der Verbannung' begleitet, doch leider trennte uns das Schicksal! Er kam auf jene wüste Insel, wo er vielleicht in einer trüben Stunde an die Tränen jenes armen Knaben, der ihn einst in Moskau umarmt und geküßt, gedacht hat. Ich aber — kam damals ins Kadettenkorps, wo ich nichts als strenge Dressur fand und die Roheit der Mitschüler und ... Und dann war alles zu Ende! ‚Ich will dich deiner Mutter nicht entreißen, deshalb nehme ich dich nicht mit', sagte er zu mir an dem Tage, als er Moskau verließ, ‚ich würde aber gern etwas für dich tun.' Er war schon im Begriff, in den Sattel zu steigen. ‚Schreiben Sie mir zum Andenken etwas ins Album meiner Schwester', bat ich schüchtern, denn er war sehr zerstreut und düster. Er wandte sich wirklich zurück, verlangte eine Feder, nahm das Album.

,Wie alt ist deine Schwester?' fragte er, die Feder bereits in der Hand. ,Drei Jahre', antwortete ich. ,Petite fille alors.' Und er schrieb ins Album:
„Ne mentez jamais."
„Napoléon, votre ami sincère."
Ein solcher Rat und in einem solchen Augenblick, Sie werden doch zugeben, Fürst, nicht wahr?«
»Ja, das ist bedeutsam.«
»Dieses Albumblatt hing unter Glas in einem goldenen Rahmen bis zum Tode meiner Schwester — sie starb im Wochenbett — in ihrem Empfangszimmer, an der sichtbarsten Stelle der Wand —, wo es jetzt ist, weiß ich nicht ... aber ... ach, mein Gott! Schon zwei Uhr! Wie ich Sie aufgehalten habe, Fürst! Das ist ja unverzeihlich!«
Der General erhob sich.
»Oh, im Gegenteil!« stammelte der Fürst. »Sie haben mich so gut unterhalten und ... schließlich ... es war so interessant; ich bin Ihnen sehr dankbar!«
»Fürst!« sagte der General, indem er ihn mit blitzenden Augen unverwandt ansah und seine Hand fast schmerzhaft in der seinen drückte — er schien plötzlich wieder zur Besinnung gekommen und jetzt von irgendeinem klaren Gedanken ganz betroffen zu sein, doch das dauerte nur einen Augenblick. »Fürst!« rief er aus, »Sie sind dermaßen gut und dermaßen arglos, daß Sie mir bisweilen geradezu leid tun und ich Sie nur mit Rührung betrachten kann. Oh, möge Gott Sie segnen! Möge für Sie jetzt ein schönes Leben beginnen und erblühen ... in der Liebe! Meines ist zu Ende! Oh, verzeihen Sie mir, verzeihen Sie!«
Er bedeckte sein Gesicht mit der Hand und verließ schnell das Zimmer. Wenigstens an der Echtheit seiner Erregung konnte der Fürst nicht zweifeln. Er begriff auch, daß der Alte wie berauscht von seinem Erfolge wegging; aber trotzdem sagte ihm ein Vorgefühl, daß dieser Mensch zu jener Kategorie von Lügnern gehörte, die, wenn sie auch bis zur Wollust und sogar bis zur völligen Selbstvergessenheit lügen,

selbst im Augenblick ihrer höchsten Ekstase im Herzen doch argwöhnen, daß man ihnen nicht glaube und auch gar nicht glauben könne. In seiner gegenwärtigen Verfassung war es möglich, daß der Alte, wenn er zur Besinnung kam, sich unerträglich schämen und den Fürsten verdächtigen werde, ihm nur aus übergroßem Mitleid zugehört zu haben, und dann würde er sich beleidigt fühlen.

»Wäre es nicht besser gewesen, ich hätte ihn nicht bis zu dieser Begeisterung kommen lassen?« fragte sich der Fürst beunruhigt, doch plötzlich mußte er lachen, lachte gewaltig, wohl zehn Minuten lang. Zwar wollte er sich schon sogleich wieder Vorwürfe wegen dieses Lachens machen, sagte sich aber dann, daß er sich gar nichts vorzuwerfen habe, da der General ihm doch unendlich leid tat.

Sein Vorgefühl betrog ihn nicht; noch am Abend desselben Tages erhielt er einen sehr seltsamen, kurzen, aber entschlossenen Brief, in dem der General ihm mitteilte, daß er sich auch von ihm auf ewig trenne, daß er ihn zwar achte und ihm dankbar sei, doch werde er »Anzeichen des Mitleids, die die Würde eines ohnehin schon erniedrigten Menschen noch mehr erniedrigen, stets zurückweisen.« Dieser Brief beunruhigte den Fürsten nicht wenig, als er dann aber hörte, daß der Alte sich bei Nina Alexandrowna eingeschlossen hatte, fühlte er sich beinahe beruhigt um ihn. Wie wir bereits erzählt haben, war der General danach zu Jepantschins gegangen und hatte — um die Unterredung kurz wiederzugeben — Lisaweta Prokofjewna erschreckt und durch bittere Bemerkungen über seinen Sohn Ganja empört, worauf er in beschämender Weise »verabschiedet« worden war. Deshalb hatte er denn auch eine so schlechte Nacht verbracht und am Morgen die Szenen im Hause seines Schwiegersohnes aufgeführt, um dann, als er schließlich ganz den Kopf verlor, halb irrsinnig auf die Straße hinauszulaufen...

Kolja, der den Sachverhalt immer noch nicht ganz begriff, glaubte zuerst, ihn mit Strenge am ehesten zur Vernunft bringen zu können.

»Na, wohin soll's denn jetzt gehen, General, was meinen Sie?« fragte er. »Zum Fürsten wollen Sie nicht, mit Lebedeff haben Sie sich verzankt, Geld haben Sie nicht, und ich pflege niemals welches zu haben: da sitzen wir jetzt mitten auf der Straße!«

»Mein Sohn, sitzen ist immer noch besser als stehen«, antwortete der General belehrend. »Mit diesem ... Witz habe ich ... homerisches Gelächter hervorgerufen im ... Offizierskreise ... Das war im Jahre vierundvierzig ... Tausend ... achthundert und vierundvierzig, ja! Ich entsinne mich ... Oh, erinnere mich nicht, erinnere mich nicht daran. „Wo ist meine Jugend, wo blieb mein Lenz!" wie ... wie ... wer ... welcher Dichter hat das doch ausgerufen, Kolja?«

»Gogol, Papa, in seinen „Toten Seelen"«, sagte Kolja mit einem etwas ängstlichen Seitenblick auf den Vater.

»Die „Toten Seelen"! Oh ja, die Toten! Wenn du mich beerdigt hast, dann schreibe auf mein Grab: „Hier ruht eine tote Seele!" ... „Schmach und Schande verfolgen mich!" Wer hat das gesagt, Kolja?«

»Ich weiß nicht, Papa.«

»Einen Jeropjégoff soll es nicht gegeben haben? ... Jeróschka Jeropjégoff!« schrie er plötzlich laut wie außer sich und blieb auf der Straße stehen. »Und das soll mein Sohn, mein leiblicher Sohn sein! Jeropjégoff ist elf Monate lang wie ein Bruder zu mir gewesen, für ihn habe ich ein Duell ... Fürst Wygorézkij, unser Hauptmann, fragte ihn bei einer Flasche Wein: ‚Du, Grischa, wo hast du denn eigentlich deinen Annenorden verdient, wenn du mir das sagen könntest!' — ‚Auf den Schlachtfeldern meines Vaterlandes, wenn du's wissen willst!' — Ich schreie: ‚Bravo, Grischa!' Nun und da kam's denn zum Duell, später aber heiratete er ... Marja Petrówna Ssu ... Ssutúgowa und ward erschossen in der Schlacht bei ... Die Kugel prallte von meinem Orden ab und fuhr ihm gerade in die Stirn. ‚Ich werde dich nie vergessen!' rief er und fiel tot hin. Ich ... ich habe ehrlich dem Vaterlande gedient, Kolja, ich bin immer anständig gewesen, aber die Schmach ... „Schmach und Schande verfolgen mich!" Du und Nina, ihr zwei werdet mein Grab besuchen ... ‚Arme Nina!' so pflegte ich sie früher stets zu nennen, Kolja, in der ersten Zeit ... das ist jetzt schon lange her ... sie hatte das so gern ... Nina, Nina! Was habe ich dir für ein Schicksal bereitet! Wofür kannst du mich lieben, du geduldige Seele! Deine Mutter hat die Seele eines Engels, Kolja, hörst du, eines Engels!«

»Ich weiß es, Papa. Papa, Täubchen, gehen wir zurück nach Haus zu Mama! Sie lief uns doch nach! Nun, was stehen Sie? Begreifen Sie denn nicht ... Nun, weshalb weinen Sie denn jetzt?«

Kolja weinte dabei selbst und küßte dem Vater die Hand.

»Du küßt mir die Hand, mir!«

»Ja, ja doch, Ihnen, Ihnen! Was ist denn dabei Wunderliches? Aber was heulen Sie denn hier mitten auf der Straße, und das noch dazu als General, als alter Soldat! Nun gehen wir!«

»Gott segne dich dafür, mein lieber Junge, daß du zu mir Schmachbedecktem so ehrerbietig bist ... Ja, zum schmachbedeckten, elenden Greise, deinem Vater ... Mögest auch du einst einen solchen Sohn haben ... le roi de Rome ... Oh, ‚Fluch, Fluch über dieses Haus'!«

»Aber ... was hat denn das zu bedeuten!« rief plötzlich Kolja in seiner Angst aus. »Was ist denn los? Weshalb wollen Sie jetzt nicht nach Hause kommen? Sind Sie denn ganz von Sinnen?«

»Ich werde dir erklären, alles erklären ... ich sage dir alles ... schrei nur nicht, man könnte es sonst hören ... le roi de Rome ... Oh, mir ist übel, mir ist traurig zumut! Wer hat das gesagt, Kolja?«

»Ich weiß nicht, ich weiß nicht, wer das gesagt hat! Gehen wir jetzt nach Haus, aber ohne Umwege, sofort! Ich werde schon den Ganjka verhauen, wenn's nötig ist ... aber wohin wollen Sie denn jetzt wieder?«

Der General zog ihn zur Treppe eines Hauses, von dem sie nicht weit entfernt waren.

»Wohin wollen Sie? Das ist doch ein fremdes Haus!« Doch der General ließ sich nicht aufhalten, setzte sich auf eine Stufe der Treppe und zog Kolja immer noch näher zu sich heran.

»Beug dich zu mir!« murmelte er. »Ich werde dir alles sagen ... die Schmach ... beug dich ... dein Ohr ... ich will dir ins Ohr sagen ...«

»Aber was denn?« rief Kolja unsäglich erschrocken, hielt aber doch sein Ohr hin.

»Le roi de Rome ...«, flüsterte der General, der am ganzen Körper zu zittern schien.

»Was? ... Was wollen Sie mit dem roi de Rome ... Was?«

»Ich ... ich ...«, flüsterte wieder der General, immer schwerer sich auf die Schulter seines lieben Sohnes stützend, »ich ... will ... ich werde dir ... alles, Marja, Marja ... Petrówna Ssu-ssu-ssu ...«

Kolja fuhr zurück, ergriff den Vater an den Schultern und starrte ihm, bleich vor Schreck, ins Gesicht, das plötzlich purpurrot wurde, während die Lippen sich blau färbten. Ein krampfhaftes, zitterndes Zucken lief über seine Züge. Plötzlich senkte sich der Oberkörper und sank immer schwerer auf Koljas stützende Arme.

»Schlaganfall!« schrie plötzlich Kolja laut über die ganze Straße, als er endlich erriet, was geschehen war.

## V

Warwára Ardaliónowna hatte im Gespräch mit ihrem Bruder alles, was sie bei Jepantschins über die »Verlobung« des Fürsten mit Aglaja in Erfahrung gebracht, genau genommen, ziemlich übertrieben. Allerdings war es möglich, daß sie als einsichtsvolle Frau aus den erhaltenen Mitteilungen das Bevorstehende nur erraten hatte. Vielleicht aber hatte sie sich nach der eigenen Enttäuschung bloß die Genugtuung nicht versagen können, auch dem Bruder, den sie sonst aufrichtig liebte, eine ebenso große, wenn nicht noch viel größere Enttäuschung zu bereiten. Jedenfalls ist nicht anzunehmen, daß ihre Freundinnen sie so genau unterrichtet hatten: es werden wohl nur Andeutungen oder mit Schweigen übergangene Fragen gewesen sein, aus denen dann Warja selbst das Weitere gefolgert hatte. Vielleicht hatten auch Aglajas Schwestern mit Absicht manches verlauten lassen, um auf diese Weise selbst von Warja etwas zu erfahren. Schließlich aber konnte es sich noch so verhalten, daß auch sie ihre ehemalige Gespielin ein wenig ärgern wollten, denn daß sie in dieser langen Zeit überhaupt nichts von Warjas Plänen erraten haben sollten, ist wohl nicht anzunehmen.

Andererseits kann man auch vom Fürsten sagen, daß er sich in einem kleinen Irrtum befand, als er Lebedeff versicherte, er habe ihm nichts Besonderes mitzuteilen, da mit ihm nichts Besonderes geschehen sei. Das war gerade das Eigentümliche an der Sache: es war allerdings nichts geschehen, dabei war aber doch sehr viel geschehen, und gerade das hatte Warwara Ardalionowna mit ihrem sicheren weiblichen Instinkt erraten.

Wie es nun eigentlich gekommen war, daß bei Jepantschins plötzlich alle in dem Gedanken, Aglaja stehe vor einem entscheidenden Schritt und es sei etwas Besonderes mit ihr vorgefallen, übereinstimmten, dürfte nicht leicht zu erklären sein. Doch kaum war dieser Gedanke aufgetaucht — seltsamerweise kam er allen fast zu gleicher Zeit —, als auch alle sogleich überzeugt waren, daß sie es »schon längst« bemerkt und »klar vorausgesehen« hätten, und zwar habe es bereits mit dem „Armen Ritter" begonnen, oder noch früher, nur habe man an einen solchen Unsinn anfangs überhaupt nicht glauben wollen. So wenigstens behaupteten die Schwestern. Natürlich hatte nun auch Lisaweta Prokofjewna alles noch viel früher vorausgesehen, und lange schon hatte ihr das Herz »deshalb weh getan«; doch ob nun lange oder nicht lange, jedenfalls war für sie der Gedanke an den Fürsten jetzt gar zu unbehaglich geworden, und das hauptsächlich deshalb, weil sie so gar nicht wußte, was sie nun eigentlich denken sollte. Vorläufig war ihr nur eines klar: daß es sich hier um eine Frage handelte, über die sie unverzüglich mit sich selbst ins Reine kommen mußte; nur konnte sich die arme Lisaweta Prokofjewna nicht einmal die Frage, d. h. worin diese Frage nun eigentlich bestand, klar und deutlich vorlegen, von einem »Ins-Reine-Kommen« ganz zu schweigen. Die Sache war in der Tat nicht einfach: »War nun der Fürst überhaupt annehmbar? oder war er es nicht? War das alles gut? oder war es nicht gut? Wenn es nicht gut war (und das war es zweifellos), worin bestand dann das Schlechte? Wenn es aber vielleicht gut war (das war ja schließlich auch nicht so ganz unmöglich), worin bestand dann wiederum das Gute?« Das Familienoberhaupt, der General Iwan Fjódorowitsch, war ganz zuerst nur sehr verwundert, dann aber vernahm seine Gattin das Geständnis von ihm, daß doch auch ihm, »bei Gott, die ganze Zeit so etwas Ähnliches geschienen habe, zwar nicht ohne weiteres und nicht immer, aber mitunter doch so in etwa...« Er verstummte aber schnell unter dem zornigen Blick seiner Gattin. Das war am Morgen; am Abend jedoch, als er sich unter vier Augen wiederum zu einer Meinungsäußerung gezwungen sah, sprach er plötzlich munter und gleichsam mit besonderem Mut ein paar äußerst unerwartete Gedanken aus: »Aber schließlich — was ist denn dabei so schlimm?...«, meinte er und wartete ab. (Es folgte eine Pause.) »Natürlich ist das alles etwas sonderbar, vorausgesetzt, daß überhaupt etwas daran ist, doch im übrigen...« (Pause) »Andererseits aber, wenn man die Dinge nüchtern betrachtet, das heißt, so wie sie sind, so ist doch der Fürst, bei Gott, ein prächtiger Junge und... und... nun und schließlich ist doch auch der Name etwas wert, der Name eines alten Geschlechts, das in Vergessenheit gesunken ist ... es wäre sozusagen eine Wiederaufrichtung des alten Stammes, und somit in den Augen der Gesellschaft ... das heißt, ich meine ja nur ... die Gesellschaft ist nun einmal die Gesellschaft ... Und schließlich ist der Fürst ja auch kein armer Mann, wenn er auch nicht gerade Millionär ist, und ... und ... hm! ...« (Die Pause dauerte an, und Iwan Fjodorowitsch verstummte endgültig.)

Nachdem Lisaweta Prokofjewna ihren Gatten angehört hatte, kam es bei ihr zu einem hemmungslosen Ausbruch.

Ihrer Meinung nach war alles nur ein »unverzeihlicher und sogar verbrecherischer Unsinn, irgendein unmöglicher, dummer, phantastischer Einfall und weiter nichts«! Und zwar allein schon deshalb, weil »dieser elende Fürst ein kranker Idiot, erstens, und zweitens ein Dummkopf ist, der weder die Welt kennt noch eine Stellung in der Welt einnimmt: wem kannst du ihn zeigen, wo ihn unterbringen? Ein Mensch mit ganz verbotenen demokratischen Ideen, und nicht einmal im Staatsdienst steht er, und ... und was wird die Bjelokónskaja sagen? Haben wir denn einen solchen, einen solchen Mann für Aglaja erwartet und uns vorgestellt?« Das letzte Argument war selbstverständlich das wichtigste. Ihr Mutterherz erzitterte bei diesem Gedanken und »weinte blutige Tränen«, wenn sich auch gleichzeitig in diesem Herzen etwas regte, das ihr plötzlich ganz gegen ihren Willen die Frage aufzwang: »Aber weshalb ist denn der Fürst *nicht* der Richtige für Aglaja?« Gerade diese Widerlegungen des eigenen Herzens waren es, die der armen Lisaweta Prokofjewna am meisten zu schaffen machten.

Aglajas Schwestern jedoch schien der Gedanke, den Fürsten zum Schwager zu bekommen, sogar zu gefallen, sie fanden ihn nicht einmal sonderbar; im Gegenteil, sie waren sogar sehr *für* ihn, nur schienen sie beide beschlossen zu haben, vorläufig noch zu schweigen. Man hatte in der Familie schon oft die Beobachtung gemacht und sie ein für allemal behalten, daß, wenn Lisaweta Prokófjewnas Einwendungen und ihr Widerstand in einer die ganze Familie angehenden und strittigen Frage mitunter ganz besonders heftig und hartnäckig wurden, dies dann von allen als Anzeichen gedeutet werden konnte, daß sie vielleicht schon einverstanden war. Übrigens konnte Alexandra Iwánowna sich doch nicht vollkommen schweigsam verhalten. Die Mama, der es schon seit langem zur Gewohnheit geworden war, ihre Älteste in allen schwierigen Dingen um Rat zu fragen, rief sie auch jetzt alle Augenblicke zu sich, um ihre Meinung zu hören oder — und das vor allen Dingen — um sie immer wieder nach ihren Erinnerungen zu fragen, d. h.: wie das alles so hatte kommen können, warum es niemand früher bemerkt, weshalb man nicht früher davon gesprochen habe? Und was hatte dieser abscheuliche „Arme Ritter" zu bedeuten gehabt? Warum war sie, Lisaweta Prokofjewna, allein dazu verurteilt, sich um alle zu sorgen, alles zu bemerken und vorauszusehen, während die anderen »nur vor sich hindösten?« usw., usw. ... Alexandra Iwanowna war anfangs etwas vorsichtig und bemerkte bloß, daß ihr die Auffassung des Vaters, die Gesellschaft würde die Verbindung einer der Jepantschins mit dem Fürsten Myschkin nur gutheißen, sehr richtig erscheine. Doch allmählich geriet sie in Eifer und erklärte sogar, daß der Fürst durchaus kein »Dummkopf« sei, sei es auch nie gewesen, und was seine Bedeutung in der Gesellschaft anlange, so könne man doch gar nicht wissen, wonach in ein paar Jahren das Ansehen eines anständigen Menschen bei uns in Rußland beurteilt werden würde: ob immer noch nach dem alten Maßstab, den pflichtschuldigen Erfolgen im Staatsdienst, oder nach etwas ganz anderem. Auf alle diese Äußerungen hatte die Generalin nur die empörte Antwort: daß Alexandra eine Freidenkerin sei, und alle ihre Ansichten wären nur auf »diese verwünschte Frauenfrage« zurückzuführen. Eine halbe Stunde später fuhr Lisaweta Prokofjewna nach Petersburg, wo sie sich nach der Kámennyi Insel begab, um die alte Fürstin Bjelokonskaja, die nur auf kurze Zeit nach Petersburg gekommen war, zu besuchen. Die Fürstin war ja Aglajas Patin.

»Die Alte«, d. h. die Fürstin Bjelokonskaja, hörte alle fieberhaften und verzweifelten Geständnisse der ratlosen Lisaweta Prokófjewna ruhig an und ließ sich auch von deren Tränen nicht rühren; ja, sie betrachtete sie sogar ziemlich spöttisch. Sie war eine schreckliche Despotin; selbst in der Freundschaft, mochte diese auch noch so alt sein, konnte sie Gleichheit nicht ausstehen, und in Lisaweta Prokofjewna sah sie immer noch, wie vor fünfunddreißig Jahren, ihre protégée, und konnte sich nicht damit aussöhnen, daß ihr ehemaliger Schützling sich zu einem schroffen und selbständigen Charakter entwickelt hatte. Sie bemerkte unter anderem, daß man »wie es scheint, wieder zu weit vorausläuft und aus einer Mücke einen Elefanten macht, nach eurer alten Gewohnheit.« Sie habe, trotz achtsamsten Zuhörens, nicht die Überzeugung gewinnen können, daß bei ihnen tatsächlich etwas Ernstes geschehen sei; ob es daher nicht besser wäre, abzuwarten, bis sich etwas ergebe; daß der Fürst, ihrer Meinung nach, ein annehmbarer junger Mann sei; zwar sei er krank, ein Sonderling und von gar zu geringer Bedeutung. Das Schlimmste sei jedoch, daß er ganz offen eine Geliebte unterhalte. Lisaweta Prokófjewna begriff natürlich, daß die Bjelokonskaja sich noch immer ein wenig über den Mißerfolg Jewgénij Páwlowitschs ärgerte, da sie ihn ganz besonders empfohlen hatte. Im übrigen kehrte sie noch gereizter nach Páwlowsk zurück, als sie fortgefahren war. Zu Hause angelangt, erhielten alle Familienmitglieder sogleich einen Verweis, hauptsächlich deshalb, weil sie »sämtlich verrückt geworden« seien und es in keinem anderen Hause so zugehe wie bei ihnen. »Was ist denn eigentlich geschehen? Weshalb dieses Geschrei? Ich wenigstens vermag nichts zu entdecken, das von so außerordentlicher Wichtigkeit wäre! Wartet doch, bis erst etwas geschieht! Vieles, was Iwan Fjodorowitsch ‚so vorkommt' – was ist's denn in Wirklichkeit? Man sollte doch nicht immer aus einer Mücke einen Elefanten machen!« usw.

Somit ergab sich also, daß man sich beruhigen, kaltblütiger werden und abwarten mußte. Aber ach, die Ruhe dauerte keine zehn Minuten an. Den ersten erschütternden Stoß erhielt Lisaweta Prokofjewnas Kaltblütigkeit durch die Mitteilung dessen, was sich während ihrer Abwesenheit zugetragen hatte. (Das trug sich alles am Tage nach jenem nächtlichen Besuch des Fürsten zu, als er, im Glauben, es sei erst zehn Uhr, um halb ein Uhr nachts bei ihnen erschienen war.) Die Schwestern erzählten auf die immer ungeduldiger werdenden Fragen der Mutter, daß eigentlich »so gut wie nichts« in ihrer Abwesenheit geschehen sei, der Fürst sei gekommen, Aglaja habe sich jedoch lange nicht gezeigt, erst nach etwa einer halben Stunde sei sie dann erschienen und habe dem Fürsten sogleich den Vorschlag gemacht, eine Partie Schach zu spielen. Da nun der Fürst vom Schachspiel so gut wie nichts verstehe, habe Aglaja ihn mit Leichtigkeit geschlagen, sich sehr darüber gefreut, ihn wegen seines Nichtkönnens gehörig aufgezogen und so über ihn gelacht, daß der Fürst ihnen geradezu leid getan habe. Darauf habe sie ihm eine Partie Schafskopf vorgeschlagen, doch hier sei es umgekehrt gekommen: der Fürst habe sich als ein vorzüglicher Kartenspieler erwiesen, habe »tatsächlich meisterhaft gespielt, wie ... ein Professor dieser Kunst«. Aglaja habe zwar auf alle Arten zu gewinnen versucht, habe gemogelt, die Karten falsch ausgegeben und vor seinen Augen seine Stiche gestohlen, doch trotzdem habe der Fürst sie jedesmal zum Schafskopf gemacht; von fünf Partien habe sie keine einzige gewonnen. Das habe Aglaja über alle Maßen geärgert, sogar so sehr, daß sie sich völlig vergessen und dem Fürsten solche Anzüglichkeiten und Ungezogenheiten ins Gesicht gesagt habe, daß der Fürst nicht nur zu lachen aufgehört habe, sondern sogar ganz bleich geworden sei, bis sie schließlich ausgerufen, daß sie dieses Zimmer nicht mehr betreten werde, solange er hier säße, und daß es von ihm geradezu gewissenlos sei, sie weiterhin zu besuchen, und noch dazu um ein Uhr nachts ins Haus zu kommen — »*nach allem, was geschehen ist!*« und damit sei sie hinausgegangen und habe zornig die Tür hinter sich zugeschlagen. Der Fürst sei so traurig wie von einem Begräbnis fortgegangen, obschon sie sich alle Mühe gegeben hätten, ihn zu trösten. Auf einmal, vielleicht eine Viertelstunde nachdem der Fürst sie verlassen hatte, sei Aglaja aus dem oberen Stock die Treppe heruntergerast und auf die Veranda gelaufen, in solcher Hast, daß sie sich nicht einmal die Augen getrocknet habe, ihre Augen aber seien ganz verweint gewesen; heruntergelaufen aber sei sie deswegen, weil Kolja gekommen war und einen Igel mitgebracht hatte. Darauf hätten sie nun alle den Igel betrachtet; auf ihre Fragen hätte Kolja erklärt, der Igel gehöre nicht ihm, und er, Kolja, befinde sich nur unterwegs mit einem Kameraden, einem anderen Gymnasiasten, nämlich Kóstja Lébedeff, der draußen auf der Straße geblieben sei und sich geniere hereinzukommen, weil er ein Beil trage; den Igel aber und das Beil hätten sie soeben einem Bauern, dem sie begegnet wären, abgekauft. Den Igel habe der Bauer selbst angeboten und fünfzig Kopeken für ihn verlangt, das Beil aber hätten sie selbst kaufen wollen und ihn überredet, es ihnen zu verkaufen, denn das könnte man doch brauchen, und es sei doch wirklich ein sehr schönes Beil. Nun habe Aglaja sogleich Kolja zu bitten begonnen, ihr den Igel zu verkaufen, habe ihn angefleht und mit Bitten bestürmt und ihn sogar »*lieber* Kolja« genannt. Kolja habe lange nicht einwilligen wollen, aber schließlich habe er doch nicht standhalten können und Kostja Lebedeff hereingerufen, und der sei dann auch mit dem Beil hereingekommen und sei sehr verlegen gewesen. Nun aber habe sich auf einmal herausgestellt, daß der Igel gar nicht ihnen gehöre, sondern einem dritten Knaben, namens Petroff, der ihnen beiden Geld gegeben hätte, damit sie für ihn Schlossers „Weltgeschichte" kauften und zwar von einem vierten Knaben, der sich in Geldverlegenheit befand und daher das Werk billig abgeben wollte; sie wären also Schlossers „Weltgeschichte" kaufen gegangen, hätten aber nicht widerstehen können und den Igel gekauft, so daß demnach sowohl der Igel als das Beil jenem dritten Knaben gehörten, dem sie beides nun an Stelle der „Weltgeschichte" Schlossers zu bringen im Begriff gewesen wären. Aber Aglaja habe ihnen mit Bitten so zugesetzt, daß sie schließlich nachgegeben und *ihr* den Igel verkauft hätten. Sowie nun Aglaja den Igel bekommen habe, sei er von ihr sogleich mit Koljas Hilfe in ein geflochtenes Henkelkörbchen gebettet und mit einer Serviette zugedeckt worden, und dann habe sie Kolja gebeten, unverzüglich und ohne sich unterwegs aufzuhalten, den Igel dem Fürsten zu überbringen, in ihrem Namen, und mit der Bitte, ihn als »ein Zeichen ihrer größten Hochachtung« anzunehmen. Kolja habe mit Freuden eingewilligt und sein Wort darauf gegeben, daß er ihn sofort zustellen werde, habe aber sogleich wissen wollen, »was ein Igel so als Geschenk bedeute?« Das gehe ihn nichts an, habe Aglaja geantwortet. Hierauf habe Kolja geäußert, er sei überzeugt, daß hier eine Allegorie dahinterstecke. Darüber habe Aglaja sich geärgert und ihm schnippisch hingeworfen, er sei eben doch nur ein Bengel und sonst nichts. Kolja habe ihr sofort entgegnet, daß er, wenn er in ihr nicht die Frau achtete und überdies seine festen Grundsätze hätte, ihr auf der Stelle beweisen würde, daß er sich gegen eine solche Beleidigung zu wehren wisse. Geendet habe der Streit aber doch damit, daß Kolja strahlend mit dem Igel abgezogen sei, um ihn sporenstreichs zu überbringen, und Kostja Lebedeff sei hinter ihm hergelaufen. Aglaja habe ihnen nachgeschaut und als sie sah, daß Kolja mit dem Körbchen zu sehr schlenkerte, habe sie sich nicht enthalten können, ihm von der Veranda aus besorgt nachzurufen: »Lassen Sie ihn bitte nur nicht herausfallen, liebster Kolja!« ganz als hätte sie sich nicht soeben noch mit ihm gezankt; und da sei denn Kolja stehengeblieben und habe ebenso freundlich, d. h. gleichfalls so, als wäre kein böses Wort gefallen, und mit der größten Bereitwilligkeit zurückgerufen: »Nein, ich werde ihn bestimmt nicht herausfallen lassen, Aglaja Iwanowna. Sie können ganz unbesorgt sein!« worauf er wieder weitergelaufen sei. Da habe Aglaja furchtbar zu lachen begonnen und sei äußerst zufrieden auf ihr Zimmer gelaufen, und danach sei sie den ganzen Tag sehr lustig gewesen.

Lisaweta Prokofjewna war durch diese Nachricht wie betäubt. Man sollte meinen: weshalb denn nur? Aber sie muß wohl schon durch ihre gegenwärtige Gemütsverfassung dazu vorbereitet gewesen sein. Für sie bedeutete das alles Alarm, und zwar in der dringendsten Form, und die Hauptsache war — der Igel! Was bedeutete ein Igel? Was war hierbei vereinbart? Was war darunter zu verstehen? Was ist das für ein Wink? Was für ein Telegramm? Hinzu kam noch, daß der arme Iwán Fjódorowitsch, der zufällig beim Verhör zugegen war, durch seine Antwort die ganze Sache vollständig verdarb. Seiner Meinung nach konnte hierbei von einem Telegramm keine Rede sein, so daß der Igel »— eben nur ein Igel ist, und das ist alles, — es sei denn, daß er außerdem noch Freundschaft bedeute, Vergessen der Kränkungen und Versöhnung«, mit einem Wort, das Ganze sei »doch nur ein mutwilliger Scherz, aber jedenfalls ein harmloser und verzeihlicher.«

In Klammern sei hierzu bemerkt, daß er damit genau das Richtige getroffen hatte. Der Fürst war, von Aglaja verhöhnt und hinausgewiesen, nach Hause zurückgekehrt und hatte schon über eine halbe Stunde in der finstersten Verzweiflung dagesessen, als plötzlich Kolja mit dem Igel eintraf. Da klärte sich mit einem Mal der ganze Himmel auf; der Fürst stand gleichsam von den Toten auf, überschüttete Kolja mit Fragen, hing an seinen Lippen, fragte wieder und nochmals, so daß Kolja dem Inhalt nach wohl zehnmal ein und dasselbe erzählte. Der Fürst lachte wie ein Kind und drückte den beiden lachenden Knaben alle Augenblicke die Hand. Es war also klar, daß Aglaja verzieh und er wieder zu ihr gehen durfte; das aber war für ihn nicht nur die Hauptsache, sondern sogar alles.

»Was wir doch noch für Kinder sind, Kolja! und ... und wie schön das ist, daß wir Kinder sind!« rief er zu guter Letzt ganz berauscht aus.

»Ach, ganz einfach: sie ist in Sie verliebt, Fürst, und das ist alles!« versetzte Kolja sachverständig und überzeugt. Der Fürst wurde feuerrot, sagte aber diesmal kein Wort, während Kolja nur zu lachen begann und in die Hände klatschte; nach einer Weile begann auch der Fürst zu lachen, und dann blickte er bis zum Abend alle fünf Minuten nach der Uhr, um festzustellen, ob schon viel Zeit vergangen sei und ob er noch lange warten müsse.

Bei Jepantschins aber war es zu Ende mit der Kaltblütigkeit: Lisaweta Prokofjewna konnte sich schließlich nicht mehr beherrschen und ließ sich von einer hysterischen Ungeduld hinreißen. Trotz aller Einwendungen des Gatten und der Töchter, ließ sie sogleich Aglaja zu sich rufen, um ihr die entscheidende Frage vorzulegen und von ihr eine klare und endgültige Antwort zu erhalten. »Damit das endlich ein Ende nimmt und man die Sache dann los ist, ein für allemal!« ... »Andernfalls«, so erklärte sie, »bin ich noch vor dem Abend tot!« Und erst in diesem Augenblick sahen alle ein, bis zu welch einer Sinnlosigkeit sie das Ganze hatten anschwellen lassen. Doch außer gespielter Verwunderung, Unwillen, Gelächter und Spott über den Fürsten und über die sie Verhörenden war von Aglaja nichts herauszuholen. Lisaweta Prokofjewna mußte sich ins Bett legen und stand erst zum abendlichen Tee wieder auf, zu dem sie den Fürsten erwartete. Sie erwartete ihn und zitterte doch vor seinem Erscheinen, und als er dann kam, geriet sie so durcheinander, fast wie bei einem hysterischen Anfall.

Aber auch der Fürst fühlte sich unsicher, trat zaghaft ein, fast wie tastend, lächelte seltsam, schaute allen in die Augen, als wolle er eine Frage stellen, denn Aglaja war wieder nicht im Zimmer, was ihn sogleich wieder beunruhigte. An diesem Abend war kein Fremder zugegen, nur die Mitglieder der Familie. Fürst Sch. war noch in Petersburg, wegen der Angelegenheiten, die mit dem Tode von Jewgenij Páwlowitschs Onkel zusammenhingen. »Wenn doch wenigstens dieser jetzt hier wäre und ein Gespräch in Gang brächte«, dachte Lisaweta Prokofjewna bekümmert. Iwán Fjódorowitsch saß mit äußerst besorgter Miene da; die Schwestern waren ernst und schwiegen wie mit Absicht. Lisaweta wußte nicht, wovon sie zu sprechen anfangen sollte. Schließlich nahm sie sich energisch zusammen und begann sich empört über die Eisenbahn zu äußern, und sah dabei den Fürsten entschieden herausfordernd an.

Doch wehe, Aglaja erschien noch immer nicht, und der Fürst wurde immer mutloser. Kaum verständlich, fast stotternd, äußerte er sich dahin, daß es gewiß sehr nützlich wäre, wenn man die Schäden beseitigte, aber da begann Adelaida zu lachen, und der Fürst kam sich nahezu vernichtet vor. In diesem Augenblick trat Aglaja ruhig und würdevoll ins Zimmer; auf die Verbeugung des Fürsten dankte sie mit fast zeremoniösem Gruß und setzte sich feierlich auf den sichtbarsten Platz am runden Tisch. Sie sah fragend den Fürsten an. Alle begriffen, daß der Augenblick der Entscheidung aller Unklarheiten gekommen war.

»Haben Sie meinen Igel erhalten?« fragte sie mit fester Stimme und fast böse den Fürsten.

»Ja, ich habe ihn erhalten«, antwortete der Fürst errötend und ohne zu atmen.

»Dann erklären Sie uns sofort, was Sie darüber denken. Das ist zur Beruhigung der Mama und der ganzen Familie unbedingt erforderlich.«

»Hör mal, Aglaja...«, begann der General beunruhigt.

»Das, das geht ja über alle Grenzen!« stieß im Schreck vor irgend etwas Lisaweta Prokofjewna hervor.

»Hier handelt es sich überhaupt nicht um alle Grenzen, maman«, versetzte das Töchterchen sofort und in strengem Ton. »Ich habe heute dem Fürsten einen Igel geschickt und wünsche nun seine Meinung zu hören. Also bitte, Fürst, reden Sie jetzt.«

»Das heißt, was für eine Meinung, Aglaja Iwánowna?«

»Ihre Meinung über den Igel.«

»Das heißt ... ich denke, Aglaja Iwánowna, daß Sie wissen wollen, wie ich ... den Igel ... oder richtiger gesagt, wie ich ... diese Zusendung ... eines Igels, das heißt ... in diesem Fall nehme ich an, daß ... mit einem Wort ...«

Die Luft ging ihm aus und er verstummte.

»Nun, viel haben Sie gerade nicht gesagt«, meinte Aglaja, nachdem sie noch etwa fünf Sekunden gewartet hatte. »Nun gut, ich bin damit einverstanden, daß wir den Igel beiseite lassen; aber es freut mich sehr, daß ich endlich all den Unklarheiten, die sich hier angesammelt haben, ein Ende machen kann. Gestatten Sie also, endlich von Ihnen persönlich und unmittelbar zu erfahren: halten Sie um meine Hand an oder tun Sie es nicht?«

»Ach Gott!« entschlüpfte es Lisaweta Prokofjewna unwillkürlich.

Der Fürst zuckte zusammen und fuhr zurück; Iwan Fjódorowitsch erstarrte; die Schwestern zogen die Brauen zusammen.

»Lügen Sie nicht, Fürst, sagen Sie die Wahrheit. Ich muß mir Ihretwegen die seltsamsten Verhöre gefallen lassen. Haben diese Verhöre nun irgendeine Berechtigung: das ist es, was ich wissen will. Nun?«

»Ich habe nicht um Ihre Hand angehalten, Aglaja Iwánowna«, sagte der Fürst, wieder zu sich kommend, »aber ... Sie wissen doch, wie ich Sie liebe und an Sie glaube ... sogar jetzt ...«

»Ich fragte Sie: halten Sie um meine Hand an oder tun Sie es nicht?«

»Ich ... halte um Ihre Hand an«, antwortete der Fürst beklommen.

Es folgte eine allgemeine und heftige Erregung.

»Aber, lieber Freund, das macht man doch alles nicht so«, sagte Iwán Fjódorowitsch stark aufgebracht, »das ...

das ist doch fast unzulässig, wenn es sich so verhält, Aglaja ... Verzeihen Sie, Fürst, verzeihen Sie, mein Lieber! ... Lisaweta Prokofjewna!« wandte er sich hilfesuchend an seine Gattin, »hier müßte man doch zunächst erwägen ...«

»Ich weigere, ich weigere mich!« Lisaweta Prokofjewna wehrte mit beiden Händen ab.

»Erlauben Sie, Mama, daß auch ich rede; in einer solchen Angelegenheit habe doch auch ich eine gewisse Bedeutung: der entscheidende Augenblick meines Schicksals ist eingetreten« (Aglaja drückte sich buchstäblich so aus), »und ich möchte nun selbst alles feststellen, und außerdem freut es mich, daß es in Gegenwart aller geschieht ... Gestatten Sie also die Frage, Fürst, wenn Sie „ernste Absichten" haben, wodurch Sie mich eigentlich glücklich zu machen gedenken?«

»Ich weiß nicht, wirklich nicht, Aglaja Iwánowna, wie ich Ihnen darauf antworten soll; hierbei ... was kann man denn da antworten? Und ... ist es denn überhaupt nötig?«

»Sie sind, wie mir scheint, verlegen geworden und scheinen auch außer Atem zu sein; erholen Sie sich ein wenig und sammeln Sie Ihre Kräfte; trinken Sie einen Schluck Wasser; übrigens werden Sie gleich Tee bekommen.«

»Ich liebe Sie, Aglaja Iwánowna, ich liebe Sie sehr; ich liebe nur Sie allein und ... bitte, treiben Sie keinen Scherz, ich liebe Sie sehr ...«

»Aber das ist doch schließlich eine wichtige Sache; wir sind keine Kinder, und man muß es nüchtern betrachten ... Also haben Sie jetzt die Güte, darzulegen, worin Ihr Vermögen besteht.«

»Aberaber, Aglaja! Was fällt dir ein! Das geht doch nicht so, doch nicht so ...«, versuchte Iwán Fjódorowitsch erschrocken einzugreifen.

»Diese Schmach!« stieß Lisawéta Prokófjewna vernehmbar hervor.

»Sie ist verrückt geworden!« sagte Alexandra ebenso hörbar.

»Mein Vermögen ... Sie meinen, mein Geld?« wunderte sich der Fürst.

»Genau das.«

»Ich habe ... ich besitze jetzt einhundertfünfunddreißigtausend Rubel«, murmelte der Fürst, nachdem er errötet war.

»Nu—ur?« wunderte sich Aglaja laut und unverhohlen, ohne im geringsten zu erröten. »Übrigens, das macht nichts; wenn man sparsam wirtschaftet ... Haben Sie die Absicht, in den Staatsdienst zu treten?«

»Ich hatte die Absicht, die Hauslehrerprüfung abzulegen ...«

»Das käme sehr zupaß; natürlich wird das unsere Mittel bedeutend vermehren. Beabsichtigen Sie Kammerjunker zu werden?«

»Kammerjunker? daran habe ich nie gedacht, aber ...«

Aber hier hielten es die beiden Schwestern nicht mehr aus und lachten laut auf. Adelaïda hatte bereits lange schon in Aglajas zuckenden Mundwinkeln die Anzeichen eines nur mühsam noch unterdrückten Lachens erkannt. Aglaja wollte zwar den lachenden Schwestern zunächst einen drohenden Blick zuwerfen, hielt aber dann selbst keine Sekunde länger stand und brach in unbezwingbarstes, nahezu krampfhaftes Lachen aus; schließlich sprang sie auf und lief aus dem Zimmer.

»Ich wußte ja, daß es von ihr nichts als Scherz war!« rief Adelaida immer noch lachend, »schon vom Igel an!«

»Nein, das ist aber doch empörend, nein, das dulde ich nicht, das dulde ich auf keinen Fall!« brauste Lisaweta Prokofjewna plötzlich auf vor Zorn und ging ihrer Tochter nach. Ihr folgten sogleich auch die Schwestern. Im Zimmer blieben nur der Fürst und der Vater der Familie zurück.

»Das, das ... hättest du dir so etwas jemals vorstellen können, Lew Nikolájewitsch?« rief der General, offenbar ohne selbst zu wissen, was er sagen wollte. »Nein, im Ernst, sag es im Ernst?«

»Ich sehe, daß Aglaja Iwanowna sich über mich lustig gemacht hat«, antwortete der Fürst sehr niedergeschlagen.

»Warte, mein Freund, ich werde sogleich hingehen, du aber bleib hier ... denn ... — So erklär doch du mir wenigstens, Lew Nikolájewitsch: wie ist denn das alles gekommen und was hat das alles zu bedeuten? Du siehst doch ein, mein Bester, ich bin doch — der Vater. Und als Vater müßte ich doch auch etwas wissen; daher erkläre du es mir wenigstens!«

»Ich liebe Aglaja Iwanowna; sie weiß es und ... ich glaube, sie weiß es schon lange.«

Der General zog die Schultern in die Höhe.

»Sonderbar, höchst sonderbar! ... Und du liebst sie sehr?«

»Ich liebe sie sehr.«

»Hm, sonderbar ... tja, aber was ist da zu machen? Ich gestehe, das ist für mich eine solche Überraschung, solch ein Schlag geradezu, daß ... Sieh mal, mein Lieber, ich will nicht von deinem Vermögen reden (obschon ich dachte, daß du mehr hättest) ... aber es handelt sich für mich um das Glück meiner Tochter ... und schließlich ... bist du nun auch fähig, sozusagen, ihr dieses Glück ... zu bieten — das möcht' ich nur wissen? Und ... und ... was ist das eigentlich: Scherz oder Ernst? Das heißt, nicht deinerseits, sondern, versteht sich, nur ihrerseits?«

Aus dem Nebenzimmer ertönte Alexandras Stimme: sie rief den Papa.

»Wart, mein Freund, wart! Bleib hier und überleg dir die Sache, ich werde im Augenblick ...«, sagte er in aller Eile, indem er fast erschrocken dem Ruf Alexandras Folge leistete.

Im Nebenzimmer fand er seine Frau und sein Töchterchen eng umschlungen vor und beide vergossen Tränen. Es waren aber Tränen der Freude, der Rührung und der Versöhnung. Aglaja küßte der Mutter die Hände, die Wangen, die Lippen; beide preßten sich eng, eng aneinander.

»Nun sieh sie dir an, Iwán Fjódorowitsch, da hast du sie jetzt ganz, wie sie ist!« sagte Lisaweta Prokofjewna.

Aglaja wandte ihr glückliches, ganz verweintes Gesichtchen, das sie an der Brust der Mutter verborgen hatte, dem Papa zu, schaute ihn an und lachte laut auf. Im nächsten Augenblick war sie schon aufgesprungen, lag an seiner Brust, umarmte ihn krampfhaft und küßte ihn noch und noch und noch. Und im allernächsten Augenblick saß sie wieder auf dem Schoß der Mutter und verbarg an deren Brust ihr Gesicht, damit niemand sie sähe, und wieder weinte sie herzbrechend. Lisaweta Prokofjewna streichelte sie zärtlich und bedeckte sie mit dem einen Ende ihres Schals.

»Nun, was, was tust du denn jetzt mit uns, du grausames Mädchen, das du nach alldem bist, pfui!« sagte sie mit mütterlichem Vorwurf, doch klang es bereits wie aus innerer Freude gesprochen, als sei ihr eine wahre Last vom Herzen gefallen und als könne sie auf einmal wieder leichter atmen.

»Grausam! Ja! Grausam!« griff plötzlich Aglaja heftig das Wort auf. »Einfach ein Scheusal! Verzogen! Eigensinnig! Sagen Sie das Papa. Ach, er ist ja hier. Papa, sind Sie noch hier? Hören Sie?« lachte sie wieder unter Tränen.

»Mein kleiner Liebling, mein Abgott!« Der General erstrahlte vor Glück und küßte ihre Hand (die Aglaja nicht fortzog). »Dann liebst du also diesen ... jungen Mann? ...«

»O pfui, gar nicht! Nicht ausstehen kann ich ... euren jungen Mann, nicht ausstehen!« brauste Aglaja plötzlich wild sprudelnd auf, und sie erhob wieder den Kopf. »Und wenn Sie, Papa, noch einmal wagen ... Ich sage es im Ernst, hören Sie: im Ernst!«

Und sie sprach es auch wirklich vollkommen im Ernst: sie wurde ganz rot dabei, und ihre Augen blitzten auf. Der Papa schwieg erschrocken, doch Lisaweta Prokofjewna gab ihm über Aglajas Kopf hinweg einen Wink, den er als »Nicht ausfragen!« ganz richtig verstand.

»Wenn es so ist, mein Engel, dann natürlich — wie du willst ... das hängt nur von dir ab. Aber er wartet jetzt dort allein; sollte man ihm nicht andeutungsweise zu verstehen geben, daß er sich verabschieden könnte?«

Der General gab nun wiederum seinerseits Lisaweta Prokofjewna einen Wink.

»Nein, nein, das ist gar nicht nötig, und erst recht nicht so ... andeutungsweise. Geht nur zu ihm hinein, alle, ich komme dann nach, gleich nach euch. Ich will diesen ... jungen Mann um Verzeihung bitten, ich habe ihn gekränkt.«

»Und unverzeihlich gekränkt!« bekräftigte Iwan Fjodorowitsch sehr ernst.

»Nun dann bleibt lieber alle hier, ich werde zuerst allein zu ihm gehen, ihr aber müßt dann sogleich nachkommen, in derselben Sekunde noch; so wird es besser sein.«

Sie ging zur Tür, hatte den Griff bereits in der Hand, doch plötzlich wandte sie sich wie hilflos wieder zurück.

»Ich werde lachen! Ich werde sterben vor Lachen!« klagte sie traurig.

Aber im selben Augenblick klinkte sie die Tür auch schon auf und lief hinein — zum Fürsten.

»Nun, was hat das zu bedeuten? Was meinst du?« fragte Iwan Fjodorowitsch schnell seine Gattin.

»Ich fürchte, es auch nur auszusprechen«, antwortete Lisaweta Prokofjewna ebenso, »aber meiner Ansicht nach ist es doch klar ...«

»Auch meiner Ansicht nach ist es klar. Klar wie der Tag. Sie liebt.«

»Sie liebt nicht nur, sie ist sogar verliebt!« äußerte sich Alexandra Iwanowna. »Nur in wen, fragt es sich?«

»Gott segne sie, wenn das ihr Schicksal sein sollte!« sagte Lisaweta Prokofjewna und bekreuzte sich fromm.

»Dann ist nichts mehr zu wollen«, meinte der General, »seinem Schicksal entgeht keiner.«

Und alle begaben sich ins Empfangszimmer, um den Fürsten und Aglaja nicht allein zu lassen. Doch siehe, dort harrte ihrer eine neue Überraschung.

Aglaja hatte nicht etwa zu lachen begonnen, als sie sich dem Fürsten näherte, sondern hatte ihm fast schüchtern die Hand gereicht und gesagt:

»Verzeihen Sie dem dummen, schlechten, verzogenen Mädchen, und seien Sie überzeugt, daß wir alle Sie unendlich hochschätzen. Und wenn ich gewagt habe, Ihre prächtige ... gute Treuherzigkeit zu verspotten, so verzeihen Sie es mir, wie man einem Kinde eine Unart verzeiht; verzeihen Sie, daß ich auf einem Unsinn bestand, der natürlich nicht die geringsten Folgen haben kann ...«

Die letzten Worte sprach Aglaja dabei mit besonderem Nachdruck.

Der Vater, die Mutter und die Schwestern waren noch rechtzeitig eingetreten, um diese letzten Worte zu hören — »daß ich auf einem Unsinn bestand, der natürlich nicht die geringsten Folgen haben kann«, — und sowohl deren Bedeutung wie die ernste Miene Aglajas kamen ihnen so unerwartet, daß sie sich erstaunt und fragend ansahen. Nur der Fürst schien den Sinn dieser Worte nicht begriffen zu haben und war auf dem Gipfel des Glücks.

»Weshalb reden Sie so«, stammelte er, »weshalb bitten Sie ... um Verzeihung ...«

Er wollte sogar sagen, daß er es nicht verdiene, um Verzeihung gebeten zu werden. Wer weiß, vielleicht hatte er die Bedeutung der letzten Worte von dem »Unsinn, der natürlich nicht die geringsten Folgen haben kann« doch verstanden, als sonderbarer Mensch aber sich vielleicht sogar über diese Worte gefreut. Zweifellos war für ihn schon das allein der Gipfel der Seligkeit, daß er wieder werde unbehindert zu Aglaja kommen können, daß man ihm erlaubte, mit ihr zu reden, bei ihr zu sitzen, mit ihr spazieren zu gehen, und wer weiß, vielleicht hätte ihm auch das sein Leben lang genügt! (Eben diese Genügsamkeit war es aber wohl, was Lisaweta Prokofjewna im stillen fürchtete; sie erriet sie; vieles fürchtete sie im geheimen, was sie vielleicht selbst kaum auszusprechen verstanden hätte.)

Man wird sich wohl kaum eine richtige Vorstellung davon machen können, in welchem Maße der Fürst sich an diesem Abend belebte und ermunterte. Er war so lustig, daß man schon bei seinem Anblick gleichfalls lustig wurde, wie sich Aglajas Schwestern später ausdrückten. Er kam ins Reden, und das hatte sich bei ihm noch nie wiederholt seit jenem Vormittage, den er vor einem halben Jahr bei seinem ersten Besuch bei Jepantschins mit ihnen verbracht hatte; seit seiner Rückkehr aber nach Petersburg war er merkbar und mit Absicht schweigsam gewesen, und noch kürzlich hatte er in Gegenwart aller zum Fürsten Sch. gesagt, daß er sich beherrschen und schweigen müsse, da er nicht das Recht habe, den Gedanken dadurch zu entweihen, daß er ihn auseinandersetzte. An diesem Abend aber sprach fast nur er allein; er erzählte viel, auf Fragen, die an ihn gestellt wurden, antwortete er klar und mit froher Bereitwilligkeit auch eingehend. Übrigens lag aber in seinen Worten nichts, was an die Unterhaltung Verliebter erinnert hätte. Es waren lauter so ernste, mitunter sogar schwierige Gedanken. Der Fürst legte auch einige seiner eigenen Anschauungen dar, eigene heimliche Beobachtungen, so daß dies alles womöglich komisch gewesen wäre, wenn er es nicht so »gut erklärt« hätte, wie die Zuhörenden später übereinstimmend feststellten. Der General hatte zwar ernste Unterhaltungen gern, aber auch er wie Lisaweta Prokofjewna fanden bei sich, daß es diesmal etwas zuviel der Philosophie war, so daß sie gegen Ende des Abends nahezu traurig wurden. Übrigens war der Fürst zu guter Letzt so animiert, daß er noch ein paar köstliche Anekdoten zum besten gab, über die er selbst so herzlich lachte, daß er die anderen mehr noch mit seiner Heiterkeit ansteckte, als daß sie zum Lachen über die Pointen kamen. Was jedoch Aglaja anbetraf, so sprach sie den ganzen Abend kaum ein Wort, dafür aber hing sie förmlich an den Lippen des Fürsten, wenn er sprach, ja, sie hörte ihm nicht einmal so gespannt zu, wie sie ihn gespannt ansah. –

»Und wie sie ihn anschaute, ohne den Blick abzuwenden; keine Silbe durfte ihr entgehen, auf jedes Wort hat sie nur so gelauert, um es zu erhaschen!« sagte Lisaweta Prokofjewna nachher zu ihrem Gatten. »Sagst du ihr aber, daß sie liebt, dann trage nur schnell die Heiligenbilder hinaus!«

»Tja... das ist nun mal so. Schicksal!« meinte der General achselzuckend. Und das war nicht das letztemal, daß er dieses ihm liebgewordene Wort gebrauchte. Fügen wir noch hinzu, daß ihm als Geschäftsmann auch vieles an dem augenblicklichen Stand der Dinge mißfiel, so vor allem die Unklarheit; aber auch er fand es ratsamer, vorderhand zu schweigen und zu schauen ... zunächst in die Augen seiner Lisaweta Prokofjewna.

Die frohe Stimmung der Familie hielt nicht lange an. Schon am nächsten Tage begann Aglaja wieder einen Streit mit dem Fürsten, versöhnte sich dann zwar wieder mit ihm, doch — auf wie lange? Am anderen Tage begann sie von neuem zu streiten. Oft machte sie sich stundenlang über ihn lustig und stellte ihn fast als Narren hin. Freilich saßen sie manchmal eine oder zwei Stunden lang in der Laube des Blumengartens ihrer Villa, doch konnten die anderen dann immer nur sehen, daß der Fürst ihr fast die ganze Zeit aus einer Zeitung oder irgendeinem Buch vorlas.

»Wissen Sie«, unterbrach ihn Aglaja einmal beim Zeitunglesen, »es ist mir aufgefallen, daß Sie eigentlich schrecklich ungebildet sind: nichts wissen Sie genau, wenn man Sie etwas fragt, weder wer es gerade war, noch genau in welchem Jahr, noch nach welchem Vertrag oder Friedensschluß. Es ist ein Jammer mit Ihnen.«

»Ich habe Ihnen ja gesagt, daß ich nicht sehr gelehrt bin«, antwortete der Fürst einfach.

»Was ist dann eigentlich an Ihnen dran? Wie kann ich Sie dann noch achten? Lesen Sie weiter; oder nein, nicht nötig, hören Sie auf!«

Am Abend dieses Tages geschah ihrerseits wiederum etwas sehr Sonderbares, das allen ein Rätsel aufgab. Fürst Sch.

war aus Petersburg gekommen; Aglaja war sehr freundlich zu ihm und erkundigte sich eingehend nach Jewgenij Pawlowitsch. (Fürst Lew Nikolajewitsch war noch nicht erschienen.) Da machte Fürst Sch. auf Grund einiger Worte, die Lisaweta Prokofjewna entschlüpft waren, die Bemerkung, daß »im Hinblick auf das Bevorstehende« Adelaidas Hochzeit wohl wieder hinausgeschoben werden müsse, damit beide Trauungen zugleich stattfänden. Kaum aber hatte er es ausgesprochen, als plötzlich Aglaja purpurrot wurde und sich heftig »alle diese dummen Vermutungen« verbat; sie habe durchaus nicht die Absicht, irgendwelche Mätressen durch ihre Person zu ersetzen.

Diese Bemerkung stieß natürlich alle Anwesenden furchtbar vor den Kopf. Lisaweta Prokofjewna war zuerst sprachlos, bestand aber dann später, als sie sich mit ihrem Mann unter vier Augen befand, unbedingt auf einer ernsten Aussprache mit dem Fürsten über Nastassja Filippowna, was Iwan Fjodorowitsch als Vater einfach für seine Pflicht ansehen müsse.

Iwan Fjodorowitsch versicherte zwar hoch und heilig, daß dieser »Ausfall« Aglajas einzig auf ihre »Verschämtheit« zurückzuführen sei; daß sie, wenn Fürst Sch. nicht diese Anspielung gemacht hätte, nie und nimmer so etwas gesagt haben würde, denn sie wisse selbst nur zu gut, daß dieses ganze Gerücht nichts als eine Verleumdung von seiten übelwollender Leute sei und daß Nastassja Filippowna Rogoshin heiraten werde; daß der Fürst in der Beziehung nichts mit ihr zu schaffen habe — derlei könne man ihm weder jetzt nachsagen, noch habe man es früher jemals sagen können: von diesen Dingen liege nichts, aber auch nichts zwischen ihnen vor, wenn man schon einmal die ganze Wahrheit sagen solle.

Fürst Lew Nikolájewitsch selbst ließ sich derweil durch nichts verwirren und fuhr fort, ungetrübt selig zu sein. Oh, auch er bemerkte mitunter etwas gleichsam Düsteres und Ungeduldiges in Aglajas Augen, doch nachdem er einmal an sie zu glauben begonnen, konnte diesen Glauben nichts mehr erschüttern. Vielleicht aber war er dennoch etwas gar zu ruhig; wenigstens äußerte sich auch Ippolit in dem Sinne, als er ihm einmal zufällig im Park begegnete.

»Na, hab' ich damals nicht recht gehabt, als ich Ihnen sagte, Sie seien verliebt?« begann er ohne weiteres, indem er auf den Fürsten zutrat und ihn aufhielt.

Der Fürst reichte ihm die Hand und gratulierte zum »guten Aussehen«. Der Kranke sah in der Tat wohler aus und schien auch selbst wieder Hoffnung zu haben, was ja bei Schwindsüchtigen bekanntlich oft vorkommt.

Er war eigentlich nur in der Absicht an den Fürsten herangetreten, ihm wegen seiner sichtlich glücklichen Gemütsverfassung etwas Gehässiges zu sagen, kam jedoch gleich davon ab und begann wie gewöhnlich schon nach den ersten Worten von sich selbst zu sprechen. Er hatte über vieles zu klagen, was er denn auch ziemlich lange und ziemlich unzusammenhängend tat.

»Sie glauben nicht«, schloß er, »bis zu welch einem Grade sie dort alle reizbar, kleinlich, egoistisch, ehrgeizig und gewöhnlich sind! Werden Sie es zum Beispiel für möglich halten, daß sie mich nur unter der Voraussetzung aufgenommen haben, daß ich möglichst bald sterbe? Und da sind sie nun alle wütend darüber, daß ich noch immer nicht sterbe und mich im Gegenteil besser fühle. Die reine Komödie! Ich könnte wetten, daß Sie mir das nicht glauben!«

Der Fürst wollte nicht widersprechen.

»Übrigens denke ich mitunter sogar daran, wieder zu Ihnen zurückzukehren«, fügte Ippolit nachlässig hinzu.

»So halten Sie sie also nicht für fähig, einen Menschen nur unter der Bedingung aufzunehmen, daß er unbedingt bald stirbt?«

»Ich dachte, sie hätten Sie mit gewissen anderen Absichten zu sich eingeladen.«

»He—e! Sie scheinen ja durchaus nicht so arglos zu sein, wie man Ihnen nachsagt! Ich habe jetzt nicht die Zeit dazu, sonst könnte ich Ihnen etwas Interessantes über diesen Gánetschka und dessen Hoffnungen mitteilen. Man will nämlich Ihr Glück untergraben, Fürst, erbarmungslos untergraben, und ... da tut es einem fast leid, daß Sie so ruhig sind. Aber leider — Sie können ja gar nicht anders!«

»Auch ein Grund, mich zu bedauern!« lachte der Fürst. »Wie: Wäre ich denn Ihrer Meinung nach glücklicher, wenn ich unruhiger wäre?«

»Lieber unglücklich sein, aber *wissen*, als glücklich sein und ... betrogen werden. Sie scheinen es ja überhaupt nicht für möglich zu halten, daß mit Ihnen rivalisiert wird und ... noch dazu von *der* Seite?«

»Ihre Worte sind ein wenig zynisch, Ippolit; es tut mir leid, daß ich nicht das Recht habe, Ihnen hierauf zu antworten. Was jedoch Gawrila Ardalionytsch betrifft, so werden Sie wohl selbst zugeben, daß es etwas viel verlangt wäre, wollte man von ihm nach allem, was er verloren hat, noch völlige Ruhe fordern. Ich nehme an, daß Sie wenigstens zum Teil darüber unterrichtet sind, was er durchgemacht hat. Jedenfalls scheint es mir besser, die Dinge von diesem Standpunkt aus zu betrachten. Er wird noch Zeit haben, sich zu ändern; ihm steht noch ein langes Leben bevor, und das Leben ist reich ... doch übrigens ... übrigens ...«, der Fürst wurde verlegen, »was das Untergraben betrifft ... ich verstehe nicht einmal, wovon Sie reden; brechen wir dieses Gespräch lieber ab, Ippolit.«

»Schön, vorläufig. Zudem könnten Sie es auch nicht gut mit Ihrem Edelmut vereinigen. Ja, Fürst, Sie müssen alles immer selbst mit den Fingern befühlt haben, bevor Sie an etwas zu glauben aufhören, ha—ha! Sie verachten mich jetzt wohl sehr, hm?«

»Weshalb denn? ... Weil Sie mehr als wir gelitten haben und leiden?«

»Nein, deshalb, weil ich meines Leidens unwürdig bin.«

»Wer mehr hat leiden können, der muß folglich auch würdig sein, mehr zu leiden. Als Aglaja Iwanowna Ihre

Beichte gelesen hatte, da wollte sie Sie gern sehen, aber ...«

»Sie schiebt es auf ... sie darf nicht, ich verstehe, verstehe ...«, unterbrach ihn Ippolit, als wolle er schnell von diesem Thema ablenken. »Apropos, man sagt, Sie hätten ihr diesen ganzen Gallimatthias vorgelesen ... Ach was, das Ganze ist doch nur im Fieber geschrieben und ... zusammengestoppelt. Ich verstehe nicht, bis zu welch einem Grade man — ich will nicht sagen grausam (das wäre erniedrigend für mich), wohl aber kindisch eitel und rachsüchtig sein muß, um mir diese Beichte gewissermaßen zum Vorwurf zu machen und sie gegen mich, den Verfasser, als Waffe zu benutzen! Beunruhigen Sie sich nicht, das war nicht auf Sie gemünzt ...«

»Aber es tut mir leid, daß Sie sich von diesem Heft lossagen, Ippolit, es ist mit großer Aufrichtigkeit geschrieben, und wissen Sie, selbst die komischsten Stellen — und deren gibt es viele —« (Ippolit runzelte wütend die Stirn) »sind mit Schmerzen bezahlt ... denn dies alles einzugestehen, ist auch schmerzhaft gewesen und ... vielleicht hat dazu eine große Mannhaftigkeit gehört. Der Gedanke, der Sie dazu bewogen hat, hat unbedingt einen edlen Ursprung gehabt, gleichviel was für einen Anschein es hat. Je weiter alles zurücktritt, um so deutlicher sehe ich es jetzt, glauben Sie mir. Ich will kein Urteil über Sie abgeben, ich sage es nur, um mich auszusprechen, und weil ich bedauere, daß ich damals schwieg ...«

Ippolit wurde rot. Im Augenblick durchblitzte ihn zwar der Gedanke, der Fürst verstelle sich vielleicht, um ihn zu fangen; doch ein prüfender Blick auf ihn genügte, um jeden Zweifel an seiner Aufrichtigkeit zu verscheuchen. Da erhellte sich Ippolits Gesicht.

»Aber sterben muß ich ja doch!« sagte er, und fast hätte er noch hinzugefügt: »solch ein Mensch wie ich!« — »Können Sie sich vorstellen, womit Ihr Gánetschka mir jetzt zusetzt, — er hat es sich gewissermaßen als Entgegnung ausgedacht: daß von jenen, die damals mein ‚Heft' anhörten, drei oder vier wohl noch früher sterben würden als ich! Wie finden Sie das! Und er glaubt wirklich, das sei ein Trost für mich, ha! ha! Erstens sind diese Leute bis jetzt noch nicht gestorben, und zweitens, selbst wenn sie's wären, was hätte ich denn davon? Er urteilt natürlich nach sich selbst. Übrigens geht er jetzt noch weiter, er schimpft einfach und sagt, ein anständiger Mensch würde in einem solchen Falle schweigend sterben, und das Ganze sei von mir nichts als Egoismus gewesen! Wie finden Sie das! Oder nein, wie finden Sie hier den Egoismus seinerseits! Wie finden Sie die Raffiniertheit, oder noch besser, die tierische Roheit der Ichsucht dieser Leute, die den eigenen Egoismus natürlich niemals an sich selbst bemerken! ... Haben Sie gelesen, Fürst, vom Tode Stepán Gléboffs[27] im achtzehnten Jahrhundert? Ich las zufällig gestern ...«

»Von was für einem Stepán Gléboff?«

»Der unter Peter dem Großen gepfählt wurde!«

»Ach, mein Gott, gewiß! Er starb fünfzehn Stunden lang am Pfahl, in der großen Kälte, im Pelz und starb heldenhaft; gewiß habe ich es gelesen ... nun und?«

»Gibt doch Gott bisweilen solch einen Tod den Menschen — weshalb aber nicht auch uns? Sie glauben vielleicht, daß ich nicht fähig wäre, so zu sterben wie Gléboff?«

»Oh, gewiß nicht«, sagte der Fürst verwirrt, »oder vielmehr, ich wollte nur sagen, nicht, daß Sie dem Gleboff unähnlich wären, sondern ... daß Sie dann eher ...«

»Ich errate: daß ich dann eher Ostermann[28] gewesen wäre? und nicht Gleboff — wollen Sie das damit sagen?«

»Was für ein Ostermann?« fragte verwundert der Fürst.

»Na, Ostermann, der Diplomat Ostermann, Peters Ostermann«, murmelte Ippolit, plötzlich etwas unsicher.

Es folgte eine kleine Pause, in der beide das Mißverständnis fühlten.

»O n—n—nein! Ich wollte nicht das sagen«, fuhr der Fürst langsam fort. »Sie würden, glaube ich ... niemals ein Ostermann sein können.«

Ippolit runzelte wieder die Stirn.

»Übrigens bin ich ja nur deshalb davon überzeugt«, fuhr der Fürst schnell fort, spürbar bemüht, sich zu verbessern, »weil die Menschen von damals (glauben Sie mir, das hat mich immer schon frappiert) gleichsam gar nicht dieselben Menschen waren, wie wir jetzt lebenden; als wäre es damals ein ganz anderes Volk gewesen als in unserem Jahrhundert, wirklich, als handelte es sich um zwei ganz verschiedene Rassen . . . Damals waren die Menschen gewissermaßen Menschen mit nur einer Idee, jetzt aber sind sie viel nervöser, vielseitiger, sensitiver, sind Menschen mit zwei, drei Ideen zu gleicher Zeit . . . Der jetzige Mensch ist . . . geistig breiter — und ich schwöre Ihnen, gerade das hindert ihn, ein so einheitlicher Mensch zu sein, oder so einschichtig, wie es die Menschen in jenen Jahrhunderten waren . . . Ich . . . ich habe das nur in dem Sinne gesagt, nicht daß ich . . .«

»Ich verstehe schon. Weil Sie so naiv offen nicht mit mir einverstanden waren, wollen Sie mich jetzt unbedingt trösten, ha! ha! Sie sind ein vollkommenes Kind, Fürst. Indes . . . ich bemerke, daß sie mich alle wie . . . wie eine Porzellantasse behandeln. Tut nichts, tut nichts, ich ärgere mich nicht. Jedenfalls hat unser Gespräch eine sehr komische Wendung genommen. Sie sind mitunter wirklich ein rechtes Kind. Wissen Sie, daß ich vielleicht auch etwas Besseres sein wollte als ein Ostermann . . . für einen Ostermann lohnt es sich nicht, von den Toten aufzuerstehen. Ich sehe, daß ich möglichst bald sterben muß, denn sonst würde ich selbst . . . Lassen Sie mich! Auf Wiedersehen! Oder gut, sagen Sie mir doch, welches wäre denn für mich die beste Art, zu sterben, Ihrer Meinung nach? . . . Damit es möglichst . . . heldenhaft geschähe? Nun, sagen Sie es doch!«

»Gehen Sie an uns vorüber und verzeihen Sie uns unser Glück!« sagte der Fürst leise.

»Ha-ha-ha! Das dachte ich mir! Gerade etwas von der Art erwartete ich! Einstweilen, Sie . . . Sie . . . Nun ja! Weiß Gott! Schöne Phrasen! Auf Wiedersehen, auf Wiedersehen!«

## VI

Warwára Ardaliónownas Mitteilung, daß man in der Villa Jepantschin zum Abend Gäste erwartete, entsprach zwar an sich vollkommen der Wahrheit, nur hatte sie sich sehr viel bestimmter ausgedrückt, als es nötig gewesen wäre. Gewiß sah die Familie Jepantschin mit ganz unnötiger Erregung diesem Abend entgegen, nur geschah das vornehmlich deshalb, weil in dieser Familie nun einmal »alles anders als bei anderen Leuten« geschah. Die vielleicht etwas unverständliche Hast, mit der man die Angelegenheit betrieb, fand jedoch ihre Erklärung in der Stimmung Lisaweta Prokofjewnas, die »die Ungewißheit nicht länger ertragen« wollte, und in der heißen Sorge beider Elternherzen um das Glück ihrer Lieblingstochter. Hinzu kam, daß die Bjelokónskaja tatsächlich Petersburg bald wieder verlassen sollte, und da ihre Protektion, die sie voraussichtlich auch dem Fürsten Lew Nikolájewitsch gewähren würde, in der »hohen« Gesellschaft viel zu bedeuten hatte, so würde, meinten die Eltern, diese Gesellschaft den etwas wunderlichen Bräutigam Aglajas, falls er auch ihr wunderlich erscheinen sollte, weit liebenswürdiger und nachsichtiger aufnehmen, wenn er unter dem Schutze der allmächtigen alten Fürstin stand. Im Grunde handelte es sich ja nur darum, daß die Eltern selbst auf keine Weise zu entscheiden vermochten, ob nun an dieser Verlobung »etwas Wunderliches war oder nicht, und schlimmstenfalls inwieweit? Oder war vielleicht überhaupt nichts Wunderliches dabei?« Daher war ihnen in diesen Tagen, in denen sich infolge von Aglajas Verhalten noch immer nichts entschieden hatte, die Meinungsäußerung maßgebender Persönlichkeiten sehr erwünscht. Und schließlich mußte der Fürst doch einmal in diese Gesellschaft, von der er sich bis jetzt überhaupt noch keinen Begriff machte, eingeführt werden. Kurzum, man wollte ihn »vorführen«. Zu dem Zweck wurde eine möglichst

schlichte Abendgesellschaft geplant, zu der man einige
»Freunde des Hauses« einlud, aber nur wenige. Außer der
Fürstin Bjelokonskaja erwartete man noch eine Dame, die
Gemahlin eines sehr vornehmen Herrn und Würdenträgers.
Von jüngeren Herren rechnete man fast nur auf Jewgenij
Pawlowitsch; er sollte als Begleiter der alten Bjelokonskaja
erscheinen.

Von dem bevorstehenden Besuch der Bjelokonskaja hatte
der Fürst schon drei Tage vorher gehört; daß man jedoch
eine richtige Gesellschaft geben wollte, erfuhr er erst am
Vorabend des festgesetzten Tages. Natürlich war es ihm
nicht entgangen, daß die Familienmitglieder ein wenig besorgt dreinschauten, auch Ansätze machten, wie um ihn
vorzubereiten, und daß hin und wieder kritisierende Blicke
auf ihm ruhten, aus denen er alsbald erriet, daß man für den
Eindruck fürchtete, den er auf die Gesellschaft machen
werde. Seltsamerweise war man aber bei Jepantschins ohne
weiteres überzeugt, daß er in seiner Einfalt nie und nimmer erraten würde, was man für ihn fürchtete, und deshalb
dachte auch niemand weder daran, diese Empfindung zu
verbergen, noch ward sich jemand dessen bewußt, daß diese
Empfindung überhaupt irgendwie zutage trat. Übrigens
schrieb er selbst dem bevorstehenden Ereignis kaum eine
Bedeutung zu; er war zu sehr mit anderem beschäftigt:
Aglaja wurde von Stunde zu Stunde launischer und düsterer – das bedrückte ihn schrecklich. Als er erfuhr, daß
auch Jewgenij Pawlowitsch kommen werde, freute er sich
sehr darüber und sagte, er habe ihn schon lange wiedersehen wollen. Diese Bemerkung mißfiel aus irgendeinem
Grunde allen Anwesenden; Aglaja verließ sogar sichtlich
geärgert das Zimmer, und erst spät am Abend, als er gegen
zwölf aufbrach, wußte sie es so einzurichten, daß sie ihn ein
paar Schritte begleiten und ihm bei der Gelegenheit einige
Worte unter vier Augen sagen konnte.

»Es wäre mir lieb, wenn Sie morgen den ganzen Tag
nicht zu uns kämen; erst am Abend, wenn diese – Gäste

... erscheinen. Sie wissen doch, daß Gäste kommen werden?«

Sie sprach sehr gereizt und mit übertriebener Schroffheit; zum erstenmal hatte sie den Abend erwähnt. Der Gedanke an diese Gäste war für sie unerträglich; das hatten alle schon bemerkt. Sie hätte sich gern mit ihren Eltern darüber ausgesprochen, das ganze Unternehmen zu verhindern gesucht, doch Stolz und Scham ließen es nicht zu. Der Fürst begriff sofort, daß sie für ihn fürchtete (und sich selbst nicht eingestehen wollte, daß sie sich fürchtete) und plötzlich erschrak er selbst, und auf einmal bekam er es auch mit der Angst.

»Ja, ich bin auch eingeladen«, antwortete er.

Offenbar wußte sie nicht recht, wie sie das Gespräch nun fortsetzen sollte, und ärgerte sich.

»Kann man mit Ihnen auch im Ernst über etwas reden? Wenigstens einmal im Leben?« fragte sie plötzlich furchtbar gereizt und nicht fähig, sich zu beherrschen.

»Natürlich kann man das, und ich werde gern zuhören; es freut mich sehr«, murmelte der Fürst.

Aglaja schwieg wieder eine Weile und begann dann mit sichtlichem Widerwillen:

»Ich wollte mit den Meinigen deshalb nicht zu streiten anfangen; in manchen Fällen sind sie nicht zur Vernunft zu bringen. Diese gesellschaftlichen Gesetze, auf denen Mama manchmal besteht, sind mir immer schon widerlich gewesen. Von Papa will ich nicht reden, der kann nichts dafür. Aber Mama ... Sie ist gewiß eine vornehm denkende Frau; wagen Sie es nur einmal, ihr etwas Unwürdiges zuzumuten, dann werden Sie sehen! Aber vor diesem ... Gesellschaftspack – da beugt sie sich! Ich rede nicht von der Bjelokonskaja, die ist ein böses altes Weib und hat einen schlechten Charakter; aber sie ist klug und versteht es, die anderen alle zu kutschieren, – das einzige Gute an ihr. Diese Erniedrigung! Und wie lächerlich das ist: wir haben immer zur Mittelschicht gehört, durchaus zur Mittelschicht; wozu nun dieses Klettern in die obersten Kreise der Großen Welt! Die Schwestern wollen's auch; daran ist Fürst Sch. schuld, der hat sie alle verdreht gemacht. Warum freuen Sie sich darüber, daß Jewgenij Pawlowitsch kommen wird?«

»Hören Sie, Aglaja«, sagte der Fürst, »mir scheint, Sie ängstigen sich sehr um mich, weil ich morgen durchfallen könnte ... bei dieser Gesellschaft?«

»Ich? Mich ängstigen? Um Sie?« fuhr Aglaja heiß errötend auf. »Wie käme ich dazu, und wenn Sie sich noch so sehr ... mögen Sie sich doch blamieren soviel Sie wollen! Was geht das mich an? Und was sind das für Ausdrücke? Was heißt das: „durchfallen"? So ein blödes Wort, so ein dummer Ausdruck!«

»Das ist ... ein Wort aus der Schülersprache.«

»Nun ja, so ein Schülerausdruck! Ein blödes Wort! Sie haben wohl die Absicht, morgen lauter derartige Ausdrücke zu gebrauchen? Suchen Sie doch zu Hause in Ihrem Lexikon nach, ob Sie nicht noch solche Worte finden: das wird sicher Effekt machen. Schade, daß Sie verstehen, gut einzutreten. Wo haben Sie das eigentlich gelernt? Ich glaube, Sie verstehen sogar, mit Anstand eine Tasse Tee in Empfang zu nehmen und auszutrinken, selbst dann, wenn alle Sie absichtlich beobachten?«

»Ich denke, das verstehe ich.«

»Schade; sonst könnte ich Sie auslachen. Zerschlagen Sie doch wenigstens die chinesische Vase im Salon! Sie ist wertvoll; bitte, zerschlagen Sie die! Sie ist ein Geschenk; Mama wird den Verstand darüber verlieren und wird vor allen zu weinen anfangen — so teuer ist sie ihr! Machen Sie irgendeine Geste, so, wie Sie sie immer machen, stoßen Sie an sie dran und zerschlagen Sie sie! Setzen Sie sich bitte absichtlich neben sie hin!«

»Im Gegenteil, ich werde mich bemühen, mich so weit wie möglich von ihr wegzusetzen; ich danke Ihnen, daß Sie mich gewarnt haben.«

»Es scheint also doch, daß Sie sich schon im voraus

fürchten, wieder große Gesten zu machen. Ich möchte wetten, daß Sie wieder über ein „Thema" reden werden, über etwas Ernstes, Wissenschaftliches, Erhabenes! Wie herrlich ... passend das wäre!«

»Ich glaube, es wäre dumm ... wenn es unangebracht ist.«

»Hören Sie, ein für allemal!« — Aglaja hielt es schließlich nicht mehr aus — »wenn Sie morgen von der Todesstrafe oder von der ökonomischen Lage Rußlands, oder von der ‚Erlösung der Welt durch Schönheit' zu reden anfangen, so werde ich mich natürlich sehr freuen, über Sie lachen zu können, aber ... dies sage ich Ihnen im voraus: daß Sie mir dann nicht mehr unter die Augen kommen! Hören Sie: ich sage es Ihnen im Ernst! Diesesmal verstehe ich keinen Spaß!«

Sie sprach ihre Drohung wirklich so *ernst* aus, daß tatsächlich etwas ganz Außergewöhnliches aus ihren Worten hervorklang und aus ihren Augen sprach, was der Fürst früher nie bemerkt hatte, und was allerdings nicht nach Scherz aussah.

»So, jetzt haben Sie es so weit gebracht, daß ich sicher davon reden ... und vielleicht auch die Vase zerschlagen werde! Ich habe mich vor nichts gefürchtet, jetzt fange ich an, mich zu fürchten. Jetzt werde ich mich sicher blamieren.«

»So schweigen Sie. Setzen Sie sich hin und schweigen Sie.«

»Das wird mir unmöglich sein. Ich werde vor Angst zu reden anfangen und auch vor Angst die Vase zerschlagen. Vielleicht werde ich auf dem Parkett ausgleiten, oder es geschieht sonst etwas ... von der Art, wie es mir schon einmal passiert ist; mir wird die ganze Nacht davon träumen; warum haben Sie es gesagt!«

Aglaja blickte ihn finster an.

»Wissen Sie was: ich werde morgen lieber überhaupt nicht kommen! Ich werde mich einfach krank melden, und damit basta!« beschloß er zu guter Letzt.

Aglaja stampfte mit dem Fuß auf und wurde sogar blaß vor Ärger.

»Mein Gott! Hat man je schon so etwas erlebt! Er will überhaupt nicht kommen, wo doch nur um seinetwillen ... o Gott! Das ist ein Vergnügen, es mit einem solchen ... mit einem so unverständigen Menschen zu tun zu haben, wie Sie es sind!«

»Schon gut, schon gut, ich komme, ich komme ja!« beeilte sich der Fürst, sie zu unterbrechen. »Und ich gebe Ihnen mein Ehrenwort, daß ich den ganzen Abend still dasitzen werde, ohne ein Wort zu sprechen. Ich werde es schon so einrichten.«

»Und Sie werden sehr gut daran tun. Sie sagten soeben, Sie würden sich einfach krank melden und damit basta! Wo nehmen Sie diese Ausdrücke nur alle her? Macht Ihnen das Spaß, sich mir gegenüber so nachlässig auszudrücken? Wollen Sie mich etwa absichtlich reizen, oder was?«

»Entschuldigen Sie; das war auch nur so ein Ausdruck aus der Gymnasiastensprache; ich werde es nicht wieder tun. Ich verstehe sehr wohl, daß Sie ... für mich fürchten ... (aber so ärgern Sie sich doch nicht gleich!) und ich bin so froh darüber! Sie glauben nicht, wie sehr ich mich jetzt selber fürchte und — wie ich mich über Ihre Worte freue. Aber diese ganze Furcht ist doch, — davon bin ich tief überzeugt, — nur flüchtige Sorge und Unsinn, nicht der Rede wert, glauben Sie es mir, Aglaja! Doch die Freude, die bleibt. Es gefällt mir über alles, daß Sie ein solches Kind sind, ein so liebes und gutes Kind! Ach, wenn Sie wüßten, wie reizend Sie sein können, Aglaja!«

Aglaja wollte sich natürlich gleich wieder ärgern, und war auch schon dabei, doch plötzlich ergriff ein für sie selbst ganz unerwartetes Gefühl ihre ganze Seele, in einem einzigen Augenblick.

»Aber werden Sie mir auch meine jetzigen verletzenden Worte später nicht vorhalten ... nachher?« fragte sie auf einmal.

»Was, was reden Sie da! Und warum sind Sie wieder errötet? ... Und jetzt machen Sie wieder ein finsteres Gesicht!

Warum tun Sie das jetzt so oft, Aglaja, früher taten Sie es doch nie. Ich weiß, warum ...«

»Schweigen Sie, schweigen Sie!«

»Nein, es ist besser, ich spreche darüber. Ich wollte es schon lange sagen; ich sagte es auch schon, aber ... das genügte nicht, denn Sie haben mir nicht geglaubt. Zwischen uns steht immer noch ein Wesen ...«

»Schweigen Sie, schweigen Sie, schweigen Sie, schweigen Sie!« fiel ihm Aglaja heftig ins Wort, indem sie ihn krampfhaft am Arm faßte und ihn nahezu entsetzt ansah. In diesem Augenblick wurde sie gerufen; als käme ihr das gerade recht, ließ sie ihn stehen und lief davon.

Der Fürst lag die ganze Nacht über im Fieber. Merkwürdig war es, daß er nun schon mehrere Nächte nacheinander gefiebert hatte. Diesmal aber kam ihm im Halbschlaf der Gedanke: wie, wenn er morgen, in Gegenwart aller, einen Anfall bekam? Er hatte doch schon Anfälle in wachem Zustande bekommen. Ihm wurde eiskalt bei diesem Gedanken. Die ganze Nacht über sah er sich in einer wunderbaren und noch nie dagewesenen Gesellschaft unter irgendwelchen absonderlichen Menschen. Das Wichtigste dabei war, daß er zu »reden« begonnen hatte; er wußte, daß er nicht reden sollte, aber er redete trotzdem die ganze Zeit, und es war, als suchte er sie zu irgend etwas zu überreden. Jewgenij Pawlowitsch und Ippolit befanden sich gleichfalls unter den Gästen und schienen miteinander auffallend gut befreundet zu sein.

Er erwachte gegen neun Uhr morgens mit Kopfschmerzen, mit Unordnung im Denken, mit sonderbaren Empfindungen. Er wollte, ohne zu wissen warum, unbedingt Rogoshin sehen; wollte ihn sehen und viel mit ihm reden, — worüber aber, das wußte er selbst nicht; danach beschloß er, zu irgendeinem Zweck zu Ippolit zu gehen. Etwas ruhelos Unklares war so stark in seinem Herzen, daß alle Vorfälle an diesem Morgen auf ihn einen zwar starken, aber nichtsdestoweniger gleichsam unvollständigen Eindruck machten. Einer dieser Vorfälle bestand im Besuch Lébedeffs.

Lébedeff erschien bereits ziemlich früh, bald nach neun Uhr, und nahezu ganz betrunken. Obschon der Fürst gerade in diesen letzten Tagen auf seine Umgebung kaum achtgegeben hatte, war es ihm irgendwie doch aufgefallen, daß Lebedeff sich seit dem Bruch mit dem General, nun schon vor drei Tagen, sehr schlecht aufführte. Er wurde auf einmal sehr nachlässig in seiner Kleidung, sah unsauber und beschmutzt aus, seine Krawatte saß schief und der Rockkragen war eingerissen. Bei sich zu Hause tobte er so laut, daß es über den Hof zu hören war; Wjera war schon verweint zum Fürsten gekommen und hatte ihm etwas berichten wollen. Als Lebedeff jetzt erschien, begann er sehr seltsam zu reden, schlug sich vor die Brust und bekannte sich schuldig in irgend etwas.

»Hab sie erhalten... hab sie erhalten... die Vergeltung ... für meinen Verrat und meine Niedertracht... jawohl! ... Hab eine Ohrfeige erhalten!« schloß er endlich tragisch.

»Eine Ohrfeige! Von wem denn? ... Und schon so früh am Tage?«

»Früh am Tage?« Lebedeff lächelte hierauf höhnisch. »Die Zeit spielt hierbei doch keine Rolle... nicht einmal bei einer physischen Vergeltung... ich aber habe eine moralische... jawohl, eine moralische Ohrfeige bekommen, keine physische!«

Er setzte sich plötzlich ungeniert hin und begann zu erzählen. Seine Erzählung war sehr unzusammenhängend; der Fürst runzelte die Stirn und wollte schon weggehen, als ihn plötzlich ein paar Worte stutzig machten. Und dann ward er starr vor Verwunderung.... Seltsame Dinge erzählte Herr Lebedeff.

Zunächst handelte es sich um einen Brief; der Name Aglaja Iwánowna wurde einmal ausgesprochen. Hierauf begann Lebedeff sich bitter über den Fürsten selbst zu beklagen; man konnte nur soviel verstehen, daß er sich vom

Fürsten beleidigt fühlte. Anfangs, so ließ er verlauten, habe der Fürst ihn seines Vertrauens gewürdigt in der Angelegenheit mit einer bestimmten »Person« (damit war Nastassja Filippowna gemeint); dann aber habe er alle Beziehungen zu ihm, Lébedeff abgebrochen und ihn schmählich von sich gestoßen, und dies sogar in so kränkendem Maße, daß er zuletzt die »arglose Frage nach bevorstehenden Veränderungen im Hause« angeblich brutal zurückgewiesen habe. Mit Tränen in den Augen gestand der Betrunkene, daß er es danach nicht mehr habe »aushalten können ... absolut nicht«, um so weniger als er vieles wisse, ... sogar sehr vieles ... sowohl durch Rogoshin als auch durch Nastassja Filippowna, und auch durch die Freundin von dieser, und durch Warwára Ardaliónowna und ... »und sogar durch Aglaja Iwánowna selbst, können Sie sich das vorstellen, und dies letztere dank meiner Tochter Wjera ... dank meiner geliebten Tochter Wjera, meiner eingeborenen Tochter ... jawohl ... oder eigentlich doch nicht eingeborenen, denn ... ich habe ihrer dreie ... Wer aber hat denn Lisaweta Prokofjewna brieflich auf dem Laufenden gehalten ... in aller Verschwiegenheit, hehe! Wer hat ihr alles berichtet über ... diese Beziehungen und ... über die Unternehmungen dieser Person ... Nastassja Filippowna, hehe! Wer, wer ist dieser Anonymus, gestatten Sie ... das zu fragen?«

»Doch nicht Sie?« fuhr der Fürst auf.

»Wer denn sonst«, antwortete der Betrunkene selbstbewußt, »und heute noch um halb neune, knapp vor 'ner halben Stunde ... nein, bereits vor einer dreiviertel Stunde ... hab ich die edelste Mutter wissen lassen, daß ich ihr etwas Ho ... Hochwichtiges mitzuteilen habe ... Durch ein Zettelchen hab ich's Sie wissen lassen ... über die Hintertreppe, durchs Stubenmädchen. Und sie hat mich empfangen!«

»Sie haben soeben Lisaweta Prokofjewna gesehen?« fragte der Fürst, der seinen Ohren nicht traute.

»Jawohl. Soeben gesehen und die Ohrfeige erhalten ...

die moralische. Gab mir den Brief zurück, schmiß ihn vielmehr hin, ungeöffnet ... und mich schmiß sie hinterdrein ... übrigens nur moralisch, nicht physisch ... oder beinah auch physisch, viel fehlte nicht!«

»Was für einen Brief hat sie Ihnen ungeöffnet ... hingeworfen?«

»Habe ich denn ... hehehe! Ich hab's Ihnen ja noch gar nicht gesagt! Und ich dachte, ich hätte Ihnen schon alles erzählt ... Es war da so ein Brieflein zur Übergabe ...«

»Von wem? An wen?«

Es war aber sehr schwer, aus den teilweisen »Erklärungen« Lebedeffs, die nun folgten, klug zu werden und den Zusammenhang zu verstehen. Der Fürst konnte nur soviel herausbringen, daß ein Brief schon frühmorgens von einem Dienstmädchen seiner Tochter Wjera eingehändigt worden war, zur Weitergabe an seine Adresse ... »wie auch schon früher ... wie auch schon früher ... diesmal an eine gewisse Person ... und von derselben Dame ... (denn die eine bezeichne ich mit dem Worte „Dame" und die andere nur mit „Person", zwecks Herabsetzung ... und um sie zu unterscheiden; ... weil doch ein großer Unterschied besteht zwischen einem unschuldigen und hochwohlgeborenen Generalsfräulein und ... einer Kamelie, jawohl!) ... und so war denn der Brief von der „Dame", deren Name mit dem Buchstaben A anfängt ...«

»Wie ist das möglich? An Nastassja Filippowna? Unsinn!« fuhr der Fürst auf.

»Doch, doch ... oder wenn auch nicht an sie, so an Rogoshin, was doch dasselbe ist ... an Rogoshin ... Und sogar an Herrn Teréntjeff hat es einmal was zur Übergabe gegeben ... von der Dame mit dem Buchstaben A«, babbelte, zwinkerte und lächelte der betrunkene Lebedeff.

Da er oft von einer Sache auf die andere übersprang und dabei vergaß, wovon er zu sprechen angefangen hatte, schwieg der Fürst, um ihn sich aussprechen zu lassen. Unklar blieb vor allem, ob die Briefe durch ihn übermittelt worden waren oder durch Wjera? Wenn er selbst versicherte, an Rogoshin sei »doch dasselbe« wie an Nastassja Filippowna, so war es wohl wahrscheinlicher, daß die Briefe nicht ihm anvertraut wurden, wenn es sich überhaupt so verhielt, daß Briefe befördert wurden. Die Frage, wie er jetzt zu einem Brief gekommen war, überging er; so war wohl eher anzunehmen, daß Wjera sie beförderte, und daß Lebedeff ihr einen entwendet hatte ... also heimlich gestohlen hatte, um ihn in einer bestimmten Absicht der Generalin zu überreichen. In dieser Weise dachte es sich schließlich der Fürst.

»Sie haben den Verstand verloren!« stieß der Fürst in größter Bestürzung hervor.

»Nicht ganz, hochverehrter Fürst«, versetzte Lebedeff nicht ohne Bosheit. »Es ist wahr, zuerst wollte ich den Brief Ihnen übergeben, Ihnen, zu eigenen Händen, um Ihnen gefällig zu sein ... aber dann überlegte ich's mir und fand's ratsamer, mich dort verdient zu machen und der edelsten Mutter über alles zu berichten ... zumal ich sie auch früher schon einmal brieflich benachrichtigt habe, anonym; und als ich vorhin, um acht Uhr zwanzig, den Zettel schrieb mit der Bitte, mich zu empfangen, da unterzeichnete ich mich vorbereitenderweise mit „Ihr geheimer Korrespondent", und ich wurde sofort vorgelassen, unverzüglich, sogar mit besonderer Eilfertigkeit ... über die Hintertreppe ... zur edelsten Mutter ...«

»Und? ...«

»Aber das hab ich ja schon erzählt ... da hat sie mich beinah geohrfeigt; das heißt, so sehr beinah, daß man es für so gut wie geschehen betrachten kann. Aber den Brief warf sie mir schon richtig hin. Freilich hätte sie ihn gern behalten — das sah ich, das merkte ich wohl —, aber sie entschied sich anders und schmiß ihn hin: ‚Wenn man dir, so einem Menschen, die Übergabe anvertraut hat, so übergib ihn auch' ... Sie war sogar beleidigt. Wenn sie sich schon vor mir ihren Zorn anmerken ließ, dann besagt das doch, daß

sie wirklich beleidigt war. Ein aufbrausender Charakter!«
»Wo ist denn der Brief jetzt?«
»Aber doch immer noch bei mir ... hier ist er.«
Und er überreichte dem Fürsten Aglajas Billet an Gawríla Ardaliónytsch, dasselbe, das dieser dann noch am gleichen Vormittag, zwei Stunden später, triumphierend seiner Schwester zeigen konnte.
»Dieser Brief darf nicht bei Ihnen bleiben.«
»Aber ich gebe ihn doch Ihnen, Ihnen! Zu Ihnen habe ich ihn doch gebracht!« versicherte Lebedeff eifrig. »Jetzt bin ich wieder ganz der Ihre, der Ihre, ganz und gar, vom Kopf bis zum Herzen, Ihr Diener, nach dieser flüchtigen Treulosigkeit, jawohl! Töten Sie das Herz, aber schonen Sie den Bart, wie Thomas Morus sagte ... in England und in Großbritannien. Mea culpa, mea culpa, wie die römische Päpstin zu sagen pflegt ... ich weiß ... es ist der römische Papst, ich aber nenne ihn: „die römische Päpstin".«
»Dieser Brief muß sofort zugestellt werden«, sagte der Fürst geschäftig. »Ich werde das besorgen.«
»Aber wäre es nicht besser, nicht besser, wohlerzogenster Fürst, wäre es nicht besser ... einfach so!« Lebedeff schnitt seltsame Grimassen, zwinkerte schlau, rutschte auf dem Stuhl beunruhigt hin und her, als hätte man ihn plötzlich mit einer Nadel gestochen, lächelte beschwörend und suchte mit den Fingern etwas zu verdeutlichen.
»Was soll das heißen?« fragte der Fürst drohend.
»Ihn vorher aufmachen!« flüsterte Lebedeff rührend und gleichsam vertraulich.
Der Fürst sprang in solchem Jähzorn auf, daß Lebedeff schon zur Tür lief; aber an der Tür blieb er doch wieder stehen, wie um abzuwarten, ob der Fürst nicht wieder Nachsicht üben würde.
»Ach, Lebedeff, wie kann man nur, wie kann man nur bis zu einer so niedrigen Ungehörigkeit sinken, wie Sie es tun?« rief der Fürst traurig aus.
Lebedeffs Miene hellte sich auf.

»Niedrig! Jawohl, niedrig bin ich!« Er näherte sich sogleich wieder dem Fürsten und schlug sich mit Tränen in den Augen vor die Brust.

»Das sind doch Schändlichkeiten!«

»Jawohl, Schändlichkeiten! Das ist die einzig richtige Bezeichnung!«

»Und was ist das für eine Manie, was treibt Sie denn, so ... sonderbar zu handeln? Sie werden ja ... geradezu zum Spion! Wozu haben Sie einen anonymen Brief geschrieben und eine so ... edle und herzensgute Frau in Aufregung versetzt? Warum soll Aglaja Iwanowna schließlich nicht das Recht haben, zu schreiben an wen es ihr beliebt? Sind Sie etwa um anzuklagen heute hingegangen? Was versprachen Sie sich denn davon? Was bewog Sie zu dieser Denunziation?«

»Einzig die Neugier, die zu befriedigen so angenehm ist, und ... und Dienstbeflissenheit, jawohl! ... um einer edlen Seele einen Dienst zu erweisen!« beteuerte Lebedeff. »Jetzt aber bin ich ganz der Ihre, wieder ganz der Ihre! Hängen Sie mich meinethalben auf!«

»Und Sie sind so, in diesem Aufzug und Zustand, auch vor Lisawéta Prokófjewna erschienen?« forschte mit Widerwillen der Fürst.

»Nein ... frischer ... und sogar anständiger. Erst nach meiner Erniedrigung habe ich ... diesen Zustand erreicht.«

»Nun, gut, verlassen Sie mich jetzt.«

Übrigens mußte diese Bitte noch mehrmals wiederholt werden, ehe der Gast sich endlich entschloß, ihr nachzukommen. Selbst als er die Tür schon geöffnet hatte, kehrte er nochmals zurück, kam auf den Fußspitzen bis in die Mitte des Zimmers und begann mit den Fingern zu zeigen, wie man einen Brief öffnen kann; seinen Rat in Worten auszusprechen, wagte er nicht; danach ging er hinaus, still und freundlich lächelnd.

Es war überaus peinvoll gewesen, dies alles zu erfahren. Aus allem ging eine wichtige und bedeutsame Tatsache hervor: daß Aglaja sich in großer Unruhe, in großer Unentschlossenheit und in großer Qual befand, aus unbekanntem Grunde (»aus Eifersucht«, dachte der Fürst bei sich). Es erwies sich auch, daß ungute Menschen sie zu verwirren suchten, und es war doch sehr sonderbar, daß sie ihnen so viel Vertrauen schenkte. Es war mit Sicherheit anzunehmen, daß in diesem unerfahrenen, aber heißblütigen und stolzen Köpfchen irgendwelche besonderen Pläne reiften, vielleicht auch verderbliche und ... ganz unsinnige Pläne ... Der Fürst war auf einmal unsagbar erschrocken und wußte in seiner Verwirrung nicht, wozu er sich entschließen sollte. Man mußte unbedingt etwas verhindern, das fühlte er. Er blickte noch einmal auf die Adresse des versiegelten Billets; oh, hier gab es für ihn keine Zweifel und kein Mißtrauen, denn er glaubte an sie und vertraute. Aber etwas anderes beunruhigte ihn an diesem Brief: er mißtraute Gawríla Ardaliónowitsch. Und doch hatte er sich schon entschlossen, ihm diesen Brief zu übergeben, persönlich, und mit dieser Absicht war er aus dem Hause gegangen, aber unterwegs änderte er seine Absicht. Kurz vor dem Hause Ptizyns traf er Kolja, wie eigens herbeigerufen, und der Fürst beauftragte ihn, den Brief dem Bruder persönlich zu übergeben, als habe er ihn schon von Aglaja Iwanowna selbst erhalten. Kolja fragte nicht weiter und übergab ihn, so daß Ganja nicht einmal ahnte, daß der Brief durch so viele Hände gegangen war. Nach Hause zurückgekehrt, ließ der Fürst Wjera Lukjánowna zu sich bitten, erzählte ihr das Notwendigste und beruhigte sie, da sie den abhanden gekommenen Brief vergeblich gesucht und auch schon geweint hatte. Sie war entsetzt, als sie hörte, der Vater habe den Brief eingesteckt. (Der Fürst erfuhr von ihr später, daß sie schon ein paarmal Briefe von Rogoshin an Aglaja Iwanowna übergeben hatte; sie war überhaupt nicht darauf verfallen, hiermit könnte etwas gegen den Wunsch des Fürsten vermittelt worden sein) ...

Der Fürst aber wurde schließlich so nervös und war so

zerstreut, daß er, als zwei Stunden danach ein von Kolja abgesandter Bote mit der Nachricht von der Erkrankung des Generals zu ihm gelaufen kam, — daß er im ersten Augenblick gar nicht begriff, um was es sich handelte. Aber gerade dieses Geschehnis brachte ihn dann wieder zu sich, da es ihn stark ablenkte. Er blieb bei Nina Alexandrowna (zu der man den Kranken natürlich sofort zurückgetragen hatte) fast bis zum Abend. Er konnte freilich kaum irgendwie behilflich sein, aber es gibt Menschen, deren Anwesenheit in gewissen schweren Stunden gleichsam als wohltuend empfunden wird. Kolja war unsagbar erschüttert, schluchzte wie in Krämpfen, mußte aber trotzdem die ganze Zeit umherrennen: zunächst einen Arzt suchen und herbeischaffen — es kamen dann drei —, dann nach der Apotheke, dann zum Bader laufen. Der General wurde zwar am Leben erhalten, konnte aber nicht zum Bewußtsein gebracht werden. Die Ärzte gaben zu verstehen, daß der Patient sich jedenfalls »in Lebensgefahr« befinde. Warja und Nina Alexandrowna wichen nicht vom Krankenbett; Ganja war verwirrt und erschüttert, wollte aber nicht hinaufgehen und fürchtete sich offenbar, den Kranken zu sehen. Er rang die Hände und äußerte sich in sprunghaften Gesprächen mit dem Fürsten mehrmals in dem Sinne, daß »ein solches Unglück nun ausgerechnet in diesem Augenblick geschehen mußte!« Der Fürst glaubte zu verstehen, was er mit »diesem Augenblick« meinte. Den Logiergast Ippolit traf der Fürst nicht mehr im Hause Ptizyns an. Gegen Abend kam Lebedeff angelaufen, der seit seiner »Aussprache« am Morgen die ganze Zeit geschlafen hatte, ohne auch nur einmal wach zu werden. Dafür war er jetzt fast nüchtern und weinte um den Kranken wirklich aufrichtige Tränen, als wäre jener sein leiblicher Bruder. Er klagte sich laut an, ohne jedoch näher zu erklären weshalb, und versicherte Nina Alexandrowna immer wieder, nur er, Lebedeff, er allein sei schuld daran ... und zwar einzig infolge seiner »Neugier, die zu befriedigen so angenehm ist« ... und der »Selige« (so nannte er unentwegt den General, obgleich dieser ja noch lebte) sei sogar ein »hochgenialer Mensch« gewesen. Mit ganz besonderem Ernst betonte er immer wieder dessen Genialität, als ob das in diesem Augenblick irgendwelchen außergewöhnlichen Nutzen hätte bringen können. Nina Alexandrowna, die seine aufrichtigen Tränen sah, sagte ihm schließlich ohne jeden Vorwurf und fast sogar wie mit einer gewissen Zärtlichkeit: »Nun, schon gut, weinen Sie nicht mehr. Gott wird es Ihnen verzeihen!« Lebedeff ward durch diese Worte so überrascht, ja, er war so betroffen, vor allem durch den Ton, in dem sie gesagt wurden, daß er stumm blieb und an diesem Abend von Nina Alexandrowna überhaupt nicht mehr weggehen wollte (und auch an allen folgenden Tagen, bis zum Tode des Generals, verbrachte er die Zeit fast vom Morgen bis in die Nacht hinein in deren Hause). Im Laufe des Tages kam zweimal ein Bote von Lisaweta Prokofjewna zu Nina Alexandrowna, um nach dem Befinden des Kranken zu fragen. Und als der Fürst am Abend gegen neun Uhr bei Jepantschins im Salon erschien, der sich schon mit Gästen gefüllt hatte, begann die Generalin sich sogleich teilnahmsvoll und ausführlich nach dem Kranken bei ihm zu erkundigen, und auf die Frage der Bjelokonskaja, wer dieser Kranke und wer Nina Alexandrowna seien, antwortete sie ernst und achtungsvoll. Dem Fürsten gefiel das sehr. Er selbst führte sich im Gespräch mit Lisaweta Prokofjewna »vorzüglich« auf, wie sich nachträglich Aglajas Schwestern äußerten: zurückhaltend, nicht laut, ohne überflüssige Worte, ohne Gesten, wie es sich gehört; war beim Erscheinen »tadellos eingetreten, war vorzüglich angezogen«; er glitt auch nicht auf dem glatten Fußboden aus, wie er noch am Vorabend befürchtet hatte, sondern machte sichtlich auf alle einen angenehmen Eindruck.

Seinerseits bemerkte er sogleich, nachdem er sich hingesetzt und um sich geschaut hatte, daß diese ganze Versammlung keineswegs jenen Spukgestalten glich, mit denen

Aglaja ihn hatte schrecken wollen, oder jenen Alpdruckgebilden, die er in der Nacht im Traum gesehen hatte. Zum erstenmal im Leben sah er einen kleinen Ausschnitt von dem, was mit dem furchteinflößenden Namen »die vornehme Welt« bezeichnet wird. Er hatte schon lange den heißen Wunsch gehabt, infolge gewisser besonderer Absichten, Überlegungen und auch eines eigenen inneren Triebes, in diesen Zauberkreis von Menschen einzudringen, und war daher bei so starkem Interesse überaus gespannt auf den ersten Eindruck. Dieser erste Eindruck war nun wirklich bezaubernd. Es machte sich irgendwie ganz von selbst, daß es ihm sogleich und ohne weiteres so vorkam, als seien alle diese Menschen nur dazu geboren, um zusammen zu sein; daß es bei Jepantschins überhaupt keine »Abendgesellschaft« und gar keine geladenen Gäste gab, daß man vielmehr nur »unter sich« war, und daß er selbst gleichsam schon längst ihr treuer Freund und Gesinnungsgenosse und jetzt nach kurzer Trennung zu ihnen zurückgekehrt sei. Der Zauber der eleganten Umgangsformen, der Schlichtheit und scheinbaren Offenherzigkeit war nahezu märchenhaft. Er hätte überhaupt nicht darauf verfallen können, daß diese ganze Treuherzigkeit und Vornehmheit, diese geistreiche Redeweise und die Wahrung der hohen eigenen Würde vielleicht nur ein künstlich großartiges Fabrikat waren.

Die Mehrzahl der Gäste bestand sogar, trotz ihres einnehmenden Äußeren, aus ziemlich hohlen Menschen, die übrigens in ihrer Selbstzufriedenheit gar nicht wußten, daß vieles Gute an ihnen nur Drill war, eingeübte Form, für die sie sozusagen „nichts konnten", da sie ihnen unbewußt und durch Erbschaft zugefallen war.

So etwas hätte der Fürst nicht einmal vermuten wollen, da er sich ganz dem Zauber der Schönheit seines ersten Eindrucks überließ. Er sah, zum Beispiel, daß dieser alte Herr, dieser hohe Würdenträger, der den Jahren nach sein Großvater hätte sein können, sogar sein eigenes Gespräch unterbrach, um ihm, einem so jungen und unerfahrenen Menschen, zuzuhören, und nicht nur zuzuhören, sondern daß er augenscheinlich seine, des Fürsten, Meinungsäußerung auch ernst nimmt, daß er so freundlich zu ihm ist, so aufrichtig wohlwollend, während sie doch einander ganz fremd sind und sich zum erstenmal sehen. Vielleicht war es gerade die Feinheit dieser Höflichkeit, die auf die glühende Empfänglichkeit des Fürsten am stärksten wirkte. Vielleicht war er auch schon durch seinen gegenwärtigen Zustand nur zu geneigt gemacht, wenn nicht gar bestochen, jetzt von allem den glücklichsten Eindruck zu empfangen.

Indessen waren alle diese Menschen, wenn auch »Freunde des Hauses und Freunde unter sich«, doch bei weitem nicht solche Freunde des Hauses, noch Freunde unter sich, wie der Fürst annahm, nachdem man ihn soeben erst vorgestellt und mit ihnen bekannt gemacht hatte. Da gab es Leute, die nie und nimmer zugelassen hätten, daß man Jepantschins auch nur von ferne als mit ihnen auf gleicher Stufe stehend anerkannte. Da gab es Leute, die einander regelrecht haßten; die alte Bjelokonskaja hatte die Gattin des kleinen »alten Würdenträgers« ihr Lebelang »verachtet«, und diese wiederum war weit davon entfernt, Lisaweta Prokofjewna zu lieben. Dieser »alte Würdenträger«, ihr Gatte, der von jeher als Protektor der Jepantschins galt, war in den Augen des Generals eine so gewichtige Persönlichkeit, daß er außer Ehrerbietung und Furcht nichts anderes in seiner Gegenwart empfinden konnte, und sich selbst wohl aufrichtig verachtet hätte, wenn es ihm eingefallen wäre, sich ihm gleichstehend zu wähnen und ihn nicht für einen Jupiter zu halten. Da gab es Leute, die sich jahrelang nicht sahen und die außer Gleichgültigkeit — oder gar Abneigung — nichts füreinander übrighatten, jetzt aber beim Wiedersehen sich so begrüßten, als hätten sie sich erst gestern bei Freunden und in angenehmster Gesellschaft gesehen. Übrigens war diese Abendgesellschaft nicht zahlreich. Außer der Bjelokonskaja und jenem alten Würdenträger, der tatsächlich eine einflußreiche Persönlichkeit war, und seiner Gattin, war da noch ein sehr solider

General, ein Baron oder Graf mit deutschem Namen, ein äußerst schweigsamer Mensch, der im Ruf stand, erstaunliche Kenntnis der Regierungsangelegenheiten zu besitzen und sehr gelehrt zu sein, — einer jener olympischen Verwaltungsbeamten, die alles kennen, »höchstens mit Ausnahme von Rußland«, ein Mensch, der nur alle fünf Jahre einen »durch seine Tiefe bemerkenswerten« Ausspruch tat, aber unfehlbar so einen, der sofort zum Klischee wird und selbst im allerhöchsten Kreise in Gebrauch kommt; einer dieser regierenden Beamten, die gewöhnlich nach einer sehr langen (sogar erstaunlich langen) Dienstzeit in hohem Range auf prachtvollem Posten sterben und viel Geld hinterlassen, obschon sie keine entscheidenden Taten vollbracht und sogar eine gewisse Feindseligkeit gegen solche bekundet haben. Dieser General war der unmittelbare Vorgesetzte Iwan Fjodorowitschs und wurde von diesem im Eifer seines dankbaren Herzens und teilweise auch aus eigenartiger Eitelkeit gleichfalls für seinen Wohltäter gehalten, während der Vorgesetzte sich seinerseits keineswegs als Iwan Fjodorowitschs Wohltäter betrachtete, sich vollkommen ruhig zu ihm verhielt, zwar mit Vergnügen aus dessen unzähligen Gefälligkeiten Nutzen zog, ihn aber sofort durch einen anderen Beamten ersetzt hätte, wenn dies aus irgendwelchen Erwägungen, nicht einmal höheren Erwägungen, ratsam erschienen wäre. Ferner war da ein schon bejahrter vornehmer Herr, der mit Lisaweta Prokofjewna sogar verwandt sein sollte, was aber nicht stimmte; ein Mann in hoher Stellung und von hohem Ansehen, reich und von altem Geschlechtsadel, stämmig und von sehr guter Gesundheit, sehr redselig, und der sogar im Ruf stand, ein »Unzufriedener« zu sein (freilich nur innerhalb der Grenzen des durchaus noch erlaubten Unzufriedenseins) und sogar gallig sein zu können (aber auch diese Eigenschaft war an ihm angenehm), mit Angewohnheiten der englischen Aristokraten und überhaupt anglisiertem Geschmack (zum Beispiel in Bezug auf blutiges Roastbeef, Pferdegeschirr, Lakaien u. a. m.). Er war ein großer Freund des alten Würdenträgers, den er gut zu unterhalten verstand. Außerdem wäre von ihm noch zu sagen, daß Lisaweta Prokofjewna, Gott weiß weshalb, den sonderbaren Gedanken hegte, dieser bejahrte Herr (ein etwas leichtsinniger Mensch und einesteils auch Liebhaber des weiblichen Geschlechts) könnte es sich eines Tages einfallen lassen, Alexandra mit einem Heiratsantrag zu beglücken. Nach dieser höchsten und gediegensten Schicht der versammelten Gesellschaft folgte eine Schicht jüngerer Gäste, die sich aber gleichfalls durch sehr schöne Eigenschaften auszeichnete. Zu dieser Schicht gehörte, außer dem Fürsten Sch. und Jewgenij Pawlowitsch, auch der bekannte bezaubernde Fürst N., ein ehemaliger Verführer und Besieger der Frauenherzen in ganz Europa, ein Mann von jetzt bereits fünfundvierzig Jahren, von immer noch schönem Äußeren, der wunderbar zu erzählen verstand, ein Mann mit Vermögen, wenn auch etwas derangiertem Vermögen, der aus liebgewordener Gewohnheit meist im Auslande lebte. Und schließlich waren da noch Leute, die gleichsam eine dritte besondere Schicht ausmachten und an und für sich nicht zum »gebietenden Kreise« der Gesellschaft gehörten, die man jedoch, ebenso wie Jepantschins, aus gewissen Gründen ab und zu in diesem Kreise der »Gebietenden« antreffen konnte. Jepantschins liebten es aus einem gewissen Taktgefühl, das für sie zum Grundsatz wurde, in den seltenen Fällen, wo sie geladene Gäste bei sich sahen, die höhere Gesellschaftsschicht mit einer niedrigeren Schicht zu mischen, d. h. mit ausgesuchten Repräsentanten der »Mittelschicht«. Dieses Verfahren fand allgemeinen Beifall, und man äußerte sich lobend über Jepantschins, die ihren Platz kannten und Menschen mit Taktgefühl seien. Jepantschins aber waren stolz auf diese Meinung, die man von ihnen hatte. Einer der Repräsentanten dieser Mittelschicht war an diesem Abend ein Techniker, Oberst, ein ernster Mensch, ein sehr naher Freund des Fürsten Sch. und von diesem bei Jepantschins eingeführt, ein Mensch, der in Gesellschaft, nebenbei bemerkt, sehr schweigsam war und der auf dem großen Zeigefinger seiner rechten

Hand einen großen und auffallenden Ring trug, der ihm aller Wahrscheinlichkeit nach als Auszeichnung von hoher Stelle verliehen worden war. Endlich war auch noch ein Schriftsteller und Dichter eingeladen, einer von den Deutschen, der aber russisch dichtete, und überdies ein durchaus anständiger Mann, so daß man ihn ohne Gefahr in gute Gesellschaft einführen konnte. Er hatte ein glückliches und doch irgendwie teilweise unsympathisches Äußeres, war etwa achtundzwanzig Jahre alt, kleidete sich tadellos, gehörte zu einer höchst bürgerlichen, doch auch höchst ehrenwerten deutschen Familie, hatte es verstanden, verschiedene Gelegenheiten wahrzunehmen, die Protektion hochgestellter Persönlichkeiten zu gewinnen und sich in ihrer Gunst zu behaupten. Er hatte einmal irgend ein bedeutendes Werk irgend eines bedeutenden deutschen Dichters in Versen ins Russische übersetzt, hatte es verstanden, seine Übersetzung der richtigen Persönlichkeit zu widmen, sich auf seine Freundschaft mit einem berühmten, doch schon verstorbenen russischen Dichter zu berufen (es gibt eine ganze Gattung von Schriftstellern, die es überaus lieben, sich in ihren Schriften der Freundschaft großer, jedoch verstorbener Schriftsteller zu rühmen) und war erst kürzlich von der Gattin des »alten Würdenträgers« bei Jepantschins eingeführt worden. Diese Dame galt als Gönnerin von Schriftstellern und Gelehrten, und hatte auch in der Tat einem oder zwei Schriftstellern sogar eine Pension erwirkt, dank der Vermittlung hochgestellter Personen, bei denen sie in Ansehen stand. Und ein gewisses Ansehen besaß sie tatsächlich. Sie war eine Dame von ungefähr fünfundvierzig Jahren (also noch eine sehr junge Frau für ein so altes Männchen wie ihr Gatte), war eine ehemalige Schönheit, die es auch jetzt noch liebte, sich schon allzu prächtig zu kleiden, der Manie zufolge, die viele fünfundvierzigjährige Damen befällt; ihr Verstand war nicht groß und ihre Kenntnis der Literatur sehr zweifelhaft. Allein, das Protegieren der Schriftsteller war bei ihr die gleiche Art Manie wie ihre Sucht, sich prächtig zu kleiden. Es wurden ihr viele

Schriften und Übersetzungen gewidmet; zwei oder drei Schriftsteller hatten mit ihrer Erlaubnis die Briefe, die sie über äußerst wichtige Themen an sie geschrieben hatten, drucken lassen ...

Und diese ganze Gesellschaft nahm nun der Fürst für bare Münze, für reinstes Gold ohne jede Legierung. Übrigens traf es sich, daß auch alle diese Gäste sich gerade an diesem Abend in glücklichster Stimmung befanden und sehr zufrieden mit sich waren. Sie waren sich alle ohne Ausnahme durchaus bewußt, daß sie mit ihrem Erscheinen Jepantschins eine große Ehre erwiesen. Aber der Fürst ahnte leider nichts von all diesen Feinheiten. Er hätte es sich zum Beispiel auch nicht träumen lassen, daß Jepantschins es jetzt, vor einem so wichtigen Schritt wie es die Entscheidung über das Schicksal ihrer Tochter war, gar nicht gewagt hätten, ihn, den Fürsten Lew Nikolajewitsch, jenem alten Würdenträger, dem anerkannten Protektor ihrer Familie, etwa nicht vorher vorzustellen. Der alte Würdenträger aber, der seinerseits eine Nachricht selbst vom schrecklichsten, Jepantschins zugestoßenen Unglück vollkommen ruhig hingenommen hätte, wäre unbedingt beleidigt gewesen, wenn Jepantschins ihre Tochter verlobt hätten, ohne zuvor seinen Rat und sozusagen seine Erlaubnis einzuholen. Fürst N., dieser liebenswürdige, dieser unstreitig geistreiche und von so hohem Freimut erfüllte Mensch, war im höchsten Maße überzeugt, daß er hier so etwas wie eine Sonne sei, die an diesem Abend über dem Salon der Jepantschins aufging. Er war der Ansicht, daß sie unendlich weit unter ihm ständen, und gerade dieser naive und vornehme Gedanke erweckte in ihm jene bewundernswert liebe Ungezwungenheit und Leutseligkeit eben diesen Jepantschins gegenüber. Er wußte ganz genau, daß er an diesem Abend unbedingt etwas zur Bezauberung der Gesellschaft erzählen müsse und bereitete sich darauf sogar mit einer gewissen Begeisterung vor. Als Fürst Lew Nikolajewitsch diese Erzählung dann zu hören bekam, mußte er sich gestehen, noch nie etwas gehört zu haben, das dem gleichkam an glänzendem Humor und bewundernswerter Heiterkeit wie Naivität, die im Munde eines solchen Don Juan, wie Fürst N., nahezu etwas Rührendes hatte. Indessen aber, wenn er nur geahnt hätte, wie alt diese Erzählung war, wie abgenutzt, wie einstudiert und auswendig gekonnt, wie abgedroschen; und wie langweilig sie schon in allen Salons geworden war, und daß sie nur bei den arglosen Jepantschins als Neuheit wiedererscheinen konnte, als eine zufällige, echte Erinnerung, die einem geistreichen und schönen Menschen plötzlich wieder einfiel! Und dann war da noch der deutsche Dichterling, der sich zwar sehr liebenswürdig und bescheiden benahm, aber auch beinahe bereits glaubte, daß er mit seinem Besuch diesem Hause eine Ehre erweise. Der Fürst jedoch sah nichts von dieser Kehrseite, sah nichts vom Unterfutter der Schauseite. Dieses Unglück hatte Aglaja nicht vorausgesehen. Sie war an diesem Abend schöner als jemals. Alle drei Schwestern waren festlich gekleidet, aber nicht übertrieben, und irgendwie anders frisiert. Aglaja saß neben Jewgenij Pawlowitsch, mit dem sie sich besonders freundschaftlich unterhielt und auch heiter zu scherzen schien. Jewgenij Pawlowitsch verhielt sich ein wenig gesetzter als sonst, vielleicht auch nur aus Achtung vor den Würdenträgern. Ihn kannte man übrigens in der vornehmen Welt schon länger; er gehörte dazu, obschon er noch ein junger Mensch war. An diesem Abend war er bei Jepantschins mit einem Trauerflor am Hut erschienen, und die alte Bjelokonskaja lobte ihn deswegen: manch ein anderer Neffe aus diesem Kreise hätte unter ähnlichen Umständen vielleicht keinen Trauerflor um einen solchen Onkel angelegt. Auch Lisaweta Prokofjewna äußerte sich beifällig hierzu, schien aber an diesem Abend schon gar zu besorgt zu sein. Der Fürst bemerkte, daß Aglaja etwa zweimal aufmerksam nach ihm hinsah und, wie es schien, mit ihm zufrieden war. Nach und nach hob sich seine Stimmung, er wurde immer glücklicher, sogar unsagbar glücklich. Alle seine »phantastischen« Gedanken und Befürchtungen (nach dem Gespräch mit Lebedeff) erschienen ihm jetzt, wenn sie ihm plötzlich, unverhofft, doch ziemlich häufig wieder einfielen, als ein unmöglicher und sogar lächerlicher Traum! (Und ohnehin war es schon gleich damals und dann den ganzen Tag über sein erster, wenn auch unbewußter Wunsch und Drang gewesen, es irgendwie dahin zu bringen, daß er an diesen Traum nicht zu glauben brauchte!) Er sprach wenig, nur wenn er auf eine Frage antworten mußte, und zuletzt verstummte er ganz, saß da und hörte immer nur zu, dabei aber schwelgte er offenbar in Genuß. Und langsam bereitete sich in ihm etwas wie eine Art Begeisterung vor, die zunahm und bereit war, bei einem Anlaß sich Luft zu machen ... Da geschah es ganz zufällig, daß er zu sprechen begann, wieder nur mit einer Antwort auf eine Frage und anscheinend ganz ohne jede Absicht...

VII

Während er mit Wonne Aglaja betrachtete, die heiter mit Fürst N. und Jewgenij Pawlowitsch plauderte, nannte auf einmal der bejahrte Herr und Anglomane, der in einer anderen Ecke den alten Würdenträger unterhielt und ihm mit großer Lebhaftigkeit etwas erzählte, den Namen Nikolai Andréjewitsch Pawlischtscheffs. Der Fürst wandte sich schnell nach ihnen um und begann zuzuhören.

Es war dort die Rede von den jetzigen Reformen und von irgendwelchen Unruhen auf den Gütern im —sker Gouvernement. Die Erzählungen des Anglomanen mußten wohl etwas Heiterkeiterregendes enthalten, denn der alte Herr begann schließlich zu lachen über die gallige Persiflage der dortigen Zustände. Der Erzähler berichtete in gleichmäßig fließender Sprache, manche Silben geckenhaft dehnend und die Vokale zart betonend, warum er dank den neuen Verordnungen gezwungen gewesen sei, ein herrliches Gut im —sker Gouvernement zum halben Preise zu verkaufen, ohne eigentlich in Geldverlegenheit zu sein, und gleichzeitig ein heruntergekommenes Gut, das nichts einbrachte und noch mit einem Prozeß belastet war, zu behalten und dafür noch draufzuzahlen.

». . . Um einem weiteren Prozeß auch noch wegen des Pawlischtscheffschen Landes zu entgehen, bin ich ihnen einfach davongelaufen. Noch ein oder zwei solcher Erbschaften, und ich bin ruiniert. Ich habe dort übrigens dreitausend Dessjätinen vorzüglichen Bodens hinzubekommen.«

»Du weißt es wohl nicht ... Iwan Petrówitsch ist doch ein Verwandter von Nikolai Andréjewitsch Pawlíschtscheff ... Du hast doch, glaube ich, nach seinen Verwandten geforscht«, sagte dem Fürsten halblaut General Jepantschin, der sich auf einmal neben ihm befand. Er hatte bemerkt, mit welcher gespannten Aufmerksamkeit der Fürst dem Gespräch zuhörte. Bis dahin hatte der General seinen Vorgesetzten unterhalten, aber die Vereinsamung des Fürsten war ihm schon lange aufgefallen, und beunruhigt hatte er ihn bis zu einem gewissen Grade ins Gespräch ziehen und auf diese Weise ihn zum zweitenmal den »hohen Persönlichkeiten« zuführen und präsentieren wollen.

»Lew Nikolájewitsch ist ja nach dem Tode seiner Eltern ein Pflegesohn Pawlischtscheffs gewesen«, schaltete er deshalb sogleich ein, als er den Blick des Erzählers zufällig auf sich gerichtet sah.

»Se—ehr an—genehm«, versetzte dieser; »ich kann mich noch sehr gut an Sie erinnern«, fuhr er, sich dem Fürsten zuwendend, fort. »Als Iwan Fjodorowitsch uns einander vorstellte, da habe ich Sie doch so—gleich wieder—erkannt, schon am Gesicht. Sie haben sich in—der—Tat sehr we—nig verändert, im Ausdruck, obschon ich Sie nur als zehn- oder elfjähriges Kind gesehen habe. Es ist etwas in Ihren Gesichtszügen, was so—fort die Erinnerung wach—rief ...«

»Sie haben mich gesehen, als ich noch ein Kind war?« fragte der Fürst geradezu staunend vor Überraschung.

»Oh, das ist schon sehr lange her«, fuhr Iwán Petrówitsch fort, »in Slatowérchowo, bei meinen Kusinen, denen Sie anvertraut waren. Ich kam damals ziemlich oft nach Slatowérchowo; Sie erinnern sich meiner nicht? Se—ehr möglich, daß Sie sich nicht erinnern ... Sie waren damals ... Sie litten damals an irgendeiner Krankheit, so daß Sie mich einmal sogar erschreckt haben ...«

»Ich kann mich an nichts erinnern!« bestätigte der Fürst lebhaft die Vermutung.

Es folgten einige Angaben und Erklärungen, die von seiten des anglomanen Iwan Petrówitsch überaus ruhig, von seiten des Fürsten in außergewöhnlicher Erregung vorgebracht wurden. Dabei ergab sich, daß die beiden älteren ledigen Damen, die damals als Verwandte Pawlíschtscheffs auf dessen Gut Slatowérchowo lebten und die Erziehung des kleinen Fürsten übernommen hatten, zugleich Iwán Petrówitschs Kusinen waren. Aber auch Iwan Petrowitsch vermochte ebensowenig wie alle anderen eine Auskunft darüber zu geben, weshalb Pawlíschtscheff sich des kleinen Fürsten angenommen und so für ihn, seinen Pflegling, gesorgt hatte. »Und ich bin auch, offen gestanden, gar nicht darauf verfallen, mich dafür zu interessieren«, meinte er nebenbei. Sonst aber hatte er doch noch ein ausgezeichnetes Gedächtnis, denn er erinnerte sich noch sehr gut, wie streng seine ältere Kusine, Márfa Nikítischna, ihren kleinen Zögling behandelt hatte, »so daß ich einmal in Streit mit ihr geriet Ihretwegen, das heißt, wegen ihrer Erziehungsmethode, denn ewig Ruten und Ruten für ein krankes Kind ... nicht wahr, das geht doch nicht ...«, und wie zärtlich dagegen seine jüngere Kusine, Natálja Nikítischna, zu dem armen Knaben gewesen sei. »Beide leben jetzt im ... schen Gouvernement«, berichtete er weiter, »(nur weiß ich im Augenblick nicht, ob sie überhaupt noch am Leben sind?) ... Sie haben dort ein sehr annehmbares kleines Gut von Pawlíschtscheff geerbt. Marfa Nikítischna beabsichtigte, wenn ich nicht irre, ins Kloster zu gehen; übrigens will ich das nicht behaupten; vielleicht war es auch eine andere, von der ich dies hörte ... ganz recht, das erzählte man mir unlängst von der Witwe unseres Arztes ...«

Der Fürst vernahm alle diese Mitteilungen mit glänzenden Augen, aus denen deutlich sein Entzücken und seine Rührung sprachen. Mit überschwänglichem Gefühl erklärte er seinerseits, er werde es sich niemals verzeihen, daß er in diesen ganzen sechs Monaten während seiner Reisen in den inneren Gouvernements seine ehemaligen Erzieherinnen nicht ausfindig gemacht und besucht hatte. Täglich habe er sich vorgenommen, das nachzuholen, doch immer wieder sei etwas dazwischen gekommen ... jetzt aber gebe er sich das Wort, bestimmt hinzufahren, und wäre es auch bis ins ... sche Gouvernement ... »Sie kennen also Natalja Nikítischna persönlich? Was war sie doch für eine wunderbare, fromme Seele! Aber auch Marfa Nikítischna ... verzeihen Sie, aber ich glaube, daß Sie sich in der Beurteilung Marfa Nikítischnas ein wenig täuschen! Gewiß, sie war streng, aber ... wer würde denn nicht die Geduld verlieren mit solch einem ... Idioten wie ich damals war (haha!). Ich war doch damals ein vollständiger Idiot. Sie werden es vielleicht nicht glauben wollen (haha!). Übrigens ... übrigens haben Sie mich doch damals selbst gesehen und ... Aber wie sonderbar, sagen Sie doch, bitte, wie ist das möglich, daß ich mich Ihrer gar nicht mehr entsinne? So sind Sie ... ach, mein Gott, so sind Sie also wirklich ein Verwandter Nikolai Andréjewitsch Pawlíschtscheffs?«

»Wie ge—sagt«, antwortete Iwan Petrówitsch lächelnd und den Fürsten dabei fixierend.

»Oh, so war das nicht gemeint ... daß ich das etwa bezweifelt hätte ... und schließlich, wie könnte man überhaupt zweifeln (hehe!) ... Ich meine, auch nur einen Augenblick daran zweifeln!! (hehe!) Ich mußte nur gerade daran denken, was für ein außergewöhnlicher Mensch der verstorbene Pawlíschtscheff doch war! Er war ein so durch und durch hochherziger Mensch, wirklich, glauben Sie mir!«

Der Fürst geriet nicht eigentlich außer Atem, sondern »erstickte nur sozusagen an der großen Freude seines guten Herzens«, wie sich Adelaida am nächsten Tage im Gespräch mit ihrem Bräutigam, dem Fürsten Sch., darüber ausdrückte.

»Mais, mon Dieu!« lachte Iwan Petrówitsch, »weshalb sollte ich denn nicht auch mit einem hoch—herzigen Menschen verwandt sein können?«

»Ach, mein Gott!« rief der Fürst ganz verwirrt aus, und unsagbar verlegen überhastete er sich weiter, wobei seine Erregung sich noch mit jedem Wort steigerte, »da habe ich ... habe ich schon wieder eine Dummheit gesagt, aber ... so mußte es ja unfehlbar kommen, denn ich ... ich ... weil ich ... übrigens, das gehört wieder nicht hierher! Und ... ach, kommt es denn jetzt überhaupt auf mich an, wo doch so ganz anderes in Frage steht ... angesichts dieser Bestrebungen ... dieser ungeheuren Bestrebungen! Und im Vergleich mit einem so hochherzigen Menschen, denn er war doch, bei Gott, der hochherzigste Mensch, den es nur geben kann, nicht wahr? Nicht wahr?«

Der Fürst bebte nun schon am ganzen Leibe. Warum er aber plötzlich in solche Erregung, in ein so erschütterndes Ergriffensein geriet, das doch anscheinend in gar keinem Verhältnis stand zu dem Thema des Gesprächs, das wäre schwer zu erklären gewesen. Es mußte ihn wohl eine solche Stimmung erfaßt haben, und offenbar empfand er in diesem Augenblick glühendste und innigste Dankbarkeit gegen irgend wen und für irgend was, ja, vielleicht galt diese Dankbarkeit sogar Iwan Petrówitsch oder gar allen Anwesenden zugleich. Er war aber doch schon ein wenig zu auffallend »glückselig«. Iwan Petrowitsch begann ihn schließlich aufmerksamer zu betrachten, und das tat auch schon der Würdenträger. Die Bjelokónskaja sah ihn unverwandt mit zornigem Blick an und preßte die Lippen zusammen. Fürst N., Jewgénij Páwlowitsch, Fürst Sch. und die jungen Damen unterbrachen alle ihr Gespräch und hörten zu. Aglaja schien erschrocken zu sein, Lisaweta Prokófjewna aber wurde von einer unbestimmten Angst erfaßt. Es waren doch seltsame Menschen, diese Mutter und diese Töchter: sie waren doch selbst übereingekommen, daß es das Beste wäre, wenn der

Fürst den Abend schweigend verbrachte; als sie ihn aber dann ganz nach Wunsch schweigend abseits sitzen sahen, einsam und doch sehr zufrieden mit seinem Los, da war es ihnen auch wieder nicht recht gewesen. Alexandra wollte bereits zu ihm gehen und ihn quer durch den ganzen Salon zu ihrer Gruppe führen, das heißt, zu dem Kreise um den Fürsten N., der in der Nähe der Bjelokónskaja saß, damit er sich an der Unterhaltung beteiligen könne. Und nun: kaum hatte er von selbst zu sprechen begonnen, da erschraken sie und fühlten sich noch besorgter.

»Daß er ein vortrefflicher Mensch war, darin haben Sie vollkommen recht«, sagte Iwan Petrówitsch mit Nachdruck und bereits ohne zu lächeln; »ja, in der Tat ... er war ein prachtvoller Mensch. Ein wertvoller Mensch!« fügte er langsam nach kurzer Pause hinzu. »Ehrenwert und man kann wohl sagen, auch aller Achtung wert«, fuhr er nach einer dritten Pause noch gewichtiger fort, »und es ist sehr erfreulich zu sehen, daß Sie Ihrerseits ...«

»War es nicht eben dieser Pawlischtscheff, der ...«, fragte plötzlich der Würdenträger, »der da irgend so eine Geschichte mit einem Abbé hatte ... Abbé ... der Name fällt mir im Augenblick nicht ein, aber es war doch damals überall die Rede davon ...« Der Würdenträger schien sich nur halb an etwas zu erinnern.

»Mit dem Abbé Gouraud, dem Jesuiten«, half ihm Iwan Petrowitsch, und fuhr dann langsam fort: »Tja, so geht das nun mit unseren ehren- und aller Achtung werten Landsleuten! Pawlischtscheff war doch der Herkunft nach Aristokrat, vermögend, Kammerherr, und wenn er ... im Amt geblieben wäre ... Und da wirft er plötzlich alles hin, läßt alles im Stich, um zum Katholizismus überzutreten und Jesuit zu werden, und tut es beinahe ganz offiziell, mit einer Art von Begeisterung. Er ist wirklich sehr zur rechten Zeit gestorben ... ja, das wurde damals allgemein gesagt ...«

Fürst Myschkin war außer sich.

»Pawlischtscheff ... Pawlischtscheff soll zum Katholizismus übergetreten sein? Das ist nicht möglich!« stieß er geradezu entsetzt hervor.

»Nun, ‚nicht möglich'?« brummte würdevoll-überlegen Iwan Petrówitsch. »Das ist zum mindesten etwas zu viel gesagt, mein lieber Fürst; Sie werden das wohl selbst einsehen ... Freilich, Sie schätzen den Verstorbenen so hoch ... Er war allerdings ein selten gütiger Mensch, und eben diesem Umstande schreibe ich hauptsächlich den Erfolg der Bemühungen dieses abgefeimten Jesuiten zu. Aber fragen Sie erst einmal mich, wieviel Schereien ich wegen dieser Geschichte gehabt habe, ich könnte Ihnen ein Lied davon singen, wieviel Unannehmlichkeiten ... und gerade mit diesem selben Gouraud! Stellen Sie sich vor«, wandte er sich plötzlich ganz dem Würdenträger zu, »sie erhoben sogar Ansprüche auf seine Hinterlassenschaft, so daß ich mich gezwungen sah, zu den aller—ener—gischsten Maßregeln zu greifen ... um sie zur Vernunft zu bringen ... denn darauf verstehen sie sich meisterhaft! Be—wun—dernswert! Zum Glück spielte sich das in Moskau ab, da habe ich mich denn sogleich zum Grafen begeben, und wir haben sie ... wie gesagt, zur Vernunft gebracht ...«

»Sie glauben nicht, wie sehr Sie mich ... durch diese Mitteilung überrascht und erschüttert haben!« stammelte der Fürst erregt.

»Tut mir leid. Doch im Grunde ist das alles eigentlich nicht ernst zu nehmen. Die Sache wäre wohl, wie gewöhnlich in solchen Fällen, im Sande verlaufen; davon bin ich überzeugt. Im vorigen Sommer«, wandte er sich wieder an den Würdenträger, »soll ja auch die Gräfin K., wie man hört, in ein katholisches Kloster eingetreten sein, irgendwo dort im Ausland. Offenbar haben unsere Landsleute keine Widerstandskraft, wenn sie sich einmal einlassen mit diesen ... Intriganten ... besonders im Auslande.«

»Das kommt doch alles nur von unserer ... Müdigkeit, scheint mir«, meinte der alte Würdenträger gemächlich, aber in sehr überlegenem Ton, wenn er auch die Worte nach

Greisenart mehr kaute als sprach. »Nun, und dann haben sie auch eine besondere Art zu predigen ... elegant, geschult ... und verstehen es, einem Angst einzujagen. Auch mich haben sie damals, achtzehnhundertzweiunddreißig in Wien, einzuschüchtern versucht, sie machten mir schon die Hölle heiß, ich versichere Sie! Nur ergab ich mich nicht, sondern lief ihnen einfach davon, haha! Ich bin ihnen wirklich davongelaufen.«

»Und ich habe gehört, daß du, mein Lieber, damals nicht dem Jesuitenpater davongelaufen, sondern mit der schönen Gräfin Liwitzkaja von Wien nach Paris durchgebrannt bist, daß du deinen Posten verlassen hast, aber nicht wegen des Jesuiten«, bemerkte auf einmal die Bjelokonskaja.

»Nun, gleichviel, es kommt doch auf eins heraus!« schmunzelte der Alte bei der angenehmen Erinnerung. »Sie scheinen ja sehr religiös zu sein«, wandte er sich freundlich an den Fürsten Lew Nikolajewitsch, der ihn mit halb offenem Munde anstarrte und immer noch erschüttert zu sein schien. »Das erlebt man ja heutzutage so selten bei einem jungen Menschen.« Der Alte wollte den Fürsten anscheinend näher kennenlernen, da dieser ihn aus gewissen Gründen sehr zu interessieren begann.

»Pawlischtscheff war ein klarer Kopf und war Christ, ein wirklicher Christ«, sagte der Fürst auf einmal, »wie hätte er da zu einem unchristlichen Glauben übertreten können? ... Der Katholizismus ist doch — so gut wie ein unchristlicher Glaube!« fügte er mit plötzlich aufblitzenden Augen hinzu, wobei er in einer Weise geradeaus schaute, als umfasse er alle Anwesenden mit seinem Blick.

»Nun, das ist denn doch etwas übertrieben«, brummte der Alte und sah verwundert den Hausherrn an.

»Wie das? Inwiefern soll denn der Katholizismus kein christlicher Glaube sein?« fragte Iwan Petrowitsch, indem er sich in seinem Sessel wieder dem Fürsten zuwandte. »Was wäre er denn sonst, Ihrer Meinung nach?«

»Vor allen Dingen ein unchristlicher Glaube!« versetzte

der Fürst sehr erregt und mit übermäßiger Schärfe. »Dies erstens, und zweitens ist der römische Katholizismus sogar schlimmer als selbst der Atheismus; das ist meine Meinung! Ja! Das ist meine Meinung! Der Atheismus predigt nur die Negation, der Katholizismus aber geht darüber hinaus: er verkündet einen entstellten Christus, einen von ihm selbst verleumdeten und entweihten, einen entgegengesetzten Christus! Er predigt den Antichrist, das schwöre ich Ihnen, seien Sie überzeugt, daß es so ist! Das ist meine persönliche Überzeugung, schon seit langem, und ich habe mich mit ihr furchtbar abgequält ... Der römische Katholizismus glaubt, daß die Kirche ohne staatliche Weltmacht hier auf Erden nicht werde bestehen können, und schreit: Non possumus! Meiner Ansicht nach ist der römische Katholizismus nicht einmal ein Glaube, sondern nichts weiter als die Fortsetzung des weströmischen Reichsgedankens, und diesem Gedanken hat sich alles in ihm unterzuordnen, vom Glauben angefangen. Der Papst hat sich der Erde, des irdischen Thrones bemächtigt und hat das Schwert ergriffen; seitdem geht alles so weiter, nur daß sie zum Schwert noch Lüge, Hinterlist, Betrug, Fanatismus, Aberglauben und Verbrechen hinzugefügt haben, mit den heiligsten, ehrlichsten, naivsten und glühendsten Gefühlen des Volkes gespielt haben, und alles, alles haben sie gegen Geld eingetauscht, gegen banale weltliche Macht. Und das sollte nicht die Lehre des Antichrist sein?! Und wie hätte daraus nicht der Atheismus entstehen sollen? Der Atheismus ist aus ihnen hervorgegangen, aus eben diesem römischen Katholizismus! Der Atheismus hat zu allererst bei ihnen selbst eingesetzt: wie hätten sie denn auch an sich selbst glauben sollen? Und der Abscheu vor ihnen war dann der Boden, auf dem sich der Atheismus ausbreiten und festigen konnte; er ist die Ausgeburt ihrer Lüge und geistigen Kraftlosigkeit! Atheismus! Bei uns sind es vorerst nur gewisse exclusive Schichten, die nicht mehr glauben, die, wie Jewgenij Pawlowitsch sich kürzlich sehr treffend ausdrückte, ihre Wurzel verloren haben; dort aber, in Europa, sind es schon ungeheure Massen des eigentlichen Volkes, die anfangen, nicht mehr zu glauben, — früher geschah das noch aus Unwissenheit und Mißtrauen, jetzt aber tun sie es schon aus Fanatismus, aus Haß gegen die Kirche und gegen das Christentum!«

Der Fürst hielt inne, um Atem zu schöpfen. Er hatte sehr schnell gesprochen. Er war bleich und atemlos. Die Gäste tauschten untereinander Blicke aus; schließlich aber begann der kleine alte Würdenträger zu lachen. Fürst N. zog seine Lorgnette hervor, um den Fürsten unausgesetzt zu mustern. Der deutsche Dichterling verließ seinen Winkel und näherte sich mit schadenfrohem Grinsen dem Tisch.

»Sie über—trei—ben sehr«, äußerte sich Iwan Petrówitsch langsam mit einer gewissen gelangweilten Miene, und es war sogar, als geniere er sich ein wenig wegen irgend einer Peinlichkeit, »auch in der dortigen Kirche gibt es höchst eh—renwerte Vertreter, die alle Ach—tung verdienen und durch—aus tu—gend—haft sind ...«

»Ich habe keineswegs von den einzelnen Vertretern der Kirche gesprochen. Ich habe vom Wesen des römischen Katholizismus gesprochen, ich rede von Rom. Kann denn überhaupt eine Kirche vollständig verschwinden? So etwas habe ich nie gesagt!«

»Einverstanden; aber das ist ja alles bekannt und sogar — unnötig, und ... geht die Theologie an ...«

»O nein, o nein! Das geht durchaus nicht nur die Theologie an, ich versichere Sie! Nein! Das geht uns alle viel näher an, als Sie glauben! Darin besteht ja gerade unser ganzer Fehler, daß wir noch nicht zu erkennen vermögen, daß es sich hierbei durchaus nicht um eine nur theologische Angelegenheit handelt! Auch der Sozialismus ist doch eine Ausgeburt des Katholizismus und des katholischen Wesens! Auch er ist, ganz wie sein Bruder, der Atheismus, aus der Verzweiflung hervorgegangen, als Gegensatz zum Katholizismus im moralischen Sinne, als Ersatz für die verlorengegangene moralische Macht der Religion, um den geistigen Durst der lechzenden Menschheit zu stillen und sie zu retten, jedoch nicht nach dem Beispiel Christi, sondern gleichfalls durch eine geistige Vergewaltigung! Also wieder nur eine Freiheit durch Gewalt, wieder eine Vereinigung durch Schwert und Blut! ‚Du sollt nicht glauben an Gott, du sollst kein Eigentum besitzen, Du sollst keine eigene Persönlichkeit sein, fraternité ou la mort! — koste es auch zwei Millionen Köpfe!‘ An ihren Taten werdet ihr sie erkennen, ist uns gesagt! Und glauben Sie nur nicht, daß das alles so harmlos und für uns ungefährlich sei! Oh, wir brauchen eine Gegenwehr, und zwar so schnell, so schnell wie möglich! Und als diese Gegenwehr des Ostens gegen den Westen soll unser Christus erstrahlen, den wir bei uns bewahrt und den sie dort überhaupt nicht gekannt haben! Nicht indem wir uns sklavisch von den Jesuiten einfangen lassen, sondern indem wir ihnen unsere russische Auffassung entgegensetzen, so müssen wir jetzt vor sie hintreten, und deshalb sollte man bei uns nicht sagen, ihre Predigt sei elegant, wie sich hier vorhin jemand äußerte ...«

»Aber erlauben Sie, erlauben Sie«, unterbrach ihn höchst beunruhigt Iwan Petrowitsch, der sich schnell im Kreise umblickte und sogar ängstlich zu werden schien; »alle diese Ihre Gedanken sind natürlich sehr lobenswert und voller Patriotismus, aber im Ganzen ist es doch sehr übertrieben und ... es wäre besser, wir ließen dieses Thema fallen ...«

»Nein, es ist nicht übertrieben, sondern eher verkleinert; ja, verringert, denn ich bin nicht imstande, mich richtig auszudrücken, aber ...«

»Erlau—ben Sie doch!«

Der Fürst verstummte. Er saß kerzengerade auf seinem Stuhl und sah reglos mit flammendem Blick Iwan Petrowitsch an.

»Es will mir scheinen, daß Ihnen die Mitteilung über Ihren Wohltäter gar zu nahegegangen ist«, meinte wieder freundlich und ohne seine Ruhe zu verlieren der kleine alte Herr. »Sie sind für die Sache entflammt ... vielleicht infolge eines Lebens in der Einsamkeit? Wenn Sie mehr unter Menschen lebten, und ich hoffe, die höheren Kreise der Gesellschaft werden Sie als einen beachtenswerten jungen Mann gern willkommen heißen, dann wird sich Ihr Feuereifer natürlich beruhigen und Sie werden einsehen, daß das alles viel einfacher ist ... und zudem sind solche Ausnahmefälle wie dieser ... meiner Ansicht nach zum Teil aus unserer Übersättigung zu erklären und zum Teil aus ... einer Art von Sehnsucht infolge der Langeweile in diesem Müßiggang ohne Ziel ...«

»Sehr richtig, sehr richtig! ein glänzender Gedanke!« fiel ihm der Fürst lebhaft ins Wort. »Gerade das ist es, aus einer gewissen Art von Sehnsucht, unserer ureigensten Sehnsucht, nicht aus Übersättigung, neinnein, sondern, im Gegenteil, aus Hunger oder vielmehr Durst ... gewiß nicht aus Übersättigung, da irren Sie sich! Und auch Durst genügt noch nicht, denn es ist ja fast schon ein Verdursten, ein brennendes, fieberhaftes Lechzen! Und ... und glauben Sie bloß nicht, das geschehe in so geringem Maße, daß man darüber nur lachen könne; entschuldigen Sie, aber man muß doch spüren können, was sich vorbereitet! Wenn unsere Landsleute nun auf ein Ufer stoßen oder wenigstens glauben, daß es ein Ufer sei, dann freuen sie sich gleich dermaßen, daß sie nicht mehr haltmachen können und bis zum Äußersten gehen; woher kommt das? Da wundern Sie sich nun über Pawlischtscheff und schreiben alles seiner Überspanntheit oder seiner Gutherzigkeit zu, aber so ist das nicht! Hier handelt es sich um diese unsere russische Leidenschaftlichkeit, die in solchen Fällen nicht nur uns selbst, sondern ganz Europa wundernimmt; wenn bei uns jemand zum Katholizismus übertritt, dann wird er doch unbedingt gleich Jesuit, und noch einer der gefährlichsten von diesen; wird einer Atheist, dann wird er doch unfehlbar sogleich verlangen, daß der Glaube an Gott mit Gewalt ausgerottet werde, das heißt also notfalls auch mit dem Schwert! Woher kommt das? Woher dieser jähe Fanatismus? Wissen Sie das wirklich nicht? Das kommt daher, weil er dann ein Vaterland gefunden hat, das er hier nicht zu erblicken verstand, und deshalb ist seine Freude so groß; er hat ein Ufer, er hat Land gefunden, und da wirft er sich denn gleich hin, um es zu küssen. Es ist doch nicht bloß Eitelkeit, es sind doch nicht immer nur häßliche, ehrgeizig eitle Gefühle, weshalb sie zu russischen Atheisten und russischen Jesuiten werden, sondern es geschieht auch aus seelischem Schmerz, aus seelischem Durst, aus Sehnsucht nach höherer Betätigung, nach einem festen Ufer, nach einer Heimat, an die zu glauben sie aufgehört hatten, da sie sie ja gar nicht gekannt haben! Atheist aber zu werden, ist für den russischen Menschen so leicht, leichter als für alle übrigen auf der Welt! Und unsere Landsleute werden auch nicht bloß Atheisten, sondern der Atheismus wird für sie unbedingt zu einem *Glauben;* sie werden Gläubige des Atheismus, als wäre er tatsächlich eine neue Religion, ohne zu gewahren, daß sie an eine Null zu glauben begonnen haben. So groß ist unser Lechzen! ‚Wer keinen Boden unter sich hat, der hat auch keinen Gott.' Dieser Ausspruch stammt nicht von mir. Es ist der Ausspruch eines altgläubigen Kaufmanns, mit dem ich auf einer Reise zusammentraf. Er drückte sich übrigens nicht ganz so aus, sondern sagte: ‚Wer sich von seiner Heimat losgesagt hat, der hat sich auch von seinem Gott losgesagt.' Man bedenke doch nur, daß bei uns selbst die gebildetsten Leute der Geißlersekte[29] beigetreten sind ... Aber schließlich: inwiefern ist denn das Geißlertum in dem Fall schlechter als der Nihilismus, das Jesuitentum oder der Atheismus? Ja, vielleicht ist es sogar tiefer! Aber da sieht man, wie groß jenes sehnsüchtige Dürsten werden kann! ... Zeigen Sie den verdurstenden und fiebernden Gefährten eines Kolumbus das Ufer einer neuen Welt, zeigen Sie dem russischen Menschen das russische ‚Licht', lassen Sie ihn dieses Gold finden, diesen Schatz, der seinen Augen noch verborgen ist in der Erde! Zeigen Sie ihm in der Zukunft die Erneuerung und Auferstehung der ganzen Menschheit, vielleicht einzig und allein durch den russischen

Gedanken, den russischen Gott und Christus und Sie werden sehen, was für ein mächtiger und wahrer, weiser und sanfter Riese vor der verwunderten Welt emporwachsen wird, vor der verwunderten und erschrockenen Welt, denn sie erwartet von uns doch nur das Schwert, ja, nur Schwert und Gewalttat, denn, da sie uns nach sich selbst beurteilt, kann sie sich uns gar nicht ohne Barbarei vorstellen. Und so ist das bis jetzt, und je weiter, desto mehr wird es so sein! Und...«

Doch hier geschah plötzlich etwas, das die Rede des Fürsten in der unerwartetsten Weise unterbrach.

Dieser ganze hitzige Redeschwall, dieser ganze Durchbruch aufgestauter leidenschaftlicher und erregter Worte, wie in Wallung gebrachter begeisterter Gedanken, die sich zum Ausgesprochenwerden drängten und einander übersprangen, alles das deutete wie ein Vorbote auf etwas Gefährliches hin, auf etwas Außergewöhnliches in der Stimmung des so plötzlich und anscheinend ohne Anlaß sich aufregenden jungen Mannes. Von den im Salon Anwesenden waren die, die den Fürsten schon kannten, bestürzt und ängstlich verwundert (und manche schämten sich sogar) über seinen seltsamen Ausfall, der so wenig mit der sonstigen fast schüchternen Zurückhaltung des Fürsten übereinstimmte, mit seinem schon in so manchen Fällen bewiesenen ausnehmend zarten Taktgefühl und seinem instinktiven Spürsinn für die Feinheiten der Anstandsregeln. Man begriff nicht, wie das hatte geschehen können: die Mitteilung über Pawlíschtscheff konnte das doch nicht allein verursacht haben? In der Gruppe der Damen schaute man ihn an wie einen Irrsinnigen, und die Bjelokonskaja gestand nachher, wenn das noch eine Weile so fortgegangen wäre, dann hätte sie schon daran gedacht, sich »in Sicherheit zu bringen«. Die alten Herren waren in der ersten Verwunderung wie vor den Kopf geschlagen; der General und Vorgesetzte des Hausherrn sah sehr unzufrieden und streng den Fürsten an. Der Oberst und Techniker saß vollkommen regungslos da.

Der Dichterling wurde sogar blaß, fuhr aber fort, gezwungen zu lächeln und dabei die anderen zu beobachten: wie würden die sich dazu äußern? Übrigens hätte die ganze Situation auch ohne jeden »Skandal« schon im nächsten Augenblick und auf die natürlichste Weise ein ganz harmloses Ende nehmen können: Der General Iwán Fjódorowitsch, der anfangs nur sehr verwundert zugehört hatte, war als erster auf den Gedanken verfallen, was vielleicht im Anzuge war, und hatte den Fürsten schon mehrmals unterbrechen wollen; da ihm das nicht gelingen wollte, ging er jetzt auf ihn zu, um energisch und fest einzugreifen, und vielleicht hätte er ihn schon im nächsten Augenblick freundschaftlich hinausgeführt, unter dem Vorwand seiner Krankheit, denn daß es darauf hinauszulaufen schien, hatte sich Iwan Fjodorowitsch sogleich gedacht. Aber es sollte anders kommen.

Gleich zu Anfang des Abends, nachdem der Fürst eingetreten war, hatte er sich — nach den Begrüßungen und Bekanntmachungen — absichtlich möglichst weit von der chinesischen Vase hingesetzt, vor der ihm Aglaja richtige Angst eingejagt hatte. Es ist allerdings kaum zu glauben, aber nach den paar Worten Aglajas hatte sich in ihm eine gleichsam unverdrängbare Überzeugung festgesetzt, oder ein erstaunliches und unmögliches Vorgefühl, daß er eben diese Vase, und zwar gerade morgen abend, zerschlagen werde, gleichviel wie fern er sich von ihr auch aufhielte und wie vorsätzlich er auch dem Unglück aus dem Wege ginge! Mag das nun glaubhaft sein oder nicht, es war so. Im Laufe des Abends hatten sich dann andere starke, aber lichte Eindrücke in seine Seele gedrängt; wir haben schon davon gesprochen. Er vergaß sein Vorgefühl. Als er dann von Pawlíschtscheff reden gehört und der General ihn zu Iwán Petrówitsch geführt hatte, um diesen nochmals auf ihn aufmerksam zu machen, da hatte er sich zu dieser Gruppe gesetzt und zwar zufällig, aber ohne es zu gewahren, auf einen Sessel neben der großen, schönen chinesischen Vase, die dort auf einem Sockel stand, fast in der Höhe seines Ellenbogens, nur ein wenig hinter ihm.

Bei seinen letzten Worten erhob er sich nun plötzlich, machte, nach einem Achselzucken, eine unvorsichtige Bewegung mit dem Arm, und ... ein allgemeiner Schrei ertönte! Die Vase schwankte, zunächst wie unschlüssig, ob sie einem der alten Herren auf den Kopf fallen solle, doch plötzlich neigte sie sich nach der entgegengesetzten Seite, zum deutschen Dichterling, der gerade noch entsetzt zurückspringen konnte, und stürzte zu Boden. Ein Krach, ein Aufschrei, kostbare Scherben spritzten über den Teppich, Schreck, Bestürzung ... — Oh, was im Fürsten vorging, ist schwer wiederzugeben, aber wohl auch unnötig! Nur eine seltsame Empfindung dürfen wir hier nicht unerwähnt lassen, die ihn in eben diesem Augenblick durchfuhr und ihm aus dem Gedränge aller anderen undeutlichen und schrecklichen Empfindungen auf einmal deutlich zu Bewußtsein kam: nicht die Schande, nicht der Skandal, nicht Furcht, noch die Plötzlichkeit des Geschehens erschreckten ihn am meisten, sondern daß die Vorahnung nun doch in Erfüllung gegangen war! Was an diesem Gedanken so beklemmend wirkte, das hätte er sich selbst nicht erklären können; er fühlte nur, daß er bis ins Herz betroffen war, und stand da in einem nahezu mystischen Schreck. Noch ein Augenblick ... und es war ihm, als ob alles sich vor ihm zu weiten anfange, statt des Entsetzens — trat Licht vor ihn und Freude, Ekstase; da begann es ihm auch schon die Luft abzuschnüren, und ... aber nein, der Augenblick ging vorüber. Gott sei Dank, es war nicht das! Er atmete ein und blickte rings um sich.

Es dauerte eine geraume Weile, bis er das Gewoge, das Hin und Her um sich herum verstand, das heißt, er verstand es durchaus und sah alles, aber er stand da wie ein isolierter Mensch, der an nichts beteiligt war, und der, wie der Unsichtbare in unseren Märchen, sich ins Zimmer eingeschlichen hat und andere, ihm fremde, aber ihn doch interessierende

Menschen beobachtete. Er sah, wie die Scherben weggeräumt wurden, hörte schnelle Gespräche, sah Aglaja, die blaß war und ihn sonderbar anschaute, sehr sonderbar: in ihren Augen war gar kein Haß, auch keine Spur von Zorn; sie sah ihn mit erschrockenem, aber so symphatischem Blick an, während sie die anderen mit so blitzenden Augen maß ... seinem Herzen ward plötzlich bang von einem süßen Weh. Schließlich nahm er mit seltsamer Verwunderung wahr, daß alle wieder saßen und sogar lachten, ganz als wäre gar nichts geschehen! Und alsbald lachte man noch mehr, lachte bereits über ihn, über seine stumme Erstarrung, aber man lachte freundschaftlich, heiter; viele redeten ihn an und sprachen so freundlich, vor allen anderen Lisaweta Prokófjewna: sie sprach lachend und sagte etwas sehr, sehr Herzliches. Auf einmal fühlte er, daß Iwán Fjódorowitsch ihm freundschaftlich auf die Schulter klopfte; und Iwan Petrówitsch lachte gleichfalls; aber noch netter, liebenswürdiger und verständnisvoller benahm sich der kleine alte Würdenträger: er erfaßte die Hand des Fürsten, behielt sie mit leichtem Druck in seiner Hand und tätschelte leicht mit der Linken den Handrücken des Fürsten, wobei er ihm zuredete, doch wieder zu sich zu kommen, ganz wie man einem erschrockenen kleinen Knaben zuredet, was dem Fürsten unsagbar gefiel, und zu guter Letzt zog er ihn auf den Platz neben sich zum Sitzen nieder. Der Fürst blickte ihm ganz beglückt ins Gesicht, aber immer noch unfähig zu sprechen, die Kehle war ihm wie zugeschnürt. Das Gesicht des Alten gefiel ihm unsäglich.

»Wie?« murmelte er schließlich, »Sie verzeihen mir wirklich? Und ... auch Sie, Lisaweta Prokofjewna?«

Da wurde die Heiterkeit noch größer. Dem Fürsten traten vor Glück Tränen in die Augen: er traute seinen Sinnen nicht und war wie bezaubert.

»Die Vase war allerdings wundervoll. Ich erinnere mich, sie schon an die fünfzehn Jahre bei Ihnen gesehen zu haben, ja ... seit fünfzehn Jahren ...«, bemerkte Iwan Petrowitsch.

»Ach was, das ist doch kein großes Malheur! Auch der Mensch muß einmal sterben, und hier war es doch nur ein tönernes Gefäß!« sagte Lisaweta Prokofjewna laut. »Hat es dich denn wirklich so erschreckt, Lew Nikolájewitsch?« fuhr sie richtig besorgt fort. »Laß gut sein, mein Lieber, laß gut sein; sonst muß ich mich noch um dich ängstigen, wirklich!«

»Und Sie verzeihen mir *alles?* Auch *alles andere,* außer der Vase?« fragte der Fürst, plötzlich wieder aufstehend, aber der Alte zog ihn sofort wieder zurück auf seinen Platz. Er wollte ihn anscheinend nicht loslassen.

»C'est très curieux et c'est très sérieux!« raunte er halb über den Tisch Iwan Petrowitsch zu, ziemlich vernehmbar übrigens; der Fürst hatte es vielleicht auch gehört.

»So habe ich keinen von Ihnen verletzt? Sie glauben nicht, wie glücklich mich dieser Gedanke macht! Aber wie könnte es auch anders sein! Wie hätte ich hier jemanden kränken können? Es ist ja geradezu eine neue Kränkung, wenn ich das auch nur für möglich halte.«

»Beruhigen Sie sich, mein Freund, Sie übertreiben die Sache. Und es liegt gar kein Grund vor, so zu danken; das ist ja an sich ein sehr schönes Gefühl, aber hier doch übertrieben.«

»Ich danke ja gar nicht, ich ... freue mich nur über Sie, ich bin glücklich indem ich Sie ansehe. Vielleicht spreche ich sehr dumm, aber ... ich muß sprechen ... ich muß erklären ... und sei es auch nur aus Selbstachtung.«

Alles in ihm flackerte gleichsam und brach wirr und fieberhaft hervor; möglich, daß die Worte, die er hervorbrachte, oft gar nicht die waren, die er hatte sagen wollen. Seine Augen schienen alle zu fragen: Darf ich denn sprechen? Da fiel sein Blick auf die alte Bjelokonskaja.

»Nur zu, Väterchen, fahr ruhig fort, erzähl soviel du willst, gib nur acht, daß dir der Atem nicht ausgeht«, sagte sie; »du kamst schon vorhin mit der Luft zu kurz, aber zu sprechen fürchte dich nicht: wir haben noch ganz andere

Sonderlinge gesehen, wirst uns nicht in Erstaunen setzen; bist auch nicht Gott weiß was für ein Sonderling ... Nur die Vase, die hast du richtig zerschlagen und uns alle erschreckt.«

Der Fürst hörte sie lächelnd an.

»Sie waren es doch«, wandte er sich auf einmal unvermittelt an den Alten, »der, vor drei Monaten den Studenten Podkúmoff und den Beamten Schwábrin vor der Verbannung bewahrt hat?«

Der Alte errötete sogar ein wenig, brummte aber nur, der Fürst möge sich doch beruhigen.

»Und von Ihnen, Iwán Petrówitsch«, wandte er sich an den Anglomanen, »habe ich im ... schen Gouvernement gehört, daß Sie Ihren abgebrannten Bauern, die jedoch nach der Bauernreform nicht mehr Ihre Leibeigenen waren, und die Ihnen sogar Unannehmlichkeiten bereitet hatten, dennoch das Holz zum Wiederaufbau unentgeltlich überlassen haben?«

»Nun, das ist wiederum eine Über—trei—bung«, antwortete Iwan Petrowitsch, nichtsdestoweniger angenehm berührt, und nahm unwillkürlich eine würdevollere Haltung an. Diesmal jedoch hatte er ganz recht, wenn er von einer Übertreibung sprach: es handelte sich um ein falsches Gerücht, das dem Fürsten zu Ohren gekommen war.

»Und Sie, Fürstin«, wandte sich Fürst Lew Nikolájewitsch mit einem bezaubernden Lächeln an die Bjelokonskaja, »haben Sie mich nicht vor einem halben Jahr in Moskau wie einen leiblichen Sohn bei sich aufgenommen, nur auf den Brief Lisaweta Prokofjewnas hin, und haben Sie mir nicht wie einem Sohne einen Rat gegeben, den ich nie vergessen werde? Erinnern Sie sich noch?«

»Was kletterst du nun schon wieder auf die Wände!« sagte die Bjelokonskaja ärgerlich. »Ich weiß, du bist ein guter Mensch, machst dich aber immer lächerlich! Schenkt man dir drei Kopeken, so dankst du schon, als hätte man dir das Leben gerettet. Du glaubst wohl, das sei lobenswert? — ich finde es einfach widerlich!«

Sie war schon im Begriff, ernstlich böse zu werden, doch plötzlich begann sie zu lachen, und zwar ganz gutmütig zu lachen. Lisaweta Prokofjewna atmete erleichtert auf, sichtlich erfreut, und auch ihres Gatten Gesicht hellte sich im Augenblick auf.

»Ich habe es ja immer gesagt, daß Lew Nikolájewitsch ein Mensch ist, der ... ein Mensch ... mit einem Wort, wenn er nur nicht mit dem Atem zu kurz käme, wie die Fürstin vorhin sehr richtig bemerkte«, murmelte der General freudig erregt, indem er die Worte der Bjelokonskaja, die ihn beeindruckt hatten, wiederholte.

Nur Aglaja allein schien seltsam traurig zu sein; aber ihr Gesicht glühte noch immer, vielleicht auch vor Unwillen.

»Er ist wirklich sehr nett«, brummte wieder der Alte, halb zu Iwan Petrowitsch gewandt.

»Als ich hier eintrat, war mir das Herz schwer«, fuhr der Fürst fort, wieder in wachsender Erregung, und seine immer schneller werdende Rede wurde mit jedem Wort wunderlicher und begeisterter. »Ich ... ich fürchtete mich vor Ihnen und ich fürchtete mich vor mir selbst. Am meisten vor mir selbst. Als ich hierher nach Petersburg zurückkehrte, hatte ich mir fest vorgenommen, unbedingt unsere oberste Schicht kennen zu lernen, die ersten, ältesten Familien, die Anführer des Volkes, den uralt eingesessenen Adel, zu dem auch ich zähle, unter dem auch ich meiner Herkunft nach zu den ersten Vertretern gehöre. Und jetzt sitze ich hier unter ebensolchen Fürsten, wie ich selbst einer bin, so ist es doch? Ich wollte Sie kennen lernen, und das war notwendig, sehr, sehr notwendig! ... Ich hatte über Sie immer so viel Schlechtes hören müssen, mehr als Gutes, über die Kleinlichkeit und Exklusivität Ihrer Interessen, über Ihre Rückständigkeit, Ihre geringe Bildung, Ihre komischen Angewohnheiten – oh, es wird ja so viel über Sie geschrieben und geredet! Wißbegierig kam ich nun heute her, erregt vor Spannung; ich mußte und wollte selbst sehen und mich persönlich überzeugen: ob denn wirklich diese ganze obere Schicht der russischen Menschen zu nichts mehr taugt, ob sie wirklich ihre Zeit schon überlebt hat, daß der Lebensquell in ihr bereits versiegt und sie nur noch absterben kann, dabei aber immer noch einen kleinlichen, neidischen Kampf gegen die ... die Menschen der Zukunft führt, denen sie Hindernisse in den Weg wirft, ohne zu merken, daß sie selbst im Sterben begriffen ist? Ich habe an die Richtigkeit dieser Ansicht auch früher nicht ganz geglaubt, denn genau genommen hat es bei uns doch nie eine höhere Kaste gegeben, abgesehen vielleicht von den Höflingen, die es durch den Uniformrock oder ... einen Zufall geworden waren, die aber jetzt schon ganz verschwunden sind, so ist es doch, so ist es doch?«

»Nein, so ist es durchaus nicht!« bemerkte Iwán Petrówitsch verletzt mit gehässigem Auflachen.

»Daß er doch immer wieder Reden halten muß!« ärgerte sich die Bjelokonskaja.

»Laissez le dire, er zittert ja am ganzen Körper«, riet der kleine Alte, wieder halblaut warnend.

Der Fürst hatte sich entschieden nicht mehr in der Gewalt.

»Und was sehe ich nun? Ich sehe elegante, offenherzige, kluge Menschen; ich sehe einen ehrwürdigen alten Herrn, der einen Knaben, wie ich es im Vergleich zu ihm doch noch bin, freundlich anhört und von unendlicher Güte zu mir ist; ich sehe Menschen, die zu verstehen und zu verzeihen vermögen, sehe russische und gutherzige Menschen, die fast ebenso gut und herzlich sind, wie die anderen, denen ich dort begegnet bin, fast ebensolche. Urteilen Sie nun selbst, wie froh mich diese Überraschung machen muß! Oh, erlauben Sie mir, das auszusprechen! Ich habe oft gehört und auch selbst stark geglaubt, in der vornehmen Welt sei alles nur anerzogenes Benehmen, alles nur noch altersschwache Form, der Inhalt aber sei schon erschöpft. Aber jetzt sehe ich es doch selbst, daß das bei uns gar nicht der Fall ist; das mag anderswo zutreffen, nur nicht bei uns. Sollten Sie denn jetzt wirklich alle Jesuiten und Betrüger sein? Ich habe doch gehört, wie Fürst N. vorhin etwas erzählte: war das nicht echtester, köstlichster Humor, sprach nicht aus der ganzen Erzählung unschuldigste Gutmütigkeit? Wie könnten denn solche Worte über die Lippen eines ... innerlich toten Menschen kommen, dessen Herz und Geistesgaben vertrocknet sind? Könnten denn innerlich Tote so mit mir umgehen, wie Sie sich zu mir verhalten? Ist das nicht ein Menschenmaterial ... für die Zukunft, für alle Hoffnungen? Können denn solche Menschen verständnislos und rückständig sein?«

»Ich bitte Sie nochmals, beruhigen Sie sich, mein Lieber, wir können ein anderes Mal davon reden, und ich werde dann mit Vergnügen ...«, sagte der alte Würdenträger mit amüsiertem Lächeln.

Iwán Petrówitsch, der Anglomane, räusperte sich und wandte sich in seinem Sessel nach der anderen Seite; Iwan Fjódorowitsch wurde unruhig; sein hoher Vorgesetzter begann sich mit der Gattin des Würdenträgers zu unterhalten, ohne dem Fürsten noch die geringste Beachtung zu schenken; aber die Gattin des Würdenträgers hörte und blickte oft zum Fürsten hin.

»Nein, wissen Sie, es ist schon besser so, ich rede jetzt!« fuhr der Fürst fort, wie in einem neuen fieberhaften Drang, sich auszusprechen, und sich seltsam vertrauensvoll und nahezu konfidentiell an den Alten wendend. »Aglaja Iwanowna hat mir gestern verboten, hier Reden zu halten, und sie hat mir sogar die Themen genannt, über die ich nicht reden soll; sie weiß, daß ich mich dann lächerlich mache! Ich bin siebenundzwanzig Jahre alt, aber ich weiß es ja selbst, daß ich noch wie ein Kind bin. Ich habe nicht das Recht, meinen Gedanken auszusprechen, das habe ich schon immer gesagt. Nur mit Rogoshin habe ich in Moskau offen gesprochen ... Wir lasen Puschkin zusammen, lasen den ganzen Puschkin. Er kannte noch nichts von ihm, nicht einmal seinen Namen ... Ich fürchte immer, durch mein komisches Wesen den Gedanken und *die Hauptidee* zu kompromittieren. Ich habe nicht die richtigen Gesten. Meine Gesten sind immer verkehrt und so rufen sie nur Gelächter hervor und schaden dadurch dem Ansehen der Idee. Auch verstehe ich nie, Maß zu halten, das aber ist sehr wichtig; Maßgefühl ist sogar das Allerwichtigste ... Ich weiß, daß es für mich das Beste ist, stillzusitzen und zu schweigen. Wenn ich still bin und schweige, mache ich sogar den Eindruck eines sehr vernünftigen Menschen, und überdies kann ich dann ungestört nachdenken. Aber jetzt ist es besser, wenn ich spreche. Ich habe nur deshalb zu sprechen angefangen, weil Sie mich so wunderbar ansehen; Sie haben ein herrliches Gesicht! Ich habe Aglaja Iwanowna gestern versprochen, heute den ganzen Abend zu schweigen.«

»Vraiment?« fragte der Alte lächelnd.

»Manchmal aber denke ich, daß es unrecht von mir ist, so zu denken: die Hauptsache ist doch nicht die Geste, sondern die Aufrichtigkeit, nicht wahr? Nicht wahr?«

»Hm! Mitunter.«

»Ich will alles erklären, alles, alles, alles! Oh ja! Sie denken, ich sei ein Utopist? Ein Ideologe? Oh nein, ich habe, bei Gott, lauter so einfache Gedanken ... Sie glauben mir nicht? Sie lächeln? Wissen Sie, daß ich zuweilen geradezu gemein bin, indem ich den Glauben verliere; als ich vorhin herkam, dachte ich: ,Aber wie soll ich denn mit ihnen reden? Mit welch einem Wort müßte ich anfangen, damit sie wenigstens etwas verstehen?' Und wie ich mich fürchtete, aber am meisten doch für Sie, schauerlich, schauerlich! Und dabei: wie durfte ich denn das, war das nicht eine Schande? Was tut es denn, daß auf einen Vorschreitenden eine solche Menge von Rückständigen und Unguten kommt? Und darum bin ich ja jetzt so froh, weil ich mich nun überzeugt habe, daß es gar keine solche Menge gibt, sondern alles lebendiges Material ist! Und wozu uns dadurch verwirren lassen, daß wir lächerlich sind, nicht wahr? Denn das ist doch so, wir sind nun einmal lächerlich, sind leichtsinnig, haben schlechte Angewohnheiten, langweilen uns, verstehen nicht zu schauen, verstehen nicht zu begreifen, und so sind wir doch alle, alle, auch Sie, auch ich, und auch die übrigen! Und Sie, zum Beispiel, Sie fühlen sich doch dadurch nicht gekränkt, daß ich Ihnen ins Gesicht sage, Sie seien lächerlich? Dann aber, wie sollten Sie demnach nicht lebendiges Material sein? Wissen Sie, es will mir scheinen, daß es mitunter sogar ganz gut ist, lächerlich zu sein, ja, daß es sogar besser ist: dann kann man einander leicht verzeihen, leichter auch sich mit einander versöhnen; denn man kann doch nicht alles gleich auf einmal verstehen, kann doch nicht mit der Vollkommenheit anfangen! Um die Vollkommenheit zu erreichen, muß man zuerst vieles nicht verstehen. Verstehen wir aber gar zu schnell, dann verstehen wir es womöglich gar nicht richtig. Das sage ich Ihnen, Ihnen, die Sie schon so vieles zu verstehen verstanden haben und ... auch nicht zu verstehen. Jetzt brauche ich für Sie nicht mehr zu fürchten; Sie ärgern sich doch nicht darüber, daß ein solcher Knabe wie ich so zu Ihnen spricht? Natürlich nicht! Oh, Sie werden verstehen zu vergessen und denen zu verzeihen, von denen Sie verletzt worden sind, und auch den anderen, von denen Sie nicht verletzt worden sind; denn es ist doch am schwersten, denen zu verzeihen, die Sie mit nichts verletzt haben, und zwar gerade deshalb, weil es *nicht* geschehen ist und weil folglich Ihre Beschwerde über sie unbegründet ist: das war es, was ich von den höchstgestellten Menschen erwartete, was ich, als ich herreiste, ihnen so schnell wie möglich sagen wollte, ohne zu wissen, wie ich es sagen sollte ... Sie lachen, Iwán Petrówitsch? Sie denken: ich hätte für *jene*, die anderen Schichten, gefürchtet, sei *deren* Advokat, sei Demokrat, ein Prediger der Gleichheit?« Hier bekam er einen Lachanfall (übrigens stieß er alle Augenblicke kurze, trockene Lacher hervor, wie vor Entzücken). »Nein, ich fürchte für Sie, für Sie alle und für uns alle zusammen. Ich bin doch selbst ein Fürst aus uraltem Geschlecht und sitze hier unter Fürsten. Ich rede, um uns alle zu retten, damit unser Stand nicht umsonst verschwinde im Dunkel, nichts begreifend, ahnungslos, nur über alles schimpfend und alles verspielend. Warum sollen wir verschwinden und anderen den Platz abtreten, wenn wir die Voranschreitenden und die Oberhäupter bleiben können? Seien wir die Vordersten, dann werden wir auch die Anführer sein. Lassen Sie uns Diener werden, um die Lenkenden sein zu dürfen.«

Er wollte immer wieder aufstehen, aber der Alte hielt ihn immer wieder zurück und betrachtete ihn nun schon mit wachsender Unruhe.

»Hören Sie! Ich weiß, daß reden allein nichts taugt; es ist besser, einfach ein Beispiel zu geben, besser, einfach selbst anzufangen ... ich habe schon den Anfang gemacht ... und ... und ist es denn überhaupt möglich, unglücklich zu sein? Oh, was bedeutet mein Kummer, was hat mein Leid auf sich, wenn ich imstande bin, glücklich zu sein? Wissen Sie, ich verstehe nicht, wie man an einem Baum vorübergehen kann und nicht beglückt sein, daß man ihn sieht? Wie mit einem Menschen sprechen und nicht glücklich sein, daß man ihn liebt! Oh, ich verstehe es nur nicht auszudrücken ... aber wie viele Dinge begegnen einem auf Schritt und Tritt, die so schön sind, daß selbst ein Mensch, der sich schon ganz verloren hat, sie als schön empfindet? Sehen Sie ein Kind an, schauen Sie Gottes Morgenrot, betrachten Sie einen Grashalm, wie er wächst, schauen Sie in die Augen, die Sie ansehen und Sie lieben ...«

Er sprach schon längst aufrechtstehend. Der Alte sah ihn erschrocken an. Lisaweta Prokofjewna, die als erste erriet, was geschah, rief auffahrend »Ach, mein Gott!« Aglaja lief schnell zu ihm und konnte ihn gerade noch in ihren Armen auffangen, und mit Entsetzen, mit schmerzverzerrtem Gesicht vernahm sie den wilden Schrei des »erschütternden und niederschmetternden Geistes«. Der Kranke lag auf dem Teppich. Jemand hatte ihm noch schnell ein Kissen unter den Kopf schieben können.

Das hatte niemand erwartet. Eine Viertelstunde danach gaben sich Fürst N., Jewgénij Páwlowitsch und der Alte alle Mühe, den Abend von neuem zu beleben, aber schon nach einer weiteren halben Stunde brachen die Gäste auf. Es

wurden zunächst noch viele teilnehmende Worte gesagt, viele
Äußerungen des Bedauerns, etliche Meinungen angedeutet.
Iwán Petrówitsch bemerkte unter anderem, der junge Mann
sei wohl »ein Sla—wo—phile oder etwas Ähnliches«, aber das
sei »nebenbei bemerkt, nicht ge—fähr—lich«. Der Alte äußerte
vorerst nichts.

Nachher freilich, am nächsten oder übernächsten Tage,
ärgerten sich alle ein wenig; Iwán Petrówitsch fühlte sich
sogar gekränkt, aber doch nicht allzu sehr. Der vorgesetzte
General verhielt sich eine Zeitlang etwas kühl zu Iwán
Fjódorowitsch. Der kleine Alte aber, der hohe Würdenträger
und »Protektor« der Familie, hatte erst beim Abschied ein
paar erbauliche Trostworte zum Familienvater gesagt oder
gemurmelt, und dann noch schmeichelhaft hinzugefügt, daß
er sich für Aglajas Zukunft überaus, überaus interessiere.
Er war in der Tat ein zum Teil auch gutherziger Mensch;
doch zu den Gründen, weshalb er sich im Laufe dieses Abends
so gönnerhaft neugierig zum Fürsten verhalten hatte, gehörte auch die Geschichte des Fürsten mit Nastassja Filippowna; von dieser Geschichte hatte er einiges gehört, und da
sie ihn ungemein interessierte, hätte er sich beinahe sogar
nach Näherem erkundigt.

Auch die alte Bjelokónskaja hatte erst beim Abschied zu
Lisaweta Prokófjewna geäußert:

»Nun ja, was soll man da sagen; teils gut, teils nicht gut.
Aber wenn du meine ganze Meinung wissen willst, dann:
lieber nicht. Du siehst ja selbst, was für ein Mensch er ist.
Eben doch ein kranker Mensch!«

Lisaweta Prokofjewna kam im stillen nun endgültig zu
der Überzeugung, daß er als Freier »unmöglich« sei, und
im Laufe der Nacht beschloß sie, daß, so lange sie lebe, der
Fürst niemals der Mann ihrer Aglaja werden solle. Mit
diesem festen Entschluß stand sie auch noch am Morgen auf.
Aber noch am Vormittag, als man gegen ein Uhr beim Frühstück saß, geriet sie plötzlich in wunderlichen Widerspruch
zu sich selbst.

Auf eine – übrigens äußerst vorsichtige – Frage der Schwestern antwortete Aglaja plötzlich kalt und hochmütig, gleichsam ein für allemal auftrumpfend:

»Ich habe ihm nie irgend ein Wort gegeben, habe ihn nie im Leben als meinen Bräutigam betrachtet. Er steht mir genau so fern, wie jeder andere fremde Mensch.«

Da flammte die Generalin plötzlich auf:

»Das hätte ich nicht von dir erwartet!« sagte sie schmerzlich bewegt. »Als Freier ist er natürlich unmöglich, das weiß ich, und ich danke Gott, daß alles so gekommen ist! Aber dir hätte ich doch nie solche Worte zugetraut. Ich glaubte, von dir sei etwas ganz anderes zu erwarten. Ich würde alle diese anderen von gestern fortjagen und nur ihn allein zurückbehalten, sieh, solch ein Mensch ist das! ...«

Hier stockte sie plötzlich, – vor Schreck über ihre eigenen Worte. Wenn sie aber gewußt hätte, wie sehr sie ihrer Tochter in diesem Augenblick Unrecht tat! ... Aglaja hatte ihren Entschluß bereits gefaßt; sie wartete nur noch ihre Stunde ab, die alles entscheiden sollte, und jede Anspielung, jede unvorsichtige Berührung der tiefen Wunde zerriß ihr das Herz.

## VIII

Auch für den Fürsten begann dieser Morgen unter dem Einfluß bedrückender Vorgefühle; diese ließen sich wohl mit seinem Krankheitszustand erklären, aber es war doch eine gar zu unbestimmte Traurigkeit, und das war für ihn das Qualvollste dabei. Allerdings standen vor ihm deutliche Tatsachen, bedrückende, schmerzhafte Tatsachen, aber seine unbestimmte Traurigkeit ging doch über alles hinaus, was ihm Erinnerung und Überlegung als Erklärung herbeischafften; er sah ein, daß er sich nicht werde beruhigen können, wenn er allein blieb. Allmählich entstand und festigte sich in ihm die Erwartung, daß heute noch etwas Besonderes und Entscheidendes mit ihm geschehen werde. Der Anfall von gestern abend war nur ein leichter Anfall gewesen; außer einer gewissen Schwermut, einem Druckgefühl im Kopf und leichtem Schmerz in den Gliedern, fühlte er keine weiteren Beschwerden. Sein Kopf arbeitete verhältnismäßig klar, obschon die Seele doch krank war. Er war ziemlich spät aufgewacht und hatte sich sofort mit aller Deutlichkeit des gestrigen Abends erinnert; er erinnerte sich auch noch, wenn auch nicht so deutlich, daß man ihn etwa eine halbe Stunde nach dem Anfall nach Hause gebracht hatte. Er erfuhr, daß Jepantschins schon früh am Morgen einen Boten geschickt hatten, um nach seinem Befinden zu fragen. Um halb zwölf erschien ein zweiter; das tat ihm wohl. Wjera Lébedewa war eine der ersten gewesen, die ihn besuchten, und die nach seinen Wünschen fragten. Als sie eintrat und ihn erblickte, brach sie plötzlich in Tränen aus, aber der Fürst beeilte sich, sie zu beruhigen, und da lachte sie schnell. Das starke Mitleid, das dieses junge Mädchen mit ihm hatte, überraschte ihn auf einmal eigentümlich; er ergriff ihre Hand und küßte sie. Wjera wurde feuerrot.

»Ach, was tun Sie, was tun Sie!« rief sie erschrocken und zog rasch ihre Hand weg.

Sie verließ ihn in seltsamer Verwirrung.

Lebedeff war, wie sie ihm später unter anderem erzählte, bereits in aller Frühe zum »Seligen« gelaufen, um zu fragen, ob er in der Nacht nicht schon gestorben sei; das war noch nicht geschehen, aber wie verlaute, rechne man mit seinem baldigen Ableben.

Um zwölf Uhr kam Lebedeff nach Hause und erschien sogleich beim Fürsten, »aber nur auf einen Moment, um mich nach der kostbaren Gesundheit zu erkundigen« usw., und außerdem, um seinem »Schränkchen« einen Besuch abzustatten. Er jammerte nur Ach und Weh, und der Fürst wäre ihn gern bald losgeworden, aber Lebedeff versuchte doch noch, Näheres über den gestrigen Abend zu erfahren, obwohl man ihm ansah, daß er von allem bereits bis in die Einzelheiten unterrichtet war. Kaum war Lebedeff gegangen, da kam Kolja, gleichfalls »nur auf einen Augenblick«; dieser aber hatte es wirklich sehr eilig und befand sich in einer starken und peinvollen Unruhe. Es begann sogleich damit, daß er den Fürsten inständig bat, ihm doch alles zu sagen, was man ihm noch zu verheimlichen suche; das meiste habe er, wie er verlauten ließ, schon gestern in Erfahrung gebracht. Er war tief und stark aufgewühlt.

Der Fürst erzählte hierauf so schonend wie nur irgend möglich und mit allem Nachempfinden, dessen er fähig war, den ganzen Hergang, indem er die Tatsachen mit den Beweggründen erläuterte; trotzdem traf dieser Einblick den armen Jungen wie ein Donnerschlag. Er konnte kein Wort hervorbringen und begann stumm zu weinen. Der Fürst fühlte, daß dies einer jener Eindrücke war, die ewig unvergeßlich bleiben und im Leben eines Jünglings einen Umbruch bedeuten, von dem ab er mit anderen Augen in die Welt zu schauen beginnt. Er beeilte sich daher, ihm seine persönliche Auffassung der Angelegenheit zu erklären, indem er hinzufügte, daß seiner Ansicht nach vielleicht auch der Schlaganfall und das Sterben des alten Mannes hauptsächlich eine Folge des eigenen Entsetzens über diesen Fehltritt sei, der wohl nicht einem jeden so nahe gegangen wäre. Koljas Augen blitzten auf, als der Fürst zu Ende gesprochen hatte.

»Diese abscheulichen Ganjka und Warjka, und auch Ptizyn! Ich werde mit ihnen jetzt nicht herumstreiten, aber von Stund an gehen unsere Wege auseinander! Ach, Fürst, wenn Sie wüßten, wieviel Neues ich seit gestern durchgemacht habe! Das war eine Lehre für mich! Auch für meine Mutter muß ich von jetzt ab Sorge tragen; sie ist wohl bei Warja versorgt, aber das ist ja alles nicht das ...«

Er sprang auf, da er sich plötzlich darauf besann, daß man zu Hause auf ihn wartete, erkundigte sich schnell nach dem Befinden des Fürsten und fragte, als er die Antwort vernommen hatte, auf einmal noch eilig:

»Und sonst gibt's nichts ... Neues? Ich hörte, gestern sollte ... (übrigens habe ich kein Recht, danach zu fragen), aber wenn Sie jemals und gleichviel wozu einen treuen Diener brauchen sollten, dann vergessen Sie nicht, daß er jetzt vor Ihnen steht. Ich glaube, wir sind beide nicht gerade glücklich, nicht wahr? Aber ... ich will ja nicht ausfragen, schon gut, schon gut ...«

Er ging, und der Fürst blieb noch nachdenklicher zurück. Alle schienen ein Unglück andeuten zu wollen, alle schienen schon gewisse Schlüsse gezogen zu haben, alle sahen ihn an, als wüßten sie etwas, was er noch nicht wußte. Lebedeff will Näheres erfahren, Kolja spricht es beinahe aus, und Wjera weint. Schließlich schüttelte er es ärgerlich ab: »Dieser verwünschte ewige Argwohn ist ja krankhaft!« sagte er sich. Wie erhellte sich aber sein Gesicht, als er nach zwei Uhr Jepantschins erblickte, die ihn besuchen kamen. Die kamen nun wirklich »bloß auf einen Sprung«. Lisaweta Prokofjewna hatte, sich vom Frühstückstisch erhebend, auf einmal erklärt, sie würden jetzt spazierengehen, und zwar alle zusammen. Diese Mitteilung war von ihr im Ton einer Anordnung gemacht worden, schroff, trocken, ohne Erläuterungen. Und so waren sie denn alle aufgebrochen, d. h. die Mama, die Töchter und Fürst Sch. Doch nach dem Hinaustreten hatte die Mama nicht den Weg eingeschlagen, auf dem sie täglich spazierengingen, sondern war in die entgegengesetzte Richtung gegangen. Da hatten alle gemerkt, wohin es ging, hatten aber geschwiegen, um die Mama nicht zu reizen, denn diese war, gleichsam um sich etwaigen Vorwürfen und Einwendungen zu entziehen, bereits allen vorangegangen, ohne sich auch nur einmal nach ihnen umzusehen. Schließlich hatte Adelaida bemerkt, daß man auf einem Spaziergang doch nicht so schnell zu gehen brauche, man könne ja der Mama kaum folgen.

Da hatte sich Lisaweta Prokofjewna auf einmal umgedreht und gesagt:

»Hört jetzt, wir werden sogleich bei ihm angelangt sein. Mag Aglaja über ihn denken wie sie will und gleichviel was da sonst geschehen ist, jedenfalls ist er uns kein Fremder und überdies jetzt noch unglücklich und krank. Ich wenigstens werde jetzt bei ihm eintreten und ihn besuchen. Wer mit mir kommen will, der komme, wer nicht will, der gehe weiter; der Weg ist ja nicht versperrt.«

Natürlich folgten ihr alle.

Der Fürst beeilte sich, wie es sich gehörte, noch einmal um Verzeihung zu bitten — wegen der Vase und ... wegen des erregten Anstoßes.

»Ach, das ist doch nicht der Rede wert«, versetzte die Generalin. »Nicht die Vase tut mir leid, sondern du tust mir leid. Also merkst du jetzt selbst, daß man auch mit Reden Anstoß erregen kann — am nächsten Morgen ist man ja immer klüger ... aber auch das macht nichts aus, denn jetzt hat doch ein jeder gesehen, daß du nichts dafür kannst. Nun aber auf Wiedersehen, einstweilen. Wenn du soweit bei Kräften bist, dann geh ein wenig spazieren und leg' dich dann wieder hin, schlaf dich aus. Das wäre mein Rat. Und wenn du Lust hast, besuch uns wieder wie früher. Jedenfalls sei ein für allemal versichert, daß, was auch geschehen mag oder kommen sollte, du immer ein Freund unseres Hauses bleibst. Wenigstens *mein* Freund. Für mich wenigstens kann ich einstehen ...«

Auf diese Herausforderung hin versicherten natürlich auch die anderen den Fürsten derselben Gefühle für ihn, wie die Mama sie ausgedrückt hatte. Darauf verabschiedeten sie sich. Aber in dieser gutmütigen Eile, ihm etwas Freundliches und Ermunterndes zu sagen, verbarg sich doch auch viel Grausames, was Lisaweta Prokofjewna wohl gar nicht zum Bewußtsein gekommen war. Aus der Aufforderung, sie »wie früher« zu besuchen, und der Bemerkung »wenigstens *mein* Freund« glaubte der Fürst, manches erraten zu können. Er versuchte, sich Aglajas Verhalten während dieses kurzen Besuchs zu vergegenwärtigen: freilich, sie hatte ihm wunderbar zugelächelt, sowohl beim Eintreten wie beim Abschied, aber sie hatte kein Wort gesagt, selbst dann nicht, als alle ihn ihrer Freundschaft versicherten, obschon sie ihn zweimal unverwandt angesehen hatte. Ihr Gesicht war blasser als sonst gewesen, als hätte sie in der Nacht schlecht geschlafen. Der Fürst beschloß, noch an diesem Abend »wie früher« zu ihnen zu gehen und sah in fieberhafter Ungeduld nach der Uhr. Da trat Wjera herein, keine drei Minuten nachdem Jepantschins ihn verlassen hatten.

»Lew Nikolájewitsch«, sagte sie, »mir hat Aglaja Iwanowna soeben heimlich ein paar Worte an Sie aufgetragen.«

Der Fürst begann zu zittern.

»Einen Brief?«

»Nein, nur mündlich, und auch das so schnell, daß ich sie kaum verstehen konnte. Sie läßt Sie dringend bitten, heute den ganzen Tag zu Hause zu bleiben, bis sieben oder bis neun Uhr abends, genau hörte ich es nicht.«

»Ja ... aber weshalb denn das? Was hat das zu bedeuten?«

»Das weiß ich nicht, nur sollte ich es Ihnen unbedingt sagen.«

»Hat sie das selbst so gesagt, ›unbedingt‹?«

»Nein, das gerade nicht; sie hatte kaum Zeit, wandte sich sofort wieder ab. Aber ihrem Gesicht sah man an, daß es ›unbedingt‹ heißen sollte. Das Herz stand mir fast still, so sah sie mich an ...«

Der Fürst stellte noch einige Fragen, konnte aber nichts Näheres erfahren, und das regte ihn noch mehr auf. Als er allein geblieben war, legte er sich auf den Diwan und begann nachzudenken. »Vielleicht wird dort wieder jemand bei ihnen sein, bis neun Uhr abends, und da fürchtet sie, ich könnte wieder etwas Ungeheuerliches verüben«, meinte er schließlich, und wieder blickte er ungeduldig nach der Uhr und sehnte den Abend herbei. Aber das Rätsel fand seine Auflösung viel früher, als er erwartete, eine Auflösung freilich, die wieder ein neues, quälendes Rätsel war: etwa eine halbe Stunde nach dem Besuch der Jepantschins kam Ippolit zu ihm. Er war so erschöpft, daß er, als er schwankend eintrat, nicht einmal grüßte und fast bewußtlos auf einen Sessel niederfiel. Er bekam einen entsetzlichen Hustenanfall und spie Blut. Seine Augen glänzten fieberhaft, und auf seinen Wangen erschienen rote Flecke. Der Fürst sagte etwas zu ihm, bot ihm Wasser an, doch Ippolit antwortete nicht und winkte nur mit der Hand ab, man solle ihn vorläufig in Ruhe lassen. Endlich legte sich der Husten, und Ippolit kam wieder zu sich.

»Ich gehe schon ...«, keuchte er schließlich mühsam mit heiserer Stimme.

»Wenn es Ihnen recht ist, begleite ich Sie nach Hause«, erwiderte der Fürst und erhob sich; doch plötzlich fiel ihm Aglajas Verbot ein, und er zögerte unschlüssig.

Ippolit lachte.

»Nicht von Ihnen ...«, sagte er, heiser röchelnd, und nach jedem längeren Satz rang er nach Atem. »Im Gegenteil, ich habe es für nötig befunden, zu Ihnen zu kommen, und zwar ... wegen einer wichtigen Angelegenheit ... sonst würde ich Sie nicht belästigen. Ich gehe bereits hinüber ins Jenseits, und diesmal, scheint es, wird es Ernst. Der ... Garaus! Ich ... rede nicht, um Ihr Mitleid zu erwecken, wahrhaftig nicht ... Ich hatte mich heut um zehn Uhr ... schon hingelegt, um ganz im Bett zu bleiben, bis ... na ja. Aber dann überlegte ich mir die Sache noch mal und stand doch wieder auf, um zu Ihnen zu kommen ... folglich muß es doch notwendig gewesen sein.«

»Es tut mir sehr leid, Sie so zu sehen. Hätten Sie mich doch rufen lassen, anstatt sich selbst herzubemühen.«

»Na, genug, schon gut. Sie haben mich bedauert und nun basta, der gesellschaftlichen Höflichkeit ist Genüge getan ... Ach, ganz vergessen: wie steht es denn mit Ihrer Gesundheit?«

»Ich bin gesund. Gestern war ich ... nicht ganz ...«

»Hab' gehört, hab' gehört. Die chinesische Vase hat daran glauben müssen; schade, daß ich nicht dabei war! Doch zur Sache. Erstens habe ich heut das Vergnügen gehabt, Gawrila Ardaliónytsch und Aglaja Iwánowna bei einem Rendezvous an der grünen Bank zu sehen. Ich habe mich nur gewundert, bis zu welch einem Grade ein Mensch dumm aussehen kann.

Das sagte ich auch zu Aglaja Iwánowna, als Gawríla Ardaliónytsch fortgegangen war ... Sie, scheint es, pflegen sich über nichts mehr zu wundern, Fürst?« unterbrach er sich, mißtrauisch das ruhige Gesicht des Fürsten betrachtend. »Sich über nichts wundern soll ein Beweis großer Klugheit sein, sagt man; mir jedoch will es scheinen, als könnte es auch ebenso große Dummheit beweisen ... Das war übrigens nicht auf Sie gemünzt, verzeihen Sie ... Ich bin heut sehr ungeschickt in meinen Ausdrücken.«

»Ich habe schon gestern gewußt, daß Gawríla Ardaliónytsch ...« Sichtlich verwirrt brach der Fürst ab, obschon Ippolit sich über ihn nur ärgerte, weil er kein eigentliches Erstaunen an ihm zu bemerken vermocht hatte.

»Sie haben es gewußt? Das ist mir neu! Das wußte ich nicht! Übrigens — meinetwegen brauchen Sie mir nichts zu erzählen. Aber Zeuge des Stelldicheins sind Sie nicht gewesen?«

»Sie haben doch wohl gesehen, daß ich nicht Zeuge war ... wenn Sie selbst dort waren.«

»Na, man kann ja nicht wissen, vielleicht haben Sie irgendwo hinter einem Busch gesessen. Übrigens freut mich dieser Ausgang, selbstverständlich für Sie, denn ich dachte wirklich schon, daß Gawrila Ardalionytsch das Rennen vor Ihnen machen werde.«

»Ich bitte Sie, über diese Angelegenheit nicht mit mir zu sprechen, Ippolit, und nicht in solchen Ausdrücken.«

»Zumal Sie bereits alles wissen.«

»Sie irren sich. Ich weiß so gut wie nichts, und das weiß Aglaja Iwanowna. Und selbst von diesem Stelldichein habe ich so gut wie nichts gewußt ... Sie sagen, sie hätten sich getroffen? Nun gut, dann haben sie sich eben getroffen, aber reden wir nicht mehr davon ...«

»Aber was heißt denn das: bald haben Sie gewußt, bald haben Sie nicht gewußt? Sie sagen: nun gut, reden wir nicht davon ... Nein, wissen Sie, seien Sie lieber nicht so vertrauensselig! Besonders nicht, wenn Sie nichts wissen. Aber Sie vertrauen ja auch nur deshalb, weil Sie nichts wissen.

Aber wissen Sie denn nicht, was für Berechnungen diese beiden haben, das Brüderlein und 's Schwesterlein? Mutmaßen Sie gar nichts? ... Gut, gut, ich rede nicht mehr davon ...«, unterbrach er sich, als er die ungeduldige Bewegung des Fürsten sah. »Doch ich bin ja in meiner eigenen Angelegenheit gekommen und will das nun ... erklären. Hol's der Teufel, daß man doch auf keine Weise ohne Erklärungen sterben kann! Grauenvoll, wieviel ich ewig erkläre. Wollen Sie mich anhören?«

»Reden Sie, ich höre.«

»In ... indes ... ich werde doch lieber meine Absicht ändern und dennoch mit Gánetschka beginnen. Stellen Sie sich vor, auch ich war heute zu einem Rendezvous bestellt, und zwar gleichfalls zur grünen Bank. Übrigens, ich will nicht lügen: ich hatte selbst auf dem Rendezvous bestanden, mich fast aufgedrängt, ein Geheimnis mitzuteilen versprochen. Ich weiß nicht, war ich nun zu früh gekommen (ich glaube, ich kam tatsächlich zu früh), jedenfalls hatte ich mich kaum neben Aglaja Iwanowna auf die Bank gesetzt, da — plötzlich — was sehe ich! — erscheinen Arm in Arm Gawríla Ardaliónytsch und Warwára Ardaliónowna, als gingen sie ganz harmlos ... bloß so ... spazieren! Sie schienen ganz perplex zu sein, als sie mich dort antrafen — das hatten sie sicherlich beide nicht erwartet, wurden ordentlich verlegen. Aglaja Iwanowna wurde rot und, glauben Sie es oder glauben Sie es nicht, verlor sogar ein wenig den Kopf; ob nun deshalb, weil ich zugegen war, oder einfach beim Anblick Gawríla Ardaliónytschs, das lass' ich dahingestellt sein. Er ist doch ein gar zu schöner Mann! Jedenfalls wurde sie rot, sammelte sich aber schnell und erledigte die Geschichte im Augenblick, natürlich furchtbar komisch: sie erhob sich von der Bank, erwiderte den Gruß Gawríla Ardaliónytschs und Warwára Ardaliónownas einschmeichelndes Lächeln — und plötzlich sagte sie wie aus der Pistole: ‚Ich wollte Ihnen nur persönlich meinen Dank aussprechen für Ihre aufrichtigen und freundschaftlichen Gefühle, und wenn ich jemals Ihrer bedürfen sollte, so seien Sie versichert ...' Hier machte sie eine Verbeugung und die beiden zogen ab — ob mit einer langen oder einer erhobenen Nase, lasse ich gleichfalls dahingestellt ... Ganjá jedenfalls mit einer langen, denke ich. Er schien aber nichts kapiert zu haben und wurde nur rot wie ein Krebs — wirklich frappant, was für einen Ausdruck sein Gesicht mitunter haben kann! — Die Wárja aber hatte wenigstens soviel begriffen, daß ein schleuniger Abschied geboten war, daß sie von Aglaja Iwanowna nichts mehr erwarten durften, und da zog sie den Bruder denn mit sich fort. Sie ist klüger als er und wird jetzt natürlich triumphieren ... Ich aber war gekommen, um mit Aglaja Iwanowna wegen ihrer Zusammenkunft mit Nastassja Filippowna noch einiges zu besprechen.«

»Mit Nastassja Filippowna!« stieß der Fürst entsetzt hervor.

»Aha! Es scheint, Sie beginnen jetzt doch, Ihre Kaltblütigkeit zu verlieren und sich zu wundern? Freut mich, daß auch Sie teilweise einem Menschen ähnlich werden wollen. Dafür werde ich Ihnen auch was Nettes erzählen. Ja, sehen Sie, das hat man nun davon, wenn man hochherzigen jungen Mädchen Dienste erweist: ich habe heut' eine Ohrfeige von ihr bekommen!«

»Eine mo ... moralische?« fragte der Fürst unwillkürlich.

»Ja, keine physische. Ich glaube, es würde sich keine Hand mehr erheben, um einen solchen, wie ich jetzt bin, zu schlagen; nicht einmal eine Frau würde das fertig bringen; nicht einmal Gánetschka! ... Obschon ich einen Augenblick wirklich dachte, er würde sich auf mich stürzen ... Ich könnte wetten, daß ich weiß, was Sie soeben denken! Sie denken: ‚Nun ja, zu schlagen braucht man ihn nicht mehr, dafür aber könnte man ihn mit einem Kissen ersticken oder mit einem nassen Lappen im Schlaf — und das müßte man sogar tun.' Es steht auf Ihrem Gesicht geschrieben, daß Sie das denken, gerade in diesem Augenblick!«

»Nie habe ich das gedacht!« sagte der Fürst angewidert.

»Ich weiß nicht, heut nacht träumte mir, daß mich ... nun, jemand mit einem nassen Lappen ersticken wollte ... ein Mensch ... na, ich werde Ihnen sagen, wer. Stellen Sie sich vor: Rogoshin! Was meinen Sie, kann man einen Menschen mit einem nassen Lappen ersticken?«

»Ich weiß es nicht.«

»Ich habe gehört, daß man's kann. Gut, lassen wir das. Nun, aber inwiefern bin ich denn eine Klatschbase? Weshalb hat sie mich heute eine Klatschbase genannt? Und wohlgemerkt: erst nachdem sie alles, auch das Letzte, angehört und mich obendrein noch ausgeforscht und sich einiges sogar zweimal hatte erzählen lassen ... Aber so sind die Weiber! Um *ihr* einen Dienst zu erweisen, hab' ich mich mit Rogoshin in Verbindung gesetzt, mit diesem interessanten Mann; in *ihrem* Interesse habe ich die Zusammenkunft mit Nastassja Filippowna arrangiert ... Oder war's, weil ich ihre Eitelkeit verletzt hatte mit der Bemerkung, daß sie die ‚Überbleibsel', das heißt Nastassja Filippownas Speisereste, mit Freuden nehme? Aber ich habe ihr das doch nur in *ihrem* Interesse die ganze Zeit zu erklären versucht, ich gestehe sogar, daß ich zwei Briefe in diesem Sinne an sie geschrieben habe, und dort auf der Bank sagte ich es ihr dann noch zum drittenmal mündlich ... Ich begann sogleich damit, daß ich ihr auseinandersetzte, wie erniedrigend das für sie wäre ... Überdies stammt das Wort ‚Überbleibsel' gar nicht von mir: bei Ptizyns gebrauchen es alle, Gánetschka an der Spitze, und sie selbst hat's ja noch bestätigt! Weshalb also nennt sie mich dann eine Klatschbase? Ich sehe, Sie finden mich furchtbar lächerlich ... ich könnte wetten, daß Sie soeben bei meinem Anblick an jenes dumme Gedicht gedacht haben –

„Vielleicht wird einst noch meinen Untergang
Die Lieb mit einem Sonnenblick erhellen
Und lächelnd einen Abschiedsgruß gewähren."

Hahaha!« brach er in hysterisches Lachen aus, das in einem Hustenanfall endete. »Und das Beste ...«, wollte er heiser fortfahren, doch wieder unterbrach ihn der Husten, »das

Beste: Gánetschka spricht von ‚Überbleibsel', was aber ist es denn, was er jetzt selbst ausnutzen will!«

Der Fürst schwieg lange; er war entsetzt, tief im Innersten aufgewühlt.

»Sie sprachen von einer Zusammenkunft mit Nastassja Filippowna?« fragte er schließlich unsicher.

»Ei, wissen Sie denn tatsächlich nicht, daß Aglaja Iwanowna und Nastassja Filippowna heute zusammenkommen werden? — daß Nastassja Filippowna einzig zu dem Zweck aus Petersburg herkommen wird, wozu sie von Aglaja Iwanowna durch meine und Rogoshins Vermittlung aufgefordert ist. Aber sie und Rogoshin befinden sich ja doch schon hier — gar nicht so weit von Ihnen — in demselben Hause, wo sie früher lebte, bei derselben Dame, bei der Dárja Alexéjewna ...einer sehr zweideutigen Person—sie ist ja wohl ihre Freundin — nun, und dorthin in dieses zweideutige Haus wird sich heute Aglaja Iwanowna begeben, um sich freundschaftlich mit Nastassja Filippowna zu unterhalten und verschiedene mathematische Aufgaben zu lösen. Sie wollen sich, scheint's, beide mit Arithmetik beschäftigen. Und das haben Sie nicht gewußt? Ihr Ehrenwort?«

»Das ist nicht möglich!«

»Nun gut, dann nicht; woher sollten Sie's auch wissen? Obschon hier nur eine Fliege vorüberzufliegen braucht und ganz Pawlowsk weiß es — so ist dies Nest, fürwahr! So, jetzt habe ich Sie vorbereitet und Sie können mir dankbar sein. Nun, auf Wiedersehen — in jener Welt voraussichtlich. Nur noch eins: ich habe mich zwar Ihnen gegenüber gemein benommen, denn ... doch wozu sollte ich schließlich meine Chance aus dem Auge lassen, wenn Sie mir das gefälligst erst erklären wollten? Etwa um Ihre Chance zu begünstigen? Ich habe doch meine ‚Beichte' ihr gewidmet (wußten Sie das nicht?). Und wie sie das hinnahm! Hehe! Aber ihr gegenüber habe ich mich nur anständig benommen, sie aber hat mich dafür eine Klatschbase genannt und überführt ... Doch übrigens, auch vor Ihnen habe ich nichts ... na, auf dem

Gewissen, wenn Sie wollen, denn wenn ich auch was von ‚Überbleibsel' gesprochen habe und alles das in besagtem Sinne — dafür habe ich Ihnen jetzt den Tag, die Stunde und den Ort der Zusammenkunft mitgeteilt ... aus Ärger, versteht sich, nicht aus Großmut. Nun, leben Sie wohl, ich bin schwatzhaft wie ein Stotterer oder ein Schwindsüchtiger. Im übrigen treffen Sie Ihre Vorkehrungen, und zwar so bald als möglich, wenn Sie überhaupt des Menschennamens wert sein wollen. Die Zusammenkunft findet heut abend statt.«

Ippolit begab sich zur Tür.

»Dann wird also Ihrer Meinung nach Aglaja Iwanowna heute selbst zu Nastassja Filippowna gehen?« fragte plötzlich der Fürst. Auf seinen Wangen und seiner Stirn traten rote Flecke hervor.

Ippolit blieb stehen.

»Genau weiß ich es nicht, aber wahrscheinlich doch«, meinte er halb zurückgewandt. »Ja, anders ist es auch gar nicht möglich. Nastassja Filippowna kann doch nicht zu ihr gehen? Und doch nicht etwa bei Gánetschka — dort ist ja eine halbe Leiche im Hause. Sie wissen doch, wie's mit dem General steht? ...«

»Schon allein deshalb ist es nicht möglich!« fiel ihm der Fürst erregt ins Wort, »wie sollte sie denn hingehen, selbst wenn sie es wollte? Sie kennen die ... Sitten in diesem Hause nicht: sie kann nicht allein zu Nastassja Filippowna gehen, das ist ganz ausgeschlossen!«

»Sehen Sie, Fürst: im gewöhnlichen Leben pflegt man nicht aus dem Fenster zu springen, steht aber das Haus in Flammen, so wird selbst der größte Gentleman und die vornehmste Grande-dame nicht Bedenken tragen, durch das Fenster zu flüchten. Wenn es nicht anders geht, dann ist nichts zu machen: dann wird sich auch unser gnädiges Fräulein zu Nastassja Filippowna begeben. Dürfen sie denn nie allein ausgehen, die drei?«

»Nein, ich meinte nicht das ...«

»Na, wenn nicht das, dann braucht sie nur die paar

Stufen in den Park hinabzusteigen, um geradeaus zu gehen, und später, wenn sie will, überhaupt nicht mehr zurückzukehren. Es gibt Fälle, in denen man sogar Schiffe hinter sich verbrennen und nicht bloß nicht nach Hause zurückkehren kann. Das Leben besteht auch nicht nur aus Dejeuners, Diners und Fürsten Sch. ... Ich glaube, Sie halten Aglaja Iwanowna immer noch für ein Institutstöchterchen. Das habe ich ihr heut auch auf der Bank gesagt, und sie schien mir recht zu geben. Aber um sieben oder so um acht herum seien Sie auf der Hut, ... Ich würde an Ihrer Stelle einen Spion dorthin schicken, um genau zu erfahren, wann sie die Villa verläßt. Na, schicken Sie meinetwegen den Kólja; der wird sogar mit Vergnügen spionieren, für Sie, das heißt ... denn das ist doch alles relativ ... Haha!«

Ippolit ging hinaus. Der Fürst hatte es nicht nötig, jemanden zum Spionieren hinzuschicken, ganz abgesehen davon, daß er dazu überhaupt nicht fähig gewesen wäre. Er wußte jetzt beinahe, was Aglajas »Befehl« zu bedeuten hatte: sie wollte zu ihm kommen, um dann mit ihm zusammen zu jener zu gehen. Allerdings ... es ließ sich auch eine andere Erklärung finden: vielleicht wollte sie, daß er zu Hause bliebe, um ihm nicht auf ihrem Wege zu begegnen oder damit er nicht selbst zufällig dorthin geriet. Auch das war möglich. Dem Fürsten schwindelte der Kopf; das ganze Zimmer drehte sich um ihn. Er legte sich wieder auf den Diwan und schloß die Augen.

Wie es sich nun auch verhalten mochte, jedenfalls kam die Sache jetzt zur Entscheidung, zum Abschluß. Nein, er hielt Aglaja nicht für einen Backfisch oder ein Institutstöchterchen; er fühlte jetzt, daß er schon lange etwas in dieser Art befürchtet hatte; aber wozu wollte sie sie sehen? Ein Frostschauer lief ihm über den ganzen Körper. Er fieberte wieder.

Nein, er hielt sie nicht für ein Kind! In der letzten Zeit hatte ihn schon manch ein Blick von ihr, manch ein Wort erschreckt. Manchmal war es ihm so vorgekommen, als bezwinge sie sich schon zu sehr, als halte sie sich aus aller Kraft zurück, und wie er sich erinnerte, hatte ihn gerade das beängstigt. Allerdings hatte er sich in diesen letzten Tagen immer bemüht, nicht daran zu denken, hatte er die bedrükkenden Gedanken zu verscheuchen gesucht, aber was verbarg sich nun eigentlich in dieser Seele? Diese Frage quälte ihn schon lange, obschon er voll Vertrauen war zu dieser Seele. Und nun sollte das alles heute noch sich entscheiden und herausstellen. Ein schrecklicher Gedanke! Und wieder — »diese Frau«! Warum hatte er immer das Gefühl gehabt, diese Frau werde gerade im letzten Augenblick kommen und sein ganzes Geschick wie einen mürben Faden zerreißen? Daß er immer schon dieses Vorgefühl gehabt habe, darauf hätte er jetzt jeden Schwur geleistet, obschon er wußte, daß sein Denken halbbenommen war wie im Fieber. Wenn er sich in der letzten Zeit bemüht hatte, »sie« zu vergessen, so war das doch nur geschehen, weil er sie fürchtete. Wie: liebte er nun diese Frau oder haßte er sie? Diese Frage stellte er an sich heute kein einziges Mal; in dieser Hinsicht war sein Herz rein: er wußte, wen er liebte ... Er fürchtete auch nicht eigentlich die Zusammenkunft der beiden, auch nicht die Seltsamkeit und nicht den ihm unbekannten Grund dieser Zusammenkunft, auch nicht die Entscheidung, gleichviel worüber und gleichviel in welchem Sinne sie ausfiel, nein, er fürchtete ... nur sie, sie selbst, Nastassja Filippowna. Erst später, nach ein paar Tagen, entsann er sich, daß er in diesen durchfieberten Stunden fast die ganze Zeit ihre Augen, ihren Blick vor sich gesehen, ihre Worte gehört hatte ... irgend welche seltsamen Worte, obschon sein Gedächtnis sich nicht mehr an alles erinnern konnte nach diesen fiebernd und gramvoll verbrachten Stunden des Wartens. So war ihm zum Beispiel kaum noch erinnerlich, daß Wjera ihm um sechs Uhr das Mittagessen gebracht und wie er gegessen hatte; auch wußte er wirklich nicht mehr, ob er nachher geschlafen oder nicht geschlafen hatte. Er wußte nur, daß er an diesem Abend erst von dem Augenblick an wieder vollkommen klar und bewußt zu sehen und zu denken begonnen hatte, als plötzlich Aglaja auf die Veranda gekommen, er vom Diwan aufgesprungen und ihr bis zur Mitte des Raumes entgegengegangen war: um ein Viertel nach sieben. Aglaja war ganz allein; sie trug ein schlichtes Kleid und hatte sich, wohl in der Eile, um schnell und unauffällig aus dem Hause zu kommen, nur einen leichten Umhang über die Schultern geworfen. Ihr Gesicht war blaß wie am Vormittag, aber ihre Augen hatten einen hellen, trockenen Glanz; diesen Ausdruck der Augen kannte er nicht an ihr. Sie musterte ihn aufmerksam.

»Sie sind zum Ausgehen bereit«, bemerkte sie leise und anscheinend ruhig, »und haben auch schon den Hut in der Hand; man hat Sie also benachrichtigt, und ich kann mir denken, wer es getan hat: Ippolit?«

»Ja, er hat mir gesagt ...«, stammelte der Fürst, kaum noch fähig zu atmen.

»Dann lassen Sie uns gehen. Sie wissen, daß Sie mich unbedingt begleiten müssen. Sie sind doch soweit bei Kräften, denke ich, daß Sie ausgehen können?«

»Ich bin bei Kräften, aber ... ist denn das möglich?«

Er stockte sofort wieder und konnte dann nichts mehr hervorbringen. Dies war sein einziger Versuch, sie von diesem wahnsinnigen Schritt abzuhalten. Danach folgte er ihr wie ein Gefangener; er begriff immerhin, so unklar seine Gedanken auch waren, daß sie auch ohne ihn *dorthin* gehen würde, und daß er folglich gezwungen war, mitzugehen. Er erriet, wie stark ihre Entschlossenheit war; er aber war nicht der Mann, der diesen tollen Willen hätte aufhalten können. Schweigend setzten sie ihren Weg fort, fast kein Wort wurde während der ganzen Zeit gewechselt. Es fiel ihm nur auf, daß sie den Weg ganz genau zu kennen schien. Als er ihr den Vorschlag machte, einen etwas längeren, doch dafür stilleren Seitenweg einzuschlagen, da zog sie die Brauen zusammen, wie sich zu aufmerksamem Zuhören zwingend, sagte aber nur kurz: »Darauf kommt es nicht an!«

Als sie sich dem Landhause Darja Alexéjewnas näherten (es war ein großes, altes Holzgebäude), traten aus der Haustür eine reich gekleidete Dame und ein junges Mädchen und nahmen in einem eleganten Gefährt, das vor der Treppe hielt, lachend und laut plaudernd Platz. Aglaja und den Fürsten hatten sie mit keinem Blick gestreift, als hätten sie sie überhaupt nicht bemerkt. Kaum waren sie davongefahren, als sich die Tür wieder öffnete und Rogoshin Aglaja und den Fürsten eintreten ließ, worauf er die Tür hinter ihnen zuriegelte.

»Im ganzen Hause ist jetzt niemand außer uns vieren«, sagte er und blickte den Fürsten eigentümlich an.

Gleich im ersten Zimmer wartete Nastassja Filippowna, die gleichfalls sehr schlicht, ganz in Schwarz, gekleidet war. Sie erhob sich, als die anderen eintraten, lächelte jedoch nicht und reichte auch dem Fürsten nicht die Hand.

Ihr forschender, unruhiger Blick heftete sich wie in ungeduldiger Frage auf Aglaja. Sie setzten sich ziemlich weit voneinander hin — Aglaja auf das Sofa in der einen Ecke des Zimmers, Nastassja Filippowna am Fenster. Der Fürst und Rogoshin setzten sich nicht, sie wurden übrigens auch gar nicht dazu aufgefordert. Nur einmal blickte der Fürst befremdet und gleichsam schmerzlich bewegt Rogoshin an, aber der lächelte nur sein altes Lächeln. Das Schweigen dauerte eine Weile an.

Da ging schließlich in Nastassja Filippownas Gesicht eine unheilverkündende Veränderung vor sich: ihr Blick wurde starr, hart und fast haßerfüllt und wandte sich auf keinen Augenblick von ihrem Gast ab. Aglaja war sichtlich verwirrt, aber nicht entmutigt. Als sie eingetreten war, hatte sie ihre Rivalin kaum angesehen, und nun saß sie die ganze Zeit, ohne den Blick vom Boden zu erheben, als dächte sie nach. Nur ein- oder zweimal überflog sie, gewissermaßen wie aus Versehen, mit gedankenlosem Blick die Einrichtung des Zimmers, und auf ihrem Gesicht drückte sich deutlich Ekel aus, als fürchte sie, sich hier zu beschmutzen. Ganz mechanisch ordnete sie ihr Kleid und unruhig wechselte sie einmal sogar den Platz, indem sie mehr in die eine Ecke des Sofas rückte. Es ist kaum anzunehmen, daß sie sich all dieser Bewegungen bewußt war, aber gerade die Unbewußtheit verstärkte noch das Beleidigende. Endlich erhob sie den Blick und sah fest und offen Nastassja Filippowna in die Augen: und da las sie denn deutlich alles, was in dem haßerfüllten Blick ihrer Feindin glühte. Das Weib hatte das Weib verstanden. Aglaja zuckte zusammen.

»Sie ... wissen natürlich, weshalb ich Sie ... aufgefordert habe ...«, brachte sie schließlich hervor, jedoch sehr leise, und sie stockte dabei zweimal.

»Nein, ich weiß nichts«, sagte Nastassja Filippowna kurz und trocken.

Aglaja errötete. Vielleicht kam es ihr plötzlich sehr seltsam und unglaublich vor, daß sie jetzt im Hause »dieser Person« unter einem Dach saß mit dieser Frau und noch dazu ihrer Antwort bedurfte. Beim ersten Ton dieser Stimme war es wie ein Beben durch ihren Körper gegangen. Und alles das bemerkte natürlich »diese Person« sehr wohl.

»Sie wissen sehr gut ... tun aber absichtlich, als begriffen Sie nichts«, sagte Aglaja kaum hörbar vor sich hin, während ihr Blick finster am Boden haftete.

»Weshalb sollte ich das?« fragte Nastassja Filippowna kaum, kaum lächelnd.

»Sie wollen meine Lage ... daß ich hier in Ihrem Hause bin ... ausnutzen ...«, fuhr Aglaja komisch und ungeschickt fort.

»An dieser Lage sind Sie schuld, nicht ich!« fuhr Nastassja Filippowna plötzlich auf, während ihr das Blut ins Gesicht stieg. »Nicht ich habe Sie dazu aufgefordert, sondern Sie mich, und ich weiß bis jetzt noch nicht, weshalb.«

Aglaja erhob hochmütig den Kopf.

»Achten Sie auf Ihre Zunge; ich bin nicht hergekommen, um mit dieser Ihrer Waffe gegen Sie zu kämpfen ...«

»Ah! Dann sind Sie also doch gekommen, um zu ‚kämpfen'? Denken Sie nur, ich dachte, Sie wären ... scharfsinniger ...«

Beide sahen einander an, bereits ohne ihren Zorn zu verbergen. Die eine dieser Frauen war eben dieselbe, die noch vor so kurzer Zeit solche Briefe an die andere geschrieben hatte. Und jetzt bei der ersten Begegnung und den ersten Worten war das alles wie weggeblasen. Und? — von den vier jetzt in diesem Zimmer Anwesenden schien das niemand auch nur seltsam zu finden. Der Fürst, der noch gestern es nicht für möglich gehalten hätte, so etwas auch nur im Traum zu erleben, stand jetzt da, sah und hörte, als hätte er das alles schon längst vorausgefühlt. Der phantastischste Traum hatte sich auf einmal in grellste und überscharf gegliederte Wirklichkeit verwandelt. Die eine von diesen Frauen verachtete in diesem Augenblick die andere schon dermaßen, und wünschte zugleich dermaßen, ihr das auch zu verstehen zu geben (vielleicht war sie überhaupt nur zu diesem Zweck gekommen, wie Rogoshin am nächsten Tage meinte), daß dieser giftigen, echt weiblichen Verachtung der Rivalin wohl keine einzige vorgefaßte Idee hätte standhalten können, sollte man meinen, — mochte diese andere Frau mit ihrem geschundenen Geist und ihrer kranken Seele auch noch so geneigt gewesen sein, sich an Phantastisches anzuklammern. Der Fürst war überzeugt, daß Nastassja Filippowna nicht von sich aus auf die Briefe zu sprechen kommen werde; an ihren brennenden Augen erriet er, welch eine Pein diese Briefe sie jetzt kosten mochten; und er hätte sein halbes Leben hingeben mögen, damit auch Aglaja jetzt nicht davon zu sprechen anfinge.

Aber Aglaja schien sich plötzlich zusammenzunehmen und im Augenblick hatte sie sich wieder in der Gewalt.

»Sie haben mich mißverstanden«, sagte sie, »ich bin nicht gekommen, um mit Ihnen ... zu streiten, obschon ich Sie nicht liebe. Ich ... ich bin zu Ihnen gekommen, um menschlich mit Ihnen zu reden. Als ich Sie herbitten ließ, hatte ich bereits bei mir beschlossen, was ich Sie fragen wollte, und meinen Entschluß gebe ich nicht auf, selbst wenn Sie mich überhaupt nicht verstehen sollten. Das würde nur Ihnen schaden, nicht mir. Ich wollte darauf antworten, was Sie mir geschrieben haben, und zwar mündlich, weil mir das einfacher erschien. So hören Sie denn meine Antwort auf alle Ihre Briefe: Fürst Lew Nikolajewitsch hat mir schon an jenem Tage, als ich ihn zum erstenmal sah und kennen lernte, leid getan, und das noch mehr, als ich danach alles erfuhr, was sich an jenem Abend bei Ihnen zugetragen hatte. Er tat mir deshalb leid, weil er ein so treuherziger Mensch ist und in seiner Treuherzigkeit glaubte, er könne glücklich werden mit ... mit einer Frau ... von solchem Charakter. Was ich für ihn befürchtete, das traf dann auch ein: Sie konnten ihn gar nicht liebgewinnen, Sie quälten ihn nur und ließen ihn dann im Stich. Und lieben konnten Sie ihn deshalb nicht, weil Sie gar zu stolz sind ... nein, nicht stolz, ich habe mich falsch ausgedrückt, sondern weil Sie aus Eitelkeit zu ehrgeizig sind ... sogar nicht nur das: weil Sie einfach selbstsüchtig sind bis ... bis zum Wahnsinn, was ja auch Ihre Briefe an mich schon beweisen. Sie konnten ihn, einen so schlichten Menschen, ja gar nicht lieben, und vielleicht haben Sie ihn im geheimen sogar verachtet und sich über ihn lustig gemacht, denn lieben können Sie ja überhaupt nur Ihre Schande und das immerwährende Denken daran, daß Sie entehrt sind und daß man Ihnen Unrecht getan hat. Wäre Ihre Schande nicht so groß oder wäre sie überhaupt nicht vorhanden, so würden Sie unglücklicher sein ...« (Es war für Aglaja ein Genuß, diese Worte auszusprechen, die jetzt schon gar zu eilig hervorsprangen, aber schon lange vorbereitet und wohlbedacht waren; Worte, die sie sich schon ausgedacht hatte, als ihr noch nicht einmal die Möglichkeit einer solchen Aussprache zwischen ihr und der anderen in den Sinn gekommen war, und mit gehässigem Ausdruck verfolgte sie die Wirkung ihrer Worte auf dem schmerzzuckenden Gesicht Nastassja Filippownas.) »Sie erinnern sich wohl«, fuhr sie fort, »daß er damals einen Brief an mich geschrieben hat. Er sagt, Sie wüßten von diesem Brief und hätten ihn sogar gelesen? Durch diesen Brief habe ich alles verstanden, und habe es richtig verstanden; er hat es mir vor kurzem selbst bestätigt, das heißt alles, was ich Ihnen jetzt sage, sogar wortwörtlich. Nach dem Empfang dieses Briefes begann ich zu warten. Ich sagte mir, daß Sie bestimmt zurückkehren würden, denn Sie können ja nicht ohne Petersburg leben: Sie sind noch viel zu jung und zu schön für die Provinz ... Übrigens sind auch das nicht meine Worte«, fügte sie, stark errötend, hinzu, und von diesem Augenblick an schwand die Röte bis zum Schluß nicht mehr aus ihrem Gesicht. »Als ich den Fürsten dann wiedersah, tat mir die ihm widerfahrene Kränkung schrecklich weh, und ich fühlte mich für ihn beleidigt. Lachen Sie nicht; wenn Sie lachen, dann sind Sie es nicht wert, das zu verstehen ...«

»Sie sehen, daß ich nicht lache«, sagte Nastassja Filippowna traurig und streng.

»Übrigens ist es mir gleichgültig, lachen Sie soviel Sie wollen. Als ich ihn dann selbst fragte, sagte er mir, daß er Sie schon lange nicht mehr liebe, sogar die Erinnerung an Sie sei für ihn quälend, aber Sie täten ihm leid, und wenn er an Sie zurückdenke, sei ihm, als wäre sein Herz ‚für immer durchbohrt‘. Ich muß Ihnen noch sagen, daß ich noch nie in meinem Leben einem Menschen begegnet bin, der ihm an edler Schlichtheit und unbegrenztem Vertrauen gleichkäme. Ich begriff nach allem, was er sagte, daß ihn jeder, der es nur will, betrügen kann; er aber wird jedem, der ihn betrügt, gleichviel wer es ist, alles verzeihen, und gerade deshalb gewann ich ihn lieb ...«

Aglaja stockte einen Augenblick, gleichsam betroffen und verwundert über sich selbst, daß sie ein solches Wort hatte aussprechen können; doch schon in der nächsten Sekunde erglühte ihr Blick in grenzenlosem Stolz; es war, als wäre ihr jetzt bereits alles gleichgültig, selbst wenn »diese Person« über das ihr entschlüpfte Geständnis gelacht hätte.

»Ich habe Ihnen jetzt alles gesagt, und nun werden Sie

sicherlich verstanden haben, was ich von Ihnen hier will?«

»Vielleicht habe ich es verstanden; aber sprechen Sie es selbst aus ...«, antwortete Nastassja Filippowna leise.

Zorn flammte in Aglajas Gesicht auf.

»Ich wollte von Ihnen erfahren«, sagte sie mit fester Stimme langsam und deutlich, wie jede Silbe einzeln, »mit welchem Recht Sie sich in seine Gefühle, die er für mich empfindet, einmischen? Mit welchem Recht Sie gewagt haben, an mich Briefe zu schreiben? Mit welchem Recht erklären Sie fortwährend sowohl ihm wie mir, daß Sie ihn lieben, und dies noch, nachdem Sie doch selbst ihn verlassen haben, auf eine so beleidigende und ... bloßstellende Weise von ihm weggelaufen sind?«

»Ich habe weder ihm noch Ihnen gesagt, daß ich ihn liebe«, brachte Nastassja Filippowna mühsam hervor, »und ... Sie haben recht, ich bin von ihm weggelaufen ...«, fügte sie kaum hörbar hinzu.

»Was, Sie hätten es ‚weder ihm noch mir' gesagt?« rief Aglaja aus. »Und Ihre Briefe? Wer hat Sie gebeten, zwischen uns die Heiratsvermittlerin zu spielen und mir zuzureden, ihn doch nur ja zu nehmen? Ist das etwa kein Eingeständnis Ihrerseits? Weshalb drängen Sie sich uns auf? Zuerst dachte ich, Sie wollten, im Gegenteil, indem Sie sich zwischen uns drängten, in mir nur Abneigung gegen ihn erwecken, damit ich mich von ihm abwendete; und erst nachher bin ich darauf gekommen, was dahinter steckte: Sie bildeten sich einfach ein, eine große Heldentat zu vollführen mit all diesen Albernheiten ... Und wie hätten Sie ihn denn lieben können, wenn Sie doch nur Ihre Ehrsucht lieben? Warum sind Sie nicht einfach abgereist, anstatt mir lächerliche Briefe zu schreiben? Warum heiraten Sie jetzt nicht diesen anständigen Menschen, der Sie so sehr liebt und Ihnen die Ehre erweisen will, Sie zu heiraten? Jetzt ist es ja nur zu klar, warum Sie nicht wollen: wenn Sie Rogoshin heiraten, wo bleibt dann Ihre Entehrung? Es wäre sogar viel zu viel Ehre für Sie! Jewgénij Páwlowitsch sagt von Ihnen, Sie hätten zu viel Gedichte gelesen und seien ‚viel zu gebildet für Ihren ... Stand'; Sie seien eine Bücherleserin und eine Müßiggängerin; fügen Sie jetzt noch Ihre Eitelkeit hinzu, dann haben Sie alle Ihre Gründe ...«

»Und Sie sind keine Müßiggängerin?«

Allzu hastig, allzu schnell entblößend war es zu dieser unerwarteten Wendung gekommen — unerwartet insofern, als Nastassja Filippowna noch beim Aufbruch nach Pawlowsk von ganz anderem geträumt hatte, obschon sie selbstverständlich eher Schlechtes als Gutes vermutete. Aglaja aber hatte sich entschieden in einem einzigen Augenblick von ihrem Gefühl hinreißen lassen, wie man von einem Berge unaufhaltsam hinabsaust, und hatte dem schrecklichen Genuß, sich rächen zu können, nicht zu widerstehen vermocht. Für Nastassja Filippowna war es sogar eine mehr als seltsame Überraschung, Aglaja so zu sehen: sie sah sie an, als traue sie ihren Augen nicht, und im ersten Augenblick konnte sie sich gar nicht zurechtfinden. War sie nun eine Frau, die zu viel Gedichte gelesen hatte, wie Jewgenij Pawlowitsch von ihr annahm, oder war sie einfach geisteskrank, wie der Fürst sich überzeugt zu haben glaubte, jedenfalls war diese Frau — die sich mitunter so zynisch und dreist herausfordernd geben konnte — in Wirklichkeit viel schamhafter, zartfühlender und vertrauensvoller, als man es von ihr annehmen mochte. Freilich hatte sie viel gelesen und ihr Wissen aus Büchern gewonnen, freilich war in ihr viel Verträumtes, in sich Verschlossenes und eine reiche Phantasie, aber dafür war in ihr auch etwas wie eine starke und tiefe Urkraft ... Der Fürst begriff das; sein Gesicht verriet seinen Schmerz. Als Aglaja das sah, erbebte sie vor Haß.

»Wie wagen Sie es, so zu mir zu sprechen?« versetzte sie mit unsagbarem Hochmut auf Nastassja Filippownas Frage.

»Sie haben sich wohl verhört«, meinte Nastassja Filippowna verwundert. »Wie habe ich denn zu Ihnen gesprochen?«

»Wenn Sie eine anständige Frau sein wollten, warum

haben Sie dann Ihren Verführer Tozkij nicht verlassen, ganz einfach ... ohne Theaterszenen?« fragte Aglaja auf einmal ganz unvermittelt, ohne jeden Anlaß.

»Was wissen Sie von meiner Lage, um über mich ein Urteil fällen zu dürfen?« Nastassja Filippowna war zusammengezuckt und erschreckend blaß geworden.

»Ich weiß nur, daß Sie nicht hingegangen sind, um zu arbeiten, sondern es vorgezogen haben, mit dem reichen Rogoshin davonzufahren und den gefallenen Engel zu spielen. Es wundert mich nicht, daß Tozkij sich beinah hat erschießen wollen, um sich von diesem gefallenen Engel zu befreien!«

»Hören Sie doch auf!« sagte Nastassja Filippowna angeekelt, und es war, als müsse sie einen Schmerz überwinden. »Sie haben mich ebenso verstanden, wie ... Darja Alexéjewnas Stubenmädchen, das seinen Bräutigam in diesen Tagen beim Friedensrichter verklagt hat ... Die hätte es immerhin besser als Sie begriffen ...«

»Wahrscheinlich ist sie ein anständiges Mädchen, das von seiner Hände Arbeit lebt. Weshalb verhalten gerade Sie sich mit solcher Verachtung zu einer ehrlich Arbeitenden?«

»Nicht zur Arbeit verhalte ich mich mit Verachtung, sondern zu Ihnen, wenn Sie von Arbeit reden.«

»Wenn Sie hätten ehrbar leben wollen, dann wären Sie Wäscherin geworden.«

Beide erhoben sich, beide waren bleich und sahen einander unverwandt an.

»Aglaja, besinnen Sie sich! Das ist doch so ungerecht!« versuchte der Fürst sie in seiner Ratlosigkeit aufzuhalten.

Rogoshin hatte aufgehört zu lächeln; er stand da mit zusammengepreßten Lippen und verschränkten Armen und hörte nur zu.

»Da, schaut sie an«, begann plötzlich Nastassja Filippowna, zitternd vor Empörung, »schaut sie an, dieses Fräulein! Und ich habe sie für einen Engel gehalten! Sie sind ohne Gouvernante zu mir gekommen, Aglaja Iwanowna? ... Aber wenn

Sie wollen ... wenn Sie wollen, werde ich Ihnen jetzt gleich ganz offen und ohne jede Beschönigung sagen, warum Sie sich herbemüht haben? Weil Sie Angst bekommen haben, deshalb sind Sie gekommen.«

»Angst? Vor Ihnen?« fragte Aglaja ganz fassungslos vor naivem und empörtem Staunen darüber, daß jene so zu ihr zu sprechen wagte.

»Natürlich vor mir! Weil Sie mich fürchteten, haben Sie sich entschlossen, zu mir zu kommen. Wen man aber fürchtet, den verachtet man nicht. Wenn ich bedenke, daß ich Sie geachtet habe, sogar bis zu diesem Augenblick! Aber wissen Sie auch, weshalb Sie mich fürchten und was für Sie jetzt der Hauptzweck Ihres Besuches ist? Sie wollten sich persönlich überzeugen, ob er mich nicht doch mehr liebt als Sie, denn Sie sind entsetzlich eifersüchtig ...«

»Er hat mir schon gesagt, daß er Sie haßt ...«, brachte Aglaja kaum hörbar hervor.

»Möglich; es ist auch möglich, daß ich seiner gar nicht wert bin, nur ... nur haben Sie das jetzt gelogen, denke ich! Er kann mich nicht hassen, und er kann das nicht so gesagt haben! Aber ich bin bereit, Ihnen zu verzeihen ... in Anbetracht Ihrer Lage ... nur habe ich doch eine bessere Meinung von Ihnen gehabt; ich hielt Sie auch für klüger und sogar für schöner, weiß Gott! ... Nun, so nehmen Sie denn Ihren Schatz ... da ist er, sehen Sie doch, wie er Sie ansieht, er kann ja gar nicht zur Besinnung kommen! So nehmen Sie ihn denn für sich, aber unter der einen Bedingung, daß Sie unverzüglich hinausgehen! Sofort! ...«

Sie fiel in ihren Sessel zurück und brach in Tränen aus. Doch plötzlich sah sie auf und etwas Neues sprach aus ihren Augen: unverwandt und aufmerksam sah sie Aglaja an und erhob sich wieder von ihrem Platz.

»Oder willst du ... ich werde ihm sofort ... be–feh–len, hörst du? ihm nur be–feh–len, und er wird dich verlassen und bei mir bleiben, und wird mich heiraten, du aber wirst allein nach Hause laufen! Willst du? Willst du?« schrie sie plötzlich laut wie eine Wahnsinnige, obwohl sie vielleicht selbst nicht daran glaubte, daß sie solche Worte aussprechen könnte.

Aglaja war im ersten Schreck zur Tür gestürzt, doch plötzlich blieb sie wie gebannt stehen und hörte weiter zu.

»Soll ich Rogoshin davonjagen? Du dachtest wohl, ich hätte mich mit Rogoshin schon ohne weiteres trauen lassen zu deinem Vergnügen? Da sieh, ich werde ihm sofort in deiner Gegenwart befehlen: ‚Geh weg, Rogoshin!' und zum Fürsten werde ich sagen: ‚Weißt du noch, was du mir versprochen hast?' Gott! Wozu habe ich mich so vor Ihnen erniedrigt? Warst du es denn nicht, Fürst, der mir beteuerte, daß du mir überallhin folgen würdest, was auch immer mit mir geschehen möge, und daß du mich niemals verlassen würdest; daß du mich liebtest und mir alles verziehest und mich acht... acht... Ja, auch das hast du gesagt! Und da bin ich denn, nur um dich von mir zu befreien, von dir weggelaufen, jetzt aber will ich nicht mehr! Weshalb hat sie mich wie eine Dirne behandelt? Frage Rogoshin, ob ich eine Dirne bin, er wird es dir sagen! Und jetzt, wo sie mich beschimpft hat, und noch dazu vor deinen Augen, wirst auch du dich jetzt von mir abwenden und ihr den Arm reichen, um sie von hier wegzuführen? So sei denn verflucht dafür, daß ich an dich allein geglaubt habe! Geh weg, Rogoshin, ich brauche dich nicht!« schrie sie fast besinnungslos mit entstelltem Gesicht und trockenen Lippen, während sie jedes Wort nur mit Mühe aus der keuchenden Brust hervorstieß, offenbar, ohne selbst auch nur einen Augenblick an einen Erfolg ihrer Großtuerei zu glauben, doch gleichzeitig von dem verzehrenden Verlangen beseelt, sich selbst dieser Täuschung noch einen Augenblick hinzugeben, noch einen Augenblick. Dieser Ausbruch, diese letzte Hingabe noch einmal an die Illusion, war so stark, daß sie vielleicht daran hätte sterben können, so wenigstens kam es dem Fürsten vor. »Dort steht er, sieh ihn dir an!« schrie sie schließlich Aglaja zu, mit der Hand auf den Fürsten weisend. »Wenn er jetzt nicht sofort zu mir kommt und mich nimmt und dich verläßt, dann nimm ihn nur, ich trete ihn dir ab, dann brauch' ich ihn nicht!...«

Sowohl sie wie Aglaja standen reglos vor Spannung da und schauten wie Irre den Fürsten an. Er aber begriff vielleicht gar nicht die ganze Gewalt und Tragweite dieser Herausforderung, begriff sie sogar bestimmt nicht. Er sah nur dieses verzweifelte, wahnsinnige Gesicht vor sich, das, wie er einmal zu Aglaja gesagt, sein Herz »für immer durchbohrt« hatte. Er konnte das nicht länger ertragen und wandte sich beschwörend und vorwurfsvoll an Aglaja, auf Nastassja Filippowna weisend:

»Darf man denn so!... Sie ist doch... dermaßen unglücklich!«

Doch kaum hatte er das hervorgebracht, da erstarrte er schon vor Aglajas erschütterndem Blick. Aus diesem Blick sprach ein solcher Schmerz und zugleich ein so unermeßlicher Haß, daß er die Arme vorstreckte und mit einem Aufschrei zu ihr stürzte, aber es war schon zu spät. Sie hatte nicht einmal die eine Sekunde seines Schwankens ertragen, hatte die Hände vors Gesicht geschlagen und war mit einem gestöhnten »Ach, mein Gott!« aus dem Zimmer geeilt. Rogoshin war schon bei ihr, um den Riegel der Haustür zurückzuziehen.

Auch der Fürst eilte ihr nach, doch auf der Schwelle umklammerten ihn plötzlich zwei Arme. Das zerquälte, gleichsam sterbende Gesicht Nastassja Filippownas blickte ihn starr an und die bläulich gewordenen Lippen bewegten sich kaum bei der Frage:

»Ihr nach? Ihr nach?...«

Bewußtlos sank sie an ihm nieder. Er hob sie auf, trug sie zurück ins Zimmer, legte sie in den Sessel und blieb in stumpfer Erwartung vor ihr stehen. Auf dem Tischchen daneben stand ein Glas Wasser; Rogoshin, der aus dem Vorzimmer zurückkam, ergriff es schnell und sprengte ihr daraus Wasser ins Gesicht; sie schlug wohl die Augen auf, aber ihr Blick schien noch eine ganze Weile nichts zu sehen.

Plötzlich schaute sie um sich, fuhr zusammen, schnellte empor und umfing den Fürsten.

»Mein! Mein!« rief sie atemlos. »Ist das stolze Fräulein fort? Hahaha!« lachte sie wie in einem Anfall, »hahaha! Und ich wollte ihn diesem Fräulein abtreten! Warum denn nur? Wozu denn? Ich Wahnsinnige! Wahnsinnige! ... Geh weg, Rogoshin, hahaha!«

Rogoshin blickte sie beide eine Weile prüfend an, sagte kein Wort, nahm seinen Hut und ging. Zehn Minuten später saß der Fürst neben Nastassja Filippowna, ließ sie nicht aus den Augen und streichelte ihren Kopf, ihre Wangen, wie man ein kleines Kind zu streicheln pflegt. Er lachte, sobald sie lachte, und war bereit, gleichfalls zu weinen, wenn sie weinte. Er sagte nichts, aber er lauschte aufmerksam ihrem glückseligen, sprunghaften Geplauder, verstand wohl kaum etwas davon, lächelte nur still; und sobald es ihm schien, daß sie sich wieder zu quälen begann, oder daß sie wieder weinen und sich anklagen wollte, beeilte er sich sogleich, wieder zärtlich ihr Haar, ihre Wangen zu streicheln, tröstend und begütigend, wie man ein Kind beruhigt.

## IX

Zwei Wochen waren vergangen nach dem Ereignis, das wir im letzten Kapitel erzählt haben, und die Lage der handelnden Personen unserer Erzählung hatte sich in dieser Zeit so sehr verändert, daß es für uns überaus schwierig wird, ohne besondere Erklärungen an die Fortsetzung zu gehen. Und doch fühlen wir, daß wir uns auf die einfache Darlegung der Tatsachen beschränken müssen, möglichst ohne alle besonderen Erklärungen, und dies aus einem sehr einfachen Grunde: weil wir in vielen Fällen selbst nicht recht wissen, wie wir das Geschehene erklären sollen. Ein solches Geständnis unsererseits muß freilich dem Leser sehr sonderbar und unverständlich erscheinen: wie will man denn etwas erzählen, wenn man selbst weder eine klare Vorstellung davon hat, noch eine persönliche Meinung äußern mag? Um uns nun nicht in eine noch schiefere Lage zu bringen, wollen wir die Sachlage lieber an einem Beispiel erläutern, und der wohlgeneigte Leser wird dann vielleicht verstehen, worin für uns die Schwierigkeit besteht, zumal dieses Beispiel keine Abschweifung bedeutet, sondern im Gegenteil die unmittelbare und kürzeste Fortsetzung der Erzählung sein dürfte.

Zwei Wochen waren vergangen, es war also bereits Anfang Juli, und im Verlaufe dieser zwei Wochen war die Geschichte unseres Helden, und namentlich die letzte Wendung dieser Geschichte, allmählich in allen Straßen, die in der Nachbarschaft der Landhäuser Lebedeffs, Ptizyns, Darja Alexejewnas und der Jepantschins lagen, oder kurz gesagt, fast in ganz Pawlowsk und sogar in seiner Umgebung bekannt geworden und hatte dabei den Charakter einer seltsamen, überaus erheiternden, schier unwahrscheinlichen und zu gleicher Zeit doch sehr anschaulichen Begebenheit angenommen. Fast die ganze Gesellschaft — Einheimische, Sommerfrischler, Petersburger, die zu den Konzerten kamen — alle erzählten ein und dieselbe Geschichte, aber in tausend Variationen: daß ein gewisser Fürst in einem angesehenen und bekannten Hause einen Skandal hervorgerufen und sich von einer Tochter dieses Hauses, mit der er schon verlobt war, losgesagt habe; daß dieser Fürst sich in eine bekannte Halbweltdame verliebt, alle seine früheren Beziehungen abgebrochen und nun, ohne sich um irgend etwas zu kümmern, trotz aller Drohungen, trotz der allgemeinen Entrüstung im Publikum, die Absicht habe, sich nächster Tage mit dem entehrten Frauenzimmer hierselbst in Pawlowsk trauen zu lassen, in aller Öffentlichkeit, erhobenen Hauptes und allen offen in die Augen blickend. Dieser Bericht wurde einerseits mit so vielen skandalösen Einzelheiten ausgeschmückt, und es wurden so viele bekannte und bedeutende Persönlichkeiten hierbei genannt, und dazu wurden so viele phantastische und rätselhafte Nuancen hinzugedichtet, wie andererseits unwiderlegbare und offensichtliche Tatsachen das Wesentliche daran bestätigten, daß die allgemeine Neugier und die Klatschfreudigkeit schließlich begreiflich und wohl auch entschuldbar erschienen. Die raffinierteste, hintergründigste und zugleich dem Anschein nach glaubwürdigste Auslegung des Tatbestandes erfuhr diese Geschichte von gewissen ernsthaften Klatscherfindern, oder sagen wir: von jener Sorte vernünftiger Leute, die überall und in jeder Gesellschaftsklasse nichts Eiligeres zu tun haben, als jedes neueste Ereignis zu erläutern, es ihren Mitmenschen verständlich zu machen, worin sie wohl ihre Berufung sehen und woran sie oft ihre Freude finden. Nach ihrer Auslegung hatte sich ein junger Mann aus guter Familie, ein Fürst, beinahe reich, ziemlich dumm, aber Demokrat, dem der von Herrn Turgénjeff aufgedeckte zeitgemäße Nihilismus zur fixen Idee geworden war, dabei kaum des Russischen mächtig, in eine Tochter des Generals Jepantschin verliebt und schließlich erreicht, daß man ihn in die Familie des Generals als Bräutigam aufnahm. Dann aber habe er es genau so gemacht, wie jener französische Seminarist, von dem die Zeitungen soeben erst berichtet hatten: der hatte sich absichtlich zum Priester weihen lassen, hatte selbst darum gebeten, hatte alle Zeremonien erfüllt, alle Andachtsübungen, Verneigungen, Küsse, Gelübde und so weiter, um darauf gleich am nächsten Tage seinem Bischof in einem offenen Schreiben mitzuteilen, daß er, da er an Gott nicht glaube, es für ehrlos halte, das Volk zu betrügen und sich umsonst von ihm ernähren zu lassen, weshalb er seine ihm tags zuvor verliehene Würde wieder niederlege und seinen offenen Brief in liberalen Zeitungen abdrucken lasse. Ähnlich diesem Atheisten habe auch besagter Fürst mit Absicht getäuscht. Er habe, so erläuterten sie, absichtlich die feierliche Abendgesellschaft bei den Eltern seiner Braut abgewartet, um dann, nachdem er sehr vielen bedeutenden Persönlichkeiten vorgestellt worden war, sich zu erheben und laut, in Gegenwart aller, seine Anschauungen darzulegen, die hochverehrten Würdenträger zu beschimpfen, sich öffentlich und in beleidigender Form von seiner Braut loszusagen und zu guter Letzt, als man ihn von den Dienern hinausbefördern ließ, habe er, Widerstand leistend, auch noch eine schöne chinesische Vase zerschlagen. Außerdem fügten sie noch hinzu, gewissermaßen als zeitgemäße Charakterisierung der Sitten, daß der unverständige junge Mann seine Braut, die Generalstochter, wirklich geliebt habe, und sich einzig aus Nihilismus und um des beabsichtigten Aufsehens willen von ihr losgesagt habe, und um sich nicht das Vergnügen zu versagen, nun vor aller Welt eine gefallene Frau zu heiraten und damit zu beweisen, daß es seiner Überzeugung nach weder gefallene noch tugendhafte Frauen gebe, sondern einzig und allein die freie Frau; daß er die gesellschaftliche und altmodische Unterscheidung nicht anerkenne, sondern nur „die Frauenfrage" gelten lasse. Daß, schließlich, in seinen Augen die gefallene Frau sogar noch etwas höher stehe als die nichtgefallene. Diese Darstellung erschien sehr glaubwürdig und wurde von der Mehrzahl der Sommerfrischler übernommen, wenigstens nach und nach, da sie sie nun Tag für Tag durch neue Tatsachen bestätigt fanden. Allerdings blieben trotzdem noch viele Dinge unaufgeklärt: es wurde erzählt, das arme junge Mädchen habe seinen Bräutigam — einige sagten »Verführer« — so sehr geliebt, daß es am nächsten Tage nach seiner Absage zu ihm gelaufen sei, während er gerade bei seiner Geliebten saß; andere wiederum beteuerten, er selbst habe sie absichtlich zu seiner Geliebten geführt oder »hingelockt«, und zwar auch »nur aus Nihilismus«, d. h. um ihr den Schimpf anzutun und sie zu beleidigen. Doch wie dem auch sein mochte, jedenfalls wuchs das Interesse an dem Ereignis mit jedem weiteren Tage, um so mehr, als es bald nicht mehr dem geringsten Zweifel unterlag, daß die skandalöse Vermählung wirklich stattfinden werde.

Und nun, angenommen, man würde uns um eine Erklärung bitten — nicht in betreff der nihilistischen Nuancen, die man dem Ereignis angedichtet hatte, o nein! — sondern einfach nur darüber, inwieweit denn die bevorstehende Trauung den wirklichen Wünschen des Fürsten entsprach, worin diese Wünsche im Augenblick eigentlich bestanden, und wie die Stimmung unseres Helden in dieser Zeit zu bezeichnen wäre, und noch manches andere Wissenswerte von dieser Art, dann würden wir, offen gestanden, kaum in der Lage sein, etwas Bestimmtes zu antworten. Wir wissen nur dies eine, daß die Trauung bereits angesagt war und daß der Fürst persönlich seinen Hauswirt Lebedeff, den Exleutnant Keller und einen Bekannten Lebedeffs, den ihm dieser eigens zu dem Zweck vorstellte, bevollmächtigt hatte, alle erforderlichen Gänge und Besorgungen in den kirchlichen sowohl als in den wirtschaftlichen Dingen statt seiner zu erledigen; daß sie angewiesen wurden, mit dem Gelde nicht zu sparen, und daß Nastassja Filippowna auf Beschleunigung der Hochzeit bestand; daß man Keller auf seine eigene glühende Bitte hin zum Ehrenbegleiter des Fürsten, bzw. Hochzeitsmarschall ernannt hatte, und zu Nastassja Filippownas Brautführer Burdowskij, der dieses Amt mit Begeisterung übernahm, und daß der Hochzeitstag für Anfang Juli angesetzt wurde. Doch außer diesen durchaus sicheren Einzelheiten sind uns nun doch noch etliche Tatsachen bekannt, die uns entschieden wieder irre machen, und zwar deshalb, weil sie den vorhergehenden widersprechen. So zum Beispiel können wir nicht umhin zu vermuten, daß der Fürst nach der Bevollmächtigung Lebedeffs und der anderen, die mit der Erledigung der Vorbereitungen betraut wurden, womöglich noch am gleichen Tage schon vergaß, daß es Zeremonienmeister, Marschälle und seine bevorstehende Hochzeit gab, und daß er, wenn er alle diese Anordnungen so schnell getroffen und die unumgänglichen Laufereien anderen übertragen hatte, dieses wohl nur deshalb getan, um selbst nicht mehr daran denken zu müssen, ja, vielleicht sogar, um dies alles möglichst bald vergessen zu können. Aber wenn das der Fall war, woran dachte er dann selbst, oder woran wollte er denken, woran sich erinnern? Was beschäftigte ihn denn? Es ist auch gewiß nicht zu bezweifeln, daß er zu dieser Heirat keineswegs gezwungen wurde (etwa von Nastassja Filippowna), daß Nastassja Filippowna allerdings die Hochzeit beschleunigt wissen wollte, und daß sie als erste von der Heirat zu sprechen begonnen hatte, nicht etwa der Fürst; aber der Fürst war freiwillig einverstanden gewesen, allerdings gewissermaßen zerstreut, und etwa so, als hätte man ihn um nichts Besonderes gebeten. Und solcher Merkwürdigkeiten gab es noch eine ganze Menge. Doch statt die Sache zu erklären, tragen sie unserer Ansicht nach nur noch mehr zur Verdunkelung des Hergangs bei, auch wenn man ihrer noch so viele anführen würde. Aber ein Beispiel sei doch noch angeführt.

So wissen wir unter anderem mit Sicherheit, daß der Fürst im Laufe dieser zwei Wochen ganze Tage und Abende mit Nastassja Filippowna zusammen verbrachte, daß sie mit ihm spazieren ging, mit ihm zu den Konzerten ging, daß er täglich mit ihr ausfuhr; daß er sich um sie schon beunruhigte, wenn er sie nur eine Stunde lang nicht gesehen hatte (also mußte er sie doch, nach solchen Anzeichen, aufrichtig lieben); daß er ihr mit einem stillen und sanften Lächeln zuhörte, gleichviel wovon sie sprach, stundenlang, fast ohne selbst ein Wort zu sagen. Aber wir wissen auch, daß er im Laufe eben dieser Tage ein paarmal, ja sogar mehrmals, plötzlich zu Jepantschins ging, ohne dies vor Nastassja Filippowna zu verheimlichen, worüber diese jedesmal fast in Verzweiflung geriet. Wir wissen, daß er bei Jepantschins, solange diese noch in Pawlowsk blieben, nicht empfangen und ein Wiedersehen mit Aglaja Iwanowna ihm beständig verweigert wurde; daß er dann, ohne ein Wort zu sagen, wegging, aber am nächsten Tage wieder zu ihnen kam (als hätte er die letzte Abweisung ganz vergessen) und selbstverständlich eine neue Abweisung erfuhr. Es ist uns auch bekannt, daß, nachdem Aglaja Iwanowna von Nastassja Filippowna weggelaufen war, der Fürst etwa eine Stunde danach, oder vielleicht sogar noch vor Ablauf einer Stunde, schon bei Jepantschins erschienen war, natürlich in der Überzeugung, Aglaja dort vorzufinden, und daß sein Erscheinen die größte Bestürzung und Angst in der Familie hervorgerufen hatte, da Aglaja noch gar nicht nach Hause zurückgekehrt war und man nun erst von ihm erfuhr, sie sei mit ihm zu Nastassja Filippowna gegangen. Es wurde erzählt, Lisaweta Prokofjewna, die Schwestern und sogar der Fürst Sch. hätten sich sehr empört und feindselig zum Fürsten verhalten und ihm sogleich in heftigen Ausdrücken sowohl die Bekanntschaft als auch die Freundschaft aufgekündigt, und dies erst recht, als plötzlich Warwára Ardaliónowna mit der Nachricht erschienen sei, Aglaja Iwanowna befände sich schon seit einer Stunde in ihrem Hause, sei in einer schrecklichen Verfassung und wolle anscheinend nicht nach Hause zurückkehren. Diese letzte Bemerkung erschreckte Lisaweta Prokofjewna wohl am meisten, und sie entsprach auch vollkommen der Wahrheit: Aglaja wäre nach ihrer Flucht von Nastassja Filippowna tatsächlich lieber gestorben, als daß sie jetzt ihrer Familie vor die Augen getreten wäre, und da war sie denn zu Nina Alexandrowna gestürzt. Warwára Ardaliónowna aber hatte sich sofort gesagt, daß Lisaweta Prokofjewna unverzüglich von allem in Kenntnis gesetzt werden müsse. So brachen denn die Mutter und die Schwestern sogleich auf, um sich eilig zu Nina Alexandrowna zu begeben, desgleichen auch das Oberhaupt der Familie, der General, der gerade heimkehrte; und ihnen folgte auch Fürst Lew Nikolájewitsch, trotz der aufgekündigten Freundschaft und der schroffen Worte; aber Warwára Ardaliónowna traf sofort ihre Anordnungen, und so wurde er auch in ihrem Hause nicht zu Aglaja gelassen. Die Sache endete übrigens damit, daß Aglaja beim Anblick ihrer Mutter und der Schwestern, die nur um sie weinten und ihr nicht den geringsten Vorwurf machten, sich in ihre Arme warf und ohne Widerspruch bereit war, nach Hause zurückzukehren. Übrigens hatte sich während Warwara Ardalionownas Abwesenheit noch ein kleiner Zwischenfall zugetragen, der für

Gawrila Ardalionytsch neues Pech bedeutete: in der Annahme, dieser Augenblick seines Alleinseins mit Aglaja sei eine günstige Gelegenheit, hatte er von seiner Liebe zu reden begonnen, und da war Aglaja trotz all ihres Kummers und ihrer Tränen mit einem Mal in Lachen ausgebrochen und hatte dann plötzlich die seltsame Frage an ihn gestellt, ob er zum Beweise seiner Liebe bereit wäre, hier und sogleich einen seiner Finger an einer Kerze zu verbrennen. Gawrila Ardalionytsch, hieß es, sei ob dieses Ansinnens so verblüfft und aus dem Konzept gebracht gewesen, habe auch vor lauter Verständnislosigkeit ein so dummes Gesicht gemacht, daß Aglaja noch mehr über ihn habe lachen müssen, wie in einem Lachkrampf, und von ihm weggelaufen sei, hinauf zu Nina Alexandrowna, wo die Eltern sie dann vorgefunden hätten. Dieser Bericht gelangte gleich am nächsten Tage durch Ippolit zur Kenntnis des Fürsten. Da der Kranke nicht mehr aufstehen konnte, hatte er ihn eigens zu sich bitten lassen, um ihm diese Nachricht mitzuteilen. Wie Ippolit zur Kenntnis dieses Zwischenfalles gelangt war, das wissen wir nicht, aber als der Fürst die Geschichte von der Kerze und dem Finger hörte, da begann auch er so zu lachen, daß Ippolit sich sogar wunderte; darauf habe der Fürst plötzlich zu zittern begonnen und dann sei er in Tränen ausgebrochen ... Überhaupt befand sich der Fürst in diesen Tagen in einer großen Unruhe und in einer außergewöhnlichen Verwirrung, die irgendwie unbestimmt und quälend war. Ippolit behauptete geradezu, er fände ihn nicht bei vollem Verstande; aber das ließ sich noch keineswegs mit Bestimmtheit sagen.

Indem wir nun alle diese Tatsachen anführen und doch es ablehnen, sie zu erklären, wollen wir unseren Helden durchaus nicht etwa zu rechtfertigen versuchen. Im Gegenteil, wir sind sogar unbedingt bereit, den Unwillen zu teilen, den er selbst bei seinen Freunden hervorrief, eben durch sein Verhalten. Sogar Wjera Lebedewa war eine Zeitlang ungehalten über ihn; sogar Kolja war es, sogar Keller — dieser allerdings nur bis zu seiner Ernennung zum Hochzeitsmarschall —, ganz zu schweigen von Lebedeff, der nun sogar zu intrigieren begann gegen den Fürsten, alles nur aus Ärger über ihn, und sogar aus sehr aufrichtigem Ärger. Doch davon werden wir noch später zu erzählen haben. Jedenfalls aber müssen wir einigen sehr kräftigen und psychologisch sogar tiefen Worten beipflichten, die Jewgénij Páwlowitsch am sechsten oder siebenten Tage nach dem Geschehnis bei Nastassja Filippowna in einem freundschaftlichen Gespräch ganz offen und ohne alle Beschönigungen dem Fürsten selbst sagte. Es sei bei dieser Gelegenheit hier noch bemerkt, daß nicht nur die Familie Jepantschin, sondern auch alle, die mehr oder weniger mit ihr in Verbindung standen, es für notwendig hielten, alle Beziehungen zum Fürsten vollständig abzubrechen. Fürst Sch. zum Beispiel wandte sich sogar ab, als er dem Fürsten begegnete, und erwiderte nicht seinen Gruß. Aber Jewgenij Pawlowitsch fürchtete sich nicht, sich durch einen Besuch beim Fürsten zu kompromittieren, obschon er Jepantschins wieder täglich besuchte und daselbst mit sichtlich zunehmender Freundlichkeit empfangen wurde. Er kam gleich am nächsten Tage nach der Abreise Jepantschins aus Pawlowsk zum Fürsten und war natürlich schon gut unterrichtet über alles, was sich an Gerüchten im Publikum verbreitet hatte, ja, vielleicht hatte er sogar selbst einiges verlauten lassen. Der Fürst freute sich unsagbar über sein Kommen und begann sogleich von Jepantschins zu sprechen; eine so schlicht-treuherzige und offene Sprache ermöglichte es auch Jewgenij Pawlowitsch, ohne Umschweife und rückhaltlos gleich zur Sache zu kommen.

Der Fürst wußte es noch gar nicht, daß Jepantschins Pawlowsk verlassen hatten; er war bestürzt, wurde blaß; aber schon nach einer kleinen Weile schüttelte er den Kopf, verwirrt und nachdenklich, und gestand, daß es »so wohl habe kommen müssen«; danach erkundigte er sich hastig, wohin sie denn übergesiedelt seien.

Jewgenij Pawlowitsch beobachtete ihn derweilen aufmerksam, und alles das, das heißt, die Hastigkeit der Fragen, ihre

Unbefangenheit, die Verwirrung und die gleichzeitige Offenherzigkeit, die Unruhe und die Spannung — alles das wunderte ihn nicht wenig. Er gab übrigens in liebenswürdiger Weise und ausführlich seine Informationen: der Fürst wußte vieles noch nicht und sah in ihm den ersten Boten aus jenem Hause. Er bestätigte, daß Aglaja tatsächlich krank gewesen war, drei Tage und Nächte im Fieber und schlaflos verbracht hatte; jetzt ginge es ihr besser, und sie befände sich außer aller Gefahr, aber doch noch in einem nervös überreizten Zustand ...

»Zum Glück herrscht im ganzen Hause vollkommener Friede! Von dem Vorgefallenen sprechen sie nicht einmal unter sich, geschweige denn in Aglajas Gegenwart. Die Eltern haben sich besprochen wegen der Reise ins Ausland, die nun im Herbst stattfinden soll, unmittelbar nach Adelaidas Hochzeit; Aglaja hat die ersten Gespräche hierüber schweigend angehört.« Er, Jewgenij Pawlowitsch, werde vielleicht gleichfalls ins Ausland reisen. Sogar Fürst Sch. habe die Absicht, sich auf etwa zwei Monate frei zu machen, wenn es seine Arbeit erlaube, und mit Adelaida ihnen nachzureisen. Der General werde in Petersburg bleiben. Augenblicklich befanden sie sich in Kólmino, auf ihrem Gut, das ein geräumiges Herrschaftshaus hatte, etwa zwanzig Werst von Petersburg. Die Fürstin Bjelokonskaja sei noch nicht nach Moskau abgereist, ja, anscheinend sei sie sogar mit Absicht in Petersburg geblieben. Lisaweta Prokofjewna habe mit allem Nachdruck erklärt, es sei nach dem Vorgefallenen ganz unmöglich, weiterhin in Pawlowsk zu bleiben; er, Jewgenij Pawlowitsch, habe ihr täglich die umlaufenden Gerüchte mitteilen müssen. Eine Übersiedelung nach ihrem Landhause auf der Jelágin-Insel hätten sie gleichfalls für unmöglich gehalten.

»Und übrigens«, fuhr Jewgenij Pawlowitsch fort, »Sie werden doch wohl einsehen, daß es der Familie unmöglich war, hierzubleiben ... zumal man alles wußte, was hier in Ihrem Hause allstündlich geschah, und überdies, Fürst, bei

Ihrem täglichen Vorsprechen *dort*, trotz aller Abweisungen ...«

»Ja, ja, ja, Sie haben recht ... Ich wollte Aglaja Iwanowna sehen ...«, sagte der Fürst, wieder den Kopf schüttelnd.

»Ach, lieber Fürst«, rief da Jewgenij Pawlowitsch lebhaft und betrübt aus, »wie konnten Sie es damals nur zulassen ... daß dies alles geschah? Gewiß, gewiß, ich weiß, das kam für Sie alles so unerwartet ... Ich gebe zu, daß Sie den Kopf verlieren mußten und ... nicht imstande waren, das törichte Mädchen zurückzuhalten, das lag nicht in Ihrer Macht. Aber Sie hätten doch immerhin verstehen müssen, wie ungeheuer ernst und stark dieses Mädchen ... sich zu Ihnen verhielt. Sie wollte nicht mit der anderen teilen, und Sie ... und Sie haben eine solche Kostbarkeit verlassen und zerstören können!«

»Ja, ja, Sie haben recht; ja, es war meine Schuld«, sagte der Fürst, in schrecklichem Kummer, »und wissen Sie: nur sie allein, nur Aglaja allein sah Nastassja Filippowna so ... Von allen anderen sah doch niemand sie so.«

»Das ist ja gerade das Empörende daran, daß hier gar nichts Ernsthaftes vorlag!« fuhr Jewgenij Pawlowitsch, der sich entschieden zu ereifern begann, beinahe auf. »Verzeihen Sie mir, Fürst, aber ... ich ... ich habe darüber nachgedacht, Fürst; ich habe eingehend darüber nachgedacht. Ich weiß alles, was sich vor einem halben Jahr zugetragen hat, alles, und – all das war doch nichts Ernsthaftes! Das war doch alles nur eine abstrakte Leidenschaft, ein Gespinst der Phantasie, ein Rausch des Geistes, der wie Rauch vergeht, und nur die erschrockene Eifersucht eines vollkommen unerfahrenen Mädchens konnte das für etwas Ernsthaftes halten! ...«

Hierauf tat nun Jewgenij Pawlowitsch seiner Entrüstung keinen Zwang mehr an und drückte seine Gedanken offen und mit aller Schonungslosigkeit aus. Verständig und klar und, wie schon gesagt, sogar mit außergewöhnlicher psychologischer Einsicht entrollte er das Bild der gesamten früheren Beziehungen des Fürsten zu Nastassja Filippowna. Jewgenij

Pawlowitsch hatte schon immer die Gabe des Wortes besessen, jetzt aber bewies er sogar richtiges Rednertalent.

»Von Anfang an«, so erklärte er, »begann es bei Ihnen mit einer Lüge; was aber mit einer Lüge beginnt, das muß auch mit einer Lüge enden; das ist ein Naturgesetz. Ich kann nicht beistimmen, und bin sogar empört, wenn man Sie — nun ja, wie es manch einer tut — einen Idioten nennt; Sie sind viel zu klug für eine solche Bezeichnung; aber Sie sind doch soweit absonderlich, daß Sie nicht wie alle Menschen sein können, das werden Sie doch zugeben. Ich bin zu der Überzeugung gelangt, daß sozusagen das Fundament alles Geschehenen sich zusammensetzt aus, erstens, Ihrer angeborenen Unerfahrenheit (beachten Sie das Wort ‚angeborenen', Fürst), sodann aus Ihrer ungewöhnlichen Gutgläubigkeit; ferner, aus einem phänomenalen Mangel an Maßgefühl (zu dem Sie sich auch schon mehrmals selbst bekannt haben), und zu guter Letzt aus einer angesammelten gewaltigen Masse abstrakter Überzeugungen, die Sie mit Ihrer ganzen außergewöhnlichen Ehrlichkeit immer noch, bis heute noch, für wahre, natürliche und unmittelbare Überzeugungen halten! Sehen Sie doch ein, Fürst, daß Ihren Beziehungen zu Nastassja Filippowna von allem Anfang an etwas *bedingt Demokratisches* (nennen wir es der Kürze halber so) zu Grunde lag, sozusagen ein Bezaubertsein von der „Frauenfrage" (um mich noch kürzer auszudrücken). Ich bin sehr genau unterrichtet über jene absonderliche Skandalszene, die sich damals bei Nastassja Filippowna zugetragen hat, als Rogoshin sein Geld brachte. Wenn Sie wollen, werde ich Sie analysieren, werde Ihnen an den Fingern alles aufzählen, und Ihnen wie in einem Spiegel zeigen, wie Sie waren, wie alles kam, so genau weiß ich, worum es sich handelte und warum es diese Wendung nahm! Sie, ein Jüngling, bekamen in der Schweiz Heimweh, sehnten sich nach Rußland zurück, wie nach einem unbekannten, aber verheißungsvollen gelobten Lande; Sie lasen viele Bücher über Rußland, Bücher, die vielleicht an sich vorzüglich, aber für Sie schädlich waren;

und Sie kamen her in der ersten Glut der Leidenschaft zum Eingreifen, zur Betätigung, Sie hätten sich wohl am liebsten nur so hineingestürzt in Taten! Und siehe da, gleich am ersten Tage erzählt man Ihnen die traurige und herzerschütternde Lebensgeschichte einer beleidigten Frau, erzählt das Ihnen, dem keuschen Ritter, — und ausgerechnet von einer Frau! Noch am selben Tage sehen Sie diese Frau; Sie sind bezaubert, sind behext von ihrer Schönheit, einer phantastischen, dämonischen Schönheit (ich gebe ja zu, daß sie eine Schönheit ist). Nehmen Sie jetzt noch Ihre Nervosität hinzu, dazu Ihre Krankheit, dazu unser die Nerven irritierendes Petersburger Tauwetter; überblicken Sie einmal diesen ganzen Tag in der unbekannten und für Sie fast unwirklichen Stadt, den Tag der Begegnungen und Szenen, den Tag der unerwarteten Bekanntschaften, den Tag der ungeahntesten Wirklichkeit, den Tag, an dem Sie Jepantschins und deren drei schöne Töchter, darunter eine Aglaja, kennen lernten; dazu Ihre Ermüdung, die Benommenheit, und dann noch Nastassja Filippownas Salon und der Ton, zu dem es in diesem Salon an jenem Abend kam, und ... was konnten Sie nach alledem noch von sich erwarten, was meinen Sie?«

»Ja, ja; ja, ja«, der Fürst schüttelte wieder den Kopf und begann zu erröten, »ja, das ist beinahe so wie es war; und wissen Sie, ich hatte doch fast die ganze Nacht vorher nicht geschlafen, im Waggon, und auch die ganze vorletzte Nacht nicht ... und ich war sehr verwirrt ...«

»Das will ich meinen! — eben dies ist es ja, was ich zu bedenken gebe!« fuhr Jewgenij Pawlowitsch eifrig fort. »Es liegt doch auf der Hand, daß Sie sozusagen im Rausch der Begeisterung sich auf die erste Möglichkeit stürzten, öffentlich eine hochherzige Auffassung zu bezeugen, daß Sie, ein Fürst von altem Adel und ein reiner Mensch, eine Frau nicht für entehrt halten, die nicht durch eigene Schuld, sondern durch die Schuld eines widerlichen weltmännischen Lüstlings in Schimpf geraten ist. Herrgott, das ist doch begreiflich! Aber nicht darum handelt es sich, lieber Fürst, sondern darum, ob Ihr Gefühl echt war, ob es Natur war, oder nur eine Ekstase des Gehirns? Was meinen Sie: im Tempel ward einst einem Weibe verziehen, einem ebensolchen Weibe, aber es wurde doch nicht gesagt, daß ihr Tun gutzuheißen sei, daß sie aller Ehren und aller Achtung wert sei? Hat Ihnen denn nicht Ihr eigener gesunder Verstand nach drei Monaten zugeflüstert, um was es sich handelte? Mag sie auch jetzt schuldlos sein — ich werde nichts behaupten, denn das will ich nicht —, aber kann denn all dieses Abenteuerliche in ihrem Leben diesen ihren so unerträglichen, teuflischen Stolz, diesen ihren so unverschämten, so brutalen Egoismus rechtfertigen? Verzeihen Sie, Fürst, ich lasse mich hinreißen, aber ...«

»Ja, alles das könnte wohl so sein; vielleicht haben Sie auch recht ...«, murmelte wieder der Fürst; »sie ist wirklich sehr überreizt, und Sie haben recht, gewiß, aber ...«

»Aber sie hat Mitleid verdient? Ist es das, was Sie sagen wollen, mein guter Fürst? Aber wie darf man denn um des Mitleids willen, das man mit der einen hat, und zu deren Vergnügen, einer anderen, einem hochstehenden und reinen Mädchen, einen solchen Schimpf antun, es gerade vor *jenen* hochmütigen, jenen verhaßten Augen erniedrigen? Auch das Mitleid muß doch eine Grenze haben! Das ist doch eine unglaubliche Übertreibung! Und wie kann man sich denn von einem Mädchen, das man liebt, vor den Augen der Rivalin abwenden, eben um dieser Rivalin willen, nachdem man ihm schon in Ehren einen Heiratsantrag gemacht hat ... und Sie haben doch in Gegenwart ihrer Eltern und Schwestern um sie angehalten! Was ist nun von Ihnen überhaupt noch ehrlich gemeint gewesen, Fürst; handelt so ein Ehrenmann, wenn ich Sie fragen darf? Und ... und haben Sie dieses herrliche Mädchen nicht betrogen, als Sie beteuerten, Sie liebten sie?«

»Ja, ja, Sie haben recht, ach, ich fühle es ja selbst, daß ich der Schuldige bin!« sagte der Fürst in unsäglichem Kummer.

«Aber genügt denn das etwa?« fuhr Jewgenij Pawlowitsch

unmutig auf, »genügt es denn, nur auszurufen: ‚Ach, ja, ich bin der Schuldige!' Sie sind es und dennoch bleiben Sie dabei! Und ändern nichts! Und wo war denn Ihr Herz in jenem Augenblick, Ihr so ‚christliches' Herz! Sie werden doch wohl ihr Gesicht gesehen haben in jenem Augenblick: hat sie denn weniger gelitten als *jene*, als *Ihre andere*, um derentwillen Sie sich von ihr trennten? Wie konnten Sie das sehen und dennoch zulassen? Wie, wie war das möglich?«

»Aber ... ich habe es ja gar nicht zugelassen ...«, murmelte der unglückliche Fürst.

»Was heißt das, wieso denn nicht?«

»Ich habe, bei Gott, überhaupt nichts zugelassen. Ich verstehe bis heute noch nicht, wie das alles so gekommen ist ... ich eilte doch damals Aglaja Iwanowna nach, aber Nastassja Filippowna fiel in Ohnmacht; und danach hat man mich bis jetzt noch nicht zu Aglaja Iwanowna vorgelassen.«

»Gleichviel! Sie hätten Aglaja Iwanowna nacheilen sollen, und wenn die andere hundertmal in Ohnmacht fiel!«

»Ja ... ja, das hätte ich ... aber sie wäre dann doch gestorben! Sie hätte sich das Leben genommen, Sie kennen sie nicht, und ... ich hätte doch später Aglaja Iwanowna sowieso alles erklärt und ... Sehen Sie, Jewgenij Pawlowitsch, ich sehe, daß Sie, wie mir scheint, doch nicht alles wissen. Sagen Sie: weshalb läßt man mich nicht zu Aglaja Iwanowna. Ich würde ihr alles erklären. Sehen Sie: beide haben sie damals von etwas ganz anderem gesprochen, gar nicht davon, worauf es ankommt, gar nicht davon, und deshalb ist es dann zwischen ihnen dazu gekommen ... Ich kann Ihnen das wirklich nicht erklären, aber ich würde es vielleicht Aglaja erklären können ... Ach, mein Gott, mein Gott! Sie sprechen von ihrem Gesicht in jenem Augenblick, als sie damals hinauslief ... oh, mein Gott, ich habe es nicht vergessen! ... Gehen wir, gehen wir! Kommen Sie!« rief er plötzlich, eilig aufspringend; er griff Jewgenij Pawlowitsch am Ärmel und begann ihn mitzuziehen.

»Aber wohin denn?«

»Kommen Sie mit zu Aglaja Iwanowna, gehen wir jetzt gleich! ...«

»Aber sie ist ja gar nicht mehr in Pawlowsk, ich habe Ihnen das doch schon gesagt, und wozu wollen Sie hingehen?«

»Sie wird es verstehen, sie wird es verstehen!« stammelte der Fürst und faltete beschwörend wie ein Betender die Hände, »sie wird verstehen, daß alles das nicht *das* ist, sondern etwas vollkommen, vollkommen Anderes!«

»Wie vollkommen anders? Sie wollen doch trotz alledem heiraten? Also wollen Sie doch halsstarrig dabei bleiben ... Werden Sie nun heiraten, oder werden Sie nicht heiraten?«

»Nun ja ... ich werde heiraten; ja, ich heirate!«

»Also, wie soll das nun nicht *das* sein?«

»O nein, nicht das, nicht das ist es! Das, das ist doch ganz egal, ob ich heirate, das hat doch nichts auf sich!«

»Wieso ganz egal und nichts auf sich? Das ist doch kein Kinderspiel! Sie heiraten die geliebte Frau, um ihr Glück auszumachen, und Aglaja Iwanowna sieht das und weiß das, wie soll denn das nichts auf sich haben?«

»Glück? O nein! Ich heirate ja nur; sie will es so; und was ist denn dabei, daß ich heirate: ich ... Ach, nun, das ist doch ganz nebensächlich! Nur wäre sie bestimmt gestorben. Ich sehe jetzt ein, daß eine Ehe mit Rogoshin Wahnsinn gewesen wäre! Jetzt habe ich alles verstanden, was ich früher nicht verstand, und sehen Sie: als sie sich beide damals gegenüberstanden, da konnte ich Nastassja Filippownas Gesicht ... ihr Antlitz ... nicht aushalten! ... Sie wissen es nicht, Jewgenij Pawlowitsch« (er senkte die Stimme geheimnisvoll), »ich habe das noch niemandem gesagt, nicht einmal Aglaja, aber ich kann Nastassja Filippownas Antlitz nicht aushalten ... Sie hatten vorhin wohl recht mit dem, was Sie über jenen Abend damals bei Nastassja Filippowna sagten; aber es kam damals noch etwas hinzu, was Sie ausgelassen haben, weil Sie nichts davon wissen: ich habe in *ihr Antlitz* geschaut! Schon am Vormittage, bei Jepantschins, konnte ich es nicht ertragen ... Sehen Sie, Wjera ... Wjera Lébedewa, die hat ganz andere Augen; ich ... ich habe Angst vor ihrem Antlitz!« fügte er in sichtlich größter Furcht hinzu.

»Angst?«

»Ja; sie ist — wahnsinnig!« flüsterte er erbleichend.

»Wissen Sie das bestimmt?« fragte Jewgenij Pawlowitsch, aufs äußerste gespannt.

»Ja, bestimmt; jetzt bereits bestimmt; erst jetzt, erst in diesen Tagen bin ich mir darüber völlig klar geworden!«

»Aber was tun Sie sich dann an?« rief Jewgenij Pawlowitsch ganz erschrocken aus. »Dann heiraten Sie also aus einer Art Angst? Da werde einer klug draus! ... Vielleicht sogar noch, ohne zu lieben?«

»O nein, ich liebe sie mit ganzer Seele! Sie ist doch ... ein Kind; jetzt ist sie ein Kind, ganz und gar ein Kind! Oh, Sie wissen ja nichts!«

»Und zu gleicher Zeit haben Sie Aglaja Iwanowna Ihrer Liebe versichert?«

»O ja; ja!«

»Wie ist denn das zu verstehen? Dann wollen Sie also alle beide lieben?«

»Ja, ja!«

»Ich bitte Sie, Fürst, was reden Sie da, kommen Sie doch zur Besinnung!«

»Ich kann ohne Aglaja ... ich muß sie unbedingt sehen! Ich ... ich werde bald sterben, im Schlaf; ich dachte schon, ich würde in dieser Nacht sterben. Oh, wenn Aglaja wüßte, wenn sie alles wüßte ... das heißt, unbedingt *alles*. Denn hierbei muß man zunächst alles wissen, das ist die erste Voraussetzung! Warum können wir niemals *alles* von einem anderen erfahren, wo es doch nötig ist, wenn dieser andere sich schuldig gemacht hat! ... Ich ... übrigens ... ich weiß nicht, was ich rede, ich bin ganz wirr geworden; Sie haben mich furchtbar betroffen gemacht ... Und hat sie denn auch jetzt noch dieses Gesicht wie damals, als sie hinauslief? O ja, ich bin schuld daran! Wahrscheinlich bin ich allein an allem schuld! Ich weiß nur noch nicht, woran eigentlich, aber ich bin der Schuldige ... Hierbei ist irgend etwas, was ich Ihnen nicht erklären kann, Jewgenij Pawlowitsch, und mir fehlen die Worte, aber ... Aglaja Iwanowna wird es verstehen! Oh, ich habe immer daran geglaubt, daß sie es verstehen wird.«

»Nein, Fürst, sie wird es nicht verstehen! Aglaja Iwanowna hat wie ein Weib, wie ein Mensch geliebt, und nicht wie ein ... abstrakter Geist. Wissen Sie was, mein armer Fürst: am wahrscheinlichsten ist, daß Sie weder die eine noch die andere jemals geliebt haben!«

»Ich weiß nicht ... vielleicht; vielleicht haben Sie in vielem recht, Jewgenij Pawlowitsch. Sie sind sehr klug, Jewgenij Pawlowitsch; ach, ich bekomme wieder Kopfschmerzen, lassen Sie uns zu ihr gehen! Um Gottes willen, um Gottes willen!«

»Aber ich habe Ihnen doch gesagt, daß sie nicht mehr in Pawlowsk ist, sie ist in Kólmino.«

»Dann fahren wir nach Kólmino, fahren wir sofort!«

»Das ist un—mög—lich!« sagte Jewgenij Pawlowitsch langsam und erhob sich von seinem Platz.

»Hören Sie, ich werde einen Brief schreiben; überbringen Sie ihr den Brief!«

»Nein, Fürst, nein! Verschonen Sie mich mit solchen Aufträgen, ich kann nicht!«

Sie schieden. Jewgenij Pawlowitsch verließ ihn mit seltsamen Gedanken: auch seiner Ansicht nach war der Fürst zeitweise nicht bei vollem Verstande. »Und was hat dieses *Antlitz* zu bedeuten, vor dem er Angst hat und das er doch so liebt? Und dabei wird er doch vielleicht wirklich sterben ohne Aglaja, so daß Aglaja vielleicht nie erfahren wird, wie sehr er sie liebt! Haha! Und wie ist es denn möglich, zwei zugleich zu lieben? Mit irgendwelchen zwei verschiedenen Arten von Liebe etwa? Das ist interessant ... Armer Idiot! Was aus ihm jetzt wohl noch werden wird?«

## X

Der Fürst starb indes nicht vor seiner Hochzeit, weder im Wachen, noch »im Schlaf«, wie er sich im Gespräch mit Jewgenij Pawlowitsch über sein Vorgefühl geäußert hatte. Es ist möglich, daß er in dieser Zeit schlecht schlief und schlechte Träume hatte; aber tagsüber, unter Menschen, war er immer freundlich und schien sogar zufrieden zu sein, nur mitunter wie in Gedanken versunken, aber dies nur dann, wenn er allein war. Die Hochzeit wurde beschleunigt; sie sollte etwa eine Woche nach dem Besuch Jewgenij Pawlowitschs stattfinden. Angesichts dieser Eile aber hätten wohl selbst die besten Freunde des Fürsten, falls es solche noch gab, ihre Bemühungen, den unglücklichen Querkopf zu »retten«, aufgeben müssen. Es ging das Gerücht, Jewgenij Pawlowitsch sei zum Teil auch vom General Iwán Fjódorowitsch und dessen Gattin Lisaweta Prokófjewna zu diesem Besuch beim Fürsten veranlaßt worden. Aber selbst wenn diese beiden in ihrer großen Herzensgüte den »armen Jungen« von jenem Abgrunde hätten zurückhalten wollen, in den er sich hinabzustürzen im Begriff war, so mußten sie sich doch mit diesem einen schwachen Versuch begnügen: die Rücksicht auf ihre Stellung würde ihnen schwerlich ernstlichere Bemühungen erlaubt haben, auch wenn ihr verwundetes Elternherz die Kränkung ganz hätte vergessen können, was wohl ausgeschlossen war. Wir haben bereits erwähnt, daß sogar die nächste Umgebung des Fürsten sich teilweise gegen ihn einstellte. Wjera Lébedewa begnügte sich übrigens damit, heimlich zu weinen und seltener in seiner Wohnung nach dem Rechten zu sehen, als sie es bis dahin getan hatte. Kolja verlor in dieser Zeit seinen Vater: der alte General starb an einem zweiten Schlaganfall, acht Tage nach dem ersten. Der Fürst nahm großen Anteil an dem Leide der Familie und verbrachte in der ersten Zeit täglich mehrere Stunden bei Nina Alexándrowna; er war auch bei der Beerdigung und in der Kirche. Es fiel allgemein auf, daß das in der Kirche anwesende Publikum sein Erscheinen wie sein Weggehen mit unwilligem Geflüster begleitete. Dasselbe geschah jetzt auch auf der Straße, im Park: wenn er vorüberging oder vorüberfuhr, steckte man sofort die Köpfe zusammen, tuschelte, deutete mit Blicken auf ihn hin, nannte seinen Namen, sowie den von Nastassja Filippowna. Auch bei der Beerdigung suchte man sie mit den Augen, aber sie war nicht erschienen. Auch die Hauptmannswitwe, die Freundin des Verstorbenen, war nicht bei der Beerdigung, da Lebedeff diese noch rechtzeitig fernzuhalten und unschädlich zu machen verstanden hatte. Das Totenamt machte auf den Fürsten einen starken, erschütternden Eindruck. Auf eine geflüsterte Frage Lebedeffs antwortete er ebenso leise, daß er zum erstenmal einem orthodoxen Totenamt beiwohne; nur in der Kindheit sei er einmal in einer Dorfkirche bei der Feier zugegen gewesen, wie er sich erinnere.

»Ja, und nun ist es doch wie gar nicht derselbe Mensch, der dort im Sarge liegt, den wir noch vor kurzem zum Präsidenten ernannten, damals, an Ihrem Geburtstag, wissen Sie noch?« flüsterte Lebedeff dem Fürsten zu. »Wen suchen Sie?«

»Ich sah mich nur so um, es schien mir ...«

»Rogoshin vielleicht?«

»Ist er denn hier?«

»Ja, er ist in der Kirche.«

»Deshalb ... es war mir doch so, als hätte ich seine Augen gesehen«, murmelte der Fürst verwirrt. »Aber wieso ... Wie kommt er denn hierher? Hat man ihn eingeladen?«

»Keine Spur! Er ist doch kein Bekannter der Familie. Hier sind aber alle möglichen Leute. Weshalb wundert Sie das? Ich begegne ihm jetzt oft; etwa viermal hab ich ihn schon in der letzten Woche hier in Pawlowsk gesehen.«

»Ich habe ihn noch kein einziges Mal gesehen ... seit jenem Tage«, murmelte der Fürst.

Da auch Nastassja Filippowna ihm noch kein einziges

Mal gesagt hatte, daß sie Rogoshin »seitdem« gesehen habe, so schloß der Fürst jetzt daraus, daß Rogoshin wohl aus bestimmten Gründen, also absichtlich, von ihnen nicht gesehen werden wollte. Diesen ganzen Tag über war der Fürst wie in Gedanken versunken; Nastassja Filippowna aber war gerade an diesem Tage und den ganzen Abend ausnehmend lustig.

Es war übrigens Kolja, der dem Fürsten vorgeschlagen hatte, Keller und Burdowskij als Marschälle anzugeben (da die Sache so eilig war und die Angaben sofort gemacht werden mußten. Mit dem Fürsten hatte er sich schon vor dem Tode seines Vaters wieder ausgesöhnt). Er bürgte für Keller, daß dieser sich anständig benehmen werde, und vielleicht werde er sogar »von Nutzen« sein; und von Burdowskij brauche man nichts zu befürchten, der sei ein stiller, bescheidener Mensch. Nina Alexandrowna und Lebedeff machten zwar den Fürsten darauf aufmerksam, daß es schließlich nicht notwendig sei, wenn die Heirat nun schon eine beschlossene Sache war, sich gerade in Pawlowsk trauen zu lassen, jetzt in der Hochsaison der Sommerfrischler, und warum überhaupt öffentlich? Wäre es da nicht besser, sich in Petersburg trauen zu lassen, und vielleicht sogar im Hause? Der Fürst erriet natürlich, welche Befürchtungen sie zu diesen Einwendungen bewogen, antwortete jedoch nur kurz und einfach, es sei der ausdrückliche Wunsch Nastassja Filippownas, in Pawlowsk und öffentlich getraut zu werden.

Am nächsten Tage nach diesen Beschlüssen erschien beim Fürsten auch Keller, der bereits benachrichtigt worden war, daß man ihn zum Marschall gewählt hatte. Bevor er jedoch eintrat, blieb er, den Fürsten erblickend, auf der Türschwelle stehen, hob die rechte Hand mit steil ausgestrecktem Zeigefinger in die Höhe und rief laut, als gelte es, einen Schwur zu leisten:

»Keinen Tropfen!«

Darauf trat er militärisch auf den Fürsten zu, drückte

und schüttelte ihm kräftig beide Hände und erklärte, er sei anfangs, nachdem er von diesem Heiratsplan gehört, allerdings »dagegen« gewesen, habe das auch beim Billardspiel geäußert, aber beides doch nur aus dem einen Grunde: weil er dem Fürsten keine andere als eine Prinzessin de Rohan oder mindestens eine de Chabaud zugedacht und daher täglich mit der Ungeduld eines Freundes seine Verlobung erwartet habe; jetzt aber sehe er ein, daß der Fürst allermindestens zwölfmal edler denke als er und die »übrigen allesamt«! Denn er, der Fürst, strebe nicht nach Glanz und Reichtum und nicht einmal nach äußerem Ansehen, sondern einzig – nach Wahrheit! Die Gründe der Sympathien Hochgestellter seien nur zu bekannt, der Fürst aber stehe allein schon infolge seiner Bildung zu hoch, um nicht auch eine hohe Persönlichkeit zu sein, allgemein gesprochen! »Aber der Pöbel und dieses ganze Spießerpack urteilt anders!« fuhr er fort. »In der Stadt, in den Häusern, auf allen Versammlungen, in den Villen, bei den Konzerten, in den Schenken und beim Billard wird von nichts anderem geredet und gezetert, als über das bevorstehende Ereignis. Ich habe gehört, daß man unter Ihren Fenstern sogar eine Katzenmusik machen wolle, und zwar in der ersten Nacht! Wenn Sie, Fürst, der Pistole eines anständigen Menschen bedürfen, so bin ich bereit, in Ehren ein halbes Dutzend Schüsse im Zweikampf zu wechseln, noch bevor Sie sich am nächsten Morgen vom Hochzeitslager erheben.« Er habe, sagte er, Lebedeff auch schon den Rat gegeben, zur Abwehr des großen Andranges der Neugierigen eine Feuerspritze auf dem Hof in Bereitschaft zu halten für die Zeit nach der Rückkehr aus der Kirche, aber Lebedeff habe heftig protestiert: »Gott soll mich davor bewahren«, habe er gesagt, »dann schlagen sie mir ja mein ganzes Landhaus kurz und klein!«

»Aber dieser Lebedeff intrigiert gegen Sie, Fürst, glauben Sie es mir! Man will Sie unter Kuratel stellen, können Sie sich so etwas vorstellen, Sie mit allem Zubehör, mitsamt Ihrem freien Willen und mit Ihrem ganzen Geld, also mit den zwei Dingen, die jeden von uns von den Vierfüßlern unterscheiden! Ich habe es selbst gehört, aus zuverlässiger Quelle gehört! Es ist wirklich wahr!«

Der Fürst entsann sich, auch selbst schon etwas Ähnliches gehört, aber natürlich nicht weiter beachtet zu haben. Er lachte auch jetzt nur darüber und vergaß es sogleich wieder. Lebedeff hatte tatsächlich eine Zeitlang in dieser Richtung allerhand Schritte unternommen; die Pläne dieses Menschen entstanden immer irgendwie auf höhere Eingebung, aber infolge seines Übereifers gerieten sie sogleich ins Wuchern, verzweigten sich und entfernten sich vom Ausgangspunkt alsbald nach allen Seiten; eben deshalb gelang ihm auch nur selten etwas in seinem Leben. Als er dann später, fast schon am letzten Tage vor der Hochzeit, zum Fürsten kam, um zu beichten (es war zu seiner bleibenden Angewohnheit geworden, immer zu dem beichten zu gehen, gegen den er intrigiert hatte, namentlich wenn ihm das Vorhaben mißglückt war), da erklärte er ihm, er, Lebedeff, sei ein geborener Talleyrand und es bleibe unbegreiflich, weshalb er nur ein Lebedeff geblieben sei. Danach deckte er ihm sein ganzes Spiel auf, wodurch er den Fürsten lebhaft interessierte. Nach seinen Worten hatte er damit begonnen, daß er sich die Protektion hochgestellter Personen zu sichern suchte, auf die er sich im Notfall stützen könnte. So war er denn zuerst zum General Jepantschin gegangen. Dieser sei zunächst sehr verwundert gewesen, habe zwar gesagt, daß er dem »jungen Manne« alles Gute wünsche, jedoch erklärt, wie sehr er ihn auch zu retten wünsche, in dieser Angelegenheit wäre es für ihn doch sehr unpassend mitzuwirken. Lisaweta Prokofjewna habe ihn, Lebedeff, weder sehen noch anhören wollen; und Jewgenij Pawlowitsch wie auch Fürst Sch. hätten nur mit den Händen abgewinkt, ohne ein Wort zu sagen. Er aber, Lebedeff habe trotzdem den Mut nicht sinken lassen und sich zu einem hervorragenden Juristen begeben, einem ehrenwerten alten Herrn, der sein großer Freund und nahezu Wohltäter sei, um sich mit diesem zu beraten. Der habe die

Sache für durchaus durchführbar erklärt, wenn er kompetente Zeugen für die geistige Unzurechnungsfähigkeit oder den ausgesprochenen Irrsinn des Fürsten beibringen könne, die Hauptsache aber bliebe nichtsdestoweniger die höhere Protektion. Auch hiernach habe Lebedeff den Plan noch nicht aufgegeben, sondern eines Tages einen Arzt zum Fürsten gebracht — einen gleichfalls ehrenwerten alten Herrn mit dem Annenorden am Hals, der ein Landhaus in Pawlowsk besaß — und zwar einzig zu dem Zweck, damit er sozusagen eine Okularinspektion vornehme, den Fürsten persönlich kennenlerne und vorderhand nicht offiziell, sondern sozusagen nur freundschaftlich seine Meinung über den Fall äußere. Der Fürst entsann sich noch sehr gut dieses Besuchs; entsann sich auch, daß Lebedeff noch am Vorabend versucht hatte, ihm einzureden, er sei krank und müsse einen Arzt konsultieren, und obschon der Fürst das entschieden abgelehnt hatte, war er am nächsten Tage mit dem Arzt erschienen, unter dem Vorwand, sie kämen beide soeben von Herrn Teréntjeff, dem es sehr schlecht gehe, und der Arzt wolle dem Fürsten nur einiges über den Zustand des Kranken mitteilen. Der Fürst hatte Lebedeff seinen Dank ausgesprochen und den Arzt sehr freundlich empfangen. Sie waren sogleich ins Gespräch gekommen über den kranken Ippolit; der Arzt hatte den Fürsten gebeten, ihm jenen Selbstmordversuch des Schwindsüchtigen ausführlicher zu schildern, und der Fürst hatte ihn durch seine Wiedergabe des Vorfalls und die psychologische Erklärung des Entschlusses sehr gefesselt. Darauf war man auf das Petersburger Klima zu sprechen gekommen, auch auf die Krankheit des Fürsten, auf die Schweiz und auf den dortigen Dr. Schneider. Der Fürst hatte ihm Schneiders Heilmethode erklärt, auch noch anderes berichtet und das Interesse des Arztes in solchem Maße gefesselt, daß dieser volle zwei Stunden bei ihm geblieben war; dabei hatte er die wunderbaren Zigarren des Fürsten geraucht und Lebedeffs delikaten Likör getrunken, den Wjera hereinbrachte; bei dieser Gelegenheit hatte er ihr, obgleich er ein älterer verheirateter Mann und Familienvater war, so eigentümliche Komplimente gesagt, daß sie tief empört hinausgegangen war. Vom Fürsten hatte er sich in der freundschaftlichsten Weise verabschiedet, um darauf Lebedeff unter vier Augen zu fragen, wen man denn zu Vormündern wählen solle, wenn man solche Leute wie den Fürsten unter Vormundschaft stellen wollte? Auf Lebedeffs geradezu tragische Darstellung des bevorstehenden unwiderruflichen Schrittes wiegte der Arzt nicht ohne List und Tücke bedächtig das Haupt und bemerkte schließlich, daß, »ganz abgesehen davon, wer alles geheiratet werde«, die bezaubernde Person, wenigstens soviel er gehört habe, außer ihrer unvergleichlichen Schönheit, die ja allein schon einen wohlhabenden Mann berücken könne, auch noch Vermögenswerte von Tozkij und von Rogoshin besitze, dazu Perlen und Brillanten, kostbare Shawls und Möbel und anderes mehr, und daher beweise die Wahl des ihm teuren Fürsten keineswegs besondere, oder sozusagen in die Augen springende Dummheit, sondern zeuge vielmehr vom praktischen Sinn eines klugen Weltmannes, so daß er folglich eher zu einer ganz entgegengesetzten und für den Fürsten durchaus günstigen Schlußfolgerung gekommen sei ... Dieser Gedankengang hatte Lebedeff in einem Zustand des Bestürztseins zurückgelassen; bei dieser Anschauung verblieb er nun, »und jetzt«, so schloß er seine Beichte vor dem Fürsten, »jetzt werden Sie außer innigster Ergebenheit und Bereitschaft zu jedem Opfer für Sie nichts anderes von mir erfahren. Nur um dies Ihnen mitzuteilen, bin ich gekommen.« —

Auch Ippolit hatte den Fürsten in diesen letzten Tagen vom einsamen Grübeln abgelenkt; er ließ ihn nur zu oft zu sich bitten. Terentjeffs wohnten nicht weit von Lebedeff in einem kleinen Häuschen. Ippolits kleine Geschwister freuten sich vor allem deshalb über die Sommerfrische, weil sie vor dem Kranken ins Freie flüchten konnten; die Mutter aber war ihm vollkommen preisgegeben und wurde zum Opfer seiner Launen; der Fürst mußte täglich die Streitenden auseinanderbringen und wieder Frieden stiften, und der Kranke fuhr fort, ihn seine Kinderfrau zu nennen, aber es war gleichzeitig, als wage er es vor sich selbst nicht recht, ihn wegen seiner Versöhnerrolle nicht zu verachten. Auf Kólja war er sehr schlecht zu sprechen, weil dieser fast gar nicht mehr zu ihm kam, da er zunächst bei seinem sterbenden Vater blieb und nachher bei der verwitweten Mutter. Schließlich wählte der Kranke zur Zielscheibe seines Spottes die bevorstehende Hochzeit des Fürsten mit Nastassja Filippowna und trieb es so weit, daß er den Fürsten ernstlich verletzte und dieser seine Besuche einstellte. Doch schon nach zwei Tagen kam die Hauptmannswitwe frühmorgens zum Fürsten und bat ihn unter Tränen, doch wieder zu ihnen zu kommen, da »er« sie sonst noch umbringen werde. Sie fügte hinzu, er wolle ihm ein großes Geheimnis anvertrauen. Der Fürst ging hin. Ippolit wollte sich mit ihm versöhnen, begann sogar zu weinen und wurde nach den Tränen selbstverständlich noch böser, wagte es nur nicht, seine Bosheit zum Ausdruck zu bringen. Es ging ihm gesundheitlich sehr schlecht und alle Symptome deuteten darauf hin, daß er jetzt wohl bald sterben werde. Ein Geheimnis hatte er nicht mitzuteilen; alles, was er vorzubringen hatte, waren vor Aufregung (einer vielleicht künstlich vorgetäuschten Aufregung) sozusagen atemlose, drängende Bitten, sich »vor Rogoshin in acht zu nehmen«.

»Dieser Mensch ist nicht so einer, der sich das Seinige wegnehmen läßt! Der ist nicht von unserer Art, Fürst! Wenn der etwas will, dann wird er vor nichts zurückschrecken...« usw., usw.

Der Fürst bat ihn um nähere Erklärung, stellte Fragen, wollte irgendwelche Tatsachen hören; aber Tatsachen waren nicht vorhanden, nur persönliche Empfindungen und Eindrücke, die Ippolit zu haben vorgab. Zu seiner größten Genugtuung gelang es ihm aber zum Schluß doch noch, den Fürsten unsäglich zu erschrecken. Zuerst hatte der Fürst auf gewisse Gegenfragen Ippolits nicht antworten wollen und nur gelächelt über Ratschläge wie: »so schnell wie möglich ins Ausland zu fliehen und sich dort trauen zu lassen; russische Geistliche gibt es doch überall!« Aber zu guter Letzt sprach Ippolit folgenden Gedanken aus:

»Ich fürchte ja doch nur für Aglaja Iwánowna! Rogoshin weiß, wie sehr Sie sie lieben. Also Liebe gegen Liebe: Sie haben ihm Nastassja Filippowna genommen, dafür könnte er seinerseits Aglaja Iwanowna ermorden. Denn wenn sie jetzt auch nicht Ihnen gehört, so wäre es für Sie doch ein schwerer Schlag, nicht wahr?« Und damit hatte er sein Ziel erreicht: der Fürst verließ ihn in einem Zustand, als wäre er nicht mehr bei Sinnen.

Diese Warnungen vor Rogoshin erfolgten am Tage vor der Hochzeit. Am Abend dieses Tages war der Fürst zum letztenmal vor der Trauung bei Nastassja Filippowna; aber auch dieses Zusammensein konnte ihn nicht beruhigen, im Gegenteil, es steigerte seine innere Unruhe nur noch mehr. Früher, d. h. noch vor einigen Tagen, hatte sie sich, wenn er bei ihr war, immer alle Mühe gegeben, ihn aufzuheitern, da die Traurigkeit in seinen Augen sie schrecklich ängstigte. Sie hatte sogar versucht, ihm etwas vorzusingen; am häufigsten hatte sie ihm sonst allerhand Heiteres erzählt, oder was ihr an Komischem gerade einfiel. Der Fürst hatte fast immer getan, als amüsiere es ihn sehr, aber manchmal hatte er auch wirklich lachen müssen über ihren glänzenden Verstand und ihr waches Empfinden, mit dem sie zuweilen erzählen konnte, namentlich wenn sie sich hinreißen ließ, und sie ließ sich oft hinreißen. Wenn sie dann den Fürsten lachen sah und merkte, daß ihre Erzählung ihm gefallen hatte, war sie richtig beglückt und wurde ganz stolz auf sich. Jetzt aber nahmen ihre Traurigkeit und Nachdenklichkeit fast von Stunde zu Stunde zu. Wenn er nicht seine bestimmte Meinung über sie gehabt hätte, wäre ihm jetzt wohl alles an ihr rätselhaft und unverständlich erschienen. Er aber glaubte aufrichtig, daß sie noch auferstehen könne. Er hatte Jewgenij Pawlowitsch vollkommen wahrheitsgemäß gesagt, daß er sie von Herzen und innig liebe, und in seiner Liebe zu ihr lag auch wirklich etwas von jener gleichsam fesselnden Anziehungskraft, wie sie von einem armseligen und kranken Kinde ausgeht, das man schwer oder sogar unmöglich sich selbst überlassen kann. Er erklärte niemandem die Gefühle, die er für sie empfand, und er mochte auch dann nicht darüber sprechen, wenn ein Gespräch es nahelegte. Wenn er mit ihr zusammen war, ja, selbst wenn er mit ihr allein war, sprachen sie beide nie »von Gefühlen«, ganz als hätten sie sich vorsätzlich das Wort darauf gegeben. An ihrer meist heiteren und lebhaften Unterhaltung konnte sich ein jeder beteiligen. Darja Alexéjewna erzählte nachher, es sei für sie während dieser ganzen Zeit eine Freude und ein Genuß gewesen, die beiden zu betrachten.

Doch eben diese Auffassung des Fürsten von Nastassja Filippownas seelischem und geistigem Zustand befreite ihn zum Teil auch von vielen anderen Bedenken. Sie war jetzt eine ganz andere Frau, als jene, die er vor drei Monaten gekannt hatte. Deshalb dachte er jetzt auch nicht mehr darüber nach, weshalb sie zum Beispiel damals unter Tränen, Verwünschungen und Vorwürfen vor der Trauung geflüchtet war, jetzt aber selbst auf Beschleunigung der Hochzeit bestand? »Also fürchtet sie jetzt nicht mehr wie damals, daß diese Heirat mir Unglück bringen werde«, dachte der Fürst. Ein so schnell wiedererstandenes Selbstvertrauen konnte aber bei ihr, seiner Ansicht nach, nicht natürlich sein. Und andererseits konnte dieses Selbstvertrauen doch auch nicht einzig dem Haß gegen Aglaja entspringen: Nastassja Filippowna verstand doch, etwas tiefer zu empfinden. Und doch auch nicht aus Furcht vor einem Schicksal mit Rogoshin? Mit einem Wort, alle diese Motive konnten hier, vereint mit dem Übrigen, wohl auch mitsprechen; für ihn aber war es klarer als alles andere, daß hier gerade dies vorlag, was er schon lange vermutete, und was die arme kranke Seele nicht mehr zu ertragen imstande gewesen war. All das konnte ihm aber, wenn es ihn auch in gewisser Weise vor Zweifeln bewahrte, doch keine Ruhe geben, noch ihm wenigstens eine Erholung gönnen während dieser ganzen Zeit. Manchmal schien er sich zwingen zu wollen, an nichts zu denken; die bevorstehende Eheschließung betrachtete er anscheinend wirklich nur als irgend eine unwichtige Formalität; sein eigenes Schicksal war für ihn von gar zu geringer Bedeutung. Was jedoch seine Antworten auf direkte Fragen, etwa in Gesprächen wie dem mit Jewgenij Pawlowitsch, anlangte, so wußte er in solchen Fällen wirklich nichts zu antworten und fühlte sich nur vollkommen unzuständig; deshalb versagte er sich auch jeder Auseinandersetzung von dieser Art.

Er hatte übrigens sogleich bemerkt, daß Nastassja Filippowna nur zu gut wußte und begriff, was Aglaja für ihn bedeutete. Sie sprach nur nicht darüber, aber er sah ihr Gesicht, wenn sie ihn manchmal — noch in der ersten Zeit — zufällig in dem Augenblick antraf, wo er sich anschickte, zu Jepantschins zu gehen. Als Jepantschins dann Pawlowsk verließen, erstrahlte sie geradezu. Wie unachtsam und arglos der Fürst sonst auch war, aber in dieser Hinsicht hatte ihn doch schon der Gedanke beunruhigt, Nastassja Filippowna könnte sich zu irgend einem Skandal entschließen, um Aglaja einen weiteren Aufenthalt in Pawlowsk unmöglich zu machen. Wurde doch das Gerede und die Aufregung in ganz Pawlowsk über diese Hochzeit von Nastassja Filippowna zum Teil noch mit Absicht geschürt, um die Rivalin zu reizen. Da nun Jepantschins nach dem Ereignis nirgendwo anzutreffen waren, hatte Nastassja Filippowna beschlossen, einmal auf einer Spazierfahrt mit dem Fürsten an deren Villa vorüberzufahren. Das war für den Fürsten eine schreckliche Überraschung gewesen; er hatte es, wie gewöhnlich, erst zu spät bemerkt, als nichts mehr zu ändern war und der Wagen bereits an deren Fenstern vorüberfuhr. Er sagte nichts, war aber nachher zwei Tage lang krank; das Experiment wurde von Nastassja Filippowna nicht wiederholt. In den letzten Tagen vor der Hochzeit fiel es ihm auf, daß sie oft wie in Gedanken versunken dasaß; zwar nahm sie sich immer wieder zusammen, verscheuchte ihre Trauer und wurde wieder heiter, aber diese Heiterkeit war dann doch stiller, gedämpfter, nicht so glücklich heiter wie zu Anfang, wie noch vor kurzem. Der Fürst verdoppelte seine Achtsamkeit. Merkwürdig fand er es, daß sie in der Unterhaltung mit ihm nie auf Rogoshin zu sprechen kam. Nur einmal, etwa fünf Tage vor der Hochzeit, war ein Bote von Darja Alexejewna plötzlich bei ihm erschienen, mit der Bitte, sogleich hinzukommen, da es mit Nastassja Filippowna sehr schlecht stehe. Der Fürst fand sie auch wirklich in einem so beängstigenden Zustand vor, daß man sie für wahnsinnig hätte halten können: sie schrie immer wieder auf, zitterte und beteuerte, Rogoshin sei im Garten oder habe sich im Hause versteckt, sie habe ihn soeben selbst gesehen, und er werde sie in der Nacht umbringen ... ermorden! Den ganzen Tag konnte sie sich nicht recht beruhigen. Zum Glück erfuhr der Fürst noch am Abend dieses Tages, als er auf einen Augenblick bei Ippolit vorsprach, von dessen Mutter, der Hauptmannswitwe, die gerade aus Petersburg zurückkehrte, wohin sie wegen irgend welcher Geschäfte gefahren war, daß Rogoshin bei ihr in ihrer Stadtwohnung gewesen sei und sich nach den Vorgängen in Pawlowsk erkundigt habe. Auf die Frage des Fürsten, um welche Zeit sie denn dort mit Rogoshin gesprochen hatte, gab sie fast dieselbe Stunde an, zu der Nastassja Filippowna ihn im Garten zu sehen geglaubt hatte. Es war also nur eine Halluzination gewesen. Nastassja Filippowna war auch noch selbst zur Hauptmannswitwe gegangen, um sich von ihr alles Nähere mitteilen zu lassen, und hatte sich danach sehr beruhigt gefühlt.

Am letzten Abend vor der Hochzeit befand sie sich, als der Fürst sie verließ, in überaus angeregter Stimmung: aus Petersburg war von der Modistin der Hochzeitsstaat für den nächsten Tag eingetroffen, das Brautkleid, der Kopfputz usw., usw. Der Fürst hatte eigentlich nicht erwartet, daß diese Dinge sie in solchem Maße beschäftigen würden; er fand alles wunderschön, und sein Lob machte sie noch glücklicher. Dabei verschnappte sie sich, und so stellte es sich heraus, daß sie bereits gehört hatte, sowohl von der Entrüstung der Pawlowsker als von der Absicht einiger Taugenichtse, eine Katzenmusik zu veranstalten, mit Instrumenten und womöglich auch noch Spottgedichten, die eigens verfaßt wurden, und daß dieses Vorhaben beinahe auch von der übrigen Gesellschaft gutgeheißen werde. Nun, und so wollte sie denn jetzt den Kopf noch höher erheben vor all diesen Leuten, wollte sie alle blenden mit dem Geschmack und der Pracht ihres Gewandes und — »mögen sie dann doch schreien und pfeifen, wenn sie es noch wagen!« Und schon bei dem bloßen Gedanken daran blitzten ihre Augen. Dabei hatte sie noch einen heimlichen Wunsch, den sie aber nicht laut aussprach: sie hoffte, daß Aglaja oder vielmehr Abgesandte von ihr inkognito im Publikum oder in der Kirche sie sehen, alles beobachten und nachher berichten würden, und im stillen bereitete sie sich schon darauf vor. Sie war noch ganz mit diesen Gedanken beschäftigt, als der Fürst sich gegen elf Uhr von ihr verabschiedete. Nach altem Brauch sollten sie sich am Hochzeitstag erst in der Kirche wiedersehen. Aber noch hatte es nicht Mitternacht geschlagen, als wieder jemand von Darja Alexejewna zu ihm gelaufen kam: er möchte schnell herüberkommen, es stehe sehr schlecht. Der Fürst fand die Braut im Schlafzimmer, wo sie sich eingeschlossen hatte, schluchzend vor Verzweiflung, wie in Krämpfen; es dauerte eine ganze Weile, bis sie überhaupt vernahm, was man durch die verschlossene Tür sagte; endlich öffnete sie, ließ nur den Fürsten herein, schloß hinter ihm die Tür gleich wieder ab und fiel vor ihm auf die Knie. (So erzählte Darja Alexéjewna, die einiges erspäht und gehört hatte.)

»Was tue ich! Was tue ich! Was bin ich im Begriff, dir anzutun!« stieß sie verzweifelt hervor, indem sie krampfhaft seine Knie umklammerte.

Der Fürst blieb eine volle Stunde bei ihr; wovon sie sprachen, wissen wir nicht. Darja Alexéjewna berichtete später, sie hätten sich nach einer Stunde in versöhnter und glücklicher Stimmung getrennt. Der Fürst schickte in dieser Nacht noch einmal zu Darja Alexejewna, um sich nach Nastassja Filippownas Befinden zu erkundigen, und erhielt die Nachricht, sie sei beruhigt eingeschlafen. Am Morgen, noch bevor sie aufgewacht war, erschienen wieder zwei Abgesandte vom Fürsten, doch erst der dritte wurde beauftragt, ihm zu melden, daß Nastassja Filippowna jetzt von einem ganzen Schwarm von Modistinnen und Friseuren aus Petersburg umgeben sei; von der gestrigen Stimmung sei keine Spur mehr vorhanden, die Toilette nehme sie ganz in Anspruch, wie das bei einer solchen Schönheit vor der Trauung anders auch gar nicht natürlich wäre, und augenblicklich finde eine große Beratung statt wegen der Schmuckstücke, was von den Pretiosen angelegt werden solle, und wie. Da war der Fürst denn vollkommen beruhigt.

Der ganze nun folgende Bericht über diese Hochzeit ist den Schilderungen der Augenzeugen nacherzählt, und deren Angaben dürften, wie mir scheint, richtig sein.

Die Trauung war auf acht Uhr abends angesetzt. Nastassja Filippowna war bereits um sieben Uhr mit ihrer Brauttoilette fertig. Schon um sechs Uhr begannen sich allmählich Schaulustige rings um Lebedeffs Landhaus anzusammeln, besonders aber vor dem Hause Darja Alexejewnas; nach sieben Uhr begann sich auch die Kirche zu füllen. Wjera Lébedewa und Kolja waren in großer Angst um den Fürsten, aber sie hatten viel zu tun, denn es galt, in der Wohnung des Fürsten für den Empfang und die Bewirtung der Gäste alles vorzubereiten. Übrigens war nach der Trauung nicht etwa eine große Gesellschaft vorgesehen, sondern eingeladen waren von Lebedeff außer denjenigen, die bei der Trauung zugegen sein mußten, nur Ptizyns, Ganja, der Arzt mit dem Annen-Orden am Halse und Darja Alexéjewna. Als der Fürst Lebedeff verwundert fragte, wozu er denn auch den »doch kaum bekannten« Arzt eingeladen hatte, antwortete Lebedeff selbstzufrieden: »Er hat einen Orden am Halse, ist ein angesehener alter Herr, so etwas macht Eindruck!« und erheiterte dadurch den Fürsten. Keller und Burdowskij sahen in Frack und weißen Handschuhen sehr anständig aus. Nur Keller flößte dem Fürsten und den anderen, die ihm die Vollmacht gegeben hatten, doch einige Besorgnis ein durch seine offenkundige Neigung zu tätlichem Eingreifen, und die Blicke, die er den vor dem Hause sich drängenden Maulaffen zuwarf, verrieten äußerste Feindseligkeit. Endlich, um halb acht, begab sich der Fürst in geschlossener Equipage zur Kirche. Hier sei erwähnt, daß auf seinen ausdrücklichen Wunsch nichts von den herkömmlichen Bräuchen unterlassen werden sollte: alles sollte genau eingehalten werden, in voller Öffentlichkeit, ohne alle Heimlichkeit, und »wie es sich gehört« vor sich gehen. In der Kirche war es zunächst ein schwieriges Durchkommen für den Fürsten durch das Gedränge, bei lebhaftem Geflüster und etlichen Bemerkungen des Publikums. Unter Kellers Führung, der nach rechts und links wieder drohende Blicke warf, gelangte er zum Altarraum, der ihn vorerst den Blicken der Neugierigen entzog. Hierauf fuhr Keller zu Darja Alexejewna, um die Braut abzuholen. Dort fand er vor dem Hause eine Menschenmenge, die nicht nur doppelt oder dreifach so zahlreich war wie die vor der Wohnung des Fürsten, sondern vielleicht auch dreimal mutwilliger. Als er die Stufen zur Haustür hinanstieg, hörte er solche Bemerkungen, daß er sich nicht beherrschen konnte und sich bereits umwandte mit der Absicht, eine gebührende Rede an das Publikum zu halten; doch zum Glück konnte Burdowskij ihn davon abhalten, unterstützt von der herbeigeeilten Darja Alexejewna: sie faßten ihn an und zogen ihn mit Gewalt ins Haus herein. Keller war gereizt und drängte zur Eile. Nastassja Filippowna erhob sich, warf noch einen Blick in den Spiegel, bemerkte mit »schiefem«

Lächeln, wie Keller später erzählte, daß sie »blaß wie eine Leiche« aussehe, verbeugte sich ehrfurchtsvoll vor dem Heiligenbilde und begab sich hinaus.

Lautes Stimmengewirr begrüßte ihr Erscheinen. Allerdings hörte man im ersten Augenblick auch Gelächter, Händeklatschen, beinahe so etwas wie Pfiffe; aber schon im nächsten Augenblick wurden auch andere Stimmen laut:

«So eine Schönheit!« hörte man ausrufen.

»Sie ist die erste nicht und wird auch nicht die letzte sein, die trotzdem...«

»Der Brautkranz deckt doch alles zu, ihr Dummköpfe!«

»Nein, wo gibt es noch so eine Schönheit! Hurra!« riefen die Nächststehenden.

»Eine Fürstin! Für so eine Fürstin gäb' ich auch meine Seele hin!« rief ein Kanzlist, und begeistert zitierte er: „Mein Leben für eine Nacht!"...

Nastassja Filippowna war, als sie auf die Treppe hinaustrat, freilich leichenblaß; aber in ihren großen dunklen Augen brannte eine Glut; und diesem bannenden Blick konnte die Menge nicht widerstehen: der Hohn schlug in Begeisterung um, Hochrufe wurden ausgebracht. Schon war der Wagenschlag aufgerissen, schon wandte sich Keller ihr zu, um ihr den Arm zu reichen, als sie plötzlich aufschrie und sich unmittelbar von der Treppe in die Zuschauer stürzte. Ihr Geleit erstarrte vor Schreck, die Menge wich zurück, machte ihr Platz, und fünf oder sechs Schritte weit von der Treppe war plötzlich Rogoshin zu sehen. Sein Blick war es gewesen, den Nastassja Filippowna gefühlt und gefunden hatte. Sie lief auf ihn zu wie eine Wahnsinnige und ergriff seine beiden Hände.

»Rette mich! Bring mich fort! Wohin du willst, nur schnell!«

Rogoshin griff sie auf, trug sie fast auf den Armen, und ehe man sich versah, hatte er sie in die Equipage gehoben. Im Nu entnahm er seiner Brieftasche einen Hunderttrubelschein und hielt ihn dem Kutscher hin.

»Zum Bahnhof! Und wenn du den Zug noch erreichst, gibt's noch einen Hunderter!«

Und schon saß er in der Equipage und warf den Wagenschlag zu. Der Kutscher zögerte keinen Augenblick und riß mit der Peitsche über die Pferde. Keller schob nachher alle Schuld auf die Plötzlichkeit, auf die Überraschung: »Noch eine Sekunde, und ich hätte mich zurechtgefunden, hätte es nicht zugelassen!« versicherte er jedesmal, wenn er das Geschehnis erzählte. Er und Burdowskij sprangen zwar sogleich in die nächste Equipage, die vor dem Hause hielt, und jagten ihnen nach, aber noch unterwegs bedachte sich Keller eines anderen und meinte: »Wir kommen in jedem Fall zu spät! Und mit Gewalt kann man sie doch nicht zurückbringen!«

»Und der Fürst wird es auch nicht wollen!« habe der erschütterte Burdowskij beigestimmt.

Rogoshin und Nastassja Filippowna waren noch rechtzeitig auf dem Bahnhof angelangt. Hier hatte Rogoshin schon beim Einsteigen in den Zug gerade noch Zeit gehabt, ein vorübergehendes Mädchen in einem alten, aber noch anständigen dunklen Umhang und einem seidenen Kopftüchlein anzuhalten:

»Wollen Sie mir für fünfzig Rubel Ihren Umhang überlassen?« damit hatte er ihr das Geld hingehalten. Doch noch bevor das Mädchen dazu kam, sich zu wundern und zu überlegen, hatte er ihr das Geld schon in die Hand gedrückt, den Umhang und das Kopftuch abgenommen und Nastassja Filippowna um die Schultern und über den Kopf geworfen. Das kostbare Brautkleid war zu auffallend, hätte auch im Waggon Aufsehen erregt, und erst viel später begriff das junge Mädchen, weshalb man ihr, mit solchem Gewinn für sie, die alten billigen Kleidungsstücke abgekauft hatte.

Die Kunde von dem Geschehenen hatte mit unglaublicher Schnelligkeit die Kirche erreicht. Als Keller sich zum Fürsten begab, wurde er von vielen ihm ganz Unbekannten aufgehalten und mit Fragen bestürmt. Man sprach laut durcheinander, viele schüttelten den Kopf, ja, man lachte sogar; niemand wollte die Kirche verlassen, bevor man gesehen hatte, wie der Bräutigam die Nachricht aufnahm. Er wurde nur blaß, hörte still zu und sagte kaum hörbar: »Ich befürchtete wohl ... aber ich hätte doch nicht gedacht, daß gerade dies ...«, und nach kurzem Schweigen fügte er hinzu: »Übrigens ... in ihrem Zustand ... war es ja gar nicht anders zu erwarten.« Eine solche Beurteilung nannte selbst Keller hinterher »beispiellos philosophisch«. Der Fürst verließ die Kirche anscheinend ruhig und gefaßt; wenigstens wurde dieser Eindruck von vielen festgestellt und später erzählt. Er schien nur nach Hause kommen und sobald wie möglich allein bleiben zu wollen, doch ward ihm das nicht so bald vergönnt. Ihm folgten selbst zu Hause noch einige der Eingeladenen bis in das Zimmer, in das er sich zurückziehen wollte, unter anderen Ptizyn, Gawrila Ardalionowitsch und mit ihnen der Arzt, der auch nicht ans Weggehen dachte. Außerdem war das ganze Haus von einem Schwarm von müßigen Menschen buchstäblich belagert. Noch im Empfangszimmer vernahm der Fürst, wie Lebedeff und Keller mit einigen völlig unbekannten Leuten – dem Aussehen nach waren es Subalternbeamte, die um jeden Preis auf die Veranda kommen wollten – in heftigen Streit gerieten. Da ging der Fürst zu ihnen, erkundigte sich nach der Ursache des Streites, schob Lebedeff und Keller, die den Eingang versperrten, mit einer Entschuldigung zur Seite und trat selbst hinaus, um einen bereits bejahrten, grauhaarigen, untersetzten Herrn, der auf den Stufen an der Spitze der anderen stand, höflich zum Nähertreten aufzufordern. Der Herr wurde verlegen, schien fast mehr Lust zum Rückzug zu haben, besann sich aber dann und trat doch ein. Ihm folgte ein zweiter, ein dritter – alles in allem sieben oder acht Mann, die sich bemühten, möglichst ungeniert aufzutreten; von den übrigen bekundete keiner mehr das Verlangen einzutreten, und alsbald begann man in der Menge selbst die Zudringlichen zu tadeln. Die

Eingetretenen wurden gebeten, Platz zu nehmen, ein Gespräch wurde angeknüpft, es wurde Tee gereicht — alles in überaus gesitteter, schlichter Form, was die Eingedrungenen einigermaßen wunderte. Es wurden natürlich ein paar Versuche gemacht, dem Gespräch eine amüsantere Wendung zu geben und auf das »entsprechende Thema« zu bringen; es wurden auch ein paar vorwitzige Fragen gestellt und einige zweideutige Bemerkungen gemacht. Aber der Fürst antwortete allen so einfach und freundlich und gleichzeitig mit soviel natürlicher Würde, mit soviel Vertrauen auf die Anständigkeit seiner Gäste, daß die unsittsamen Fragen ganz von selbst aufhörten. Allmählich führte die Unterhaltung zu einem beinahe ernsten Gespräch, und einer der Herren beteuerte plötzlich, an das Thema anknüpfend, und zwar mit größtem Unwillen, daß er die Verschleuderung der Güter[30] nie und nimmer mitmachen werde, was auch geschehen möge; daß er, im Gegenteil, abzuwarten und durchzuhalten gedenke, und daß »Unternehmungen besser sind als Geld auf der Bank; ja, mein Herr, das ist das ökonomische System, an das ich mich halte, das wollte ich nur gesagt haben«. Da er sich mit seiner Erklärung an den Fürsten gewandt hatte, zollte der Fürst ihm wärmsten Beifall, obschon Lebedeff ihm ins Ohr tuschelte, daß dieser Herr weder ein Haus noch einen Hof besitze, noch ein Gut jemals besessen habe. So verging fast eine Stunde, der Tee war getrunken, und nach dem Tee wurde es den Gästen doch etwas peinlich, noch länger dazubleiben. Der Arzt und der untersetzte ältere Herr erhoben sich und verabschiedeten sich wortreich und in der herzlichsten Weise vom Fürsten; und auch die anderen nahmen alle herzhaft und geräuschvoll Abschied. Bei der Gelegenheit wurden auch noch gute Wünsche ausgesprochen, auch Ratschläge erteilt, wie etwa: sich über geschehene Dinge nicht zu grämen, man könne nie wissen, wozu etwas gut sei, vielleicht wäre es so noch besser, u. a. m. Es wurden allerdings auch Versuche gemacht, Champagner zu verlangen, aber die älteren unter den Gästen wußten die jüngeren zurückzuhalten. Als alle weggegangen waren, beugte sich Keller zu Lebedeff und meinte bedächtig:

»Da hätten wir beide nun ein großes Geschrei erhoben, hätten es zu einer Schlägerei gebracht, uns würdelos benommen und uns noch die Polizei auf den Hals gezogen; er aber hat sich, wie du siehst, nur neue Freunde erworben, und noch dazu was für welche! Ich kenne sie!«

Und Lebedeff, der schon ziemlich »fertig« war, seufzte und versetzte:

»Ich habe es ja schon immer gesagt: ,Den Weisen und Klugen hat es der Herr verborgen, um es den Kindlein zu offenbaren.' Das habe ich schon früher von ihm gesagt, jetzt aber füge ich noch hinzu, daß Gott der Herr auch das Kindlein selbst bewahrt und vom Rande des Abgrundes zurückgezogen hat, jawohl, Gott der Herr persönlich und alle seine Heiligen dazu ...«

Endlich, gegen halb elf, ließ man den Fürsten allein. Er hatte Kopfschmerzen. Als letzter verließ ihn Kolja, der ihm noch behilflich war, den Hochzeitsanzug mit dem Hausanzug zu vertauschen. Sie nahmen rührend herzlichen Abschied voneinander. Über das Geschehene hatte Kolja kein Wort gesagt und beim Abschied nur versprochen, morgen in der Frühe wiederzukommen. Wie er später aussagte, hatte ihm der Fürst an diesem Abend nichts mitgeteilt, also auch vor ihm seine Absichten verheimlicht. Bald war im ganzen Hause alles still: Burdowskij war zu Ippolit gegangen, Lebedeff und Keller hatten sich irgendwohin begeben. Nur Wjera Lebedewa blieb noch einige Zeit in den Zimmern, um einiges flüchtig in Ordnung zu bringen und ihnen wieder ihr gewohntes Aussehen zu verleihen, nach der Herrichtung zum Fest. Bevor sie wegging, warf sie noch einen Blick in das Zimmer, in dem sich der Fürst befand. Er saß am Tisch, hatte die Ellbogen aufgestützt und das Gesicht in den Händen vergraben. Sie trat leise an ihn heran und berührte ihn an der Schulter: der Fürst blickte auf, sah sie verständnislos an, und erst nach einer Weile schien er sich zu besinnen; dann aber, als ihm alles wieder einfiel und er alles begriff, erfaßte ihn plötzlich eine große Unruhe. Es endete übrigens damit, daß er Wjera dringend bat, ihn am nächsten Morgen zeitig zu wecken, um sieben Uhr an seine Tür zu klopfen, damit er noch den ersten Zug nach Petersburg erreiche. Wjera versprach es. Danach bat der Fürst sie inständig, keinem Menschen etwas davon zu sagen, was ihm Wjera gleichfalls versprach. Als sie dann hinausgehen wollte und bereits die Tür öffnete, hielt er sie noch einmal auf, zum drittenmal, ergriff ihre Hände, küßte sie beide, küßte dann auch noch sie selbst auf die Stirn und sagte mit einem »an ihm ganz ungewohnten« Gesichtsausdruck: »Auf morgen!« So berichtete wenigstens Wjera nachher. Sie ging in großer Angst um ihn fort. Am Morgen jedoch fühlte sie sich einigermaßen beruhigt, als der Fürst ihr, nachdem sie ihn verabredungsgemäß geweckt hatte, die Tür öffnete und ihr, wie ihr schien, ganz munter und sogar mit einem Lächeln entgegentrat. Er hatte sich in der Nacht kaum entkleidet, hatte aber trotzdem geschlafen. Sie sagte, der Zug gehe in einer Viertelstunde, und er meinte, möglicherweise werde er heute noch zurückkommen. So stellte es sich denn heraus, daß er es in diesem Augenblick für möglich und nötig befunden hatte, ihr, aber nur ihr allein, mitzuteilen, daß er sich in die Stadt begab.

## XI

Eine Stunde danach war der Fürst bereits in Petersburg und gegen zehn Uhr schellte er bei Rogoshin. Er war durch das Portal des Hauses eingetreten und die Treppe zum ersten Stock hinaufgestiegen. Aber in der Wohnung Rogoshins blieb alles still. Endlich öffnete sich die andere Tür, die zur Wohnung der Mutter Rogoshins, und eine alte ehrbare Dienerin blickte in den Treppenflur.

»Parfjónn Ssemjónowitsch ist nicht zu Hause«, meldete sie, in der Tür stehend. »Zu wem wollen Sie denn?«

»Zu Parfjónn Ssemjónowitsch.«

»Der ist nicht zu Hause.«

Die Dienerin musterte den Fürsten mit auffallender Neugier.

»Dann sagen Sie mir wenigstens, ob er hier übernachtet hat? Und ... ist er gestern allein nach Hause gekommen?«

Die Dienerin fuhr fort, ihn zu betrachten, gab aber keine Antwort.

»War nicht gestern ... gestern abend ... Nastassja Filippowna mit ihm hier?«

»Erlauben Sie die Frage, wenn ich bitten darf, wer Sie denn selbst sind?«

»Fürst Lew Nikolájewitsch Myschkin; wir sind sehr gut bekannt miteinander.«

»Er ist nicht zu Hause.«

Die Dienerin senkte den Blick.

»Aber Nastassja Filippowna?«

»Davon weiß ich nichts.«

»Warten Sie, warten Sie! Wann wird er denn zurückkommen?«

»Auch das weiß ich nicht.«

Die Tür schloß sich.

Dem Fürsten blieb nichts anderes übrig, als zu beschließen, in einer Stunde wiederzukommen. Beim Hinausgehen warf er einen Blick in den Hof und sah dort den Hausmeister.

»Ist Parfjonn Ssemjonowitsch zu Hause?« fragte er ihn.

»Jawohl, Euer Gnaden.«

»Wie hat man mir dann sagen können, er sei nicht zu Hause?«

»Hat man das bei ihm oben gesagt?«

»Nein, die Dienerin seiner Mutter sagte es. An seiner Wohnungstür habe ich vergeblich geschellt, es hat niemand aufgemacht.«

»Es kann auch sein, daß er ausgegangen ist«, meinte der Hausmeister nach kurzem Überlegen, »er pflegt es ja nicht zu sagen, wann er kommt und wann er geht. Manchmal nimmt er auch den Schlüssel mit, und dann bleiben seine Räume an die drei Tage lang verschlossen.«

»Daß er gestern zu Hause war, das weißt du bestimmt?«

»Ja, gestern war er da. Aber manchmal kommt er durch die Paradetür herein, da sieht man ihn dann nicht.«

»Und Nastassja Filippowna ist gestern nicht mit ihm gekommen?«

»Das weiß ich nicht. Die kommt nicht oft zu Besuch. Ich denke aber, wenn sie gekommen wäre, hätt' ich's wohl gesehen.«

Der Fürst ging hinaus und wanderte eine Weile in Gedanken versunken auf dem Trottoir. Die Fenster der Räume, die Rogoshin bewohnte, waren alle geschlossen; aber die Fenster der Wohnung seiner Mutter standen fast alle weit offen. Es war ein heller, heißer Tag. Der Fürst ging über die Straße auf das andere Trottoir und blieb dort stehen, um noch einmal zu Rogoshins Fenstern hinaufzuschauen: sie waren nicht nur alle geschlossen, auch die weißen Rollvorhänge waren überall heruntergelassen.

Er stand eine Weile da und — seltsam — auf einmal schien es ihm, daß der Rand eines Vorhangs ein wenig umgebogen und Rogoshins Gesicht dahinter sichtbar wurde, aber nur eine Sekunde lang, es verschwand sofort wieder. Er wartete noch ein wenig und wollte schon hinübergehen und wieder schellen, besann sich aber eines anderen und schob es auf: in einer Stunde wollte er wiederkommen. »Und wer weiß«, dachte er, »vielleicht hat es mir nur so geschienen.«

Seine nächste Sorge war jetzt, schnell nach dem Stadtteil Ismáilowskij-Polk zu gelangen, wo Nastassja Filippowna zuletzt gewohnt hatte. Er wußte, daß sie, als sie vor etwa drei Wochen auf seine Bitte hin aus Pawlowsk nach Petersburg zurückgekehrt war, sich dort bei einer ehemals guten Bekannten einquartiert hatte. Diese, die Witwe eines Lehrers und achtbare Familienmutter, lebte fast nur von dieser Einnahmequelle, daß sie einen Teil ihrer Wohnung gut möbliert vermietete. Er nahm an, daß diese Wohnung von Nastassja Filippowna noch nicht aufgegeben worden war, nach ihrer Rückkehr nach Pawlowsk; wenigstens erschien es ihm nun sehr wahrscheinlich, daß sie hier übernachtet hatte, daß sie gestern von Rogoshin wohl hierher gebracht worden war. Der Fürst nahm eine Droschke. Unterwegs kam ihm der Gedanke, daß er mit seiner Nachforschung hier hätte anfangen sollen, denn es war doch nicht anzunehmen, daß sie in der Nacht gleich zu Rogoshin gefahren sei. Nun fiel ihm auch die Bemerkung des Hausmeisters ein, Nastassja Filippowna sei nicht oft zu Besuch gekommen. Wenn das ohnehin nicht oft geschehen war, weshalb sollte sie dann gerade jetzt bei Rogoshin abgestiegen sein? Trotz dieser Erwägungen, mit denen er sich zu trösten, zu ermuntern, zu beruhigen versuchte, langte er in einem Zustand zwischen Hangen und Bangen in jenem Stadtteil an und fühlte sich weder lebend noch tot.

Wie groß war daher seine Bestürzung, als er nun erfuhr, daß man bei der Lehrerswitwe nichts von Nastassja Filippowna gehört hatte, weder gestern noch heute, er selbst aber wurde wie ein Wunder angestaunt, das zu sehen alles herbeilief. Die ganze zahlreiche Familie der Lehrerswitwe – lauter Mädel im Alter von fünfzehn bis sieben Jahren, alle Jahrgänge nacheinander – tröpfelte nach der Mutter herbei, um sie zu umringen und ihn mit offenem Munde anzustarren. Ihnen folgte noch eine hagere Tante mit einem gelben Gesicht und einem schwarzen Tuch um die Schultern, und zu guter Letzt kam auch noch die Großmama der Familie, eine kleine Greisin mit einer Brille. Die Lehrerswitwe bat ihn sehr, doch näherzutreten und Platz zu nehmen, was der Fürst dann auch tat. Er erriet sogleich, daß sie schon wußten, wer er war, und daß gestern seine Hochzeit hatte stattfinden sollen, und daß sie vergingen vor Verlangen, ihn auszufragen, auch über die Hochzeit und dann auch über dieses Wunderrätsel, daß er sie nach derjenigen fragte, die doch seit gestern seine Frau und jetzt nirgendwo anders als bei ihm in Pawlowsk sein mußte, daß sie sich aber genierten, die Fragen auszusprechen. In kurzen Worten befriedigte er ihre Neugier hinsichtlich der Trauung, die nicht zustande gekommen sei. Da ward denn die Verwunderung noch größer, man schien es, nach den Ausrufen zu urteilen, nicht fassen zu können, und der Fürst sah sich genötigt, noch einige Erklärungen hinzuzufügen, natürlich nur die Hauptpunkte Betreffendes. Schließlich kam es zu einer Beratung der weisen und aufgeregten Damen, und das Ergebnis war: daß man unbedingt und als Erstes Rogoshin heraustrommeln müsse (solange klopfen und schellen, bis er herauskomme), um sich von ihm alles ganz genau erzählen zu lassen. Wenn er aber nicht zu Hause sei (was aber zuverlässig festgestellt werden müsse), oder falls er nichts mitteilen wolle, so solle der Fürst sich nach dem Stadtteil Ssemjónowskij-Polk zu einer deutschen Dame begeben, einer Bekannten Nastassja Filippownas, die bei ihrer Mutter lebe: vielleicht habe sich Nastassja Filippowna in ihrer Aufregung, und um sich zu verbergen, zu denen geflüchtet und dort übernachtet. Der Fürst erhob sich in einem unsagbaren Zustand; die Familie erzählte später, er sei »schrecklich blaß« geworden; tatsächlich konnte er sich kaum auf den Beinen halten. Das entsetzliche Stimmengewirr der auf ihn einredenden Frauen erschien ihm noch einmal so laut, als es war, er verstand fast kein Wort. Endlich begriff er, daß man ihm behilflich sein wollte und ihn fragte, wo er in der Stadt abgestiegen sei, damit sie ihm, falls sie etwas erfahren sollten, Nachricht zukommen lassen könnten. Er wußte ihnen aber keine Adresse anzugeben; da rieten sie ihm, ein Hotel zu bestimmen. Der Fürst dachte nach und gab dann die Adresse jenes Gasthofes an, wo er vor ungefähr fünf Wochen abgestiegen war und wo er den Anfall gehabt hatte. Darauf begab er sich wieder zu Rogoshin. Diesmal wurde ihm nicht nur bei Rogoshin nicht aufgemacht, auch in der Wohnung der Mutter blieb alles still. Der Fürst stieg hinab zum Hausmeister, den er erst nach langem Suchen auf dem Hof fand. Der Hausmeister war irgendwie beschäftigt und antwortete kaum auf die Fragen, ja, er sah den Fürsten nicht einmal an, erklärte aber doch mit Bestimmtheit, Parfjónn Ssemjónowitsch sei schon früh am Morgen ausgegangen und nach Pawlowsk gefahren und werde heute nicht mehr nach Hause kommen.

»Ich werde warten«, sagte der Fürst. »Vielleicht kommt er doch noch am Abend zurück?«

»Es kann aber auch sein, daß er 'ne ganze Woche nicht kommt, wer kann's wissen.«

»Also ist er doch in dieser Nacht zu Hause gewesen?«

»Gewesen ... was kann er nicht alles gewesen sein ...«

Diese Antwort und das ganze Gebaren des Hausmeisters erschienen dem Fürsten sehr verdächtig und unehrlich. Der Mann schien in der Zwischenzeit neue Instruktionen erhalten zu haben: am Morgen war er harmlos mitteilsam gewesen, und jetzt wandte er sich einfach ab. Aber der Fürst beschloß, in ungefähr zwei Stunden wiederzukommen und sogar, falls nötig, vor dem Hause Wache zu halten. Jetzt aber blieb ihm noch die Hoffnung, Nastassja Filippowna bei der deutschen Dame zu finden, und so fuhr er eiligst nach dem Ssemjónowskij-Polk.

Doch bei der Deutschen begriff man überhaupt nicht, wie er dazu kam, sich bei ihnen nach Nastassja Filippowna zu erkundigen? Ein paar flüchtigen Bemerkungen glaubte der Fürst entnehmen zu können, daß die hübsche junge Dame sich bereits vor Wochen mit Nastassja Filippowna entzweit und seitdem nichts mehr von ihr gehört hatte, und nun gab sie deutlich zu verstehen, daß sie sich überhaupt nicht dafür interessiere, etwas von ihr zu hören, »und sollte sie auch alle Fürsten der Welt heiraten«. Der Fürst beeilte sich wegzugehen. Unter anderem kam ihm auch der Gedanke, daß sie vielleicht wie damals nach Moskau gefahren war und Rogoshin natürlich ihr nach oder vielleicht auch mit ihr zusammen. »Wenigstens müßte man doch irgendwelche Spuren finden können!« dachte er gequält. Da fiel ihm ein, daß er ja nach dem angegebenen Gasthof gehen müsse, und er eilte nach der Liteinaja-Straße; dort wurde ihm sofort ein Zimmer zugewiesen. Der Kellner fragte ihn, ob er etwas zu essen wünsche, und in seiner Zerstreutheit bejahte er die Frage; doch kaum kam ihm das zu Bewußtsein, da ärgerte er sich unsäglich über sich selbst, weil ihn das Essen mindestens eine halbe Stunde aufhalten würde, und erst nachher verfiel er darauf, daß ihn ja nichts gehindert hätte, auf das bestellte Essen zu verzichten. Ein sonderbares Gefühl überkam ihn in diesem dämmerigen und stickigen Korridor, eine Empfindung, die quälend drängte, sich in einen bestimmten Gedanken zu verwandeln, sich in ihn zu verwirklichen; aber er kam und kam nicht darauf, worin nun dieser neue, sich aufdrängende Gedanke bestand. Wie nicht recht bei Sinnen verließ er endlich den Gasthof; ihn schwindelte; aber — ja, wohin sollte er nun fahren? Er eilte wieder zu Rogoshin.

Rogoshin war nicht zurückgekehrt; auf sein Schellen wurde nicht aufgemacht; da läutete er auch an der anderen Tür: die alte Dienerin erschien wieder und sagte, Parfjónn Ssemjónowitsch sei nicht zu Hause und vielleicht werde er noch drei Tage wegbleiben. Es wunderte den Fürsten nur, daß er wieder mit so unverhohlener Neugier betrachtet wurde. Den Hausmeister konnte er diesmal überhaupt nicht finden. Er trat auf die Straße hinaus, überquerte sie und ging dann auf dem gegenüberliegenden Trottoir, wie am Vormittag, auf und ab, blickte zu den Fenstern hinauf und wanderte wohl eine halbe Stunde lang in der quälenden Sonnenglut hin und her, vielleicht auch noch länger; aber diesmal rührte sich nichts; die Fenster blieben geschlossen, die weißen Rollvorhänge waren unbeweglich. Da sagte er sich endgültig, daß es ihm auch am Morgen wohl nur so geschienen habe, als bewegte sich etwas, zumal die Fensterscheiben trübe und wohl seit langem nicht geputzt waren, so daß die kaum merkliche Bewegung am Rande des Vorhangs nur eine Spiegelung des trüben Glases im Sonnenschein gewesen sein konnte. Erfreut über diese Erklärung, fuhr er wieder nach dem Ismáilowskij Stadtteil zu der Lehrerswitwe.

Dort wartete man schon auf ihn. Die Lehrerswitwe hatte sich inzwischen schon an drei oder vier Stellen erkundigt, ja, sie war sogar zu Rogoshin gefahren, doch alles war vergeblich gewesen: es hatte sich nicht die geringste Spur finden lassen. Der Fürst hörte ihren Bericht schweigend an, trat ins Zimmer, setzte sich auf das Sofa und begann sie alle anzusehen, aber so, als verstände er überhaupt nicht, wovon sie redeten. Und sonderbar war auch dies: bald hörte er sehr aufmerksam zu, bald schien er wieder unglaublich zerstreut zu sein. Die ganze Familie erklärte später, er sei an diesem Tage ein »erstaunlich wunderlicher« Mensch gewesen, so daß »vielleicht damals schon alles sich zu erkennen gegeben habe«. Schließlich stand er auf und bat, ihm die von Nastassja Filippowna bewohnten Zimmer zu zeigen. Das waren zwei große, helle, hohe Räume, sehr anständig möbliert und sicher nicht billig. Alle diese Damen erzählten später, der Fürst habe jeden Gegenstand in den Zimmern betrachtet, habe auf einem Tischchen ein aufgeschlagenes Buch erblickt, den französischen Roman „Madame Bovary", habe eine Ecke der aufgeschlagenen Seite eingebogen und um die Erlaubnis gebeten, das Buch mitnehmen zu dürfen, worauf er es sogleich in die Tasche gesteckt habe, ohne auf den Einwand zu achten, daß es ein Band aus der Leihbibliothek sei. Dann habe er sich an das offene Fenster gesetzt und, als ihm dort der mit Kreide beschriebene Spieltisch auffiel, gefragt, wer hier gespielt habe. Hierauf hätten sie ihm erzählt, Nastassja Filippowna habe jeden Abend mit Rogoshin Karten gespielt, Schafskopf, Préférence, Whist, Sechsundsechzig — kurzum, alle Spiele, die sie nur kannten, und zwar hätten sie damit erst in der letzten Zeit begonnen, nach der Rückkehr aus Pawlowsk nach Petersburg, denn Nastassja Filippowna habe immer geklagt, es sei langweilig, und Rogoshin habe ganze Abende dagesessen, geschwiegen und über nichts zu reden gewußt, und sie habe oft geweint; da habe Rogoshin am nächsten Abend ein Spiel Karten aus der Tasche gezogen; Nastassja Filippowna habe gelacht und sie hätten zu spielen begonnen. Der Fürst habe gefragt, wo die Karten waren, mit denen sie gespielt hätten. Die Karten waren aber nicht zu finden; Rogoshin hatte sie immer mitgebracht, jeden Abend ein neues Spiel, und er hatte sie wieder mitgenommen.

Die Lehrerswitwe, deren Schwester und Mutter rieten ihm, noch einmal zu Rogoshin zu fahren und etwas nachdrücklicher Einlaß zu begehren, gründlich an die Tür zu pochen ... aber nicht sogleich, sondern erst gegen Abend: »vielleicht wird er dann doch zu Hause sein.« Die Lehrerswitwe aber erbot sich, inzwischen nach Pawlowsk zu Darja Alexejewna zu fahren, vielleicht wüßte diese etwas Näheres. Den Fürsten baten sie, auf jeden Fall noch am Abend gegen zehn Uhr wieder zu ihnen zu kommen, damit sie sich für den nächsten Tag verabreden könnten. Doch trotz all ihrer Versuche, ihn zu trösten und ihm Hoffnung zu machen, verließ er sie in einem Zustand, in dem sich vollkommene Verzweiflung seiner Seele bemächtigte. In unsagbarem Gram ging er zu Fuß zurück zu seinem Gasthof. Der staubige, stickige Sommernachmittag Petersburgs bedrückte und beengte ihn wie eine Klammer; er mußte sich durch grobes oder betrunkenes Volk durchdrängen, schaute zwecklos forschend in Gesichter und machte wahrscheinlich einen großen Umweg; es war fast schon Abend, als er im Gasthof in sein Zimmer trat. Er beschloß, sich ein wenig zu erholen und dann wieder zu Rogoshin zu gehen, wie man ihm geraten hatte, setzte sich aufs Sofa, stützte sich mit beiden Ellbogen auf den Tisch und begann nachzudenken.

Gott weiß, wie lange er so saß, und Gott mag wissen, woran er dachte. Es gab vieles, was er befürchtete, und er fühlte, fühlte schmerzhaft und qualvoll, daß er sich schrecklich fürchtete. Da fiel ihm Wjera Lebedewa ein; danach kam ihm der Gedanke, daß vielleicht Lebedeff etwas in dieser Sache wissen könnte, oder wenn nicht, dann verstünde er doch schneller und leichter etwas in Erfahrung zu bringen, als er, der Fürst, es vermochte. Darauf fiel ihm Ippolit ein und daß Rogoshin zu Ippolits Mutter gefahren war. Dann dachte er an Rogoshin selbst, sah ihn vor sich: in der Kirche bei der Seelenmesse, dann, wie er im Park aufgetaucht war, dann — plötzlich hier auf der Treppe, als er sich hier in der Nische vor ihm verborgen und mit dem Messer auf ihn gewartet hatte. Die Augen fielen ihm jetzt ein, die Augen, die ihn damals in der Dunkelheit angesehen hatten. Er fuhr zusammen: der Gedanke, der sich ihm vorhin vergeblich hatte aufdrängen wollen, war plötzlich da, war ins Bewußtsein eingetreten!

Dieser Gedanke bestand teilweise darin, daß Rogoshin, wenn er in Petersburg war, doch unbedingt — auch wenn er sich zeitweilig verbarg — zu guter Letzt doch unbedingt zu ihm, dem Fürsten, kommen werde, sei es in guter oder in böser Absicht, oder gar in derselben wie damals. Und wenn nun Rogoshin aus gleichviel welchem Grunde zu ihm kommen mußte, so konnte er ihn jedenfalls nirgendwohin suchen gehen als hierher, wieder in dieses Treppenhaus. Eine Adresse hatte der Fürst bei Rogoshin nicht hinterlassen, also konnte Rogoshin doch leicht annehmen, daß der Fürst im gleichen Gasthof abgestiegen sei wie damals; jedenfalls werde Rogoshin hier nach ihm fragen ... wenn er seiner dringend bedurfte. Und wer weiß, vielleicht bedurfte er seiner wirklich dringend?

So dachte der Fürst, und das Gedachte erschien ihm aus irgendeinem Grunde durchaus möglich. Doch um keinen Preis würde er sich darüber Rechenschaft gegeben haben, wenn er diesem Gedanken auf den Grund gegangen wäre: warum denn zum Beispiel Rogoshin seiner plötzlich so dringend bedürfen sollte, und warum er es als so selbstverständlich annahm, daß Rogoshin »unbedingt« zu ihm kommen mußte? Warum sollte es unmöglich sein, daß sie schließlich nicht zusammenkamen? Aber das war ein schwerer Gedanke. »Wenn er glücklich ist, wird er nicht kommen«, fuhr der Fürst fort zu denken, »eher wenn er nicht glücklich ist; und er ist doch bestimmt nicht glücklich ...«

Natürlich hätte er nun, wenn er wirklich davon überzeugt war, hier in diesem Gasthof auf ihn warten müssen, in seinem Zimmer; aber es war, als könne er seinen neuen Gedanken nicht ertragen: er sprang auf, ergriff seinen Hut und eilte hinaus. Im Korridor war es fast schon ganz dunkel. »Wie, wenn er jetzt plötzlich wieder aus jener Nische hervortritt und mich vor der Treppe anhält?« durchzuckte es ihn blitzartig, als er sich der bekannten Stelle näherte. Aber es trat niemand hervor. Er stieg die Treppe hinab bis in den Torweg, trat hinaus aufs Trottoir, wunderte sich über die dichte Menschenmenge, die bei Sonnenuntergang auf die Straße hinausströmte (wie immer in Petersburg zur Ferienzeit), und schlug die Richtung zur Goróchowaja-Straße ein, zu Rogoshin. Etwa fünfzig Schritte vom Gasthof, bei der ersten Straßenkreuzung, berührte ihn im Gedränge jemand am Ellbogen und sagte halblaut dicht an seinem Ohr.

»Lew Nikolájewitsch, komm mir nach, Bruder, es ist nötig.«

Es war Rogoshin.

Seltsam: der Fürst begann auf einmal so erfreut, daß er fast stotterte und die Sätze nicht beendete, ihm zu erzählen, wie er ihn soeben im Gasthof, im Zimmer und auf dem Korridor, erwartet hatte.

»Ich war dort«, sagte Rogoshin überraschenderweise, »gehen wir.«

Der Fürst wunderte sich über diese Antwort, aber er wunderte sich erst nach mindestens zwei Minuten, als er sie zu bedenken begann. Dann aber, nachdem er begriffen hatte, erschrak er und begann Rogoshin achtsam zu betrachten. Dieser ging fast schon um einen halben Schritt vor ihm weiter, schaute geradeaus, ohne auch nur einen der Begegnenden anzusehen, und wich nur mit mechanischer Vorsicht allen aus.

»Weshalb hast du denn nicht nach mir gefragt und bist nicht auf mein Zimmer gekommen . . . wenn du schon im Gasthof warst?« fragte der Fürst auf einmal.

Rogoshin blieb stehen, sah ihn an, dachte nach und sagte, als hätte er die Frage gar nicht verstanden.

»Höre, Lew Nikolájewitsch, du geh jetzt hier geradeaus weiter, bis zu unserem Hause, verstehst du? Ich aber werde dort auf jener Seite gehen. Nur sieh zu, daß wir beisammenbleiben . . .«

Nachdem er dies gesagt, ging er über die Straße, trat auf das gegenüberliegende Trottoir, blickte zurück, ob der Fürst auch weiterging, und als er sah, daß dieser stehengeblieben war und ihm mit weit offenen Augen nur nachschaute, winkte er ihm mit der Hand nach der Goróchowaja hin und ging selbst weiter, wobei er sich immer wieder nach dem Fürsten umsah und ihn zum Weitergehen aufforderte. Er war sichtlich befriedigt, als er dann sah, daß der Fürst ihn verstanden hatte, ihm auf dem diesseitigen Trottoir zur Goróchowaja folgte und nicht etwa zu ihm herüberkam. Dem Fürsten kam der Gedanke, Rogoshin wolle irgend jemanden unterwegs erspähen und sei deshalb aufs andere Trottoir gegangen, damit die Entgegenkommenden zwischen ihnen beiden durchgingen und der Betreffende dann leichter zu finden sei. »Nur . . . warum hat er mir dann nicht gesagt, wer es ist, den er sucht?« So gingen sie an die fünfhundert Schritte, und auf einmal begann der Fürst aus einem unbekannten Grunde zu zittern; Rogoshin fuhr immer noch fort, wenn auch seltener, sich nach ihm umzublicken. Da hielt es der Fürst nicht mehr aus und winkte ihm mit der Hand, er solle herüberkommen. Ohne zu zögern, kam Rogoshin sofort über die Straße zu ihm.

»Ist denn Nastassja Filippowna etwa bei dir?«

»Ja, bei mir.«

»Warst du es, der vorhin hinter dem Vorhang nach mir Ausschau hielt?«

»Ja, ich war es.«

»Warum hast du denn ...«

Aber der Fürst wußte auf einmal nicht mehr, was er weiter fragen, wie er die Frage beenden sollte; zudem pochte sein Herz so stark, daß ihm das Sprechen schwer fiel. Rogoshin schwieg gleichfalls und sah ihn an wie vorhin, das heißt, wie in Gedanken versunken.

»Nun, ich gehe wieder zurück«, sagte er plötzlich, und schickte sich an, wieder über die Straße zu gehen, »du aber geh hier weiter. Laß uns auf der Straße getrennt gehen ... so ist's besser ... auf verschiedenen Seiten ... wirst sehen.«

Als sie endlich auf den beiden gegenüberliegenden Trottoirs in die Goróchowaja einbogen und sich dem Hause Rogoshins näherten, wurden dem Fürsten die Beine wieder so schwach, daß sie ihm beinahe den Dienst versagten und er kaum noch weitergehen konnte. Es war schon gegen zehn Uhr abends. Die Fenster auf der Hälfte, wo die alte Mutter wohnte, standen immer noch weit offen, die Fenster der Wohnung Rogoshins dagegen waren geschlossen, und in dem dämmerigen Abendlicht schienen die hinter ihnen herabgelassenen weißen Rollvorhänge noch sichtbarer zu sein als am Tage. Der Fürst näherte sich dem Hause auf dem gegenüberliegenden Trottoir; Rogoshin aber trat von seinem Trottoir auf die Stufen vor dem Portal und winkte ihm, herüberzukommen. Der Fürst überquerte die Straße und trat zu ihm vor das Hauptportal.

»Selbst der Hausmeister weiß jetzt nicht, daß ich zurückkomme. Ich sagte ihm vorhin, ich führe nach Pawlowsk, auch bei der Mutter sagte ich das gleiche«, flüsterte er mit einem listigen und fast zufriedenen Lächeln. »Wenn wir jetzt leise hineingehen, wird es niemand merken.«

Den Schlüssel hatte er bereits in der Hand. Als sie die Treppe zum ersten Stock hinaufstiegen, wandte er sich um und erhob mahnend den Finger, zum Zeichen, daß der Fürst nur ja leise gehen solle, schloß dann vorsichtig die Tür zu seiner Wohnung auf, ließ den Fürsten eintreten, folgte ihm ganz leise, schloß die Tür hinter sich wieder ab und steckte den Schlüssel in die Tasche.

»Komm!« sagte er flüsternd.

Schon auf der Straße hatte er im Flüsterton zu sprechen begonnen. Trotz seiner ganzen äußeren Ruhe, befand er sich in einer eigentümlichen tief inneren Erregung. Als sie in den Saal unmittelbar vor seinem Arbeitszimmer kamen, trat er an eines der Fenster und winkte geheimnisvoll den Fürsten herbei.

»Sieh, als du am Vormittag bei mir zu klingeln begannst, erriet ich hier sofort, daß nur du selbst es sein kannst; ich schlich mich auf den Fußspitzen zur Tür, und da hörte ich, wie du mit der Pafnútjewna sprachst; ich aber hatte ihr schon in aller Frühe anbefohlen, daß sie, wenn du oder ein Abgesandter von dir oder gleichviel wer kommt und an meiner Tür zu klopfen anfängt, — daß sie mich dann verleugnen solle, unter allen Umständen; und besonders wenn du selbst kämst und nach mir fragtest, und ich nannte ihr auch deinen Namen. Dann aber, als du weggingst, kam mir der Gedanke: wie aber, wenn er jetzt unten stehen bleibt und hersieht oder auf der Straße Wache hält und aufpaßt? Da trat ich an dieses selbe Fenster hier, schob den Rollvorhang ein wenig zur Seite, spähte hinaus und sieh, da standest du und sahst gerade auf mich ... So war das.«

»Aber wo ist denn ... Nastassja Filippowna?« fragte der Fürst, kurz atmend.

»Sie ist ... hier«, sagte Rogoshin langsam, wie nach einem kleinen Zögern vor der Antwort.

„Wo denn?«

Rogoshin blickte auf zum Fürsten und sah ihn eindringlich an.

»Komm.«

Er sprach immer noch im Flüsterton und ohne sich zu beeilen, sprach langsam und, wie schon die ganze Zeit, eigentümlich nachdenklich. Selbst als er von seinem Spähen hinter dem Rollvorhang hervor erzählte, war es, als ob er mit seinem Bericht, trotz aller Mitteilsamkeit, etwas ganz anderes sagen wolle.

Sie traten in das Arbeitszimmer. In diesem war, seit dem ersten Besuch des Fürsten, einiges verändert worden: quer durch das ganze Zimmer zog sich ein Vorhang aus grünem Seidenstoff, mit zwei Eingängen, links und rechts. Der Raum hinter dem Vorhang diente Rogoshin als Schlafzimmer. Dort stand sein Bett. Der schwere Vorhang war heruntergelassen, und auch die Eingänge waren zugezogen. Aber im Zimmer war es recht dunkel; die »hellen« Petersburger Sommernächte hatten nach der Sonnenwende schon ein wenig von ihrer Helligkeit eingebüßt, und wenn nicht Vollmond gewesen wäre, hätte man in Rogoshins dunklen Räumen, dazu noch bei herabgelassenen Rollvorhängen, kaum etwas unterscheiden können. Allenfalls konnte man noch die Gesichter erkennen, wenn auch nicht gerade deutlich. Rogoshins Gesicht war blaß wie gewöhnlich; der beharrliche Blick seiner Augen, die einen starken Glanz hatten, lag seltsam unbeweglich auf dem Fürsten.

»Willst du nicht eine Kerze anzünden?« fragte der Fürst.

»Nein, nicht nötig«, antwortete Rogoshin, und den Fürsten bei der Hand fassend, nötigte er ihn, sich auf einen Stuhl zu setzen; er selbst setzte sich ihm gegenüber und zog seinen Stuhl so nah heran, daß ihre Knie sich fast berührten. Zwischen ihnen, etwas seitwärts, stand ein kleiner runder Tisch. »Setz dich, laß uns ein Weilchen sitzen!« sagte er, gleichsam zuredend. Sie schwiegen. »Ich wußte es doch, daß du wieder in jenem Gasthof absteigen würdest«, begann er, etwa nach einer Minute des Schweigens, wie es zuweilen geschieht, daß man vor dem Beginn eines wichtigen Gesprächs mit einer nebensächlichen Einzelheit anfängt, die nicht unmittelbar mit der Hauptsache in Verbindung steht. »Als ich in den Korridor kam, dachte ich bei mir: wer weiß, vielleicht sitzt er jetzt dort und wartet auf mich, ganz wie ich hier auf ihn warte, im gleichen Augenblick? Warst du bei der Lehrerin?«

»Ja, ich ... war...«, konnte der Fürst vor Herzklopfen kaum hervorbringen.

»Ich habe mir das auch schon gedacht. Es wird noch ein Gerede geben, dachte ich ... und dann dachte ich: ich werde ihn zum Übernachten herbringen, damit wir diese Nacht zusammen ...«

»Rogoshin! Wo ist Nastassja Filippowna?« flüsterte plötzlich der Fürst, sich erhebend und an allen Gliedern zitternd.

Auch Rogoshin stand auf.

»Dort«, sagte er flüsternd, mit einer Kopfbewegung nach dem Vorhang weisend.

»Schläft sie?« fragte flüsternd der Fürst.

Wieder sah Rogoshin ihn unbeweglich an, wie vorhin.

»Nun denn, meinetwegen! ... Nur, wirst du auch ... also gut, gehen wir!«

Er trat zum Vorhang, schob ihn am Eingang wie eine Portiere zur Seite, blieb stehen und wandte sich zurück zum Fürsten:

»Geh hinein!« sagte er und forderte ihn mit einer Kopfbewegung auf, voranzugehen, während er den Vorhang zur Seite hielt.

Der Fürst trat in den Schlafraum.

»Hier ist es dunkel«, sagte er.

»Man kann schon sehen«, murmelte Rogoshin.

»Ich sehe kaum ... das Bett.«

»Geh doch näher«, forderte ihn Rogoshin leise auf.

Der Fürst trat noch näher, einen Schritt, noch einen, und blieb stehen. Er stand und spähte eine Minute lang, oder gar zwei; beide sprachen sie die ganze Zeit am Bett kein weiteres Wort; dem Fürsten pochte das Herz so, daß ihm war, als höre er es im Zimmer pochen, bei der Totenstille, die hier herrschte. Aber seine Augen hatten sich an die Dunkelheit schon gewöhnt, so daß er bereits das ganze

Bett deutlich unterscheiden konnte; es schlief jemand auf dem Bett in vollkommen reglosem Schlaf; nicht das geringste Geräusch, nicht das leiseste Atmen war zu hören. Der Schlafende war bis über den Kopf mit einem weißen Bettuch zugedeckt, aber die Gestalt zeichnete sich merkwürdig undeutlich ab; man sah nur an den Umrissen und Erhöhungen, daß es ein Mensch war, der auf dem Rücken ausgestreckt dalag. Ringsum, auf dem Bett, am Fußende, auf dem Sessel daneben, selbst auf dem Fußboden lagen weiße Kleidungsstücke unordentlich hingeworfen umher, ein prächtiges weißes Seidenkleid, Blumen, Bänder. Auf dem Tischchen am Kopfende blitzten Diamanten im abgelegten, hingeworfenen Geschmeide. Am unteren Ende des Bettes waren irgendwelche Spitzen zusammengeschoben, und von dem weißen Gekräusel hob sich, vom Bettuch unbedeckt, die Spitze eines nackten Fußes ab: sie war wie aus Marmor gemeißelt und war unheimlich reglos. Der Fürst sah und sah, und fühlte nur, daß es, je länger er hinsah, um so toter und stiller wurde im Zimmer. Da begann auf einmal eine erwachte Fliege zu summen, flog summend über das Bett und verstummte am Kopfende. Ein Schauer überlief den Fürsten.

»Gehen wir«, sagte Rogoshin, ihn sachte am Arm berührend.

Sie traten hinaus aus dem Schlafraum, setzten sich auf dieselben Stühle, saßen wieder einander gegenüber. Der Fürst zitterte, zitterte immer heftiger und wandte seinen fragenden Blick nicht mehr ab von Rogoshins Antlitz.

»Du, ich sehe, du zitterst ja, Lew Nikolajewitsch«, sagte schließlich Rogoshin, »fast so, wie wenn du krank wirst, — weißt du noch, in Moskau einmal? Oder wie es mal vor einem Anfall war. Ich weiß auch gar nicht, was ich mit dir dann anfangen soll...«

Der Fürst hörte mit krampfhafter Anspannung zu, um den Sinn der Worte zu erfassen, und mit immer noch fragendem Blick.

»Das hast du ...?« brachte er schließlich mühsam über die Lippen, mit einer Kopfbewegung nach dem Schlafraum deutend.

»Das ... hab' ich ...«, sagte Rogoshin ebenso leise und senkte den Blick zu Boden.

Sie schwiegen lange. Sehr lange.

»Denn wenn du jetzt krank wirst«, fuhr Rogoshin auf einmal, nach etwa fünf Minuten, fort, als wäre er gar nicht unterbrochen worden, »oder einen Anfall bekommst, und dann den Schrei ausstößt, dann könnte man es auf der Straße oder auf dem Hof hören, und man wird sich sagen, daß hier in der Wohnung Leute übernachten; und dann wird man nachsehen und pochen und hereinwollen ... denn die meinen doch alle, daß ich jetzt gar nicht zu Hause bin. Ich habe deshalb auch kein Licht angezündet, damit man von der Straße oder vom Hof aus nichts bemerkt. Denn wenn ich nicht hier bin, habe ich auch die Schlüssel mitgenommen, das wissen sie, und dann kommt manchmal drei, vier Tage lang niemand herein, auch nicht zum Aufräumen. So habe ich es eingeführt. Also, damit sie nicht merken, daß wir die Nacht über hier sind ...«

»Halt«, unterbrach ihn der Fürst, »ich habe aber doch heute den Hausmeister und auch die alte Dienerin gefragt, ob nicht Nastassja Filippowna hier übernachtet hat. Da wissen sie es doch schon.«

»Ich weiß, daß du sie danach gefragt hast. Ich habe aber der Pafnútjewna gesagt, Nastassja Filippowna sei gestern nur auf einen Sprung hergefahren und alsbald wieder nach Pawlowsk zurückgekehrt, und bei mir habe sie sich nur zehn Minuten aufgehalten. Sie wissen auch nicht, daß sie zur Nacht hier blieb, niemand weiß es. Gestern, als wir kamen, gingen wir die Treppe ebenso leise hinauf, wie ich heute mit dir. Ich dachte noch unterwegs, sie werde nicht so heimlich eintreten wollen, — aber nein! Sie flüsterte nur, schlich auf den Fußspitzen, das Kleid raffte sie zusammen, damit es nicht rauschte, die Schleppe nahm sie über den

Arm, drohte mir beim Hinaufsteigen noch mit dem Finger, damit ich leiser ginge — alles nur aus Furcht vor dir. Im Coupé war sie zuerst wie eine Wahnsinnige vor lauter Angst, und sie selbst sprach den Wunsch aus, hier bei mir zu übernachten; ich hatte zuerst daran gedacht, sie in ihre Wohnung bei der Lehrerin zu bringen, zu der Witwe, — aber nein! ‚Dort wird er mich', sagte sie, ‚gleich in aller Frühe schon suchen, du aber versteck mich, und morgen fahren wir bei Tagesanbruch nach Moskau', und von dort wollte sie nach Orel oder irgendwohin, noch weiter weg. Auch beim Hinlegen sprach sie immer noch davon, daß wir nach Orel fahren ..."

»Warte; wie denkst du dir denn das jetzt, Parfjonn, was willst du tun?«

»Ja, sieh, ich habe nur Bedenken, weil du immerzu zitterst. Die Nacht wollen wir beide hier verbringen, zusammen. Ein Bett, außer jenem, gibt es hier nicht, aber ich habe es mir so gedacht, daß ich von diesem Diwan und von jenem dort die Polsterkissen herausnehmen und hier, hier gleich beim Vorhang ein Lager machen kann, für dich und für mich, so daß wir beieinander sind. Denn wenn sie hereinkommen, sich umsehen und zu suchen anfangen, werden sie sie doch gleich finden und wegtragen. Mich aber wird man verhören, und ich werde sagen, daß ich es gewesen bin, und man wird mich sofort abführen. So mag sie denn jetzt hier neben uns liegen, neben mir und dir ..."

»Jaja!« stimmte der Fürst eifrig bei.

»Also jetzt noch nicht gestehen und sie nicht forttragen lassen.«

»Neinnein! um keinen Preis!« entschied der Fürst, »bloß nicht, bloß nicht!«

»So hatte auch ich es schon beschlossen, daß wir sie nicht herausgeben, um keinen Preis, Junge! Die Nacht verbringen wir hier ganz still. Ich bin heute nur auf eine Stunde ausgegangen, am Morgen, sonst war ich die ganze Zeit bei ihr. Und dann gegen Abend, als ich ausging, um dich zu holen.

Ich fürchte nur, daß es hier zu warm ist und der Leichengeruch sich bald bemerkbar machen wird. Riechst du schon etwas oder noch nicht?«

»Vielleicht rieche ich etwas, ich weiß es nicht. Gegen Morgen wird er bestimmt bemerkbar sein.«

»Ich habe sie mit Wachstuch zugedeckt, mit gutem, amerikanischem Wachstuch, und über dem Wachstuch noch mit einem Leinentuch, und vier Fläschchen mit Shdánoffs besonderer Flüssigkeit gegen den Geruch habe ich entkorkt aufgestellt, die stehen noch dort.«

»Das hast du so gemacht wie jener dort ... in Moskau?«

»Denn sonst, Bruder, gibt es den Leichengeruch. Aber wie sie daliegt ... Wenn es hell wird, am Morgen, schau sie an. Was hast du, kannst du nicht aufstehen?« fragte Rogoshin mit banger Verwunderung, als er sah, daß der Fürst so zitterte, daß er sich nicht vom Stuhl zu erheben vermochte.

»Die Beine versagen«, murmelte der Fürst; »das kommt von der Angst, ich kenne das ... Sobald die Angst vergangen ist, werde ich auch wieder aufstehen können ...«

»Dann bleib jetzt nur sitzen, ich werde derweil das Lager für uns herrichten, dann kannst du dich gleich hinlegen ... und ich daneben, neben dir ... und dann wollen wir wachen ... und horchen ... denn ich weiß noch nicht, Junge, ich ... siehst du, Junge, ich weiß jetzt selbst noch nicht alles, deshalb sage ich es dir im voraus, damit du alles darüber schon vorher weißt ...«

Und Rogoshin begann, während er diese unklaren Worte vor sich hinbrummte, das Lager herzurichten. Offenbar hatte er schon vorher, vielleicht schon am Morgen, darüber nachgedacht, wie diese Lagerstatt herzurichten wäre. In der letzten Nacht hatte er sich auf dem Diwan hingelegt. Doch für zwei nebeneinander war der Diwan zu schmal, er aber wollte unbedingt »nebeneinander liegen«, und deshalb schleppte er jetzt, trotz aller Mühe, die das kostete, die schweren Polsterkissen durch das ganze Zimmer bis dicht an den einen Eingang zum Schlafraum, schleppte auch noch vom anderen Diwan weitere Kissen von verschiedener Größe herbei und richtete alles her. Als das Lager fertig war, trat er, ganz stolz auf sein Werk, an den Fürsten heran, faßte ihn mit rührender Zartheit unter den Arm, half ihm aufstehen und führte ihn hin; dabei stellte sich heraus, daß der Fürst auch schon selbst gehen konnte; also war wohl »die Angst vergangen«; aber er fuhr doch immer noch fort zu zittern.

»Denn sieh, Bruder«, begann Rogoshin auf einmal wieder, nachdem er den Fürsten links auf die besseren Polster gebettet und sich selbst, ohne die Kleider abzulegen, rechts von ihm hingestreckt und beide Hände unter dem Hinterkopf verschränkt hatte, »bei dieser Hitze, weißt du, geht das schneller ... Die Fenster wage ich nicht aufzumachen. Aber meine Mutter hat viele Blumen, in Töpfen, die blühen jetzt, und weißt du, die duften so schön; ich dachte schon daran, sie herüberzuholen, aber die Pafnútjewna könnte was merken, denn sie ist sehr neugierig.«

»Ja, sie ist sehr neugierig«, sprach ihm der Fürst eifrig nach.

»Oder kaufen ... — sie mit Buketts und Blüten ganz umgeben? Aber ich glaube, es wird zu traurig sein, Freund, so ... inmitten von Blumen!«

»Höre ...«, begann der Fürst, wie in einer Verwirrung, als suche er danach, was er eigentlich fragen wollte oder sollte, und als vergäße er es immer wieder, »ja, höre, sag' mir doch: womit hast du sie denn ...? Mit einem Messer? Mit demselben?«

»Mit demselben.«

»Warte noch! Ich will dich noch fragen, Parfjónn ... ich werde dich noch nach vielem fragen, nach allem ... aber sage mir lieber zuerst, zu allererst, damit ich das weiß: wolltest du sie vor meiner Hochzeit, vor der Trauung töten, an der Kirchentür, mit dem Messer? Wolltest du das, oder ... wolltest du das nicht?«

»Ich weiß nicht, ob ich es wollte oder nicht wollte ...«,

antwortete Rogoshin trocken, sogar als wundere er sich ein wenig über die Frage und begriffe sie nicht ganz.

»Hast du das Messer nie nach Pawlowsk mitgenommen?«

»Nein, niemals ... Was dieses Messer betrifft, da kann ich dir nur soviel sagen, Lew Nikolájewitsch«, fügte er nach kurzem Schweigen hinzu, »ich habe es aus einem verschlossenen Schubfach heute morgen herausgenommen, denn das Ganze geschah am Morgen, in der vierten Morgenstunde. Es hat bei mir immer in einem Buch gelegen ... Und ... und ... und weißt du, noch etwas, was mich wundert: das Messer ging doch so an die anderthalb ... oder gar an die zwei Zoll tief hinein ... gerade unter der linken Brust ... Blut aber floß nur knapp so ein halber Eßlöffel voll aufs Hemd; mehr war es nicht ...«

»Das, das, das«, der Fürst richtete sich plötzlich in furchtbarer Erregung auf, »das, ich weiß, darüber habe ich gelesen ... das wird innere Verblutung genannt ... Es kommt sogar vor, daß kein einziger Tropfen herausfließt. Das geschieht dann, wenn man mitten ins Herz trifft ...«

»Still! Hörst du?« unterbrach ihn Rogoshin hastig, indem er sich erschrocken aufrichtete und auf dem Lager sitzen blieb. »Hörst du etwas?«

»Nein!« sagte ebenso schnell und erschrocken der Fürst, indem er Rogoshin ansah.

»Jemand geht! Hörst du? Im Saal ...«

Beide begannen zu lauschen.

»Ich höre es«, flüsterte der Fürst überzeugt.

»Jemand geht?«

»Ja, jemand geht.«

»Soll man die Tür zuschließen?«

»Ja, zuschließen ...«

Die Tür wurde zugeschlossen, und beide legten sich wieder hin. Sie schwiegen lange.

»Ach ja!« fuhr der Fürst plötzlich auf, in demselben aufgeregten und hastigen Geflüster, als hätte er wieder einen Gedanken erhascht und fürchte nun sehr, ihn wieder zu verlieren, ja, er setzte sich sogar auf. »Ja ... ich wollte doch ... diese Karten! Die Karten ... Man sagte mir doch, du hättest mit ihr Karten gespielt?«

»Ja ... Karten gespielt ...«, sagte Rogoshin nach einigem Schweigen.

»Wo sind denn ... die Karten?«

»Hier ...«, sagte Rogoshin nach noch längerem Schweigen, zog aus der Tasche ein in Papier gewickeltes, gebrauchtes Spiel Karten hervor und reichte es dem Fürsten; »da ...«

Der Fürst nahm es, aber zögernd, als begriffe er nicht, weshalb man es ihm reichte. Ein neues trauriges und trostloses Gefühl schnürte ihm das Herz zusammen; er begriff auf einmal, daß er eben jetzt und schon lange gar nicht davon sprach, wovon er sprechen wollte, und immer nicht das tat, was er tun sollte; und daß diese Karten, die er jetzt in den Händen hielt und über die er sich soeben noch so gefreut hatte, jetzt zu nichts, zu gar nichts mehr helfen konnten. Er stand vollends auf und erhob die Arme vor Hilflosigkeit. Rogoshin blieb regungslos liegen und schien den Fürsten weder zu hören noch zu sehen; seine Augen aber hatten einen starken Glanz in der Dunkelheit, waren ganz offen und starr. Der Fürst setzte sich auf einen Stuhl und begann ihn angstvoll anzusehen. So verging wohl eine halbe Stunde. Plötzlich lachte Rogoshin laut auf und lachte stoßweise und fast schreiend laut, als hätte er ganz vergessen, daß man nur flüstern durfte:

»Den Offizier, den Offizier ... weißt du noch, wie sie den Offizier beim Konzert mit der Reitgerte schlug, ha! ha! so übers Gesicht, ha! ha! ha! Und ein Kadett ... Kadett ... Kadett sprang noch hinzu ...«

Der Fürst fuhr in neuem Schreck vom Stuhl empor. Als Rogoshin verstummt war (und er verstummte ebenso plötzlich), beugte sich der Fürst sachte über ihn, setzte sich neben ihm nieder und begann mit stark klopfendem Herzen, schwer atmend, sein Gesicht zu betrachten. Rogoshin wandte den Kopf nicht zu ihm hin und schien ihn sogar völlig vergessen zu haben. Der Fürst sah ihn an und wartete. Die Zeit verging. Die Nacht wurde heller. Rogoshin begann von Zeit zu Zeit unvermittelt irgendwelche Worte zu murmeln, bald laut, schroff hervorstoßend und ohne Zusammenhang; er begann aufzuschreien und zu lachen. Dann streckte der Fürst jedesmal seine zitternde Hand nach ihm aus und berührte leise seinen Kopf, seine Haare, streichelte sie und streichelte seine Wangen ... das war alles, was er tun konnte! Er selbst begann wieder zu zittern, und wieder war ihm, als wären seine Beine auf einmal wie gelähmt. Eine ganz neue Empfindung quälte sein Herz mit unendlicher Schwermut. Inzwischen wurde es hell; schließlich beugte er sich wie in bereits völliger Entkräftung und Verzweiflung nieder auf das Kissen und schmiegte sich mit seinem Gesicht an das bleiche und unbewegte Antlitz Rogoshins. Tränen rannen aus seinen Augen auf Rogoshins Wangen, aber vielleicht spürte er damals seine Tränen gar nicht mehr und wußte auch schon nichts mehr von ihnen ...

Wenigstens fand man, als nach mehreren Stunden die Tür gewaltsam geöffnet wurde und Leute eindrangen, den Mörder bewußtlos und in hohem Fieber. Der Fürst saß ganz still neben ihm auf dem Lager, und nur wenn der Kranke aufschrie oder zu phantasieren begann, beeilte er sich jedesmal, mit seiner zitternden Hand sein Haar und seine Wangen zu streicheln, wie wenn er ihn liebkosen und beruhigen wollte. Aber er verstand nicht mehr, wonach man ihn fragte, und er erkannte auch nicht mehr die Menschen, die hereingekommen waren und ihn umringten. Und wenn Professor Schneider jetzt persönlich aus der Schweiz gekomen wäre, um sich seinen ehemaligen Schüler und Patienten anzusehen, so würde er, in der Erinnerung an den Zustand des Fürsten, manchmal nach Anfällen im ersten Jahr seiner Kur in der Schweiz, wieder nur mit der Achsel gezuckt und wie damals gesagt haben: »Ein Idiot!«

XII

Schluß

Die Lehrerswitwe war, der Verabredung gemäß, nach Pawlowsk gefahren, hatte Darja Alexejewna, die sich von der Aufregung des vorigen Tages noch ganz krank fühlte, in ihrem Hause aufgesucht, ihr alles, was sie wußte, erzählt, und sie dadurch in noch größere Angst versetzt. Die beiden Damen hatten dann beschlossen, sich zu Lebedeff zu begeben, der sich gleichfalls besorgt und beunruhigt fühlte, sowohl als Freund seines Mieters wie als Besitzer der Wohnung. Wjera Lébedewa konnte nur mitteilen, was sie wußte. Auf Lebedeffs Rat hin waren sie übereingekommen, zu dritt nach Petersburg zu fahren, um »noch zu verhüten, was sonst leicht geschehen könnte«. So kam es denn, daß am nächsten Morgen schon gegen elf Uhr Rogoshins Wohnung auf Veranlassung der Polizei geöffnet wurde, in Anwesenheit von Lebedeff, der beiden Damen und des älteren Bruders von Rogoshin, Ssemjónn Ssemjónowitsch Rogóshin, der den Seitenflügel des Hauses bewohnte. Das polizeiliche Vorgehen wurde wesentlich beschleunigt durch die Aussage des Hausmeisters, er habe gestern abend zufällig gesehen, wie Parfjonn Ssemjonowitsch mit einem Gast durch das Hauptportal ins Haus eingetreten sei, vorsichtig und leise, also wie mit Absicht ganz heimlich. Nach dieser Angabe hatte man nicht länger gezögert, die Wohnungstür, die auf das Klingeln hin nicht geöffnet wurde, mit Gewalt aufzubrechen.

Rogoshin hatte zunächst zwei Monate lang eine Gehirnentzündung zu überstehen, und nach der Genesung – die Untersuchung und die Gerichtsverhandlung. Seine Aussagen waren in jeder Hinsicht klar, offen, unzweideutig und genügten vollkommen, so daß der Fürst auf Grund derselben von vornherein von der Untersuchung ausgeschlossen wurde. Bei der Gerichtsverhandlung war Rogoshin schweigsam. Er widersprach zwar nicht seinem geschickten und beredten Verteidiger, der klar und logisch zu beweisen suchte, daß das geschehene Verbrechen in bereits unzurechnungsfähigem Zustand verübt worden sei, daß man es als Folge der Gehirnentzündung betrachten müsse, die infolge der vom Angeklagten erlittenen, so erbitternden Kränkungen schon lange vorher begonnen habe; aber er fügte von sich aus nichts hinzu, was die Richtigkeit dieser Annahme hätte bestätigen können, und auf die an ihn gestellten Fragen antwortete er wieder klar und bestimmt und wie bisher durchaus bemüht, sich auch der kleinsten Einzelheiten des Geschehenen zu erinnern. Er wurde unter Zubilligung mildernder Umstände zu fünfzehn Jahren Zwangsarbeit in Sibirien verurteilt und vernahm sein Urteil mit strenger Miene, wortlos und »nachdenklich«. Sein ganzes enormes Vermögen, von dem er doch nur einen, im Verhältnis gesprochen, sehr kleinen Teil im ersten Saus und Braus verschleudert hatte, ging auf seinen Bruder Ssemjónn Ssemjónowitsch über, zu dessen nicht geringer Zufriedenheit. Die Mutter Rogoshins lebt nach wie vor in ihrer stillen Wohnung, und manchmal hat es den Anschein, als gedenke sie ihres Lieblingssohnes Parfjónn, aber wohl nur unklar: Gott hat ihren Geist und ihr Herz davor bewahrt, den Schrecken, der ihr schwermütiges Haus heimgesucht, bewußt zu erleben.

Lebedeff, Keller, Ganja, Ptizyn und viele andere Personen unserer Erzählung leben gleichfalls in alter Weise weiter, haben sich wenig verändert, und so haben auch wir fast nichts über sie zu berichten. Ippolit starb etwas früher, als er erwartet hatte, etwa zwei Wochen nach dem Tode Nastassja Filippownas. Er soll vorher furchtbar aufgeregt gewesen sein. Kolja war durch das Geschehnis tief erschüttert; er schloß sich nun endgültig seiner Mutter an. Nina Alexandrowna ist sehr besorgt um ihn, da er für sein Alter gar zu nachdenklich ist; er wird vielleicht ein tätiger und tüchtiger Mensch werden. Unter anderem ist es zum Teil auf seine Bemühungen zurückzuführen, daß für das weitere Schicksal des Fürsten die notwendigen Schritte getan wurden: von all den Menschen, mit denen er in der letzten Zeit bekannt geworden war, hatte ihm schon von Anfang an Jewgénij Páwlowitsch Rádomskij am besten gefallen. So war er denn aus eigenem Antrieb als erster zu diesem gegangen, hatte ihm das Vorgefallene mit allen Einzelheiten mitgeteilt und über den derzeitigen Zustand des Fürsten berichtet. Er hatte sich nicht getäuscht: Jewgenij Pawlowitsch nahm wärmsten Anteil an dem Schicksal des unglücklichen »Idioten«, und dank seinen Bemühungen und seiner Fürsorge kam der Fürst wieder in die Schweiz zu Professor Schneider, der ihn von neuem in seine Heilanstalt aufnahm. Jewgenij Pawlowitsch, der sich inzwischen selbst ins Ausland begeben hat und die Absicht äußert, recht lange in Europa zu bleiben, da er sich selbst aufrichtig einen »in Rußland vollkommen überflüssigen Menschen« nennt, besucht ziemlich oft, wenigstens alle paar Monate einmal, seinen kranken Freund bei Schneider; aber Schneider macht ein immer besorgteres Gesicht, schüttelt den Kopf und deutet an, daß es sich um eine vollständige Zerrüttung der geistigen Organe handeln könnte; er spricht zwar noch nicht mit Bestimmtheit von Unheilbarkeit, aber er erlaubt sich doch, die traurigsten Mutmaßungen zu äußern. Jewgenij Pawlowitsch nimmt sich das sehr zu Herzen, und er *hat* ein Herz, was schon durch den einen Umstand bewiesen wird, daß er von Kolja Briefe erhält und diese Briefe manchmal sogar beantwortet. Doch außerdem ist noch ein seltsamer Charakterzug an ihm bekannt geworden, und da es ein guter Charakterzug ist, so wollen wir uns beeilen, ihn mitzuteilen: Nach jedem Besuch der Schneiderschen Heilanstalt schreibt Jewgenij Pawlowitsch, außer an Kolja, noch einen Brief nach Petersburg mit dem ausführlichsten Bericht und der teilnehmendsten Schilderung des Krankheitszustandes des Fürsten im gegenwärtigen Augenblick. In diesen Briefen aber, die außer den Berichten nur die höflichste Versicherung seiner Ergebenheit enthalten, beginnen sich nun manchmal (und zwar immer häufiger) auch einige ganz offenherzige Darlegungen seiner Ansichten, Ideen und Empfindungen einzuschleichen, — mit einem Wort, es beginnt in ihnen etwas durchzublicken, was freundschaftlichen oder noch wärmeren Gefühlen ähnlich ist. Die Person, die in diesem (allerdings noch ziemlich seltenen) Briefwechsel mit Jewgenij Pawlowitsch steht und die seine Aufmerksamkeit und Achtung in solchem Maße gefesselt und erworben hat, ist Wjera Lébedewa. Leider ist es uns nicht möglich gewesen, Zuverlässiges darüber zu erfahren, wie sich solche Beziehungen haben anknüpfen können; aber es ist wohl anzunehmen, daß die Veranlassung hierzu eben dieses Unglück mit dem Fürsten gewesen sein wird, als Wjera Lebedewa von dem Schmerz hierüber so erschüttert war, daß sie erkrankte. Doch, wie gesagt, auf welchen letzten Anlaß ihre Bekanntschaft und Anfreundung zurückzuführen ist, das wissen wir nicht. Im übrigen haben wir diese Briefe hauptsächlich deshalb erwähnt, weil einzelne von ihnen auch Nachrichten über die Familie Jepantschin und namentlich über Aglaja Iwanowna enthielten. In einem ziemlich verworrenen Brief aus Paris teilte Jewgenij Pawlowitsch mit, Aglaja Iwanowna habe nach einer kurzen Bekanntschaft und außergewöhnlichen Parteinahme für einen Emigranten, einen polnischen Grafen, diesen plötzlich geheiratet, sehr gegen den Wunsch ihrer Eltern, die, wenn sie auch schließlich ihre Einwilligung gegeben, es doch nur deshalb getan hätten, weil in der Sache irgendein schrecklicher Skandal gedroht habe. Im nächsten Brief, nach einem fast halbjährigen Schweigen, teilte Jewgenij Pawlowitsch wieder in einem langen und ausführlichen Schreiben mit, daß er bei seinem letzten Besuch in der Schweiz eben dort, bei Professor Schneider, mit der Familie Jepantschin (natürlich mit Ausnahme des Generals, der aus dienstlichen Gründen in Petersburg geblieben war) und dem Fürsten Sch. zusammengetroffen sei. Das Wiedersehen mußte nach seiner Schilderung recht eigenartig gewesen sein: alle hatten ihn nahezu überschwenglich begrüßt; Adelaida und Alexandra hatten sich ihm sogar

— Gott weiß wieso — zu heißem Dank verpflichtet gefühlt für seine »engelhafte Fürsorge für den unglücklichen Fürsten«. Lisaweta Prokofjewna hatte beim Anblick des Fürsten in seinem kranken und erniedrigten Zustand bitterlich zu weinen begonnen. Offenbar war ihm schon längst alles verziehen. Fürst Sch. habe bei der Gelegenheit ein paar treffende und kluge Bemerkungen gemacht. Jewgenij Pawlowitsch hatte den Eindruck, daß er und Adelaida sich noch nicht ganz miteinander eingelebt hätten; aber aller Voraussicht nach werde sich die lebhafte, impulsive Adelaida mit der Zeit wohl ganz von selbst und von Herzen der geistigen Überlegenheit und Erfahrenheit ihres Gatten unterordnen. Hinzu kam noch, daß die Lehren, die die Familie in letzter Zeit zu verwinden gehabt hatte, sie stark beeindruckten und sich nicht vergessen ließen, so vor allem das letzte Erlebnis Aglajas mit dem emigrierten Grafen. Alles von der Familie Befürchtete, als man Aglaja diesem Grafen nicht hatte ausliefern wollen, alles war schon in einem halben Jahr eingetroffen, und noch unter Hinzugabe solcher Überraschungen, die kein Mensch vorher für möglich gehalten hätte. Es stellte sich heraus, daß dieser Graf überhaupt kein Graf, sondern nur ein Emigrant war, und daß seine Emigration mit einer dunklen und zweideutigen Geschichte zusammenhing. Gefesselt hatte er Aglaja durch den seltenen Edelmut seiner von Trauer um das Vaterland zerrissenen Seele, und damit hatte er sie in solchem Maße gefangengenommen, daß sie bereits vor der Heirat Mitglied eines ausländischen Komitees zur Wiederherstellung Polens und überdies noch Beichtkind eines berühmten römisch-katholischen Paters geworden war, der sich ihres Geistes in einer Weise zu bemächtigen gewußt hatte, daß sie nahezu zur Fanatikerin wurde. Das riesige Vermögen des Grafen, von dem er Lisaweta Prokofjewna und dem Fürsten Sch. so gut wie unwiderlegbare Beweise vorgelegt hatte, erwies sich als überhaupt nicht vorhanden. Und nicht genug damit: in kaum einem halben Jahr nach der Heirat war es diesem Grafen und seinem

Freunde, dem berühmten Beichtvater, gelungen, Aglaja mit ihrer Familie vollkommen zu entzweien, so daß diese sie schon seit etlichen Monaten nicht mehr gesehen hatte ... Mit einem Wort, es wäre noch vieles zu erzählen gewesen, aber Lisaweta Prokofjewna, ihre Töchter und selbst Fürst Sch. waren schon so zermürbt von diesem »Schrecken«, daß sie sich scheuten, im Gespräch selbst mit Jewgenij Pawlowitsch gewisse Dinge auch nur zu erwähnen, obschon sie wußten, daß er von anderer Seite ohnehin bereits unterrichtet war über Aglaja Iwanownas letzte Eskapade. Die arme Lisaweta Prokofjewna wäre gern sofort nach Rußland zurückgekehrt, und nach dem Bericht Jewgenij Pawlowitschs habe sie in der Unterhaltung mit ihm alles Ausländische bitter und parteiisch kritisiert: »Nicht einmal Brot verstehen sie hier zu backen wie es sich gehört, den Winter über frieren sie wie die Mäuse im Kellerloch«, habe sie gesagt. »Erst hier habe ich mich über diesen Armen wenigstens auf russische Art ausweinen können«, habe sie hinzugefügt, erregt auf den Fürsten weisend, der sie überhaupt nicht erkannte. »Aber jetzt ist es genug, sich berauschen zu lassen; es wird Zeit, zur Vernunft zu kommen. Und alles dies hier, dieses ganze Ausland und dieses euer ganzes Europa, alles das ist nichts als Phantasie, und wir alle sind hier im Ausland nichts als Phantasie ... behalten Sie meine Worte, Sie werden es noch selbst einsehen!« habe sie beim Abschied von Jewgenij Pawlowitsch beinahe zornig geschlossen.

# ANHANG

# NAMENVERZEICHNIS

Fürst Lew Nikolájewitsch Mýschkin
   (Aussprache: Ljef, Abk.: Ljówa)

General Iwán Fjódorowitsch Jepántschin
Lisawéta Prokófjewna Jepántschin – seine Gattin
Alexandra Iwánowna
Adelaïda Iwánowna         } ihre Töchter
Aglája Iwánowna

Afanássij Iwánowitsch Tózkij – Freund des Generals
Fürst Sch., Fürst N., Fürstin Bjelokónskaja
Jewgénij Páwlowitsch Rádomskij – Gardeoffizier

Nastássja Filíppowna Baráschkoff

Parfjónn Ssemjónowitsch Rogóshin
   (Aussprache: Ragó-shin; sh wie j in Journal)
Ssemjónn Parfjónowitsch Rogóshin – sein Vater
Ssemjónn Ssemjónowitsch Rogóshin – sein Bruder
   (Abk.: Ssénjka)

Ippolít Teréntjeff – ein schwindsüchtiger Jüngling
Die Witwe des Hauptmanns Teréntjeff – seine Mutter

General a. D. Ardalión Alexándrowitsch Iwólgin
Nina Alexándrowna Iwólgin – seine Gattin
Gawríla Ardaliónytsch Iwólgin
   (Abk.: Gá-nja, Gánj-ka)
Warwára Ardaliónowna           } ihre Kinder
Nikolai Ardaliónytsch
   (Abk.: Kó-lja, Kó-linka)

Iwán Petrówitsch Ptízyn – Kaufmann

Ferdyschtschénko – Untermieter bei Iwólgins

Lukján Timoféjewitsch Lébedeff – ein Beamter
Wjéra Lukjánowna ⎫
Konstantín (Kós-tja) ⎪
Tatjána (Ta-nja) ⎬ seine Kinder
Ljubów (Ljúbotschka) ⎪
Wladímir Doktorénko – sein Neffe

Antíp Burdówskij
Keller

Nikolai Andréjewitsch Pawlíschtscheff


Straßennamen: Wosnessénskij Prospékt, Liteínaja, Ssadówaja

Städte: Páwlowsk, Twerj, Kostromá, Ssarái, Orel
   (Aussprache: Arjóll)
Khanat Kiptschák, Fluß Achtúba

Landgüter: Otrádnoje, Kólmino

# ANMERKUNGEN

1 *S. 13:* Die Bezeichnung „Einhöfer-Fürsten" soll bereits im 13. Jahrhundert aufgekommen sein, nach dem Verfall des Seniorats, d. h. nach dem Ende des alten russischen Reiches von Kiew (1169) und der Verlegung der Residenz des Großfürsten nach Wladimir an der Kljásma (östlich von Moskau). Die Aufteilung des früher unteilbaren „Stammlandes" an die vielen Fürstensöhne als nunmehr persönliche „Erbländer", ohne Einholung des Rates der Ältesten und ohne Bestätigung – durch Akklamation – von seiten des Volkes, hatte zur Folge, daß schon nach ein paar Generationen viele Fürstensöhne nur noch einen einzigen Hof erbten. Manch ein Nachkomme dieses verarmten Uradels wurde später „Junker", ein aus dem Deutschen übernommener Titel, der nur Fähnrichen von Adel zukam. Diese „Junker" bildeten im russischen Heer der Kaiserzeit eine besondere Klasse. – Der zufällige Witz im nachfolgenden Satz liegt im Doppelsinn zweier Wörter: „Die Letzte ihres Geschlechts" könnte auch „die Schlimmste in ihrer Art" bedeuten.
2 *S. 65:* „Otrádnoje": als Name von Lustschlössern, idyllischen Landsitzen ehemals so häufig wie etwa „Monplaisir". Otráda: Lust, Wonne, Erquickung.
3 *S. 84:* Das Reich der Goldenen Horde oder das Khanat Kiptschák der mongolischen Nomaden zog sich über das ganze Steppengebiet von der unteren Wolga bis weit nach Osten hin. Nach den verheerenden Einfällen der Reiterschwärme Dschingis-Khans 1224, seines Enkels Baty 1238 und 1240 usw. unterlagen die russischen Teilfürsten der Bestätigung in ihrem ererbten Besitz, der Gnade des Khans der Goldenen Horde, der sich zum obersten Herrn und Richter über die Besiegten aufwarf und durch seine Steuereintreiber einen drückenden Tribut erhob. Um dieser Abhängigkeit willen, oft auch um Schlimmstes für ihr Teilgebiet zu verhüten, mußten die Teilfürsten, wie auch manche Kirchenhäupter und Äbte, die Reise nach Kiptschák antreten, natürlich mit entsprechenden Geschenken. Erst als nach 1480 das Khanat infolge innerer Fehden zu zerfallen begann, konnte man es wagen, den Tribut zu verweigern. Aber die Gefahr neuer Verheerungen ging danach auf das Khanat der Krimtataren über, die noch 1571 bis Moskau kamen, es zum letzten Mal niederbrannten und 100000 Russen in die Sklaverei schleppten. Erst bei ihrer Wiederkehr im nächsten Jahr konnten sie von den vereinten Heeren der Russen endgültig zurückgeschlagen werden.
4 *S. 197:* N. Pirogóff (1810–1881), bedeutender Chirurg, reorganisierte im Krimkrieg (1853–56) und nachher das russische Lazarettwesen.
5 *S. 245:* „Kosak Márlinskij": Pseudonym des Rittmeisters Alexander Bestúsheff (1795–1837, gefallen im Kaukasus). Glänzender Gardeoffizier, Eroberer der Frauenherzen, wurde nach der Verschwörung der Gardeoffiziere und ihrem Aufstand im Dezember 1825 (daher „Dekabri-

sten" genannt), der die erbliche Monarchie durch eine Art Adelsrepublik ersetzen wollte, degradiert und verbannt. Er schrieb als gemeiner Soldat „Marlinskij" zwischen den Kämpfen im Kaukasus mit den Tscherkessen seine romantischen Erzählungen, die aber keineswegs frei erfunden waren; nur schrieb er sie meist in überschwenglichstem Stil. Seine Helden sind von wildester Leidenschaft beseelt (wie er selbst), ihre tollkühnen Taten (wie seine eigenen) „ein prasselndes Feuerwerk". Bestúsheff war vor Tolstoi der erste, der neben dem Offizier den einfachen Soldaten anschaulich schilderte.

6 *S. 261:* Katharinenhof: ein Schlößchen in großem Park (damals noch außerhalb der Stadt), fast am Strand des Finnischen Meerbusens, südlich der Newamündung, von Peter dem Großen 1711 seiner zweiten Gemahlin, Katharina I., geschenkt. In den sechziger Jahren war der bereits öffentliche Park in Verbindung mit einer teuren Gaststätte für besondere Festlichkeiten ein begehrter Treffpunkt für solche Ausflüge in russischem Stil.

7 *S. 291:* Páwlowsk (Páwel = Paul; etwa „Paulshof") war ursprünglich nur die Sommerresidenz des Thronfolgers und späteren Zaren Paul I. (1796–1821), ein berühmtes Schloß, 1782–85 von Charles Cameron erbaut, in einem 623 Hektar großen Park, 25 Werst südlich von Petersburg. Nach dem Bau der ersten Eisenbahnstrecke in Rußland im Jahre 1836, von Petersburg über Zárskoje-Sseló (20 Werst) bis nach Pawlowsk als Endstation, begann die kleine, am Schloßpark entstandene Ortschaft (von Paul zum Rang einer Stadt erhoben) sich schnell auszubreiten. Um 1868 dürfte das Städtchen schon zwei- bis dreitausend Einwohner gezählt haben, da die Petersburger sich in dieser lieblichen Landschaft am Fluß Sslawjánka gern Landhäuser und Sommervillen erbauten. Diese Villengegend in den Anlagen außerhalb des Städtchens ist hier der Schauplatz der Begebenheiten; das berühmte große Kaiserschloß wird von Dostojewski überhaupt nicht, der Schloßpark nur zweimal als »der eigentliche Park« erwähnt, den ein Fahrweg umgibt. – Zur weiteren Erklärung der Pawlowsker Verhältnisse sei hier gleich angefügt: Von der Direktion der privaten Eisenbahngesellschaft, welche die Zárskoje-Sseló-Bahn erbaut hatte, wurden in Pawlowsk von Mai bis Mitte September sonntags und zweimal in der Woche unentgeltliche Konzerte veranstaltet. Für diese Konzerte war am Freiplatz vor dem Pawlowsker Bahnhof und Restaurant im Wartesaal, unmittelbar am Park, eine offene Musikhalle (Muschel) erbaut worden. Die Unkosten für das vorzügliche Orchester und die bekannten Dirigenten – von Ausländern u. a. auch Gungl, Strauss und Laube – wurden durch die Mehreinnahmen der Bahn gedeckt, da diese Konzerte sich sowohl bei den Petersburgern wie bei den Sommerfrischlern der Vororte und der ganzen Umgegend großer Beliebtheit erfreuten.

8 *S. 300* Kwass: russisches Nationalgetränk; eine Art Dünnbier aus geschrotetem Getreide.

9 *S. 314:* Die geheime Sekte der Skópzen (Verschnittene) wurde in Rußland im 18. Jahrhundert von einem gewissen Sseliwánoff, der sich »Gottes Sohn« nannte, organisiert: Durch Abtötung des Geschlechtstriebs suchten die Sektierer das Heil zu erlangen. Von der Polizei wurden die Skopzen streng verfolgt, 1869 kam es zu einem großen Prozeß gegen sie. Inwieweit ihre sonstigen Charaktereigenheiten (unfrohe Strenge, Zuverlässigkeit, Sparsamkeit und Zuneigung zum Geldgeschäft) mit dieser Ablehnung des Geschlechts in Verbindung stehen könnten, ist eine Frage, mit der sich moderne Psychologen befassen. Außer den Altgläubigen (Raskólniki) scheinen sich auch andere russische Sektierer heimlich mit zwei statt mit drei Fingern zu bekreuzen.

10 *S. 349:* Der „Sommergarten" ist als öffentlicher Ziergarten mit Statuen und Bänken, nach Entwürfen von Leblond, 1716 am Südufer der Newa angelegt worden, als östlicher Abschluß der Reihe kaiserlicher und großfürstlicher Paläste am südlichen Newakai.

11 *S. 350:* Die „Petersburger Seite" wird der dem „Sommergarten" gegenüberliegende Stadtteil nördlich der Newa genannt.

12 *S. 393:* Die russische Jugend in den Jahren um 1860 stand ganz unter dem Einfluß der temperamentvollen Kritiker Dobroljúboff (gestorben 1861 im 24. Lebensjahr) und Píssareff (verunglückt 1868 mit 27 Jahren), die in ihrem erbitterten Kampf gegen die geistige Trägheit der adligen Gutsbesitzerklasse (vgl. Gontscharóffs „Oblómoff") und die sogenannten „Epikureer der Reaktion", die angeblich „doch nur aus Konvention die Poesie, die Ästhetik, Takt und Höflichkeit verehren oder zu verehren vorgeben", oft blindlings viel zu weit gingen und das Kind mit dem Bade ausschütteten. Man verhöhnte bald nicht nur die empfindsamen „Musselindämchen" der romantischen Epoche, sondern verhöhnte nun gleich in Bausch und Bogen jede Poesie und jede Ästhetik; ja, sogar die einfachste gesellschaftliche Höflichkeit wurde verpönt, um einzig für den „denkenden Realisten" die Bahn freizumachen, den Pissareff in Turgénjeffs Basároff sah (im Roman „Väter und Söhne", erschienen 1862). Aus dieser ersten Kampfzeit unter Alexander II., nach der langen Totenstille unter der drakonischen Regierung Nikolaus' I. (1825–55), stammt auch der Satz der jungen Stürmer, ein Paar Stiefel seien mehr wert als der ganze Puschkin oder der ganze Raffael. Im Grunde hatte Pissareff ein sehr feines Verständnis für Puschkin und für alle Kunst; ihn giftete nur „das leere Nachplappern des einmal Anerkannten". In der Hitze des Gefechts ließen sich die jungen Kritiker zu den krassesten Übertreibungen hinreißen, und die Jugend beiderlei Geschlechts sprach ihnen mit Begeisterung die tollsten Sentenzen nach, besonders wenn sie stilistisch brillant formuliert waren. Selbst Ungezogenheiten gegenüber Älteren, gesellschaftlich taktlose „Wahrheiten" ungeniert ins Gesicht gesagt, galten für Beweise des Mutes vor „Verlogenheiten der Konvention"; der wilde Tatendrang um jeden Preis spielte sich auf als Protest der Jugend gegen die ewige Trägheit

der Alten. Diese Auswüchse wurden von Dostojewski mit Empörung, aber auch mit Sorge wahrgenommen, weshalb er sich denn auch in jedem seiner Werke mit dieser „verrannten Jugend" auseinandersetzte, indem er ihr in einem Spiegelbild das Abstoßende an diesem Gebaren zu zeigen suchte, wie andererseits den Erwachsenen: mit wie geringer Mühe man diesem noch so bildsamen Nachwuchs aus der Verwirrung heraushelfen könnte.

13 S. 397: Górskij und Daníloff: jugendliche Mörder, deren Skrupellosigkeit bei den Gerichtsverhandlungen 1866 und 1867 erschreckend kraß zutage getreten war und allgemeines Entsetzen erregt hatte, um so mehr, als sowohl der Held des Moskauer Prozesses wie auch der andere in Petersburg nicht aus der Hefe des Volkes, sondern aus gutbürgerlicher Familie stammte. Daß ein wohlerzogener Familiensohn als Mordwaffe ein Rasiermesser benutzen konnte, dessen Gelenk er dick mit Nähseide umwickelt hatte, damit die Klinge feststehe, war gleichfalls erschreckend neu. Anspielungen auf diese Mordwaffe und auf andere Details aus diesen Prozessen finden sich auch noch weiterhin im Text. – Der Student Daníloff hatte in Moskau drei Tage vor dem Erscheinen von Dostojewskis „Rodion Raskolnikoff" im Januar 1866 so ziemlich ohne Bedenken, nur weil er Geld brauchte, einen Wucherer ermordet, da „einer starken Persönlichkeit zu ihrem Vorwärtskommen alles erlaubt sei". Fast gleichzeitig hatte auch in Paris ein Student einen Mord begangen, aus den gleichen Beweggründen und infolge der gleichen Ansichten, die aber nicht erst seit Balzacs „Vautrin" umgingen (vgl. Anm. 24), der sich auf Benvenuto Cellini beruft.

14 S. 404: Zitat aus der berühmten Komödie „Verstand schafft Leid" des Diplomaten Alexander S. Gribojédoff (1793–1829). Gribojédoff schildert in dieser Komödie, deren Wirkung man mit „Figaros Hochzeit" von Beaumarchais verglichen hat, meisterhaft, sprachlich elegant und witzig die damaligen (1820–24) Moskauer Stützen der Gesellschaft und des Staates in der schon abklingenden guten, alten Zeit sowie die Enttäuschung des aus dem Ausland heimkehrenden Stürmers und Drängers, der in der teuren Heimat nur sture Beharrung im Gewohnten vorfindet.

15 S. 453: Pierre Joseph Proudhon (1809–1865): einer der ersten Vertreter des wissenschaftlichen Sozialismus und der eigentliche Begründer der Theorie des Anarchismus. 1840 erschien seine Abhandlung „Qu'est ce que la propriété?", in der er den Satz aufstellte: „Eigentum ist Diebstahl", wenn das Eigentum unverdiente Herrenrechte verleiht. In seinem späteren Hauptwerk von 1842 greift er das Eigentum ebenso scharf an wie den Kommunismus. Nachdem Proudhon vor der ihm drohenden Verhaftung nach Belgien geflüchtet war, wurde er 1862 in Brüssel vom Grafen Leo Tolstoi besucht; es kam zu einer stundenlangen Unterredung zwischen ihnen. In den Petersburger Kreisen hatte es Dostojewski um diese Zeit fast nur mit den Auswirkungen der französischen Sozialisten zu tun; Karl Marx blieb ihm völlig unbekannt.

16 *S. 456:* Die Schlußworte der Komödie Gribojédoffs (vgl. Anm. 14), mit denen Fámussoff, der Herr des Hauses, nach dem unseligen Ausgang des Balles seine größte Sorge, die Angst vor dem Urteil der Gesellschaft, mit dem Stoßseufzer verrät, der, wie fast jeder zweite Satz dieses Werkes, zu einem geflügelten Wort geworden ist:
„Mein Gott, was wird jetzt sagen
Die Fürstin Marja Alexéwna?"
17 *S. 471:* Die Hauptmahlzeit wird in Petersburg zwischen sechs und sieben Uhr eingenommen.
18 *S. 478:* Louis Bourdaloue (1632–1704): Jesuit, predigte seit 1669 mit großem Erfolg am Hof Ludwigs XIV. Lebedeff bewunderte in ihm wohl hauptsächlich den Lehrer der Rhetorik, Philosophie und Moraltheologie, der er außerdem noch war.
19 *S. 511:* Die Jelágininsel ist die nördlichste, von der Stadtmitte entfernteste der zehn Deltainseln der Newa; in ihren Anlagen gab es zu dieser Zeit außer dem Schloß Jelágin nur erst wenige Sommervillen reicher Petersburger. Auf der neben dieser liegenden Steininsel (Kámennyj-Óstrow) hatte die Fürstin Bjelokonskaja ihren Sommersitz.
20 *S. 515:* Bis zur Bauernreform Alexanders II. (1861) bildeten die Gutsbesitzer eine privilegierte Kaste; die Aufhebung der Leibeigenschaft ihrer Bauern bedeutete für viele von ihnen den wirtschaftlichen Ruin.
21 *S. 516:* Mit den Gutsbesitzern bzw. der gebildeten, auch schriftstellernden Schicht in Rußland „vor Fámussoff" sind jene von Kindheit an auf Befehl europäisierten Russen gemeint, die durch die Germanisierung Rußlands unter Peter I. und seinen Nachfolgern und die Französierung Rußlands unter Elisabeth und Katharina II. nicht zu Deutschen und nicht zu Franzosen umerzogen wurden, sondern nur zu „Rußlandhassern". Gegen diese europäisierten Russen wirkt Fámussoff, in dem Gribojédoff seinen eigenen Onkel gezeichnet hat, dessen Festlichkeiten in Moskau berühmt waren, nahezu urwüchsig russisch: Grandseigneur und nicht dumm, Skeptiker gegen alles Fremde und Neue, der nur äußerlich (aus Lebensklugheit) die gesellschaftlichen Sitten wahrt, im Grunde aber altrussischer Patriarch geblieben ist und das Leben wie ein Pascha primitiv genießt. Das Thema der „antirussischen Russen", das Dostojewski, dem es vor allem auf das wesentlich Russische, also das Nichteuropäische und Neue, ankam, hier nur streift, hat ihn seit seiner ersten Reise ins Ausland, 1862, bis zu seiner Puschkin-Rede 1880, ein halbes Jahr vor seinem Tode, unablässig beschäftigt und gequält.
22 *S. 521:* Die Justizreform vom Jahre 1864 brachte vor allem die Öffentlichkeit des Gerichtsverfahrens, die mit größtem Beifall begrüßt wurde, und schuf das Institut der Friedensrichter und der Geschworenen nach westeuropäischem Vorbild. Neu war nur die Einführung der „Friedensvermittler", einsichtiger, angesehener Männer, oft Gutsbesitzer, die, ohne Juristen zu sein, die Streitfälle in ihrem Bezirk, wo sie mit den örtli-

chen Verhältnissen vertraut waren, ehrenamtlich zu klären hatten, mündlich und ohne „Paragraphenherrschaft". Sie waren eine große Entlastung für die Gerichte.

23 *S. 604:* Die russische „Butterwoche" vor dem Beginn der großen Fastenzeit entspricht dem westeuropäischen Karneval.

24 *S. 646:* Pierre-François Lacenaire, geb. 1800 bei Lyon, wurde am 7. Januar 1836 in Paris hingerichtet wegen mehrfacher Verbrechen, die er schon als Jüngling zu begehen begonnen hatte (Unterschlagungen, Diebstahl, Fälschungen, Raubmord, Mord und anderes mehr). Als Kaufmannssohn überdurchschnittlich gebildet und sehr wach, spielte er bewußt und geistreich den absoluten Amoralisten und den Revolutionär in unrevolutionärer Zeit. So wurde er bei der Elite der Pariser Gesellschaft eine Zeitlang zum Gegenstand eines, wie man damals sagte, „skandalösen Interesses, von dem sich selbst die Regierung anstecken ließ". Sein schlagfertiger Zynismus vor Gericht soll nicht geringer gewesen sein als seine „schauerliche Kaltblütigkeit", mit der er – zusammen mit seinem Komplicen Avril – auch das Schafott bestieg. Bald darauf wurde ein Auszug des Manuskripts, das er im Gefängnis zurückgelassen hatte, unter seinem Namen veröffentlicht: „Mémoires, révélations et poésies de Lacenaire, écrits par lui-même à la Conciergerie", Paris 1836. Damals wurde die Echtheit dieser Schriften von entrüsteten Lesern bezweifelt; heute hingegen nennt man Lacenaire in einem Atem mit Charles Baudelaire (1821–1867), dem berühmten Verfasser der „Blumen des Bösen", der trotz seiner katholischen und aristokratischen Tendenzen mit Freuden die Revolution von 1848 begrüßte und bewaffnet auf die Barrikaden stieg. – Durch den Film „Les Enfants du Paradis" von Marcel Carné ist dieser Lacenaire weltberühmt geworden: als der mittellose öffentliche Schreiber, der nach seiner zweiten Flucht aus dem Gefängnis in der wieder bürgerlich und beschaulich gewordenen Zeit einen wenigstens aufsehenerregenden Mord plant und zu seinem Opfer den genialen Schauspieler Frédéric Lemaître (1800–1876) ausersehen hat, nach persönlicher Bekanntschaft mit diesem bezaubernden Genie aber doch Abstand davon nimmt und statt seiner den Geliebten der Garance ersticht. – Dostojewski hat in den Entwürfen zu seinem nächsten Werk, „Die Dämonen", diesen Typ des reichbegabten jungen Menschen, der zu seinen Lebzeiten keine Aufgabe vorfindet, die ihm bzw. seiner „Sprengkraft" angemessen wäre, eingehender zu analysieren versucht.

25 *S. 705:* In der Komödie „Die Heirat" von Nikolai W. Gógol (1809 bis 1852) ist der Hofrat Podkoljóssin ein älterer Junggeselle, der es nur dank tatkräftiger Unterstützung seiner Freunde und Bekannten schließlich zu einer Verlobung bringt, dann aber, kurz vor der Trauung, doch noch durch das Fenster entflieht und die Braut im Stich läßt.

26 *S. 708 und 723:* Gógols Leutnant Pirogóff: in der Skizze „Der Newskij-Prospekt", die 1834 in der Sammlung „Arabesken" erschienen ist.

27 *S. 796:* Peter der Große, geb. 1672 als zweiter Sohn aus der zweiten Ehe des Zaren Alexei Micháilowitsch Románoff, hatte seine Alleinherrschaft zunächst 1689 gegen seine Halbschwester Sophie (Regentin 1682 bis 1689 für ihn und seinen kranken Halbbruder Iwan V.) durchzusetzen, sodann seine Reformpläne gegen die altrussische Partei des Adels, die Priesterschaft und die fremdenfeindliche Mehrheit der übrigen Klassen, die 1698 den im Ausland weilenden Peter mit Hilfe der Moskauer Schützenregimenter absetzen und die in ein Kloster verbannte Sophie wieder einsetzen wollten. Der Aufstand wurde von Peter „in Blut erstickt". 1717/18 wurde der Versuch während Peters abermaliger Auslandsreise wiederholt, und diesmal sollte Peters unbedeutender Sohn Alexéi (aus Peters erster Ehe mit Eudoxia Lopúchin) als Zar ausgerufen werden. An dieser Verschwörung war unter anderen Vertretern der ältesten Adelsfamilien, den natürlichen Feinden der Alleinherrschaft des Zaren, auch Stepán Gléboff beteiligt, der 1709 und 1710 als Major der Geliebte der ersten Gemahlin Peters, der verstoßenen Eudoxia Lopúchin, gewesen war. Peter kehrte sofort zurück, traf am 31. Januar 1718 in Moskau ein und zwang den Thronfolger Alexei zur offiziellen Abdankung. (Alexei starb bald darauf, im Juni 1718; ob eines natürlichen Todes, ist ungewiß.) Mit äußerster Strenge ging Peter sofort an die endgültige Ausrottung der oppositionellen Elemente, und je bedeutender die einzelnen Verschwörer waren, um so grausamer wurden sie hingerichtet: Gléboff wurde am 17. März 1718 gepfählt, und erst nach 15 Stunden soll der Tod eingetreten sein. Nach Berichten ausländischer Augenzeugen sei von ihm kein Schmerzenslaut gehört worden. – Für nationalstolze Russen ist Gléboff als Märtyrer für die von Peters Reformen unterbrochene eigenständige Entwicklung Rußlands gestorben.

28 *S. 796:* Heinrich Johann Ostermann (geb. 1687 in Westfalen als Sohn eines Pastors) hatte als Jenenser Student seinen Gegner im Duell getötet, war nach Holland geflohen und dort 1703 in russische Dienste getreten. Er gewann Peters Vertrauen und machte sich verdient bei den Friedensschlüssen am Pruth 1711 und namentlich in Nystad 1721 (Geheimrat und Baron Ostermann). Nach Peters Tod 1725 ernannte ihn Katharina I. (1725–27) zum Oberintendanten des Hofes und zum Mitglied des Regentschaftsrates für Peters Enkel, den Knaben Peter II. Alexejewitsch, der aber schon 1730 starb. Die russische Adelspartei unter Führung des Fürsten Dolgorukij erhob hierauf Peters Nichte, die Witwe des Herzogs von Kurland, Anna Iwanowna (1730–40), auf den Thron und versuchte hierbei, die kaiserliche Allmacht zu beschränken. Der Versuch scheiterte an der Opposition der anderen, deutschfreundlichen Partei bei Hofe, und nach dem Sturz und der Verbannung der Russen kam es zur Bildung eines Kabinetts, in dem Annas Günstling Biron (von Bühren), Graf Ostermann und Generalfeldmarschall Münnich die Hauptrolle spielten. Anna ernannte (auf Ostermanns Rat?) ihren zweijährigen

Großneffen als Iwan VI. (1740/41) zu ihrem Nachfolger; doch schon 1741 trat Peters jüngste Tochter, Elisabeth, auf und bestieg nach einer Palastrevolution den Thron (1741–62). Graf Ostermann wurde von ihr der Intrigen gegen ihr Thronfolgerecht beschuldigt, zum Tode durch das Rad verurteilt, auf dem Blutgerüst zur Verbannung nach Sibirien begnadigt, wo er 1747 in Berjósoff starb. Er stand im Ruf, ein kluger Staatsmann und geschickter Diplomat zu sein.

29 S. 833: Die „Geißler" waren in Rußland eine uralte, weitverbreitete Sekte, deren Anhänger äußerlich den Ritus der griechisch-katholischen Kirche streng beobachteten, in ihren geheimen Versammlungen aber Kirche, Sakramente und Geistlichkeit verwarfen und lehrten, jeder könne durch gottgefällige Werke selbst Christus werden. Sich geißelnd und singend umtanzten sie ein Wasserfaß, bis sie bewußtlos hinfielen und zu weissagen begannen. Teilweise heidnisch-altgriechisch-thrakische Überlieferung.

30 S. 910: Nach der 1861 von Alexander II. verfügten Aufhebung der Leibeigenschaft der Bauern, denen auch noch Land zugeteilt werden mußte, erwies es sich, daß viele der altmodischen Gutsbesitzer den Anforderungen einer Umstellung der Bewirtschaftung ihrer Güter nicht gewachsen waren, namentlich wenn es ihnen, wie in der Mehrzahl der Fälle, an barem Geld fehlte. So kam es bald zu einem Überangebot von Gütern, das ein schnelles Absinken der Preise zur Folge hatte. Viele Gutsbesitzer zogen es vor, mit dem Erlös in die Stadt überzusiedeln oder sich als unbemittelte Adlige um eine Beamtenstellung zu bewerben. – Die Wut Dostojewskis über diese oft leichtfertige Preisgabe ererbten Grundbesitzes aus der von ihm immer wieder verhöhnten Arbeitsscheu „verwöhnter Müßiggänger" kam schließlich in seiner berühmten Rede zur Puschkin-Feier im Juni 1880 in Moskau zu ihrem leidenschaftlichsten Ausbruch.

*Zu den Anführungszeichen*

Damit der Leser in diesem großenteils in Gesprächsform gestalteten Werk eindeutig unterscheiden und sich klar zurechtfinden kann, wurden die Anführungszeichen durchgehend auf folgende Weise gesetzt:

Alle Gespräche und Aussprüche aus Gesprächen außerhalb dieser wurden mit »und« angeführt und ausgeführt.

Die Wiedergabe von Äußerungen anderer innerhalb von Gesprächen wurden mit ‚und' gekennzeichnet.

Zitate und Verse, Titel von Büchern, Schauspielen, Dichtungen, Namen von Gasthäusern und Stadtteilen, Redensarten und ähnliches sind innerhalb und außerhalb von Gesprächen mit „und" angeführt und ausgeführt worden.

*E. K. R.*

## NACHWORT

Unter den faszinierenden, meist exzentrischen Figuren Dostojewskis ist Fürst Lew Nikolajewitsch Myschkin, von seiner Umgebung »Idiot« genannt, zweifellos eine der liebenswertesten. Als »Vollstrecker der Nächstenliebe«, als »reiner Missionar des Mitleids«, als »argloser, mit herausfordernder Unschuld auftretender Demonstrant der Güte« (Siegfried Lenz)[1] verkörpert der Epileptiker und gesellschaftliche Außenseiter Myschkin den »wahrhaft vollkommenen und schönen Menschen«, die Utopie christlich-sozialen Glücks, ohne indes zur blutlosen Idealfigur zu werden.

Dostojewski wußte, als er 1867 in Genf unter prekärsten materiellen Umständen die Arbeit am Roman *Der Idiot* begann,[2] daß er sich an eines der schwierigsten Themen gewagt hatte: »Alle Dichter, nicht nur die unsrigen, sondern auch die europäischen, die die Darstellung des *Positiv*-Schönen versucht haben, waren der Aufgabe nicht gewachsen, denn sie ist unendlich schwer. Das Schöne ist das Ideal; das Ideal aber steht bei uns wie im zivilisierten Europa noch lange nicht fest. Es gibt in der Welt nur eine einzige positive Gestalt: Christus... Von allen schönen Gestalten in den christlichen Literaturen erscheint mir die des Don Quijote am vollkommensten.«[3] Don Quijote ist schön, weil er lächerlich ist, argumentiert Dostojewski gemäß seiner christlichen Ästhetik. Myschkin aber, nie lächerlich, ist schön durch seine Unschuld. Er ist anziehend und zugleich befremdlich für die, die in ihm den reinen Toren sehen und sich plötzlich durchschaut fühlen, die ihn verachten und durch seine Demut und Großmut aus der Fassung geraten, die ihn lieben und durch seine höhere Liebe überfordert sind. Myschkin ist der stillste von Dostojewskis Revolutionären. Doch ein Revolutionär ist dieser Mensch ohne überlieferte Werturteile allemal, auch wenn er vordergründig scheitert. Ausgerechnet Myschkin, der für Harmonie plädiert, bringt alles in Aufruhr. Kaum tritt er auf den Plan, überstürzen sich die Ereignisse, scheiden sich die Geister, häufen sich die Skandale. Nach einem paradoxen Gesetz, das keinen psychologischen Kategorien unterliegt, wird der »schöne« Idiot zum Katalysator, zur Kraft, die stets das Gute will und meist das Böse bewirkt. »Was Sie sagen, ist nichts als Wahrheit, und schon deshalb ist es ungerecht«, bemerkt Aglaja Jepantschina aus der Sicht der gesellschaftlich eingebundenen Aristokratin. Myschkin kann sich die Wahrheit leisten; als »Idiot«, der zudem vier Jahre lang im Ausland lebte, ist und bleibt er ein Außenseiter nicht nur seiner Klasse, des Adels, sondern der Gesellschaft überhaupt. Nicht daß er gegen gesellschaftliche Konventionen willentlich verstößt – er anerkennt sie nicht und erscheint dadurch als ein weit gefährlicherer Bedroher der Ordnung. Was hat es Schlechtes auf sich, daß er sich nach seiner Rückkehr in die Heimat als erstes lange mit dem Diener der Jepantschins unterhält und diesem seine persönlichsten Gedanken über die Todesstrafe mitteilt? Doch der Diener selbst ist verstört, und die Herrschaften haben auch gleich das Etikett parat: ob der Fürst ein »Demokrat« sei. Mit fortschreitender Handlung weicht Myschkin das soziale Gefüge, die starren Konventionen auf; er verkehrt ohne Unterschied mit dem geckenhaften Kaufmann Rogoshin und der »Gefallenen« Nastassja Filippowna, mit den vornehmen Jepantschins und dem »nihilistischen« Studenten Ippolit Terentjew und bringt diese Vertreter verschiedener Gesellschaftsschichten zusammen, wobei er den entstehenden Kollisionen hilflos staunend gegenübersteht. Myschkin wundert sich und leidet, kann sein Verhalten aber nicht ändern. Schlafwandlerisch folgt er seinem Gefühl, das sich keinen sozialen und moralischen Normen unterwirft, es sei denn dem Mitleid, dem »wichtigsten und vielleicht dem einzigen Gesetz des Seins der ganzen Menschheit« (S. 355).

Hermann Hesse hat das gesellschaftlich-moralische Außenseitertum Myschkins, das er durch die (vom Epileptiker Dostojewski mit äußerster Präzision beschriebenen) Grenzerfahrungen der Epilepsie, durch das »magische« Denken und Erleben, mitbedingt glaubt, als Drang zum Unbewußten, zum Chaos qualifiziert: »Wer Geist und Natur, Geist und Freiheit, Gut und Böse, sei es auch nur für einen Moment als verwechselbar empfindet, ist der furchtbarste Feind jeder Ordnung. Denn dort beginnt das Gegenteil der Ordnung, dort beginnt das Chaos.«[4] Daß Myschkin nicht als Verbrecher à la Raskolnikow (wie ihn Dostojewski ursprünglich geplant hatte),[5] sondern als schüchterner Mensch voll Kindlichkeit gezeigt wird – darin liegt nach Hesse »das Geheimnis dieses erschreckenden Buches«. Hesses »magischer« Deutung wäre entgegenzuhalten, was Dostojewski nach Abschluß des Romans über seinen »vollkommen schönen Menschen« geäußert hat: »Ist denn mein phantastischer ›Idiot‹ nicht die alltäglichste Wirklichkeit? Gerade heutzutage muß es in unseren Gesellschaftsschichten, die von der Scholle losgelöst sind, in den Schichten, die in der Tat phantastisch zu werden anfangen, solche Charaktere geben.«[6]

Dem Außenseiter Myschkin wird eine gesellschaftliche Rolle zugewiesen, und zwar eine ständisch-nationale. Als Vertreter des russischen Adels, der seine Beziehung zu den unteren Volksschichten zum Zeitpunkt der Handlung (1867/68) bereits stark eingebüßt hatte und stark verwestlicht war (viele russische Aristokraten lebten im Ausland), entwickelt sich Myschkin in der Heimat zum russischen Patrioten slavophilen Einschlags, zu einem »Bodenständigen« (potschwennik), dem Dostojewski – als erstem Romanhelden überhaupt – seine in den sechziger Jahren entwickelte »russische Idee« und die Verkündigung des »russischen Christus« anvertraut. Als Myschkin im Sommerhaus der Jepantschins vor versammeltem adligen Publikum gegen den Katholizismus als »Fortsetzung des weströmischen Reichsgedankens« polemisiert und den russischen Christus als »Gegenwehr des Ostens gegen den Westen« beschwört, ist er bewußtseinsmäßig kein Entwurzelter mehr und weit entfernt von jenen aufklärerischen Idealen, die er im Lande Rousseaus kennengelernt hatte und an denen er irre geworden war (Todesstrafe, Hinrichtungspraktiken in Frankreich). Er ist deplaziert nur im Kreise dieser vermeintlich Verwurzelten – in der Tat aber, wie Dostojewski schreibt, »von der Scholle Losgelösten« –, deren schandbare Übereinkünfte er entlarvt. Und nicht genug damit, daß seine ekstatische Erlösungspredigt alle Regeln einer geselligen Soiree mißachtet und die Anwesenden demaskiert – sie endet mit einem handfesten Skandal: der Fürst stößt in der Erregung eine kostbare chinesische Vase um und erleidet, von einem nahezu »mystischen Schreck« ergriffen, bald darauf einen Anfall. Myschkin – der Träumer, der Poet, der Utopist, über dessen »schwebende Realität« Julius Meier-Graefe zu Recht bemerkte, daß »keine Gestalt, auf die Bühne gebracht, so vielen Masken zugänglich wäre«[7] – »stand da wie ein isolierter Mensch, der an nichts beteiligt war, und der, wie der Unsichtbare in unseren Märchen, sich ins Zimmer eingeschlichen hat und andere, ihm fremde, aber ihn doch interessierende Menschen beobachtete« (S. 836–837). Der »positiv schöne Mensch« bleibt in der real existierenden Gesellschaft ein Außenseiter. Idee und Wirklichkeit kommen im Roman *Der Idiot* nicht zur Deckung.

*

Die Romanhandlung setzt am 27. November 1867 ein und dauert bis Anfang Juli 1868; Handlungszeit und Entstehungszeit fallen weitgehend zusammen.[8] Im ersten Kapitel von Teil I treffen wir Myschkin im Zug an, wie er aus der Schweiz nach Petersburg zurückkehrt. Im Schlußkapitel von Teil IV berichtet der Erzähler, daß Myschkin wieder zur Pflege in die Schweiz habe gebracht werden müssen, da sein Zustand fast aussichtslos sei. Dazwischen liegt Myschkins russischer Lebensabschnitt, dessen Ereignisse von einer Peripetie zur andern rasen, um im Kataklysmus zu enden. Der Knoten aber wird schon in den ersten Romankapiteln geschürzt.

Der Zufall will es – und er wird ein treibendes Moment der Handlung bleiben –, daß Myschkins Reisegefährte Rogoshin ist. Dostojewski, der mit Beschreibungen geizt, vertieft sich hier in die Physiognomie der zukünftigen Gegenspieler: »Der eine von ihnen [Rogoshin] war nicht groß von Wuchs, etwa siebenundzwanzig Jahre alt, hatte krauses, fast schwarzes Haar und kleine graue, aber feurige Augen. Seine Nase war breit und flach, die Kiefer- und Backenknochen stark entwickelt; die schmalen Lippen verzogen sich fortwährend zu einem halb frechen, halb spöttischen und sogar boshaften Lächeln. Seine Stirn aber war hoch und wohlgeformt und verschönte die unedel entwickelte untere Hälfte seines Gesichts. Am auffallendsten war an diesem Gesicht die Leichenblässe, die der ganzen Physiognomie des jungen Mannes trotz seines festen Körperbaues das Aussehen eines Erschöpften verlieh und gleichzeitig etwas von einer peinvollen Leidenschaft, das mit dem unverschämten, rohen Lächeln und seinem durchdringend scharfen, selbstzufriedenen Blick eigentlich gar nicht übereinstimmen wollte.« (S. 7–8) Die Kontraste, die Rogoshins Gesicht prägen und bereits Aufschluß über seinen zwiespältigen Charakter geben, werden ergänzt durch den Kontrast zwischen Rogoshin und Myschkin: »Der Besitzer des Kapuzenmantels [Myschkin] war gleichfalls ein noch junger Mann von etwa sechs- oder siebenundzwanzig Jahren, etwas über mittelgroß, mit auffallend hellblondem, dichtem Haar, hohlen Wangen und einem kleinen, spitzen, fast weißblonden Bärtchen. Seine Augen waren groß, blau und hatten einen ruhig und denkend schauenden Blick. Es lag etwas eigentümlich Stilles, gleichzeitig aber auch Bedrücktes in diesem Blick, etwas von jenem eigenartigen Ausdruck, an dem manche Leute sofort den Fallsüchtigen erkennen. Übrigens war das Gesicht des jungen Mannes sehr angenehm, feingeschnitten und hager, aber farblos« (S. 8). Die beiden Männer kommen ins Gespräch. Ein dritter mischt sich ein: es ist der allwissende Intrigant Lebedew. Welcher Name auch fällt, Lebedew weiß ihn zu kommentieren. Lebedew weiß, wie viele Millionen Rogoshin von seinem verstorbenen Vater erben wird; er kennt jenen Pawlitschew, der Myschkin, das Waisenkind, jahrelang unterstützte; er kennt die Generalin J̶̶̶̶̶̶̶̶̶̶-chin, geborene Myschkin, die der Fürst aufzusuch̶̶̶̶̶̶̶̶̶̶ kennt selbst Nastassja Filippowna, deretw̶̶̶̶̶̶ mit seinem Vater überworfen hat. Eilfe̶̶̶̶̶ zählt er die Geschichte ihrer Her̶̶̶̶̶ gewissen Tozki, »einem Gutsb̶̶̶̶ Verhältnis gehabt habe, »̶̶̶̶ verblüfft und berichte̶̶ Schönheit, der er aus̶ bei einem englische̶ ein Brillant so ungefähr von der Größe einer Haselnuß«. Als der Zug einfährt, ist Fürst Myschkin – und mit ihm der Leser – bereits in medias res. Bei den Jepantschins, die Myschkin gleich nach seiner Ankunft in Petersburg aufsucht, häufen sich die Zufälle und tritt jener Sog in Kraft, »jene Gravitation aller Dinge und Menschen gegen den Einen«, die nach Walter Benjamin den Inhalt des Buches ausmacht.[9] Schon will der General den Fürsten kurzerhand abfertigen, als ihn ein brüsker Gesinnungswandel – es sind diese plötzlichen Einfälle, Stimmungswechsel und Meinungsumschwünge, die die Handlung an vielen Stellen in Gang bringen oder einer Peripetie zuführen – anders vorgehen läßt. Myschkin kann bleiben und hat nun nicht nur Gelegenheit, die Geschichte seiner Kindheit zu erzählen, sondern wird zum unfreiwilligen Zeugen eines Heiratshandels, der zwischen dem Sekretär des Generals, Ganja Iwolgin, und der schönen Nastassja Filippowna am selben Abend, anläßlich ihres fünfundzwanzigsten Geburtstags, abgewickelt werden soll. Nastassja Filippownas Photographie liegt auf dem Schreibtisch des Generals, und Myschkin ist begeistert: »Ein wunderbares Gesicht!... und ich bin überzeugt, daß ihr Schicksal kein gewöhnliches ist. Das Gesicht an sich ist fast heiter, aber sie muß doch unglaublich gelitten haben, nicht?« (S. 57) Kurz darauf wird Myschkin mit der andersgearteten Schönheit der jüngsten Jepantschin-Tochter, Aglaja, konfrontiert, und wenige Stunden später begegnet er – im Haus der Iwolgins – ihrer künftigen Rivalin Nastassja Filippowna. Er ist fasziniert und verwirrt. Zeuge eines ersten Skandals um den Heiratshandel, begibt er sich, von einem unfehlbaren Instinkt geleitet, noch am selben Abend zur Geburtstagsfeier Nastassja Filippownas, wo sich alles entscheiden soll. Es entscheidet sich auch – durch Myschkin. In einem »Petit-jeu«, von dem nichtsdestoweniger ihr ganzes Schicksal abhängt, fragt die Schöne den Narren, ob sie Ganja Iwolgin heiraten soll. Myschkins intuitives Neinwort ist ihr Befehl: »Der Fürst? Er ist der ⬛ir wirklich zugetane Mensch, dem ich in meinem Leben ⬛. Er hat auf den ersten Blick an mich geglaubt, und ⬛ an ihn.« (S. 240) Als Rogoshin wie ein rasender Geck mit seinem wilden Gefolge eindringt und hunderttausend Rubel präsentiert, wirft sie in einer grandiosen Skandalszene, die den rational-irrationalen, den schmutzig-göttlichen Doppelcharakter des Geldes (das auch in diesem Roman ein Hauptmotiv ist) entlarvt, das Rubelpaket in den Kamin: möge Ganja ins Feuer kriechen und seine Habsucht befriedigen. Er tut es nicht. Da nimmt sie selbst das Geld aus den Flammen und folgt, Myschkins spontanen Heiratsantrag zurückweisend, in einer Anwandlung von Raserei und zorniger Selbsterniedrigung Rogoshin und dem Prinzip der Unordnung. Mit diesem fulminanten Abgang des »verlorenen und verrückten Weibes« beschließt Dostojewski den ersten, an einem einzigen Tag sich abspielenden Teil des Romans, den er in nur dreiundzwanzig Tagen (vom 18. Dezember 1867 bis 11. Januar 1868) niederschrieb – eine glanzvolle Exposition, in der die Personen, fast vollzählig versammelt, nicht aus psychologischen Motiven, sondern gleichsam unter dem Zwang ihrer irrationalen Passionen handeln, in der sich die Ereignisse jagen, in der das Geflecht von Vorausdeutungen und Rückblenden ein Maximum an Spannung und Intensität erzeugt.

Wie in den übrigen drei Teilen, die die Zuspitzung und – im hektischen Finale, das der hektischen Exposition entspricht – die Lösung des Dramas bringen, unterbricht Dostojewski die Handlung (deren wesentlicher Bestandteil der Dialog ist) durch Reflexionen und Kommentare des Erzählers. Zwar verzichtet er in Teil I auf theoretische Erörterungen (etwa über die Talentlosigkeit des Praktikers, S. 501–503) oder auf feuilletonistische Exkurse (Wie stellt man im Roman Dutzendmenschen dar? S. 705 bis 710), doch vertraut er dem Erzähler den Bericht über die Familie Jepantschin (S. 24–28, 58–63) und über die Vorgeschichte Nastassja Filippownas an (S. 63–80). Der ironischen Charakterisierung des »gewöhnlichen Menschen« Ganja Iwolgin durch den Erzähler in Teil IV (S. 710–712) geht in Teil I eine Selbstanalyse des Helden voraus, der seine Geldgier mit der Rothschild-Idee (»Geld verleiht Talente und Originalität«) begründet. Nicht nur der (allwissende) Erzähler also kommentiert; viel häufiger kommentieren sich bei Dostojewski die Helden selber; ihre monologische Selbstdarstellung, die durch Gesten und Dialoge ergänzt wird, ergibt ein weit dynamischeres und komplexeres Bild ihrer Persönlichkeit, als sogenannt objektive Beschreibungen es zu liefern vermöchten. – Myschkins Selbstdarstellung ist sein Bericht über die Schweizer Zeit, vorgetragen im Kreise der Generalin Jepantschin und ihrer drei Töchter. Er entlarvt sich dabei als ein Sonderling, den der Schrei eines Esels auf dem Basler Marktplatz »aus dem Zustand der Dunkelheit und Fremdheit befreite«, als ein Naturekstatiker und Naturmystiker, der in der Bergeinsamkeit des »Rätsels Lösung« ahnt, als ein Kindernarr (»durch Umgang mit Kindern gesundet die Seele«) und nicht zuletzt als jener mitleidig Liebende, der sich der schwindsüchtigen Tagelöhnerin Marie, einer kleinen Maria Magdalena, annahm, als sie – von einem französischen Kommis verführt und aus der Dorfgemeinschaft ausgeschlossen – auf einer Alp Schafe hütete. Seine idyllische Schweizer Reminiszenz – in die Dostojewski einige autobiographische Erinnerungen eingeflochten hat[10] – unterbricht Myschkin durch sehr persönlich anmutende Reflexionen über einen zum Tode Verurteilten, der in letzter Minute begnadigt wurde – hier rekapituliert der Autor seine Erfahrung aus dem Jahre 1849 – sowie durch eine ungewöhnlich einfühlsame und tiefsinnige Betrachtung über eine Hinrichtung in Lyon. Ein »Philosoph«, spotten die Mädchen, ein »Quietist«. Als der Fürst aber, nach ihrem Charakter befragt, über eine jede von ihnen offenherzig Auskunft gibt, als läse er in ihrem Innern, erschrekken sie über den Seher.

*

Dostojewskis Roman, der wie die meisten Werke des Autors nur bedingt als realistisch bezeichnet werden kann (wo bleibt der objektive Erzähler, wo die objektiv-empirische Wiedergabe der äußeren Welt, der Natur?), beruht in seiner Mikro- und Makrostruktur auf dem Prinzip des Kontrasts. Die einzelnen Figuren, die Figurenkonstellationen, die Motive, das Sujet, die Szenenfolge, die Handlungsabläufe, die Dialoge, die – zwischen Ironie und Anteilnahme oszillierende – Haltung des Erzählers, die Vermischung niederer und hoher, komischer und tragischer Gattungselemente gehorchen gleicherweise diesem künstlerischen Gesetz, dieser Dialektik des »Pro und Contra«.

Myschkin ist ein Fürst, also abstammungsmäßig ein Vertreter der höchsten Gesellschaftsschicht, und zugleich ein »Idiot«, ein Außenseiter der Gesellschaft. Als phantastische Idealpersönlichkeit konzipiert, lebt und agiert er doch in einer räumlich-zeitlich festgelegten Alltagswelt. Er ist, wie wir ihm zum ersten Mal begegnen, bettelarm und erbt noch am selben Tag ein Vermögen. (Auch Rogoshin erbt, während Fürst Radomski und der geldbesessene Ganja Iwolgin leer ausgehen.) Myschkin ist der Unschuldsengel und verstrickt sich doch in Schuld; er ist »voller Wirklichkeitssinn und doch weltfremd« (Heinrich Böll), er liebt zwei gegensätzliche Frauen und empfindet doch keinen Widerspruch darin. Während er die Nichtübereinstimmung zwischen Gedanken und Worten registriert (»ich habe kein Maßgefühl; meine Worte entsprechen nicht meinen Gedanken – das aber ist eine Erniedrigung für diese Gedanken«, S. 527), registriert er kaum die Unebenmäßigkeiten seiner Ausdrucksweise; fast neckisch unterschiebt der Autor dem »Fürst Christus« gewisse stilistische Ausrutscher in die »Gymnasiastensprache« (»und damit basta«), die den Eindruck der Harmonie dissonantisch verfremden sollen. Deutlich markiert Dostojewski auch den Kontrast zwischen dem »schweizerischen« und dem »russischen« Myschkin. Myschkin fängt in Rußland »ein neues Leben« an (das Motiv des »neues Lebens« kehrt auch bei Nastassja Filippowna und Rogoshin wieder), welches den weltabgeschirmten Insassen einer Walliser Heilanstalt brutal mit der chaotischen Wirklichkeit der revolutionären sechziger Jahre konfrontiert. Myschkins Engagement für die »Gefallene« Nastassja Filippowna entwickelt sich – anders als das schweizerische Vorspiel mit der kleinen Tagelöhnerin Marie – zur Tragödie, und der Verkünder des »russischen Christus« ist kein rousseauistischer Naturapostel mehr.

Rogoshin, die zweite männliche Hauptfigur und der Gegenspieler Myschkins, verkörpert in seinem Aussehen und Wesen alle nur denkbaren Extreme. Er ist leidenschaftlich, roh, eine Verbrechernatur und dabei von »rührender Zartheit« und von der unbestimmten Sehnsucht nach höheren Werten erfüllt. Wäre sein Besitztrieb nicht fatal auf die eine Frau ausgerichtet, er wäre wohl wie sein Vater, der begüterte Kaufmann und Sektensympathisant, zum mißtrauischen und geizigen Geldscheffler geworden. Rogoshins Beziehung zu Myschkin ist die einer Haßliebe; zwischen den beiden Figuren herrscht die größte Nähe und Ferne zugleich. Beide handeln wie »wachend Träumende«; beide lieben, wenn auch auf grundverschiedene Weise, dieselbe Frau, die von Rogoshin zu Myschkin und von Myschkin zu Rogoshin flüchtet; beide schließen Bruderschaft, indem sie ihre Kreuze tauschen; beide liegen, eng umschlungen, zu Füßen der toten Nastassja Filippowna; beide verfallen dem Wahnsinn. Der Haßliebe Rogoshins entspricht Myschkins Intuition: sie funktioniert nirgends so stark wie gegenüber Rogoshin, und niemandem gegenüber ist Myschkin so machtlos. Rogoshins Wesen enthüllt sich Myschkin, als er ihn zum ersten Mal in seinem düsteren Haus – von dem Dostojewski eine meisterhafte symbolische Beschreibung gibt (S. 314–315, 318–319) – aufsucht. Auf einem Tischchen liegt ein Gartenmesser, das Myschkin mit banger Vorahnung erfüllt, und über einer Tür hängt eine Kopie von Hans Holbeins »Totem Christus im Grabe«. Myschkin ist verwirrt: »Aber vor diesem Bilde kann ja manch einem jeder Glaube vergehen!« Darauf Rogoshin, als Liebhaber des Bilds: »Der vergeht auch ohnedies.« Die fast tödlich ausgehende Kollision zwischen dem Gläubigen und dem Ungläubigen erfolgt noch am selben Abend, wenige Stunden nachdem Myschkin mit Rogoshin das Kreuz getauscht und sich von dessen Mutter hat segnen lassen; vor Rogoshins Messer bewahrt den Fürsten nur ein plötzlicher Anfall. Fortan lebt er wie im Wahn, mit gespaltenem Bewußtsein und Doppelgedanken. Die Wirklichkeit vermischt sich bis zur Unkenntlichkeit mit der Vermutung, dem Traum.

Auch der Charakter von Nastassja Filippowna, dieser »echt russischen Frau« (wie sie von Ganja Iwolgin bezeichnet wird), beruht ganz auf Kontrasten: sie ist stolz, voll Verachtung, genießt als »Gekränkte« ihre Selbsterniedrigung und quält auch die andern mit ihrem krankhaften Selbsthaß und »unverschämten, brutalen Egoismus«; doch hat sie daneben »etwas Vertrauendes, etwas erstaunlich Gutherziges«, ist sie »viel schamhafter, zartfühlender und vertrauensvoller, als man es von ihr annehmen mochte«. Obwohl von ihrer Schönheit – die den damaligen Idealen allerdings kaum entspricht – ständig die Rede ist, ist sie keine Hetäre, keine Bacchantin, keine Kameliendame; ihr fehlt gerade »der weibliche Dämon« (A. Skaftymow). Die Gesellschaft von »Trunkenbolden und Lebemännern« kaschiert theatralisch ihre wahre Befindlichkeit: die Absage an die Welt und die Sehnsucht, im Tod die verlorene Unschuld wiederzufinden. (Zur Vorgeschichte gehört, daß Nastassja Filippowna in Petersburg jahrelang zurückgezogen lebte, mit ausschließlich »weiblicher Bedienung«.) Dieses geistig-moralische Ideal der Unschuld ist es, das die »Gefallene« zum schönen »Idioten« und zur kindlichen Aglaja hinzieht. Die abstrakte Träumerin will aus den beiden sogar ein Paar machen und entwirft in einem Brief an Aglaja die rührende Vision eines Christusbildes: »... ich würde ihn ganz allein darstellen ... Ich würde nur ein kleines Kind bei ihm lassen. Das Kind hat neben ihm gespielt; vielleicht hat es ihm in seiner Kindersprache etwas erzählt, und Christus hat ihm zugehört; aber jetzt ist er in seine Gedanken versunken; seine Hand ist in seiner Selbstversunkenheit auf dem hellen Köpfchen des Kindes liegen geblieben ... Die Sonne geht unter ...« (S. 696) Als Nastassja Filippowna – nach einer paradoxen Wendung der Dinge, die die verehrte Aglaja zur verachteten Rivalin macht (S. 863–874) – Myschkin für sich beansprucht, wird die Vision für kurze Zeit Wirklichkeit: der Fürst sitzt neben ihr und »streichelte ihren Kopf, ihre Wangen, wie man ein kleines Kind zu streicheln pflegt« (S. 874). – Bei genauer Lektüre fällt die erstaunliche Ähnlichkeit der beiden Protagonisten auf, die – ihre Affinität erkennend – sich dennoch so gründlich verpassen. Nicht umsonst ist es der »Idiot«, der als erster Nastassja Filippownas Irrsinn diagnostiziert; später nennt er sie sogar »geisteskrank«. In der Tat verfügt auch Nastassja Filippowna über jene Hypersensibilität, wie sie dem intuitiven Myschkin eignet. Wie der Fürst durchschaut sie Rogoshin, so daß dieser einmal erstaunt ausruft: »Das ist doch wunderlich, wie jetzt bei euch alles übereinstimmt ...« (S. 329) Sie, die Leidgeprüfte, die den eigenen Tod vorausahnt und gleichzeitig herbeisehnt, erkennt im Gesicht von Rogoshins Mutter viel Leid (»Viel Leid ... muß deine Mutter erduldet haben«, S. 331), so wie Myschkin einst in ihrem Gesicht die Spuren des Leidens erkannte. Beiden, Myschkin und Nastassja Filippowna, wird der Hang zu »abstrakten Gesprächen« bescheinigt (S. 309, 885), und daß sie Träumer und Phantasten sind, wissen sie selbst. Mit den Worten: »Auch ich bin ja eine Träumerin, was käme dabei heraus?« weist die »Dirne« den Heiratsantrag des Fürsten zurück (S. 264). Dabei liebt die geheime Asketin gerade diesen scheinbar weltfremden, unschuldigen »Idioten«, fühlt sich der »gefallene Engel« zum »Fürst Christus« hingezogen. Doch es braucht die Provokation durch Aglaja, damit dieses Gefühl in sein Recht tritt, und diesmal ist es Nastassja Filippowna, die zur Heirat drängt. Myschkin – unfähig, eine Entscheidung zwischen den beiden Frauen zu treffen – folgt aus Mitleid der Unglücklicheren: »... ich liebe sie mit ganzer Seele! Sie ist doch ... ein Kind; jetzt ist sie ein Kind, ganz und gar ein Kind!« (S. 890) Das Paradox, das Dostojewskis Handlungsführung bestimmt, läßt aber die Harmonie nicht zu. Nastassja Filippowna wirft sich wenige Schritte vor dem Traualtar in die Arme Rogoshins und präjudiziert ihren Tod.

Fast zynisch gestaltet Dostojewski das Schicksal ihrer Rivalin, der jüngsten Jepantschin-Tochter Aglaja. Dieses hübsche und kluge Mädchen, dessen Mann »alle Tugenden und Vollkommenheiten in sich vereinigen« sollte und das ja tatsächlich zur Braut Myschkins wird, heiratet zum Schluß einen Anti-Myschkin: der vermeintliche polnische Graf ist in Wirklichkeit ein armer Emigrant, und Aglaja konvertiert zu eben jenem Katholizismus, den Myschkin als »unchristlichen Glauben« denunziert. Die Entwicklung vom kindlichen, intuitiven Geschöpf zur katholischen Fanatikerin aber verläuft, merkwürdig genug, über das Mitleid, denn der »Graf«, so heißt es, hatte »Aglaja durch den seltenen

Edelmut seiner von Trauer um das Vaterland zerrissenen Seele« gefesselt (S. 940). Eine Eigenschaft, die in bezug auf Myschkin positiv schien, wird hier – nach dem Prinzip der »Umkehrbarkeit aller Satzungen« (H. Hesse) – aufgrund ihrer Konsequenzen zumindest als fragwürdig hingestellt. Denn die Heirat aus Mitleid führt auch dazu, daß die »eigenwillige und phantastische, kapriziöse und spottlustige« Aglaja, deren »Teufelscharakter« den der Lisa Chochlakowa aus den *Brüdern Karamasow* vorwegnimmt, mit ihrem Milieu bricht und sich jene Emanzipationswünsche erfüllt, die ihr durch die Lektüre Paul de Kocks suggeriert und durch den »armen Ritter« Myschkin in letzter Minute zunichte gemacht wurden. Angesichts der Polemik Dostojewskis gegen die »Frauenfrage« ist dieser Bruch mit der Familie kaum anders denn als negative Pointe zu verstehen. (Als Prototyp für Aglaja diente dem Autor die Schwester der Mathematikerin Sofija Kowalewskaja, die Nihilistin Anna Korwin-Krukowskaja, der Dostojewski 1865 einen Heiratsantrag machte – er wurde abgewiesen – und die in den siebziger Jahren ein Mitglied der Pariser Kommune wurde.)

Außer den vier Hauptgestalten hat Dostojewski eine Reihe von Nebenfiguren eingeführt, die kontrastreich in sich sind oder diverse Kontrastfunktionen ausüben (dazu gehört auch die Rolle des Skandalmachers). Eine zwiespältige Figur par excellence ist der Beamte Lebedew, dem Myschkin bereits im Zug begegnet und in dessen Landhaus er später wohnt. Lebedew, zwischen Gut und Böse ständig hin- und hergerissen, ist gemein und erhaben zugleich. Ein nicht ungefährlicher Schwätzer und Intrigant, der sich auch an einem verleumderischen Artikel gegen Myschkin beteiligt, wird er immer wieder zum poetischen Deuter der Apokalypse und zum klugen Interpreten seiner Zeit. Auf programmatische Weise verbindet Dostojewski in der Gestalt Lebedews »leere Worte und Aufrichtigkeit, Lüge und Wahrheit« (S. 480), Schuld und Scham, Komik und Ernst. Die Authentizität Lebedews liegt im »gleichberechtigten Vorhandensein der Gegenpole« (H. Hesse). Lebedew verkündet mit überzeugendem Pathos, »daß wir jetzt beim dritten Rosse stehen, bei dem

Rappen, und bei dem Reiter mit dem Maß in der Hand, da doch heutzutage alles nach Maß und Vertrag geht und jeder Mensch nur sein eigenes Recht sucht« (S. 310), und seine prägnante Kritik an der Philanthropie der Liberalen (»ein Menschenfreund mit wackeligen sittlichen Grundlagen ist ein Menschenfresser«, S. 578) sowie am französischen Geist der Aufklärung (»Das Gesetz der Selbstzerstörung und das Gesetz der Selbsterhaltung sind in der Menschheit gleich stark! ... Der Unglaube an den Teufel ist ein französischer Gedanke, ist ein leichtfertiger Gedanke«, S. 577) gibt gar die Stimme des Autors wieder.

Es ist ein Charakteristikum von Dostojewskis polyphoner, äußerst modern anmutender Romantechnik, daß die Instanz des allwissenden Erzählers abgebaut wird und der Autor »den unterschiedlichsten, nicht selten ihrer Weltanschauung nach sogar polar entgegengesetzten Gestalten seine eigenen Anschauungen und Urteile in den Mund legt«.[11] Das hat zwangsläufig zur Folge, daß diese Anschauungen relativiert werden und daß bei den Ideenträgern des Autors die Ambivalenz zwischen Erkenntnis und Handeln Normcharakter annimmt. – So betreibt der Gardeoffizier Jewgeni Pawlowitsch Radomski – wie es Dostojewski gleichzeitig in zahlreichen Briefen getan hat[12] – eine scharfe Kritik am russischen Liberalismus, den er für einen *nichtrussischen* Liberalismus hält, und dies, obwohl er sich selber als einen »in Rußland völlig überflüssigen Menschen bezeichnet« und mit seiner Rückkehr ins Ausland die Haltung der von ihm kritisierten Liberalen bestätigt. Tragikomisch wirkt die Diskrepanz zwischen proklamierter Absicht und realer Tat bei Ippolit Terentjew, einem Vertreter der »modernen Positivisten unter der ganz extrem gesinnten Jugend«.[13] Der etwa achtzehnjährige, hochgradig schwindsüchtige Ippolit, der in Teil II, Kapitel 7 mit Keller, dem »Boxer«, mit Antip Burdowski, dem »Sohn Pawlitschews«, und andern jungen Protestlern auftritt, wird als der führende Kopf der »Gruppe« zu Myschkins ideellem Gegenspieler. Ein »Gekränkter« wie Nastassja Filippowna, lehnt er gerade das ab, was ihm am teuersten ist: das Leben. Sein euklidischer

Verstand läßt zwar die Möglichkeit gelten, daß sein nichtiges Leben »zur Vervollständigung irgend einer allgemeinen Harmonie im Ganzen, also für irgend ein Plus oder Minus, oder zu irgend einem Kontrast ... geopfert werden muß« (S. 634), doch verschmäht er das Leben – wie sein Nachfolger Iwan Karamasow – gerade »auf Grund so höhnischer Bedingungen« und plant, auf die rote Brandmauer von Meyers Mietskaserne starrend, seinen Selbstmord im Park von Pawlowsk bei Sonnenaufgang. Daß der pathetische Protestakt am Versagen der Pistole scheitert, macht Ippolit in den Augen der meisten zu einer tragikomischen Figur. Einzig Myschkin begreift, daß dieser verbitterte Kranke im Innersten ein Ekstatiker des Lebens ist, der dem unerträglichen Gefühl des Ausgestoßen- und Verspottetseins durch die Natur ein Ende setzen wollte. Was Myschkin freilich fremd bleiben muß, ist Ippolits Atheismus, den dieser in seiner »Erklärung« – einem philosophischen Vermächtnis mit dem Motto »Après moi le déluge« – anhand einer Bildbetrachtung begründet. Es handelt sich um denselben »Toten Christus im Grabe«, dessen Kopie im Hause Rogoshins Myschkin so verwirrt hat und von dem der Autor anläßlich seines Besuchs im Basler Kunstmuseum, Ende August 1867, so hingerissen war.[14] »Beim Anblick dieses Bildes«, meditiert Ippolit, »erscheint einem die Natur als ein unbekanntes, riesiges, unerbittliches und stummes Tier, oder richtiger ... als irgend eine riesige Maschine neuester Konstruktion, die ohne Sinn und Verstand dieses große und unschätzbare Wesen erfaßt, zermalmt und in sich hinein geschluckt hat, taub und gefühllos ... Unwillkürlich kommt einem hier der Gedanke: wenn der Tod so furchtbar und die Naturgesetze so stark sind, wie kann man sie dann überwinden? Wie sie überwinden, wenn selbst derjenige ihnen jetzt unterlegen ist, der zu seinen Lebzeiten auch die Natur überwand« (S. 626). Es ist der krude Naturalismus des Bildes (das genau beschrieben wird), der solche Überlegungen provoziert, widerspricht er doch der christlichen Schönheit und jenem »religiösen Gefühl«, das der Gläubige Myschkin für unaussprechlich hält. Und doch scheint gerade dieser Naturalismus des Todes im Roman zu triumphieren: die ermordete Nastassja

Filippowna liegt, wie Holbeins Christus, »auf dem Rücken ausgestreckt«; unter dem weißen Laken ragt »die Spitze eines nackten Fußes« hervor. Rogoshin hat den Leichnam mit »gutem, amerikanischem Wachstuch« zugedeckt und über dem Wachstuch noch mit einem Leinentuch und »vier Fläschchen mit Shdanows besonderer Flüssigkeit gegen den Geruch ... entkorkt« (S. 931). Ippolit seinerseits stirbt, völlig entkräftet, an der Schwindsucht.

Die übrigen jungen »Positivisten« werden als flegelhafte, arrogante Aufmüpfige gezeigt, die unter Berufung auf den »gesunden Menschenverstand« unrechtmäßige materielle Forderungen stellen. Dostojewskis Kritik an diesen Anhängern Tschernyschewskis formuliert im Roman die Generalin Jepantschin, Lisaweta Prokofjewna: »Alles ist jetzt verkehrt, alle stellen sich auf den Kopf und strampeln mit den Beinen in der Luft ... Verrückt seid ihr! Eure Ruhmsucht hat euch alle verrückt gemacht! Ihr glaubt weder an Gott noch an Christus. Ihr seid ja von eurer Eitelkeit und eurem Stolz so geschwollen, daß ihr euch zum Schluß noch gegenseitig auffressen werdet, das prophezeie ich euch!« (S. 439, 440) Die Prophezeiung hat Dostojewski in seinem Roman *Die Dämonen* (1870/71) wahrgemacht; gegenüber den Terroristen um Pjotr Werchowenski nehmen sich die »Verneiner« um Ippolit – für die Myschkin in seiner Herzenseinfalt sogar Verständnis aufbringt – wie eine harmlose Vorstufe aus. Harmlos aber sind sie nicht, da infiziert von Gedanken, die der Ideologe der »russischen Idee« als westeuropäisch und gefährlich brandmarkt. Nicht umsonst behält daher die konservativ-»bodenständige« Generalin, die – selber eine der eigenständigsten und resolutesten Frauenfiguren Dostojewskis – wiederholt gegen die »verwünschte Frauenfrage« polemisiert (»Genügte es doch gar mancher Dame, sich das Haar abzuschneiden, eine blaue Brille auf die Nase zu setzen und sich ›Nihilistin‹ zu nennen, um sogleich davon überzeugt zu sein, daß sie nun auch eigene ›Überzeugungen‹ habe«, S. 708), das letzte Wort: »Und alles dies hier, dieses ganze Ausland und dieses euer ganzes Europa, alles das ist nichts als Phantasie« (S. 941).

Darüber, was nun wirklich »Phantasie« und ob nicht alles »Phantasie« sei gemäß der Darstellung des Autors, wäre vieles zu sagen.[15] Die überhitzte Atmosphäre von Dostojewskis Romanwelt, in der das Alltägliche (etwa Arbeit und Essen) konsequent ausgespart bleibt, weil es um anderes, sagen wir vereinfachend: Wesentliche(re)s geht, ist phantastisch an sich. Und kein Wunder, daß *Der Idiot* als Gesellschaftsroman nicht nur keine Lösung anbieten kann (da die für die Verwirklichung der »russischen Idee« maßgebliche Volksschicht fehlt), sondern auch keine Lösung anbieten will, setzt er doch – was die russische Wirklichkeit der späten sechziger Jahre und die zwischen Ideal und Realität hin- und hergerissenen »changierenden« Figuren angeht – den Antagonismus absolut; das »Pro und Contra« gleichzeitig – das ist die Welt.

Myschkin für sich genommen wäre, als Verkörperung des Utopischen, eine »Lösung«. Und da gibt es Kolja Iwolgin, den kleinen Vertrauten Myschkins, den Sohn eines Phantasten und Säufers, der zu Dostojewskis traurigen Karnevalsfiguren gehört. Wäre am Ende Kolja, das Kind, zusammen mit seinem Lehrer, dem Apostel der Kindlichkeit, Garant einer besseren Zukunft? So deutet es Walter Benjamin: »Wie die politische Lehre Dostojewskis immer wieder die Regeneration im reinen Volkstum für die letzte Hoffnung erklärt, so erkennt der Dichter dieses Buches im Kinde das einzige Heil für die jungen Menschen und ihr Land. Das würde schon aus diesem Buche, in dem die Gestalt des Kolja wie des Fürsten in dem kindlichen Wesen die reinsten sind, hervorgehen, auch ohne daß Dostojewski in den *Brüdern Karamasow* die unbegrenzte heilende Macht des kindlichen Lebens entwickelt hätte.« Da jedoch die meisten Figuren, vor allem die Frauen, sich nur in einer »überreizten Sehnsucht nach Kindheit verzehren«, argumentiert Benjamin weiter, »gleicht die gesamte Bewegung des Buches einem ungeheuren Kratereinsturz«: »Weil Natur und Kindheit fehlen, ist das Menschentum nur in einer katastrophalen Selbstvernichtung zu erreichen.«[16]

Die tragische Resignation des *Idioten* wirkt heute aktueller denn je. Gerade deshalb wird man diesem »Heiligenroman« (H. Böll) archetypischen Rang zuerkennen.

*Mai 1983*                                                  *Ilma Rakusa*


1 *Wir und Dostojewskij.* Eine Debatte mit Heinrich Böll, Siegfried Lenz, André Malraux, Hans Erich Nossack, geführt von Manès Sperber. Hamburg: Hoffmann und Campe Verlag 1972, S. 75.
2 Vgl. Ilma Rakusa (Hrsg.), *Dostojewskij in der Schweiz*, Frankfurt a. M.: Insel Verlag 1981.
3 Brief an Sonja A. Iwanowa (die Nichte des Dichters, der das Buch gewidmet ist), Genf, 13./1. Jan. 1868. In: *Dostojewskij in der Schweiz*, a. a. O., S. 203.
4 Hermann Hesse, »Gedanken zu Dostojewskijs ›Idiot‹«. In: H. H., *Blick ins Chaos. Drei Aufsätze.* Bern: Seldwyla Verlag 1920, S. 26.
5 Von der komplexen Entstehungsgeschichte des Romans zeugen die lückenlos vorhandenen Skizzen und Pläne in den Notizbüchern; siehe: *Dostoevsky. The Notebooks for the Idiot* und *Raskolnikoffs Tagebuch* (nähere Angaben in der Auswahlbibliographie).
6 Brief an N. N. Strachow, Florenz, 10. März/26. Febr. 1869. In: F. M. Dostojewski, *Gesammelte Briefe 1833–1881*, München: Piper Verlag 1966, S. 302–303.
7 Julius Meier-Graefe, *Dostojewski der Dichter*, Berlin: Rowohlt Verlag 1926, S. 267.
8 Dostojewski begann den Roman am 18. Dez. 1867 in Genf und beendete ihn Anfang Jan. 1869 in Florenz. Er erschien vom Jan. 1868 bis Febr. 1869 in der Zeitschrift »Der russische Bote« (Russki Vestnik).
9 Walter Benjamin: »›Der Idiot‹ von Dostojewskij«. In: W. B., *Gesammelte Schriften.* Band II, 1 [Werkausgabe Band 4]. Frankfurt a. M.: Suhrkamp Verlag 1980, S. 238.
10 Dazu gehören in erster Linie Basel, das »Basler Bild« (Hans Holbeins »Toter Christus im Grabe«) und das Walliser Dorf mit seiner wildromantischen Umgebung, das an den von Dostojewski wegen seines Spielkasinos frequentierten Kurort Saxon-les-Bains erinnert.
11 G. M. Fridlender, *Realizm Dostoevskogo* [Dostojewskis Realismus], Moskau 1964, S. 272.
12 Vgl. etwa den Brief an A. N. Maikow, Genf, 1. März/18. Febr. 1868: »Den russischen Liberalen kann man nun einmal nur für veraltet und retrograd halten. Diese sogenannte ›gebildete Gesellschaft‹, wie es früher hieß, ist in Wirklichkeit eine Versammlung von Leuten, die Rußland abgeschworen haben, ohne Rußland zu verstehen. Der russische Liberale

ist folglich ein Reaktionär.« In: *Dostojewskij in der Schweiz*, a. a. O., S. 210.

13 Brief an A. N. Maikow, Vevey, 4. Juli/22. Juni 1868. In: *Gesammelte Briefe 1833–1881*, a. a. O., S. 269.

14 Vgl. Anna Grigorjewna Dostojewski, *Erinnerungen. Das Leben Dostojewskis in den Aufzeichnungen seiner Frau*, München: Piper Verlag 1980, S. 156.

15 Vgl. Dostojewskis Äußerung in einem Brief an N. N. Strachow (Florenz, 10. März/26. Febr. 1869): »Ich habe meine eigene Ansicht über die Wirklichkeit (in der Kunst): Das, was die meisten für beinahe phantastisch und ungewöhnlich halten, erscheint mir manchmal als das tiefste Wesen der Wirklichkeit. Die trockene Betrachtung alltäglicher Ereignisse halte ich noch lange nicht für Realismus, sogar ganz im Gegenteil.« (*Gesammelte Briefe 1833–1881*, a. a. O., S. 302)

16 Walter Benjamin, a. a. O., S. 240.

# AUSWAHLBIBLIOGRAPHIE

Dostoevsky: *The Notebooks for the Idiot*. Edited and with an Introduction by Edward Wasiolek. Translated by Katharina Strelsky. Chicago & London: The University of Chicago Press 1967.

[F. M. Dostojewski:] *Raskolnikoffs Tagebuch*. Mit unbekannten Entwürfen, Fragmenten und Briefen zu »Raskolnikoff« und »Idiot«. Hrsg. von René Fülöp-Miller und Friedrich Eckstein. München: Piper Verlag 1928.

Beer, H. P.: *Die Gestalt des Evgenij Pavlovič Radomskij in Dostoevskijs Roman »Der Idiot«*. Skripten des Slavischen Seminars der Universität Tübingen Nr. 15, Tübingen 1978.

Catteau, Jacques: »Chronologie et temporalité dans ›l'Idiot‹«. In: J. C., La Création Littéraire chez Dostoïevski, Paris: Institut d'Etudes Slaves 1978, S. 435–454.

Flick, Verena: »Der ›Idiot‹ und ›Isidora‹«. In: *Archiv für das Studium der neueren Sprachen und Literaturen*, Bd. 203, 1972, S. 367–369.

Guardini, Romano: »Myschkins Persönlichkeit«. In: R. G., *Religiöse Gestalten in Dostojewskijs Werk*, München: Kösel Verlag 1951, S. 361–370.

Heckert, Thomas: »Der zeitliche Ablauf der Handlung in Dostoevskijs Roman ›Der Idiot‹«. In: *Studien und Materialien zu Dostoevskijs Roman »Der Idiot«*. Skripten des Slavischen Seminars der Universität Tübingen Nr. 17, Tübingen 1978, S. 60–80.

Krieger, Murray: »Dostoevsky's ›Idiot‹: The Curse of Saintlinness«. In: *Dostoevsky. A Collection of Critical Essays*. Edited by René Wellek. Englewood Cliffs, N. J.: Prentice-Hall 1962, S. 39–52.

Lesser, S.: »Saint and Sinner – Dostoevsky's ›Idiot‹«. In: *Modern Fiction Studies*, 4, 1958, S. 211–224.

Louria, Yvette: »An Analysis of Dostoevsky's Nastassia Filippovna«. In: *Newsletter. Teaching Language Through Literature*, 11, 1971, S. 35–46.

Malenko, Zinaida / Gebhard, J. J.: »The Artistic Uses of Portraits in Dostoevsky's ›Idiot‹«. In: *Slavic and East European Journal*, 5, 1961, S. 243–254.

Schultze, Brigitte: *Der Dialog in F. M. Dostoevskijs »Idiot«*. München: Otto Sagner Verlag 1974.

Schwarz, Dorothee: »Dostoevskijs Auffassung von der Eigenart und Bestimmung Rußlands nach seinem Roman ›Der Idiot‹«. In: *Studien und Materialien zu Dostoevskijs Roman »Der Idiot«*, a. a. O., S. 1–59.

Seeley, F. F.: »Aglaja Epančina«. In: *Slavic and East European Journal*, 1, 1974, S. 1–10.

Tönnies, Bernd: »Die Genialität der Menschenliebe. Gedanken zu Dostojewskijs ›Idiot‹«. In: *Philosophische Studien*, 2, 1950/51, S. 81–92.

*I. R.*

## BIOGRAPHISCHE DATEN

1821 Fjodor Michailowitsch Dostojewski als Sohn des Militärarztes und Sozialmediziners Michail Andrejewitsch Dostojewski (*1789) in Moskau geboren (30. Oktober alten Stils, 11. November neuen Stils); Mutter: Maria Fjodorowna, geb. Netschajewa (*1800); älterer Bruder: Michail Michailowitsch Dostojewski (*1820).

1837 Tod der Mutter, F. M. und M. M. Dostojewski übersiedeln nach St. Petersburg, um sich auf das Bauingenieurstudium vorzubereiten; Jugendfreundschaft mit den Literaten Dmitri Grigorowitsch und Iwan Schidlowski.

1838 Neben seinen technischen Studien an der Ingenieurschule der Militärakademie in St. Petersburg widmet sich Dostojewski während mehrerer Jahre ausgedehnten Lektüren (Homer, Shakespeare, Racine, Corneille, Pascal, Schiller, Hoffmann, Hugo, Balzac, George Sand u. a.).

1839 Ermordung des Vaters durch leibeigene Bauern auf seinem Landgut.

1843 Studienabschluß und Brevetierung als Offizier; Übersetzung von Honoré de Balzacs *Eugénie Grandet*.

1844 Dostojewski nimmt seinen Abschied, um freier Schriftsteller zu werden; Beginn der Arbeit am Roman *Arme Leute*; Übersetzungen und Übersetzungsprojekte (Sand, Sue).

1845 Bekanntschaft mit Iwan Turgenjew, Nikolai Nekrassow und dem Literaturkritiker Wissarion Belinski.

1846 *Arme Leute*, *Der Doppelgänger*. Bekanntschaft mit Michail Petraschewski und Alexander Herzen, Beginn der Freundschaft mit Apollon Maikow.

1847 *Roman in neun Briefen*. Dostojewski wird Mitglied des revolutionären Petraschewski-Kreises, liest Fourier, Cabet, Helvétius, Saint-Simon, schreibt und veröffentlicht *Die Wirtin*.

1848 Mehrere Erzählungen sowie der Kurzroman *Helle*

Nächte im Druck. Enger Kontakt mit Petraschewski und Nikolai Speschnjow.

1849 Dostojewski wegen angeblich staatsfeindlicher Aktivitäten im Petraschewski-Kreis (Vorlesung eines »kriminellen Schreibens« von Belinski) aufgrund einer Denunziation verhaftet, zum Tode verurteilt, schließlich durch den Zaren Nikolaus I. begnadigt zu vier Jahren Verbannung (mit Zwangsarbeit) und anschließender Militärdienstpflicht als »gemeiner Soldat«. Deportation nach Tobolsk (24. Dezember).

1850 Ab 23. Januar (bis Mitte Februar 1854) Festungshaft in Omsk; private Aufzeichnungen im *Sibirischen Heft*; Dostojewskis epileptische Erkrankung erstmals ärztlich diagnostiziert und offiziell registriert.

1856 Dostojewski arbeitet in Semipalatinsk, wohin er Anfang 1854 als Soldat des 7. Grenzbataillons abkommandiert wurde, an den *Aufzeichnungen aus einem Totenhaus;* dank obrigkeitlicher und privater Protektion sowie aufgrund einiger von ihm verfaßter patriotischer Verse wird Dostojewski zum Offizier befördert.

1857 Heirat mit Maria Dmitrijewna Issajewa (6. Februar); schwere epileptische Krisen. Aus gesundheitlichen Gründen beantragt Dostojewski seine Entlassung aus der Armee und eine Aufenthaltsbewilligung für Moskau.

1859 Dostojewski wird als Unteroffizier aus der Armee entlassen; er kehrt über Twer nach St. Petersburg zurück und steht von nun an bis zu seinem Lebensende fast permanent unter geheimpolizeilicher Aufsicht; *Onkelchens Traum, Das Gut Stepantschikowo und seine Bewohner* erscheinen im Druck.

1860 Werkausgabe in zwei Bänden; die *Aufzeichnungen aus einem Totenhaus* beginnen zu erscheinen (1860–62).

1861 Erste Lieferung der von F. M. und M. M. Dostojewski gemeinsam redigierten Zeitschrift »Die Zeit«; hier beginnt der Roman *Die Erniedrigten und Beleidigten* im Druck zu erscheinen; Bekanntschaft mit Alexander

Ostrowski, Iwan Gontscharow, Michail Saltykow-Schtschedrin und Apollon Grigorjew. Bekanntschaft mit Apollinaria (Polina) Suslowa, einer Mitarbeiterin der »Zeit« und typischen Vertreterin der Frauenemanzipation der sechziger Jahre.

1862 Erste Auslandsreise: Berlin, Dresden, Köln, Paris, von dort aus Besuch der Weltausstellung in London, Zusammentreffen mit Herzen, zurück nach Paris, dann nach Genf (Treffen mit Nikolai Strachow), von dort nach Italien (Florenz) und über Wien zurück nach Rußland (Juni–September).

1863 In »Die Zeit« erscheinen die *Winteraufzeichnungen über Sommereindrücke*, ein sarkastischer Reisebericht, der allerdings nicht Westeuropa, sondern den westeuropäischen Spießer – den »Kapitalisten« ebenso wie den »Sozialisten« – zum Gegenstand hat. »Die Zeit« wird wegen eines »antipatriotischen« Beitrags von Strachow verboten. Ab August (bis Ende Oktober) zweite Auslandsreise, teilweise in Begleitung Apollinaria Suslowas: Frankreich, Deutschland, Italien; Beginn von Dostojewskis Spielleidenschaft (Baden-Baden, Bad Homburg).

1864 Erstes Heft der von F. M. und M. M. Dostojewski neu gegründeten Zeitschrift »Die Epoche« ausgeliefert (enthält u. a. den 1. Teil der *Aufzeichnungen aus dem Untergrund*, deren 2. Teil in Heft IV erscheint). In Moskau stirbt Dostojewskis erste Frau (14. April); in kurzer Folge verliert Dostojewski auch seinen Bruder Michail (10. Juli) sowie seinen Mitarbeiter und Freund Grigorjew (22. Juli).

1865 Aus finanziellen Gründen muß Dostojewski auf die weitere Herausgabe der »Epoche« verzichten; dreibändige Werkausgabe bei Stellowski (1866 abgeschlossen); erste Entwürfe zu *Schuld und Sühne*. Zwei Heiratsanträge Dostojewskis (an Apollinaria Suslowa und die Nihilistin Anna Korwin-Krukowskaja) werden abgewiesen. Dritte Auslandsreise (Juli–Oktober): Wiesbaden (wo sich

Dostojewski beim Roulettespiel ruiniert), Rückkehr über Kopenhagen.

1866 *Schuld und Sühne.* Dostojewski diktiert einer jungen Stenographistin, Anna Grigorjewna Snitkina, in sechsundzwanzig Tagen den Kurzroman *Der Spieler* (Oktober).

1867 Heirat mit A. G. Snitkina (Dostojewskaja) am 15. Februar; wegen hoher Verschuldung fluchtartige Abreise ins Ausland (14. April). Dresden, Bad Homburg, Baden-Baden. Besuch bei Turgenjew (endet mit Zerwürfnis). Basel (Ende August), wo Hans Holbeins Gemälde »Der tote Christus« im Kunstmuseum einen großen Eindruck bei ihm hinterläßt. Am 25. August Ankunft in Genf. Anfang Oktober erste Entwürfe zum Roman *Der Idiot;* vom 18. Dezember bis 5. Januar (1868) Niederschrift der Kapitel I–VII.

1868 Beginn der Drucklegung des Romans *Der Idiot* in Michail Katkows konservativer Zeitschrift »Der russische Bote« (Januar). Reger Briefwechsel mit Maikow; Invektiven gegen die westlichen Sozialisten und gegen die ganze »neue, progressive, liberale« Richtung innerhalb der russischen Intelligenz (Saltykow-Schtschedrin, Turgenjew, Nikolai Tschernyschewski). Geburt und Tod der Tochter Sofija (Sonja) in Genf (22. Februar–12. Mai). Anfang April dritter und letzter Ausflug nach Saxon-les-Bains, wo Dostojewski im Spielkasino alles verspielt. Anfang Juni Übersiedlung von Genf nach Vevey. Weiterarbeit am Roman *Der Idiot.* Im September Ausreise nach Italien (Mailand, dann Florenz).

1869 *Der Idiot* abgeschlossen (Januar) und erschienen (Februar). Abreise der Dostojewskis aus Italien (über Prag nach Dresden); in Dresden Geburt der Tochter Ljubow (14. September). Entwurf eines fünfteiligen Romanzyklus (»Das Leben eines großen Sünders«).

1870 *Der ewige Gatte;* Entwürfe zu dem Roman *Die Dämonen* und »Das Leben eines großen Sünders«.

1871 Vor seiner Rückkehr nach Rußland verbrennt Dostojewski aus Furcht vor Zollkalamitäten mehrere seiner Manuskripte, darunter jenes zum Roman *Der Idiot* (Juli). Ankunft der Dostojewskis in St. Petersburg (8. Juli) und Geburt des Sohnes Fjodor (16. Juli). *Die Dämonen* (Teile I–II) als Vorabdruck im »Russischen Boten«.

1872 Kontaktnahme mit konservativen Regierungskreisen. Arbeit an Teil III der *Dämonen* in Staraja Russa. Bekanntschaft mit Nikolai Lesskow.

1873 *Die Dämonen* als Einzelausgabe in drei Bänden; Dostojewski nimmt seine Tätigkeit als Redakteur des konservativen »Staatsbürgers« auf; erste Lieferungen des *Tagebuchs eines Schriftstellers* (als Beiträge zum »Staatsbürger«).

1874 Dostojewski gibt seine Stellung als Redakteur beim »Staatsbürger« auf, um sich wieder vermehrt seinen eigenen literarischen Projekten widmen zu können. Aufenthalt in Staraja Russa (Mai), Reise nach Bad Ems (Juni). Kurzbesuch in Genf (August), um das Grab Sonjas zu sehen.

1875 *Der Jüngling* (Publikationsbeginn). Kuraufenthalt in Bad Ems (Mai–Juli). Staraja Russa. *Der Jüngling* abgeschlossen. Geburt des zweiten Sohnes, Aljoscha (10. August).

1876 Das *Tagebuch eines Schriftstellers* erscheint fortan im Selbstverlag; in der Juni-Ausgabe Nekrolog auf George Sand. Kur in Bad Ems (Juli). *Die Sanfte* (November, als Reaktion auf den Selbstmord von Herzens Tochter Lisa).

1877 Fortsetzung des *Tagebuchs eines Schriftstellers*; zunehmendes politisches Engagement (Panslawismus, Orientfrage, Imperialismusgedanke).

1878 Arbeit am *Tagebuch eines Schriftstellers* vorübergehend eingestellt. Arbeit am Roman *Die Brüder Karamasow* (bis 1880). Bekanntschaft mit dem Philosophen Wladimir Solowjow, mit dem Dostojewski nach dem Tod seines Sohnes Aljoscha (16. Mai) in das Kloster Optina Pustyn fährt.

1879 Fortsetzung der Arbeit an den *Brüdern Karamasow*. Vor-

tragstätigkeit, Lesungen. Kur in Bad Ems (Juli–September). Drucklegung der *Brüder Karamasow* (bis 1880).
1880 *Die Brüder Karamasow* (Einzelausgabe). Lesungen. Rede zur Puschkin-Feier (8. Juni); Sonderheft des *Tagebuchs eines Schriftstellers* (Puschkin-Rede, mit Einleitung, Ergänzungen und gegenkritischen Erwiderungen).
1881 Vorbereitung des *Tagebuchs eines Schriftstellers* für das laufende Jahr. Erkrankung Dostojewskis (25./26. Januar, Blutsturz infolge eines Lungenemphysems); Tod (28. Januar/9. Februar); öffentliche Trauerfeier unter Teilnahme von 50000 bis 60000 Trauergästen (31. Januar); Grabreden von Alexander Palm, Maikow, Solowjow (1. Februar).

*I. R.*

Im Nachwort und in den biographischen Daten wurde bei den russischen Namen die heute übliche Schreibweise verwendet.

# INHALT

## Erster Teil

|       |         |     |
|-------|---------|-----|
| I.    | Kapitel | 7   |
| II.   | Kapitel | 24  |
| III.  | Kapitel | 39  |
| IV.   | Kapitel | 58  |
| V.    | Kapitel | 80  |
| VI.   | Kapitel | 105 |
| VII.  | Kapitel | 121 |
| VIII. | Kapitel | 140 |
| IX.   | Kapitel | 160 |
| X.    | Kapitel | 174 |
| XI.   | Kapitel | 183 |
| XII.  | Kapitel | 194 |
| XIII. | Kapitel | 208 |
| XIV.  | Kapitel | 225 |
| XV.   | Kapitel | 241 |
| XVI.  | Kapitel | 256 |

## Zweiter Teil

|       |         |     |
|-------|---------|-----|
| I.    | Kapitel | 275 |
| II.   | Kapitel | 291 |
| III.  | Kapitel | 313 |
| IV.   | Kapitel | 335 |
| V.    | Kapitel | 344 |
| VI.   | Kapitel | 363 |
| VII.  | Kapitel | 385 |
| VIII. | Kapitel | 400 |
| IX.   | Kapitel | 427 |
| X.    | Kapitel | 444 |
| XI.   | Kapitel | 465 |
| XII.  | Kapitel | 487 |

## Dritter Teil

|       |         |   |   |   |   |   |   |   |   |   |     |
|------:|---------|---|---|---|---|---|---|---|---|---|----:|
|    I. | Kapitel | . | . | . | . | . | . | . | . | . | 501 |
|   II. | Kapitel | . | . | . | . | . | . | . | . | . | 526 |
|  III. | Kapitel | . | . | . | . | . | . | . | . | . | 543 |
|   IV. | Kapitel | . | . | . | . | . | . | . | . | . | 564 |
|    V. | Kapitel | . | . | . | . | . | . | . | . | . | 587 |
|   VI. | Kapitel | . | . | . | . | . | . | . | . | . | 607 |
|  VII. | Kapitel | . | . | . | . | . | . | . | . | . | 631 |
| VIII. | Kapitel | . | . | . | . | . | . | . | . | . | 650 |
|   IX. | Kapitel | . | . | . | . | . | . | . | . | . | 669 |
|    X. | Kapitel | . | . | . | . | . | . | . | . | . | 691 |

## Vierter Teil

|       |         |   |   |   |   |   |   |   |   |   |     |
|------:|---------|---|---|---|---|---|---|---|---|---|----:|
|    I. | Kapitel | . | . | . | . | . | . | . | . | . | 705 |
|   II. | Kapitel | . | . | . | . | . | . | . | . | . | 723 |
|  III. | Kapitel | . | . | . | . | . | . | . | . | . | 736 |
|   IV. | Kapitel | . | . | . | . | . | . | . | . | . | 752 |
|    V. | Kapitel | . | . | . | . | . | . | . | . | . | 771 |
|   VI. | Kapitel | . | . | . | . | . | . | . | . | . | 798 |
|  VII. | Kapitel | . | . | . | . | . | . | . | . | . | 821 |
| VIII. | Kapitel | . | . | . | . | . | . | . | . | . | 847 |
|   IX. | Kapitel | . | . | . | . | . | . | . | . | . | 874 |
|    X. | Kapitel | . | . | . | . | . | . | . | . | . | 892 |
|   XI. | Kapitel | . | . | . | . | . | . | . | . | . | 912 |
|  XII. | Kapitel | . | . | . | . | . | . | . | . | . | 936 |

## Anhang

| | | | | | | | | |
|---|---|---|---|---|---|---|---|---:|
| Namenverzeichnis | . | . | . | . | . | . | . | 945 |
| Anmerkungen | . | . | . | . | . | . | . | 947 |
| Nachwort von Ilma Rakusa | . | . | . | . | . | 955 |
| Auswahlbibliographie | . | . | . | . | . | . | 974 |
| Biographische Daten | . | . | . | . | . | . | . | 976 |

# Fjodor M. Dostojewski

## Aufzeichnungen aus einem Totenhaus und drei Erzählungen
Übertragen von E. K. Rahsin. 4. Aufl., 12. Tsd. 1976. 863 Seiten. Leinen und Leder

## Gesammelte Briefe 1833–1881
Übersetzt, herausgegeben, kommentiert und mit einem Nachwort versehen von Friedrich Hitzer unter Benutzung der Übertragung von Alexander Eliasberg. 1986. 410 Seiten. Serie Piper 466

## Die Brüder Karamasoff
Roman in vier Teilen mit einem Epilog. Übertragen von E. K. Rahsin.
8. Aufl., 108. Tsd. 1977. 1303 Seiten. Leinen und Leder
(Auch in der Serie Piper 402 lieferbar)

## Die Dämonen
Roman. Übertragen von E. K. Rahsin. 15. Aufl., 93. Tsd. 1985. 1031 Seiten. Leinen
(Auch in der Serie Piper 403 lieferbar)

## Der Doppelgänger
Frühe Romane und Erzählungen. Übertragen von E. K. Rahsin.
3. Aufl., 9. Tsd. 1976. 918 Seiten. Leinen und Leder

## Der Jüngling
Roman. Aus dem Russischen übertragen von E. K. Rahsin.
Mit einem Nachwort von Aage Hansen-Löwe. 919 Seiten. Serie Piper 404

## Onkelchens Traum
Drei Romane. Übertragen von E. K. Rahsin. 2. Aufl., 7. Tsd. 1970. 1002 Seiten. Leinen

## Rodion Raskolnikoff
Schuld und Sühne. Roman. Übertragen von E. K. Rahsin. 11. Aufl., 71. Tsd. 1975.
763 Seiten. Leinen
(Auch in der Serie Piper 401 lieferbar)

## Sämtliche Ezählungen
Übertragen von E. K. Rahsin. 6. Aufl., 49. Tsd. 1984. 528 Seiten. Geb.
(Auch in der Serie Piper 338 lieferbar)

## Sämtliche Werke in zehn Bänden
Übertragen von E. K. Rahsin. 1980. 9223 Seiten. (Leinen und Leder in Kassette)

## Der Spieler
Späte Romane und Novellen. Übertragen von E. K. Rahsin. 3. Aufl., 12. Tsd. 1974. 783 Seiten. Leinen

## Tagebuch eines Schriftstellers
Übertragen von E. K. Rahsin. 3. Aufl., 9. Tsd. 1977. 666 Seiten. Leinen